诗词古音

史美珩 编著

中国科学技术大学出版社

内 容 简 介

本书采用字典工具式的编辑方式,在全面普查先秦汉魏晋南北朝、唐诗宋词和抽查元明清以来的部分诗词的基础上,搜集古诗词中古音500多字,每字先说明现在普通话的读法,再根据《康熙字典》和1949年前的《辞海》说明该字在古诗词中的读法并举例说明,全书举例约7000多篇次。目的在于"抢救"优秀传统文化中将遗失的部分知识,并展现古诗词的音韵之美。

图书在版编目(CIP)数据

诗词古音/史美珩编著. —合肥:中国科学技术大学出版社,2022.12
ISBN 978-7-312-05531-7

Ⅰ.诗⋯ Ⅱ.史⋯ Ⅲ.诗词格律—研究—中国 Ⅳ.I207.21

中国版本图书馆CIP数据核字(2022)第179738号

诗词古音
SHICI GUYIN

出版	中国科学技术大学出版社
	安徽省合肥市金寨路96号,230026
	http://www.press.ustc.edu.cn
	https://zgkxjsdxcbs.tmall.com
印刷	合肥华苑印刷包装有限公司
发行	中国科学技术大学出版社
开本	787 mm×1092 mm 1/16
印张	54
字数	1150千
版次	2022年12月第1版
印次	2022年12月第1次印刷
定价	168.00元

前　言

　　中国古代诗词中一个突出的特点是讲究诗词格律,讲究"押韵"或"协韵",可以吟唱,读起来荡气回肠、朗朗上口,充分体现出诗歌言志、言事、言情、言史等特有的韵味与音乐美。

　　现在我们朗诵古诗词时都按全国统一的普通话发音,虽然对诗词中的"意"通晓明白了,但有时却失去了其原有的韵味,失去了其固有的音乐美。例如白居易的五言律诗《草》,诗中的"离离原上草,一岁一枯荣"的"荣"字,古音是"莹",与诗中"野火烧不尽,春风吹又生"的"生"、"远芳侵古道,晴翠接荒城"中的"城"、"又送王孙去,萋萋满别情"中的"情"是协韵的。但现在我们把"荣"字读成"róng",这就破韵了。又如王维的五言绝句《送别》:"山中相送罢,日暮掩柴扉。春草年年绿,王孙归不归?"诗中"归"字古音是"jī",与"扉"(feī)是协韵的。现在我们把它读成"guī",这就不协韵了。再如毛泽东的词《十六字令》:"山!刺破青天锷未残。天欲堕,赖以拄其间。"词中的"间"字古音之一是"刚",与"山""残"两字协韵。现在我们把"间"字读成"jīan",这就破韵了。诸如此类,恕不细述。

　　现在全国推广普通话,对汉字的读音全国"定于一尊",这是我国历史上具有伟大历史意义的、划时代的大事。它不但保证了中央政令的全国统一,保证了通过人民广播电台将国内外形势及时地传达到全国各地,同时也大大地促进了全国各地、各民族之间思想、文化、经济等方面的交流,进一步促进与加强了全国各地、各民族之间的融合与团结。所以,本书提出研究诗词古音,并不是要否定普通话,主张"复古";而是在肯定"普通话"的前提下,探讨古诗词中那些"押韵"所要求的古音,以期继承与发扬古诗词中的"韵律美"。这是继承和发扬我国优秀传统文化的重要组成部分。

　　本书在"普查"《诗经》《楚辞》《先秦汉魏晋南北朝诗》《全汉三国晋南北朝诗》《全唐诗》《词综》《词综补遗》《中国古今题画诗全璧》等典籍的基础上,又"抽查"了宋、元、明、清及近代以来部分诗人的诗作,共搜罗出500多个汉字,按《康熙字典》与1936出版的《辞海》的注音说明其读音,并附以7600多篇次诗词作为例证,以供读者研考。

在此我要说明，本书以所要考究的那个字的拼音为序进行编排，所举的这些例证仅仅是从"合韵"的角度，从诸多诗词中摘抄出来的，并非诗词中的全部古音，其中每个举例的多寡，大致上反映该字在古诗词中出现的频率。由于本书列举这些例证的目的，不是为了研究该诗或词的思想性与艺术性，故内容不完整。读者如要进行研究需要找到原文。

本人学识有限，错讹与不足之处切盼读者指正，共同为弘扬我国优秀的传统文化而努力。

史美珩

2021年2月于浙江金华世纪花园别墅

目　录

前言 ·· (i)

A

《诗经》中的"哀" ·· (001)
《诗经·大雅·黄矣》中的"安" ································· (001)
欧阳修《玉楼春》中的"岸" ·· (003)
欧阳修《读书诗》中的"案" ·· (004)
欧阳修《送胡学士》中的"暗" ······································ (005)
周密《献仙音·吊雪香亭梅》中的"黯" ···························· (005)

B

谢灵运《折杨柳行》中的"拔" ······································ (006)
苏轼《寒食雨》中的"白" ·· (006)
欧阳修《潭园》中的"百" ·· (010)
陶渊明《经钱溪诗》中的"柏" ······································ (010)
何晏《景福殿赋》中的"班" ·· (010)
张衡《西京赋》中的"般" ·· (011)
曹植《七启》中的"斑" ·· (011)
吴文英《高阳台·落梅》中的"瘢" ·································· (012)
王建《公无渡河·相和歌辞》中的"坂" ······························ (012)
毛滂《夜行船·徐英溪》中的"板" ·································· (013)
苏轼《点绛唇·重九》中的"半" ···································· (013)
《楚辞·九章》中的"伴" ·· (015)
扬雄《交州牧箴》中的"绊" ·· (016)
《诗经》里的"邦"字 ·· (016)
古诗十九首中的"悲" ·· (018)
元稹《襄阳道》中的"碑" ·· (022)
洪瑹《齐天乐》中的"被" ·· (023)
曹植《杂诗》中的"璧" ·· (024)
陆机《诗》中的"褊" ·· (024)
姜夔《八归·湘中送胡德华》中的"拨" ······························ (025)
严忌《楚辞·哀时命》中的"波" ···································· (025)
苏辙《滕王阁诗》中的"勃" ·· (025)
李白《送崔十二游天竺寺》中的"渤" ································ (026)

李彭老《桂枝香·蟹》中的"擘" ……………………………………… (027)
古诗《日出东南隅》中的"不" ……………………………………… (027)
寒山诗中的"部" …………………………………………………… (029)

C

王褒《九怀》中的"蔡" ……………………………………………… (031)
陶渊明《杂诗》中的"餐" …………………………………………… (031)
吴玉章《纪念辛亥革命五十周年》中的"残" ……………………… (032)
吴邦法《金盏子》中的"灿" ………………………………………… (033)
陆云《赠张府君》中的"粲" ………………………………………… (034)
蔡伸《侍香金童》中的"恻" ………………………………………… (034)
王建《早发金堤驿》中的"策" ……………………………………… (034)
李白《代赠远》中的"察" …………………………………………… (035)
古诗中的"参差"的"差" ……………………………………………… (036)
谢逸《花心动》中的"拆" …………………………………………… (038)
杜甫《柴门》中的"柴" ……………………………………………… (038)
颜真卿《使过瑶台寺,有怀圆寂上人》中的"禅" ………………… (039)
辛弃疾《西江月》中的"蝉" ………………………………………… (050)
白居易《香炉峰下新置草堂,即事咏怀,题于石上》中的"潺" … (058)
刘过《贺新郎》中的"颤" …………………………………………… (058)
苏轼《浣溪沙》中的"车" …………………………………………… (059)
苏轼《聚星堂雪》中的"掣" ………………………………………… (064)
韦应物《逢杨开府》中的"痴" ……………………………………… (064)
徐干《于清河见挽船士新婚与妻别》中的"池" …………………… (065)
鼓吹曲《战荥阳》中的"驰" ………………………………………… (069)
古诗《孔雀东南飞·古艳歌》中的"迟" …………………………… (070)
李煜《感怀诗》中的"持" …………………………………………… (074)
嵇喜《答嵇康诗》中的"齿" ………………………………………… (076)
戴嵩《君子行》中的"耻" …………………………………………… (076)
岑参《入剑门作》中的"赤" ………………………………………… (077)
费昶《行路难》中的"翅" …………………………………………… (077)
姜个翁《霓裳中序第一·春晚旅寓》中的"出" …………………… (078)
元稹《听庾及之弹乌夜啼引》中的"楚" …………………………… (078)
文征明《题画》中的"窗" …………………………………………… (079)
武则天《腊日宣诏幸上苑》中的"吹" ……………………………… (080)
陆游《贫甚作短歌排闷歌》中的"炊" ……………………………… (094)
沈约《咏篪》中的"垂" ……………………………………………… (095)
王维《送别》中的"陲" ……………………………………………… (098)

杜甫《幽人》中的"疵" …………………………………………………… (099)
《木兰辞》中的"雌" …………………………………………………… (100)
辛弃疾《水龙吟·登建康赏心亭》中的"此" ………………………… (101)
刘显《发新林浦赠同省》中的"次" …………………………………… (101)
《诗经》中的"刺" ……………………………………………………… (102)
李世民《初晴落景》中的"翠" ………………………………………… (103)
《楚辞·九章》中的"错" ……………………………………………… (104)

D

《楚辞·九辩》中的"达" ……………………………………………… (105)
杜甫《夜归》中的"大" ………………………………………………… (106)
《楚辞·九章》中的"代" ……………………………………………… (106)
《楚辞·天问》中的"殆" ……………………………………………… (106)
陆机《罗敷歌》中的"丹" ……………………………………………… (107)
朱德《纪念党的四十周年》中的"担" ………………………………… (107)
张衡《东京赋》中的"殚" ……………………………………………… (108)
《诗经·王风·兔爰》篇中的"旦" …………………………………… (108)
张炎《探春·雪霁》中的"淡" ………………………………………… (108)
陆机《文赋》中的"弹" ………………………………………………… (109)
蔡文姬《胡笳十八拍》中的"得" ……………………………………… (110)
古诗词中的"滴" ………………………………………………………… (111)
司马昂夫《最高楼》中的"少"与"调" ……………………………… (112)
韩愈《赠张籍诗》中的"丁" …………………………………………… (112)
李颀《经涡路作》的"都" ……………………………………………… (112)
嵇喜《答嵇康诗》中的"端" …………………………………………… (113)
苏辙《夷中》中的"短" ………………………………………………… (114)
鲍照《拟古诗》中的"断" ……………………………………………… (115)
韩愈《江汉答孟郊》中的"敦" ………………………………………… (119)
白居易《桐花》中的"夺" ……………………………………………… (119)

E

沈瀛《念奴娇》中的"遏" ……………………………………………… (121)
鲍照《代白纻舞歌词》中的"恩" ……………………………………… (121)
杜牧《乌江亭》中的"儿" ……………………………………………… (121)
宋华《蝉鸣》中的"而" ………………………………………………… (125)
聂夷中《空城雀诗》中的"尔" ………………………………………… (126)
丘为《寻西山隐者不遇》中的"耳" …………………………………… (127)
李白《君道曲》中的"二" ……………………………………………… (131)

F

古诗词中的"髪"（发） …………………………………………… (133)
《诗经·商颂》中的"伐" …………………………………………… (149)
刘禹锡《贞元中题旧寺》中的"帆" ………………………………… (150)
王褒《送观宁侯葬》中的"蕃" ……………………………………… (151)
韦应物《示从子河南尉班》中的"藩" ……………………………… (151)
岑参《白雪歌送武判官归京》中的"翻" …………………………… (152)
张祜《题道光上人山院》中的"凡" ………………………………… (162)
陈琳《大暑赋》中的"烦" …………………………………………… (163)
白居易《中隐诗》中的"樊" ………………………………………… (164)
骆宾王《早秋出塞寄东台详正学士》中的"璠" …………………… (165)
杜甫《日暮》中的"繁" ……………………………………………… (166)
屈原《楚辞·九章·哀郢》中的"反" ……………………………… (169)
孟浩然《登鹿门山》中的"返" ……………………………………… (170)
皮日休《雨中游包山精舍》中的"饭" ……………………………… (171)
元结《招孟武昌》中的"泛" ………………………………………… (172)
《道藏·左夫人歌》中的"方" ……………………………………… (172)
《诗经·小雅·采薇》中的"霏" …………………………………… (173)
古诗词中的"否" …………………………………………………… (173)
贾谊《鵩鸟赋》中的"伏" …………………………………………… (174)
杜甫《登岳阳楼》中的"浮" ………………………………………… (174)
《诗经》中的"福" …………………………………………………… (181)
魏承班《生查子》中的"抚" ………………………………………… (182)
皇甫冉《寄刘方平》中的"负" ……………………………………… (182)
《青青河畔草》中的"妇" …………………………………………… (183)
傅咸《燕赋》中的"赴" ……………………………………………… (185)
傅咸《赠建平太守李叔龙》中的"副" ……………………………… (185)
枣嵩《赠杜方叔》中的"富" ………………………………………… (186)

G

曹植《美女篇》中的"玕" …………………………………………… (187)
白居易《游悟真寺诗》的"肝" ……………………………………… (187)
白居易《游悟真寺诗》中的"竿" …………………………………… (187)
王昙影《渔歌子》中的"感" ………………………………………… (188)
《黄庭经》中的"干" ………………………………………………… (188)
吴感《折红梅·喜冰澌初泮》中的"格" …………………………… (190)
《诗经》中的"葛" …………………………………………………… (190)

刘长卿《寄李侍御》诗中的"隔" ………………………………………… (191)
《诗经·鄘风》中的"宫" ……………………………………………… (192)
杜牧自宣州赴官入京诗中的"觥" ……………………………………… (193)
《陌上桑》中的"钩" …………………………………………………… (193)
古诗中的"骨" …………………………………………………………… (194)
《诗经·唐风·扬之水》中的"鹄" …………………………………… (197)
《诗经》中的"瓜" ……………………………………………………… (197)
《诗经·卫风·氓》中的"关" ………………………………………… (197)
白居易《游悟真寺诗》中的"观" ……………………………………… (199)
崔骃《大理箴》中的"官" ……………………………………………… (200)
乐府《君子行》中的"冠" ……………………………………………… (201)
柳永《阳台路》中的"馆" ……………………………………………… (202)
姜夔《踏莎行》中的"管" ……………………………………………… (203)
席佩兰《晓行观日出》中的"贯" ……………………………………… (205)
王桢《珍珠帘》中的"惯" ……………………………………………… (206)
古诗词中的"归" ………………………………………………………… (206)
李绅《转寿春守》中的"圭" …………………………………………… (254)
张九龄《骊山下逍遥公旧居游集》中的"龟" ………………………… (255)
郭沫若《题柳浪图》中的"规" ………………………………………… (258)
殷尧藩《韩信庙》中的"闺" …………………………………………… (262)
沈约《咏梧桐》中的"珪" ……………………………………………… (266)
谢灵运《述祖德诗》中的"轨" ………………………………………… (268)
贯休《行路难》中的"鬼" ……………………………………………… (270)
鲍溶《羽林行》中的"贵" ……………………………………………… (270)
《诗经·召南·江有汜》中的"过" …………………………………… (271)

H

吴歌《前溪》中的"还" ………………………………………………… (273)
苏轼《水调歌头》中的"寒" …………………………………………… (275)
吴文英《点绛唇》中的"汗" …………………………………………… (277)
苏辙《咏严颜》中的"豪" ……………………………………………… (278)
李贺《春昼》中的"恨" ………………………………………………… (278)
张衡《思玄赋》中的"珩" ……………………………………………… (279)
韦应物《滁州西涧》中的"横" ………………………………………… (279)
《诗经》中的"衡" ……………………………………………………… (280)
屈原《九歌》中的"蘅" ………………………………………………… (281)
元稹《答姨兄胡灵之见寄五十韵》中的"轰" ………………………… (281)
《诗经·小雅·白驹》中的"侯" ……………………………………… (281)

陆机《云赋》中的"忽" …………………………………………（282）
枣据《游览》中的"花" …………………………………………（283）
陶渊明《拟古诗》中的"华" ……………………………………（284）
周南《晚妆》中的"滑" …………………………………………（287）
屈原《楚辞·九歌·东君》中的"怀" ……………………………（288）
颜延之《和谢监灵运诗》中的"淮" ……………………………（288）
魏韦诞《亲蚕颂》中的"欢" ……………………………………（289）
杜牧《三国志》中的"环" ………………………………………（289）
诗词中的"缓" ……………………………………………………（290）
陆机《刻漏赋》中的"幻" ………………………………………（291）

诗　苏轼《送提刑孙颀少卿移湖北转运》中的"换" ……………（291）
词　丘崟《扑蝴蝶·蜀中作》中的"唤" …………………………（293）
古　吴文英《水龙吟·惠山泉》中的"浣" ………………………（293）
音　卢谌《览古诗》中的"患" ……………………………………（294）
　　应璩《百一诗》中的"焕" ……………………………………（295）
元好问《王仲泽诗》中的"挥" …………………………………（295）
古诗十九首《凛凛岁云暮》中的"晖" …………………………（296）
徐悱妻《答外诗》中的"辉" ……………………………………（306）
王褒《咏雁》中的"翬" …………………………………………（311）
孟浩然《赋得盈盈楼上女》中的"徽" …………………………（312）
宋之问《自洪府舟行直书其事》中的"毁" ……………………（314）
张九龄《酬周判官》中的"惠" …………………………………（314）
皮日休《茶舍》中的"活" ………………………………………（315）

J

黄宾虹《题画诗》中的"楫" ……………………………………（318）
东方朔《七谏》中的"加" ………………………………………（318）
杨雄《反骚》中的"佳" …………………………………………（319）
陶渊明《挽歌辞》中的"家" ……………………………………（319）
刘弗陵《黄鹄歌》中的"葭" ……………………………………（321）
《诗经》中的"嘉" ………………………………………………（321）
施肩吾《赠莎地道士》中的"甲" ………………………………（322）
柳宗元《酬韶州裴曹长使君寄道州吕八大使，因以见示》中的"奸" ……（322）
毛泽东《十六字令三首》中的"间" ……………………………（323）
陆游《书愤》中的"艰" …………………………………………（334）
韩愈《雪后寄崔二十六丞公》中的"菅" ………………………（337）
周密《宴清都·登雪川图有赋》中的"减" ……………………（338）
《楚辞·九章》中的"江" ………………………………………（338）

《诗经》与《楚辞》中的"降" ……………………………………………………………… (339)
黄庭坚《题竹石牧牛》中的"角" …………………………………………………………… (340)
庾信《和张侍中述怀》中的"缴" …………………………………………………………… (340)
齐白石《不倒翁》中的"阶" ………………………………………………………………… (340)
李白《蜀道难》中的"嗟" …………………………………………………………………… (344)
欧阳修《少年游》中的"街" ………………………………………………………………… (356)
李煜《虞美人》中的"解" …………………………………………………………………… (357)
曹操《薤露》中的"京" ……………………………………………………………………… (357)
陈仙璧《倾杯乐·永嘉坐筵》中的"靓" …………………………………………………… (358)
鲍照《赠故人马子乔》中的"肩" …………………………………………………………… (358)
贾岛《对菊》中的"菊" ……………………………………………………………………… (361)

K

左思《蜀都赋》中的"开" …………………………………………………………………… (362)
史岑《出师颂》中的"楷" …………………………………………………………………… (362)
李贺《谢秀才有妾缟练》中的"看" ………………………………………………………… (363)
皮日休《太湖诗·桃花坞》中的"渴" ……………………………………………………… (365)
萧衍《子夜四时歌 冬歌一》中的"客" …………………………………………………… (365)
徐干《室思诗》中的"空" …………………………………………………………………… (371)
元稹《缚戎人》中的"窟" …………………………………………………………………… (371)
《诗经·卫风·考槃》中的"宽" …………………………………………………………… (372)
吕本中《采桑子》中的"亏" ………………………………………………………………… (373)
萧纲《双燕离》中的"窥" …………………………………………………………………… (377)
耿湋《岩祠送薛近贬官》中的"逵" ………………………………………………………… (380)
王维《积雨辋川庄作》中的"葵" …………………………………………………………… (381)
谢朓《游敬亭山》中的"睽" ………………………………………………………………… (383)
岑参《虢州郡斋南池幽兴》中的"暌" ……………………………………………………… (384)
柳永《雨霖铃》中的"阔" …………………………………………………………………… (385)

L

《华山畿》中的"来" ………………………………………………………………………… (391)
郭璞《游仙诗》中的"莱" …………………………………………………………………… (391)
宋玉《招魂》中的"兰" ……………………………………………………………………… (392)
韦庄《浣溪沙》中的"栏" …………………………………………………………………… (392)
李贺《牡丹种曲》中的"阑" ………………………………………………………………… (393)
骆宾王《秋月》中的"澜" …………………………………………………………………… (393)
辛弃疾《水龙吟》中的"览"与"缆" ……………………………………………………… (394)
苏轼《闲燕亭》中的"懒" …………………………………………………………………… (394)

李贺《河阳歌》中的"烂" ……………………………………………… (396)
周邦彦《西河·金陵怀古》中的"垒" …………………………………… (396)
范仲淹《渔家傲·秋思》中的"泪" ……………………………………… (397)
刘禹锡《和董庶中古散调词赠尹果毅》中的"累" ……………………… (398)
《诗经·王风·兔爰》中的"罹" ………………………………………… (400)
古诗十九首《孟冬寒气至》中的"慄" …………………………………… (401)
王融《游仙诗》中的"砺" ………………………………………………… (401)
许浑《途径秦始皇墓》中的"陵" ………………………………………… (401)
白居易《续古诗十首》中的"六" ………………………………………… (402)
扬雄《解嘲》中的"龙" …………………………………………………… (402)
陆云《赠孙显世诗》中的"隆" …………………………………………… (402)
《陌上桑》中的"楼" ……………………………………………………… (403)
张衡《东京赋》中的"陋" ………………………………………………… (403)
李陵《录别诗》中的"庐" ………………………………………………… (403)
苏轼《渔家傲》中的"鹭" ………………………………………………… (405)
苏轼《谢欧阳晦夫遗琴枕》中的"峦" …………………………………… (405)
白居易《游悟真寺诗》中的"挛" ………………………………………… (406)
陆机《罗敷歌》中的"鸾" ………………………………………………… (406)
欧阳修《蝶恋花》中的"乱" ……………………………………………… (406)
卢祖皋《水龙吟·淮西重午》中的"旅" ………………………………… (408)
柳宗元《渔翁》中的"绿" ………………………………………………… (409)

M

《诗经》中的"麻" ………………………………………………………… (417)
崔骃《安封侯诗》中的"马" ……………………………………………… (417)
景覃《天香》中的"麦" …………………………………………………… (418)
沈公述《念奴娇》中的"脉" ……………………………………………… (419)
曹植《王仲宣诔》中的"蛮" ……………………………………………… (419)
罗隐《江南曲》中的"满" ………………………………………………… (420)
周密《拜星月》中的"幔" ………………………………………………… (422)
曹丕《寡妇赋》中的"漫" ………………………………………………… (422)
张先《菩萨蛮》中的"慢" ………………………………………………… (423)
古诗中的"氓" …………………………………………………………… (423)
杜甫《曲江》中的"莽" …………………………………………………… (424)
曹操《步出东门行》中的"茂" …………………………………………… (425)
曹操《步出东门行》中的"海""峙" ……………………………………… (426)
鲍照《中兴歌》中的"没" ………………………………………………… (426)
裴迪《送崔九》中的"美" ………………………………………………… (427)

刘克庄《玉楼春·呈林节推》中的"寐" ················· (429)
杨载《题墨竹》中的"媚" ································· (430)
何劭《游仙诗》中的"邈" ································· (430)
《楚辞·九歌》中的"明" ································· (431)
韦应物《滁州西涧》中的"鸣" ··························· (432)
欧阳修《玉楼春》中的"抹" ····························· (433)
屈原《九歌》中的"末" ··································· (433)
姜夔《淡黄柳·合肥》中的"陌" ························· (434)
鲍照《采桑》中的"幕" ··································· (434)

N

元结《石鼓歌》中的"那" ································· (437)
林伯渠《初到福州》中的"南" ··························· (438)
刘向《楚辞·九叹·怨思》中的"难" ····················· (439)
王安石《和平甫舟望九华山》中的"楠" ················· (441)
元稹《遭风二十韵》中的"能" ··························· (441)
紫姑《瑞鹤仙·赋一捻红牡丹》中的"捻" ················ (441)
李元膺《洞仙歌》中的"暖" ····························· (441)

O

曹植《赠丁翼诗》中的"讴" ····························· (444)

P

张衡《怨诗》中的"葩" ··································· (445)
白居易《小庭有月诗》中的"琶" ························· (446)
吴文英《玉楼春·京市舞女》中的"拍" ··················· (446)
谢灵运《登石门最高顶》中的"排" ······················· (447)
韦应物《答崔都水》中的"攀" ··························· (447)
《古诗十九首》中的"盘" ································· (448)
白居易《游悟真寺诗》中的"槃" ························· (448)
宋之问《自湘源至潭州衡山县》中的"盼" ··············· (448)
李邴《玉楼春·美人书字》中的"畔" ····················· (449)
《诗经》中的"烹" ·· (450)
《诗经》中的"彭" ·· (450)
元稹《赋得鱼登龙门》中的"鹏" ························· (451)
白居易《题座隅》中的"㺃" ····························· (451)
祝允明《戴文进小幅》中的"坡" ························· (452)

Q

班婕妤《自悼赋》中的"期" ····························· (453)

高适《寄宿田家》中的"歧" …………………………………………… (453)
张良臣《梅市道中》中的"悭" …………………………………………… (453)
钱惟演《木兰花》中的"浅" …………………………………………… (454)
李白《献从叔当涂宰阳冰》中的"枪" …………………………………… (454)
吕本中《清明游震泽即事》中的"卿" …………………………………… (455)
权德舆《诫言》中的"取" ……………………………………………… (455)

R

吴绍晋《探春慢》中的"惹" ……………………………………………… (457)
毛泽东《念奴娇·昆仑》中的"热" ………………………………………… (457)
白居易《草》中的"荣" …………………………………………………… (462)
《白水诗》中的"如" ……………………………………………………… (475)
毛泽东《渔家傲·反第二次大围剿》中的"入" ………………………… (479)
张先《师师令·赠美人》中的"蕊" ……………………………………… (483)
黄宾虹《题画》中的"若" ………………………………………………… (483)

S

黄机《蝶恋花》中的"糁" ………………………………………………… (485)
周邦彦《荔枝香》中的"散" ……………………………………………… (485)
姜夔《惜红衣·荷花》中的"色" ………………………………………… (487)
白居易《春雪》中的"杀" ………………………………………………… (487)
曹植《远游篇》中的"沙" ………………………………………………… (488)
白居易《题王侍御池亭》中的"莎" ……………………………………… (489)
欧阳修《渔家傲》中的"煞" ……………………………………………… (490)
陶渊明《归园田居》中的"山" …………………………………………… (490)
张祜《题道光上人山院》中的"杉" ……………………………………… (502)
庞树松《凤衔杯》中的"删" ……………………………………………… (502)
白居易《三月三日》中的"衫" …………………………………………… (503)
宋玉《神女赋》中的"珊" ………………………………………………… (504)
查清《忆秦娥·晚梦访曹苇坚》中的"闪" ……………………………… (504)
陆机《婕妤怨》中的"扇" ………………………………………………… (504)
刘禹锡《台城》中的"奢" ………………………………………………… (507)
徐特立《送董老赴京》中的"赊" ………………………………………… (510)
杜甫《禹庙》中的"蛇" …………………………………………………… (523)
韩愈《县斋有怀》中的"射" ……………………………………………… (527)
苏轼《蝶恋花·密州上元》中的"麝" …………………………………… (528)
李白《怨情》中的"谁" …………………………………………………… (529)
徐悲鸿《木棉》中的"师" ………………………………………………… (530)

唐伯虎《题画诗》中的"诗" ……………………………………………… (533)
李商隐《景阳井》中的"施" ……………………………………………… (535)
白居易《琵琶行》中的"湿" ……………………………………………… (537)
启功《题兰竹》中的"时" ………………………………………………… (540)
刘义隆《北伐》中的"始" ………………………………………………… (544)
杜甫《赠秘书监江夏李公邕》中的"世" ………………………………… (545)
贾谊《早云赋》中的"似" ………………………………………………… (546)
郭沫若《峡船图》中的"势" ……………………………………………… (550)
孟郊《结交》中的"拭" …………………………………………………… (552)
蔡文姬《胡笳十八拍·七拍》中的"是" ………………………………… (552)
杜甫《石柜阁》中的"适" ………………………………………………… (553)
文及翁《贺新凉·游西湖有感》中的"恃" ……………………………… (553)
郭璞《游仙诗》中的"逝" ………………………………………………… (554)
陆机《皇太子宴玄圃宣猷堂有令赋诗》中的"数" ……………………… (554)
陈子昂《感遇诗》中的"衰" ……………………………………………… (554)
谢惠连《七夕》中的"双" ………………………………………………… (560)
蔡文姬《胡笳十八拍》中的"水" ………………………………………… (561)
《诗经》中的"丝" ………………………………………………………… (567)
《诗经》中的"私" ………………………………………………………… (569)
《诗经》中旳"思" ………………………………………………………… (570)
杜甫《奉送魏六丈佑少府之交广》中的"斯" …………………………… (573)
古诗词中的"嘶" …………………………………………………………… (575)
王沂孙《高阳台》中的"澌" ……………………………………………… (579)
孟郊《怨诗》中的"死" …………………………………………………… (580)
韩愈《秋怀诗》中的"酸" ………………………………………………… (580)
枣嵩《赠荀彦将诗》中的"绥" …………………………………………… (581)
曹丕《与清河见挽船士新婚与妻别》中的"随" ………………………… (581)
武则天《羽音》中的"岁" ………………………………………………… (583)
范仲淹《御街行》中的"碎" ……………………………………………… (585)
高适《自淇涉黄河途中》中的"所" ……………………………………… (586)
张九龄《南阳道中作》中的"索" ………………………………………… (587)

T

韩愈《八月十五夜赠张功曹》中的"他" ………………………………… (589)
傅玄《朝时篇》中的"囹" ………………………………………………… (592)
《郊庙歌·青阳》中的"胎" ……………………………………………… (593)
储光羲《同王十三维偶然作十首》中的"台" …………………………… (593)
柳永《浪淘沙慢》中的"态" ……………………………………………… (594)

xiii

白居易《游悟真寺诗》中的"滩" ……………………………………………… (594)
韦应物《过卢明府有赠》中的"坛" ……………………………………… (594)
郑丰《南山》诗中的"潭" ………………………………………………… (595)
《诗经·魏风·伐檀》中的"檀" …………………………………………… (595)
苏轼《永遇乐·明月如霜》词中的"叹" …………………………………… (595)
吴征铸《水调歌头》中的"探" …………………………………………… (596)
《神人畅》中的"堂" ……………………………………………………… (597)
柳宗元诗中的"涂" ………………………………………………………… (597)
米芾《满庭芳》中的"团" ………………………………………………… (597)
杜甫《述古》中的"推" …………………………………………………… (598)
赵鼎《点绛唇》中的"褪" ………………………………………………… (599)
郭璞《答贾九州愁诗》中的"脱" ………………………………………… (600)

W

李白《玉阶怨》中的"袜" ………………………………………………… (601)
欧阳修《踏莎行》中的"外" ……………………………………………… (602)
姚炳《浪淘沙》中的"弯" ………………………………………………… (602)
李白《关山月》诗中的"湾" ……………………………………………… (603)
白居易《自咏》中的"顽" ………………………………………………… (603)
史浩《玩好篇》诗中的"宛" ……………………………………………… (604)
刘长卿《送灵澈》中的"晚" ……………………………………………… (604)
《诗经·齐风·猗嗟》中的"婉" …………………………………………… (608)
东方朔《七谏》中的"往" ………………………………………………… (608)
赵孟頫《岳鄂王墓》中的"危" …………………………………………… (608)
张说《破阵乐词》中的"威" ……………………………………………… (612)
王维《渭川田家》中的"微" ……………………………………………… (618)
罗隐《感弄猴人赐朱绂》中的"违" ……………………………………… (626)
韩愈《山石》中的"围" …………………………………………………… (636)
李白《春思》中的"帏" …………………………………………………… (641)
古诗十九首《凛凛岁月暮》中的"闱" …………………………………… (644)
钱起《谷口书斋寄杨补阙》中的"帷" …………………………………… (649)
唐德宗李适《送徐州张建封还镇》中的"维" …………………………… (653)
黄君坦《满江红·敬题》中的"伟" ………………………………………… (653)
王维《青溪》中的"苇" …………………………………………………… (654)
吴文英《齐天乐》中的"尾" ……………………………………………… (655)
白居易《一叶落》中的"委" ……………………………………………… (655)
潘尼《答陆士衡诗》中的"萎" …………………………………………… (656)
杜甫《赠秘书监江夏李公邕》中的"卫" ………………………………… (658)

卓文君《白头吟》中的"为" …………………………………………………… (658)
韦应物《出还》中的"位" …………………………………………………… (669)
李白《江上望皖公山》中的"味" …………………………………………… (670)
杜甫《枯楠》中的"畏" ……………………………………………………… (671)
杨方《合欢诗》中的"涁" …………………………………………………… (671)
苏轼《好事近·湖上》中的"兀" …………………………………………… (671)
苏轼《念奴娇·赤壁怀古》中的"物" ……………………………………… (672)

X

《诗经·小雅·白驹》中的"夕" …………………………………………… (675)
《前汉·郊祀歌》中的"西" ………………………………………………… (676)
左思《咏史诗》中的"昔" …………………………………………………… (676)
苏轼《游香积寺》中的"息" ………………………………………………… (677)
王观《清平乐·应制》中的"戏" …………………………………………… (677)
陈维崧《从小湫陡岭寻干洞下探水洞》中的"侠" ………………………… (677)
杜甫《故司徒李公光弼》中的"峡" ………………………………………… (678)
嵇康《四言赠兄秀才入军诗》中的"遐" …………………………………… (678)
陆机《文赋》中的"瑕" ……………………………………………………… (679)
曹植《洛神赋》中的"霞" …………………………………………………… (679)
《诗经》中的"下" …………………………………………………………… (681)
李白《独坐敬亭山》中的"闲" ……………………………………………… (683)
吕本中《从叔巽叔觅茶》中的"咸" ………………………………………… (690)
欧阳玄《渔家傲》中的"限" ………………………………………………… (691)
辛弃疾《鹧鸪天·代人赋》中的"些" ……………………………………… (691)
韩湘子《言志》中的"邪" …………………………………………………… (692)
庾信《咏画屏风》中的"偕" ………………………………………………… (694)
孟浩然《过故人庄》中的"斜" ……………………………………………… (695)
谢惠连《秋胡行》中的"谐" ………………………………………………… (716)
向子諲《鹧鸪天》中的"鞋" ………………………………………………… (717)
阮籍《咏怀诗》中的"写" …………………………………………………… (718)
柳永《二郎神·七夕》中的"泻" …………………………………………… (721)
欧阳修《蝶恋花》中的"谢" ………………………………………………… (722)
江道载《咏秋》中的"榭" …………………………………………………… (723)
曹操《蒿里行》中的"凶" …………………………………………………… (724)
《孔雀东南飞》中的"兄" …………………………………………………… (724)
陆云《赠郑曼季诗》中的"休" ……………………………………………… (727)
张籍《逢故人》中的"须" …………………………………………………… (727)
《诗经·小雅》中的"许" …………………………………………………… (729)

王安石《桂枝香·金陵怀古》中的"续" ……………………………… (732)
阮籍《咏怀诗》中的"轩" ………………………………………………… (733)
苏辙《过宜宾见夷中乱山》中的"暖" ………………………………… (733)
萧纲《西斋行马》中的"靴" …………………………………………… (734)
李白《将进酒》中的"谑" ……………………………………………… (734)

Y

杜甫《故司徒李公光弼》中的"压" …………………………………… (737)
苏轼《画鹰》中的"鸭" ………………………………………………… (737)
嵇康《五言诗》中的"牙" ……………………………………………… (738)
鲍照《还都至三山望石头城》中的"芽" ……………………………… (738)
王徽之《兰亭》中的"崖" ……………………………………………… (739)
古诗十九首《行行重行行》中的"涯" ………………………………… (740)
阮籍《咏怀诗》中的"言" ……………………………………………… (742)
毛泽东《七律·长征》中的"颜" ……………………………………… (744)
阮籍《咏怀诗》中的"晏" ……………………………………………… (754)
鲍照《冬至》中的"雁" ………………………………………………… (755)
《三王叙传》中的"妖" ………………………………………………… (756)
李白《题嵩山逸人元丹丘山居》中的"药" …………………………… (756)
萧赜《估客乐》中的"冶" ……………………………………………… (758)
《敕勒歌》与《诗经》中的"野" ………………………………………… (759)
李贺《十二月》中的"夜" ……………………………………………… (762)
曹摅《赠韩德真诗》中的"迤" ………………………………………… (765)
张衡《思玄诗》中的"移" ……………………………………………… (766)
《诗经·大雅·云汉》中的"遗" ……………………………………… (766)
郭璞《游仙诗》中的"颐" ……………………………………………… (766)
辛弃疾《满江红·送李正之提刑入蜀》中的"忆" …………………… (767)
邓千江《望海潮·献张六太尉》中的"殷" …………………………… (767)
《诗经》中的"英" ……………………………………………………… (769)
陶渊明《杂诗》中的"永" ……………………………………………… (770)
《诗经》中的"右" ……………………………………………………… (773)
刘禹锡《武陵观火》中的"娱" ………………………………………… (773)
高适《同群公出猎海上》中的"虞" …………………………………… (774)
杜牧《歙州卢中丞见惠名酝》中的"愚" ……………………………… (775)
辛弃疾《青玉案·元夕》中的"雨" …………………………………… (775)
李商隐《乐游原诗》中的"原" ………………………………………… (780)
庾信《咏怀诗》中的"源" ……………………………………………… (781)
续范亭《五百字诗》中的"怨" ………………………………………… (782)

枚乘《七发》中的"约" …… (783)
《郊庙歌辞·玄冥》中的"岳" …… (783)

Z

僧祖可《菩萨蛮》中的"匝" …… (785)
《诗经》中的"哉" …… (785)
王维《积雨辋川庄作》中的"菑" …… (786)
杜甫《春望》中的"簪" …… (786)
左思《咏史诗》中的"泽" …… (790)
《古诗十九首》中的"札" …… (790)
杜甫《催宗文树鸡栅》中的"栅" …… (791)
李清照《声声慢》中的"摘" …… (791)
朱敦儒《好事近》中的"宅" …… (792)
岑参《题铁门楼》中的"窄" …… (792)
何子朗《学谢体》中的"沾" …… (793)
邓拓《三姐伏剑》中的"闪"与"斩" …… (794)
欧阳修《送刘原甫》中的"盏" …… (794)
王安石诗中的"占" …… (795)
曹吴霞《绮罗香》中的"栈" …… (795)
刘孝威《春宵》中的"战" …… (796)
白居易《秋霁》中的"绽" …… (797)
朱庆馀《吴兴新堤》中的"遮" …… (797)
张九龄《感恩》中的"折" …… (800)
陈子昂《登幽州台歌》中的"者" …… (803)
林伯渠《登白玉山顶看旅顺口》中的"之" …… (808)
赵孟頫《岳鄂王墓》中的"支" …… (809)
《古诗十九首·行行重行行》中的"枝" …… (810)
《古诗十九首·行行重行行》中的"知" …… (811)
杜牧《杜秋娘诗》中的"脂" …… (816)
秦观《忆秦娥》中的"只" …… (817)
古诗词中的"旨"和"指" …… (818)
李石《渔家傲·赠鼎湖官伎》中的"纸" …… (818)
杜甫《羌村》中的"至" …… (819)
《紫芝歌》中的"志" …… (820)
萧纲《和赠逸民应诏》中的"制" …… (820)
鲍照《松柏篇》中的"治" …… (821)
杜甫《忆昔》中的"秩" …… (822)
屈原《楚辞·九章·涉江》中的"滞" …… (822)

王冏《奉和往虎窟山寺》中的"置" ………………………………………… (823)
季历《哀慕歌》中的"周" ……………………………………………… (823)
杜牧《读韩社集》中的"抓" …………………………………………… (823)
徐淑《答秦嘉诗》中的"追" …………………………………………… (824)
杜牧《题桐叶》中的"锥" ……………………………………………… (827)
周邦彦《夜游宫》词中的"坠" ………………………………………… (828)
王维《苦热》中的"濯" ………………………………………………… (829)
傅玄《明月篇》中的"姿" ……………………………………………… (829)
李益《杂曲》中的"资" ………………………………………………… (831)
高适《同敬八、卢五泛河间清河》中的"滋" ………………………… (832)
辛弃疾《水龙吟·登建康赏心亭》中的"子" ………………………… (833)
吴文英《喜迁莺·过希道家看牡丹》中的"紫" ……………………… (835)
元稹《遣病》中的"醉" ………………………………………………… (835)
独孤及《萧文学山池宴集》中的"樽" ………………………………… (837)
赵佶《燕山亭·北行见杏花》中的"做" ……………………………… (838)

参考书目 …………………………………………………………………… (839)

索引 ………………………………………………………………………… (840)

后记 ………………………………………………………………………… (842)

A

《诗经》中的"哀"

"哀"字现在只有一个读音 āi,如悲哀、哀伤、哀痛、哀思等。但古诗词中有时要读"叶于希切,音依"(yī)。如:

《诗经·小雅·采薇》

昔我往矣,杨柳依依。今我来思,雨雪霏霏。

行道迟迟,载渴载饥。我心伤悲,莫知我哀(yī)。

《诗经·小雅·十月之交》

彼月而微,此日而微(fēi)。今此下民,亦孔之哀。

《诗经·小雅·小旻》

潝潝訿訿,亦孔之哀。

《诗经·大雅·桑柔》

靡国不泯,民靡有黎。具祸以烬,于乎有哀。

【西汉】

刘向《楚辞·九叹·忧苦》

欲迁志而改操兮,心纷结其未离。外仿徨而游览兮,内恻隐而含哀。

曹操《苦寒行》(《全汉三国晋南北朝诗》P120)

迷惑失故路,薄暮无宿栖。行行日已远,人马同时饥。

担囊行取薪,斧冰持作糜。悲彼东山诗,悠悠使我哀。

【近现代】

鲁迅《题芥子园画谱·赠许广平》(《中国古今题画诗全璧》)

十年携手共艰危(yī),以沫相濡亦可哀。聊借画图怡倦眼,此中甘苦两心知(jī)。

《诗经·大雅·皇矣》中的"安"

"安"字现在只有一个读音 ān,如安定、安心、平安等。但古诗词中它除了读 ān,

有时要读"叶乌前切,音烟"(yān)(《康熙字典》)。《诗经》则注"叶于连切"。例如:

《诗经·大雅·皇矣》

临冲闲闲,崇墉言言。执讯连连,攸馘安安。

《诗经·小雅·六月》

戎车既安,如轾如轩。四牡既佶,既佶且闲。

《诗经·商颂·殷武》

旅楹有闲,寝成孔安。

【唐】

白居易《效陶潜体诗》 (《全唐诗》P4723)

今我何人哉,德不及先贤。衣食幸相属,胡为不自安(音烟)。

白居易《朝归书寄元八》 (《全唐诗》P4737)

要语连夜语,须眠终日眠。除非奉朝谒,
此外无别牵。年长身且健,官贫心甚安(音烟)。

白居易《赠杓直》 (《全唐诗》P4738)

自吾得此心,投足无不安。体非导引适,意无江湖闲。

白居易《夜雨有念》 (《全唐诗》P4788)

吾兄寄宿州,吾弟客东川。南北五千里,吾身在中间。
欲去病未能,欲住心不安。有如波上舟,此缚而彼牵。

白居易《中隐》 (《全唐诗》P4991)

唯此中隐士,致身吉且安。穷通与丰约,正在四者间。

白居易《春眠》 (《全唐诗》P4727)

新浴肢体畅,独寝神魂安。况因夜深坐,遂成日高眠。
春被薄亦暖,朝窗深更闲。却忘人间事,似得枕上仙。

白居易《咏怀》 (《全唐诗》P4752)

五十不为夭,吾今欠数年。知分心自足,委顺身常安。

白居易《自咏》 (《全唐诗》P4765)

诚知此事非,又过知非年。岂不欲自改,改即心不安。

韩愈《孟东野失子》 (《全唐诗》P3799)

上呼无时闻,滴地泪到泉。地只为之悲,瑟缩久不安。

苏轼《李仲蒙哀词》（《康熙字典》）

矫矫苹苹,自贵珍兮。欺世幻俗,内弗安兮。

（注：安,于真切,音因。）

【清】

胡薇元《夜飞鹊》 （《词综补遗》P522)

寒到者边裙带,相对卧牛衣,休更都捐。何用披裘深泽,安排大雪,高卧袁安。裁云镂月,檀风花,峭耸吟肩。

欧阳修《玉楼春》中的"岸"

"岸"字现在只有一个读音 àn。但古时它不但读 àn 音,而且可读"叶鱼战切、音艳"(yàn),与"浅""怨""练""面"等字协韵。如：

【先秦】

《诗经·卫风·氓》

及尔偕老,老使我怨。淇则有岸。

《诗经·大雅·皇矣》

帝谓文王,无然畔援。无然歆羡,诞先登于岸。

【宋】

欧阳修《玉楼春》 （《词综》P267)

春山敛黛低歌扇,暂解吴钩登祖宴。画楼钟动已魂消,何况马嘶芳草岸。

欧阳修《蝶恋花》 （《唐宋名家词选》P56)

移得绿杨栽后院。学舞宫腰,二月青犹短 dǐng。不比灞陵多送远,残丝乱絮东西岸。几叶小眉寒不展。莫唱阳关,真个肠先断 dǐng。分付与春休细看,条条尽是离人怨。

向镐《如梦令·书弋阳楼》 （《词综》P694)

楼上千峰翠巘,楼下一湾清浅。宝篆酒醒时,枕上月华如练。留恋,留恋,明日水村烟岸。

柳永《迷神引》 （《宋词三百首释》P74)

一叶扁舟轻帆卷,暂泊楚江南岸。孤城暮角,引胡笳怨。水茫茫,平沙雁,旋惊散。烟敛寒林簇,画屏展。天际遥山小,黛眉浅。

晁补之《调笑·西子》 （《词综》P411)

肠断。越江岸。越女江头纱自浣。天然玉貌铅红浅。自弄芙蓉日晚。紫骝嘶去犹回眄。笑入荷花不见。

危稹《渔家傲》 （《词综》P1014）

十四条弦音调远,柳丝不隔芙蓉面。秋入西窗风露晚,归去懒,酒酣一任乌巾岸。

周邦彦《绕佛阁》 （《唐宋名家词选》P190）

桂华又满。闲步露草,偏爱幽远。花气清婉。望中迤逦,城阴度河岸。

吴文英《解花语·梅花》 （《词综》P1202）

门横皱碧,路入苍烟,春近江南岸。暮寒如剪。临溪影一一半斜清浅。飞英弄晚。荡千里暗香平远。端正看,琼树三枝,总似兰昌见。

【清】

王渡《烛影瑶红》 （《词综补遗》P1379）

风趣今如见。流水高山未远,倚焦琴,阑干拍遍。暗香疏影,孤屿清寒,角巾岸。

张士茂《霜天晓角·虎丘》 （《词综补遗》P1534）

山临茂苑,垂柳萦堤岸。塔影青林,钟声古殿,箫鼓画船声渐远。低舞袖,按歌扇。

钱万里《满江红·东湖感旧》 （《词综补遗》P1032）

荷芙槛,芙蓉岸。锦树外,红桥畔(biàn)。任露华浓淡,烟条长短。朱履客挥听笛泪,画楼人作辞巢燕。

欧阳修《读书诗》中的"案"

"案"字现在只有一个读音 àn,如档案、案件、大案等。但古诗词中有时要读"叶伊甸切,音宴"(yàn),与"绢""倦""眷""院"等字协韵。如《康熙字典》举例：

宋欧阳修《读书诗》

初如两军交,乘胜方酣战(jiàn)。至哉天下乐,终日在书案。

【清】

崇彝《渔家傲·题顾太清手书纨扇》 （《词综补遗》P79）

月样依稀裁宝扇,消寒诗写泥金绢。赋罢孤鸾人意倦。春风面,丁香想象闲庭院。闺阁多才休自炫,当年共美神仙眷。莫信乌龙旧诗案(yàn)。班姬怨,思量往事堪肠断(diàn)。

欧阳修《送胡学士》中的"暗"

"暗"字现在通常读 àn,但古诗词中有时要读"燕"(yān)(《康熙字典》:暗,伊甸切,音"燕")。如:

欧阳修《送胡学士》 (《康熙字典》)

都门春渐动,柳色缘将暗。挂帆千里风,水阔江灩灩。

欧阳修《渔家傲·七夕》 (《欧阳修全集》P85)

喜鹊填河仙浪浅。云軿早在星桥畔。街鼓黄昏霞尾暗。炎光敛。金钩侧倒天西面。

周密《献仙音·吊雪香亭梅》中的"黯"

"黯"字现在只有一个读音 àn,如黯淡、黯然。但古诗词中它有时要读 yàn,据《康熙字典》:黯,乙减切,音狷(yàn)或奄。奄,即奄奄一息的奄。所以读古诗词是要注意具体语境,有时读"暗";有时读"奄",与"远""减""卷""软"诸字协韵。如:

【宋】

周密《献仙音·吊雪香亭梅》 (《词综》P2215)

共凄黯。问东风、几番吹梦,应惯识当年,翠屏金辇。一片古今愁,但废绿、平烟空远。无语消魂,对斜阳、衰草泪满。(满音勉)又西泠残笛,低送数声春怨。

周密《三姝媚·送圣与还越》 (《词综》P2214)

浅寒梅未绽(绽音甸)。正潮过西陵,短亭逢雁。秉烛相看,叹俊游零落,满襟依黯。

高观国《齐天乐》 (《词综》P1080)

碧云阙处无多雨,愁与去帆俱远。倒苇沙闲,枯兰溆冷,寥落寒江秋晚。楼阴纵览,正魂怯清吟,病多依黯。怕揾西风,袖罗香自去年减。

【清】

萧泽《绛都春》 (《词综补遗》P1086)

心眼。迷津不辨,记前度洞口,波澄如练。自别江南,苹花苹叶,都含怨。初升月色鹅黄绽。便句起,满江销黯。怎当晓涨三篙,客魂又断。

谢灵运《折杨柳行》中的"拔"

"拔"字现在只有一个读音 bá，但古时它是个多音字。《康熙字典》注其有七种读音，其一是"笔别切，读若分别的别"(bié)。另，"拔"字也可读 biě，如：

【南朝　宋】
　　　　谢灵运《折杨柳行》　（《全汉三国晋南北朝诗》P629）
　　骚屑出穴风，挥霍见日雪。飕飕无久摇，皎皎几时洁，
　　未觉泮春冰，已复谢秋节。空对尺素迁，独视寸阴灭。
　　否桑未易系，泰茅难重拔。桑茅迭生运，语默寄前哲。

【唐】
　　　　刘景复《梦为吴泰伯作胜儿歌》　（《全唐诗》P9832）
　　繁弦已停杂吹歇，胜儿调弄逻娑拔。四弦拢撚三五声，唤起边风驻明月。

【宋】
　　　　辛弃疾《贺新郎》　（《唐宋名家词选》P247）
　　凤尾龙香拔。自开元、霓裳曲罢，几番风月。最苦浔阳江头客，画舸亭亭待发。记出塞、黄云堆雪。

（注："拔"与"拔"都有一个 bié 音。）

苏轼《寒食雨》中的"白"

"白"字现在只有一个读音 bái，但过去它是个多音字。据《康熙字典》，它有五音：一是"旁陌切，音帛"；二是"步化切，音杷"；三是"博陌切，音伯"；四是"叶旁各切，音薄"；五是"叶房密切，音弼"(bì)。1936 年出版的《辞海》则只注一个音，白字"步额切，音帛，陌韵"。由此可见，现在我们对"白"字的读音与过去是大不相同的。

古诗词中"白"字以音弼(bì)与"笛""碧""息""迹""滴""驿""力""寂"等字协韵的情况不少，现举例如下：

【唐】

王维《陇头吟》（《全唐诗》P1256）

长安少年游侠客,夜上戍楼看太白。陇头明月迥临关,陇上行人夜吹笛。

王维《同崔傅答贤弟》（《全唐诗》P1258）

洛阳才子姑苏客,桂苑殊非故乡陌。九江枫树几回青,一片扬州五湖白。

王昌龄《风凉原上作》（《全唐诗》P1433）

远山无晦明,秋水千里白。佳气盘未央,圣人在凝碧。

李白《谢公宅》（《全唐诗》P1850）

青山日将暝,寂寞谢公宅(宅,场伯切。伯音必)。竹里无人声,池中虚月白。
荒庭衰草遍,废井苍苔积。唯有清风闲,时时起泉石(石,叶常义切,音匙)。

杜甫《古柏行》（《全唐诗》P2334）

孔明庙前有老柏,柯如青铜根如石。霜皮溜雨四十围,黛色参天二千尺。
君臣已与时际会,树木犹为人爱惜。云来气接巫峡长,月出寒通雪山白。

杜甫《两当县吴十侍御江上宅》（《全唐诗》P2294）

余时忝谏臣,丹陛实咫尺。相看受狼狈,至死难塞责。
行迈心多违,出门无与适(shè)。于公负明义,惆怅头更白。

顾况《白鹭汀》（《全唐诗》P2960）

霏霏汀草碧,淋森鹭毛白。夜起沙月中,思量捕鱼策(qiè)。

顾况《谅公洞庭孤桔歌》（《全唐诗》P2948）

洞庭桔树笼烟碧,洞庭波月连沙白。待取天公放恩赦,侬家定作湖中客。

顾况《李湖州孺人弹筝歌》（《全唐诗》P2948）

独把梁州凡几拍,风沙对面胡秦隔。听中忘却前溪碧,醉后犹疑边草白。

韦应物《拟古诗》（《全唐诗》P1894）

驱车背乡园,朔风卷行迹。严冬霜断肌,日入不遑息。
忧欢容发变,寒暑人事易。中心君讵知,冰玉徒贞白。

王建《早发金堤驿》（《全唐诗》P3366）

虫声四野合,月色满城白。家家闭户眠,行人发孤驿。

欧阳詹《赋得秋河曙耿耿送郭秀才应举》（《全唐诗》P3904）

月没天欲明,秋河尚凝白。皑皑积光素,耿耿横虚碧。

孟郊《清源寒食》（《全唐诗》P4218）

莓苔井上空相忆,辘轳索断无消息。酒人皆倚春发绿,病叟独藏秋发白。

孟郊《弦歌行》 (《全唐诗》P4182)

驱傩击鼓吹长笛,瘦鬼染面惟齿白。暗中崒崒拽茅鞭,裸足朱禈行戚戚。

白居易《三年为刺史二首》 (《全唐诗》P4763)

三年为刺史,饮冰复食蘖。唯向天竺山,取得两片石。
此抵有千金,无乃伤清白。

白居易《襄阳舟夜》 (《全唐诗》P4871)

下马襄阳郭,移舟汉阴驿。秋风截江起,寒浪连天白。
本是多愁人,复此风浪夕。

白居易《溪中早春》 (《全唐诗》P4782)

南山雪未尽,阴岭留残白。西涧冰已消,春溜含新碧。

皮日休《夜会问答》 (《全唐诗》P7107)

霜中笛。落梅一曲瑶华滴。不是青女是何人,三奏未终头已白。

【宋】

苏轼《寒食雨》 (《康熙字典》)

暗中偷负去,夜半真有力。何殊病少年,病起头已白。

欧阳修《春日西湖寄谢法曹歌》 (《宋诗一百首》P14)

少年把酒逢春色,今日逢春头已白。异乡物态与人殊,唯有东风旧相识。

辛弃疾《满江红·江行和杨济翁韵》 (《宋词选》P265)

吴楚地,东南坼。英雄事,曹刘敌。被西风吹尽,了无尘迹。楼观甫成人已去,旌旗未卷头先白。叹人生、哀乐转相寻,今犹昔。

李甲《望云涯引》 (《词综》P639)

秋容江上,岸花老,苹洲白。露湿蒹葭,浦屿渐增寒色(sè)。闲渔唱晚,鹜雁惊飞处,映远碛。数点轻帆,送天际归客。

陆凝之《念奴娇·观潮》 (《词综》P776)

远山一带,溯晴空,极目天涯浮白。枫落鸦翻,谈笑处,不觉云涛横席。酒病方苏,睡魔犹殢,一扫无留迹。吴帆越棹,恍然飞上空碧。

毛文锡《醉花间》 (《词综》P128)

深相忆,莫相忆,相忆情难极。银汉是红墙,一带遥相隔。金盘珠露滴,两岸榆花白。风摇玉佩清,今夕为何夕?

吴潜《酹江月·瓜州会赵南仲端明》 (《词综》P1123)

红尘飞骑,报元戎小队,踏青南陌。雪浪堆边呼晓渡,吴楚半江分坼。岁月惊心,风埃眯目,相对头俱白。杨花撩乱,可怜如此春色。

周密《台城路·赤壁重游》 (《词综》P1277)

此生此夜此景,自仙翁去后,清致谁识?散发吟商,簪花弄水,谁伴空江横笛?流年暗惜。惜一度西风。井梧吹碧。底事闲愁,醉歌浮大白!

周密《秋霁·秋日游西湖》 (《词综》P1274)

年华易失,段桥几换垂杨色。谩自惜!愁损庾郎,双鬓点华白。

史达祖《秋霁》 (《词综》P1102)

还又岁晚,瘦骨临风,夜润秋声,吹动岑寂。露蛩鸣,清灯冷屋,翻书愁上鬓毛白。年少俊游浑难得。但可怜处,无奈苒苒惊魂,采香南浦,剪梅烟驿。

吴文英《瑞鹤仙》 (《词综》P1206)

行客。西园有分,断柳凄花,似曾相识。西风破屐,林下路,水边石。念寒蛩残梦,归鸿心事,那听江村夜笛。看雪飞萍底芦梢,未如鬓白。

佚名《忆少年》 (《词综》P1536)

羁马萧萧行又急。空回首,水寒沙白。天涯倦牢落,忽一声羌笛。

张炎《壶中天·夜渡古黄河》 (《词综》P2221)

迎面落叶萧萧,水流沙共远,都无行迹。衰草凄迷秋更绿,惟有闲鸥独立。浪挟天浮,山邀云去,银浦横空碧。扣舷歌断,海蟾飞上孤白。

汤恢《满江红》 (《词综》P2234)

绿縠水,红香陌。紫桂桴,黄金勒。怅前欢如梦,后游何日?酒醒香销人自瘦,天空海阔春无极。又一林新月照黄昏,梨花白。

汤恢《祝英台近·中秋》 (《词综》P2236)

月如冰,天似水,冷浸画栏湿。桂树风前,浓香半狼借。此翁对此良宵,别无可恨,恨则恨、古人头白。

【元】

赵雍《忆秦娥》 (《词综》P2066)

春寂寂,重门半掩梨花白。梨花白,芳心如醉,暗思当日。

【明】

高启《忆远曲》 (《明诗选》P103)

妾今能使乌头白,不能使郎休作客。

陆治《仿大痴山水》 (《历代题画诗选注》P81)

鸡声茅屋午,霭霭虚烟白。市散人迹稀,山空翠欲滴。

【清】

钱泰吉《满江红·赠冯柳东》 (《词综补遗》P1036)

黄鹤群仙龙笛吼,玉清谪吏铜壶裂。尽终宵,狂叫碧云天,东方白。

欧阳修《潭园》中的"百"

"百"字在 1979 年版《辞海》中注有二音:一是 bǎi,如百战百胜;二是 mò,意指"跃起"。现在大多数人只知道"百"读 bǎi,知道 mò 音的很少,因为它极少用。

值得注意的是,古时"百"是个多音字。据《康熙字典》,它有四音:一音是博陌切,音伯(bó);二音是莫白切,音陌(mò);三音是叶伯各切,音搏(bò);四音是叶毕吉切,音必(bì)。

所以,我们在朗读古诗词时一定要注意古今不同音,注意不同语境中"百"字不同的读音。特别是"必"(bì)音。如:

欧阳修《潭园》 (《康熙字典》)

一花聊一醉,尽醉犹须百。而我病不饮,对花空叹息。

陶渊明《经钱溪诗》中的"柏"

"柏"字现在有三个读音:一是 bǎi;二是 bó;三是 bò(见 1979 年版《辞海》)。

古诗词中的"柏"字除了读上述三音之外(视情况不同),还有一种鲜为人知的读音为 bì。据《康熙字典》:柏,叶壁益切,音必。如:

陶渊明《经钱溪诗》

园田日梦想,安得久离析?终怀在归舟,谅哉宜霜柏。

何晏《景福殿赋》中的"班"

"班"与"斑"两字现在只有一个读音 bān。但在古诗词中它不但可读"布还切,音颁"(bān),而且可读"叶卑连切,音鞭"(biān)(《康熙字典》)。如:

【魏】

何宴《景福殿赋》 (《康熙字典》)

光明熠爚,文彩璘班(biān)。清风萃而成响,朝日曜而增鲜。

【唐】

白居易《游悟真寺诗》（《全唐诗》P4735）

昔闻王氏子，羽化升上玄。其西晒药台，犹对芝术田。
时复明月夜，上闻黄鹤言。回寻画龙堂，二叟鬓发斑。

张衡《西京赋》中的"般"

"般"字现在有三个读音：一是bō，如佛家语般若；二是bān，如般配、暴风雨般；三是pān。但古时除了以上三音外，它还有一音"蒲先切，音骈"（pián），古诗词中与"奸""旃""钱""圆"等字协韵。例如：

【汉】

张衡《西京赋》（《康熙字典》）

蚩尤秉钺，奋鬣被般。禁御不若，以知神奸。魑魅魍魉，莫能逢旃。

【清】

龚维锜《春风嫋娜·柳花和香宋》（《词综补遗》P95）

也识红闺俊约，儿童捉取，绿阴嫩、顾影堪怜。斜阳外，晓风前，离情缕缕，薄命般般。梨外相看，化成秋苑。钗头无分，浣了苔钱。生涯谁管，只三生萍叶，鱼儿吹处，一霎轻圆。

徐景圻《雨中花·春日风雨书怀》（《词综补遗》P181）

正苏公堤畔，西子湖边。十里香尘杂沓，六桥歌吹喧阗。赏心乐事，云山四面，烟景千般（pián）。

曹植《七启》中的"斑"

"斑"字现在只有一个读音bān，如斑斓、斑纹等。但古诗词中它有时要读"叶卑连切，音边"（biān），与"玄""田""拳""言"等字协韵。如《康熙字典》例举：

曹植《七启》

形不抗首，骨不隐拳。批熊碎掌，拉虎摧斑。

【唐】

白居易《游悟真寺诗》（《全唐诗》P4735）

昔闻王氏子，羽化升上玄。其西晒药台，犹对芝术田。
时复明月夜，上闻黄鹤言。回寻画龙堂，二叟鬓发斑。

王丽真女郎《字字双》（《词综》P67）

床头锦衾斑复斑，架上朱衣殷复殷。空庭明月闲复闲，夜长路远山复山(xiàn)。

【清】

高愿《拂霓裳》（《词综补遗》P1177）

奈何天，鹧鸪啼破绿杨烟。春去也，落红无主为谁妍？歌骊愁子夜，市骏感丁年。鬓初斑。暗魂销、空掷沈郎钱。

吴文英《高阳台·落梅》中的"瘢"

"瘢"字现在只有一个读音 bān，如瘢痕。古时有的人把"瘢"字与"贤""边""圆"诸字协韵。据《康熙字典》，"瘢"音为"薄官切"。因"官"字有两音：一是"涓"，所以"瘢"字一音为"薄涓切"音 pián。

另："般"字为多音字，其一是"蒲先切"，音骈(pián)。

【宋】

吴文英《高阳台·落梅》（《词综》P1198）

寿阳宫里愁鸾镜。问谁调玉髓，暗补香瘢。细雨归鸿，孤山无限春寒。离魂难倩招清些，梦缟衣、解佩谿边。最愁人，啼鸟晴明，叶底青圆。

（注：寒音贤。）

王建《公无渡河·相和歌辞》中的"坂"

"坂"与板字同音，现在都只有一个读音 bǎn，但古时它们都是多音字。"坂"字除了读 bǎn 音外，还有"叶俾缅切，音编"(biān)、"叶苦椽切，音绢"(juān)。

古诗词中"坂"音 biān 的例子：

孙绰《三月三日诗》（《康熙字典》）

缥萍漫流，绿柳荫坂。羽从风飘，鳞随波转。

【北魏】

温子升《凉州乐歌》（《全汉三国晋南北朝诗》P1482）

路出玉门关，城接龙城坂。但事弦歌乐，谁道山川远。

古诗中"坂"音 juān 的例子：

【唐】

  王建《公无渡河·相和歌辞》 (《全唐诗》P202)

  渡头恶天两岸远,波涛塞川如叠坂。幸无白刃驱向前,何用将身自弃捐。蛟龙啮尸鱼食血,黄泥直下无青天。

【宋】

  苏辙《闲燕亭》 (《康熙字典》)

  诸峰宿雾收,草木朝阳绚。盎盎云出山,浏浏泉口坂。

毛滂《夜行船·馀英溪》中的"板"

"板"字现在只有一个读音 bǎn,如板凳、板壁、板胡、板栗等。但古时它还可以读音匾(biǎn)。《康熙字典》注:板,"叶卑免切,音匾"。例如:

【唐】

  韩愈《祭张彻文》

  乃迁殿中,朱衣象板。惟义之趋,岂利之践。

【宋】

  毛滂《夜行船·馀英溪》 (《词综》P446)

  涨绿流红空满眼,倚兰桡旧愁无限。莫把鸳鸯惊飞去,要歌时少低檀板。

【清】

  张湄《齐天乐·迎銮新曲》 (《词综补遗》P1532)

  漫论马枚迟速,翩翩词赋手,总输歌板。绛树千围,骊珠一串,好趁花飞莺啭。重瞳回眷,正湖镜澄空,山屏翠展。雅乐流转,补省方盛典。

苏轼《点绛唇·重九》中的"半"

"半"字现在只有一个读音 bàn。其实古时它除了读 bàn 外,还可以读"普半切,音泮"(pàn),可以读"叶卑眠切、音鞭"。如:

  苏轼《点绛唇·重九》 (《词综》P372)

  尚想横汾,兰菊纷相半。楼船远,白云飞乱,空有年年雁。

其他一些举例:

《道藏歌》（《康熙字典》）

游云落太阳,飚景凌三天。千秋似清旦,万岁犹日半。

【晋】

裴秀《新诗》（《先秦汉魏晋南北朝诗》P583）

姬文发号令,哀穷先矜贱。齐景吐德音,益治一国半。

【金】

蔡松年《尉迟杯》（《词综》P1618）

华年共有好愿,何时定？妆鬟暮雨零乱(liàn)！梦似花飞,人归月冷,一夜小山新怨。刘郎兴寻常不浅,况不似桃花春溪远。觉情随晓马东风,病酒余香相半。

【宋】

欧阳修《渔家傲》（《欧阳修词全集》P86）

奕奕天河光不断。有人正在长生殿。暗付金钗清夜半。
千秋愿:年年此会长相见。

欧阳修《渔家傲》（《欧阳修词全集》P88）

别恨长长欢计短。疏钟促漏真堪怨。此会此情都未半。
星初转,鸾琴凤乐忽忽转。

李元膺《洞仙歌》（《词综》P457）

一年春好处,不在浓芳,小艳疏香最娇软。到清明时候,百紫千红,花正乱,已失春风一半。

黄升《鹊桥仙》（《词综》P1171）

青林雨歇,珠帘风细,人在绿阴庭院。夜来能有几多寒,已瘦了梨花一半。宝钗无据,玉琴难托,合造一襟幽怨。云窗雾阁事茫茫,试与问杏梁双燕。

毛滂《踏莎行·早春即事》（《词综》P436）

阶影红迟,柳苞黄遍,纤云弄日阴晴半。重帘不卷篆香横,小花初破春丛浅。

范成大《题张希颜纸木红梅》（《中国古今题画诗全璧》P12）

酒力欺朝寒,潮红上妆面。桃李漫同时,输了春风半。

【清】

吴巽《鹊桥仙·花朝》（《词综补遗》P408）

纱窗雨湿,梅花香细,帘卷晓妆深院。峭寒特地掩春光,数过了,春光未半。

《楚辞·九章》中的"伴"

"伴"字现在只有一个读音 bàn,如同伴、伴侣、陪伴、伴随等。但古时它是个多音字,《康熙字典》注明,它不但读"蒲管切,音盘",还可读"薄半切,音判",还可读"叶皮变切,音卞"(biàn)。

关于"伴"字读音 biàn,《康熙字典》举例:

《楚辞·九章》

众骇遽以离心兮,又何以为此伴也。同极而异路兮,又何以为此援也。

宋词中的一些例子,如:

【宋】

蔡绅《洞仙歌》 (《词综》P679)

莺莺燕燕,本是于飞伴。风月佳时阻幽愿。但人心坚固后,天也怜人,相逢处、依旧桃花人面。

吴儆《减字木兰花·中秋独与静之饮》 (《词综》P879)

凄凉满眼,肯作六年灯火伴。莫说凄凉,来岁如今又一方。

(注:木兰花词每两句押韵,该词伴字与眼字协韵。)

赵汝钠《水龙吟·白莲》 (《词综》P1479)

暗想凄愁别岸,粉痕消香腮凝腕。雪空冰冷,此情惟许,鹭知鸥见。羽扇微摇,翠帷低拥,清凉亭院。待夜深,月上阑干,更邀取姮娥伴。

赵闻礼《水龙吟·水仙花》 (《词综》P1493)

湘波盈盈月满,抱相思夜寒肠断。含香有恨,招魂无路,瑶琴写怨。幽韵凄凉,暮江空渺,数峰清远。粲迎风一笑,持花酹酒,结南枝伴。

【清】

朱孝臧《水龙吟》 (《词综补遗》P468)

浯溪撰颂,茂陵求稿,湛冥何限。我独悲歌,紫霞一去,凄凉九辨。腾大荒酹取,人天孤愤,觅灵均伴。

吴士鉴《半樱词》 (《词综补遗》P362)

江湖践俊约,满把吴菱赋蓬转。有翠管,琼箫此身伴。

吴琪《踏莎行》 (《词综补遗》P397)

不愿为莺,何须似燕,也休派做鸳鸯伴。空山松雪半生宜,蒲团梦影随云便。

徐鸿谟《水龙吟·用陈同甫韵》（《词综补遗》P207）

三月归舟送远,可怜人、几声新雁。瘦骨销烟,病魂怯夜,秋魂谁伴？零落红颜,凄凉白发,夜台应怨。

扬雄《交州牧箴》中的"绊"

"绊"字现在只有一个读音 bàn,如绊脚石、绊手绊脚等。但古诗词中它有时要读"莫漫切(漫,民坚切,音眠),音辨"(biàn),与"献"、"恋"诸字协韵。如：

扬雄《交州牧箴》（《康熙字典》）

爰自开辟,不羁不绊。周公摄祚,白雉是献。

【清】

朱彝瀛《千秋岁·庚子秋望》（《词综补遗》P457）

几度桃源美,几辈枌榆恋。忧比杜,悲逾粲。鸿归阳早向,骥老尘空绊。何日也,烟消日出风光转。

注：此诗中粲音"叶仓甸切",音 qiàn。如：

陆云《赠张府君》

被绣昼行,昔人攸羡。阶云飞藻,孰与同粲。

《诗经》里的"邦"字

"邦"字现在只有一个读音 bāng,如邦交、邦联等。但《康熙字典》注明,古时它不但可读"博江切,音梆",而且可读"叶卜工切,音崩"。如《诗经》《易经》里的"邦"字都读"崩"。

【先秦】

《诗经·小雅·节南山》

家父作诵,以究王讻。式讹尔心,以畜万邦。

《诗经·小雅·瞻彼洛矣》

君子至止,福禄既同。君子万年,保其家邦。

《诗经·小雅·采菽》

维柞之枝,其叶蓬蓬,乐只君子,殿天子之邦。

《诗经·大雅·思齐》

惠于宗公,神罔时怨,神罔时恫。刑于寡妻,至于兄弟,以御于家邦。

《诗经·大雅·皇矣》

密人不恭,敢距大邦。

《诗经·大雅·崧高》

登是南邦,世执其功。王命申伯,式是南邦。

《诗经·大雅·召旻》

天降罪罟,蟊贼内讧。昏椓靡共,溃溃回遹,实靖夷我邦。

《诗经·鲁颂·閟宫》

奄有龟蒙,遂荒大东。至于海邦,淮夷来同。

【汉】

蔡邕《答元式诗》 (《全汉三国晋南北朝诗》P41)

伊余有行,爰庆兹邦。先进博学,同类率从。济济群彦,如云如龙。

刘向《楚辞·九叹·逢纷》

声哀哀而怀高丘兮,心愁愁而思旧邦。愿承闲而自恃兮,径淫曀而道壅。

【晋】

陆机《与弟清河云诗》 (《全汉三国晋南北朝诗》P339)

非德莫勤,非道莫弘。垂翼东畿,耀颖名邦。绵绵洪统,非尔孰崇。

荀昶《拟青青河边草句》 (《全汉三国晋南北朝诗》P723)

寤寐衾裯同,忽觉在他邦。

潘岳《关中诗》 (《全汉三国晋南北朝诗》P371)

既征尔辞,既蔽尔讼。当乃明实,否则证空。好爵既靡,显戮亦从。不见窦林,伏尸汉邦。

【南朝 宋】

鲍照《从拜陵登京岘》 (《全汉三国晋南北朝诗》P682)

东岳覆如砺,瀛海安足穷。伤哉良永矣,驰光不再中。衰贱谢远愿,疲老还旧邦。深德竟何报,徒令田陌空。

鲍照《还都口号》 (《全汉三国晋南北朝诗》P692)

阴沉烟塞合,萧瑟凉海空。驰霜急归节,幽云惨天容。旌鼓贯玄塗,羽鹢被长江(江音工)。君王迟京国,游子思乡邦。恩世共渝洽,身愿两抜逢。勉哉河济客,勤尔尺波功。

鲍照《数名诗》　（《全汉三国晋南北朝诗》P697）

一身仕关西，家族满山东。二年从车驾，斋祭甘泉宫。
三朝国庆毕，休沐还旧邦。四牡曜长路，轻盖若飞鸿。

　　颜竣《七庙迎神辞》　（《全汉三国晋南北朝诗》P721）

　　敬恭明祀，孝道感通。合乐维和，展礼有容。
　　六舞肃列，九变成终。神之来思，享兹洁衷。
　　灵之往矣，绥我家邦。

【北魏】

　　韩延之《赠中尉李彪》　（《全汉三国晋南北朝诗》P1470）

如何情愿夺，飘然独远从。痛哭去旧国，衔泪届新邦。
哀哉无援民，嗷然失侣鸿。

【唐】

　　张说《奉和圣制过晋阳宫应制》　（《全唐诗》P925）

往运感不追，清时惜难逢。诗发尊祖心，颂刊盛德容。
愿君及春事，回舆绥万邦。

　　白居易《凶宅》　（《全唐诗》P4655）

权重持难久，位高势易穷。骄者物之盈，老者数之终。
四者如寇盗，日夜来相攻。假使居吉土，孰能保其躬。
因小以明大，借家可喻邦。周秦宅崤函，其宅非不同。
一兴八百年，一死望夷宫。寄语家与国，人凶非宅凶。

　　白居易《贺雨》　（《全唐诗》P4653）

上心念下民，惧岁成灾凶。遂下罪己诏，殷勤告万邦。
帝曰予一人，继天承祖宗。忧勤不遑宁，夙夜心忡忡。

古诗十九首中的"悲"

　　"悲"字现在只有一个读音 bēi，如悲哀、悲伤、悲痛等。但古诗词中它往往要读音 bī，与"衣""妻""机""飞"等字协韵。据《康熙字典》，悲字音"府眉切"。因眉字有"梅""麋"两音，所以"府眉切"就切出 bēi 与 bī 两音。1936 年出版的《辞海》则注："悲，笔伊切，音卑，支韵。"

　　"悲"音 bī 最早见之于《诗经·豳风·七月》：女心伤悲。其他例举：

《古诗十九首第十六首》（《玉台新咏》P1）
凛凛岁云暮,蝼蛄多鸣悲。凉风率已厉,游子寒无衣。

《古诗十九首第五首》（《玉台新咏》P10）
上有弦歌声,音响一何悲。谁能为此曲,无乃杞梁妻。

《古诗为焦仲卿妻作》（《玉台新咏》P24）
十七为君妇,心中常苦悲。君既为府吏,守节情不移。
贱妾守空房,相见常日稀。

【魏】

甄皇后《乐府塘上行》（《玉台新咏》P34）
念君去我时,独愁常苦悲。想见君颜色,感结伤心脾。
念君常苦悲,夜夜不能寐。

曹植《杂诗》（《玉台新咏》P36）
始出严霜结,今来白露晞。游子叹黍离,处者歌式微。
慷慨对嘉宾,凄怆内伤悲。

【晋】

傅玄《明月篇》（《玉台新咏》P45）
浮萍无根本,非水将何依。忧喜更相接,乐极还自悲。

张华《情诗》（《玉台新咏》P47）
巧笑媚欢靥,联媚眄与眉。寐言增长叹,凄然心独悲。

陆机《拟东城一何高》（《玉台新咏》P55）
闲夜抚鸣琴,惠音清且悲。长歌赴促节,哀响逐高徽(yī)。
一唱万夫欢,再唱梁尘飞。思为河曲鸟,双游丰水湄。

谢朓《咏邯郸故才人嫁为厮养卒妇》（《玉台新咏》P91）
生平宫阁里,出入侍丹墀。开笥方罗縠,窥镜比蛾眉。
初别意未解,去久日生悲。憔悴不自识,娇羞馀故姿。

柳恽《杂诗》（《玉台新咏》P112）
春心多感动,睹物情复悲。自君之出矣,兰堂罢鸣机。
徒知游宦是,不念别离非。

萧纲《折杨柳》（《玉台新咏》P160）
城高短箫发,林空画角悲。曲中无别意,并为久相思。

吴均《杂曲歌词·妾安所居》 (《玉台新咏》P148)

惟惜应门掩,方馀永巷悲。匡床终不共,何由横自私(xī)。

【南朝 梁】

萧绎《登颜园故阁》 (《玉台新咏》P172)

衣香知步近,钏动觉行迟。如何舞馆乐,翻见歌梁悲。

刘孝仪《闺怨》 (《玉台新咏》P207)

本无金屋宠,长作玉阶悲。一乖西北丽,宁复城南期。
永巷愁无尽,应门闭有时。

阴铿《和樊晋侯伤妾》 (《玉台新咏》P213)

画梁朝日尽,芳树落花辞。忽以千金笑,长作九原悲。

陆罩《闺怨》 (《玉台新咏》P215)

徒知今异昔,空使怨成思。欲以别离意,独向蘼芜悲。

【唐】

李颀《二妃庙》 (《全唐诗》P1364)

沅上秋草晚,苍苍尧女祠。无人见精魄,万古寒猿悲。
桂水身殁后,椒浆神降时。

李颀《送东阳王太守》 (《全唐诗》P1367)

洞口桂花白,岩前春草滋。素沙静津濑,青壁带川坻。
野鹤每孤立,林鼯常昼悲。

李白《书情寄从弟邠州长史昭》 (《全唐诗》P1774)

昨梦见惠连,朝吟谢公诗。东风引碧草,不觉生华池。
临玩忽云夕,杜鹃夜鸣悲。怀君芳岁歇,庭树落红滋。

李白《白田马上闻莺》 (《全唐诗》P1878)

黄鹂啄桑葚,五月鸣桑枝。我行不记日,误作阳春时。
蚕老客未归,白田已缫丝。驱马又前去,扪心空自悲。

李白《胡无人》 (《全唐诗》P1888)

十万羽林儿,临洮破郅支。杀添胡地骨,降足汉营旗。
塞阔牛羊散,兵休帐幕移。空余陇头水,呜咽向人悲。

李白《赠汉阳辅录事》 (《全唐诗》P1754)

闻君罢官意,我抱汉川湄。惜问久疏索,何如听讼时。
天清江月白,心静海鸥知。应念投沙客,空余吊屈悲。

杜甫《病桔》 （《全唐诗》P2307）
汝病是天意，吾愁罪有司。忆昔南海使，奔腾献荔枝。
百马死山谷，到今耆旧悲。

杜甫《去秋行》 （《全唐诗》P2312）
遂州城中汉节在，遂州城外巴人稀。战场冤魂每夜哭，空令野营猛士悲。

杜甫《送殿中杨监》 （《全唐诗》P2340）
人生在世间，聚散亦暂时。离别重相逢，偶然岂定期。
送子请秋暮，风物长年悲。豪俊贵勋业，邦家频出师。

杜甫《苏大侍御访江浦》 （《全唐诗》P2383）
余发喜却变，白间生黑丝。昨夜舟火灭，湘娥帘外悲。
百灵未敢散，风波寒江迟。

杜甫《绝句》 （《全唐诗》P2470）
江边踏青罢，回首见旌旗。风起春城暮，高楼鼓角悲。

杜甫《白首》(一作垂白) （《全唐诗》P2522）
白首冯唐老，清秋宋玉悲。江喧长少睡，楼迥独移时。
多难身何补，无家病不辞。甘从千日醉，未许七哀诗。

杜甫《寄杜位》 （《全唐诗》P2548）
寒日经檐短，穷猿失木悲。峡中为客恨，江上忆君时。
天地身何在，风尘病敢辞。封书两行泪，沾洒裛新诗。

杜甫《存殁口号》 （《全唐诗》P2549）
席谦不见近弹棋，毕曜仍传旧小诗。玉局他年无限笑，白杨今日几人悲。

杜甫《人日两篇》 （《全唐诗》P2554）
冰雪莺难至，春寒花较迟。云随白水落，风振紫山悲。
蓬鬓稀疏久，无劳比素丝。

杜甫《暮冬送苏四郎》 （《全唐诗》P2574）
飘飘苏季子，六印佩何迟。早作诸侯客，兼工古体诗。
尔贤埋照久，余病长年悲。卢绾须征日，楼兰要斩时。

张说《李工部挽歌三首》 （《全唐诗》P959）
锦帐为郎日，金门待诏时。杨宫先上赋，柏殿几连诗。
瞬息琴歌断，凄凉箫挽悲。那堪霸陵岸，回首望京师。

欧阳詹《早秋登慈恩塔》 (《全唐诗》P3906)

宝塔过千仞,登临尽四维。毫端分马颊,墨点辨蛾眉。
地迥风弥紧,天长日久迟。因高欲有赋,远意惨生悲。

刘禹锡《送慧则法师归上都》 (《全唐诗》P4048)

一锡言归九城路,三衣曾拂万年枝。休公久别如相问,楚客逢秋心更悲。

韦应物《燕李录事》 (《全唐诗》P1897)

近臣零落今犹在,仙驾飘飘不可期。此日相逢思旧日,一杯成喜亦成悲。

杜牧《故洛阳城有感》 (《全唐诗》P5962)

一片宫墙当道危,行人为尔去迟迟。筚圭苑里秋风后,平乐馆前斜阳时。
锢党岂能留汉鼎,清谈空解识胡儿。千烧万战坤灵死,惨惨终年鸟雀悲。

韦庄《对梨花赠皇甫秀才》 (《全唐诗》P8012)

林上梨花雪压枝,独攀琼艳不胜悲。依前此地逢君处,还是去年今日时。

韩愈《赠崔立之》 (《全唐诗》P3869)

昔年十日雨,子桑苦寒饥。哀歌坐空室,不怨但自悲。
其友名子舆,忽然忧且思。

皮日休《和鲁望风人诗》 (《全唐诗》P7093)

刻石书离恨,因成别后悲。莫言春茧薄,犹有万重思(xī)。

贯休《游云顶山晚望》 (《全唐诗》P9360)

云顶聊一望,山灵草木奇。黔南在何处,堪笑复堪悲。
菊歇香未歇,露繁蝉不饥。明朝又西去,锦水与峨眉。

【宋】

王安石《秣陵道中口占二首》 (《王安石全集》P258)

岁熟田家乐,秋风客自悲。茫茫曲城路,归马日斜时。

王安石《送方劭秘书》 (《王安石全集》P276)

南浦柔条拂地垂,攀翻聊寄我西悲。武昌官柳年年好,他日春风忆此时。

陆游《癸丑七月二十七梦游华岳庙》 (《陆放翁诗词选》P206)

驿树秋风急,关城暮角悲。平生忠愤意,来拜华山祠(jī)。

元稹《襄阳道》中的"碑"

"碑"字现在只有一个读音 bēi,如石碑、碑记、碑文、碑铭等。但古时它可读"彼为

切,音杯"(bēi),还可读"班縻切,音陂"(pī)。如:

【南朝 宋】

《清商曲辞·读曲歌》 (《全汉三国晋南北朝诗》P742)

闻乖事难怀,况复临别离。伏龟语石板,方作千岁碑。

【唐】

元稹《襄阳道》 (《全唐诗》P4476)

羊公名渐远,唯有岘山碑。近日称难继,曹王任马彝。

李白《襄阳曲》 (《全唐诗》P1701)

且醉习家池,莫看堕泪碑。山公欲上马,笑杀襄阳儿(nī)。

钱起《江行无题》 (《全唐诗》P2680)

乘舟维夏口,烟野独行时。不见头陀寺,空怀幼妇碑。

洪瑹《齐天乐》中的"被"

"被"字现在只有一个读音 bèi。但古时它是个多音字,不但读"皮彼切"音 bèi;而且读"皮义切"音 bì,还可读"攀縻切"音披 pī(见《康熙字典》)。

关于"被"字读"皮义切"的皮(bì),可见之于《诗·大雅》"天被尔禄",以及《书经·尧典》"光被四表"。

【唐】

皮日休《卢征君鸿》 (《全唐诗》P7017)

银黄不妨悬,赤绂不妨被。而于心抱中,独作羲皇地。

【宋】

洪瑹《齐天乐》 (《词综》P1150)

辘轳声破银床冻,霜寒又侵鸳被。皓月疏钟,悲风断漏,惊起画楼人睡。
银屏十二。叹尘满丝簧,暗消金翠。可恨风流,故人迢递隔千里。

苏轼《永遇乐》 (《唐宋名家词选》P102)

今朝有客,来从滩上,能道使君深意。凭仗清淮,分明到海,中有相思泪。而今何在?西垣清禁,夜永露华侵被。此时看、回廊晓月,也应暗记。

周邦彦《花犯·梅花》 (《词综》P578)

粉墙低,梅花照眼,依然旧风味。露痕轻缀。疑净洗铅华,无限清丽。去年胜赏曾孤倚,冰盘共宴喜。更可惜,雪中高士,香篝熏素被。

秦观《如梦令》 (《词综》P381)

遥夜月明如水,风紧驿亭深闭。梦破鼠窥灯,霜送晓寒侵被。无寐、无寐,门外马嘶人起。

楼采《法曲献仙音》 (《词综》P1490)

花匼么弦,象奁双陆,旧日留欢情意。梦到银屏,恨裁兰烛,香篝夜阑鸳被。料燕子重来地,桐阴琐窗绮。

佚名《踏青游·赠妓崔念四》 (《词综》P1512)

两日不来,时时在人心里。拟问卜、常占归计。拚三八清斋,望永同鸳被。到梦里。蓦然被人惊觉,梦也有头无尾。

【清】

王汝纯《水龙吟·汤婆子》 (《词综补遗》P1407)

非人不暖虚言耳,别有温柔堪系。携来雪夜,烧残银烛,先烘绣被。熨透香肌,消平肤栗,一腔春气。

包安保《天香》 (《词综补遗》P1136)

寄语故园双鹤,柳阴门闭,何事风尘憔悴。且商略,羹莼鲙鲈味。晚弄娇雏,春生絮被。

曹植《杂诗》中的"璧"

"璧"字现在只有一个读音 bì,但古诗词中有时要读 bó。据《康熙字典》:"璧,叶必洛切,音近博。"如:

曹植《杂诗》 (《先秦汉魏晋南北朝诗》P463)

君王礼英贤,不吝千金璧。从容冰井台,清池映华薄。

陆机《诗》中的"褊"

"褊"字现在人们通常都读 biān(毕缅切,音偏)或 piān(蒲眠切,音胼)(《康熙字典》)。但有时要读"叶彼忍切,音珍",与"整"字协韵。如:

【晋】

陆机《诗》 (《康熙字典》)

轨迹未及安,长辔忽已整。道遐觉日短,忧深使心褊。

姜夔《八归·湘中送胡德华》中的"拨"

"拨"字通常我们都读 bō，如挑拨、拨乱反正等。但古诗词中有时我们要读"必列切,音鳖"(biē)(《康熙字典》)。例如：

姜夔《八归·湘中送胡德华》　（《词综》P948）

芳莲坠粉,疏桐吹绿,庭院暗雨乍歇。无端抱影销魂处,还见筱墙萤暗,藓阶蛩切。送客重寻西去路,问水面、琵琶谁拨？(biē)最可惜、一片江山,总付与啼鴂(juē)。

严忌《楚辞·哀时命》中的"波"

"波"字现在只有一个读音 bō。其实在古时它是个多音字,不但读"博禾切,音皤";而且可读"班縻切,音罴(bēi),与陂同"。

"波"字读"罴"音的诗词如：

【西汉】

严忌《楚辞·哀时命》

愁修夜而宛转兮,气涫沸其若波。握剞劂而不用兮,操规矩而无所施（施音西）。

【宋】

张炎《湘月》　（《词综》P2229）

行行且止。把乾坤收入,篷窗深里。星散白鸥三四点,数笔横塘秋意。岸觜冲波。篱根受叶,野径通村市。疏风迎面,湿衣原是空翠。

苏辙《滕王阁诗》中的"勃"

"勃"字现在有两个读音：一音 bó,如勃勃、勃发、勃然、勃兴等；一音 bèi,古时同"悖"。《康熙字典》注该字有两音：一是"蒲没切,音孛"(bó)；二是"叶皮列切,音便入声"(biē)。如苏辙的《滕王阁诗》中的勃就读 biē。

馀思属江湖,登临寄遗堞。骄王应笑滕,狂客亦矜勃。

其他的例子如：

【唐】

　　　　皮日休《桃花坞》　（《全唐诗》P7038）

　微风吹重岚，碧埃轻勃勃。清阴减鹤睡，秀色治人渴(jiē)。

　　　　元稹《缚戎人》　（《全唐诗》P4619）

中有一人能汉语，自言家本长城窟(quē)。少年随父戍安西，河渭瓜沙眼看没(miè)。天宝未乱前①数载，狼星四角光蓬勃。

　　　　刘景复《梦为吴泰伯作胜儿歌》　（《全唐诗》P9833）

我闻天宝十年前，凉州未作西戎窟。麻衣右衽皆汉民，不省胡尘暂蓬勃。太平之末狂胡乱，犬豕崩腾恣唐突。玄宗未到万里桥，东洛西京一时没(miè)。

李白《送崔十二游天竺寺》中的"渤"

　　"渤"字现在只有一个读音 bó，如渤海。但古时它与"勃"字一样可读两个音：一是"薄没切，音孛"(bó)；二是"叶皮列切，音别"(bié)，与"雪""月""歇""绝"等字协韵。例如：

【南朝　宋】

　　　　沈约《却出东西门行》　（《全汉三国晋南北朝诗》P990）

辰物久侵晏，征思坐沦越。清氛掩行梦，忧原荡瀛渤。一念起关山，千里顾丘窟。

【唐】

　　　　李白《送崔十二游天竺寺》　（《全唐诗》P1790）

还闻天竺寺，梦想怀东越。每年海树霜，桂子落秋月。送君游此地，已属流芳歇。待我来岁行，相随浮溟渤。

　　　　李白《淮海对雪赠傅霭》　（《全唐诗》P1731）

朔雪落吴天，从风渡溟渤。海树成阳春，江沙浩明月。兴从剡溪起，思绕梁园发。寄君郢中歌，曲罢心断绝。

　　　　李白《同友人舟行游台越作》　（《全唐诗》P1824）

楚臣伤江枫，谢客拾海月。怀沙去潇湘，挂席泛溟渤。

---

① 一作"犹"。

  李白《天台晓望》（《全唐诗》P1834）

  天台邻四明，华顶高百越。门标赤城霞，楼栖沧岛月。
  凭高登远览，直下见溟渤。云垂大鹏翻，波动巨鳌没。

  杜甫《自京赴奉先县咏怀》（《全唐诗》P2265）

  葵藿倾太阳，物性固莫夺。顾惟蝼蚁辈，但自求其穴。
  胡为慕大鲸，辄拟偃溟渤。以兹悟生理，独耻事干谒。

  元稹《缚戎人》（《全唐诗》P4620）

  不知祖父皆汉民，便恐为蕃心矻矻。缘边饱馁十万众，何不齐驱一时发。
  年年但捉两三人，精卫衔芦塞溟渤。

李彭老《桂枝香·蟹》中的"擘"

  "擘"字现在有二音：bō、bāi，但古诗词中有时应该读 pì（蒲历切，音甓。见《康熙字典》）。如：

【宋】

  李彭老《桂枝香·蟹》（《词综》P1459）

  松江岩侧。正乱叶坠红，残浪收碧。犹记灯寒暗聚，簌疏轻入（音匙）。休嫌郭索尊前笑，且开颜、共倾芳液（shì）。翠橙丝雾，玉葱浣雪，嫩黄初擘（pì）。

古诗《日出东南隅》中的"不"

  "不"字现在都读二音：bú、bù。如朗读古诗《日出东南隅》这段诗时也读 bù。

  使君谢罗敷：宁可共载不？罗敷前致辞：使君一何愚！
  使君自有妇，罗敷自有夫。

  其实这种读法与古人是不合的。
  据《康熙字典》，"不"是个多音字，分别为："逋没切，音补"，(bù)；"分物切，音弗"，(fú)；"俯九切，音缶"，(fǒu，与可否的否同)；"甫救切，音缶去声"，fòu；"方鸠切，音浮（柎）"(fóu，《日出东南隅》"宁可共载不？"）；"方无切，音浮"，(fú，《诗·小雅》鄂（萼）不韡韡)；"补美切，音彼"。
  1936 年版《辞海》注"不"字有六音，其中一音是《康熙字典》所没有的，即"必幽切，音彪，尤韵"。1979 年版《辞海》注"不"字有五音：bù、pī、fǒu、fú、fòu。但 1980 年商务印书馆出版的《现代汉语词典》就只有二音了：bú、bù。

上述资料说明,"不"字在历史上是有多种读音的。所以我们在朗读古诗词时不要简单地用今天的读音去规范,而是要看它的具体诗意与语境。如古时《日出东南隅行》中的"不"就应该读 fǒu,而不能读 bú。

现举一些"不"字与"秋""谋""休""求""留""楼""丘""游"等字协韵的诗词如下:

【晋】

陶渊明《诗》 （《康熙字典》）

未知从今去,当复如此不(fǒu)?

【唐】

王维《献始兴公》 （《全唐诗》P1237）

侧闻大君子,安问党与雠。所不卖公器,动为苍生谋。
贱子跪自陈,可为帐下不。感激有公议,曲私非所求。

刘禹锡《和令狐相公言怀寄河中杨少尹》 （《全唐诗》P4069）

章句惭非第一流,世间才子昔陪游。吴宫已叹芙蓉死,边月空悲芦管秋。
任向洛阳称傲吏,苦教河上领诸侯。石渠甘对图书老,关外杨公安稳不。

姚合《咏破屏风》① （《全唐诗》P5708）

时人嫌古画,倚壁不曾收。露滴胶山断,风吹绢海秋。
残雪飞屋里,片水落床头。尚胜凡花鸟,君能补缀不。

白居易《答卜者》 （《全唐诗》13 册 P4729）

病眼昏似夜,衰鬓飒如秋。除却须衣食,平生百事休。
知君善易者,问我决疑不。不卜非他故,人间无所求。

白居易《想东游五十韵》 （《全唐诗》P5074）

饮思亲履舃,宿忆并衾裯。志气吾衰也,风情子在不。
应须相见后,别作一家游。

白居易《老热》 （《全唐诗》P5119）

何乃有馀适,只缘无过求。或问诸亲友,乐天是与不。
亦无别言语,多道天悠悠。

白居易《梦微之》 （《全唐诗》P5206）

君埋泉下泥销骨,我寄人间雪满头。阿卫韩郎相次去,夜台茫昧得知不。

白居易《效陶潜体诗》 （《全唐诗》P4723）

举杯还独饮,顾影自献酬。心与口相约,未醉勿言休。
今朝不尽醉,知有明朝不。不见郭门外,累累坟与丘。

---

① 一作章孝标诗。

白居易《代人赠王员外》（《全唐诗》P4942）

好在王员外，平生记得不。共赊黄叟酒，同上莫愁楼。
静接殷勤语，狂随烂熳游。那知今日眼，相见冷于秋。

韩愈《赴江陵途中》（《全唐诗》P3768）

同官尽才俊，偏善柳与刘。或虑语言泄，传之落冤雠。
二子不宜尔，将疑断还不。中使临门遣，顷刻不得留。

卢仝《寄男抱孙》（《全唐诗》P4369）

箨龙正称冤，莫杀入汝口。丁宁嘱托汝，汝活箨龙不。
殷十七老儒，是汝父师友。

卢仝《冬行》（《全唐诗》P4380）

扬州屋舍贱，还债堪了不。此宅贮书籍，地湿忧蠹朽。
贾僎旧相识，十年与营守。贫交多变态，僎得君子不。
利命子罕言，我诚孔门丑。

【宋】

苏轼《龟山》（《苏轼选集》P39）

身行万里半天下，僧卧一庵初白头。地隔中原劳北望，潮连沧海欲东游。
元嘉旧事无人记，故垒摧颓今在不？

牟巘《木兰花慢·饯公孙倅》（《词综》P1921）

山城如斗大，君肯为、两年留。问读易堂前，修然松竹，留得君不？
天边乍传消息，趁春风、归待翠云裘。留取去思无限，江蓠香满汀洲。

王安石《平山堂》（《王安石全集》P221）

墟落耕桑公恺悌，杯觞谈笑客风流。不知岘首登临处，壮观当时有此不？

【元】

邵亨贞《后庭花》（《词综》P1864）

刺船鹦鹉洲，题诗黄鹤楼。金谷铜驼梦，湘云楚水愁。少年游，好怀依旧，故人还在不？

邵亨贞《沁园春·美人眉》（《词综》P1868）

填来不满横秋。料着得人间多少愁。记鱼笺缄启，背人偷敛，雁钿交并，运指轻揉。有喜先占，长颦难效，柳叶轻黄今在否？双尖锁，试临鸾一展，依旧风流。

寒山诗中的"部"

"部"字现在只有一个读音 bù，如部队、部落、部长、部下等。但古时它是个多音字,不但读"裴古切,音蔀"(bù),而且可读"满口切,音剖"(pǒu),还可读"府九切,音否"(fǒu)(《康熙字典》)。如唐代僧人寒山的"七律"中的"部"就应该读 pǒu。

【唐】

寒山 (《全唐诗》P9082)

人生一百年,佛说十二部。慈悲如野鹿,嗔忿似家狗。
家狗趁不去,野鹿常好走。欲伏猕猴心,须听狮子吼。

王褒《九怀》中的"蔡"

"蔡"字现在只有一个读音 cài。但古时它是个多音字,不但读 cài,而且可读 cā、sà,还有一个音"叶子例切,音祭"(jì)。如:

  王褒《九怀》（《康熙字典》）

水跃兮余旌,继以兮微蔡。云旗兮电骛,倏忽兮容裔。

陶渊明《杂诗》中的"餐"

"餐"字现在只有一个读音 cān,如餐厅、餐巾、风餐露宿等。但古时它是个多音字,《康熙字典》注明,它除了读"千安切、音粲"(càn),还可读"千烟切",音仙。如:

【晋】

  陶渊明《杂诗》（《全汉三国晋南北朝诗》P479）

日没星与昴,势翳西山巅。萧条隔天涯,惆怅念常餐。
慷慨思南归,路遥无由缘。关梁难亏替,绝音寄斯篇。

古诗词中不少"餐"字要读"苏昆切"音孙(sūn),与"奔""敦""门""村""温"等字协韵。现举例如下:

【先秦】

  宋玉《楚辞·九辩》

食不偷而为饱兮,衣不苟而为温。窃慕诗人之遗风兮,愿托志乎素餐。
寒充倔而无端兮,泊莽莽而无垠。无衣裳以御冬兮,恐溘死而不得见乎阳春。

【唐】

  杜甫《示从孙济》（《全唐诗》P2258）

阿翁懒惰久,觉儿行步奔。所求为宗族,亦不为盘餐。
小人实利口,薄俗难可论。勿受外嫌猜,同姓古所敦。

杜甫《孟氏》 (《全唐诗》P2524)

孟氏好兄弟,养亲唯小园。承颜胝手足,坐客强盘餐。
负米力葵外,读书秋树根。卜邻惭近舍,训子学谁门。

戴叔伦《桂阳北岭偶过野人所居》 (《全唐诗》P3115)

畦叶藏春雉,庭柯宿旅猿。岭阴无瘴疠,地隙有兰荪。
内户均皮席,枯瓢沃野餐。远心知自负,幽赏讵能论。

白居易《咏拙》 (《全唐诗》P4733)

葺茅为我庐,编蓬为我门。缝布作袍被,种谷充盘餐。
静读古人书,闲钓清渭滨。优哉复游哉,聊以终吾身。

白居易《宿紫阁山北村》 (《全唐诗》P4659)

晨游紫阁峰,暮宿山下村。村老见余喜,为余开一尊。
举杯未及饮,暴卒来入门。紫衣挟刀斧,草草十馀人。
夺我席上酒,掣我盘中餐。主人退后立,敛手反如宾。

吴玉章《纪念辛亥革命五十周年》中的"残"

"残"字现在只有一个读音 cán,如残暴、残疾、残酷等。但古诗词中除了读"昨干切"音 cán;有时要读"叶财先切,音前"(qián)。如:

西汉班彪《北征赋》 (《康熙字典》)

首身分而不寤兮,犹数功而辞鳣。何夫子之妄说兮,孰云地脉而生残。

【唐】

韩愈《谢自然诗》 (《全唐诗》P3766)

幽明纷杂乱,人鬼更相残(前)。秦皇虽笃好,汉武洪其源。
自从二主来,此祸竟连连。

李贺《潞州张大宅病酒遇江使寄上十四兄》 (《全唐诗》P4415)

莎老沙鸡泣,松干瓦兽残。觉骑燕地马,梦载楚溪船。

白居易《咏怀》 (《全唐诗》P4752)

冉牛与颜渊,卞和与马迁。或躤天六极,或被人刑残。
顾我信为幸,百骸且完全。五十不为夭,吾今欠数年。

(注:诗中"残"字与"牵""连""然""鲜"等字协韵。)

白居易《答崔侍郎钱舍人书问》（《全唐诗》P4747）

在劳则念息，处静已思喧。如是用身心，无乃自伤残。

韦庄《浣溪沙》（《唐宋名家词选》P15）

清晓妆成寒食天，柳球斜袅间花钿，卷帘直出画堂前。
指点牡丹初绽朵，日高犹自凭朱栏，含嚬不语恨春残。

【宋】

汪莘《行香子·雪后闲眺》（《词综》P2196）

别般天地，新样山川，唤家僮访鹤寻猿。山深寺远，云冷钟残。喜竹间灯，梅间屋，石间泉。

【近现代】

吴玉章《纪念辛亥革命五十周年》（《十老诗选》P133）

辛亥革命五十年，当年志士半凋残。且喜建成新中国，巍然屹立天地间。

李木庵《忆莆荃弟》1948年（《十老诗选》P271）

万里书来拭眼看，惊心亲故半凋残。客居爱理匡时策，师次常携《宝剑篇》。

（注：残字与践、栈、浅、笺、盏、线、钱等字都两音。）

吴邦法《金盏子》中的"灿"

"灿"字现在只有一个音càn，如灿烂。但《康熙字典》注明它有两音，一是"仓案切，音粲"；二是"仓晏切，音茜"（qiàn）。其实灿字与粲字一样，都有càn与qiàn两音。古诗词中"灿"音茜与"见""怨""遍""院"等字协韵的情况屡有所见。如：

【清】

吴邦法《金盏子》（《词综补遗》P337）

玉漏声催，金雁足旁，一枝银灿。怪点点荧荧，青烟里、多少煎心幽怨。思量凤蜡啼珠，黯离愁谁见。孤帷皎，任欺画蟾，总为月娥天远。

王飏昌《百字令·秋水》（《词综补遗》P1303）

恰好淡淡盈盈，临妆眼媚，想入娇娥面。日暮银蟾收湿雾，月印瑶华圆灿。

曹伟谟《拜星月慢·春游》（《词综补遗》P1145）

百啭莺声，千行柳黛，郊行风光晴遍。十里红楼，是秋千庭院。阑干倚，麝月银钿的皪，鸦鬟兰膏光灿。流水溶溶，似天台人见。

陆云《赠张府君》中的"粲"

"粲"字现在只有一个读音 càn,如粲然。但古诗词中有时要读"叶仓甸切,音茜"(qiàn)。例如:

陆云《赠张府君诗》 (《康熙字典》)

被绣昼行,昔人攸美。阶云飞藻,孰与同粲。

【宋】

苏辙《夏夜诗》 (《康熙字典》)

老人气如缕,枕簟亦流汗(xiàn)。寸皮家中庭,星斗嘈相粲。

【清】

朱寯瀛《千秋岁·庚子秋望》 (《词综补遗》P457)

几度桃源美,几辈扮榆恋。忱比杜,悲逾粲。鸿归阳早向,骥老尘绊。何日也,烟消日出光转。

蔡伸《侍香金童》中的"恻"

"恻"字现在只有一个读音 cè,但古诗词中有时要读 cì。据《康熙字典》:"恻,初力切,察力切。"如:

【宋】

蔡伸《侍香金童》 (《词综》P681)

宝马行春,缓辔随油壁。念一瞬、韶光堪重惜。还是去年同醉日。客里情怀,倍添凄恻。

记南城、锦迳名园曾遍历。更柳下、人家似织。此际凭阑愁脉脉,满目江山,暮云空碧。

王建《早发金堤驿》中的"策"

"策"字现在只有一个读音 cè,如策略、策应、策划、策反等。但古诗词中有时读与"狄""释""益""夕"诸字协韵的音"楚革切"。因革字有隔(gé)、殛(jí)两音,所以"楚革切"就切出 cè 和 xī 两音。下面是古诗词中"策"音 xī 的几个例子:

【汉】
宋玉《楚辞·九辩》
谅无怨于天下兮,心焉取此怵惕。乘骐骥之浏浏兮,驭安用夫强策。
谅城郭之不足恃兮,虽重介之何益!

【唐】
王建《早发金堤驿》 (《全唐诗》P3366)
人睡落堑辙,马惊入芦荻。慰远时问程,惊昏忽摇策。
从军岂云乐,忧患常萦积。唯愿在贫家,团圆过朝夕。

杜甫《白水县崔少府十九翁高斋三十韵》 (《全唐诗》P2267)
人生半哀乐,天地有顺逆。慨彼万国夫,休明备征狄。
猛将纷填委,庙谋蓄长策。东郊何时开,带甲且来释。

李白《代赠远》中的"察"

"察"字现在只有一个读音 chá,如察看、察访、察言观色等。但古时它是个多音字。《康熙字典》注:察字的读音,一是"初八切,音刹"(chá);二是音祭(jì);三是"直列切,音彻"(chè);四是"子例切"音 jī。

古诗词中"察"音彻(chè)与"雪""结""别""绝"等字协韵的情况时有出现。如:

【前汉】
《郊祀歌》
景星显见,信星彪列。象载昭庭,日亲以察。

《古诗十九首之十七》
孟冬寒气至,北风何惨栗(liè)。愁多知夜长,仰视众星列。
三五明月满,四五蟾兔缺。客从远方来,遗我一书札(jiē)。
上言长相思,下言久离别。置书怀袖中,三岁字不灭。
一心抱区区,惧君不识察(chè)。

【晋】
王胡之《答谢安》 (《全汉三国晋南北朝诗》P431)
矫翰伊何,羽仪鲜洁。清往伊何,自然挺彻。
易达外畅,聪鉴内察。思乐寒松,披条映雪。

李白《代赠远》 (《全唐诗》P1880)
啼流玉筋尽,坐恨金闺切。织锦作短书,肠随回文结。
相思欲有寄,恐君不见察。焚之扬其灰,手迹自此灭。

古诗中的"参差"的"差"

"参差"两字在古诗词中经常可见,现在统一读为 cēn cī。但《康熙字典》注明:"差"是个多音字,有"初牙切、楚宜切、叉兹切、楚佳切、仓何切、楚懈切、楚嫁切"共六种读音。其中"楚宜切"中的宜音(yí),故"楚宜切"切出的音似应为"妻"。如《诗经·周南·关雎》明确"参差"的"差"读音为"初宜切。"《诗经·邶风·燕燕》中"燕燕于飞,差池其羽",也注明"差,初宜切"。

古诗词中的"参差"中的"差"字与"移""疲""篱""卮"诸字协韵的情况很多。现举例如下:

【魏】

  阮籍《咏怀诗》 (《先秦汉魏晋南北朝诗》P498)

    炎暑惟兹夏,三旬将欲移。芳树垂绿叶,青云自逶迤。
    四时更代谢,日月递参差。徘徊空堂上,忉怛莫我知。
    愿觌卒欢好,不见悲别离。

【晋】

  傅玄《挽歌》 (《先秦汉魏晋南北朝诗》P566)

    灵坐飞尘起,魂衣正委移。芒芒丘墓间,松柏郁参差。
    明器无用时,桐车不可驰。

【南朝 齐】

  谢朓《同咏坐上所见一物席》 (《全汉三国晋南北朝诗》P828)

    本生朝夕池,落景照参差。汀洲蔽杜若,幽渚夺江蓠。
    遇君时采撷,玉座奉金卮。但愿罗衣拂,无使素尘弥。

  刘绘、沈约《阻雪连句遥赠和》 (《全汉三国晋南北朝诗》P829)

    原隰望徙倚,松筠竟不移。隐忧悉萱树,忘怀待山卮。
    初昕逸翮举,日昃驽马疲。幽山有桂树,岁暮方参差。

【南朝 梁】

  江淹《魏文帝曹丕游宴》 (《全汉三国晋南北朝诗》P1043)

    客从南楚来,为我吹参差。渊鱼犹伏浦,听者未云疲。

  沈约《咏檐前竹》 (《全汉三国晋南北朝诗》P1015)

    繁荫上郁郁,促节下离离。风动露滴沥,月照影参差。

萧衍《咏烛》 （《全汉三国晋南北朝诗》P868）

堂中绮罗人,席上歌舞儿(ní)。待我光泛灩,为君照参差。

【唐】

杨敬述《奉和圣夏日游石淙山》 （《全唐诗》P871）

山中别有神仙地,屈曲幽深碧涧垂。岩前暂驻黄金辇,席上还飞白玉卮。
远近风泉俱合杂,高低云石共参差。林壑偏能留睿赏,长天莫遽下丹曦。

元稹《和乐天重题别东楼》 （《全唐诗》P4602）

山容水态使君知,楼上从容万状移。日映文章霞细丽,风驱鳞甲浪参差。

白居易《新构亭台示诸弟侄》 （《全唐诗》P4732）

啸傲颇有趣,窥临不知疲。东窗对华山,三峰碧参差。

白居易《同微之赠别郭虚舟炼师五十韵》 （《全唐诗》P4969）

心尘未净洁,火候遂参差。万寿觊刀圭,千功失毫厘。

韦应物《途中寄杨邈裴绪》 （《全唐诗》P1922）

萧萧陟连冈,芬芬望空陂。风截雁嘹唳,云惨树参差。

杜牧《汴河阻冻》 （《全唐诗》P5983）

千里长河初冻时,玉珂瑶佩响参差。浮生却似冰底水,日夜东流人不知。

杜牧《望少华》 （《全唐诗》P6005）

眼看云鹤不相随,何况尘中事作为(音夷)。
好伴羽人深洞去,月前秋听玉参差。

白居易《重题别东楼》 （《全唐诗》P5008）

东楼胜事我偏知,气象多随昏旦移。湖卷衣裳白重叠,山张屏障绿参差。

卢照邻《和吴侍御被使燕然》 （《全唐诗》P526）

胡笳折杨柳,汉使采燕支。戍城聊一望,花雪几参差。
关山有新曲,应向笛中吹。

卢照邻《宿晋安亭》 （《全唐诗》P515）

闻有弦歌地,穿凿本多奇。游人试一览,临玩果忘疲。
窗横暮卷叶,檐卧古生枝。旧石开红藓,新河覆绿池。
孤猿稍断绝,宿鸟复参差。

杜牧《即事》 （《全唐诗》P5967）

萧条井邑如鱼尾,早晚干戈识虎皮。莫笑一麾东下计,满江秋浪碧参差。

杜牧《今皇帝陛下一招征兵》（《全唐诗》P5953）

威加塞外寒来早，恩入河源冻合迟。

听取满城歌舞曲，凉州声韵喜参差(qī)。

殷尧藩《寒夜》（《全唐诗》P5568）

云冷江空岁暮时，竹阴梅影月参差。鸡催梦枕司晨早，更咽寒城报点迟。

人事纷华潜动息，天心静默运推移。凭谁荡涤穷残候，入眼东风喜在期。

刘禹锡《谢寺双桧》（《全唐诗》P4051）

双桧苍然古貌奇，含烟吐雾郁参差。晚依禅客当金殿，初对将军映画旗。

【宋】

王安石《驾自启圣还内》（《王安石全集》P178）

纷纷瑞气随云汉，漠漠荣光上日旗。尘土未惊阊阖闭，绿槐空覆影参差。

张拭《立春偶成》（《宋人绝句选》P307）

律回岁晚冰霜少，春到人间草木知。便觉眼前生意满，东风吹水绿参差。

【清】

吴泽涵《高阳台》（《词综补选》P316）

客里游踪，淮干小证鸿泥。旗亭乐府争传唱，更琼箫，吹按参差。斗宫商，一篷薋洲，一卷梅溪。

谢逸《花心动》中的"拆"

"拆"字现在读 chāi，但古诗词中有时要读"昌石切，音尺"（chǐ）(《康熙字典》)。如：

谢逸《花心动》（《词综》P531）

海样情深忍撇。似梦里相逢，不胜欢悦。出水双莲，摘取一枝，可惜并头分拆。猛增期满会姮娥，谁知是、初生新月。折翼鸟，甚日于飞时节。

杜甫《柴门》中的"柴"

"柴"字现在只有一个读音 chái，如柴火、木柴、柴门、柴米油盐等。但过去它是个多音字。据《康熙字典》，它有七种读音：一是"士佳切，音豺"（chái）；二是"锄加切，音查"（chá）；三是"权宜切，音差"（cī）；四是"资四切，音恣"（zì）；五是"仕懈切，音砦"

（zhài）；六是"士迈切，音寨"（zhài）；七是"七何切，音蹉"（cuó）。如杜甫《柴门》诗中的"柴"字应读 chá。

杜甫《柴门》 （《全唐诗》P2336）

孤舟登瀼西，回首望两崖。东城干旱天，其气如焚柴。
长影没窈窕，馀光散唅呀。大江蟠嵌根，归海成一家。

该诗"柴"字与"铘""车""查""斜""蛇""麻""沙""奢""花""嗟""佳""涯""遮""华""夸""差""霞"等字协韵。

颜真卿《使过瑶台寺，有怀圆寂上人》中的"禅"

《康熙字典》和1979年版《辞海》都注明"禅"字有两种读音：一是"时战切，音缮"，如封禅；二是"市连切，音蝉"，如浮图禅说。

现在我们在朗读古诗词时往往善、蝉不分。如：

颜真卿《使过瑶台寺，有怀圆寂上人》（《全唐诗》P1584）

上人居此寺，不出三十年。万法元无著，一心唯趣禅。
忽纡尘外轸，远访区中缘。及尔不复见，支提犹岌然。

历史表明，中国古代儒释道三家是相通的，所以出家为僧的诗人，因仕途失意或受挫而归隐的诗人，以及和僧人来往较多的诗人，其作品往往含有"禅"字。其"禅"字多与"年""缘""然""连""泉""玄""传""眠""圆""弦""延""仙""田""边""先""天""坚"等协韵。如何准确地朗读"禅"字应引起我们的注意。现将一些念"禅"的诗词列举于下。

【晋】

应贞《晋武帝华林园集诗》（《全汉三国晋南北朝诗》P311）

于时上帝，乃顾惟眷。光我晋祚，应期纳禅。位以龙飞，文以虎变。
玄泽滂流，仁风潜扇。区内宅心，方隅回面。

【南朝　齐】

王融《法乐辞》（《全汉三国晋南北朝诗》P782）

明心弘十力，寂虑安四禅。青禽承逸轨，文骊镜重川。

【南朝　梁】

萧衍《游钟山大爱敬寺》（《全汉三国晋南北朝诗》P864）

攀缘傍玉涧，褰陟度金泉。长途弘翠微，香楼间紫烟。
慧居超七净，梵住逾八禅。始得展身敬，方乃遂心虔。

萧洽《侍释奠会》 (《全汉三国晋南北朝诗》P1178)

舄弈代终,氤氲革禅。我后天临,庶氓利见。焕哉隆平,穆矣于变。

【南朝 陈】

沈炯《从游天中寺应令》 (《全汉三国晋南北朝诗》P1378)

福界新开草,名僧共下筵。杨枝生拱树,锡杖咒飞泉。
石座应朝讲,山禽拟夜禅。当非舍卫国,卖地取金钱。

江总《明庆寺》 (《全汉三国晋南北朝诗》P1417)

幽厓耸绝壁,洞穴泻飞泉。金河知证果,石室乃安禅。
夜梵闻三界,朝香彻九天。山阶步皎月,涧户听凉蝉。
市朝沾草露,淮海作桑田。

【隋】

姚察《游明庆寺怅然怀古》 (《全汉三国晋南北朝诗》P1645)

地灵居五净,山幽寂四禅。月宫临镜石,花赞绕峰莲。
霞晖间幡影,云气合炉烟。

【唐】

宋之问《湖中别鉴上人》 (《全唐诗》P655)

愿与道林近,在意逍遥篇。自有灵佳寺,何用沃洲禅。

陈子昂《同王员外雨后登开元寺南楼》 (《全唐诗》P904)

钟梵经行罢,香林坐入禅。岩庭交杂树,石濑泻鸣泉。
水月心方寂,云霞思独玄。

陈子昂《夏日游晖上人房》 (《全唐诗》P909)

山水开精舍,琴歌列梵筵。人疑白楼赏,地似竹林禅。
对户池光乱,交轩岩翠连。色空今已寂,乘月弄澄泉。

刘长卿《喜鲍禅师自龙山至》 (《全唐诗》P1485)

故居何日下,春草欲芊芊。犹对山中月,谁听石上泉。
猿声知后夜,花发见流年。杖锡闲来往,无心到处禅。

刘长卿《寄普门上人》 (《全唐诗》P1490)

白云幽卧处,不向世人传。闻在千峰里,心知独夜禅。
辛勤羞薄禄,依止爱闲田。惆怅王孙草,青青又一年。

孟浩然《陪李侍御访聪上人禅居》 (《全唐诗》P1647)

欣逢柏台友,共谒聪公禅。石室无人到,绳床见虎眠。
阴崖常抱雪,枯涧为生泉。出处虽云异,同欢在法筵。

李白《春日归山寄孟浩然》 （《全唐诗》P1774）

香气三天下,钟声万壑连。荷秋珠已满,松密盖初圆。
鸟聚疑闻法,龙参若护禅。愧非流水韵,叨入伯牙弦。

韦应物《上方僧》 （《全唐诗》P1995）

见月出东山,上方高处禅。空林无宿火,独夜汲寒泉。
不下蓝溪寺,今年三十年。

韦应物《赠琮公》 （《全唐诗》P1920）

山僧一相访,吏案正盈前。出处似殊致,喧静两皆禅。
暮春华池宴,清夜高斋眠。

李嘉佑《送弘志上人归湖州》 （《全唐诗》P2150）

山林唯幽静,行住不妨禅。高月穿松径,残阳过水田。
诗从宿世悟,法为本师传。能使南人敬,修持香火缘。

杜甫《宿赞公房》 （《全唐诗》P2419）

杖锡何来此,秋风已飒然。雨荒深院菊,霜倒半池莲。
放逐宁违性,虚空不离禅。相逢成夜宿,陇月向人圆。

杜甫《饮中八仙歌》 （《全唐诗》P2259）

苏晋长斋绣佛前,醉中往往爱逃禅。李白一斗诗百篇,长安市上酒家眠。
天子呼来不上船,自称臣是酒中仙。

杜甫《陪李梓州登惠义寺》 （《全唐诗》P2463）

春日无人境,虚空不住天。莺花随世界,楼阁寄山巅。
迟暮身何得,登临意惘然。谁能解金印,潇洒共安禅。

杜甫《秋日夔府咏怀》 （《全唐诗》P2514）

由来具飞楫,暂拟控鸣弦。身许双峰寺,门求七祖禅。

钱起《送赟法师往上都》 （《全唐诗》P2633）

远近化人天,王城指日边。宰君迎说法,童子伴随缘。
到处花为雨,行时杖出泉。今宵松月下,门闭想安禅。

元结《与党评事》 （《全唐诗》P2706）

且欲因我心,顺为理化先。彼云万物情,有愿随所便。
爱君得自遂,令我空渊禅。

元结《无为洞口作》 （《全唐诗》P2714）

洞傍山僧皆学禅,无求无欲亦忘年。

元稹《见人咏韩舍人新律诗因有戏赠》（《全唐诗》P4529）
　　花态繁于绮,闺情软似绵。轻新便妓唱,凝妙入僧禅。
　　欲得人人伏,能教面面全。

元稹《酬乐天江楼夜吟甄稹诗因成三十韵》（《全唐诗》P4535）
　　猿羞啼月峡,鹤让警秋天。志士潜兴感,高僧暂废禅。
　　兴飘沧海动,气合碧云连。

郎士元《送大德讲师》[①]（《全唐诗》P2788）
　　远近作人天,王城指日边。宰君迎说法,童子伴随缘。
　　到处花为雨,行时杖出泉。今宵松月下,开阁想安禅。

秦系《奉寄昼公》（《全唐诗》P2901）
　　蓑笠双童傍酒船,湖山相引到房前。团蕉何事教人见,暂借空床守坐禅。

李端《寄畅当》（《全唐诗》P3255）
　　麦秀草芊芊,幽人好昼眠。云霞生岭上,猿鸟下床前。
　　颜子方敦行,支郎久住禅。中林轻暂别,约略已经年。

戴叔伦《二灵寺守岁》（《全唐诗》P3094）
　　守岁山房迥绝缘,灯光香炧共萧然。无人更献椒花颂,有客同参柏子禅。

戴叔伦《晖上人独坐亭》（《全唐诗》P3074）
　　萧条心境外,兀坐独参禅。萝月明盘石,松风落涧泉。
　　性空长入定,心悟自通玄。去住浑无迹,青山谢世缘。

韩愈《送灵师》（《全唐诗》P3775）
　　佛法入中国,尔来六百年。齐民逃赋役,高士著幽禅。
　　官吏不之制,纷纷听其然。耕桑日失隶,朝署时遗贤。

于鹄《温泉僧房》（《全唐诗》P3504）
　　云里前朝寺,修行独几年。山村无施食,盥漱亦安禅。
　　古塔巢溪鸟,深房闭谷泉。自言曾入室,知处梵王天。

刘禹锡《平齐行》（《全唐诗》P3998）
　　泰山沉寇六十年,旅祭不享生愁烟。今逢圣君欲封禅,神使阴兵来助战。

刘禹锡《海门潮别浩初师》（《全唐诗》P4028）
　　前日过萧寺,看师上讲筵。都人礼白足,施者散金钱。
　　方便无非教,经行不废禅。还知习居士,发论侍弥天。

---

① 一说钱起诗。

元稹《悟禅三首寄胡果》（《全唐诗》4545）

百年都几日，何事苦嚣然。晚岁倦为学，闲心易到禅。
病宜多宴坐，贫似少攀缘。自笑无名字，因名自在天。

白居易《游悟真寺诗》（《全唐诗》P4735）

又有一片石，大如方尺砖。插在半壁上，其下万仞悬。
云有过去师，坐得无生禅。号为定心石，长老世相传。

白居易《春眠》（《全唐诗》P4727）

至适无梦想，大和难名言。全胜彭泽醉，欲敌曹溪禅。

白居易《赠杓直》（《全唐诗》P4738）

早年以身代，直赴逍遥篇。近岁将心地，回向南宗禅。
外顺世间法，内脱区中缘。

白居易《江楼夜吟元九律诗》（《全唐诗》P4896）

醴泉流出地，钧乐下从天。神鬼闻如泣，鱼龙听似禅。

白居易《寓言题僧》（《全唐诗》P4950）

劫风火起烧荒宅，苦海波生荡破船。力小无因救焚溺，清凉山下且安禅。

白居易《寄李相公崔侍郎钱舍人》（《全唐诗》P4887）

荣枯事过都成梦，忧喜心忘便是禅。官满更归何处去，香炉峰在宅门前。

白居易《新昌新居书事》（《全唐诗》P4940）

梵部经十二，玄书字五千。是非都付梦，语默不妨禅。

白居易《自咏》（《全唐诗》P5140）

白衣居士紫芝仙，半醉行歌半坐禅。今日维摩兼饮酒，当时绮季不请钱。
等闲池上留宾客，随事灯前有管弦。但问此身销得否，分司气味不论年。

白居易《青毡帐二十韵》（《全唐诗P5141》）

砚温融冻墨，瓶暖变春泉。蕙帐徒招隐，茅庵浪坐禅。
贫僧应叹羡，寒士定留连。

白居易《负春》（《全唐诗》P5143）

病来道士教调气，老去山僧劝坐禅。孤负春风杨柳曲，去年断酒到今年。

白居易《宿香山寺酬广陵牛相公见寄》（《全唐诗》P5170）

手札八行诗一篇，无由相见但依然。君匡圣主方行道，我事空王正坐禅。

白居易《斋戒满夜戏招梦得》（《全唐诗》P5172）

纱笼灯下道场前，白日持斋夜坐禅。无复更思身外事，未能全尽世间缘。

白居易《奉酬淮南牛相公》（《全唐诗》P5173）

自觉闲胜闹，遥知醉笑禅。是非分未定，会合杳无缘。

白居易《达哉乐天行》（《全唐诗》P5224）

七旬才满冠已挂，半禄未及车先悬。或伴游客春行乐，或随山僧夜坐禅。二年忘却问家事，门庭多草厨少烟。

李绅《杭州天竺灵隐二寺》（《全唐诗》P5475）

石文照日分霞壁，竹影侵云拂暮烟。时有猿猱扰钟磬，老僧无复得安禅。

李绅《题法华寺》（《全唐诗》P5481）

龙喷疑通海，鲸吞想漏川。磬疏闻启梵，钟息见安禅。
（注：诗中的"禅"字与"天""千""莲""船""田""烟"等字协韵。）

施肩吾《宿兰若》（《全唐诗》P5606）

听钟投宿入孤烟，岩下病僧犹坐禅。独夜客心何处是，秋云影里一灯然。

费冠卿《题中峰》（《全唐诗》P5612）

中峰高拄沴寥天，上有茅庵与石泉。晴景猎人曾望见，青蓝色里一僧禅。

姚合《送崔之仁》（《全唐诗》P5622）

欲出还成住，前程甚谪迁。伴眠随客醉，愁坐似僧禅。
旧国归何处，春山买欠钱。几时无一事，长在故人边。

姚合《送僧默然》（《全唐诗》P5627）

出家侍母前，至孝自通禅。伏日江头别，秋风槛下眠。
鸟声猿更促，石色树相连。此路多如此，师行亦有缘。

姚合《送僧栖真归杭州天竺寺》（《全唐诗》P5630）

吏事日纷然，无因到佛前。劳师相借问，知我亦通禅。
古寺杉松出，残阳钟磬连。草庵盘石上，归此是因缘。

姚合《寄贾岛》（《全唐诗》P5634）

瓮头寒绝酒，灶额晓无烟。狂发吟如哭，愁来坐似禅。
新诗有几首，旋被世人传。

姚合《寄默然上人》（《全唐诗》P5649）

晨餐夜复眠，日与月相连。天下谁无病，人间乐是禅。
几生通佛性，一室但香烟。结得无为社，还应有宿缘。

姚合《和元八郎中秋居》（《全唐诗》P5695）

圣代无为化，郎中似散仙。晚眠随客醉，夜坐学僧禅。

姚合《和厉玄侍卿无可上人会宿》（《全唐诗》P5696）
九衢难会宿,况复是寒天。朝客清贫老,林僧默悟禅。

姚合《和李补阙曲江看莲花》（《全唐诗》P5705）
海霞宁有态,蜀锦不成妍。客至应消病,僧来欲破禅。
晓多临水立,夜只傍堤眠。

姚合《赠常州院僧》（《全唐诗》P5630）
一住毗陵寺,师应只信缘。院贫人施食,窗静鸟窥禅。
古磬声难尽,秋灯色更鲜。仍闻开讲日,湖上少鱼船。

周贺《宿甑山南溪昼公院》（《全唐诗》P5718）
从作两河客,别离经半年。却来峰顶宿,知废甑南禅。
馀雾沉斜月,孤灯照落泉。何当闲事尽,相伴老溪边。

周贺《赠胡僧》（《全唐诗》P5719）
瘦形无血色,草屦著行穿。闲话似持咒,不眠同坐禅。
背经来汉地,袒膊过冬天。情性人难会,游方应信缘。

周贺《寄新头陀》（《全唐诗》P5729）
相逢竹坞晦暝夜,一别苕溪多少年。远洞省穿湖底过,断崖曾向壁中禅。
青城不得师同住,坐想沧江忆浩然。

张祜《赠元道处士》（《全唐诗》P5840）
小径上山山甚小,每怜僧院笑僧禅。人间莫道无难事,二十年来已是玄。

郑巢《和姚郎中题凝公院》（《全唐诗》P5737）
后房寒竹连,白昼坐冥然。片衲何山至,空堂几夜禅。
叶侵经上字,冰结砚中泉。雪夕谁同话,悬灯古像前。

顾非熊《题春明门外镇国禅院》（《全唐诗》P5785）
空门临大道,师坐此中禅。过客自生敬,焚香惟默然。
书灯明象外,古木覆檐前。不得如驯鸽,人间万虑牵。

顾非熊《送造微上人归淮南觐兄》（《全唐诗》P5788）
到家方坐夏,柳巷对兄禅。雨断芜城路,虹分建邺天。
赴斋随野鹤,迎水上渔船。终拟归何处,三湘思渺然。

朱庆馀《送僧游缙云》（《全唐诗》P5872）
但望青山去,何山不是缘。寺幽堪讲律,月冷称当禅。
水落无风夜,猿吟欲雨天。寻师若有路,终作缓归年。

朱庆馀《赠韩协律》 （《全唐诗》P5876）

永日微吟在竹前,骨清唯爱漱寒泉。门闲多有投文客,身病长无买药钱。
岭寺听猿频独宿,湖亭避宴动经年。亲知尽怪疏荣禄,的是将心暗学禅。

朱庆馀《送虚上人游天台》 （《全唐诗》P5882）

青冥通去路,谁见独随缘。此地春前别,何山夜后禅。
石桥隐深树,朱阙见晴天。好是修行处,师当住几年。

雍陶《送契玄上人南游》 （《全唐诗》P5914）

红叶落湘川,枫明映水天。寻钟过楚寺,拥锡上泷船。
病客思留药,迷人待说禅。南中多古迹,应访虎溪泉。

贾岛《哭宗密禅师》 （《全唐诗》P6669）

鸟道雪岑巅,师亡谁去禅。几尘增灭后,树色改生前。

贾岛《题童真上人》 （《全唐诗》P6685）

江上修持积岁年,滩声未拟住潺湲。誓从五十身披衲,便向三千界坐禅。

贾岛《送称上人》 （《全唐诗》P6688）

归蜀拟从巫峡过,何时得入旧房禅。寺中来后谁身化,起塔栽松向野田。

杜牧《寄东塔僧》 （《全唐诗》P6002）

初月微明漏白烟,碧松梢外挂青天。西风静起传深夜,应送愁吟入夜禅。

杜牧《行经庐山东林寺》 （《全唐诗》P6029）

方趋上国期干禄,未得空堂学坐禅。他岁若教如范蠡,也应须入五湖烟。
（注：许浑的诗集亦有此诗,见《全唐诗》P6125。）

许浑《游果昼二僧院》 （《全唐诗》P6065）

何必老林泉,冥心便是禅。讲时开院去,斋后下帘眠。

许浑《行经庐山东林寺》 （《全唐诗》P6125）

方趋上国期干禄,未得空堂学坐禅。

刘德仁《初夏题段郎中修竹里南园》 （《全唐诗》P6296）

远峰初绝雨,片石欲生烟。数有僧来宿,应缘静好禅。

皮日休《初冬章上人院》 （《全唐诗》P7060）

寒到无妨睡,僧吟不废禅。尚关经病鹤,犹滤欲枯泉。

皮日休《过云居院玄福上人旧居》 （《全唐诗》P7065）

重到云居独悄然,隔窗窥影尚疑禅。不逢野老来听法,犹见邻僧为引泉。

皮日休《访寂上人不遇》 (《全唐诗》P7085)
何处寻云暂废禅,客来还寄草堂眠。桂寒自落翻经案,石冷空消洗钵泉。

皮日休《腊后送内大德从勖游天台》 (《全唐诗》P7087)
讲散重云下九天,大君恩赐许随缘。霜中一钵无辞乞,湖上孤舟不废禅。

陆龟蒙《坐》 (《全唐诗》P7221)
偶避蝉声来隙地,忽随鸿影入辽天。闲僧不会寂寥意,道学西方人坐禅。

寒山《诗三百三首二八五》 (《全唐诗》P9099)
高高峰顶上,四顾极无边。独坐无人知,孤月照寒泉。
泉中且无月,月自在青天。吟此一曲歌,歌终不是禅。

贯休《怀四明亮公》 (《全唐诗》P9343)
孤峰含紫烟,师住此安禅。不下便不下,如斯太可怜。
坐侵天井黑,吟久海霞蔫。岂觉尘埃里,干戈已十年。

贯休《送僧入幽州》 (《全唐诗》P9393)
高士高无敌,腾腾话入燕。无人知尔意,向我道非禅。
栗径穿蕃冢,狼声隔远烟。槃山多道侣,应未有归年。

贯休《怀洛下卢缙云》 (《全唐诗》P9401)
一减三张价,幽居少室前。岂应贫似我,不得信经年。
木落多诗藁,山枯见墨烟。何时深夜坐,共话草堂禅。

贯休《酬王相公见赠》 (《全唐诗》P9411)
孤拙将来岂偶然,不能为漏滴青莲。一从麟笔题墙后,常只冥心古像前。
九德陶熔空有迹,六窗清净始通禅。今朝幸捧琼瑶赠,始见玄中更有玄。

贯休《怀武夷山禅师》 (《全唐诗》P9389)
万叠仙山里,无缘见有缘。红心蕉绕屋,白额虎同禅。
古木苔封菌,深崖乳杂泉。终期还此去,世事只如然。

齐己《题玉泉寺大师影堂》 (《全唐诗》P9467)
大化终华顶,灵踪示玉泉。由来负高尚,合向好山川。
洞壑藏诸怪,杉松列瘦烟。千秋空树影,犹似覆长禅。

齐己《寄江西幕中孙鲂员外》 (《全唐诗》P9472)
簪履为官兴,芙蓉结社缘。应思陶令醉,时访远公禅。
茶影中残月,松声里落泉。此门曾共说,知未遂终焉。

齐己《寄郑谷郎中》 (《全唐诗》P9478)

诗心何以传？所证自同禅。觅句如探虎,逢知似得仙。
神清太古在,字好雅风全。曾沐星郎许,终惭是斐然。

齐己《东林雨后望香炉峰》 (《全唐诗》P9482)

翠湿僧窗里,寒堆鸟道边。静思寻去路,急绕落来泉。
暮雨开青壁,朝阳照紫烟。二林多长老,谁忆上头禅。

齐己《酬湘幕徐员外见寄》 (《全唐诗》P9577)

东海儒宗事业全,冰棱孤峭类神仙。诗同李贺精通鬼,文拟刘轲妙入禅。
珠履早曾从相府,玳簪今又别官筵。篇章几谢传西楚,空想雄风度十年。

齐己《江居寄关中知己》 (《全唐诗》P9579)

多病多慵汉水边,流年不觉已皤然。旧栽花地添黄竹,新陷盆池换白莲。
雪月未忘招远客,云山终待去安禅。八行书札君休问,不似风骚寄一篇。

齐己《看云》 (《全唐诗》P9565)

何峰触石湿苔钱,便逐高风离瀑泉。深处卧来真隐逸,上头行去是神仙。
千寻有影沧江底,万里无踪碧落边。长忆旧山青壁里,绕庵闲伴老僧禅。

齐己《山中寄凝密大师兄弟》 (《全唐诗》P9537)

一炉薪尽室空然,万象何妨在眼前。时有兴来还觅句,已无心去即安禅。
山门影落秋风树,水国光凝夕照天。借问荀家兄弟内,八龙头角让谁先。

齐己《喻吟》 (《全唐诗》P9525)

日用是何专,吟疲即坐禅。此生还可喜,馀事不相便。
头白无邪里,魂清有象先。江花与芳草,莫染我情田。

齐己《荆渚寄怀西蜀无染大师兄》 (《全唐诗》P9539)

大沩心付白崖前,宝月分辉照蜀天。圣主降情延北内,诸侯稽首问南禅。
清秋不动骊龙海,红日无私罔象川。欲听吾宗旧山说,地边身老楚江边。

尚颜《读齐己上人集》 (《全唐诗》P9602)

诗为儒者禅,此格的惟仙。古雅如周颂,清和甚舜弦。
冰生听瀑句,香发早梅篇。想得吟成夜,文星照楚天。

清尚《哭僧》 (《全唐诗》P9619)

道力自超然,身亡同坐禅。水流元在海,月落不离天。
溪白葬时雪,风香焚处烟。世人频下泪,不见我师玄。

【宋】

苏轼《宿水陆寺寄北山清顺僧》（《苏轼选集》P52）

长嫌钟鼓聒湖山,此境萧条却自然。乞食绕村真为饱,无言对客本非禅。
（注:"山"字应为"仙"音。）

苏轼《端午遍游诸寺得"禅"字》

归来记所历,耿耿清不眠。道人亦未寝,孤灯同夜禅。
（注:该诗中的"禅"与"连""筵""妍""千""天""烟""便"等协韵。）

苏轼《寄吴德仁兼简陈季常》（《苏轼选集》P167）

忽闻河东狮子吼,拄杖落手心茫然。谁似濮阳公子贤,饮酒食肉自得仙。平生寓物不留物,在家学得忘家禅。

吕本中《戏成》（《全宋诗》P18063）

沈郎爱客如爱酒,章子问诗如问禅。肯共寒炉拨残火,共搜佳句作新年。

吕本中《即事》（《全宋诗》P18215）

养生不能延年,忘言未是安禅。圣学工夫安在,重寻曲礼三千。

吕本中《送瑞邱上人归福州》（《全宋诗》P18219）

不须布袜与行缠,参得诸方五味禅。散尽白云见明月,虚空只是水中天。

吕本中《送财用归开化》（《全宋诗》P182224）

年来相聚欲无言,懒说诸方五味禅。所恨归程太匆遽,不收吾骨瘴江边。

吕本中《次韵李仲辅佥判》（《全宋诗》P18161）

晓晴破雨却寒天,海上风光绝可怜。更欲陪公了春事,不须乘醉始逃禅。

赵鼎《会郑有功》（《全宋诗》P18426）

江流变血火连天,闻道身行相后先。今世谋身无第一,政缘夫子爱逃禅。

【元】

元好问《李屏山挽章》（《元好问全集》P172）

谈尘风流二十年,空门名理孔门禅。 诸儒久已同坚白,博士真堪补太玄。

【近现代】

续范亭《学习二十二文件有感》（《十老诗选》P226）

不是儒佛也非仙,茅屋数椽正好眠。早晚两次太极拳,却病无妨学坐禅。携来二十二文件,革命经典须精研。百岁光阴虽逝半,五十我犹是中年。

辛弃疾《西江月》中的"蝉"

"蝉"字现在只有一个读音 chán，如蝉联、蝉蜕等。其实古时它是个多音字。据《康熙字典》：蝉，一是"市连切，音蝉"（shān）；二是"财仙切，音钱"（qián）；三是"田黎切，音提"（tí）；四是"上演切，音善"（shàn）。

古诗词中许多诗词中的"蝉"是与"天""烟""前""年"等字协韵的。如：

【唐】

  王维《辋川闲居赠裴秀才迪》（《全唐诗》P1266）

  寒山转苍翠，秋水日潺湲。倚杖柴门外，临风听暮蝉。
  渡头馀落日，墟里上孤烟。复值接舆醉，狂歌五柳前。

【宋】

  辛弃疾《西江月·夜行黄沙道中》（《词综》P2161）

  明月别枝惊鹊，清风半夜鸣蝉。稻花香里说丰年，听取蛙声一片。

从协韵的角度看，这两篇诗词中的"蝉"宜读"市连切"或"财仙切，音钱"。古往今来，类似的诗词很多，今举例如下：

【南朝　梁】

  萧纲《和籍田》（《全汉三国晋南北朝诗》P912）

  度谐金石奏，德厚歌颂诠。三春润蒦英，七月待鸣蝉。
  鳐鱼显嘉瑞，铜雀应丰年。不劳郑国雨，无荣邺令田。

  萧绎《后园作回文诗》（《全汉三国晋南北朝诗》P964）

  斜峰绕径曲，耸石带山连。花余拂戏鸟，树密隐鸣蝉。

（注：回文诗是诗既可以从头读到尾，又可以回过头来从尾读到头。如该诗从头到尾是连与蝉押韵，回过来从尾读到头则花与斜押韵。）

  沈约《君子有所思行》（《全汉三国晋南北朝诗》P991）

  巴姬幽兰奏，郑女阳春弦。共矜红颜日，俱忘白发年。
  寂寥茂陵宅，照曜未央蝉。无以五鼎盛，顾嗤三经玄。

  吴均《与柳恽相赠答》（《玉台新咏》P131—132）

  秋云静晚天，寒夜方绵绵。闻君吹急管，相思杂采莲。
  别离未几日，高月三成弦。踩叠黄河浪，嘶喝陇头蝉。
  寄君蘼芜叶，插着丛台边。

朱超道《别席中兵》 (《全汉三国晋南北朝诗》P1291)

　　长波漫不极,高岫郁相连。急风乱还鸟,轻寒静暮蝉。
　　扁舟已入浪,孤帆渐逼天。停车对空渚,怅望转依然。

沈约《侍宴谢朏宅饯东归应制》 (《全汉三国晋南北朝诗》P1023)

皇情怅东{舟世}。羽旆拂南廛。夏云清朝景,秋风扬早蝉。饮和陪下席,论道光上筵。

刘孝先《草堂寺寻无名法师》 (《全汉三国晋南北朝诗》P1228)

　　深林生夜冷,复阁上宵烟。叶动花中露,湍鸣暗里泉。
　　竹风声若雨,山虫听似蝉。

何胤《皇太子释奠诗》 (《全汉三国晋南北朝诗》P1264)

　　傧仪接赞,相诏初筵。峨峨台弁,灼灼藩蝉。

【南朝　陈】

张正见《御幸乐游苑待宴》 (《全汉三国晋南北朝诗》P1396)

　　潦收荷盖折,露重菊花鲜。上林宾早雁,长杨唱晚蝉。
　　小臣惭艺业,击壤慕怀铅。

【北周】

庾信《伤王司徒褒》 (《全汉三国晋南北朝诗》P1594)

　　自君钟鼎族,江东三百年。宝刀仍世载,雕戈本旧传。
　　绿绂纡槐绶,黄金饰侍蝉。地建忠臣国,家开孝子泉。

【唐】

唐太宗《秋日》 (《全唐诗》P14)

　　菊散金风起,荷疏玉露圆。将秋数行雁,离夏几林蝉。
　　云凝愁半岭,霞碎缬高天。

唐太宗《赋得弱柳鸣秋蝉》 (《全唐诗》P19)

　　散影玉阶柳,含翠隐鸣蝉。微形藏叶里,乱响出风前。

上官仪《王昭君》 (《全唐诗》P211)

　　玉关春色晚,金河路几千。琴悲桂条上,笛怨柳花前。
　　雾掩临妆月,风惊入鬓蝉。缄书待还使,泪尽白云天。

岑参《送颜少府投郑陈州》 (《全唐诗》P2076)

　　一尉便垂白,数年唯草玄。出关策匹马,逆旅闻秋蝉。
　　爱客多酒债,罢官无俸钱。知君羁思少,所适主人贤。

岑参《首秋轮台》（《全唐诗》P2090）

异域阴山外,孤城雪海边。秋来唯有雁,夏尽不闻蝉。
雨拂毡墙湿,风摇毳幕膻。轮台万里地,无事历三年。

岑参《送永寿王赞府径归县》（《全唐诗》P2037）

百里路不宿,两乡山复连。夜深露湿簟,月出风惊蝉。
且尽主人酒,为君从醉眠。

戴叔伦《和尉迟侍郎》（《全唐诗》P3080）

楚人方苦热,柱史独闻蝉。晴日暮江上,惊风一叶前。
荡摇清管杂,幽咽野风传。旅舍闻君听,无由更昼眠。

王建《提花子赠渭州陈判官》（《全唐诗》P3403）

腻如云母轻如粉,艳胜香黄薄胜蝉。点绿斜蒿新叶嫩,添红石竹晚花鲜。
鸳鸯比翼人初帖,蛱蝶重飞样未传。况复萧郎有情思,可怜春日镜台前。

司空曙《过卢秦卿旧居》（《全唐诗》P3325）

五柳茅茨楚国贤,桔槔蔬圃水涓涓。黄花寒后难逢蝶,红叶晴来忽有蝉。
韩康助采君臣药,支遁同看内外篇。

李端《晚游东田寄司空曙》（《全唐诗》P3247）

片雨无妨景,残红不映天。别愁逢夏果,归兴入秋蝉。

李端《送耿拾遗湋使江南括图书》（《全唐诗》P3256）

驱传草连天,回风满树蝉。将过夫子宅,前问孝廉船。

李端《晚秋旅舍寄苗员外》（《全唐诗》P3258）

向暮同行客,当秋独长年。晚花唯有菊,寒叶已无蝉。

李端《酬前驾部员外郎苗发》（《全唐诗》P3276）

复洞潜栖燕,疏杨半翳蝉。咏歌虽有和,云锦独成妍。

杨凌《送客往睦州》（《全唐诗》P3306）

水阔尽南天,孤舟去渺然。惊秋路傍客,日暮数声蝉。

杨凝《晚夏逢友人》（《全唐诗》P3303）

一别同袍友,相思已十年。长安多在客,久病忽闻蝉。
骤雨才沾地,阴云不遍天。微凉堪话旧,移榻晚风前。

杜甫《与任城许主薄游南池》（《全唐诗》P2392）

秋水通沟洫,城隅进小船。晚凉看洗马,森木乱鸣蝉。
菱熟经时雨,蒲荒八月天。晨朝降白露,遥忆旧青毡。

王建《别杨校书》 （《全唐诗》第九册P3436）

从军秣马十三年,白发营中听早蝉。故作老丞身不避,县名昭应管山泉。

韩愈《谢自然诗》 （《全唐诗》P3765）

驱车领官吏,氓俗争相先。入门无所见,冠屦同蜕蝉。

李贺《屏风曲》 （《全唐诗》P4406）

蝶栖石竹银交关,水凝绿鸭琉璃钱。团回六曲抱膏兰,将鬟镜上掷金蝉。

陈子昂《西还至散关答乔补阙》 （《全唐诗》P897）

葳蕤苍梧凤,嘹唳白露蝉。羽翰本非匹,结交何独全。

孟浩然《题长安主人壁》 （《全唐诗》P1665）

枕籍琴书满,褰帷远岫连。我来如昨日,庭树忽鸣蝉。
促织惊寒女,秋风感长年。授衣当九月,无褐竟谁怜。

李商隐《柳》 （《百代千家绝句》P377）

曾逐东风拂舞筵,乐游春苑断肠天。
如何肯到清秋日,已带斜阳又带蝉。

李白《当涂赵炎少府粉图山水歌》 （《历代题画诗选译》P2）

西峰峥嵘喷流泉,横石蹙水波潺湲。东崖合沓蔽轻雾,深林杂树空芊绵。
此中冥昧失昼夜,隐几寂听无鸣蝉。长松之下列羽客,对坐不语南昌仙。

李白《赠宣城宇文太守兼呈崔侍御》 （《全唐诗》P1759）

白若白鹭鲜,清如清唳蝉。受气有本性,不为外物迁。

钱起《无题》 （《全唐诗》P2679）

见底高秋水,开怀万里天。旅吟还有伴,沙柳数枝蝉。

高适《送韩九》 （《全唐诗》P2200）

惆怅别离日,裴回歧路前。归人望独树,匹马随秋蝉。
常与天下士,许君兄弟贤。良时正可用,行矣莫徒然。

杜甫《楠树为风雨所拔叹》 （《全唐诗》P2309）

倚江楠树草堂前,故老相传二百年。诛茅卜居总为此,五月仿佛闻寒蝉。

杜甫《夜》 （《全唐诗》P2534）

白夜月休弦,灯花半委眠。号山无定鹿,落树有惊蝉。
（注:诗中的"蝉"与"眠""船""边"协韵。）

杜甫《秋日夔府咏怀》 （《全唐诗》P2513）

兵戈尘漠漠，江汉月娟娟。局促看秋燕，萧疏听晚蝉。
雕虫蒙记忆，烹鲤问沉绵。

杜甫《哭韦大夫之晋》 （《全唐诗》P2573）

城府深朱夏，江湖眇霁天。绮楼关树顶，飞旐泛堂前。
帘幕疑风燕，筘箫急暮蝉。兴残虚白室，迹断孝廉船。

戎昱《苦哉行》 （《全唐诗》P3007）

妾家清河边，七叶承貂蝉。身为最小女，偏得浑家怜。
亲戚不相识，幽闺十五年。

元稹《春鸠》 （《全唐诗》P4450）

春鸠与百舌，音响讵同年。如何一时语，俱得春风怜。
犹知化工意，当春不生蝉。免教争叫噪，沸渭桃花前。

白居易《游悟真寺》 （《全唐诗》P4734）

枝梢袅青翠，韵若风中弦。日月光不透，绿阴相交延。
幽鸟时一声，闻之似寒蝉。

白居易《暮立》 （《全唐诗》P4854）

黄昏独立佛堂前，满地槐花满树蝉。大抵四时心总苦，就中肠断是秋天。

白居易《花酒》 （《全唐诗》P5052）

香醅浅酌浮如蚁，雪鬓新梳薄似蝉。为报洛城花酒道，莫辞送老二三年。

白居易《题崔常侍济源庄》 （《全唐诗》P5053）

谷口谁家住，云扃锁竹泉。主人何处去，萝薜换貂蝉。

刘禹锡《酬滑州李尚书秋日见寄》 （《全唐诗》P4040）

一入石渠署，三闻宫树蝉。丹霄未得路，白发又添年。
双节外台贵，孤箫中禁传。征黄在旦夕，早晚发南燕。

刘禹锡《乐天池馆夏景》 （《全唐诗》P4037）

池馆今正好，主人何寂然。白莲方出水，碧树未鸣蝉。
静室宵闻磬，斋厨晚绝烟。蕃僧如共载，应不是神仙。

张籍《病中寄白学士拾遗》 （《全唐诗》P4300）

秋亭病客眠，庭树满枝蝉。凉风绕砌起，斜影入床前。
（注：该诗中的"蝉"与"鲜""年""延""焉""缠""煎"协韵。）

白居易《社日关路作》 (《全唐诗》P4833)

晚景函关路,凉风社日天。青岩新有燕,红树欲无蝉。
愁立驿楼上,厌行官堠前。萧条秋兴苦,渐近二毛年。

施肩吾《观美人》 (《全唐诗》P5604)

漆点双眸鬓绕蝉,长留白雪占胸前。爱将红袖遮娇笑,往往偷开水上莲。

姚合《病中书事寄友人》 (《全唐诗》P5637)

多睡憎明屋,慵行待暖天。疮头梳有虱,风耳乱无蝉。
换白方多错,回金法不全。家贫何所怨,将在老僧边。

姚合《闲居晚夏》 (《全唐诗》P5660)

闲居无事扰,旧病亦多痊。选字诗中老,看山屋外眠。
片霞侵落日,繁叶咽鸣蝉。对此心还乐,谁知乏酒钱。

周贺《京口赠崔固》 (《全唐诗》P5725)

积雨晴时近,西风叶满泉。相逢嵩岳客,共听楚城蝉。
宿馆横秋岛,归帆涨远田。别多还寂寞,不似剡中年。

姚合《秋日有怀》 (《全唐诗》P5668)

秋来不复眠,但觉思悠然。菊色欲经露,虫声渐替蝉。
诗情生酒里,心事在山边。旧里无因到,西风又一年。

周贺《送僧》 (《全唐诗》P5731)

草履初登南客船,铜瓶犹贮北山泉。衡阳旧寺秋归去,门锁寒潭几树蝉。

郑巢《瀑布寺贞上人院》 (《全唐诗》P5734)

林疏多暮蝉,师去宿山烟。古壁灯熏画,秋琴雨润弦。

郑巢《送李式》 (《全唐诗》P5736)

去寺多随磬,看山半在船。绿云天外鹤,红树雨中蝉。

郑巢《送魏校赴夏口从事》 (《全唐诗》P5735)

西风吹远蝉,驿路在云边。独梦诸山外,高谈大斾前。

李商隐《野菊》(此诗又见《孙逖集》) (《全唐诗》P6185)

苦竹园南椒坞边,微香冉冉泪涓涓。已悲节物同寒雁,忍委芳心与暮蝉。
细路独来当此夕,清尊相伴省他年。紫云新苑移花处,不敢霜栽近御筵。

朱庆馀《夏末留别洞庭知己》 (《全唐诗》P5888)

清秋时节近,分袂独凄然。此地折高柳,何门听暮蝉。
浪摇湖外日,山背楚南天。空感迢迢事,荣归在几年。

杜牧《将赴京题陵阳王氏水居》 (《全唐诗》P6030)

山簇暮云千野雨,江分秋水九条烟。马蹄不道贪西去,争向一声高树蝉。

杜牧《惜春》 (《全唐诗》P6031)

花开又花落,时节暗中迁。无计延春日,何能驻少年。
小丛初散蝶,高柳即闻蝉。繁艳归何处?满山啼杜鹃。

李商隐《霜月》 (《全唐诗》P6146)

初闻征雁已无蝉,百尺楼高水接天。青女素娥俱耐冷,月中霜里斗婵娟。

李商隐《柳》 (《全唐诗》P6168)

曾逐东风拂舞筵,乐游春苑断肠天。如何肯到清秋日,已带斜阳又带蝉。

曹邺《听刘尊师弹琴》 (《全唐诗》P6870)

曾于清海独闻蝉,又向空庭夜听泉。不似斋堂人静处,秋声长在七条弦。

刘德仁《送王书记归邠州》 (《全唐诗》P6293)

陈琳轻一别,马上意超然。来日行烦暑,归时听早蝉。
阴云翳城郭,细雨萦山川。

皮日休《白太傅》 (《全唐诗》P7018)

天下皆闷闷,乐天独舍旃。高吟辞两掖,清啸罢三川。
处世似孤鹤,遗荣同脱蝉。仕若不得志,可为龟镜焉。

皮日休《临顿为吴中偏胜之地》 (《全唐诗》P7061)

闭门无一事,安稳卧凉天。砌下翘饥鹤,庭阴落病蝉。

贾岛《送丹师归闽中》 (《全唐诗》P6638)

波涛路杳然,衰柳落阳蝉。行李经雷电,禅前漱岛泉。

贾岛《京北原作》 (《全唐诗》P6670)

登原见城阙,策蹇思炎天。日午路中客,槐花风处蝉。

贾岛《送康秀才》 (《全唐诗》P6674)

行岐逢塞雨,嘶马上津船。树影高堂下,回时应有蝉。

贾岛《处州李使君改任遂州因寄赠》 (《全唐诗》P6680)

庭树几株阴入户,主人何在客闻蝉。钥开原上高楼锁,瓶汲池东古井泉。

贯休《怀方干张为》 (《全唐诗》P9342)

冥搜入仙窟,半夜水堂前。吾道只如此,古人多亦然。
萤沉荒坞雾,月苦绿梧蝉。因忆垂纶者,沧浪何处边。

贯休《鄱阳道中作》 （《全唐诗》P9346）

鄱阳古岸边，无一树无蝉。路转他山大，砧驱乡思偏。
湖平帆尽落，天淡月初圆。何事尧云下，干戈满许田。

贯休《苦热》 （《全唐诗》P9351）

松桂枝不动，阳乌飞半天。稻麻须结实，沙石欲生烟。
毒气仍干扇，高枝不立蝉。旧山多积雪，归去是何年。

齐己《夏日林下作》 （《全唐诗》P9481）

烦暑莫相煎，森森在眼前。暂来还尽日，独坐只闻蝉。
草媚终难死，花飞卒未蔫。秋风舍此去，满箧贮新篇。

齐己《折杨柳词》 （《全唐诗》P9595）

馆娃宫畔响廊前，依托吴王养翠烟。剑去国亡台榭毁，却随红树噪秋蝉。

沈廷瑞《垄穴遗诗》 （《全唐诗》P9731）

虚劳营殡玉山前，殡后那知已脱蝉。应是元神归洞府，更与遗魄在黄泉。

佚名《灵响词》 （《全唐诗》P9750）

此响非俗响，心知是灵仙。不曾离耳里，高下如秋蝉。

张泌《浣溪沙》 （《全唐诗》P10146）

小市东门欲雪天，众中依约见神仙，蕊黄香画贴金蝉。
饮散黄昏人草草，醉容无语立门前，马嘶尘烘一街烟。

花蕊夫人《宫词》 （《全唐诗》P8978）

金碧阑干倚岸边，卷帘初听一声蝉。殿头日午摇纨扇，宫女争来玉座前。

李郢《题惠山》 （《全唐诗》P9992）

乳洞阴阴碧涧连，杉松六月冷无蝉。黄昏飞尽白蝙蝠，茶火数星山寂然。

顾敻《醉公子》 （《全唐诗》P10099）

衰柳数声蝉，魂销似去年。
（注：每两句协韵。）

杨巨源《句》 （《全唐诗》P10181）

梦中乡信惊秋雁，窗下林声带秋蝉。
（注："蝉"与"雁"协韵。）

孙光宪《浣溪沙》 （《全唐诗》P10134）

兰沐初休曲槛前，暖风迟日洗头天，湿云新敛未梳蝉。
翠袂半将遮粉臆，宝钗长欲坠香肩，此时模样不禁怜。

【宋】

　　　　陆游《乌夜啼》　（《词综》P2183）

　　纨扇婵娟素月,纱巾缥缈轻烟。高槐叶长阴初合,清润雨余天。
　　弄笔斜行小草,钩帘浅醉闲眠。更无一点尘埃到,枕上听新蝉。

【元】

　　　　元好问《外家南寺》　（《元好问全集》P196）

　　郁郁秋梧动晚烟,一夜风露觉秋偏。眼中高岸移深谷,愁里残阳更乱蝉。

　　　　元好问《讲武城》　（《元好问全集》P322）

　　作计千年复万年,似嫌蒸土不能坚。只今讲武人何在?衰柳残阳有乱蝉。

白居易《香炉峰下新置草堂,即事咏怀,题于石上》中的"潺"

　　"潺"字现在只有一个读音 chán,如潺潺流水、潺湲等。但在古诗词中不但可读 chán,而且可读"昨闲切,音虥"(zhàn)(《康熙字典》)。

　　　　白居易《香炉峰下新置草堂,即事咏怀,题于石上》　（《全唐诗》P4746）

　　香炉峰北面,遗爱寺西偏。白石何凿凿,清流亦潺潺。

刘过《贺新郎》中的"颤"

　　"颤"字现在有两个读音:一是 chàn,如颤抖、颤动;二是 zhàn,如颤栗。此字在古诗词中除了读 zhàn,另有一音是"尸连切"或"舒延切",音羶(xiān)(《康熙字典》)。1936 年版《辞海》则注明:颤,至堰切,(甲)音郸,霞韵。(乙)诗焉切,音羶,先韵。

【宋】

　　　　刘过《贺新郎》　（《唐宋名家词选》P262）

　　老去相如倦。向文君说似,而今怎生消遣。衣袂京尘曾染处,空有香红尚软。料彼此、魂销肠断。一枕新凉眠客舍,听梧桐、疏雨秋声颤。灯晕冷,记初见。

　　　　陈允平《清平乐》　（《词综》P1249）

　　凤城春浅。寒压花梢颤。有约不来梁上燕。十二绣帘空卷。

苏轼《浣溪沙》中的"车"

"车"字现在有两个读音：一是 chē，如火车、汽车、大车、车轮等；二是 jū，如中国象棋的棋子车、马、炮。但古诗词中的"车"字除了读 jū，鱼韵，许多时候不读 chē，而是读"昌遮切"音 chā，麻韵，与"花""瓜""茶""家""沙""纱""华""霞""加""夸""涯""斜"等字协韵。

古诗词中"车"音 jū 的例子：

【晋】

　　傅咸《愁霖诗》　（《先秦汉魏晋南北朝诗》P605）

　举足没泥泞，市道无行车。兰桂贱朽腐，柴粟贵明珠。

　　陆厥《中山王孺子妾歌》　（《玉台新咏》P94）

　如姬寝卧内，班妾坐同车。洪波陪饮帐，林光宴秦馀。
　岁幕寒飚及，秋水落芙蕖。子瑕矫后驾，安陵泣前鱼。

【唐】

　　李峤《帷》　（《全唐诗》P713）

　久闭先生户，高褰太守车。罗将翡翠合，锦逐凤皇舒。
　明月弹琴夜，清风入幌初。方知决胜策，黄石受兵书。

　　李峤《和周记室从驾晓发合璧宫》　（《全唐诗》P695）

　濯龙春苑曙，翠凤晓旗舒。野色开烟后，山光淡月馀。
　风长笳响咽，川迥骑行疏。珠履陪仙驾，金声振属车。

　　张九龄《送宛句赵少府》　（《全唐诗》P586）

　解巾行作吏，尊酒谢离居。修竹含清景，华池淡碧虚。
　地将幽兴惬，人与旧游疏。林下纷相送，多逢长者车。

　　王维《赠东岳焦炼师》　（《全唐诗》P1288）

　自有还丹术，时论太素初。频蒙露版诏，时降软轮车。
　山静泉逾响，松高枝转疏。支颐问樵客，世上复何如。

　　王维《故太子太师徐公挽歌》　（《全唐诗》P1283）

　谋猷为相国，翊戴奉宸舆。剑履升前殿，貂蝉托后车。
　齐侯疏土宇，汉室赖图书。僻处留田宅，仍才十顷馀。

　　王缙《与卢员外象过崔处士兴宗林亭》　（《全唐诗》P1311）

　身名不问十年余，老大谁能更读书。林中独酌邻家酒，门外时闻长者车。

陈羽《步虚词二首》（《全唐诗》P3896）

汉武清斋读鼎书，太官扶上画云车。坛上月明宫殿闭，仰看星斗礼空虚。

刘禹锡《送从弟郎中赴浙西》（《全唐诗》P4014）

衔命出尚书，新恩换使车。汉庭无右者，梁苑重归欤。

又食建业水，曾依京口居。共经何限事，宾主两如初。

刘禹锡《酬郓州令狐相公官舍言怀见寄兼呈乐天》（《全唐诗》P4064）

词人各在一涯居，声味虽同迹自疏。佳句传因多好事，尺题稀为不便书。

已通戎略逢黄石，仍占星文耀碧虚。闻说朝天在来岁，霸陵春色待行车。

刘禹锡《乐天示过敦诗旧宅有感一篇吟之泫然追想昔事因成继和以寄苦怀》（《全唐诗》P4072）

凄凉同到故人居，门枕寒流古木疏。向秀心中嗟栋宇，萧何身后散图书。

本营归计非无意，唯算生涯尚有馀。忽忆前言更惆怅，丁宁相约速悬车。

刘禹锡《送曹璩归越中旧隐诗》（《全唐诗》P4084）

行尽潇湘万里馀，少逢知己忆吾庐。数间茅屋闲临水，一盏秋灯夜读书。

地远何当随计吏，策成终日诣公车。剡中若问连州事，唯有千山画不如。

刘禹锡《令狐仆射与余投分素深闻讣诗》（《全唐诗》P4092）

危弦音有绝，哀玉韵犹虚。忽叹幽明异，俄惊岁月除。

文章虽不朽，精魄竟焉如。零泪沾青简，伤心见素车。

凄凉从此后，无复望双鱼。

白居易《效陶潜体诗十六首》（《全唐诗》P4724）

南巷有贵人，高盖驷马车。我问何所苦，四十垂白须。

答云君不知，位重多忧虞。

苏轼《鱼蛮子》（《苏轼选集》P146）

人间行路难，踏地出赋租(jū)。不如鱼蛮子，驾浪浮空虚。

空虚未可知，会当算舟车。蛮子叩头泣，勿语桑大夫。

古诗中"车"音 chā 的情况很多，如：

古乐府诗《相逢狭路间》（《玉台新咏》P6）

相逢狭路间，道隘不容车。如何两少年，挟毂问君家。

【晋】

王鉴《七夕观织女》（《玉台新咏》P66）

六龙奋瑶辔，文螭负琼车。火丹秉瑰烛，素女执琼华。

绛旗若吐电，朱盖如振霞。

【南朝　梁】

　　邱迟《答徐侍中为人赠妇》（《玉台新咏》P102）

丈夫吐然诺,受命本遗家。糟糠且弃置,蓬首乱如麻。
侧闻洛阳客,金盖翼高车。

　　徐悱妻刘氏《答唐孃七夕所穿针》（《玉台新咏》P147）

孀闺绝绮罗,揽赠自伤嗟。虽言未相识,闻道出良家。
曾停霍君骑,经过柳惠车。无由一共语,暂看日升霞。

　　萧纲《娈童》（《玉台新咏》P171）

揽裤轻红出,回头双鬓斜。媚眼时含笑,玉手乍攀花,
怀猜非后钓,密爱似前车。足使燕姬妒,弥令郑女嗟。

　　萧纲《金乐歌》（《玉台新咏》P182）

啼乌怨别偶,曙乌忆离家。石阙题书字,金灯飘落花。
东方晓星没,西山晚日斜。縠衫迴广袖,团扇掩轻纱。
暂借青骢马,来送黄牛车。

　　萧纶《见姬人》（《玉台新咏》P183）

春来不复赊,入苑驻行车。比来妆点异,今世拨鬟斜。
却扇承枝影,舒衫受落花。狂夫不妒妾,随意晚回家。

　　庾信《七夕》（《玉台新咏》P198）

牵牛遥映水,织女正登车。星桥通汉使,机石逐仙槎。
隔河相望近,经秋离别赊。愁将今夕恨,复著明年花。

　　罗爱爱《闺思》（《续玉台新咏》P31）

几当孤月夜,遥望七香车。罗带因腰缓,金钗逐鬓斜。

【唐】

　　卢照邻《长安古意》（《全唐诗》P518）

长安大道连狭斜,青牛白马七香车。玉辇纵横过主第,金鞭络绎向侯家。
龙衔宝盖承朝日,凤吐流苏带晚霞。百丈游丝争绕树,一群娇鸟共啼花。

　　王勔《晦日宴高氏林亭用华字》（《全唐诗》P685）

上序披林馆,中京视物华。竹窗低露叶,梅迳起风花。
景落春台雾,池侵旧渚沙。绮筵歌吹晚,暮雨泛香车。

　　骆宾王《畴昔篇》（《全唐诗》P835）

金丸玉馔盛繁华,自言轻侮季伦家。五霸争驰千里马,三条竞骛七香车。
掩映飞轩乘落照,参差步障引朝霞。池中旧水如悬镜,屋里新妆不让花。

蒋维翰《怨歌》（《全唐诗》P1467）
百尺珠楼临狭斜，新妆能唱美人车。皆言贱妾红颜好，要是狂夫不忆家。

王维《晚春严少尹与诸公见过》（《全唐诗》P1276）
松菊荒三迳，图书共五车。烹葵邀上客，看竹到贫家。
鹊乳先春草，莺啼过落花。自怜黄发暮，一倍惜年华。

王维《杂诗》（《全唐诗》P1280）
双燕初命子，五桃新作花。王昌是东舍，宋玉次西家。
小小能织绮，时时出浣纱。亲劳使君问，南陌驻香车。

王维《剧嘲史寰》（《全唐诗》P1308）
清风细雨湿梅花，骤马先过碧玉家。正值楚王宫里至，门前初下七香车。

李峤《韦嗣立山庄》（《全唐诗》P729）
万骑千官拥帝车，八龙三马访仙家。凤凰原上开青壁，鹦鹉杯中弄紫霞。

李白《僧伽歌》（《全唐诗》P1720）
真僧法号号僧伽，有时与我论三车。问言诵咒九千遍，口道恒河沙复沙。

李白《早望海霞边》（《全唐诗》P1834）
四明三千里，朝起赤城霞。日出红光散，分辉照雪压。
一步嚥琼液，五内发金沙。举手何所待，青龙白虎车。

刘利贞《上元》
九陌连灯影，千门度月华。倾城出宝骑，匝路转香车。
烂熳惟愁晓，周游不问家。更逢清管发，处处落梅花。

杜甫《官亭夕坐戏简颜十少府》（《全唐诗》P2562）
南国调寒杵，西江浸日车。客愁连蟋蟀，亭古带蒹葭。
不返青丝鞚，虚烧夜烛花。老翁须地主，细细酌流霞。

刘长卿《闻奉迎皇太后》（《全唐诗》P1556）
长乐宫人扫落花，君王正候五云车。万方臣妾同瞻望，疑在曾城阿母家。

刘禹锡《七夕》（《全唐诗》P4011）
河鼓灵旗动，嫦娥破镜斜。满空天是幕，徐转斗为车。
机罢犹安石，桥成不碍槎。谁知观津女，竟夕望云涯。

刘禹锡《敬宗皇帝挽歌》（《全唐诗》P4021）
宝历方无限，仙期忽有涯。事亲崇汉礼，传圣法殷家。
晚出芙蓉阙，春归棠棣花。玉轮今日动，不是画云车。

刘禹锡《送浑大夫赴丰州》（《全唐诗》P4045）

凤衔新诏降恩华,又见旌旗出浑家。故吏来辞辛属国,精兵愿逐李轻车。
毡裘君长迎风驭,锦带酋豪踏雪衔。其奈明年好春日,无人唤看牡丹花。

刘禹锡《和严给事闻唐昌观玉蕊花下有游仙》（《全唐诗》P4122）

玉女来看玉蕊花,异香先引七香车。攀枝弄雪时回顾,惊怪人间日易斜。

李商隐《喜雪》（《全唐诗》P6232）

鹅归逸少宅,鹤满令威家。寂寞门扉掩,依稀履迹斜。
人疑游面市,马似困盐车。洛水妃虚妒,姑山客漫夸。

李商隐《朱槿花》（《全唐诗》P6249）

莲后红何患,梅先白莫夸。才飞建章火,又落赤城霞。
不卷锦步障,未登油壁车。日西相对罢,休澣向天涯。

温庭筠《思帝乡词》（《全唐诗》P10062）

花花,满枝红似霞。罗袖画帘肠断,卓香车。回面共人闲语,战篦金凤斜。惟有阮郎春尽,不归家。

薛涛女《试新服裁制初成》（《全唐诗》P9042）

九气分成九色霞,五灵仙驭五云车。春风因过东君舍,偷样人间染百花。

吕洞宾《忆江南》（《全唐诗》P10167）

淮南法,秋石最堪夸。位应乾坤白露节,象移寅卯紫河车。子午结朝霞。

青童《与赵旭扣柱歌》（《全唐诗》P9763）

白云飘飘星汉斜,独行窈窕浮云车。仙郎独邀青童君,结情罗帐连心花。

【宋】

苏轼《浣溪沙》（《苏轼选集》P267）

簌簌衣中落枣花,村南村北响缲车。牛衣古柳卖黄瓜。　酒困路长惟欲睡,日高人渴漫思茶。敲门试问野人家。

苏轼《和董传留别》（《苏轼选集》P26）

粗缯大布裹生涯,腹有诗书气自华。厌伴老儒烹瓠叶,强随举子踏槐花。
囊空不办寻春马,眼乱行看择婿车。得意犹堪夸世俗,诏黄新湿字如鸦。

秦观《望海潮》（《唐宋名家词选》P134）

梅英疏淡,冰澌溶泄,东风暗换年华。金谷俊游,铜驼巷陌,新晴细履平沙。长记误随车。正絮翻蝶舞,芳思交加。柳下桃蹊、乱分春色到人家。

苏轼《聚星堂雪》中的"掣"

"掣"字现在只有一个读音 chè，如风驰电掣、掣肘等。但古时它是个多音字：一是"尺制切，音懘"；二是"昌列切，音滞入声"；三是"敕列切，音彻"(qiē)。如苏轼《聚星堂雪》中的"掣"与"雪""绝""折""灭""瞥""绝"诸字协韵，宜读为"彻"(qiē)。

恨无翠袖点横斜，只有微灯照明灭。归来尚喜更鼓永，晨起不待铃索掣。

韦应物《逢杨开府》中的"痴"

"痴"字现在只有一个读音 chī，如痴情、痴迷、痴呆、痴人说梦等，但古诗词中有时读"妻"。因《康熙字典》注音它是"丑之切"，而"之"字有两音 zhī、jī，故"痴"亦有两音：一音 chī；二音妻 qī。如韦应物《逢杨开府》诗中的"痴"字就应读 qī。

【唐】

韦应物《逢场开府》 （《全唐诗》P1956）

少事武皇帝，无赖恃恩私。身作里中横，家藏亡命儿。
朝持樗蒲局，暮窃东邻姬。司隶不敢捕，立在白玉墀。
骊山风雪夜，长杨羽猎时。一字都不识，饮酒肆顽痴。
武皇升仙去，憔悴被人欺。

元稹《大觜乌》 （《全唐诗》P4454）

百巢同一树，栖宿不复疑。得食先反哺，一身常苦羸。
缘知五常性，翻被众禽欺。其一觜大者，攫搏性贪痴。
有力强如鹘，有爪利如锥。

元稹《江陵三梦》 （《全唐诗》P4511）

言罢泣幽噎，我亦涕淋漓。惊悲忽然寤，坐卧若狂痴。
月影半床黑，虫声幽草移。心魂生次第，觉梦久自疑。

刘叉《答孟东野》 （《全唐诗》P4445）

退之何可骂，东野何可欺。文王已云没，谁顾好爵縻。
生死守一丘，宁计饱与饥。万事付杯酒，从人笑狂痴。

李商隐《咏怀寄秘阁旧僚二十六韵》 （《全唐诗》P6236）

悬头曾苦学，折臂反成医。仆御嫌夫懦，孩童笑叔痴。

　　　　杜牧《雪中书怀》（《全唐诗》P5944）

腊雪一尺厚，云冻寒顽痴。孤城大泽畔，人疏烟火微。

　　　　皮日休《三羞诗》（《全唐诗》P7016）

夫妇相顾亡，弃却抱中儿。兄弟各自散，出门如大痴。
一金易芦卜，一缣换凫茈。荒村墓鸟树，空屋野花篱。

　　　　陆龟蒙《江湖散人歌》（《全唐诗》P7147）

人间所谓好男子，我见妇女留须眉。奴颜婢膝真乞丐，反以正直为狂痴。

　　　　裴说《冬日后作》（《全唐诗》P8264）

寂寞掩荆扉，昏昏坐欲痴。事无前定处，愁有并来时。

　　　　曹松《广州贻匡绪法师》（《全唐诗》P8243）

口宣微密不思议，不是除贪即诫痴。只待外方缘了日，争看内殿诏来时。

　　　　罗隐《寄韦赡》（《全唐诗》P7588）

风催晓雁看看别，雨胁秋蝇渐渐痴。禅智阑干市桥酒，纵然相见只相悲。

　　　　齐己《乞樱桃》（《全唐诗》P9541）

流莺偷啄心应醉，行客潜窥眼亦痴。闻说张筵就珠树，任从攀折半离披。

【宋】

　　　　王安石《寓言》（《王安石全集》P356）

本来无物使人疑，却为参禅买得痴。闻道无情能说法，面墙终日妄寻思。

　　　　王安石《望江南》（《王安石全集》P391）

归依众，梵行四威仪。愿我遍游诸佛土，十方贤圣不相离，永灭世间痴。

徐干《于清河见挽船士新婚与妻别》中的"池"

　　"池"字现在只有一个读音 chí，如池塘、池沼、凤池、秋池等。但古时它是个多音字。除了"陈知切"音 chí，还有两音：

　　一是"徒何切，音驼"（tuó）。《康熙字典》举例《楚辞·九歌》：与汝沐兮咸池（tuó），晞予发兮阳之阿。杨雄《羽猎赋》：相与集于靖冥之馆，以临珍池（tuó）。灌以岐梁，溢以江河。

　　另一音是"直离切，音齐"（qí），诗歌中与知、移、疲、离、曦、旗、厄、宜等字协韵。举例如下：

【东汉】

徐干《于清河见挽船士新婚与妻别》 (《玉台新咏》P33)

枯枝时飞扬,身体忽迁移。不悲身迁移,但惜岁月驰。
岁月无穷极,会合安可知。愿为双黄鹄,比翼戏清池。

阮禹《驾出北郭门行》 (《全汉三国晋南北朝诗》P188)

驾出北郭门,马樊不肯驰。下车步踟蹰,仰折杨柳枝。
顾闻丘林中,嗷嗷有悲啼。

【魏】

何晏《言志诗》 (《先秦汉魏晋南北朝诗》P468)

转蓬去其根,流飘从风移。芒芒四海涂,悠悠焉可弥。
愿为浮萍草,托身寄清池。且以今日乐,其后非所知。

曹丕《猛虎行》 (《先秦汉魏晋南北朝诗》P392)

与君媾新欢,托配于二仪。充列于紫微,升降焉可知。
梧桐攀凤翼,云雨散洪池。

嵇康《述志诗》 (《先秦汉魏晋南北朝诗》P488)

潜龙育神躯,濯鳞戏兰池。延颈慕大庭,寝足俟皇羲。
庆云未垂景,盘桓朝阳陂。悠悠非吾匹,畴肯应俗宜。

【晋】

江道载《诗》 (《先秦汉魏晋南北朝诗》P444)

巨鳌戴蓬莱,大鲲运天池。倏忽云雨兴,俯仰三州移。

【南朝 梁】

萧纲《和林下妓应令》 (《全汉三国晋南北朝诗》P920)

炎光向日敛,促宴临前池。泉将影相得,花与面相宜。

【梁】

萧纲《饯别》 (《全汉三国晋南北朝诗》P919)

行乐出南皮,燕饯临华池。箨解篁开节,花暗鸟迷枝。
窗阴随影度,水色带风移。徒命衔杯酒,终成悯别离。

萧统《示徐州弟》 (《全汉三国晋南北朝诗》P873)

宴居昼室,靖眺铜池。三坟既览,四始兼摛。
嘉肴玉俎,旨酒金卮。阴阴色晚,白日西移。

沈约《夕行闻夜鹤》 (《玉台新咏》P252)

夕行闻夜鹤,夜鹤叫南池。对此孤明月,临风振羽仪。
忽值疾风起,暂下昆明池。复值冬冰合,水宿非所宜。

沈约《侍游方山应诏》（《全汉三国晋南北朝诗》P1013）

　　清汉夜昭晰,扶桑晓陆离。发歌摐阳下,建羽朝夕池。

沈约《游钟山诗应西阳王教》（《全汉三国晋南北朝诗》P1001）

　　即事既多美,临眺殊复奇。南瞻储胥观,西望昆明池。
　　山中咸可悦,赏逐四时移。

任昉《咏池边桃》（《全汉三国晋南北朝诗》P1071）

　　已谢西王苑,复揖绥山枝。聊逢赏者爱,栖趾傍莲池。
　　开红春灼灼,结实夏离离。

江淹《魏文帝曹丕游宴》（《全汉三国晋南北朝诗》P1043）

　　置酒坐飞阁,逍遥临华池。神飙自远至,左右芙蓉披。
　　绿竹夹清水,秋兰被幽崖。

丘迟《芳树》（《全汉三国晋南北朝诗》P1065）

　　芳叶已漠漠,嘉宾复离离。发景傍云屋,凝晖覆华池。

梁武帝《首夏泛天池》（《全汉三国晋南北朝诗》P862）

　　薄游朱明节,泛漾天渊池。舟楫互容与,藻苹相推移。

庾肩吾《咏美人》（《全汉三国晋南北朝诗》P1100）

　　绛树及西施,俱是好容仪。非关能结束,本自细腰枝。
　　镜前难并照,相将映渌池。看妆畏水动,敛袖避风吹(qī)。

张率《咏跃鱼应诏》（《全汉三国晋南北朝诗》P1085）

　　戢鳞隐繁藻,颁首承渌漪。何用游溟澥,且跃天渊池。

江总《咏蝉》（《全汉三国晋南北朝诗》P1425）

　　白露凉风吹,朱明落照移。鸣条噪林柳,流响遍台池。
　　村声如易得,寻忽却难知。

张正见《初春赋得池应教》（《全汉三国晋南北朝诗》P1403）

　　遥天收密雨,高阁映奔曦。雪尽青山路,冰销绿水池。
　　春光落云叶,花影发晴枝。琴樽奉终宴,风月岂云疲。

【北齐】

邢邵《三日华林园公宴》（《全汉三国晋南北朝诗》P1507）

　　回銮自乐野,弭盖属瑶池。五丞接光景,七友树风仪。
　　芳春时欲遽,览物惜将移。

【唐】

元万顷《奉和春日池台》（《全唐诗》P542）

日影飞花殿,风文积草池。凤楼通夜敞,虬辇望春移。

上官仪《咏雪应诏》（《全唐诗》P507）

禁园凝朔气,瑞雪掩晨曦。花明栖凤阁,珠散影娥池。
飘素迎歌上,翻光向舞移。幸因千里映,还绕万年枝。

殷尧藩《宫人入道》（《全唐诗》P5573）

卸却宫妆锦绣衣,黄冠素服制相宜。锡名近奉君王旨,佩箓新参老氏师。
白昼无情趋玉陛,清宵有梦步瑶池。绿鬟女伴含愁别,释尽当年妒宠私。

杜牧《江上偶见绝句》（《全唐诗》P5987）

楚江寒食橘花时,野渡临风驻彩旗。草色连云人去住,水纹如縠燕差池。

王建《朝天词》（《全唐诗》P3424）

老作三公经献寿,临时犹自语差池。私从班里来长跪,捧上金杯便合仪。

元稹《褒城驿》（《全唐诗》P4546）

严秦修此驿,兼涨驿前池。已种千竿竹,又栽千树梨。

李群玉《闻湘南从叔朝觐》（《全唐诗》P6609）

长沙地窄却回时,舟楫骎骎向凤池。为报湘川神女道,莫教云雨湿旌旗。

李白《永王东巡歌》（《全唐诗》P1725）

永王正月东出师,天子遥分龙虎旗。楼船一举风波静,江汉翻为雁鹜池。

李白《上皇西巡南京歌》（《全唐诗》P1726）

万国同风共一时,锦江何谢曲江池。石镜更明天上月,后宫亲得照蛾眉。

韦应物《寄大梁诸友》（《全唐诗》P1916）

分竹守南谯,弭节过梁池。雄都众君子,出饯拥河湄。

白居易《秋池独泛》（《全唐诗》P5111）

萧疏秋竹篱,清浅秋风池。一只短舫艇,一张斑鹿皮。
皮上有野叟,手中持酒卮。

耿湋《题清萝翁双泉》（《全唐诗》P2975）

侧弁向清漪,门中夕照移。异源生暗石,叠响落秋池。

贾岛《题兴化园亭》（《唐人绝句选》P153）

破却千家作一池,不栽桃李种蔷薇。蔷薇花落秋风起,荆棘满亭君自知。

【明】

唐寅《题自画墨菊》（《中国古今题画诗全璧》P172)

白衣人换太无衣,浴罢山阴洗砚池。铁骨不教秋色淡,满身香汗立东篱。

鼓吹曲《战荥阳》中的"驰"

"驰"字现在只有一个读音 chí,如奔驰、驱驰、驰骋等。但古时它与池字一样是个多音字,除了读"陈知切",还读"唐何切,音驼"(tuó),还有"直离切,音齐"(qí)。

关于"驰"音读驼 tuó,例如《诗经·小雅》：不失其驰,舍矢如破。

关于"驰"音读齐 qí,举例如下：

【汉】

蔡邕《弹棋赋》（《康熙字典》）

于是列象,彤华逞丽。丰腹敛边,中隐四企。轻利调博,易使骋驰。

【魏】

《鼓吹曲·战荥阳》（《先秦汉魏晋南北朝诗》P527)

战荥阳,汴水陂。戎士愤怒贯甲驰。

《嘉平中谣》（《先秦汉魏晋南北朝诗》P517)

白马素羁西南驰,其谁乘者朱虎骑。

【晋】

《清商曲辞·欢闻变歌》（《全汉三国晋南北朝诗》P532)

驶风何曜曜,帆上牛渚矶。帆作缴子张,船如侣马驰。

【南朝 梁】

沈约《和竟陵王游仙诗》（《全汉三国晋南北朝诗》P1004)

天矫乘绛仙,螭衣方陆离。玉銮隐云雾,溶溶纷上驰。
瑶台风不息,赤水正涟漪。峥嵘玄圃上,聊攀琼树枝。

【唐】

《郊庙歌辞·迎神》（《全唐诗》P102)

太阳朝序,王宫有仪。蟠桃彩驾,细柳光驰。轩祥表合,汉历彰奇。

韦应物《寄大梁诸友》（《全唐诗》P1916)

燕谑始云洽,方舟已解维。一为风水便,但见山川驰。
昨日次睢阳,今日宿符离。

韦应物《途中寄杨邈裴绪示褒子》（《全唐诗》P1922）
上宰领淮右，下国属星驰。雾野腾晓骑，霜干裂冻旗。
萧萧陟连冈，莽莽望空陂。

李端《送单少府赴扶风》（《全唐诗》P3262）
少年趋盛府，颜色比花枝。范叔非童子，杨修岂小儿。
叨陪丈人行，常恐阿戎欺。此去云霄近，看君逸足驰。

郑丹《肃宗挽歌》（《全唐诗》P3063）
国以重明受，天从谅暗移。诸侯方北面，白日忽西驰。

白居易《代书诗一百韵寄微之》（《全唐诗》P4825）
既在高科选，还从好爵縻。东垣君谏诤，西邑我驱驰。

白居易《叙德书情四十韵》（《全唐诗》P4827）
擢第名方立，耽书力未疲。磨铅重剸割，策蹇再奔驰。
相马须怜瘦，呼鹰正及饥。

元稹《酬翰林白学士代书一百韵》（《全唐诗》P4520）
鹓侣从兹洽，鸥情转自縻。分张殊品命，中外却驱驰。

韩愈《归彭城》（《全唐诗》P3773）
缄封在骨髓，耿耿空自奇。昨者到京城，屡陪高车驰。

古诗《孔雀东南飞·古艳歌》中的"迟"

"迟"字现在只有一个读音 chí，如迟到、迟钝、迟暮、迟疑等。但《康熙字典》、1936年出版的《辞海》、1979年出版的《辞海》都注明，"迟"字在古时有两音：一是"陈尼切、呈夷切"音墀，支韵；另一是"直利切、直肆切"音稚，置韵。

古诗词中"迟"字的读音通常是与饥、衣、稀、移、飞、眉、旗、离等字协韵的，所以其音应读为陈尼切，音 qí。列举如下：

【先秦】

《孔雀东南飞》
君既为府吏，守节情不移。贱妾守空房，相见常日稀。
鸡鸣入机织，夜夜不得息。三日断五尺，大人故嫌迟。

《乐府古艳歌》(孔雀东南飞据此歌而作)（《先秦汉魏晋南北朝诗》P291）
孔雀东飞，苦寒无衣。为君作妻，中心恻悲。
夜夜织作，不得下机。三日载匹，尚言吾迟。

《诗经·邶风·谷风》

行道迟迟,中心有违(yí)。不远伊迩,薄送我畿。
谁谓荼苦,其甘如荠。宴尔新婚,如兄如弟。

《诗经·豳风·七月》

春日迟迟,采蘩祁祁。

《诗经·陈风·衡门》

衡门之下,可以栖迟。泌之洋洋,可以乐饥。

孔子《陬操》 (《先秦汉魏晋南北朝诗》P300)

周道衰微,礼乐陵迟。文武既坠,吾将何归(jī)。周游天下,无邦可依。

【魏】

曹植《妾薄命》 (《先秦汉魏晋南北朝诗》P437)

召延亲好宴私(xī),但歌杯来何迟。客赋既醉言归(jī),主人称露未晞。

【南朝 梁】

何逊《咏舞妓》 (《全汉三国晋南北朝诗》P1160)

管清罗荐合,弦惊雪袖迟。逐唱回纤手,听曲动蛾眉。

【南朝 陈】

徐陵《咏织妇》 (《全汉三国晋南北朝诗》P1373)

纤纤运玉指,脉脉正蛾眉。振蹑开交缕,停梭续断丝。
檐前初月照,洞户朱帷垂。弄机行掩泪,弥令织素迟。

【唐】

李隆基《轩游宫十五夜》 (《全唐诗》P32)

行迈离秦国,巡方赴洛师。路逢三五夜,春色暗中期。
关外长河转,宫中淑气迟。歌钟对明月,不减旧游时。

李适《送徐州张建封还镇》 (《全唐诗》P45)

欢宴不尽怀,车马当还期。谷雨将应候,行春犹未迟。

刘驾《贾客词》 (《全唐诗》P274)

贾客灯下起,犹言发已迟。高山有疾路,暗行终不疑。
寇盗伏其路,猛兽来相追。

张籍《横吹曲·出塞》 (《全唐诗》P187)

秋塞雪初下,将军远出师。分营长记火,放马不收旗。
月冷边帐湿,沙昏夜探迟。征人皆白首,谁见灭胡时。

李白《塞下曲六首》（《全唐诗》P1700）

萤飞秋窗满,月度霜闺迟。摧残梧桐叶,萧飒沙棠枝。
无时独不见,流泪空自知。

李白《待酒不至》（《全唐诗》P1855）

玉壶系青丝,沽酒来何迟。山花向我笑,正好衔杯时。

韦应物《月下会徐十一草堂》（《全唐诗》P1898）

空斋无一事,岸帻故人期。暂辍观书夜,还题玩月诗。
远钟高枕后,清露卷帘时。暗觉新秋近,残河欲曙迟。

韦应物《因省风俗,与从侄绪游山水,中道先归寄示》（《全唐诗》P1923）

我尚山水行,子归栖息地。一操临流袂,上笮干云辔。
独往倦危途,怀忡寡幽致。赖尔还都期,方将登楼迟。

韦应物《寄酬李博士》（《全唐诗》P1945）

叶沾寒雨落,钟度远山迟。晨策已云整,当同林下期。

韦应物《往富平伤怀》（《全唐诗》P1963）

单车路萧条,回首长逶迟。飘风忽截野,嘹唳雁起飞。
昔时同往路,独往今讵知。

韦应物《咏徐正字画青蝇》（《全唐诗》P2010）

笔端来已久,座上去何迟。顾白曾无变,听鸡不复疑。

王建《原上新居》（《全唐诗》P3395）

春来梨枣尽,啼哭小儿饥。邻富鸡常去,庄贫客渐稀。
借牛耕地晚,卖树纳钱迟。墙下当官路,依山补竹篱。

王建《寒食》①（《全唐诗》P3397）

田舍清明日,家家出火迟。白衫眠古巷,红索搭高枝。
纱带生难结,铜钗重欲垂。斩新衣踏尽,还似去年时。

王建《贻小尼师》（《全唐诗》P3397）

新剃青头发,生来未画眉。身轻礼拜稳,心慢记经迟。
唤起犹侵晓,催斋已过时。春晴阶下立,私地弄花枝。

王建《杜中丞书院新移小竹》（《全唐诗》P3399）

此地本无竹,远从山寺移。经年求养法,隔日记浇时。
嫩绿卷新叶,残黄收故枝。色轻寒不动,声与静相宜。
爱护出常数,稀稠看自知。贫来缘未有,客散独行迟。

---

① 一作张籍诗。

王建《送吴郎中赴忠州》 (《全唐诗》P3399)

西台复南省,清白上天知。家每因穷散,官多为直移。
巡边过驿近,买药出城迟。

王建《赠王枢密》 (《全唐诗》P3402)

脱下御衣先赐着,进来龙马每教骑。长承密旨归家少,独奏边机出殿迟。

刘长卿《晦日陪辛大宴南亭》 (《全唐诗》P1507)

月晦逢休浣,年光逐宴移。早莺留客醉,春日为人迟。
蓂草全无叶,梅花遍压枝。政闲风景好,莫比岘山时。

韩翃《寄武陵李少府》 (《全唐诗》P2736)

桂水遥相忆,花源暗有期。郢门千里外,莫怪尺书迟。

韩翃《送李中丞赴辰州》 (《全唐诗》P2744)

巴人迎道路,蛮帅引旌旗。暮雨山开少,秋江叶落迟。

戴叔伦《宿灌阳滩》 (《全唐诗》P3111)

十月江边芦叶飞,灌阳滩冷上舟迟。今朝未逢高风便,还与沙鸥宿水湄。

戴叔伦《送李大夫渡口阻风》 (《全唐诗》P3102)

浪息定可时,龙门恐到迟。轻舟不敢渡,空立望旌旗。

戎昱《汉阴吊崔员外墓》 (《全唐诗》P3018)

岂无骨肉亲,岂无深相知。暴露不复问,高名亦何为。
相携恸君罢,春日空迟迟。

杨凌《早春雪中》 (《全唐诗》P3307)

新年雨雪少晴时,屡失寻梅看柳期。乡信忆随回雁早,江春寒带故阴迟。

李商隐《相思》 (《全唐诗》P6192)

相思树上合欢枝,紫凤青鸾共羽仪。肠断秦台吹管客,日西春尽到来迟。

温庭筠《菩萨蛮》 (《词综》P22)

小山重叠金明灭,鬓云欲度香腮雪。懒起画蛾眉,弄妆梳洗迟。

温庭筠《玉蝴蝶》 (《词综》P43)

秋风凄切伤离,行客未归时。塞外草先衰(yí),江南雁到迟。

皇甫松《摘得新》 (《词综》P57)

酌一卮,须教玉笛吹。锦筵红腊烛,莫来迟。繁红一夜经风雨,是空枝。

【宋】

　　　　李元膺《思佳客》　（《词综》P460）

寂寞秋千两画旗,日长花影转阶迟。燕惊午梦周遮语,蝶困春游落拓飞。

　　　　欧阳修《阮郎归》　（《欧阳修词全集》P231）

浓香搓粉细腰肢,青螺深画眉。玉钗撩乱挽人衣,娇多常睡迟。

　　　　欧阳修《阮郎归》　（《欧阳修词全集》P232）

才会面,便相思,相思无尽期。这回相见好相知,相知已是迟。

　　　　苏轼《西江月·送钱待制》　（《苏轼词全集》P241）

莫叹平原落落,且应去鲁迟迟。与君各记少年时。须信人生如寄。

　　　　史达祖《风流子》　（《词综》P1110）

相逢南溪上,桃花嫩,娇样浅淡罗衣。恰是怨深腮赤,愁重声迟。怅东风巷陌,草迷春恨,软尘庭户,花悮幽期。多少寄来芳字,都待还伊。

【元】

　　　　周权《郭外》　（《元诗三百首》P177）

郭外人家少,鱼村扬酒旗。江云低压树,沙竹细穿篱。
地暖梅花早,天寒潮信迟。夕阳烟景外,倚杖立移时。

　　　　好问《七夕》　（《元好问全集》P345）

天街奕奕素光移,云锦机闲漏箭迟。谁与乘槎问银汉,可无风浪借佳期。

　　　　好问《僧寺阻雨》　（《元好问全集》P350）

山气森岑入葛衣,砧声偏与客心期。僧窗连夜潇潇雨,又较归程几日迟。

【清】

　　　　钱益谦《秦淮花烛词》　（《古典爱情诗三百首》P101）

宝镜台前玉树枝,绮疏朝日晓妆迟。梦回五色江郎笔,一夜生花试画眉。

【近现代】

　　　　朱蕴山《亚子樱都跃马图》　（《中国古今题画诗全璧》P1547）

老骥犹存伏枥志,横流沧海感离离。樱花终有红时节,莫道英雄跃马迟。

李煜《感怀诗》中的"持"

"持"字现在只有一个读音 chí,如坚持、持久、维持等。但古时它读"陈知切",因"知"音 jī,所以"持"音齐(qí)。古诗词中"持"字多与"基""期""眉""疑"等字协韵。如：

【南朝　宋】

鲍照《答客》（《全汉三国晋南北朝诗》P686）

我以筚门士,负学谢前基。爱赏好偏越,放纵少矜持。
专求遂性乐,不计缁名期。

【晋】

陶渊明《饮酒》（《汉魏六朝诗选》P191）

达人解其会,逝将不复疑。忽与一觞酒,日夕欢相持。

【南朝　梁】

沈约《别范安成》（《全汉三国晋南北朝诗》P1013）

生平少年日,分手易前期。及尔同衰暮,非复别离时。
勿言一樽酒,明日难重持。梦中不识路,何以慰相思(xī)。

【唐】

李煜《感怀》（《全唐诗》P73）

层城无复见娇姿,佳姿朧哀不自持。空有当年旧烟月,芙蓉城上哭蛾眉。

宋之问《寄天台司马道士》（《全唐诗》P636）

卧来生白发,览镜忽成丝(xī)。远愧步霞子,童颜且自持。
旧游惜疏旷,微尚日磷缁。不寄西山药,何由东海期。

白居易《秋游平泉赠韦处士闲禅师》（《全唐诗》P4996）

杖藜舍舆马,十里与僧期。昔尝忧六十,四体不支持。

白居易《有木诗》（《全唐诗》P4686）

截枝扶为杖,软弱不自持。折条用樊圃,柔脆非其宜。

欧阳詹《山中老僧》（《全唐诗》P3911）

笑向来人话古时,绳床竹杖自扶持。秋深头冷不能剃,白黑苍然发到眉。

元稹《酬段丞与诸棋流》（《全唐诗》P4525）

异日玄黄队,今宵黑白棋。斫营看迥点,对垒重相持。
善败虽称怯,骄盈最易欺。狼牙当必碎,虎口祸难移。

【明】

吴国伦《高州杂咏》（《明诗选》P436）

粤南天欲尽,风气迥难持。一日更裘葛,三家杂汉夷。
鬼符书辟瘴,蛮鼓奏登陴。遥夜西归梦,惟应海月知。

嵇喜《答嵇康诗》中的"齿"

"齿"字现在只有一个读音 chǐ，如牙齿、齿根、齿轮、唇齿相依等。但古时它是个多音字，除了读"昌止切，音 chǐ"外，还读"昌里切，音褫"。例如：

【晋】

嵇喜《答嵇康诗》 （《全汉三国晋南北朝诗》P287）

君子体变通，否泰非常理。当流则义行，时游则鹊起。
达者鉴通塞，盛衰为表里。列仙徇生命，松乔安足齿。
纵躯任世度，至人不私己。

【唐】

杜甫《听杨氏歌》 （《全唐诗》P2361）

佳人绝代歌，独立发皓齿。满堂惨不乐，响下清虚里。
江城带素月，况乃清夜起。老夫悲暮年，壮士泪如水。

戴暠《君子行》中的"耻"

"耻"字现在都读 chǐ，如耻笑、耻辱等。但古诗中它有时可读"丑里切"或"敕里切"，音 qǐ，与"里""起""己""喜"等字协韵。如：

【南朝　梁】

戴暠《君子行》 （《全汉三国晋南北朝诗》P1294）

探甑不疑尘，正冠还避李。寄言蘧伯玉，无为嗟独耻。

【唐】

宋之问《自洪府舟行直书其事》 （《全唐诗》P624）

安位鲆潜构，退耕祸犹起。栖岩实吾策，触藩诚内耻。
济济同时人，台庭鸣剑履。

杜甫《种莴苣》 （《全唐诗》P2348）

贤良虽得禄，守道不封己。拥塞败芝兰，众多盛荆杞。
中园陷萧艾，老圃永为耻。登于白玉盘，借以如霞绮。

戴叔伦《古意》 （《全唐诗》P3066）

悠悠南山云，濯濯东流水。念我平生欢，托居在东里。
失既不足忧，得亦不为喜。安贫固其然，处贱宁独耻。

皮日休《卢征君》 （《全唐诗》P7017）

天下皆餔糟,征君独洁己。天下皆乐闻,征君独洗耳(nǐ)。
天下皆怀羞,征君独多耻。

吴筠《韩康》 （《全唐诗》P9659）

伯休抱遐心,隐括自为美(mǐ)。卖药不二价,有名反深耻。

岑参《入剑门作》中的"赤"

"赤"字现在只有一个读音 chì,如赤道、赤地、赤城、赤兔、赤壁之战等。但《康熙字典》与1936年出版的《辞海》都注明,它除了读"昌石切,音尺"外,还有一音"七迹切,音戚"。例如:

【唐】

岑参《入剑门作》 （《全唐诗》P2029）

双崖倚天立,万仞从地劈。云飞不到顶,鸟去难过壁。
速驾畏岩倾,单行愁路窄。平明地仍黑,停午日暂赤。
凛凛三伏寒,巉巉五丁迹。与时忽开闭,作固或顺逆。

张籍《远别离》 （《全唐诗》P356）

莲叶团团杏花折,长江鲤鱼鳍鬣赤。念君少年弃亲戚,千里万里独为客。
谁言远别心不易,天星坠地能为石。几时断得城南陌,勿使居人有行役。

杜甫《白水县崔少府高斋三十韵》 （《全唐诗》P2267）

烟氛蔼崷崪,魍魉森惨戚。昆仑崆峒颠,回首如不隔。
前轩颓反照,巉绝华岳赤。兵气涨林峦,川光杂锋镝。

杜甫《光禄坂行》 （《全唐诗》P2315）

山行落日下绝壁,西望千山万山赤。树枝有鸟乱鸣时,暝色无人独归客。
马惊不忧深谷坠,草动只怕长弓射。安得更似开元中,道路即今多拥隔。

元稹《遣兴》 （《全唐诗》P4467）

始见梨花房,坐对梨花白。行看梨叶青,已复梨叶赤。

费昶《行路难》中的"翅"

"翅"字现在只有一个读音 chì,但古诗词中有时要读 qí(翘移切)(《康熙字典》)。如：

【南朝 梁】

费昶《行路难》 (《全汉三国晋南北朝诗》P1271)

既逢阴后不自专，复值程姬有所避。黄河千年始一清，微躯再逢永无议。
蛾眉偃月徒自妍，傅粉施朱欲谁为。不如天渊水中乌，双去双飞长比翅。

姜个翁《霓裳中序第一·春晚旅寓》中的"出"

<small>诗词古音</small>

"出"字是个常用字，现大都读 chū。其实，过去"出"是个多音字，其中一音就是 chì。据《康熙字典》：出，叶赤知切，音侈；叶赤至切，音炽)（chì)，与"竢""气"诸字协韵。如宋人姜个翁《春晚旅寓》(《词综》P1790)词中的"出"，就是与"滴""觅""惜""寂""日""笔""得""泣"等字协韵。

园林罢组织。树树东风翠云滴。草满旧家行迹。是听得声声，晓莺如觅。愁红半湿。煞憔悴，墙根堪惜。可念我，飘零如此，一地送岑寂。

龟石。当年第一。也似老、人间风日。余葩选甚颜色。羞捻江南，断肠词笔。留春浑未得。翻些入、啼鹃夜泣。清江晚，绿杨归思，隔岸数峰出。

元稹《听庾及之弹乌夜啼引》中的"楚"

"楚"字现在只有一个读音 chǔ，如楚汉相争、衣冠楚楚等。但《康熙字典》注明，它有时要读"山于切，音疎"。

如元稹《听庾及之弹乌夜啼引》(《全唐诗》P4510)中的"楚"字与"题""妻""语""知"等字协韵：

君弹乌夜啼，我传乐府解古题。良人在狱妻在闺，官家欲赦乌报妻。
乌前再拜泪如雨，乌作哀声妻暗语。后人写出乌啼引，吴调哀弦声楚楚。

《康熙字典》例举杜甫《送孟十二诗》(《全唐诗》P2584)中的"楚"应读音疎：秋风楚竹冷，夜雪巩梅春。

皇甫冉《见诸姬学玉台体》 (《全唐诗》P2811)

艳唱召燕姬，清弦待卢女（女音汝）。由来道姓秦，谁不知家楚。

文征明《题画》中的"窗"

"窗"字现在有一个读音 chuāng,其实它还有一个读音 cōng。1979 年出版的《辞海》也明确"窗"有二音。像文征明《题画》诗中的窗字就应该读 cōng。

文征明《题画》

木叶惊风丹策策,溪流过雨碧淙淙(cōng)。

万山红遍斜阳好,一片秋光落纸窗。

窗字读"cōng"的历史源远流长。例如:

【晋】

《子夜歌》 (《全汉三国晋南北朝诗》P524)

揽裙未结带,约眉出前窗。罗裳易飘飏,小开骂春风。

陶渊明《停云》 (《全汉三国晋南北朝诗》P454)

停云霭霭,时雨蒙蒙。八表同昏,平陆成江(江音工)。

有酒有酒,闲饮东窗。愿言怀人,舟车靡从。

《清商曲辞·七月七日夜咏牛女诗》 (《全汉三国晋南北朝诗》P535)

紫霞烟翠盖,斜月照绮窗。衔悲握离袂,易尔还年容。

王康琚《招隐》 (《全汉三国晋南北朝诗》P491)

登山招隐士,褰裳蹑遗踪。华条当圜室,翠叶代绮窗。

【南朝 宋】

鲍照《玩月城西门廨中》 (《全汉三国晋南北朝诗》P701)

蛾眉蔽珠栊,玉钩隔绮窗。三五二八时,千里与君同。

夜移衡汉落,徘徊帷幌中。归华先委露,别叶早辞风。

鲍照《代陈思王京洛篇》 (《全汉三国晋南北朝诗》P666)

凤楼十二重,四户八绮窗。绣桷金莲花,桂柱玉盘龙。

珠帘无隔露,罗幌不胜风。宝帐三千所,为尔一朝容。

谢灵运《田南树园激流植楥》 (《全汉三国晋南北朝诗》P642)

激涧代汲井,插槿当列墉。群木既罗户,众山亦对窗。

靡迤趋下田,迢递瞰高峰。寡欲不期劳,即事罕人功。

【南朝　梁】

纪少瑜《月中飞萤》　（《全汉三国晋南北朝诗》P1280）

远度时依幕,斜来如畏窗。向月光还尽,临池影更双。（双音 sōng）

【唐】

韩愈《病中赠张十八》　（《全唐诗》P3815）

中虚得暴下,避冷卧北窗。不蹋晓鼓朝,安眠听逢逢。

武则天《腊日宣诏幸上苑》中的"吹"

"吹"字现在的读音为 chuī,如吹奏、吹风、吹捧、吹毛求疵等。但古诗词中有时要读音妻 qī,与衣、奇、知、宜、披、疲、欺、离、曦、期、飞、迷等字协韵。因古时"吹"字音为"姝为切",而"为"字有伟、夷两音,所以"姝为切"就切出 chuī 与 qī 两音。

古诗词中"吹"音妻 qī 的情况是很多的。如武则天于天授二年（691年）写的《腊日宣诏幸上苑》诗就是典型一例（《全唐诗》P58）：

明朝游上苑,火急报春知(jī)。花须连夜发,莫待晓风吹(qī)。

其他举例如下：

【晋】

潘岳《在怀县作诗》　（《全汉三国晋南北朝诗》P375）

朝想庆云兴,夕迟白日移。挥汗辞中宇,登城临清池(qí)。
凉飙自远集,轻襟随风吹。灵圃耀华果,道衢列高椅。

【南朝　宋】

刘裕《夜听妓》　（《全汉三国晋南北朝诗》P582）

寒夜起声管,促席引灵寄。深心属悲弦,远情逐流吹。劳襟凭若辰,谁谓怀忘易。

鲍照《发长松遇雪》　（《全汉三国晋南北朝诗》P693）

振风摇地局,封雪满空枝。江渠合为陆,天野浩无涯(yí)。
饮泉冻马骨,斲(或斵,音琢)冰伤役疲。昆明岂不惨,黍谷宁可吹。

【南朝　梁】

萧统《相逢狭路间》　（《全汉三国晋南北朝诗》P871）

门下非毛遂,座上尽英奇。大妇成贝锦,中妇治粉絁。
小妇独无事,理曲步檐垂。丈人暂徙倚,行使流风吹。

萧绎《县名诗》　（《全汉三国晋南北朝诗》P950）

薄妆宜入镜,舒花堪照池(qí)。蒲洲涵水色,椒壁杂风吹。
此时方夜饮,平台传羽卮。

萧绎《后园看骑马》 （《全汉三国晋南北朝诗》P958）
良马出兰池,连翩驱桂枝(jī)。鸣珂随蹀驶,轻尘逐影移。
香来知骤近,汗敛觉风吹。遥望黄金络,悬识幽并儿。

沈约《咏笙》 （《全汉三国晋南北朝诗》P1018）
彼美实枯枝,孤篠定参差。鹍鸡已嗝唶,枣下复林离。
本期王子宴,宁待洛滨吹。

丘迟《侍宴乐游苑送张徐州应诏诗》 （《全汉三国晋南北朝诗》P1063）
诘旦闾阖开,驰道闻风吹。轻荑承玉辇,细草借龙骑。

刘苞《九日侍宴乐游苑正阳堂诗》 （《全汉三国晋南北朝诗》P1229）
膳羞殚海陆,和齐眠秋宜。云飞雅琴奏,风起洞箫吹。
曲终高宴罢,景落树阴移。

徐摛《赋得帘尘》 （《全汉三国晋南北朝诗》P1242）
朝逐珠胎卷,夜伴玉钩垂。恒教罗袖拂,不分秋风吹。

陆洞元《咏笙》 （《全汉三国晋南北朝诗》P1253）
管清罗袖拂,响合绛唇吹。含情应节转,逸态逐声移。
所美周王子,弄羽一参差。

何逊《增新曲相对联句》 （《全汉三国晋南北朝诗》P1165）
徘徊映日照,转侧被风吹。徒为相思响,伤春君不知。

刘孝绰《咏风》 （《全汉三国晋南北朝诗》P1192）
袅袅秋声,习习春吹。鸣兹玉树,涣此铜池。
罗帏自举,襟袖乃披。惭非楚侍,滥赋雄雌。

刘孝威《望隔墙花》 （《全汉三国晋南北朝诗》P1226）
隔墙花半隐,犹见动花枝。当由美人摘,讵止春风吹。

王僧孺《秋闺怨》 （《全汉三国晋南北朝诗》P1078）
斜光隐西壁,暮雀上南枝。风来秋扇屏,月出夜灯吹。

王僧孺《何生姬人有怨》 （《玉台新咏》P138）
寒树栖羁雌,月映风复吹。逐臣与弃妾,零落心可知。
宝琴徒七弦,兰灯空百枝。

吴均《三妇艳》 （《玉台新咏》P148）
大妇弦初切,中妇管方吹。少妇多姿态,含笑逼清卮。
佳人勿馀及,慇懃妾自知。

吴均《梅花落》 (《玉台新咏》P147)

隆冬十二月,寒风西北吹。独有梅花落,飘荡不依枝。
流连逐霜彩,散漫下冰澌。何当与君日,共映芙蓉池。

萧纶《代旧姬有怨》 (《玉台新咏》P172)

宁为万里别,乍此死生离。那堪眼前见,故爱逐新移。
未展春花落,遽被秋风吹。

庾肩吾《咏美人》 (《玉台新咏》P211)

绛树及西施,俱是好容仪。非关能结束,本自细腰肢(jī)。
镜前难并照,相将映绿池。看妆畏水动,敛袖避风吹。

张率《拟乐府长相思》 (《玉台新咏》P240)

长相思,久别离。所思何在若天垂。郁陶相望不得知。玉阶月夕映罗帷(yí)。
罗帷风夜吹。长思不能寐,坐望天河移。

萧子显《春别》 (《玉台新咏》P247)

衔悲揽涕别心知,桃花李花任风吹。本知人心不似树,何意人别似花离。

萧纲《寒闺》 (《玉台新咏》P287)

被空眠数觉,寒重夜风吹。罗帏非海水,那得度前知。

虞茂《江都夏》 (《续玉台新咏》P28)

长洲茂苑朝夕池,映日含风结细漪。坐当伏槛红莲披,雕轩洞户青苹吹。

朱超道《赠王僧辨》 (《全汉三国晋南北朝诗》P1291)

故人总连率,方舟下汉池。玉节交横映,金绕前后吹。
聚图匡汉业,倾产救韩危(qí)。昔时明月夜,荫羽切高枝(jī)。

【南朝　陈】

张正见《赋得垂柳映斜溪》 (《全汉三国晋南北朝诗》P1403)

风翻夹浦絮,雨濯倚流枝。不分梅花落,还同横笛吹。

张正见《赋得风生翠竹里应教》 (《全汉三国晋南北朝诗》P1404)

带露依深叶,飘寒入劲枝。聊因万籁响,讵待伶伦吹。

张正见《赋得山中翠竹》 (《全汉三国晋南北朝诗》P1404)

云生龙未上,花落凤将移。莫言栖嶰谷,伶伦不复吹。

岑之敬《折杨柳》 (《全汉三国晋南北朝诗》P1432)

将军始见知,细柳绕营垂。悬丝拂城转,飞絮上宫吹。
塞门交度叶,谷口暗横枝。曲成攀折处,唯言怨别离。

贺循《赋得夹池修竹》（《全汉三国晋南北朝诗》P1444）
　　绿竹影参差，葳蕤带曲池。逢秋叶不落，经寒色讵移。
　　来风韵晚逯，集凤动春枝。所欣高蹈客，未待伶伦吹。

【北齐】
阳休之《咏萱草》（《全汉三国晋南北朝诗》P1522）
　　开跗幽涧底，散彩曲堂垂。优柔清露湿，微穆惠风吹。
　　朝朝含丽景，夜夜对华池。

【北周】
庾信《咏画屏风诗》（《全汉三国晋南北朝诗》P1604）
　　聊开郁金屋，暂对芙蓉池。水光连岸动，花风合树吹。

庾信《奉和赵王春日》（《全汉三国晋南北朝诗》P1585）
　　城傍金谷苑，园里凤凰池。细管调歌曲，长衫教舞儿。
　　向人长曼脸，由来薄面皮。梅花绝解作，树叶本能吹。

庾信《北园新斋成应赵王教》（《全汉三国晋南北朝诗》P1587）
　　长藤连格徙，高树带巢移。鸟声唯杂曲，花风直乱吹。
　　白虎题书观，玄熊帖射皮。

庾信《对酒》（《全汉三国晋南北朝诗》P1610）
　　数杯还已醉，风云不复知。唯有龙吟笛，桓伊能独吹。

【隋】
佚名《舍利佛》（《全汉三国晋南北朝诗》P1731）
　　金绳界宝地，珍木荫瑶池。云间妙音奏，天际法蠡吹。

李德林《咏松树》（《全汉三国晋南北朝诗》P1647）
　　结根生上苑，擢秀迩华池。岁寒无改色，年长有倒枝。
　　露自金盘洒，风从玉树吹。寄言谢霜雪，贞心自不移。

虞茂《白纻歌·江都夏》（《全汉三国晋南北朝诗》P1679）
长洲茂苑朝夕池，映日含风结细漪。坐当伏槛红莲披，雕轩洞户青苹吹。

【唐】
卢照邻《行路难》（《全唐诗》P518）
珊瑚叶上鸳鸯鸟，凤凰巢里雏鹓儿。巢倾枝折凤归去，条枯叶落任风吹。
一朝零落无人问，万古摧残君讵知。人生贵贱无终始，倏忽须臾难久恃（qí）。

卢照邻《和王奭秋夜有所思》 （《全唐诗》P515）

寂寂南轩夜，悠然怀所知。长河落雁苑，明月下鲸池。
凤台有清曲，此曲何人吹。丹唇间玉齿，妙响入云涯。

卢照邻《和吴侍御被使燕然》 （《全唐诗》P526）

春归龙塞北，骑指雁门垂。胡笳折杨柳，汉使采燕支。
戍城聊一望，花雪几参差。关山有新曲，应向笛中吹。

皇甫松《杨柳枝》 （《全唐诗》P400）

春入行宫映翠微，玄宗侍女舞烟丝。如今柳向空城绿，玉笛何人更把吹。

宋之问《折杨柳》[①] （《全唐诗》P625）

玉树朝日映，罗帐春风吹。拭泪攀杨柳，长条宛地垂。
白花飞历乱，黄鸟思参差。妾自肝肠断，旁人那得知。

张祜《杨柳枝》 （《全唐诗》P400）

莫折宫前杨柳枝，玄宗曾向笛中吹。伤心日暮烟霞起，无限春愁生翠眉。

张祜《悖拏儿舞》 （《全唐诗》P5840）

春风南内百花时，道唱梁州急遍吹。揭手便抇金椀舞，上皇惊笑悖拏儿。

张祜《邠王小管》 （《全唐诗》P5838）

虢国潜行韩国随，宜春深院映花枝。金舆远幸无人见，偷把邠王小管吹。

张祜《感王将军柘枝妓殁》 （《全唐诗》P5827）

寂寞春风旧柘枝，舞人休唱曲休吹。鸳鸯细带抛何处，孔雀罗衫付阿谁。
画鼓不闻招节拍，锦靴空想挫腰肢。今来座上偏惆怅，曾是堂前教彻时。

张九龄《杂诗》（《全唐诗》P570）

孤桐亦胡为，百尺旁无枝。疏阴不自覆，修干何所施(xī)。
高冈地复迥，弱植风屡吹。凡鸟已相噪，凤凰安得知。

张九龄《和黄门卢侍御咏竹》 （《全唐诗》P582）

清切紫庭垂，葳蕤防露枝。色无玄月变，声有惠风吹。
高节人相重，虚心世所知。凤凰佳可食，一去一来仪。

张九龄《庭梅咏》 （《全唐诗》P592）

芳意何能早，孤荣亦自危。更怜花蒂弱，不受岁寒移。
朝雪那相妒，阴风已屡吹。馨香虽尚尔，飘荡复谁知。

---

① 一作沈佺期诗。

张九龄《和崔黄门寓直夜听蝉之作》 (《全唐诗》P581)

蝉嘶玉树枝,向夕惠风吹。幸入连宵听,应缘饮露知。
思深秋欲近,声静夜相宜。不是黄金饰,清香徒尔为(yī)。

李颀《听安万善吹觱篥歌》 (《全唐诗》P1354)

流传汉地曲转奇,凉州胡人为我吹。旁邻闻者多叹息,远客思乡皆泪垂。

李颀《塞下曲》 (《全唐诗》P1359)

少年学骑射,勇冠并州儿。直爱出身早,边功沙漠垂。
戎鞭腰下插,羌笛雪中吹。膂力今应尽,将军犹不知。

李峤《中秋月》 (《全唐诗》P729)

盈缺青冥外,东风万古吹。何人种丹桂,不长出轮枝。

郭震《子夜四时歌·春歌》 (《全唐诗》P757)

陌头杨柳枝,已被春风吹。妾心正断绝,君怀那得知。

王无竞《凤台曲》 (《全唐诗》P761)

凤台何逶迤,嬴女管参差。一旦彩云至,身去无还期。
遗曲此台上,世人多学吹。一吹一落泪,至今怜玉姿。

刘宪《奉和送金城公主入西蕃应制》 (《全唐诗》P780)

外馆逾河右,行营指路歧。和亲悲远嫁,忍爱泣将离。
旌旆羌风引,轩车汉月随。那堪马上曲,时向管中吹。

刘宪《兴庆池侍宴应制》 (《全唐诗》P781)

苍龙阙下天泉池,轩驾来游箫管吹。缘堤夏篆萦不散,冒水新荷卷复披。
帐殿疑从画里出,楼船直在镜中移。自然东海神仙处,何用西昆辙迹疲。

郑愔《少年行》 (《全唐诗》P1105)

颍川豪横客,咸阳轻薄儿。田窦方贵幸,赵李新相知。
轩盖终朝集,笙竽此夜吹。黄金盈箧笥,白日忽西驰(qí)。

刘长卿《长门怨》 (《全唐诗》P1511)

何事长门闭,珠帘只自垂。月移深殿早,春向后宫迟。
蕙草生闲地,梨花发旧枝。芳菲自恩幸,看着被风吹。

李白《舍利弗》 (《全唐诗》P1709)

金绳界宝地,珍木荫瑶池。云间妙音奏,天际法蠡吹。

李白《扶风豪士歌》 (《全唐诗》P1717)

作人不倚将军势,饮酒岂顾尚书期。雕盘绮食会众客,吴歌赵舞香风吹。

李白《新林浦阻风寄友人》 （《全唐诗》P1770）

潮水定可信,天风难与期。清晨西北转,薄暮东南吹。
以此难挂席,佳期益相思。海月破圆影,菇蒋生绿池。
昨日北湖梅,开花已满枝。

李白《拟古》 （《全唐诗》P1708）

融融白玉辉,映我青蛾眉。宝镜似空水,落花如风吹。

李白《秋思》 （《全唐诗》P1710）

春阳如昨日,碧树鸣黄鹂。芜然蕙草暮,飒尔凉风吹。

李白《秋日》 （《全唐诗》P1779）

鲁酒白玉壶,送行驻金羁。歇鞍憩古木,解带挂横枝。
歌鼓川上亭,曲度神飙吹。

李白《感时》 （《全唐诗》P1783）

天籁何参差,噫然大块吹。玄元包橐籥,紫气何逶迤。
七叶运皇化,千龄光本支。仙风生指树,大雅歌螽斯。

李白《九日登山》 （《全唐诗》P1832）

扬袂挥四座,酩酊安所知。齐歌送清扬,起舞乱参差。
宾随落叶散,帽逐秋风吹。别后登此台,愿言长相思。

李白《赠友人》 （《全唐诗》P1761）

谬接瑶华枝,结根君王池。顾无馨香美,叨沐清风吹。

李白《秋夜与刘砀山泛宴喜亭池》 （《全唐诗》P1824）

明宰试舟楫,张灯宴华池。文招梁苑客,歌动郢中儿。
月色望不尽,空天交相宜。令人欲泛海,只待长风吹。

韦应物《喜于广陵拜觐家兄奉送发还池州》 （《全唐诗》P1929）

青青连枝树,苒苒久别离。客游广陵中,俱到若有期。……
南出登闾门,惊飙左右吹。所别谅非远,要令心不怡。

韦应物《送王卿》 （《全唐诗》P1940）

别酤春林啼鸟稀,双旌背日晚风吹。却忆回来花已尽,东郊立马望城池。

韦应物《白沙亭逢吴叟歌》 （《全唐诗》P2004）

龙池宫里上皇时,罗衫宝带香风吹。满朝豪士今已尽,欲话旧游人不知。

杜甫《病桔》 （《全唐诗》P2307）

剖之尽蠹虫,采撷爽其宜。纷然不适口,岂只存其皮。
萧萧半死叶,未忍别故枝。玄冬霜雪积,况乃回风吹。

杜甫《风雨看舟前落花》（《全唐诗》P2379）

江上人家桃李枝,春寒细雨出疏篱。影遭碧水潜勾引,风妒红花却倒吹。

杜甫《宴戎州杨使君东楼》（《全唐诗》P2488）

胜绝惊身老,情忘发兴奇。座从歌妓密,乐任主人为(yí)。
重碧酤春酒,轻红擘荔枝。楼高欲愁思,横笛未休吹。

独孤及《送陈兼应辟兼寄高适贾至》（《全唐诗》P2765）

芳名动北步,逸韵凌南皮。肃肃举鸿毛,冰然顺风吹。
波流有同异,由是限别离。汉塞隔陇底,秦川连镐池。

白居易《重题别东楼》（《全唐诗》P5008）

东楼胜事我偏知,气象多随昏旦移。湖卷衣裳白重叠,山张屏障绿参差。
海山楼塔晴方出,江女笙箫夜始吹。春雨星攒寻蟹火,秋风霞飐弄涛旗。

白居易《代书诗一百韵寄微之》（《全唐诗》P4826）

白醪充夜酌,红粟备晨炊。寡鹤摧风翮,鳏鱼失水鬐。
暗雏啼渴旦,凉叶坠相思。一点寒灯灭,三声晓角吹。

白居易《和酬郑侍御东阳春闷放怀追越游见寄》（《全唐诗》P4988）

乐游原头春尚早,百舌新语声桦桦。日趁花忙向南拆,风摧柳急从东吹。

白居易《续古诗》（《全唐诗》）

天地黯似晦,当午如昏时。虽有东南风,力微不能吹。
中园何所有,满地青青葵。阳光委云上,倾心欲何依。

白居易《杨柳枝》（《全唐诗》P5148）

六幺水调家家唱,白雪梅花处处吹。古歌旧曲君休听,听取新翻杨柳枝。

白居易《赋得边城角》（《全唐诗》P5037）

边角两三枝,霜天陇上儿。望乡相并立,向月一时吹。
战马头皆举,征人手尽垂。鸣鸣三奏罢,城上展旌旗。

白居易《玩半开花赠皇甫郎中》（《全唐诗》P5145）

西日凭轻照,东风莫杀吹。明朝应烂熳,后夜即离披。

白居易《听芦管》（《全唐诗》P5254）

幽咽新芦管,凄凉古竹枝。似临猿峡唱,疑在雁门吹。

白居易《惜花》（《全唐诗》P5261）

可怜妍艳正当时,刚被狂风一夜吹。今日流莺来旧处,百般言语啼空枝。

白居易《惜玉蕊花有怀》 （《全唐诗》P4833）

芳意将阑风又吹,白云离叶雪辞枝。集贤雠校无闲日,落尽瑶花君不知。

孟浩然《凉州词》 （《全唐诗》P1668）

异方之乐令人悲,羌笛胡笳不用吹。坐看今夜关山月,思杀边城游侠儿。

孟浩然《送谢录事之越》 （《全唐诗》P1639）

清旦江天迥,凉风西北吹。白云向吴会,征帆亦相随。
想到耶溪日,应探禹穴奇。仙书傥相示,予在此山陲。

姚系《庭柳》 （《全唐诗》P2856）

袅袅杨柳枝,当轩杂佩垂。交阴总共密,分条各自宜。
因依似永久,揽结更伤离。爱此阳春色,秋风莫遽吹。

秦系《题镜湖野老所居》① （《全唐诗》P2896）

湖里寻君去,樵风往返吹。树喧巢鸟出,路细荠田移。
沤苎成鱼网,枯根是酒卮。老年唯自适,生事任群儿。

刘禹锡《杨柳枝》 （《全唐诗》P398）

塞北梅花羌笛吹,淮南桂树小山词。请君莫奏前朝曲,听唱新翻杨柳枝。

刘禹锡《杨柳枝》 （《全唐诗》P398）

金谷园中莺乱飞,铜驼陌上好风吹。城东桃李须臾尽,争似垂杨无限时。

刘禹锡《罢郡归洛阳寄友》 （《全唐诗》P4089）

远谪年犹少,初归鬓已衰(yí)。门闲故吏去,室静老僧期。
不见蜘蛛集,频为伛偻欺。颖微囊未出,寒甚谷难吹。

刘禹锡《寄唐州杨八归厚》 （《全唐诗》P4076）

淮安古地拥州师,画角金铙旦夕吹。浅草遥迎鸂鶒马,春风乱飐辟邪旗。

刘禹锡《和令狐相公闻思帝乡有感》 （《全唐诗》P4123）

当初造曲者为谁,说得思乡恋阙时。沧海西头旧丞相,停杯处分不须吹。

孙光宪《杨柳枝》 （《全唐诗》P403）

万株枯槁怨亡隋,似吊吴台各自垂。好是淮阴明月里,酒楼横笛不胜吹。

李端《春晚游鹤林寺》 （《全唐诗》P3282）

野寺寻春花已迟,背岩惟有两三枝。明朝携酒犹堪醉,为报春风且莫吹。

---

① 一作马戴诗。

韩翃《送客游江南》 (《全唐诗》P2738)

南使孤帆远,东风任意吹。楚云殊不断,江鸟暂相随。
月净鸳鸯水,春生豆蔻枝。尝称佳丽地,君去莫应知。

戎昱《桂州岁暮》 (《全唐诗》P3027)

重谊人愁别,惊栖鹊恋枝。不堪楼上角,南向海风吹。

杨巨源《折杨柳》① (《全唐诗》P3736)

水边杨柳麹尘丝,立马烦君折一枝。惟有春风最相惜,殷勤更向手中吹。

李涉《春晚游鹤林寺》 (《百代千家绝句》P244)

野寺寻花春已迟,背岩唯有两三枝。明朝携酒犹堪赏,为报春风且莫吹。

武元衡《汴州闻笛》 (《百代千家绝句》P254)

何处金笳月里悲,悠悠边客梦先知。单于城上关山曲,今日中原总解吹。

欧阳詹《寓兴》 (《全唐诗》P3900)

桃李有奇质,樗栎无妙姿。皆承庆云沃,一种春风吹。
美恶苟同归,喧嚣徒尔为。相将任玄造,聊醉手中卮。

欧阳詹《自淮中却赴洛途中作》 (《全唐诗》P3901)

惆怅策疲马,孤蓬被风吹。昨东今又西,冉冉长路歧。
岁晚树无叶,夜寒霜满枝。旅人恒苦辛,冥窦天何知。

孟郊《病起言怀》 (《全唐诗》P4202)

强行寻溪水,洗却残病姿。花景畹晚尽,麦风清冷吹。
交道贱来见,世情贫去知。

皇甫松《杨柳枝词》 (《全唐诗》P4154)

春入行宫隐翠微,玄宗侍女舞烟丝。如今柳向空城绿,玉笛何人更把吹。

元稹《辛夷花》 (《全唐诗》P4632)

韩员外家好辛夷,开时乞取三两枝。折枝为赠君莫惜,纵君不折风亦吹。

元稹《古决绝词》 (《全唐诗》P4637)

乍可为天上牵牛织女星,不愿为庭前红槿枝。七月七日一相见,相见故心终不移。那能朝开暮飞去,一任东西南北吹。

元稹《代九九》 (《全唐诗》P4640)

参商半夜起,琴瑟一声离。努力新丛艳,狂风次第吹。

---

① 一说戴叔伦诗。

徐凝《玩花》 （《全唐诗》P5381）
鞠尘溪上素红枝,影在溪流半落时。时人自惜花肠断,春风却是等闲吹。

徐凝《春寒》 （《全唐诗》P5375）
乱雪从教舞,回风任听吹。春寒能作底,已被柳条欺。

李廓《长安少年行》 （《全唐诗》P5456）
遨游携艳妓,装束似男儿。杯酒逢花住,笙歌簇马吹。
莺声催曲急,春色送归迟(qí)。不以闻街鼓,华筵待月移。

滕迈《杨柳枝词》 （《全唐诗》P5562）
三条陌上拂金羁,万里桥边映酒旗。此日令人肠欲断,不堪将入笛中吹。

舒元舆《坊州按狱独坐寂寞因成诗》 （《全唐诗》P5548）
万事且莫问,一杯欣共持。阳乌忽西倾,明蟾挂高枝。
卷帘引瑶玉,灭烛临霜墀。中庭有疏芦,渐渐闻风吹。

许浑《闻薛先辈陪大夫看早梅因寄》 （《全唐诗》P6047）
涧梅寒正发,莫信笛中吹。素艳雪凝树,清香风满枝。
折惊山鸟散,携任野蜂随。今日从公醉,何人倒接篱。

杜牧《杜秋娘诗》 （《全唐诗》P5938）
月上白璧门,桂影凉参差。金阶露新重,闲捻紫箫吹。
莓苔夹城路,南苑雁初飞。红粉羽林仗,独赐辟邪旗。

杜牧《寄李起居四韵》 （《全唐诗》P5968）
楚女梅簪白雪姿,前溪碧水冻醪时。云罍心凸知难捧,凤管簧寒不受吹。

杜牧《寄珉笛与宇文舍人》 （《全唐诗》P5984）
调高银字声还侧,物比柯亭韵校奇。寄与玉人天上去,桓将军见不教吹。

杜牧《有感》 （《全唐诗》P6007）
宛溪垂柳最长枝,曾被春风尽日吹。不堪攀折犹堪看,陌上少年来自迟。

贾岛《枕上吟》 （《全唐诗》P6621）
夜长忆白日,枕上吟千诗。何当苦寒气,忽被东风吹。
冰开鱼龙别,天波殊路岐。

贾岛《寄孟协律》 （《全唐诗》P6623）
我有吊古泣,不泣向路岐。挥泪洒暮天,滴着桂树枝。
别后冬节至,离心北风吹。坐孤雪扉夕,泉落石桥时。

贾岛《雨夜同厉玄怀皇甫荀》 (《全唐诗》P6638)

桐竹绕庭匝,雨多风更吹。还如旧山夜,卧听瀑泉时。
碛雁来期近,秋钟到梦迟。沟西吟苦客,中夕话兼思。

贾岛《题青龙寺镜公房》 (《全唐诗》P6641)

一夕曾留宿,终南摇落时。孤灯冈舍掩,残磬雪风吹。
树老因寒折,泉深出井迟。疏慵岂有事,多失上方期。

贾岛《夏日寄高洗马》 (《全唐诗》P6684)

三十年来长在客,两三行泪忽然垂。白衣苍鬓经过懒,赤日朱门偃息迟。
花发应耽新熟酒,草颠还写早朝诗。不缘马死西州去,画角堪听是晓吹。

罗虬《比红儿诗》 (《全唐诗》P7631)

浓艳浓香雪压枝,孀烟和露晓风吹。红儿被掩妆成后,含笑无人独立时。

李商隐《池边》 (《全唐诗》P6208)

玉管葭灰细细吹,流莺上下燕参差。日西千绕池边树,忆把枯条撼雪时。

罗隐《早行》 (《全唐诗》P7620)

雨洒江声风又吹,扁舟正与睡相宜。无端戍鼓催前去,别却青山向晓时。

罗隐《升平公主旧第》 (《全唐诗》P7587)

乘风仙人降此时,玉篇才罢到文词。两轮水磴光明照,百尺鲛绡换好诗。
带砺山河今尽在,风流罇俎见无期。坛场客散香街暝,惆怅齐竽取次吹。

方干《胡中丞早梅》 (《全唐诗》P7466)

不独闲花不共时,一株寒艳尚参差。凌晨未喷含霜朵,应候先开亚水枝。
芬郁合将兰并茂,凝明应与雪相欺。谢公吟赏愁飘落,可得更拈长笛吹。

方干《惜花》 (《全唐诗》P7504)

可怜妍艳正当时,刚被狂风一夜吹。今日流莺来旧处,百般言语殢空枝。

薛逢《社日游开元观》 (《全唐诗》P6327)

松柏当轩蔓桂篱,古坛衰草暮风吹。荒凉院宇无人到,寂寞烟霞只自知。
浪渍法堂馀像设,水存虚殿半科仪。因求天宝年中梦,故事分明载折碑。

皮日休《销夏湾》 (《全唐诗》P7041)

太湖有曲处,其门为两崖(yí)。当中数十顷,别如一天池。
号为销夏湾,此名无所私。赤日莫斜照,清风多遥吹。
沙屿扫粉墨,松竹调埙篪。

皮日休《开元寺佛钵诗》 （《全唐诗》P7076）

乳糜味断中天觉,麦麨香消大劫知。从此共君亲顶戴,斜风应不等闲吹。

周昙《哀公》 （《全唐诗》P8340）

贤为邻用国忧危,庙算无非委艳奇。两叶翠娥春乍展,一毛须去不难吹。

刘得仁《春暮对雨》 （《全唐诗》P6295）

春暮雨微微,翻疑坠叶时。气蒙杨柳重,寒勒牡丹迟。
未夕鸟先宿,望晴人有期。何当廊阴闭,新暑竹风吹。

刘得仁《和郑先辈谢秩》 （《全唐诗》P6303）

西风日夜吹,万木共离披。近甸新晴后,高人得意时。
暂闲心亦泰,论道面难欺。

王约《日暖万年枝》 （《全唐诗》P8810）

煦妪光偏好,青葱色转宜。每因韶景丽,长沐惠风吹。
隐映当龙阙,氤氲隔凤池。朝阳光照处,唯有近臣知。

郑师贞《日暖万年枝》 （《全唐诗》P8810）

得地方知照,逢时异赫曦。叶和盈数积,根是永年移。
宵露犹残润,薰风更共吹。馀晖诚可托,况近凤凰池。

齐己《病起》 （《全唐诗》P9456）

秋风已伤骨,更带竹声吹。抱疾关门久,扶羸旁砌时。
无生即不可,有死必相随。除却归真觉,何由拟免之。

齐己《落花》 （《全唐诗》P9461）

朝开暮亦衰,雨打复风吹。古屋无人处,残阳满地时。
静依青藓片,闲缀绿莎枝。繁艳根枝在,明年向此期。

贯休《秋望寄王使君》 （《全唐诗》P9388）

静蹋红兰径,凭高旷望时。无端求句苦,永日鏨风吹。
大月生峰角,残霞在树枝。只应刘越石,清啸正相宜。

寒山《诗三百三首》 （《全唐诗》P9071）

春女衒容仪,相将南陌陲。看花愁日晚,隐树怕风吹。
年少从旁来,白马黄金羁。何须久相弄,儿家夫婿知。

吕敞《龟兹闻莺》 （《全唐诗》P8836）

边树正参差,新莺复陆离。娇非胡俗变,啼是汉音移。
绣羽花间覆,繁声风外吹。人言曾不辨,鸟语却相知。

　　　　韦庄《立春》　（《全唐诗》P8013）
　青帝东来日驭迟,暖烟轻逐晓风吹。厨袍公子樽前觉,锦帐佳人梦里知。
　　　　皇甫松《摘得新词》　（《全唐诗》P10068）
　酌一卮,须教玉笛吹。锦筵红腊烛,莫来迟。繁红一夜经风雨,是空枝。
　　　　蒋捷《燕归梁·风莲》　（《唐宋名家词选》P300）
　忽然急鼓催将起,似彩凤,乱惊飞。梦回不见万琼妃,见荷花,被风吹。

【宋】
　　　　王安石《思王逢源诗》　（《宋词一百首》P28）
　蓬蒿今日想纷披,冢上秋风又一吹。妙质不为平世得,微言唯有故人知。
　　　　雷震《村晚》　（《千家诗》）
　草满池塘水满陂,山衔落日浸寒漪。牧童归去横牛背,短笛无腔信口吹。
　　　　陆游《龙眠画马》　（《陆放翁诗词选》P68）
　国家一从失西陲,年年买马西南夷。瘴乡所产非权奇,边头岁入几番皮。崔嵬瘦骨带火印,离立欲不禁风吹。
　　　　陈逢辰《乌夜啼》　（《词综》P1488）
　揾不住,收不聚,被风吹。吹作一天愁雨,损花枝。
　　　　张炎《小重山·烟竹图》　（《中国古今题画诗全璧》P226）
　展玩似堪疑。楚山从此去,望中迷。不知何处倚湘妃。空江晚,长笛一声吹。
　　　　梅尧臣《缺月》　（《百代千家绝句选》P467）
　缺月来照屋角时,西家狗吠东家疑。夜深精灵鬼物动,窸窣古莽无风吹。

【元】
　　　　吴师道《赵子固画梅》　（《中国古今题画诗全璧》P23）
　千树西湖浸碧漪,醉招玉笛绕花吹。只今无限凄凉意,留得春风雪一枝。
　　　　完颜璹《渔父词》　（《词综》P2255）
　杨柳风前白板扉,荷花雨里绿蓑衣。红稻美,锦鳞肥,渔笛闲拈月下吹。
　　　　萧和《墨梅》　（《中国古今题画诗全璧》P37）
　江边春色归何处,长忆年年花发时。爱杀南枝如许瘦,却愁羌管不胜吹。

【明】
　　　　文征明《题郑所南先生画兰》　（《中国古今题画诗全璧》P123）
　江南落日草离离,卉物宁知故国移。却有幽人在空谷,居然不受北风吹。

吴庆曾《国香慢》 (《词综补遗》P324)

絮绢香霏,惹曲堤杨柳,绿上帘衣。伤春有人怨写,横竹偷吹。怕看红桥碧水,恼前游、莺燕都非。

吴沐《阮郎归·桃花》 (《词综补遗》P301)

红雨乱,绿阴低,仙源望欲迷。几番消息任东西,春风着意吹。

王鹏运《三字令》 (《词综补遗》P1386)

春去远,雁来迟,恨参差。金屋冷,绿尘飞。玉关遥,羌笛怨,尽情吹。

吴唐林《沁园春》 (《词综补遗》P332)

月落金台,尘封乌帽,彻骨罡风八面吹。冲霄气,记千年血碧,六月霜飞。

【近现代】

齐白石《题画牡丹》 (《中国古今题画诗全璧》P349)

涂红抹碧牡丹肥,叶叶花花态未非。可笑春风还用意,入窗犹向画中吹。

齐白石《月下寻归图》 (《中国古今题画诗全璧》P1583)

一朝不见令人思,重聚陶然未有期。深信人间鬼神力,白皮松外暗风吹。

邓拓《题梅》 (《中国古今题画诗全璧》P99)

石破天惊首相奇,冰霜历尽挺雄姿。灵岩月照罗浮影,更喜春风着意吹。

陆游《贫甚作短歌排闷歌》中的"炊"

"炊"字现在只有一个读音 chuī,如炊烟、炊具、炊事员等。但古时它与"吹"字一样,是个多音字。《康熙字典》注明,它的读音可读"昌垂切""姝为切",或"枢为切""尺伪切"。因"为"字多音,其中一音读"夷",在古诗词中相当普遍,所以作为"姝为切"或"枢为切"的"炊"或"吹"字,往往以音"妻"和"饥""知""陂""希""棋""宜""篱""移"等字协韵。如:

【唐】

孟云卿《田园观雨兼晴后作》 (《全唐诗》P1609)

贫贱少情欲,借荒种南陂。我非老农圃,安得良土宜。
秋成不廉俭,岁馀多馁饥。顾视仓廪间,有粮不成炊。

顾况《田家》 (《全唐诗》P2963)

带水摘禾穗,夜捣具晨炊。县帖取社长,嗔怪见官迟。

耿湋《秋中雨田园即事》 (《全唐诗》P3004)
　　漠漠重云暗,萧萧密雨垂。为霖淹古道,积日满荒陂。
　　五稼何时获,孤村几户炊。乱流发通圃,腐叶着秋枝。
　　暮爨新樵湿,晨渔旧浦移。空馀去年菊,花发在东篱。

王建《寻李山人不遇》 (《全唐诗》P3404)
山客长闲少在时,溪中放鹤洞中棋。生金有气寻还远,仙药成窠见即移。
莫为无家陪寺食,应缘将米寄人炊。从头石上留名去,独向南峰问老师。

元稹《酬翰林白学士代书一百韵》 (《全唐诗》P4521)
　　仰竹藤缠屋,苦茆荻补篱。麪梨通蒂朽,火米带芒炊。

窦牟《秋夕闲居对雨赠别卢七侍御坦》 (《全唐诗》P3036)
燕燕辞巢蝉蜕枝,穷居积雨坏藩篱。夜长檐溜寒无寝,日晏厨烟湿未炊。

韩愈《郑群赠簟》 (《全唐诗》P3795)
法曹贫贱众所易,腰腹空大何所为? 自从五月困暑湿,如坐深甑遭蒸炊。
手磨袖拂心语口,慢肤多汗真相宜。

白居易《代书诗一百韵寄微之》 (《全唐诗》P4825)
　　官舍黄茅屋,人家苦竹篱。白醪充夜酌,红粟备晨炊。

张籍《赠贾岛》 (《全唐诗》P4335)
篱落荒凉僮仆饥,乐游原上住多时。蹇驴放饱骑将去,秋卷装成寄与谁。
拄杖傍田寻野菜,封书乞米趁时炊。姓名未上登科记,身屈惟应内史知。

权德舆《丙庚岁苦贫戏题》 (《全唐诗》P3610)
　　清朝起藜床,雪霜对枯篱。家人来告予,今日无晨炊。
　　醝醯一已整,薪炭固难期。厚生彼何人,工拙各异宜。

【宋】

陆游《贫甚作短歌排闷》 (《陆放翁诗词选》P226)
年丰米贱身独饥,今朝得米无薪炊。地上去天八万里,空自呼天天岂知。

陆游《乌夜啼》 (《陆放翁诗词选》P318)
世界从来惯见,更生更欲何之。镜湖西畔秋千顷,鸥鹭共忘机。
一枕萍风午醉,二升菇米晨炊。故人莫讶音书绝,钓侣是新知。

沈约《咏篪》中的"垂"

"垂"字现在只有一个读音 chuí。但古诗词中"垂"字与"奇""披""仪""离""意"

"移"等字协韵的情况很多。据《康熙字典》所注,"垂,是为切"。因"为"字多音,既可读伟,亦可读夷,所以"是夷切"就切出音读为 xī,从而与"离""移""陂""奇"诸字协韵。例如:

【南朝 梁】

沈约《咏筎》 (《玉台新咏》P107)

江南箫管地,妙响发孙枝。殷勤寄玉指,含情举复垂。
雕梁再三绕,轻尘四五移。曲中有深意,丹诚君讵知。

沈约《领边绣》 (《玉台新咏》P108)

纤手制新奇,刺作可怜仪。萦丝飞凤子,结缕坐花儿(nī)。
不声如动吹,无风自移枝。丽色傥未歇,聊承云鬓垂。

姚翻《代陈庆之美人为咏》 (《全汉三国晋南北朝诗》P1302)

临妆欲含涕,羞畏家人知。还代粉中絮,拥泪不听垂。

王僧儒《秋闺怨》 (《玉台新咏》P139)

斜光隐西壁,暮雀上南枝。风来秋扇屏,月出夜灯吹(qī)。
深心起百际,遥泪非一垂。徒劳妾辛苦,终言君不知。

王僧儒《何生姬人有怨》 (《玉台新咏》P138)

宝琴徒七弦,兰灯空百枝。颦容不足效,啼妆试复垂。
同衾成楚越,异国非此离。

王筠《和吴主簿·春月》 (《玉台新咏》P186)

日照鸳鸯殿,萍生雁鹜池。游尘随影入,弱柳带风垂。

萧纲《和萧侍中子显春别》 (《玉台新咏》P244)

别观葡萄带实垂,江南豆蔻生连枝。无情无意犹如此,有心有恨徒别离。

李镜远《咏日》 (《全汉三国晋南北朝诗》P1290)

北林耿初曙,圆窗鉴早曦。照庭馀雪尽,映簷溜滴垂。
徘徊匝花树,煜钥满春池。

刘孝绰《侍宴》 (《全汉三国晋南北朝诗》P1192)

树中望流水,竹里见攒枝。栏高景难蔽,岫隐云易垂。

庾肩吾《咏美人》 (《玉台新咏》P210)

绛树及西施,俱是好容仪。非关能结束,本自细腰肢(肢音 jī)。
镜前难并照,相将映绿池。看妆畏水动,敛袖避风吹。
转手齐裾乱,横簪历鬓垂。曲中人未取,谁堪白日移。
不分他相识,惟听使君知。

张率《拟乐府长相思》 （《玉台新咏》P240）

长相思,久别离。所思何在若天垂。郁陶相望不得知。玉阶月夕映罗帷(yī)。罗帷风夜吹,长思不能寐,坐望天河移。

【南齐】

虞炎《有所思》 （《玉台新咏》P277）

紫藤拂花树,黄鸟度青枝。思君一叹息,苦泪应言垂。

【南朝 陈】

刘删《赋松上轻萝》 （《全汉三国晋南北朝诗》P1440）

叶绕千年盖,条依百尺枝。属与松风动,时将薜影垂。
学带非难结,为衣或易披。

【唐】

刘长卿《雨中过员稷巴陵山居赠别》 （《全唐诗》P1491）

怜君洞庭上,白发向人垂。积雨悲幽独,长江对别离。
牛羊归故道,猿鸟聚寒枝。明发遥相望,云山不可知。

孟浩然《东陂遇雨率尔贻谢南池》 （《全唐诗》P1635）

田家春事起,丁壮就东陂。殷殷雷声作,森森雨足垂。
海虹晴始见,河柳润初移。予意在耕凿,因君问土宜。

杜甫《过故斛斯校书庄》 （《全唐诗》P2482）

燕入非旁舍,鸥归只故池。断桥无复板,卧柳自生枝。
遂有山阳作,多惭鲍叔知。素交零落尽,白首泪双垂。

杜甫《承闻河北诸道节度使入朝欢喜口号绝句》 （《全唐诗》P2520）

渔阳突骑邯郸儿,酒酣并辔金鞭垂。意气即归双阙舞,雄豪复遣五陵知。

杜甫《元日寄韦氏妹》 （《全唐诗》P2404）

近闻韦氏妹,迎在汉钟离。郎伯殊方镇,京华旧国移。
春城回北斗,郢树发南枝。不见朝正使,啼痕满面垂。

杜甫《秋兴》 （《全唐诗》P2510）

佳人拾翠春相问,仙侣同舟晚更移。彩笔昔游干气象,白头吟望苦低垂。

贾岛《壮士吟·杂曲歌辞》 （《全唐诗》P334）

壮士不曾悲,悲即无回期。如何易水上,未歌泪先垂。

顾况《萧郸草书歌》 （《全唐诗》P2945）

萧子草书人不及,洞庭叶落秋风急。上林花开春露湿,花枝蒙蒙向水垂。

耿湋《秋中雨田园即事》（《全唐诗》P3004）
漠漠重云暗，萧萧密雨垂。为霖淹古道，积日满荒陂。

耿湋《路旁老人》（《全唐诗》P2999）
老人独坐倚官树，欲语潸然泪便垂。陌上归心无产业，城边战骨有亲知。

钱起《喜李侍郎御拜郎官入省》（《全唐诗》P2647）
粉署花骢入，丹霄紫诰垂。直庐惊漏近，赐被觉霜移。
汉主前瑶席，穰侯许凤池。应怜后行雁，空羡上林枝。

戴叔伦《长安早春赠万评事》（《全唐诗》P3086）
春风归戚里，晓日上花枝。清管新莺发，重门细柳垂。
经过千骑客，调笑五陵儿。何事灵台客，狂歌自不知。

可止《山居》（《全唐诗》P9291）
雪消春力展，花漫洞门垂。果长纤枝曲，岩崩直道移。
重猿围浅井，斗鼠下疏篱。寒食微灯在，高风势彻陂。

【宋】

欧阳修《阮郎归》（《宋词选》P30）
花露重，草烟低，人家帘幕垂。秋千慵困解罗衣，画堂双燕栖。

王安石《南浦》（《王安石全集》P270）
南浦东风二月时，物华撩我有新诗。含风鸭绿粼粼起，弄日鹅黄袅袅垂。

晏几道《临江仙》（《词综》P288）
梦后楼台高锁，酒醒帘幕低垂。去年春恨却来时，落花人独立，微雨燕双飞。

陆游《题阳关图诗》（《陆放翁诗词选》P213）
谁画阳关赠别诗，断肠如在渭桥时。荒城孤驿梦千里，远水斜阳天四垂。

【元】

刘因《陈氏庄》（《元诗三百首》P54）
今我独行寻故基，前日家僮白发垂。相看不用吞声哭，试赋宗周黍离离。

【明】

王元章《倒枝梅画》（《明诗选》P427）
皓态孤芳压俗姿，不堪复写拂云枝。从来万事嫌高格，莫怪梅花着地垂。

王维《送别》中的"陲"

"陲"字现在只有一个读音 chuí，如边陲。但古诗词中它有时要读"是为切"音。

因为"为"字有两音：一音韦，一音夷；所以"陲"亦可切出两音：一音chuí；一音"匙"或"齐"。如：

【南朝 宋】

柳恽《度关山》 (《玉台新咏》P111)

少长倡家女，出入燕南陲。惟持德自美，本以容见知。
旧闻关山远，何事总金羁。妾心日已乱，秋风鸣细枝。

【唐】

王维《送别》 (《全唐诗》P1242)

下马饮君酒，问君何所之？君言不得意，归卧南山陲。
但去莫复问，白云无尽时。

王维《终南别业》 (《全唐诗》P1276)

中岁颇好道，晚家南山陲。兴来每独往，胜事空自知。
行到水穷处，坐看云起时。偶然值林叟，谈笑无还期。

独孤及《送李宾客荆南迎亲》 (《全唐诗》P2778)

宗室刘中垒，文场谢客儿。当为天北斗，曾使海西陲。
毛节精诚著，铜楼羽翼施。还申供帐别，言赴倚门期。

杨师道《应诏咏巢乌》 (《全唐诗》P460)

桂树春晖满，巢乌刷羽仪。朝飞丽城上，夜宿碧林陲。
背风藏密叶，向日逐疏枝。仰德还能哺，依仁遂可窥。

寒山《诗三百三首六十一》 (《全唐诗》P9071)

春女炫容仪，相将南陌陲。看花愁日晚，隐树怕风吹(qī)。
年少从傍来，白马黄金羁。何须久相弄，儿家夫婿知。

杜甫《幽人》中的"疵"

"疵"字现在只有一个读音cí，如吹毛求疵。但古诗词中它有时要读与"仪""期""遗"等字协韵的音(才谐切，音唶)齐(《康熙字典》)。如：

杜甫《幽人》 (《全唐诗》P2287)

麟凤在赤霄，何当一来仪。往与惠荀辈，中年沧洲期。
天高无消息，弃我忽若遗。内惧非道流，幽人见瑕疵(疵音"才谐切"，音jī)。
洪涛隐语笑，鼓枻蓬莱池(池音齐)。

《木兰辞》中的"雌"

"雌"字现在只有一个读音 cí，如《木兰辞》末尾那个字也读 cí。

　　　　雄兔脚扑朔，雌兔眼迷离。两兔傍地走，安能辨我是雄雌？

其实"cí"与"离"两个字是不协韵的。据《康熙字典》，"雌"字有两音：一是"七支切，音姿"(cí)；二是"千西切，音妻"(qī)。

另据《诗经·小雅·小弁》：

　　　　鹿斯之奔，维足伎伎。雉之朝雊，尚求其雌（音千西切）。

由此可见，"雌"字可以读为"妻"(qī)由来已久。《木兰辞》末的那个"雌"字宜读音为 qī。

古诗词中"雌"读 qī 的情况不少。如：

【南朝　梁】

　　　　沈约《效古》　（《全汉三国晋南北朝诗》P1014）

可怜桂树枝，单雄忆故雌(qī)。岁暮异栖宿，春至犹别离。
山河隔长路，路远绝容仪。岂云无我匹，寸心终不移。

　　　　虞羲《赠何录事㻛之》　（《全汉三国晋南北朝诗》P1257）

于穆君子，左角佩觿。从群竹骑，取俊游儿(ní)。
昂昂千里，宛宛长离。同规同矩，异雄守雌(qī)。

　　　　虞羲《见江边竹》　（《全汉三国晋南北朝诗》P1258）

挺此贞坚性，来树朝夕池(qí)。秋波漱下趾，冬雪封上枝。
葳蕤防晓露，葱茜集羁雌。含风自飒飒，负雪亦猗猗。

【南朝　陈】

　　　　阴铿《经丰城剑池》　（《全汉三国晋南北朝诗》P1364）

清池自湛淡，神剑久迁移。无复连星气，空余似月池。
夹筱澄深渌，含风结细漪。唯有莲花萼，还想匣中雌。

　　　　李白《雉朝飞》　（《全唐诗》1686）

麦陇青青三月时，白雉朝飞挟两雌(qī)。
锦衣绣翼何离袿，犊牧采薪感之悲。

辛弃疾《水龙吟·登建康赏心亭》中的"此"

"此"字现在只有一个读音 cǐ,如此外、此岸、此起彼伏、此地无银三百两等。但古诗词中它除了读音 cǐ,有时要读为徙(xǐ)。据《康熙字典》,此字"浅氏切,音佀",有两音,一音 cǐ,另一音徙 xǐ。

古诗词中"此"字音 xǐ 与"鄙""靡""起""理"等字协韵的情况时有所见。例如:

辛弃疾《水龙吟·登建康赏心亭》

休说鲈鱼堪脍,尽西风,季鹰归未(fěi)?求田问舍,怕应羞见,刘郎才气。可惜流年,忧愁风雨,树犹如此!倩何人唤取,红巾翠袖,揾英雄泪(lǐ)!

【南朝 梁】

何逊《塘边见古冢》 (《全汉三国晋南北朝诗》P1156)

陌上驱驰人,笑歌自侈靡。今日非明日,所念谁怜此。

【宋】

赵鼎臣《念奴娇》 (《词综》P502)

惆怅送子重游,南楼依旧否,朱栏谁倚。要识当时,唯是有明月,曾陪珠履。量减杯中,雪添头上,甚矣吾衰矣!酒徒相问,为言憔悴如此。

【元】

耶律楚材《过阴山和人韵》 (《元诗三百首》)

阴山千里横东西,秋声浩浩鸣秋溪。猿猱鸿鹄不能过,天兵百万驰霜蹄。
万顷松风落松子,郁郁苍苍映流水。天丁何事夸神威,天台罗浮移到此。

【清】

朱文溥《金缕曲》 (《词综补遗》P451)

花与月、再休提起。收拾乌丝和象板,只黄磋、痛饮须料理。快意事,无过此。

【近现代】

郭沫若《题画赠朝鲜同志》 (《中国古今题画诗全璧》P1601)

龙驹一日行千里,国运升恒亦如此。瞬时驰骋汉江皋,输送东风入南鄙。

刘显《发新林浦赠同省》中的"次"

"次"字现在只有一个读音 cì,如次序、次第、次生、次货等。但古诗词中它有时要读"七四切"(四有试、细两音),故"次"有一音为"七细切,音弃"(qì)。

【南朝　梁】

　　刘显《发新林浦赠同省》（《全汉三国晋南北朝诗》P1249）

　　　回首望归途，山川邈离异。落日愸秋浦，归鸟飞相次。

　　　感物伤我情，惆怅怀亲懿。

《诗经》中的"刺"

　　"刺"字现在有两个读音：一是作为象声词的刺(cī)，如刺的一声、刺溜跑了等；另一音是 cì，如刺激、刺绣、刺刀、刺杀等。但古时它除了读以上两音，还有另外两音：一是"七迹切，音碛"(qī)，另一音是"七计切，音砌"(qì)。

　　关于"刺"字读音 qì，最早见之于《诗经》。

【先秦】

　　　《诗经·魏风·葛屦》

　　　好人提提，宛然左辟。佩其象揥。维是褊心，是以为刺。

　　　《诗经·大雅·瞻卬》

　　　天何以刺，何神不富(bī)。舍尔介狄，维予胥忌。

【南朝　宋】

　　　《清商辞曲·西乌夜飞》（《全汉三国晋南北朝诗》P747）

　　　我昨忆欢时，揽刀持自刺。自刺分应死，刀作杂楼僻。

【唐】

　　　李贺《吕将军歌》（《全唐诗》P4422）

　　　西郊寒蓬叶如刺，皇天新栽养神骥。厩中高桁排塞蹄，饱食青刍饮白水。

　　　圆苍低迷盖张地，九州人事皆如此。赤山秀铤御时英，绿眼将军会天意。

　　　李贺《昌谷诗》（《全唐诗》P4433）

　　　漂旋弄天影，古桧孛云臂。愁月薇帐红，胃云香蔓刺。

　　　白居易《母别子·刺新间旧也》（《全唐诗》P4705）

　　　新人迎来旧人弃，掌上莲花眼中刺。迎新弃旧未足悲，悲在君家留两儿。

　　　一始扶行一初坐，坐啼行哭牵人衣。以汝夫妇新燕婉，使我母子生别离。

　　　白居易《采诗官·监前王乱亡之由也》（《全唐诗》P4711）

　　　群臣有利君无利，君兮君兮愿听此。欲开壅蔽达人情，先向歌诗求讽刺。

寒山《诗》 （《全唐诗》P9086）

从生不往来,至死无仁义。言既有枝叶,心怀便险诐。
若其开小道,缘此生大伪。诈说造云梯,削之成棘刺。

寒山《诗》 （《全唐诗》P9067）

两龟乘犊车,蓦出路头戏。一虫从旁来,苦死欲求寄。
不载爽人情,始载被沉累。弹指不可论,行恩却遭刺。

李世民《初晴落景》中的"翠"

"翠"字现在只有一个读音 cuì,如翡翠、翠绿、翠微等。《康熙字典》注:翠,"七醉切,音粹"。因"醉"字有一音"祭",故翠字有一音"七祭切"音"细",与"喜""意""异""里"诸字协韵。如：

【唐】

李世民《初晴落景》 （《全唐诗》P8）

晚霞聊自怡,初晴弥可喜。日晃百花色,风动千林翠。
池鱼跃不同,园鸟声还异。寄言博通者,知予物外志。（志音祭）

岑参《冬夕》 （《全唐诗》P2107）

浩汗霜风刮天地,温泉火井无生意。泽国龙蛇冻不伸,南山瘦柏消残翠。

孟浩然《寻香山湛上人》 （《全唐诗》P1623）

朝游访名山,山远在空翠。氤氲亘百里,日入行始至。
杖策寻故人,解鞍暂停骑。石门殊豁险,篁迳转森邃。
法侣欣相逢,清谈晓不寐。

【宋】

柳永《卜算子慢》 （《词综》P341）

江枫渐老,汀蕙半凋,满目败红衰翠。楚客登临,正是暮秋天气。引疏砧,断续残阳里。对晚景,伤怀念远,新愁旧恨相继。

柳永《诉衷情近》 （《词综》P353）

雨晴气爽,伫立江楼望处。澄明远水生光,重叠暮山耸翠。遥想断桥幽径,隐隐渔村,向晚孤烟起。

柳永《玉山枕》 （《词综》P355）

骤雨新霁。荡原野,清如洗。断霞散彩,残阳倒影,天外云峰,数朵相倚。露荷（音莎）烟芰满池塘,见次第、几番红翠。当是时,河朔飞觞,避炎蒸,想风流堪继。

（注：该词中的"翠"字与"洗""倚""继"还有下片的"气""绮""废""理"诸字协韵。）

佚名《念奴娇·题项羽庙》（《词综》P1525）

鲍鱼腥断,楚将军、鞭虎驱龙而起。空费咸阳三月火,铸就金刀神器。垓下兵稀,阴陵道狭,月黑云如垒(垒音利)。楚歌喧唱,山川都姓刘矣。悲泣呼醒虞姬,为伊死别,血刃飞花碎。霸业销沉骓不逝,气尽乌江江水。古庙颓垣,斜阳红树,遗恨鸦声里。兴亡休问,高陵秋草空翠。

（注：按《念奴娇》词牌要求,该词"起""器""垒""矣""碎""水""里""翠"八个字是应协韵的。）

无名氏《步蟾宫》（《词综》P1539）

东风捏就腰肢细。系六幅裙儿不起。看来只惯掌中行,怎教在、烛花影里。更阑应是铅华退,暗魘损、眉峰双翠。夜深站老绣鞋儿,斜靠着、屏风立地。

卢氏《蝶恋花》（《词综》P1564）

绶带双垂金缕细。玉佩珠珰,露滴寒如水。从此鸾妆添远意。画眉学得遥山翠。

葛长庚《水龙吟·采药径》（《词综》P1556）

云屏漫锁空山,寒猿啼断松枝翠。芝英安在,术苗已老,徒劳屐齿。应记洞中,凤箫锦瑟,镇常歌吹。怅苍苔路杳,石门信断,无人问、溪头事。

晏几道《蝶恋花》（《词综》P307）

醉别西楼醒不记。春梦秋云,聚散真容易。斜月半窗还少睡。画屏间展吴山翠。

【清】

朱彝《烛影摇红》（《词综补遗》P489）

恨满扶桑弱水。怪冤禽、惊寒不起。顿教流散,异国残红,前朝衰翠。

《楚辞·九章》中的"错"

"错"字现在只有一个读音cuò。但古时它是个多音字,不但读"仓各切,音厝"(cuò),而且另有一音"仓故切"或"七故切"音措或醋,还有一音"七约切,音碏"(què)。关于"错"字读措(cù),可见之于许多古书,如《易经》《史记》《管子》《汉书》等。如《楚辞·九章》语"万民之生各有所错兮。"

【清】

王晦《金缕曲》（《词综补遗》P1445）

月阑秋榭今何处？记喁喁、凭肩小呓,但侬和汝。吴水淞云三百里,谁料雁鱼修阻。却都被,洪乔瞒去。转眼萧郎同陌路,怕芳魂,未必归黄土。名与利,铸成错。

D

《楚辞·九辩》中的"达"

"达"字现在只有一个读音 dá，如达官、达成等。但古诗词中有时要读为"狄"。"达"字读"吐他悦切"音狄，最早见之于《诗经》。如《诗经·商颂·长发》："玄王桓拨，受小国是达，受大国是达。""苞有三蘖，莫遂莫达。"《诗经·周颂·载芟》："驿驿其达，有厌有杰"。

【汉】

宋玉《楚辞·九辩》

何氾滥之浮云兮？猋壅蔽此明月。忠昭昭而愿见兮，然霠曀而莫达。

【唐】

杜甫《鹿头山》 （《全唐诗》P2302）

纡馀脂膏地，惨淡豪侠窟。仗钺非老臣，宣风岂专达。
冀公柱石姿，论道邦国活。斯人亦何幸，公镇逾岁月。
（注：活音血。）

皮日休《三羞诗》 （《全唐诗》P7015）

吾闻古君子，介介励其节。入门疑储宫，抚己思铁钺。
志者若不退，佞者何由达。君臣一毂膳，家国共残杀。（杀音血）

李贺《秋凉诗寄正字十二兄》 （《全唐诗》P4424）

百日不相知，花光变凉节。弟兄谁念虑，笺翰既通达。
青袍度白马，草简奏东阙。梦中相聚笑，觉见半床月。

王安石《送孙叔康赴御史府》 （《王安石全集》P116）

古人喜经纶，万事惭强聒。时来上青冥，俯仰但一节。
危言回丘山，声利尽毫末。由来治乱体，宿昔心已达。

【清】

卢卓民《湘月》 （《词综补遗》P596）

极目遍地烽烟，思归得，梦也应难达。把酒高歌浇垒块，今夕且谈风月。
会访温公，词赓白傅，莫问红羊劫。山亭宵永，虫声空自凄咽。

杜甫《夜归》中的"大"

"大"字是常见字,现在通常读两个音:一是 dà;二是 dài,如大夫,大王。但古诗词中除了常见的 dà 和 dài 两音,还有一种罕见的读音 tuó。据《康熙字典》:唐佐切,音驮;土卧切,音拕。如:

【清】

    杜甫《夜归》 (《全唐诗》P2366)

  夜来归来冲虎过,山黑家中已眠卧。傍见北斗向江低,仰看明星当空大。
  庭前把烛嗔两炬,峡口惊猿闻一个。白头老罢舞复歌,杖藜不睡谁能那。

【宋】

    苏轼《馈岁》 (《苏轼选集》P8)

  农功各已收,岁事得相佐。为欢恐无及,假物不论货。
  山川随出产,贫富称小大(tuó)。置盘巨鲤横,发笼双兔卧。
  (注:该诗中的"大"字与"座""磨""过""和"诸字协韵。)

《楚辞·九章》中的"代"

"代"字现在只有一个读音 dài,但古诗词中有时要读"叶徒帝切,音地"(dì)(《康熙字典》)。如:

【汉】

    《楚辞·九章》

  虽有西施之美容兮,谗妒入以自代。愿陈情以白行兮,得罪过之不意。

【晋】

    郭璞《与王使君》 (《全汉三国晋南北朝诗》P422)

  道有亏盈,运亦凌替。茫茫百六,孰知其弊。蠢蠢中华,遘此虐戾。
  遗黎其咨,天未忘惠。云谁之眷,在我命代(dì)。
  (注:惠字胡计切,音戏。)

《楚辞·天问》中的"殆"

"殆"字现在只有一个读音 dài,如知彼知己,百战不殆。《诗经》里多处出现"殆"

字。但《康熙字典》注明,殆这个字还可以读"叶养里切,音以"(yǐ)。如:

《楚辞·天问》

女歧缝裳,而馆同爰止。何颠易厥首,而亲以逢殆?

《诗经·小雅·雨无正》

维曰于仕,孔棘且殆。云不可使,得罪于天子。

《诗经·商颂·玄鸟》

商之先后,受命不殆。在武丁孙子。

陆机《罗敷歌》中的"丹"

"丹"字现在只有一个读音 dān,如丹心、丹青、丹桂等。但古诗词中它除了读"都寒切,音单"(dān);有时要读"都悬切,音颠"(diān)(《康熙字典》)。例如:

陆机《罗敷歌》 (《康熙字典》)

南崖充罗幕,北渚盈軿轩。清川含藻景,高岸被华丹。

白居易《游悟真寺诗》 (《全唐诗》P4735)

隔瓶见舍利,圆转如金丹。玉笛何代物,天人施只园。

白居易《自咏》 (《全唐诗》P4765)

可怜假年少,自笑须臾间。朱砂贱如土,不解烧为丹。

王安石《信都公家白兔》 (《王安石全集》P91)

扬须弭足桂树间,桂花如霜乱后前。赤鸦相望窥不得,空疑两瞳射日丹。

朱德《纪念党的四十周年》中的"担"

"担"(擔)字现在有两个读音:一是 dān,如担保、担任、担架、担心等;二是 dàn,如担子。古时它是个多音字,除了 dān、dàn 音外,还有一音"时艳切,音赡"(shàn),另一音"以赡切,音艳"(yàn)(《康熙字典》)。如朱德《纪念党的四十周年》(《十老诗选》P33)诗中的"担"就应读艳(yàn):

工人有党气掀天,战斗曾经四十年。三座大山齐推到,两重革命一肩担。

张衡《东京赋》中的"殚"

"殚"字现在只有一个读音 dān，如殚力、殚心、殚精竭虑等。《康熙字典》注明，它不但读"都寒切，音单"(dān)，而且可读"都悬切，音颠"(diān)。例如：

【汉】

　　　　　张衡《东京赋》　（《康熙字典》）

　　祈福乎上玄，思所以为虔。肃肃之仪尽，穆穆之礼殚。

【唐】

　　　　　白居易《游悟真寺诗》　（《全唐诗》P4736）

　　诵此莲花偈，数满百亿千。身坏口不坏，舌根如红莲。
　　颅骨今不见，石函尚存焉。粉壁有吴画，笔彩依旧鲜。
　　素屏有褚书，墨色如新干。灵境与异迹，周览无不殚(diān)。

《诗经·王风·兔爰》篇中的"旦"

"旦"字现在都读 dàn，如元旦、花旦、老旦、刀马旦等。大家经常运用的成语"信誓旦旦"中的"旦"也读 dàn。但是《诗经·卫风·氓》篇中的"信誓旦旦"却不读 dàn，而是叶音读"得绢切，音颠"，与"宴""晏""怨""泮"协韵。其诗云：

　　及尔偕老，老使我怨。淇则有岸，隰则有泮。
　　总角之宴，言笑晏晏，信誓旦旦(叶得绢切)，不思其反(叶孚绚切)。

另见《诗经·大雅·生民之什》：昊天曰旦(叶得绢切)，及尔游衍。

张炎《探春·雪霁》中的"淡"

"淡"字现在只有一个读音 dàn，如淡泊、淡薄、淡漠、淡雅等。但古时它是个多音字，其中有一个音是"以赡切，音艳"(yàn)。古诗词中"淡"字有时以音艳(yàn)与"霰""浅""怨""远"诸字协韵。如：

【南朝　宋】

　　　　　南平王铄《过历山湛长史草堂》　（《全汉三国晋南北朝诗》P588）

　　兹岳蕴虚诡，凭览趣亦赡。九峰相接连，五渚逆萦浸。
　　层阿疲且引，绝岩畅方禁。溜众夏更寒，林交昼常荫。

诗词古音

伊余久缁涅,复得味恬淡。愿逐安期生,于焉惬高枕。
（注：枕,知险切,音剪。）

【宋】

辛弃疾《水龙吟·过南涧双溪楼》 （《词综》P811）

举头西北浮云,倚天万里须长剑。人言此地,夜深长见,斗牛光焰。我觉山高,潭空水冷,月明星淡。待燃犀下看,凭栏却怕,风雷怒,鱼龙惨(chěn)。

张炎《探春·雪霁》 （《词综》P1355）

银浦流云,绿房迎晓,一抹墙腰月淡。暖玉生香,悬冰解冻,碎滴瑶阶如霰。

【清】

龚翔麟《菩萨蛮·题画》 （《中国古今题画诗全璧》P1097）

赤霜不着秋容淡,村南村北溪流浅。尽在白云间,天风吹面寒。

边裕礼《疏影·画芙蓉》 （《中国古今题画诗全璧》P404）

蔫红一翦,向楚江深处,描出清怨。弱不经愁,娇欲含颦,西风压帧吹晚(yuǎn)。凉波浸影浑无语,晕半颊,脂痕淡淡。算汀洲,无数秋芳,不似此花幽艳。

陆机《文赋》中的"弹"

"弹"字现在有两个读音：一是 dàn,如子弹；一是 tán,如弹劾。但古时它除了读此两音外,还有一音"徒沿切,音田"(tián)。如：

【晋】

陆机《文赋》 （《康熙字典》）

抱景者咸叩,怀响者必弹。或因枝以振叶,或沿波以讨源。

又如：

【唐】

白居易《哭孔戡诗》 （《全唐诗》）

或望居谏司,有事戡必言。或望居宪府,有邪戡必弹(tián)。

【宋】

苏轼《醉翁操·琴曲》 （《词综》P358）

琅然,清圆,谁弹？响空山,无言,惟醉翁和其天。月明风露娟娟,人未眠。荷蒉过山前,曰有心也哉此贤。

蔡文姬《胡笳十八拍》中的"得"

"得"字现在有三个读音：一是 dé，二是 de，三是 děi。但古诗词中不少得字应读音 dǐ，与"忆""极""力""碧"等字协韵。例如：

【汉】

    蔡文姬《胡笳十八拍》（《全唐诗》P300）

马上将余向绝域，厌生求死死不得。戎羯腥膻岂是人，豺狼喜怒难姑息。

    屈原《楚辞·九章·哀郢》

发郢都而去闾兮，怊荒忽其焉极。楫齐扬以容与兮，哀见君而不再得。

    屈原《楚辞·九章·惜往日》

何芳草之早夭兮，微霜降而下戒。谅聪不明而蔽壅兮，使谗谀而日得。

【南朝 宋】

    清商曲辞《读曲歌》（《全汉三国晋南北朝诗》P743）

闺阁断信使，的的两相忆。比如水上影，分明不可得。

    刘裕《丁都护歌》（《全汉三国晋南北朝诗》P580）

洛阳数千里，孟津流无极。辛苦戎马间，别易会难得。

【唐】

    温庭筠《堂堂》（《全唐诗》P268）

钱塘岸上春如织，森森寒潮带晴色。淮南游客马连嘶，碧草迷人归不得。

    韦应物《谢栎阳令归西郊赠别诸友生》（《全唐诗》P1935）

晨起西郊道，原野分黍稷。自乐陶唐人，
服勤在微力。仁君列丹陛，出处两为得。

【宋】

    张先《好事近·和毅夫内翰梅花》（《词综》P320）

月色透横枝，短叶小葩无力。北客一声长笛，怨江南先得。
谁教强半腊前开，多情为春忆。留取大家须醉，幸雨休风息。

    张先《惜琼花》（《词综》P324）

汴河流，如带窄。任身轻似叶，何计归得。
断云孤鹜青山极，楼上徘徊，无尽相忆。

葛长庚《好事近·赠赵制机》（《词综》P2254）

行到竹林头,探得梅花消息。冷蕊疏英如许。更无人知得。

佚名《秦楼月》（《词综》P1530）

秋寂寂,碧纱窗外人横笛。人横笛,天津桥上,旧曾听得。宫妆玉指人识,龙吟水底声初息。声初息,月明江岸,数峰凝碧。

姜夔《暗香·石湖咏梅》（《词综》P932）

江国,正寂寂。叹寄与路遥,夜雪初积。翠尊易泣,红萼无言耿相忆。长记曾携手处,千树压,西湖寒碧。又片片吹尽也,几时见得。

陈克《谒金门》（《词综》P607）

闲凭薰笼无力,心事有谁知得！檀炷绕窗灯背壁,画檐残雨滴。

张镃《兰陵王·荷花》（《词综》P913）

斜阳返照暮雨湿,爱天际凉入。愁寂,念畴昔。谩太华峰头,幽梦寻觅。而今两鬓如花白。但一线才思,半星心力。新词奇句,便做有,怎道得。

"得"字的读音除了上述几音,《康熙字典》注明还有一音,"叶都木切,音笃"(dǔ)。如:

老子《道德经》

罪莫大于可欲。祸莫大于不知足。咎莫大于欲得。

易林《康熙字典》

入市求鹿,不见头足。终日至夜,竟无所得。

【南朝 宋】

谢灵运《东阳溪中赠答》（《全汉三国晋南北朝诗》P653）

可怜谁家妇,缘流洗素足。明月在云间,迢迢不可得。

古诗词中的"滴"

"滴"字现在只有一个读音 dī,如水滴、汗滴、滴水穿石、点点滴滴等。但古诗词中它有时要读"都历切"音。因"历"字读音为"狼狄切"与"郎击切",能切出"列""雳"两音,所以"滴"字也可切出"蝶""堤"两音。如:

辛弃疾《满江红·送李正之提刑入蜀》（《词综》P800）

儿女泪,君休滴。荆楚路,吾能识。要新诗准备,庐山山色。赤壁矶头千古浪,铜鞮陌上三更月。

（注："滴"字是与"月"字协韵的，应读为"蝶"。）

司马昂夫《最高楼》中的"少"与"调"

"少"字现在大家都读为 shǎo，但古诗词中有时要读 shǒu。《康熙字典》："少，叶书久切，音守。"如：

欧阳修《杜祁公墓铭》

君子岂弟，民之父母(mǔ)。公虽百龄，人以为少(shōu)。

【元】

司马昂夫《最高楼》 （《词综》P1746)

花信紧，二十四番愁。风雨五更头。侵阶苔藓宜罗袜，逗衣梅润试香篝。绿窗闲，人梦觉，鸟声幽。

按银筝、学弄相思调。写幽情、恨杀知音少。向何处，说风流。一丝杨柳千丝恨，三分春色二分休。落花中，流水里，两悠悠。

（注：该词中的"少"与"头""篝""幽""休""悠"诸字协韵。"调"字不但可读"田聊切，音迢"，而且可读"张流切，音舟"(《康熙字典》)。该词中的调字应该读为舟或周。)

韩愈《赠张籍诗》中的"丁"

"丁"字现在有两个读音：一是 dīng，如壮丁、丁冬、丁香等；二是 zhēng，象声词，如丁丁，伐木声。但《康熙字典》注明，"丁"字除了今日我们仍在朗读的两音外，还有一音："都阳切，音当"(dān)。如：

韩愈《赠张籍诗》 （《全唐诗》P3772)

夜闻汴州乱，绕壁行徬徨。我时留妻子，仓卒不及将。
相见不复期，零落甘所丁。骄儿未绝乳，念之不能忘。

李颀《经涡路作》的"都"

"都"字现在有两个读音，一个是 dū，如首都；第二个是做副词时读音为 dōu。但古诗词中它有时要读"张如切，音猪"(zhū)(《康熙字典》)。如：

【晋】

李颙《经涡路作》（《全汉三国晋南北朝诗》P448）

言归越东足，逝将反上都。后洳填中路，改辙修兹衢。
旦发石亭境，夕宿桑首墟。劲焱不兴润，零雨莫能濡。
亢阳弥十旬，涓滴未暂舒。

嵇喜《答嵇康诗》中的"端"

"端"字现在只有一个读音 duān。其实古时它是个多音字，不但读"多官切，音偳"（duān），而且可读"专"（zhuān），可读"尺兖切，音喘"，可读"美辨切，音冕"，还可读"叶都元切"（见《康熙字典》）。如嵇喜《答嵇康诗》（《全汉三国晋南北朝诗》P286）中的"端"与"泉""滨""园"等字协韵，就得读"都元切，音颠"。

华堂临浚沼，灵芝茂清泉。仰瞻春禽翔，俯察绿水滨。逍遥步兰渚，
感物怀古人。李叟寄周朝，庄生游漆园。时至忽蝉蜕，变化无常端。

【晋】

陆机《文赋》（《康熙字典》）

罄澄心以凝思，眇众虑而为言。笼天地于形内，挫万物于笔端。

陆机《秋胡行》（《全汉三国晋南北朝诗》P323）

道虽一致。涂有万端。吉凶纷蔼。休咎之源。

【唐】

白居易《归田》（《全唐诗》P4729）

人生何所欲，所欲唯两端。中人爱富贵，
高士慕神仙。神仙须有籍，富贵亦在天。

白居易《夜雨有念》（《全唐诗》P4788）

骨肉能几人，各在天一端。吾兄寄宿州，吾弟客东川。

白居易《答崔侍郎钱舍人书问因继以诗》（《全唐诗》P4747）

穷通与远近，一贯无两端。常见今之人，其心或不然。

白居易《截树》（《全唐诗》P4748）

一朝持斧斤，手自截其端。万叶落头上，千峰来面前。

元稹《和乐天赠樊著作》（《全唐诗》P4459）

迥知皇王意，缀书为百篇。是时游夏辈，不敢措舌端。
信哉作遗训，职在圣与贤。

韩愈《杂诗》（《全唐诗》P3816）

独携无言子，共升昆仑巅。长风飘襟裾，遂起飞高圆。

下视禹九州，一尘集豪端。遨嬉未云几，下已亿万年。

（注：诗中的"端"字，与"前""源""颠""圆""巅""亲""骊"诸字协韵。）

杜甫《园官送菜》（《全唐诗》P2343）

志士采紫芝，放歌避戎轩。哇丁负笼至，感动百虑端。

皮日休《哀陇民》（《全唐诗》P7021）

将命提雕笼，直到金台前，彼毛不自珍，彼舌不自言。

胡为轻人命，奉此玩好端。

【近现代】

王昆仑《题傅抱石"陕北风光"》（《中国古今题画诗全璧》P1243）

雄浑绝世古高原，谁坦胸怀孕大千。万仞苍黄无限力，山河新魄此开端。

陈毅《题长征会师图》（《中国古今题画诗全璧》P1299）

秦陇万重山，白云渺无边。长城如龙走，大河水滔天。

上有无穷之高峰，中有百道之飞泉。

下有深壑与宽涧，敌机飞追不能阻我前。

长征英雄此聚会，人民历史新开端。

感谢母子如椽笔，写来悬挂人民之心间。

苏辙《夷中》中的"短"

"短"字现在只有一个读音 duǎn，但古时它是个多音字。据《康熙字典》，短音一是"都管切，音端"；二是"叶多卷切，音亶"；三是"叶都卷切，音近玷"（diàn）。

古诗词中"短"字以音 diàn 与"雁""变""槛""远"等字协韵的情况屡有所见，如：

【宋】

苏辙《夷中》（《康熙字典》）

江流日益深，民语渐已变。峰峦古厓石，草木条杆短。

欧阳修《渔家傲》（《欧阳修词全集》P137）

二月春期看已半，江边春色青犹短。天气养花红日暖。深深院，真珠帘额初飞燕。

晏几道《碧牡丹》（《词综》P304）

事何限？怅望秋意晚，离人鬓华将换(yuàn)。静忆天涯，路比此情犹短。试约鸾笺，传素期良愿，南云应有新雁。

张抡《烛影摇红·上元有怀》 (《宋词三百首》P283)

驰隙流年,恍如一瞬星霜换(yuàn)。今宵谁念泣孤臣,回首长安远。可是尘缘未断,漫惆怅,华胥梦短。满怀幽恨,数点寒灯,几声归雁。

翁元龙《绛都春·秋晚海棠与黄菊盛开》 (《词综》P2241)

慵按梁州旧曲,怕离柱断弦,惊破金雁。霜被睡浓,不比花前良宵短。

王沂孙《长亭怨·重过中庵故园》 (《词综》P2217)

水远。怎知流水外,却是乱山尤远。天涯梦短。想忘了绮疏雕槛。

【清】

朱玺《烛影摇红》 (《词综补遗》P483)

那晓秋风不管,任棠花,断恩重怨。金荷泻泪,银蒜飘香,更长更短。

钱万里《满江红·东湖》 (《词综补遗》P1032)

荷芙槛,芙蓉岸(niàn)。锦树外,红桥畔(biàn)。任露华浓淡,烟条长短。朱履客挥听笛泪,画楼人作辞巢燕。

王直澜《齐天乐》 (《词综补遗》P1354)

遐思未远。但屈指春潮,那时应转。剪烛窗西,共嫌良夜短。

张葆谦《祝英台近》 (《词综补遗》P1556)

恨难遣。可惜弹指年华,匆匆梦缘短。梦草怀来,月下定飞遍。

鲍照《拟古诗》中的"断"

"断"字现在只有一个读音 duàn,如断绝、判断、断案、断肠等。但古诗词中它除了读音 duàn 外,还有一个读音 diàn。《康熙字典》注明:"断,叶多卷切,音 diàn"。如:

白居易《寄元九》 (《全唐诗》P4784)

一病经四年,亲友书信断。穷通合易交,自笑知何晚。

元君在荆楚,去日唯云远。彼独是何人,心如石不转。

又注"断,叶徒卷切,音 diān",如:

鲍照《拟古诗》

居人掩闺卧,行子中夜饭(biàn)。野风吹秋木,行子心肠断。

古诗词中,特别是宋词与宋代以来的词中,"断"字以 diàn 音或 diān 音,与"远""怨""片""见""线""浅""燕""变"等字协韵的情况较多,现举例如下:

【唐】

李贺《仁和里杂叙皇甫湜》（《全唐诗》P4408）

枉辱称知犯君眼,排引才升强絙断。洛风送马入长关,阍扇未开逢猰犬。

【宋】

欧阳修《玉楼春》（《词综》P267）

青门柳色随人远,望未断时肠已断。洛阳春色待君来,草到落花飞似霰。

欧阳修《踏莎行慢》（《欧阳修词全集》P249）

独自上孤舟,倚危樯日断。难成暮雨,更朝云散(xiàn)。凉劲残叶乱,新月照,澄波浅。今夜里,厌厌离绪难销遣。

欧阳修《渔家傲》（《欧阳修词全集》P137）

渐好凭阑醒醉眼,陇梅暗落芳英断。初日已知长一线。清宵短,梦魂怎奈珠宫远。

欧阳修《蝶恋花》（《欧阳修词全集》P53）

百尺朱楼闲倚遍,薄雨浓云,抵死遮人面。羌管不须吹别怨,无肠更为新声断。

苏轼《殢人娇·王都尉席上赠侍人》（《苏轼词全集》P80）

密意难传,羞容易变。平白地、为伊肠断。问君终日,怎安排心眼。须信道,司空自来见惯。

苏轼《永遇乐·彭城夜宿燕子楼梦盼盼而作》（《唐宋名家词选》P106）

明月如霜,好风如水,清景无限。曲港跳鱼,圆荷泻露,寂寞无人见。紞如三鼓,铿然一叶,黯黯梦云惊断。夜茫茫,重寻无处,觉来小园行遍。

晁补之《梁州令叠韵》（《唐宋名家词选》P156）

田野闲来惯,睡起初惊晓燕。樵青走挂小帘钩,南园昨夜,细雨红芳遍。平芜一带烟光浅,过尽南归雁。江云渭树俱远,凭阑送目空肠断。

周邦彦《过秦楼》（《词综》P573）

水浴清蟾,叶喧凉吹,巷陌马声初断。闲依露井,笑扑流萤,惹破画罗轻扇。人静夜久凭栏,愁不归眠,立残更箭。叹年华一瞬,人今千里,梦沉书远。

薛昭蕴《谒金门》（《词综》P114）

斜掩金铺一扇。满地落花千片。早是相思肠欲断。忍教频梦见。

吴文英《法曲献仙音和丁宏庵》（《词综》P1181）

紫箫远。记桃根向随春渡,愁未洗,铅水又将恨染。粉缟涩离箱,忍重拈灯夜裁剪。望极蓝桥,彩云飞罗扇歌断。料鹦笼玉锁,梦里隔花时见。

吴文英《水龙吟·惠山泉》 (《词综》P2203)

艳阳不到青山,淡烟冷翠成秋苑。吴娃点黛,江妃拥髻,空濛遮断。树密藏溪,草深迷市,峭云一片。二十年旧梦,轻鸥素约,霜丝乱,朱颜变。

辛弃疾《水龙吟·春恨》 (《唐宋名家词选》P260)

罗绶分香,翠绡封泪,几多幽怨。正销魂又是,疏烟谈月,子规声断。

翁孟寅《烛影摇红》 (《词综》P1946)

楼倚春城,锁窗曾共巢春燕。人生好梦逐春风,不似杨花健。旧事如天渐远。奈晴丝牵愁未断。镜尘埋恨,带粉栖香,曲屏寒浅。

陈亮《水龙吟·春恨》① (《词综》P965)

寂寞凭高念远,向南楼一声归雁。金钗斗草,青丝勒马,风流云散(散音霰)。罗绶分香,翠绡封泪,几多幽怨。正销魂又是,疏烟淡月,子规声断。

刘过《贺新郎》 (《词综》P969)

老去相如倦,向文君说似而今,怎生消遣? 衣袂京尘曾染处,空有香红尚软。料彼此魂销肠断。一枕新凉眠客舍,听梧桐疏雨秋风颤。灯晕冷,记初见。

毛开《谒金门》 (《词综》P1046)

闲掩屏山六扇,梦好强教惊断。愁对画梁双语燕,故人心不见。

陈恕可《齐天乐·蝉》 (《词综》P1476)

清虚襟度谩与,向人低诉处,幽思无限。败叶枯形,残阳绝响,消得西风肠断。尘情已倦。任翻鬓云寒,缀貂金浅。蜕羽难留,顿惊仙梦远。

无名氏《鞓红》 (《词综》P1535)

月影帘栊,金堤波面,渐细细香风满院。一枝折寄,故人虽远,莫辄使江南信断。

李清照《怨王孙·春暮》 (《词综》P1574)

帝里春暮,重门深院。草绿阶前,暮天雁断。楼上远信谁传,恨绵绵。

丘崈《扑蝴蝶·蜀中作》 (《词综》P1927)

谩消遣。行云无定,楚雨难凭梦魂断。清明渐近,天涯人正远。尽教闲了秋千,觑著海棠开遍。难禁旧愁新怨。

【元】

危复之《永遇乐》 (《词综》P1752)

早叶初莺,晚风孤蝶,幽思何限?檐角萦云,阶痕积雨,一夜苔生遍。玉窗闲掩,瑶琴慵理,寂寞水沉烟断。悄无言,春归无觅,卷帘见双飞燕。

---

① 一说辛弃疾作。

赵雍《烛影摇红》 (《词综》P2068)

新绿成阴,落红如雨春光晚。当年谁与种相思,空羡双飞燕。寂寞幽窗孤馆,念同游芳郊秀苑。香尘随马,细草承轮,都成肠断。

【清】

崇彝《渔家傲》 (《词综补遗》P79)

闺阁多才休自炫,当年共羡神仙眷。莫信乌龙旧诗案(yàn)。班姬怨,思量往事堪肠断。

龚元凯《齐天乐》 (《词综补遗》P93)

天涯犹是倦侣,未胜离索感,聊和哀雁。舞扇尘生,弹棋劫紧,一例东风肠断。闲云自卷,荡不了春愁,故山休恋。

徐珠《惜馀春慢·初夏》 (《词综补遗》P182)

频记省、花叶书迟,和香个山梦,只隔青霞非远。阑干暮倚,恨惹东风,却为玉真肠断。

徐鸿谟《水龙吟·同陈同甫韵》 (《词综补遗》P207)

零落红颜,凄凉白发,夜台应怨。叹而今老矣,西涯一涉,想空肠断。

吴恩熙《齐天乐·过废园》 (《词综补遗》P351)

剩古木萧条,乱鸦犹恋。回首凄凉,愁肠应更断。

吴葆《水龙吟·九龙登宋王台》 (《词综补遗》P387)

江山四望凄凉,荒台落日登临眼。乾坤万里,关河故国,连云遮断。今古兴亡,无端洒尽,凭高泪点。

吴葆《摸鱼子》 (《词综补遗》P388)

近黄昏、捎窗凉雨,羁怀半响凄断。银床簌簌敲碎叶,到耳商音弹怨。

朱孝臧《烛影摇红》 (《词综补遗》P467)

梦魂犹自点朝班,谁道长安远。再拜鹃声咽断。

朱孝臧《水龙吟·沈寐叟挽词》 (《词综补遗》P468)

沉陆繁忧,排间旧梦,一朝凄断。痛招魂无些,宣哀有诰,经天泪,中宵法。

朱应征《过秦楼》 (《词综补遗》P479)

甚处登临,尽成萧瑟,暗想几番肠断。残秋九日,憾结千端,篋笥早捐纨扇。鸿也一字难书,云薄慵簪,岁流似箭。

孙士毅《金缕曲》 (《词综补遗》P874)

小驻吟鞚茅店外,墙角殷红开遍。还懊恼、青帘遮面。社鼓饧箫听乍远,又如簧、声滑风吹断。穿林去,蹴花片。

　　　　袁绪钦《台城路》　　（《词综补遗》P928)

金闺日长压线,想歌鬟倦忆,江上天远。锦字沉鱼,红丝系燕,回望碧云低断。铜荷照晚(yuàn)。总负了年时,镜中人面。

　　　　王鸿儒《昭君怨》　　（《词综补遗》P1464)

岸上杨花飞遍,关外早莺啼断。独倚望江楼,思悠悠。

（注：昭君怨词上下片各四句,要求每两句协韵。）

　　　　王大隆《过秦楼》　　（《词综补遗》P1457)

柳飐凉生,景催潮迅,信息寒鸿凄断。清歌易阕,密约轻抛,忍说旧时团扇(xiàn)。

　　　　王禄《菩萨蛮·秋月》　　（《词综补遗》P1490)

画帘疏雨梧桐院,鸭鑪香袅游丝断。闲谱小重山,昼长人独眠。

　　　　张采《绿意》　　（《词综补遗》P1612)

春恨一片。向素缣写出,愁绪难剪。旧事沉吟,桃叶歌馀,东风早与魂断。谁怜半觉香尘梦,竟瘦了,门中人面。

韩愈《江汉答孟郊》中的"敦"

"敦"字现在只有两个读音：一是 duì,去声,指古代盛黍稷的器具；二是 dūn,如敦促、敦厚、敦睦、敦请等。但古时它是个多音字,《康熙字典》注有 15 个读音,其中有一个读音是"度官切,音团"(tuán),与"寒""蛮""烂"等字协韵。如：

【唐】

　　　　韩愈《江汉答孟郊》　　（《全唐诗》P3770)

凄风结冲波,狐裘能御寒。终宵处幽室,华烛光烂烂。
苟能行忠信,可以居夷蛮。嗟余与夫子,此义每所敦。

白居易《桐花》中的"夺"

"夺"字现在只有一个读音 duó。如夺取、掠夺、剥夺、鲜艳夺目、强词夺理等。但古时它是个多音字,除了"徒活切"音 duó,还有"丘月切,音阙"(què),还有"僻吉切,音狄"(dí)。古诗词中"夺"字有时要读音为 què 或 dí,与"月""雪""列""歇"等字协韵。《康熙字典》以白居易的《桐花》诗为例：

何此巴峡中,桐花开十月。草木坚强物,所禀固难夺(què)。

另如:

【唐】

白居易《再授宾客分司》（《全唐诗》P5109）

乘篮城外去,系马花前歇。六游金谷春,五看龙门雪。
吾若默无语,安知吾快活。吾欲更尽言,复恐人豪夺。
应为时所笑,苦惜分司阙。但问适意无,岂论官冷热。

李白《登梅冈望金陵赠族侄高座寺僧中孚》（《全唐诗》P1836）

钟山抱金陵,霸气昔腾发(què)。天开帝王居,海色照宫阙。
群峰如逐鹿,奔走相驰突。江水九道来,云端遥明没。
时迁大运去,龙虎势休歇。我来属天清,登览穷楚越。

孟浩然《大堤行寄万七》（《全唐诗》P1619）

大堤行乐处,车马相驰突。岁岁春草生,踏青二三月。
王孙挟珠弹,游女矜罗袜。

E

沈瀛《念奴娇》中的"遏"

"遏"字现在只有一个读音è,如遏抑、遏止、遏制等。但古诗词中它有时要读"歇"(xiē)或"谒"(yè)。据《康熙字典》:遏,乌割切,音阏"(è)";叶许竭切,音歇"(xiē)";叶于歇切,音谒"(yè)"。如:

【宋】

　　　　沈瀛《念奴娇》　（《词综》P695）

郊原浩荡,正夺目花光,动人春色。白下长干佳丽最,寒食嬉游人物。露卷香轮,风嘶宝骑,云表歌声遏。归来灯火,不知斗柄西揭。

鲍照《代白纻舞歌词》中的"恩"

"恩"字现在只有一个读音ēn,如感恩、恩惠等。但古诗词中有时要读"叶衣延切,音烟"(yān)。如:

【汉】

　　　　赵壹《穷鸟赋》　（《康熙字典》）

鸟也虽顽,犹识密恩。内以书心,外用告天。

【南朝　宋】

　　　　鲍照《代白纻舞歌词》　（《全汉三国晋南北朝诗》P676）

池中赤鲤庖所捐。琴高乘去腾上天。命逢福世丁溢恩。簪金借绮升曲筵。恩君厚德委如山。絮诚洗志期暮年。乌白马角宁足言。

　　　　李贺《马诗》　（《全唐诗》P4404）

忽忆周天子,驱车上玉山(山音仙)。鸣驺辞凤苑,赤骥最承恩(音烟)。

杜牧《乌江亭》中的"儿"

"儿"字在《现代汉语词典》注明有两音ní、ér,但现在我们往往只读一个音ér。

《康熙字典》和1936年出版的《辞海》则注明它有两个音：一是"目移切，音齐"；二是"逆题切，音倪"或"五稽切，音霓"。

古诗词中"儿"字以倪或霓（ní音）与移、离、衣、期、饥、知、骑、迷等字协韵的情况很多，如大家熟知的唐代诗人杜牧的《乌江亭》诗：

胜负兵事不可期，忍辱包羞是男儿。江东子弟多才俊，卷土重来未可知。

以及后蜀花蕊夫人的《述亡国诗》(《全唐诗》P8981)：

君王城上竖降旗，妾在深宫那得知。十四万人齐解甲，宁无一人是男儿。

其他列举如下：

【晋】

张华《诗》　（《先秦汉魏晋南北朝诗》P622）

混沌无形气，奚从生两仪。元一是能分，太极焉能离。
玄为谁翁子，道是谁家儿。天行自西回，日月曷东驰(qí)。

【南朝　梁】

萧衍《古意诗》　（《玉台新咏》P153）

飞鸟起离离，惊散忽差池。嗷嘈绕树上，翩翻集寒枝。
既悲征役久，偏伤垅上儿。寄言闺中爱，此心讵能知。
不见松上萝，叶落恨不移。

沈约《领边绣》　（《全汉三国晋南北朝诗》P1016）

纤手制新奇，刺作可怜仪。萦丝飞凤子，结缕坐花儿。
不声如动吹，无风自移枝。

刘苞《九日待宴乐游苑正阳堂诗》　（《全汉三国晋南北朝诗》P1229）

六郡良家子，幽并游侠儿。立乘争饮羽，侧骑竞纷驰（驰音齐）。
鸣珂饰华眊，金鞍映玉羁。

《折杨柳歌辞》　（《全汉三国晋南北朝诗》P1330）

上马不捉鞭，反折杨柳枝。蹀座吹长笛，愁杀行客儿。
上马不捉鞭，反拗杨柳枝。下马吹长笛，愁杀行客儿。

张率《相逢行》　（《全汉三国晋南北朝诗》P1082）

并在东西立，群次何离离。大妇刺方领，中妇抱婴儿。
小妇尚娇稚，端坐吹参差。丈夫无遽起，神凤且来仪。

张率《走马引》　（《全汉三国晋南北朝诗》P1083）

九方惜未见，薛公宁所知。敛辔且归去，吾畏路傍儿。

费昶《发白马》　(《全汉三国晋南北朝诗》P1270)

家本楼烦俗,召募羽林儿。怖羌角觗戏,习战昆明池。

【唐】

李益《江南曲》　(《全唐诗》P3222)

嫁得瞿塘贾,朝朝误妾期。早知潮有信,嫁与弄潮儿。

王维《不遇咏》　(《全唐诗》P1259)

今人昨人多自私,我心不说君应知。济人然后拂衣去,肯作徒尔一男儿。

王维《黄雀痴》　(《全唐诗》P1260)

黄雀痴,黄雀痴,谓言青鸟彀是我儿。一一口衔食,养得成毛衣。
到大啁啾解游飏,各自东西南北飞。

王维《老将行》　(《全唐诗》P1257)

少年十五二十时,步行夺得胡马骑。射杀山中白额虎,肯数邺下黄须儿。
一身转战三千里,一剑曾当百万师。

戎昱《出军》　(《全唐诗》P3022)

龙绕旗竿兽满旗,翻营乍似雪中移。中军一队三千骑,尽是并州游侠儿。

李颀《别梁锽》　(《全唐诗》P1352)

梁生倜傥心不羁,途穷气盖长安儿。回头转眄似雕鹗,有志飞鸣人岂知。

杜甫《奉送魏六丈》　(《全唐诗》P2380)

郑公四叶孙,长大常苦饥。众中见毛骨,犹是麒麟儿。

杜甫《陪郑广文游何将军山林》　(《全唐诗》P2398)

忆过杨柳渚,走马定昆池。醉把青荷叶,狂遗白接篱。
刺船思郢客,解水乞吴儿。

杜甫《重过何氏五首》　(《全唐诗》P2398)

山雨尊仍在,沙沉榻未移。犬迎曾宿客,鸦护落巢儿。
云薄翠微寺,天清黄子陂。

杜甫《徐卿二子歌》　(《全唐诗》P2306)

君不见徐卿二子生绝奇,感应吉梦相追随。孔子释氏亲抱送,并是天上麒麟儿。

杜甫《宿昔》　(《全唐诗》P2521)

宿昔青门里,蓬莱仗数移。花娇迎杂树,龙喜出平池。
落日留王母,微风倚少儿。宫中行乐秘,少有外人知。

杜甫《同豆卢峰知字韵》（《全唐诗》P2576）

炼金欧冶子,喷玉大宛儿。符彩高无敌,聪明达所为。
梦兰他日应,折桂早年知。

白居易《悲哉行》（《全唐诗》P313）

可怜少壮日,适在穷贱时。丈夫老且病,焉用富贵为。
沉沉朱门宅,中有乳臭儿。

贾至《春思》（《全唐诗》P2597）

红粉当垆弱柳垂,金花腊酒解酴醿。笙歌日暮能留客,醉杀长安轻薄儿。

李益《杂曲》（《全唐诗》P3203）

妾本蚕家女,不识贵门仪。藁砧持玉斧,交结五陵儿。
十日或一见,九日在路岐。

卢仝《悲新年》（《全唐诗》P4371）

新年何事最堪悲,病客遥听百舌儿。太岁只游桃李径,春风肯管岁寒枝。

杜荀鹤《田翁》（《唐人绝句选》P224）

白发星星筋力衰(yí),种田犹自伴孙儿。官苗若不平平纳,任是年丰也受饥。

【五代】

李煜《临江仙》（《词综》P87）

别巷寂寥人散后,望残烟草低迷。炉香闲袅凤凰儿。空持罗带,回首恨依依。

【宋】

王安石《范增二首》（《王安石全集》P329）

中原秦鹿待新羁,力战纷纷此一时。有道吊民天即助,不知何用牧羊儿。
剺人七十谩多奇,为汉驱民了不知。谁合军中称亚父,直须推让外黄儿。

苏轼《南乡子·双荔支》（《苏轼词全集》P307）

天与化工知。赐得衣裳总是绯。每向华堂深处见,怜伊。两个心肠一片儿。

苏轼《南乡子·有感》（《苏轼词全集》P348）

暖日下重帏。春睡香凝索起迟。曼倩风流缘底事,当时。爱被西真唤作儿。
（注：帏音衣,迟音齐,时音匙。）

【元】

刘因《书事》（《元诗三百首》P60）

卧榻而今又属谁,江南回首见旌旗。路人遥指降王道,好似周家七岁儿。

【明】

　　　　刘绩《征夫词》　（《古典爱情诗词300首》P144）

　　征夫语征妇,死生不可知。欲慰泉下魂,但视褓中儿。

　　　　沈周《桃子》　（《中国古今题画诗全璧》P503）

　三千年后实成时,玛瑙高悬碧玉枝。王母素无容物量,却言方朔是偷儿。

【清】

　　　　程庭《咏史》　（《历代咏史绝句选》P483）

　三垂岗上酒频酾,钟簴还瞻旧羽仪。一扫横尸三十里,军中怕杀李鸦儿。

　　　　周实《桃花扇题辞·咏李香君》　（《历代咏史绝句选》P556）

　千古勾栏仅见之,楼头慷慨却奁时。中原万里无生气,侠骨刚肠剩女儿。

　　　　程庭《咏史》　（《历代咏史绝句选》P486）

　山头冻雀语含凄,陵庙荒凉渡渭时。何负朱三还作贼,箦裘偏似五经儿。

　　　　北客《宋太祖》　（《历代咏史绝句选》P492）

　忆昔陈桥兵变时,欺他寡妇与孤儿。谁知三百余年后,寡妇孤儿又被欺。

　　　　吴铭道《刘景升墓》　（《历代咏史绝句选》P334）

　东朝党锢竟流离,俊杰名高亦可思(xī)。莫向呼鹰台上望,人间何限景升儿(nī)。

　　　　陈孚《白门》　（《历代咏史绝句选》P337）

　布死城南未足悲,老瞒可是算无遗。不知别有三分者,只在当年大耳儿。

　　　　佚名《折杨柳歌辞》

　　健儿须快马,快马须健儿。跸跋黄尘下,然后别雄雌(雌音妻)。

【近现代】

　　　　李木庵《延安新竹枝词1942年》　（《十老选诗》P253）

　娇小农娃正及笄,耕云锄月斗新姿。英雄岂尽须眉事,巾帼争夸马杏儿。

宋华《蝉鸣》中的"而"

　　"而"字现在只有一个读音ér。但古人不但读ér,还读"倪",如"儿"字有时读"倪"一样。《康熙字典》载:"而,如支切,音儿。"故古诗词中有时"而"字要读音为"倪"。如:

【晋】

　　　　张载《述怀诗》　（《全汉三国晋南北朝诗》P392）

　跋涉山川,千里告辞。杨子哭歧,墨氏感丝(丝音西)。云乖雨绝,心乎怆而。

【唐】

宋华《蝉鸣》　（《全唐诗》P2873）

蝉鸣蝉鸣,幽畅乎而。肃肃尔庭,远近凉飔。言赴高柳,丛篁间之。
思而不见,如渴如饥。亦既觏止,我心则夷。

聂夷中《空城雀诗》中的"尔"

"尔"字现在只有一个读音 ěr,如尔后、尔虞我诈等。但《康熙字典》注音,"尔"字一音为"忍氏切,音迩"。又"乃礼切,音"(nǐ)。1936年出版的《辞海》则注:尔字一为"而蚁切、音迩。纸韵"。二为"泥里切、音祢。荠韵"。

古诗词中"尔"字有时要读称 nǐ 音,与"里""李""起"等字协韵。现举例如下:

【南朝　宋】

《读曲歌》　（《全汉三国晋南北朝诗》P741）

歔欷暗中啼,斜日照帐里。无油何所苦,但使天明尔。

《读曲歌》　（《全汉三国晋南北朝诗》P741）

空中人,住在高墙深阁里。书信了不通,故使风往尔。

《读曲歌》　（《全汉三国晋南北朝诗》P743）

下帷灯火尽,朗月照怀里。无油何所苦,但令天明尔。

【唐】

聂夷中《空城雀》　（《全唐诗》P338）

一雀入官仓,所食能损几。所虑往损频,官仓乃害尔。
鱼网不在天,鸟网不在水。饮啄要自然,何必空城里。

高适《宓公琴台诗》　（《全唐诗》P2209）

开门无犬吠,早卧常晏起。昔人不忍欺,今我还复尔。

卢仝《寄赠含曦上人》　（《全唐诗》P4389）

行道不见心,毁誉徒云尔。雪晴天气和,日光弄梅李。

【宋】

王安石《拟寒山拾得》　（《王安石全集》P24）

我读万卷书,识尽天下理。智者渠自知,愚者谁信尔。

王安石《鲍公水》　（《王安石全集》P127）

临窥若有遇,爱叹无时已。浮名未污染,永矢终焉尔。

【清】

　　朱师辙《征招》　（《词综补遗》P483）

迤逦怎古黟山,雄奇处、天然太华风味。似怨京洛人,负莲峰卅二。碧松应笑尔。怎忘了、漱泉清致。羽书警,极目烟尘,奈缀萝无计。

丘为《寻西山隐者不遇》中的"耳"

"耳"字现在只有一个读音 ěr,如耳朵、耳环、耳目、耳光、耳机等。但古时它是个多音字,不但读"而止切,音洱",而且读"如燕切,音仍"(réng)。

由于"洱"是个多音字,不但读"而止切",而且可读"母婢切,音弥","仍吏切"(音祭),"而至切"(音二)(《康熙字典》)。

由此可见,耳字的读音很复杂。究竟读什么音要看具体情况。如:

【唐】

　　丘为《寻西山隐者不遇》　（《唐诗三百首》卷一）

草色新雨中,松声晚窗里。及兹契幽绝,自足荡心耳。
虽无宾主意,颇得清净理。

　　韩愈《秋怀诗》　（《全唐诗》P3766）

窗前两好树,众叶光薿薿。秋风一拂披,策策鸣不已。
微灯照空牀,夜半偏入耳。愁忧无端来,感叹成坐起。

该诗中的"耳"字就应该读"倪"或"弥"。其他诗例:

【先秦】

　　《诗经·鲁颂·閟宫》

周公之孙,庄公之子。龙旂承祀。六辔耳耳。
（注:"耳"与"衣"协韵。）

【晋】

　　王济《平吴后三月三日华林园诗》　（《全汉三国晋南北朝诗》P321）

蠢尔长蛇,荐食江汜。我皇神武,泛舟万里。迅雷电迈,弗及掩耳。

【南朝　宋】

　　鲍照《代门有车马客行》　（《全汉三国晋南北朝诗》P666）

前悲尚未弭,后感方复起。嘶声盈我口,谈言在我耳。
手迹可传心,愿尔笃行李。

鲍照《赠傅都曹别》 (《全汉三国晋南北朝诗》P689)

风雨好东西,一隔顿万里。追忆栖宿时,声容满心耳。
落日川渚寒,愁云绕天起。短翮不能翔,徘徊烟雾里。

谢灵运《答中书》 (《全汉三国晋南北朝诗》P633)

凄凄离人,惋乖悼已。企伫好音,倾渴行李。剡乃良朋,贻我琼玘。
久要既笃,平生盈耳。申复情言,欣叹平起。

【南朝 梁】

虞义《赠何录事諲之》 (《全汉三国晋南北朝诗》P1257)

嘉命显承,方驾兰汜。如彼飞鸿,抟风千里。
极目亭皋,劳心无已。苏歌有慰,邀听倾耳。

【唐】

孟浩然《白云先生王迥见访》 (《全唐诗》P1627)

家在鹿门山,常游涧泽水。手持白羽扇,脚步青芒履。
闻道鹤书征,临流还洗耳。

李白《题元丹秋山居》 (《全唐诗》P1873)

故人栖东山,自爱丘壑美。青春卧空林,白日犹不起。
松风清襟袖,石潭洗心耳。羡君无纷喧,高枕碧霞里。

李白《白毫子歌》 (《全唐诗》P1718)

南窗萧飒松声起,凭崖一听清心耳。

钱起《梦寻西山准上人》 (《全唐诗》P2608)

别处秋泉声,至今犹在耳。何尝梦魂去,不见雪山子。
新月隔林时,千峰翠微里。

钱起《同李五夕次香山精舍访宪上人》 (《全唐诗》P2609)

忘言在闲夜,凝念得微理。泠泠功德池,相与涤心耳。

白居易《秋虫》 (《全唐诗》P4849)

切切暗窗下,喓喓深草里。秋天思妇心,雨夜愁人耳。

白居易《早朝贺雪寄陈山人》 (《全唐诗》P4773)

十里向北行,寒风吹破耳。待漏午门外,候对三殿里。

白居易《和分水岭》 (《全唐诗》P4685)

萦纡用无所,奔迫流不已。唯作呜咽声,夜入行人耳。

白居易《杏园中枣树》 (《全唐诗》P4669)

人言百果中,唯枣凡且鄙。皮皴似龟手,叶小如鼠耳。
胡为不自知,生花此园里。

白居易《题元十八溪亭·亭在庐山五老峰下》 (《全唐诗》P4746)

今日到幽居,了然知所以。宿君石溪亭,潺湲声满耳。
饮君螺杯酒,醉卧不能起。

杜甫《荆南兵马使赵公大食刀歌》 (《全唐诗》P2362)

蜀江如线如针水,荆岑弹丸心未已。贼臣恶子休干纪,魑魅魍魉徒为耳。
妖腰乱领敢欣喜,用之不高亦不庳。不似长剑须天倚,吁嗟光禄英雄弭。

杜甫《种莴苣》 (《全唐诗》P2347)

指麾赤白日,洞彻青光起。雨声先已风,散足尽西靡。
山泉落沧江,霹雳犹在耳。

杜甫《听杨氏歌》 (《全唐诗》P2361)

古来杰出士,岂待一知己。吾闻昔秦青,倾侧天下耳。

韩愈《寄卢仝》 (《全唐诗》P3809)

劝参留守谒大尹,言语才及辄掩耳。水北山人得名声,去年去作幕下士。

韩愈《谁氏子》 (《全唐诗》P3810)

罚一劝百政之经,不从而诛未晚耳。
谁其友亲能哀怜,写吾此诗持送似(似音以)。

刘禹锡《令狐相公见示赠竹》 (《全唐诗》P3986)

规摹起心匠,洗涤在颐指。曲直既了然,孤高何卓尔。
垂梢覆内屏,逆笋侵前戺。妓席拂云鬟,宾阶荫珠履。

(注:尔与耳通。)

皮日休《七爱诗·卢征君》 (《全唐诗》P7017)

天下皆餔糟,征君独洁己。天下皆乐闻,征君独洗耳。
天下皆怀羞,征君独多耻。

苏拯《闻猿》 (《全唐诗》P8253)

秋风飒飒猿声起,客恨猿哀一相似(yǐ)。
漫向孤危惊客心,何曾解入笙歌耳。

周仲美《书壁》 (《全唐诗》P8996)

爱妾不爱子,为问此何理。弃官更弃妻,人情宁可已。
永诀泗之滨,遗言空在耳。三载无朝昏,孤帏泪如洗。

（注："尔""而""耳"三字通常读音相同，古音也同为"尼"。）

殷尧藩《席上听琴》（《全唐诗》P5574）

高堂流月明，万籁不到耳。一听清心魂，飞絮春纷起。

施肩吾《忆四明山泉》（《全唐诗》P5591）

爱彼山中石泉水，幽深夜夜落空里。至今忆得卧云时，犹自涓涓在人耳。

【宋】

苏轼《哨遍》（《词综》P360）

君看今古悠悠，浮宦人间世。这些百岁光阴几日，三万六千而已。
醉乡路稳不妨行，但人生、要适情耳。

苏轼《次韵王定国南迁回见寄》（《苏轼选集》P165）

逝将桂浦撷兰荪，不记槐堂收剑履。却思庾岭今何在，更说彭城真梦耳。
君知先竭是甘井，我愿得全如苦李。

王沂孙《齐天乐·蝉》（《词综》P1333）

绿槐千树西窗悄，厌厌昼眠惊起。饮露身轻，吟风翅薄，半翦冰笺谁寄？
凄凉倦耳。

王安石《书八功德水庵》（《王安石全集》P22）

幽独若可厌，真实为可喜。见山不碍目，闻水不逆耳。
翛然无所为，自得而已矣。

辛弃疾《贺新郎》（《唐宋名家词选》P251）

江左沉酣求名者，岂识浊醪妙理。回首叫、云飞风起。
不恨古人吾不见，恨古人、不见吾狂耳。知我者，二三子。

【明】

刘基《北风行》（《百代千家绝句选》P2）

城外萧萧北风起，城上健儿吹落耳。将军玉帐貂鼠衣，手持酒杯看雪飞。

张嘉昺《梅花影》（《词综补遗》P1514）

妆懒临鸾，期愆乘鲤。当年盟誓都虚耳。有情燕子解怜香，衔将落瓣归巢里。

【清】

高芝仙《过秦楼·马头驿题壁》（《词综补遗》P1199）

独自背著屏风，数尽鱼更，懒寻鸳被。更空槽马啮，荒邮人语，嘈嘈盈耳。

吴梅村《悲歌赠吴季子》（《清诗之旅》P192）

八月龙沙雪花起，橐驼垂腰马没耳。白骨皑皑经战垒，黑河无船渡者几。
前忧猛虎后苍兕（鹫），土穴偷生若蝼蚁。

谢觉哉《徐老七十，以自寿诗见示，奉答》（《十老诗选》P178）

殷勤数十年，著述尚无几。奇辩口滔滔，从来不留底。

六十写自传，两三千字耳。神龙隐雾中，见首不见尾(féi)。

李白《君道曲》中的"二"

"二"字现在只有一个读音 èr，但古诗词中有时要读"腻"(nì)。据《康熙字典》，"二"字音"而至切，音樲"。

古诗词中"二"字读音 nì 与"寄""地""气""里"诸字协韵的情况屡有所见，例如：

【唐】

    李白《君道曲》（《全唐诗》P1694）

轩后爪牙尝先太山稽，如心之使臂。
小白鸿翼于夷吾，刘葛鱼水本无二。
土扶可成墙，积德为厚地。

    白居易《感时》（《全唐诗》P4713）

人生讵几何，在世犹如寄。虽有七十期，十人无一二。

    白居易《秋思》（《全唐诗》P4849）

鸟栖红叶树，月照青苔地。何况钟中年，又过三十二。

白居易《答崔宾客晦叔十二月四日见寄》（《全唐诗》P4981）

今岁日馀二十六，来岁年登六十二。尚不能忧眼下身，因何更算人间事。

    元稹《出门行·杂曲歌辞》（《全唐诗》P310）

彩色画廊庙，奴僮被珠翠。骥騄千万双，鸳鸯七十二。
言者禾稼枯，无人敢轻议。

    李贺《苦篁调啸引》（《全唐诗》P4426）

请说轩辕在时事，伶伦采竹二十四(四音细)。
伶伦采之自昆仑，轩辕诏遣中分作十二。
伶伦以之正音律，轩辕以之调元气。

【宋】

    杨万里《夏夜玩月》（《宋诗三百首》P297）

仰头月在天，照我影在地；我行影亦行，我止影亦止。不知我与影，为一定为二？

欧阳修《青玉案》 (《词综》P281)

一年春事都来几？早过了三之二。绿暗红嫣浑可事，垂杨庭院，暖风帘幕，有个人憔悴。

苏轼《减字木兰花·赠小鬟琵琶》 (《苏轼词全集》P315)

琵琶绝艺，年纪都来十二。拨弄幺弦，未解将心指下传。

吴文英《瑞鹤仙·赠道女陈华山内夫人》 (《词综》P1207)

彩云栖翡翠。听凤笙吹下，飞軿天际。晴霞剪轻袂。淡春姿雪态，寒梅清泚。东皇有意，旋安排阑干十二。早不知为云为雨，尽日建章门闭。

吴文英《喜迁莺·希道家看牡丹》 (《词综》P1194)

凡尘流水。正春在绛阙瑶阶十二。暖日明霞，天香盘锦，低映晓光梳洗。

洪瑹《齐天乐》 (《词综》P1150)

银屏十二。叹尘满丝簧，暗销金翠。可恨风流，故人迢递千里。

柴望《念奴娇》 (《词综》P2007)

春来多困，正晷移帘影，银屏深闭。唤梦幽禽烟柳外，惊断巫山十二。

赵耆孙《远朝归·梅》 (《词综》P1411)

惆怅秦陇当年，念水远天长，故人难寄。山城倦眼，无绪更看桃李。省时醉魄，算依旧徘徊花底。斜阳外，谩回首画楼十二。

周密《珍珠帘·琉璃帘》 (《词综》P1299)

犹记梦入瑶台，正玲珑透月，琼扉十二。细楼逗浓香，接翠蓬云气。缟夜梨花生暖白，浸潋滟一池春水。乘醉。况归时人在，明河影里。

佚名《踏青游·赠妓崔念四》 (《词综》P1512)

识个人人，恰止二年欢会(会音祭)。似赌赛、六只浑四(xì)。向巫山、重重去，如鱼水(水音洗)。两情美(美音米)。同倚画楼十二。倚了又还重倚。

（注：会字音祭，见《康熙字典》注"欲正《释记》：三方鼎跱，九有未乂。"圣贤拯救之秋，烈士树功之会也。）

古诗词中的"髪"(发)

"髪"与"发"两字现在都写成一个字"发",读两音 fā、fà。但古时候这两个字不但写法不同:头发的髪只能写为"髪",而发展的"发"可简写为"发",词意不同,而且读音也和现在我们的读音有很大差别。据《康熙字典》,这两个字有相同的两个音:一是 fā;二是废或沸(fèi),如潘岳《借田赋》:"被褐振裙,垂髻总发。蹑踵侧肩,揿裳连襟。"但"发"字还有一音拨(bō)。而《诗经》对这两字的读音则注为"方月切,音阙",如:

《诗经·卫风·硕人》

河水洋洋,北流活活。施罛濊濊,鳣鲔发发。

《诗经·桧风·匪风》

匪风发兮,匪车偈兮。顾瞻周道,中心怛兮。

《诗经·齐风·东方之日》

彼姝者子,在我闼兮。在我闼兮,履我发兮。

《诗经·小雅·蓼莪》

南山烈烈,飘风发发。民莫不谷,我独何害(害叶音曷)。

《诗经·小雅·四月》

冬日烈烈,飘风发发。民莫不谷,我独何害。

《诗经·大雅·烝民》

出纳王命,王之喉舌。赋政于外,四方爰发。

《诗经·小雅·都人士》

彼君子女,绸直如髪。我不见兮,我心不说。

千百年来,我国大量的古诗词中的"髪"与"发"字都是以"方月切"的音与阙、月、歇、别、雪、灭、越、绝、节、决、咽、结等字协韵的。如众所周知的苏轼的《念奴娇·赤壁怀古》和孟浩然的《秋登兰山寄张五》就是典型的例子。

苏轼《念奴娇·赤壁怀古》

遥想公瑾当年,小乔初嫁了,雄姿英发(发)。羽扇纶巾,谈笑间,樯橹灰飞烟灭。

故国神游,多情应笑我,早生华发(髪)。人间如梦,一尊还酹江月。

孟浩然《秋登兰山寄张五》

北山白云里,隐者自怡悦。相望试登高,心随雁飞灭。
愁因薄暮起,兴是清秋发。时见归村人,沙行渡头歇。
天边树若荠,江畔洲如月。何当载酒来,共醉重阳节。

其他诗词关于"发"音"方月切"的举例:

【汉】

班婕妤《怨诗》 (《玉台新咏》P15)

新裂齐纨素,鲜洁如霜雪。裁为合欢扇,团团如明月。
出入君怀袖,动摇微风发(发)。

【魏】

王融《镜台》 (《玉台新咏》P93)

玲珑类丹槛,苕亭似元阙。对凤悬清冰,垂龙挂明月。
照粉拂红妆,插花埋云发(髪)。玉颜徒自见,常畏君情歇。

【北魏】

何子朗《和缪郎视月》 (《玉台新咏》P117)

清夜未云疲,珠帘聊可发(发)。泠泠玉潭水,映见蛾眉月。

周南《晚妆》 (《全汉三国晋南北朝诗》P1484)

青楼谁家女,当窗启明月。拂黛双蛾飞,调脂艳桃发(发)。

【晋】

傅玄《怨歌行》 (《玉台新咏》P44)

纤弦感促柱,触之哀声发(发)。情思如循环,忧来不可遏。

傅玄《历九秋篇》 (《全汉三国晋南北朝诗》P294)

愿爱不移若山,君恩爱兮不竭。譬如朝日夕月,此景万里不绝。
长保初醮结发,何忧坐成胡越。

【南朝 宋】

刘铄《代明月何皎皎》 (《玉台新咏》P72)

玉宇来清风,罗帐延秋月。结思想伊人,沉忧怀明发(发)。
谁谓行客游,屡见流芳歇。

刘铄《咏牛女》 (《玉台新咏》P73)

秋动清风扇,火移炎气歇。广栏含夜阴,高轩通夕月。
安步寻芳林,倾望极云阙。组幕萦汉陈,龙驾凌霄发(发)。
谁云长河遥,颇觉促筵越。

颜延之《为织女赠牵牛》 （《玉台新咏》P75）

婺女俨经星,嫦娥栖飞月。惭无二媛灵,托身侍天阙。
闾阖殊朱晖,咸池岂沐发(髪)。汉阴不久张,长河为谁越。
虽有促燕期,方须凉风发(发)。

谢灵运《夜宿石门》 （《汉魏六朝诗选》P181）

朝搴苑中兰,畏彼霜下歇。瞑还云际宿,弄此石上月。
鸟鸣识夜栖,木落知风发(发)。异音同至听,殊响俱清越。
妙物莫为赏,芳醑谁与伐(xié)。美人竟不来,阳阿徒晞发(髪)。

谢灵运《邻里相送至方山》 （《汉魏六朝诗选》P212）

只役出皇邑,相期憩瓯越。解缆及流潮,怀旧不能发(发)。
析析就衰林,皎皎明秋月。含情易为盈,遇物难可歇。

谢灵运《游赤石进帆海》 （《全汉三国晋南北朝诗》P638）

首夏犹清和,芳草亦未歇。水宿淹晨暮,阴霞屡兴没。
周览倦瀛壖,况乃陵穷发。川后时安流,天吴静不发。
扬帆采石华,挂席拾海月。

王融《和南海王殿下咏秋胡妻》 （《全汉三国晋南北朝诗》P791）

景落中轩坐,悠悠望城阙。高树升夕烟,层楼满初月。
光阴非或异,山川屡难越。辍泣捴铅姿,搔头乱云发。

王融《法乐辞》 （《全汉三国晋南北朝诗》P781）

百神肃以虔,三灵震且越。恒曜捴芳宵,薰风镜兰月。
丹荣藻玉墀,翠羽文珠阙。皓毳非虚来,交轮岂徒发(发)。

谢朓《王孙游》 （《全汉三国晋南北朝诗》P803）

绿草蔓如丝,杂树红英发(发)。无论君不归,君归芳已歇。

【南朝　齐】

谢朓《冬绪羁怀》 （《全汉三国晋南北朝诗》P813）

去国怀丘园,入远滞城阙。寒灯耿宵梦,清镜悲晓发。
风草不留霜,冰池共如月。

释宝月《行路难》 （《玉台新咏》P236）

空城客子心肠断,幽闺思妇气欲绝。凝霜夜下拂罗衣,浮云中断开明月。
夜夜遥遥徒相思,年年望望情不歇。寄我匣中青铜镜,情人为君除白发。

【南朝 梁】

　　　　萧衍《团扇歌》（《玉台新咏》P286）
手中白团扇,净如秋团月。清风任动生,娇香承意发(发)。

　　　　虞骞《视月》（《全汉三国晋南北朝诗》P1260）
清夜未云疲,珠帘聊可发(发)。冷冷玉潭水,映见蛾眉月。
靡靡露方垂,晖晖光稍没。佳人复千里,馀影徒挥忽。

　　　　费昶《华观省中夜》（《玉台新咏》P141）
阊阖下重关,丹墀吐明月。秋气城中冷,秋砧城外发(发)。
浮声绕雀台,飘响度龙阙。

　　　　王台卿《陌上桑》（《玉台新咏》P299）
郁郁陌上桑,皎皎云间月。非无巧笑姿,皓齿为谁发(发)。

王僧孺《忽不任愁聊自固远》（《全汉三国晋南北朝诗》P1075）
去秋客旧吴,今春投故越。泪逐东归水,心挂西斜月。
未应岁贬颜,直以忧残发。

　　　　范靖妇《映水曲》（《玉台新咏》P280）
轻鬟学浮云,双蛾拟初月。水澄正落钗,萍开理垂发。

　　　　张正见《明君词》（《续玉台新咏》P29）
塞树暗胡尘,霜楼明汉月。泪染上春衣,忧变华年发。

【唐】

　　　　李白《感遇》（《全唐诗》P1865）
昔余闻姮娥,穷药驻云发。不自娇玉颜,方希炼金骨。
飞去身莫返,含笑坐明月。紫宫夸蛾眉,随手会凋歇。

李益《校书郎杨凝往年以古镜贶别》（《全唐诗》P3205）
明镜出匣时,明如云间月。一别青春镜,回光照华发。
美人昔自爱,擎带手中结。愿以三五期,经天无玷缺。

　　　　独孤及《海上寄萧立》（《全唐诗》P2760）
驿楼见万里,延首望辽碣。远海入大荒,平芜际穷发。

　　　　顾况《弋阳溪中望仙人城》（《全唐诗》P2933）
何草乏灵姿,无山不孤绝。我行虽云寒,偶胜聊换节。
上界浮中流,光响洞明灭。晚禽曝霜羽,寒鱼依石发。
自有无还心,隔波望松雪。

元稹《缚戎人》 (《全唐诗》P4620)
五六十年消息绝,中间盟会又猖獗。眼穿东日望尧云,肠断正朝梳汉发。

钱起《长安旅宿》 (《全唐诗》P2608)
九秋旅夜长,万感何时歇。蕙花渐寒暮,心事犹楚越。
直躬遭世道,咫步隔天阙。每闻长乐钟,载泣灵台月。
明旦北门外,归途堪白发。

王建《两头纤纤》 (《全唐诗》P3384)
两头纤纤青玉玦,半白半黑头上发。偏偏仆仆春冰裂,磊磊落落桃花结。

王建《长安别》 (《全唐诗》P3428)
长安清明好时节,只宜相送不宜别。恶他床上铜片明,照见离人白头发。

王建《老妇叹镜》 (《全唐诗》P3377)
十年不开一片铁,长向暗中生白发。今日后床重照看,生死终当此长别。

孟郊《灞上轻薄行》 (《全唐诗》P332)
此中生白发,疾走亦未歇。

孟郊《古别曲》 (《全唐诗》P4188)
山川古今路,纵横无断绝。来往天地间,人皆有离别。
行衣未束带,中肠已先结。不用看镜中,自知生白发。
欲陈去留意,声向言前咽。

孟郊《独愁》 (《全唐诗》P4191)
前日远别离,昨日生白发。欲知万里情,晓卧半床月。
常恐百草鸣,使我芳草歇。

孟郊《游侠行》 (《全唐诗》P4185)
壮士性刚决,火中见石裂。杀人不回头,轻生如暂别。
岂知眼有泪,肯白头上发。平生无恩酬,剑闲一百月。

孟郊《赠韩郎中愈》 (《全唐诗》P4235)
前日远别离,今日生白发。欲知万里情,晓卧半床月。
常恐百虫秋,使我芳草歇。

孟郊《春夜忆萧子真》 (《全唐诗》P4237)
半夜不成寐,灯尽又无月。独向阶前立,子规啼不歇。
况我有金兰,忽尔为胡越。争得明镜中,久长无白发。

孟郊《答韩愈李观别因献张徐州》 (《全唐诗》P4240)
富别愁在颜,穷别愁销骨。懒磨旧铜镜,畏见新白发。
古树春无花,子规啼有血。离弦不堪听,一听四五绝。

李贺《长歌续短歌》 （《全唐诗》P4409）

长歌破衣襟，短歌断白发。秦王不可见，旦夕成内热。

李贺《感讽五首》 （《全唐诗》P4411）

奇俊无少年，日车何躃躃。我待纡双绶，遗我星星发。
都门贾生墓，青蝇久断绝。寒食摇扬天，愤景长肃杀。
皇汉十二帝，唯帝称睿哲。一夕信竖儿，文明永沦歇。

李贺《平城下》 （《全唐诗》P4427）

饥寒平城下，夜夜守明月。别剑无玉花，海风断鬓发。

李贺《假龙吟歌》 （《全唐诗》P4437）

崖蹬苍苔吊石发，江君掩帐篸篱折。莲花去国一千年，雨后闻腥犹带铁。

白居易《闻哭者》 （《全唐诗》P4731）

今朝北里哭，哭声又何切。云是母哭儿，儿年十七八。
四邻尚如此，天下多夭折。乃知浮世人，少得垂白发。
余今过四十，念彼聊自悦。

白居易《以镜赠别》 （《全唐诗》P4784）

我惭貌丑老，绕鬓斑斑雪。不如赠少年，回照青丝发。
因君千里去，特此将为别。

白居易《送兄弟回雪夜》 （《全唐诗》P4782）

寂寞满炉灰，飘零上阶雪。对雪画寒灰，残灯明复灭。
灰死如我心，雪白如我发。所遇皆如此，顷刻堪愁绝。

白居易《生离别》 （《全唐诗》P4810）

生离别，生离别，忧从中来无断绝。忧极心劳血气衰，未年三十生白发。

白居易《花下对酒》 （《全唐诗》P4801）

楼中老太守，头上新白发。冷淡病心情，暄和好时节。
故园音信断，远郡亲宾绝。欲问花前尊，依然为谁设。

温庭筠《郭处士击瓯歌》 （《全唐诗》P6695）

兰钗委坠垂云发，小响丁当逐回雪。晴碧烟滋重叠山，罗屏半掩桃花月。

温庭筠《水仙谣》 （《全唐诗》P6704）

露魄冠轻见云发，寒丝七柱香泉咽。夜深天碧乱山姿，光碎平波满船月。

温庭筠《三洲词》 （《全唐诗》P6707）

李娘十六青丝发，尽带双花为君结。门前有路轻别离，唯恐归来旧香灭。

刘驾《山中夜坐》（《全唐诗》P6778）

半夜山雨过，起来满山月。落尽醉处花，荒沟水决决。
怆然惜春去，似与故人别。谁遣我多情，壮年无鬓发。

刘驾《苦寒吟》（《全唐诗》P6775）

百泉冻皆咽，我吟寒更切。半夜倚乔松，不觉满衣雪。
竹竿有甘苦，我爱抱苦节。鸟声有悲欢，我爱口流血。
潘生若解吟，更早生白发。

李商隐《海上谣》（《全唐诗》P6217）

桂水寒于江，玉兔秋冷咽。海底觅仙人，香桃如瘦骨。
紫鸾不肯舞，满翅蓬山雪。借得龙堂宽，晓出揲云发。

吕温《衡州早春偶游黄溪口号》（《全唐诗》P4169）

偶寻黄溪日欲没，早梅未尽山樱发。无事江城闭此身，不得坐待花间月。

李贺《李夫人》（《全唐诗》P4400）

绿香绣帐何时歇，青云无光宫水咽。翩联桂花坠秋月，孤鸾惊啼商丝发。

曹邺《四怨三愁五情诗·其三愁》（《全唐诗》P6862）

别家鬓未生，到城鬓似发。朝朝临川望，灞水不入越。

晁采女《子夜歌》（《全唐诗》P9000）

侬既剪云鬟，郎亦分丝发。觅向无人处，绾作同心结。

王维《留别山中温古上人兄》（《全唐诗》P1244）

舍弟官崇高，宗兄此削发。荆扉但洒扫，乘闲当过歇。

王维《冬夜书怀》（《全唐诗》P1254）

冬宵寒且永，夜漏宫中发。草白霭繁霜，木衰澄清月。
丽服映颓颜，朱灯照华发。汉家方尚少，顾影惭朝谒。

王翰《古蛾眉怨》（《全唐诗》P1604）

君不见宜春苑中九华殿，飞阁连连直如发。白日全含朱鸟窗，流云半入苍龙阙。

李峤《清明日龙门游泛》（《全唐诗》P689）

衍漾乘和风，清明送芬月。林窥二山动，水见千禽越。
罗袂冒杨丝，香桡犯苔发。群心行乐未，唯恐流芳歇。

王易从《临高台》（《全唐诗》P1069）

汉主事祁连，良人在高阙。空台寂已暮，愁坐变容发。
汎艳春幌风，裴回秋户月。可怜军书断，空使流芳歇。

孟浩然《同张明府清镜叹》 (《全唐诗》P1629)

妾有盘龙镜,清光常昼发。自从生尘埃,有若雾中月。
愁来试取照,坐叹生白发。寄语边塞人,如何久离别。

沈佺期《古镜》 (《全唐诗》P1026)

莓苔翳清池,虾蟆蚀明月。埋落今如此,照心未尝歇。
愿垂拂拭恩,为君鉴玄发。

常建《白龙窟泛舟寄天台学道者》 (《全唐诗》P1459)

夕映翠山深,馀晖在龙窟。扁舟沧浪意,淡淡花影没。
西浮入天色,南望对云阙。因忆莓苔峰,初阳濯玄发。

王维《山茱萸》 (《全唐诗》P1304)

朱实山下开,清香寒更发(发)。幸有丛桂花,窗前向秋月。

骆宾王《畴昔篇》 (《全唐诗》P836)

他乡冉冉消年月,帝里沉沉限城阙。不见猿声助客啼,唯闻旅思将花发(发)。
我家迢递关山里,关山迢递不可越。故园梅柳尚馀春,来时勿使芳菲歇。

宋之问《寒食还陆浑别业》 (《全唐诗》P626)

洛阳城里花如雪,陆浑山中今始发(发)。旦别河桥杨柳风,夕卧伊川桃李月。

宋之问《龙门应制》 (《全唐诗》P627)

宿雨霁氛埃,流云度城阙。河堤柳新翠,苑树花先发(发)。

李峤《清明日龙门游泛》 (《全唐诗》P688)

晴晓国门通,都门蔼将发(发)。纷纷洛阳道,南望伊川阙。
衍漾乘和风,清明送芬月。林窥二山动,水见千龛越。

李峤《云》 (《全唐诗》P689)

大梁白云起,氛氲殊未歇。锦文触石来,盖影凌天发。
烟煴万年树,掩映三秋月。会入大风歌,从龙赴圆阙。

张说《江路忆郡》 (《全唐诗》P930)

雾敛江早明,星翻汉将没。卧闻峡猿响,起视榜人发。
倚棹攀岸篸,凭船弄波月。水宿厌洲渚,晨光屡挥忽(xiè)。

张说《相州山池作》 (《全唐诗》P932)

尝怀谢公咏,山水陶嘉月。及此年事衰,徒看众花发。
观鱼乐何在,听鸟情都歇。星汉流不停,蓬莱去难越。

张说《和尹懋秋夜游滍湖》 (《全唐诗》P934)

坐啸人事闲,佳游野情发。山门送落照,湖口升微月。
林寻猿狖居,水戏鼋鼍穴。朔风吹飞雁,芳草亦云歇。

储光羲《题应圣观》 (《全唐诗》P1383)

池光摇水雾,灯色连松月。合甎起花台,折草成玉节。
天鸡弄白羽,王母垂玄发。北有祈年宫,一路在云霓。

储光羲《泊舟贻潘少府》 (《全唐诗》P1379)

行子苦风潮,维舟未能发。宵风卷前幔,卧视千秋月。
四泽蒹葭深,中洲烟火绝。苍苍水雾起,落落疏星没(miè)。
所遇尽渔商,与言多楚越。

王昌龄《次汝中寄河南陈赞府》 (《全唐诗》P1425)

汝山方联延,伊水才明灭。遥见入楚云,又此空馆月。
纷然驰梦想,不为远离别。京邑多欢娱,衡湘暂沿越。
明湖春草遍,秋桂白花发。岂惟长思君,日夕在魏阙。

刘长卿《渡水》 (《全唐诗》P1524)

日暮下山来,千山暮钟发。不知波上棹,还弄山中月。
伊水连白云,东南远明灭。

刘长卿《石梁湖有寄》 (《全唐诗》P1533)

故人千里道,沧波十年别。夜上明月楼,相思楚天阔。
潇潇清秋暮,袅袅凉风发。湖色淡不流,沙鸥远还灭。
烟波日已远,音问日已绝。岁晏空含情,江皋绿芳歇。

刘长卿《宿双峰寺寄卢七李十六》 (《全唐诗》P1543)

林暗僧独归,石寒泉且咽。竹房响轻吹,萝径阴馀雪。
卧涧晓何迟,背岩春未发。此游诚多趣,独往共谁阅。

刘长卿《奉饯郑中丞罢浙西节度还京》 (《全唐诗》P1548)

天上移将星,元戎罢龙节。三军含怨慕,横吹声断绝。
五马嘶城隅,万人卧车辙。沧洲浮云暮,杳杳去帆发。
回首不问家,归心遥向阙。

李白《古风》 (《全唐诗》P1675)

蓐收肃金气,西陆弦海月。秋蝉号阶轩,感物忧不歇。
良辰竟何许,大运有沦忽(xiè)。天寒北风生,夜久众星没miè。
恻恻不忍言,哀歌逮明发。

李白《古风》 (《全唐诗》P1676)

孤兰生幽园,众草共芜没。虽照阳春晖,复悲高秋月。
飞霜早淅沥,绿艳恐休歇。若无清风吹,香气为谁发。

李白《邯郸才人嫁为厮养卒妇》 (《全唐诗》P1704)

妾本崇台女,扬蛾入丹阙。自倚颜如花,宁知有凋歇。
一辞玉阶下,去若朝云没。每忆邯郸城,深宫梦秋月。
君王不可见,惆怅至明发。

李白《江夏行》 (《全唐诗》P1727)

东家西舍同时发,北去南来不逾月。未知行李游何方,作个音书能断绝。

李白《淮南对雪赠孟浩然》① (《全唐诗》P1731)

朔雪落吴天,从风渡溟渤(bì),海树成阳春,江沙浩明月。
飘飘四荒外,想象千花发。瑶草生阶墀,玉尘散庭阙。
兴从剡溪起,思绕梁园发。寄君郢中歌,曲罢心断绝。

李白《金陵城西楼月下吟》 (《全唐诗》P1720)

金陵夜寂凉风发,独上高楼望吴越。白云映水摇空城,白露垂珠滴秋月。

李白《自金陵溯流过白壁山玩月达天门寄句容王主簿》 (《全唐诗》P1778)

沧江溯流归,白璧见秋月。秋月照白璧,皓如山阴雪。
幽人停宵征,贾客忘早发。进帆天门山,回看牛渚没。

李白《送友人游梅湖》 (《全唐诗》P1790)

送君游梅湖,应见梅花发。有使寄我来,无令红芳歇。
暂行新林浦,定醉金陵月。莫惜一雁书,音尘坐胡越。

李白《送杨山人归天台》 (《全唐诗》P1790)

客有思天台,东行路超忽。涛落浙江秋,沙明浦阳月。
今游方厌楚,昨梦先归越。且尽秉烛欢,无辞凌晨发。

李白《送崔氏昆季之金陵》 (《全唐诗》P1810)

吴歌倚东楼,行子期晓发。秋风渡江来,吹落山上月。

李白《答王十二寒夜独酌有怀》 (《全唐诗》P1820)

昨夜吴中雪,子猷佳兴发。万里浮云卷碧山,青天中道流孤月。

李白《登梅冈望金陵》 (《全唐诗》P1836)

钟山抱金陵,霸气昔腾发。天开帝王居,海色照宫阙。
群峰如逐鹿,奔走相驰突。江水九道来,云端遥明没。

---

① 一作赠傅霭。

李白《登巴陵开元寺西阁赠衡岳僧方外》 (《全唐诗》P1838)

见君万里心,海水照秋月。大臣南溟去,问道皆请谒。
洒以甘露言,清凉润肌发。明湖落天镜,香阁凌银阙。
登眺岁惠风,新花期启发。

李白《桓公井》 (《全唐诗》P1851)

桓公名已古,废井曾未竭。石甃冷苍苔,寒泉湛孤月。
秋来桐暂落,春至桃还发。路远人罕窥,谁能见清彻。

李白《望夫山》 (《全唐诗》P1851)

颙望临碧空,怨情感离别。江草不知愁,岩花但争发。
云山万重隔,音信千里绝。春去秋复来,相思几时歇。

李白《忆崔郎中宗之游南阳遗吾孔子琴抚之潸然感旧》 (《全唐诗》P1859)

昔在南阳城,唯餐独山蕨。忆与崔宗之,白水弄素月。
时过菊潭上,纵酒无休歇。泛此黄金花,颓然清歌发。

李白《天马歌》 (《全唐诗》P1683)

天马来出月支窟,背为虎文龙翼骨。嘶青云,振绿发。兰筋权奇走灭没。
腾昆仑,历西极,四足无一蹶。鸡鸣刷燕晡秣越。

李白《江南春怀》 (《全唐诗》P1868)

青春几何时,黄鸟鸣不歇。天涯失归路,江外老华发。
心飞秦塞云,影滞楚关月。身世殊烂漫,田园久芜没。

李白《寄远》 (《全唐诗》P1879)

乱愁心,涕如雪。寒灯厌梦魂欲绝。
觉来相思生白发。盈盈汉水若可越,可惜凌波步罗韈(miè)。

李白《将进酒》 (《全唐诗》P1682)

君不见黄河之水天上来,奔流到海不复回。
君不见高堂明镜悲白发。朝如青丝暮成雪。人生得意须尽欢,莫使金樽空对月。

李白《捣衣篇》 (《全唐诗》P1712)

楼上春风日将歇,谁能揽镜看愁发。晓吹员管随落花,夜捣戎衣向明月。

李白《禅房怀友人岑伦》 (《全唐诗》P1772)

沉吟彩霞没,梦寐群芳歇。归鸿渡三湘,游子在百粤。
边尘染衣剑,白日凋华发。

李白《同友人舟游台越作》 (《全唐诗》P1825)

楚臣伤江枫,谢客拾海月。怀沙去潇湘,挂席泛溟渤(biē)。
蹇予访前迹,独往造穷发。古人不可攀,去若浮云没。

李白《庐山东林寺夜怀》 (《全唐诗》P1857)

我寻青莲宇,独往谢城阙。霜清东林钟,水白虎溪月。
天香生虚空,天乐鸣不歇。宴坐寂不动,大千入毫发。
湛然冥真心,旷劫断出没。

韦应物《同德寺雨后寄元侍御李博士》 (《全唐诗》P1906)

川上风雨来,须臾满城阙。岧峣青莲界,萧条孤兴发。
前山遽已净,阴霭夜来歇。乔木生夏凉,流云吐华月。
严城自有限,一水非难越。

韦应物《暮相思》 (《全唐诗》P1957)

朝出自不还,暮归花尽发。岂无终日会,惜此花间月。空馆忽相思,微钟坐来歇。

韦应物《感镜》 (《全唐诗》P1969)

铸镜广陵市,菱花匣中发。凤昔尝许人,镜成人已没。
如冰结圆器,类璧无丝发。形影终不临,清光殊不歇。
一感平生言,松枝挂秋月。

韦应物《月溪与幼遐君贶同游》 (《全唐诗》P1975)

岸箩覆回溪,回溪曲如月。沉沉水容绿,寂寂流莺歌。
浅石方凌乱,游禽时出没。半雨夕阳霁,缘源杂花发。
明晨重来此,同心应已阙。

孟浩然《大堤行寄万七》 (《全唐诗》P1619)

大堤行乐处,车马相驰突(dì)。岁岁春草生,踏青二三月。
王孙挟珠弹,游女矜罗袜。携手今莫同,江花为谁发?

孟浩然《湖中旅泊寄阎九司户防》 (《全唐诗》P1618)

桂水通百越,扁舟期晓发。

李嘉祐《伤吴中》 (《全唐诗》P2144)

忆昔吴王在宫阙,馆娃满眼看花发。舞袖朝欹陌上春,歌声夜怨江边月。

高适《同观陈十六史兴碑》 (《全唐诗》P2210)

荆衡气偏秀,江汉流不歇。此地多精灵,有时生才杰。
伊人今独步,逸思能间发。永怀掩风骚,千载常砎砎(砎音 jiē)。
新碑亦崔嵬,佳句悬日月。

杜甫《自京赴奉先县咏怀五百字》（《全唐诗》P2265）
　　沉饮聊自遣，放歌颇愁绝。岁暮百草零，疾风高冈裂。
　　天衢阴峥嵘，客子中夜发。霜严衣带断，指直不得结。

杜甫《七月三日亭午已后较热退晚加小凉稳睡有诗》（《全唐诗》P2338）
　　萧萧紫塞雁，南向欲行列。欻思红颜日，霜露冻阶闼。
　　胡马挟雕弓，鸣弦不虚发。长箭逐狡兔，突羽当满月。

　　杜甫《北征》（《全唐诗》P2276）
　　官军请深入，蓄锐何俱发。此举开青徐，旋瞻略恒碣。
　　昊天积霜露，正气有肃杀(xuè)。祸转亡胡岁，势成擒胡月。

　　杜甫《遣兴》（《全唐诗》P2290）
　　长陵锐头儿，出猎待明发。骍弓金爪镝，白马蹴微雪。
　　未知所驰逐，但见暮光灭。归来悬两狼，门户有旌节。

　　杜甫《鹿头山》（《全唐诗》P2302）
　　游子出京华，剑门不可越。及兹险阻尽，始喜原野阔（阔音阚）。
　　殊方昔三分，霸气曾间发。天下今一家，云端失双阙。

　　钱起《奉使采箭竿竹谷中晨兴赴岭》（《全唐诗》P2616）
　　孤客倦夜坐，闲猿乘早发。背溪已斜汉，登栈尚残月。
　　重峰转森爽，幽步更超越。云木笔鹤巢，风萝扫虎穴。

独孤及《同岑郎中屯田韦员外花树歌》（《全唐诗》P2770）
东风动地吹花发，渭城桃李千树雪。芳菲可爱不可留，武陵归客心欲绝。

　　顾况《公子行》（《全唐诗》P2940）
朝游冬冬鼓声发，暮游冬冬鼓声绝。入门不肯自升堂，美人扶踏金阶月。

　　顾况《洛阳行送洛阳韦七明府》（《全唐诗》P2949）
最好当年二三月，上阳宫树千花发。疏家父子错挂冠，梁鸿夫妻虚适越。

　　朱长文《吴兴送梁补阙归朝赋得荻花》（《全唐诗》P3065）
柳家汀洲孟冬月，云寒水清荻花发。一枝持赠朝天人，应比蓬莱殿前雪。

　　戴叔伦《柳花歌送客往桂阳》（《全唐诗》P3070）
　　沧浪渡头柳花发，断续因风飞不绝。

　　王建《东征行》（《全唐诗》P3385）
玉阶舞踏谢旌节，生死向前山可穴。同时赐马并赐衣，御楼看带弓刀发。

　　丘丹《和韦使君秋夜见寄》（《全唐诗》P3480）
露滴梧叶鸣，秋风桂花发。中有学仙侣，吹箫弄山月。

韩愈《送文畅师北游》 （《全唐诗》P3779）
昔在四门馆,晨有僧来谒。白言本吴人,少小学城阙。
已穷佛根源,粗识事鞅轨。孪拘屈吾真,戒辖思远发。

刘禹锡《和浙西李大夫霜夜对月听小童吹觱篥歌依本韵》 （《全唐诗》P4008）
海门双青暮烟歇,万顷金波涌明月。侯家小儿能觱篥,对此清光天性发。

刘禹锡《酬牛相公独饮偶醉寓言见示》 （《全唐诗》P3988）
宫漏夜丁丁,千门闭霜月。华堂列红烛,丝管静中发。
歌眉低有思,舞体轻无骨。
（注：骨,古忽切。忽音血。jiè。）

吕温《衡州早春偶游黄溪口号》 （《全唐诗》P4169）
偶寻黄溪日欲没,早梅未尽山樱发。无事江城闲此身,不得坐待花间月。

李贺《李夫人》 （《全唐诗》P4400）
绿香绣帐何时歇,青云无光宫水咽。翩联桂花坠秋月,孤鸾惊啼商丝发。

李贺《黄头郎》 （《全唐诗》P4403）
沙上蘼芜花,秋风已先发。好持扫罗萬,香出鸳鸯热。

李贺《秋凉诗寄正字十二兄》 （《全唐诗》P4424）
大野生素空,天地旷肃杀。露光泣残蕙,虫响连夜发。
房寒寸辉薄,迎风绛纱折。披书古芸馥,恨唱华容歌。

李贺《题赵生壁》 （《全唐诗》P4417）
冬暖拾松枝,日烟坐蒙灭。木藓青桐老,石井水声发。

李贺《神弦别曲》 （《全唐诗》P4429）
巫山小女隔云别,春风松花山上发。绿盖独穿香径归,白马花竿前孑孑。

白居易《琵琶行》 （《唐诗三百首》）
醉不成欢惨将别,别时茫茫江浸月。忽闻水上琵琶声,主人忘归客不发。

白居易《早秋独夜》 （《全唐诗》P4715）
井梧凉叶动,邻杵秋声发。独向檐下眠,觉来半床月。

白居易《江上送客》 （《全唐诗》P4800）
江花已萎绝,江草已消歇。远客何处归,孤舟今日发。
杜鹃声似哭,湘竹斑如血。共是多感人,仍在此中别。

白居易《桐花》 （《全唐诗》P4801）
春令有常候,清明桐始发。何此巴峡中,桐花开十月。
岂伊物理变,信是土宜别。

白居易《花下对酒》 (《全唐诗》P4801)

蔼蔼江气春，南宾闰正月。梅樱与桃杏，次第城上发。
红房烂簇火，素艳纷团雪。

李群玉《山中秋夕》 (《全唐诗》P6572)

抱琴出南楼，气爽浮云灭。松风吹天箫，竹路踏碎月。
后山鹤唳定，前浦荷香发。境寂良夜深，了与人间别。

李群玉《感兴》 (《全唐诗》P6574)

洞房三五夕，金釭凝焰灭。美人抱云和，斜倚纱窗月。
沉吟想幽梦，闺思深不说。弦冷玉指寒，含颦待明发。

李群玉《湘西寺霁夜》 (《全唐诗》P6576)

月波荡如水，气爽星朗灭。皓夜千树寒，峥嵘万岩雪。
后山鹤唳断，前池荷香发。境寂凉夜深，神思空飞越。

李绅《早梅桥》 (《全唐诗》P5473)

早梅花，满枝发。东风报春春未彻。紫萼迎风玉珠裂。杨柳未黄莺结舌。

皮日休《桃花坞》 (《全唐诗》P7038)

夤缘度南岭，尽日穿林樾。穷深到兹坞，逸兴转超忽。
坞名虽然在，不见桃花发。恐是武陵溪，自闭仙日月。

皮日休《钓筒》 (《全唐诗》P7043)

笼篁截数尺，标置能幽绝。从浮笠泽烟，任卧桐江月。
丝随碧波漫，饵逐清滩发。好是趁筒时，秋声正清越。

皮日休《三羞诗》 (《全唐诗》P7015)

宪司遵故典，分道播南越。苍惶出班行，家室不容别。
玄鬓行为霜，清泪立成血。乘遽剧飞鸟，就传过风发。

贯休《上冯使君》 (《全唐诗》P9320)

渔父无忧苦，水仙亦何别。眠在绿苇边，不知钓筒发。

九华山白衣《吟》 (《全唐诗》P9789)

涧水潺潺声不绝，溪坞茫茫野花发。自去自来人不知，归时唯有青山月。

崔十娘《手中扇赠文成》 (《全唐诗》P10220)

合欢游璧水，同心侍华阙。飒飒似朝风，团团如夜月。
鸾姿侵雾起，鹤影排空发。希君掌中握，勿使恩情歇。

李公佐仆《木客》 (《全唐诗》P9747)

酒尽君莫沽，壶倾我当发。城市多嚣尘，还山弄明月。

【宋】

欧阳修《玉楼春》 (《欧阳修全集》P101)

两翁相遇逢佳节,正值柳绵飞似雪。便须豪饮敌青春,莫对新花羞白发。

苏轼《满江红·怀子由作》 (《苏轼词全集》P232)

清颖东流,愁目断、孤帆明灭。宦游处、青山白浪,万重千叠。孤负当年林下意,对床夜雨听萧瑟。恨此生、长向别离中,添华发。

苏轼《念奴娇·大江东去》

遥想公瑾当年,小乔初嫁了,雄姿英发。羽扇纶巾,谈笑间,樯橹灰飞烟灭。故国神游,多情应笑我,早生华发。人生如梦,一尊还酹江月。

韩元吉《好事近》 (《宋词选》P219)

凝碧旧池头,一听管弦凄切。多少梨园声在,总不堪华发。
杏花无处避春愁,也傍野烟发(发)。惟有御沟声断,似知人呜咽。

刘辰翁《忆秦娥》 (《宋词选》P418)

烧灯节,朝京道上风和雪。风和雪,江山如画,朝京人绝。百年短短兴亡别,与君犹对当时月。当时月,照人烛泪,照人梅发。

张炎《疏影》 (《词综》P2223)

重到翻疑梦醒,弄泉试照影,惊见华发。却笑归来,石老云荒,身世飘然一叶。闭门约住青山色。自容与吟窗清绝。怕夜寒吹到梅花,休卷半帘明月。

赵匡胤《咏初月》 《百代千家绝句选》P455

太阳初出光赫赫,千山万山如火发。一轮顷刻上天衢,逐退群星与残月。

苏轼《次韵吴传正枯木歌》 (《苏轼选集》P209)

天公水墨自奇绝,瘦竹枯松写残月。梦回疏影在东窗,惊怪霜枝连夜发。

苏轼《醉落魄·离京口作》 (《苏轼选集》P252)

轻云微月,二更酒醒船初发。孤城回望苍烟合,记得歌时,不记归时节。

林逋《霜天晓角·梅》 (《词综》P245)

冰清霜洁,昨夜梅花发。甚处梅花三弄,声摇动,枝头月。梦绝,金兽热,晓寒兰烬灭。要卷珠帘清赏,且莫扫阶前雪。

欧阳修《玉楼春》 (《欧阳修词全集》P108)

檀槽碎响金丝拨,露湿浔阳江上月。不知商妇为谁愁,一曲行人留夜发。

欧阳修《玉楼春》 (《欧阳修词全集》P98)

洛阳正值芳菲节,秾艳清香相间发。游丝有意苦相萦,垂柳无端争赠别。

李遵勖《滴滴金》 (《词综》P247)

帝城五夜宴游歇,残灯外看残月。都来犹在醉乡中,听更漏初彻。
行乐已成闲话说,如春梦觉时节。大家同约探春行,问甚花先发?

林正大《满江红·括卢仝有所思》 (《词综》P1435)

寻昨梦,巫云结。流别泪,湘江咽。对花深两岸,忽添悲切。试与含愁弹绿绮,知音不遇弦空绝。忽窗前一夜寄相思,梅花发。

晏几道《点绛唇·明日征鞭》 (《词综》P290)

明日征鞭,又将南陌垂杨折。自怜轻别,拼得音尘绝。杏子枝边,倚遍阑干月。依前缺。去年时节,旧事无人说。

张先《木兰花》 (《词综》P312)

西湖杨柳风流绝,满缕青青看赠别。墙头簌簌暗飞花,山外阴阴初落月。秦姬秾丽云梳发,持酒听歌留晚发。骊驹应亦解人情,欲出重城嘶不歇。

周密《疏影·梅影》 (《词综》P1300)

冰条冻叶,又横斜照水,一花初发。素壁秋屏,招得芳魂,仿佛玉容明灭。疏疏满地珊瑚冷,全误却扑花幽蝶。甚美人忽到窗前,镜里好春难折。

朱敦儒《醉落魄·泊舟津头有感》 (《词综》P2153)

海山翠叠,夕阳殿雨云堆雪。鹧鸪声里蛮花发。我共扁舟,江上两萍叶。

陆游《客从城中来诗》 (《陆放翁诗词选》P287)

客从城中来,相视惨不悦。引杯抚长剑,慨叹胡未灭。
我亦为悲愤,共论到明发。向来酣斗时,人情愿少歇。

【元】

李琳《六幺令·京中清明》 (《词综》P1737)

谁向尊前起舞,又觉春如客。翠袖折取嫣红,笑与簪华发。回首青山一点,檐外寒云叠。梨花着雨,柳花飞絮,梦浇阑干满园雪。

《诗经·商颂》中的"伐"

"伐"字现在只有一个读音 fá,如征伐、讨伐、不矜不伐(自夸之义)等。但古时它可读"房越切,音罚"(fá)(越,音活),可读"叶许竭切,音歇"(xiē),还可读"叶扶废切,音吠"(fèi)(《康熙字典》)。如《诗经·商颂》"韦顾既伐"中的"伐"就读 xiē。

【南朝　宋】

　　　谢灵运《游赤石进帆海》（《全汉三国晋南北朝诗》P638）

溟涨无端倪,虚舟有超越。仲连轻齐组,子牟眷魏阙。
矜名道不足,适己物可忽(忽音血)。请附任公言,终然谢天伐。

　　　谢灵运《夜宿石门诗》（《全汉三国晋南北朝诗》P644）

异音同至听,殊响俱清越。妙物莫为赏,芳醑谁与伐。
美人竟不来,阳阿徒晞发。
（注:发音方月切。）

【南朝　齐】

　　　王融《赠族叔卫军》（《全汉三国晋南北朝诗》P786）

帝略时康,皇涂攸义。乃命南昌,式补衮阙。
念损辞功,鸣谦让伐。岂敢固之,王言再发。

　　　杜甫《留花门》（《全唐诗》P2279）

北门天骄子,饱肉气勇决。高秋马肥健,挟矢射汉月。
自古以为患,诗人厌薄伐。修德使其来,羁縻固不绝。

　　　李白《登梅冈望金陵》（《全唐诗》P1836）

众星罗青天,明者独有月。冥居顺生理,草木不剪伐(xiē)。

　　　韩愈《送文畅师北游》（《全唐诗》P4723）

湛湛樽中酒,有功不自伐。不伐人不知,我今代其说。

刘禹锡《贞元中题旧寺》中的"帆"

　　"帆"字现在读 fān,平、去两音。但 1936 年出版的《辞海》注明帆字有两音:一是"符咸切,音凡,咸韵";二是"附剑切,陷韵"。而《康熙字典》注帆字有两音:一是"符炎切,音凡";二是"扶泛切,音梵"。由此可见,现在我们对帆字的读音与古人是不完全相同的,特别是"附剑切,陷韵"这个音,我们已不知道了。但古诗词中确有这个音与"岩""帘""衔""兼""严""淹"等字协韵。例如:

【唐】

　　　刘禹锡《贞元中题旧寺》（《全唐诗》P4034）

曾作关中客,频经伏毒岩。晴烟沙苑树,晚日渭川帆(bīng)。
昔是青春貌,今悲白雪髯。郡楼空一望,含意卷高帘。

刘禹锡《和汴州令狐相公到镇改月偶书所怀》（《全唐诗》P4089）
　　赳赳容皆饰，幡幡口尽钳。为兄怜庾翼，选婿得萧咸。
　　郁偓咽喉地，骈臻水陆兼。度桥鸣绀憾，入肆飏云帆。
白居易《奉和汴州令狐公二十二韵》（《全唐诗》P5018）
　　客有东征者，夷门一落帆。二年方得到，五日未为淹。
　　在浚旌重葺，游梁馆更添。心因好善乐，貌为礼贤谦。
　　俗阜知敦劝，民安见察廉。

王褒《送观宁侯葬》中的"蕃"

"蕃"字现在有三个读音 fān(同番)、fán 和 bō,如繁衍、繁殖等。但古时它是个多音字,除了读"附袁切,音烦"(fán),还读"蒲糜切,音皮"(pí),如地名鲁国蕃。此外它还有一音"方愔切,音汾"(fēn),如柳宗元文："我姓婵嫣,由古而蕃。联事尚书,十有八人。"（《康熙字典》）蕃字读音"汾"的诗如：

【北周】

　　王褒《送观宁侯葬》（《全汉三国晋南北朝诗》P1561）
　　蒙羽高峻极,淮泗导清源。刑茅广裂地,跗萼盛开蕃。
　　纷纶彤臕彩,从容琼玉温。
　　　庾信《同州还》（《全汉三国晋南北朝诗》P1576）
　　赤岸绕新村,青城临绮门。范雎新入相,穰侯始出蕃。
　　上林催猎响,河桥争渡喧。

【唐】

　　　杜甫《示从孙济》（《全唐诗》P2258）
　　诸孙贫无事,宅舍如荒村。堂前自生竹,堂后自生萱。
　　萱草秋已死,竹枝霜不蕃。淘米少汲水,汲多井水浑。
　　刈葵莫放手,放手伤葵根。
　　　元稹《赛神》（《全唐诗》P4453）
　　庙深荆棘厚,但见狐兔蹲。巫言小神变,可验牛马蕃。

韦应物《示从子河南尉班》中的"藩"

"藩"字现在只有一个读音 fān,如藩篱、藩镇、藩属等。但古时它是个多音字,除了"甫烦切,音翻""附袁切,音烦",还有一音"方文切,音纷"(fēn)。古诗词中藩以音 fēn 与"门""恩""言""闻"等字协韵的情况不少。例如：

【唐】

韦应物《示从子河南尉班》（《全唐诗》P1903）

拙直余恒守,公方尔所存。同占朱鸟克,俱起小人言。
主政思悬棒,谋家类触藩。不能林下去,只恋府廷恩。

骆宾王《同辛簿简仰酬思玄上人林泉》（《全唐诗》P842）

芳晨临上月,幽赏狎中园。有蝶堪成梦,无羊可触藩。
忘怀南涧藻,蹋思北堂萱。坐叹华滋歇,思君谁为言。

韩愈《苗夫人墓》（《康熙字典》）

或毗于王,或式于藩。是生夫人,载穆令闻。

杜甫《送鲜于万州迁巴州》（《全唐诗》P2548）

京兆先时杰,琳琅照一门。朝廷偏注意,接近与名藩。
祖帐排舟数,寒江触石喧。看君妙为政,他日有殊恩。

岑参《潼关镇国军句覆使院早春寄王同州》（《全唐诗》P2026）

儒生有长策,闭口不敢言。昨从关东来,思与故人论。
何为廊庙器,至今居外藩。

李白《留别于十一兄逖裴十三游塞垣》（《全唐诗》P1780）

太公渭川水,李斯上蔡门。钓周猎秦安黎元,小鱼㻌兔何足言。
天张云卷有时节,吾徒莫叹羝触藩。于公白首大梁野,使人怅望何可论。

刘禹锡《武陵书怀》（《全唐诗》P4087）

西汉开支郡,南朝号戚藩。四封当列宿,百雉俯清沅。
高岸朝霞合,惊湍激箭奔。

姚合《送徐州韦仅行军》（《全唐诗》P5616）

饯幕俨征轩,行军归大藩。山程度函谷,水驿到夷门。
晓日诗情远,春风酒色浑。逡巡何足贵,所贵尽残罇。

岑参《白雪歌送武判官归京》中的"翻"

"翻"字现在只有一个读音 fān,如翻身、翻案、地覆天翻等。但《康熙字典》注明, 它不但读 fān,而且可以读"叶孚焉切"音纷(fēn)。如：

郑曼季《赠陆云》

　　鸳鸯于飞,徘徊翩翩。载颉载颃,命侣鸣群。

古诗词中"翻"字应读 fēn 音的情况很多,除了大家熟知的唐代诗人岑参的名篇《白雪歌送武判官归京》中的名句"纷纷暮雪下辕门,风掣红旗冻不翻"中的"翻"字应读 fēn,其他例如:

【南朝　齐】

　　谢灵运《石门新营住所》　(《全汉三国晋南北朝诗》P643)

　　　　美人游不还,佳期何由敦。芳尘凝瑶席,清醑满金尊。
　　　　洞庭空波澜,桂枝徒攀翻。结念属霄汉,孤景莫与谖。

【南朝　梁】

　　沈约《为临川王九日侍太子宴》　(《全汉三国晋南北朝诗》P1000)

　　凉风北起,高雁南翻。叶浮楚水,草折梁园。凄凉霜野,惆怅晨鹍。

　　沈君攸《赋得临水》　(《全汉三国晋南北朝诗》P1298)

　　　　开筵临桂水,携手望桃源。花落圆文出,风急细流翻。
　　　　光浮动岸影,浪息累沙痕。

【南朝　陈】

　　泮徽《赠北使》　(《全汉三国晋南北朝诗》P1447)

　　　　塞榆行隐路,津柳梢垂门。日沉山气合,潮落水花翻。
　　　　离情欲寄鸟,别泪不因猿。

【北齐】

　　萧悫《奉和咏龙门桃花》　(《全汉三国晋南北朝诗》P1521)

　　　　论时应未发,故欲影归轩。只言经摘罢,犹胜逐风翻。

【北周】

　　庾信《奉和法筵应诏》　(《全汉三国晋南北朝诗》P1579)

　　　　千柱莲花塔,由旬紫绀园。佛影胡人记,经文汉语翻。
　　　　星窥朱鸟牖,云宿凤凰门。

【隋】

　　虞世基《出塞·和杨素》　(《全汉三国晋南北朝诗》P1676)

　　　　懔懔边风急,萧萧征马烦(坟)。雪暗天山道,冰塞交河源(云)。
　　　　雾峰暗无色,霜旗冻不翻。耿介倚长剑,日落风尘昏。

【唐】

　　张说《翻著葛巾呈赵尹》　(《全唐诗》P954)

　　　　昔日接篱倒,今我葛巾翻。宿酒何时醒,形骸不复存。

忽闻有嘉客,蹦步出闲门。桃花春径满,误识武陵源。

孟浩然《送张子容进士赴举》 (《全唐诗》P1638)

夕曛山照灭,送客出柴门。惆怅野中别,殷勤岐路言。
茂林予偃息,乔木尔飞翻。无使谷风诮,须令友道存。

王维《辋川闲居》 (《全唐诗》P1277)

一从归白社,不复到青门。时倚檐前树,远看原上村。
青菇临水拔,白鸟向山翻。寂寞于陵子,桔槔方灌园。

王维《同卢拾遗过东山别业二十韵》 (《全唐诗》P1246)

托身侍云陛,昧旦趋华轩。遂陪鹓鸿侣,云汉同飞翻。
君子垂惠顾,期我于田园。侧闻景龙际,亲降南面尊。

卢照邻《三月曲水宴得尊字》 (《全唐诗》P514)

长怀去城市,高咏狎兰荪。连沙飞白鹭,孤屿啸玄猿。
日影岩前落,云花江上翻。兴阑车马散,林塘夕鸟喧。

虞世南《出塞》 (《全唐诗》P471)

上将三略远,元戎九命尊。誓将绝沙漠,悠然去玉门。……
雾锋黯无色,霜旗冻不翻。耿介倚长剑,日落风尘昏。

骆宾王《晚渡黄河》 (《全唐诗》P854)

千里寻归路,一苇乱平源。通波连马颊,迸水急龙门。
照日荣光净,惊风瑞浪翻。櫂唱临风断,樵讴入听喧。

李峤《橘》 (《全唐诗》P719)

万里盘根植,千秋布叶繁(繁音坟)。既荣潘子赋,方重陆生言。
玉花含霜动,金衣逐吹翻。愿辞湘水曲,长茂上林园。

韦应物《送豆卢策秀才》 (《全唐诗》P1940)

方辞郡斋榻,已酹离亭罇。无为倦羁旅,一去高飞翻。

韦应物《答偫奴重阳二甥》 (《全唐诗》P1951)

西园休习射,南池对芳樽。山茵经雨碧,海榴凌霜翻。
念尔不同此,怅然复一论。

韦应物《林园晚霁》 (《全唐诗》P1966)

雨歇见青山,落日照林园。山多烟鸟乱,林清风景翻。
提携唯子弟,萧散在琴言。同游不同意,耿耿独伤魂。

韦应物《观沣水涨》（《全唐诗》P1976）

夏雨万壑凑,沣涨暮浑浑。草木盈川谷,澶漫一平吞。
槎梗方弥泛,涛沫亦洪翻。

韦应物《对杂花》（《全唐诗》P1993）

朝红争景新,夕素含露翻。妍姿如有意,流芳复满园。

韦应物《登高望洛阳门》（《全唐诗》P1970）

坐感理乱迹,永怀经济言。吾生自不达,空鸟何翩翻。
天高水流远,日晏城郭昏。

刘长卿《送子婿崔真甫李穆往扬州》（《全唐诗》P1481）

雁还空渚在,人去落潮翻。临水独挥手,残阳归掩门。

刘长卿《送严维赴河南充严中丞幕府》（《全唐诗》P1526）

久别耶溪客,来乘使者轩。用才荣入幕,扶病喜同樽。
山履留何处,江帆去独翻。暮情辞镜水,秋梦识云门。

刘长卿《饯王相公出牧括州》（《全唐诗》P1564）

缙云讵比长沙远,出牧犹承明主恩。城对寒山开画戟,路飞秋叶转朱幡。
江潮淼淼连天望,旌旆悠悠上岭翻。萧索庭槐空闭阁,旧人谁到翟公门。

李白《书情题蔡舍人雄》（《全唐诗》P1741）

尝闻谢太傅,携妓东山门。楚舞醉碧云,吴歌断清猿。
暂因苍生起,谈笑安黎元。余亦爱此人,丹霄冀飞翻。

李白《赠别从甥高五》（《全唐诗》P1743）

黄金久已罄,为报故交恩。闻君陇西行,使我惊心魂。
与尔共飘飖,云天各飞翻。江水流或卷,此心难具论。

李白《温泉侍从归逢故人》（《全唐诗》P1736）

激赏摇天笔,承恩赐御衣。逢君奏明主,他日共翻飞。

李白《题情深树寄象公》（《全唐诗》P1771）

肠断枝上猿,泪添山下樽。白云见我去,亦为我飞翻。

李白《同王昌龄送族弟襄归桂阳》（《全唐诗》P1798）

秦地见碧草,楚谣对清樽。把酒尔何思,鹧鸪啼南园。
余欲罗浮隐,犹怀明主恩。踌躇紫宫恋,孤负沧洲言。
终然无心云,海上同飞翻。相期乃不浅,幽桂有芳根。

李白《天马歌》（《全唐诗》P1684）

天马奔,恋君轩,骤跃惊矫浮云翻。万里足踯躅,遥瞻闾阖门。

李白《赠宣城赵太守悦》 (《全唐诗》P1760)
伊昔簪白笔,幽都逐游魂。持斧冠三军,霜清天北门。
差池宰两邑,鹗立重飞翻。

李白《登金陵冶城西门谢安墩》 (《全唐诗》P1835)
晋室昔横溃,永嘉遂南奔。沙尘何茫茫,龙虎斗朝昏。
胡马风汉草,天骄蹙中原。哲匠感颓运,云鹏忽飞翻。
组练照楚国,旌旗连海门。

李白《金陵白下亭留别》 (《全唐诗》P1784)
向来送行处,回首阻笑言。别后若见之,为余一攀翻。

李白《闻丹丘子于城北营石门幽居》 (《全唐诗》P1768)
陌上何喧喧,都令心意烦(烦音坟)。迷津觉路失,托势随风翻。

王昌龄《灞上闲居》 (《全唐诗》P1433)
鸿都有归客,偃卧滋阳村。轩冕无枉顾,清川照我门。
空林网夕阳,寒鸟赴荒园。廓落时得意,怀哉莫与言。
庭前有孤鹤,欲啄常翩翻。

严维《送薛尚书入蜀》 (《全唐诗》P2915)
卑情不敢论,拜首入辕门。列郡诸侯长,登朝八座尊。
凝笳临水发,行斾向风翻。几许遗黎泣,同怀父母恩。

储光羲《舟中别武金坛》 (《全唐诗》P1392)
落日下西山,左右惨无言。萧条风雨散,窅霭江湖昏。
秋荷尚幽郁,暮马复翩翻。纸笔亦何为,写我心中冤。

独孤及《观海》 (《全唐诗》P2765)
迢迢蓬莱峰,想象金台存。秦帝曾经此,登临冀飞翻。
扬旌百神会,望日群山奔。徐福竟何成,羡门徒空言。
唯见石桥足,千年潮水痕。

皇甫曾《送王相公赴幽州》 (《全唐诗》P2185)
人安布时令,地远答君恩。暮日平沙迥,秋风大斾翻。
渔阳在天末,恋别信陵门。

高适《酬司空璩少府》 (《全唐诗》P2193)
吾见风雅作,人知德业尊。惊飙荡万木,秋气屯高原。
燕赵何苍茫,鸿雁来翩翻。此时与君别,握手欲无言。

高适《赠杜二拾遗》 (《全唐诗》P2225)

传道招提客,诗书自讨论。佛香时入院,僧饭屡过门。
听法还应难,寻经剩欲翻。草玄今已毕,此外复何言。

高适《蓟中作》 (《全唐诗》P2211)

策马自沙漠,长驱登塞垣。边城何萧条,白日黄云昏。
一到征战处,每愁胡虏翻。岂无安边书,诸将已承恩。

高适《同李员外贺哥舒大夫破九曲之作》 (《全唐诗》P2235)

遥传副丞相,昨日破西蕃(蕃音汾)。作气群山动,扬军大旆翻。
奇兵邀转战,连弩绝归奔。泉喷诸戎血,风驱死虏魂。

杜甫《赠蜀僧闾丘师兄》 (《全唐诗》P2304)

我住锦官城,兄居只树园。地近慰旅愁,往来当丘樊。
天涯歇滞雨,粳稻卧不翻。漂然薄游倦,始与道侣敦。

杜甫《客居》 (《全唐诗》P2331)

客居所居堂,前江后山根。下堑万寻岸,苍涛郁飞翻。
葱青众木梢,邪竖杂石痕。子规昼夜啼,壮士敛精魂。

杜甫《贻华阳柳少府》 (《全唐诗》P2337)

自非晓相访,触热生病根。南方六七月,出入异中原。
老少多渴死,汗逾水浆翻。

杜甫《览柏子允四美载歌丝纶》 (《全唐诗》P2361)

丝纶实具载,绂冕已殊恩。奉公举骨肉,诛叛经寒温。
金甲雪犹冻,朱旗尘不翻。每闻战场说,欷激懦气奔。

杜甫《别李义》 (《全唐诗》P2368)

重问子何之,西上岷江源。愿子少干谒,蜀都足戎轩。
误失将帅意,不如亲故恩。少年早归来,梅花已飞翻。

杜甫《奉留赠集贤院崔于二学士》 (《全唐诗》P2402)

倚风遗鹢路,随水到龙门。竟与蛟螭杂,空闻燕雀喧。
青冥犹契阔,陵厉不飞翻。儒术诚难起,家声庶已存。

杜甫《建都十二韵》 (《全唐诗》P2437)

时危当雪耻,计大岂轻论。虽倚三阶正,终愁万国翻。
牵裾恨不死,漏网荷殊恩。永负汉庭哭,遥怜湘水魂。

杜甫《望兜率寺》 (《全唐诗》P2462)

树密当山径,江深隔寺门。霏霏云气重,闪闪浪花翻。
不复知天大,空馀见佛尊。时应清盥罢,随喜给孤园。

杜甫《长江二首》 (《全唐诗》P2491)

众水会涪万,瞿塘争一门。朝宗人共挹,盗贼尔谁尊。
孤石隐如马,高萝垂饮猿。归心异波浪,何事即飞翻。

杜甫《奉汉中王手札》 (《全唐诗》P2491)

主人留上客,避暑得名园。前后缄书报,分明馈玉恩。
天云浮绝壁,风竹在华轩。已觉良宵永,何看骇浪翻。

杜甫《宿江边阁》 (《全唐诗》P2495)

暝色延山径,高斋次水门。薄云岩际宿,孤月浪中翻。
鹳鹤追飞静,豺狼得食喧。不眠忧战伐,无力正乾坤。

杜甫《瞿塘两崖》 (《全唐诗》P2507)

三峡传何处,双崖壮此门。入天犹石色,穿水忽云根。
猱玃须髯古,蛟龙窟宅尊。羲和冬驭近,愁畏日车翻。

韩愈《荷池》 (《全唐诗》P3849)

风雨秋池上,高荷盖水繁(繁音坟)。未谙鸣摵摵,那似卷翻翻。

韩愈《陆浑山火和黄甫湜用其韵》 (《全唐诗》P3800)

豁呀钜壑颇黎盆,豆登五山瀛四尊。熙熙醽醁笑语言,雷公擘山海水翻。

韩愈《晚泊江口》 (《全唐诗》P3841)

郡城朝解缆,江岸暮依村。二女竹上泪,孤臣水底魂。
双双归蛰燕,一一叫群猿。回首那闻语,空看别袖翻。

欧阳詹《李评事公进示文集因赠之》 (《全唐诗》P3902)

大教护微旨,哲人生令孙。高飙激颓波,坐使横流翻。

欧阳詹《赋得秋河曙耿耿送郭秀才应举》 (《全唐诗》P3904)

并州细侯直下孙,才应秋赋怀金门。念排云汉将飞翻,仰之踊跃当华轩。

郭澹《东亭各赋一物得临轩桂》 (《全唐诗》P2843)

青青芳桂树,幽阴在庭轩。向日阴还合,从风叶乍翻。
共看霜雪后,终不变凉暄。

李端《荆门歌送兄赴夔州》 (《全唐诗》P3240)

薜薜爨爨声渐繁,浦里人家收市喧。重阴大点过欲尽,碎浪柔文相与翻。

王建《寄崔列中丞》 (《全唐诗》P3369)

我爱古人道,师君直且温。贪泉誓不饮,邪路誓不奔。
如何非冈坂,故使车轮翻。

崔立之《南至隔仗望含元殿香炉》（《全唐诗》P3882）

千官望长至,万国拜含元。隔仗炉光出,浮霜烟气翻。
飘飘萦内殿,漠漠淡前轩。

刘禹锡《送宗密上人归南山草堂寺》（《全唐诗》P4058）

宿习修来得慧根,多闻第一却忘言。自从七祖传心印,不要三乘入便门。
东泛沧江寻古迹,西归紫阁出尘喧。河南白尹大檀越,好把真经相对翻。

刘禹锡《有感》（《全唐诗》P4043）

死且不自觉,其馀安可论。昨为凤池客,今日雀罗门。
骑吏尘未息,铭旌风已翻。平生红粉爱,唯解哭黄昏。

孟郊《楚怨》（《全唐诗》P4183）

秋入楚江水,独照汨罗魂。手把绿荷泣,意愁珠泪翻。
九门不可入,一犬吠千门。

孟郊《审交》（《全唐诗》P4189）

小人槿花心,朝在夕不存。莫蹋冬冰坚,中有潜浪翻。
唯当金石交,可以贤达论。

孟郊《出东门》（《全唐诗》P4200）

少年一日程,衰叟十日奔。寒景不我为,疾走落平原。
眇默荒草行,恐惧夜魄翻。

吕温《及第后答潼关主人》（《全唐诗》P4160）

本欲云雨化,却随波浪翻。一沾太常第,十过潼关门。
志力且虚弃,功名谁复论。主人欲相问,惭笑不能言。

白居易《江南遇天宝乐叟》（《全唐诗》P4811）

冬雪飘飘锦袍暖,春风荡漾霓裳翻。欢娱未足燕寇至,弓劲马肥胡语喧。

白居易《夜哭李夷道》（《全唐诗》P4836）

逝者绝影响,空庭朝复昏。家人哀临毕,夜锁寿堂门。
无妻无子何人葬,空见铭旌向月翻。

白居易《东楼南望八韵》（《全唐诗》P4960）

不厌东南望,江楼对海门。风涛生有信,天水合无痕。
鹢带云帆动,鸥和雪浪翻。鱼盐聚为市,烟火起成村。

白居易《孤山寺遇雨》（《全唐诗》P4960）

拂波云色重,洒叶雨声繁。水鹭双飞起,风荷一向翻。
空蒙连北岸,萧飒入东轩。或拟湖中宿,留船在寺门。

元稹《送王十一南行》（《全唐诗》P4490）

风调乌尾劲，眷恋馀芳尊。解袂方瞬息，征帆已翩翩。
江豚涌高浪，枫树摇去魂。

元稹《去杭州》（《全唐诗》P4631）

别袂可扪不可解，解袂开帆凄别魂。魂摇江树鸟飞没，帆挂樯竿乌尾翻。

元稹《酬独孤二十六送归通州》（《全唐诗》P4501）

二十走猎骑，三十游海门。憎兔跳跃跃，恶鹏黑翻翻。

元稹《赛神》（《全唐诗》P4453）

旋风天地转，急雨江河翻。采薪持斧者，弃斧纵横奔。

元稹《酬东川李相公》（《全唐诗》P4500）

碾玉无俗色，蕊珠非世言。重惭前日句，陋若茹并荪。
腊月巴地雨，瘴江愁浪翻。因持骇鸡宝，一照浊水昏。

李益《轻薄篇》（《全唐诗》P3212）

天生俊气自相逐，出与雕鹗同飞翻。朝行九衢不得意，下鞭走马城西原。
忽闻燕雁一声去，回鞍挟弹平陵园。

李益《汉宫少年行》（《全唐诗》P327）

金张许史伺颜色，王侯将相莫敢论。岂知人事无定势，朝欢暮戚如掌翻。
椒房宠移子爱夺，一夕秋风生戾园。

张祜《富阳道中送王正夫》（《全唐诗》P5801）

析析上荒原，霜林赤叶翻。孤帆天外出，远戍日中昏。
摘桔防深刺，攀萝畏断根。何堪衰草色，一酌送王孙。

侯冽《金谷园花发怀古》（《全唐诗》P5544）

金谷千年后，春花发满园。红芳徒笑日，秾艳尚迎轩。
雨湿轻光软，风摇碎影翻。

王质《金谷园花发怀古》（《全唐诗》P5545）

寂寥金谷涧，花发旧时园。人事空怀古，烟霞此独存。
管弦非上客，歌舞少王孙。繁蕊风惊散，轻红鸟乍翻。
山川终不改，桃李自无言。

杜牧《昔事文皇帝三十二韵》（《全唐诗》P5961）

雨晴文石滑，风暖戟衣翻。每虑号无告，长忧骇不存。
随行唯局蹐，出语但寒暄。

姚合《答窦知言》（《全唐诗》P5698）

冬日易惨恶，暴风拔山根。尘沙落黄河，浊波如地翻。
飞鸟皆束翼，居人不开门。

李商隐《赠刘司户》（《全唐诗》P6148）

江风吹浪动云根，重碇危樯白日昏。已断燕鸿初起势，更惊骚客后归魂。
汉庭急诏谁先入，楚路高歌自欲翻。万里相逢欢复泣，凤巢西隔九重门。

李商隐《哭刘蕡》（《全唐诗》P6157）

上帝深宫闭九阍，巫咸不下问衔冤。广陵别后春涛隔，湓浦书来秋雨翻。
只有安仁能作诔，何曾宋玉解招魂。平生风义兼师友，不敢同君哭寝门。

李商隐《蜨》（《全唐诗》P6158）

叶叶复翻翻，斜桥对侧门。芦花唯有白，柳絮可能温。

李商隐《雨》（《全唐诗》P6171）

撼槭度瓜园，依依傍竹轩。秋池不自冷，风叶共成喧。
窗迥有时见，簷高相续翻。侵宵送书雁，应为稻梁恩。

李商隐《小桃园》（《全唐诗》P6201）

竟日小桃园，林寒亦未喧。坐莺当酒重，送客出墙繁。
啼久艳粉薄，舞多香雪翻。犹怜未圆月，先出照黄昏。

李商隐《赋得桃李无言》（《全唐诗》P6228）

夭桃花正发，秾李蕊方繁。应候非争艳，成蹊不在言。
静中霞暗吐，香处雪潜翻。得意摇风态，含情泣露痕。

李商隐《哭遂州萧侍郎》（《全唐诗》P6235）

有女悲初寡，无男泣过门。朝争屈原草，庙馁若教魂。
迥阁伤神峻，长江极望翻。青云宁寄意，白骨始沾恩。

李德裕《乙巳岁作》（《全唐诗》P5399）

邛杖堪扶老，黄牛已服辕。只应将唳鹤，幽谷共翩翻。

方干《阳亭言事献漳州于使君》（《全唐诗》P7474）

重叠山前对酒樽，腾腾兀兀度朝昏。平明疏磬白云寺，遥夜孤砧红叶村。
去鸟岂知烟树远，惊鱼应觉露荷翻。旅人寄食逢黄菊，每见故人思故园。

方干《浅井》（《全唐诗》P7500）

夜入明河星似少，曙摇澄碧扇风翻。细泉细脉难来到，应觉添瓶耗旧痕。

陆龟蒙《读阴符经寄鹿门子》（《全唐诗》P7116）

狂喉咨吞噬，逆翼争飞翻。家家伺天发，不肯匡淫昏。

齐己《潇湘二十韵》（《全唐诗》P9474）

吴头雄莫遏，汉口壮堪吞。寥汜晴方映，冯夷信忽翻。

齐己《怀金陵知旧》（《全唐诗》P9544）

石头城外青山叠，北固窗前白浪翻。尽是共游题版处，有谁惆怅拂苔痕。

薛能《新雪》（《全唐诗》P9990）

细落粗和忽复繁，顿清朝市不闻喧。天迷皓色风何乱，地湿春泥土半翻。香暖会中怀岳寺，樵鸣村外想家园。闲吟只爱煎茶淡，斡破平光向近轩。

【宋】

苏轼《王维吴道子画》（《苏轼选集》P16）

吾观画品中，莫如二子尊。道子实雄放，浩如海波翻。

王安石《苏才翁挽辞》（《王安石全集》P368）

空馀一丹旐，无复两朱轓。寂寞蒜山渡，陂陀京口原。音容归绘画，才业付儿孙。尚有故人泪，沧江相与翻。

王安石《登宝公塔》（《王安石全集》P171）

江月转空为白昼，岭云分暝与黄昏。鼠摇岑寂声随起，鸦矫荒寒影对翻。

陆游《送客》（《陆放翁诗词选》P275）

有客相与饮，酒尽唯清言。坐久饥肠鸣，殷如车轮翻。

张祜《题道光上人山院》中的"凡"

"凡"字现在只有一个读音 fán，如平凡、凡是、凡例等。但古诗词中它不但可读 fán，而且可读"叶胡员切"（《诗经·商颂》）音虔(yán)，或"叶符筠切"（《康熙字典》）音坟(fén)。如《诗经·商颂·殷武》："陟彼景山（山音仙），松柏凡凡。"

【汉】

崔骃《达旨》（《康熙字典》）

高树靡阴，独木不林。随时之宜，道贵从凡。

【唐】

刘禹锡《和汴州令狐相公》（《全唐诗》P4089）

玉罩虚频易，金炉暖更添。映镮窥艳艳，隔袖见纤纤。谢傅何由接，桓伊定不凡。

张祜《题道光上人山院》 (《全唐诗》P5821)

真僧上方界,山路正岩岩。地僻泉长冷,亭香草不凡。
火田生白菌,烟岫老青杉。尽日唯山水,当知律行严。(注:杉音仙)

陈琳《大暑赋》中的"烦"

"烦"字现在只有一个读音 fán,如烦闷、烦乱等。但古诗词中它除了 fán 外,还可读"叶汾沿切",音频。如:

宋玉《神女赋》 (《康熙字典》)

淡清静其愔嫕兮,性沉祥而不烦。意似近而既远兮,若将来而复旋。

嵇康《琴赋》 (《康熙字典》)

更唱迭奏,声若自然。流楚窈窕,惩躁雪烦。

白居易《郡亭》 (《全唐诗》P4759)

潮来一凭槛,宾至一开筵。终朝对云水,有时听管弦。
持此聊过日,非忙亦非闲。山林太寂寞,朝阙空喧烦。

"烦"字还可读"叶符筠切",音坟,与"原""痕""温""神"等字协韵。如:

【南朝 宋】

谢惠连《陇西行》 (《全汉三国晋南北朝诗》P656)

千金不回,百代传名。厥包者柚,忘忧者萱。
何为有用,自乖中原(原音云)。实摘柯摧,叶殒条烦。

【唐】

陈琳《大暑赋》 (《康熙字典》)

料救药之千百分,只累热而增烦。燿灵管之匪念兮,将损性而伤神。

刘禹锡《武陵书怀五十韵》 (《全唐诗》P4088)

带赊衣改制,尘涩剑成痕。三秀悲中散,二毛伤虎贲。
来忧御魑魅,归愿牧鸡豚。就日秦京远,临风楚奏烦。

元稹《送王十一南行》 (《全唐诗》P4490)

离心讵几许,骤若移寒温。此别信非久,胡为坐忧烦。
我留石难转,君泛云无根。

元稹《赛神》 (《全唐诗》P4453)

邑吏齐进说,幸勿祸乡原。逾年计不定,县听良亦烦。

李白《题金陵王处士水亭》 (《全唐诗》P1874)

扫拭青玉簟,为余置金尊。醉罢欲归去,花枝宿鸟喧。
何时复来此,再得洗嚣烦。

杜甫《贻华阳柳少府》 (《全唐诗》P2337)

俊才得之子,筋力不辞烦。指挥当世事,语及戎马存。
涕泪溅我裳,悲气排帝阍。

韦夏卿《别张贾》 (《全唐诗》P3057)

故人惜分袂,结念醉芳樽。切切别思缠,萧萧征骑烦。
临归无限意,相视却忘言。

白居易《中隐诗》中的"樊"

"樊"字现在只有一个读音 fán,如樊篱、樊笼等。但古时除了读 fán,还可读"叶汾沿切,音楩"(piān)。

古诗词中"樊"音 piān 与"篇""钱"等字协韵,如:

左思《赠妹诗》 (《康熙字典》)

才丽汉班,明朗楚樊。默识若记,下笔成篇。

白居易《中隐诗》 (《全唐诗》P4991)

大隐住朝市,小隐入丘樊。丘樊太冷落,朝市太嚣喧。
不如作中隐,隐在留司官(juān)。似出复似处,非忙亦非闲。
大隐隐朝市,小隐住丘樊。不如作中隐,随月有俸钱。

【南朝 梁】

范云《州名诗》 (《全汉三国晋南北朝诗》P1059)

司春命初铎,青耦肆中樊。逸豫诚何事,稻粱复宜敦。

王维《郑霍二山人》 (《全唐诗》P1252)

岂知中林士,无人荐至尊。郑公老泉石,霍子安丘樊。
卖药不二价,著书盈万言。

高适《酬卫八雪中见寄》 (《全唐诗》P2226)

季冬忆淇上,落日归山樊。旧宅带流水,平田临古村。
雪中望来信,醉里开衡门。果得希代宝,缄之那可论。

钱起《初黄绶赴蓝田县作》 (《全唐诗》P2620)

蟠木无匠伯,终年弃山樊。苦心非良知,安得入君门。
忽忝英达顾,宁窥造化恩。萤光起腐草,云翼腾沉鲲。

刘禹锡《武陵书怀》 (《全唐诗》P4087)
　　清白家传远,诗书志所敦。列科叨甲乙,从宦出丘樊。
　　结友心多契,驰声气尚吞。士安曾重赋,元礼许登门。

元稹《赛神》 (《全唐诗》P4453)
　　狐狸得蹊径,潜穴主人园。腥臊袭左右,然后托丘樊。
　　岁深树成就,曲直可轮辕。幽妖尽依倚,万怪之所屯。

骆宾王《早秋出塞寄东台详正学士》中的"璠"

"璠"字现在只有一个读音 fán,意指美玉。但古时它是个多音字。《康熙字典》注明,它不但读"符袁切,音烦",读"孚袁切,音翻",而且可读"叶孚音切,音芬",可读"叶汾沿切,音楩"(pián)。关于"璠"音读 pián,《康熙字典》举例如下:

　　　　潘尼《赠陆机》
　　　　今子徂东,何以赠旃。寸晷惟宝,岂无璵璠。

【南朝　宋】
　　谢灵运《日出东南隅行》 (《全汉三国晋南北朝诗》P628)
　　　　柏梁冠南山,桂宫耀北泉。晨风拂幨幌,朝日照闱轩。
　　　　美人卧屏席,怀兰秀瑶璠。皎洁秋松气,淑德春景暄。

【唐】
　　骆宾王《早秋出塞寄东台详正学士》 (《全唐诗》P861)
　　　　昔余迷学步,投迹忝词源。兰渚浮延阁,蓬山款禁园。
　　　　影缨陪绂冕,载笔偶璵璠(pián)。汲冢宁详蠹,秦牢讵辨冤。
　　　　一朝从麓服,千里骛轻轩。乡梦随魂断,边声入听喧。

关于"璠"音读芬(fēn)的诗例:

【晋】
　　　　陆云《赠顾秀才诗》
　　　　藻不雕朴,华不变淳。有斐君子,如珪如璠。

【唐】
　　元稹《酬东川李相公十六韵》 (《全唐诗》P4500)
　　　　徒令霄汉外,往往尘念存。存念岂虚设,并投琼与璠。

杜甫《日暮》中的"繁"

"繁"字的读音,在 1979 年出版的《辞海》中注有三音:一是凡(fán),二是旁(pán),三是婆(pó);现在我们只读凡、婆两个音。但据《康熙字典》,它除了读"凡""槃""婆"三音,还可读"叶符筠切、音坟",还可读"叶沿切"的音。

古诗词中有时要把繁字读为"叶沿切"的音钱,如:

【魏】

    曹丕《丹霞蔽日行》 (《全汉三国晋南北朝诗》P126)

      丹霞蔽日,彩虹垂天。谷水潺潺,木落翩翩。
      孤禽失群,悲鸣云间。月盈则冲,华不再繁。
      古来有之,嗟我何言。

【晋】

      左棻《杨后诔》

      天祚贞吉,克昌克繁。则百斯庆,育圣育贤。

古诗词中繁字有时要读"薄官切"音槃,如:

【魏】

      曹植《赠徐干》 (《汉魏六朝诗选》P50)

      惊风飘白日,忽然归西山。圆景光未满,众星灿以繁。
      志士营世业,小人亦不闲。聊且夜行游,游彼双阙间。

古诗词中繁字要读"叶符筠切、音坟"与"村""门""痕""坤""奔""魂""昏""根""喧"等字协韵的情况很多。例如:

【晋】

      陆云《夏府君诔》

      元祐秀郎,辉景细缊。诞载丰美,俊颖夙繁。

【南朝 齐】

    谢灵运《石门新营所住诗》 (《全汉三国晋南北朝诗》P643)

      跻险筑幽居,披云卧石门。苔滑谁能步,葛弱岂可扪。
      嫋嫋秋风过,萋萋春草繁。美人游不还,佳期何由敦。

【南朝 梁】

    萧纲《游韦黄门园》 (《全汉三国晋南北朝诗》P930)

      息车冠盖里,停辔仲长园。簷疎远兴积,宾至羽觞繁。

【唐】
　　　　王维《寓言》（《全唐诗》P1254）
问尔何功德，多承明主恩。斗鸡平乐馆，射雉上林园。
曲陌车骑盛，高堂珠翠繁。奈何轩冕贵，不与布衣言。
　　　　孟浩然《入峡寄弟》（《全唐诗》P1618）
泪沾明月峡，心断鹡鸰原。离阔星难聚，秋深露已繁。
因君下南楚，书此寄乡园。
　　　　李白《答从弟幼成过西园见赠》（《全唐诗》P1816）
山童荐珍果，野老开芳樽。上陈樵渔事，下叙农圃言。
昨来荷花满，今见兰苕繁。一笑复一歌，不知夕景昏。
　　　　杜甫《木皮岭》（《全唐诗》P2299）
西崖特秀发，焕若灵芝繁。润聚金碧气，清无沙土痕。
　　　杜甫《阆州东楼筵，奉送十一舅往青城县，得昏字》（《全唐诗》P2323）
今我送舅氏，万感集清尊。岂伊山川间，回首盗贼繁。
　　　　杜甫《园》（《全唐诗》P2499）
仲夏流多水，清晨向小园。碧溪摇艇阔，朱果烂枝繁。
　　　　杜甫《日暮》（《全唐诗》P2530）
牛羊下来久，各已闭柴门。风月自清夜，江山非故园。
石泉流暗壁，草露滴秋根。头白灯明里，何须花烬繁。
　　　　杜甫《赠虞十五司马》（《全唐诗》P2564）
凄凉怜笔势，浩荡问词源。爽气金天豁，清淡玉露繁。
　　　　杜甫《贻华阳柳少府》（《全唐诗》P2337）
相去四五里，径微山叶繁。时危挹佳士，况免军旅喧。
　　　　杜甫《客居》（《全唐诗》P2331）
短畦带碧草，怅望思王孙。凤随其凰去，篱雀暮喧繁。
　　　　杜甫《园官送菜》（《全唐诗》P2343）
守者愆实数，略有其名存。苦苣刺如针，马齿叶亦繁。
　　　　杜甫《忆幼子》（《全唐诗》P2404）
骥子春犹隔，莺歌暖正繁。别离惊节换，聪慧与谁论。
　　　　杜甫《至德二载》（《全唐诗》P2414）
此道昔归顺，西郊胡骑繁。至今残破胆，应有未招魂。

杜甫《秦州杂诗》 （《全唐诗》P2418）

云气接昆仑，涔涔塞雨繁。羌童看渭水，估客向河源。

杜甫《春日梓州登楼》 （《全唐诗》P2460）

天畔登楼眼，随春入故园。战场今始定，移柳更能存。
厌蜀交游冷，思吴胜事繁。应须理舟楫，长啸下剑门。

杜甫《甘园》 （《全唐诗》P2462）

春日清江岸，千甘二顷园。青云羞叶密，白雪避花繁。

韩翃《送故人归蜀》 （《全唐诗》P2737）

一骑西南远，翩翩入剑门。客衣筒布润，山舍荔枝繁。
古庙祀金马，春江抱白鼋。自应成旅逸，爱客有王孙。

刘禹锡《酬乐天请裴令公开春加宴》 （《全唐诗》P4072）

晨窥苑树韶光动，晚度河桥春思繁。弦管常调客常满，但逢花处即开樽。

韦应物《起度律师同居东斋院》 （《全唐诗》P1981）

释子喜相偶，幽林俱避喧。安居同僧夏，清夜讽道言。
对阁景恒晏，步庭阴始繁。逍遥无一事，松风入南轩。

耿㧑《奉和第五相公登鄱阳郡城西楼》 （《全唐诗》P2998）

女墙分吏事，远道启津门。溢浦潮声尽，钟陵暮色繁。

李益《杂曲》 （《全唐诗》P3203）

征客欲临路，居人还出门。北风河梁上，四野愁云繁。
岂不恋我家，夫婿多感恩。

李益《汉宫少年行》 （《全唐诗》P3213）

玉阶霜仗拥未合，少年排入铜龙门。暗闻弦管九天上，宫漏沉沉清吹繁。
平明走马绝驰道，呼鹰挟弹通缭垣。

李端《溪行逢雨与柳中庸》 （《全唐诗》P3278）

日落众山昏，萧萧暮雨繁。那堪两处宿，共听一声猿。

李端《逢王泌自东京至》 （《全唐诗》P3246）

逢君自乡至，雪涕问田园。几处生乔木，谁家在旧村。
山峰横二室，水色映千门。愁见游从处，如今花正繁。

吕温《吐蕃别馆卧病寄朝中诸友》 （《全唐诗》P4160）

星汉纵横车马喧，风摇玉佩烛花繁。岂知羸卧穷荒外，日满深山犹闭门。

吕温《道州夏日早访荀参军林园》（《全唐诗》P4162）

高眠日出始开门,竹径旁通到后园。陶亮横琴空有意,任棠置水竟无言。
松窗宿翠含风薄,槿院朝花带露繁。山郡本来车马少,更容相访莫辞喧。

陈通方《金谷园怀古》（《全唐诗》P4143）

缓步洛城下,轸怀金谷园。昔人随水逝,旧树逐春繁。
冉冉摇风弱、菲菲裛露翻(fēn)。高台岂易见,舞袖乍如存。

李绅《忆春日曲江宴后》（《全唐诗》P5461）

春风上苑开桃李,诏许看花入御园。香径草中回玉勒,凤凰池畔泛金樽。
绿丝垂柳遮风暗,红药低丛拂砌繁。归绕曲江烟景晚,未央明月锁千门。

周贺《春日山居寄友人》（《全唐诗》P5722）

春居无俗喧,时立涧前村。路远少来客,山深多过猿。
带岩松色老,临水杏花繁。除忆文流外,何人更可言。

【宋】

赵鼎《暮村》（《全宋诗》P18431）

孤村烟树暝黄昏,一簇人家半掩门。看尽栖鸦啼噪后,牧童归去雨声繁。

王安石《光宅》（《王安石全集》P139）

今知光宇寺,牛首正当门。台殿金碧毁,丘墟桑竹繁。
萧萧新犊卧,冉冉暮鸭翻。回首千岁梦,雨花何足言。

【元】

白珽《馀杭四月》

四月馀杭道,一晴生意繁。朱樱青豆酒,绿草白鹅村。
水满船头滑,风轻袖影翻。几家蚕事动,寂寂昼门关。

【近现代】

邓拓《张君度山水画跋》（《中国古今题画诗全璧》P1245）

画出于元胜于元,笔粗意细简中繁。青山绿水丛林色,销尽幽人野客魂。

屈原《楚辞·九章·哀郢》中的"反"

"反"字现在只有一个读音 fǎn,如反对、反差、反驳、反扑、反省等。但古时它是个多音字,《康熙字典》注它有五音:府远切、孚艰切、部版切、方愿切、孚万切。究竟要读什么音,要看具体语境。如《楚辞》中的有些"反"字就应读"孚艰切"音品。

【楚】

屈原《楚辞·九章·哀郢》

羌灵魂之欲归兮,何须臾而忘反。背夏浦而西思兮,哀故都之日远。

【汉】

东方朔《楚辞·七谏·哀命》

测汨罗之湘水兮,知时固而不反。伤离散之交乱兮,遂侧身而既远。

刘向《楚辞·九叹·离世》

凌黄沱而下低兮,思还流而复反。玄舆驰而并集兮,身容与而日远。

贾谊《楚辞·惜誓》

惜余年老而日衰兮,岁忽忽而不反。登苍天而高举兮,历众山而日远。

【宋】

王安石《解使事泊棠阴村》 （《王安石全集》P55）

泊船棠阴下,滩水清且浅。回首望孤城,浮云一何缅。
久留非吾意,欲去犹缱绻。驰心故人侧,一望三四反。

孟浩然《登鹿门山》中的"返"

"返"字现在只有一个读音 fǎn,如返航、返工、流连忘返、返老还童等。但古时它是个多音字,除了读 fǎn 外,还可以读扁(biǎn)。《康熙字典》注,返字音"叶补裔切,音扁"。

古诗词中以返音扁(biǎn)与"远""浅""苑""转"等字协韵的情况不少。如:

【汉】

秦嘉《诗》 （《康熙字典》）

遣车迎子还,空去复空返(biǎn)。忧来如循环,匪席不可卷。

【晋】

陶渊明《癸卯岁始春怀古田舍》 （《全汉三国晋南北朝诗》P469）

寒竹被荒蹊,地为罕人远。是以植杖翁,悠然不复返。
即理愧通识,所保讵乃浅。

【北周】

庾信《冬狩行四韵连句应诏》 （《全汉三国晋南北朝诗》P1597）

三川羽檄驰,六郡良家选。观兵细柳城,校猎长杨苑。
惊雉逐鹰飞,腾猿看箭转。鸣笳河曲还,犹忆南皮返。

孟浩然《登鹿门山诗》（《全唐诗》P1625）

渐至鹿门山，山明翠微浅。岩潭多屈曲，舟楫屡回转。
昔闻庞德公，采药遂不返。金涧饵芝术，石床卧苔藓。

【唐】

骆宾王《在江南赠宋五之问》（《全唐诗》P830）

漳滨已辽远，江潭未旋返。为听短歌行，当想长洲苑。

钱起《罢章陵令山居过中峰道者二首》（《全唐诗》P2618）

梯云创其居，抱犊上绝巘。杏田溪一曲，霞境峰几转。
路石挂飞泉，谢公应在眼。愿言携手去，采药长不返。

李端《归山招王逵》（《全唐诗》P3233）

日长原野静，杖策步幽巘。雉雊麦苗阴，蝶飞溪草晚（yuān）。
我生好闲放，此去殊未返。自是君不来，非关故山远。

李益《喜邢校书远至对雨同赋远晚饭阮返五韵》（《全唐诗》P3205）

雀噪空城阴，木衰羁思远。已蔽青山望，徒悲白云晚（yuān）。
别离千里风，雨中同一饭。开径说逢康，临觞方接阮。
旅宦竟何如，劳飞思自返。

吴融《古别离·杂曲歌辞》（《全唐诗》P353）

蟾蜍正向清夜流，蛱蝶须教堕丝睍（yuān）。莫道断丝不可续，
丹穴凤皇胶不远。莫道流水不回波，海上两潮长不返。

李白《拟古》（《全唐诗》P1863）

日落知天昏，梦长觉道远。望夫登高山，化石竟不返。

皇甫冉《杂言月洲歌送赵冽还襄阳》（《全唐诗》P2800）

家住洲头定近远，朝泛轻桡暮当返。不能随尔卧芳洲，自念天机一何浅。

皮日休《雨中游包山精舍》中的"饭"

"饭"字现在只有一个读音 fàn。但古时它是个多音字，据《康熙字典》，它不但读"符万切、音烦"(fán)，而且可读"父远切、音卞"(biàn)，还可读"叶扶霰切、音卞"(biǎn)。古诗词中"饭"音 biàn 或 biǎn 与"便""电""面""霰""卷""片""殿""扇"等字协韵的情况屡有出现，例如：

【唐】

皮日休《雨中游包山精舍》 （《全唐诗》P7036）

道人摘芝菌，为予备午馔。渴兴石榴羹，饥惬胡麻饭。
如何事于役，兹游急于传。却将尘土衣，一任瀑丝溅。

李白《拟古》 （《全唐诗》P1863）

人生难称意，岂得长为群。越燕喜海日，燕鸿思朔云。
别久容华晚，琅玕不能饭。日落知天昏，梦长觉道远。

王维《戏赠张五弟諲》 （《全唐诗》P1238）

吾弟东山时，心尚一何远。日高犹自卧，钟动始能饭。
领上发未梳，床头书不卷。清川兴悠悠，空林对偃蹇。

王维《送崔五太守》 （《全唐诗》P1259）

长安廐吏来到门，未央露网动行轩。黄花县西九折坡，玉树宫南五丈原。
褒斜谷中不容幰，唯有白云当露冕。子午山里杜鹃啼，嘉陵水头行客饭。

【宋】

苏辙《诗》 （《康熙字典》）

岸上游人暮不归，清香入袖凉吹面。投壶击鞠绿杨阴，共尽清樽餐白饭。

苏轼《泗州僧伽塔》 （《苏轼选集》P37）

我昔南行舟系汴，逆风三日沙吹面。舟人共劝祷灵塔，香火未收旗脚转。
回头顷刻失长桥，却到龟山未朝饭。至人无心何厚薄，我自怀私欣所便。

元结《招孟武昌》中的"泛"

"泛"字现在只有一个读音 fàn，如泛泛、泛滥等。但古诗词中它有时却要读音扁，与"泉""边""厌"等字协韵（如"返"字叶音"扁"biǎn）。如：

元结《招孟武昌》 （《全唐诗》P2707）

谷口更何好，绝壑流寒泉。松桂荫茅舍，白云生坐边。
武昌不干进，武昌人不厌。退谷正可游，杯湖任来泛。

《道藏·左夫人歌》中的"方"

"方"字现在只有一个读音 fāng。其实古时它是个多音字，不但可以读"府良切，音芳";且可读"符方切,音房";可读"蒲光切,音旁";还可读"甫西切,音倣";可读"叶肤容切"。究竟读什么音,要看具体语境。如《道藏·左夫人歌》(《康熙字典》)中的"方",就得读"肤容切,音风",与"空"字协韵。

腾跃云景辕,浮观霞上空。霄耕纵横舞,紫盖托灵方。

【晋】

陆云《失题》 (《全汉三国晋南北朝诗》P363)

日征月盈,天道变通。太初陶物,造化为功。四月怀夏,南征观方。
凯风有集,飘飖南窗(cōng)。思乐万物,观异知同。

《诗经·小雅·采薇》中的"霏"

"霏"字现在都读为 fēi,如众所周知的《诗经·小雅·采薇》诗中的"霏"。其实"霏"字有两音:一音非,一音迷。

昔我往矣,杨柳依依。今我来思,雨雪霏霏。

据《诗经》注,"霏","芳菲切"是古音。

注:电影《画皮2》中唱"雨雪霏霏"中的"霏"音为"迷"是对的。

古诗词中的"否"

"否"字现在有两个读音:一是 fǒu,如否定、否认等;二是 pǐ,如否极泰来。但古时它是个多音字,除了 fǒu、pǐ 两音外,还有"补米切,音鄙"(bǐ)或"叶府眉切,音卑"(bǐ)。《康熙字典》中以《楚辞·九章》为例:

【战国】

《楚辞·九章》

心纯厖而不泄兮,遭谗人而嫉之。君含怒以待臣兮,不清征其然否(bǐ)。

【宋】

赵鼎臣《念奴娇·送王长卿赴河间司录》 (《词综》P502)

旧游何处,记金汤形胜,蓬瀛佳丽。绿水芙蓉,元帅与宾僚,风流济济。万柳亭边,雅歌堂上,醉倒春风里。十年一梦,觉来烟水千里。

惆怅送子重游,南楼依旧否?朱栏谁倚。要识当时,惟是有明月,曾陪珠履。量减杯中,雪添头上,甚矣吾衰矣!酒徒相问,为言憔悴如此。

(注:此字"仓里切"音 gǐ。)

贾谊《鵩鸟赋》中的"伏"

"伏"字现在只有一个读音 fú，如埋伏、三伏、伏羲等。但古时它是个多音字，除了读"房陆切,音服"，还读"鼻墨切"音 bó，与"匐"通，还可读"叶必历切,音壁"（biē）。如：

贾谊《鵩鸟赋》（《康熙字典》）

祸兮福所倚,福兮祸所伏；忧喜聚门兮,吉凶同域。

（注：伏,叶必历切,音壁（biē）。）

杜甫《登岳阳楼》中的"浮"

"浮"字现在只有一个读音 fú，如沉浮、浮躁、浮浅、浮夸等。特别是受幼儿古诗《鹅》"白毛浮绿水,红掌拨清波"中的影响,浮字读音 fú 可以说根深蒂固。

据《康熙字典》,"浮"有三音：一是"房尤切,音罘（fóu）"；二是"普沟切,音抙（póu）"；三是"叶符非切,音肥（féi）"。但 1936 年出版的《辞海》则只注一个音："扶尤切,尤韵。"由此可见,"浮"字的读音变化是很大的。但古诗词中"浮"字以音 fóu，与楼、舟、流、钩、牛、头、游、求 诸字协韵的情况很多,如：

杜甫《登岳阳楼》（《全唐诗》P2566）

昔闻洞庭水,今上岳阳楼。吴楚东南坼,乾坤日夜浮。
亲朋无一字,老病有孤舟。戎马关山北,凭轩涕泗流。

其他例举：

【魏】

曹植《虾䱇篇》（《先秦汉魏晋南北朝诗》P423）

俯观上路人,势利唯是谋。高念雠皇家,远怀柔九州。
抚剑而雷音,猛气纵横浮。汎泊徒嗷嗷,谁知壮士忧。

【晋】

杨方《合欢诗》（《玉台新咏》P63）

虎啸谷风起,龙跃景云浮。同声好相应,同气自相求。

刘琨《重赠卢谌》（《全汉三国晋南北朝诗》P416）

功业未及见,夕阳忽西流。时哉不我与,去乎若云浮。
朱实陨劲风,繁英落素秋。狭路倾华盖,骇驷摧双辀。
何意百炼钢,化为绕指柔。

【南朝　宋】

谢庄《喜雨》（《全汉三国晋南北朝诗》P624）

燕起知风舞,础润识云流。冽泉承夜湛,零雨望晨浮。
合颖行盛茂,分穗方盈畴。

鲍照《侍宴覆舟山》（《全汉三国晋南北朝诗》P682）

繁霜飞玉闼,爱景丽皇州。清跸戒驰路,羽盖伫宣游。
神居既崇盛,岜嶮信环周。礼俗陶德声,昌会溢民讴。
惭无胜化质,谬从云雨浮。

鲍照《登黄鹤矶》（《全汉三国晋南北朝诗》P685）

木落江渡寒,雁还风送秋。临流断商弦,瞰川悲棹讴。
适郢无东辕,还夏有西浮。三崖隐丹磴,九派引沧流。

谢朓《和徐都曹出新亭渚》（《全汉三国晋南北朝诗》P819）

宛洛佳遨游,春色满皇州。结轸青郊路,回瞰沧江流。
日华川上动,风光草际浮。桃李成蹊径,桑榆阴道周。

【南朝　梁】

萧纲《夜遣内人还后舟》（《全汉三国晋南北朝诗》P932）

锦幔扶船列,兰桡拂浪浮。去烛犹文水,馀香尚满舟。

沈约《东武吟行》（《全汉三国晋南北朝诗》P993）

天德深且旷,人世贱而浮。东枝才拂景,西壑已停辀。

沈约《赠沈录事江水曹二大使》（《全汉三国晋南北朝诗》P998）

霜结暮草,风卷寒流。情劳东眷,望泛西浮。崇君远业,敬尔芳猷。

沈约《秋晨羁怨望海思归》（《全汉三国晋南北朝诗》P1024）

分空临澥雾,披远望沧流。八桂暧如画,三桑眇若浮。
烟极希丹水,月远望青丘。

徐君倩《别义阳郡》（《玉台新咏》P250）

翔凤楼,遥望与云浮。歌声临树出,舞影入江流。叶落看村近,天高应向秋。

何逊《下方山》（《全汉三国晋南北朝诗》P1149）

寒鸟树间响,落星川际浮。繁霜白晓岸,苦雾黑晨流。
鳞鳞逆去水,弥弥急还舟。

何逊《春夕早泊和刘咨议落日望水》（《全汉三国晋南北朝诗》P1150）

日暮江风静,中川闻棹讴。草光天际合,霞影水中浮。
单舻时向浦,独楫乍乘流。

王台卿《奉和泛江》　（《全汉三国晋南北朝诗》P1286）
　　湿花随水泛,空巢逐树流。建平船栿下,荆门战舰浮。岸社多乔木,山城足迥楼。
　　王台卿《咏水中楼影》　（《全汉三国晋南北朝诗》P1287）
　　飘飘似云度,亭亭如盖浮。熟看波不动,还是映高楼。

【南朝　陈】

　　阴铿《闲居对雨》　（《全汉三国晋南北朝诗》P1361）
　　四溟飞旦雨,三径绝来游。震位雷声发,离宫电影浮。山云遥似带,庭叶近成舟。
　　张正见《游龙首城》　（《全汉三国晋南北朝诗》P1400）
　　关外山川阔,城隅尘雾浮。白云凝绝岭,沧波间断洲。
　　张正见《赋得鱼跃水花生》　（《全汉三国晋南北朝诗》P1404）
　　漾色桃花水,相望濯锦流。跃浦疑珠出,依池似镜浮。凌波衔落蕊,触饵避沉钩。方游莲叶外,讵入武王舟。

【北周】

　　王褒《墙上难为趋》　（《全汉三国晋南北朝诗》P1558）
　　白璧求善价,明珠难暗投。高墙不可践,井水自难浮。风胡有年岁,铦利比吴钩。

【隋】

　　李德林《从驾巡游》　（《全汉三国晋南北朝诗》P1646）
　　谷静禽多思,风高松易秋。远林才有色,遥水漫无流。京华佳丽所,目极与云浮。但睹凌霄观,讵见望仙楼。
　　薛道衡《入郴江》　（《全汉三国晋南北朝诗》P1665）
　　跳波鸣石碛,溅沫拥沙洲。岸回槎倒转,滩长船却浮。
　　薛道衡《渡北河》　（《全汉三国晋南北朝诗》P1665）
　　塞云临远舰,胡风入阵楼。剑拔蛟将出,骖惊鼋欲浮。
　　辛德源《短歌行》　（《全汉三国晋南北朝诗》P1669）
　　驰射罢金钩,戏笑上云楼。少妻鸣赵瑟,侍妓啭吴讴。杯度浮香满,扇举细尘浮。星河耿凉夜,飞月艳新秋。
　　辛德源《浮游花》　（《全汉三国晋南北朝诗》P1670）
　　窗中斜日照,池上落花浮。若畏春风晚,当思秉烛游。

孔绍德《王泽岭遭洪水》（《全汉三国晋南北朝诗》P1696）
地籁风声急,天津云色愁。悠然万顷满,俄尔百川浮。
还似金堤溢,翻如碧海流。

孔绍安《结客少年场行》（《全汉三国晋南北朝诗》P1698）
结客佩吴钩,横行度陇头。雁在弓前落,云从阵后浮。
吴师惊燧象,燕将警奔牛。

江总《七夕》（《续玉台新咏》P7）
汉曲天榆冷,河边月桂秋。婉娈期今日,霜飘度浅流。
轮随月宿转,路逐彩云浮。横波翻泻泪,束素反缄愁。
此时机杼息,独向红妆羞。

【唐】

李世民《冬狩》（《全唐诗》P7）
烈烈寒风起,惨惨飞云浮。霜浓凝广隰,冰厚结清流。

李显《九月九日幸临渭亭登高得秋字》（《全唐诗》P23）
九日正乘秋,三杯兴已周。泛桂迎尊满,吹花向酒浮。
长房萸早熟,彭泽菊初收。

张说《洛桥北亭诏饯诸刺史》（《全唐诗》P969）
扇逐仁风转,车随霖雨流。恩光水上溢,荣色柳间浮。
预待群方最,三公不远求。

张说《岳州观竞渡》（《全唐诗》P973）
画作飞凫艇,双双竞拂流。低装山色变,急棹水华浮。
土尚三闾俗,江传二女游。

张说《喜度岭》（《全唐诗》P976）
乡关绝归望,亲戚不相求。弃杖枯还直,穷鳞涸更浮。
道消黄鹤去,运启白驹留。

张说《送梁六自洞庭山作》（《全唐诗》P983）
巴陵一望洞庭秋,日见孤峰水上浮。闻道神仙不可接,心随湖水共悠悠。

王维《和贾舍人早朝》（《千家诗》）
日色才临仙掌动,香烟欲傍衮龙浮。朝罢须裁五色诏,佩声归到凤池头。

孟浩然《同独孤使君东斋作》（《全唐诗》P1663）
竹间残照入,池上夕阳浮。寄谢东阳守,何如八咏楼。

177

杜甫《奉同郭给事汤东灵湫作》（《全唐诗》P2262）
翠旗淡偃蹇，云车纷少留。箫鼓荡四溟，异香泱漭浮。

杜甫《凤凰台》（《全唐诗》P2297）
亭亭凤凰台，北对西康州。西伯今寂寞，凤声亦悠悠。
山峻路绝踪，石林气高浮。安得万丈梯，为君居上头。

杜甫《立秋雨院中有作》（《全唐诗》P2483）
解衣开北户，高枕对南楼。树湿风凉进，江喧水气浮。

杜甫《陪诸贵公子丈八沟携妓纳凉》（《全唐诗》P2400）
雨来沾席上，风急打船头。越女红裙湿，燕姬翠黛愁。
缆侵堤柳系，幔卷浪花浮。归路翻萧飒，陂塘五月秋。

杜甫《卜居》（《全唐诗》P2431）
无数蜻蜓齐上下，一双鸂鶒对沉浮。东行万里堪乘兴，须向山阴上小舟。

杜甫《江涨》（《全唐诗》P2443）
江发蛮夷涨，山添雨雪流。大声吹地转，高浪蹴天浮。

杜甫《晦日寻崔戢李封》（《全唐诗》P2270）
威凤高其翔，长鲸吞九洲。地轴为之翻，百川皆乱流。
当歌欲一放，泪下恐莫收。浊醪有妙理，庶用慰沉浮。

杜甫《送韦十六评事充》（《全唐诗》P2274）
中原正格斗，后会何缘由。百年赋命定，岂料沉与浮。
且复恋良友，握手步道周。

杜甫《送王十六判官》（《全唐诗》P2547）
客下荆南尽，君今复入舟。买薪犹白帝，鸣橹少沙头。
衡霍生春早，潇湘共海浮。荒林庾信宅，为仗主人留。

杜甫《哭李尚书之芳》（《全唐诗》P2563）
涕泗不能收，哭君余白头。儿童相识尽，宇宙此生浮。
江雨铭旌湿，湖风井径秋。还瞻魏太子，宾客减应刘。

杜甫《奉送王信州崟北归》（《全唐诗》P2569）
高义终焉在，斯文去矣休。别离同雨散，行止各云浮。
林热鸟开口，江浑鱼掉头。

杜甫《归雁》（《全唐诗》P2568）
闻道今春雁，南归自广州。见花辞涨海，避雪到罗浮。
是物关兵气，何时免客愁。年年霜露隔，不过五湖秋。

戴叔伦《送僧南归》 （《全唐诗》P3083）
兵尘犹澒洞,僧舍亦征求。师向江南去,予方毂下留。
风霜两足白,宇宙一身浮。归及梅花发,题诗寄陇头。

戴叔伦《题横山寺》 （《全唐诗》P3084）
偶入横山寺,湖山景最幽。露涵松翠湿,风涌浪花浮。
老衲供茶盌,斜阳送客舟。自缘归思促,不得更迟留。

王建《酬柏侍御》 （《全唐诗》P3365）
瀑布当寺门,迸落衣裳秋。石苔铺紫花,溪叶裁碧流。
松根载殿高,飘飘仙山浮。县中贤大夫,一月前此游。

韩愈《赴江陵途中》 （《全唐诗》P3768）
孤臣昔放逐,血泣追愆尤。汗漫不省识,怳如乘桴浮。
或自疑上疏,上疏岂其由。

韩愈《双鸟诗》 （《全唐诗》P3812）
春风卷地起,百鸟皆飘浮。两鸟忽相逢,百日鸣不休。

吕温《岳阳怀古》 （《全唐诗》P4165）
宋齐纷祸难,梁陈成寇仇。钟鼓长震耀,鱼龙不得休。
风雪一萧散,功业忽如浮。今日时无事,空江满白鸥。

白居易《咏意》 （《全唐诗》P4745）
平生爱慕道,今日近此流。自来浔阳郡,四序忽已周。
不分物黑白,但与时沉浮。朝餐夕安寝,用是为身谋。

白居易《题海图屏风·元和己丑年作》 （《全唐诗》P4656）
海水无风时,波涛安悠悠。鳞介无小大,遂性各沉浮。
突兀海底鳌,首冠三神丘。钓网不能制,其来非一秋。

沈亚之《春色满皇州》 （《全唐诗》P5579）
何处春辉好,偏宜在雍州。花明夹城道,柳暗曲江头。
风软游丝重,光融瑞气浮。斗鸡怜短草,乳燕傍高楼。

裴夷直《春色满皇州》 （《全唐诗》P5857）
寒销山水地,春遍帝王州。北阙晴光动,南山喜气浮。
夭红妆暖树,急绿走阴沟。思妇开香阁,王孙上玉楼。

姚合《和卢给事酬裴员外》 （《全唐诗》P5692）
南山雪色彻皇州,钟鼓声交晓气浮。鸳鸯簪裾上龙尾,蓬莱宫殿压鳌头。

李商隐《桂林》 (《全唐诗》P6151)

城窄山将压,江宽地共浮。东南通绝域,西北有高楼。
神护青枫岸,龙移白石湫。殊乡竟何祷,箫鼓不曾休。

杜羔妻赵氏《闻夫杜羔登第》① (《全唐诗》P8988)

长安此去无多地,郁郁葱葱佳气浮。良人得意正年少,今夜醉眠何处楼。

寒山《诗三百三首二八一》 (《全唐诗》P9098)

今日岩前坐,坐久烟云收。一道清溪冷,千寻碧嶂头。
白云朝影静,明月夜光浮。身上无尘垢,心中那更忧。

贯休《离乱后寄九峰和尚》 (《全唐诗》P9358)

乱后知深隐,庵应近石楼。异香因雪歇,仙果落地浮。
诗老全抛格,心空未到头。还应嫌笑我,世路独悠悠。

贯休《东西二林寺流水》 (《全唐诗》P9359)

派通天宇阔,溜入楚江浮。为润知何极,无边始自由。
好归江海里,长负济川舟。

贯休《旅中怀孙路》 (《全唐诗》P9341)

暮尘微雨收,蝉急楚乡秋。一片月出海,几家人上楼。
砌香残果落,汀草宿烟浮。唯有知音者,相思歌白头。

齐己《杨花》 (《全唐诗》P9450)

筛冲离馆驿,莺扑绕宫楼。江国晴愁对,池塘晚见浮。

齐己《龙潭作》 (《全唐诗》P9533)

乍临毛发竖,双壁夹湍流。白日鸟影过,青苔龙气浮。
蔽空云出石,应祷雨翻湫。四面耕山者,先闻贺有秋。

齐己《登祝融峰》 (《全唐诗》P9489)

猿鸟共不到,我来身欲浮。四边空碧落,绝顶正清秋。
宇宙知何极,华夷见细流。坛西独立久,白日转神州。

【宋】

方岳《水调歌头·九日多景楼用吴侍郎韵》 (《词综》P1143)

醉我一壶玉,了此十分秋。江涛还比当日,击楫渡中流。问讯重阳烟雨,俯仰人间今古,此意渺沧洲。天地几今夕,举白与君浮。

---

① 一作《闻杜羔登第又寄》。

【元】

贝琼《横港》 (《古代山水诗一百首》P12)

南行入横港,茅屋带林丘。落日犹斜照,寒潮忽倒流。
牛羊平野散,鹅鸭小溪浮。喜见平生友,篱边一系舟。

【近现代】

朱德《和董必武同志七绝五首》 (《十老选诗》P7)

敌我常撑亦壮图,三师能解国家忧。神州尚有英雄在,堪笑法西意气浮。

《诗经》中的"福"

"福"字现在只有一个读音 fú,如幸福、享福、福气、福分、福星、福地等。但《诗经》里许多"福"字不读 fú,而是读"笔力切,音璧",与"息""亿""稷""翼"诸字协韵。如:

【先秦】

《诗经·小雅·天保》

神之吊矣,诒尔多福。

《诗经·小雅·小明》

嗟尔君子,无恒安息。靖共尔位,好是正直。神之听之,介尔景福。

《诗经·小雅·楚茨》

我仓既盈,我庾维亿。以为酒食,以享以祀。以妥以侑,以介景福。

《诗经·小雅·楚茨》

神嗜饮食,卜尔百福。

《诗经·小雅·大田》

以其骍黑,与其黍稷。以享以祀,以介景福。

《诗经·小雅·鸳鸯》

鸳鸯在梁,戢其左翼。君子万年,宜其遐福。

《诗经·小雅·宾之初筵》

既醉而出,并受其福。醉而不出,是谓伐德。

《诗经·大雅·文王》

无念尔祖,聿修厥德。永言配命,自求多福。

《诗经·大雅·大明》

维此文王,小心翼翼。昭事上帝,聿怀多福。

《诗经·大雅·旱麓》
清酒既载,骍牡既备。以享以祀,以介景福。

《诗经·大雅·行苇》
黄耇台背,以引以翼。寿考维祺,以介景福。

《诗经·大雅·假乐》
干禄百福,子孙千亿。

《诗经·周颂·潜》
以享以祀,以介景福。

《诗经·鲁颂·閟宫》
是生后稷,降之百福。

【唐】

杜甫《戏赠友》 (《全唐诗》P2310)
元年建巳月,官有王司直。马惊折左臂,骨折面如墨。
驽骀漫深泥,何不避雨色。劝君休叹恨,未必不为福。

沈千运《濮中言怀》 (《全唐诗》P2888)
壮年失宜尽,老大无筋力。始觉前计非,将贻后生福。
童儿新学稼,少女未能织。顾此烦知己,终日求衣食。

魏承班《生查子》中的"抚"

"抚"字现在只读一音 fǔ,但在古诗词中它有时得读 mó。据《康熙字典》:抚,蒙逋切,与摹同。

魏承班《生查子》 (《词综》P156)
烟雨晚晴天,零落花无语。难话此时心,梁燕双来去。
琴韵对薰风,有恨和情抚。肠断断弦频,泪滴黄金缕。

皇甫冉《寄刘方平》中的"负"

"负"字现在只有一个读音 fù,如负责、负担、负荷、负伤、负荆请罪等。但古诗词中它有时要读"房久切",音"否"(fǒu),与"口""久""酒""友""后"等字协韵。如:

【唐】

皇甫冉《寄刘方平》（《全唐诗》P2804）

坐忆山中人,穷栖事南亩。烟霞相亲外,墟落今何有?
潘郎作赋年,陶令辞官后。达生遗自适,良愿固无负。
田取颍水流,树入阳城口。岁暮忧思盈,离居不堪久。

【宋】

苏轼《和陶拟古十九首》（《苏轼选集》P235）

主人枕书卧,梦我生平友。忽闻剥啄声,惊散一杯酒。
倒裳起谢客,梦觉两愧负。坐谈杂今古,不答颜愈厚。

《青青河畔草》中的"妇"

"妇"字现在只有一个读音 fù,如妇女、妇幼、妇道等。但古时它是个多音字:除了"房父切,音附"(fù)外,还有"房久切,音阜"(fù),"叶芳尾切,音斐"(fěi)(《康熙字典》)。
据1936年出版的《辞海》,"妇"只一音:"附有切,音负,有韵。"
史书表明,古诗词中对"妇"字的读音要看具体情况确定读什么音。例如:

【战国】

《楚辞·天问》

水滨之木,得彼小子。夫何恶之,媵有莘之妇(fěi)?

【魏】

陈琳《饮马长城窟行》（《玉台新咏》P20）

长城何连连,连连三千里。边城多健少,内舍多寡妇。

【宋】

苏轼《吴中田妇叹》（《苏轼选集》P54）

卖牛纳税拆屋炊,虑浅不及明年饥。官今要钱不要米,西北万里招羌儿。
龚黄满朝人更苦,不如却作河伯妇!

"妇"字音为房久切(唐韵),音负(或扶缶切),与"柳""手""久""酒""后""有""走""守"等字协韵。如:

【汉】

《青青河畔草》

青青河畔草,郁郁园中柳。盈盈楼上女,皎皎当窗牖。
娥娥红粉妆,纤纤出素手。昔为倡家女,今为荡子妇。
荡子行不归,空床难独守。

【晋】

曹摅《赠韩德真诗》 (《全汉三国晋南北朝诗》P404)

余光不照,怨在贫妇。谷风遗旧,伐木敦友。
嗟嗟人间,一薄一厚。

【梁】

江总《妇病行》 (《续玉台新咏》P7)

窈窕怀贞室,风流挟琴妇。唯将角枕卧,自影啼妆久。
羞开翡翠帷,懒对蒲萄酒。深悲在缣素,托意忘箕箒。
夫壻府中趋,谁能大垂手。

萧纲《执笔戏书》 (《全汉三国晋南北朝诗》P909)

舞女及燕姬,倡楼复荡妇。参差大庾发,摇曳小垂手。
钓竿蜀国弹,新城折杨柳。

【南朝 陈】

萧诠《赋得婀娜当轩织》 (《全汉三国晋南北朝诗》P1443)

新妆入机映春牖,弄杼鸣梭挑纤手。何曾织素让新人,不掩流苏推中妇。

【北齐】

高昂《征行诗》 (《全汉三国晋南北朝诗》P1516)

垄种千口牛,泉连百壶酒。朝朝围山猎,夜夜迎新妇。

【唐】

王维《偶然作六首》 (《全唐诗》P1254)

奋衣野田中,今日嗟无负。兀傲迷东西,蓑笠不能守。
倾倒强行行,酣歌归五柳。生事不曾问,肯愧家中妇。

卢仝《感古》 (《全唐诗》P4385)

听我暂话会稽朱太守。正受冻饿时,索得人家贵傲妇。
读书书史未润身,负薪辛苦胝生肘。谓言琴与瑟,糟糠结长久。

元稹《和乐天示杨琼》 (《全唐诗》P4639)

杨琼为我歌送酒,尔忆江陵县中否。江陵王令骨为灰,车来嫁作尚书妇。
卢戡及第严闰在,其余死者十八九。

元稹《说剑》 (《全唐诗》P4461)

劝君慎所用,所用无或苟。潜将辟魑魅,勿但防妾妇。
留斩泓下蛟,莫试街中狗。

张说《安乐郡主花烛行》 (《全唐诗》P939)

黄金两印双花绶,富贵婚姻古无有。清歌棠棣美王姬,流化邦人正夫妇。

顾况《险竿歌》（《全唐诗》P2948）

宛陵女儿擘飞手,长竿横空上下走。已能轻险若平地,岂肯身为一家妇。

白居易《青冢》（《全唐诗》P4688）

何言一时事,可戒千年后。特报后来姝,不须倚眉首。
无辞插荆钗,嫁作贫家妇。不见青冢上,行人为浇酒。

张琰《春词》（《全唐诗》P9012）

垂柳鸣黄鹂,关关若求友。春情不可耐,愁杀闺中妇。
日暮登高楼,谁怜小垂手。

寒山《诗三百三首一二五》（《全唐诗》P9078）

我见一痴汉,仍居三两妇。养得八九儿,总是随宜手。
丁防是新差,资财非旧有。黄蘖作驴鞦,始知苦在后。

寒山《诗三百三首九十三》（《全唐诗》P9074）

天下几种人,论时色数有。贾婆如许夫,黄老元无妇。
卫氏儿可怜,钟家女极丑。渠若向西行,我便东边走。

傅咸《燕赋》中的"赴"

"赴"字现在只有一个读音 fù,如赴会、赴宴、赴敌、赴难、赴汤蹈火等。但《康熙字典》注明,"赴"字有时要读"直祐切,音就"(jiù)。如:

【汉】

傅咸《燕赋》

逮来春而复旋,意眷眷而怀旧。一委身乃无二,岂改适而更赴。

【晋】

曹摅《答赵景猷诗》（《全汉三国晋南北朝诗》P406）

济济京华,俊乂并凑。悠悠遐裔,我独是赴。
哀此离群,悲彼孤陋。非无新好,人则唯旧。

傅咸《赠建平太守李叔龙》中的"副"

"副"字现在只有一个读音 fù。但古时它是个多音字,不但读"芳福切,音覆",而且读"敷救切,否去声";还可读"芳逼切,音逼"(bī)（见《康熙字典》）。如:

【晋】

傅咸《赠建平太守李叔龙》（《全汉三国晋南北朝诗》P309）

厈道兴化,实在良守。悠悠建平,皇泽未流。

朝选于众,乃子之授。南荆注望,心乎克副(fǒu)。

"副"字与"守""流""授"诸字协韵。

枣嵩《赠杜方叔》中的"富"

"富"字现在只有一个读音 fù,如富强、富裕、富豪、富庶等。但古时它是个多音字,除了读 fù 外,还可读"叶渠记切,音忌"(jì),如《诗经·大雅》"何种不富";《诗经·鲁颂》"俾尔寿而富"。它可读"叶卑吉切,音必",如《诗经·小雅》"彼昏不知,壹醉日富(bì)。此外,古诗词中时有将"富"字读成"方副切,音否去声",与"秀""茂""陋""旧""守""构""候""胄"等字协韵。如:

晋枣嵩《赠杜方叔诗》（《全汉三国晋南北朝诗》P314）

厥艳伊河,重英累茂。厥粲伊何,既苗而秀。

绰矣杜生,应期特授。人以位瞻,而能义富。

【晋】

陶渊明《荣木》（《全汉三国晋南北朝诗》P455）

嗟予小子,禀兹固陋。徂年既流,业不增旧。

志彼不舍,安此日富。我之怀矣,怛焉内疚。

【南朝 梁】

萧纲《和萧东阳祀七里庙》（《全汉三国晋南北朝诗》P927）

万里实幽宗,三神亦天拘。岂为木石精,斯乃山川守。

远来太白旗,遥征青鸟候。以兹敬弗怠,方知教应富。

鲍几《释奠应诏为王瞰作诗》（《全汉三国晋南北朝诗》P1279）

大飨既周,德馨惟楸。殊方知礼,声教日富。

陆离簪笏,徘徊舞袖。楚楚儒衣,莘莘国胄。

曹植《美女篇》中的"玕"

"玕"字现在只有一个读音 gān,如琅玕。但古诗词中它有时要读"叶经天切,音坚"(jiān)。如:

曹植《美女篇》 (《康熙字典》)

攘袖见素手,皓腕约金环(环音圆)。头上金爵钗,腰佩翠琅玕。

白居易《香炉峰下新置草堂即事咏怀题于石上》 (《全唐诗》P4746)

松张翠伞盖,竹倚青琅玕。其下无人居,惜哉多岁年。

白居易《游悟真寺诗》 (《全唐诗》P4735)

但爱清见底,欲寻不知源。东崖饶怪石,积甃苍琅玕。

白居易《游悟真寺诗》的"肝"

"肝"字现在只有一个读音 gān,如肝胆相照。但古诗词中它有时要读为"坚"。因肝字"苦寒切",而"寒"字有两音:杭与贤,所以"苦寒切"可切出"干"与"坚"两音。如:

白居易《游悟真寺诗》 (《全唐诗》P4735)

浅深皆洞彻,可照脑与肝。但爱清见底,欲寻不知源。

白居易《游悟真寺诗》中的"竿"

"竿"字现在只有一个读音 gān,如竹竿。但古诗词中它有时要读"叶经天切,音坚"(jiān)。如:

白居易《游悟真寺诗》 (《康熙字典》)

或时泄光彩,夜与星月连。中顶最高峰,挂天青玉竿。

白居易《香炉峰下新置草堂即事咏怀题于石上》 (《全唐诗》P4746)

　　白石何凿凿,清流亦潺潺。有松数十株,有竹千馀竿。

卢仝《客谢石》 (《全唐诗》P4374)

　　我有水竹庄,甚近嵩之巅。是君归休处,可以终天年。
　　虽有提携劳,不忧粮食钱。但恐主人心,疑我相钓竿。

王昙影《渔歌子》中的"感"

"感"字现在只有一个读音 gǎn,如感想、感觉、感恩、灵感等。但古词中它有时要读"丘廉切,音谦"(qiān)或咸(xián),与"艳""减""眼""燕"等字协韵。《康熙字典》注:感与憾通,感字从咸。

【宋】

姜夔《眉妩·戏张仲远》 (《词综》P945)

　　看垂杨连苑,杜若吹沙,愁损未归眼。信马青楼去,重帘下娉娉人妙飞燕。翠尊共款,听艳歌郎意心感。便携手月地云阶里,爱良夜微暖。

【清】

王昙影《渔歌子》 (《词综补遗》P1476)

　　柳垂青,花带艳。妆台独坐添愁感。泪容销,双蛾淡,索把镜儿呵暗(yān)。

张鸣珂《孤鸾》 (《词综补遗》P1571)

　　叹沈郎腰瘦带围减。况赁庑年年,客游多感。昨夜冬风,又到杏花村店。

邵瑸《惜秋花·咏牵牛花》 (《清词之美》P227)

　　能几番开,绕西风篱落,早来秋感。小字芳名,却爱星河为伴。浑疑未了佳期,又翠朵、忽横凉院。藤软,最难分、嫩姿碧深朱浅。

王棠《百字令》 (《词综补遗》P1348)

　　客舫寒依,渔矶低傍,秋士多清感(xián)。月华照梦,伊人怅望天远。

《黄庭经》中的"干"

《黄庭经》(《康熙字典》)中有句:

　　回紫抱黄入丹田,漱咽灵液灾不干。

"干"字通常都读 gān,但《黄庭经》中的"干"不读 gān,而是读 jiān,据《康熙字

诗词古音

188

典》:"干"字,除了读 gān,还有一音 hān;一音"坚"(叶经天切,音 jiān)。

"干"字读 jiān,《诗经》已有。如:

《诗经·小雅·斯干》

秩秩斯干,幽幽南山。

(注:干,居焉切,音坚。)

《诗经·邶风·泉水》

出宿于干(叶居焉切),饮饯于言。

见之于其他诗词的举例如下:

【唐】

白居易《哭孔戡》 (《全唐诗》P4654)

我是知戡者,闻之涕泫然。戡佐山东军,非义不可干。拂衣向西来,其道直如弦。

白居易《闭关》 (《全唐诗》P4748)

我心忘世久,世亦不我干。遂成一无事,因得长掩关。掩关来几时,仿佛二三年。著书已盈帙,生子欲能言。

白居易《朝归书寄元八》 (《全唐诗》P4737)

自此聊以适,外缘不能干。唯应静者信,难为动者言。

【宋】

周紫芝《清平乐》 (《词综》P527)

今宵水畔楼边,风光宛似当年。月到旧时明处,共谁同倚阑干。

(注:该词中的"阑干"的"干"不读 gān,而是要读 jiān。因为词《清平乐》要求下阕二、四句末的字必须协韵,只能读"坚"方能与"年"协韵。)

吕渭老《满路花·同柳仲修在赵屯》 (《词综》P616)

星娥尺五,佳约误当年。小语凭肩处,犹记西园,画桥斜月阑干。

赵雍《江城子》 (《词综》P2064)

花梢新月几时圆。再团圆,是何年?可是当初,真个两无缘。极目故人天际远,多少恨,凭阑干。

【清】

吴恩熙《满庭芳·春夜坐雨》 (《词综补遗》P352)

替忏花愁,教除酒病,绮情回首如烟。丝丝疏鬓,消瘦镜台前。几日春寒料峭,风和雨,怕倚阑干。销魂处,燕昏莺晓,惆怅奈何天。

甄毅庵《沁园春》 (《词综补遗》P847)

霏微细雨无端,空搔首跼蹐欲问天。便流膏然杏,鸠呼布谷,游丝罥柳,马系连钱。玉洞将寻,兰亭莫续,也得浮生半日闲。休孤负,待湿云吹散,月上阑干。

吴感《折红梅·喜冰澌初泮》中的"格"

"格"字现在有两个读音:一是 gē,如格格,形容笑声;二是 gé,如格子、格斗、格律、格格不入等。但据《康熙字典》:"格,古柏切"音"隔"。由于"柏"是多音字,可读 bǎi(百)、bó(搏)、bì(必)。这么一来,"古柏切"就可切出三个音。其中"古必切"切出的音是"结"。所以杜安生《折红梅》词中的"格"应读音为"结"(jié)。

  吴感《折红梅·喜冰澌初泮》(上片)　(《词综》P454)

喜冰澌初泮,微和渐入、东郊时节。春消息,夜来顿觉,红梅数枝争发。玉溪仙馆,不是个、寻常标格。化工别与、一种风情,似匀点胭脂,染成香雪。

吴感这首词全篇以极为普遍的"雪""月""别""折""咽"等字协韵,其中的"格"字如果读成 gé,就破坏了全篇的韵味。

《诗经》中的"葛"

"葛"字现在只有一个读音 gě,如葛根、葛藤、诸葛等。但古时《唐韵古音》注该字读"盖",《毛氏古音考》注该字读"结"。

关于"葛"字读"结",早见之于《诗经》。如:

【先秦】

  《诗经·邶风·旄丘》

  旄丘之葛兮,何诞之节兮。

【汉】

  马融《围棋赋》　(《康熙字典》)

  乍缓乍急兮上且未别,黑白纷乱兮于约如葛。

【唐】

  李贺《黄头郎》　(《全唐诗》P4403)

  水弄湘娥佩,竹啼山露月。玉瑟调青门,石云湿黄葛。

  李贺《秋凉诗寄正字十二兄》　(《全唐诗》P4424)

披书古芸馥,恨唱华容歇。百日不相知,花光变凉节。
弟兄谁念虑,笺翰既通达。青袍度白马,草简奏东阙。
梦中相聚笑,觉见半床月。长思剧寻环,乱忧抵覃葛。

刘长卿《寄李侍御》诗中的"隔"

"隔"字现在只有一个读音 gé，如隔壁、隔离、隔断、隔岸观火等。但古诗词中除了读 gé，有时要读"叶讫得切，音祴"（jiè），与"碧""客""适""笛"等字协韵。例如：

【唐】

刘长卿《寄李侍御》 （《全唐诗》P1522）

旧国人未归，芳洲草还碧。年年湖上亭，怅望江南客。
骢马入关西，白云独何适。相思烟水外，唯有心不隔。

刘长卿《水西渡》 （《全唐诗》P1524）

伊水摇镜光，纤鳞如不隔。千龛道傍古，一鸟沙上白。
何事还山云，能留向城客。

高适《同群公题郑少府田家》 （《全唐诗》P2205）

秋林既清旷，穷巷空渐沥。蝶舞园更闲，鸡鸣日云夕。
男儿未称意，其道固无适。劝君且杜门，勿叹人事隔。

杜甫《白水县崔少府十九翁高斋三十韵》 （《全唐诗》P2267）

烟氛蔼嶕崒，魍魉森惨戚。昆仑崆峒颠，回首如不隔。
前轩颓反照，巉绝华岳赤。兵气涨林峦，川光杂锋镝。

杜甫《光禄坂行》 （《全唐诗》P2315）

山行落日下绝壁，西望千山万山赤。树枝有鸟乱鸣时，暝色无人独归客。
马惊不忧深谷坠，草动只怕长弓射。安得更似开元中，道路即今多拥隔。
（注：射字音"羊盖切"，或"夷益切"，音 yī。）

冯延巳《归国谣》 （《全唐诗》P10149）

江水碧，江上何人吹玉笛？扁舟远送潇湘客。芦花千里霜月白。伤行色，明朝便是关山隔。

【五代】

毛文锡《虞美人》 （《词综》P122）

遥思桃叶吴江碧，便是天涯隔。

毛文锡《醉花间》 （《词综》P128）

深相忆，莫相忆，相忆情难极。银汉是红墙，一带遥相隔。
金盘珠露滴，两岸榆花白 bi。风摇玉佩清，今夕是何夕？

【宋】

柳永《浪淘沙慢》 （《宋词三百首》P59）

恰到如今，天长漏永，无端自家疏隔。知何时，却拥秦云态。愿低帏昵枕，轻轻细说与，江乡夜夜，数寒更思忆。

陆游《九月一日夜读诗稿有感走笔作歌》 （《陆放翁诗词选》P196）

诗家三昧忽见前，屈贾在眼元历历。天机云锦用在我，剪裁妙处非刀尺。
世间才杰固不乏，秋毫未合天地隔。放翁老死何足论，广陵散绝还堪惜。

京镗《满江红·中秋前同二使者赏月》 （《词综》P2170）

阴晴事，人难必。欢乐处，天常惜。幸星稀河淡，云收风息。更著两贤陪胜赏，此身如与尘寰隔。笑谪仙，对影足成三，空孤寂。

汤恢《祝英台近·中秋》 （《词综》P2236）

洞庭窄。谁道临水楼台，清光最先得？万里乾坤，元无片云隔。不妨彩笔银笺，翠尊冰酝，自管领、一庭秋色。

段成己《满江红》 （《词综》P2262）

人已老，身犹客。家在迩，归犹隔。纵语音如旧，形容非昔。芳草绵绵随意绿，平波渺渺伤心碧。到愁来惟觉酒杯宽，人间窄。

《诗经·鄘风》中的"宫"

"宫"字现在只有一个读音 gōng，如故宫、宫殿等。其实在古诗词中它有时可读"叶居王切，音光"（guāng），有时可读"叶古元切，音涓"（juān）。如：

《诗经·鄘风·桑中》

爰采唐矣？沬之乡矣。云谁之思？美孟姜矣。
期我乎桑中（叶诸良切），要我乎上宫（guāng），
送我乎淇之上矣（上叶长羊切）。

班固《张敖铭》 （《康熙字典》）

功成德立，袭封南宫（guāng）。垂号万春，永保无疆。

《黄庭经》 （《康熙字典》）

自高自下皆真人（rán），玉堂绛宇尽玄宫（juān）。

杜牧自宣州赴官入京诗中的"觥"

"觥"字现在只有一个读音 gōng，如觥筹交错等。但古时它的读音有二：一是"古横切"，音昆（kūn）；二是"姑横切"，音光（guāng）。如：

《诗经·豳风》

跻彼公堂，称彼兕觥，万寿无疆。

二是"古横切"。因横字有一音读衡，故觥音为昆，与"城""声""行""笙""轻""情""明""横"等字协韵。

【唐】

杜牧《自宣州赴官入京，路逢裴坦判官归宣州因题赠》（《全唐诗》P5948）

敬亭山下百顷竹，中有诗人小谢城。城高跨楼满金碧，下听一溪寒水声。
梅花落径香缭绕，雪白玉珰花下行。萦风酒斾挂朱阁，半醉游人闻弄笙。
我初到此未三十，头脑钐利筋骨轻。画堂檀板秋拍碎，一引有时联十觥。

元稹《答姨兄胡灵之见寄五十韵》（《全唐诗》P4523）

传盏加分数，横波掷目成。华奴歌浙浙，媚子舞卿卿。
斗设狂为好，谁忧饮败名。屠过隐朱亥，楼梦古秦嬴。
环坐唯便草，投盘暂废觥。

《陌上桑》中的"钩"

"钩"字现在只有一个读音 gōu。但《康熙字典》注，它不但读"古侯切，音沟"（gōu），而且可读音拘（jū），并以古诗《陌上桑》为例：

佚名《陌上桑》

罗敷善采桑，采桑城南隅。青丝为笼系，桂枝为笼钩。

【晋】

张载《登成都白菟楼诗》（《全汉三国晋南北朝诗》P389）

门有连骑客，翠带腰吴钩。鼎食随时进，百和妙且殊。
披林采秋橘，临江钓春鱼。

古诗中的"骨"

"骨"字现在读 gū、gǔ 两音。但古时它的读音是"古忽切"音汩(gǔ)。由于"忽"字有笏(hū)、翕(xī)、血(xiě)三音,所以"骨"字有"古笏切"音汩、"古翕切"音衣、"古血切"音节三音。古诗词中"骨"字除了读 gǔ,不少诗词以读音"节"与"月""绝""别""歇""雪""阙""越""结"等字协韵。从《全唐诗》来看,骨字在诗歌中不算多见,其中数量最多的是李白,有 11 篇。但许多名家的诗中找不到"骨"字。现将"骨"字与"雪""月""别""绝"等字协韵的诗举例如下:

【唐】

储光羲《题应圣观》 (《全唐诗》P1383)

空中望小山,山下见馀雪。皎皎河汉女,在兹养真骨。
登门骇天书,启籥问仙诀。池光摇水雾,灯色连松月。
合砖起花台,折草成玉节。天鸡弄白羽,王母垂玄发。

常建《塞上曲》 (《全唐诗》P1455)

翩翩云中使,来问太原卒。百战苦不归,刀头怨明月。
塞云随阵落,寒日傍城没(miè)。城下有寡妻,哀哀哭枯骨。

常建《白龙窟泛舟寄天台学道者》 (《全唐诗》P1459)

泉萝两幽映,松鹤间清越。碧海莹子神,玉膏泽人骨。

常建《昭君墓》 (《全唐诗》P1460)

汉宫岂不死,异域伤独没。万里驮黄金,蛾眉为枯骨。
回车夜出塞,立马皆不发。共恨丹青人,坟上哭明月。

李白《天马歌》 (《全唐诗》P1683)

天马来出月支窟,背为虎文龙翼骨。嘶青云,振绿发,兰筋权奇走灭没。
腾昆仑,历西极,四足无一蹶。鸡鸣刷燕晡秣越。

李白《宣州谢朓楼饯别校书叔云》 (《全唐诗》P1809)

蓬莱文章建安骨,中间小谢又清发。俱怀逸兴壮思飞,欲上青天览日月。

李白《答族侄僧中孚赠玉泉仙人掌茶》 (《全唐诗》P1818)

常闻玉泉山,山洞多乳窟。仙鼠如白鸦,倒悬清溪月。
茗生此中石,玉泉流不歇。根柯洒芳津,采服润肌骨。

李白《同友人舟行游台越作》 (《全唐诗》P1825)

古人不可攀,去若浮云没。愿言弄倒景,从此炼真骨。
华顶窥绝溟,蓬壶望超忽。不知青春度,但怪绿芳歇。

李白《天台晓望》（《全唐诗》P1834）

风潮争汹涌,神怪何翕忽。观奇迹无倪,好道心不歇。
攀条摘朱实,服药炼金骨。安得生羽毛,千春卧蓬阙。

李白《登巴陵开元寺西阁赠衡岳僧方外》（《全唐诗》P1838）

衡岳有开士,五峰秀真骨。见君万里心,海水照秋月。

李白《忆崔郎中宗之游南阳遗吾孔子琴抚之潸然感旧》（《全唐诗》P1858）

一朝摧玉树,生死殊飘忽。留我孔子琴,琴存人已殁。
谁传广陵散,但哭邛山骨。泉户何时明,长扫狐兔窟。

李白《忆秋浦桃花旧游时窜夜郎》（《全唐诗》P1860）

桃花春水生,白石今出没。摇荡女萝枝,半摇青天月。
不知旧行径,初拳几枝蕨。三载夜郎还,于兹炼金骨。

李白《感兴》（《全唐诗》P1864）

十五游神仙,仙游未曾歇。吹笙坐松风,泛瑟窥海月。
西山玉童子,使我炼金骨。欲逐黄鹤飞,相呼向蓬阙。

李白《感遇》（《全唐诗》P1865）

昔余闻姮娥,窃药驻云发。不自娇玉颜,方希炼金骨。
飞去身莫返,含笑坐明月。紫宫夸蛾眉,随手会凋歇。

刘湾《李陵别苏武》（《全唐诗》P2012）

胡天无春风,房地多积雪。穷阴愁杀人,况与苏武别。
发声天地哀,执手肺肠绝。白日为我愁,阴云为我结。
生为汉宫臣,死为胡地骨。万里长相思,终身望南月。

岑参《下外江舟怀终南旧居》（《全唐诗》P2045）

敝庐终南下,久与真侣别。道书谁更开,药灶烟遂灭。
顷来压尘网,安得有金骨。岩壑归去来,公卿是何物。

岑参《江上阻风雨》（《全唐诗》P2045）

积浪成高丘,盘涡为嵌窟。云低岸花掩,水涨滩草没。
老树蛇蜕皮,崩崖龙退骨。平生抱忠信,艰险殊可忽。

杜甫《北征》（《全唐诗》P2275）

坡陀望鄜畤,岩谷互出没。我行已水滨,我仆犹木末。
鸱鸟鸣黄桑,野鼠拱乱穴。夜深经战场,寒月照白骨。

杜甫《鹿头山》（《全唐诗》P2301）

天下今一家,云端失双阙。悠然想扬马,继起名硡硉。
有才令人伤,何处埋尔骨。纡余脂膏地,惨淡豪侠窟。

白居易《效陶潜体诗》 (《全唐诗》P4723)

壮士磨匕首，勇愤气蓬勃。一酣忘报雠，四体如无骨。
东海杀孝妇，天旱逾年月。一酌酹其魂，通宵雨不歇。

白居易《对酒》 (《全唐诗》P4785)

贤愚共零落，贵贱同埋没。东岱前后魂，北邙新旧骨。
复闻药误者，为爱延年术。又有忧死者，为贪政事笔。

欧阳詹《汝川行》 (《全唐诗》P3904)

汝坟春女蚕忙月。朝起采桑日西没。轻绡裙露红罗袜。半蹋金梯倚枝歇。
垂空玉腕若无骨。肤叶朱唇似花发。

刘禹锡《酬牛相公独饮偶醉寓言见示》 (《全唐诗》P3988)

歌眉低有思，舞体轻无骨。主人启酡颜，酣畅浃肌发。
犹思城外客，阡陌不可越。春意日夕深，此欢无断绝。

孟郊《答韩愈李观别因献张徐州》 (《全唐诗》P4240)

富别愁在颜，贫别愁销骨。懒磨旧铜镜，畏见新白发。
古树春无花，子规啼有血。离弦不堪听，一听四五绝。
世途非一险，俗虑有千结。

孟郊《读张碧集》 (《全唐诗》P4261)

天宝太白殁，六义已消歇。大哉国风本，丧而王泽竭。
先生今复生，斯文信难缺。下笔证兴亡，陈词备风骨。

李贺《题赵生壁》 (《全唐诗》P4417)

大妇然竹根，中妇春玉屑。冬暖拾松枝，日烟坐蒙灭。
木藓青桐老，石泉水声发。曝背卧东亭，桃花满肌骨。

元稹《缚戎人》 (《全唐诗》P4620)

近年如此思汉者，半为老病半埋骨。常教孙子学乡音，犹话平时好城阙。

元稹《有鸟二十立章》 (《全唐诗》P4623)

有鸟有鸟名俊鹘，鹞小雕痴俊无匹。雏鸭拂爪血迸天，狡兔中拳头粉骨。
平明度海朝未食，拔上秋空云影没。瞥然飞下人不知，搅碎荒城魅狐窟。

李商隐《海上谣》 (《全唐诗》P6217)

桂水寒于江，玉兔秋冷咽。海底觅仙人，香桃如瘦骨。
紫鸾不肯舞，满翅蓬山雪。借得龙堂宽，晓出揲云发。

贾岛《赠智朗禅师》 (《全唐诗》P6622)

上人分明见，玉兔潭底没。上人光惨貌，古来恨峭发。
涕辞孔颜庙，笑访禅寂室。步随青山影，坐学白塔骨。

吴筠《游仙》（《全唐诗》P9641）

愍俗从迁谢，寻仙去沦没。三元有真人，与我生道骨。
凌晨吸丹景，入夜饮黄月。百关弥调畅，方寸益清越。

齐己《日日曲》（《全唐诗》P9584）

日日日东上，日日日西没。任是神仙容，也须成朽骨。

《诗经·唐风·扬之水》中的"鹄"

"鹄"字现在有两个读音：一音为 hú；二音为 gǔ。如《史记·陈涉世家》中"燕雀焉知鸿鹄之志哉！"的"鹄"就读 hú。其实古时候"鹄"有时要读"叶居号切，音告"（gào），如：

《诗经·唐风·扬之水》

扬之水，白石皓皓。素衣朱绣，从子于鹄。

《诗经》中的"瓜"

"瓜"字现在只有一个读音 guā。但古诗词中它除了读"刮"外，还可读"叶攻乎切，音孤"。例如：

《诗经·卫风·木瓜》

投我以木瓜，报之以琼琚。

《诗经·豳风·七月》

七月食瓜。八月断壶。九月叔苴。

《诗经·小雅·信南山》

中田有庐。疆场有瓜。是剥是菹。献之皇祖。

《诗经·卫风·氓》中的"关"

"关"字现在只有一个读音 guān。其实古时它是个多音字，《康熙字典》注明它有三种读音：一是"古还切，音瘝"（guān）；二是"乌还切，音弯"（wān）；三是"圭悬切，音涓"（juān）。"关"字读 juān 音，在《诗经》已有明确的注音。

《诗经·卫风·氓》

乘彼垝垣，以望复关。不见复关，泣涕涟涟。既见复关，载笑载言。

我国古诗词中"关"字音 juān 的情况不少，例如：

【汉】

刘歆《遂初赋》（《康熙字典》）

驰大行之严防，入天井之乔关。望庭燧之螫螫，飞旌旗之翩翩。

徐干《答刘桢诗》（《先秦汉魏晋南北朝诗》P376）

与子别无几，所经未一旬。我思一何笃，其愁如三春。
虽路在咫尺，难涉如九关。陶陶朱夏别，草木昌且繁。

【晋】

卢谌《览古诗》（《全汉三国晋南北朝诗》P420）

蔺生在下位，缪子称其贤。奉辞驰出境，伏轼径入关。
秦王御殿坐，赵使拥节前。挥袂睨金柱，身玉要俱捐。

【唐】

白居易《春眠》（《全唐诗》P4727）

至适无梦想，大和难名言。全胜彭泽醉，欲敌曹溪禅。
何物呼我觉，伯劳声关关。起来妻子笑，生计春茫然。

白居易《中隐》（《全唐诗》P4991）

洛中多君子，可以恣欢言。君若欲高卧，但自深掩关。

白居易《游悟真寺诗》（《全唐诗》P4734）

谁知中有路，盘折通岩巅。一息幡竿下，再休石龛边。
龛间长丈馀，门户无局关。仰窥不见人，石发垂若鬟（鬟音圆）。

白居易《郡亭》（《全唐诗》P4759）

平旦起视事，亭午卧掩关。除亲簿领外，多在琴书前。

白居易《赠杓直》（《全唐诗》P4738）

有兴或饮酒，无事多掩关。寂静夜深坐，安稳日高眠。
秋不苦长夜，春不惜流年。

白居易《酬吴七见寄》（《全唐诗》P4737）

曲江有病客，寻常多掩关。又闻马死来，不出身更闲。

白居易《偶作》（《全唐诗》P5180）

篮舁出即忘归舍，柴户昏犹未掩关。闻客病时惭体健，见人忙处觉心闲。

【宋】

　　黄庭坚《满庭芳·茶》　（《唐宋名家词选》P128）

北苑春风,方圭圆璧,万里名动京关。碎身粉骨,功合上凌烟。樽俎风流战胜,降春睡、开拓愁边。

【清】

　　孙德祖《高阳台·酒楼秋柳》　（《词综补遗》P888）

镜中潘鬓知何似？度清秋冷节,残月年年。羌笛声中,几人摇落江关。醉来湿尽相思字,祝长条,休拂朱阑。待芳尘,渍个愁痕,当与人看(牵)。

　　潘喜陶《夏初临》惠山纪游　（《词综补遗》P971）

树色团青,山容泼黛,天成画本荆关。试茗寻泉,香縢裙展年年。

【近现代】

　　张伯驹《小秦皇·石》　（《中国古今题画诗全璧》P1021）

太华峰头玉井莲,朦朦晓日射潼关。何来十万横磨剑,削尽芙蓉剩一拳。

　　林伯渠《送董老赴陪都》　（《十老诗选》P93）

延安回首又西安,此去渝京路几千。驿路幸存左氏柳,夏云尝拥剑门关。
不因贝锦轻南国,好用批评重北山(音仙)。参政也为吾辈事,岂容说论让先贤。

白居易《游悟真寺诗》中的"观"

　　"观"字通常都读"官"(guān),但古诗词中有时要读 quàn(区愿切,音劝)或 juān(叶居员切,音涓,或 jūn)(叶规伦切,音均)(《康熙字典》)。

　　"观"读为"劝",见《礼·缁衣》："在昔上帝,周天观(音劝)文王之德。"(《康熙字典》)又如《诗·小雅》："维鲂及鱮,薄言观者。"

　　白居易《游悟真寺诗》　（《全唐诗》P4734）

野绿簇草树,眼界吞秦原。渭水细不见,汉陵小于拳。
却顾来时路,萦纡映朱栏。历历上山人,一一遥可观(音涓)。

【西汉】

　　《前汉·高彪诗》　（《康熙字典》）

枉道依合,复无所观(音均)。先公高节,越可永遵。

【东汉】

　　傅毅《七激》　（《康熙字典》）

推义穷类,靡不博观。光润嘉美,世宗其言。

【宋】

贺铸《望湘人·春思》 (《宋词三百首》P4227)

青翰棹舣,白苹洲畔。尽目临皋飞观。不解寄、一字相思,幸有归来双燕。

苏轼《点绛唇·己巳重九和苏坚》 (《苏轼词全集》P245)

我辈情钟,古来谁似龙山宴。而今楚甸,戏马余飞观。

苏轼《点绛唇·庚午重九再用前韵》 (《苏轼词全集》P255)

不用悲秋,今年身健还高宴。江村海甸,总作空花观。

尚想横汾,兰菊纷相半。楼船远,白云飞乱,空有年年雁。

高冠国《齐天乐》 (《词综》P1080)

风流江左久客,旧游得意处,朱帘曾卷。载酒春情,吹箫夜约,犹忆玉娇香软。尘楼故苑,叹壁月空檐,梦云飞观。送绝征鸿,楚峰烟数点。

宋人李持正《明月逐人来·上元》词全篇以"浅""遍""远""卷"诸字协韵,其中的"观"字就应该读"涓"(《词综》P630)。

星河明淡,春来深浅。红莲正、满城开遍。禁街行乐,暗尘香拂面。皓月随人近远。

天半鳌山,光动凤楼两观(juān)。东风静、珠帘不卷。玉辇待归,云外闻弦管(圆)。认得宫花影转。

贺铸《望湘人》 (《词综》P427)

须信鸾弦易断。奈云和再鼓,曲终人远。认罗袜无踪,旧处弄波清浅。

青翰棹舣,白苹洲畔。尽目临皋飞观。不解寄、一字相思,幸有归来双燕。

【清】

王履基《望湘人》 (《词综补遗》P1339)

帘外游丝半断。又和风卷起,蝶魂同远。到云月双溪,蘸柳嫩黄波浅。幢影静,有鹤眠蕉畔,参破飞花空观。付一梦、绿惨红颓,剩对僧龛闲燕。

王鸿年《征召》 (《词综补遗》P1462)

双岩怒挟飞涛走,江流与心俱运。峻壁竞摩天,界长空如线。岚光横望眼,似装出,参差楼观。一霎晴阴,片帆飞急,冷云吹面。

崔骃《大理箴》中的"官"

"官"字现在只有一个读音 guān。但在古诗词里,它不但可读"古丸切,音观"(guān),而且可读"古元切,音涓"(juān)(《康熙字典》)。如:

诗词古音

【汉】

崔骃《大理箴》

嗟兹大理,慎于尔官。赏不可不思,断不可不虔。

【唐】

白居易《游悟真寺诗》 (《全唐诗》P4736)

我本山中人,误为时网牵。牵率使读书,推挽令效官。

白居易《朝归书寄元八》 (《全唐诗》P4737)

唯应静者信,难为动者言。台中元侍御,早晚作郎官(juān)。

白居易《赠杓直》 (《全唐诗》P4738)

我今信多幸,抚己愧前贤。已年四十四,又为五品官(juān)。

白居易《自咏》 (《全唐诗》P4765)

夜镜隐白发,朝酒发红颜。可怜假年少,自笑须臾间。
朱砂贱如土,不解烧为丹。玄鬓化为雪,未闻休得官。

元稹《和乐天赠樊著作》 (《全唐诗》P4459)

信哉作遗训,职在圣与贤。如何至近古,史氏为闲官。
但令识字者,窃弄刀笔权。由心书曲直,不使当世观。
贻之千万代,疑言相并传。人人异所见,各各私所偏。

乐府《君子行》中的"冠"

"冠"字现在有两个读音 guàn 和 guān。但古时它是个多音字,除了音"官"(guàn),还可以读 jùn(叶俱伦切,音麇),也可读 juān(眷)(《康熙字典》)。如:

【晋】

陆机《赠潘尼诗》 (《全汉三国晋南北朝诗》P340)

水会于海,云翔于天。道之所混,孰后孰先。及子虽殊,同升太玄。
舍彼玄冕,袭此云冠。遗情市朝,永志丘园。

【汉】

乐府《君子行》

君子防未然,不处嫌疑间。瓜田不纳履,李下不正冠。
嫂叔不亲授,长幼不比肩。

刘歆《孟母赞》

子学不进,断机示焉。子遂成德,为当世冠(juān)。

白居易《游悟真寺诗》（《全唐诗》P4735）

白珠垂露凝，赤珠滴血殷。点缀佛髻上，合为七宝冠。

苏辙《燕山诗》（《康熙字典》）

丹子号无策，亦数游侠冠。割弃何人斯，腥臊久不澣。

柳永《阳台路》中的"馆"

"馆"字现在只有一个读音 guǎn，如宾馆、旅馆、图书馆、展览馆等。但《康熙字典》注明，它是个多音字，不但读"古玩切，音贯"（guǎn），而且可读"叶扃县切，音睊"（juān）。如：

徐干《齐都赋》（《康熙字典》）

后宫内庭，嫔妾之馆（juān）。众伟所施，极功穷变。

古诗词中"馆"字应读音为 juān 与"变""遣""见""浅""院"等字协韵的情况屡有所见。如：

【晋】

陆机《讲汉书诗》（《先秦汉魏晋南北朝诗》P678）

税驾金华，讲学秘馆。有集惟髦，芳风雅宴。

【宋】

柳永《阳台路》（《词综》P351）

此际空劳回首，望帝里难收泪眼。暮烟衰草，算暗锁路岐无限。今宵又依前寄宿，甚处苇村山馆。寒灯畔，夜厌厌，凭何消遣。

郑仅《调笑·武陵》（《词综》P489）

烟暖，武陵晚（yuān）。洞里春长花烂漫（mìng）。红英满地溪流浅，渐听云中鸡犬。刘郎迷路香风远，误到蓬莱仙馆。

晁端礼《水龙吟·杏花》（《词综》P584）

小桃零落春将半（piàn），双燕却来池馆。名园相倚，初开繁杏，一枝遥见。竹外斜穿，柳间深映，粉愁春怨。任红歌宋玉，墙头十里，曾牵惹人肠断（diàn）。

吕渭老《减字木兰花》（《词综》P622）

雨帘高卷，芳树阴阴连别馆。

洪瑹《瑞鹤仙》（《词综》P1149）

芳心缱绻，空惆怅巫阳馆。况船头一转，三千馀里，隐隐高城不见。恨无情春水连天,片帆如箭。

　　　　李清照《蝶恋花·晚止昌东馆寄姊妹》　(《李清照全集》P39)

泪湿罗衣脂粉满,四叠阳关,唱到千千遍。人道山长山又断(diàn),萧萧微雨闻孤馆。

(注:蝶恋花词要求"遍"与"馆"协韵。)

　　　　汤恢《倦寻芳》　(《词综》P2233)

记旧日西湖行乐,载酒寻春,十里尘软。背后腰肢,仿佛画图曾见。宿粉残香随梦冷,花花流水和天远。但如今,病恹恹海棠池馆。

　　　　吴文英《解花语·梅花》　(《词综》P1202)

冷云荒翠,幽栖久无语暗申春怨。东风半面。料准拟何郎诗卷。欢未阑,烟雨青黄,宜昼阴庭馆。

【金】

　　　　王特起《喜迁莺·题郝仙女庙壁》　(《词综》P1633)

汀洲苹满,记苹笼采采,相将邻媛。苍渚烟生,金支光烂,人在雾绡鲛馆。小鬟顿成云散,罗袜凌波不见。翠鸾远,但清溪如镜,野花留靥。

【清】

　　　　洪汝闿《霜叶飞》　(《词综补遗》P40)

半绳新雁残阳外,西风寒到高馆。暮秋时节易伤离,俊侣天涯远。趁月夕,惊蓬未转,当筵休放金尊浅。

　　　　吴恩熙《齐天乐·过废园》　(《词综补遗》P351)

六朝金粉飘零甚,伤心故家池馆。壁挂螨蛸,墙牵薜荔,春去闲门谁管(juǎn)。荒烟自卷。任瘦蝶飞慵,晚莺啼倦。一抹斜阳,落花红遍旧庭院。

　　　　陈洵《烛影摇红》　(《词综补遗》P744)

芳草天涯又晚,送天风、萧萧去雁。凄凉客枕,宛转江流,竭来孤馆。

　　　　张德瀛《谒金门》　(《词综补遗》P1608)

帘乍卷,还认暮云池馆。一树夭桃斜照晚,离情天不管。内手徒怜袖短,入世只如蓬转。明日挂帆风缓缓(xuān),一绿波人远。

姜夔《踏莎行》中的"管"

　　"管"字现在大家都读 guǎn,如管理、管教、管辖、管家等。但古诗词中它有时要读"古转切,音圆"。《康熙字典》以郭璞的《鹥赞》为例:

殷王元发,圣敬日远。商人是颂,咏之弦管(管音圆)。

【宋】

姜夔《踏莎行·自沔东来丁未元日至金陵江上感梦而作》（《唐宋名家诗词选》P265)

燕燕轻盈,莺莺娇软,分明又向华胥见。夜长争得薄情知?春初早被相思染。别后书辞,别时针线,离魂暗逐郎行远。淮南皓月冷千山,冥冥归去无人管。

张抡《烛影摇红有怀》（《宋词三百首》P283)

双阙中天,凤楼十二春寒浅。去年元夜奉宸游,曾侍瑶池宴。玉殿珠帘尽卷。拥群仙、蓬壶阆苑。五云深处,万烛光中,揭天丝管。

李邴《玉楼春·美人书字》（《词综》P698)

沉吟不语晴窗畔。小字银钩题欲遍。云情散乱未成篇,花骨欹斜终带软。重重说尽情和怨。珍重提携常在眼。暂时得近玉纤纤,翻羡缕金红象管。

李持正《明月逐人来·上元》（《词综》P630)

天半鳌山,光动凤楼两观。东风静、珠帘不卷。玉辇待归,云外闻弦管。认得宫花影转。

何籀《宴清都》（《词综》P635)

堪怨!傅粉疏狂,窃香俊雅,无计拘管。青丝绊马,红巾寄羽,甚处迷恋?无言泪珠零乱,翠袖尽重重渍遍。故要得别后思量,归时觑见。

朱淑真《谒金门》（《词综》P1587)

春已半,触目此情无限。十二阑干闲倚遍,愁来天不管。好是风和日暖,输与莺莺燕燕。满院落花帘不卷,断肠芳草远。

王月山《台城路·初秋》（《词综》P1433)

夜来疏雨鸣金井,一叶舞风红浅。莲渚生香,兰皋浮爽,凉思顿欺班扇。秋光冉冉。任老却芦花,西风不管。清兴难磨,几回有句到诗卷。

晏殊《清商怨》（《词综》P240)

双鸾衾裯悔展。夜又永,枕孤人远。梦未成归,梅花闻塞管。

翁元龙《绛都春·秋晚,海棠与黄菊盛开》（《词综》P2241)

花娇半面。记蜜烛夜阑,同醉深院。衣袖粉香,犹未经年如年远。玉颜不趁秋容换。但换却、春游同伴。梦回前度,邮亭倦客,又拈笺管。

【清】

时娴《如梦令》（《词综补遗》P154)

寂寞西风庭院,黄菊如金堆遍。无绪把琼卮,幽恨空庭团扇。魂断,魂断(断音殿),遥听昭阳萧管(叶古转切)。

吴莜《水龙吟·九龙登宋王台》 (《词综补遗》P387)

换尽昆池沉劫,剩青青,一坏谁管?冷吟断岸,人间秋士,几多幽怨。

吴贞惠《绮罗香》 (《词综补遗》P390)

钿雁斜飞,一一似传清怨。对晚镜、羞见双鸾,寒瘦损、楚腰谁管。甚深宵、隔雨相望,静中绣幄听裁翦。

吴恩熙《齐天乐·过废园》 (《词综补遗》P351)

壁挂螨蛸,墙牵薜荔,春去闲门谁管?荒烟自卷。任瘦蝶飞慵,晚莺啼倦。

钱万里《满江红·东湖感旧》 (《词综补遗》P1032)

九派湖光,宛然是、旧时波面。记当日,兰舟绣被,玉箫金管。高馆层轩临碧水,春花秋月开琼宴。

陈周膺《惜余春慢》 (《词综补遗》P769)

电炬千家,飚轮十里,载道喧闻丝管。移山作景,剪彩成棚,八宝丽妆争炫。还似开元盛时,花萼楼前,笙歌春宴。

王景曾《隔帘听·闺怨》 (《词综补遗》P1302)

闲庭静院,花落莺啼乱(乱音练)。伊如别有人儿恋,尽着凄凉,重门深掩。休检点,说甚桃花人面。

张鸿《三姝媚》 (《词综补遗》P1628)

斜阳红带怨。黯西风重来,寻芦秋雁。絮卷丝迷,怅故宫花事,坠烟零乱。凝碧池头,珠泪湿、梨园弦管。衰柳朱阑,望杳雕梁,旧时双燕。

席佩兰《晓行观日出》中的"贯"

"贯"字现在只有一个读音 guàn,如贯彻、贯通、贯注等。但古诗词中它有时要读"涓"。据《康熙字典》:"贯,古丸切,音官。"而"官"字可"叶古元切,音涓(juān)"。如:

【清】

席佩兰《晓行观日出》 (《盛世华音》P1036)

绮殿结乍成,蜃楼高又变。五色若五味,调和成一片。
如剑光益韬,如宝精如敛。破空若有声,飞出还疑电。
火轮绛宫转,金柱天庭贯(涓)。阴气豁然开,万象或昭焕(xùn)。

"焕"字通常读 huàn,但古诗词中有时要读"叶许县切,音绚"(xùn)(《康熙字典》)。

王桢《珍珠帘》中的"惯"

"惯"字现在只有一个读音 guàn，如习惯、惯性、惯匪等。但古诗词中除了读 guàn，有时要读"专"(zhuān)。据《康熙字典》："惯，古患切。"而"患"字多音，有时读"换"，有时读"院"；所以"惯"字有时读"贯"(guàn)，有时读"古院切，音专"(zhuān)，与"燕""院""恋""浅""见"等字协韵。

【宋】

    周美成《烛影摇红》 (《词苑丛谈》P242)

芳脸匀红，黛眉巧画宫妆浅。风流天付与精神，全在娇波眼。早是萦心可惯。向尊前、频频顾盼。几回想见，见了还休，争如不见。

【清】

    王桢《珍珠帘》 (《词综补遗》P1340)

年年笑尔衔泥燕，又待雏，去傍谁家院？辛苦话呢喃，为旧巢难恋。多少琼林栖未稳，只幕上、依人偏惯。

    王景曾《隔帘听·闺怨》 (《词综补遗》P1302)

一任春寒春暖，倒也凄凉惯。短瘦形常为伴，纵薄幸儿郎，漂流蓬转。再拼几个三春，天涯料也游应遍。

古诗词中的"归"

"归"字现在只有一个读音 guī，大家在朗诵古诗词时也都读 guī。如：

  波渺渺，柳依依。孤村芳草远，斜日杏花飞。
  江南春尽离肠断，苹满汀洲人未归。

寇准这首《江南春》为大家所熟知。现在人们在朗读该词时都把"归"字读为 guī，同前两句末的"依""飞"很不合韵。

    萧纲《夜望单飞雁》 (《全汉三国晋南北朝诗》P940)

  天霜河白夜星稀，一雁声嘶何处归。
  早知半路应相失，不如从来本独飞。

这是一首"七绝"，它四句三韵，第一、第二、第四句押韵，但"归"字读 guī 就与"稀""飞"不协韵了。其他例子如：

【唐】

　　　　　李贤《唐书·建宁王倓传》

种瓜黄台下,瓜熟子离离。一摘使瓜好,再摘令瓜稀。三摘尚自可,摘绝抱蔓归。

　　　　　王勃《山中》　（《全唐诗》P683)

　　长江悲已滞,万里念将归。况属高风晚,山山黄叶飞。

　　　　　杜甫《曲江》　（《全唐诗》P2410)

　　朝回日日典春衣,每日江头尽醉归。酒债寻常行处有,人生七十古来稀。
　　穿花蛱蝶深深见,点水蜻蜓款款飞。传语风光共流转,暂时相赏莫相违。

　　　　　徐元杰《湖上》　（《千家诗》)

　　花开红树乱莺啼,草长平湖白鹭飞。风日晴和人意好,夕阳箫鼓几船归。

　　　　　张旭《山行留客》　（《全唐诗》P1179)

　　山光物态弄春晖,莫为轻阴便拟归。纵使晴明无雨色,入云深处亦沾衣。

【宋】

　　　　　岳飞《池州翠微亭》

　　经年尘土满征衣,特特寻芳上翠微。好水好山看不足,马蹄催趁月明归。

　　　　　文天祥《金陵驿》　（《宋诗一百首》P123)

　　草合离宫转夕晖,孤云飘泊复何依!山河风景元无异,城郭人民半已非。
　　满地芦花和我老,旧家燕子傍谁飞?从今别却江南路,化作啼鹃带血归。

　　　　　张演《社日》　（《千家诗》)

　　鹅湖山下稻粱肥,豚栅鸡栖对掩扉。桑柘影斜春社散,家家扶得醉人归。

　　以上是几首人们熟知的诗词,"归"字读 guī,显然与离、稀、衣、飞等字不协韵。其实中国古代诗歌中"归"字与衣、飞、晞、扉、菲、稀、离、霏、非、依、几等字押韵的比比皆是。

　　据《康熙字典》,归字有两音:一是"举韦切"或"居韦切",二是"求位切,音匮"。因"韦"字一音"衣",所以"居韦切"就切出 jī。

　　它最早见于《诗经·小雅·湛露》。该诗云:湛湛露斯,匪阳不晞。厌厌夜饮,不醉无归。

　　由于"归"字在古诗词里出现的频率很高,据不完全统计,在《全唐诗》中,白居易有 74 首,杜甫 48 首,李白 35 首,岑参 31 首,刘长卿 33 首,许浑 29 首,王维 21 首,赵嘏 20 首,张籍 20 首,刘禹锡 19 首,韦庄 21 首,李商隐 21 首,杜牧 19 首,张说 18 首,钱起 14 首,沈佺期 12 首,皮日休 12 首,陆龟蒙 13 首。《玉台新咏》中含"归"字的诗 40 多首。可以说大部分诗人的作品里都有"归"字。但现在知道其古音的极少,特此大量举例,作为一个"专题"以供读者体会。

【汉】

王褒《楚辞·九怀·陶壅》

览杳杳兮世惟,余惆怅兮何归。伤时俗兮溷乱,将奋翼兮高飞。

乐府《薤露》（《先秦汉魏晋南北朝诗》P257）

薤上露,何易晞。露晞明朝更复落,人死一去何日归。

曹植《杂诗》（《玉台新咏》P36）

微阴翳阳景,清风飘我衣。游鱼潜渌水,翔鸟薄天飞。
眇眇客行士,遥役不得归。始出严霜结,今来白露晞。
游者叹黍离,处者歌式微。慷慨对嘉宾,凄怆内伤悲。

《古诗十九首》（《玉台新咏》P1）

凛凛岁云暮,蝼蛄多鸣悲。凉风率已厉,游子寒无衣。
锦衾遗洛浦,同袍与我违。独宿累长夜,梦想见容辉。
良人惟古欢,枉驾惠前绥（绥,息遗切）。愿得常巧笑,携手同车归。
既来不须臾,又不处重闱。亮无晨风翼,焉能凌风飞？
眄睐以适意,引领遥相睎。徙倚怀感伤,垂涕沾双扉。

《玉台新咏》中含"归"字的诗 40 余首,列举如下：

【南朝 宋】

柳恽《捣衣诗》（P110）

行役滞风波,游人淹不归。亭皋木叶下,陇首秋云飞。

柳恽《杂诗》（P112）

云轻色转暖,草绿晨芳归。山墟罢寒晦,园泽润朝晖。
春心多感动,睹物情复悲。自君之出矣,兰堂罢鸣机。
徒知游宦是,不念别离非。

鼓吹曲《巫山高》

巫山光欲晚,阳台色依依。彼美岩之曲,宁知心是非。
朝云触石起,暮雨润罗衣。愿解千金佩,请逐大王归。

范云《巫山高》（P124）

巫山高不极,白日隐光辉。霭霭朝云去,溟溟暮雨归。
岩悬兽无迹,林暗鸟疑飞。枕席竟谁荐,相望徒依依。

吴均《与柳恽相赠答》（P130）

闺房宿已静,落月有馀辉。寒虫隐壁思,秋蛾绕烛飞。
绝云断更合,离禽去复归。佳人今何在？迢递江之沂。
一为别鹤弄,千里泪沾衣。

【南朝　梁】

　　　　　江洪《咏蔷薇》（P115）

曲池浮采采，斜岸列依依。或闻好音度，时见衔泥归。
且对清觞湛，其余任是非。

　　　　　范靖妇《咏灯》（P118）

绮筵日已暮，罗帷月未归。开花散鹄彩，含光出九微。
风轩动丹焰，冰宇淡青辉。不吝轻蛾绕，惟恐晓蝇飞。

　　　　　王枢《古意应萧信武教诗》（P122）

朝取饥蚕食，夜缝千里衣。复闻南陌上，日暮采莲归。

　　　　　费昶《和萧记室春旦有所思》（P142）

芳树发春晖，蔡子望青衣。水逐桃花去，春随杨柳归。

　　　　　费昶《巫山高》（P144）

朝云触石起，暮雨润罗衣。愿解千金佩，请逐大王归。

　　　　　颜延之《秋胡诗》（P76）

驱车出郊郭，行路正威迟。存为久别离，没为长不归。

　　　　　鲍照《梦归乡》（P81）

沙风暗塞起，离心眷乡畿。夜分就孤枕，梦想暂言归。

　　　　　吴迈远《长别离》（P84）

淮阴有逸将，折羽谢翻飞。楚有扛鼎士，出门不得归。

　　　　　谢朓《咏落梅》（P93）

新叶初冉冉，初蕊新霏霏。逢君后园䜩，相随巧笑归。

　　　　　萧纲《紫骝马》（P160）

贱妾朝下机，正值良人归。青丝悬玉蹬，朱汗染香衣。
骤急珂弥响，跳多尘乱飞。雕菇幸可荐，故心君莫违（违音移）。

　　　　　萧绎《和刘上黄春日诗》（P173）

新莺隐叶啭，新燕向窗飞。柳絮时衣酒，梅花乍入衣。
玉珂逐风度，金鞍映日晖。无令春色晚，独望行人归。

　　　　　萧统《寒宵三韵》（P173）

乌鹊夜南飞，良人行未归。池水浮明月，寒风送捣衣。
愿织回文锦，因君寄武威。

武陵王纪《和湘东王夜梦应令》（P174）

昨日梦君归，贱妾下鸣机。悬知意气薄，不著去时衣。
故言如梦里，赖得雁书飞。

王筠《秋夜》（P186）

九重依夜馆，四壁惨无辉。招摇顾西落，乌鹊向东飞。
流萤渐收火，络纬欲催机。尔时思锦字，持制行人衣。
所望丹心达，嘉客傥能归。

甄固《奉和世子春情一首》（P197）

昨晚褰帘望，初逢双燕归。今朝见桃李，不啻数花飞。

刘孝绰《乌夜啼》（P188）

别有啼乌曲，东西相背飞。倡人怨独守，荡子游未归。

庾信（《仰和何仆射还宅怀故》P198）

紫阁旦朝罢，中台文奏稀。无复千金笑，徒劳五日归。
步檐朝未扫，兰房昼掩扉。苔生理曲处，网积回文机。
故瑟馀弦断，歌梁秋燕飞。朝云虽可望，夜帐定难依。
愿凭甘露入，方假慧灯辉。宁知洛城晚，还泪独沾衣。

庾成师《远期篇》（P211）

忆别春花飞，已见秋叶稀。泪粉羞明镜，愁带减宽衣。
得书未言反，梦见道应归。坐使红颜歇，独掩青楼扉。

萧纲《杂句春情一首》（P245）

蝶黄花紫燕相追，杨低柳合露尘飞。已见垂钩挂绿树，诚知淇水沾罗衣。
两童夹车问不已，五马城南犹未归。

萧子显《燕歌行》（P247）

思君昔去柳依依，至今八月避暑归。明珠蚕茧勉登机，郁金香花特香衣。

沈约《岁暮愍衰草》（P251）

径荒寒草合，桐长旧岩围。园庭渐芜没，霜露日沾衣。
愿逐晨征鸟，薄暮共西归。

沈约《晨征听晓鸿》（P254）

孤雁夜南飞，客泪夜沾衣。春鸿思暮返，客子方未归。
岁去欢娱尽，年来容貌非。

萧衍《白纻辞》（P259）

纤腰袅袅不任衣。娇态独立特为谁。赴曲君前未忍归。上声急调中心飞。

萧纲《江南曲》（P260）

枝中水上春并归。长杨扫地桃花飞。清风吹人光照衣。

王融《咏火》（P276）

冰容惭远鉴,水质谢明晖。是照相思夕,早望行人归。

谢朓《同王主薄有所思》（P277）

佳期期未归,望望上鸣机。徘徊东陌上,月出行人稀。

沈约《早行逢故人车中为赠》（P278）

残朱犹暧暧,余粉尚霏霏。昨宵何处宿,今晨拂露归。

萧纲《新燕》（《全汉三国晋南北朝诗》P936）

新禽应节归,俱向吹楼飞。入帘惊钏响,来窗碍舞衣。

【南朝 陈】

戴嵩《咏欲眠诗》（《全汉三国晋南北朝诗》P1296）

拂枕薰红帊,回灯复解衣。傍边知夜久,不唤定应归。

萧衍《冬歌》（《玉台新咏》P296）

一年漏将尽,万里人未归。君志固有在,妾躯乃无依。

裴让之《有所思》（《续玉台新咏》P11）

梦中虽暂见,及觉始知非。辗转不能寐,徙倚独披衣。
凄凄晓风急,暗暗月光微。室空常达旦,所思终不归。

李元操《酬萧侍中春园听妓》（《续玉台新咏》P11）

微雨散芳菲,中园照落晖。红树摇歌扇,绿珠飘舞衣。
繁弦调对酒,杂引动思归。愁人当此夕,羞见落花飞。

张正见《赋得佳期竟不归》（《全汉三国晋南北朝诗》P1405）

时忿年移竟不归,偏憎寒急夜缝衣。流萤映月明空帐,疏叶从风入断机。
自对孤鸾向影绝,终无一雁带书回。

王眘《七夕》（《续玉台新咏》P16）

天河横欲晓,凤驾俨应飞。落月移妆镜,浮云动别衣。
欢逐今宵尽,愁随还路归。犹将宿昔（一作夕）泪,更上去年机。

杨广《东宫春》（《全汉三国晋南北朝诗》P1620）

洛阳城边朝日晖,天渊池前春燕归。含露桃花开未飞,临风杨柳自依依。

陈子昂《万州晓发放舟乘涨》（《全唐诗》P916）

空蒙岩雨霁,烂熳晓云归。啸旅乘明发,奔桡骛断矶。苍茫林岫转,络绎涨涛飞。

【唐】

陈子昂《题田洗马游岩桔槔》（《全唐诗》P916）
望远长为客，商山遂不归。谁怜北陵井，未息汉阴机。

王勃《羁春》（《全唐诗》P680）
客心千里倦，春事一朝归。还伤北园里，重见落花飞。

王勃《送卢主薄》（《全唐诗》P675）
穷途非所恨，虚室自相依。城阙居年满，琴尊俗事稀。
开襟方未已，分袂忽多违。东岩富松竹，岁暮幸同归。
（注："违"字音夷。）

柳宗元《奉和周二十二丈酬郴州侍郎》（《全唐诗》P3938）
凝情江月落，属思岭云飞。会入司徒府，还邀周掾归。

刘禹锡《初夏曲》（《全唐诗》P3965）
绿水风初暖，青林露早晞。麦陇雉朝雊，桑野人暮归。
百舌悲花尽，平芜来去飞。

刘禹锡《观云篇》（《全唐诗》P3966）
兴云感阴气，疾足如见机。晴来意态行，有若功成归。
葱茏含晚景，洁白凝秋晖。夜深度银汉，漠漠仙人衣。

刘禹锡《采菱行》（《全唐诗》P4007）
笑语哇咬顾晚晖，蓼花绿岸扣舷归。归来共到市桥步，野蔓系船萍满衣。

刘禹锡《洛中送崔司业赴唐州》（《全唐诗》P4013）
绿野芳城路，残春柳絮飞。风鸣骦骝马，日照老莱衣。
洛苑鱼书至，江村雁户归。相思望淮水，双鲤不应稀。

刘禹锡《哭王仆射相公》（《全唐诗》P4023）
子侯一日病，滕公千载归。门庭怆已变，风物淡无辉。
群吏谒新府，旧宾沾素衣。歌堂忽暮哭，贺雀尽惊飞。

刘禹锡《故相国袁公挽歌》（《全唐诗》P4023）
返葬三千里，荆衡达帝畿。逢人即故吏，拜奠尽沾衣。
地得青乌相，宾惊白鹤飞。五公碑尚在，今日亦同归。

刘禹锡《岁杪将发楚州呈乐天》（《全唐诗》P4024）
楚泽雪初霁，楚城春欲归。清淮变寒色，远树含清晖。
原野已多思，风霜潜减威。与君同旅雁，北向刷毛衣。

刘禹锡《酬令狐相公》 （《全唐诗》P4033）

别侣孤鹤怨,冲天威凤归。容光一以间,梦想是耶非。
芳讯远弥重,知音老更稀。不如湖上雁,北向整毛衣。

刘禹锡《奉和郑相公以考功十弟山姜花俯赐篇咏》 （《全唐诗》P4044）

采撷黄姜蕊,封题青琐闱。共闻调膳日,正是退朝归。
响为纤筳发,情随彩翰飞。故将天下宝,万里与光辉。

刘禹锡《送春词》 （《全唐诗》P4045）

昨来楼上迎春处,今日登楼又送归。兰蕊残妆含露泣,柳条长袖向风挥。
佳人对镜容颜改,楚客临江心事违。万古至今同此恨,无如一醉尽忘机。

刘禹锡《荆门道怀古》 （《全唐诗》P4050）

南国山川旧帝畿,宋台梁馆尚依稀。马嘶古道行人歇,麦秀空城野雉飞。
风吹落叶填宫井,火入荒陵化宝衣。徒使词臣庾开府,咸阳终日苦思归。

刘禹锡《送元简上人适越》 （《全唐诗》P4058）

孤云出岫本无依,胜境名山即是归。久向吴门游好寺,还思越水洗尘机。
浙江涛惊狮子吼,稽岭峰疑灵鹫飞。更入天台石桥去,垂珠璀璨拂三衣。

刘禹锡《和白侍郎送令狐相公镇太原》 （《全唐诗》P4065）

十万天兵貂锦衣,晋城风日斗生辉。行台仆射深恩重,从事中郎旧路归。
叠鼓鼜成汾水浪,闪旗惊断塞鸿飞。边庭自此无烽火,拥节还来坐紫微。

刘禹锡含"归"字诗超过15首,其中一连四首都用归、飞、衣、辉、微、闱、辉诸字协韵。

王之涣《九日送别》 （《全唐诗》P2850）

蓟庭萧瑟故人稀,何处登高且送归。今日暂同芳菊酒,明朝应作断蓬飞。

戎昱《过商山》 （《全唐诗》P3013）

雨暗商山过客稀,路傍孤店闭柴扉。卸鞍良久茅檐下,待得巴人樵采归。

戎昱《过东平军》 （《全唐诗》P3018）

画角初鸣残照微,营营鞍马往来稀。相逢士卒皆垂泪,八座朝天何日归。

戎昱《征人归乡》 （《全唐诗》P3019）

三月江城柳絮飞,五年游客送人归。故将别泪和乡泪,今日阑干湿汝衣。

于季子《南行别弟》 （《全唐诗》P872）

万里人南去,三春雁北飞。不知何岁月,得与尔同归？

王勃《九日还封元寂》（《全唐诗》P684）

九日郊原望，平野遍霜威。兰气添新酎，花香染别衣。

九秋良会少，千里故人稀。今日龙山外，当忆雁书归。

刘长卿含"归"字诗 30 余首（《全唐诗》）：

绿林行客少，赤壁住人稀。独过浔阳去，潮归人不归。（P1486）
新家浙江上，独泛落潮归。秋水照华发，凉风生褐衣。（P1487）
却到番禺日，应伤昔所依。炎洲百口住，故国几人归。（P1490）
平芜连古堞，远客此沾衣。高树朝光上，空城秋气归。（P1492）
孤城向水闭，独鸟背人飞。渡口月初上，邻家渔未归。（P1493）
旧路青山在，馀生白首归。渐知行近北，不见鹧鸪飞。（P1494）
旧国无家访，临歧亦羡归。途经百战后，客过二陵稀。（P1497）
迁客多南渡，征鸿自北飞。九江春草绿，千里暮潮归。（P1498）
日向鄱阳近，应看吴岫微。暮帆何处落，潮水背人归。（P1500）
朝见及芳菲，恩荣出紫微。晚光临仗奏，春色共西归。（P1501）
羁心不自解，有别会沾衣。春草连天积，五陵远客归。（P1502）
自从飞锡去，人到沃洲稀。林下期何在？山中春独归。（P1504）
往年啼鸟至，今日主人非。满地谁当扫，随风岂复归。（P1504）
星象南宫远，风流上客稀。九重思晓奏，万里见春归。（P1505）
自从为楚客，不复扫荆扉。剑共丹诚在，书随白发归。（P1506）
新年欲变柳，旧客共沾衣。岁夜犹难尽，乡春又独归。（P1506）
傲俗宜纱帽，干时倚布衣。独将湖上月，相逐去还归。（P1509）
旧日仙成处，荒林客到稀。白云将犬去，芳草任人归。（P1519）
茫茫葭菼外，一望一沾衣。秋水连天阔，浔阳何处归？（P1520）
白社同游在，沧洲此会稀。寒笳发后殿，秋草送西归。（P1529）
瓜步寒潮送客，杨柳暮雨沾衣。故山南望何处？秋草连天独归。（P1556）
独上云梯入翠微，蒙蒙烟雪映岩扉。世人知在中峰里，遥礼青山恨不归。（P1557）
江南海北长相忆，浅水深山独掩扉。重见太平身已老，桃源久住不能归。（P1557）
衡阳千里去人稀，遥逐孤云入翠微。青草青青新覆地，深山无路若为归。（P1559）
一厨何曾及布衣，时平却忆卧柴扉。故园柳色催南客，春水桃花待北归。（P1560）
扬州春草新年绿，未去先愁去不归。淮水问君来早晚，老人偏畏过芳菲。（P1561）
宜阳出守新恩至，京口因家始愿违。五柳闭门高士去，三亩按节远人归。（P1562）
洞庭何处雁南飞，江荻苍苍客去稀。帆带夕阳千里没，天连秋水一人归。（P1563）
东游久与古人违，西去荒凉旧路微。秋草不生三径处，行人独向五陵归。（P1565）
新河柳色千株暗，故国云帆万里归。离乱要知君到处，寄书须及雁南飞。（P1572）
客舍逢君未换衣，闭门愁见桃花飞。遥想故国今已尔，家人应念行人归。（P1574）
楚水日夜绿，傍江春草滋。青青遥满目，万里伤心归。（P1577）

崔曙《同诸公谒启母祠》（《全唐诗》P1601）

闷宫凌紫微,芳草闭闲扉。帝子复何在,王孙游不归。
春风鸣玉佩,暮雨拂灵衣。岂但湘江口,能令怀二妃。

沈佺期《七夕》（《全唐诗》P1032）（注：共12篇有"归"字）

秋近雁行稀,天高鹊夜飞。妆成应懒织,今夕渡河归。
月皎宜穿线,风轻得曝衣。来时不可觉,神验有光辉。

沈佺期《关山月》（《全唐诗》P1033）

汉月生辽海,瞳胧出半晖。合昏玄菟郡,中夜白登围。
晕落关山迥,光含霜霰微。将军听晓角,战马欲南归。

沈佺期《洛州萧司马谒兄还赴洛成礼》（《全唐诗》P1036）

棠棣日光辉,高襟应序归。来成鸿雁聚,去作凤凰飞。
细草承轻传,惊花惨别衣。灞亭春有酒,岐路惜芬菲。

沈佺期《龙池篇》（《全唐诗》P1042）

龙池跃龙龙已飞,龙德光天天不违。池开天汉分黄道,龙向天门入紫微。
邸第楼台多气色,君王凫雁有光辉。为报寰中百川水,来朝此地莫东归。

沈佺期《和户部岑尚书参迹枢揆》（《全唐诗》P1046）

大君制六合,良佐参万机。大业永开泰,臣道日光辉。
盐梅和鼎食,家声众所归。汉章题楚剑,郑武袭缁衣。

沈佺期《酬苏员外味道夏晚寓直省中见赠》（《全唐诗》P1046）

并命登仙阁,分曹直礼闱。大官供宿膳,侍史护朝衣。
卷幔天河入,开窗月露微。小池残暑退,高树早凉归。

沈佺期《自考功员外授给事中》（《全唐诗》P1047）

旭日千门起,初春八舍归。赠兰闻宿昔,谈树隐芳菲。

沈佺期《哭道士刘无得》（《全唐诗》P1053）

闻有玄都客,成仙不易祈。蓬莱向清浅,桃杏欲芳菲。
缩地黄泉出,升天白日飞。少微星夜落,高掌露朝晞。
吐甲龙应出,衔符鸟自归。

沈佺期《回波词》（《全唐诗》P1054）

回波尔时佺期,流向岭外生归。身名已蒙齿录,袍笏未复牙绯。

沈佺期《句》（《全唐诗》P1055）

周原五稼起,云海百川归。愿此零陵燕,长随征旆飞。

吕一太《行路难》 （《全唐诗》P1077）

秋露萎草鸿始归,此时衰暮与君违。人生翻覆何常定,谁保容颜无是非。

吕一太《闺怨》 （《全唐诗》P1077）

去年离别雁初归,今夜裁缝萤已飞。征客近来音信断,不知何处寄寒衣?

李澄之《秋庭夜月有怀》 （《全唐诗》P1080）

游客三江外,单栖百虑违。山川忆处近,形影梦中归。
夜月明虚帐,秋风入捣衣。从来不惯别,况属雁南飞。

韦安石《侍宴旋师喜捷应制》 （《全唐诗》P1094）

蜂蚁屯夷落,熊罴逐汉飞。忘躯百战后,屈指一年归。

丁仙芝《京中守岁》 （《全唐诗》P1156）

守岁多然烛,通宵莫掩扉。客愁当暗满,春色向明归。
玉斗巡初匝,银河落渐微。开正献岁酒,千里间庭闱。

殷遥《送友人下第归省》 （《全唐诗》P1163）

君此卜行日,高堂应梦归。莫将和氏泪,滴著老莱衣。
岳雨连河细,田禽出麦飞。到家调膳后,吟好送斜晖。

殷遥《春晚山行》 （《全唐诗》P1163）

寂历青山晚,山行趣不稀。野花成子落,江燕引雏飞。
暗草薰苔径,晴杨扫石矶。俗人犹语此,余亦转忘归。

李邕《奉和初春幸太平公主南庄应制》 （《全唐诗》P1169）

传闻银汉支机石,复见金舆出紫微。织女桥边乌鹊起,仙人楼上凤凰飞。
流风入座飘歌扇,瀑水侵阶溅舞衣。今日还同犯牛斗,乘槎共逐海潮归。

王湾《闰月七日织女》 （《全唐诗》P1172）

耿耿曙河微,神仙此夜稀。今年七月闰,应得两回归。

张子容《送苏倩游天台》 （《全唐诗》P1175）

灵异寻沧海,笙歌访翠微。江鸥迎共狎,云鹤待将飞。
琪树尝仙果,琼楼试羽衣。遥知神女问,独怪阮郎归。

贺朝《赋得游人久不归》 （《全唐诗》P1181）

乡关眇天末,引领怅怀归。羁旅久淹滞,物色屡芳菲。
稍觉出言尽,行看蓬鬓稀。如何千里外,伫立沾裳衣。

万齐融《三日绿潭篇》 （《全唐诗》P1182）

金鞍玉勒骋轻肥,落絮红尘拥路飞。绿水残霞催席散,画楼初月待人归。

万齐融《仗剑行》 (《全唐诗》P1182)

愿骑单马仗天威,接取长绳缚虏归。仗剑遥叱路傍子,匈奴头血溅君衣。

张若虚《代答闺梦还》 (《全唐诗》P1184(注:违、晖与衣同韵))

关塞年华早,楼台别望违。试衫著暖气,开镜觅春晖。
燕入窥罗幕,蜂来上画衣。情催桃李艳,心寄管弦飞。
妆洗朝相待,风花暝不归。梦魂何处入,寂寂掩重扉。

孙逖《酬万八贺九云门下归溪中作》 (《全唐诗》P1189)

晚从灵境出,林壑曙云飞。稍觉清溪尽,回瞻画刹微。
独园馀兴在,孤棹宿心违。更忆登攀处,天香满袖归。

孙逖《送李给事归徐州觐省》 (《全唐诗》P1191)

列位登青琐,还乡复彩衣。共言晨省日,便是昼游归。

孙逖《送新罗法师还国》 (《全唐诗》P1196)

异域今无外,高僧代所稀。苦心归寂灭,宴坐得精微。
持钵何年至,传灯是日归。

孙逖《江行有怀》 (《全唐诗》P1197)

秋水明川路,轻舟转石圻。霜多山橘熟,寒至浦禽稀。
飞席乘风势,回流荡日晖。昼行疑海若,夕梦识江妃。
野霁看吴尽,天长望洛非。不知何岁月,一似暮潮归。

崔国辅《古意》(一作湖南曲) (《全唐诗》P1203)

湖南送君去,湖北送君归。湖里鸳鸯鸟,双双他自飞。

袁瓘《惠文太子挽歌》 (《全唐诗》P1208)

寒仗丹旐引,阴堂白日违。暗灯明象物,画水湿灵衣。
羽化淮王去,仙迎太子归。空馀燕衔土,朝夕向陵飞。

宋昱《题石窟寺》 (《全唐诗》P1216)

梵宇开金地,香龛凿铁围。影中群象动,空里众灵飞。
檐牖笼朱旭,房廊挹翠微。瑞莲生佛步,瑶树挂天衣。
邀福功虽在,兴王代久非。谁知云朔外,更睹化胡归。

卢象《东溪草堂》 (《全唐诗》P1217)

今朝共游者,得性闲未归。已到仙人家,莫惊鸥鸟飞。

卢象《永城使风》 (《全唐诗》P1219)

长风起秋色,细雨含落晖。夕鸟向林去,晚帆相逐飞。
虫声出乱草,水气薄行衣。一别故乡道,悠悠今始归。

卢象《送祖咏》 （《全唐诗》P1220）

田家宜伏腊，岁晏子言归。石路雪初下，荒村鸡共飞。
东原多烟火，北涧隐寒晖。满酌野人酒，倦闻邻女机。

徐安贞《程将军夫人挽诗》 （《全唐诗》P1228）

琴瑟调双凤，和鸣不独飞。正歌春可乐，行泣露先晞。
环佩声犹在，房栊梦不归。将军休沐日，谁劝著新衣。

王维含"归"字诗21篇：

王维《赠刘蓝田》 （《全唐诗》P1237）

篱间犬迎吠，出屋候荆扉。岁晏输井税，山村人夜归。
晚田始家食，馀布成我衣。讵肯无公事，烦君问是非。

王维《送张五归山》 （《全唐诗》P1242）

送君尽惆怅，复送何人归。几日同携手，一朝先拂衣。
东山有茅屋，幸为扫荆扉。当亦谢官去，岂令心事违。

王维《送綦毋潜落第还乡》 （《全唐诗》P1243）

圣代无隐者，英灵尽来归。遂令东山客，不得顾采薇。
既至君门远，孰云吾道非。江淮度寒食，京洛缝春衣。

王维《渭州田家》 （《全唐诗》P1248）

斜阳照墟落，穷巷牛羊归。野老念牧童，倚杖候荆扉。

王维《西施咏》 （《全唐诗》P1251）

君宠益娇态，君怜无是非。当时浣纱伴，莫得同车归。
持谢邻家子，效颦安可希。

王维《黄雀痴》 （《全唐诗》P1260）

黄雀痴，黄雀痴，谓言青毂是我儿。一一口衔食，养得成毛衣。
到大啁啾解游飏，各自东西南北飞。薄暮空巢上，羁雌独自归。
凤凰九雏亦如此，慎莫愁思憔悴损容辉。

王维《赠徐中书望终南山歌》 （《全唐诗》P1262）

晚下兮紫微，怅尘事兮多违。驻马兮双树，望青山兮不归。

王维《送友人归山歌》 （《全唐诗》P1262）

山中人兮欲归，云冥冥兮雨霏霏。水惊波兮翠菅靡，白鹭忽兮翻飞，君不可兮褰衣。

王维《酬严少尹徐舍人见过不遇》 （《全唐诗》P1267）

公门暇日少，穷巷故人稀。偶值乘篮舆，非关避白衣。
不知炊黍谷，谁解扫荆扉。君但倾茶碗，无妨骑马归。

王维《送钱少府还蓝田》 (《全唐诗》P1269)

草色日向好,桃源人去稀。手持平子赋,目送老莱衣。
每候山樱发,时同海燕归。今年寒食酒,应是返柴扉。

王维《送崔九兴宗游蜀》 (《全唐诗》P1270)

送君从此去,转觉故人稀。徒御犹回首,田园方掩扉。
出门当旅食,中路授寒衣。江汉风流地,游人何岁归。

王维《送崔兴宗》 (《全唐诗》P1270)

已恨亲皆远,谁怜友复稀。君王未西顾,游宦尽东归。
塞迥山河净,天长云树微(wēi)。方同菊花节,相待洛阳扉。

王维《送友人南归》 (《全唐诗》P1272)

万里春应尽,三江雁亦稀。连天汉水广,孤客郢城归。
郧国稻苗秀,楚人菰米肥。悬知倚门望,遥识老莱衣。

王维《喜祖三至留宿》 (《全唐诗》P1275)

门前洛阳客,下马拂征衣。不枉故人驾,平生多掩扉。
行人返深巷,积雪带馀晖。早岁同袍者,高车何处归。

王维《归辋川作》 (《全唐诗》P1277)

谷口疏钟动,渔樵稍欲稀。悠然远山暮,独向白云归。

王维《山居即事》 (《全唐诗》P1277)

寂寞掩柴扉,苍茫对落晖。鹤巢松树遍,人访荜门稀。
绿竹含新粉,红莲落故衣。渡头烟火起,处处采菱归。

王维《留别钱起》 (《全唐诗》P1281)

卑栖却得性,每与白云归。徇禄仍怀橘,看山免采薇。

王维《田家》 (《全唐诗》P1293)

夕雨红榴折,新秋绿芋肥。饷田桑下憩,旁舍草中归。
住处名愚谷,何烦问是非。

王维《莲花坞》 (《全唐诗》P1302)

日日采莲去,洲长多暮归。弄篙莫溅水,畏湿红莲衣。

王维《山中送别》 (《全唐诗》P1303)

山中相送罢,日暮掩柴扉。春草明年绿,王孙归不归。

王维《送沈子归江东》 (《全唐诗》P1307)

杨柳渡头行客稀,罟师荡桨向临圻。唯有相思似春色,江南江北送君归。

丘为《送阎校书之越》（《全唐诗》P1319）

南入剡中路，草云应转微。湖边好花照，山口细泉飞。
此地饶古迹，世人多忘归。经年松雪在，永日世情稀。
芸阁应相望，芳时不可违。

崔颢《游侠篇》（《全唐诗》P1321）

少年负胆气，好勇复知机。仗剑出门去，孤城逢合围。
杀人辽水上，走马渔阳归。错落金锁甲，蒙茸貂鼠衣。

崔颢《长干曲》（《全唐诗》P1330）

下渚多风浪，莲舟渐觉稀。那能不相待，独自逆潮归。

祖咏《题远公经台》（《全唐诗》P1335）

兰若无人到，真僧出复稀。苔侵行道席，云湿坐禅衣。
涧鼠缘香案，山蝉噪竹扉。世间长不见，宁止暂忘归。

祖咏《赠苗发员外》（《全唐诗》P1337）

朱户敞高扉，青槐碍落晖。八龙乘庆重，三虎递朝归。
坐竹人声绝，横琴鸟语稀。花惭潘岳貌，年称老莱衣。
叶暗朱樱熟，丝长粉蝶飞。应怜鲁儒贱，空与故山违。

李颀《送王道士还山》（《全唐诗》P1352）

先生舍我欲何归，竹杖黄裳登翠微。当有岩前白蝙蝠，迎君日暮双来飞。

李颀《送钱子入京》（《全唐诗》P1360）

夜梦还京北，乡心恨捣衣。朝逢入秦使，走马唤君归。
驿路清霜下，关门黄叶稀。还家应信宿，看子速如飞。

綦毋潜《送平判官入秦》（《全唐诗》P1370）

谪远自安命，三年已忘归。同声愿执手，驿骑到门扉。
云是帝乡去，军书谒紫微。曾为金马客，向日泪沾衣。

储光羲《吃茗粥作》（《全唐诗》P1378）

当昼暑气盛，鸟雀静不飞。念君高梧阴，复解山中衣。
数片远云度，曾不蔽炎晖。淹留膳茶粥，共我饭蕨薇。
敝庐既不远，日暮徐徐归。

储光羲《杂诗》（《全唐诗》P1380）

混沌本无象，末路多是非。达士志寥廓，所在能忘机。
耕凿时未至，还山聊采薇。虎豹对我蹲，鹭鸶旁我飞。
仙人空中来，谓我勿复归。

储光羲《山居贻裴十二迪》 （《全唐诗》P1381)

落叶满山砌,苍烟埋竹扉。远怀青冥士,书剑常相依。
霜卧眇兹地,琴言纷已违。衡阳今万里,南雁将何归。
出径惜松引,入舟怜钓矶。西林有明月,夜久空微微。

储光羲《临江亭》 （《全唐诗》P1409)

城头落暮晖,城外捣秋衣。江水青云抱,芦花白雪飞。
南州王气疾,东国海风微。借问商歌客,年年何处归。

储光羲《汉阳即事》 （《全唐诗》P1410)

楚国千里远,孰知方寸违。春游欢有客,夕寝赋无衣。
江水带冰绿,桃花随雨飞。九歌有深意,捐佩乃言归。

储光羲《寻徐山人遇马舍人》 （《全唐诗》P1413)

泊舟伊川右,正见野人归。日暮春山绿,我心清且微。
岩声风雨度,水气云霞飞。复有金门客,来参萝薜衣。

储光羲《夜观妓》 （《全唐诗》P1413)

白雪宜新舞,清宵召楚妃。娇童携锦荐,侍女整罗衣。
花映垂鬟转,香迎步履飞。徐徐敛长袖,双烛送将归。

储光羲《同武平一员外游湖》 （《全唐诗》P1419)

朦胧竹影蔽岩扉,淡荡荷风飘舞衣。舟寻绿水宵将半,月隐青林人未归。

储光羲《题茅山华阳洞》 （《全唐诗》P1419)

华阳洞口片云飞,细雨蒙蒙欲湿衣。玉箫遍满仙坛上,应是茅家兄弟归。

王昌龄《送东林廉上人归庐山》 （《全唐诗》P1427)

石溪流已乱,苔径人渐微。日暮东林下,山僧还独归。昔为庐峰意,
况与远公违。道性深寂寞,世情多是非。会寻名山去,岂复望清辉。

王昌龄《太湖秋夕》 （《全唐诗》P1433)

水宿烟雨寒,洞庭霜落微。月明移舟去,夜静魂梦归。
暗觉海风度,萧萧闻雁飞。

王昌龄《胡笳曲》 （《全唐诗》P1438)

城南房已合,一夜几重围。自有金笳引,能沾出塞衣。
听临关月苦,清入海风微。三奏高楼晓,胡人掩涕归。

王昌龄《采莲曲》 （《全唐诗》P1444)

吴姬越艳楚王妃,争弄莲舟水湿衣。来时浦口花迎入,采罢江头月送归。

王昌龄《观猎》 （《全唐诗》P1446）

角鹰初下秋草稀,铁骢抛鞯去如飞。少年猎得平原兔,马后横捎意气归。

万楚《题江潮庄壁》 （《全唐诗》P1468）

田家喜秋熟,岁晏林叶稀。禾黍积场圃,楂梨垂户扉。
野闲犬时吠,日暮牛自归。时复落花酒,茅斋堪解衣。

李峤《春日游苑喜雨应诏》 （《全唐诗》P696）

园楼春正归,入苑弄芳菲。密雨迎仙步,低云拂御衣。

李峤《二月奉教作》 （《全唐诗》P696）

柳陌莺初啭,梅梁燕始归。和风泛紫若,柔露濯青薇。

李峤《马武骑挽歌》 （《全唐诗》P698）

五日皆休沐,三泉独不归。池台金阙是,尊酒玳筵非。
巷静游禽入,门闲过客稀。唯馀昔年凤,尚绕故楼飞。

李峤《桥》 （《全唐诗》P705）

乌鹊填应满,黄公去不归。势疑虹始见,形似雁初飞。
妙应七星制,高分半月辉。秦王空构石,仙岛远难依。

李峤《鹊》 （《全唐诗》P719）

不分荆山抵,甘从石印飞。危巢畏风急,绕树觉星稀。
喜逐行人至,愁随织女归。倘游明镜里,朝夕动光辉。

李峤《田假限疾不获还庄载想田园兼思亲友》 （《全唐诗》P727）

游宦劳牵网,风尘久化衣。迹驰东苑路,望阻北岩扉。
及此承休告,聊将狎遁肥。十旬俄委疾,三径且殊归。

杜审言《奉和七夕侍宴两仪殿应制》 （《全唐诗》P732）

一年衔别怨,七夕始言归。敛泪开星靥,微步动云衣。
天回兔欲落,河旷鹊停飞。那堪尽此夜,复往弄残机。

杜审言《都尉山亭》 （《全唐诗》P735）

紫藤萦葛藟,绿刺胃蔷薇。下钓看鱼跃,探巢畏鸟飞。
叶疏荷巳晚,枝亚果新肥。胜迹都无限,只应伴月归。

杜审言《赠苏味道》 （《全唐诗》P738）

北地寒应苦,南庭戍未归。边声乱羌笛,朔气卷戎衣。
雨雪关山暗,风霜草木稀。胡兵战欲尽,虏骑猎犹肥。

董思恭《咏风》 (《全唐诗》P742)

相乌正举翼,退鹢已惊飞。方从列子御,更逐浮云归。

苏味道《咏霜》 (《全唐诗》P753)

金祇暮律尽,玉女暝氛归。孕冷随钟彻,飘华逐剑飞。

苏味道《赠封御史入台》 (《全唐诗》P754)

风连台阁起,霜就简书飞。凛凛当朝色,行行满路威。
惟当击隼去,复睹落雕归。

崔融《则天皇后挽歌》 (《全唐诗》P766)

前殿临朝罢,长陵合葬归。山川不可望,文物尽成非。
阴月霾中道,轩星落太微。空馀天子孝,松上景云飞。

崔融《和梁王》 (《全唐诗》P767)

闻有冲天客,披云下帝畿。三年上宾去,千载忽来归。

李适《游禁苑幸临渭亭遇雪应制》 (《全唐诗》P776)

长乐喜春归,披香瑞雪霏。花从银阁度,絮绕玉窗飞。

刘宪《奉和立春日内出彩花数应制》 (《全唐诗》P781)

禁苑韶华此日归,东郊道上转青旗。柳色梅芳何处所,风前雪里觅芳菲。

苏颋《昆明池晏坐答王兵部珣》 (《全唐诗》P797)

画舸疾如飞,遥遥泛夕晖。石鲸吹浪隐,玉女步尘归。
独有衔恩处,明珠在钓矶。

苏颋《送吏部李侍郎东归得归字》 (《全唐诗》P802)

泉溜含风急,山烟带日微。茂曹今去矣,人物喜东归。

苏颋《出塞》① (《全唐诗》P803)

海外秋鹰击,霜前旅雁归。边风思鞞鼓,落日惨旌旗。
浦暗渔舟入,川长猎骑稀。客悲逢薄暮,况乃事戎机。

苏颋《奉和圣制幸望春宫送朔方大总管张仁亶》 (《全唐诗》P809)

老臣帷幄算,元宰庙堂机。饯饮回仙跸,临戎解御衣。
军装乘晓发,师律候春归。

苏颋《咏礼部尚书厅后鹊》 (《全唐诗》P814)

怀印喜将归,窥巢恋且依。自知栖不定,还欲向南飞。

---

① 一作《边秋薄暮》。

苏颋《侍宴桃花园咏桃花应制》（《全唐诗》P815）

桃花灼灼有光辉，无数成蹊点更飞。为见芳林含笑待，遂同温树不言归。

苏颋《奉和圣制幸韦嗣立庄应制》（《全唐诗》P815）

树色参差隐翠微，泉流百尺向空飞。传闻此处投竿住，遂使兹辰扈跸归。

苏颋《重送舒公》（《全唐诗》P815）

散骑金貂服彩衣，松花水上逐春归。悬知邑里遥相望，事主荣亲代所稀。

徐晶《同蔡孚五亭咏》（《全唐诗》P818）

章奏中京罢，云泉别业归。拂琴铺野席，牵柳挂朝衣。
翡翠巢书幌，鸳鸯立钓矶。幽栖可怜处，春事满林扉。

徐彦伯《闺怨》（《全唐诗》P824）

征客戍金微，愁闺独掩扉。尘埃生半榻，花絮落残机。
褪暖蚕初卧，巢昏燕欲归。春风日向尽，衔涕作征衣。

骆宾王《帝京篇》（《全唐诗》P834）

倡家桃李自芳菲，京华游侠盛轻肥。延年女弟双凤入，罗敷使君千骑归。
同心结缕带，连理织成衣。

骆宾王《代女道士王灵妃赠道士李荣》（《全唐诗》P838）

上林三月鸿欲稀，华表千年鹤未归。不分淹留桑路待，只应直取桂轮飞。

骆宾王《秋露》（《全唐诗》P850）

玉关寒气早，金塘秋色归。泛掌光逾净，添荷滴尚微。
变霜凝晓液，承月委圆辉。别有吴台上，应湿楚臣衣。

骆宾王《乐大夫挽词》（《全唐诗》P851）

昔去梅笳发，今来薤露晞。彤驺朝帝阙，丹旐背王畿。
城郭犹疑是，原陵稍觉非。九原如可作，千载与谁归。

武三思《仙鹤篇》（《全唐诗》P865）

白鹤乘空何处飞，青田紫盖本相依。缑山七月虽长去，辽水千年会忆归。

武三思《奉和春日游龙门应制》（《全唐诗》P866）

凤驾临香地，龙舆上翠微。星宫含雨气，月殿抱春辉。
碧涧长虹下，雕梁早燕归。云疑浮宝盖，石似拂天衣。

杜甫等含"归"字诗48余篇：

杜甫《登东山》（《全唐诗》P2318）

请公临深莫相违，回船罢酒上马归。人生欢会岂有极，无使霜过沾人衣。

杜甫《阆水歌》（《全唐诗》P2327）

嘉陵江色何所似,石黛碧玉相因依。正怜日破浪花出,更复春从沙际归。
巴童荡桨欹侧过,水鸡衔鱼来去飞。阆中胜事可肠断,阆州城南天下稀。

杜甫《秋风》（《全唐诗》P2363）

秋风淅淅吹我衣,东流之外西日微。天清小城捣练急,石古细路行人稀。
不知明月为谁好,早晚孤帆他夜归。会将白发倚庭树,故园池台今是非。

杜甫《北风》（《全唐诗》P2371）

北风破南极,朱凤日威垂。洞庭秋欲雪,鸿雁将安归。
十年杀气盛,六合人烟稀。吾慕汉初老,时清犹茹芝。
（注：垂、违、晖等字同韵。）

杜甫《重题郑氏东亭》（《全唐诗》P2391）

华亭入翠微,秋日乱清晖。崩石欹山树,清涟曳水衣。
紫鳞冲岸跃,苍隼护巢归。向晚寻征路,残云傍马飞。

杜甫《重经昭陵》（《全唐诗》P2408）

草昧英雄起,讴歌历数归。风尘三尺剑,社稷一戎衣。
翼亮贞文德,丕承戢武威。圣图天广大,宗祀日光辉。
陵寝盘空曲,熊罴守翠微。再窥松柏路,还见五云飞。

杜甫《曲江对酒》（《全唐诗》P2410）

苑外江头坐不归,水精宫殿转霏微。桃花细逐杨花落,黄鸟时兼白鸟飞。
纵饮久判人共弃,懒朝真与世相违。吏情更觉沧洲远,老大徒伤未拂衣。

杜甫《忆弟》（《全唐诗》P2416）

且喜河南定,不问邺城围。百战今谁在,三年望汝归。
故园花自发,春日鸟还飞。断绝人烟久,东西消息稀。

杜甫《秦州杂诗》（《全唐诗》P2417）

城上胡笳奏,山边汉节归。防河赴沧海,奉诏发金微(或作徽)。
士苦形骸黑,旌疏鸟兽稀。那闻往来戍,恨解邺城围。

杜甫《秦州杂诗》（《全唐诗》P2419）

地僻秋将尽,山高客未归。塞云多断续,边日少光辉。
警急烽常报,传闻檄屡飞。西戎外甥国,何得迕天威。

杜甫《即事》（《全唐诗》P2420）

闻道花门破,和亲事却非。人怜汉公主,生得渡河归。
秋思抛云髻,腰支胜宝衣。群凶犹索战,回首意多违。

杜甫《归燕》（《全唐诗》P2421）

不独避霜雪，其如侪侣稀。四时无失序，八月自知归。
春色岂相访，众雏还识机。故巢傥未毁，会傍主人飞。

杜甫《萤火》（《全唐诗》P2422）

幸因腐草出，敢近太阳飞。未足临书卷，时能点客衣。
随风隔幔小，带雨傍林微。十月清霜重，飘零何处归。

杜甫《秋笛》（《全唐诗》P2423）

清商欲尽奏，奏苦血沾衣。他日伤心极，征人白骨归。
相逢恐恨过，故作发声微。不见秋云动，悲风稍稍飞。

杜甫《寒食》（《全唐诗》P2441）

寒食江村路，风花高下飞。汀烟轻冉冉，竹日静晖晖。
田父要皆去，邻家闹不违。地偏相识尽，鸡犬亦忘归。

杜甫《送韩十四江东觐省》（《全唐诗》P2445）

兵戈不见老莱衣，叹息人间万事非。我已无家寻弟妹，君今何处访庭闱。
黄牛峡静滩声转，白马江寒树影稀。此别应须各努力，故乡犹恐未同归。

杜甫《范二员外邈、吴十侍御郁特枉驾阙展待，聊寄此》（《全唐诗》P2445）

暂往比邻去，空闻二妙归。幽栖诚简略，衰白已光辉。
野外贫家远，村中好客稀。论文或不愧，肯重款柴扉。

杜甫《黄草》（《全唐诗》P2458）

黄草峡西船不归，赤甲山下行人稀。秦中驿使无消息，蜀道兵戈有是非。
万里秋风吹锦水，谁家别泪湿罗衣。莫愁剑阁终堪据，闻道松州已被围。

杜甫《送何侍御归朝》（《全唐诗》P2463）

舟楫诸侯饯，车舆使者归。山花相映发，水鸟自孤飞。
春日垂霜鬓，天隅把绣衣。故人从此去，寥落寸心违。

杜甫《警急》（《全唐诗》P2465）

才名旧楚将，妙略拥兵机。玉垒虽传檄，松州会解围。
和亲知拙计，公主漫无归。青海今谁得，西戎实饱飞。

杜甫《戏作寄上汉中王》（《全唐诗》P2467）

谢安舟楫风还起，梁苑池台雪欲飞。杳杳东山携汉妓，泠泠修竹待王归。

杜甫《遣愤》（《全唐诗》P2468）

闻道花门将，论功未尽归。自从收帝里，谁复总戎机。
蜂虿终怀毒，雷霆可震威。莫令鞭血地，再湿汉臣衣。

杜甫《赠韦赞善别》（《全唐诗》P2469）

扶病送君发,自怜犹不归。只应尽客泪,复作掩荆扉。
江汉故人少,音书从此稀。往还二十载,岁晚寸心违。

杜甫《伤春》（《全唐诗》P2471）

烟尘昏御道,耆旧把天衣。行在诸军阙,来朝大将稀。
贤多隐屠钓,王肯载同归。

杜甫《将赴成都草堂途中》（《全唐诗》P2477）

锦官城西生事微,乌皮几在还思归。昔去为忧乱兵入,今来已恐邻人非。

杜甫《归雁》（《全唐诗》P2480）

东来万里客,乱定几年归。肠断江城雁,高高向北飞。

杜甫《夜宿西阁》（《全唐诗》P2495）

门鹊晨光起,墙乌宿处飞。寒江流甚细,有意待人归。

杜甫《雨不绝》（《全唐诗》P2495）

鸣雨既过渐细微,映空摇飏如丝飞。阶前短草泥不乱,院里长条风乍稀。
舞石旋应将乳子,行云莫自湿仙衣。眼边江舸何匆促,未待安流逆浪归。

杜甫《秋野》（《全唐诗》P2499）

易识浮生理,难教一物违。水深鱼极乐,林茂鸟知归。
吾老甘贫病,荣华有是非。秋风吹几杖,不厌此山薇。

杜甫《复愁》（《全唐诗》P2518）

钓艇收缗尽,昏鸦接翅归。月生初学扇,云细不成衣。

杜甫《复愁》（《全唐诗》P2518）

身觉省郎在,家须农事归。年深荒草径,老恐失柴扉。

杜甫《伤秋》（《全唐诗》P2525）

林僻来人少,山长去鸟微。高秋藏画扇,久客掩荆扉。……
何年灭虎豹,似有故园归。

杜甫《晚晴》（《全唐诗》P2528）

返照斜初彻,浮云薄未归。江虹明远饮,峡雨落馀飞。
凫雁终高去,熊罴觉自肥。秋分客尚在,竹露夕微微。

杜甫《雨》（《全唐诗》P2532）

物色岁将晏,天隅人未归。朔风鸣渐渐,寒雨下霏霏。
多病久加饭,衰容新授衣。时危觉凋丧,故旧短书稀。

杜甫《夜》（《全唐诗》P2534）

城郭悲笳暮，村墟过翼稀。甲兵年数久，赋敛夜深归。
暗树依岩落，明河绕塞微。斗斜人更望，月细鹊休飞。

杜甫《社日》（《全唐诗》P2536）

九农成德业，百祀发光辉。报效神如在，馨香旧不违。
南翁巴曲醉，北雁塞声微。尚想东方朔，诙谐割肉归。

杜甫《九日诸人集于林》（《全唐诗》P2536）

九日明朝是，相要旧俗非。老翁难早出，贤客幸知归。
旧采黄花剩，新梳白发微。漫看年少乐，忍泪已沾衣。

杜甫《见萤火》（《全唐诗》P2550）

巫山秋夜萤火飞，帘疏巧入坐人衣。忽惊屋里琴书冷，复乱檐边星宿稀。
却绕井阑添个个，偶经花蕊弄辉辉。沧江白发愁看汝，来岁如今归未归。

杜甫《巫山县诸公携酒相送诗》（《全唐诗》P2556）

卧病巴东久，今年强作归。故人犹远谪，兹日倍多违。
接宴身兼杖，听歌泪满衣。诸公不相弃，拥别惜光辉。

杜甫《宴胡侍御书堂》（《全唐诗》P2557）

江湖春欲暮，墙宇日犹微。暗暗春籍满，轻轻花絮飞。
翰林名有素，墨客兴无违。今夜文星动，吾侪醉不归。

杜甫《登舟将适汉阳》（《全唐诗》P2572）

春宅弃汝去，秋帆催客归。庭蔬尚在眼，浦浪已吹衣。
生理飘荡拙，有心迟暮违。中原戎马盛，远道素书稀。
塞雁与时集，樯乌终岁飞。鹿门自此往，永息汉阴机。

杜甫《归雁》（《全唐诗》P2577）

万里衡阳雁，今年又北归。双双瞻客上，一一背人飞。
云里相呼疾，沙边自宿稀。系书元浪语，愁寂故山薇。

杜甫《巴西闻收宫阙送班司马入京》（《全唐诗》P2585）

闻道收宗庙，鸣銮自陕归。倾都看黄屋，正殿引朱衣。
剑外春天远，巴西敕使稀。念君经世乱，匹马向王畿。

贾至《铜雀台》（《全唐诗》P2595）

日暮铜台静，西陵鸟雀归。抚弦心断绝，听管泪霏微。
灵几临朝奠，空床卷夜衣。苍苍川上月，应照妾魂飞。

贾至《对酒曲》（《全唐诗》P2595）

梅发柳依依,黄鹂历乱飞。当歌怜景色,对酒惜芳菲。
曲水浮花气,流风散舞衣。通宵留暮雨,上客莫言归。

钱起《送邬三落第还乡》（《全唐诗》P2604）

郢客文章绝世稀,常嗟时命与心违。十年失路谁知己,千里思亲独远归。

钱起《病鹤篇》（《全唐诗》P2601）

惊群各畏野人机,谁肯相将霞水飞。不及川凫长比翼,随波双泛复双归。

钱起《哭曹钧》（《全唐诗》P2607）

尝恨知音千古稀,那堪夫子九泉归。一声邻笛残阳里,酹酒空堂泪满衣。

钱起《登秦岭半岩遇雨》（《全唐诗》P2611）

倚岩假松盖,临水羡荷衣。不得采苓去,空思乘月归。
且怜东皋上,水色侵荆扉。

钱起《客舍赠郑贲》（《全唐诗》P2610）

一望金门诏,三看黄鸟飞。暝投同旅食,朝出易儒衣。
毡向林庐接,携手行将归。

钱起《天门谷题孙逸人石壁》（《全唐诗》P2612）

崖石乱流处,竹深斜照归。主人卧磻石,心耳涤清晖。
春雷近作解,空谷半芳菲。云栋彩虹宿,药圃蝴蝶飞。

钱起《落第刘拾遗相送东归》（《全唐诗》P2624）

不醉百花酒,伤心千里归。独收和氏玉,还采旧山薇。
出处离心尽,荣枯会面稀。预愁芳草色,一径入衡闱。

钱起《县城秋夕》（《全唐诗》P2624）

山城日易夕,愁生先掩扉。俸薄不沽酒,家贫忘授衣。
露重蕙花落,月冷莎鸡飞。效拙惭无补,云林叹再归。

钱起《寄郢州郎士元使君》（《全唐诗》P2627）

龙节知无事,江城不掩扉。诗传过客远,书到故人稀。
坐啸看潮起,行春送雁归。望舒三五夜,思尽谢玄晖。

钱起《晚归蓝田酬王维》（《全唐诗》P2629）

卑栖却得性,每与白云归。狗禄仍怀橘,看山免采薇。
暮禽先去马,新月待开扉。霄汉时回首,知音青琐闱。

钱起《晚归蓝田》（《全唐诗》P2629）

别山如昨日,春露已沾衣。采蕨频盈手,看花空厌归。

钱起《新昌里言怀》（《全唐诗》P2631）

性拙偶从宦，心闲多掩扉。虽看北堂草，不望旧山薇。
花月霁来好，云泉堪梦归。如何建章漏，催著早朝衣。

钱起《送边补阙东归省觐》（《全唐诗》P2634）

东去有馀意，春风生赐衣。凤凰衔诏下，才子采兰归。
斗酒百花里，情人一笑稀。别离须计日，相望在彤闱。

钱起《送元评事归山居》（《全唐诗》P2635）

忆家望云路，东去独依依。水宿随渔火，山行到竹扉。
寒花催酒熟，山犬喜人归。遥羡书窗下，千峰出翠微。

孟浩然《闻裴侍御朏自襄州司户除豫州司户，因以投寄》（《全唐诗》P1634）

故人荆府掾，尚有柏台威。移职自樊衍，芳声闻帝畿。
昔余卧林巷，载酒过柴扉。松菊无时赏，乡园欲懒归。

孟浩然《闲园怀苏子》（《全唐诗》P1637）

林园虽少事，幽独自多违。向夕开帘坐，庭阴落景微。
鸟过烟树宿，萤傍水轩飞。感念同怀子，京华去不归。

孟浩然《留别王侍御维》（《全唐诗》P1639）

寂寂竟何待，朝朝空自归。欲寻芳草去，惜与故人违。
当路谁相假，知音世所稀。只应守寂寞，还掩故园扉。

孟浩然《送王五昆季省觐》（《全唐诗》P1640）

公子恋庭闱，劳歌涉海涯（涯音衣）。水乘舟楫去，亲望老莱归。
斜日催乌乌，清江照彩衣。平生急难意，遥仰鹡鸰飞。

孟浩然《同曹三御史行泛湖归越》（《全唐诗》P1645）

秋入诗人意，巴歌和者稀。泛湖同逸旅，吟会是思归。
白简徒推荐，沧洲已拂衣。杳冥云外去，谁不羡鸿飞。

孟浩然《夕次蔡阳馆》（《全唐诗》P1653）

日暮马行疾，城荒人住稀。听歌知近楚，投馆忽如归。
鲁堰田畴广，章陵气色微。明朝拜嘉庆，须著老莱衣。

孟浩然《赋得盈盈楼上女》（《全唐诗》P1656）

夫婿久离别，青楼空望归。妆成卷帘坐，愁思懒缝衣。
燕子家家入，杨花处处飞。空床难独守，谁为报金徽。

孟浩然《登岘山亭寄晋陵张少府》（《全唐诗》P1666）

岘首风湍急，云帆若鸟飞。凭轩试一问，张翰欲来归？

孟浩然《送友人之京》 (《全唐诗》P1666)
君登青云去,予望青山归。云山从此别,泪湿薜萝衣。

李白《古风》 (《全唐诗》P1679)
羽族禀万化,小大各有依。周周亦何辜,六翮掩不挥。
愿衔众禽翼,一向黄河飞。飞者莫我顾,叹息将安归。

李白《王昭君》 (《全唐诗》P1691)
汉家秦地月,流影照明妃。一上玉关道,天涯去不归。

李白《白纻辞》 (《全唐诗》P1696)
吴刀剪彩缝舞衣,明妆丽服夺春辉。扬眉转袖若雪飞,倾城独立世所稀。
激楚结风醉忘归,高堂月落烛已微,玉钗挂缨君莫违。

李白《宫中行乐词》 (《全唐诗》P1702)
小小生金屋,盈盈在紫微。山花插宝髻,石竹绣罗衣。
每出深宫里,常随步辇归。只愁歌舞散,化作彩云飞。

李白《宫中行乐词》 (《全唐诗》P1703)
寒雪梅中尽,春风柳上归。宫莺娇欲醉,檐燕语还飞。

李白《沐浴子》 (《全唐诗》P1709)
沐芳莫弹冠,浴兰莫振衣。处世忌太洁,志人贵藏辉。
沧浪有钓叟,吾与尔同归。

李白《秋浦歌》 (《全唐诗》P1724)
绿水净素月,月明白鹭飞。郎听采菱女,一道夜歌归。

李白《山鹧鸪词》 (《全唐诗》P1729)
苦竹岭头秋月辉,苦竹南枝鹧鸪飞。嫁得燕山胡雁婿,欲衔我向雁门归。

李白《赠郭将军》 (《全唐诗》P1735)
将军少年出武威,入掌银台护紫微。平明拂剑朝天去,薄暮垂鞭醉酒归。

李白《走笔赠独孤驸马》 (《全唐诗》P1739)
都尉朝天跃马归,香风吹人花乱飞。银鞍紫鞯照云日,左顾右盼生光辉。

李白《赠裴司马》 (《全唐诗》P1743)
翡翠黄金缕,绣成歌舞衣。若无云间月,谁可比光辉。
秀色一如此,多为众女讥。君恩移昔爱,失宠秋风归。

李白《赠历阳褚司马》（《全唐诗》P1758）

北堂千万寿，侍奉有光辉。先同稚子舞，更著老莱衣。
因为小儿啼，醉倒月下归。人间无此乐，此乐世中稀。

李白《书怀赠南陵常赞府》（《全唐诗》P1765）

自顾无所用，辞家方来归。霜惊壮士发，泪满逐臣衣。
以此不安席，蹉跎身世违。终当灭卫谤，不受鲁人讥。

李白《南陵别儿童入京》（《全唐诗》P1787）

白酒新熟山中归，黄鸡啄黍秋正肥。呼童烹鸡酌白酒，儿女嬉笑牵人衣。

李白《送贺监归四明》（《全唐诗》P1796）

久辞荣禄遂初衣，曾向长生说息机。真诀自从茅氏得，恩波宁阻洞庭归。

李白《醉后答丁十八》[①]（《全唐诗》P1818）

黄鹤高楼已捶碎，黄鹤仙人无所依。黄鹤上天诉玉帝，却放黄鹤江南归。

李白《别内赴征》（《全唐诗》P1883）

出门妻子强牵衣，问我西行几日归？归时倘佩黄金印，莫学苏秦不下机。

陈子昂《万州晓发放舟》（《全唐诗》P914）

空蒙岩雨霁，烂熳晓云归。啸旅乘明发，奔桡骛断矶。
苍茫林岫转，络绎涨涛飞。远岸孤烟出，遥峰曙日微。

王涯《送春词》（《全唐诗》P3874）

日日人空老，年年春更归。相欢在尊酒，不用惜花飞。

王涯《从军词》（《全唐诗》P3876）

旄头夜落捷书飞，来奏金门著赐衣。白马将军频破敌，黄龙戍卒几时归？

王涯《秋夜曲》（《全唐诗》P3876）

桂魄初生秋露微，轻罗已薄未更衣。银筝夜久殷勤弄，心怯空房不忍归。

欧阳詹《题王明府郊亭》（《全唐诗》P3912）

日日郊亭启竹扉，论桑劝穑是常机。山城要得牛羊下，方与农人分背归。

欧阳詹《题别业》（《全唐诗》P3912）

千山江上背斜晖，一径中峰见所归。不信扁舟回在晚，宿云先已到柴扉。

[①] 杨慎认为此诗为伪作。

柳宗元《朗州窦常员外寄刘二十八诗》（《全唐诗》P3932）

投荒垂一纪,新诏下荆扉。疑比庄周梦,情如苏武归。
赐环留逸响,五马助征骓。不羡衡阳雁,春来前后飞。

柳宗元《三赠刘员外》（《全唐诗》P3934）

信书成自误,经事渐知非。今日临岐别,何年待汝归?

韩翃《送李舍人携家归江东觐省》（《全唐诗》P2745）

二十青宫吏,成名似者稀。承颜陆郎去,携手谢娘归。
夜月回孤烛,秋风试夹衣。扁舟楚水上,来往速如飞。

王之涣《九日送别》（《全唐诗》第八册 P2850）

蓟庭萧瑟故人稀,何处登高且送归。今日暂同芳菊酒,明朝应作断蓬飞。

姚系①《五老峰大明观赠隐者》)（《全唐诗》P2855）

丹术幸可授,青龙当未归。悠悠平生意,此日复相违。

刘眘虚《越中问海客》（《全唐诗》P2870）

风雨沧洲暮,一帆今始归。白云发南海,万里速如飞。

张俌②《辞房相公》（《全唐诗》P2885）

秋风飒飒雨霏霏,愁杀恓遑一布衣。辞君且作随阳鸟,海内无家何处归。

秦系《秋日送僧志幽归山寺》③（《全唐诗》P2900）

禅室绳床在翠微,松间荷笠一僧归。磬声寂历宜秋夜,手冷灯前自衲衣。

严维《秋夜船行》（《全唐诗》P2925）

海燕秋还去,渔人夜不归。中流何寂寂,孤棹也依依。

顾况《忆故园》（《全唐诗》P2964）

惆怅多山人复稀,杜鹃啼处泪沾衣。故园此去千馀里,春梦犹能夜夜归。

顾况《竹枝曲》（《全唐诗》P2970）

帝子苍梧不复归,洞庭叶下荆云飞。巴人夜唱竹枝后,肠断晓猿声渐稀。

刘商《滑州送人先归》（《全唐诗》P3460）

河水冰消雁北飞,寒衣未足又春衣。自怜漂荡经年客,送别千回独未归。

---

① 宰相姚崇之曾孙,《全唐诗》中诗共十首。
② 张九龄族孙,诗仅一首。
③ 一作马戴诗。

刘商《赠头陀师》 (《全唐诗》P3461)

少壮从戎马上飞,雪山童子未缁衣。秋山年长头陀处,说我军前射虎归。

刘商《题刘偃庄》 (《全唐诗》P3461)

何事退耕沧海畔,闲看富贵白云飞。门前种稻三回熟,县里官人四考归。

于鹄《寻李暹》 (《全唐诗》P3504)

任性常多出,人来得见稀。市楼逢酒住,野寺送僧归。
檐下悬秋叶,篱头晒褐衣。门前南北路,谁肯入柴扉。

刘禹锡《荆门道怀古》 (《全唐诗》P4050)

南国山川旧帝畿,宋台梁馆尚依稀。马嘶古道行人歇,麦秀空城野雉飞。
风吹落叶填宫井,火入荒陵化宝衣。徒使词臣庾开府,咸阳终日苦思归。

刘禹锡《送元简上人适越》 (《全唐诗》P4058)

孤云出岫本无依,胜境名山即是归。久向吴门游好寺,还思越水洗尘机。
浙江涛惊狮子吼,稽岭峰疑灵鹫飞。更入天台石桥去,垂珠璀璨拂三衣。

张籍《山中古祠》 (《全唐诗》P4304)

春草空祠墓,荒林唯鸟飞。记年碑石在,经乱祭人稀。
野鼠缘朱帐,阴尘盖画衣。近门潭水黑,时见宿龙归。

张籍《蓟北春怀》 (《全唐诗》P4305)

渺渺水云外,别来音信稀。因逢过江使,却寄在家衣。
问路更愁远,逢人空说归。今朝蓟城北,又见塞鸿飞。

张籍《望行人》 (《全唐诗》4305页)

秋风窗下起,旅雁向南飞。日日出门望,家家行客归。
无因见边使,空待寄寒衣。独闭青楼暮,烟深鸟雀稀。

张籍《送宫人入道》 (《全唐诗》P4305)

旧宠昭阳里,寻仙此最稀。名初出宫籍,身未称霞衣。
已别歌舞贵,长随鸾鹤飞。中官看入洞,空驾玉轮归。

张籍《宿临江驿》 (《全唐诗》P4307)

楚驿南渡口,夜深来客稀。月明见潮上,江静觉鸥飞。
旅宿今已远,此行殊未归。离家久无信,又听捣寒衣。

张籍《送韦评事归华阴》 (《全唐诗》P4311)

三峰西面住,出见世人稀。老大谁相识,恓惶又独归。
扫窗秋菌落,开箧夜蛾飞。若向云中伴,还应着褐衣。

张籍《送闽僧》 （《全唐诗》P4312）

几夏京城住，今朝独远归。修行四分律，护净七条衣。豁寺黄橙熟，沙田紫芋肥。九龙潭上路，同去客应稀。

张籍《登城寄王秘书建》 （《全唐诗》P4313）

闻君鹤岭住，西望日依依。远客偏相忆，登城独不归。十年为道侣，几处共柴扉。今日烟霞外，人间得见稀。

张籍《岳州晚景》 （《全唐诗》P4326）

晚景寒鸦集，秋声旅雁归。水光浮日去，霞彩映江飞。洲白芦花吐，园红柿叶稀。长沙卑湿地，九月未成衣。

张籍《惜花》 （《全唐诗》P4349）

山中春已晚，处处见花稀。明日来应尽，林间宿不归。

张籍《寄白学士》 （《全唐诗》P4350）

自掌天书见客稀，纵因休沐锁双扉。几回扶病欲相访，知向禁中归未归。

张籍《同严给事闻唐昌观玉蕊近有仙过，因成绝句二首》 （《全唐诗》P4356）

千枝花里玉尘飞，阿母宫中见亦稀。应共诸仙斗百草，独来偷得一枝归。

张籍《宫词》 （《全唐诗》P4357）

新鹰初放兔犹肥，白日君王在内稀。薄暮千门临欲锁，红妆飞骑向前归。

元稹《和裴校书鹭鸶飞》 （《全唐诗》P4502）

鹭鸶鹭鸶何遽飞，鸦惊雀噪难久依。清江见底草堂在，一点白光终不归。

元稹《别孙村老人》 （《全唐诗》P4506）

年年渐觉老人稀，欲别孙翁泪满衣。未死不知何处去，此身终向此原归。

元稹《所思》① （《全唐诗》4642页）

鄂渚蒙蒙烟雨微，女郎魂逐暮云归。只应长在汉阳渡，化作鸳鸯一只飞。

李贺《南园》

春水初生乳燕飞，黄蜂小尾扑花归。窗含远色通书幌，鱼拥香钩近石矶。

白居易含"归"字诗70多篇：

白居易《杂兴》 （《全唐诗》P4659）

云梦春仍猎，章华夜不归。东风二月天，春雁正离离。

---

① 一作刘禹锡诗。

白居易《燕诗示刘叟》（《全唐诗》P4665）

举翅不回顾,随风四散飞。雌雄空中鸣,声尽呼不归。

白居易《和阳城驿》（《全唐诗》P4681）

道州炎瘴地,身不得生归。一一皆实录,事事无孑遗。

白居易《赠友》（《全唐诗》P4678）

三十男有室,二十女有归。近代多离乱,婚姻多过期。

白居易《答四皓庙》（《全唐诗》P4683）

勿高巢与由,勿尚吕与伊。巢由往不返,伊吕去不归。

白居易《读史五首》（《全唐诗》P4679）

季子憔悴时,妇见不下机。买臣负薪日,妻亦弃如遗。
一朝黄金多,佩印衣锦归。去妻不敢视,妇嫂强依依。

白居易《缚戎人》（《全唐诗》P4698）

暗思幸有残筋力,更恐年衰归不得。蕃候严兵鸟不飞,脱身冒死奔逃归。

白居易《晚春酤酒》（《全唐诗》P4728）

卖我所乘马,典我旧朝衣。尽将酤酒饮,酩酊步行归。

白居易《在朝日同蓄休退之心》（《全唐诗》P4749）

不作卧云计,携手欲何之?待君女嫁后,及我官满时。
稍无骨肉累,粗有渔樵资。岁晚青山路,白首期同归。

白居易《题清晖楼》（《全唐诗》P4762）

碧窗夏瑶瑟,朱栏飘舞衣。烧香卷幕坐,风燕双双飞。
君作不得住,我来幸因依。始知天地间,灵境有所归。

白居易《读邓鲂诗》（《全唐诗》P4781）

京兆杜子美,犹得一拾遗。襄阳孟浩然,亦闻鬓成丝。
嗟君两不如,三十在布衣。擢第禄不及,新婚妻未归。

白居易《对酒示行简》（《全唐诗》P4751）

今春自巴峡,万里平安归。复有双幼妹,笄年未结褵。

白居易《再到襄阳访问旧居》（《全唐诗》P4790）

昔到襄阳日,髯髯初有髭。今过襄阳日,髭髯半成丝。
旧游都似梦,乍到忽如归。

白居易《醉后走笔酬刘五》（《全唐诗》P4812）

障湖绿爱白鸥飞,滩水清怜红鲤肥。偶语闲攀芳树立,相扶醉蹋落花归。

白居易《答韦八》 (《全唐诗》P4829)

丽句劳相赠,佳期恨有违。早知留酒待,悔不趁花归。
春尽绿醅老,雨多红萼稀。今朝如一醉,犹得及芳菲。

白居易《县南花下醉中留刘五》 (《全唐诗》P4831)

百岁几回同酩酊,一年今日最芳菲。愿将花赠天台女,留取刘郎到夜归。

白居易《长安送柳大东归》 (《全唐诗》P4833)

白社羁游伴,青门远别离。浮名相引住,归路不同归。

白居易《春村》 (《全唐诗》P4841)

二月村园暖,桑间戴胜飞。农夫春旧谷,蚕妾捣新衣。
牛马因风远,鸡豚过社稀。黄昏林下路,鼓笛赛神归。

白居易《立春日酬钱员外曲江同行见赠》 (《全唐诗》P4846)

下直遇春日,垂鞭出禁闱。两人携手语,十里看山归。
柳色早黄浅,水文新绿微。风光向晚好,车马近南稀。
机尽笑相顾,不惊鸥鹭飞。

白居易《寄内》 (《全唐诗》P4852)

条桑初绿即为别,柿叶半红犹未归。不如村妇知时节,解为田夫秋捣衣。

白居易《游城南留元九李二十晚归》 (《全唐诗》P4862)

老游春饮莫相违,不独花稀人亦稀。更劝残杯看日影,犹应趁得鼓声归。

白居易《曲江夜归闻元八见访》 (《全唐诗》P4868)

自入台来见面稀,班中遥得揖容辉。早知相忆来相访,悔待江头明月归。

白居易《春末夏初闲游江郭》 (《全唐诗》P4883)

柳影繁初合,莺声涩渐稀。早梅迎夏结,残絮送春飞。……
绿蚁杯香嫩,红丝脍缕肥。故园无此味,何必苦思归。

白居易《醉吟》 (《全唐诗》P4906)

空王百法学未得,姹女丹砂烧即飞。事事无成身老也,醉乡不去欲何归。

白居易《送韦侍御量移金州司马》 (《全唐诗》P4910)

春欢雨露同沾泽,冬叹风霜独满衣。留滞多时如我少,迁移好处似君稀。
卧龙云到须先起,蛰燕雷惊尚未飞。莫恨东西沟水别,沧溟长短拟同归。

白居易《初除官蒙裴常侍赠鹘衔瑞草绯袍鱼袋因谢惠贶兼抒离情》 (《全唐诗》P4911)

新授铜符未著绯,因君装束始光辉。惠深范叔绨袍赠,荣过苏秦佩印归。
鱼缀白金随步跃,鹘衔红绶绕身飞。明朝恋别朱门泪,不敢多垂恐污衣。

白居易《赠康叟》 (《全唐诗》P4916)

八十秦翁老不归,南宾太守乞寒衣。再三怜汝非他意,天宝遗民见渐稀。

白居易《除夜》 (《全唐诗》P4922)

岁暮纷多思,天涯渺未归。老添新甲子,病减旧容辉。
乡国仍留念,功名已息机。明朝四十九,应转悟前非。

白居易《醉后赠人》 (《全唐诗》P4925)

香球趁拍回环匼,花盏抛巡取次飞。自入春来未同醉,那能夜去独先归。

白居易《南山路有感》 (《全唐诗》P4927)

万里路长在,六年身始归。所经多旧馆,大半主人非。

白居易《听弹湘妃怨》 (《全唐诗》P4948)

玉轸朱弦瑟瑟徽,吴娃征调奏湘妃。分明曲里愁云雨,似道萧萧郎不归。

白居易《寄山僧》 (《全唐诗》P4938)

眼看过半百,早晚扫岩扉。白首谁能住,青山自不归。
百千万劫障,四十九年非。会拟抽身去,当风斗擞衣。

白居易《晚兴》 (《全唐诗》P4954)

极浦收残雨,高城驻落晖。山明虹半出,松暗鹤双归。
将吏随衙散,文书入务稀。闲吟倚新竹,筠粉污朱衣。

白居易《送李校书趁寒食归义兴山居》 (《全唐诗》P4958)

大见腾腾诗酒客,不忧生计似君稀。到舍将何作寒食,满船唯载树阴归。

白居易《湖亭晚归》 (《全唐诗》P4959)

尽日湖亭卧,心闲事亦稀。起因残醉醒,坐待晚凉归。
松雨飘藤帽,江风透葛衣。柳堤行不厌,沙软絮霏霏。

白居易《赠沙鸥》 (《全唐诗》P4960)

老逼教垂白,官科遣著绯。形骸虽有累,方寸却无机。
遇酒多先醉,逢山爱晚归。沙鸥不知我,犹避隼旟飞。

白居易《自问行何迟》 (《全唐诗》P4976)

酒醒夜深后,睡足日高时。眼底一无事,心中百不知。
想到京国日,懒放亦如斯。何必冒风水,促促赴程归。

白居易《授太子宾客归洛》 (《全唐诗》P4990)

南省去拂衣,东都来掩扉。病将老齐至,心与身同归。
白首外缘少,红尘前事非。怀哉紫芝叟,千载心相依。

白居易《柳絮》 (《全唐诗》P5004)
三月尽是头白日,与春老别更依依。凭莺为向杨花道,绊惹春风莫放归。

白居易《留别微之》 (《全唐诗》P5034)
五千言里教知足,三百篇中劝式微。少室云边伊水畔,比君校老合先归。

白居易《闲出》 (《全唐诗》P5048)
身外无羁束,心中少是非。被花留便住,逢酒醉方归。
人事行时少,官曹入日稀。春寒游正好,稳马薄绵衣。

白居易《池鹤》 (《全唐诗》P5066)
池中此鹤鹤中稀,恐是辽东老令威。带雪松枝翘膝胫,放花菱片缀毛衣。
低回且向林间宿,奋迅终须天外飞。若问故巢知处在,主人相恋未能归。

白居易《送令狐相公赴太原》 (《全唐诗》P5067)
六纛双旌万铁衣,并汾旧路满光辉。青衫书记何年去,红旆将军昨日归。
诗作马蹄随笔走,猎酣鹰翅伴鞴飞。此都莫作多时计,再为苍生入紫微。

白居易《和杨师皋伤小姬英英》 (《全唐诗》P5071)
人间有梦何曾入,泉下无家岂是归。坟上少啼留取泪,明年寒食更沾衣。

白居易《答崔十八见寄》 (《全唐诗》P5075)
明朝欲见琴尊伴,洗拭金杯拂玉徽。君乞曹州刺史替,我抛刑部侍郎归。

白居易《归履道宅》 (《全唐诗》P5076)
驿吏引藤舆,家童开竹扉。往时多暂住,今日是长归。
眼下有衣食,耳边无是非。不论贫与富,饮水亦应肥。

白居易《酬裴相公见寄二绝》 (《全唐诗》P5077)
习静心方泰,劳生事渐稀。可怜安稳地,舍此欲何归。

白居易《西风》 (《全唐诗》P5095)
西风来几日,一叶已先飞。新霁乘轻屐,初凉换熟衣。
浅渠销慢水,疏竹漏斜晖。薄暮青苔巷,家僮引鹤归。

白居易《履道居》 (《全唐诗》P5105)
莫嫌地窄林亭小,莫厌贫家活计微。大有高门锁宽宅,主人到老不曾归。

白居易《解印出公府》 (《全唐诗》P5107)
解印出公府,斗薮尘土衣。百吏放尔散,双鹤随我归。
归来履道宅,下马入柴扉。

白居易《咏所乐》（《全唐诗》P5114）
　　昨朝拜表回，今晚行香归。归来北窗下，解巾脱尘衣。
白居易《北窗三友》（《全唐诗》P5115）
　　或乏儋石储，或穿带索衣。弦歌复觞咏，乐道知所归。
白居易《裴侍中晋公以集贤林亭即事诗》（《全唐诗》P5116）
　　棹风逐舞回，梁尘随歌飞。宴馀日云暮，醉客未放归。
白居易《将归一绝》（《全唐诗》P5135）
　　欲去公门返野扉，预思泉竹已依依。更怜家酝迎春熟，一瓮醍醐待我归。
白居易《酬李二十侍郎》（《全唐诗》P5137）
　　笋老兰长花渐稀，衰翁相对惜芳菲。残莺著雨慵休啭，落絮无风凝不飞。
　　行掇木芽供野食，坐牵萝蔓挂朝衣。十年分手今同醉，醉未如泥莫道归。
白居易《将归渭村先寄舍弟》（《全唐诗》P5163）
　　一年年觉此身衰，一日日知前事非。咏月嘲风先要减，登山临水亦宜稀。
　　子平嫁娶贫中毕，元亮田园醉里归。为报阿连寒食下，与吾酿酒扫柴扉。
白居易《闲居春尽》（《全唐诗》P5169）
　　闲泊池舟静掩扉，老身慵出客来稀。愁应暮雨留教住，春被残莺唤遣归。
白居易《香山避暑》（《全唐诗》P5169）
　　纱巾草履竹疏衣，晚下香山蹋翠微。一路凉风十八里，卧乘篮舆睡中归。
白居易《春尽日宴罢》（《全唐诗》P5204）
　　五年三月今朝尽，客散筵空独掩扉。病共乐天相伴住，春随樊子一时归。
白居易《时热少客，因咏所怀》（《全唐诗》P5205）
　　院静留僧宿，楼空放妓归。衰残强欢宴，此事久知非。
白居易《感秋咏意》（《全唐诗》P5206）
　　炎凉迁次速如飞，又脱生衣著熟衣。绕壁暗蛩无限思，恋巢寒燕未能归。
　　须知流辈年年失，莫叹衰容日日非。旧语相传聊自慰，世间七十老人稀。
白居易《雪暮偶与梦得同致仕裴宾客王尚书饮》（《全唐诗》P5212）
　　黄昏惨惨雪霏霏，白首相欢醉不归。四个老人三百岁，人间此会亦应稀。
白居易《对酒闲吟》（《全唐诗》P5222）
　　于中我自乐，此外吾不知。寄问同老者，舍此将安归。
　　莫学蓬心叟，胸中残是非。

白居易《鹤答鸢》（《全唐诗》P5233）

无妨自是莫相非,清浊高低各有归。鸾鹤群中彩云里,几时曾见喘鸢飞。

白居易《问诸亲友》（《全唐诗》P5236）

七十人难到,过三更较稀。占花租野寺,定酒典朝衣。
趁醉春多出,贪欢夜未归。不知亲故口,道我是耶非。

白居易《别杨同州后却寄》（《全唐诗》P5258）

潘驿桥南醉中别,下邽村北醒时归。春风怪我君知否,榆叶杨花扑面飞。

白居易《狐泉店前作》（《全唐诗》P5258）

野狐泉上柳花飞,逐水东流便不归。花水悠悠两无意,因风吹落偶相依。

白居易《灵岩寺》（《全唐诗》P5259）

馆娃宫畔千年寺,水阔云多客到稀。闻说春来更惆怅,百花深处一僧归。

白居易《九老图诗》（《全唐诗》P5262）

雪作须眉云作衣,辽东华表鹤双归。当时一鹤犹希有,何况今逢两令威。

施肩吾《长安春夜吟》（《全唐诗》P5597）

露盘滴时河汉微,美人灯下裁春衣。蟾蜍东去鹊南飞,芸香省中郎不归。

施肩吾《望夫词》（《全唐诗》P5601）

看看北燕又南飞,薄幸征夫久不归。蟢子到头无信处,凡经几度上人衣。

施肩吾《秋洞宿》（《全唐诗》P5591）

夜深秋洞里,风雨报龙归。何事触人睡,不教胡蝶飞。

施肩吾《秋山吟》（《全唐诗》P5588）

夜吟秋山上,袅袅秋风归。月色清且冷,桂香落人衣。

朱庆馀《上宣州沈大夫》（《全唐诗》P5864）

科名继世古来稀,高步何年下紫微。帝命几曾移重镇,时清犹望领春闱。
登朝旧友常思见,开幕贤人并望归。

朱庆馀《送人下第归》（《全唐诗》P5888）

独立身难达,新春与志违。异乡青草长,故国白头归。
岸阔湖波溢,程遥楚岫微。

朱庆馀《早发庐江途中遇雪》（《全唐诗》P5877）

芦苇声多雁满陂,湿云连野见山稀。遥知将吏相逢处,半是春城贺雪归。

朱庆馀《啄木儿》（《全唐诗》P5893）

丁丁向晚急还稀,啄遍庭槐未肯归。终日与君除蠹害,莫嫌无事不频飞。

杜牧含"归"字与"飞"诸字协韵的共 19 首(篇)：

杜牧《杜秋娘诗》（《全唐诗》P5939)

一尺桐偶人，江充知自欺。王幽茅土削，秋放故乡归。

杜牧《朱坡绝句》（《全唐诗》P5959)

烟深苔巷唱樵儿，花落寒轻倦客归。藤岸竹洲相掩映，满池春雨鹡鸰飞。

杜牧《九日齐安登高》（《全唐诗》P5966)

江涵秋影雁初飞，与客携壶上翠微。尘世难逢开口笑，菊花须插满头归。

杜牧《新转南曹》（《全唐诗》P5969)

越浦黄柑嫩，吴溪紫蟹肥。平生江海志，佩得左鱼归。

杜牧《还俗老僧》（《全唐诗》P5974)

雪髮不长寸，秋寒力更微。独寻一径叶，犹挈衲残衣。
日暮千峰里，不知何处归。

杜牧《汉江》（《全唐诗》P5979)

溶溶漾漾白鸥飞，绿净春深好染衣。南去北来人自老，夕阳长送钓船归。

杜牧《闺情》（《全唐诗》P5986)

娟娟却月眉，新鬓学鸦飞。暗砌匀檀粉，晴窗画夹衣。
袖红垂寂寞，眉黛敛衣稀。还向长陵去，今宵归不归。

杜牧《闺情代作》（《全唐诗》P5998)

梧桐叶落雁初归，迢递无因寄远衣。月照石泉金点冷，凤酣箫管玉声微。

杜牧《将出关宿层峰驿》（《全唐诗》P6000)

孤驿在重阻，云根掩柴扉。数声暮禽切，万壑秋意归。

杜牧《岁日朝回口号》（《全唐诗》P6005)

星河犹在整朝衣，远望天门再拜归。笑向春风初五十，敢言知命且知非。

杜牧《大梦上人自庐峰回》（《全唐诗》P6010)

行脚寻常到寺稀，一枝藜杖一禅衣。开门满院空秋色，新向庐峰过夏归。

杜牧《春日寄许浑先辈》（《全唐诗》P6010)

蓟北雁初去，湘南春又归。水流沧海急，人到白头稀。

杜牧《渔父》（《全唐诗》P6011)

白发沧浪上，全忘是与非。秋潭垂钓去，夜月叩船归。

杜牧《逢故人》（《全唐诗》P6012）

故交相见稀,相见倍依依。尘路事不尽,云岩闲好归。

杜牧《冬日五湖馆水亭怀别》（《全唐诗》P6019）

云抱四山终日在,草荒三径几时归？江城向晚西流急,无限乡心闻捣衣。

杜牧《越中》（《全唐诗》P6024）

石城花暖鹧鸪飞,征客春帆秋不归。犹自保郎心似石,绫梭夜夜织寒衣。

杜牧《为人题赠》（《全唐诗》P6032）

绿树莺莺语,平江燕燕飞。枕前闻雁去,楼上送春归。

杜牧《怀紫阁山》（《全唐诗》P6033）

百年不肯疏荣辱,双鬓终应老是非。人道青山归去好,青山曾有几人归？

杜牧《中途寄友人》（《全唐诗》P6033）

道傍高木尽依依,落叶惊风处处飞。未到乡关闻早雁,独于客路授寒衣。
烟霞旧思长相阻,书剑投人久不归。何日一名随事了,与君同采碧溪薇。

许浑含"归"字与"衣"等字协韵的诗29首,录27首如下:

许浑《孤雁》（《全唐诗》P6040）

芦洲寒独宿,榆塞夜孤飞。不及营巢燕,西风相伴归。

许浑《示弟》（《全唐诗》P6041）

文字何人赏,烟波几日归。秋风正摇落,孤雁又南飞。

许浑《送从兄归隐蓝溪》（《全唐诗》P6043）

名高犹素衣,穷巷掩荆扉。渐老故人少,久贫豪客稀。
塞云横剑望,山月抱琴归。几日蓝溪醉,藤花拂钓矶。

许浑《题韦隐居西斋》（《全唐诗》P6044）

刷药去还归,家人半掩扉。山风藤子落,溪雨豆花肥。

许浑《将离郊园留示弟侄》（《全唐诗》P6050）

久贫辞国远,多病在家稀。山暝客初散,树凉人未归。
西都万馀里,明旦别柴扉。

许浑《题官舍》（《全唐诗》P6066）

叠鼓吏初散,繁钟鸟独归。高梧与疏柳,风雨似郊扉。

许浑《深春》（《全唐诗》P6077）

故里千帆外,深春一雁飞。干名频恸哭,将老欲何归。

许浑《松江怀古》　（《全唐诗》P6082）
故国今何在,扁舟竟不归。云移山漠漠,江阔树依依。

许浑《李秀才近自涂口迁居新安》　（《全唐诗》P6086）
颜巷雪深人已去,庾楼花盛客初归。东堂望绝迁莺起,南国哀馀候雁飞。

许浑《只命许昌自郊居移就公馆》　（《全唐诗》P6090）
潮寒水国秋砧早,月暗山城夜漏稀。岩响远闻樵客过,浦深遥送钓童归。

许浑《晚自东郭回留一二游侣》　（《全唐诗》P6091）
林下草腥巢鹭宿,洞前云湿雨龙归。钟随野艇回孤棹,鼓绝山城掩半扉。

许浑《村舍》　（《全唐诗》P6094）
莱妻早报蒸藜熟,童子遥迎种豆归。鱼下碧潭当镜跃,鸟还青嶂拂屏飞。

许浑《题卫将军庙》　（《全唐诗》P6097）
武牢关下护龙旗,挟槊弯弧马上飞。汉业未兴王霸在,秦军才散鲁连归。

许浑《听歌鹧鸪辞》　（《全唐诗》P6097）
南国多情多艳词,鹧鸪清怨绕梁飞。甘棠城上客先醉,苦竹岭头人未归。

许浑《别表兄军倅》　（《全唐诗》P6101）
三洲水浅鱼来少,五岭山高雁到稀。客路晚依红树宿,乡关朝望白云归。

许浑《贺少师相公致政》①　（《全唐诗》P6107）
六十悬车自古稀,我公年少独忘机。门临二室留侯隐,樽倚三川越相归。

许浑《陪宣城大夫崔公泛后池》　（《全唐诗》P6109）
江上西来共鸟飞,剪荷浮泛似轻肥。王珣作簿公曾喜,刘表为邦客尽依。
云外轩窗通早景,风前箫鼓送残晖。宛陵行乐金陵住,遥对家山未忆归。

许浑《赠河东虞押衙》　（《全唐诗》P6111）
长剑高歌换素衣,君恩未报不言归。旧精鸟篆谱书体,新授龙韬识战机。

许浑《卧病》　（《全唐诗》P6119）
清露已凋秦塞柳,白云空长越山薇。病中送客难为别,梦里还家不当归。

许浑《送人之任邛州》　（《全唐诗》P6120）
绿发监州丹府归,还家乐事我先知。群童竹马交迎日,二老兰舣初见时。

---

① 律诗在格律上有明确的要求,三、四两句和五、六两句必须是一幅对联;二、四、六、八这四句最后一字必须相互协韵。

许浑《谢人赠鞭》（《全唐诗》P6123）

独根拥肿来云岫,紫陌提携在绣衣。几度拂花香里过,也曾敲镫月中归。

许浑《冬日五浪馆水亭怀别》（《全唐诗》P6126）

云抱四山终日在,草荒三径几时归。江城向暝东风急,一半乡愁闻捣衣。

许浑《塞下》（《全唐诗》P6135）

夜战桑干北,秦兵半不归。朝来有乡信,犹自寄征衣。

许浑《送曾主薄归楚州》（《全唐诗》P6136）

帆转清淮极鸟飞,落帆应换老莱衣。河亭未醉先惆怅,明日还从此路归。

许浑《送杨发东归》（《全唐诗》P6137）

红花半落燕于飞,同客长安今独归。一纸乡书报兄弟,还家羞著别时衣。

许浑《楚宫怨》（《全唐诗》P6140）

猎骑秋来在内稀,渚宫云雨湿龙衣。腾腾战鼓动城阙,江畔射麋殊未归。

许浑《越中》（《全唐诗》P6143）

石城花暖鹧鸪飞,征客春帆秋不归。犹自保郎心似石,绫梭夜夜织寒衣。

李商隐含"归"字与"衣""稀"等协韵的诗21首,录19首如下:

李商隐《崔处士》（《全唐诗》P6145）

真人塞其内,夫子入于机。未肯投竿起,惟欢负米归。
雪中东郭履,堂上老莱衣。读遍先贤传,如君事者稀。

李商隐《令狐八拾遗见招》（《全唐诗》P6154）

兰亭宴罢方回去,雪夜诗成道韫归。汉苑风烟吹客梦,云台洞穴接郊扉。

李商隐《越燕》（《全唐诗》P6160）

上国社方见,此乡秋不归。为矜皇后舞,犹著羽人衣。

李商隐《少将》（《全唐诗》P6162）

族亚齐安陆,风高汉武威。烟波别墅醉,花月后门归。
青海闻传箭,天山报合围。一朝携剑起,上马即如飞。

李商隐《落花》（《全唐诗》P6165）

高阁客竟去,小园花乱飞。参差连曲陌,迢递送斜晖。
肠断未忍扫,眼穿仍欲归。芳心向春尽,所得是沾衣。

李商隐《楚宫二首》（《全唐诗》P6186）

十二峰前落照微,高唐宫暗坐迷归。朝云暮雨长相接,犹自君王恨见稀。

李商隐《访隐者不遇》 （《全唐诗》P6167）

秋水悠悠浸墅扉,梦中来数觉来稀。玄蝉去尽叶黄落,一树冬青人未归。

李商隐《桂林路中作》 （《全唐诗》P6164）

村小犬相护,沙平僧独归。欲成西北望,又见鹧鸪飞。

李商隐《三月十日流杯亭》 （《全唐诗》P6168）

身属中军少得归,木兰花尽失春期。偷随柳絮到城外,行过水西闻子规(xī)。

李商隐《对雪》 （《全唐诗》P6169）

欲舞定随曹植马,有情应湿谢庄衣。龙山万里无多远,留待行人二月归。

李商隐《离亭赋得折杨柳》 （《全唐诗》P6180）

含烟惹雾每依依,万绪千条拂落晖。为报行人休尽折,半留相送半迎归。

李商隐《梦令狐学士》 （《全唐诗》P6181）

山驿荒凉白竹扉,残灯向晓梦清晖。右银台路雪三尺,凤诏裁成当直归。

李商隐《圣女祠》 （《全唐诗》P6184）

人间定有崔罗什,天上应无刘武威。寄问钗头双白燕,每朝珠馆几时归。

李商隐《春雨》 （《全唐诗》P6188）

红楼隔雨相望冷,珠箔飘灯独自归。远路应悲春畹晚,残宵犹得梦依稀。

李商隐《赠从兄阆之》 （《全唐诗》P6197）

幽径定携僧共入,寒塘好与月相依。城中猘犬憎兰佩,莫损幽芳久不归。

李商隐《嘲樱桃》 （《全唐诗》P6201）

朱实鸟含尽,青楼人未归。南园无限树,独自叶如帏。

李商隐《向晚》 （《全唐诗》P6212）

当风横去幰,临水卷空帷。北土秋千罢,南朝被禊归。
花情羞脉脉,柳意怅微微。

李商隐《效长吉》 （《全唐诗》P6225）

长长汉殿眉,窄窄楚宫衣。镜好鸾空舞,帘疏燕误飞。
君王不可问,昨夜约黄归。

李商隐《如有》 （《全唐诗》P6249）

如有瑶台客,相难复索归。芭蕉开绿扇,菡萏荐红衣。

赵嘏含"归"字的诗20首:

赵嘏《花飞桃李蹊》（《全唐诗》P6340）

随风开又落，度日扫还飞。欲折枝枝赠，那知归不归。

赵嘏《送韦处士归省朔方》（《全唐诗》P6344）

映柳见行色，故山当落晖。青云知已殁，白首一身归。

赵嘏《晓发》（《全唐诗》P6344）

旅行宜早发，况复是南归。月影缘山尽，钟声隔浦微。

赵嘏《东归道中》（《全唐诗》P6345）

平生事行役，今日始知非。岁月老将至，江湖春未归。

赵嘏《江边》（《全唐诗》P6346）

戍鼓客帆远，津云夕照微。何由兄与弟，俱及暮春归。

赵嘏《长安月夜与友人话故山》（《全唐诗》P6347）

宅边秋水浸苔矶，日日持竿去不归。杨柳风多潮未落，蒹葭霜冷雁初飞。

赵嘏《曲江春望怀江南故人》（《全唐诗》P6348）

杜若洲边人未归，水寒烟暖想柴扉。故园何处风吹柳，新雁南来雪满衣。

赵嘏《降虏》（《全唐诗》P6350）

铁马半嘶边草去，狼烟高映塞鸿飞。扬雄尚白相如吃，今日何人从猎归。

赵嘏《送卢缄归扬州》（《全唐诗》P6352）

曾向雷塘寄掩扉，荀家灯火有馀辉。关河日暮望空极，杨柳渡头人独归。

赵嘏《送李裴评事》（《全唐诗》P6352）

塞垣从事识兵机，只拟平戎不拟归。入夜笳声含白发，报秋榆叶落征衣。

赵嘏《寒食新丰别友人》（《全唐诗》P6352）

一百五日家未归，新丰鸡犬独依依。满楼春色傍人醉，半夜雨声前计非。

赵嘏《李先辈擢第东归》（《全唐诗》P6355）

金榜前头无是非，平人分得一枝归。正怜日暖云飘路，何处宴回风满衣。

赵嘏《洞庭寄所思》（《全唐诗》P6361）

目断兰台空望归，锦衾香冷梦来稀。书中空有刀头约，天上频看破镜飞。

赵嘏《长信宫》①（《全唐诗》P6368）

君恩已尽欲何归，犹有残香在舞衣。自恨身轻不如燕，春来还绕御帘飞。

---

① 此为绝句，一作孟迟诗。"归"字多与"稀""扉""微""依""衣""飞""违""矶""晖"诸字协韵。

赵嘏《赠王明府》 （《全唐诗》P6369）
五柳逢秋影渐微,陶潜恋酒不知归。但存物外醉乡在,谁向人间问是非。

赵嘏《江上与兄别》 （《全唐诗》P6371）
楚国湘江两渺弥,暖川晴雁背帆飞。人间离别尽堪哭,何况不知何日归。

赵嘏《寻僧》 （《全唐诗》P6372）
溪户无人谷鸟飞,石桥横木挂禅衣。看云日暮倚松立,野水乱鸣僧未归。

赵嘏《南园》 （《全唐诗》P6373）
雨过郊园绿尚微,落花惆怅满尘衣。芳尊有酒无人共,日暮看山还独归。

赵嘏《灵岩寺》 （《全唐诗》P6375）
馆娃宫伴千年寺,水阔云多客到稀。闻说春来更惆怅,百花深处一僧归。

赵嘏《送韦中丞》 （《全唐诗》P6377）
二年恩意是春辉,清净胸襟似者希。泣尽楚人多少泪,满船唯载酒西归。

刘沧,鲁人,诗一卷,全是七律,含"归"字诗9首:

刘沧《题王校书山斋》 （《全唐诗》P6790）
猿鸟无声昼掩扉,寒原隔水到人稀。云晴古木月初上,雪满空庭鹤未归。
药圃地连山色近,樵家路入树烟微。

刘沧《题天宫寺阁》 （《全唐诗》P6792）
天敛暮云残雨歇,路穿春草一僧归。此来闲望更何有,无限清风生客衣。

刘沧《题巫山庙》 （《全唐诗》P6794）
天高木落楚人思,山迥月残神女归。触石晴云凝翠鬟,度江寒雨湿罗衣。

刘沧《赠颛顼山人》 （《全唐诗》P6795）
洛阳紫陌几曾醉,少室白云时一归。松雪月高唯鹤宿,烟岚秋霁到人稀。

刘沧《与僧话旧》 （《全唐诗》P6796）
南朝古寺几僧在,西岭空林唯鸟归。莎径晚烟凝竹坞,石池春色染苔衣。

刘沧《送友人下第东归》 （《全唐诗》P6801）
漠漠杨花灞岸飞,几回倾酒话东归。九衢春尽生乡梦,千里尘多满客衣。

刘沧《从郑郎中高州游东潭》 （《全唐诗》P6801）
烟岚晚入湿旌旗,高槛风清醉未归。夹路野花迎马首,出林山鸟向人飞。

刘沧《送友人罢举赴蓟门从事》 （《全唐诗》P6804）
人生行止在知己,远佐诸侯重所依。绿绶便当身是贵,青霄休怨志相违。
晚云辽水疏残雨,寒角边城怨落晖。此去黄金台上客,相思应羡雁南归。

　　　　刘沧《晚归山居》 (《全唐诗》P6805)

寥落霜空木叶稀,初行郊野思依依。秋深频忆故乡事,日暮独寻荒径归。

　　　　皮日休《临顿题屋壁》 (《全唐诗》P7060)

僧虽与简箄,人不典蕉衣。鹤静共眠觉,鹭驯同钓归。

　　　　皮日休《谏议以罢郡将归以六韵赐示》 (《全唐诗》P7064)

欲下持衡诏,先容解印归。露浓春后泽,霜薄霁来威。
旧化堪治疾,馀恩可疗饥。隔花攀去棹,穿柳挽行衣。

(注:"归"与"微""扉"诸字协韵。)

　　　　皮日休《西塞山泊渔家》 (《全唐诗》P7065)

白纶巾下发如丝,静倚枫根坐钓矶。中妇桑村挑叶去,小儿沙市买蓑归。

　　　　皮日休《洛中寒食》 (《全唐诗》P7068)

千门万户掩斜晖,绣幰金衔晚未归。击鞠王孙如锦地,斗鸡公子似花衣。

　　　　皮日休《奉和鲁望春雨即事次韵》 (《全唐诗》P7073)

野客正闲移竹远,幽人多病探花稀。何年细湿华阳道,两乘巾车相并归。

　　　　皮日休《送润卿博士还华阳》 (《全唐诗》P7087)

雪打篷舟离酒旗,华阳居士半酣归。逍遥只恐逢云将,恬淡真应降月妃。

　　　　皮日休《伤开元观顾道士》 (《全唐诗》P7090)

协晨宫上启金扉,诏使先生坐蜕归。鹤有一声应是哭,丹无馀粒恐潜飞。

　　　　皮日休《送圆载上人归日本国》 (《全唐诗》P7091)

贝多纸上经文动,如意瓶中佛爪飞。飓母影边持戒宿,波神宫里受斋归。

　　　　皮日休《虎丘寺西小溪闲泛》 (《全唐诗》P7097)

高下不惊红翡翠,浅深还碍白蔷薇。船头系个松根上,欲待逢仙不拟归。

　　　　皮日休《胥口即事六言》 (《全唐诗》P7106)

湖云欲散未散,屿鸟将飞不飞。换酒悄头把看,载莲艇子撑归。

陆龟蒙含"归"字诗13篇:

　　　　陆龟蒙《送潮》 (《全唐诗》P7154)

帆生尘兮楫有衣,怅潮之还兮吾犹未归。

　　　　陆龟蒙《樊榭》 (《全唐诗》P7158)

樊榭何年筑,人应白日飞。至今山客说,时驾玉麟归。

陆龟蒙《袭美见题郊居十首》（《全唐诗》P7161）
静思琼版字,闲洗铁筇衣。乌破凉烟下,人冲暮雨归。

陆龟蒙《丹阳道中寄友生》（《全唐诗》P7167）
烟树绿微微,春流浸竹扉。短蓑携稚去,孤艇载鱼归。

陆龟蒙《谨和谏议罢郡叙怀》（《全唐诗》P7170）
已报东吴政,初捐左契归。天应酬苦节,人不犯寒威。
江上思重借,朝端望载饥。紫泥封夜诏,金殿赐春衣。

陆龟蒙《春雨即事寄袭美》（《全唐诗》P7178）
双屐著频看齿折,败裘披苦见毛稀。比邻钓叟无尘事,洒笠鸣蓑夜半归。

陆龟蒙《奉和袭美题达上人药圃》（《全唐诗》P7183）
教疏兔镂金弦乱,自拥龙刍紫汞肥。莫怪独亲幽圃坐,病容销尽欲依归。

陆龟蒙《和袭美重送圆载上人归日本国》（《全唐诗》P7196）
老思东极旧岩扉,却待秋风泛舶归。晓梵阳乌当石磬,夜禅阴火照田衣。

陆龟蒙《自遣诗》（《全唐诗》P7208）
渊明不待公田熟,乘兴先秋解印归。我为余粮春未去,到头谁是复谁非?

陆龟蒙《和袭美虎丘寺西小溪闲泛》（《全唐诗》P7212）
每逢孤屿一倚楫,便欲狂歌同采薇。任是烟萝中待月,不妨欹枕扣舷归。

陆龟蒙《送棋客》（《全唐诗》P7217）
满目山川似势棋,况当秋雁正斜飞。金门若召羊玄保,赌取江东太守归。

陆龟蒙《寄远》（《全唐诗》P7222）
缥梨花谢莺口吃,黄犊少年人未归。画扇红弦相掩映,独看斜月下帘衣。

陆龟蒙《太湖叟》（《全唐诗》P7224）
细桨轻船卖石归,酒痕狼籍遍苔衣。攻车战舰繁如织,不肯回头问是非。

韦庄含"归"字诗的21首,录8首如下:

韦庄《途中望雨怀归》（《全唐诗》P7996）
满空寒雨漫霏霏,去路云深锁翠微。牧竖远当烟草立,饥禽闲傍渚田飞。
谁家树压红榴折,几处篱悬白菌肥。对此不堪乡外思,荷蓑遥羡钓人归。

韦庄《赠边将》（《全唐诗》P8008）
昔因征远向金微,马出榆关一鸟飞。万里只携孤剑去,十年空逐塞鸿归。

韦庄《春日》 (《全唐诗》P8008)

旅梦乱随蝴蝶散,离魂渐逐杜鹃飞。红尘遮断长安陌,芳草王孙暮不归。

韦庄《闻官军继至未睹凯旋》 (《全唐诗》P8011)

阵前鼙鼓晴应响,城上乌鸢饱不飞。何事小臣偏注目,帝乡遥羡白云归。

韦庄《题吉涧卢拾遗庄》 (《全唐诗》P8014)

主人西游去不归,满溪春雨长春薇。怪来马上诗情好,印①破青山白鹭飞。

韦庄《鹧鸪》 (《全唐诗》P8032)

秦人只解歌为曲,越女空能画作衣。懊恼泽家非有恨,年年长忆凤城归。

韦庄《菩萨蛮》 (《全唐诗》P10075)

翠屏金屈曲,醉入花丛宿。此度见花枝,白头誓不归。

韦庄《更漏子》 (《全唐诗》P10076)

烟柳重,春雾薄,灯背水窗高阁。闲倚户,暗沾衣,待郎郎不归。

温庭筠《菩萨蛮》 (《全唐诗》P10064)

满宫明月梨花白,故人万里关山隔。金雁一双飞,泪痕沾绣衣。小园芳草绿,家住越溪曲。杨柳色依依,燕归君不归。

牛峤《感恩多》 (《全唐诗》P10082)

陌上莺啼蝶舞,柳花飞。柳花飞,愿得郎心,忆家还早归。

牛峤《菩萨蛮》 (《全唐诗》P10081)

舞裙香暖金泥凤,画梁语燕惊残梦。门外柳花飞,玉郎犹未归。

牛峤《菩萨蛮》 (《全唐诗》P10081)

窗寒天欲曙,犹结同心苣。啼粉污罗衣,问郎何日归?

【宋】

晏几道《临江仙》 (《词综》P288)

记得小苹初见,两重心字罗衣。琵琶弦上说相思。当时明月在,曾照彩云归。

晁补之《满庭芳》 (《词综》P404)

便弃官终隐,钓叟苔矶。纵是冥鸿云外,应念我、垂翼低飞。新词好,他年认取,天际片帆归。

寇准《江南春》 (《词综》P230)

波渺渺,柳依依。孤村芳草远,斜日杏花飞。江南春尽离肠断,苹满汀洲人未归。

---

① 一作点。

李元膺《思佳客》（《词综》P460)

思往事,入颦眉。柳梢阴重又当时。薄情风絮难拘束,飞过东墙不肯归。

田不伐《南柯子》（《词综》P588)

对月怀歌扇,因风念舞衣。何须惆怅惜芳菲。拼却一年憔悴、待春归。

陈瓘《满庭芳》（《词综》P654)

往事元无是处,何须待回首知非。春鹃语,从来劝我,长道不如归。

邓肃《长相思》（《词综》P748)

梅花飞,雪花飞。醉卧幽亭不掩扉,冷香寻梦归。

程垓《洞庭春色》（《词综》P858)

几度相随游冶去,任月细风尖犹未归。多少事,有垂杨眼见,红烛心知。

朱熹《水调歌头》（《词综》P869)

江水浸云影,鸿雁欲南飞。携壶结客何处？空翠渺烟霏。尘世难逢一笑,况有紫萸黄菊,堪插满头归。风景今朝是,身世昔人非。

陈亮《虞美人》① （《词综》P967)

东风荡扬轻云缕,时送萧萧雨。水边台榭燕新归,一口香泥湿带、落花飞。

文天祥《金陵驿》 （《宋诗一百首》P123)

满地芦花和我老,旧家燕子傍谁飞？从今别却江南路,化作啼鹃带血归。

苏轼《陌上花》 （《苏轼选集》P76)

陌上花开蝴蝶飞,江山犹是昔人非。遗民几度垂垂老,游女长歌缓缓归。

【元】

张翥《题兰》 （《历代书画诗选注》P44)

鹈鴂声中花片飞,楚兰遗思独依依。春风先自悲芳草,惆怅王孙又不归。

【明】

袁凯《白燕》

故国飘零事已非,旧时王谢见应稀。月明汉水初无影,雪满梁园尚未归。柳絮池塘香入梦,梨花庭院冷侵衣。赵家姊妹多相忌,莫向昭阳殿里飞。

谢枋得《蚕妇吟》 （《宋诗一百首》P120)

子规啼彻四更时,起视蚕稠怕叶稀。不信楼头杨柳月,玉人歌舞未曾归。

诗歌中有的诗看似七律,但实际上不按七律的韵律,而是"两句一韵"。如明清之

---

① 《虞美人》词要求每两句末字要押韵,"归"与"飞"协韵。

际方以智(1611—1671)的《田稼荒》(《元明清时一百首》P89)就是一例:

田稼荒,农夫亡,老幼走者死道傍。走入他乡亦饿死,朝廷加派犹不止。壮者昼伏夜行归,归看鸡犬人家非。贼去尚余一茅屋,官军又来烧不足。

【清】

恽寿平《题唐解元小景》 (《历代书画诗选注》上海书画出版社)

雪后轻桡入翠微,花溪寒气上春衣。过桥南岸寻春去,踏遍梅花带月归。

注:《诗经》里近30余个"归"字,唯有两处注明"叶古回反"。这就是说"归"字读"规"是"叶音",不是"本音"。

《诗经·大雅·泂酌》

泂酌彼行潦,挹彼注兹,可以餴饎(饎昌里切)。

岂弟君子,民之父母(母满彼切)。

泂酌彼行潦,挹彼注兹,可以濯罍。岂弟君子,民之攸归(归叶古回切)。

泂酌彼行潦,挹彼注兹,可以濯溉。岂弟君子,民之攸塈。

《诗经·大雅·常武》

王犹允塞,徐方既来(叶六直切)。徐方既同,天子之功。

四方既平,徐方来庭。徐方不回,王曰还归(归叶古回切)。

"归"本音:

《诗经·小雅·湛露》

湛湛露斯,匪阳不晞。厌厌夜饮,不醉无归。

《诗经·周南·葛覃》

言告师氏,言告言归。薄污我私,薄澣我衣。

《诗经·周南·桃夭》

桃之夭夭,灼灼其华。之子于归,宜其家室。

《诗经·召南·江有汜》

江有汜,之子归,不我以。

《诗经·邶风·燕燕》

燕燕于飞,差(初宜切)池其羽。之子于归,远送于野。瞻望弗及,泣涕如雨。

《诗经·小雅·出车》

春日迟迟,卉木萋萋。仓庚喈喈,采蘩祁祁。

执讯获丑,薄言还归。赫赫南仲,猃狁于夷。

(注:仓庚,黄鹂名。"归"字读音要与萋、祁、夷协韵。)

《诗经·邶风·北风》

北风其喈，雨雪其霏。惠而好我，携手同归。

（注：喈，居奚切，音鸡。该诗"归"字与喈、霏协韵。）

于归，归宁，其中的"归"字读音为"轨""规"。但把"归"读音与"萋""祁""夷""喈""霏"等协韵，最早见于《诗经》的是：

《诗经·召南·采蘩》

被之僮僮，夙夜在公；被之祁祁，薄言还归。

《诗经·邶风·式微》

式微，式微！胡不归？微君之故，胡为乎中露！

（注：该诗"微"与"归"协韵，"故"与"露"协韵。）

《诗经·小雅·四月》

秋日凄凄，百卉具腓。乱离瘼矣，爰其适归？

《诗经·小雅·楚茨》

神具醉止，皇尸载起。鼓钟送尸，神保聿归。

《诗经·大雅·崧高》

申伯信迈，王饯于郿。申伯还南，谢于诚归。

《诗经·大雅·烝民》

四牡骙骙，八鸾喈喈。仲山甫徂齐，式遄其归。

李绅《转寿春守》中的"圭"

"圭"字现在大家都只读一个音 guī，但古时它有两个音。据《康熙字典》：一是古携切（携，音 xié）；二是涓畦切（畦，音 xī，今 qí）。所以我们在读古诗词时一定要注意古时人读音的情况，不能用单一的 guī 音去朗读。下举沈约、李绅等人的诗为例。

【南朝　梁】

沈约《咏梧桐诗》（《百代千家绝句》P25）

秋还遽已落，春晓犹未荑。微叶虽可贱，一剪或成圭。

李绅《转寿春守》（《全唐诗》P5467）

未登崖谷寻丹灶，且历轩窗看壁题。那遇八公生羽翼，空悲七子委尘泥。旧坛无复翔云鹤，废垒曾经振鼓鼙。点检遗编尽朝菌，应难求望一刀圭。

崔元略《曾毛仙翁》 (《全唐诗》P6266)

莫将凡圣比云泥,椿菌之年本不齐。度世无劳大稻米,升天只用半刀圭。

沈约《和陆慧晓百姓名诗》 (《全汉三国晋南北朝诗》P1010)

皇王临万宇,惠化罩黔黎。吉士服仁义,
宿昔秉华圭。庸贤起幽谷,钦言非象犀。

沈佺期《敕到不得归题江上石》 (《全唐诗》P1051)

天鉴诛元恶,宸慈恤远黎。五方思寄刃,万姓喜然脐。
自幼输丹恳,何尝玷白圭。承言窜遐魅,雪枉间深狴。

白居易《题李山人》 (《全唐诗》P4874)

厨无烟火室无妻,篱落萧条屋舍低。每日将何疗饥渴,井华云粉一刀圭。

元稹《青云驿》 (《全唐诗》P4456)

才及青云驿,忽遇蓬蒿妻。延我开荜户,凿窦宛如圭。

元稹《感梦(梦故兵部裴尚书相公)》 (《全唐诗》P4498)

我病百日馀,肌体顾若刲。气填暮不食,早早掩窦圭。阴寒筋骨病,
夜久灯火低。忽然寝成梦,宛见颜如珪。似叹久离别,嗟嗟复凄凄。

张九龄《骊山下逍遥公旧居游集》中的"龟"

"龟"字现在有三个读音:一是 gūi,如龟甲、龟鉴;二是 jūn,如龟裂;三是 qiū,如国名龟兹。但古诗词中有时要读"居逵切""居为切"。因"逵"一音奇,"为"一音移,所以"居逵切""居为切"切出一音羲或西 xī(见《康熙字典》),与彝、期、漪、披、基、眉、贻、医等字协韵。举例如下:

【唐】

张九龄《骊山下逍遥公旧居游集》 (《全唐诗》P570)

明德有自来,奕世皆秉彝。岂与磻溪老,崛起周太师。
我心希硕人,逮此问元龟。怊怅既怀远,沉吟亦省私。

卢照邻《山行寄刘李二参军》 (《全唐诗》P528)

万里烟尘客,三春桃李时。事去纷无限,愁来不自持。
狂歌欲叹凤,失路反占龟。草碍人行缓,花繁鸟度迟。

韦应物《慈恩寺精舍南池作》 (《全唐诗》P1978)

清境岂云远,炎氛忽如遗。重门布绿阴,菡萏满广池 qí。

石发散清浅,林光动涟漪。缘崖摘紫房,扣槛集灵龟。
浥浥馀露气,馥馥幽襟披。

李白《感时留别从兄徐王延年从弟延陵》（《全唐诗》P1783）
鸣蝉游子意,促织念归期。骄阳何太赫,海水烁龙龟。

杜甫《夔府书怀》（《全唐诗》P2517）
即事须尝胆,苍生可察眉。议堂犹集凤,正观是元龟。

白居易《和晨兴因报问龟儿》（《全唐诗》P4989）
谁谓荼蘖苦,荼蘖甘如饴。谁谓汤火热,汤火冷如澌。
前时君寄诗,忧念问阿龟。

白居易《代书诗一百韵寄微之》（《全唐诗》P4826）
伸屈须看蠖,穷通莫问龟。定知身是患,应用道为医。

白居易《叙德书情四十韵》（《全唐诗》P4827）
白玉惭温色,朱绳让直辞。行为时领袖,言作世蓍龟。
盛幕招贤士,连营训锐师。光华下鹓鹭,气色动熊罴。

元稹《酬翰林白学士代书一百韵》（《全唐诗》P4521）
病赛乌称鬼,巫占瓦代龟。连阴蛙张王,瘴虐雪治医。
我正穷于是,君宁念及兹。一篇从日下,双鲤送天涯(yí)。

元稹《酬李六醉后见寄口号》（《全唐诗》P4547）
健羡觥飞酒,苍黄日映篱。命童寒色倦,抚稺晚啼饥。
潦倒惭相识,平生颇自奇。明公将有问,林下是灵龟。

钱起《江行无题》（《全唐诗》P2677）
晚来渔父喜,网重欲收迟。恐有长江使,金钱愿赎龟。

钱起《巨鱼纵大壑》（《全唐诗》P2658）
龙摅回地轴,鲲化想天池(qí)。方快吞舟意,尤殊在藻嬉。
倾危嗟幕燕,隐晦诮泥龟。喻士逢明主,才猷得所施(xí)。

元结《谢大龟》（《全唐诗》P2698）
客来自江汉,云得双大龟。且言龟甚灵,问我君何疑。

杨巨源《元日观朝》（《全唐诗》P3730）
北极长尊报圣朝,周家何用问元龟。天颜入署千官拜,元日迎春万物知(jī)。
阊阖回临黄道正,衣裳高对碧山垂。微臣愿献尧人祝,寿酒年年太液池。

刘禹锡《和李六侍御》（《全唐诗》P4096）
有心律天道,无位救陵夷。历聘不能用,领徒空尔为。
儒风正礼乐,旅象入蓍龟。西狩非其应,中都安足施。

刘禹锡《酬窦员外使君》 (《全唐诗》P4075)

楚乡寒食桔花时,野渡临风驻彩旗。草色连云人去住,水纹如縠燕差池。
朱轮尚忆群飞雉,青绶初悬左顾龟。

权德舆《送别阮汎》 (《全唐诗》P3634)

宠荣忽逾量,荏苒不自知。晨兴愧华簪,止足为灵龟。
遐路各自爱,大来行可期。青冥在目前,努力调羽仪。

权德舆《南亭晓坐因以示璩》 (《全唐诗》P3606)

迹似南山隐,官从小宰移。万殊同野马,方寸即灵龟。
弱质常多病,流年近始衰。图书传授处,家有一男儿(ní)。

许浑《将赴京师,留题孙处士山居二首》 (《全唐诗》P6056)

西岩有高兴,路僻几人知。松荫花开晚,山寒酒熟迟。
游从随野鹤,休息遇灵龟。长见邻翁说,容华似旧时。

李商隐《高松》 (《全唐诗》P6210)

高松出众木,伴我向天涯。客散初晴候,僧来不语时。
有风传雅韵,无雪试幽姿。上药终相待,他年访伏龟。

李端《山中寄苗员外》 (《全唐诗》P3271)

鸟鸣花发空山里,衡岳幽人借草时。既近浅流安笔砚,还因平石布蓍龟。
千寻楚人横琴望,万里秦城带酒思。闻说潘安方寓直,与君相见渐难期。

皮日休《虎丘寺殿前古杉》 (《全唐诗》P7062)

任苔为疥癣,从蠹作疮痍。品格齐辽鹤,年龄等宝龟。
将怀缩地力,欲负拔山姿。

于鹄《题南峰褚道士》 (《全唐诗》P3500)

得道南山久,曾教四皓棋。闭门医病鹤,倒箧养神龟。
松际风长在,泉中草不衰(yí)。谁知茅屋里,有路向峨嵋。

齐己《湖上逸人》 (《全唐诗》P9558)

淡荡光中翡翠飞,田田初出柳丝丝。吟沿绿岛时逢鹤,醉泛清波或见龟。
七泽钓师应识我,中原逐鹿不知谁?秋风水寺僧相迎,一径芦花到竹篱。

【宋】

元好问《平定鹊山神应王庙》 (《元好问全集》P221)

古柳轮囷欲十围,鹊山祠庙此遗基。万金良药移造化,老眼天公谁耦畸。
己为养生诬单豹,不应遭网废元龟。半生磊块浇犹在,拟问灵君乞上池。

郭沫若《题柳浪图》中的"规"

"规"字现在只有一个读音：guī，但古时它是个多音字，据《康熙字典》：一是"居追切、音雉（guī）"；二是"惠圭切、音携（xī）"；三是"呼役切音 xū"；四是"居何切、音歌"。此外，《字义总略》说"规字音吸（xī）"。

古诗词中规字读音"吸"与知、池、非、移、羲、宜、离、疲等字协韵的情况很多，当今也有人写诗时以"吸"音与其他字协韵。如郭沫若的《题柳浪图》（《中国古今题画诗全璧》P1018）：

杨柳丝丝拂浪垂，江南春色是耶非。蜀山归后身如寄，伤佛丛阴有子规（规音吸）。

2014 年天津高考题中一首宋人黄庚的诗：

芳事阑珊三月时，春愁惟有落花知。棉绵飘白东风老，一树斜阳叫子规（规音吸）。

其他诗例如下：

【汉】

  崔骃《七言诗》　（《先秦汉魏晋南北朝诗》P171）

  鸾鸟高翔时来仪。应治归德合望规。啄食楝实饮华池。

【魏】

  嵇康《酒会诗》　（《全汉三国晋南北朝诗》P207）

  坐中发美赞，异气同音规。临川献清酤，微歌发皓齿。
  素琴挥雅操，清声随风起。

  曹植《木连理讴》　（《先秦汉魏晋南北朝诗》P444）

  皇树嘉德，凤靡云披。有木连理，别干同枝。将承大同，应天之规。

【晋】

  棘腆《答石崇诗》　（《先秦汉魏晋南北朝诗》P772）

  我闻有言，居安思危。位极则迁，势至必移。
  上德无欲，遗道不为。妙识先觉，通梦皇羲。
  窃睹堂奥，钦蹈明规。

  挚虞《答伏武仲诗》　（《先秦汉魏晋南北朝诗》P758）

  崇山栖凤，广泉含螭。洋洋大府，俦德攸宜。
  用集群英，参翼弘规。皇晖增曜，明两作离。

  张载《诗》　（《全汉三国晋南北朝诗》P392）

  白日随天回，暾暾圆如规。踊跃汤谷中，上登扶桑枝。

【南朝　宋】

谢灵运《游南亭》（《全汉三国晋南北朝诗》P638）

时竟夕澄霁,云归日西驰。密林含馀清,远峰隐半规。
久痗昏垫苦,旅馆眺郊歧。泽兰渐被径,芙蓉始发池。

【南朝　梁】

萧纲《雁门太守行》（《全汉三国晋南北朝诗》P884）

风急旃旗断,涂长铠马疲。少解孙吴法,家本幽并儿。
非关买雁肉,徒劳皇甫规。

何逊《哭吴兴柳恽》（《全汉三国晋南北朝诗》P1156）

伊人以戴德,李公伤在期。远识内无惛,深衷外有规。
清文穷丽则,弘论尽高奇。

李镜远《咏日》（《全汉三国晋南北朝诗》P1290）

始临东岳观,俄升若木枝。萍实讵俦彩,合扇且惭规。
北林耿初曜,员窗鉴早曦。

萧欣《还宅作》（《全汉三国晋南北朝诗》P1311）

时平有道泰,世诐交情离。寄言谢公叔,千载留清规。

刘孝绰《侍宴》（《全汉三国晋南北朝诗》P1193）

邂后逢休幸,朱跸曳青规。丘山不可答,葵藿空自知。

【北周】

康孟《咏日应赵王教》（《全汉三国晋南北朝诗》P1552）

金乌升晓气,玉槛漾晨曦。先汜扶桑海,返照若华池。
洛浦全开镜,衡山半隐规。相欢承爱景,共惜寸阴移。

【唐】

《郊庙歌辞·唐享章怀太子庙乐章·迎神》（《全唐诗》P143）

副君昭象,道应黄离。铜楼备德,玉裕成规。
仙气霭霭,灵从师师。前驱戾止,控鹤来仪。

张九龄《南还以诗代书赠京师旧僚》（《全唐诗》P606）

欲赠幽芳歇,行悲旧赏移。一从关作限,两见月成规。
苒苒穷年籥,行行尽路歧。

卢照邻《宴梓州南亭得池字》（《全唐诗》P528）

二条开胜迹,大隐叶冲规。亭阁分危岫,楼台绕曲池。

宋之问《奉和荐福寺应制》（《全唐诗》P648）

梵筵光圣邸，游豫览宏规。不改灵光殿，因开功德池。
莲生新步叶，桂长昔攀枝。涌塔花中见，飞楼海上移。

宋之问《送合宫苏明府颋》（《全唐诗》P650）

铉府诞英规，公才天下知。谓乘羔雁族，继入凤凰池。

王维《送杨长史赴果州》（《全唐诗》P1272）

褒斜不容幰，之子去何之。鸟道一千里，猿声十二时。
官桥祭酒客，山木女郎祠。别后同明月，君应听子规。

李峤《纸》（《全唐诗》P706）

妙迹蔡侯施，芳名左伯驰。云飞锦绮落，花发缥红披。
舒卷随幽显，廉方合轨仪。莫惊反掌字，当取葛洪规。

李峤《荷》（《全唐诗》P716）

新溜满澄陂，圆荷影若规。风来香气远，日落盖阴移。
鱼戏排缃叶，龟浮见绿池。魏朝难接采，楚服但同披。

李白《古风》（《全唐诗》P1679）

斗酒强然诺，寸心终自疑。张陈竟火灭，萧朱亦星离。
众鸟集荣柯，穷鱼守枯池。嗟嗟失权客，勤问何所规。

顾况《子规》（《全唐诗》P2967）

杜宇冤亡积有时，年年啼血动人悲。若教恨魄皆能化，何树何山著子规。

戎昱《汉阴吊崔员外坟》（《全唐诗》P3018）

所痛泉路人，一去无还期。荒坟遗汉阴，坟树啼子规。
存没抱冤滞，孤魂意何依。岂无骨肉亲，岂无深相知。

陈羽《西蜀送许中庸归秦赴举》（《全唐诗》P3891）

独鹤心千里，贫交酒一卮。桂条攀偃蹇，兰叶借参差。
旅梦惊蝴蝶，残芳怨子规。碧霄今夜月，惆恨上峨嵋。

李商隐《三月十日流杯亭》（《全唐诗》P6168）

身属中军少得归，木兰花尽失春期。偷随柳絮到城外，行过水西闻子规。

常建《古兴》（《全唐诗》P1458）

将军死重围，汉卒犹争驰。百马同一衔，万轮同一规。
名与身孰亲，君子宜固思。

杜甫《偶题》（《全唐诗》P2509）
后贤兼旧制,历代各清规。法自儒家有,心从弱岁疲。
永怀江左逸,多病邺中奇。

刘驾《春夜二首》（《百代千家绝句选》P396）
一别杜陵归未期,只凭魂梦接亲知。近来欲睡兼难睡,夜夜夜深闻子规。

苏颋《奉和晦日幸昆明池应制》（《全唐诗》P807）
炎历事边陲,昆明始凿池。豫游光后圣,征战罢前规。
霁色清珍宇,年芳入锦陂。

韩愈《病鸱》（《全唐诗》P3823）
昨日有气力,飞跳弄藩篱。今日忽径去,曾不报我知。
侥幸非汝福,天衢汝休窥。京城事弹射,竖子不易欺。
勿讳泥坑辱,泥坑乃良规。

韩愈《寄崔二十六立之》（《全唐诗》P3817）
迢递山水隔,何由应埙篪。别来就十年,君马记骕骦。
长女当及事,谁助出帨縭。诸男皆秀朗,几能守家规。

独孤及《癸卯岁赴南丰道中闻京师失守》（《全唐诗》P2762）
荒谷啸山鬼,深林啼子规。长叹指故山,三奏归来词。

孟郊《罪松》（《全唐诗》P4193）
虽为青松姿,霜风何所宜。二月天下树,绿于青松枝。
勿谓贤者喻,白谓愚者规。伊吕代封爵,夷齐终身饥。

孟郊《劝友》（《全唐诗》P4195）
至白涅不缁,至交淡不疑。人生静躁殊,莫厌相箴规。
胶漆武可接,金兰文可思。堪嗟无心人,不如松柏枝。

刘禹锡《后梁宣明二帝碑堂下作》（《全唐诗》P4121）
玉马朝周从此辞,园陵寂寞对丰碑。千行宰树荆州道,暮雨萧萧闻子规。

元稹《酬翰林白学士代书一百韵》（《全唐诗》P4519）
逸骥初翻步,鞲鹰暂脱羁。远途忧地窄,高视觉天卑。
并入红兰署,偏亲白玉规。

白居易《寓意诗》（《全唐诗》P4678）
豫樟生深山,七年而后知。挺高二百尺,本末皆十围。
天子建明堂,此材独中规。匠人执斤墨,采度将有期。

白居易《和阳城驿》 (《全唐诗》P4682)

然后告史氏,旧史有前规。若作阳公传,欲令后世知。
不劳叙世家,不用费文辞。但使国史上,全录元稹诗。

白居易《叙德书情四十韵》 (《全唐诗》P4827)

酒气和芳杜,弦声乱子规。分毬齐马首,列舞匝蛾眉。

李商隐《三月十日流杯亭》 (《全唐诗》P6168)

身属中军少得归,木兰花尽失春期。偷随柳絮到城外,行过水西闻子规。

李商隐《赋得月照冰池》 (《全唐诗》P6219)

皓月方离海,坚冰正满池。金波双激射,璧彩两参差。
影占徘徊处,光含的皪时。高低连素色,上下接清规。

陆龟蒙《袭美先辈以龟蒙所献》 (《全唐诗》P7109)

洪范分九畴,转成天下规。河图孕八卦,焕作玄中奇。

刘象《春夜》 (《全唐诗》P8216)

一别杜陵归未期,只凭魂梦接亲知。近来欲睡兼难睡,夜夜夜深闻子规。

贯休《读唐史》 (《全唐诗》P9337)

我爱李景伯,内宴执良规。君臣道昭彰,天颜终熙怡。
大籁怕清风,糠秕缭乱飞。洪炉烹五金,黄金终自奇。
大哉为忠臣,舍此何所之。

李景伯《回波乐》 (《全唐诗》P10049)

回波尔时酒卮,微臣职在箴规。侍宴既过三爵,喧哗窃恐非仪。

【宋】

苏轼《和孔郎中荆林马上见寄》 (《苏轼选集》P90)

滔滔满四方,我行竟安之。何时剑关路,春山闻子规。

王叔承《竹枝》 (《词综补遗》P1297)

阴阳桃李晚妆迟,万里桥头叫子规。拜月归来人语静,金钗失在竹郎祠。

殷尧藩《韩信庙》中的"闺"

"闺"字现在只一个读音 guī,如闺房、闺秀、闺密等。但古诗词中它不但读"居为切,音规",而且可读"古携切""涓畦切"音衣。如:

殷尧藩《韩信庙》（《全唐诗》P5570）

长空鸟尽将军死,无复中原入马蹄。身向九泉还属汉,功超诸将合封齐。
荒凉古庙惟松柏,咫尺长陵又鹿麇。此日深怜萧相国,竟无一语到金闺。

陆龟蒙《和醉中袭美先起次韵》（《全唐诗》P7215）

莫唱艳歌凝翠黛,已通仙籍在金闺。他日若寄相思泪,红粉痕应伴紫泥。

古诗词中类似情况很多,现举例如下:

【南朝　梁】

萧绎《晚栖鸟》（《全汉三国晋南北朝诗》P957）

路远声难彻,飞斜行未齐。应从故乡返,几过入兰闺。
借问倡楼妾,何如荡子妻。

王筠《答元金紫饷朱李》（《全汉三国晋南北朝诗》P1189）

潘生咏金谷,魏后沉寒溪。逢君重妖丽,移玩入崇闺。
惭无琼玖报,徒用萃幽栖。

江淹《冬尽难离和丘长史》（《全汉三国晋南北朝诗》P1040）

闲居深怅怅,飔寒拂中闺。宝礼自千里,缥书果君题。

江洪《和新浦侯斋前竹》（《全汉三国晋南北朝诗》P1262）

本生出高岭,移赏入庭蹊。檀栾拂桂櫋,翁葱傍朱闺。
夜条风析析,晚叶露凄凄。铎紫春莺思,筠绿寒蛩啼。

谢惠连《捣衣》（《玉台新咏》P71）

肃肃莎鸡羽,烈烈寒螀啼。夕阴结空幕,霄月皓中闺。
美人戒裳服,端饰相招携。

萧子晖《春宵》（《玉台新咏》P204）

夜夜妾偏栖,百花含露低。虫声绕春岸,月色思空闺。
传语长安驿,辛苦寄辽西。

王筠《春月》（《玉台新咏》P186）

菳蕤心未发,蘼芜叶欲齐。春蚕方曳绪,新燕正衔泥。
野雉呼雌雏,庭禽挟子栖。从君客梁后,方昼掩春闺。
山川隔道里,芳草徒萋萋。

王台卿《陌上桑》（《全汉三国晋南北朝诗》P1284）

郁郁陌上桑,遥遥山下蹊。君去戍万里,妾来守空闺。

【南朝 陈】

刘删《侯司空宅咏妓》 (《全汉三国晋南北朝诗》P1440)

石家金谷妓，妆罢出兰闺。看花只欲笑，闻瑟不胜啼。
山边歌落日，池上舞前溪。将人当桃李，何处不成蹊。

江总《紫骝马》 (《全汉三国晋南北朝诗》P1408)

春草正萋萋，荡妇出空闺。识是东方骑，犹带北风嘶。
扬鞭向柳市，细蹀上金堤。

【隋】

虞世基《赋得戏燕俱宿》 (《全汉三国晋南北朝诗》P1678)

大厦初构与云齐，归燕双入正衔泥。欲绕歌梁向舞阁，偶为仙履往兰闺。
千里争飞会难并，聊向吴宫比翼栖。

薛道衡《昔昔盐》 (《全汉三国晋南北朝诗》P1663)

采桑秦氏女，织锦窦家妻。关山别荡子，风月守空闺。
恒敛千金笑，长垂双玉啼。盘龙随镜隐，彩凤逐帷低。

【唐】

张九龄《城南隅山池春中咏》 (《全唐诗》P605)

乐处将鸥狎，谭端用马齐。且言临海郡，兼话武陵溪。
异壤风烟绝，空山岩径迷。如何际朝野，从此待金闺。

张九龄《送苏主簿赴偃师》 (《全唐诗》P587)

我与文雄别，胡然邑吏归。贤人安下位，鸷鸟欲卑飞。
激节轻华冕，移官徇彩衣。羡君行乐处，从此拜庭闱。

许景先《阳春怨》 (《全唐诗》P1135)

红树晓莺啼，春风暖翠闺。雕笼熏绣被，珠履踏金堤。
芍药花初吐，菖蒲叶正齐。藁砧当此日，行役向辽西。

储光羲《同王十三维偶然作十首》 (《全唐诗》P1385)

既闻容见宠，复想玄为妻。刻画尚风流，幸会君招携。
逶迤歌舞座，婉娈芙蓉闺。

李白《紫骝马》 (《全唐诗》P1708)

白雪关山远，黄云海戍迷。挥鞭万里去，安得念春闺。

李白《赠范金卿二首》 (《全唐诗》P1732)

君子枉清盼，不知东走迷。离家来几月，络纬鸣中闺。
桃李君不言，攀花愿成蹊。那能吐芳信，惠好相招携。

李白《赠从弟冽》 (《全唐诗》P1762)

逢君发花萼,若与青云齐。及此桑叶绿,春蚕起中闺。

李白《登黄山凌歌台送族弟》 (《全唐诗》P1811)

宰相作霖雨,农夫得耕犁。静者伏草间,群才满金闺。
空手无壮士,穷居使人低。

贺兰进明《行路难》 (《全唐诗》P1613)

君不见梁上泥,秋风始高燕不栖。荡子从军事征战,蛾眉婵娟守空闺。
独宿自然堪下泪,况复时闻乌夜啼。

刘长卿《送张七判官还京觐省》 (《全唐诗》P1514)

春兰方可采,此去叶初齐。函谷莺声里,秦山马首西。
庭闱新柏署,门馆旧桃蹊。春色长安道,相随入禁闺。

郑锡《出塞曲》 (《全唐诗》P2913)

校尉征兵出塞西,别营分骑过龙溪。沙平虏迹风吹尽,雾失烽烟道易迷。
玉靶半开鸿已落,金河欲渡马连嘶。会当系取天骄入,不使军书夜到闺。

韦应物《同长源归南徐寄子西子烈有道》 (《全唐诗》P1906)

所欢不可睽,严霜晨凄凄。如彼万里行,孤妾守空闺。
临觞一长叹,素欲何时谐?

权得舆《杂兴》 (《全唐诗》P3675)

乳燕双飞莺乱啼,百花如绣照深闺。新妆对镜知无比,微笑时时出瓠犀。

权德舆《杂诗》 (《全唐诗》P3669)

淇水春正绿,上宫兰叶齐。光风两摇荡,鸣佩出中闺。
一顾授横波,千金呈瓠犀。徒然路旁子,忉忉复凄凄。

刘禹锡《三月三日与乐天及河南李尹奉陪裴令公》 (《全唐诗》P4092)

洛下今修禊,群贤胜会稽。盛筵陪玉铉,通籍尽金闺。
波上神仙妓,岸旁桃李蹊。水嬉如鹭振,歌响杂莺啼。

刘禹锡《夜燕福建卢侍郎宅因送之镇》 (《全唐诗》P4115)

暂驻旌旗洛水堤,绮筵红烛醉兰闺。美人美酒长相逐,莫怕猿声发建溪。

白居易《伤友》 (《全唐诗》P4675)

虽云志气高,岂免颜色低。平生同门友,通籍在金闺。

元稹《青云驿》 (《全唐诗》P4456)

愿登青云路,若望丹霞梯。谓言青云驿,绣户芙蓉闺。
谓言青云骑,玉勒黄金蹄。谓言青云具,珊瑚并象犀。

杜牧《朱坡》 (《全唐诗》P5957)

蟠蛟冈隐隐，班雉草萋萋。树老萝纡组，岩深石启闺。
侵窗紫桂茂，拂面翠禽栖。

张祜《爱妾换马》 (《全唐诗》P5826)

一面妖桃千里蹄，娇姿骏骨价应齐。乍牵玉勒辞金栈，催整花钿出绣闺。

雍陶《赠金河戍客》 (《全唐诗》P5910)

惯猎金河路，曾逢雪不迷。射雕青冢北，走马黑山西。
戍远旌幡少，年深帐幕低。酬恩须尽敌，休说梦中闺。

赵嘏《垂柳覆金堤》 (《全唐诗》P6340)

新年垂柳色，嫋嫋对空闺。不畏芳菲好，自缘离别啼。

赵嘏《倦寝听晨鸡》 (《全唐诗》P6342)

去去边城骑，愁眠对夜闺。披衣窥落月，拭泪待鸣鸡。

赵嘏《长垂双玉啼》 (《全唐诗》P6342)

雁出居延北，人犹辽海西。向灯垂玉枕，对月洒金闺。

【宋】

孙光宪《浣溪沙》 (《唐宋名家词选》P34,《全唐诗》P10135)

粉箨半开新竹径，红苞尽落旧桃蹊。不堪终日闭深闺。

沈约《咏梧桐》中的"珪"

"珪"字是古"圭"字，现在只有一个读音 guī。但过去读两音，见 1936 年版《辞海》：一是"枯圭切，音奎，齐韵"；二是"局位切，音悸，寘韵"。《康熙字典》则注：珪，古携切、涓畦切，音闺。

由此可见，"珪"字除了音 guī，还有一音"衣"。我们朗读古诗时一定要注意这种情况。现举例如下：

【南朝　梁】

沈约《咏梧桐》 (《全汉三国晋南北朝诗》P1020)

秋还遽已落，春晓犹未荑。微叶虽可贱，一剪或成珪。

王僧孺《朱鹭》 (《全汉三国晋南北朝诗》P1071)

闻君爱白雉，兼因重碧鸡。未能声似凤，聊变色如珪。
愿识昆明路，乘流饮复栖。

元帝《泛芜湖》 （《全汉三国晋南北朝诗》P957）
桂潭连菊岸,桃李映成蹊。石文如濯锦,云飞似散珪。
桡度菱根反,船去荇枝低。帆随迎雨燕,鼓逐伺潮鸡。

【北齐】

《舞曲歌辞·文舞辞》 （《全汉三国晋南北朝诗》P1506）
皇天有命,归我大齐。受兹华玉,爰锡玄珪。
奄家环海,实子蒸黎。图开宝匣,检封芝泥。

【北周】

庾信《将命至邺酬祖正员》 （《全汉三国晋南北朝诗》P1575）
兴文盛礼乐,偃武息氓黎。承乏驱骐骥,
旌旗事琬珪。古碑文字尽,荒城年代迷。

庾信《对宴齐使》 （《全汉三国晋南北朝诗》P1595）
归轩下宾馆,送盖出河堤。酒正离杯促,歌工别曲凄。
林寒木皮厚,沙迥雁飞低。故人倘相访,知余已执珪。

【隋】

魏澹《咏桐》 （《全汉三国晋南北朝诗》P1668）
本求裁作瑟,何用削成珪。愿寄华庭里,枝横待凤栖。

【唐】

张说《新都南亭送郭元振卢崇道》 （《全唐诗》P927）
碧潭秀初月,素林惊夕栖。褰幌纳蟾影,理琴听猿啼。
佳辰改宿昔,胜寄坐睽携。长怀赏心爱,如玉复如珪。

李白《赠从弟冽》 （《全唐诗》P1762）
羌戎事未息,君子悲涂泥。报国有长策,成功羞执珪。
无由谒明主,杖策还蓬藜。他年尔相访,知我在磻溪。

李白《夜泛洞庭寻裴侍御清酌》 （《全唐诗》P1830）
过憩裴逸人,岩居陵丹梯。抱琴出深竹,为我弹鹍鸡。
曲尽酒亦倾,北窗醉如泥。人生且行乐,何必组与珪。

李白《万愤词投魏郎中》 （《全唐诗》P1867）
自古豪烈,胡为此繄。苍苍之天,高乎视低。
如其听卑,脱我牢狴。倘辨美玉,君收白珪。

杜甫《奉赠太常张卿二十韵》 （《全唐诗》P2389）
相门清议众,儒术大名齐。轩冕罗天阙,
琳琅识介珪。伶官诗必诵,夔乐典犹稽。

高适《宋中遇林虑杨十七山人》（《全唐诗》P2202）

　　耕耘有山田，纺绩有山妻。人生苟如此，
　　何必组与珪。谁谓远相访，曩情殊不迷。

韩翃《经月岩山》（《全唐诗》P2727）

群峰若侍从，众阜如婴提。岩峦互吞吐，岭岫相追携。
中有月轮满，皎洁如圆珪。玉皇恣游览，到此神应迷。

独孤及《江宁酬郑县刘少府兄赠别作》（《全唐诗》P2778）

结绶腰章并，趋阶手板齐。仙山不用买，朋酒日相携。抵掌夸潭壑，
忘情向组珪。事迁时既往，年长迹逾暌。何为青云器，犹嗟浊水泥。

孟郊《和皇甫判官游琅琊溪》（《全唐诗》P4214）

山中琉璃境，物外琅琊溪。房廊逐岩壑，道路随高低。
碧濑漱白石，翠烟含青蜺。客来暂游践，意欲忘簪珪。
树杪灯火夕，云端钟梵齐。时同虽可仰，迹异难相携。

刘禹锡《白太守行》（《全唐诗》P3985）

华池非不清，意在寥廓栖。夸者窃所怪，贤者默思齐。
我为太守行，题在隐起珪。

孟郊《与王二十一员外涯游枋口柳溪》（《全唐诗》P4218）

水意酒易醒，浪情事非迷。小儒峭章句，大贤嘉提携。
潜窦韵灵瑟，翠崖鸣玉珪。

孟郊《寒溪》（《全唐诗》P4221）

洛阳岸边道，孟氏庄前溪。舟行素冰折，声作青瑶嘶。
绿水结绿玉，白波生白珪。

元稹《青云驿》（《全唐诗》P4456）

谓言青云吏，的的颜如珪。怀此青云望，安能复久稽。

元稹《感梦》（《全唐诗》P4498）

阴寒筋骨病，夜久灯火低。忽然寝成梦，宛见颜如珪。
似叹久离别，嗟嗟复凄凄。问我何病痛，又叹何栖栖。

谢灵运《述祖德诗》中的"轨"

"轨"字现在只有一个读音 guǐ。如钢轨、铁轨、轨道、轨迹等。但古时它是个多音字，除了读音 guǐ，还可读"叶居有切，音九"（jiǔ）。如《康熙字典》举例：

《诗经·邶风·匏有苦叶》
济盈不濡轨,雉鸣求其牡。

"轨"可读"叶果许切,音举"。如:

陆机《凌霄赋》
削陋迹于介丘兮,省仙游而投轨。觊情累以遂济兮,岂时俗之云阻。
(注:阻,侧吕切。)

此外,古诗词中"轨"还有一个与"己""理""起""米""止""里""喜""鄙"等字协韵的读音,如:

【晋】

张华《游猎篇》 (《全汉三国晋南北朝诗》P280)
至人同祸福,达士等生死。荣辱浑一门,安知恶与美(mǐ)。
游放使心狂,覆车难再履。伯阳为我诫,检迹投清轨。

【南朝 宋】

谢灵运《述祖德诗》 (《全汉三国晋南北朝诗》P635)
拯溺由道情,龛暴资神理。秦赵欣来苏,燕魏迟文轨。
贤相谢世运,运图因事止。高揖七州外,拂衣五湖里。

文帝《北伐》 (《全汉三国晋南北朝诗》P579)
乱极治方形,塗泰由积否。方欲除遗氛,矧力秒边鄙。
眷言悼斯民,纳隍良在已。逝将振宏纲,一麾同文轨。

谢灵运《石壁立招提精舍》 (《全汉三国晋南北朝诗》P651)
挥霍梦幻顷,飘忽风电起。良缘迨未谢,时逝不可俟。
敬拟灵鹫山,尚想祗洹轨。绝溜飞庭前,高林映窗里。

王融《永明乐》 (《全汉三国晋南北朝诗》P784)
灵丘比翼栖,芳林合条起。两代分宪章,一朝会书轨。

【南朝 梁】

任昉《答何征君》 (《全汉三国晋南北朝诗》P1068)
勿以耕蚕贵,空笑易农士。宿昔仰高山,超然绝尘轨。
倾壶已等乐,命管亦齐喜。

【隋】

王胄《酬陆常侍》 (《全汉三国晋南北朝诗》P1691)
吾归在漆园,著书试词理。劳息乃殊致,存亡宁异轨。
大路不能遵,咄哉情可鄙。

【唐】

宋之问《自洪府舟行直书其事》 （《全唐诗》P624）

问余何奇剥,迁窜极炎鄙。揆己道德馀,勿闻虚白旨。
贵贱身外物,抗迹远尘轨。朝游伊水湄,夕卧箕山趾。

贯休《行路难》中的"鬼"

"鬼"字现在读 guǐ,如鬼魂、鬼怪、鬼头鬼脑、鬼哭狼嚎等。但古诗词中它有时却读"矩",与"几""理""居""鱼"等字协韵。如:

【唐】

杜甫《遣闷》 （《全唐诗》P2539）

异俗吁可怪,斯人难并居。家家养乌鬼,顿顿食黄鱼。
（注:乌鬼,川人呼猪为乌猪。浙江东阳方言把鬼读成"矩"。）

贯休《行路难》 （《全唐诗》P347）

休说遗编行者几,至竟终须合天理。败他成此亦何功,苏张终作多言鬼。

鲍溶《羽林行》中的"贵"

"贵"字现在只有一个读音 guì,如贵宾、贵人、贵妃、贵族、贵胄等。但古诗词中它有时不读 guì,而是读"居衣切"音希,与"利""地""骑""异"等字协韵。如:

【唐】

鲍溶《羽林行》 （《全唐诗》P317）

君王重年少,深纳开边利。宝马雕玉鞍,一朝从万骑。
煌煌都门外,祖帐光七贵。歌钟乐行军,云物惨别地。

陈京《登歌》 （《全唐诗》P146）

歌以德发,声以乐贵。乐善名存,追仙礼异。
鸾旌拱修,凤鸣合吹（妻）。神听皇慈,仲月皆至（祭）。

白居易《伤唐衢二首》 （《全唐诗》P4664）

一读兴叹嗟,再吟垂涕泗。因和三十韵,手题远缄寄。
致吾陈杜间,赏爱非常意。此人无复见,此诗犹可贵。

白居易《秋池二首》（《全唐诗》P4667）

凿池贮秋水，中有苹与芰。天旱水暗消，塌然委空地。
有似泛泛者，附离权与贵。一旦恩势移，相随共颠顿。

白居易《读史五首》（《全唐诗》P4679）

富贵家人重，贫贱妻子欺。奈何富贵间，可移亲爱志。
遂使中人心，汲汲求富贵。又令下人力，各竞锥刀利。

白居易《涧底松·念寒俊也》（《全唐诗》P4702）

天子明堂欠梁木，此求彼有两不知。谁喻苍苍造物意，但与之材不与地。
金张世禄原宪贫，牛衣寒贱貂蝉贵。

【宋】

丘崈《洞仙歌·赋金林檎》（《词综》P1925）

丰肌腻体，淡雅仍矜贵。不与群芳竞姝丽。向琼林珠殿，独占春风，仙仗里，曾奉三宫燕喜。 低徊如有恨，失意含羞，乐事繁华竟谁记。应怜我今老去，无句酬伊，吟未就，不觉东风又起。镇独自黄昏怯轻寒，这情绪年年，共花憔悴。

《诗经·召南·江有汜》中的"过"

"过"字现在读音为 guò、guō 和 guo，但该字的古音是"戈"（gē）。《康熙字典》注："过"字的读音，一是"古卧切，音戈去声"；二是"古禾切，音戈"。《诗经·召南·江有汜》中也注明"过"字音戈：江有沱。之子归，不我过。其啸也歌。

在古诗词中，"过"字大多与"歌""珂""阿""河""波""多""罗""驼"等字协韵，篇数很多，如杜甫就有十多首，列举于下。

【唐】

杜甫《过宋员外之问旧庄》（《全唐诗》P2394）

宋公旧池馆，零落守阳阿。枉道只从入，吟诗许更过。
淹留问耆老，寂寞向山河。更识将军树，悲风日暮多。

杜甫《陪郑广文游何将军山林》（《全唐诗》P2398）

幽意忽不惬，归期无奈何。出门流水注，回首白云多。
自笑灯前舞，谁怜醉后歌。只应与朋好，风雨亦来过。

杜甫《白水明府舅宅喜雨》（《全唐诗》P2400）

吾舅政如此，古人谁复过。碧山晴又湿，白水雨偏多。

杜甫《春宿左省》 (《全唐诗》P2411)

花隐掖垣暮,啾啾栖鸟过。星临万户动,月傍九霄多。
不寝听金锁,因风想玉珂。明朝有封事,数问夜如何?

杜甫《寓目》 (《全唐诗》P2420)

一县葡萄熟,秋山苜蓿多。关云常带雨,塞水不成河。
羌女轻烽燧,胡儿掣骆驼。自伤迟暮眼,丧乱饱经过。

杜甫《天末忆李白》 (《全唐诗》P2424)

凉风起天末,君子意如何。鸿雁几时到,江湖秋水多。
文章憎命达,魑魅喜人过。应共冤魂语,投诗赠汨罗。

杜甫《章梓州水亭》 (《全唐诗》P2467)

城晚通云雾,亭深到芰荷。吏人桥外少,秋水席边多。
近属淮王至,高门蔺子过。荆州爱山简,吾醉亦长歌。

杜甫《奉寄高常侍》 (《全唐诗》P2472)

汶上相逢年颇多,飞腾无那故人何。总戎楚蜀应全未,方驾曹刘不啻过。
今日朝廷须汲黯,中原将帅忆廉颇。天涯春色催迟暮,别泪遥添锦水波。

杜甫《奉寄别马巴州》 (《全唐诗》P2473)

独把鱼竿终远去,难随鸟翼一相过。知君未爱春湖色,兴在骊驹白玉珂。

杜甫《怀锦水居止》 (《全唐诗》P2493)

犹闻蜀父老,不忘舜讴歌。天险终难立,柴门岂重过。
朝朝巫峡水,远逗锦水波。

【宋】

陆游《书室明暖戏作长句》 (《陆放翁诗词选》P217)

美睡宜人胜按摩,江南十月气犹和。重帘不卷留香久,古砚微凹聚墨多。
月上忽看梅影出,风高时送雁声过。一杯太淡君休笑,牛背吾方扣角歌。

吴歌《前溪》中的"还"

吴歌《前溪》（《玉台新咏》P274）

黄葛结蒙茏，生在洛溪边。花落逐流去，何见逐流还。

南朝吴歌《前溪》诗中的"还"，如果按现在的读法，应读 huán，显然与"边"字不协韵。其实，此处的"还"字应该读为 xuán。

据《康熙字典》，"还"为多音字：一是"户关切，音环"（huán）；二是"似宣切，音旋"（xuán）；三是"胡惯切，音患"（huàn）。

1979 年版《辞海》注："还"三音：一是 huán，如还乡、还原；二是 xuán（通旋），如《诗经·齐风》篇名；三是 hái，如"天已黑了，还不回来"。

由此可见，新《辞海》在这个字上还是继承了传统的。

"还"字读旋，《诗经》里已有。如《诗经·王风·扬之水》（三次出现）：曷月予还（xuán）归哉。

《诗经·魏风·十亩》：十亩之间兮，桑者闲闲兮。行与子还（xuán）兮。

《诗经·齐风·还》：子之还（xuán）兮。

【晋】

陶渊明《归去来辞》（《古文观止》）

云无心以出岫，鸟倦飞而知还（xuán）。

景翳翳以将入，抚孤松而盘桓（yuán）。

陶渊明《戊申岁六月中遇火》（《全汉三国晋南北朝诗》P470）

一宅无遗宇，舫舟荫门前。迢迢新秋夕，亭亭月将圆。

果菜始复生，惊鸟尚未还。中宵伫遥念，一盼周九天。

傅玄《惟汉行》（《全汉三国晋南北朝诗》P289）

危哉鸿门会，沛公几不还（旋）。轻装入人军，投身汤火间。

两雄不俱立，亚父见此权。项庄奋剑起，白刃何翩翩。

陆机《董逃行》（《全汉三国晋南北朝诗》P332）

日月相追周旋，万里倏忽几年。人皆冉冉西迁，盛时一往不还。

【南朝　宋】

《清商曲辞·石城乐》（《全汉三国晋南北朝诗》P744）

布帆百馀幅，环环在江津。执手双泪落，何时见欢还。
（注：津，叶将先切，音 jiān。）

【唐】

储光羲《同王十三维偶然作十首》（《全唐诗》P1384）

落日临层隅，逍遥望晴川。使妇提蚕筐，呼儿榜渔船。
悠悠泛绿水，去摘浦中莲。莲花艳且美，使我不能还。

李白《送杨燕之东鲁》（《全唐诗》P1801）

夫子华阴居，开门对玉莲。何事历衡霍，云帆今始还(旋)。
君坐稍解颜，为君歌此篇。

李暇《怨诗》（《全唐诗》P251）

何处期郎游，小苑花台间。相忆不可见，且复乘月还。

张九龄《奉和圣制送李尚书入蜀》（《全唐诗》P579）

眷言感忠义，何有间山川。徇节今如此，离情空复然。
皇心在勤恤，德泽委昭宣。周月成功后，明年或劳还。

虞世南《飞来双白鹤》（《全唐诗》P244）

映海疑浮雪，拂涧泻飞泉。燕雀宁知去，蜉蝣不识还。
何言别俦侣，从此间山川。顾步已相失，裴回各自怜。

白居易《效陶潜体诗十六首》（《全唐诗》P4721）

形质及寿命，危脆若浮烟。尧舜与周孔，古来称圣贤。
借问今何在？一去不复还。我无不死药，万万随化迁。

白居易《截树》（《全唐诗》P4748）

始有清风至，稍见飞鸟还。开怀东南望，目远心辽然。

白居易《游悟真寺诗》（《全唐诗》P4736）

池鱼放入海，一往何时还。身著居士衣，手把南华篇。

白居易《重过寿泉忆与杨九别》（《全唐诗》P4806）

商州南十里，有水名寿泉。涌出石崖下，流经山店前。
忆昔相送日，我去君言还。寒波与老泪，此地共潺湲。

顾况《归阳萧寺有丁行者》（《全唐诗》P2939）

萧寺百馀僧，东厨正扬烟。露足沙石裂，外形巾褐穿。
若其有此身，岂得安稳眠。独出违顺境，不为寒暑还。

杨凝《送客往洞庭》（《全唐诗》P3300）
九江归路远,万里客舟还。若过巴江水,湘东满碧烟。
　　孟浩然《送陈七赴西军》（《全唐诗》P1621）
吾观非常者,碌碌在目前。君负鸿鹄志,蹉跎书剑年。
一闻边烽动,万里忽争先。余亦赴京国,何当献凯还。

苏轼《水调歌头》中的"寒"

"寒"字现在只有一个读音 hán,如寒冷、天寒等。我们朗读苏轼的名篇《水调歌头》中的"高处不胜寒"时也都发 hán 音。

明月几时有,把酒问青天。不知天上宫阙,今夕是何年?
我欲乘风归去,又恐琼楼玉宇,高处不胜寒。起舞弄清影,何似在人间。

其实这里的寒字应读为"贤"音。据《康熙字典》,寒是个多音字,除了读"胡安切,音韩(hán)",还有"胡田切,音贤(xián)",还有"侧邻切,音真"。根据《水调歌头》词的韵律要求,这里的"寒"字应与天、年、间等字协韵,所以应该读"贤"音。

寒字读"贤"音源远流长,老一辈人作诗时仍有将"寒"以贤音与"年"字协韵。如黄镇的《题画松》（《中国古今题画诗全璧》P1025）：

挺卧高山颠,不畏冰雪寒。人民天下好,再长几千年。

其他例证如下：

【战国】

屈原《楚辞·天问》

何所冬暖,何所兵寒。焉有石林,何兽能言?

【东汉】

蔡邕《饮马长城窟行》（《玉台新咏》P19）

他乡各异县,展转不相见。枯桑知天风,海水知天寒。
入门各自媚,谁肯相为言。

【南朝　梁】

江淹《学魏文帝》（《全汉三国晋南北朝诗》P1050）

西北有浮云,缭绕华阴山。惜哉时不遇,入夜值霜寒,
秋风聒地起,吹我至幽燕。幽燕非我国,窈窕为谁贤。

【唐】

白居易《游悟真寺诗》（《全唐诗》P4735）
双瓶白琉璃,色若秋水寒。

白居易《夜雨有念》（《全唐诗》P4788）
以道治心气,终岁得晏然。何乃戚戚意,忽来风雨天。
既非慕荣显,又不恤饥寒。胡为悄不乐,抱膝残灯前。

白居易《朝归书寄元八》《全唐诗》P4737
要语连夜语,须眠终日眠。除非奉朝谒,此外无别牵。
年长身且健,官贫心甚安。幸无急病痛,不至苦肌寒。

白居易《访陶公旧宅》（《全唐诗》P4740）
先生有五男,与之同饥寒。肠中食不充,身上衣不完。
连征竟不起,斯可谓真贤。我生君之后,相去五百年。
（注：完音园。）

白居易《东园玩菊》《全唐诗》P4731
少年昨已去,芳岁今又阑。如何寂寞意,复此荒凉园。
园中独立久,日淡风露寒。

白居易《中隐》（《全唐诗》P4991）
不劳心与力,又免饥与寒。终岁无公事,随月有俸钱。

韩愈《谢自然诗》（《全唐诗》P3765）
一朝坐空室,云雾生其间。如聆笙竽韵,来自冥冥天。
白日变幽晦,萧萧风景寒。檐楹气明灭,五色光属联。

韩愈《江汉答孟郊》（《全唐诗》P3770）
江汉虽云广,乘舟渡无艰。流沙信难行,马足常往还。
凄风结冲波,狐裘能御寒。

李贺《潞州张大宅病酒寄十四兄》（《全唐诗》P4415）
秋至昭关后,当知赵国寒。系书随短羽,写恨破长笺。
病客眠清晓,疏桐坠绿鲜。城鸦啼粉堞,军吹压芦烟。

李贺《谢秀才有妾》（《全唐诗》P4413）
铜镜立青鸾,燕脂拂紫绵。腮花弄暗粉,眼尾泪侵寒。
碧玉破不复,瑶琴重拨弦。今日非昔日,何人敢正看。
（注：看音牵。）

【宋】

苏轼《江神子·冬景》 (《苏轼词全集》P77)

相逢不觉又初寒。对尊前,惜流年。风紧离亭,冰结泪珠圆。雪意留君君不住,从此去,少清欢。

(注:"欢"字"叶许元切",音暄 xuān。)

吕渭老《满路花·同柳仲修在赵屯》 (《词综》P616)

西风秋日短,小雨菊花寒。断云低古木,暗江天。星娥尺五,佳约误当年。

赵雍《水调歌头》 (《词综》P2063)

春色去何急,春去尚微寒。满地落花芳草,渐觉绿阴圆。马足车轮情味,暑往寒来岁月,扰扰十馀年。赢得朱颜老,孤负好林泉。

史达祖《玉蝴蝶》 (《宋词三百首》P390)

晚雨未摧宫树,可怜闲叶,犹抱凉蝉。短景归秋,吟思又接愁边。漏初长,梦魂难禁,人渐老,风月俱寒。想幽欢、土花庭甃,虫网阑干。

(注:干音坚。)

吴文英《高阳台·落梅》 (《词综》P1198)

寿阳宫里愁鸾镜。问谁调玉髓,暗补香瘢。细雨归鸿,孤山无限寒。离魂难倩招清些,梦缟衣解佩溪边。最愁人,啼鸟晴明,叶底清圆。

【清】

言友惇《水调歌头》 (《词综补遗》P949)

重九信佳节,只是奈何天。登临豪气都尽,既耗又今年。禁酒安禅连月,掩户佳谁书竟日,落帽避风寒。腰脚几时健,高步翠微间。

言友惇《水调歌头》 (《词综补遗》P950)

为践对床约,一叶渡江天。各惊瘦骨盈把,浑不似当年。自叹经秋蒲柳,欲效凌霜松柏,苍翠傲严寒。谁授枕中秘,鸡犬入云间。

(注:此词用苏轼"明月几时有"词韵。)

黄仲则《读两当轩集三绝句》 (《清诗之旅》P282)

少年迷入两当轩,汩汩心源亦泪源。回首柴门凋白发,并刀无刃剪饥寒。

吴文英《点绛唇》中的"汗"

"汗"字现在通常都读 hàn(翰),但古诗词中有时要读 xiàn(《康熙字典》:"叶彤甸切,音苋。")。如:

【宋】

苏辙《夏夜诗》 （《康熙字典》）

老人气如缕，枕簟亦流汗。披衣绕中庭，星斗嘒相粲（粲音茜，qiàn）。

吴文英《点绛唇》 （《词综》P1185）

推枕南窗，楝花寒入单纱浅。雨帘不卷，空碍调雏燕。
一握柔葱，香染榴中汗。音尘断，画罗闲扇，山色天涯远。

赵汝钠《水龙吟·白莲》 （《词综》P1479）

露华洗尽凡妆，玉妃来侍瑶池宴。风裳水佩，冰肌雪艳，清凉不汗。解语情多，凌波步稳，酒容消散（散音霰）。想温泉浴罢，天然真态，浑疑是、宫妆浅。

苏辙《咏严颜》中的"豪"

"豪"字现在只有一个读音 háo。但古诗词中有时得读"叶寒歌切，音何"（hé）。如：

苏辙《咏严颜》 （《康熙字典》）

被擒不辱古亦有，吾爱善折张飞豪。军中生死何足怪，乘胜使气可若何。

李贺《春昼》中的"恨"

"恨"字现在只有一个读音 hèn，如怨恨、仇恨等。但古诗词中它有时要读"叶胡甸切，音现"（xiàn）《康熙字典》）。如：

【唐】

李贺《春昼》 （《全唐诗》P4418）

朱城报春更漏转，光风催兰吹小殿。
草细堪梳，柳长如线。卷衣秦帝，扫粉赵燕。
日含画幕，蜂上罗荐。平阳花坞，河阳花县。
越妇支机，吴蚕作茧。菱汀系带，荷塘倚扇。江南有情，塞北无恨。

【宋】

欧阳修《祭范仲淹文》 （《康熙字典》）

自公云亡，谤不待辨。始屈终伸，公其无恨。

卢祖皋《水龙吟·荼蘼》（《词综》P1063）

不似梅妆瘦减。占人间、丰神萧散(xiàn)。攀条弄蕊,天涯犹记,曲栏小院。老去情怀,酒边风味,有时重见。对枕帏空想,东床旧梦,带将离恨。

张衡《思玄赋》中的"珩"

"珩"字现在只有一个读音 héng。其实古时它有两个读音。《康熙字典》注明,"珩"字一音"何庚切,音衡"(héng);另一音"寒刚切,音杭"(háng)。"珩"音杭最早见之于：

《诗经·小雅·采芑》

薄言采芑,于彼新田,于此中乡。方叔涖止,其车三千,旂旐央央。
方叔率止,约軝错衡,八鸾玱玱。服其命服,朱芾斯皇,有玱葱珩。

《诗经》明确指出：珩,叶户郎切。其他例如：

【汉】

张衡《思玄赋》

辫贞亮以为鞶兮,杂技艺以为珩。昭彩藻与雕琢兮,璜深远而弥长。

韦应物《滁州西涧》中的"横"

"横"字现在有两个读音：héng、hèng,但古时是个多音字。据《康熙字典》：一是"户盲切,音黉";二是"胡光切,音黄"(huáng);三是"姑黄切,音光"(guāng);四是"户孟切,音衡"(hèng);五是"古旷切,音桄"(guàng)。所以我们在读古诗词时要注意它的语境,选择合适的读音。如：

【先秦】

荀子《佹歌》（《先秦汉魏晋南北朝诗》P61）

天地易位,四时易乡。列星陨坠,旦暮晦盲。幽暗登昭,日月下藏。
公正无私,反见纵横(音黄)。志爱公利,得楼疏堂。

【魏】

曹丕《黎阳作诗》（《全汉三国晋南北朝诗》P131）

千骑随风靡,万骑正龙骧。金鼓震上下,干戚纷纵横。

曹丕《至广陵于马上作诗》（《全汉三国晋南北朝诗》P133）

观兵临江水,水流何汤汤。戈矛成山林,玄甲耀日光。
猛将怀暴怒,胆气正纵横。谁云江水广,一苇可以航。

曹丕《杂诗》（《全汉三国晋南北朝诗》P133）

漫漫秋夜长,烈烈北风凉。辗转不能寐,披衣起仿徨。
仿徨忽已久,白露沾我裳。俯视清水波,仰看明月光。
天汉回西流,三五正纵横。

曹植《赠白马王彪诗》（《全汉三国晋南北朝诗》P167）

太谷何寥廓,山树郁苍苍。霖雨泥我涂,流潦浩纵横。
中逵绝无轨,改辙登高岗。修坂造云日,我马玄以黄。

【唐】

韦应物《滁州西涧》（《唐诗三百首》）

独怜幽草涧边生,上有黄鹂深树鸣(máng)。春潮带雨晚来急,野渡无人舟自横。

《诗经》中的"衡"

"衡"字现在只有一个读音 héng。但古诗里它除了读 héng 外,还有一音 háng。《康熙字典》注明,衡音杭。《诗经》里多处诗里的衡字应读杭。如:

《诗经·大雅·韩奕》

王锡韩侯,淑旂绥章,簟茀错衡。

《诗经·鲁颂·閟宫》

秋而载尝,夏而福衡。

《诗经·商颂·长发》

降于卿士,实维阿衡。实左右商王。

《诗经·商颂·烈祖》

约軝错衡,八鸾鸧鸧。

其他诗例:

【先秦】

屈原《楚辞·九歌·湘夫人》

白玉兮为镇,疏石兰兮为芳。芷葺兮荷屋,缭之兮杜衡。

【西汉】

王逸《楚辞·九思守志》

天庭明兮云霓藏,三光朗兮镜万方。斥蜥蜴兮进龟龙,策谋从兮翼机衡。
配稷契兮恢唐功,嗟英俊兮未为双。

贾谊《楚辞·惜誓》

或偷合而苟进兮,或隐居而深藏。苦称量之不审兮,同权概而就衡。

屈原《九歌》中的"蘅"

"蘅"字现在只有一个读音 héng,如杜蘅。但《唐韵古音》注,这字读"杭"。如:

屈原《九歌》 (《康熙字典》)

白玉兮为镇,疏石兰兮为芳。芷葺兮荷屋,缭之兮杜蘅。

元稹《答姨兄胡灵之见寄五十韵》中的"轰"

"轰"字现在只有一个读音 hōng,如轰炸、轰动、轰轰烈烈等。据《康熙字典》,古诗词中它有时要读"叶呼光切,音荒"(huāng)。

韩愈诗《赠张籍诗》 (《全唐诗》P3772)

卑贱不敢辞,忽忽心如狂。饮食岂知味,丝竹徒轰轰。
平明脱身去,决若惊凫翔。

古诗词中"轰"字有时要读"呼迸切,音莹"(yíng)。如:

元稹《答姨兄胡灵之见寄五十韵》 (《全唐诗》P4523)

春郊才烂熳,夕鼓已砰轰。荏苒移灰琯,喧阗倦塞兵。
糟浆闻渐足,书剑讶无成。抵璧惭虚弃,弹珠觉用轻。

《诗经·小雅·白驹》中的"侯"

"侯"现在只有一个读音 hóu,但古诗词中有时要读"叶洪孤切"音狐。如:

【先秦】

《诗经·小雅·白驹》

皎皎白驹,贲然来思。尔公尔侯(叶洪孤切),逸豫无期?

【晋】

张载《登成都白菟楼诗》 (《全汉三国晋南北朝诗》P389)

郁郁小城中,岌岌百族居。街术纷绮错,高甍夹长衢。
借问杨子宅,想见长卿庐。程卓累千金,骄侈拟五侯。

陆机《云赋》中的"忽"

"忽"字现在只有一个读音 hū，如忽然、忽略、忽视等。但古时它是个多音字，据《康熙字典》，它有三种读音：一是"呼骨切、音笏"（hū）；二是"火一切、音翕"（xī）；三是"叶许月切、音血"（xiě)，如陆机的《云赋》中的"忽"字就得读为血(xiě）。

古诗词中"忽"字应读为"血"的情况不少。现举例如下：

【先秦】

《诗经·大雅·皇矣》

是伐是肆，是绝是忽。四方以无拂。

【魏】

郭遐叔《赠嵇康诗》 （《先秦汉魏晋南北朝诗》P476）

天地悠长，人生若忽。苟非知命，安保旦夕。
思与君子，穷年卒岁（岁音雪）。优哉逍遥，幸无陨越。
（注："忽"字与"夕""越""结"诸字协韵。）

【晋】

陆机《云赋》 （《康熙字典》）

盈八纮以馀愤，虽弥天其未泄。岂假期于迁晷，迈崇朝而倏忽。

【唐】

张说《江路忆郡》 （《全唐诗》P930）

倚棹攀岸篠，凭船弄波月。水宿厌洲渚，晨光屡挥忽。
林泽来不穷，烟波去无歇。

孟浩然《送从弟邕下第后寻会稽》 （《全唐诗》P1621）

疾风吹征帆，倏尔向空没。千里去俄顷，三江坐超忽。
向来共欢娱，日夕成楚越。落羽更分飞，谁能不惊骨。

李白《古风》 （《全唐诗》P1675）

荐收肃金气，西陆弦海月。秋蝉号阶轩，感物忧不歇。
良辰竟何许，大运有沦忽。

李白《同友人舟行游台越作》 （《全唐诗》P1825）

华顶窥绝溟，蓬壶望超忽。不知青春度，但怪绿芳歇。
空持钓鳌心，从此谢魏阙。

李白《送祝八之江东赋得浣纱石》（《全唐诗》P1800）
  君去西秦适东越,碧山青江几超忽。若到天涯思故人,浣纱石上窥明月。

  李白《拟古》（《全唐诗》P1863）
  琴弹松里风,杯劝天上月。风月长相知,世人何倏忽。

  李白《送杨山人归天台》（《全唐诗》P1790）
  客有思天台,东行路超忽。涛落浙江秋,沙明浦阳月。

  李白《忆崔郎中》（《全唐诗》P1859）
  一朝摧玉树,生死殊飘忽。留我孔子琴,琴存人已殁(miè)。
  谁传广陵散,但哭邙山骨。泉户何时明,长扫狐兔窟(窟音阙)。

韦应物《同德寺雨后寄元侍御李博士》（《全唐诗》P1906）
  前山遽已净,阴霭夜来歇。乔木生夏凉,流云吐华月。
  严城自有限,一水非难越。相望曙河远,高斋坐超忽。

韦应物《元日寄诸弟兼呈崔都水》（《全唐诗》P1917）
  一从守兹郡,两鬓生素发。新正加我年,故岁去超忽。
  淮滨益时候,了似仲秋月。

  薛据《出青门往南山下别业》（《全唐诗》P2853）
  旧居在南山,凤驾自城阙。榛芜相蔽亏,去尔渐超忽。
  散漫馀雪晴,苍茫季冬月。

  杨巨源《辞魏博田尚书出境》（《全唐诗》P3715）
  丛台邯郸郭,台上见新月。离恨始分明,归思更超忽。
  怀仁泪空尽,感事情又发。他时躞蹀声,晓日照丹阙。

  韩愈《赠别元十八协律》（《全唐诗》P3826）
  乘潮簸扶胥,近岸指一发。两岩虽云牢,木石互飞发。
  屯门虽云高,亦映波浪没。余罪不足惜,子生未宜忽。

  皮日休《桃花坞》（《全唐诗》P7038）
  夤缘度南岭,尽日穿林樾。穷深到兹坞,逸兴转超忽。
  坞名虽然在,不见桃花发。恐是武陵溪,自闭仙日月。

枣据《游览》中的"花"

  "花"字现在大家都读一个音 huā。但古诗词中它不但读"呼瓜切,音哗",有时要读 hē,音诃(《康熙字典》)。如：

【晋】

    枣据《游览》　（《先秦汉魏晋南北朝诗》P589）

矫足登云阁,相伴步九华。徙倚凭高山,仰攀桂树柯。
延首观神州,回睛盼曲阿。芳林挺修干,一岁再三花。

    陶渊明《蜡日》　（《全汉三国晋南北朝诗》P476）

风雪送馀运,无妨时已和。梅柳夹门植,一条有佳花。
我唱尔言得,酒中适何多！未能明多少,章山有奇歌。

    傅玄《失题诗》　（《全汉三国晋南北朝诗》P304）

有女殊代生,涉江采菱花。上翳青云景,下鉴渌水波。

【唐】

    白居易《寄同病者》　（《全唐诗》P4730）

或有终老者,沉贱如泥沙。或有始壮者,飘忽如风花。
穷饿与夭促,不如我者多。以此反自慰,常得心平和。
（注：沙音唆。）

陶渊明《拟古诗》中的"华"

"华"字现在有三个读音：一是 huá,如华夏、中华、华美、华丽等；二是 huā,如《诗经·周南·桃夭》中的"桃之夭夭,灼灼其华"；三是 huà,如华山。但古时它是个多音字。据《康熙字典》它除了以上读音外,还有两个很重要的读音。

一是"下都切,音敷"。例如：汉光武所说的"仕宦当作执金吾,娶妻必得阴丽华。"另《诗经》中有例：

【先秦】

《诗经·召南·何彼襛矣》

何彼襛矣,唐棣之华。

《诗经·郑风·有女》

有女同车,颜如舜华。

《诗经·郑风·山有》

山有扶苏,隰有荷华。

《诗经·齐风·著》

充耳以素乎而,尚之以琼华乎而。

《诗经·小雅·采薇》

彼尔维何，维常之华。

《诗经·小雅·出车》

昔我往矣，黍稷方华。

二是"胡戈切，音和"，这是华字的本音。例如：

【魏】

嵇康《五言诗》 （《先秦汉魏晋南北朝诗》P489）

人生譬朝露，世变多百罗。苟必有终极，彭聃不足多。
仁义浇淳朴，前识丧道华。留弱丧自然，天真难可和。

嵇康《四言赠兄秀才入军》 （《先秦汉魏晋南北朝诗》P483）

凌高远盼，俯仰咨嗟。怨彼幽絷，室迩路遐。
虽有好音，谁与清歌。虽有姝颜，谁与发华。
仰诉高云，俯托清波。乘流远遁，抱恨山阿。

阮籍《咏怀诗》 （《先秦汉魏晋南北朝诗》P510）

昔有神仙士，乃处射山阿。乘云御飞龙，嘘噏叽琼华。
可闻不可见，慷慨叹咨嗟。自伤非俦类，愁苦来相加。
下学而上达，忽忽将如何。

【晋】

陶渊明《拟古诗》 （《玉台新咏》P67）

日暮天无云，春风扇微和。佳人美请夜，达曙酣且歌。
歌竟长叹息，持此感人多。明明云间月，灼灼叶中华。
岂无一时好，不久当如何。

枣据《游览》 （《全汉三国晋南北朝诗》P313）

矫足登云阁，相伴步九华。徙倚凭高山，仰攀桂树柯。
延首观神州，回睛盼曲阿。

张华《杂诗》 （《先秦汉魏晋南北朝诗》P620）

逍遥游春宫，容与绿池阿。白草齐素叶，朱草茂丹华。
微风摇茝若，层波动芰荷。荣彩曜中林，流馨入绮罗。

陆机《东宫诗》 （《先秦汉魏晋南北朝诗》P692）

软颜收红蘂，玄鬓吐素华。冉冉逝将老，咄咄奈老何。

陆机《前缓声歌》 （《先秦汉魏晋南北朝诗》P664）

游仙聚灵族，高会层城阿。长风万里举，庆云郁嵯峨。
宓妃兴洛浦，王韩起太华。北征瑶台女，南要湘川娥。

陆机《答贾谧诗》 (《先秦汉魏晋南北朝诗》P673)
东朝既建,淑问峨峨。我求明德,济同以和。
鲁公戾止,衮服委蛇。思媚皇储,高步承华。

陆机《赠顾令文为宜春令》 (《先秦汉魏晋南北朝诗》P670)
礼弊则伪,朴散在华。人之秉夷,则是惠和。
变风兴教,非德伊何。我友敬矣,俾人作歌。

杨方《合欢诗》 (《玉台新咏》P65)
南邻友奇树,承春挺素华。丰翘被长条,绿叶蔽朱柯。

陆云《赠鄱阳府君张仲膺诗》 (《全汉三国晋南北朝诗》P356)
炜炜棠棣,奩增其华。猗猗桑梓,厥耀孔多。

陆云《答顾秀才诗》 (《全汉三国晋南北朝诗》P357)
沉根芳沼,濯秀兰波。渊翘戢颖,景茂凌华。

曹摅《赠韩德真诗》 (《全汉三国晋南北朝诗》P404)
庇岳见崇,荫林之华。朝游龙泉,夕栖凤柯。
同宿望舒,参辔羲和。弘曜日月,不荣若何。

曹摅《答赵景猷诗》 (《全汉三国晋南北朝诗》P407)
白芷舒华,绿英垂柯。游鳞交跃,翔鸟相和。
俯玩琁濑,仰看琼华。顾想风人,伐檀山阿。

潘尼《赠河阳诗》 (《全汉三国晋南北朝诗》P381)
逸骥腾夷路,潜龙跃洪波。弱冠步鼎铉,既立宰三河。
流声馥秋兰,摛藻艳春华。徒美天姿茂,岂为人爵多。

潘岳《河阳县作诗》 (《全汉三国晋南北朝诗》P374)
归雁映兰畤,游鱼动圆波。鸣蝉厉寒音,时菊耀秋华。
引领望京室,南路在伐柯。大厦缅无觌,崇芒郁嵯峨。

张翰《无题》 (《全汉三国晋南北朝诗》P389)
忽有一飞鸟,五色杂英华。一鸣众鸟至,再鸣众鸟罗。
长鸣瑶羽翼,百鸟互相和。

【南朝 宋】

颜延之《秋胡诗》 (《全汉三国晋南北朝诗》P619)
勤役从归顾,反路遵山河。昔辞秋未素,今也岁载华。

鲍照《夜听妓》 (《全汉三国晋南北朝诗》P701)

兰膏消耗夜转多,乱筵杂坐更弦歌。倾情逐节宁不苦,特为盛会惜容华。

【南朝 梁】

江淹《效阮公诗》 (《全汉三国晋南北朝诗》P1051)

时寒原野旷,风急霜露多。仲冬正惨切,日日少精华。
落叶纵横起,飞鸟时相过。搔首广川阴,怀归思如何。

任昉《为王嫡子侍皇太子释奠宴》 (《全汉三国晋南北朝诗》P1066)

在昔归运,阻乱弘多。夷山制宇,荡海为家。
风云改族,日月增华。

【唐】

韦应物《效陶彭泽》 (《全唐诗》P1897)

霜露悴百草,时菊独妍华。物性有如此,寒暑其奈何?

元稹《和东川李相公慈竹十二韵》 (《全唐诗》P4499)

慈竹不外长,密比青瑶华。矛攒有森束,玉粒无蹉跎。
纤粉妍腻质,细琼交翠柯。亭亭霄汉近,霭霭雨露多。

周南《晚妆》中的"滑"

"滑"字通常都读 huá,但古诗词中有时要读"户壁切",或"户八切"(八音鳖)音 yuè,与"越""月"诸字协韵。如:

【南朝 梁】

周南《晚妆》 (《全汉三国晋南北朝诗》P1484)

青楼谁家女,当窗启明月。拂黛双蛾飞,调脂艳桃发。
舞罢鸾自羞,妆成泪仍滑。愿托嫦娥影,寻郎纵燕越。
(注:发,方月切。)

萧衍《江南弄·游女曲》 (《玉台新咏》P259)

氤氲兰麝体芳滑,容色玉耀眉如月。珠佩婐妮戏金阙。

【唐】

杜甫《自京赴奉先县咏怀五百字》 (《全唐诗》P2265)

霜严衣带断,指直不得结。凌晨过骊山,御榻在嵽嵲。蚩尤塞寒空,蹴踏崖谷滑。

白居易《秋池二首》 （《全唐诗》P4991）

朝衣薄且健,晚簟清仍滑。社近燕影稀,雨馀蝉声歇。
闲中得诗境,此境幽难说。露荷珠自倾,风竹玉相戛。
谁能一同宿,共玩新秋月。暑退早凉归,池边好时节。

【宋】

苏轼《双荷叶·即秦楼月》 （《苏轼词全集》P112）

双溪月,清光偏照双荷叶。双荷叶。红心未偶,绿衣偷结。
背风迎雨流珠滑。轻舟短棹先秋折。先秋折。烟鬟未上,玉杯微缺。

苏轼《木兰花令》 （《苏轼词全集》P283）

草头秋露流珠滑,三五盈盈还二八。与余同是识翁人,惟有西湖波底月。

【元】

张雨《东风第一枝·玉簪》 （《词综》P2277）

问瑶草,应怜短发。曾醉堕、无声腻滑。羞他金雀钿蝉,似高水仙罗袜。
芳心断绝。谁与赠、湘皋琼玦。试折花、掷作银桥,看舞素鸾回雪。

李献能《春草碧》 （《词综》P1650）

心事鉴影鸾孤,筝弦雁绝。旧时雪堂人,今华发。断肠金缕新声,杯深不觉琉璃滑。醉梦绕南云,花上蝶。

屈原《楚辞·九歌·东君》中的"怀"

"怀"字现在只有一个读音 huái。但古时它是个多音字,不但可读"乎乖切,音槐",而且可读"叶胡隈切,音回"。如《诗经·周南》:"陟彼崔嵬,我马虺隤。我姑酌彼金罍,维以不永怀。"还可读"叶呼回切,音挥"(huī)(《康熙字典》)。

关于"怀"叶音读"挥"(huī),可见之于下例:

屈原《楚辞·九歌·东君》

长太息兮将上,心低徊兮顾怀(huī)。羌声色兮娱人,观者憺兮忘归。

曹操《苦寒行》 （《康熙字典》）

延颈长叹息,远行多所怀。我心何怫郁?思欲一东归。

颜延之《和谢监灵运诗》中的"淮"

"淮"字现在只有一个读音 huái,如淮水、淮南、淮海、淮南子等。但古时它是个多音字,除了"户乖切,音怀"外,还可读"叶胡隈切,音回";可读"叶虚欺切,音熙"(xī)。如《康熙字典》举例颜延之《和谢监灵运诗》中的"淮"应读"熙",与藜字协韵。

惜无雀雉化,休用充海淮。去国还故里,幽门树蓬藜。

魏韦诞《亲蚕颂》中的"欢"

"欢"字人们通常都读为 huān(呼官切),但古时有的诗歌里应该为"暄","叶许天切",音 xuān。如：

魏韦诞《亲蚕颂》 (《康熙字典》)

同硕庆于生民,发三灵之永欢。苞繁佑于万国,卷福厘以言旋。

【晋】

佚名《曲池歌》 (《全汉三国晋南北朝诗》P499)

曲池何淡淡,芙蓉蔽清源。荣华盛壮时,
见者谁不欢。一朝光采落,见者不回颜。

【唐】

白居易《效陶潜体诗十六首》 (《全唐诗》P4721)

我无不死药,万万随化迁。所未定知者,修短迟速间。
幸及身健日,当歌一尊前。何必待人劝,持此自为欢(huān)。

白居易《效陶潜体诗十六首》 (《全唐诗》P4722)

中秋三五夜,明月在前轩。临觞忽不饮,忆我平生欢。
我有同心人,邈邈崔与钱。我有忘形友,迢迢李与元。

白居易《东园玩菊》 (《全唐诗》P4731)

常恐更衰老,强饮亦无欢。顾谓尔菊花,后时何独鲜。

白居易《寄行简》 (《全唐诗》P4792)

郁郁眉多敛,默默口寡言。岂是愿如此,举目谁与欢。

白居易《岁晚》 (《全唐诗》P4806)

亦尝心与口,静念私自言。去国固非乐,归乡未必欢。
(注:全诗以仙源协韵。)

杜牧《三国志》中的"环"

"环"字现在只有一个读音 huán,如环境、循环等。但古诗词中它除了读 huán,有

时要读"叶胡涓切,音悬"(xuán)(《康熙字典》)。如李九龄《读三国志》诗中的"环":

有国由来在得贤,莫言兴废是循环。武侯星落周瑜死,平蜀降吴似等闲。

其他例子：

马融《广成颂》 （《康熙字典》）

遂栖凤皇于高梧,宿麒麟于西园。纳僬侥之珍羽,受王母之白环。

白居易《游悟真寺诗》 （《全唐诗》P4735）

周回绕山转,下视如青环。或铺为慢流,或激为奔湍。泓澄最深处,浮出蛟龙涎。（注:湍音专。）

白居易《伤大宅》 （《全唐诗》P4674）

谁家起甲第,朱门大道边。丰屋中栉比,高墙外回环。累累六七堂,栋宇相连延。一堂费百万,郁郁起青烟。

李白《桂殿秋》 （《词综》P7）

河汉女,玉练颜,云軿往往在人间。九霄有路去无迹,袅袅香风生佩环。

诗词中的"缓"

"缓"字现在只有一个读音 huǎn,如缓慢、缓冲、缓和、缓兵之计等。但古时它有三音:一是"胡管切,音浣"(huǎn);二是"火远切,音咺"(xuǎn);三是"苦缓切,音款"(kuǎn)。

古诗词中"缓"字除了读音 huǎn,有时要读音 xuǎn,与"眼""浅""片""转"等字协韵。如：

【清】

德准《留春令·本意》 （《词综补遗》P17）

红稀绿暗莺声软,东风里、落花千片。乱将榆荚赠东君,且买韶光暂缓。

耆龄《三姝媚》 （《词综补遗》P20）

愁多嫌漏缓。听冥鸿宵征,回肠轮转。

徐珠《惜馀春慢·初夏》 （《词综补遗》P182）

婪尾花开盛时,银烛夜烧,风情宁浅。忆扬州新月,三分犹欠,俊游俱缓。

朱孝臧《水龙吟》 （《词综补遗》P468）

十年轻命危阑,望京遥暝登楼眼。虞渊急景,伶俜已忍,须臾盍缓。

陆机《刻漏赋》中的"幻"

"幻"字现在只有一个读音 huàn,如幻想、幻灯、幻影、幻灭等。但古时它是个多音字,《康熙字典》注明它有三音:一是"胡惯切,音患"(huàn);二是"胡辨切,音苋"(xiàn);三是"叶荧绢切,音院"(yuàn)。古诗词中的"幻"字读什么音要看具体情况,看它与什么字协韵。下面是几个"幻"不读 huàn 的例子:

【晋】

陆机《刻漏赋》 (《康熙字典》)

来像神造,去犹鬼幻(yuàn)。因势相引,来灵自荐。

【唐】

吕洞宾《口占》 (《全唐诗》P9713)

非神亦非仙,非术亦非幻。天地有终穷,桑田几迁变。
身固非我有,财亦何足恋。曷不从吾游,骑鲸腾汗漫(miàn)。

【宋】

洪瑹《瑞鹤仙》 (《词综》P1149)

因念人生万事,回首悲凉,都成梦幻。芳心缱绻,空惆怅巫山馆(juàn)。况船头一转,三千馀里,隐隐高城不见。恨无情春水连天,片帆如箭。

【清】

韦钟炳《念奴娇》 (《词综补遗》P156)

剑侠琴心知有讬,识破从前恩怨。怅远楼头,望夫山下,到底成虚幻。千思万想,算来还是姻眷。

陈重《百字令》 (《词综补遗》P706)

江山若此,有蜃楼海市,百般奇幻。忽忆皇州春色好,曾听漏壶传箭。

苏轼《送提刑孙颀少卿移湖北转运》中的"换"

"换"字现在只有一个读音 huàn,如换班、换工、换取、换季、换汤不换药等。但古时它是个双音字。据《康熙字典》,换字的读音,一是"胡玩切,音完";二是"于卷切,音院"(yuàn)。如:

苏轼《送提刑孙颀少卿移湖北转运》

依依东轩竹,凛凛故人面。诏书遂公私,使节许新换(yuàn)。

古诗词中"换"字以 yuàn 音与"面""倦""贱""浅""见""遍""怨""雁"等字协韵的情况不少,例如:

【宋】

苏轼《泗州僧伽塔山》 (《苏轼选集》P37)

得行固愿乩不恶,每到有求神亦倦。退之旧云三百尺,澄观所营今已换。不嫌俗士污丹梯,一看云山绕淮甸。

周密《献仙音·吊雪香亭梅》 (《唐宋名家词选》P303)

松雪飘寒,岭云吹冻,红破数椒春浅。衬舞台荒,浣妆池冷,凄凉市朝轻换。

周密《拜星月·春暮寄梦窗》 (《词综》P1284)

腻叶阴清,孤花香冷,迤逦芳洲春换。薄酒孤吟,怅相如游倦。

晏几道《碧牡丹》 (《词综》P304)

事何限,怅望秋意晚,离人鬓华将换。静忆天涯路,比此情犹短(diǎn)。试约鸾笺,传素期良愿,南云应有新雁。

【清】

吴蓚《摸鱼子》 (《词综补遗》P388)

寒信转,怪短梦懵腾,一觉流光换。残阳尚恋。映一线山眉,微云遮定,依约看凄展。

朱寯瀛《秋千岁·庚子秋望》 (《词综补遗》P457)

者回奇变,果见沧桑换。波弥宇,天成线。鲸乡豪客恣,鲋辙穷官贱。

朱孝臧《烛影摇红》 (《词综补遗》P467)

留命何年?饰巾那计流光换。梦魂犹自点朝班,谁道长安远。

卢前《蝶恋花》 (《词综补遗》P595)

南国烟花千万变,无定阴晴,芳约朝朝换。经醉湖山天不管,流莺空有春云怨。

陈重《百字令·过厂肆有感》 (《词综补遗》P706)

忍忆皇州春色好,曾听漏壶传箭。温树阴浓,香枫影秘,红叶都难见。人间天上,星霜暗里徐换。

洪汝冲《霜叶飞·北山看红叶》 (《词综补遗》P37)

素娥微怨清霜重,秋容人世偷换。绿阴青子认枫林,料染深深茜。称白发,酡颜自展,停车都为伊留恋。

池汉功《绛都春》 (《词综补遗》P149)

还见。丛丘曲沼,磴坡绕步邃,落英铺茜(qiàn)。上巳瞬过,又几番风,匆匆换。

垂杨廊榭遥迎面,渐斜级、花隈恰转。

吴恩熙《齐天乐·过废园》 (《词综补遗》P351)

纨扇兜香,湘裙翦水,多少倾城曾见。星移物换。剩古木萧条,乱鸦犹恋。

吴士鉴《半樱词》 (《词综补遗》P362)

风尘眼倦,过腔鬲指间开卷。消遣。看似水华年暗中换。

王增祺《齐天乐·冻鱼脍》 (《词综补遗》P1438)

想禁烟时,分明一样,冷食人家传遍。风情好见。雪衣倍凄清,热肠都换。

孙景贤《西子妆》 (《词综补遗》P897)

闲凝望眼。正容与、惊鸿乍见。傍西岩,怅曼吟客去,弹筝人换。

王渡《烛影摇红》 (《词综补遗》P1379)

巾扇萧闲,画图省识词仙面。斜阳催暝旧江山,人事沧桑换。

丘崈《扑蝴蝶·蜀中作》中的"唤"

"唤"字现在只有一个读音 huàn,如唤起、唤醒、召唤等。但古诗词中它有时要读喧(xuān)或院(yuàn),与"院""线""卷""怨"等字协韵。因《康熙字典》注:唤字"呼玩切",因"玩"字有玩(wān)、彦(yān)、院(yuàn)三音,所以"唤"字也可切出玩(wān)、院(yuàn)、喧(xuān)三音。

古诗词中"唤"字读音为"院"与"喧"的例子如下:

【宋】

丘崈《扑蝴蝶·蜀中作》 (《词综》P1927)

鸣鸠乳燕,春在梨花院。重门镇掩,沉沉帘不卷。纱窗红日三竿,睡鸭余香一线。佳眠悄无人唤。

【清】

王德楷《摸鱼儿》 (《词综补遗》P1428)

山中路,木末芙蓉谁见?豪名枉向同唤。灵池太液浑无分,那管银河清浅。

吴文英《水龙吟·惠山泉》中的"浣"

"浣"字现在只有一个读音 huàn,如浣纱。但古诗词中它有时要读 xuǎn。据《康熙字典》,浣是个多音字:一是"胡玩切,音换";二是"胡管切,音缓";三是"古缓切,音

管";四是"户版切,音睆"。这中间"缓"字有二音:一是 huǎn,二是 xuǎn。如:

【宋】

吴文英《水龙吟·惠山泉》 (《词综》P2203)

龙吻春霏玉溅。煮银瓶、羊肠车转。临泉照影,清寒沁骨,客尘都浣。鸿渐重来,夜深华表,露零鹤怨。把闲愁换与,楼前晚色,桿沧波远。

(注:"浣"字与"苑""片""变""溅""怨"诸字协韵。)

卢谌《览古诗》中的"患"

"患"字现在只有一个读音 huàn,如忧患意识。但古时它是个多音字,不但读"胡惯切,音宦",而且可读"叶荧绢切,音院",还可读"叶胡涓切,音悬"(《康熙字典》)。如:

【晋】

卢谌《览古诗》 (《全汉三国晋南北朝诗》P420)

赵氏有和璧,天下无不传。秦人来求市,厥价徒空言。
与之将见卖,不与恐致患。简才备行李,图令国命全。

乐章《明君篇》 (《康熙字典》)

虽欲尽忠诚,结舌不能言。结舌亦何惮,尽忠为身患(音悬)。

【唐】

韩愈《谢自然诗》 (《全唐诗》P3766)

自从二主来,此祸竟连连。木石生怪变,狐狸骋妖患。
莫能尽性命,安得更长延。人生处万类,知识最为贤。

白居易《山雉》 (《全唐诗》P4757)

雌雄与群雏,皆得终天年。嗟嗟笼下鸡,及彼池中雁。
既有稻粱恩,必有牺牲患。

白居易《游悟真寺诗》 (《全唐诗》P4736)

今来脱簪组,始觉离忧患。

白居易《中隐》 (《全唐诗》P4991)

人生处一世,其道难两全。贱即苦冻馁,贵则多忧患。

苏拯《贾客》 (《全唐诗》P8249)

长帆挂短舟,所愿疾如箭。得丧一惊飘,生死无良贱。
不谓天不祐,自是人苟患。尝言海利深,利深不如浅。

应璩《百一诗》中的"焕"

"焕"字现在只有一个读音 huàn。但古诗词中它有时要读 xùn。据《康熙字典》：焕，"呼贯切，音唤""叶许县切，音绚"，与"见""宪""愿"诸字协韵。如：

【魏】

　　应璩《百一诗》　（《先秦汉魏晋南北朝诗》P470）

散骑常师友，朝夕进规献。侍中主喉舌，万机无不乱（乱音恋）。
尚书统庶事，官人乘法宪。彤管珥纳言，貂珰表武弁。
出入承明庐，车服一何焕（焕音绚）。三寺齐荣秩，百僚所瞻愿。

　　徐干《齐都赋》　（《康熙字典》）

雕琢有章，灼烂明焕。生民以来，非所视见。

元好问《王仲泽诗》中的"挥"

"挥"字现在只有一个读音 huī，如挥手、挥舞、挥霍等。但古诗词中它除了有时读 huī 外，还可读"呼韦切""许归切"音。因韦字有两音，一音伟（wěi），一音衣（yī），归字也有两音：一音龟（guī），一音积（jī）。所以挥字也可切出两音：一音灰（huī），一音（xī），与"飞""衣""稀""疲"等字协韵。如：

【隋】

　　尹式《送晋熙公别》　（《全汉三国晋南北朝诗》P1694）

西候追孙楚，南津送陆机。云薄鳞逾细，山高翠转微。
气随流水咽，泪逐断弦挥。但令寸心密，随意尺书稀。

【唐】

　　李白《下终南山过斛斯山人宿置酒》　（《全唐诗》P1825）

相携及田家，童稚开荆扉。绿竹入幽径，青萝拂行衣。
欢言得所憩，美酒聊共挥。长歌吟松风，曲尽河星稀。
我醉君复乐，陶然共忘机。

　　李白《秋日旅怀》　（《全唐诗》P1864）

目极浮云色，心断明月晖。芳草歇柔艳，白露催寒衣。
梦长银汉落，觉罢天星稀。含悲想旧国，泣下谁能挥。

李白《古风》 (《全唐诗》P1679)

羽族禀万化,小大各有依。周周亦何辜,六翮掩不挥。
愿衔众禽翼,一向黄河飞。

沈佺期《和户部岑尚书参迹枢揆》 (《全唐诗》P1046)

昔陪鹓鹭后,今望鹍鹏飞。徒御清风颂,巴歌聊自挥。

杜甫《甘林》 (《全唐诗》P2347)

喧静不同科,出处各天机。勿矜朱门是,陋此白屋非。
明朝步邻里,长老可以依。时危赋敛数,脱粟为尔挥。
相携行豆田,秋花霭菲菲。

杜甫《送卢十四弟侍御护韦尚书灵榇归上都》 (《全唐诗》P2572)

素幕渡江远,朱幡登陆微。悲鸣驷马顾,失涕万人挥。
参佐哭辞毕,门阑谁送归。从公伏事久,之子俊才稀。

白居易《春葺新居》 (《全唐诗》P4766)

彼皆非吾土,栽种尚忘疲。况兹是我宅,葺艺固其宜。
平旦领仆使,乘春亲指挥。移花夹暖室,徙竹覆寒池。

刘禹锡《杨柳枝词》 (《全唐诗》P4113)

南陌东城春早时,相逢何处不依依。桃红李白皆夸好,须得垂杨相发挥。

【宋】

杨万里《圩丁词》 (《宋词一百首》P76)

河水还高港水低,千支万派曲穿畦。斗门一闭君休笑,要看水从人指挥。

元好问《王仲泽诗》 (《元好问全集》P202)

太学华声弱冠驰,青云岐路九霄飞。上前论事龙颜喜,幕下筹边犬吠稀。
壮志相如头碎柱,赤心嵇绍血沾衣。从来圣贤褒忠义,谁为幽魂一发挥。

古诗十九首《凛凛岁云暮》中的"晞"

"晖"字与"辉""挥""翚"诸字的读音一样,现在都只有一个读音huī,但《康熙字典》对这几个字的注音各有差别。因辉、挥、翚都是多音字,但这几个字都有一个注音是相同的,即"许归切""吁韦切"。因归字有一音 jī,韦字有一音"于非切"音衣,所以晖字就"切"出一音曦(xī)。

古诗词中"晖"字以曦音与"飞""衣""机""眉""稀""扉"诸字协韵的情况很多,如:

【汉】

   《凛凛岁云暮》 （《玉台新咏》P1）
凛凛岁云暮,蝼蛄多鸣悲(bī)。凉风率已厉,游子寒无衣。
锦衾遗洛浦,同袍与我违(yī)。独宿累长夜,梦想见容晖。

【魏】

   曹植《苦思行》 （《先秦汉魏晋南北朝诗》P439）
绿萝缘玉树,光曜粲相晖。下有两真人,举翅翻高飞。

   刘桢《诗》 （《先秦汉魏晋南北朝诗》P374）
初春含寒气,阳气匿其晖。灰风从天起,砂石纵横飞。

   嵇康《四言赠兄秀才入军诗》 （《先秦汉魏晋南北朝诗》P483）
 浩浩洪流,带我邦畿。萋萋绿林,奋荣扬晖。
 鱼龙瀺灂,山鸟群飞。驾言出游,日夕忘归。
 思我良朋,如渴如饥。愿言不获,怆矣其悲。

【晋】

   王齐之《念佛三昧诗》 （《全汉三国晋南北朝诗》P496）
 寂漠何始,理玄通微。融然忘适,乃廓灵晖。
 心游缅域,得不践机。用之以冲,会之以希。

   傅玄《明月篇》 （《全汉三国晋南北朝诗》P293）
皎皎明月光,灼灼朝日晖。昔为春蚕丝,今为秋女衣。
丹唇列素齿,翠彩发蛾眉。

   傅咸《诗》 （《先秦汉魏晋南北朝诗》P608）
肃肃商风起,悄悄心自悲。圆圆三五月,皎皎曜清晖。
今昔一何盛,氤氲自消微。微黄黄及华,飘摇随风飞。

【南朝 宋】

   鲍照《绍古辞》 （《全汉三国晋南北朝诗》P695）
孤鸿散江屿,连翩遵渚飞。含嘶衡桂浦,驰顾河朔畿。
攒攒劲秋木,昭昭净冬晖。窗前涤欢爵,帐里缝舞衣。

   鲍照《秋夕》 （《全汉三国晋南北朝诗》P703）
虑涕拥心用,夜默发思机。幽闺溢凉吹,闲庭满清晖。
紫兰花已歇,青梧叶方稀。江上凄海戾,汉曲惊朔霏。

   吴迈远《长别离》 （《全汉三国晋南北朝诗》P715）
淮阴有逸将,折翮谢翾飞。楚有扛鼎士,出门不得归。
正为隆准公,仗剑入紫微。君才定何如,白日下争晖。

　　　　王俭《春诗》（《全汉三国晋南北朝诗》P775)
　　风光承露照,雾色点兰晖。青荑结翠藻,黄乌弄春飞。
　　　　范靖妇《咏灯》（《玉台新咏》P118)
　　绮筵日已暮,罗帏月未归。开花散鹄彩,含光出九微。
　　风轩动丹焰,冰宇淡清晖。不吝轻蛾绕,唯恐晓蝇飞。

【南朝　梁】

　　　　萧纲《执笔戏书》（《玉台新咏》P166)
　　甲乙罗帐异,辛壬房户晖。夜夜有明月,时时怜更衣。
　　　　王绎《和刘上黄》（《玉台新咏》P173)
　　新莺隐叶啭,新燕向窗飞。柳絮时依酒,梅花乍入衣。
　　玉珂逐风度,金鞍映日晖。无令春色晚,独望行人归。
　　　　萧纲《咏中妇织流黄》（《玉台新咏》P178)
　　调丝时绕腕,易镊乍牵衣。鸣梭逐动钏,红妆映落晖。
　　　　萧纲《采莲》（《玉台新咏》P179)
　　晚日照空矶,采莲承晚晖。风起湖难渡,莲多摘未稀。
　　櫂动芙蓉落,船移白鹭飞。荷丝傍绕腕,菱角远牵衣。
　　萧纲《和赠逸民应诏》（《全汉三国晋南北朝诗》P900)
　　　　准测天度,钟应星玑。风除总至,草复具腓。
　　　　冰轻寒尽,泉长春归。射干先动,载胜行飞。
　　　　千门照日,五达含晖。
　　何逊《行经孙氏陵》（《全汉三国晋南北朝诗》P1156)
　　苔石疑文字,荆坟失是非。山莺空曙响,陇月自秋晖。
　　银海终无浪,金凫会不飞。
　　何逊《照水联句》（《全汉三国晋南北朝诗》P1166)
　　虽怜水上影,复恐湿罗衣。临桥看黛色,映渚媚铅晖。
　　不顾春荷动,弥畏小禽飞。

【南朝　陈】

　　　　徐陵《春日》（《全汉三国晋南北朝诗》P1374)
　　岸烟起暮色,岸水带斜晖。径狭横枝度,帘摇惊燕飞。
　　落花承步履,流涧写行衣。何殊九枝盖,薄暮洞庭归。
　　　　张正见《洛阳道》（《全汉三国晋南北朝诗》P1393)
　　曾城启旦扉,上路满春晖。柳影缘沟合,槐花夹岸飞。

江总《答王筠早朝守建阳门开》（《全汉三国晋南北朝诗》P1425）

　　金兔犹悬魄,铜龙欲启扉。三条息行火,百雉照初晖。
　　御沟槐影出,仙掌露光晞。

徐伯阳《日出东南隅行》（《全汉三国晋南北朝诗》P1433）

朱城璧日启朱扉,青楼含照本晖晖。远映陌上春桑叶,斜入秦家缃绮衣。

贺循《赋得庭中有奇树》（《全汉三国晋南北朝诗》P1444）

三春节物始芳菲,游丝细草动春晖。香风飘舞花间度,好鸟和鸣枝上飞。

祖孙登《咏城中堑中荷》（《全汉三国晋南北朝诗》P1439）

　　白水丽金扉,青荷承日晖。叶似环城盖,香乱上桥衣。
　　岸高知水落,影合见菱稀。犹疑涉江处,空望采莲归。

【北魏】

高允《答宗钦》（《全汉三国晋南北朝诗》P1472）

　　伊余栎散,才朽质微。遭缘幸会,忝与枢机。
　　窃名华省,厕足丹墀。愧无荧烛,少益天晖。

王筠《秋夜》（《玉台新咏》P186）

　　九重依夜馆,四壁惨无晖。招摇顾西落,乌鹊向东飞。
　　流萤渐收火,络纬欲催机。尔时思锦字,持制行人衣。

鲍泉《和湘东王春日》（《玉台新咏》P211）

　　新燕始新归,新蝶复新飞。新花满新树,新月丽新晖。

李元操《酬萧侍中春园听妓》（《续玉台新咏》P11）

　　微雨散芳菲,中园照落晖。红树摇歌扇,绿珠飘舞衣。
　　繁弦调对酒,杂引动思归。愁人当此夕,羞见落花飞。

马元熙《日晚弹琴》（《续玉台新咏》P13）

　　上客敲前扉,鸣琴对晚晖。掩抑歌张女,凄清奏楚妃。
　　稍视红尘落,渐觉白云飞。新声独见赏,莫恨知音稀。

【北周】

王褒《山池落照》（《全汉三国晋南北朝诗》P1563）

　　竹馆掩荆扉,池光晦晚晖。孤舟隐荷出,轻棹染苔归。
　　浴禽时侣窜,惊羽忽单飞。

【隋】

杨广《春江花月夜》（《全汉三国晋南北朝诗》P1619）

　　夜露含花气,春潭漾月晖。汉水逢游女,湘川值两妃。

299

杨广《宴东堂》 (《全汉三国晋南北朝诗》P1622)

雨罢春光润，日落暝霞晖。海榴舒欲尽，山樱开未飞。
清音出歌扇，浮香飘舞衣。

杨广《还京师》 (《全汉三国晋南北朝诗》P1624)

东都礼仪举，西京冠盖归。是月春之季，花柳相依依。
云跸清驰道，雕辇御晨晖。嘹亮铙笳奏，葳蕤旌旆飞。

杨广《晚春》 (《全汉三国晋南北朝诗》P1626)

洛阳春稍晚，四望满春晖。杨叶行将暗，桃花落未稀。
窥檐燕争入，穿林鸟乱飞。唯当关塞者，溽露方沾衣。

陈子良《赋得妓》 (《全汉三国晋南北朝诗》P1702)

金谷多欢宴，佳丽正芳菲。流霞席上满，回雪掌中飞。
明月临歌扇，行云接舞衣。何必桃将李，别有待春晖。

陈良《游侠篇》 (《全汉三国晋南北朝诗》P1703)

水逐车轮转，尘随马足飞。云影遥临盖，花气近薰衣。
东郊斗鸡罢，南皮射雉归。日暮河桥上，扬鞭惜晚晖。

【唐】

唐太宗《咏雪》 (《全唐诗》P11)

洁野凝晨曜，装墀带夕晖。集条分树玉，拂浪影泉玑。
色洒妆台粉，花飘绮席衣。

李治《谒慈恩寺题奘法师房》 (《全唐诗》P22)

停轩观福殿，游目眺皇畿。法轮含日转，花盖接云飞。翠烟香绮阁，
丹霞光宝衣。幡虹遥合彩，定水迥分晖。萧然登十地，自得会三归。

王维《送别》 (《全唐诗》P1243)

行当浮桂棹，未几拂荆扉。远树带行客，孤村当落晖。
吾谋适不用，勿谓知音稀。

王维《喜祖三至留宿》 (《全唐诗》P1275)

门前洛阳客，下马拂征衣。不枉故人驾，平生多掩扉。
行人返深巷，积雪带馀晖。

韦应物《送姚孙还河中》 (《全唐诗》P1935)

留思芳树饮，惜别暮春晖。几日投关郡，河山对掩扉。

韦应物《烟际钟》 (《全唐诗》P1996)

隐隐起何处，迢迢送落晖。苍茫随思远，萧散逐烟微。
秋野寂云晦，望山僧独归。

韦应物《赠别河南李功曹》（《全唐诗》P1934）

洛阳游燕地,千里及芳菲。今朝章台别,杨柳亦依依。
云霞未改色,山川犹夕晖。忽复不相见,心思乱霏霏。

韦应物《寄裴处士》（《全唐诗》P1922）

春风驻游骑,晚景淡山晖。一问清冷子,独掩荒园扉。
草木雨来长,里闾人到稀。

韦应物《和吴舍人早春归沐西亭言志》（《全唐诗》P1953）

亭高性情旷,职密交游稀。赋诗乐无事,解带偃南扉。
阳春美时泽,旭霁望山晖。幽禽响未转,东原绿犹微。

刘希夷《江南曲》（《全唐诗》P203）

艳唱潮初落,江花露未晞。春洲惊翡翠,朱服弄芳菲。
画舫烟中浅,青阳日际微。锦帆冲浪湿,罗袖拂行衣。
含情罢所采,相叹惜流晖。

李白《古风》（《全唐诗》P1671）

蟪蛄入紫微,大明夷朝晖。浮云隔两曜,万象昏阴霏。

李白《春日独酌》（《全唐诗》P1855）

东风扇淑气,水木荣春晖。白日照绿草,落花散且飞。

李白《代美人愁镜》（《全唐诗》P1883）

美人赠此盘龙之宝镜,烛我金缕之罗衣。时将红袖拂明月,为惜普照之馀晖。

李白《崔秋浦柳少府》（《全唐诗》P1747）

因君树桃李,此地忽芳菲。摇笔望白云,开帘当翠微。
时来引山月,纵酒酣清晖。而我爱夫子,淹留未忍归。

李白《醉后答丁十八》（《全唐诗》P1818）

作诗调我惊逸兴,白云绕笔窗前飞。待取明朝酒醒罢,与君烂漫寻春晖。

薛奇童《云中行》（《全唐诗》P2110）

寂寞金舆去不归,陵上黄尘满路飞。河边不语伤流水,川上含情叹落晖。
此时独立无所见,日寒寒风次客衣。

韩翃《送客还江东》（《全唐诗》P2729）

遥怜内舍著新衣,复向邻家醉落晖。把手闲歌香橘下,空山一望鹧鸪飞。

杜甫《重题郑氏东亭》（《全唐诗》P2391）

华亭入翠微,秋日乱清晖。崩石欹山树,清涟曳水衣。
紫鳞冲岸跃,苍隼护巢归。向晚寻征路,残云傍马飞。

杜甫《寒食》　（《全唐诗》P2441）

寒食江村路,风花高下飞。汀烟轻冉冉,竹日静晖晖。
田父要皆去,邻家闹不违。地偏相识尽,鸡犬亦忘机。

秦系《即事奉呈郎中韦使君》　（《全唐诗》P2901）

久卧云间已息机,青袍忽著狎鸥飞。诗兴到来无一事,郡中今有谢玄晖。

元稹《早归》　（《全唐诗》P4543）

远山笼宿雾,高树影朝晖。饮马鱼惊水,穿花露滴衣。

元稹《智度师二首》　（《全唐诗》P4564）

三陷思明三突围,铁衣抛尽衲禅衣。天津桥上无人识,闲凭栏干望落晖。

刘长卿《和州送人归复郢》　（《全唐诗》P1486）

因家汉水曲,相送掩柴扉。故郢生秋草,寒江淡落晖。
绿林行客少,赤壁佳人稀。独过浔阳去,潮归人不归。

刘长卿《洞山阳》　（《全唐诗》P1519）

旧日仙成处,荒林客到稀。白云将犬去,芳草任人归。
空谷无行径,深山少落晖。桃园几家住,谁为扫荆扉。

刘长卿《赤沙湖》　（《全唐诗》P1520）

茫茫葭菼外,一望一沾衣。秋水连天阔,浔阳何处归。
沙鸥积暮雪,川日动寒晖。楚客来相问,孤舟泊钓矶。

刘长卿《送王端公入奏上都》　（《全唐诗》P1497）

旧国无家访,临岐亦羡归。途经百战后,客过二陵稀。
秋草通征骑,寒城背落晖。行当蒙顾问,吴楚岁频饥。

刘长卿《送皇甫曾赴上都》　（《全唐诗》P1565）

离心日远如流水,回首川长共落晖。楚客岂劳伤此别,沧江欲暮自沾衣。

戴叔伦《过柳溪道院》　（《全唐诗》P3105）

溪上谁家掩竹扉,鸟啼浑似惜春晖。日斜深巷无人迹,时见梨花片片飞。

戴叔伦《山居即事》　（《全唐诗》P3076）

岩云掩竹扉,去鸟带馀晖。地僻生涯薄,山谷俗事稀。
荞花分宿雨,剪叶补秋衣。野渡逢渔子,同舟荡月归。

辛弘智《自君之出兮》　（《全唐诗》P339）

自君之出兮,梁尘静不飞。思君如满月,夜夜减容晖。

郎士元《别房士清》（《全唐诗》P2789）
世路还相见，偏堪泪满衣。那能郢门别，独向邺城归。
平楚看蓬转，连山望鸟飞。苍苍岁阴暮，况复惜驰晖。

司空曙《早夏寄元校书》（《全唐诗》P3319）
独游野径送芳菲，高竹林居接翠微。绿岸草深虫入遍，青丛花尽蝶来稀。
珠荷蔫果香寒簟，玉柄摇风满夏衣。蓬荜永无车马到，更当斋夜忆玄晖。

张志和《渔父》（《全唐诗》P3492）
八月九月芦花飞，南溪老人垂钓归。秋山入帘翠滴滴，野艇倚槛云依依。
却把渔竿寻小径，闲梳鹤发对斜晖。翻嫌四皓曾多事，出为储皇定是非。

罗隐《望思台》（《全五代诗》P1466）
芳草台边魂不归，野烟乔木弄残晖。可怜高祖清平业，留与闲人作是非。

钱起《登秦岭半岩遇雨》（《全唐诗》P2611）
屏翳忽腾气，浮阳惨无晖。千峰挂飞雨，百尺摇翠微。
震电闪云径，奔流翻石矶。倚岩假松盖，临水羡荷衣。

钱起《送崔山人归山》（《全唐诗》P2687）
东山残雨挂斜晖，野客巢由指翠微。别酒稍酣乘兴去，知君不羡白云归。

韦庄《菩萨蛮》（《词综》P95）
桃花春水渌，水上鸳鸯浴。凝恨对斜晖，忆君君不知。

陈子良《赋得妓》（《全唐诗》P497）
金谷多欢宴，佳丽正芳菲。流霞席上满，回雪掌中飞。
明月临歌扇，行云接舞衣。何必桃将李，别有待春晖。

苏环《奉和九日幸临渭亭登高应制得晖字》（《全唐诗》P562）
重阳早露晞，睿赏瞰秋矶。菊气先熏酒，萸香更袭衣。
清切丝桐会，纵横文雅飞。恩深答效浅，留醉奉宸晖。

陆畅《惊雪》（《百代千家绝句》P248）
怪得北风急，前庭如月晖。天人宁许巧，剪水作花飞。

沈佺期《奉和春初幸太平公主南庄应制》（《全唐诗》P1041）
云间树色千花满，竹里泉声百道飞。自有神仙鸣凤曲，并将歌舞报恩晖。

【宋】

王安石《段约之园》（《王安石全集》P164）
爱公池馆得忘机，初日留连至落晖。菱暖紫鳞跳复没，柳阴黄鸟啭还飞。

欧阳修《采桑子》 (《欧阳修词全集》P9)

谁知闲凭阑干处,芳草斜晖。水远烟微。一点沧洲白鹭飞。

赵彦端《满庭芳·道中忆钱塘旧游》 (《词综》P2177)

云暖萍漪,雨香兰径,西湖二月初时。两山十里,锦绣照金羁。柳外栏干相望,弄东风倚遍斜晖。朋游好,乱红堆里,一饮百篇诗。

吴文英《西平乐慢·过西湖先贤堂》 (《词综》P2204)

岸压邮亭,路欹华表,堤树旧色依依。红索新晴,翠阴寒食,天涯客又重归。叹废绿平烟带苑,幽渚尘香荡晚,当时燕又飞来,无言对立斜晖。追念吟月赏月,十载事,梦惹绿杨丝。

姜夔《江梅引》 (《古典爱情诗词300首》P236)

湿红恨墨浅封题,宝筝空,无雁飞。俊游巷陌,算空有,古木斜晖。旧约扁舟心事已成非。歌罢淮南春草赋,又萋萋。漂零客,泪满衣。

汪莘《八声甘州》 (《词综》P1121)

惜馀春,蛱蝶引春来,杜鹃趣春归。算何如桃李,浑无言说,开落忘机。多谢黄鹂旧友,相逐落花飞。芳草连天远,愁杀斜晖。

陆游《春游》 (《陆放翁诗词选》P294)

兰亭路上换春衣,梅市桥边送日晖。闻有水仙翁是否,轻舟如叶桨如飞。

朱淑真《春园小宴》 (《全宋诗》P17981)

春园得对赏芳菲,步草黏鞋絮点衣。万木初阴莺百啭,千花乍拆蝶双飞。
牵情自觉诗毫健,痛饮唯忧酒力微。穷日追欢欢不足,恨无为计锁斜晖。

朱淑真《春归》 (《全宋诗》P17956)

片片飞花弄晚晖,杜鹃啼血诉春归。凭谁碍断春归路,更且留连伴翠微。

朱淑真《咏柳》 (《全宋诗》P17956)

长丝袅娜拂溪垂,乱絮风吹漠漠飞。全惜东风与为主,年年先占得韶晖。

【元】

张渥《百禽噪虎图》 (《中国古今题画诗全璧》P692)

短草空山怒养威,百禽惊噪向斜晖。寝皮食肉堪怜处,且喜将军出猎归。

赵孟頫《纪旧游》 (《元诗三百首》P77)

二月江南莺乱飞,百花满树柳依依。落红无数迷歌扇,嫩绿多情妒舞衣。
金鸭焚香川上暝,画船挝鼓月中归。如今寂寞东风里,把酒无言对夕晖。

诗词古音

【明】

张以宁《送金华何生还乡觐省》 (《百代千家绝句选》P613)

送儿出去望儿归,看尽雏鸦弄夕晖。清晓开门儿却到,蟏蛸飞上老莱衣。

呼文如《阮郎归·江阁怀人》 (《词综补遗》P601)

四月清和候,庭柯绿满枝。春光九十全归矣,风送乱红飞。
蝶舞依残影,莺啼管落晖。江深草阁望迷离,兜着泪沾衣。

陈炜《为人题锦鸡》 (《中国古今题画诗全璧》P504)

虬枝翻老圃,下有双锦衣。曾笼贡天子,刷羽依晴晖。
何当御尊酒,常此奉澄晖。

高叔嗣《明月引》 (《明诗选》P368)

影彻银河水,光翻织女机。何当御尊酒,常此奉澄晖。

童轩《清明书感》 (《明诗选》P212)

山村细雨梨花发,茅屋东风燕子飞。潦倒不须嗟薄宦,且将尊酒送斜晖。

陈子龙《奉先大母归葬庐居述怀》 (《清诗之旅》P37)

国破家何在,亲亡子独归。无颜上丘陇,有泪变芳菲。
彤管虚长夜,丹旌对落晖。空馀鸡骨是,霜雪满麻衣。

侯方域《燕子矶送次尾》 (《古代山水诗一百首》P147)

不尽登临地,依然燕子矶。波心悬帝阙,帆影动江晖。

陈宪章《范蠡图》 (《中国古今题画诗全璧》P1281)

诗中是画画中诗,晴雪孤舟荡晚晖。同在五湖烟景内,是鸱夷不是鸱夷。

兰茂《行香子》 (《词综补遗》P1007)

我老无为,对景忘机。笑欣欣,童冠相随。酒瓢诗卷,到处提携。向鸟声中,花影下,夕阳晖。

【清】

王汝舟《捣练子·初夏》 (《词综补遗》P1351)

红已瘦,绿已肥,半放湘帘对夕晖。落尽梨花飞尽絮,不堪重听子规啼。

孔尚任《北固山看大江》 (《百代千家绝句选》P707)

孤城铁瓮四山围,绝顶高秋坐落晖。眼见长江趋大海,青天却似向西飞。

钱承钧《绮寮怨》 (《词综补遗》P1056)

几许云平烟淡,晚凉生翠微。傍古郭、映水衰蒲、西风紧、四敛馀晖。荒荒江楼断笛,吹残处,去客音讯稀。

厉鹗《归舟江行望燕子矶作》　（《百代千家绝句选》P720）
石势浑如掠水飞，渔罾绝壁挂清晖。俯江亭上何人坐？看我扁舟望翠微。

徐悱妻《答外诗》中的"辉"

"辉"字现在只有一个读音 huī，如光辉、辉煌、辉映等。但古诗词中它有时要读 xī。据《康熙字典》，辉字音"许归切""吁韦切"。因"归"与"韦"两字都有两音，如归有龟、知二音，故"许龟切"可读 huī，而"许知切"可读音 xī，所以辉字"许归切"就可切出两音：一音 huī，一音 xī。

古诗词中辉字与"非""希""依""飞""扉"等字协韵的情况很多，如：

徐悱妻《答外诗》　（《全汉三国晋南北朝诗》P1320）
东家挺奇丽，南国擅容辉。夜月方神女，朝霞喻洛妃。
还看镜中色，比艳自知非。摛辞同妙好，连类顿乖违。
智夫虽已丽，倾城未敢希。

其他例举：

【东汉】

阮瑀《杂诗》　（《全汉三国晋南北朝诗》P189）
我行自凛秋，季冬乃来归。置酒高堂上，友朋集光辉。
念当复离别，涉路险且夷。思虑益惆怅，泪下沾裳衣。

【魏】

曹丕《代刘勋妻王氏杂诗》　（《全汉三国晋南北朝诗》P134）
翩翩床前帐，张以蔽光辉。昔将尔同去，今将尔同归。
缄藏箧笥里，当复何日披。

应璩《诗》　（《先秦汉魏晋南北朝诗》P473）
放戈释甲胄，乘轩入紫微。从容侍帏幄，光辅日月辉。

阮籍《咏怀诗》　（《先秦汉魏晋南北朝诗》P504）
混元生两仪，四象运衡玑。暾日布炎精，素月垂景辉。
晷度有昭回，哀哉人命微。飘若风尘逝，忽若庆云晞。

【晋】

梅陶《赠温峤》　（《先秦汉魏晋南北朝诗》P482）
台衡增耀，元辅重辉。泉哉若人，亦颜之徽。
知文之宗，研理之机。入铨帝评，出纲王维。

诗词古音

傅玄《杂诗》 (《先秦汉魏晋南北朝诗》P572)
习习谷风兴,回回景云飞。青天敷翠采,朝日含丹辉。

【南朝　梁】

何逊《相送联句》 (《百代千家绝句选》P32)
高轩虽驻轸,余日久无辉。以我辞乡泪,沾君送别衣。

何逊《赠诸游旧》 (《全汉三国晋南北朝诗》P1145)
扰扰从役倦,屑屑身事微。少壮轻年月,迟暮惜光辉。
一途今未是,万绪昨如非。

王筠《秋夜》 (《全汉三国晋南北朝诗》P1185)
九重依夜管,四壁惨无辉。招摇顾西落,乌鹊向东飞。
流萤渐收火,络纬欲摧机。

纪少瑜《咏残灯》 (《全汉三国晋南北朝诗》P1280)
残灯犹未灭,将尽更扬辉。唯馀一两焰,才得解罗衣。

鲍子卿《咏玉阶》 (《全汉三国晋南北朝诗》P1303)
北户接翠帱,南路抵金扉。重叠通日影,参差藏月辉。
轻苔染朱履,微淀拂罗衣。

【南朝　陈】

沈炯《名都一何绮》 (《全汉三国晋南北朝诗》P1378)
名都一何绮,春日吐光辉。高楼云母扇,复殿琉璃扉。
昭仪同辇出,高安连骑归。欲知天子贵,千门应紫微。

阴铿《游巴陵空寺》 (《全汉三国晋南北朝诗》P1363)
日宫朝绝磬,月殿夕无扉。网交双树叶,轮断七灯辉。
香尽奁犹馥,幡尘画渐微。借问将何见,风气动天衣。

【北周】

庾信《和何仪同讲竟述怀》 (《全汉三国晋南北朝诗》P1580)
无名即讲道,有动定论机。安经让礼席,正业理儒衣。
似得游焉趣,能同舍讲归。石渠人少歇,华阴市暂稀。
秋云低晚气,短景侧余辉。萤排乱草出,鴈舍断芦飞。

弘执恭《奉和出颖至淮应令》 (《全汉三国晋南北朝诗》P1710)
桌声喧岸度,飘影出云飞。清流含日彩,犇浪荡霞晖。
还如漳水曲,鸣笳启路归。

【隋】

杨广《迷楼歌》（《全汉三国晋南北朝诗》P1629）

宫木阴浓燕子飞，兴衰自古漫成悲。他日迷楼更好景，宫中吐焰奕红辉。

【唐】

武则天《早春夜宴》（《全唐诗》P57）

九春开上节，千门敞夜扉。兰灯吐新焰，桂魄朗圆辉。
送酒唯须满，流杯不用稀。务使霞浆兴，方乘泛洛归。

上官昭容《游长宁公主流杯池》（《全唐诗》P62）

书引藤为架，人将薜作衣。此真攀玩所，临睨赏光辉。

《郊庙歌词·周朝飨乐章·治顺》（《全唐诗》P162）

庭陈大乐，坐当太微。凝疏负扆，端拱垂衣。
鸳鹭贰列，簪组相辉。御炉香散，郁郁霏霏。

沈佺期《酬苏员外味道》（《全唐诗》P1046）

冠剑无时释，轩车待漏飞。明朝题汉柱，三署有光辉。

宋之问《送赵司马赴蜀州》（《全唐诗》P637）

饯子西南望，烟帛剑道微。桥寒金雁落，林曙碧鸡飞。
职拜舆方远，仙成履会归。定知和氏璧，遥掩玉轮辉。

宋之问《驾出长安》（《全唐诗》P645①）

圣德超千古，皇风扇九围。天回万象出，驾动六龙飞。
淑气来黄道，祥云覆紫微。太平多扈从，文物有光辉。

宋之问《桂州黄潭舜祠》（《全唐诗》P651）

虞世巡百越，相传葬九疑。精灵游此地，祠树日光辉。
禋祭忽群望，丹青图二妃。神来兽率舞，仙去凤还飞。

宋之问《早入清远峡》（《全唐诗》P654）

两岩天作带，万壑树披衣。秋菊迎霜序，春藤碍日辉。

李廓《长安少年行》（《全唐诗》P328）

新年高殿上，始见有光辉。玉雁排方带，金鹅立仗衣。
酒深和椀赐，马疾打珂飞。朝下人争看，香街意气归。

孟浩然《腊月八日于剡县石城寺礼拜》（《全唐诗》P1663）

竹柏禅庭古，楼台世界稀。夕岚增气色，馀照发光辉。
讲席邀谈柄，泉堂施浴衣。愿承功德水，从此濯尘机。

---

① 一作王昌龄诗。

岑参《送薛彦伟擢第东归》（《全唐诗》P2073）

名登郄诜第,身著老莱衣。称意人皆羡,还家马若飞。
一枝谁不折,棣萼独相辉。

岑参《过梁州奉赠张尚书大夫公》（《全唐诗》P2024）

巴汉空水流,褒斜唯鸟飞。自公布德政,此地生光辉。
百堵创里闾,千家恤茕嫠。层城重鼓角,甲士如熊罴。

秦系《献薛仆射》（《全唐诗》P2898）

逋客未能忘野兴,辟书翻遣脱荷衣。家中匹妇空相笑,池上群鸥尽欲飞。
更乞大贤容小隐,益看愚谷有光辉。

李白《拟古》（《全唐诗》P1863）

洛浦有宓妃,飘飖雪争飞。轻云拂素月,了可见清辉。
解佩欲西去,含情讵相违。香尘动罗袜,绿水不沾衣。

李白《拟古》（《全唐诗》P1864）

常恐委畴陇,忽与秋蓬飞。乌得荐宗庙,为君生光辉。

李白《走笔赠独孤驸马》（《全唐诗》P1739）

都尉朝天跃马归,香风吹入花乱飞。银鞍紫鞚照云日,左顾右盼生光辉。

李白《感遇》（《全唐诗》P1865）

可叹东篱菊,茎疏叶且微。虽言异兰蕙,亦自有芳菲。
未泛盈樽酒,徒沾清露辉。当荣君不采,飘落欲何依。

李白《望夫石》（《全唐诗》P1889）

仿佛古容仪,含愁带曙辉。露如今日泪,苔似昔年衣。

杜甫《月圆》（《全唐诗》P2525）

孤月当楼满,寒江动夜扉。委波金不定,照席绮逾依。
未缺空山静,高悬列宿稀。故园松桂发,万里共清辉。

杜甫《陪王汉州留杜绵州泛房公西湖》（《全唐诗》P2479）

旧相恩追后,春池赏不稀。阙庭分未到,舟楫有光辉。
豉化莼丝熟,刀鸣脍缕飞。使君双皂盖,滩浅正相依。

杜甫《见萤火》（《全唐诗》P2550）

巫山秋夜萤火飞,帘疏巧入坐人衣。忽惊屋里琴书冷,复乱檐边星宿稀。
却绕井阑添个个,偶经花蕊弄辉辉。沧江白发愁看汝,来岁如今归未归。

白居易《杂兴》 （《全唐诗》P4659）

东风二月天,春雁正离离。美人挟银镝,一发叠双飞。
飞鸿惊断行,敛翅避蛾眉。君王顾之笑,弓箭生光辉。

白居易《春葺新居》 （《全唐诗》P4766）

移花夹暖室,徙竹覆寒池。池水变绿色,池芳动清辉。
寻芳弄水坐,尽日心熙熙。

白居易《和晨兴因报问龟儿》 （《全唐诗》P4989）

冬旦寒惨淡,云日无晶辉。当此岁暮感,见君晨兴诗。
君诗亦多苦,苦在兄远离。

元稹《月三十韵》 （《全唐诗》P4538）

蓂叶标新朔,霜毫引细辉。白眉惊半隐,虹势讶全微。

独孤及《送虞秀才擢第归长沙》 （《全唐诗》P2773）

充赋名今遂,安亲事不违。甲科文比玉,归路锦为衣。
海运同鹍化,风帆若鸟飞。知君到三径,松菊有光辉。

顾况《拟古》 （《全唐诗》P2932）

幽居盼天造,胡息运行机。春葩妍既荣,秋叶瘁以飞。
滔滔川之逝,日没月光辉。所贵法干健,于道悟入微。

张继《送张中丞相归使幕》 （《全唐诗》P2722①）

独受主恩归,当朝似者稀。玉壶分御酒,金殿赐春衣。
拂席流莺醉,鸣鞭骏马肥。满台簪白笔,捧手恋清辉。

耿湋《进秋隼》 （《全唐诗》P2980）

举翅云天近,回眸燕雀稀。应随明主意,百中有光辉。

贾至《送夏侯参军赴广州》 （《全唐诗》P2596）

闻道衡阳外,由来雁不飞。送君从此去,书信定应稀。
云海南溟远,烟波北渚微。勉哉孙楚吏,彩服正光辉。

皇甫冉《太常魏博士远出贼庭江外相逢》 （《全唐诗》P2808）

烽火惊戎塞,豺狼犯帝畿。川原无稼穑,日月翳光辉。
里社枌榆毁,宫城骑吏非。

孟郊《游子吟》 （《全唐诗》P333）

慈母手中线,游子身上衣。临行密密缝,意恐迟迟归。
谁言寸草心,报得三春辉。

---

① 一作韩翃诗。

权德舆《绝句》 （《全唐诗》P3680）

五色金光鸾凤飞，三川墨妙巧相辉。尊崇善祝今如此，共待曾玄捧翟衣。

杨巨源《太原赠李属侍属侍御》 （《全唐诗》P3737）

路入桑干塞雁飞，枣郎年少有光辉。春风走马三千里，不废看花君绣衣。

韩愈《落叶送陈羽》 （《全唐诗》P3773）

落叶不更息，断蓬无复归。飘飘终自异，邂逅暂相依。
悄悄深夜语，悠悠寒月辉。谁云少年别，流泪各沾衣。

韩愈《烽火》 （《全唐诗》P3783）

登城望烽火，谁谓塞尘飞。王城富且乐，曷不事光辉。
勿言日已暮，相见恐行稀。愿君熟念此，秉烛夜中归。
我歌宁自感，乃独泪沾衣。

刘乙《山中早起》 （《全唐诗》P10020）

鸡调扶桑枝，秋空隐少微。阔云霞并曜，高日月争辉。
若厥开天道，同初发帝机。以言当代事，闲辟紫宸扉。

【宋】

晁元礼《绿头鸭》 （《宋词三百首释》P150）

晚云收，淡天一片琉璃。烂银盘，来从海底，皓色千里澄辉。莹无尘，素娥淡伫，静可数、丹桂参差。玉露初零，金风未凛，一年无似此佳时。露坐久、疏萤时度，乌鹊正南飞。瑶台冷，阑干凭暖，欲下迟迟。

【金】

元好问《大乘夕照》 （《元好问全集》P373）

山势巀峨翠竹围，楼台金碧影相辉。老僧托钵归来后，犹对斜阳补衲衣。

【元】

吴澄《采石渡》 （《元诗三百首》P65）

流波万斛忠臣泪，遗迹千年采石矶。南北于今失天限，江山如昨怆人非。
新潮寂寞阴风怒，旧冢荒凉落月辉。一去不来虞雍国，当时渡马更秋肥。

王褒《咏雁》中的"翚"

"翚"字现在只有一个读音 huī，意指一种有五彩羽毛的野鸡。但古诗词中它有时要读与"飞""稀""机"等字协韵的"居归切"（因"归"字的本音是"知"jī）音衣。如：

【北周】

王褒《咏雁》　（《全汉三国晋南北朝诗》P1561）

伺潮闻曙响,垆垄有春謦。岂若云中雁,秋时塞外归。
河长犹可涉,海阔故难飞。霜多声转急,风疏行屡稀。
园池若可至,不复怯虞机。

孟浩然《赋得盈盈楼上女》中的"徽"

"徽"字现在只有一个读音huī,如安徽、徽章、徽号、徽墨等。但古诗词中它除了读"许归切,音挥"（huī）,还可读"衣"音。《康熙字典》注:徽字在《尔雅·释器》本作"袆"。袆字多音:一是挥（huī）,二是猗（yī）,三是鞠（jū）。

古诗词中"徽"字以yī音与"飞""畿""菲""衣"诸字协韵的情况不少,如大家熟知的唐代诗人孟浩然的一篇五言律诗:

孟浩然《赋得盈盈楼上女》　（《全唐诗》P1656）

夫婿久离别,青楼空望归（jī）。妆成卷帘坐,愁思懒缝衣。
燕子家家入,杨花处处飞。空床难独守,谁为报金徽（yī）。

其他例举:

【晋】

陆机《拟庭中有奇树》　（《玉台新咏》P57）

欢友兰时往,迢迢匿音徽。虞渊引绝景,四节逝若飞。

【南朝　宋】

荀昶《拟相逢狭路间》　（《玉台新咏》P67）

大妇织纨绮,中妇缝罗衣。小妇无所作,挟瑟弄音徽。
丈人且却坐,梁尘将欲飞。

谢灵运《君子有所思行》　（《全汉三国晋南北朝诗》P630）

总驾越钟陵,还顾望京畿。踯躅周名都,游目倦忘归。
市廛无厄室,世族有高闬。密亲丽华苑,轩甍饰通逵。
孰是金张乐,谅由燕赵诗。长夜恣酣饮,穷年弄音徽。
盛往速露坠,衰来疾风飞。
（注:逵音奇。）

【南朝　齐】

谢朓《永明乐》　（《全汉三国晋南北朝诗》P802）

民和礼乐富,世清歌颂徽。鸿名轶卷领,称首迈垂衣。

谢朓《休沐重还丹阳道中》 （《全汉三国晋南北朝诗》P811）
　　试与征徒望,乡泪尽沾衣。赖此盈樽酌,含景望芳菲。
　　问我劳何事,沾沐仰青徽。志狭轻轩冕,恩甚恋闱闱。
　　岁华春有酒,初服偃郊扉。

【南朝　梁】

萧衍《拟青青河边草》 （《玉台新咏》P152）
　　幕幕绣户丝,悠悠怀昔期。昔期久不归,乡国旷音徽(jī)。

刘孝绰《夜听妓赋得乌夜啼》 （《玉台新咏》P189）
　　鹍弦且辍弄,鹤操暂停徽。别有啼乌曲,东西相背飞。
　　倡人怨独守,荡子犹未归(jī)。若逢生离曲,长夜泣罗衣。

【前蜀】

徐氏《游丈人观谒先帝御容》 （《全唐诗》P83）
　　共谒御容仪,还同在禁闱(yī)。笙歌喧宝殿,彩仗耀金徽。
　　清泪沾罗袂,红霞拂绣衣。九疑山水远,无路继湘妃。

陈叔宝《日出东南隅行》 （《续玉台新咏》P1）
　　鬟下珠胜月,窗前云带衣。红裙结未解,绿绮自难徽。

【唐】

元稹《月三十韵》 （《全唐诗》P4538）
　　殷勤入怀袖,恳款堕云圻(qí),素液传烘盏,鸣琴荐碧徽。
　　椒房深肃肃,兰路霭霏霏。翡翠通帘影,琉璃莹殿扉。

裴守真《奉和太子纳妃太平公主出降》 （《全唐诗》P545）
　　瑜佩升青殿,秾华降紫徽。还如桃李发,更似凤凰飞。
　　金屋真离象,瑶台起暨徽。彩缨纷碧坐,缋羽泛褕衣。

白居易《答崔十八见寄》 （《全唐诗》P5075）
　　明朝欲见琴尊伴,洗拭金杯拂玉徽。君乞曹州刺史替,我抛刑部侍郎归。
　　倚疮老马收蹄立,避箭高鸿尽翅飞。岂料洛阳风月夜,故人垂老得相依。

白居易《北窗三友》 （《全唐诗》P5115）
　　左掷白玉卮,右拂黄金徽。兴酣不叠纸,走笔操狂词。
　　谁能持此词,为我谢亲知。纵未以为是,岂以我为非。

白居易《对琴酒》 （《全唐诗》P5123）
　　琴匣拂开后,酒瓶添满时。角尊白螺醆,玉轸黄金徽。
　　未及弹与酌,相对已依依。泠泠秋泉韵,贮在龙凤池。

张籍《夜怀》（《全唐诗》P4298）

穷居积远念，转转迷所归。幽蕙零落色，暗萤参差飞。
病生秋风簟，泪堕月明衣。无愁坐寂寞，重使奏清徽。

刘禹锡《裴祭酒尚书见示春归城南》（《全唐诗》P3983）

含情谢林壑，酬赠骈珠玑。顾予久郎潜，愁寂对芳菲。
一闻丘中趣，再抚黄金徽。

唐彦谦《紫薇花》（《全唐诗》P10004）

庆云今已集，威风莫惊飞。绮笔题难尽，烦君白玉徽。

【宋】

黄庭坚《水调歌头·游览》（上海古籍版《宋词选》P90）

瑶草一何碧！春入武陵溪。溪上桃花无数，枝上有黄鹂。我欲穿花寻路，直入白云深处，浩气展虹蜺。只恐花深里，红露湿人衣。

坐玉石，倚玉枕，拂金徽。谪仙何处，无人伴我白螺杯。我为灵芝仙草，不为朱唇丹脸，长啸亦何为！醉舞下山去，明月逐人归(jī)。

（注：水调歌头词要求上片的溪、鹂、蜺、衣与下片的徽、杯、为、归四字协韵，所以徽字音 yī。）

辛弃疾《新荷叶·和赵德庄韵》（《词综》P818）

有酒重携，小园随意芳菲。往日繁华，而今物是人非。春风半面，记当年初识崔徽。南云雁少，锦书无个因依。

宋之问《自洪府舟行直书其事》中的"毁"

"毁"字现在只有一个读音 huǐ，如毁坏、毁灭、毁伤、毁誉等。但古时它是个多音字。《康熙字典》注，"毁"字音"虎委切"。因"委"字有伟、肥两音，所以毁字就可切出 huǐ 和衣两音。

【唐】

宋之问《自洪府舟行直书其事》（《全唐诗》P624）

群议负宿心，获戾光华始(xǐ)。黄金忽销铄，素业坐沦毁(yī)。
浩叹诬平生，何独恋枌梓。浦树浮郁郁，皋兰复靡靡。

张九龄《酬周判官》中的"惠"

"惠"字现在只有一个读音 huì，如恩惠、惠顾、惠临等。但古诗词中它有时要读

"胡计切,音系"(xì),与艺、际、契、计等字协韵。如:

【唐】

　　　　张九龄《酬周判官》　(《全唐诗》P566)
　　当推奉使绩,且结拜亲契。更延怀安旨,曾是虑危际。
　　善谋虽若兹,至理焉可替。所仗有神道,况承明主惠。

　　　　杜甫《宿凿石浦·浦在湘潭县西》　(《全唐诗》P2376)
　　早宿宾从劳,仲春江山丽。飘风过无时,舟楫不敢系。
　　回塘淡暮色,日没众星嘒。缺月殊未生,青灯死分翳。
　　穷途多俊异,乱世少恩惠。

　　　　杜甫《赠秘书监江夏李公邕》　(《唐诗》P2352)
　　情穷造化理,学贯天人际。干谒走其门,碑版照四裔。
　　各满深望还,森然起凡例。萧萧白杨路,洞彻宝珠惠。

　　　　戴叔伦《酬韩校书愈打球歌》　(《全唐诗》P3117)
　　韩生讶我为斯艺,劝我徐驱作安计。不知戎事竟何成,且愧吾人一言惠。

【宋】

　　　　何栗《虞美人·赠妓惠柔》　(《词综》P653)
　　分香帕子揉蓝腻,欲去殷勤惠。重来约在牡丹时,只恐花枝相妒故开迟。

皮日休《茶舍》中的"活"

"活"字现在只有一个读音 huó,但古时它是个多音字,不但可读 huó,而且可读"姑豁切、音锅"(guō),如《诗经·卫风·硕人》中的"河水洋洋,北流活活";还可读"叶胡决切、音血"(xuě)。如:

　　　　皮日休《茶舍》　(《全唐诗》P7054)
　　阳崖枕白屋,几口嬉嬉活。棚上汲红泉,焙煎蒸白蕨。
　　乃翁研茗后,中妇拍茶歌。相向掩柴扉,清香满山月。

古诗词中"活"字应读音"血"的情况屡有所见,例如:

【唐】

　　　　张祜《送蜀客》　(《全唐诗》P5795)
　　嘉陵水初涨,岩岭耗积雪。不妨高唐云,却借宋玉说。
　　峨眉远凝黛,脚底谷洞穴。锦城昼氲氲,锦水春活活。

李白《江上寄元六林宗》 （《全唐诗》P1776）

沧波眇川汜,白日隐天末。停棹依林峦,惊猿相叫聒。
夜分河汉转,起视溟涨阔。凉风何萧萧,流水鸣活活。

杜甫《七月三日亭午诗》 （《全唐诗》P2338）

今兹商用事,馀热亦已末。衰年旅炎方,生意从此活。

杜甫《鹿头山》 （《全唐诗》P2302）

冀公柱石姿,论道邦国活。斯人亦何幸,公镇逾岁月。

杜甫《自京赴奉先县咏怀五百字》 （《全唐诗》P2265）

鞭挞其夫家,聚敛贡城阙。圣人筐篚恩,实欲邦国活。

杜甫《奉先刘少府新画山水障歌》 （《全唐诗》P2266）

沧浪水深青溟阔,欹岸侧岛秋毫末。不见湘妃鼓瑟时,至今斑竹临江活。

独孤及《代书寄李广州》 （《全唐诗》P2762）

皖水望番禺,迢迢青天末。鸿雁飞不到,音尘何由达(dí)。
独有舆人歌,隔云声喧聒。皆称府君仁,百越赖全活。

李贺《秦宫诗》 （《全唐诗》P4420）

皇天厄运犹曾裂,秦宫一生花底活。鸾篦夺得不还人,醉睡氍毹满堂月。

白居易《吴中好风景》 （《全唐诗》P4975）

吴中好风景,八月如三月。水荇叶仍香,木莲花未歇。
海天微雨散,江郭纤埃灭。暑退衣服干,潮生船舫活。

白居易《别毡帐火炉》 （《全唐诗》P4980）

如鱼入渊水,似兔藏洞穴。婉软蛰鳞苏,温燉冻肌活。
方安阴惨夕,遽变阳和节。无奈时候迁,岂是恩情绝。

白居易《九日登西原宴望》 （《全唐诗》P4730）

天地自久长,斯人几时活。请看原下村,村人死不歇。
一村四十家,哭葬无虚月。指此各相勉,良辰且欢悦。

白居易《再授宾客分司》 （《全唐诗》P5109）

六游金谷春,五看龙门雪。吾若默无语,安知吾快活。

陆龟蒙《水鸟》 （《全唐诗》P7148）

精神卓荦背人飞,合抱蒹葭宿烟月。我与时情大乖刺,只是江禽有毛发。
殷勤谢汝莫相猜,归来长短同群活。

寒山《诗三百三首五十六》 (《全唐诗》P9070)

我见东家女,年可有十八。西舍竞来问,愿姻夫妻活。

【宋】

毛滂《粉蝶儿》 (《词综》P440)

沈郎带宽,同心放开重结。褪罗衣楚腰一捻。正春风,新著摸,花花叶叶。粉蝶儿,这回共花同活。

【清】

吴梅村《贺新郎·病中有感》 (《清诗之旅》P113)

故人慷慨多奇节。为当年、沉吟忍断,草间偷活。艾炙眉头瓜喷鼻,今日须难诀绝。早患苦,重来千叠。脱屣妻孥非易事,竟一钱不值何须说。人世事,几完缺。

黄宾虹《题画诗》中的"楫"

"楫"字现在只有一个读音为 jí，如舟楫。但过去其读音为"即叶切，音接"(jiē)，与接、叶、堞、叠等字协韵。如：

【唐】

　　杜甫《故司徒李公光弼》　（《全唐诗》P2350）

　　大屋去高栋，长城扫遗堞。平生白羽扇，零落蛟龙匣。
　　雅望与英姿，恻怆槐里接。三军晦光彩，烈士痛稠叠。
　　直笔在史臣，将来洗箱箧。吾思哭孤冢，南纪阻舟楫。

【近现代】

　　黄宾虹《题画诗》　（《历代题画诗选注》P161）

　　充栋读道书，看山理舟楫。知己望天涯，数点霜红叶。

东方朔《七谏》中的"加"

"加"字现在只有一个读音家 jiā，如加工、加法、加倍等。但古时它是个多音字。据《康熙字典》，加有三音：一是"古牙切，音家"；二是"居何切，音哥"(gē)；三是"居之切，音姬"(jī)。如黄石公的《三略》中的加字就读姬：柔有所设，刚有所施(xī)。弱有所用，强有所加(jī)。

古诗词中加字以音哥(gē)与"多""何""歌""沱"等字协韵的诗篇并不鲜见。如：

【汉】

　　东方朔《七谏》

　　蓬艾亲入御于床第兮，马兰踸踔而日加。
　　弃捐药芷与杜衡兮，余奈世之不知芳何。

【晋】

　　陆云《失题》　（《全汉三国晋南北朝诗》P364）

　　淑似令娣，惟予陋何。虽有良友，朽木难加。
　　爱乐朋规，赠以斯歌。皆能载之，其美孔多。

【唐】

白居易《虾蟆》 （《全唐诗》P4669）

六月七月交,时雨正滂沱。虾蟆得其志,快乐无以加。
地既蕃其生,使之族类多。

杨雄《反骚》中的"佳"

"佳"字现在大家只知道一个读音 jiā,如佳话、佳人、佳士、佳丽、佳作、佳期、佳日、佳偶等。但古诗词中"佳"字的读音有时和今天的读音相距甚远。

有时要把"佳"字读成"叶居何切,音歌"（gē）。如：

白居易《效陶潜体诗》 （《全唐诗》P4722）

坐愁今夜醒,其奈秋怀何。有客忽叩门,语言亦何佳。

它有时要读"叶坚溪切,音稽"（jí）。如：

杨雄《反骚》 （《康熙字典》）

闺中容竞绰约兮,相态以丽佳。知众嫭之嫉妒兮,何必扬累之蛾眉。

陶渊明《挽歌辞》中的"家"

"家"字现在只有一个读音 jiā,如家乡、家庭、大家、国家等。但古时它是个多音字,据《康熙字典》注,它的读音,除了"古牙切,昔加"外,还可读"古胡切,音姑",又可读"叶古俄切,音歌"。

关于"家"音歌举例：

【汉】

牧犊子《雉朝飞》 （《先秦汉魏晋南北朝诗》P304）

雉朝飞兮鸣相和。雌雄群游兮山之阿。我独何命兮未有家。
时将暮兮可奈何? 嗟嗟暮兮可奈何?

孔臧《蓼赋》 （《康熙字典》）

苟非德义,不以为家。安逸无心,如禽兽何?

【晋】

陶渊明《挽歌辞》 （《全汉三国晋南北朝诗》P484）

幽室一已闭,千年不复朝。千年不复朝,贤达无奈何。
向来相送人,各自还其家。亲戚或馀悲,他人亦已歌。
死者何所道,托体同山阿。

庾阐《登楚山》 （《先秦汉魏晋南北朝诗》P445）

拂驾升西岭,寓目临浚波。想望七德耀,咏此九功歌。
龙驷释阳林,朝服集三河。回首盼宇宙,一无济邦家。

陆机《前缓声歌》 （《先秦汉魏晋南北朝诗》P665）

总辔扶桑枝,濯足旸谷波。清晖溢天门,垂庆惠皇家。

陆云《征西大将军京陵王公会射堂皇太子见命作此诗》
（《先秦汉魏晋南北朝诗》P698）

南海既宾,爰戢干戈。桃林释驾,天马婆娑。
象齿南金,来格皇家。绝音协徽,宇宙告和。

陆云《赠汲郡太守诗》 （《先秦汉魏晋南北朝诗》P701）

亦既有试,出宰邦家。之子于行,民固讴歌。
风澄俗俭,化静世波。芒芒既庶,且乐于和。

【南朝　宋】

《乌夜啼》 （《全汉三国晋南北朝诗》P745）

远望千里烟,隐当在欢家。欲飞无两翅,当奈独思何。

【南朝　梁】

任昉《为王嫡子侍皇太子释奠宴》 （《全汉三国晋南北朝诗》P1066）

在昔归运,阻乱弘多。夷山制宇,荡海为家。

【唐】

李贺《铜驼悲》 （《全唐诗》P4423）

落魄三月罢,寻花去东家。谁作送春曲,洛岸悲铜驼。

关于"家"音姑举例：

【先秦】

《诗经·豳风·鸱鸮》

予手拮据,予所捋荼。予所蓄租,予口卒瘏。日予未有室家。

《诗经·小雅·常棣》

宜尔室家,乐尔妻帑。是究是图,亶其然乎。

《诗经·小雅·采薇》

靡室靡家,猃狁之故。不遑启居,猃狁之故。

《诗经·小雅·我行其野》

我行其野,蔽芾其樗。昏姻之故,言就尔居。尔不我畜,复我邦家。

《诗经·小雅·雨无正》
谓尔迁于王都,曰予未有室家。

刘弗陵《黄鹄歌》中的"葭"

"葭"字现在只有一个读音 jiā。其实古时它是个多音字,不但读"古牙切,音嘉",而且可读"何加切,音遐"(xiá);《唐韵古音》读"姑"(gū),如司马相如《子虚赋》:"藏莨兼葭,东蔷彫胡";《毛诗古音考》则读音为"羹",如张衡《西京赋》:"齐栧女,纵棹歌。发引和,校鸣葭。"(音羹)。此外,汉昭帝《黄鹄歌》中"葭"的叶音为藏(《康熙字典》)。

刘弗陵《黄鹄歌》 (《全汉三国晋南北朝诗》P4)

黄鹄飞兮下建章,羽肃肃兮行跄跄,金为衣兮菊为裳。唼喋荷荇,出入兼葭(叶音藏)。自顾菲薄,愧尔嘉祥。

《诗经》中的"嘉"

"嘉"字现在只有一个读音 jiā,但古诗词中有时要读"居何切",音歌(《康熙字典》)。如:

《诗经·豳风》

其新孔嘉,其旧如之何?

《诗经·小雅》

物其多矣!维其嘉矣!

《后汉·赵岐传》 (《康熙字典》)

汉有逸人,姓赵名嘉。有志无时,命也奈何。

【汉】

张衡《怨诗》 (《全汉三国晋南北朝诗》P36)

猗猗秋兰,植彼中阿。有馥其芳,有黄其葩(pō)。
虽曰幽深,厥美弥嘉(gē)。之子之远,我劳如何?

【晋】

陆机《櫂歌行》 (《全汉三国晋南北朝诗》P328)

迟迟暮春日,天气柔且嘉(gē)。元吉降初巳,濯秽游黄河。

陆机《吴趋行》　（《全汉三国晋南北朝诗》P331）
　　蔼蔼庆云被,泠泠鲜风过。山泽多藏育,
　　土风清且嘉。泰伯导仁风,仲雍扬其波。

陆云《赠顾彦先》　（《全汉三国晋南北朝诗》P356）
　　陟升蕉峣,降涉洪波。言无不利,乘岭而嘉。人怀思虑,我保其和。

施肩吾《赠莎地道士》中的"甲"

"甲"字现在只有一个读音 jiǎ,如甲鱼、甲兵、盔甲、甲子等。但古时它还有另一读音"叶讫立切,音急"或音激,在诗词中与"睫""胁""业""愜"等字协韵。例如：

施肩吾《赠莎地道士》　（《全唐诗》P5593）
　　莎地阴森古莲叶,游龟暗老青苔甲。池边道士夸眼明,夜取蟾蜍摘蚊睫。

杜甫《故司徒李公光弼》　（《全唐诗》P2350）
　　司徒天宝末,北收晋阳甲。胡骑攻吾城,愁寂意不惬。
　　人安若泰山,蓟北断右胁。朔方气乃苏,黎首见帝业。

钟离权《赠吕洞宾》　（《全唐诗》P9725）
　　五行匹配自刀圭,执取龟蛇颠倒诀。三尸神,须打彻,
　　进退天机明六甲。知此三要万神归,来驾火龙离九阙。
　　九九道至成真日,三界四府朝元节。

注：黄巢《菊花诗》："待到秋来九月八,我花开后百花杀。冲天香阵透长安,满城尽带黄金甲。"如果"杀"音"薛",则"甲"音读"激(jiē)"。

柳宗元《酬韶州裴曹长使君寄道州吕八大使,因以见示》中的"奸"

"奸"（姦）字现在只有一个读音 jiān,如奸诈、奸臣、奸淫、奸险等。但古时它是个双音字,除了读"居颜切,音菅"(jiān)外,还有一音"古寒切"或"居寒切",并音干(gān)（《康熙字典》）。如：

【唐】
柳宗元《酬韶州裴曹长使君寄道州吕八大使,因以见示》　（《全唐诗》P3928）
　　金马尝齐入,铜鱼亦共颁。疑山看积翠,涢水想澄湾。
　　标榜同惊俗,清明两照奸。

诗词古音

元稹《台中鞫狱》 (《全唐诗》P4482)

二月除御史，三月使巴蛮。蛮民诂諵诉，啮指明痛癏。
怜蛮不解语，为发昏帅奸。归来五六月，旱色天地殷。
分司别兄弟，各各泪潸潸。

毛泽东《十六字令三首》中的"间"

"间"字现在有读音 jiān 和 jiàn，如时间、空间、间接、间隔等。大家在读毛泽东的《十六字令三首·其三》"山，刺破青天锷未残。天欲堕，赖以拄其间"时，其中的"间"字也读成 jiān。其实这种读法是不对的，应为 gǎng。

据《康熙字典》和1936年出版的《辞海》，"间"字有两音：一是 jiān，一是 gǎng。什么情况下读 jiān 和什么情况下读 gǎng 要看具体情况。如李煜的名篇《浪淘沙》词：

帘外雨潺潺，春意阑珊。罗衾不耐五更寒。梦里不知身是客，一晌贪欢。
独自莫凭栏，无限江山，别时容易见时难。流水落花春去也，天上人间。

该词中的"间"就应读 gǎng。

古诗词中"间"音 gǎng 与山、还、关、攀等字协韵的情况有很多。如白居易含"间"字读 gǎng 的诗就有40多篇。其他举例如下：

【魏】

杜挚《赠毋丘俭诗》 (《全汉三国晋南北朝诗》P200)

骐骥马不试，婆娑槽枥间。壮士志未伸，坎轲多辛酸。
伊挚为媵臣，吕望身操竿。夷吾困商贩，宁戚对牛叹。
食其处监门，淮阴饥不餐。买臣老负薪，妻叛呼不还。

【唐】

畅当《登鹳雀楼》 (《百代千家绝句选》P246)

迥临飞鸟上，高出世尘间。天势围平野，河流入断山。

张九龄《自湘水南行》 (《全唐诗》P589)

落日催行舫，逶迤洲渚间。虽云有物役，乘此更休闲。
暝色生前浦，清晖发近山。中流淡容与，唯爱鸟飞还。

王维《汎前陂》 (《全唐诗》P1279)

秋空自明迥，况复远人间。畅以沙际鹤，兼之云外山。
澄波淡将夕，清月皓方闲。此夜任孤棹，夷犹殊未还。

王维《登河北城楼作》 (《全唐诗》P1279)

井邑傅岩上，客亭云雾间。高城眺落日，极浦映苍山。
岸火孤舟宿，渔家夕鸟还。寂寞天地暮，心与广川闲。

王维《同崔兴宗送衡岳瑗公南归》（《全唐诗》P1269）

言从石菌阁,新下穆陵关。独向池阳去,白云留故山。
绽衣秋日里,洗钵古松间。一施传心法,唯将戒定还。

王维《淇上田园即事》（《全唐诗》P1278）

屏居淇水上,东野旷无山。日隐桑柘外,河明闾井间。
牧童望村去,猎犬随人还。静者亦何事,荆扉乘昼关。

王维《登裴秀才迪小台》（《全唐诗》P1274）

端居不出户,满目望云山。落日鸟边下,秋原人外闲。
遥知远林际,不见此檐间。好客多乘月,应门莫上关。

窦巩《寄南游兄弟》（《百代千家绝句选》P288）

书来未报几时还,知在三山五岭间。独立衡门秋水阔,寒鸦飞去日衔山。

李白《赠卢司户》（《全唐诗》P1755）

秋色无远近,出门尽寒山。白云遥相识,待我苍梧间。
借问卢耽鹤,西飞几岁还。

李白《陪族叔游洞庭》（《全唐诗》P1830）

帝子潇湘去不还,空馀秋草洞庭间。淡扫明湖开玉镜,丹青画出是君山。

李白《杜陵绝句》（《全唐诗》P1834）

南登杜陵上,北望五陵间。秋水明落日,流光灭远山。

李白《登太白峰》（《全唐诗》P1834）

西上太白峰,夕阳穷登攀。太白与我语,为我开天关。
愿乘冷风去,直出浮云间。举手可近月,前行若无山。
一别武功去,何时复见还。

李白《登敬亭北二小山》（《全唐诗》P1840）

回鞭指长安,两日落秦关。帝乡三千里,杳在碧云间。

杜甫《暂如临邑,至嶅(音宅)山湖亭奉怀李员外率尔成兴》（《全唐诗》P2393）

野亭逼湖水,歇马高林间。鼍吼风奔浪,鱼跳日映山。
暂游阻词伯,却望怀青关。霭霭生云雾,唯应促驾还。

杜甫《滕王亭子》（《全唐诗》P2476）

君王台榭枕巴山,万丈丹梯尚可攀。春日莺啼修竹里,仙家犬吠白云间。
清江锦石伤心丽,嫩蕊浓花满目斑。人到于今歌出牧,来游此地不知还。

杜甫《夔州歌十绝句》（《全唐诗》P2507）

中巴之东巴东山,江水开辟流其间。白帝高为三峡镇,夔州险过百牢关。

王建《赠陈评事》（《全唐诗》P3427）

识君虽向歌钟会,说事不离云水间。春夜酒醒长起坐,灯前一纸洞庭山。

白居易《送姚杭州赴任》（《全唐诗》P5157）

与君细话杭州事,为我留心莫等闲。闾里固宜勤抚恤,楼台亦要数跻攀。
笙歌缥缈虚空里,风月依稀梦想间。且喜诗人重管领,遥飞一盏贺江山。

白居易《郡中夜听李山人弹三乐》（《全唐诗》P5023）

风琴秋拂匣,月户夜开关。荣启先生乐,姑苏太守闲。
传声千古后,得意一时间。却怪钟期耳,惟听水与山。

白居易《咏怀》（《全唐诗》P5163）

随缘逐处便安闲,不住朝廷不入山。心似虚舟浮水上,身同宿鸟寄林间。

白居易《咏怀寄皇甫朗之》（《全唐诗》P5190）

养病未能辞薄俸,忘名何必入深山。与君别有相知分,同置身于木雁间。

白居易《寄题郡斋》（《全唐诗》P5205）

谢玄晖殁吟声寝,郡阁寥寥笔砚闲。无复新诗题壁上,虚教远岫列窗间。
忽惊歌雪今朝至,必恐文星昨夜还。

白居易《毛公坛》（《全唐诗》P5259）

毛公坛上片云闲,得道何年去不还。千载鹤翎归碧落,五湖空镇万重山。

白居易《偶作》（《全唐诗》P5180）

清凉秋寺行香去,和暖春城拜表还。木雁一篇须记取,致身才与不才间。

白居易《幽居早秋闲咏》（《全唐诗》P5180）

幽僻嚣尘外,清凉水木间。卧风秋拂簟,步月夜开关。
且得身安泰,从他世险艰(gāng)。但休争要路,不必入深山。

白居易《题谢公东山障子》（《全唐诗》P5190）

贤愚共在浮生内,贵贱同趋群动间。多见忙时已衰病,少闻健日肯休闲。
鹰饥受绁从难退,鹤老乘轩亦不还。唯有风流谢安石,拂衣携妓入东山。

白居易《闭关》（《全唐诗》P4748）

始悟身易老,复悲世多艰。回顾趋时者,役役尘壤间。
岁暮竟何得,不如且安闲。

白居易《截树》（《全唐诗》P4748）

种树当前轩,树高柯叶繁。惜哉远山色,隐此蒙笼间。
一朝持斧斤,手自截其端。

白居易《别杨颖士卢克柔殷尧藩》（《全唐诗》P4777）

倦鸟暮归林,浮云晴归山。独有行路子,悠悠不知还。
人生苦营营,终日群动间。所务虽不同,同归于不闲。

白居易《和郑元及第后秋归洛下闲居》（《全唐诗》P4826）

勤苦成名后,优游得意间。玉怜同匠琢,桂恨隔年攀。
山静豹难隐,谷幽莺暂还。微吟诗引步,浅酌酒开颜。

白居易《留别吴七正字》（《全唐诗》P4834）

成名共记甲科上,署吏同登芸阁间。唯是尘心殊道性,秋蓬常转水长闲。

白居易《长安闲居》（《全唐诗》P4835）

风竹松烟昼掩关,意中长似在深山。无人不怪长安住,何独朝朝暮暮间。

白居易《翰林中送独孤罢职出院》（《全唐诗》P4842）

碧落留云住,青冥放鹤还。银台向南路,从此到人间。

白居易《同钱员外题绝粮僧巨川》（《全唐诗》P4842）

三十年来坐对山,唯将无事化人间。斋时往往闻钟笑,一食何如不食闲。

白居易《八月十五日夜禁中怀清景题诗》（《全唐诗》P4846）

秋月高悬空碧外,仙郎静玩禁闱间。岁中唯有今宵好,海内无如此地闲。
皓色分明双阙傍,清光深到九门关。遥闻独醉还惆怅,不见金波照玉山。

白居易《垒土山》（《全唐诗》P4865）

堆土渐高山意出,终南移入户庭间。玉峰蓝水应惆怅,恐见新山望旧山。

白居易《舟行阻风寄李十一舍人》（《全唐诗》P4873）

扁舟厌泊烟波上,轻策闲寻浦屿间。虎蹋青泥稠似印,风吹白浪大于山。

白居易《题王处士郊居》（《全唐诗》P4873）

半依云渚半依山,爱此令人不欲还。负郭田园八九顷,向阳茅屋两三间。
寒松纵老风标在,野鹤虽饥饮啄闲。一卧江村来早晚,著书盈帙鬓毛斑。

白居易《过郑处士》（《全唐诗》P4883）

闻道移居村坞间,竹林多处独开关。故来不是求他事,暂借南亭一望山。

白居易《题巴峡山谷木莲树》（《全唐诗》P4917）

已愁花落荒岩底,复恨根生乱石间。几度欲移移不得,天教抛掷在深山。

白居易《冯阁老处戏赠绝句》（《全唐诗》P4935）

乍来天上宜清净,不用回头望故山。纵有旧游君莫忆,尘心起即堕人间。

白居易《宿竹阁》（《全唐诗》P4956）

晚坐松檐下,宵眠竹阁间。清虚当服药,幽独抵归山。
巧未能胜拙,忙应不及闲。无劳别修道,即此是玄关。

白居易《因严亭》（《全唐诗》P4962）

箕颍人穷独,蓬壶路阻难。何如兼吏隐,复得事跻攀。
岩树罗阶下,江云贮栋间。似移天目石,疑入武丘山。

白居易《琴茶》（《全唐诗》P5038）

兀兀寄形群动内,陶陶任性一生间。自抛官后春多醉,不读书来老更闲。
琴里知闻唯渌水,茶中故旧是蒙山。穷通行止长相伴,谁道吾今无往还。

白居易《松斋偶兴》（《全唐诗》P5040）

置心思虑外,灭迹是非间。约俸为生计,随官换往还。
耳烦闻晓角,眼醒见秋山。赖此松檐下,朝回半日闲。

白居易《同崔十八寄元浙东王陕州》（《全唐诗》P5077）

未能同隐云林下,且复相招禄仕间。随月有钱胜卖药,终年无事抵归山。
镜湖水远何由泛,棠树枝高不易攀。惆怅八科残四在,两人荣闹两人闲。

白居易《闲忙》（《全唐诗》P5095）

奔走朝行内,栖迟林墅间。多因病后退,少及健时还。
斑白霜侵鬓,苍黄日下山。闲忙俱过日,忙校不如闲。

白居易《登天宫阁》（《全唐诗》P5096）

午时乘兴出,薄暮未能还。高上烟中阁,平看雪后山。
委形群动里,任性一生间。洛阳多闲客,其中我最闲。

白居易《偶作》（《全唐诗》P5127）

来者殊未已,去者不知还。我今悟已晚,六十方退闲。
犹胜不悟者,老死红尘间。

白居易《喜闲》（《全唐诗》P5151）

萧洒伊嵩下,优游黄绮间。未曾一日闷,已得六年闲。
鱼鸟为徒侣,烟霞是往还。

白居易《看嵩山有叹》（《全唐诗》P5163）

今日看嵩洛,回头叹世间。荣华急如水,忧患大于山。
见苦方知乐,经忙始爱闲。

白居易《清明日登老君阁望洛城赠韩道士》（《全唐诗》P5167）

风光烟火清明日,歌哭悲欢城市间。何事不随东洛水,谁家又葬北邙山。
中桥车马长无已,下渡舟航亦不闲。冢墓累累人扰扰,辽东怅望鹤飞还。

白居易《洛下闲居寄山南令狐相公》 (《全唐诗》P5175)

已收身向园林下,犹寄名于禄仕间。不锻嵇康弥懒静,无金疏傅更贫闲。
支分门内馀生计,谢绝朝中旧往还。

白居易《小阁闲坐》 (《全唐诗》P5215)

阁前竹萧萧,阁下水潺潺。拂簟卷帘坐,清风生其间。
静闻新蝉鸣,远见飞鸟还。

白居易《闲题家池寄王屋张道士》 (《全唐诗》5220)

有石白磷磷,有水清潺潺。有叟头似雪,婆娑乎其间。

白居易《白云泉》 (《全唐诗》P5259)

天平山上白云泉,云自无心水自闲。何必奔冲山下去,更添波浪向人间。

李洞《山居喜友人见访》 (《百代千家绝句选》P446)

入云晴剧茯苓还,日暮逢迎水石间。看待诗人无别物,半潭秋水一房山。

李嘉祐《题道虔上人竹房》 (《百代千家绝句选》)

诗思禅心共竹闲,任他流水向人间。手持如意高窗里,斜日沿江千万山。

刘长卿《偶然作》 (《全唐诗》P1487)

野寺长依止,田家或往还。老农开古地,夕鸟入寒山。
书剑身同废,烟霞吏共闲。岂能将白发,扶杖出人间。

刘长卿《上阳宫望幸》 (《全唐诗》P1573)

玉辇西巡久未还,春光犹入上阳间。万木长承新雨露,千门空对旧河山。
深花寂寂宫城闭,细草青青御路闲。独见彩云飞不尽,只应来去候龙颜。

耿㧑《送崔明府赴青城》 (《全唐诗》P2977)

清冬宾御出,蜀道翠微间。远雾开群壑,初阳照近关。
霜潭浮紫菜,雪栈绕青山。当似遗民去,柴桑政自闲。

戴叔伦《麓山寺会送尹秀才》 (《全唐诗》P3109)

湖上逢君亦不闲,暂将离别到深山。飘蓬惊鸟那自定,强欲相留云树间。

魏万《金陵酬李翰谪仙子》 (《全唐诗》P2905)

君游早晚还,勿久风尘间。此别未远别,秋期到仙山。

岑参《题观楼》 (《全唐诗》P2105)

荒楼荒井闭空山,关令乘云去不还。羽盖霓旌何处在,空留药臼向人间。

钱起《送陈供奉恩敕放归觐省》 (《全唐诗》P2635)

得意今如此,清光不可攀。臣心尧日下,乡思楚云间。
杨柳依归棹,芙蓉栖旧山。采兰兼衣锦,何似买臣还。

钱起《陇右送韦三还京》（《全唐诗》P2635）
春风起东道，握手望京关。柳色从乡至，莺声送客还。
嘶骖顾近驿，归路出他山。举目情难尽，羁离失志间。

戎昱《湘南曲》（《全唐诗》P3019）
虞帝南游不复还，翠娥幽怨水云间。昨夜月明湘浦宿，闺中珂佩度空山。

戎昱《哭黔中薛大夫》（《全唐诗》P3023）
亚相何年镇百蛮，生涯万事瘴云间。夜郎城外谁人哭，昨日空馀旌节还。

韩愈《读皇甫湜公安园池书其后》（《全唐诗》P3824）
我有一池水，蒲苇生其间。虫鱼沸相嚼，日夜不得闲。
我初住观之，其后益不观。观之乱我意，不如不观完。

韦应物《夜望》（《全唐诗》P1972）
南楼夜已寂，暗鸟动林间。不见城郭事，沉沉唯四山。

许浑《送南陵李少府》（《全唐诗》P6048）
高人亦未闲，来往楚云间。剑在心应壮，书穷鬓已斑。
落帆秋水寺，驱马夕阳山。明日南昌尉，空斋又掩关。

许浑《重游郁林寺道玄上人院》（《全唐诗》P6046）
藤杖叩松关，春溪剧药还。雨晴巢燕急，波暖浴鸥闲。
倚槛花临水，回舟月照山。忆归师莫笑，书剑在人间。

许浑《王居士》（《全唐诗》P6037）
筇杖倚柴关，都城卖卜还。雨中耕白水，云外剧青山。
有药身长健，无机性自闲。即应生羽翼，华表在人间。

许浑《泛溪夜回寄道玄上人》（《全唐诗》P6118）
南郭烟光异世间，碧桃红杏水潺潺。猿来近岭狖猴散，鱼下深潭翡翠间。
犹阻晚风停桂楫，欲乘春月访松关。几回策杖终难去，洞口云归不见山。

许浑《题灞西骆隐士》（《全唐诗》P6053）
磻溪连灞水，商岭接秦山。青汉不回驾，白云长掩关。
雀喧知鹤静，兔戏识鸥闲。却笑南昌尉，悠悠城市间。

许浑《溪亭二首》（《全唐诗》P6053）
溪亭四面山，横柳半溪湾。蝉响螳螂急，鱼深翡翠间。
水寒留客醉，月上与僧还。犹恋萧萧竹，西斋未掩关。

杜牧《洛阳长句二首》（《全唐诗》P5962）
草色人心相与闲，是非名利有无间。桥横落照虹堪画，树锁千门鸟自还。

元稹《百牢关》（《全唐诗》P4558）
天上无穷路，生期七十间。那堪九年内，五度百牢关。

元稹《封书》（《全唐诗》P4571）
鹤台南望白云关，城市犹存暂一还。书出步虚三百韵，蕊珠文字在人间。

元稹《陪张湖南宴望岳楼》（《全唐诗》P4580）
观象楼前奉末班，绛峰只似殿庭间。今日高楼重陪宴，雨笼衡岳是南山。

刘禹锡《八月十五日夜桃源玩月》（《全唐诗》P4006）
尘中见月心亦闲，况是清秋仙府间。凝光悠悠寒露坠，此时立在最高山。

刘禹锡《和令狐相公》（《全唐诗》P4032）
重门不下关，枢务有馀闲。上客同看雪，高亭尽见山。
瑞呈霄汉外，兴入笑言间。知是平阳会，人人带酒还。

刘禹锡《和李相公初归过平泉龙门》（《全唐诗》P4041）
暂别明庭去，初随优诏还。曾为鹏月赋，喜过凿龙山。
新堑烟火起，野程泉石间。岩廊人望在，只得片时闲。

刘禹锡《和李相公以平泉新墅获方外之名》（《全唐诗》P4041）
业继韦平后，家依昆阆间。恩华辞北第，潇洒爱东山。
满室图书在，入门松菊闲。垂天虽暂息，一举出人寰。

刘禹锡《秋日题窦员外崇德里新居》（《全唐诗》P4053）
长爱街西风景闲，到君居处暂开颜。清光门外一渠水，秋色墙头数点山。
疏种碧松通月朗，多栽红药待春还。莫言堆案无馀地，认得诗人在此间。

刘禹锡《题王郎中宣义里新居》（《全唐诗》P4054）
爱君新买街西宅，客到如游鄠杜间。雨后退朝贪种树，申时出省趁看山。

刘禹锡《望夫山》（《全唐诗》P4080）
何代提戈去不还，独留形影白云间。肌肤销尽雪霜色，罗绮点成苔藓斑。

刘禹锡《题集贤阁》（《全唐诗》P4063）
凤池西畔图书府，玉树玲珑景气闲。长听馀风送天乐，时登高阁望人寰。
青山云绕栏干外，紫殿香来步武间。曾是先贤翔集地，每看壁记一惭颜。

刘禹锡《阳山庙观赛神》（《全唐诗》P4057）
汉家都尉旧征蛮，血食如今配此山。曲盖幽深苍桧下，洞箫愁绝翠屏间。
荆巫脉脉传神语，野老婆婆起醉颜。日落风生庙门外，几人连蹋竹歌还。

【南唐】

  李璟《山花子》 (《词综》P75)

菡萏香销翠叶残,西风愁起绿波间。还与韶光共憔悴,不堪看。
细雨梦回鸡塞远,小楼吹彻玉笙寒。多少泪珠何限恨,倚阑干。

【宋】

  王安石《山前》 (《王安石全集》P326)

山前溪水涨潺潺,山后云埋不见山。不趁雨来耕水际,即穿云去卧山间。

  王安石《醴泉观》 (《王安石全集》P314)

邂逅相随一日闲,或缘香火住灵山。夕阳兴罢黄尘陌,直似蓬莱堕世间。

  王安石《怀钟山》 (《王安石全集》P315)

投老归来供奉班,尘埃无复见钟山。何须更待黄粱熟,始觉人间是梦间。

  王安石《示王铎主簿》 (《王安石全集》P296)

君正忙时我正闲,如何同得到钟山。夷门二十年前事,回首黄尘一梦间。

  王安石《示李时叔二首》 (《王安石全集》P295)

知子鸣弦意在山,一官聊复戏人间。能为白下东南尉,藜杖缁巾得往还。

  欧阳修《浪淘沙》 (《欧阳修词全集》P163)

万恨苦绵绵,旧约前欢。桃花溪畔柳阴间。几度日高春睡重,绣户深关。

  欧阳修《南乡子》 (《欧阳修词全集》P195)

尽日凭阑,弄蕊拈花仔细看。偷得裹蹄新铸样,无端,藏在红房艳粉间。

  吕本中《湘江斑竹》 (《全宋诗》P18231)

湘江江上数重山,山远云深缥缈间。帝子不归肠欲断,竹梢空染泪痕斑。

  吕本中《游阳山广庆寺》 (《全宋诗》P18235)

沂流荡桨到阳山,寺在云山缥缈间。雨洗竹萌穿野岸,风吹榕叶落荒湾。

  刘儗《江神子》 (《词综》P2180)

吹罢玉箫香雾湿,残月坠,乱峰寒……解珰回首忆前欢,见无缘,恨无端。憔悴萧郎,赢得带围宽。红叶不传天上信,空流水,到人间。

  苏轼《王晋卿所藏著色山》 (《中国古今题画诗全璧》P946)

缥缈营丘水墨仙,浮空出没有无间。尔来一变风流尽,谁见将军著色山。

  陈经国《沁园春·丁酉岁感事》 (《词综》P1138)

谁使神州,百年陆沉,青毡未还。怅晨星残月,北州豪杰,西风斜日,东帝江山。刘表坐谈,深源轻进,机会失之弹指间。伤心事,是年年冰合,在在风寒。

陈经国《沁园春·送陈起莘归长乐》（《词综》P1139）

名场老我间关。分岁晚诛茅湖上山。叹龙舒君去，尚留破砚，鱼轩人老，长把连环。镜影霜侵，衣痕尘暗，赢得狂名传世间。君归日，见家林旧竹，为报平安。

刘过《唐多令·重过江南》（《词综》P973）

解缆蓼花湾，好风吹去帆。二十年、重过新滩。洛浦凌波人去后，空梦绕、翠屏间。

刘过《沁园春·美人指甲》（《词综》P975）

时将粉泪偷弹。记绾玉曾教柳傅看。算恩情相著，搔便玉体，归期暗数，画遍阑干。每到相思，沉吟静处，斜倚朱唇皓齿间。风流甚，把仙郎暗掐，莫放春闲。

范成大《绝句》（《中国古今题画诗全璧》P1421）

黄尘车马梦初阑，杳杳骑驴紫翠间。饱识千峰真面目，当年挂笏漫看山。

刘安《万田道中》（《宋人绝句选》P159）

水阔疑无路，云深仅有山。儿童划小艇，出没稻塍间。

惠洪《庐山杂兴》（《宋人绝句选》P161）

别开山径入松关，半在云间半雨间。红叶满庭人倚槛，一池寒水动秋山。

秦观《泗州东城晚望》（《百代千家绝句选》P506）

渺渺孤城白水环，舳舻人语夕霏间。林梢一抹青如画，应是淮流转处山。

高翥《春怀》（《百代千家绝句选》P554）

江南春早尚春寒，添尽征衣独掩关。日暮酒醒闻谢豹，所思多在水云间。

【元】

鲜于枢《题高房山画》（《中国古今题画诗全璧》P953）

素有烟霞疾，开图见乱山。何当谢尘迹，缚屋住云间。

杜本《题江村图》

树林蓊蔚水萦环，知是江南何处山。几载幽并倦行役，按图欲借屋三间。

元好问《别覃怀幕府诸君》（《元好问全集》P194）

诗酒聊堪慰华发，衡茅终拟共青山。相思后日并州梦，常在瑶林照映间。

元好问《东平送张圣与北行》（《元好问全集》P198）

簳云自可无千里，隐雾难教见一斑。海内文章在公等，不应空老道途间。

元好问《秋江待渡横披》（《元好向全集》P325）

物外琴尊合往还，争教俗驾点浮山。画师果识闲中趣，只作横舟落照间。

元好问《右丞文献公著色鹿图》（《元好问全集》P333）
野鹿标枝气象间，老皇频岁赦秋山。不妨右相丹青笔，时到霜林紫翠间。

元好问《王都尉山水》（《元好问全集》P301）
平林漠漠数峰闲，诗在岩姿隐显间。自是素楼画眉手，不能辛苦作荆关。

周砥《长林幽溪图轴》（《中国古今题画诗全璧》P999）
静处有真乐，寄兴笔墨间。秋风吹落叶，露出数重山。

胡厥文《青松明月图》（《中国古今题画诗全璧》P1017）
张天妖雾压群山，风扫残云一瞬间。岭顶青松齐挺立，月明如洗照人寰。

熊禾《越州道中》（《元诗三百首》P73）
柴扉初放牛羊出，渔艇方携蟹蛤还。自笑平生爱游览，天教长在水云间。

邓文原《秋峦横霭图》（《中国古今题画诗全璧》P1075）
金风瑟瑟入空山，村落人家叶尽斑。美煞个中奇绝处，一天烟霭有无间。

马祖常《御沟春日偶成》（《元诗三百首》P164）
御沟流水晓潺潺，直似长虹曲似环。流入宫墙才一尺，便分天上与人间。

吴莱《诗属陈彦正》（《元诗三百首》P211）
越中五泄古名山，东源峻岭空云间。老石崚嶒欲见骨，天河泻破莓苔湾。

【明】

李梦阳《开先寺》（《百代千家绝句选》P631）
瀑布半天上，飞响在人间。莫言此潭小，摇动匡庐山。

边贡《嫦娥》（《百代千家绝句选》P633）
月宫秋冷桂团团，岁岁花开只自攀。共在人间说天上，不知天上忆人间。

孙承宗《二月闻雁》（《百代千家绝句选》P652）
几听鹥鸟语关关，尽罢虚弦落照间。却讶塞雁偏有胆，又随春信到天山。

徐贲《题陈汝言山居图》
昔年为客处，看图怀故山。今日还山住，俨然画图间。

李流芳《水墨山水轴》（《中国古今题画诗全璧》P1223）
每爱疏林平远山，倪迂笔墨落人间。幽人近卜城南住，写出春风水一湾。

【清】

查慎行《题杜集》（《百代千家绝句选》P709）
漂泊西南且未还，几曾蒿目委时艰。三重茅底床床漏，突兀胸中屋万间。

峻德《望潼关》 (《百代千家绝句选》P719)
立马风陵望汉关,三峰高出白云间。西来一曲昆仑水,划断中条太华山。

李憇《题雅雨师借书图》 (《百代千家绝句选》P728)
旋假旋归未得闲,十行俱下片时间。百城深入便便腹,直抵荆州借不还。

潘遵祁《桃花》 (《中国古今题画诗全璧》P360)
碧云深处洞门关,传道刘郎去不还。天上一枝和露种,休随流水到人间。

原济《画水》 (《中国古今题画诗全璧》P918)
黄河落天走河海,万里泻入胸怀间。中有岳灵跽霄汉,白玉滚滚迷松关。

文廷式《浣溪沙》 (《词综补遗》P851)
畏路风波不自难,绳床聊借一宵安。鸡鸣风雨晓光寒。
秋草黄迷前日渡,夕阳红入隔江山。人生何事马蹄间。

龚自珍《题李秀才增厚梦游天姥图卷尾》 (《中国古今题画诗全璧》P969)
李郎梦断无寻处,天姥峰沉落照间。一卷临风开不得,两人红泪湿青山。

【近现代】

邓拓《题八大山人画后》 (《中国古今题画诗全璧》P976)
泪花墨沉写残山,哭笑皆非佛道间。今昔沧桑相较量,青云谱内列高班。

雷甫鸣《群峰笔立图》 (《中国古今题画诗全璧》P978)
茫茫云海隐真颜,人有脊梁地有山。万古千秋天不坠,群峰如柱挂其间。

潘受《谷石山水南田题字》 (《中国古今题画诗全璧》P1248)
秋泉鸣涧入芦湾,茅舍风林点染间。此是耕烟高绝处,元人笔墨宋人山。

潘天寿《题观瀑图》 (《中国古今题画诗全璧》P930)
清游最爱梦中山,怪壑奇崖笔外扳。又见水晶帘不卷,从天摇曳到人间。

于右任《题何香凝王一亭山水瀑布图》 (《中国古今题画诗全璧》P1240)
能为青山助,不是界青山。出山有何意,声流大地间。

陈从周《题诗人徐志摩夫人陆小曼画》 (《中国古今题画诗全璧》P1628)
眉轩搁笔意阑珊,一片芳心入梦间。仿佛诗魂缥缈地,锦囊驴背绕东山。

陆游《书愤》中的"艰"

"艰"字现在只有一个读音 jiān,如艰苦、艰难、艰辛、艰巨等。但古诗词中它不但读"经先地,音坚",而且可读"古闲切,音刚"(gāng),与"关""山""斑""攀""顽""湾""蛮""盘"诸字协韵。如:

陆游《书愤诗》（《陆放翁诗词选》P166）

早岁那知世事艰(gāng),中原北望气如山。楼船夜雪瓜洲渡,铁马秋风大散关。塞上长城空自许,镜中衰鬓已先斑。出师一表真名世,千载谁堪伯仲间(gāng)。

其他例举如下:

【南朝 梁】

庾肩吾《和竹斋》（《全汉三国晋南北朝诗》P1099）

向岭分花径,随阶转药栏。蜂归怜蜜熟,燕入重巢干。
欲仰天庭掞,终知学步艰。

【唐】

王丘《咏史》（《全唐诗》P1136）

高洁非养正,盛名亦险艰。伟哉谢安石,携妓入东山。
云岩响金奏,空水滟朱颜。兰露滋香泽,松风鸣佩环。

卢僎《初出京邑有怀旧林》（《全唐诗》P1069）

世网余何触,天涯谪南蛮。回首思洛阳,喟然悲贞艰。
旧林日夜远,孤云何时还。

储光羲《田家杂兴》（《全唐诗》P1386）

时来农事隙,采药游名山。但言所采多,不念路险艰。
人生如蜉蝣,一往不可攀。

李白《豫章行》（《全唐诗》P1709）

岂惜战斗死,为君扫凶顽。精感石没羽,岂云惮险艰。
楼船若鲸飞,波荡落星湾。此曲不可奏,三军鬓成斑。

韦应物《拟古诗》（《全唐诗》P1894）

辞君远行迈,饮此长恨端。已谓道里远,如何中险艰。
流水赴大壑,孤云还暮山。无情尚有归,行子何独难。

杜甫《彭衙行》（《全唐诗》P2274）

忆昔避贼初,北走经险艰。夜深彭衙道,月照白水山。
尽室久徒步,逢人多厚颜。参差谷鸟鸣,不见游子还。

杜甫《九日奉寄严大夫》（《全唐诗》P2458）

九日应愁思,经时冒险艰。不眠持汉节,何路出巴山。
小驿香醪嫩,重岩细菊斑。遥知簇鞍马,回首白云间。

钱起《渔潭值雨》（《全唐诗》P2648）

日入林岛异,鹤鸣风草间。孤帆泊柱渚,飞雨来前山。
客意念留滞,川途忽阻艰。赤亭仍数里,夜待安流还。

孟郊《送郑仆射出节山南》（《全唐诗》P4255）

文魄既飞越,宦情唯等闲。羡他白面少,多是清朝班。
惜命非所报,慎行诚独艰。悠悠去住心,两说何能删。

白居易《幽居早秋闲咏》（《全唐诗》P5180）

卧风秋拂簟,步月夜开关。且得身安泰,从他世险艰。
但休争要路,不必入深山。

白居易《晚归香山寺因咏所怀》（《全唐诗》P5117）

朝随浮云出,夕与飞鸟还。吾道本迂拙,世途多险艰。
尝闻嵇吕辈,尤悔生疏顽。

白居易《和栉沐寄道友》（《全唐诗》P4983）

高星粲金粟,落月沉玉环。出门向关路,坦坦无阻艰。

独孤及《送杨翟张主簿之任》（《全唐诗》P2774）

旧闻阳翟县,西接凤高山。作吏同山隐,知君处剧闲。
少年当效用,远道岂辞艰。迟子扬名后,方期彩服还。

崔何《喜陆侍御破石埭草寇东峰亭赋诗》（《全唐诗》P2842）

江澈烟尘静,川源草树间。中丞健步到,柱史捷书还。
一战清戎越,三吴变险艰。功名麟阁上,得咏入秦关。

阎防《夕次鹿门山作》（《全唐诗》P2851）

双岩开鹿门,百谷集珠湾。喷薄湍上水,春容漂里山。
焦原不足险,梁壑未成艰。我行自春仲,夏鸟忽绵蛮。

李益《北至太原》（《全唐诗》P3206）

炎祚昔昏替,皇基此郁盘。玄命久已集,抚运良乃艰。
南厄羊肠险,北走雁门寒。

刘禹锡《奉和裴令公新成绿野堂即书》（《全唐诗》P4092）

禁苑凌晨出,园花及露攀。池塘鱼拔剌,竹径鸟绵蛮。
志在安潇洒,尝经历险艰。高情方造适,众意望征还。

郑还古《吉州道中》（《全唐诗》P5557）

吉州新置橡,驰驿到条山。薏苡殊非谤,羊肠未是艰。
自惭多白发,争敢竞朱颜。若有前生债,今朝不懊还。

韩愈《江汉答孟郊》 (《全唐诗》P3770)
江汉虽云广,乘舟渡无艰。流沙信难行,马足常往还。
凄风结冲波,狐裘能御寒。

李伸《逾岭峤止荒陬抵高要》 (《全唐诗》P5463)
周王止化惟荆蛮,汉武酱远通屏颜。南标铜柱限荒徼,五岭从兹穷险艰。

元稹《台中鞫狱忆开元观旧事呈损之兼赠周兄四十韵》 (《全唐诗》P4482)
唯恐坏情性,安能惧谤讪。还招辛庾李,静处杯巡环。
进取果由命,不由趋险艰。穿杨二三子,弓矢次第弯。

【金】

元好问《得侄信二首》 (《元好问全集》P145)
百年阴德在,几日鬓毛斑。隔阔家仍远,羁栖食更艰。
谁怜西北梦,依旧绕秦关。

【明】

祝枝山《秋日闲居》 (《明诗选》P259)
风堕一庭邻寺叶,云开半面隔城山。浮生只说潜居易,隐比求名事更艰。

【近现代】

续范亭《南泥湾今昔》 (《十老选诗》P226)
此地南接黄龙山,千里森林稼穑艰。山风山雨霜来早,愚翁有志无难关。

熊瑾玎《刘胡兰同志流血一周年》 (《十老选诗》P293)
朴实农家女,雄豪胜过男。立场能坚定,奋斗不辞艰。
头断铡刀下,芳留宇宙间。阎獠剑子手,血债必追还。

韩愈《雪后寄崔二十六丞公》中的"菅"

"菅"字现在只有一个读音 jiān,如草菅人命。但古时它是个多音字。据《康熙字典》,它有三个读音:一是"古颜切,音奸"(jiān);二是"古顽切,音关"(guān);三是"圭玄切,音涓"(juān)。如韩愈的两首诗中的"菅"就得读音 guān,与"山""攀""弯""环""鳏""删""斑""顽"等字协韵。

韩愈《雪后寄崔二十六丞公》 (《全唐诗》P3830)
称多量少鉴裁密,岂念幽桂遗榛菅。几欲犯严出蒿口,气象肆兀未可攀。
归来殒涕揽关卧,心之纷乱谁能删。诗翁憔悴剧荒棘,清玉刻佩联玦环。

韩愈《题炭谷湫祠堂》 (《全唐诗》P3813)

林丛镇冥冥,穷年无由删。妍英杂艳实,星琐黄朱斑。
石级皆险滑,颠踦莫牵攀。龙区雏众碎,付与宿已颁。
弃去可奈何,吾其死茅菅。

周密《宴清都·登霅川图有赋》中的"减"

"减"(古减)字现在只有一个读音 jiǎn。但古时它是个多音字,除了读 jiǎn,还可读"古斩切,音感",或读"公陷切,音兼"jiān(《康熙字典》)。如:

周密《宴清都·登霅川图有赋》 (《词综》P1286)

凭阑自笑清狂,事随花谢,愁与春缓。持杯顾曲,登楼赋笔,杜郎才减。前欢已隔前溪,但耿耿、临高望眼。溯轻红、一棹归时,半蟾弄晚。

《楚辞·九章》中的"江"

"江"字现在只有一个读音 jiāng,但古诗词中它有时要读"公"(gōng)。据《康熙字典》:"江,叶古红切,音公。"如:

【战国】

《楚辞·九章》 (《康熙字典》)

将运舟而下浮兮,上洞庭而下江。去终古之所居兮,今逍遥而来东。
(注:今滇语呼江为公。又名江鱼为公鱼。)

【魏】

王粲《赠蔡子笃诗》 (《先秦汉魏晋南北朝诗》P357)

翼翼飞鸾,载飞载东。我友云徂,言戾旧邦。舫舟翩翩,以泝大江。
蔚矣荒涂,时行靡通。慨我怀慕,君子所同。

曹植《磐石篇》 (《先秦汉魏晋南北朝诗》P435)

经危履险阻,未知命所钟。常恐沉黄垆,下与鼋鳖同。
南极苍梧野,游盼穷九江。中夜指参辰,欲师当定从。
仰天长太息,思想怀故邦。乘桴何所志,吁嗟我孔公。

《孙皓天纪中童谣》 (《先秦汉魏晋南北朝诗》P540)

阿童复阿童,衔刀游渡江。不畏岸上虎,但畏水中龙。

【晋】

《惠帝大安中童谣》（《先秦汉魏晋南北朝诗》P564）

五马浮渡江，一马化为龙。

《诗经》与《楚辞》中的"降"

"降"字现在有两个读音：一个是降下的降（jiàng）；另一个是降伏的降（xiáng）。其实古人对降字的读音多达七种。这七种中，除了今天我们继承的 jiàng 和 xiáng 两种，另有一音值得我们朗读古诗时特别注意，它就是 hóng。现京剧中的道白仍读 hóng。《唐韵正》认为这是古音。《诗经》中读 hóng 的有：

《诗经·小雅·出车》

未见君子，忧心忡忡（chōng）。既见君子，我心则降（hóng）。

《诗经·召南·草虫》：

喓喓草虫，趯趯阜螽。未见君子，忧心忡忡（chōng）。亦既见止，亦既觏止，我心则降（hóng）。

《诗经·大雅·旱麓》

瑟彼玉瓒，黄流在中。岂弟君子，福禄攸降。

《诗经·大雅·凫鹥》

既燕于宗，福禄攸降。公尸燕饮，福禄来崇。

【先秦】

屈原《楚辞·离骚》

帝高阳之苗裔兮，朕皇考曰伯庸。摄提贞于孟陬兮，惟庚寅吾以降。

屈原《楚辞·九歌》

灵皇皇兮既降，猋远举兮云中。

屈原《楚辞·天问》

皆归射鞫，而无害厥躬。何后益作革，而禹播降。

【西汉】

刘向《楚辞·九叹·逢纷》

赴江湘之湍流兮，顺波凑而下降。徐徘徊于山阿兮，飘风来之洶洶。

黄庭坚《题竹石牧牛》中的"角"

"角"字现在有两个读音：一是 jiǎo，如牛角、鹿角、角楼、角度、角膜等；二是 jué，如主角、配角、丑角、旦角等。但在古时，它还有"卢谷切，音禄""古禄切，音谷""良拒切，音虑"等音。下面例举的两首诗中的"角"就应读谷（gǔ）。

【唐】

张籍《牧童词》　（《全唐诗》P4280）

牛牛食草莫相触，官家截尔头上角。

【宋】

黄庭坚《题竹石牧牛》

野次小峥嵘，幽篁相倚绿。阿童三尺棰，御此老觳觫。
石吾甚爱之，勿遣牛砺角。牛砺角尚可，牛斗残我竹。

庾信《和张侍中述怀》中的"缴"

"缴"字现在有两个读音：一是 jiǎo，如缴枪不杀；另一个音是"之若切，音灼"（zhuó），意指系在箭上的丝绳（《康熙字典》）。但朗读古诗词时往往只知道 jiǎo，而不知道与"洛""索""诺""郭"等字协韵的"灼"（zhuó）。如：

【北周】

庾信《和张侍中述怀》　（《全汉三国晋南北朝诗》P1584）

张翰不归吴，陆机犹在洛。
汉阳钱遂尽，长安米空索。
时占季主龟，乍贩韩康药。
伏辕终入绊，垂翅犹离缴。
徒怀琬琰心，空守黄金诺。

齐白石《不倒翁》中的"阶"

"阶"字现在只有一个读音 jiē，如阶级、阶层、台阶等。但古时它是个多音字，据《康熙字典》，除了读"古谐切，音皆"外，还可读"居夷切，音基"，可读"坚溪切，音稽"。

关于"阶"读基（jī）音，《诗经》里已有多处：

诗词古音

《诗经·小雅·巧言》

彼何人斯,居河之麋。无拳无勇,职为乱阶。

《诗经·大雅·桑柔》

云徂何往,君子实维。秉心无竞,谁生厉阶。

《诗经·大雅·瞻卬》

懿厥哲妇,为枭为鸱。妇有长舌,维厉之阶。

其他例如:

  白居易《庭松》 (《全唐诗》P4807)

堂下何所有,十松当我阶。乱立无行次,高下亦不齐。
高者三丈长,下者十尺低。

  韦应物《杂体诗》 (《全唐诗》P1896)

岂非至贱物,一奏升天阶。物情苟有合,莫问玉与泥。

关于"阶"字读音皆。1936年出版的《辞海》注明:阶字"基埃切,音皆,佳韵"。
古诗词中许多"阶"字的读音与"钗""斋""开""怀""乖""才""来""排"等字协韵,古往今来,绵延不绝。如:

  齐白石《不倒翁》 (《历代题画诗选》P160)

能供儿戏此翁乖,打倒休扶快起来。头上齐眉乌纱帽,虽无肝胆有官阶。

  齐白石《题画桃实》 (《中国古今题画诗全璧》P504)

步虚昨夜到瑶台,清露无声湿玉阶。惟有飞琼持赠别,无风吹袂下蓬莱。

其他例举:

【南朝　梁】

  江淹《步桐台》 (《全汉三国晋南北朝诗》P1034)

蕙芬日有美,光景讵徘徊。山中忽缓驾,暮雪将盈阶。

【北周】

  庾信《山斋》 (《全汉三国晋南北朝诗》P1590)

寂寥寻静室,蒙密就山斋。滴沥泉浇路,穹窿石卧阶。
浅槎全不动,盘根唯半埋。圆珠坠晚菊,细火落空槐。

  庾信《晚秋》 (《全汉三国晋南北朝诗》P1602)

凄清临晚景,疏索望寒阶。湿庭凝坠露,搏风卷落槐。
日气斜还冷,云峰晚更霾。可怜数行雁,点点远空排。

【唐】

孟浩然《奉先张明府休沐还乡海亭宴集》（《全唐诗》P1661）

朱绂恩虽重，沧洲趣每怀。树低新舞阁，山对旧书斋。
何以发秋兴，阴虫鸣夜阶。

许浑《晨起》（《全唐诗》P6038）

残月皓烟露，掩门深竹斋。水虫鸣曲槛，山鸟下空阶。
清镜晓看发，素琴秋寄怀。因知北窗客，日与世情乖。

王建《旧宫人》（《全唐诗》P3426）

先帝旧宫宫女在，乱丝犹挂凤凰钗。霓裳法曲浑抛却，独自花间扫玉阶。

李绅《州中小饮便别牛相》（《全唐诗》P5488）

笙歌罢曲辞宾侣，庭竹移阴就小斋。愁不解颜徒满酌，病非伤肺为忧怀。
耻矜学步贻身患，岂慕醒狂蹑祸阶。从此别离长酩酊，洛阳狂狷任椎埋。

殷尧藩《汉宫词》（《全唐诗》P5575）

成帝夫人泪满怀，璧宫相趁落空阶。可怜玉貌花前死，惟有君恩白燕钗。

姚合《病僧》（《全唐诗》P5713）

三年病不出，苔藓满藤鞋(hái)。倚壁看经坐，闻钟吃药斋。
茶烟熏杀竹，檐雨滴穿阶。无暇频相访，秋风寂寞怀。

岑参《梁州对雨怀麹二秀才》（《全唐诗》P2026）

麹生住相近，言语阻且乖。卧疾不见人，午时门始开。
终日看本草，药苗满前阶。兄弟早有名，甲科皆秀才。

高适《酬裴员外以诗代书》（《全唐诗》P2195）

行人无血色，战骨多青苔。遂除彭门守，因得朝玉阶。
激昂仰鹓鹭，献替欣盐梅。驱传及远蕃，忧思郁难排。

白居易《咏闲》（《全唐诗》P5076）

朝眠因客起，午饭伴僧斋。树合阴交户，池分水夹阶。
就中今夜好，风月似江淮。

白居易《宿杨家》（《全唐诗》P4832）

杨氏兄弟俱醉卧，披衣独起下高斋。夜深不语中庭立，月照藤花影上阶。

白居易《酬皇甫郎中对新菊花见忆》（《全唐诗》P5155）

爱菊高人吟逸韵，悲秋病客感衰怀。黄花助兴方携酒，红叶添愁正满阶。
居士荤腥今已断，仙郎杯杓为谁排。愧君相忆东篱下，拟废重阳一日斋。

护国《题王班水亭》 (《全唐诗》P9139)

湖上见秋色,旷然知尔怀。岂惟欢陇亩,兼亦外形骸。
待月归山寺,弹琴坐暝斋。布衣闲自贵,何用谒天阶。

韦应物《答裴丞说归京所献》 (《全唐诗》P1950)

执事颇勤久,行去亦伤乖。家贫无童仆,吏卒升寝斋。
衣服藏内箧,药草曝前阶。谁复知次第,濩落且安排。

刘禹锡《卧病闻常山旋师》 (《全唐诗》P3977)

寂寂重寂寂,病夫卧秋斋。夜蛩思幽壁,槁叶鸣空阶。

刘禹锡《和乐天早寒》 (《全唐诗》P4025)

雨引苔侵壁,风驱叶拥阶。久留闲客话,宿请老僧斋。
酒瓮新陈接,书签次第排。倏然自有处,摇落不伤怀。

钱起《题吴通微主人》 (《全唐诗》P2630)

长啸秋光晚,谁知志士怀。朝烟不起灶,寒叶欲连阶。
饮水仍留我,孤灯点夜斋。

李端《送元晟归江东旧居》 (《全唐诗》P3259)

春天行故楚,夜月下清淮。讲易居山寺,论时到郡斋。
蒋家人暂别,三路草连阶。

张祜《题曾氏园林》 (《全唐诗》P5810)

十亩长堤宅,萧疏半老槐。醉眠风卷箪,棋罢月移阶。
斫树遗桑斧,浇花湿笋鞋(hái)。还将齐物论,终岁自安排。

张祜《题灵隐寺师一上人》 (《全唐诗》P5831)

道性终能迁,人情少不乖。欂栌居上院,薜荔俯层阶。
洗钵前临水,窥门外有柴。郎吟挥竹拂,高楷曳芒鞋。

李煜《浪淘沙》 (《词综》P81)

往事只堪哀,对景难排。秋风庭院藓侵阶。一行珠帘闲不卷,终日谁来。
金剑已沉埋,壮气蒿莱。晚凉天静月华开。想得玉楼瑶殿影,空照秦淮。

【宋】

秦观《满庭芳》 (《唐宋名家词选》P137)

碧水惊秋,黄云凝暮,败叶零乱空阶。洞房人静,斜月照徘徊。又是重阳近也,几处处,砧杵声催。西窗下,风摇翠竹,疑是故人来。

　　　　王茂孙《高阳台·春梦》 (《词综》P2011)

迟日烘晴,轻烟缕昼,锁窗雕户慵开。人独春闲,金猊暖透兰煤。山屏暖倚珊瑚畔,任翠阴移过瑶阶。悄无声,彩翅翩翩,何处飞来。

【元】

　　　　张雨《朝中措·早春书易玄九曲新居壁》 (《词综》P1897)

草堂移住古城隈,堂后水平阶。要结柴桑邻里,不须鸥鹭惊猜。

【清】

　　　　纳兰性德《和元微之杂忆诗》 (《纳兰性德全集》)

卸头才罢晚风回,茉莉吹香过曲阶。忆得水晶帘畔立,泥人花底拾金钗。
挑尽银灯月满阶,立春先绣踏青鞋。夜深欲睡还无睡,要听檀郎读紫钗。

　　　　王超《金菊对芙蓉》 (《词综补遗》P1327)

正黄花艳吐,丹桂香埋。寒侵枕簟难成梦,听秋虫、唧唧空阶。燕儿去后,金风频送,孤雁声哀。

　　　　张集馨《湘春夜月·秋声》 (《词综补遗》P1554)

问萧萧,声从那处飞来?但听昨夜庭前,梧叶落空阶。挂上一丸凉月,照丛篁疏柳,影荡楼台。

　　　　胡光发《一萼红·苔花》 (《词综补遗》P531)

正徘徊,向回廊小步,疏雨暗侵阶。春屐留痕,雕阑补影,前身应住瑶台。抱芳心,飘残铅泪,是一生、脂粉误尘埃。

　　　　吴昌文《满庭芳·沈氏甥女四十》 (《词综补遗》P298)

神仙好会,秋月信佳哉。待和云谣白凤,矜风调、赋雪呈才。笙墩奏,承欢莱子,斑袖舞瑶阶。

　　　　徐自华《雨窗感怀》 (《百代千家绝句选》P777)

夜坐拈毫闷莫排,风风雨雨满庭阶。年来侬是伤秋客,不听秋声已感怀。

李白《蜀道难》中的"嗟"

　　"嗟"字现在只有一个读音 jiē,如嗟来之食。但古时它是个多音字:一是"咨邪切、音买";二是"遭哥切"音 zuō;三是"子夜切、音借,同喈"(jiē)。
　　《康熙字典》注明,嗟与差同。差字"古与嗟通"。因"差"字除了读 cī,还读"初牙切、音杈"(chā)。因此古诗词中的嗟字有多种读音,究竟读哪个音合适要看具体语境,看它与什么字协韵。

一、关于嗟音"zuō"举例

【先秦】

《诗经·小雅·节南山》

赫赫师尹,不平为何。天方荐瘥,丧乱弘多。民言无嘉,憯(音惨)莫惩嗟。

【魏】

阮籍《咏怀诗》（《全汉三国晋南北朝诗》P225）

岂若西山草,琅玕与丹禾。垂影临增城,馀光照九阿。
宁微少年子,日久难咨嗟。

阮籍《咏怀诗》（《全汉三国晋南北朝诗》P216）

李公悲东门,苏子狭三河。求仁自得仁,岂复叹咨嗟。

【晋】

张华《轻薄篇》（《全汉三国晋南北朝诗》P278）

玄鹤降浮云,鳣鱼跃中河。墨翟且停车,展季犹咨嗟。
淳于前行酒,雍门坐相和。

张华《杂诗》（《全汉三国晋南北朝诗》P284）

荣彩曜中林,流馨入绮罗。王孙游不归,修路邈以遐(遐音何)。
谁与玩遗芳,伫立独咨嗟。

吴声歌《子夜曲》（《全汉三国晋南北朝诗》P523）

自从别郎来,何日不咨嗟。黄蘗郁成林,当奈苦心多。

【唐】

白居易《寄同病者》（《全唐诗》P4730）

四十官七品,拙官非由他。年颜日枯槁,时命日蹉跎。
岂独我如此,圣贤无奈何。回观亲旧中,举目尤可嗟。

元稹《酬乐天劝醉》（《全唐诗》P4487）

刘伶称酒德,所称良未多。愿君听此曲,我为尽称嗟。

二、关于"嗟"音 chā 例举

古诗词中"嗟"音 chā,与花、家、葩、麻、华、沙、瓜、霞等字协韵的情况很多,见之于《唐诗三百首》的如：

李白《蜀道难》

朝避猛虎,夕避长蛇。磨牙吮血,杀人如麻。锦城虽云乐,不如早还家。蜀道之难难于上青天,侧身西望长咨嗟!

杜甫《韦讽录事宅观曹将军画马图》

昔日太宗拳毛䯄,近时郭家狮子花。今之新图有二马,复令识者久叹嗟。

李白《梦游天姥吟留别》

霓为衣兮风为马,云之君兮纷纷而来下。虎鼓瑟兮鸾回车,仙之人兮列如麻。忽魂悸以魄动,恍惊起而长嗟。惟觉时之枕席,失向来之烟霞。

其他诗例:

【晋】

张茂先《杂诗》 (《玉台新咏》P48)

王孙游不归,修路邈以遐。谁与玩遗芳,伫立独咨嗟。

【北魏】

郑道昭《登云峰山观海岛》 (《全汉三国晋南北朝诗》P1476)

流精丽旻部,低翠曜天葩。此瞩宁独好,斯见理如麻。秦皇非徒驾,汉武岂空嗟。

【南朝 齐】

萧纲《娈童》 《玉台新咏》P171

揽袴轻红出,回头双鬓斜。懒眼时含笑,玉手乍攀花。怀情非后钓,密爱似前车。足使燕姬妒,弥令郑女嗟。

吴均《行路难》 (《玉台新咏》P240)

洛阳名工见咨嗟,一剪一刻作琵琶。白璧规心学明月,珊瑚映面作风花。

王僧孺《寄何记室》 (《全汉三国晋南北朝诗》P1075)

思君不得见,望望独长嗟。夜风入寒水,晚露拂秋花。何由假日御,暂得寄风车。

【南朝 梁】

邱迟《答徐侍中为人赠妇》 (《玉台新咏》P102)

俱看依井蝶,共取落簷花。何言征戍苦,抱膝空咨嗟。

徐悱妻刘氏《答唐孃七夕所穿针》 (《玉台新咏》P147)

连针学并蒂,萦缕作开花。孀闺绝绮罗,揽赠自伤嗟。

【南朝 陈】

徐陵《刘生》 (《全汉三国晋南北朝诗》P1368)

戚里惊鸣筑,平阳吹怨笳。俗儒排左氏,新室忌汉家。高才被摈压,自古共怜嗟。

【唐】

刘长卿《奉送从兄罢官之淮南》（《全唐诗》P1546）

玄发他乡换,沧洲此路遐。沂沿随桂楫,醒醉任松华。
离别谁堪道,艰危更可嗟。兵锋摇海内,王命隔天涯。

韦应物《郡斋赠王卿》（《全唐诗》P1919）

无术谬称简,素餐空自嗟。秋斋雨成滞,山药寒始华。
濩落人皆笑,幽独岁逾赊。唯君出尘意,赏爱似山家。

李白诗中含"嗟"字的有20多篇,与花、瓜、家、沙等字协韵,列举部分于下：

李白《千里思》（《全唐诗》P1707）

李陵没胡沙,苏武还汉家。迢迢五原关,朔雪乱边花。
一去隔绝国,思归但长嗟。鸿雁向西北,因书报天涯。

李白《古风》（《全唐诗》P1675）

仲尼欲浮海,吾祖之流沙。圣贤共沦没,临岐胡咄嗟。

李白《飞龙引》（《全唐诗》P1683）

骑龙飞上太清家,云愁海思令人嗟。宫中彩女颜如花,飘然挥手凌紫霞。

李白《王昭君》（《全唐诗》P1691）

燕支长寒雪作花,蛾眉憔悴没胡沙。生乏黄金枉图画,死留青冢使人嗟。

李白《塞下曲》（《全唐诗》P1700）

边月随弓影,胡霜拂剑花。玉关殊未入,少妇莫长嗟。

李白《久别离》（《全唐诗》P1692）

别来几春未还家,玉窗五见樱桃花。况有锦字书,开缄使人嗟。

李白《秦女休行》（《全唐诗》P1703）

素颈未及断,摧眉伏泥沙。金鸡忽放赦,大辟得宽赊。
何惭聂政姊,万古共惊嗟。

李白《扶风豪士歌》（《全唐诗》P1717）

洛阳三月飞胡沙,洛阳城中人怨嗟。天津流水波赤血,白骨相撑如乱麻。

李白《豳歌行》（《全唐诗》P1716）

狐裘兽炭酌流霞,壮士悲吟宁见嗟。前荣后枯相翻覆,何惜馀光及棣华。

李白《金陵歌送别范宣》（《全唐诗》P1721）

扣剑悲吟空咄嗟,梁陈白骨乱如麻。天子龙沉景阳井,谁歌玉树后庭花。

李白《早秋赠裴十七仲堪》（《全唐诗》P1732)

荆人泣美玉,鲁叟悲匏瓜。功业若梦里,抚琴发长嗟。
裴生信英迈,屈起多才华。

李白《巴陵赠贾舍人》《全唐诗》P1757

贾生西望忆京华,湘浦南迁莫怨嗟。圣主恩深汉文帝,怜君不遣到长沙。

李白《公无渡河》（《全唐诗》P1680)

波滔天,尧咨嗟。大禹理百川,儿啼不窥家。杀湍湮洪水,九州始蚕麻。

李白《落日忆山中》（《全唐诗》P1860)

东风随春归,发我枝上花。花落时欲暮,见此令人嗟。
愿游名山去,学道飞丹砂。

李白《代寄情》（《全唐诗》P1882)

横流涕而长嗟,折芳洲之琼华。送飞鸟以极目,怨夕阳之西斜。

杜甫《喜晴》（《全唐诗》P2271)

顾惭昧所适,回首白日斜。汉阴有鹿门,沧海有灵查。
焉能学众口,咄咄空咨嗟。

杜甫《负薪行》（《全唐诗》P2335)

夔州处女发半华,四十五十无夫家。更遭丧乱嫁不售,一生抱恨堪咨嗟。

杜甫《柴门》（《全唐诗》P2336)

万物附本性,处身不欲奢。茅栋盖一床,清池有馀花。
浊醪与脱粟,在眼无咨嗟。山荒人民少,地僻日夕佳。

杜甫《远游》（《全唐诗》P2454)

贱子何人记,迷芳著处家。竹风连野色,江沫拥春沙。
种药扶衰病,吟诗解叹嗟。似闻胡骑走,失喜问京华。

杜甫《舍弟观赴蓝田取妻子到江陵》（《全唐诗》P2541)

卜筑应同蒋诩径,为园须似邵平瓜。比年病酒开涓滴,弟劝兄酬何怨嗟。

杜甫《祠南夕望》（《全唐诗》P2568)

山鬼迷春竹,湘娥倚暮花。湖南清绝地,万古一长嗟。

白居易《和微之叹槿花》（《全唐诗》P5097)

朝荣殊可惜,暮落实堪嗟。若向花中比,犹应胜眼花。

白居易《续古诗》（《全唐诗》P4673)

凉风飘嘉树,日夜减芳华。下有感秋妇,攀条苦悲嗟。
我本幽闲女,结发事豪家。

白居易《答故人》（《全唐诗》P4741）
散员足庇身，薄俸可资家。省分辄自愧，岂为不遇耶。
烦君对杯酒，为我一咨嗟。

白居易《劝酒寄元九》（《全唐诗》P4772）
既不逐禅僧，林下学楞伽。又不随道士，山中炼丹砂。
百年夜分半，一岁春无多。何不饮美酒，胡然自悲嗟。

白居易《和新楼北园偶集》（《全唐诗》P4986）
醉乡得道路，狂海无津涯。一岁春又尽，百年期不赊。
同醉君莫辞，独醒古所嗟。销愁若沃雪，破闷如割瓜。

白居易《予与微之老而无子，发于言叹》（《全唐诗》P5090）
五十八翁方有后，静思堪喜亦堪嗟。一珠甚小还惭蚌，八子虽多不羡鸦。

白居易《和刘郎中伤鄂姬》（《全唐诗》P5044）
不独君嗟我亦嗟，西风北雪杀南花。不知月夜魂归处，鹦鹉洲头第几家。

白居易《自罢河南已换七尹》（《全唐诗》P5194）
每入河南府，依然似到家。杯尝七尹酒，树看十年花。
且健须欢喜，虽衰莫叹嗟。

白居易《樱桃花下有感而作》（《全唐诗》P5217）
风光饶此树，歌舞胜诸家。失尽白头伴，长成红粉娃。
停杯两相顾，堪喜亦堪嗟。

李商隐《赠句芒神》（《全唐诗》P6204）
佳期不定春期赊，春物天阃兴咨嗟。愿得句芒索青女，不教容易损年华。

刘德仁《池上宿》（《全唐诗》P6285）
事事不求奢，长吟省叹嗟。无才堪世弃，有句向谁夸。

高适《送张瑶贬五溪尉》（《全唐诗》P2226）
他日维祯干，明时悬镆铘。江山遥去国，妻子独还家。
离别无嫌远，沉浮勿强嗟。南登有词赋，知尔吊长沙。

孟浩然《高阳池送朱二》（《全唐诗》P1630）
征马分飞日渐斜，见此空为人所嗟。殷勤为访桃源路，予亦归来松子家。

独孤及《送陈王府张长史还京》（《全唐诗》P2774）
论齿弟兄列，为邦前后差。十年方一见，此别复何嗟。
极目故关道，伤心南浦花。

宋之问《浣纱篇赠陆上人》 (《全唐诗》P619)

鸟惊入松网,鱼畏沉荷花。始觉冶容妄,方悟群心邪。
钦子秉幽意,世人共称嗟。

韩愈《晚菊》 (《全唐诗》P3801)

少年饮酒时,踊跃见菊花。今来不复饮,每见恒咨嗟。
伫立摘满手,行行把归家。

韩愈《李花》 (《全唐诗》P3807)

平旦入西园,梨花数枝若矜夸。旁有一株李,颜色惨惨似含嗟。

韩愈《读东方朔杂事》 (《全唐诗》P3835)

欲不布露言,外口实喧哗。王母不得已,颜嚬口赍嗟。

韩愈《和杜相公太清宫纪事》 (《全唐诗》P3866)

皎洁当天月,葳蕤捧日霞。唱妍酬亦丽,俯仰但称嗟。

元稹《感石榴二十韵》 (《全唐诗》P4539)

俗态能嫌旧,芳姿尚可嘉。非专爱颜色,同恨阻幽遐。
满眼思乡泪,相嗟亦自嗟。

欧阳詹《益昌行》 (《全唐诗》P3900)

爱人甚爱身,治郡如治家。……
今时固精求,汉帝非徒嗟。

卢仝《示添丁》 (《全唐诗》P4369)

忽来案上翻墨汁,涂抹诗书如老鸦。父怜母惜捆不得,却生痴笑令人嗟。
宿舂连晓不成米,日高始进一碗茶。

卢仝《苦雪寄退之》 (《全唐诗》P4388)

闻道西风弄剑戟,长阶杀人乱如麻。天眼高开欺草芽,我死未肯兴叹嗟。

戴叔伦《客中言怀》 (《全唐诗》P3077)

白发照乌纱,逢人只自嗟。官闲如致仕,客久似无家。
夜雨孤灯梦,春风几度花。故园归有日,诗酒老生涯。

刘禹锡《和令狐相公郡斋对紫薇花》 (《全唐诗》P4031)

明丽碧天霞,丰茸紫绶花。香闻荀令宅,艳入孝王家。
几岁自荣乐,高情方叹嗟。有人移上苑,犹足占年华。

吕温《读小弟诗有感》 (《全唐诗》P4175)

忆吾未冠赏年华,二十年间在咄嗟。今来美汝看花岁,似汝追思昨日花。

沈亚之《宿白马津寄寇立》 (《全唐诗》P5579)

客思听蛩嗟,秋怀似乱砂。剑头悬日影,蝇鼻落灯花。
天外鸿雁断,漳南别路赊。闻君同旅舍,几得梦还家。

顾非熊《斜谷邮亭玩海棠花》 (《全唐诗》P5789)

忽识海棠花,令人只叹嗟。艳繁唯共笑,香近试堪夸。
驻骑忘山险,持盃任日斜。何川是多处,应绕羽人家。

元稹《赠柔之》 (《全唐诗》P4651)

穷冬到乡国,正岁别京华。自恨风尘眼,常看远地花。
碧幢还照曜,红粉莫咨嗟。嫁得浮云婿,相随即是家。

张祜《题僧壁》 (《全唐诗》P5800)

出门无一事,忽忽到天涯。客地多逢酒,僧房却厌花。
棋因王粲覆,鼓是弥衡挝。自喜疏成品,生前不怨嗟。

张祜《旅次上饶溪》 (《全唐诗》P5798)

碧溪行几折,凝櫂宿汀沙。角断孤城掩,楼深片月斜。
夜桥昏水气,秋竹静霜华。更想曾题壁,凋零可叹嗟。

朱庆馀《长城》 (《全唐诗》P5891)

秦帝防胡虏,关心倍可嗟。一人如有德,四海尽为家。
往事乾坤在,荒基草木遮。至今徒者骨,犹自哭风沙。

孟郊《招文士饮》 (《全唐诗》P4210)

退之如放逐,李白自矜夸。万古忽将似,一朝同叹嗟。

孟郊《再下第》 (《全唐诗》P4203)

一夕九起嗟,梦短不到家。两度长安陌,空将泪见花。

孟郊《至孝义渡》 (《全唐诗》P4240)

咫尺不得见,心中空嗟嗟。官街泥水深,下脚道路斜。

孟郊《济源寒食》 (《全唐诗》P4217)

风巢蠕蠕春鸦鸦,无子老人仰面嗟。柳弓苇箭觑不见,高红远绿劳相遮。

孟郊《吊卢殷》 (《全唐诗》P4277)

贤人无计校,生苦死徒夸。他名润子孙,君名润泥沙。
可惜千首文,闪如一朝花。零落难苦言,起坐空惊嗟。

孟郊《借车》 (《全唐诗》P4266)

借车载家具,家具少于车。借者莫弹指,贫穷何足嗟。百年徒役走,万事尽随花。

张籍《赋花》 （《全唐诗》P4362）

宛宛清风起,茸茸丽日斜。且愿相留欢洽,惟愁虚弃光华。
明年攀折知不远,对此谁能更叹嗟。

皮日休《惜义鸟》 （《全唐诗》P7020）

商颜多义鸟,义鸟实可嗟。危巢年累累,隐在栲木花。
他巢若有雏,乳之如一家。

皮日休《寄琼州杨舍人》 （《全唐诗》P7080）

德星芒彩瘴天涯,酒树堪消谪宦嗟。行遇竹王因设奠,居逢木客又迁家。

皮日休《振孤辞》 （《全唐诗》P7089）

先生清骨葬烟霞,业破孤存孰为嗟。几箧诗编分贵位,一林石笋散豪家。
儿过旧宅啼枫影,姬绕荒田泣稗花。唯我共君堪便戒,莫将文誉作生涯。

陆龟蒙《杂讽》 （《全唐诗》P7127）

严霜冻大泽,僵龙不如蛇。昔者天血碧,吾徒安叹嗟。

许棠《题青山馆》

境概殊诸处,依然是谢家。遗文齐日月,旧井照烟霞。
火隔平芜远,山横度鸟斜。无人能此隐,来往谩兴嗟。

贾岛《投张太祝》 （《全唐诗》P6623）

风骨高更老,向春初阳葩。泠泠月下韵,一一落海涯。
有子不敢和,一听千叹嗟。身卧东北泥,魂挂西南霞。

贾岛《哭胡遇》 （《全唐诗》P6638）

天寿知齐理,何曾免叹嗟。祭回收朔雪,吊后折寒花。
野水秋吟断,空山暮影斜。

李商隐《昨日》 （《全唐诗》P6203）

昨日紫姑神去也,今朝青鸟使来赊。未容言语还分散,少得团圆足怨嗟。
二八月轮蟾影破,十三弦柱雁行斜。平明钟后更何事,笑倚墙边梅树花。

李商隐《旧顿》 （《全唐诗》P6194）

东人望幸久咨嗟,四海于今是一家。犹锁平时旧行殿,尽无宫户有飞鸦。

温庭筠《碌碌古词》 （《全唐诗》P6705）

融蜡作杏蒂,男儿不恋家。春风破红意,女颊如桃花。
忠言未见信,巧语翻咨嗟。一鞘无两刃,徒劳油壁车。

罗隐《旅梦》 (《全唐诗》P7570)

旅梦思迁次,穷愁有叹嗟。子鹅京口远,粳米会稽赊。
漏涩才成滴,灯寒不作花。出门聊一望,蟾桂向人斜。

罗隐《建康》 (《全唐诗》P7558)

潮平远岸草侵沙,东晋衰来最可嗟。庾舅已能窥帝室,王郎还是预人家。
山寒老树嘀风曲,泉暖枯骸动芷牙。欲起九原看一遍,秦淮声急日西斜。

张乔《游边感怀二首》 (《全唐诗》P7325)

贫游缭绕困边沙,却被辽阳战士嗟。不是无家归不得,有家归去似无家。

周繇《经古宅有怀》 (《全唐诗》P7292)

异代图书藏几箧,倾城罗绮散谁家。昔年埏埴生灵地,今日生人为叹嗟。

周繇《经故宅有感》 (《全唐诗》P7292)

身没南荒雨露赊,朱门空琐旧繁华。池塘凿就方通水,桃杏栽成未见花。
异代图书藏几箧,倾城罗绮散谁家。昔年埏埴生灵地,今日生人为叹嗟。

方干《孙氏林亭》 (《全唐诗》P7463)

池亭才有二三亩,风景胜于千万家。瑟瑟林排全巷竹,猩猩血染半园花。
并床敧枕逢春尽,援笔持杯到日斜。卯角相知成白首,而今欢笑莫咨嗟。

罗邺《趁职单于留别阙下知己》 (《全唐诗》P7514)

年长有心终报国,时清到处便营家。逢秋不拟同张翰,为忆鲈鱼却叹嗟。

罗邺《春山山馆旅怀》 (《全唐诗》P7517)

山馆吟馀山月斜,东风摇曳拂窗花。岂知驱马无闲日,长在他人后到家。
孤剑向谁开壮节,流年催我自堪嗟。灯前结束又前去,晓出石林啼乱鸦。

徐铉《驿中七夕》 (《全唐诗》P8574)

七夕雨初霁,行人正忆家。江天望河汉,水馆折莲花。
独坐凉何甚,微吟月易斜。今年不乞巧,钝拙转堪嗟。

徐铉《送宣州丘判官》 (《全唐诗》P8604)

宪署游从阻,平台道路赊。喜君驰后乘,于此会仙槎。
缓酌迟飞盖,微吟望绮霞。相迎在春渚,暂别莫咨嗟。

孙元晏《乌衣巷》 (《全唐诗》P8707)

古迹荒基好叹嗟,满川吟景只烟霞。乌衣巷在何人住,回首令人忆谢家。

刘兼《中春登楼》 (《全唐诗》P8696)

古今通塞莫咨嗟,谩把霜髯敌岁华。失手已惭蛇有足,用心休为鼠无牙。

黄滔《喜陈先辈及第》 （《全唐诗》P8114）

今年春已到京华,天与吾曹雪怨嗟。甲乙中时公道复,朝廷看处主司夸。
飞离海浪从烧尾,嚥却金丹定易牙。不是驾前偏落羽,锦城争得杏园花。

司空图《效陈拾遗子昂感遇》 （《全唐诗》P7245）

阳和含煦润,卉木竞纷华。当为众所悦,私已汝何夸。
北里秘秾艳,东园锁名花。豪夺乃常理,奖君徒咄嗟。

贯休《古塞下曲》 （《全唐诗》P9363）

南北惟堪恨,东西实可嗟。常飞侵夏雪,何处有人家。
风刮阴山薄,河推大岸斜。只应寒夜梦,时见故国花。

齐己《残春》 （《全唐诗》P9453）

三月看无也,芳时此可嗟。园林欲向夕,风雨更吹花。
影乱冲人蝶,声繁绕堑蛙。那堪傍杨柳,飞絮满邻家。

修睦《送边将》 （《全唐诗》P9616）

人尽有离别,而君独可嗟。言将身报国,敢望禄荣家。
战思风吹野,乡心月照沙。归期定何日,塞北树无花。

修睦《简寂观》 （《全唐诗》P9617）

正同高士坐烟霞,思著闲忙又是嗟。碧岫观中人似鹤,红尘路上事如麻。
石肥滞雨添苍藓,松老涵风落翠花。莫道此间无我分,遗民长在惠持家。

【南唐】

李煜《悼诗》 （《全唐诗》P72）

永念难消释,孤怀痛自嗟。雨深秋寂寞,愁引病增加。
咽绝风前思,昏蒙眼前花。空王应念我,穷子正迷家。

李觏《戏题荷花》 （《中国历代咏荷诗文集成》P109）

昔人诗笔说莲花,人嫁春风早可嗟。今日倚栏添懊恼,池台多是属僧家。

【宋】

苏轼《望江南·超然台作》 （《苏轼选集》P259）

寒食后,酒醒却咨嗟。休对故人思故国,且将新火试新茶。诗酒趁年华。

欧阳修《戏答元珍》 （《千家诗》）

夜闻归雁生乡思,病入新年感物华。曾是洛阳花下客,野芳虽晚尔须嗟。

欧阳修《赠无为军李道士》

师琴纹如卧蛇,一弹使我三咨嗟。

赵鼎《役所寒食即事》 (《全宋诗》P18397)

疲民正苦淘泥沙,彼何人兮怒且哗。麤(cū)狂不肯道姓字,呼前醉态犹敧斜。
自言寒食身无事,快意欲嚼遑恤他。羁愁我自感节物,遣去不问徒咨嗟。

白玉蟾《双莲》 (《中国历代咏荷诗文集成》P73)

一池莲菡漾红霞,并带双花足赏嗟。醉面相看谁得似,三郎夜饮玉真家。

秦观《望海潮》 (《词综》P380)

西园夜饮鸣笳。有华灯碍月,飞盖妨花。兰苑未空,行人渐老,重来事事堪嗟。
烟暝酒旗斜。但倚楼极目,时见栖鸦。无奈归心,暗随流水到天涯。

李清照《晓梦》 (《李清照全集》P136)

虽非助帝功,其乐莫可涯。人生能如此,何必归故家。
起来敛衣坐,掩耳厌喧哗。心知不可见,念念犹咨嗟。

张齐贤《华清宫》 (《历代咏史绝句选》P434)

当时不是不穷奢,民乐升平少叹嗟。姚宋未亡妃子在,尘埃那得到中华。

汪元量《望江南·幽州九日》 (《词综》P1981)

官舍悄,坐到月西斜。永夜角声悲自语,客心愁破正思家,南北各天涯。肠断裂,
搔首一长嗟。绮席象床寒玉枕,美人何处醉黄花?和泪撚琵琶。

王安石《东门》 (《王安石全集》P59)

杨花飞白雪,枝袅绿烟斜。舞袖卷烟雪,绮裳明紫霞。
风流翳蓬颗,故地使人嗟。迢迢陌头青,空复可藏鸦。

【金】

元好问《出东平》 (《元好问全集》P199)

老马凌竞引席车,高城回首一长嗟。市声浩浩如欲沸,世路悠悠殊未涯。

元好问《正月九日立春》 (《元好问全集》P187)

十度新正九处家,今年痴坐转堪嗟。一冬残雪不肯尽,连日告寒殊未涯。

元好问《兰仲文郎中见过》 (《元好问全集》P254)

玉台辞客富年华,乐府风流有故家。水碧金膏步兵酒,天香国色洛阳花。
皇后郁郁今何在,世事悠悠日又斜。后夜云州古城下,故应回首一长嗟。

【明】

归有光《海上纪事》 (《明诗选》P389)

海潮新染血流霞,白日啾啾万鬼嗟。官司却恐君王怒,勘报疮痍四十家。

【近现代】

　　　　徐悲鸿《梅花》　（《中国古今题画诗全璧》P84）

　清芬肯与寒窗守,迁客常如兴叹嗟。万古巴山一恨事,月明从不照梅花。

　　　　林伯渠《长征》　（《十老诗选》P85）

　刚过草地到巴阿,无那西风日未斜。且喜境界新耳目,不虞粮秣少胡麻。

　巨猿解缆技殊巧,野虺射人事可嗟。前路纵遥知马力,谁予便利敢分家。

　　　　续范亭《国难日有感》　（《十老诗选》P218）

　乡邦不可问,有家若无家。奔驰三十载,国危空咨嗟。北守贺兰缺,西征入流沙。未遂区区志,苍苍鬓已华。黄金身外物,美女雾中花。我唯爱宝剑,干将与莫邪。我亦爱名马,骐骥与骝骅。剑马求不得,狂歌走天涯。

　　　　钱来苏《抗战将士有仰屋之嗟,诗以志慨》　（《十老诗选》P308）

　报国何曾一念差,无端仰屋共兴嗟。头颅已分填沟壑,薪米宁谋畜室家。

　金尽元戎空画饼,囊充主计硬如瓜。从谁乞得诛贪剑,愿为三军斩佞邪。

（注：槎与嗟同音。如钱珝的《江行无题二百首》（《全唐诗》P8193）:渺渺望天涯,清涟浸赤霞。难逢星汉使,乌鹊日乘槎。）

欧阳修《少年游》中的"街"

　　"街"字现在只有一个读音 jiē,如街道、街坊。但古时它是个多音字：一是"古膎切、据膎切",膎音(wá),街音佳(jiā);二是"古谐切,音皆"(jiē);三是"均窥切,音规"(guī)。究竟该读什么音,要看具体情况。如欧阳修的《少年游》（《欧阳修词全集》P202）中的"街道"就读 jiā,与"开""催""台"协韵。

　　玉壶冰莹兽炉灰,人起绣帘开。春丛一夜,六花开尽,不待剪刀催。

　　洛阳城阙中天起,高下遍楼台。絮乱风轻,拂鞍沾袖,归路似章街。

【唐】

　　　　杜甫《夏日叹》　（《全唐诗》P2285）

　夏日出东北,陵天经中街。朱光彻厚地,郁蒸何由开。

　上苍久无雷,无乃号令乖。雨降不濡物,良田起黄埃。

　　　　刘禹锡《卧病闻常山旋师策勋宥过》　（《全唐诗》P3978）

　昨闻凯歌旋,饮至酒如淮。无战陋丹水,垂仁轻槁街。

　清庙既策勋,圆丘侯燔柴。车书一以混,幽远靡不怀。

殷尧藩《上巳日赠都上人》（《全唐诗》P5565）

曲水公卿宴,香尘尽满街。无心修禊事,独步到禅斋。
细草萦愁目,繁花逆旅怀。绮罗人走马,遗落凤凰钗。

【清】

潘高《秦淮晓渡》（《百代千家绝句选》P725）

潮长波平岸,乌啼月满街。一声孤棹响,残梦落清淮。

李煜《虞美人》中的"解"

"解"字现在有三个读音:jiě、jiè、xiè。但古时它是个多音字,其中有一个是我们不大清楚的读音"口卖切,音楷"（《康熙字典》）。如:

李煜《虞美人·风回小院庭芜绿》（《词综》P85）

笙歌未散尊罍在,池面冰初解。烛明香暗画堂深,满鬓青霜残雪思难任。

该词中的"解"字与"在"字协韵,应读为"楷"。类似的押韵还有:

李煜《虞美人·春花秋月何时了》（《词综》P86）

雕栏玉砌应犹在,只是朱颜改。问君能有几多愁？恰似一江春水向东流。
（注:"解"和"改"都与"在"字协韵。）

苏轼《遗垂慈堂老人》（《苏轼全集》P195）

垂慈老人眼,俯仰了大块。置之盆盎中,日与山海对。
明年菖蒲根,连络不可解。倘有蟠桃生,旦暮犹可待。

（注:大块:指大地,大自然。）

贺铸《薄幸》（《宋词三百首》）

淡妆多态,更的的、频回眄睐。便认得琴心先许,与绾合欢双带。记画堂、风月逢迎、轻颦浅笑娇无奈。向睡鸭炉边,翔鸳屏里,羞把香罗偷解。

曹操《薤露》中的"京"

"京"字现在只有一个读音 jīng,其实它还有一音"叶居良切,音疆"（《康熙字典》）。《诗经》多处出现"京"读"疆"。如:

《诗经·小雅·正月》

正月繁霜,我心忧伤。民之讹言,亦孔之将。念我独兮,忧心京京(叶居良切)。

《诗经·小雅·甫田》

曾孙之稼,如茨如梁。曾孙之庾,如坻(音池)如京。

《诗经·大雅·文王》

侯服于周,天命靡常。殷士肤敏,祼(音灌)将于京。

《诗经·大雅·皇矣》

依其在京(居良切),侵自阮疆。

《诗经·大雅·下武》

下武维周,世有哲王。三后在天,王配于京。

《诗经·大雅·文王有声》

考卜维王,宅是镐京(叶居良切)。

曹操《薤露》 （《全汉三国晋南北朝诗》P120)

惟汉二十世,所任诚不良。沐猴而冠带,知小而谋疆。
犹豫不敢断,因狩执君王。白虹为贯日,己亦先受殃。
贼臣持国柄,杀主灭宇京。荡覆帝基业,宗庙以燔丧。
播越西迁移,号泣而且行。瞻彼洛城郭,微子为哀伤。

陈仙璧《倾杯乐·永嘉坐筵》中的"靓"

"靓"字现在人们较熟悉它应读 liàng(亮),不熟悉它还有一音 jìng(音净)。古诗词中有时应读 jìng(说"靓"字即"静"字。见《康熙字典》)。如：

【清】

陈仙璧《倾杯乐·永嘉坐筵》 （《词综补遗》P764)

鹊语迎轩,莺俦联袂,者番初见。认钗鬓,红围翠绕,琼箫徐引,金尊容劝。当筵才识春风面。海棠禁醉,捧到黄娇犹靓。艳名新饮,赚得珠帘争看(qiān)。

鲍照《赠故人马子乔》中的"扃"

"扃"字现在都读一音 jiōng。但古时它是个多音字,不但读"古荧切,音駉"(jiǒng),而且明确指出,扃即"铉"字,"涓荧切,音弦"。

古诗词中"扃"字与"明""城""经""形"诸字协韵的情况很多。现举例如下：

【汉】

汉武帝《落叶哀蝉曲》（《全汉三国晋南北朝诗》P3）

罗袂兮无声，玉墀兮尘生。虚房冷而寂寞，落叶依于重扃。
望彼美之女兮，安得感余心之未宁？

【南朝　宋】

鲍照《赠故人马子乔》（《玉台新咏》P82）

雌沉吴江里，雄飞入楚城。吴江深无底，楚阙有崇扃。
一为天地别，岂直限幽明。神物终不隔，千祀傥还并。

【唐】

李适《七月十五日题章敬寺》（《全唐诗》P47）

招提迩皇邑，复道连重城。法筵会早秋，驾言访禅扃。
尝闻大仙教，清净宗无生。七物匪吾宝，万行先求成。

宋之问《游云门寺》（《全唐诗》P654）

理胜常虚寂，缘空自感灵。入禅从鸽绕，说法有龙听。
劫累终期灭，尘躬且未宁。摇摇不安寐，待月咏岩扃。

韦应物《四禅精舍登览》（《全唐诗》P1910）

春风日已暄，百草亦复生。跻阁谒金像，攀云造禅扃。
新景林际曙，杂花川上明。

高适《奉酬北海李太守丈人夏日平阴寺》（《全唐诗》P2194）

两朝纳深衷，万乘无不听。盛烈播南史，雄词豁东溟。
谁谓整隼旟，翻然忆柴扃。寄书汶阳客，回首平阴亭。

严维《书情献相公》（《全唐诗》P2917）

孤根独弃惭山木，弱质无成状水萍。今日更须询哲匠，不应休去老岩扃。

杜甫《桥陵诗三十韵因呈县内诸官》（《全唐诗》P2263）

孝理敦国政，神凝推道经。瑞芝产庙柱，好鸟鸣岩扃。

杜甫《奉酬薛十二丈判官见赠》（《全唐诗》P2366）

志在麒麟阁，无心云母屏。卓氏近新寡，豪家朱门扃。
相如才调逸，银汉会双星。客来洗粉黛，日暮拾流萤。

独孤及《题思禅寺上方》（《全唐诗》P2766）

溪口闻法鼓，停桡登翠屏。攀云到金界，合掌开禅扃。
郁律众山抱，空蒙花雨零。老僧指香楼，云是不死庭。

窦庠《酬韩愈侍郎登岳阳楼见赠》（《全唐诗》P3046）

地图封七泽，天限锁重扃。万象皆归掌，三光岂遁形。

韩愈《题张十八所居》（《全唐诗》P3832）

君居泥沟上，沟浊萍青青。蛙欢桥未扫，蝉噆门长扃。
名秩后千品，诗文齐六经。端来问奇字，为我讲声形。

刘禹锡《客有话汴州新政书事》（《全唐诗》P4068）

三省壁中题姓字，万人头上见仪形。汴州忽复承平事，正月看灯户不扃。

刘禹锡《重酬前寄》（《全唐诗》P4069）

边烽寂寂尽收兵，宫树苍苍静掩扃。戎羯归心如内地，天狼无角比凡星。

刘禹锡《赠别约师》（《全唐诗》P4015）

师逢吴兴守，相伴住禅扃。春雨同栽树，秋灯对讲经。
庐山曾结社，桂水远扬舲。话旧还惆怅，天南望柳星。

白居易《梦仙》（《全唐诗》P4655）

再拜受斯言，既寤喜且惊。秘之不敢泄，誓志居岩扃。
恩爱舍骨肉，饮食断膻腥。朝餐云母散，夜吸沆瀣精。

李绅《龟山》（《全唐诗》P5478）

一峰凝黛当明镜，十仞乔松倚翠屏。秋月满时侵兔魄，素波摇处动龟形。
旧深崖谷藏仙岛，新结楼台起佛扃。不学大蛟凭水怪，等闲雪雨害生灵。

顾敻《醉公子》（《全唐诗》P10099）

漠漠秋云淡，红藕香侵槛。枕倚小山屏，金铺向晚扃。

（注：槛，《诗经·王风·大车》"大车槛槛"，槛槛，车行声也，与"淡""敢"协韵。槛一音"乙减切"，一音"胡黯切"。）

新林驿女《击盘歌送欧阳训酒》（《全唐诗》P9828）

飞燕身轻未是轻，枉将弱质在岩扃。今来不得同鸳枕，相伴神魂入杳冥。

韦庄《耒阳县浮山神庙》（《全唐诗》P5731）

一郡皆传此庙灵，庙前松桂古今青。山曾尧代浮洪水，地有唐臣奠绿醽。
绕坐香风吹宝盖，傍檐烟雨湿岩扃。为霖自可成农岁，何用兴师远伐邢。

周贺《送忍禅师归庐岩》（《全唐诗》P5731）

浪匝滋城岳壁青，白头僧去扫禅扃。龛灯度雪补残衲，山日上轩看旧经。

（注："扃"字与"清""行""声""明"诸字协韵。）

【宋】

苏轼《中秋月寄子由》（《苏轼选集》P108）

郑子向河朔，孤舟连夜行。顿子虽咫尺，兀如在牢扃。
赵子寄书来，水调有余声。

贾岛《对菊》中的"菊"

"菊"字现在只有一个读音 jú。但古诗词中它有时要读"诀力切",与"息"字协韵。如:

【唐】

贾岛《对菊》 (《康熙字典》)

九日不出门,十日见黄菊。灼灼尚繁英,美人无消息。

据《唐韵古音》《韵会》,"菊"字是"居六切,音掬",所以"菊"字有时与"竹""宿""蓄""伏""目"诸字协韵。如:

【南朝 梁】

萧统《讲席将毕赋三十韵诗》 (《全汉三国晋南北朝诗》P877)

法苑称嘉柰,慈园美修竹。灵觉相招影,神仙共栖宿。
慧义比琼瑶,薰染犹兰菊。理玄方十算,功深似九竺。

左思《蜀都赋》中的"开"

"开"字现在只有一个读音 kāi。其实古时它是个多音字，不但可读"苦哀切，音侅"，而且可读"轻烟切，音牵"，还可读"叶音亏""叶音欺"(《康熙字典》)。如：

【晋】

　　左思《蜀都赋》　(《康熙字典》)

　　宣化之闼，崇礼之闱。华阙双邈，重门洞开。

　　清商曲辞《华山畿》　(《全汉三国晋南北朝诗》P736)

　　华山畿！君既为侬死，独生为谁施(xī)？欢若见怜时，棺木为侬开(开音欺)！

　　清商曲辞《子夜歌》　(《全汉三国晋南北朝诗》P523)

　　自从别欢来，奁器了不开。头乱不敢理，粉拂生黄衣。

　　清商曲辞《子夜歌》　(《全汉三国晋南北朝诗》P524)

　　绿揽迮题锦，双裙今复开。已许腰中带，谁共解罗衣。

【南朝　宋】

　　谢惠连《捣衣篇》　(《康熙字典》)

　　盈箧自余手，幽缄候君开。腰带准畴昔，不知今是非。

史岑《出师颂》中的"楷"

"楷"字现在有两个读音：kǎi，如楷模、楷书；jiē，如楷木。但古时它是个多音字，不但读"苦骇切，音锴"，而且可读"居谐切，音皆"，还可读"叶遣礼切，音起"(《康熙字典》)。如史岑《出师颂》中的"楷"字就读音为"起"。

【汉】

　　史岑《出师颂》　(《康熙字典》)

　　允文允武，明诗说礼。宪章百揆，为世作楷。

【晋】

潘岳《北芒送别王世胄诗》（《先秦汉魏晋南北朝诗》P631）

桓桓平北，帝之宠弟。彬彬我兄，敦书悦礼。

乃降厥资，训戎作楷（qǐ）。谁谓荼苦，其甘如荠。

李贺《谢秀才有妾缟练》中的"看"

"看"字现在有两个读音 kàn 和 kān。但古诗词中它除了 kàn 音外，还有 qiān 音。《康熙字典》注明，看字音一是"苦寒切，音刊"；二是"苦旰切，音刊去声"；三是"叶苦坚切，音牵"；四是"叶苦甸切，音牵去声"。

古诗词中"看"字音"牵"（qiān）与"渊""弦""篇""前""燕""遍""片""浅"等字协韵的情况不少，现举例如下：

【南朝 宋】

吴迈远《长相思》（《康熙字典》）

经春不举袖，秋落宁复看。一见愿道意，君门已九关（juān）。

【唐】

李贺《谢秀才有妾缟练》（《全唐诗》P4413）

碧玉破不复，瑶琴重拨弦。今日非昔日，何人敢正看。

白居易《游悟真寺诗》（《全唐诗》P4735）

造物者何意，堆在岩东偏。冷滑无人迹，苔点如花笺。

我来登上头，下临不测渊。目眩手足掉，不敢低头看。

白居易《朝归书寄元八》（《全唐诗》P4737）

独眠仍独坐，开襟当风前。禅师与诗客，次第来相看。

要语连夜语，须眠终日眠。除非奉朝谒，此外无别牵。

白居易《酬吴七见寄》（《全唐诗》P4737）

闻有送书者，自起出门看。素缄署丹字，中有琼瑶篇。

口吟耳自听，当暑忽翛然。

【宋】

苏辙《咏彝亭》（《康熙字典》）

千里思山梦中见，要须罢郡归来看（qiān）。

苏轼《浣溪沙·菊节》（《苏轼词全集》P40）

缥缈危楼紫翠间，良辰乐事古难全。感时怀旧独凄然。璧月琼枝空夜夜，菊花人貌自年年。不知来岁与谁看。

苏轼《浣溪沙·重九旧韵》 （《苏轼词全集》P41）

白雪清词出坐间,爱君才器两俱全。异乡风景却依然。

可恨相逢能几日,不知重会是何年。茱萸仔细更重看。

吴文英《倦寻芳·花翁遇旧欢吴门老妓李怜,邀分韵同赋此词》 （《词综》P1178）

听细语琵琶幽怨。客鬓苍华,衫袖湿遍。渐老芙蓉,犹自带霜重看(qiān)。一缕深情朱户掩,两痕愁起青山远。被西风,又惊吹梦云分散(xiàn)。

吴文英《霜花腴·重阳前一日泛石湖》 （《词综》P1193）

妆压鬟英争艳,度清商一曲,暗坠金蝉。芳节多阴,兰情稀会,晴晖称拂吟笺。更移画船。引佩环邀下婵娟。算明朝未了重阳,紫萸应耐看。

阮阅《洞仙歌·赠宜春官妓赵佛奴》 （《词综》P782）

赵家姊妹,合在昭阳殿。因甚人间有飞燕。见伊底,尽道独步江南,便江北也可曾惯见？惜伊情性好,不解嗔人,长带桃花笑时脸。向尊前酒底,见了须归,似恁地能得几回细看。待不眨眼儿觑着伊,将眨眼工夫,看伊几遍。

晁端礼《水龙吟·杏花》 （《词综》P584）

常忆山城斜路,喷清香日迟风暖(xuān)。春阴挫后,马前惆怅,满枝妆浅。深院帘垂,雨愁人处,碎红千片。料明年更发,多应更好,约邻翁看。

刘澜《齐天乐·吴兴郡宴遇旧人》 （《词综》P2001）

玉钗分向金华后,回头路迷仙苑。落翠惊风,流红逐水,谁信人间重见？花深半面,尚歌得新词,柳家三变。绿叶阴阴,可怜不是那时看。

【清】

陈洵《探芳信》 （《词综补遗》P742）

洗梦尘清泚,银河水深浅。人间百感冬温夜,教作良辰看。渐黄昏,隔水初灯,岁华深院。

孙景贤《西子妆》 （《词综补遗》P897）

旧游清兴玉壶知,叹年光、梦痕都远。青浓翠软。记鸥叟、鹅儿同看。画桡轻、却趁菱陂路转。

毛楠《凤衔杯·画眉》 （《词综补遗》P1217）

独倚妆楼频频看。斗新月、一弯堪美。学画入时眉,青螺两点春山远。笑问旁人深浅。

何春旭《水调歌头·烟雨楼题壁》 （《词综补遗》P1243）

双鬓入秋老,一剑向人寒(xiān)。天外白虹不见,楼上感华年。曲曲雕阑画槛,读罢宫娥辞句,明月四更天。留个孽窠子,付与后人看。

王德楷《摸鱼儿》 (《词综补遗》P1428)

灵池太液浑无分,那管银河深浅。空婉娈,算映出妍姿,不当春红看。孤芳漫炫。

邵瑛《惜秋花·咏牵牛花》 (《清词之美》P227)

黛峰画偏淡,莫吴娘妆罢,又疏筠齐卷。承露无多,输与晓程人看。漫写一段幽情,试问谁、含颦千点。曾见,小青花,竹山吟卷。

皮日休《太湖诗·桃花坞》中的"渴"

"渴"字现在只有一个读音 kě,如口渴、渴望、求贤若渴。但古时它是个多音字,1936 出版的《辞海》注有两音:除了读 kě 外,还读"渠列切,音杰"(jié)。古诗词中有时"渴"要以"杰"音与"别""越""雪""截"等字协韵。如:

【唐】

皮日休《太湖诗·桃花坞》 (《全唐诗》P7038)

微风吹重岚,碧埃轻勃勃(bié)。清阴减鹤睡,秀色治人渴。

皮日休《徐诗》 (《全唐诗》P7029)

何竹青堪杀,何蒲重好截。如能盈兼两,便足酬饥渴。

杜甫《鹿头山》 (《全唐诗》P2301)

鹿头何亭亭,是日慰饥渴。连山西南断,俯见千里豁(xù)。
游子出京华,剑门不可越。及兹险阻尽,始喜原野阔(què)。

杜甫《自京赴奉先县咏怀五百字》 (《全唐诗》P2265)

行旅相攀援,川广不可越。老妻寄异县,十口隔风雪。
谁能久不顾,庶往共饥渴。入门闻号咷,幼子饥已卒。

萧衍《子夜四时歌 冬歌一》中的"客"

"客"字现在只有一个读音 kè,如客人、客车、客栈。但古时它是个多音字,除了读"乞格切"音 kè 外,还读"叶苦各切,音恪"。

客(kè)音最早见于《诗经》:

《诗经·小雅·白驹》

皎皎白驹,食我场藿。絷之维之,以永今夕(xuē)。听谓伊人,于焉嘉客。

《诗经·小雅·楚茨》

或燔或炙,君妇莫莫。为豆孔庶,为宾为客。献酬交错,礼仪卒度(duó)。

《楚辞·哀郢》

顺风波以从流兮,焉洋洋而为客。凌阳侯之氾滥兮,忽翱翔之焉薄。

古诗词中许多的"客"字是与"席""惜""戟""碧""辟""壁""滴""敌""迹""寂""益""笛"等字协韵的。如:

【南朝　梁】

萧衍《子夜四时歌　冬歌一》（《玉台新咏》P296）

塞闺动黻帐,密筵重锦席。卖眼拂长袖,含笑留上客。

纪少瑜《拟吴均体应教》（《玉台新咏》P200）

庭树发春晖,游人竞下机。却匣擎歌扇,开箱择舞衣。
桑萎不复惜,看光遽将夕。自有专城居,空持迷上客。

谢朓《金谷聚》（《玉台新咏》P277）

渠盈送佳人,玉栖要上客。车马一东西,别后思今夕。

吴均《行路难》（《玉台新咏》P239）

君不见上林苑中客,冰罗雾縠象牙席。尽是得意忘言者,探肠见胆无所惜。
白酒甜盐甘如乳,绿肠皎镜华如碧。

【唐】

李峤《奉教追赴九成宫》（《全唐诗》P686）

委质承仙翰,只命遥遥策。事偶从梁游,人非背淮客。
长驱历川阜,迥眺穷原泽。郁郁桑柘繁,油油禾黍积。
雨馀林气静,日下山光夕。

宋之问《答田征君》（《全唐诗》P621）

风泉度丝管,苔藓铺苗席。传闻颖阳人,霞外漱灵液。
勿枉岩中翰,吟望朝复夕。何当遂远游,物色候逋客。

崔融《塞垣行》一作崔湜诗（《全唐诗》P765）

昔我事讨论,未尝忽经籍。一朝弃笔砚,十年操矛戟。
岂要黄河誓,须勒燕山石。可嗟牧羊臣,海外久为客。

沈佺期《七夕曝衣篇》（《全唐诗》P1027）

此夜星繁河正白,人传织女牵牛客。宫中扰扰曝衣楼,天上娥娥红粉席。

李颀《琴歌》 （《全唐诗》P1349）

主人有酒欢今夕，请奏鸣琴广陵客。月照城头乌半飞，霜凄万树风入衣。

李颀《夏宴张兵曹东堂》 （《全唐诗》P1350）

重林华屋堪避暑，况乃烹鲜会佳客。主人三十朝大夫，满座森然见矛戟。

李颀《欲之新乡答崔颢綦毋潜》 （《全唐诗》P1350）

吾属交欢此何夕，南家捣衣动归客。铜炉将炙相欢饮，星宿纵横露华白。

李颀《送刘昱》 （《全唐诗》P1356）

八月寒苇花，秋江浪头白（白音弼）。北风吹五两，谁是浔阳客？

李颀《放歌行答从弟墨卿》 （《全唐诗》P1349）

徒尔当年声籍籍，滥作词林两京客。故人斗酒安陵桥，黄鸟春风洛阳陌。

李颀《古意》 （《全唐诗》P1355）

男儿事长征，少小幽燕客。赌胜马蹄下，由来轻七尺。
杀人莫敢前，须如猬毛磔。

李白《淮南卧病书怀》 （《全唐诗》P1766）

吴会一浮云，飘如远行客。功业莫从就，岁光屡奔迫。
良图俄弃捐，衰疾乃绵剧（jī）。古琴藏虚匣，长剑挂空壁。

李白《宣州九日》 （《全唐诗》P1776）

九日茱萸熟，插鬓伤早白。登高望山海，满目悲古昔。
远访投沙人，因为逃名客。故交竟谁在，独有崔亭伯（bì）。

李白《泾溪南蓝山下有落星潭可以卜筑余泊舟石上寄何判官昌浩》 （《全唐诗》P1777）

沙带秋月明，水摇寒山碧。佳境宜缓棹，清辉能留客。
恨君阻欢游，使我自惊惕。所期俱卜筑，结茅炼金液。

李白《日夕山中忽然有怀》 （《全唐诗》P1856）

久卧青山云，遂为青山客。山深云更好，赏弄终日夕。
月衔楼间峰，泉漱阶下石。素心自此得，真趣非外惜。

李白《于五松山赠南陵常赞府》 （《全唐诗》P1761）

寂寂还寂寂，出门迷所适。长铗归来乎，秋风思归客。
（注：适音dí或tí。）

杜甫《雨》 （《全唐诗》P2345）

群盗下辟山，总戎备强敌。水深云光廓，鸣橹各自适。
渔艇自悠悠，夷歌负樵客。留滞一老翁，书时记朝夕。

王建《赛神曲》（《全唐诗》P3377）
青天无风水复碧,龙马上鞍牛服轭(yū)。纷纷醉舞踏衣裳,把酒路旁劝行客。

白居易《汎小艇》（《全唐诗》P5015）
水一塘,艇一只。艇头漾漾知风起,艇背萧萧闻雨滴。
醉卧船中欲醒时,忽疑身是江南客。

白居易《禁中寓直梦游仙游寺》（《全唐诗》P4719）
西轩草诏暇,松竹深寂寂。月出清风来,忽似山中夕。
因成西南梦,梦作游仙客。觉闻宫漏声,犹谓山泉滴。

白居易《趣生访宿》（《全唐诗》P4728）
西斋日已暮,叩门声橐橐。知是君宿来,自拂尘埃席。
村家何所有,茶果迎来客。贫静似僧居,竹林依四壁。

白居易《昭国闲居》（《全唐诗》P4737）
贫闲日高起,门巷昼寂寂。时暑放朝参,天阴少人客。
槐花满田地,仅绝人行迹。独在一床眠,清凉风雨夕。

白居易《过紫霞兰若》（《全唐诗》P4756）
我爱此山头,及此三登历。紫霞旧精舍,寥落空泉石。
朝市日喧隘,云林长悄寂。犹存住寺僧,肯有归山客。

王昌龄《岳阳别李十七越宾》（《全唐诗》P1428）
相逢楚水寒,身在洞庭驿。具陈江波事,不异沧弃迹。
杉上秋雨声,悲切蒹葭夕。弹琴收馀响,来送千里客。

韦应物《郡楼春燕》（《全唐诗》P1900）
众乐杂军鞞,高楼宴上客。思逐花光乱,赏馀山景夕。
为郡访雕瘵,守程难损益。聊假一杯欢,暂忘终日迫。

韦应物《寄全椒山中道士》（《全唐诗》P1921）
今朝郡斋冷,忽念山中客。涧底采荆薪,归来煮白石。
欲持一瓢酒,远慰风雨夕。落叶满空山,何处寻行迹。

韦应物《杂言送黎六郎》（《全唐诗》P1932）
县闲吏傲与尘隔,移竹疏泉常岸帻。莫言去作折腰官,岂似长安折腰客。

韦应物《送孙徵赴云中》（《全唐诗》P1941）
黄骢少年舞双戟,目视旁人皆辟易。百战曾夸陇上儿,一身复作云中客。

韦应物《李博士弟以余罢官居同德精舍》（《全唐诗》P1944）
  初夏息众缘，双林对禅客。枉兹芳兰藻，促我幽人策。
  冥搜企前哲，逸句陈往迹。仿佛陆浑南，迢递千峰碧。

韦应物《夕次盱眙县》（《全唐诗》P1962）
  落帆逗淮镇，停舫临孤驿。浩浩风起波，冥冥日沉夕。
  人归山郭暗，雁下芦洲白。独夜忆秦关，听钟未眠客。

韦应物《龙门远眺》（《全唐诗》P1973）
  凿山导伊流，中断如天辟。都门遥相望，佳气生朝夕。
  素怀出尘意，适有携手客。精舍绕层阿，千龛邻峭壁。

韦应物《游南斋》（《全唐诗》P1982）
  池上鸣佳禽，僧斋日幽寂。高林晚露清，红药无人摘。
  春水不生烟，荒冈筠翳石。不应朝夕游，良为蹉跎客。

皇甫冉《屏风上各赋一物得携琴客》（《全唐诗》P2799）
  不是向空林，应当就盘石。白云知隐处，芳草迷行迹。
  如何祇役心，见尔携琴客。

刘长卿《寄龙山道士许法棱》（《全唐诗》P1481）
  悠悠白云里，独往青山客。林下昼焚香，桂花同寂寂。

杜甫《驱竖子摘苍耳》（《全唐诗》P2344）
  登床半生熟，下箸还小益。加点瓜薤间，依稀桔奴迹。
  乱世诛求急，黎民糠秕窄。饱食复何心，荒哉膏粱客。

杜甫《雨》（《全唐诗》P2345）
  群盗下辟山，总戎备强敌。水深云光廓，鸣橹各有适。
  渔艇自悠悠，夷歌负樵客。留滞一老翁，书时记朝夕。

杜甫《惜别行送向卿进奉端午御衣之上都》（《全唐诗》P2372）
向卿将命寸心赤，青山落日江潮白。卿到朝廷说老翁，漂零已是沧浪客。

杜甫《醉歌行赠公安颜少府请顾八题壁》（《全唐诗》P2373）
乌蛮落照衔赤壁，酒酣耳热忘头白。感君意气无所惜，一为歌行歌主客。

杜甫《戏赠阌乡秦少翁》（《全唐诗》P2281）
去年行宫守太白，朝回君是同舍客。同心不减骨肉亲，每语见许文章伯。

杜甫《石柜阁》（《全唐诗》P2301）
  蜀道多草花，江间饶奇石。石柜曾波上，临虚荡高壁。
  清晖回群鸥，暝色带远客。羁栖负幽意，感叹向绝迹。

杜甫《光禄坂行》 (《全唐诗》P2315)

山行落日下绝壁,西望千山万水赤。树枝有鸟乱鸣时,瞑色无人独归客。(注:赤音"七迹切,音戚"。)

杜甫《郑典设自施州归》 (《全唐诗》P2336)

青山自一川,城郭洗忧戚。听子话此邦,令我心悦怿。
其俗甚纯朴,不知有主客。温温诸侯门,礼亦如古昔。

柳宗元《溪居》 (《全唐诗》P3946)

久为簪组累,幸此南夷谪。闲依农圃邻,偶似山林客。
晓耕翻露草,夜榜响溪石。来往不逢人,长歌楚天碧。

柳宗元《早梅》 (《全唐诗》P3952)

早梅发高树,迥映楚天碧。朔吹飘夜香,繁霜滋晓白。
欲为万里赠,杳杳山水隔。寒英坐销落,何用慰远客。

柳宗元《禅堂》 (《全唐诗》P3953)

发地结菁茅,团团抱虚白。山花落幽户,中有忘机客。
涉有本非取,照空不待析。万籁俱缘生,宣然喧中寂。
心境本洞如,鸟飞无遗迹。

李商隐《景阳宫井双桐》 (《全唐诗》P6217)

秋港菱花干,玉盘明月蚀。血渗两枯心,情多去未得。
徒经白门伴,不见丹山客。未待刻作人,愁多有魂魄。

冯延巳《谒金门》 (《唐宋名家词选》P39)

杨柳陌,宝马嘶空无迹。新着荷衣人未识,年年江海客。梦觉巫山春色,醉眼飞华狼籍。起舞不辞无气力,爱君吹玉笛。

【宋】

苏轼《香积寺诗》

此峰独苍然,感荷祖佛力。幽光发中夜,见者惟木客。

苏轼《送杨杰》 (《苏轼选集》P173)

三韩王子西求法,凿齿弥天两劲敌。过江风急浪如山,寄语舟人好看客。

曹组《忆少年》 (《词综》P594)

年时酒伴,年时去处,年时春色。清明又近也,却天涯为客。

谢逸《柳梢青》 (《词综》P534)

香肩轻拍,樽前忍听,一声将息。昨夜浓欢,今朝别酒,明日行客。

曾觌《忆秦娥·邯郸道上》 (《词综》P772)

风萧瑟,邯郸古道伤行客。伤行客,繁华一瞬,不堪思忆。丛台歌舞无消息,金樽玉管空陈迹。空陈迹,连天草树,暮云凝碧。

陆凝之《念奴娇·观潮》 (《词综》P776)

长记草赋梁园,凌云笔势,倒三江秋色。对此惊心空怅望,老作红尘闲客。别浦烟平,小楼人散,回首千波寂。西风扫露,为君重喷霜笛。

辛弃疾《满江红·送李正之提刑入蜀》 (《词综》P800)

蜀道登天,一杯送、绣衣行客。还自叹、中年多病,不堪离别。东北看誉诸葛表,西南更草相如檄。把功名、收拾付君侯,如椽笔。

刘克庄《满江红》 (《词综》P891)

落日登楼,谁管领倦游狂客。待唤起沧浪渔父,隔江吹笛。看水看山身尚健,忧晴忧雨头先白。对暮云不见美人来,遥天碧。

李甲《帝台春》 (《宋词三百首》)

芳草碧色,萋萋遍南陌。暖絮乱红,也似知人,春愁无力。忆得盈盈拾翠侣,共携赏、凤城寒食。到今来,海角逢春,天涯为客。

徐干《室思诗》中的"空"

"空"字现在有三个读音:kōng、kǒng、kòng。但古诗词中它有时要读为与"光""伤"等字协韵的"叶枯江切"(音刚);有时则读"叶枯良切"(音双)(《康熙字典》)。如:

《诗经·小雅·大东》

小东大东(叶都郎切,音当),杼柚其空(叶枯良切)。纠纠葛屦,可以履霜。

【东汉】

徐干《室思诗》 (《先秦汉魏晋南北朝诗》P376)

念与君生别,各在天一方。良会未有期,中心摧且伤。
不聊忧飧食,慊慊常饥空。端坐而无为,髣髴君容光。

元稹《缚戎人》中的"窟"

"窟"字现在只有一个读音 kū,如石窟、洞窟、窟窿、贫民窟等。
但古诗词中它却是多音,除了"苦骨切"音 kū,还可"叶丘月切,音阙"(què),还可读"叶区乙切,音乞"。

又,古字"窟"与"掘"通(《康熙字典》),如元稹的《缚戎人》中的"窟"就应读"阙"。

【唐】

元稹《缚戎人》 (《全唐诗》P4619)

中有一人能汉语,自言家本长城窟。
少年随父戍安西,河渭瓜沙眼看没(音灭)。
天宝未乱犹数载,狼星四角光蓬勃(音别)。

元稹《有鸟二十立章》 (《全唐诗》P4623)

平明度海朝未食,拔上秋空云影没。瞥然飞下人不知,搅碎荒城魅狐窟。

陆龟蒙《奉酬袭美先辈吴中苦雨》 (《全唐诗》P7112)

千家潆瀑练,忽似好披拂。万瓦垂玉绳,如堪取萦结。
况余居低下,本是蛙蚓窟。迩来增号呼,得以恣唐突。

李白《答族侄僧中孚赠玉泉仙人掌茶》 (《全唐诗》P1818)

常闻玉泉山,山洞多乳窟。仙鼠如白鸦,倒悬清溪月。
茗生此石中,玉泉流不歇。根柯洒芳津,采服润肌骨(骨音节)。

李白《忆崔郎中宗之游南事日遗吾孔子琴抚之潸然感奋》 (《全唐诗》P1858)

一朝摧玉树,生死殊飘忽。留我孔子琴,琴存人已殁。
谁传广陵散,但哭邙山骨。泉户何时明,长扫狐兔窟。

杜牧《池州送孟迟先辈》 (《全唐诗》P5946)

青云生马角,黄州使持节。秦岭望樊川,只得回头别。
商山四皓祠,心与樗蒲说。大泽蒹葭风,孤城狐兔窟。

岑参《江上阻风雨》 (《全唐诗》P2045)

气昏雨已过,突兀山复出。积浪成高丘,盘涡为嵌窟。
云低岸花掩,水涨滩草没(没音灭)。

刘湾《李陵别苏武》 (《全唐诗》P2012)

李陵不爱死,心存归汉阙。誓欲还国恩,不为匈奴屈。
身辱家已无,长居虎狼窟。胡天无春风,房地多积雪。
穷阴愁杀人,况与苏武别。

《诗经·卫风·考槃》中的"宽"

"宽"字现在只有一个读音 kuān,如宽敞、宽广、宽容等。但古诗词中它不但可读

"苦官切,音款"(kuǎn),而且可读"叶驱圆切,音圈"(quān),还可读"叶巨员切,音权"(quán)。如:

【先秦】

《诗经·卫风·考槃》

考槃在涧,硕人之宽(叶区权切)。独寐寤言,永矢弗谖(音喧)。

【唐】

韩愈《闵己赋》 (《康熙字典》)

昔颜氏之庶几,在隐约而平宽。固哲人之细事,夫子乃嗟叹其贤。

白居易《游悟真寺诗》 (《全唐诗》P4743)

如擘山腹开,置寺于其间。入门无平地,地窄虚空宽(音圈)。

白居易《朝归书寄元八》 (《全唐诗》P4736)

却睡至日午,起坐心浩然。况当好时节,雨后清和天。
柿树绿阴合,王家庭院宽。

吕本中《采桑子》中的"亏"

吕本中的《采桑子》(《唐宋名家词选》P221):

恨君不似江楼月,南北东西,南北东西,只有相随无别离。
恨君却似江楼月,暂满还亏,暂满还亏,待得团圆是几时?

吕本中这首词大家比较熟悉。朗读这词时词中的"亏"字大家都读为 kuī,但这是不正确的。据"采桑子"词牌的要求,上阕中的西、离与下阕中的亏、时是协韵的。如把"亏"字读成 kuī,那就不协韵了。

据《康熙字典》,"亏"字"去为切"音虧(kuī)。虧有两音:一音 kuī,一音 xī 羲。同时注明:"又,与羲通。"伏羲又写成虧,所以"亏"字又可读成"羲"。

由此可见,吕本中《采桑子》中的"亏"字应该为"羲"(xī)。

下面是古诗词中的"亏"字应该读 xī 音的一些资料:

【三国】

曹丕《艳歌何尝行》 (《全汉三国晋南北朝诗》P130)

约身奉事君,礼节不可亏。上惭沧浪之天,下顾黄口小儿。

【魏】

嵇康《诗》 (《先秦汉魏晋南北朝诗》P491)

华木夜光。沙棠离离。俯漱神泉。仰叽琼枝。栖心浩素。终始不亏。

【晋】

陶渊明《杂诗》 (《全汉三国晋南北朝诗》P479)

慷慨忆绸缪,此情久已离。荏苒经十载,暂为人所羁。
庭宇翳馀木,倏忽日月亏。

曹摅《答赵景猷诗》 (《先秦汉魏晋南北朝诗》P755)

无生不化,我心匪亏。眷眷屈生,哀彼乖离。迟迟杨子,哭此路歧。

傅玄《拟四愁诗》 (《玉台新咏》P230)

星辰有翳日月移,驽马哀鸣惭不驰(驰音齐),何为多念徒自亏。

傅玄《昔思君》 (《先秦汉魏晋南北朝诗》P565)

昔君与我兮形影潜结,今君与我兮云飞雨绝。
昔君与我兮音响相和,今君与我兮落叶去柯。
昔君与我兮金石无亏,今君与我兮星灭光离。

贾充《与妻李夫人连句诗》 (《玉台新咏》P268)

叹息亦何为?但恐大义亏。大义同胶漆,匪石心不移。

【南朝 宋】

谢庄《游豫章西观洪崖井》 (《全汉三国晋南北朝诗》P623)

幽愿平生积,野好岁月弥。舍簪神区外,整褐灵乡垂。
林远炎天隔,山深白日亏。游阴腾鹄岭,飞清起凤池(池音齐)。

鲍照《代邽街行》① (《全汉三国晋南北朝诗》P673)

人生随事变,迁化焉可祈。百年难必果,千虑易盈亏。

【北齐】

邢邵《三日华林园公宴》 (《全汉三国晋南北朝诗》P1507)

新萍已冒沼,馀花尚满枝。草滋径芜没,林长山蔽亏。
芳筵罗玉俎,激水漾金卮。歌声断以续,舞袖合还离。

【南朝 梁】

萧统《和武帝游钟山大爱敬寺诗》 (《全汉三国晋南北朝诗》P874)

善游兹胜地,兹岳信灵奇。嘉木互纷札,层峰郁蔽亏。
丹藤绕垂干,绿竹荫清池。

萧纲《赠张缵诗》 (《全汉三国晋南北朝诗》P903)

九疑势参差,江天相蔽亏。三春沣浦叶,九月洞庭枝。
洞庭枝袅娜,沣浦叶参差(差音妻)。芬芳与摇落,俱应伤别离。

---

① 一作去邪行。

萧纲《柽诗》 (《全汉三国晋南北朝诗》P935)
凌寒竞贞节,负雪固难亏。无惭云母桂,讵减珊瑚枝。

沈约《咏馀雪》 (《全汉三国晋南北朝诗》P1019)
阴庭覆素芷,南阶褰绿莸。玉台新落构,青山已半亏。

江淹《悼室人》 (《全汉三国晋南北朝诗》P1054)
暮气亦何劲,严风照天涯。梦寐无端际,惝恍有分离。
意念每失乖,徒见四时亏。

范云《赠俊公道人》 (《全汉三国晋南北朝诗》P1057)
秋蓬飘秋甸,寒藻泛寒池(池音齐)。风条振风响,霜叶断霜枝。
幸及清江满,无使明月亏。月亏君不来,相期竟悠哉。

庾肩吾《侍宴饯湘州刺史张续》 (《全汉三国晋南北朝诗》P1093)
洞庭资善政,层城送远离。九歌扬妙曲,八桂动芳枝。
雨足飞春殿,云峰入夏池。郢路方辽远,湘山转蔽亏。

陆倕《以诗代书别后寄赠》 (《全汉三国晋南北朝诗》P1251)
山川望犹近,便似隔天涯(涯音衣)。玉躬子加护,昭质余未亏。
八行思自勉,一札望来仪。

【隋】
皇夏《燕射歌辞·皇帝出入殿庭奏》 (《全汉三国晋南北朝诗》P1639)
深哉皇度,粹矣天仪。司陛整跸,式道先驰。
八屯雾拥,七萃云披。退扬进撝,步矩行规(规音吸)。
句陈乍转,华盖徐移。羽旗照耀,珪组陆离。
居高念下,处安思危。照临有度,纪律无亏。

【唐】
武则天《唐大飨拜洛乐章》 (《全唐诗》P56)
菲躬承睿顾,薄德忝坤仪。乾乾遵后命,翼翼奉先规。
抚俗勤虽切,还淳化尚亏。未能弘至道,何以契明祇。

胡雄《郊庙歌辞·舒和》 (《全唐诗》P138)
送文迎武递参差,一始一终光圣仪。四海生人歌有庆,千龄孝享肃无亏。

《祭方丘乐章·肃和》 (《全唐诗》P106)
至矣坤德,皇哉地祇。开元统纽,合大承规。
九宫肃列,六典相仪。永言配命,长保无亏。

元结《舂陵行》 (《全唐诗》P2704)

前贤重守分,恶以祸福移。亦云贵守官,不爱能适时。
顾惟孱弱者,正直当不亏。何人采国风,吾欲献此辞。

卢照邻《行路难》 (《全唐诗》P518)

倡家宝袜蛟龙帔,公子银鞍千万骑。黄莺一一向花娇,青鸟双双将子戏。
千尺长条百尺枝,月桂星榆相蔽亏。

张九龄《南还以诗代书赠京师旧僚》 (《全唐诗》P606)

土风从楚别,山水入湘奇。石濑相奔触,烟林更蔽亏。

宋之问《明河篇》 (《全唐诗》P627)

洛阳城阙天中起,长河夜夜千门里。复道连甍共蔽亏,画堂琼户特相宜。

李白《古风》 (《全唐诗》P1679)

恻恻泣路岐,哀哀悲素丝。路岐有南北,素丝易变移。
万事固如此,人生无定期。田窦相倾夺,宾客互盈亏。
世途多反覆,交道方崄巇。

李颀《送郝判官》 (《全唐诗》P1356)

江连清汉东逶迤,遥望荆云相蔽亏。应问襄阳旧风俗,为余骑马习家池。

张籍《别段生》 (《全唐诗》P4296)

同在道路间,讲论亦未亏。为文于我前,日夕生光仪。
行役多疾疲,赖此相扶持。贫贱事难拘,今日有别离。

刘义《答孟东野》 (《全唐诗》P4445)

百篇非所长,忧来豁穷悲。唯有刚肠铁,百炼不柔亏。

元稹《代九九》 (《全唐诗》P4640)

才学羞兼妒,何言宠便移。青春来易皎,白日誓先亏。

元稹《酬翰林白学士代书一百韵》 (《全唐诗》P4521)

形影同初合,参商喻此离。扇因秋弃置,镜异月盈亏。

白居易《代书诗一百韵寄微之》 (《全唐诗》P4826)

念远缘迁贬,惊时为别离。素书三往复,明月七盈亏。

王建《求友》 (《全唐诗》P3368)

敩学既不诚,朋友道日亏。遂作名利交,四海争奔驰。

朱庆馀《十六夜月》 (《全唐诗》P5886)

昨夜忽已过,冰轮始觉亏。孤光犹不定,浮世更堪疑。

陈子昂《鸳鸯篇》 (《全唐诗》P895)

飞飞鸳鸯鸟,举翼相蔽亏。俱来绿潭中,共向白云涯。
音容相眷恋,羽翮两逶迤。

寒山《诗》 (《全唐诗》P9069)

夫物有所用,用之各有宜。用之若失所,一缺复一亏。
圆凿而方枘,悲哉空尔为(为音移)。骅骝将捕鼠,不及跛猫儿(儿音倪)。

李商隐《破镜》 (《全唐诗》P6167)

玉匣清光不复持,菱花散乱月轮亏。
秦台一照山鸡后,便是孤鸾罢舞时。

虚中《善卷坛》 (《全唐诗》P9605)

耕荒凿原时,高趣在希夷。大舜欲逊国,先生空敛眉。
五溪清不足,千古美无亏。纵遣亡淳者,何人投所思(思音西)。

齐己《假山》 (《全唐诗》P9531)

匡庐久别离,积翠杳天涯。静室曾图峭,幽亭复创奇。
典衣酬土价,择日运工时。信手成重叠,随心作蔽亏。

萧纲《双燕离》中的"窥"

"窥"字现在只有一个读音 kuī,如窥视、窥探、管中窥豹等。但古诗词中它有时要读音 xì,与"离""移""基""奇""羁""疲""栖""啼"等字协韵。据《字义总略》,"规"字古音"吸"(xī),所以"窥"字音 xì。例如:

【南朝 宋】

鲍照《咏双燕》 (《玉台新咏》P82)

双燕戏云崖,羽翮始差池。出入南闱里,经过北堂陲。
意欲巢君幕,层楹不可窥。沉吟方岁晚,徘徊韶景移。
悲歌辞旧爱,衔泥觅新知。

【南朝 梁】

萧纲《双燕离》 (《全汉三国晋南北朝诗》P890)

双燕有雄雌,照日两差池。衔花落北户,逐蝶上南枝。
桂栋本曾宿,虹梁早自窥。愿得长如此,无令双燕离。

萧纲《春日想上林》 (《全汉三国晋南北朝诗》P913)

处处春心动,常惜光阴移。西京董贤馆,南宛习都池。
荇间鱼共乐,桃上鸟相窥。香车云母幰,驶马黄金羁。

到洽《答秘书丞张率》 （《全汉三国晋南北朝诗》P1275)

寤言安适,怀人在斯。九重窈窕,长安莫窥。
既迅千里,玉策金羁。且息望美,自事衰疲。

庾肩吾《西城门死》 （《全汉三国晋南北朝诗》P1112)

一息于今罢,平生讵可规(xī)。天长晓露促,千龄谁复知。
华堂一相舍,松帐杳难窥。万祀藏珠应,千年罢玉羁。

吴均《伤友》 （《全汉三国晋南北朝诗》P1138)

可怜桂树枝,怀芳君不知。摧折寒山里,遂死无人窥。

王筠《和孔中丞雪里梅花》 （《全汉三国晋南北朝诗》P1188)

水泉犹未动,庭树已先知。翻光同雪舞,落素混冰池。
今春竟时发,犹是昔年枝。唯有长憔悴,对镜不能窥。

庾信《北园新斋成应赵王教》 （《全汉三国晋南北朝诗》P1587)

虹粉跂鸟翼,山节拱兰枝。画梁云气绕,雕窗玉女窥。
月悬唯返照,莲开长倒垂。盘根纽坏石,行雨暴浇池。
长藤连格徙,高树带巢移。

【南朝　陈】

江总《长相思》 《续玉台新咏》P21)

长相思,久别离。春风送燕入帘窥,暗开脂粉弄花枝。
红楼千愁色,玉箸两行垂。心心不相照,望望何由知。

【唐】

唐太宗《仪鸾殿早秋》 （《全唐诗》P9)

松阴背日转,竹影避风移。提壶菊花岸,高兴芙蓉池。
欲知凉气早,巢空燕不窥。

刘长卿《赠湘南渔父》 （《全唐诗》P1577)

问君何处适,暮暮逢烟水。独与不系舟,往来楚云里。
钓鱼非一岁,终日只如此。日落江清桂楫迟,纤鳞百尺深可窥。
沉钩垂饵不在得,白首沧浪空自知。

张九龄《上阳水窗旬宴得移字韵》 （《全唐诗》P580)

河汉非应到,汀洲忽在斯(xī)。仍逢帝乐下,如逐海槎窥。
春赏时将换,皇恩岁不移。今朝游宴所,莫比天泉池(qí)。

刘宪《夜宴安乐公主新宅》 （《全唐诗》P783)

层轩洞户旦新披,度曲飞觞夜不疲。绮缀玲珑河色晓,珠帘隐映月华窥。

刘宪《奉和圣制立春日》（《全唐诗》P779）

上林宫馆里，春光独早知。剪花疑始发，刻燕似新窥。
色浓轻雪点，香浅嫩风吹。此日叨陪侍，恩荣得数枝。

贺兰进明《行路难》（《全唐诗》P1613）

君不见芳树枝，春花落尽蜂不窥。君不见梁上泥，秋风始高燕不栖。
荡子从军事征战，蛾眉婵娟守空闺。独宿自然堪下泪，况复时闻乌夜啼。

李白《宣城送刘副使入秦》（《全唐诗》P1810）

千金市骏马，万里逐王师。结交楼烦将，侍从羽林儿(ní)。
统兵捍吴越，豺虎不敢窥。大勋竟莫叙，已过秋风吹。

李白《与贾至舍人于龙兴寺望沧湖》（《全唐诗》P1839）

剪落青梧枝，沧湖坐可窥。雨洗秋山净，林光淡碧滋。
水间明镜转，云绕画屏移。千古风流事，名贤共此时。

李白《寄远》（《全唐诗》P1879）

忆昨东园桃李红碧枝，与君此时初别离。金瓶落井无消息，令人行叹复坐思。
两不见，但相思。空留锦字表心素，至今缄愁不忍窥。

岑参《过梁州奉赠张尚书大夫公》（《全唐诗》P2024）

芃芃麦苗长，蔼蔼桑叶肥。浮客相与来，群盗不敢窥。
何幸承嘉惠，小年即相知。富贵情易疏，相逢心不移。

岑参《登千福寺楚金禅师法华院多宝塔》（《全唐诗》P2038）

悉窣神绕护，众魔不敢窥。作礼睹灵境，焚香方证疑。
庶割区中缘，脱身恒在兹。

孟浩然《齿坐呈山南诸隐》（《全唐诗》P1664）

习公有遗坐，高在白云陲。樵子不见识，山僧赏自知。
以余为好事，携手一来窥。竹露闲夜滴，松风清昼吹。

孟浩然《高阳池送朱二》（《全唐诗》P1630）

当昔襄阳雄盛时，山公常醉习家池。池边钓女日相随，妆成照影竞来窥。

赵冬曦《和燕公别南湖》（《全唐诗》P1059）

南湖美泉石，君子玩幽奇。湾澳陪临泛，岩峿共践窥。

韦应物《将往江淮寄李十九儋》（《全唐诗》P1904）

燕燕东向来，文鹓亦西飞。如何不相见，羽翼有高卑。
徘徊到河洛，华屋未及窥。秋风飘我行，远与淮海期。

元稹《病醉》 （《全唐诗》P4562）

醉伴见侬因病酒，道侬无酒不相窥。那知下药还沾底，人去人来剩一卮。

秦系《春日闲居》 （《全唐诗》P2897）

长谣朝复暝，幽独几人知。老鹤兼雏弄，丛篁带笋移。
白云将袖拂，青镜出檐窥。邀取渔家叟，花间把酒卮。

杜牧《杜秋娘诗》 （《全唐诗》P5939）

指何为而捉，足何为而驰。耳何为而听，目何为而窥。
己身不自晓，此外何思惟。

陆龟蒙《奉和袭美暇日独处见寄》 （《全唐诗》P7175）

冷梦汉皋怀鹿隐，静怜烟岛觉鸿离。知君满箧前朝事，肯诺龙奴借与窥。

李商隐《高花》 （《全唐诗》P6226）

花将人共笑，篱外露繁枝。宋玉临江宅，墙低不碍窥。

李商隐《九日》 （《全唐诗》P6226）

不学汉臣栽苜蓿，空教楚客咏江篱。郎君官贵施行马，东阁无因再得窥。

李商隐《咏怀寄秘阁旧僚二十六韵》 （《全唐诗》P6236）

官衔同画饼，面貌乏凝脂。典籍将蠡测，文章若管窥。
图形翻类狗，入梦肯非黑。

刘得仁《冬日骆家亭子》 （《全唐诗》P6289）

亭台腊月时，松竹见贞姿。林积烟藏日，风吹水合池。
恨无人此往，静有鹤相窥。

罗隐《清溪江令公宅》 （《全唐诗》P7544）

莺怜胜事啼空巷，蝶恋馀香舞好枝。还有往年金凿井，牧童樵叟等闲窥。

韦庄《长年》 （《全唐诗》P8006）

花间醉任黄莺语，亭上吟从白鹭窥。大盗不将炉冶去，有心重筑太平基。

【清】

殷梯云《玉蝴蝶·题品花图》 （《词综补遗》P856）

情深真比潭水，煞费神驰。护金铃、一回小瞩，停羯鼓、几度偷窥。愿扶持，姮娥肩上，折取高枝。

耿湋《岩祠送薛近贬官》中的"逵"

"逵"字现在只有一个读音 kuí，如梁山好汉李逵。但古时候这个字不但读音 kuí，而且可读音奇 qí。《康熙字典》注明,逵字音"渠为切"。而"为"字有位、移两音,所以"渠为切"就切出奎、奇两音。古诗词中逵字以音奇与畿、棋、知、圻等字协韵的情况屡见不鲜,如:

【南朝 宋】

　　　　鲍照《梦归乡》（《全汉三国晋南北朝诗》P700）

　　衔泪出阁门,抚剑无人逵。沙风暗塞起,离心眷乡畿。

【唐】

　　　　李颀《不调归东川别业》（《全唐诗》P1345）

　　昼景彻云树,夕阴澄古逵。渚花独开晚,田鹤静飞迟（迟音齐）。
　　且复乐生事,前贤是我师。清歌聊鼓枻,永日望佳期。

　　　　耿湋《岩祠送薛近贬官》（《全唐诗》P3002）

　　枯松老柏仙山下,白帝祠堂枕古逵。迁客无辜祝史告,神明有喜女巫知。
　　遥思桂浦人空去,远过衡阳雁不随。度岭梅花翻向北,回看不见树南枝。

　　　　李白《感时留别从兄王延年从弟延陵》（《全唐诗》P1783）

　　鸣蝉游子意,促织念归期。骄胡何太赫,海水烁龙龟。
　　百川尽凋枯,舟楫阁中逵。策马摇凉月,通宵出郊圻(qí)。

　　　　严维《忆长安五月》（《全唐诗》P2925）

　　忆长安,五月时,君王避暑华池。进膳甘瓜朱李,续命芳兰彩丝。
　　竞处高明台榭,槐阴柳色通逵。

　　　　白居易《代书诗一百韵寄微之》（《全唐诗》P4824）

　　双声联律句,八面对宫棋。往往游三省,腾腾出九逵。
　　寒销直城路,春到曲江池。树暖枝条弱,山晴彩翠奇。

　　　　元稹《酬翰林白学士代书一百韵》（《全唐诗》P4519）

　　还醇愁酎酒,运智托围棋。情会招车胤,闲行觅戴逵。
　　僧夕月灯阁,醵宴劫灰池。胜概争先到,篇章竞出奇。

王维《积雨辋川庄作》中的"葵"

"葵"字现在只有一个读音 kuí,如葵花、向日葵等,但古诗词中有时要读音为奇(qí),与仪、衣、飞、离、饥、尸、眉、期诸字协韵。《康熙字典》注明,"葵"字"渠追切"音 kuí,又"渠维切"。因维字有一音为(féi),故"渠维切",一音为奇(qí)。如王维的名篇《积雨辋川庄作》(《全唐诗》P1298):

积雨空林烟火迟,蒸藜炊黍饷东菑。漠漠水田飞白鹭,阴阴夏木啭黄鹂。山中习静观朝槿,松下清斋折露葵。野老与人争席罢,海鸥何事更相疑。

"葵"音 qí 最早见于《诗经·大雅·板》：

  天之方懠(jī),无为夸毗(bí)。威仪卒迷(mí),善人载尸(xí)。
  民之方殿屎(xí),则莫我敢葵。

其他举例如下：

【东汉】

  阮禹《诗》 （《先秦汉魏晋南北朝诗》P381）

白发随节堕,未寒思厚衣。四支易懈倦,魂魂忽高飞。
自知百年后,堂上生旅葵。

【晋】

  清商曲辞《团扇郎》 （《全汉三国晋南北朝诗》P534）

团扇薄不摇,窈窕摇蒲葵。相怜中道罢,定是阿谁非。

【唐】

  杜甫《佐还山后寄》 （《全唐诗》P2426）

白露黄粱熟,分张素有期。已应春得细,颇觉寄来迟。
味岂同金菊,香宜配绿葵。老人他日爱,正想滑流匙。

  杜甫《夔府书怀四十韵》 （《全唐诗》P2517）

豺遘哀登楚,麟伤泣象尼。衣冠迷适越,藻绘忆游睢(xí)。
赏月延秋桂,倾阳逐露葵。大庭终反朴,京观且僵尸。

  杜甫《移居公安敬赠卫大郎钧》 （《全唐诗》P2564）

自古幽人泣,流年壮士悲(bí)。水烟通径草,秋露接园葵。
入邑豺狼斗,伤弓鸟雀饥。白头供宴语,鸟儿伴栖迟。

  韦应物《长安道》 （《全唐诗》P1998）

山珍海错弃藩篱,烹犊炰羔如折葵。既请列侯封部曲,还将金印授庐儿。
欢荣若此何所苦,但苦白日西南驰。

  戴叔伦《行路难》 （《全唐诗》P3072）

白眼向人多意气,宰牛烹羊如折葵。谵乐宁知白日短,时时醉拥双蛾眉。
扬雄闭门空读书,门前碧草春离离。

  白居易《池上小宴问程秀才》 （《全唐诗》P5094）

净淘红粒署香饭,薄切紫鳞烹水葵。雨滴篷声青雀舫,浪摇花影白莲池。
停杯一问苏州客,何似吴松江上时。

白居易《续古诗十首》（《全唐诗》P4673）

中园何所有,满地青青葵。阳光委云上,倾心欲何依。

白居易《烹葵》（《全唐诗》P4747）

昨卧不夕食,今起乃朝饥。贫厨何所有,炊稻烹秋葵。
红粒香复软,绿英滑且肥。

白居易《官舍闲题》（《全唐诗》P4881）

职散优闲地,身慵老大时。送春唯有酒,销日不过棋。
禄米獐牙稻,园蔬鸭脚葵。饱餐仍晏起,餘暇弄龟儿。

白居易《新构亭台示诸弟侄》（《全唐诗》P4732）

南檐当渭水,卧见云帆飞。倾摘枝上果,俯折畦中葵。

元稹《酬翰林白学士代书一百韵》（《全唐诗》P4521）

讹音烦缴绕,轻俗丑威仪。树罕贞心柏,畦丰卫足葵。

李白《代秋情》（《全唐诗》P1881）

几日相别离,门前生穞葵。寒蝉聒梧桐,日夕长鸣悲。
白露湿萤火,清霜凌兔丝。

李商隐《题李上谟壁》（《全唐诗》P6215）

旧著思玄赋,新编杂拟诗。江庭犹近别,山舍得幽期。
嫩割周顒韭,肥烹鲍照葵。饱闻南蜀酒,仍及拨醅时。

李商隐《咏怀寄秘阁旧僚二十六韵》（《全唐诗》P6236）

悬头曾苦学,折臂反成医。仆御嫌夫懦,孩童笑叔痴。
小男方嗜栗,幼女漫忧葵。

贯休《闲居拟齐梁》（《全唐诗》P9315）

果熟无低枝,芳香入屏帷。故人久不来,萱草何离离。
苦吟斋貌减,更被杉风吹。独赖湖上翁,时为烹露葵。

【清】

黄慎《莲藕菱角》（《中国古今题画诗全璧》P476）

岁暮归心催短景,怀君江上雪帆迟。纳凉忆剥分莲子,有约无缘嗷水葵。

谢朓《游敬亭山》中的"暌"

日字旁加癸同目字旁加癸的"暌"字同音不同义,前者是指分离、隔开,后者是指注视或不合。这两个字现在都只有一个读音 kuí。但古时它不但读音 kuí,而且可读"涓畦切"或"其季切"音 jì。古诗词中这两个字往往是以 jì 音与"低""梯""鸡""妻""溪""栖""齐""泥"等字协韵的。今以"睽"字为例列举。

【南朝　齐】

　　谢朓《游敬亭山》（《全汉三国晋南北朝诗》P806)

　　绿源殊未极,归径窅如迷。要欲追奇趣,即此陵丹梯。
　　皇恩竟已矣,兹理应无睽。

【唐】

　　沈佺期《赦到不得归题江上石》（《全唐诗》P1051)

　　炎方谁谓广,地尽觉天低。百卉杂殊怪,昆虫理赖睽。
　　闭藏元不蛰,摇落反生荑。疟瘴因兹苦,穷愁益复迷。

　　杜甫《奉赠太常张卿二十韵》（《全唐诗》P2389)

　　萍泛无休日,桃阴想旧蹊。吹嘘人所美,腾跃事仍睽。
　　碧海真难涉,青云不可梯。顾深惭锻炼,才小辱提携。
　　槛束哀猿叫,枝惊夜鹊栖。几时陪羽猎,应指钓璜溪。

岑参《虢州郡斋南池幽兴》中的"睽"

"睽"字现在只有一个读音 kuí,如众目睽睽。但古时它是个多音字,除了音奎(kuí),又可读"涓畦切"或"其季切"音 jì。古诗词中"睽"字往往与"梯""蹊""齐""泥""凄""西""迷""啼"等字协韵。如:

【唐】

　　岑参《虢州郡斋南池幽兴因与阎二侍御道别》（《全唐诗》P2034)

　　池色净天碧,水凉雨凄凄。快风从东南,荷叶翻向西。
　　性本爱鱼鸟,未能返岩溪。中岁徇微官,遂令心赏睽。
　　及兹佐山郡,不异寻幽栖。

　　高适《宋中遇林虑杨十七山人因而何别》（《全唐诗》P2202)

　　出门尽原野,白日黯已低。始惊道路难,终念言笑睽。
　　因声谢岑壑,岁暮一攀跻。

　　　韦应物《答库部韩郎中》（《全唐诗》P1948)

　　高士不羁世,颇将荣辱齐。适委华冕去,欲还幽林栖。
　　虽怀承明恋,忻与物累睽。逍遥观运流,谁复识端倪。

杜甫《泛溪》（《全唐诗》P2305）

得鱼已割鳞，采藕不洗泥。人情逐鲜美，物贱事已睽。
吾村霭暝姿，异舍鸡亦栖。萧条何所适，出处无可齐。

柳永《雨霖铃》中的"阔"

"阔"字现在只有一个读音 kuò，如阔别、阔绰、开阔等。当我们在朗诵柳永的《雨霖铃》中的"念去去千里烟波，暮霭沉沉楚天阔"时都把"阔"字念成 kuò。其实，在这里"阔"不应念成 kuò，而应读为 quē。

据《康熙字典》，"阔"字除了读"苦括切，音括"，还可读"叶音缺"。如成公绥的《天地赋》：

岂斯事之有征，将言者之虚设。何阴阳之难测，伟二仪之参阔。

我国古诗词中"阔"字"叶音缺"与月、决、列、洁、竭、歇、节、越、雪、咽、别、绝等字协韵的情况很多。举例如下：

【晋】

陆机《为顾彦先赠妇》（《玉台新咏》P58）

东南有思妇，长叹充幽阔。借问叹何为，佳人眇天末。
游宦久不归，山川修且阔。形影参商乖，音息旷不达。
（注："末"音灭，"达"音狄。）

傅玄《朝时篇·怨歌行》（《玉台新咏》P44）

昭昭朝时日，皎皎晨明月。十五入君门，一别终华发。
同心忽异离，旷如胡与越。胡越有会时，参辰辽且阔。

郭璞《答贾九州愁诗》（《全汉三国晋南北朝诗》P422）

自我徂迁，周之阳月。乱离方嫰，忧虞匪歇。
四极虽遥，见驾靡脱。愿言齐衡，庶九契阔。
（注："脱"音悦。）

【唐】

王昌龄《宴南亭》（《全唐诗》P1432）

寒江映村林，亭上纳鲜洁。楚客共闲饮，静坐金管阕。
酣竟日入山，暝来云归月。城楼空杳霭，猿鸟备清切。
物状如丝纶，道心为予决。访君东溪事，早晚樵路阔①。

---

① 阔字一作绝。

李白《江上寄元六林宗》（《全唐诗》P1776）

沧波眇川汜，白日隐天末。停棹依林峦，惊猿相叫聒。
夜分河汉转，起视溟涨阔。凉风何萧萧，流水鸣活活。
（注："末"音灭，"活"音血。）

杜甫《鹿头山》（《全唐诗》P2301）

游子出京华，剑门不可越。及兹险阻尽，始喜原野阔。
殊方昔三分，霸气曾间发。天下今一家，云端失双阙。

杜甫《七月三日亭午》（《全唐诗》P2338）

洒落唯清秋，昏霾一空阔。萧萧紫塞雁，南向欲行列。

杜甫《北山》（《全唐诗》P2275）

移时施朱铅，狼借画眉阔。生还对童稺，似欲忘饥渴（渴音杰）。

刘禹锡《荆州歌》（《全唐诗》P4103）

今日好南风，商旅相催发（"发"音"方月切"）。沙头樯竿上，始见春江阔。

白居易《寄微之》（《全唐诗》P4790）

江州望通州，天涯与地末。有山万丈高，有江千里阔。
间之以云雾，飞鸟不可越。谁知千古险，为我二人设。

白居易《九日登西原宴望》（《全唐诗》P4730）

酒酣四向望，六合何空阔。天地自久长，斯人几时活。
请看原下村，村人死不歇。

白居易《偶作》（《全唐诗》P4993）

资产虽不丰，亦不甚贫竭。登山力犹在，遇酒兴时发。
无事日月长，不羁天地阔。安身有处所，适意无时节。

元稹《酬乐天赴江州路上见寄》（《全唐诗》P4501）

昔在京城心，今在吴楚末。千山道路险，万里音尘阔。
天上参与商，地上胡与越。终天升沉异，满地网罗设。

刘长卿《石梁湖有寄》（《全唐诗》P1533）

故人千里道，沧波十年别。夜上明月楼，相思楚天阔。
潇潇清秋暮，蝎蝎凉风发。湖色淡不流，沙鸥远还灭。
烟波日已远，音问日已绝。岁晏空含情，江皋绿芳歇。

刘长卿《初至洞庭怀灞陵别业》（《全唐诗》P1534）

昨夜梦中归，烟波觉来阔。江皋见芳草，孤客心欲绝。
岂讶青春来，但伤经时别。

杜牧《池州送孟迟先辈》（《全唐诗》P5946）

历阳裴太守,襟韵苦超越。鞞鼓画麒麟,看君击狂节。
离袖飑应劳,恨粉啼还咽。明年忝谏官,绿树秦川阔。

李绅《赋月》（《全唐诗》P5496）

月。光辉。皎洁。耀乾坤,静空阔。圆满中秋,玩争诗哲。
玉兔镐难穿,桂枝人共折。万象照乃无私,琼台岂遮君谒!
抱琴对弹别鹤声,不得知音声不切。

李冶《寄朱放》① （《全唐诗》P9057）

望水试登山,山高湖又阔。相思无晓夕,相望经年月。
郁郁山木荣,绵绵野花发。别后无限情,相逢一时说。

陆龟蒙《奉酬袭美先辈吴中苦雨一百韵》（《全唐诗》P7111）

纵有旧田园,抛来亦芜没。因之成否塞,十载真契阔。

孙光宪《渔歌子》（《全唐诗》P10144）

泛流萤,明又灭。夜凉水冷东湾阔。风浩浩,笛寥寥,万顷金波重叠。
杜若洲,香郁烈。一声宿雁霜时节。经霅水,过松江,尽属侬家日月。

【宋】

欧阳修《玉楼春》（《词综》P269）

西湖南北烟波阔,风里丝簧声韵咽。舞馀裙带绿双垂,酒入香腮红一抹。
（注:"抹"音灭。）

苏轼《木兰花令》（《苏轼词全集》P283）

霜馀已失长淮阔。空听潺潺清颖咽。佳人犹唱醉翁词,四十三年如电抹。

寇准《阳关引》（《词综》P231）

塞草烟光阔,渭水波声咽。春朝雨霁,轻尘敛,征鞍发。指青青杨柳,又是轻攀折。动黯然,知有后会甚时节?

姜夔《庆宫春》（《唐宋名家词选》P266）

双桨莼波,一蓑松雨,暮愁渐满空阔。呼我盟鸥,翩翩欲下,背人还过木末。那回归去,荡云雪、孤舟夜发。伤心夜见,依约眉山,黛痕低压。
（注:"发"音"方月切","压"音"诺协切"。）

---

① 冶,一作裕;放,一作昉。

贺铸《柳色黄》[①] 　（《词综》P425）

薄雨催寒,斜照弄晴,春意空阔。长亭柳色才黄,远客一枝先折。烟横水际,映带几点归鸦,东风消尽龙沙雪。还记出门时,恰而今时节。

周密《玉京秋》　（《词综》P1271）

烟水阔。高林弄残照,晚蜩凄切。碧砧度韵,银床飘叶。衣湿桐阴露冷,采凉花时赋秋雪。叹轻别,一襟幽事,砌蛩能说。

张炎《台城路·寄太白山人陈又新》　（《词综》P1369）

寒香深处话别。病来浑瘦损,懒赋清切。笑里移春,吟边慨古,多少英雄游消歇。回潮似咽。送一点愁心,故人天末。江影沉沉,夜凉鸥梦阔。

周邦彦《浪淘沙慢》　（《词综》P579）

情切,望中地远天阔。向露冷、风清无人处,耿耿寒漏咽。嗟万事难忘,惟是轻别。翠尊未竭,凭断云、留取西楼残月。

张孝祥《念奴娇·过洞庭》　（《宋词选》P233）

应念岭表经年,孤光自照,肝胆皆冰雪。短发萧骚襟袖冷,稳泛沧溟空阔。

范成大《忆秦娥》　（《宋词选》P237）

楼阴缺。阑干影卧东厢月。东厢月,一天风露,杏花如雪。
隔烟催漏金虬咽。罗帏黯淡灯花结。灯花结,片时春梦,江南天阔。

晁补之《古阳关》　（《词综》P406）

沙觜樯竿上,淮水阔。有飞凫客,词珠玉,气冰雪。

郑仅《调笑·苏苏》　（《词综》P490）

声切。恨难说。千里潮平春浪阔。梅风不解相思结。忍送花飞雪。多才一去劳音绝。更对珠帘新月。

张元干《石州慢》　（《词综》P736）

寒水依痕,春意渐回,沙际烟阔。溪梅晴照生香,冷蕊数枝争发。
天涯旧痕,试看几许消魂,长亭门外山重叠。不尽眼中青,是愁来时节。

吴礼之《霜天晓角》　（《词综》P1017）

意切,人路绝,共沉烟水阔。荡漾香魂何处?长桥月,短桥月。

房舜卿《秦楼月》　（《词综》P1434）

与君别,相思一夜梅花发。梅花发,凄凉南浦,断桥斜月。
盈盈微步凌波袜,东风笑倚天涯阔。天涯阔,一声羌管,暮云愁绝。

---

① 一作《石州引》

【元】

周权《济南原上》 (《元诗三百首》P176)

朔河春透冰未裂,黄芦伐尽洲诸阔。荒祠老栋压欲颓,古树无枝枯复活。长嘶飞骑抹流云,草舍微茫聚疏樾。夕阳远景低黄埃,漠漠平沙浩如雪。
(注:"活"音血。)

施宜生《题平沙落雁》 (《中国古今题画诗全璧》P546)

江北江南八九月,葭芦伐尽洲渚阔。

【清】

孙濬源《浪淘沙慢》 (《词综补遗》P899)

凄切。嫩寒院宇空阔。念涴堕茵飘人天恨,悄语先泪咽。怜绣帊啼痕,深浅难别。

何应祺《满江红·岳阳楼题壁》 (《词综补遗》P1236)

江湖志,何从决？廊庙事,那能说？问先忧后乐,孰为时杰。黄鹤楼头风雨暗,滕王阁下烟波阔。缆扁舟、重上岳阳楼,泪珠热。

王怀孟《石州慢》 (《词综补遗》P1341)

知否东阳人瘦,带围今更宽阔。眼前霜腻冰娇,空说五分花发。何郎去久,几回愁倚东风,罗衣香冷长眉叠。赢得一枝愁,是无人时节。
(注:"发"音"方月切"。)

王鉴《琵琶仙》 (《词综补遗》P1361)

算孤负、三月烟花,漫回首残冬说游历。遮莫者番情绪,似飘来榆荚。凭付与、微醺浅酌,共曳裾、我辈闲适。那便今夜分襟,暮愁空阔。

王孝煃《石州慢》 (《词综补遗》P1432)

别有伤心,何地便宜,天问辽阔。怜渠只不留情,但惜一般摧折。流连感遇,漫怨早早春归,依稀深阻天上雪。将要雪销时,忆销魂时节。

王苍《六丑》 (《词综补遗》P1461)

对西窗苦雨,念故国,秋空辽阔。远怀暗伤,年霜移暮发,荏苒风月。

张琨《苏幕遮·明月照积雪》 (《词综补遗》P1543)

烛将残,光半怯。夜久寒空,积雪和明月。江上青山明又灭。谁把玲珑,冷浸银涛阔。

张坦《洞仙歌》 (《词综补遗》P1546)

银河成两度,不是今年,不怨常时太寥阔。想一水盈盈,碾破冰轮,杖飞起、微云低接。

吴尚熹《金缕曲》 (《词综补遗》P409)

飘零心事同谁说?算只有、孤灯素影,天边皓月。弹指悲欢离合事,又是几回圆缺。这凄凉、似鹃啼血。千古蛾眉磨折恨,待从头、细告蟾宫魄。瑶阙远,楚天阔。

朱怀新《念奴娇》 (《词综补遗》P470)

恨煞滚滚长江,茫茫碧海,故把离人隔。织女黄姑相望苦,况比天河更阔。
哀乐中年,凭他陶写,剩有生花笔。旧欢新恨,个中酸楚谁识?
(注:"隔"音结。)

陈瀚《雨霖铃》 (《词综补遗》P700)

秋声悲切,到邗沟外,画桨初歇。篱边几许黄菊,全无聊奈,向人争发。为念隋宫楚苑,对斜阳呜咽。问曩日杨柳金堤,三十六陂烟波阔。
(注:此词与柳永的《雨霖铃》同韵。)

陈翰《柳色黄》 (《词综补遗》P705)

容易光阴,又是凉秋时节。新愁旧恨,纵有寄字征鸿,梦魂难度江潮阔。者心绪千端,更何人能说?

陈曾寿《齐天乐》 (《词综补遗》P753)

费泪园亭,谙愁酒盏,历历前痕难灭。危云万叠。剩缄梦凄迷,雁程天阔。拨尽寒灰,坠欢零落向谁说?

姚肇菘《浪淘沙慢》 (《词综补遗》P1118)

断霞映、川原媚晚,霁景秋阔。枫驿哀蝉乍咽,残红过雨旋没。

【近现代】

钟歆《金缕曲》 (《词综补遗》P112)

听笛里、玉龙呜咽。莫倚危阑回头望,映江城、几点灯明灭。鸿雁渺,楚天阔。

《华山畿》中的"来"

"来"字现在只有一个读音lái,但古诗词中有时要读"叶邻奚切,音离"(lí)(《康熙字典》)。例如《诗经·邶风》:莫往莫来,悠悠我思。

【三国】

鼓吹曲《炎精缺》 (《先秦汉魏晋南北朝诗》P544)

神武章,渥泽施。金声震,仁风驰。显高门,启皇基。统纲极,垂将来。

【南朝 宋】

《清商曲辞·华山畿》 (《全汉三国晋南北朝诗》P737)

夜相思(思音西)。风吹窗帘动,言是所欢来。
腹中如乱丝。愤愤适得去,愁毒已复来。

《清商曲辞·读曲歌》 (《全汉三国晋南北朝诗》P740)

计约黄昏后,人断犹未来。闻欢开方局,已复将谁期。
欢但且还去,遗信相参伺。契儿向高店,须臾侬自来。

《清商曲辞·莫愁乐》 (《全汉三国晋南北朝诗》P744)

莫愁在何处?莫愁石城西。艇子打双桨,催送莫愁来。

【南朝 梁】

江洪《和新浦侯斋前竹》 (《全汉三国晋南北朝诗》P1262)

箨紫春莺思,筠绿寒蛩啼。不惜凌云茂,遂听群雀栖。愿抽一茎实,试看翔凤来。

郭璞《游仙诗》中的"莱"

"莱"字现在只有一个读音lái。但古诗词中有时要读"黎"(lí)(《康熙字典》)。如:

【晋】

郭璞《游仙诗》 （《全汉三国晋南北朝诗》P423）

京华游侠窟，山林隐遁栖。朱门何足荣，未若托蓬莱。
临源挹清波，陵岗掇丹荑。灵溪可潜盘，安事登云梯。

宋玉《招魂》中的"兰"

"兰"字现在只有一个读音 lán，如兰花、芝兰等。但古诗词中它不但读"落干切，郎干切，音澜（lán）"，而且有时要读"陵延切，音连"（lián），与园、闲、鞭、弦等字协韵（《康熙字典》），如：

【楚】

宋玉①《招魂》 （《康熙字典》）

川谷径复，流潺湲些。光风转蕙，氾崇兰些。经堂入奥，朱尘筵些。

【晋】

陆机《赠潘尼诗》 （《全汉三国晋南北朝诗》P340）

遗情市朝，永志丘园。静犹幽谷，动若挥兰。

【唐】

李贺《相劝酒》 （《全唐诗》P4428）

羲和骋六辔，昼夕不曾闲。弹乌崦嵫竹，抶马蟠桃鞭。
蓐收既断翠柳，青帝又造红兰。尧舜至今万万岁，数子将为倾盖间。

李贺《潞州寄上十四兄》 （《全唐诗》P4415）

旅酒侵愁肺，离歌绕孺弦。诗封两条泪，露折一枝兰。

韦庄《浣溪沙》中的"栏"

韦庄《浣溪沙》 （《唐宋百家词选》P15）

清晓妆成寒食天，柳球斜袅间花钿，卷帘直出画堂前。
指点牡丹初绽朵，日高犹自凭朱栏，含嚬不语恨春残（qián）。

据《浣溪沙》的词牌要求，上阕三句与下阕后两句要押韵。"栏"字与"天""钿""前""残"必须协韵。现在我们都将"栏"读音为 lán，与"天"等字不协韵。

---

① 一说屈原。

据《康熙字典》:"栏"字除了"郎干切,音拦",还有"郎甸切,音练"(liàn)、"来卷切,音挛"。由此可见,韦庄此词中的"栏"应该音为"练"(liàn)。

李贺《牡丹种曲》中的"阑"

"阑"字现在只有一个读音 lán,如危阑、阑干、阑珊等。但古诗词中它有时要读"叶延连切,音连"(lián)(《康熙字典》)。如:

【唐】

　　　　李贺《牡丹种曲》　（《全唐诗》P4419）
美人醉语园中烟,晚华已散蝶又阑。梁王老去罗衣在,拂袖风吹蜀国弦。
　　　　白居易《东园玩菊》　（《全唐诗》P4731）
少年昨已去,芳岁今又阑。如何寂寞意,复此荒凉园。
　　　　白居易《游悟真寺诗》　（《全唐诗》P4734）
渭水细不见,汉陵小于拳。却顾来时路,萦纡映朱阑。

【宋】

　　　　苏轼《游东西岩》　（《康熙字典》）
况复情所钟,感慨萃中年。正赖丝与竹,陶写有馀欢(欢音轩)。
常恐儿辈觉,坐令高趣阑。
　　　　张先《系裙腰》　（《词综》P332）
惜霜蟾照夜云天,朦胧影、画勾阑。人情纵似长情月,算一年年,又能得、几番圆。
　　　　米芾《满庭芳·与周熟仁试赐茶甘露寺》　（《词综》P487）
娇鬟,宜美盼,双擎翠袖,稳步红莲。座中客翻愁,酒醒歌阑。点上纱笼画烛,花骢弄、月影当轩。频相顾,馀欢未尽,欲去且留连。

骆宾王《秋月》中的"澜"

"澜"字现在只有一个读音 lán,意指大波浪,如力挽狂澜、推波助澜等。但古时它是个多音字。据《康熙字典》,它的读音除了"洛干切,音兰"外,还有"郎旰切,音烂";还有"叶陵延切,音连"(lián)。

古诗词中"澜"字以音 lián 与"源""圆""念""贤"等字协韵的情况屡有所见。例如:

【晋】

　　　　　　陆机《文赋》　（《康熙字典》）

或因枝以振叶，或沿波而讨源。或虎变而兽扰，或龙见而鸟澜。

【唐】

　　　　　　骆宾王《秋月》　（《全唐诗》P850）

云披玉绳净，月满镜轮圆。裛露珠晖冷，凌霜桂影寒(xián)。
漏彩含疏薄，浮光漾急澜。西园徒自赏，南飞终未烟。

　　　　　　白居易《游悟真寺》　（《全唐诗》P4735）

鼯鼢上不得，岂我能攀援。上有白莲池，素葩覆清澜。

【清】

　　　　　　陈叔柔《渡江云》　（《词综补遗》P774）

那边。一行残柳，几点寒鸦，趁飞云片片。还生怕、一时横转，化作回澜。

辛弃疾《水龙吟》中的"览"与"缆"

"览"与"缆"两字现在都读一个音 lǎn，如游览、展览、缆车、缆绳等。但据《康熙字典》：览字除了音 lǎn，还有一种读音"叶下鉴切，音临"(lín)。如：

【宋】

　　　　　　辛弃疾《水龙吟·过南磵双溪楼》　（《词综》P811）

峡束苍江对起，过危楼，欲飞还敛。元龙老矣！不妨高卧，冰壶凉簟。千古兴亡，百年悲笑，一时登览。问何人又卸，片帆沙岸，系斜阳缆？

苏轼《闲燕亭》中的"懒"

"懒"字现在只有一个读音 lǎn，如懒汉、懒虫、懒散、懒怠等。但古时它是个多音字。据《康熙字典》，它除了读 lǎn 外，可读"落盖切，音赖"(lài)。还可读"叶卢健切，音练"(liàn)。

古诗词中"懒"字以音 liàn 与"变""限""院""见""卷""远""面""雁"诸字协韵的情况不少，特别是出现在宋代以来的诗词中。如《康熙字典》举例：

　　　　　　苏轼《闲燕亭》

危亭在山腹，景物行自变。此乐只自知，傍人任嫌懒。

其他例举：

【宋】

吕渭老《薄幸》 (《词综》P612)

青楼春晚,昼寂寂,梳匀又懒。乍听得鸦啼莺弄,惹起新愁无限。记年时偷掷春心,花间隔雾遥相见。便角枕题诗,宝钗贳酒,共醉青苔深院。

吕渭老《选冠子》 (《词综》P613)

雨湿花房,风斜燕子,池阁昼长春晚(yuàn)。檀盘战象,宝局铺棋,筹画未分还懒。谁念少年,齿怯梅酸,病疏酒盏(jiǎn)。正青钱遮路,绿丝明水,倦寻歌扇。

周紫芝《生查子》 (《词综》P521)

青丝结晓鬟,临镜心情懒。知为晓愁浓,画得双蛾浅。

王采《玉楼春》 (《词综》P631)

秋闺思入江南远,帘幕低垂闲不卷。玉珂声断晓屏空,好梦惊回还起懒。

何籀《宴清都》 (《词综》P635)

罗帏绣幕高卷,早已是歌慵笑懒。凭画楼那更天远,山远,水远。

赵善扛《贺新郎》 (《词综》P1043)

昼永重帘卷。乍池塘一番过雨,芰荷初展(jiǎn)。竹引新梢半含粉,绿阴扶疏满院。过花絮蝶稀蜂懒。窗户沉沉人不到,伴清幽时有流莺啭。凝思久,意何限!

卢祖皋《清平乐》 (《词综》P1057)

柳边深院,燕语明如剪。消息无凭听又懒,隔断画屏双扇。

胡仲弓《谒金门》 (《词综》P2005)

娥黛浅,只为晚寒妆懒。润逼镜鸾红雾满(miàn),额花宜半面。渐次梅花开遍,花外行人已远。欲寄一枝嫌梦短(diàn),湿云和恨剪。

张翥《陌上花·使归闽浙岁暮有怀》 (《词综》P1831)

不成便没相逢日,重整钗鸾筝雁。但何郎纵有春风词笔,病怀浑懒。

【金】

李俊民《洞仙歌·谢杨诚之寄梅》 (《词综》P2043)

陇头潇洒,辜负寻芳眼。浪蕊浮花问名懒。纵看看,驿使带得春来,只恐怕,绿叶成阴子满(miàn)。

【明】

张邦奇《苏幕遮·睡思》

日瞳瞳,烟淡淡("淡"音"时艳切")。半榻花阴,何处莺儿啭?睡思梦腾人困倦。四壁幽沉,成就平生懒。

【清】

　　　　陈任《眉妩》　（《词综补遗》P761）

　镇日无聊甚,湘帘底,丛兰谁写幽怨？蕊缸泪泫,怯嫩寒、情思偏懒。

　　　　姚清奴《点绛唇》　（《词综补遗》P1127）

　转眼韶华,已绿垂杨线。情难遣,东君情短,人比前春懒。

　　　　吴葰《摸鱼子》　（《词综补遗》P388）

　时晼晚,问破帽敝裘,禁得寒深浅？金情渐懒。剩有美溪山,无憀心目,相结九秋伴。

　　　　龚元凯《齐天乐》　（《词综补遗》P93）

　隔江飞羽传吟句,青山未容人懒。小阁偎风,虚廊坐月,网取残霞千片。

李贺《河阳歌》中的"烂"

　"烂"字现在只有一个读音 làn,如烂漫、破烂、烂泥等。但古诗词中它有时要读"练"。据《康熙字典》:烂,"郎肝切"音澜；又"离闲切"音练。如：

【唐】

　　　　李贺《河阳歌》　（《全唐诗》P4418）

　今日见银牌,今夜鸣玉晏。牛头高一尺,隔坐应相见。
　月从东方来,酒从东方转。觥船饫口红,蜜炬千枝烂。

周邦彦《西河·金陵怀古》中的"垒"

　"垒"是个多音字,除了大家熟知的"鲁冰切"音 lěi,还有"艮斐切"音 guǐ,"伦追切"音 léi,"吕邱切"音 lǜ。如周邦彦《西河·金陵怀古》中的"垒"字,与词中的"记""起""际""系""里"诸字协韵,就应该读成"艮斐切"音 guǐ。

【唐】

　　　　刘禹锡《春日寄杨八唐州》　（《全唐诗》P3990）

　漠漠淮上春,葑苗生故垒。梨花方城路,荻笋萧陂水。
　高斋有谪仙,坐啸清风起。

【宋】

　　　　周邦彦《西河·金陵怀古》　（《词综》P561）

　佳丽地。南朝盛事谁记。山围故国绕清江,髻鬟对起。怒涛寂寞打孤城,风樯遥度天际。断崖树,犹倒倚。莫愁艇子曾系。空余旧迹郁苍苍,雾沉半垒。

佚名《念奴娇·题项羽庙》 (《词综》P1525)

鲍鱼腥断,楚将军、鞭虎驱龙而起。空费咸阳三月火,铸就金刀神器。垓下兵稀,阴陵道隘,月黑云如垒。楚歌哄发(一为喧唱),山川都姓刘矣。

佚名《鱼游春水·春景》 (《词综》P1499)

秦楼东风里,燕子还来寻旧垒。馀寒犹峭,红日薄侵罗绮。嫩草方抽玉茵,媚柳轻窣黄金蕊缕。莺啭上林,鱼游春水。

(注:该词中的"垒"与下片的"李""洗""鲤""里"几字协韵。)

范仲淹《渔家傲·秋思》中的"泪"

"泪"字现在只有一个读音lèi,如眼泪、泪花、泪汪汪等。但朗读古诗词时不能千篇一律地都读lèi,因为古时它是个多音字。据《康熙字典》:一是"边遂切,音类"(lèi);二是"劣戍切,音律"(lǜ);三是"郎计切,音丽"(lì);四是"力结切,音捩"(liè)。

古诗词中许多篇章中的"泪"要读lì,例如:

【唐】

长孙佐辅《宫怨》 (《全唐诗》P261)

深院独开还独闭,鹦鹉惊飞苔覆地。满箧旧赐前日衣,渍枕新垂夜来泪。

陈润《阙题》 (《全唐诗》P3062)

丈夫不感恩,感恩宁有泪。心头感恩血,一滴染天地。

晏几道《蝶恋花》 (《词综》P307)

衣上酒痕诗里字,点点行行,总是凄凉意。红烛自怜无好计,夜寒空替人垂泪。

晏殊《撼庭秋》 (《唐宋名家词选》P62)

楼高目断,天遥云黯,只堪憔悴。念兰堂红烛,心长焰短,向人垂泪。

苏轼《蝶恋花·京口得乡书》 (《苏轼选集》)

一纸乡书来万里。问我何年,真个成归计。白首送春拚一醉。东风吹破千行泪。

(注:该词中的"泪"字与"丽""洗""髻"等字协韵。)

苏轼《永遇乐》 (《苏轼选集》P255)

今朝有客,来从淮上,能道使君深意。凭仗清淮,分明到海,中有相思泪。

曹组《青玉案》 (《词综》P589,《唐宋名家词选》P197)

凄凉只恐乡心起。凤楼远、回头谩凝睇。何处今宵孤馆里。一声征雁,半窗残月,总是离人泪。

朱服《渔家傲·东阳郡斋作》 （《词综》P462）

九十光阴能有几,金龟解尽留无计。寄语东城沽酒市,拚一醉,而今乐事他年泪。

【后唐】

牛希济《生查子》 （《词综》P131）

新月曲如眉,未有团圆意。红豆不堪看,满眼相思泪。

【宋】

范仲淹《渔家傲·秋思》 （《词综》P254）

浊酒一杯家万里,燕然未勒归无计。羌管悠悠霜满地,人不寐,将军白发征夫泪。

范仲淹的《苏幕遮》 （《词综》P252）

黯乡魂,追旅思。夜夜除非,好梦留人睡。
明月楼高休独倚。酒入愁肠,化作相思泪。

杜安世《卜算子》 （《词综》P456）

樽前一曲歌,歌里千重意。才欲歌时泪已流,恨更多于泪。

柳永《忆帝京》 （《唐宋名家词选》P84）

也拟待、却回征辔。又争奈、已成行计。万种思量,多方开解,只恁寂寞厌厌地。系我一生心,负你千行泪。

苏轼《水龙吟·次韵章质夫杨花词》

不恨此花飞尽,恨西园、落红难缀。晓来雨过,遗踪何在?一池萍碎。春色三分,二分尘土,一分流水。细看来,不是杨花,点点是离人泪。

【元】

王恽《水龙吟·赋秋日红梨花》 （《词综》P1701）

纤苞淡贮幽香,玲珑轻锁秋阳丽。仙根借暖,定应不待,荆王翠帔(帔音皮)。潇洒轻盈,玉容浑是,金茎露气。甚西风宛转,东栏暮雨,空点缀,真妃泪。

【清】

柳如是《踏莎行·寄书》 （《清诗之旅》P31）

花痕月片,愁头恨尾。临书已是无多泪。写成忽被巧风吹,巧风吹碎人儿意。

刘禹锡《和董庶中古散调词赠尹果毅》中的"累"

"累"字现在读 léi、lěi、lèi 三音,但古诗词中有时要读"离"。因《康熙字典》注,累音"力追切"。而"追"字多音,不但读 zhuī,而且可读衣、夷、齐等音。所以"力追切"就可切出"离"、"题"等音。

"累"音离,与"齐""戏""眉""怡"等字协韵的情况在古诗词中屡有出现。如:

【唐】

岑参《北庭西郊候封大夫受降回军献上》(《全唐诗》P2022)

　　胡地苜蓿美,轮台征马肥。大夫讨匈奴,前月西出师。
　　甲兵未得战,降虏来如归。橐驼何连连,穹帐亦累累。
　　阴山烽火灭,剑水羽书稀。

刘禹锡《和董庶中古散调词赠尹果毅》(《全唐诗》P3979)

　　贵臣上战功,名姓随意移。终岁肌骨苦,他人印累累。
　　谒者既清宫,诸侯各罢戏。上将赐甲第,门戟不可窥。
　　眦血下沾襟,天高问无期。

卢仝《寄赠含曦上人》(《全唐诗》P4388)

　　此外杂经律,泛读一万纸。高殿排名僧,执卷坐累累。
　　化物自一心,三教齐发起。随钟嚼宫商,满口文字美。

白居易《同微之赠别郭虚舟炼师》(《全唐诗》P4969)

　　静弹弦数声,闲饮酒一卮。因指尘土下,蜉蝣良可悲。
　　不闻姑射上,千岁冰雪肌。不见辽城外,古今冢累累。

白居易《效陶潜体诗十六首》(《全唐诗》P1722)

　　更复强一杯,陶然遗万累。一饮一石者,徒以多为贵。
　　及其酩酊时,与我亦无异。笑谢多饮者,酒钱徒自费。

白居易《和我年三首》(《全唐诗》P4984)

　　我年五十七,归去诚已迟。历官十五政,数若珠累累。

杜牧《宫人冢》(《全唐诗》P6005)

尽是离宫院中女,苑墙城外冢累累。少年入内教歌舞,不识君王到老时。

陆龟蒙《袭美先辈以龟蒙所献蒙献和》(《全唐诗》P7109)

　　刘生吐英辩,上下穷高卑。下臻宋与齐,上指轩从羲。
　　岂但标八索,殆将包两仪。人谣洞野老,骚怨明湘累。

皮日休《三羞诗》(《全唐诗》P7016)

　　天子丙戌年,淮右民多饥。就中颍之汭,转徙何累累。
　　夫妇相顾亡,弃却抱中儿。兄弟各自散,出门如大痴。

皮日休《七爱诗·卢征君(鸿)》 (《全唐诗》P7017)

高名无阶级,逸迹绝涯涘。万世唐书中,逸名不可比。粤吾慕真隐,强以骨肉累。

元稹《梦上天》 (《全唐诗》P4605)

梦上高高天,高高苍苍高不极。下视五岳块累累。

元稹《上阳白发人》 (《全唐诗》P4615)

王无妃媵主无婿,阳亢阴淫结灾累。何如决雍顺众流,女遣从夫男作吏。

【宋】

王安石《车载板》 (《王安石全集》P29)

洛阳多少年,扰扰经世意。粗闻方外语,便释形骸累。

王安石《爱日》 (《王安石全集》P107)

雁生阴沙春,冬息阳海溰。冥冥取南北,岂以食为累。

王安石《和蔡副枢贺平戎庆捷》 (《王安石全集》P177)

城郭名王据两陲,军前一日遂降旗。羌兵自此无传箭,汉甲如今不解累。
幕府上功联旧伐,朝廷称庆具新仪。周家道泰西戎喙,还见诗人咏辛夷。

苏轼《哨遍》 (《唐宋名家词选》P110)

为米折腰,因酒弃家,口体交相累。归去来,谁不遣君归。觉从前皆非今是。

注:"累"字的繁体字是"纍",与"堡垒"的"垒"字的繁体字"壘"都有三个"田"字。这两个字除了都读 léi,还都可以读"离"。如:

【魏】

曹丕《善哉行》 (《全汉三国晋南北朝诗》P126)

上山采薇,薄暮苦饥。溪谷多风,霜露沾衣。
野雉群雊,猿猴相追。还望故乡,郁何垒垒!

《诗经·王风·兔爰》中的"罹"

"罹"字现在只有一个读音 lí,但古诗中有时要读"良何切"音罗(luó)。如《诗经·王风·兔爰》篇:

有兔爰爰,雉离于罗。我生之初,尚无为(为音"吾禾切"讹);我生之后,逢此百罹(罹叶音"良何切"罗)。尚寐无吪(音 é)。

古诗十九首《孟冬寒气至》中的"慄"

"慄"字,1976年版《辞海》注:慄是栗的异体字。"栗"字只读 lì 一音。但《康熙字典》则明确"慄"有两音:一为"力质切,音栗";二为"叶力结切,音烈"。

古诗十九首之第十七首中的"慄"就得读"烈"(《玉台新咏》P2),其诗云:

孟冬寒气至,北风何惨慄。愁多知夜长,仰观众星列。
三五明月满,四五蟾兔缺。

因"慄"有二音,所以什么情况下读栗,什么情况下读烈,应视具体语境而定。如李白《梦游天姥吟留别》中的"熊咆龙吟殷岩泉,慄深林兮惊层巅",此处"慄"宜读为栗。

王融《游仙诗》中的"砺"

"砺"字现在只有一个读音 lì。但古诗词中它除了可读"力制切,音例"外,有时要叶音为"列"。如:

【南朝 齐】

王融《游仙诗》 (《全汉三国晋南北朝诗》P788)

桃李不奢年,桑榆多暮节。常恐秋蓬根,连翩因风雪。
习道遍槐岻,追仙度瑶碣。绿帙启真词,丹经流妙说。
长河且已縈,曾山方可砺(砺叶音列)。

许浑《途径秦始皇墓》中的"陵"

"陵"字现在只有一个读音 líng,如丘陵、陵墓、陵园等。但古时它是个多音字,一是"力膺切,音凌"(líng);二是"力中切,音隆"(lóng);三是"落胡切,音卢"(lú)。在诗词中读什么音要看具体语境。如许浑《途经秦始皇墓》中的"陵"字与"崩"(bēng)字协韵,就得读"隆"(lóng)。

【唐】

许浑《途径秦始皇墓》 (《全唐诗》P6138)

龙盘虎踞树层层,势入浮云亦是崩。一种青山秋草里,路人唯拜汉文陵。
(注:如"崩"读音为 bēng,则"陵"应读 líng。)

白居易《续古诗十首》中的"六"

"六"字现在大多读 liù,但古时这字读"卢谷切,音陆"(lù),如安徽的地名"六安"读为 lù(鹿)。古诗词中举例如下:

【唐】

白居易《续古诗十首》 (《全唐诗》P4672)

宜当备嫔御,胡为守幽独。无媒不得选,年忽过三六。
岁暮望汉宫,谁在黄金屋。邯郸进倡女,能唱黄花曲。
一曲称君心,恩荣连九族。

【宋】

杨万里《好事近》 (《词综》P880)

月未到诚斋,先到万花川谷。不是诚斋无月,隔一林修竹。
如今才是十三夜,月色已如玉。未是秋光奇绝,看十五十六。

扬雄《解嘲》中的"龙"

"龙"字现在只有一个读音 lóng,如龙船、龙宫、龙井、龙盘虎踞等。但古时它是个多音字,除了通常的"力钟切,音笼"(lǒng),还有"莫江切,音厖"(máng),"叶蒲光切,音庞"(páng)。如:

扬雄《解嘲》 (《康熙字典》)

以鸱枭而笑凤凰,执蝘蜓而嘲龟龙(páng)。

【唐】

韩愈《此日足可惜赠张籍》 (《全唐诗》P3772)

惊波暗合沓,星宿争翻芒。辕马蹄踯鸣,左右泣仆童(tán)。
甲午憩时门,临泉窥斗龙(páng)。东南出陈许,陂泽何茫茫。
道边草木花,红紫相低昂。

陆云《赠孙显世诗》中的"隆"

"隆"字通常大家都读"力中切",音 lóng,但古时读为"叶卢王切,音郎"。如:

《道藏歌》（《康熙字典》）

但闻仙道贵，不闻鬼道隆。谣歌参天地，贾生元正章。

有时要读"叶间承切,音棱"。如：

【晋】

陆云《赠孙显世诗》　（《先秦汉魏晋南北朝诗》P716）

制动以静，秘景在隆。云根可栖，乐此隈岑。

《陌上桑》中的"楼"

"楼"字大家都知道读"落侯切,音娄"(lóu)。特别是《陌上桑》中的诗句"日出东南隅,照我秦氏楼。秦氏有好女,自名为罗敷"中的"楼"大家都读 lóu。但《康熙字典》告诉我们,该诗中的"楼"字应读为"叶凌如切,音间"(lǔ)。另如：

【晋】

张载《登成都白菟楼诗》　（《全汉三国晋南北朝诗》P389）

重城结曲阿，飞宇起层楼①。累栋出云表，峣櫱临太虚。
高轩启朱扉，回望畅八隅。西瞻岷山岭，嵯峨似荆巫。

张衡《东京赋》中的"陋"

"陋"字现在只有一个读音 lòu,如丑陋、陋规、陋习、陋俗、浅陋等。但古时它不但读"郎豆切,音漏",而且可读"鲁故切,音路"(lǔ)。《康熙字典》举张衡《东京赋》为例：

奢未及侈，俭而不陋。规遵王度，动中得趣。于是观礼，礼举仪具。

【晋】

曹摅《答赵景猷》　（《全汉三国晋南北朝诗》P407）

悠悠遐裔，我独是赴。哀此离群，悲彼孤陋。

李陵《录别诗》中的"庐"

"庐"字现在只有一个读音 lú,如庐州、庐山、庐山真面目等。但古诗词中有时要

---

① 楼,一作区。

读为闾。据《康熙字典》,庐字一音"龙都切,音卢";另一音"力居切,音闾"。如:

【西汉】
　　　　李陵《录别诗》　(《全汉三国晋南北朝诗》P30)
　　钟子歌南音,仲尼叹归与。戎马悲边鸣,游子恋故庐。
　　阳鸟归飞云,蛟龙乐潜居。人生一世间,贵与愿同俱。

【南朝　梁】
　　　　刘孝绰《归沐呈任中丞昉》　(《全汉三国晋南北朝诗》P1199)
　　步出金华省,还望承明庐。壮哉宛洛地,佳丽实皇居。……
　　夫君多敬爱,蟠木滥吹嘘。时时释簿领,驷驾入吾庐。

【南朝　陈】
　　　　江总《赋得谒帝承明庐》　(《全汉三国晋南北朝诗》P1423)
　　雾开仁寿殿,云绕承明庐。轮停绀幰引,马度红尘余。
　　香貂拜黻衮,花绶拂玄除。

【北周】
　　　　庾信《奉和永丰殿下言志》　(《全汉三国晋南北朝诗》P1598)
　　弱龄参顾问,畴昔滥吹嘘。绿槐垂学市,长杨映直庐。
　　连盟翻灭郑,仁义反亡徐。还思建邺水,终忆武昌鱼。

【唐】
　　　　李衍《句》　(《全唐诗》P78)
　　不缘朝阙去,好此结茅庐。

　　　　高适《送虞城刘明府谒魏郡苗太守》　(《全唐诗》P2202)
　　天官苍生望,出入承明庐。肃肃领旧藩,皇皇降玺书。
　　茂宰多感激,良将复吹嘘。

　　　　高适《苦雪》　(《全唐诗》P2215)
　　蒙蒙洒平陆,渐沥至幽居。且喜润群物,焉能悲斗储。
　　故交久不见,鸟雀投吾庐。

　　　　孟浩然《岁暮归南山》　(《唐诗三百首》)
　　北阙休上书,南山归敝庐。不才明主弃,多病故人疏。
　　白发催年老,青阳逼岁除。永怀愁不寐,松月夜窗虚。

　　　　杜甫《五盘》　(《全唐诗》P2300)
　　故乡有弟妹,流落随丘墟。成都万事好,岂若归吾庐。

杜甫《溪涨》　（《全唐诗》P2310）
　　当时浣花桥,溪水才尺馀。白石明可把,水中有行车。
　　秋夏忽泛滥,岂惟入吾庐。蛟龙亦狼狈,况是鳖与鱼。
　　韦应物《善福精舍答韩司录清都观会宴见忆》　（《全唐诗》P1947）
　　弱志厌众纷,抱素寄精庐。皦皦仰时彦,闷闷独为愚。
　　之子亦辞秩,高踪罢驰驱。忽因西飞禽,赠我以琼琚。
　　储光羲《仲夏入园中东陂》　（《全唐诗》P1380）
　　方塘深且广,伊昔俯吾庐。环岸垂绿柳,盈泽发红蕖。
　　上延北原秀,下属幽人居。暑雨若混沌,清明如空虚。
　　陆龟蒙《蓑衣》　（《全唐诗》P7138）
　　山前度微雨,不废小涧渔。上有青被襮,下有新脰疏。
　　滴沥珠影泫,离披岚彩虚。君看荷制者,不得安吾庐。

【近现代】
　　熊瑾玎《和黄胜白水灾十绝之六》　（《十老诗选》P278）
　　附郭灾情虽共见,安能赈恤到乡闾。风歺露宿知多少,敢饫膏粱处峻庐。

苏轼《渔家傲》中的"鹭"

　　"鹭"字现在只有一个读音 lù。其实古时它是个多音字:一是"洛故切,音路"(lù);二是"良据切,音虑"(lǜ);三是"龙都切,音卢"(lú)。如苏轼《渔家傲》中的鹭字明确注明应读为"虑"(lǜ)(《康熙字典》)。

　　苏轼《渔家傲》　（金陵赏心亭送王胜之龙图）（《康熙字典》）
公驾飞车凌彩雾,红鸾骖乘青鸾驭。却讶此洲名白鹭。非吾侣。翩然欲下还飞去。

苏轼《谢欧阳晦夫遗琴枕》中的"峦"

　　"峦"字现在只有一个读音 luán,如山峦、层峦耸翠等。但古诗词中它有时要读"廉"(lián)。《康熙字典》注:峦有两音,一是"落官切,音鸾";二是"又盐切,音廉"。如苏轼的《谢欧阳晦夫遗琴枕》:我怀汝阴六一老,眉宇秀发如春峦。
　　其他举例:

【唐】

白居易《游悟真寺诗》 （《全唐诗》P4734）

房廊与台殿,高下随峰峦。岩崿无撮土,树木多瘦坚。

拾得《诗五十四》 （《全唐诗》P9109）

独步绕石涧,孤陟上峰峦。时坐盘陀石,偃仰攀萝沿。遥望城隍处,惟闻闹喧喧。

白居易《游悟真寺诗》中的"挛"

"挛"字现在只有一个读音 luán,如痉挛。但古时该字读"吕员切"或"龙卷切"音"恋"(liàn)。如:

白居易《游悟真寺诗》 （《全唐诗》P6736）

野麋断羁绊,行走无拘挛。池鱼放入海,一往何时还(还音旋)。

陆机《罗敷歌》中的"鸾"

"鸾"字现在只有一个读音 luán,如鸾凤和鸣。但古诗词中它有时要读 lián,据《康熙字典》:鸾,叶闾员切,音连。如:

【晋】

陆机《罗敷歌》 （《康熙字典》）

赴曲迅惊鸿,蹈节如集鸾。绮态随缘变,沉姿无乏源。

【南朝　梁】

萧纲《山斋诗》 （《全汉三国晋南北朝诗》P921）

玲珑绕竹涧,间关通槿藩。缺岸成新浦,危石久为门。
北荣下飞桂,南柯吟夜猿。暮流澄锦碛,晨冰照彩鸾。

欧阳修《蝶恋花》中的"乱"

"乱"字现在只有一个读音 luàn,如混乱、杂乱、以假乱真、心烦意乱等。但古诗词中它有时要读 liàn。《康熙字典》注:乱是个多音字,其一为"叶力眷切,音恋"(liàn)。例如:

【魏】

　　　　应璩《杂诗》　（《先秦汉魏晋南北朝诗》P470）

　　　散骑常师友，朝夕进规献。侍中主喉舌，万机无不乱。
　　　尚书统庶事，官人秉法宪。

【宋】

　　　　欧阳修《蝶恋花》　（《欧阳修词全集》P49）

腊雪初销梅蕊绽，梅雪相和，喜鹊穿花转。睡起夕阳迷醉眼，新愁长向东风乱。
（注："转"字音"知恋切"。乱字与浅、见等字协韵。）

　　　　欧阳修《蝶恋花》　（《欧阳修词全集》P53）

帘幕风轻双语燕，午后醒来，柳絮飞撩乱。心事一春犹未见，
红英落尽青苔院。

　　苏轼《点绛唇·己巳重九和苏坚》（《苏轼词全集》P245）

　　　顾谓佳人，不觉秋强半。筝声远。鬓云吹乱。愁人参差雁。

　　　　吴文英《踏莎行》（《宋词三百首》）

润玉笼绡，檀樱倚扇。绣圈犹带脂香浅。榴心空叠舞裙红，艾枝应压愁鬟乱。

　　　　吴文英《倦寻芳·饯周纠定夫》（《词综》P1177）

　　暮帆挂雨，冰岸飞梅，春思零乱。送客将归，偏是故宫离苑。
　　醉酒曾同凉月舞，寻芳还隔红尘面。去难留，怅芙蓉路窄，绿杨天远。

　　　　吴文英《瑞龙吟·德清清明竞渡》（《词综》P1211）

　　洲上青萍生处，斗春不管，怀沙人远。残日半开，一川花影零乱。

　　　　吴文英《绕佛阁》（《词综》P1201）

　倦客最萧索，醉倚斜阳穿柳线。还似汴堤，虹梁横水面。看浪扬春灯，舟下如箭。
此行重见。叹故友难逢，羁思空乱。两眉愁，向谁舒展。

　　　　韩元吉《谒金门·春雪》（《词综》P861）

　　楼上酒融歌暖，楼下水平烟远。却似涌金门外见，絮飞波影乱。

　　　　蔡伸《苏武慢》（《词综》P675）

雁落平沙，烟笼寒水，古垒鸣笳声断(diàn)。青山隐隐，败叶萧萧，天际暝鸦零
乱。楼上黄昏，片帆千里归程，年华将晚(yuǎn)。望碧云空暮，佳人何处，梦魂俱远。

　　　　赵善扛《贺新郎》（《词综》P1043）

玉钗坠枕风鬟颤。湛虚堂壶冰莹彻，簟波零乱。自是仙姿清无暑，月影空随素
扇。破午睡香销馀篆。一枕湖山千里梦，正白苹烟棹归来晚。云弄碧，楚天远。

【清】

张祥龄《蝶恋花》　（《词综补遗》P1617）

谁遣画梁双乳燕，剪剪西飞，浪逐风花乱。柳下楼高人不见，斜阳铺满苍苔院。

袁毓麐《倦寻芳》　（《词综补遗》P930）

麝衾梦短，蟾镜盟寒，心事丝乱。记得相逢，春满馆娃吴苑。

王渡《烛影摇红》　（《词综补遗》P1379）

为爇心香一瓣，剔银灯、瑶函静展。马塍何处，花事年年，春风零乱。

张鸿《三姝媚》　（《词综补遗》P1628）

斜阳红带怨。黯西风重来，寻芦秋雁。絮卷丝迷，怅故宫花事，坠烟零乱。

池汉功《绛都春》　（《词综补遗》P149）

林阴一线。向翠䕺茅蹊，行行纡远。舞蝶探芳，早异韶华春明苑。宫沟休问流红怨，但萍绿、桥东吹乱。画阑前后，丁香灿绚，语莺庭院。

卢祖皋《水龙吟·淮西重午》中的"旅"

"旅"字现在只有一个读音 lǚ，但古时它还有另一个音，lú（庐）。所以古诗词中有时要读庐（lú）。如：

卢祖皋《水龙吟·淮西重午》　（《词综》P1062）

会昌湖上扁舟，几年不醉西山路。流光又是，宫衣初试，安榴半吐。千里江山，满川烟草，薰风淮楚。念《离骚》恨远，独醒人去，阑干外，谁怀古？

亦有鱼龙戏舞。艳晴川、绮罗歌鼓。乡情节意，尊前同是，天涯羁旅。涨渌池塘，翠阴庭院，归期无据。问明年此夜，一眉新月，照人何处？

卢炳《踏莎行》　（《词综》P1164）

奔走红尘，栖迟羁旅。断肠犹忆江南句。白云低处雁回峰，明朝便踏潇湘路。

吴文英《喜迁莺·福山萧寺岁除》　（《词综》P1195）

江亭年暮。趁飞雁、又听数声柔橹。蓝尾杯单，胶牙饧淡，重省旧时羁旅。雪舞野梅篱落，寒拥渔家门户。晚风峭，作初番花讯，春还知否？

吴文英《齐天乐》　（《词综》P1208）

新烟初试花如梦，疑收楚峰残雨。茂苑人归，秦楼燕宿，同惜天涯为旅。游情最苦。早柔绿迷津，乱莎荒圃。数树梨花，晚风吹堕半汀鹭。

柳宗元《渔翁》中的"绿"

"绿"字现在有两个读音 lǜ 和 lù，但古诗词里大多数情况要读音录或陆、鹿，与独、浊、木、屋、曲、促、目、续、宿、复、牧、竹、族、簌、谷、哭等字协韵。如人们熟悉的柳宗元的《渔翁》：

渔翁夜傍西岩宿，晓汲清湘燃楚竹。烟消日出不见人，欸乃一声山水绿。

回看天际下中流，岩上无心云相逐。

还有王安石的名篇《桂枝香·金陵怀古》，其"绿"字与目、肃、簇、矗、足、逐、续、辱、曲等字协韵。资料表明，"绿"读音陆或鹿源远流长。现举例如下：

《古诗十九首·燕赵多佳人》（《玉台新咏》P10）

东城高且长，逶迤自相属。回风动地起，秋草萋已绿。

四时更变化，岁暮一何速。晨风怀苦心，蟋蟀伤局促。

【晋】

张协《杂诗一首》（《玉台新咏》P63）

秋夜凉风起，清气荡暄浊。蜻蛚吟阶下，飞蛾拂明烛。

君子从远役，佳人守茕独。离居几何时，钻燧忽改木。

房栊无行迹，庭草萋已绿。青苔依空墙，蜘蛛网四屋。

感物多所怀，沉忧结心曲。

【南朝　齐】

王融《巫山高》（《玉台新咏》P89）

想象巫山高，薄暮阳台曲。烟霞乍舒卷，蘅芳时断续。

彼美如可期，寤言纷在属。怃然坐相思，秋风下庭绿。

【南朝　梁】

王僧孺《捣衣》（《玉台新咏》P136）

足伤金管处，多怆缇光促。露团池上紫，风飘庭里绿。

王僧孺《春思》（《玉台新咏》P282）

雪罢枝即青，冰开水便绿。复闻黄鸟思，今作相思曲。

萧绎《示吏民》（《全汉三国晋南北朝诗》P949）

阙里尚撝谦，厉乡裁知足。咨余再分陕，少思宜寡欲。

霞出浦流红，苔生岸泉绿。方知江汉士，变为邹鲁俗。

杨广《东宫春》 (《续玉台新咏》P26)

小苑花红洛水绿,清歌宛转繁弦促。长袖逶迤动珠玉,千年万岁阳春曲。

【唐】

王勃《江南弄》 (《全唐诗》P673)

清风明月遥相思。遥相思,草徒绿。为听双飞凤凰曲。

王勃《寒夜思友》 (《全唐诗》P683)

朝朝翠山下,夜夜苍江曲。复此遥相思,清尊湛芳绿。

张说《岳阳早霁南楼》 (《全唐诗》P933)

山水佳新霁,南楼玩初旭。夜来枝半红,雨后洲全绿。
四运相终始,万形纷代续。适临青草湖,再变黄莺曲。

刘希夷《捣衣曲》 (《全唐诗》P885)

缄书远寄交河曲,须及明年春草绿。莫言衣上有斑斑,只为思君泪相续。

刘希夷《春女行》 (《全唐诗》P880)

春女颜如玉,怨歌阳春曲。巫山春树红,沅湘春草绿。

刘希夷《采桑》 (《全唐诗》P882)

盈盈灞水曲,步步春芳绿。红脸耀明珠,绛唇含白玉。

沈佺期《临高台》 (《全唐诗》P1021)

高台临广陌,车马纷相续。回首思旧乡,云山乱心曲。
远望河流缓,周看原野绿。向夕林鸟还,忧来飞景促。

孟浩然《初春汉中漾舟》 (《全唐诗》1624)

羊公岘山下,神女汉皋曲。雪罢冰复开,春潭千丈绿。
轻舟恣来往,探玩无厌足。波影摇妓钗,沙光逐人目。

李白《春滞沅湘有怀山中》 (《全唐诗》P1860)

沅湘春色还,风暖烟草绿。古之伤心人,于此肠断续。
予非怀沙客,但美采莲曲。所愿归山东,寸心于此足。

李白《古风》 (《全唐诗》P1674)

秋露白如玉,团团下庭绿。我行忽见之,寒早悲岁促。
人生鸟过目,胡乃自结束。景公一何愚,牛山泪相续。
物苦不知足,得陇又望蜀。

李白《对雪醉后赠王历阳》 (《全唐诗》P1759)

子猷闻风动窗竹,相邀共醉杯中绿。历阳何异山阴时,白雪飞花乱人目。

李白《以诗代书答元丹丘》（《全唐诗》P1814）
故人深相勖，忆我劳心曲。离居在咸阳，三见秦草绿。

李白《金门答苏秀才》（《全唐诗》P1814）
君还石门日，朱火始改木。春草如有情，山中尚含绿。

李白《题舒州司空山瀑布》（《全唐诗》P1892）
断崖如削瓜，岚光破崖绿。天河从中来，白云涨山谷。
玉案赤文字，世眼不可读。摄身凌青霄，松风拂我足。

韦应物《寄子西》（《全唐诗》P1908）
蓝上舍已成，田家雨新足。诧邻素多欲，残帙犹见束。
日夕上高斋，但望东原绿。

韦应物《西郊养疾寄畅校书》（《全唐诗》P1911）
养病惬清夏，郊园敷卉木。窗夕含涧凉，雨馀爱筠绿。
披怀始高咏，对琴转幽独。仰子游群英，吐词如兰馥。

韦应物《始除尚书郎别善福精舍》（《全唐诗》P1935）
行将亲爱别，恋此西涧曲。远峰明夕川，夏地生众绿。
迅风飘野路，回首不遑宿。明晨下烟阁，白云在幽谷。

韦应物《送丘员外还山》（《全唐诗》P1938）
长栖白云表，暂访高斋宿。还辞郡邑喧，归泛松江渌。
结茅隐苍岭，伐薪响深谷。同是山中人，不知往来躅。

韦应物《春中忆元二》（《全唐诗》P1957）
雨歇万井春，柔条各含绿。徘徊洛阳陌，惆怅杜陵曲。
游丝正高下，啼鸟还断续。有酒今不同，思君莹如玉。

韦应物《经武功旧宅》（《全唐诗》P1961）
兹邑昔所游，嘉会常在目。历载俄二九，始往今来复。
戚戚居人少，茫茫野田绿。风雨经旧墟，毁垣迷往躅。

韦应物《对芳树》（《全唐诗》P1964）
迢迢芳园树，列映清池曲。对此伤人心，还如故时绿。
风条洒馀霭，露叶承新旭。佳人不再攀，下有往来躅。

韦应物《西郊游瞩》（《全唐诗》P1974）
东风散馀沍，陂水淡已绿。烟芳何处寻，杳霭春山曲。
新禽哢暄节，晴光泛嘉木。一与诸君游，华觞忻见属。

韦应物《题郑弘宪侍御遗爱草堂》 （《全唐诗》P1983）

居士近依僧,青山结茅屋。疏松映岚晚,春池含苔绿。
繁华冒阳岭,新禽响幽谷。长啸攀乔林,慕兹高世躅。

韦应物《听莺曲》 （《全唐诗》P2004）

伯劳飞过声局促,戴胜下时桑田绿。

韦应物《金谷园歌》 （《全唐诗》P2001）

追游讵可足,共惜年华促。祸端一发埋恨长,百草无情春自绿。

杜甫《哀江头》 （《全唐诗》P2268）

少陵野老吞声哭,春日潜行曲江曲。江头宫殿锁千门,细柳新蒲为谁绿。

杜甫《客堂》 （《全唐诗》P2332）

客堂序节改,具物对羁束。石暄蕨芽紫,渚秀芦笋绿。
巴莺纷未稀,徼麦早向熟。

杜甫《写怀》 （《全唐诗》P2355）

朝班及暮齿,日给还脱粟。编蓬石城东,采药山北谷。
用心霜雪间,不必条蔓绿。非关故安排,曾是顺幽独。

杜甫《醉为马坠诸公携酒相看》 （《全唐诗》P2367）

酒肉如山又一时,初筵哀丝动豪竹。共指西日不相贷,喧呼且覆杯中渌。
何必走马来为问,君不见嵇康养生遭杀戮。

钱起《小园招隐》 （《全唐诗》P2613）

斑衣在林巷,始觉无羁束。交柯低户阴,闲鸟将雏宿。
穷通世情阻,日夜苔径绿。谁言北郭贫,能分晏婴粟。

钱起《离居夜雨奉寄李京兆》 （《全唐诗》P2613）

雷声非君车,犹自过我庐。电影非君烛,犹能明我目。
如何琼树枝,梦里看不足。望望佳期阻,愁生寒草绿。

钱起《东陂》① （《全唐诗》P2686）

永日兴难忘,掇芳春陂曲。新晴花枝下,爱此苔水绿。

姚系《荆山独往》 （《全唐诗》P2855）

杂芳被阴岸,坠露方消绿。悠此平生怀,独游还自足。

---

① 一作《忆皇子陂》。

柳宗元《田家》　（《全唐诗》P3955）

古道饶蒺藜,萦回古城曲。蓼花被堤岸,陂水寒更绿。
是时收获竟,落日多樵牧。风高榆柳疏,霜重梨枣熟。
行人迷去住,野鸟竞栖宿。田翁笑相迎,昏黑慎原陆。
今年幸少丰,无厌饘与粥。

孟郊《赠农人》　（《全唐诗》P4192）

劝尔勤耕田,盈尔仓中粟。劝尔伐桑株,减尔身上服。
清霜一委地,万草色不绿。狂飙一入林,万叶不着木。
青春如不耕,何以自结束。

张籍《洛阳行》　（《全唐诗》P4285）

上阳宫树黄复绿,野豺入苑食麋鹿。

白居易《出山吟》　（《全唐诗》P4744）

朝咏游仙诗,暮歌采薇曲。卧云坐白石,山中十五宿。
行随出洞水,回别缘岩竹。早晚重来游,心期瑶草绿。

白居易《宿清源寺》　（《全唐诗》P4755）

往谪浔阳去,夜息辀溪曲。今为钱塘行,重经兹寺宿。
尔来几何岁,溪草二八绿。不见旧房僧,苍然新树木。

白居易《孟夏思渭村旧居寄舍弟》　（《全唐诗》P4793）

闲登郡楼望,日落江山绿。归雁拂乡心,平湖断人目。
殊方我漂泊,旧里君幽独。何时同一瓢,饮水心亦足。

（注：该诗中的绿与竹、曲、牧、屋、熟、瞩、仆、簌、宿、局、束、谷、燠、毒、粟、俗等字协韵。）

白居易《东楼竹》　（《全唐诗》P4800）

卷帘睡初觉,欹枕看未足。影转色入楼,床席生浮绿。
空城绝宾客,向夕弥幽独。楼上夜不归,此君留我宿。

白居易《送王处士》　（《全唐诗》P4666）

扣门与我别,酤酒留君宿。好去采薇人,终南山正绿。

白居易《溢浦行》　（《全唐诗》P4671）

浔阳十月天,天气仍温燠。有霜不杀草,有风不落木。
玄冥气力薄,草木冬犹绿。谁肯溢浦头,回眼看修竹。

白居易《有木诗》　（《全唐诗》P4687）

有木名丹桂,四时香馥馥。花团夜雪明,叶剪春云绿。
风影清似水,霜枝冷如玉。独占小山幽,不容凡鸟宿。

白居易《宿东亭晓兴》 （《全唐诗》P4973）

负喧檐宇下,散步池塘曲。南雁去未回,东风来何速。
雪依瓦沟白,草绕墙根绿。何言万户州,太守常幽独。

白居易《宿荥阳》 （《全唐诗》P4977）

追思儿戏时,宛然犹在目。旧居失处所,故里无宗族。
岂唯变市朝,兼亦迁陵谷。独有溱洧水,无情依旧绿。

白居易《喜雨》 （《全唐诗》P4977）

似面洗垢尘,如头得膏沐。千柯习习润,万叶欣欣绿。
千日浇灌功,不如一霢霂。方知宰生灵,何异活草木。

元稹《连昌宫词》 （《全唐诗》P4612）

初过寒食一百六,店舍无烟宫树绿。夜半月高弦索鸣,贺老琵琶定场屋。
力士传呼觅念奴,念奴潜伴诸郎宿。须臾觅得又连催,特敕街中许然烛。

元稹《连昌宫词》 （《全唐诗》P4613）

去年敕使因斫竹,偶值门开暂相逐。荆榛栉比塞池塘,狐兔骄痴缘树木。
舞榭欹倾基尚在,文窗窈窕纱犹绿。尘埋粉壁旧花钿,乌啄风筝碎珠玉。

元稹《紫踯躅》 （《全唐诗》P4628）

尔踯躅,我向通州尔幽独。可怜今夜宿青山,何年却向青山宿。
山花渐暗月渐明,月照空山满山绿。山空月午夜无人,何处知我颜如玉。

元稹《琵琶歌寄管儿》 （《全唐诗》P4629）

著作曾邀连夜宿,中碾春溪华新绿。平明船载管儿行,尽日听弹无限曲。

温庭筠《罩鱼歌》 （《全唐诗》P6702）

楚岸有花花盖屋,金塘柳色前溪曲。悠悠杳若去无穷,五色澄潭鸭头绿。

温庭筠《苏小小歌》 （《全唐诗》P6706）

吴宫女儿腰似束,家在钱塘小江曲。一自檀郎逐便风,门前春水年年绿。

温庭筠《归国遥》 （《词综》P32）

钿筐交胜金粟,越罗春水绿。画堂照帘残烛,梦余更漏促。

唐懿宗朝举子《刺安南事》 （《全唐诗》P8849）

雄雄许昌师,忠武冠其族。去为万骑风,住为一川肉。
时有残卒回,千门万户哭。哀声动闾里,怨气成山谷。
谁能听鼓声,不忍看金镞。念此堪泪流,悠悠颖川绿。

薛涛《题竹郎庙》 （《全唐诗》P9041）

竹郎庙前多古木,夕阳沉沉山更绿。何处江村有笛声,声声尽是迎郎曲。

姚月华《怨诗寄杨达》 (《全唐诗》P9004)

春水悠悠春草绿,对此思君泪相续。羞将离恨向东风,理尽秦筝不成曲。

韦庄《谒金门》 (《全唐诗》P10076)

春雨足。染就一溪新绿。柳外飞来双羽玉,弄晴双对浴。

韦庄《谒金门词》 (《全唐诗》P10076)

有个娇饶如玉,夜夜绣屏孤宿。闲抱琵琶寻旧曲,远山眉黛绿。

刘侍读《生查子》 (《全唐诗》P10161)

深秋更漏长,滴尽银台烛。独步出幽闺,月晃波澄绿。

徐昌图《河传》 (《全唐诗》P10160)

秋光满目,风清露白,莲红水绿。何处梦回,弄珠拾翠盈盈,倚阑桡,眉黛蹙。

欧阳炯《南乡子》 (《词综》P133)

日暮江亭春影绿,鸳鸯浴,水远山长看不足。

【宋】

苏轼《贺新凉》 (《词综》P362)

石榴半吐红巾蹙。待浮花浪蕊都尽,伴君幽独。浓艳一枝细看取,芳意千重似束。又恐被秋风惊绿。若待得君来向此,花前对酒不忍触。共粉泪,两簌簌。

苏轼《书林逋诗后》 (《苏轼选集》P170)

吴侬生长湖山曲,呼吸湖光饮山绿。不论世外隐君子,佣奴贩妇皆冰玉。

欧阳修《摸鱼儿》 (《词综》P261)

卷绣帘、梧桐秋院落,一霎雨添新绿。小池闲立残妆浅,向晚水纹如縠。凝远目。恨人去寂寥,凤枕孤难宿。倚阑不足。看燕拂风檐,蝶翻露草,两两镇相逐。

黄庭坚《念奴娇》 (《词综》P376)

断虹霁雨,净秋空,山染修眉新绿。桂影扶疏,谁便道今夕清辉不足。万里青天,姮娥何处,驾此一轮玉。寒光零乱,为谁偏照醽醁。

周邦彦《菩萨蛮·梅雪》 (《词综》P570)

银河宛转三千曲,浴凫飞鹭澄波绿。

吕渭老《念奴娇·赠希文宠姬》 (《词综》P614)

长记那里西楼,小寒窗静,尽掩风筝鸣屋。泪眼灯光情未尽,尽觉语长更促。短短霞杯,温温罗帊,妙语书裙幅。五湖何日,小舟同泛春绿。

陆游《春晚怀故山》 (《陆放翁诗词选》P268)

吾庐烟树间,正占湖一曲。远山何所似,鬟髻千鬐绿。

陆游《三山杜门作歌》（《陆放翁诗词选》P248）

宽恩四赋仙祠禄,每忍惭颜救枵腹。五秉初辞官粟红,一瓢自酌岩泉绿。

姜夔《疏影·石湖咏梅》（《词综》P933）

犹记深宫旧事,那人正睡里,飞近蛾绿。莫似春风,不管盈盈,早与安排金屋。还教一片随波去,又却怨、玉龙哀曲。等恁时重觅幽香,已入小窗横幅。

陈恕可《桂枝香·蟹》（《词综》P1478）

西风故国,记乍脱内黄,归梦溪曲。还是秦星夜映,楚霜秋足。无肠枉抱东流恨,任年年褪筐微绿。草汀篝火,芦州纬箔,早寒渔屋。

蒋捷《贺新郎》（《词综》P1226）

梦冷黄金屋。叹秦筝斜鸿阵里,素弦尘扑。化作娇莺飞归去,犹认窗纱旧绿。

史达祖《八归》（《词综》P1100）

须信风流未老,凭持酒,慰此凄凉心目。一鞭南陌,数篙官渡,赖有歌眉舒绿。只匆匆远眺,早觉闲愁挂乔木。应难禁,故人天际,望彻淮山,相思无雁足。

王恽《黑漆弩·鹦鹉调·游金山寺》

苍波万顷孤岑矗,是一片水面上天竺。金鳌头满咽三杯,吸尽江山浓绿。

张养浩《得胜令·四月一日喜雨》

万象欲焦枯,一雨足沾濡。天地回生意,风云起壮图。农夫,舞破蓑衣绿。和余,欢喜的无是处。

【明】

陈继儒《画扇与高日斯》

春江花飞恼人目,落花飞来掩茅屋。沙洲有意款寂寞,一夜为我生浓绿。

《诗经》中的"麻"

"麻"字现在只有一个读音 má，如心乱如麻、麻烦等。但古时它不但读"谟加切，音蟆"，而且可读"叶谟婆切""叶眉波切，音摩"(mó)，与歌、荷、何、和等字协韵(《康熙字典》)。如：

《诗经·陈风·东门之池》（《康熙字典》）

东门之池，可以沤麻。彼美淑姬，可与晤歌。

【西晋】

潘岳《河阳诗》（《先秦汉魏晋南北朝诗》P633）

曲蓬何以直，托身依丛麻。黔黎竟何常，政成在民和。
位同单父邑，愧无子贱歌。岂敢陋微官，但恐忝所荷。

【南朝　宋】

《清商曲辞·乌夜啼》（《全汉三国晋南北朝诗》P745）

巴陵三江口，芦荻齐如麻。执手与欢别，痛切当奈何。

崔骃《安封侯诗》中的"马"

"马"字现在通常人们都读一个音 mǎ。其实古诗词中还另有一个读音"满补切，音姥"(mǔ)。如：

崔骃《安封侯诗》（《先秦汉魏晋南北朝诗》P171）

戎马鸣兮金鼓震，壮士激兮忘身命。被甲兮跨良马，挥长戟兮彀强弩。
(注："马"与"弩"协韵。)

《诗经》中"马"读"姥"音的诗句不少，现举例于下：

《诗经·小雅·十月之交》

皇父卿士，番维司徒。家伯冢宰，仲允膳夫。棸子内史，蹶维趣马。

《诗经·小雅·吉日》

吉日庚午，既差我马。

《诗经·周颂·有客》

有客有客,亦白其马。

《诗经·大雅·崧高》

王遣申伯,路车乘马。我图尔居,莫如南土。

《诗经·周南·汉广》

之子于归,言秣其马。汉之广矣,不可泳思。

《诗经·陈风·株林》

驾我乘马,说(税)于株野(山与切音予)。乘我乘驹,朝食于株。

《诗经·小雅·四牡》

四牡騑騑,啴啴骆马。

《诗经·小雅·采菽》

君子来朝,何锡予之。虽无予之,路车乘马。

景覃《天香》中的"麦"

"麦"字现在都读 mài,但古诗词中有时要读 jí(《康熙字典》:麦,讫力切,音极)。"麦"字读 jí,最早见于《诗经》。如:

《诗经·鄘风·桑中》

爰采麦矣,沫之北兮。

《诗经·豳风·七月》

黍稷重穋,禾麻菽麦。

《诗经·鲁颂·閟宫》

黍稷重穋,稙稚菽麦。

【宋】

景覃《天香》 (《词综》P1643)

市远人稀,林深犬吠,山连水村幽寂。田里安闲,东邻西舍,准拟醉时欢适。社祈雩祷,有箫鼓、喧天吹击。宿雨新晴,垅头闲看,露桑风麦(jí)。

【元】

张翥《满江红·钱舜举桃花折枝》 (《词综》P1834)

前度刘郎,重来访、玄都燕麦。回首地、暗香销尽,暮云低碧。啼鸟犹知人怅望,东风不管花狼借。又凄凄、红雨夕阳中,空相忆。

沈公述《念奴娇》中的"脉"

"脉"字现在两个读音：mò（如含情脉脉）和 mài（如血脉）。但古诗词中它有时读"灭"miè。据《康熙字典》：脉，莫白切，白音弼(bì)。如：

【宋】

  沈公述《念奴娇》 （《词综》P651）

  杏花过雨,渐残红零落,胭脂颜色。流水飘香人渐远,难托春心脉脉。恨别王孙,墙阴目断,手把青梅摘(zhē)。金鞍何处,绿杨依旧南陌。

  佚名《忆少年》 （《词综》P1536）

  疏疏整整,斜斜淡淡,盈盈脉脉。徒怜暗香句,笑梨花颜色。

曹植《王仲宣诔》中的"蛮"

"蛮"字现在只有一个读音 mán，如野蛮、蛮横、蛮干等。但古诗词中它有时要读(mián)。《康熙字典》注明,蛮字有两音：一音"莫还切,音漫"；另一音"弥邻切,音民"。又《古音考》蛮字"叶音眠"。如：

  曹植《王仲宣诔》

  翕然凤举,远窜荆蛮(mián)。身穷志达,居鄙行鲜。

  曹植《杂诗》 （《全汉三国晋南北朝诗》P173）

  美玉生盘石,宝剑出龙渊。帝王临朝服,秉此威百蛮。（蛮音民）
  历刀不见贵,杂糅刀刃间。

【唐】

  韩愈《江汉答孟郊》 （《全唐诗》P3770）

  江汉虽云广,乘舟渡无艰(jiàn)。流沙信难行,马足常往还(xuán)。凄风结冲波,狐裘能御寒(xián)。终宵处幽室,华烛光烂烂(lián)。苟能行忠信,可以居夷蛮(mián)。嗟余与夫子,此义每所敦(diàn)。何为复见赠,缱绻在不谖(xuán)。

  白居易《征秋税毕题郡南亭》 （《全唐诗》P4805）

  高城直下视,蠢蠢见巴蛮。安可施政教,尚不通语言。

罗隐《江南曲》中的"满"

"满"字据1936年出版的《辞海》注有两个音：一是 mǎn；二是 mèn。但《康熙字典》对它则注有三个音：一是"莫旱切，音懑"(mǎn)；二是"莫困切，音闷"(mèn)；三是"叶美辨切，音免"(miǎn)。古诗词中"满"字读音免的不少。例如：

【唐】

　　罗隐《江南曲》　（《全唐诗》P205）

　　江烟湿雨鲛绡软，漠漠远山眉黛浅。水国多愁又有情，夜槽压酒银船满。

【宋】

　　苏轼《诗》　（《康熙字典》）

　　南都从事亦学道，不恤枯肠夸脑满。问羊他日到金华，应时相将游阆苑。

　　欧阳修《渔家傲》　（《唐宋名家词选》P70）

　　河鼓无言西北眄，香娥有恨东南远。脉脉横波珠泪满。

　　周密《献仙音·吊雪香亭梅》　（《唐宋名家词选》P303）

　　共凄黯。问东风、几番吹梦，应惯识当年，翠屏金辇。一片古今愁，但废绿平烟空远。无语消魂，对斜阳衰草泪满。又西泠残笛，低送数声春怨。

　　吴文英《三姝媚·过都城旧居有感》　（《唐宋名家词选》P291）

　　春梦人间须断(diàn)，但怪得当年，梦魂能短(diàn)。绣屋秦筝，傍海棠偏爱，夜深开宴。舞歇歌沉，花未减、红颜先变。伫久河桥欲去，斜阳泪满。

　　吕渭老《薄幸》　（《词综》P612）

　　怎忘得、回廊下，携手处，月明花满。如今但暮雨，蜂愁蝶恨，小窗闲对芭蕉展(jiǎn)。却谁拘管，尽无言闲品秦筝，泪满参差雁。腰肢渐小，心与杨花共远。

　　黄机《蝶恋花》　（《词综》P1008）

　　碧树凉飔惊画扇。窗户齐开，秋意参差满。先自离愁裁不断，蛩螀更作声声怨。

　　史达祖《齐天乐·赋橙》　（《词综》P1104）

　　并刀寒映素手，醉魂沉夜宴，曾倩排遣。沆瀣含酸，金罂裹玉，簌簌吴盐轻点。瑶姬齿软。待惜取团圆，莫教分散(xiàn)。入手温存，怕罗香自满。

　　张枢《壶中天·月夕登绘幅堂》　（《词综》P1989）

　　雁横迥碧，渐烟收极浦，渔唱催晚。临水楼台乘醉倚，云引吟情闲远。露脚飞凉，山眉锁暝，玉宇冰奁满。平波不动，桂华低印清浅。

沈会宗《清商怨》 （《词综》P646）

城上鸦啼斗转,渐玉壶冰满。月淡寒梅,清香来小院。

谁遣鸾笺写怨？翻锦字叠叠和愁卷。梦破胡笳,江南烟树远。

张先《卜算子慢》 （《词综》P311）

水影横池馆,对静夜无人,月高云远。一饷凝思,两眼泪痕还满。难遣,恨私书又逐东风断(diàn)。纵梦泽层楼万尺,望湖城那见。

高观国《御街行·赋帘》 （《词综》P1071）

香波半窣深深院。正日上花阴浅。青丝不动玉钩闲,看翠额笼葱茜。莺声似隔,篆烟微度,爱横影参差满。

张镃《鹊桥仙·菱》 （《词综》P912）

过汀接溆,萦蒲带藻,万镜香浮光满。

湿烟吹霁木兰轻,照波底、红娇翠婉(yuàn)。

【明】

徐渭《水墨竹枝》 （《中国古今题画诗全璧》P260）

日长苦难度,墨君借以遣。细叶莫生风,风波世上满。

何思《东风第一枝》 （《词综补遗》P1234）

堤上娇风,楼前弱雨,二月嫩黄初满。琐窗千缕愁丝,粉墙万条长线。

【清】

张采《绿意》 （《词综补遗》P1612）

艳蕊情条,多少漂零,听说寻芳都倦。输他杜牧重游日,尚看到、绿成阴满。有两行、珠泪弹来,化作草心红线。

胡延《水龙吟·七夕感旧》 （《词综补遗》P518）

寒云垂翠,画裳啼玉,古愁重衍。翠槛盛秋,蛛丝绾巧,汉宫唐苑。更金风送到,承华仙乐,散人间满。

袁绪钦《台城路》 （《词综补遗》P928）

绛桃开过横塘路,烟中绿波初满。柳密藏鸦,花深梦蝶,芳草东风吹遍。提壶且劝。正榆荚晴飞,杏衫寒浅。

袁荣法《三姝媚》 （《词综补遗》P934）

竚立秋千,有瘦林斜照,暗生凄恋。为嘱东风,莫惯把、红芳催散(xiàn)。只恐荒波流去,天涯恨满。

洪汝闿《齐天乐·鸦》 （《词综补遗》P39）

远成旌旗,荒村鼓角,多少玉颜哀怨。离群岁晚,叹戟羽城南,尚闻征战。回首家山,故巢空泪满。

洪汝闿《霜叶飞》 (《词综补遗》P40)

听不澈,零弦断琯,更阑灯火谁家院。漫再说,江南事,一夜乡心,镜中霜满。

江顺诒《望湘人》 (《词综补遗》P126)

酒痕化泪,泪痕化血,賸了藕丝一线。问何日、借住移山,笑向爱河填满。

吴贞惠《绮罗香》 (《词综补遗》P390)

盼青溪、目断行云,倦鸿冷、苇秋霜满。口银屏、怅卧胡床,博山心字篆。

周密《拜星月》中的"幔"

诗词古音

"幔"字现在只有一个读音 màn,如布幔、幔帐。但古时它有两音,除了"莫半切",音 màn 外,还有"谟晏切",音 mǐn(据《康熙字典》:幔音缦。缦有两音:"莫半切""谟晏切")。

周密《拜星月·春暮寄梦窗》 (《词综》P1284)

腻叶阴清,孤花香冷,迤逦芳洲春换。薄酒孤吟,怅相如游倦。想人在絮幕香帘凝望,误认几许烟樯风幔。芳草天涯,负华堂双燕。

张景修《选冠子·咏柳》 (《词综》P492)

春易老,细叶舒眉,轻花吐絮,渐觉绿阴成幔。章台系马,灞水维舟,谁念凤城人远。

曹丕《寡妇赋》中的"漫"

"漫"字现在读 màn,但古时除了读 màn,还可以读"叶民坚切,音眠"与"叶眼见切,音面"。

《康熙字典》举例如下:

曹丕《寡妇赋》

历夏日兮苦长,涉秋夜兮漫漫。微霜陨兮集庭,燕雀飞兮我前。

扬雄《甘泉赋》

仰矫首以高视兮,目瞑眴而无见。正浏滥以弘惝兮,指东西之漫漫。

其他举例:

【唐】

　　　　　白居易《归田》　（《全唐诗》P4729）

中人爱富贵,富贵亦在天。莫恋长安道,莫寻方丈山(xiān)。

西京尘浩浩,东海浪漫漫(mián)。

　　　　　白居易《游悟真寺诗》　（《全唐诗》P4735）

往往白云过,决开露青天。西北日落时,夕晖红团团(tián)。

千里翠屏外,走下丹砂丸(yuán)。东南月上时,夜气青漫漫(mián)。

【宋】

　　　　　赵彦端《虞美人》　（《词综》P903）

春山叠叠秋波漫,收拾残针线。又成娇困倚檀郎,无事更抛莲子打鸳鸯。
（注：虞美人词牌要求每两句协韵。）

【元】

　　　　　赵雍《水调歌头》　（《词综》P2063）

宝妆鞍,金作镫,玉为鞭。须臾得志,纷华满眼纵相漫。功名自来无意,富贵浮云何济,于我亦徒然。万事付一笑,莫放酒杯干(jiān)。

张先《菩萨蛮》中的"慢"

"慢"字现在只有一个读音 màn,如慢慢、慢腾腾、慢条斯理等。但古时它是个多音字,据《康熙字典》,它的读音除了"莫绾切、音缦""谟官切、音瞒"外,还有"民见切、音麵"(miàn),"叶民坚切、音眠"。

古诗词中有时"慢"字要读面 miàn。如：

【宋】

　　　　　张先《菩萨蛮》

哀声一弄湘江曲,声声写尽湘波绿。纤指十三弦,细将幽恨传。

当筵秋水慢(miàn),玉柱斜飞雁(yàn)。弹到断肠时,春山眉黛低。

　　　　　毛滂《夜行船·馀英溪》　（《词综》P446）

弄水馀英溪畔(biàn),绮罗香日迟风慢。桃花春浸一篙深,画桥东柳低烟远。

古诗中的"氓"

"氓"字现在有两音：méng 和 máng。但古时它有时读"民"。如：

张九龄《巡属县道中作》（《全唐诗》P574）

春令夙所奉，驾言遵此行。途中却郡掾，林下招村氓。
至邑无纷剧，来人但欢迎。岂伊念邦政，尔实在时清。

白居易《答桐花》（《全唐诗》P4682）

山木多蓊郁，兹桐独亭亭。叶重碧云片，花簇紫霞英。
是时三月天，春暖山雨晴。夜色向月浅，暗香随风轻。
行者多商贾，居者悉黎氓。

刘禹锡《送李策秀才还湖南》（《全唐诗》P3968）

复有衡山守，本自云龙庭。抗志在灵府，发越伴咸英。一挥出荥阳，惠彼喁喁氓。

吕洞宾《七言》（《全唐诗》P9679）

九苞凤向空中舞，五色云从足下生。回首便归天上去，愿将甘雨救焦氓。

杜甫《曲江》中的"莽"

"莽"字现在只有一个读音 mǎng，其实古时它是个多音字。据《康熙字典》，它有四种读音：一是"模郎切，音蟒"；二是"莫补切，音母"；三是"莫厚切，音某"；四是"谟郎切，音茫"。所以我们在朗诵古诗词时不能千篇一律地见"莽"就读 mǎng，而是要看具体语境选读某一个音。如杜甫的《曲江》中的"莽"字就与"古""数""雨"诸字协韵，应读为 mǔ。

杜甫《曲江》（《全唐诗》P2260）

即事非今亦非古。长歌激越梢林莽，比屋豪华固难数。
吾人甘作心似灰，弟侄何伤泪如雨。

古诗词中"莽"字读音 mǔ 的情况屡见不鲜，现举例如下：

【汉】

介子推《乐府·龙蛇歌》（《先秦汉魏晋南北朝诗》P312）

有龙矫矫，遭天谴怒。三蛇从之，一蛇割股。
二蛇入国，厚蒙爵土。馀有一蛇，弃于草莽。

屈原《楚辞·九章·怀沙》（《康熙字典》）

滔滔孟夏兮，草木莽莽。伤怀永哀兮，汨徂南土。

【南朝 宋】

谢灵运《过瞿溪山僧》（《全汉三国晋南北朝诗》P651）

迎旭凌绝嶝，映泫归淑浦。钻石断山木，掩岸堙石户。
结架非丹甍，借田资宿莽。同游息心客，暧然若可睹。

【南朝　梁】

何逊《宿南洲浦》（《全汉三国晋南北朝诗》P1151）

沉沉夜看流，渊渊朝听鼓。霜洲渡旅雁，朔飚吹宿莽。
夜泪坐淫淫，是夕偏怀土。

【唐】

李白《古风》（《全唐诗》P1672）

荒城空大漠，边邑无遗堵。白骨横千霜，嵯峨蔽榛莽。
借问谁凌虐，天骄毒威武。

杜甫《太平寺泉眼》（《全唐诗》P2288）

招提凭高冈，疏散连草莽。出泉枯柳根，汲引岁月古。

独孤及《季冬自嵩山赴洛道中》（《全唐诗》P2766）

胡尘动地起，千里闻战鼓。死人成为阜，流血涂草莽。

皮日休《游毛公坛》（《全唐诗》P7037）

一窥耳目眩，再听云发竖。次到炼丹井，井干翳宿莽。

【宋】

王安石《酬王詹叔奉使江东访茶法利害》（《王安石全集》P44）

聪明谅多得，为上归析剖。王程虽薄遽，邦法难卤莽。

【元】

赵孟頫《题董源溪岸图》（《中国古今题画诗全璧》P1208）

石林向苍苍，油云出其下。山高蔽白石，阴晦复多雨。
窈窕溪谷中，邅回入洲溆。冥冥猿狖居，漠漠凫雁聚。
幽居彼谁子，孰与玩芳树。因之一长谣，高声振林莽。

【明】

高启《登西城门》（《明诗选》P118）

登城望神州，风尘暗淮楚。江山带睥睨，烽火接楼橹。
并吞何时休，白骨易寸土。向来禾黍地，雨露长榛莽。

曹操《步出东门行》中的"茂"

"茂"字现在只有一个读音 mào，如茂盛、声情并茂等。但古时它是个多音字，不但读"莫侯切，音懋"（mào）；而且可读音"每"（měi）。如：

曹操《步出东门行》 (《康熙字典》)

树木丛生,百草丰茂(měi)。秋风萧瑟,洪波涌起。

此外,有时要读"莫故切,音暮"(mù)。如:

【唐】

李益《五城道中》 (《全唐诗》P3210)

笳箫汉思繁,旌旗边色故。寝兴倦弓甲,勤役伤风露。
来远赏不行,锋交勋乃茂。未知朔方道,何年罢兵赋。

白居易《有木诗》 (《康熙字典》)

有木名樱桃,得地早滋茂。叶密独承日,花繁偏受露。

曹操《步出东门行》中的"海""峙"

曹操的《步出东门行》是脍炙人口的名篇,现在我们朗读时都把"海"字读成 hǎi,"峙"字读成 zhì,"茂"字读成 mào。从诗歌韵味的角度,这样读是很不协韵的。《康熙字典》注明,"海"字可读"叶虎洧切,音喜"(xǐ),"峙"字可读"文几切"或"文里切"音(qǐ),"茂"字据《毛诗古音考》读音为每(měi),并以曹操的《步出东门行》为例。

曹操《步出东门行》

东临碣石,以观沧海。水何淡淡,山岛竦峙。
树木丛生,百草丰茂。秋风萧瑟,洪波涌起。
日月之行,若出其中。星汉灿烂,若出其里。

鲍照《中兴歌》中的"没"

"没"字现在有两个读音:一是 méi,如没有、没关系等;二是 mò,如没齿难忘等。但古诗词中它有时要读灭(miè)。据 1936 年出版的《辞海》,"没"字音"暮讷切,月韵"。因"讷"字音"叶诺悦切,音涅"(niè),如老子《道德经》:大巧若拙,大辩若讷(niè),所以"暮讷切"就切出"暮涅"音灭(miè)。

古诗词中"没"以音 miè 与"歇""阙""月""悦"诸字协韵的情况屡有所见,如:

【南朝 宋】

鲍照《中兴歌》 (《全汉三国晋南北朝诗》P675)

三五容色满,四五妙华歇。已输春日欢,分随秋光没。

【南朝　梁】

沈约《和竟陵王游仙诗》　（《全汉三国晋南北朝诗》P1004）

朝止阊阖宫，暮宴清都阙。腾盖隐奔星，低銮避行月。
九疑纷相从，虹旌乍升没。青鸟去复还，高唐云不歇。

沈约《和王中书德充咏白云》　（《全汉三国晋南北朝诗》P1011）

白云自帝乡，氛氲屡回没。蔽亏昆山树，含吐瑶台月。

吴均《阳春歌》　（《全汉三国晋南北朝诗》P1118）

紫台初泛水，连绵浮且没。若欲歌阳春，先歌青楼月。

【唐】

王维《留别山中温古上人兄并示舍弟缙》　（《全唐诗》P1244）

解薜登天朝，去师偶时哲。岂惟山中人，兼负松上月。
宿昔同游止，致身云霞末。开轩临颍阳，卧视飞鸟没。

【宋】

辛弃疾《贺新郎·赋琵琶》　（《词综》P807）

记出塞、黄云堆雪。马上离愁三万里，望昭阳、宫殿孤鸿没。

裴迪《送崔九》中的"美"

《唐诗三百首》中裴迪《送崔九》中的"须尽丘壑美"，范仲淹《江上渔者》诗中的"但爱鲈鱼美"，这里的"美"字，现在大家都把它读成 měi。其实，古音历来将它读成"米"，与"里"协韵。据《康熙字典》：美，无鄙切，音眯。如《诗经·邶风·静女》：自牧归荑，洵美且异。匪女之为美，美人之贻（与"异"同）。现代仍有不少人将"美"字读成"米"。如续范亭的《学习二十二文件有感》（《十老诗选》P225）：大文如大餐，丰富复精美。使我饥肠人，欲罢不得已。

现另举部分含"美"字与夷、里、喜、起字协韵的诗词如下：

刘向《九叹》

扬精华以炫燿兮，芳郁渥而纯美。结桂树之旖旎兮，纫荃蕙与辛夷。

【南朝　梁】

何逊《入东经诸暨县下浙江作》　（《全汉三国晋南北朝诗》P1150）

常言厌四壁，自觉轻千里。日夕聊望远，山川空信美。归飞天际没，云雾江边起。

刘霁《咏荔枝》　（《全汉三国晋南北朝诗》P1246）

叔师贵其珍，武仲称斯美。良由自远致，含滋不留齿（齿音"昌里切"）。

【隋】

杨素《赠薛播州》 (《全汉三国晋南北朝诗》P1649)

滔滔彼江汉,实为南国纪。作牧求明德,若人应斯美。
高卧未褰帷,飞声已千里。还望白云天,日暮秋风起。

王胄《酬陆常侍》 (《全汉三国晋南北朝诗》P1691)

寒松君后凋,溺灰余仅死。何言西北云,复觏东南美。
深交不忘故,飞觞敦宴喜。

【唐】

刘长卿《李侍御河北使回至东京相访》 (《全唐诗》P1545)

故人南台秀,凤擅中朝美。拥传从北来,飞霜日千里。

杨炯《西陵峡》 (《全唐诗》P611)

自古天地辟,流为峡中水。行旅相赠言,风涛无极已。
及余践斯地,瑰奇信为美。江山若有灵,千载伸知己。

骆宾王《在江南赠宋五之问》 (《全唐诗》P829)

玉轮涵地开,剑阁连星起。风烟标迥秀,英灵信多美。
怀德践遗芳,端操惭谋己。

宋之问《自洪府舟行直书其事》 (《全唐诗》P624)

未尽匡阜游,远欣罗浮美。周旋本师训,佩服无生理。
异国多灵仙,幽探忘年纪。

李白《题元丹丘山居》 (《全唐诗》P1873)

故人栖东山,自爱丘壑美。青春卧空林,白日犹不起。
松风清襟袖,石潭洗心耳。羡君无纷喧,高枕碧霞里。

李白《送王屋山人魏万还王屋》 (《全唐诗》P1789)

遥闻会稽美,且渡耶溪水。万壑与千岩,峥嵘镜湖里。

李白《送别》 (《全唐诗》P1798)

寻阳五溪水,沿洄直入巫山里。胜境由来人共传,君到南中自称美。

高适《宓公琴台诗》 (《全唐诗》P2209)

皤皤邑中老,自夸邑中理。何必升君堂,然后知君美。
开门无犬吠,早卧常晏起。昔人不忍欺,今我还复尔(尔音倪)。

寒山 (《全唐诗》P9075)

欲识生死譬,且将冰水比。水结即成冰,冰消返成水。
已死必应生,出生还复死。冰水不相伤,生死还双美。

寒山 （《全唐诗》P9084）

侬家暂下山,入到城隍里。逢见一群女,端正容貌美。
头戴蜀样花,燕脂涂粉腻。

吴筠《韩康》 （《全唐诗》P9659）

伯休抱遐心,隐括自为美。卖药不二价,有名反深耻。

吴筠《庞德公》 （《全唐诗》P9660）

庞公栖鹿门,绝迹远城市。超然风尘外,自得丘壑美。

王维《偶然作》 （《全唐诗》P1253）

喧聒茅檐下,或坐或复起。短褐不为薄,园葵固足美。

【宋】

戴复古《频酌淮河水》 （《宋诗一百首》P115）

有客游濠梁,频酌淮河水。东南水多咸,不如此水美。
春风吹绿波,郁郁中原气。莫向北岸汲,中有英雄泪。

苏轼《虞美人·有美堂赠述古》 （《苏轼全集》P27）

湖山信是东南美,一望弥千里。

李彭老《摸鱼儿·莼》 （《词综》P1458）

爱滑卷青绡,香裛冰丝细。山人隽味。笑杜老无情,香羹碧涧,空只赋芹美。

【清】

潘衍桐《贺新郎》 （《词综补遗》P973）

人生难得惟知己。便千金,何妨持赠,玉成双美。指顾风云逢胜会,好佐真人崛起。

刘克庄《玉楼春·呈林节推》中的"寐"

"寐"字现在只有一个读音 mèi。但据《康熙字典》,"寐"字有二音:一音为"密二切,音媚"(mèi)。如:

刘克庄《玉楼春·呈林节推》 （《词综》P888）

年年跃马长安市,客舍似家家似寄。
青钱唤酒日无何,红烛呼卢宵不寐。
（注:"寐"与"寄"协韵。）

另一音为"叶美必切,音蜜"(mì)。如:

江淹《拟古诗》

明月入绮窗,仿佛想蕙质。消忧非萱草,永怀宁梦寐。

范仲淹《渔家傲》中的"寐"字也应读为 mì。

范仲淹《渔家傲·秋思》

浊酒一杯家万里,燕然未勒归无计。羌管悠悠霜满地。人不寐,将军白发征夫泪。

据《渔家傲》词牌的要求,全词十句,每句之间都是押韵的。这就是说,"寐"字必须与"异""意""起""闭""里""计""地""泪"协韵。所以此词中的"寐"不能读 mèi,而应该读 mì("泪"字应读 lì,而不是 lèi)。

杨载《题墨竹》中的"媚"

"媚"字据《康熙字典》有两个读音,一是"武悲切,音眉"(méi);二是"明秘切,音郿"(mèi)。如杨载《题墨竹》中的"媚"就应读 mèi,才能与"气"字协韵。

风味既淡泊,颜色不彬媚。孤生崖谷间,有此凌云气。

何劭《游仙诗》中的"邈"

"邈"字现在只有一个读音 miǎo,但古时有时读"叶莫卜切,音木"(《康熙字典》)。如:

【晋】

何劭《游仙诗》 (《全汉三国晋南北朝诗》P320)

羡昔王子乔,友道发伊洛。迢递陵峻岳,连翩御飞鹤。抗迹遗万里,岂恋生民乐。长怀慕仙类,眇然心绵邈。

陆云《被命诗》 (《康熙字典》)

圣敬远跻,神道元邈。思媚三灵,诞膺天笃。

陆机《赠冯文罴迁斥丘令》 (《全汉三国晋南北朝诗》P337)

迈心玄旷,矫志崇邈。遵彼承华,其容灼灼。

《楚辞·九歌》中的"明"

"明"字现在都知道其读音为 míng,很少有人知道它还有一个古音"芒"。《康熙字典》注明:"明,叶谟朗切。"如:

《楚辞·九歌》

暾将出兮东方,照吾槛兮扶桑。抚余马兮安驱,夜皎皎兮既明。

"明"字读音"芒",最早见之于《诗经》。如:

《诗经·齐风·鸡鸣》

东方明矣,朝既昌矣。匪东方则明,月出之光。

《诗经》注明:明,叶谟朗切。

《诗经·大雅·大明》

牧野洋洋,檀车煌煌,驷騵彭彭(彭音庞)。维师尚父,时维鹰扬。
凉彼武王,肆伐大商,会朝清明(叶谟朗切)。

《诗经·周颂·敬之》

维予小子(叶奖里切),不聪敬止。日就月将,学有缉熙于光明。

《诗经·小雅·黄鸟》

黄鸟黄鸟,无集于桑,无啄我梁。此邦之人,不可与明。

《诗经·小雅·信南山》

是烝是享,苾苾芬芬。祀事孔明,先祖是皇。报以介福。万寿无疆。

《诗经·大雅·既醉》

既醉以酒,尔肴既将。君子万年,介尔昭明。

《诗经·鲁颂·有駜》

有駜有駜,駜彼乘黄。夙夜在公,在公明明(叶谟朗切)。

《诗经·小雅·甫田》

以我齐明(叶谟朗切),与我牺羊,以社以方。

《楚辞》中"明"音"芒"的情况较多。如:

《楚辞·九歌·东君》

暾将出兮东方,照吾槛兮扶桑。抚余马兮安驱,夜皎皎兮既明。

屈原《楚辞·九章·怀沙》

玄文处幽兮，蒙瞍谓之不章。离娄微睇兮，瞽以为无明。

屈原《楚辞·九章·悲回风》

眇远志之所及兮，怜浮云之相羊。介眇志之所惑兮，窃赋诗之所明。

【先秦】

宋玉《楚辞·九辩》

心怵惕而震荡兮，何所忧之多方。卬明月而太息兮，步列星而极明。
闵奇思之不通兮，将去君而高翔。心闵怜之惨凄兮，愿一见而有明。

【汉】

东方朔《楚辞·七谏·沉江》

世俗更而变化兮，伯夷饿于首阳。独廉洁而不容兮，叔齐久而逾明。
浮云陈而蔽晦兮，使日月乎无光。忠臣贞而欲谏兮，谗谀毁而在旁。

刘向《楚辞·九叹·远游》

驾鸾凤以上游兮，从玄鹤与鹪明。孔鸟飞而送迎兮，腾群鹤于瑶光。

《安中方中歌》

孔容之常，承帝之明。下民之乐，子孙保光。
承顺温良，受帝之光。嘉荐令芳，寿考不忘。

韦应物《滁州西涧》中的"鸣"

"鸣"字现在只有一个读音 míng。其实古诗词中它有时要读 máng。据《康熙字典》："鸣，叶读郎切，音芒。"如：

韦应物《滁州西涧》

独怜幽草涧边生，上有黄鹂深树鸣。春潮带雨晚来急，野渡无人舟自横。

【汉】

《郊祀歌·天地》　（《先秦汉魏晋南北朝诗》P150）

寒暑不忒况皇章，展诗应律鋗玉鸣。函宫吐角激徵清，发梁扬羽申以商。
造兹新音永久长。

曹操《蒿里行》　（《先秦汉魏晋南北朝诗》P347）

铠甲生虮虱，万姓以死亡。白骨露于野，千里无鸡鸣。
生民百遗一，念之断人肠。

欧阳修《玉楼春》中的"抹"

"抹"字现在有三个读音：一是 mǒ，如涂抹；二是 mò，如转弯抹角；三是 mā，如抹布。但古诗词中它有时要读"莫结切，音篾"，与"阙""咽""蕨"等字协韵。如：

【宋】

  欧阳修《玉楼春》 （《欧阳修词全集》P102）

西湖南北烟波阔，风里丝簧声韵咽。舞馀裙带绿双垂，酒入香腮红一抹。

  苏轼《木兰花令》 （《苏轼选集》P321）

霜除已失长淮阔，空听潺潺清颍咽。佳人犹唱醉翁词，四十三年如电抹。

  苏轼《春菜》 （《康熙字典》）

韭芽带土拳如蕨，胘缕堆盘纤手抹。

屈原《九歌》中的"末"

"末"字现在只有一个读音 mò，如末尾、末了、末路、末流等。但古时它是个多音字。《康熙字典》注明，它除了读"莫拨切"音 mò 外，还可读"莫狄切，音觅"和"叶莫结切，音蔑"(miè)。

下面是几个"末"字以音 miè 与"歇""别""咽""越"等字协韵的例子：

  屈原《九歌》 （《康熙字典》）

桂櫂兮兰枻，斲冰兮积雪。采薜荔兮水中，搴芙蓉兮木末。

【晋】

  郭璞《游仙诗》 （《全汉三国晋南北朝诗》P425）

纵酒濛汜滨，结驾寻木末。翘手攀金梯，飞步登玉阙。左顾拥方目，右眷极朱发(qiè)。

【唐】

  韦应物《拟古》 （《全唐诗》P1895）

路长信难越，惜此芳时歇。孤鸟去不还，缄情向天末。

【宋】

  张炎《台城路·寄姚江太白山人陈文卿作又又新》 （《词综》P1369）

寒香深处话别。病来浑瘦损，懒赋清切。笑里移春，吟边慨古，多少英雄消歇。

回潮似咽。送一点愁心,故人天末。

陆龟蒙《煮茶》 (《全唐诗》P7145)

闲来松间坐,看煮松上雪。时于浪花里,并下蓝英末。

姜夔《淡黄柳·合肥》中的"陌"

"陌"字,现在大家只读一音 mò。但古时它是个多音字。有时读"莫白切",有时读"莫各切",有时读"百"(《康熙字典》)。由于"莫白切"中的"白"字有时读"弼",所以"莫弼切"则切出音"迷"。如:

姜夔《淡黄柳·合肥》 (《词综》P938)

空城晓角,吹入垂杨陌。马上单衣寒恻恻。看尽鹅黄嫩绿,都是江南旧相识。

【南朝 梁】

江淹《陶征君潜田居》 (《全汉三国晋南北朝诗》P1047)

种苗在东皋,苗生满阡陌。虽有荷锄倦,浊酒聊自适(适音惕)。
日暮巾柴车,路暗光已夕。归人望烟火,稚子候檐隙。

【唐】

杜甫《醉为马坠诸公携酒相看》 (《全唐诗》P2367)

粉堞电转紫游缰,东得平冈出天壁。江村野堂争入眼,垂鞭嚲鞚凌紫陌。

杜甫《赠司空王公思礼》 (《全唐诗》P2349)

天王拜跪毕,说议果冰释。翠华卷飞雪,熊虎亘阡陌。

【宋】

孙道绚《忆少年·葛氏侄女告归,送之》 (《词综》P1594)

雨晴云敛,烟花淡荡,遥山凝碧。驱车问征路,赏春风南陌。

鲍照《采桑》中的"幕"

"幕"字现在只有一个读音 mù,如幕布、幕僚、幕府等。但古时它是个多音字,据《康熙字典》它有四音:一是"蒙脯切,音模"(mú);二是"莫半切,音缦"(màn);三是"莫狄切,音觅"(mì);四是"慕各切、末各切,音莫"(mò)。

古诗词中幕音 mò 与"作""阁""酌""落""壑"等字协韵的情况很多,现举例如下:

【南朝　宋】

　　鲍照《采桑》（《全汉三国晋南北朝诗》P664）

季春梅始落,女工事蚕作。采桑淇洧间,还戏上宫阁。
早蒲时结阴,晚篁初解箨。蔼蔼雾满闺,融融景盈幕。

　　鲍照《秋夜》（《全汉三国晋南北朝诗》P704）

倾晖忽西下,回景思华幕。攀萝席中轩,临觞不能酌。

　　鲍照《拟行路难》（《全汉三国晋南北朝诗》P677）

璿闺玉墀上椒阁,文窗绣户垂绮幕。中有一人字金兰,被服纤罗蕴芳藿。

【南朝　梁】

　　江淹《铜爵妓》（《全汉三国晋南北朝诗》P1032）

秋至明月圆,风伤白露落。清夜何湛湛,孤烛映兰幕。

【唐】

　　顾况《短歌行》（《全唐诗》P216）

何处春风吹晓幕,江南绿水通朱阁。美人二八面如花,泣向东风畏花落。

　　王无竞《铜雀台》（《全唐诗》P218）

平生事已变,歌吹宛犹昨。长袖拂玉尘,遗情结罗幕。

　　刘长卿《太行苦热行》（《全唐诗》P319）

朝辞羊肠坂,夕望贝丘郭。漳水斜绕营,常山遥入幕。
永怀姑苏下,因寄建安作。

　　崔国辅《怨诗》（《全唐诗》P252）

楼前桃李疏,池上芙蓉落。织锦犹未成,虫声入罗幕。

　　元稹《夜池》（《全唐诗》P4502）

荷叶团圆茎削削,绿萍面上红衣落。满池明月思啼螿,高屋无人风张幕。

　　岑参《白雪歌送武判官归京》

散入珠帘湿罗幕,狐裘不暖锦衾薄。

　　温庭筠《更漏子》（《词综》P29）

香雾薄(bó),透帘幕(mò),惆怅谢家池阁。

　　庄宗《一叶落》（《词综》P71）

一叶落,褰朱箔,此时景物正萧索。画楼月影寒,西风吹罗幕。吹罗幕,往事思量着。

【宋】

王安礼《点绛唇》 (《词综》P471)

秋气微凉,梦回明月穿罗幕。井梧萧索,正绕南枝鹊。

宝瑟尘生,金雁空零落。情无托,鬓云慵掠,不似君恩薄。

程过《满江红·梅》 (《词综》P494)

芳草渡,孤舟泊。山敛黛,天垂幕。黯消魂无奈暮云残角。便好折来和雪戴,莫教酒醒随风落。待殷勤,留此寄相思,谁堪托。

高观国《兰陵王·春雨》 (《词综》P1069)

洒尘阁,幂幂天垂似幕。春寒峭,吹断万丝,湿影和烟暗帘箔。清愁晓来觉,佳景惜惜过却。芳郊外,莺恨燕愁,不管秋千冷红索。

黄机《忆秦娥》 (《词综》P1007)

秋萧索,梧桐落尽西风恶。西风恶,数声新雁,数声残角。离愁不管人飘泊,年年孤负黄花约。黄花约,几重庭院,几重帘幕。

石孝友《南歌子》 (《词综》P1400)

春浅梅红小,山寒岚翠薄。斜风吹雨入帘幕。梦觉南楼呜咽数声角。

吴文英《澡兰香·淮安重午》 (《词综》P1214)

莫唱江南古调,怨柳难招,楚江沉魄。熏风燕乳,暗雨梅黄,午镜澡兰帘幕。念秦楼,也拟人归,应剪菖蒲自酌。但怅望一缕新蟾,随人天角。

蒋捷《贺新郎·约友三月旦饮》 (《词综》P1225)

宝钗楼上围帘幕。小蝉娟双调弹筝,半宵鸾鹤。我辈中人无此分,琴思诗情当却。也胜似愁横眉角。芳景三分才过二,便绿阴门巷杨花落。沽斗酒,且同酌。

周密《杏花天·昭君》 (《词综》P1309)

汉宫乍出慵梳掠,关月冷、玉沙飞幕。龙香拨指春风弱,一曲哀弦谩托。君恩厚、空怜命薄。青冢远、几番花落。丹青自是难描摸,不是当时画错。

张先《醉落魄·美人吹笛》 (《词综》P330)

云轻柳弱,内家髻子新梳掠。生香真色人难学。横管孤吹,月淡天垂幕。

【元】

舒逊《感皇恩》 (《词综》P2079)

疏雨滴清秋,洗残流火,爽动凉飚透帘幕。寒蛩吟彻,谁道小窗萧索。青灯相伴我,情依约。

元结《石鼓歌》中的"那"

"那"字现在有三个读音：nà、nèi、nā。据《康熙字典》，"那"字有四音：一是"奴何切，音傩"(nuó)；二是"乃可切，音娜"(nuó)；三是"叶奴故切，音怒"(nù)；四是"乃个切，音哪"(nǎ)。

由此可见，对"那"的读音，现在我们的读法与古人的读法差别还是很大的。尤其是 nuó 与 nù 两音，现已不用，但古诗词中还有所见。如：

【西晋】

陆云《陆丞相诔》 （《康熙字典》）

改容肃至，倾盖宠步。鞶带翻纷，珍裘阿那(nù)。

李白《发白马》 （《全唐诗》P1706）

铁骑若雪山，饮流涸滹沱。扬兵猎月窟，转战略朝那。
倚剑登燕然，边烽列嵯峨。萧条万里外，耕作五原多。

元结《石鼓歌》 （《唐诗三百首》）

羲之俗书趁姿媚，数纸尚可博白鹅。继周八代争战罢，无人收拾理则那(nuó)。
方今太平日无事，柄任儒术崇丘轲。

【明】

陈敬直《点绛唇·山行》 （《词综补遗》P637）

翠岭盘回，洞门都是云封锁。孤村烟火，一望情无那。

徐渭《王质烂柯图》 （《中国古今题画诗全璧》P1459）

闲看数着烂樵柯，涧草山花一刹那。五百年来棋一局，仙家岁月也无多。

【清】

陈希恕《陂塘柳·乐饥图为杨聋石作》 （《词综补遗》P691）

笑人间，朱门梁肉，先生孤守清饿。野航住傍虹桥稳，水酌山瓢差可。香满座，问荒了田畴，杞菊馀篱左。疏狂无那。任醉舞花飞，高歌月起，不管冷烟锉。

林伯渠《初到福州》中的"南"

"南"字现在只有一个读音 nán。但《康熙字典》表明，它除了读"那含切、音男"外，还可读"叶尼心切、音宁"（níng）。如《诗经》中不少篇章中的南字就是读"宁"。例如：

《诗经·大雅·卷阿》

有卷者阿，飘风自南。岂弟君子，来游来歌，以矢其音。

《诗经·小雅·何人斯》

彼何人斯，其为飘风（风字"孚愔切"）。胡不自北，胡不自南。

《诗经·小雅·鼓钟》

鼓钟钦钦，鼓瑟鼓琴。笙磬同音，以雅以南。

《诗经·鲁颂·泮水》

济济多士，克广德心。桓桓于征，狄彼东南。

《诗经·邶风·燕燕》

燕燕于飞，下上其音。之子于归，远送于南。瞻望弗及，实劳我心。

《诗经·陈风·株林》

胡为乎株林，从夏南。匪适株林，从夏南。

【晋】

陆机《赠冯文罴诗》（《全汉三国晋南北朝诗》P340）

昔与二三子，游息承华南。拊翼同枝条，翻飞各异寻。
苟无凌风翮，徘徊守故林。慷慨谁为感，愿言怀所钦。

陆机《赠尚书郎顾彦先诗》（《全汉三国晋南北朝诗》P341）

大光贞朱光，积阳熙自南。望舒离金虎，屏翳吐重阴。
凄风迕时序，苦雨遂成霖。朝游忘轻羽，夕息忆重衾。

陆机《赠顾令文为宜春令诗》（《全汉三国晋南北朝诗》P335）

彼玉之振，光于厥潜。大明贞观，重泉匪深。
我有好爵，相尔在阴。翻飞名都，宰物于南。

陆云《喜霁赋》（《康熙字典》）

朱明启候，凯风自南。复火正之旧司，黜后土之于重阴。

郑丰《答陆士龙诗》　（《先秦汉魏晋南北朝诗》P720）

鸳鸯于飞,载飞载吟。有欝浚薮,实惟桂林。

芳条高茂,华繁垂阴。爰翔爰翔,爰憩其南。有馥有芬,协我好音。

【唐】

韩愈《孟生诗》　（《全唐诗》P3819）

清宵静相对,发白聆苦吟。采兰起幽念,眇然望东南。

秦吴修且阻,两地无数金。

韦应物《拟古诗》　（《全唐诗》P1895）

月满秋夜长,惊鸟号北林。天河横未落,斗柄当西南。

寒蛩悲洞房,好鸟无遗音。

【宋】

欧阳修《于飞乐》　（《欧阳修词全集》P203）

宝奁开,美鉴静,一掬清蟾。新妆脸,旋学花添。蜀红衫,双绣蝶,裙缕鹏鹏。寻思前事,小屏风、仍画江南。

【近现代】

林伯渠《初到福州》　（《十老诗选》P108）

面向大海靠群山,八闽分疆多少年。只有春雷能起蛰,才将生气满东南。

林伯渠《厦门即事》　（《十老诗选》P108）

雄风表海史无先,八闽来苏此纪元。鼓浪成功昭日月,胥涛怒吼起东南。

附:"楠"字与"南"字一样,有时要读"宁"。如:

【唐】

王安石《和平甫舟中望九华山》　（《王安石全集》P113）

男儿有所学,进退不在占。功名苟不谐,廊庙等间阎。况乃抡橡柢,其谁辨楩楠。归欤岩崖居,料理带与簪。

刘向《楚辞·九叹·怨思》中的"难"

"难"字现在有两个读音:一是nán,如难得、难度、难点、难能可贵等;二是nàn,如难民、难友、灾难、难兄难弟等。但古诗词中它除了读以上两音外,还可读"那干切,音年"。因"干"字有刚、坚两音,所以"那干切"就切出南、年两音。其音年(nián)与"怨""天""宣""然""卷""牵""千""莲"等字协韵。如:

【西汉】

刘向《楚辞·九叹·怨思》

念社稷之几危兮,反为仇而见怨。思国家之离沮兮,躬获衍而结难。

【南朝 宋】

谢灵运《发归濑三瀑布望两溪》　（《全汉三国晋南北朝诗》P648）

窥岩不睹景,披林岂见天。阳乌尚倾翰,幽篁未为邅。
退寻平常时,安知巢穴难。风雨非攸吝,拥志谁与宣。
倘有同枝条,此日即千年。

【唐】

白居易《咏怀》　（《全唐诗》P4752）

穷通不由己,欢戚不由天。命即无奈何,心可使泰然。
且务由己者,省躬谅非难。勿问由天者,天高难与言。

白居易《游悟真寺诗》　（《全唐诗》P4736）

一日三往复,时节长不怨。经成号圣僧,弟子名杨难。
诵此莲花偈,数满百亿千。身坏口不坏,舌根如红莲。

白居易《东园玩菊》　（《全唐诗》P4731）

携觞聊自酌,为尔一留连。忆我少小日,易为兴所牵。
见酒无时节,未饮已欣然。近从年长来,渐觉取乐难。

【宋】

顾敻《醉公子》　（《词综》P146）

岸柳垂金线,雨晴莺百啭。家住绿杨边,往来多少年。
马嘶芳草远,高楼帘半卷。敛袖翠蛾攒,相逢尔许难。

【清】

高愿《拂霓裳》　（《词综补遗》P1178）

韶华几许？销偏易、驻常难。无聊赖、细倾白堕醉花前。

附："难"字又可读音"能"。《康熙字典》举例：

【西汉】

王褒《楚辞·九怀·尊嘉》

顾念兮旧都,怀恨兮艰难。窃哀兮浮萍,氾淫兮无根。

王安石《和平甫舟望九华山》中的"楠"

"楠"字现在只有一个读音 nán,如楠木。但古时它是个多音字:一是"那念切,音南","南,居心切"音宁;二是"汝盐切","如占切"或"而占切"音冉(rán);三是"而琰切,音冉"(rǎn)。

如王安石《和平甫舟望九华山》(《王安石全集》P113)诗中的"楠"字就不能读"南",因为它是与"居""签""厌"诸字协韵的。

> 功名苟不谐,廊庙等间阎。况乃抡橡栕,其谁辨梗楠。
> 归欤岩崖居,料理带与签。得石坐兀兀,逢泉饮厌厌。

元稹《遭风二十韵》中的"能"

"能"字现在只有一个读音 néng,如能力、才能。但古时"能"与"耐"同。古诗词中"能"字有时要读"乃带切,音奈"(nài),即奈何的奈。如:

【唐】

> 元稹《遭风二十韵》 (《全唐诗》P4581)
> 在昔讵惭横海志,此时甘乏济川才。历阳旧事曾为鳖,鲧穴相传有化能。
> 闭目唯愁满空电,冥心真类不然灰。

紫姑《瑞鹤仙·赋一捻红牡丹》中的"捻"

"捻"字现在只有一个读音 niàn。但古时它是个多音字,不但读 niàn,而且可以读 niè("奴协切"音聂);可读"乃结切,音涅"。如:

【宋】

> 紫姑《瑞鹤仙·赋一捻红牡丹》 (《词综》P1613)
> 睹娇红细捻。是西子、当日留心千叶。西都竞栽接。赏园林台榭,何妨日涉。轻罗慢褶。费多少、阳和调燮。向晓来、露泡芳苞,一点醉红潮颊。

李元膺《洞仙歌》中的"暖"

"暖"字是过去煖、煗二字的今日写法,现在只有一个读音 nuǎn,如暖和、暖气、暖水瓶等。但古时它除了读 nuǎn 外,有时要读"许元切,音暄"或"火远切"音 xuǎn,与"院""眼""浅""软""限""远""燕""剪"等字协韵。如:

【宋】

李元膺《洞仙歌》 (《词综》P457)

雪云散尽,放晓晴庭院。杨柳于人便青眼。更风流多处,一点梅心,相映远,约略颦轻笑浅。一年春好处,不在浓芳,小艳疏香最娇软。到清明时候,百紫千红,花正乱,已失春色一半(biàn)。早占取韶光共追游,但莫管春寒,醉红自暖。

周紫芝《生查子》 (《词综》P521)

柳因玉楼空,花落红窗暖。相对语春愁,只有春闺燕。

寇寺丞《点绛唇》 (《词综》P1494)

春睡懵腾,觉时鸳被堆香暖。起来犹懒,独自情何限。

晏几道《清商怨》 (《词综》P289)

庭花香信尚浅,最玉楼先暖。梦觉香衾,江南依旧远。

卢祖皋《倦寻芳》 (《词综》P1055)

香泥垒燕,密叶巢莺,春晴寒浅。花径风柔,着地舞裀红软。斗草烟欺罗袂薄,秋千影落春游倦。醉归来,宝帐歌慵,锦屏香暖。

卢祖皋《水龙吟·荼蘼》 (《词综》P1063)

荡红流水无声,暮烟细草粘天远。低徊倦蝶,往来忙燕,芳期顿懒(liǎn)。绿雾迷墙,翠虬腾架,雪明香暖。笑依依欲挽,春风教住,还疑是,相逢晚。

赵闻礼《水龙吟·水仙花》 (《词综》P1493)

几年埋玉蓝田,绿云翠水烘春暖。衣熏麝馥,袜罗尘沁,凌波步浅。钿碧搔头,腻黄冰脑,参差难剪。乍声沉素瑟,天风佩冷,翩跹舞霓裳遍。

史达祖《东风第一枝·春雪》 (《词综》P1108)

巧沁兰心,偷粘草甲,东风欲障新暖。漫凝碧瓦难留,信知暮寒较浅。行天入镜,做弄出、轻松纤软。料故园,不卷重帘,误了乍来双燕。

【元】

曾允元《水龙吟·春梦》 (《词综》P1778)

日高深院无人,杨花扑帐春云暖。回文未就,停针不语,绣床倚遍。翠被笼香,绿鬟堕腻,伤春成倦。尽云山烟水,柔情一缕,又暗逐金鞍远。

【清】

王鸿宇《东风第一枝》 (《词综补遗》P1324)

绿润苔痕,翠添草色,东风妒杀新暖。最怜短梦初回,犹是暮寒较浅。

耆龄《三姝媚》 (《词综补遗》P21)

检点芳华,只倦游情绪,更难消遣。斫柳章台,轻负了、玉温香暖。旧曲重过,空省当时,断歌零怨。

潘淑正《剔银灯》 (《词综补遗》P989)

问是谁家良媛?深锁着、重帘香院。检去书长,烧来烛短,谁识绣帷春暖。蜡梅开遍,总不管、夜寒人倦。

曹植《赠丁翼诗》中的"讴"

"讴"字现在只有一个读音 ōu,如讴歌。其实古时它是个多音字,除了读"乌厚切,音讴";还可以读"匈于切,音吁";还可读"邕俱切,音纡"(《康熙字典》)。如:

陆机《吴趋行》
楚妃且勿叹,齐娥且莫讴。四座并清听,听我歌吴趋。

曹植《赠丁翼诗》 (《全汉三国晋南北朝诗》P168)
嘉宾填城阙,丰膳出中厨。吾与二三子,曲宴此城隅。
秦筝发西气,齐瑟扬东讴。肴来不虚归,觞至反无余。

张衡《怨诗》中的"葩"

"葩"字现在只有一个读音 pā,但古时可读为 pō。据《康熙字典》:葩,叶滂禾切,音坡。如:

【汉】

张衡《怨诗》 (《全汉三国晋南北朝诗》P36)
猗猗秋兰,植彼中阿。有馥其芳,有黄其葩。
虽曰幽深,厥美弥嘉。之子之远,我劳如何?

张衡《思玄赋》 (《康熙字典》)
天地烟煴,百卉含葩。

【魏】

阮籍《咏怀诗》 (《先秦汉魏晋南北朝诗》P501)
周郑天下交,街术当三河。妖冶闲都子,焕耀何芬葩。

阮籍《咏怀诗》 (《先秦汉魏晋南北朝诗》P510)
墓前荧荧者,木槿耀朱华。荣好未终朝,连飚陨其葩。
岂若西山草,琅玕与丹禾。

【晋】

傅玄《歌》 (《先秦汉魏晋南北朝诗》P568)
煌煌芙蕖,从风芬葩。照以皎日,灌以清波。
阴结其实,阳发其华。金房绿叶,素株翠柯。

陆机《櫂歌行》 (《先秦汉魏晋南北朝诗》P660)
用吉降初巳,濯秽游黄河。龙舟浮鷁首,羽旗垂藻葩。
乘风宣飞景,逍遥戏中波。

陆机《吴趋行》 (《全汉三国晋南北朝诗》P331)
大皇自富春,矫手顿世罗。邦彦应运兴,粲若春林葩。
属城咸有士,吴邑最为多。

陆云《失题》　（《全汉三国晋南北朝诗》P364）

　　有美一人，芳问芬葩。嗟我钦羡，梦想光华(和)。
　　亦既至止，上下欣嘉(歌)。德馥秋兰，容茂春罗。

曹摅《答赵景猷诗》　（《全汉三国晋南北朝诗》P407）

　　泛舟洛川，济彼黄河。乘流浮荡，儵忽经过。
　　孤柏亭亭，回山峨峨。水卉发藻，陵木扬葩。

【唐】

白居易《种桃歌》　（《全唐诗》P5131）

　　去春已稀少，今春渐无多。明年后年后，芳意当如何。
　　命酒树下饮，停杯拾馀葩。因桃忽自感，悲咤成狂歌。

白居易《小庭有月诗》中的"琶"

"琶"字现在大家都读"爬"(pá)，如琵琶。但古诗词中它有时要读"婆"pó(《康熙字典》：琶叶蒲波切,音婆)。

白居易《小庭有月诗》　（《康熙字典》）

　　菱角执笙簧，谷儿抹琵琶。红绡信手舞，紫绡随意歌。

吴文英《玉楼春·京市舞女》中的"拍"

"拍"字现在只有一个读音 pāi，如拍手、拍照、拍打、拍卖等。但古时它是个多音字。据《康熙字典》，它的读音：一是"匹陌切,音魄。"；二是"莫白切"。因白字有"帛" "粥"两音，所以莫白切就切出二音：一音陌，另一音"莫粥切"音撆(piē)。还有一音 "伯各切,音博"。

古诗词中"拍"音撆(piē)与"笛""急""惜"诸字协韵的情况屡有出现。如：

【宋】

吴文英《玉楼春·京市舞女》　（《唐宋名家词选》P288）

　　问称家住城东陌，欲买千金应不惜。归来困顿嚲春眠，犹梦婆娑斜趁拍。

廖世美《好事近·夕景》　（《唐宋名家词选》P201）

　　鸳鸯相对浴红衣，短棹弄长笛。惊起一双飞去，听波声拍拍。

曹组《忆少年》　（《词综》P594）

　　念过眼光阴难再得。想前欢尽成陈迹。登临恨无语，把阑干暗拍。

程珌《念奴娇·忆先庐春山之胜》（《词综》P923）

归来一笑，尚看看趁得，人间寒食。阿寿牵衣仍问我，双鬓新来添白(bī)。忍见庭前，去年芳草，依旧青青色。西湖雨后，绿波两岸平拍。

（注：食字唐韵"乘力切"。）

张楫《钓船笛·寓好事近》（《词综》P985）

载酒岳阳楼，秋入洞庭深碧。极目水天无际，正白苹风急。

月明不见宿鸥惊，醉把玉栏拍。谁谓百年心事，恰钓船横笛。

谢灵运《登石门最高顶》中的"排"

"排"字现在可读为 pái，如排队、排版、排斥、排练、排遣等；也可读为 pǎi，如排子车等。但古时它是个多音字。据《康熙字典》所注，它有三种读音：一是"步皆切"或"蒲皆切"，音牌(pái)；二是"步拜切"或"薄迈切"，音败(bài)；三是"叶边迷切，音鎞"(bì)。例如谢灵运《登石门最高顶》诗中的"排"字就应读 bì。

谢灵运《登石门最高顶》

沉冥岂别理，守道自不携。心契九秋干，目玩三春荑。

居常以待终，处顺故安排。惜无同怀客，共登青云梯。

韦应物《答崔都水》中的"攀"

"攀"字现在只有一个读音 pān，如攀登、攀附、攀缘等。但古诗词中它有时要读为偏(piān)。

据《康熙字典》："攀"字读音为"普班切"或"披班切"，而"班"字有 bān、biān 两音，所以"攀"字亦有 pān、piān 两音。如：

【唐】

韦应物《答崔都水》（《全唐诗》P1950）

摄衣辞田里，华簪耀颜颜。卜居又依仁，日夕正追攀。

牧人本无术，命至苟复迁。离念积岁序，归途眇山川。

白居易《归田》（《全唐诗》P4729）

金门不可入，琪树何由攀。不如归山下，如法种春田。

吕洞宾《敲爻歌》（《全唐诗》P9714）

性须空，意要专，莫遣猿猴取次攀(piān)。花露初开切忌触，锁居上釜勿抽添。

《古诗十九首》中的"盘"

"盘"字现在只有一个读音 pán，如盘古、盘绕、盘旋、盘问等。但古时它是个多音字。据《康熙字典》注，它有四种读音：一是"薄官切，音畔"(pán)；二是"叶蒲延切，音便"(piàn)；三是"叶似宣切，音旋"(xuán)；四是"叶符兵切，音平"(pián)。因此，我们在朗读古诗词时遇到"盘"字该读什么音，就得看它与什么字协韵。如下列古诗中"盘"字就不能读 pán。

《古诗十九首》

上枝似松柏，下根据铜盘(píng)。雕文各异类，离娄自相联。

【南朝　梁】

刘孝威《采莲曲》　（《全汉三国晋南北朝诗》P1214）

莲香隔浦渡，荷叶满江鲜。房垂易入手，柄曲自临盘。
露花时湿钏，风茎乍拂钿。

【近现代】

夏散观《今子夜歌》　（《百代千家绝句选》P780）

寄欢一曲歌，历历珠走盘(píng)。随欢肠轮转，一转千百旋。

白居易《游悟真寺诗》中的"槃"

"槃"字现在通常读 pán，但古诗词中有时要读"便"（平声）。如魏时刘邵《赵都赋》(《康熙字典》)：牛首湡溟，波池潺湲。经落畴邑，诘曲萦槃(piān)。

白居易《游悟真寺诗》　（《全唐诗》P4734）

云昔迦叶佛，此地坐涅槃(piān)。至今铁钵在，当底手迹穿。
西开玉像殿，白佛森比肩。

宋之问《自湘源至潭州衡山县》中的"盼"

"盼"字现在只有一个读音 pàn，如盼望、期盼、左顾右盼等。但古时它是个多音字。据《康熙字典》注明，它有三音：一是"匹见切，音片"(piàn)；二是"披班切，音攀"；三是"符分切，音汾"(fēn)。

"盼"字读 piàn 音最早见之于《诗经》：

《诗经·卫风·硕人》

手如柔荑,肤如凝脂(jī)。领如蝤蛴,齿如瓠犀。
螓首蛾眉,巧笑倩兮,美目盼兮。

【南朝 齐】

谢朓《和伏武昌登孙权故城》 （《全汉三国晋南北朝诗》P818)

鹊起登吴山,凤翔陵楚甸。衿带穷岩险,帷帟(音亦)尽谋选。
北拒溺骖镳,西禽收组练。江海既无波,俯仰流英盼。
裘冕类禋郊,卜揆崇离殿。

【唐】

宋之问《自湘源至潭州衡山县》 （《全唐诗》P620)

浮湘沿迅湍,逗浦凝远盼。渐见江势阔,行嗟水流漫(miàn)。
赤岸杂云霞,绿竹缘溪涧。向背群山转,应接良景宴。
沓障连夜猿,平沙覆阳雁。

【清】

吴邦法《金盏子·对烛》 （《词综补遗》P337)

休论绿酒扶头,更停红房煖。归期误,口口佳节几回,双眸凝盼。

李郢《玉楼春·美人书字》中的"畔"

"畔"字现在只有一个读音 pàn,但古诗词中有时要读 biàn。据《康熙字典》："畔,薄半切,音叛"(pàn)；"叶皮变切,音卞"(biàn.)如：

李郢《玉楼春·美人书字》 (《词综》P698)

沉吟不语晴窗畔。小字银钩题欲遍。云情散乱未成篇,花骨欹斜终带软。
重重说尽情和怨。珍重提携常在眼。暂时得近玉纤纤,翻羡缕金红象管。

翁元龙《绛都春·秋晚海棠黄菊盛开》 （《词综》P2241)

秋娘羞占东离畔。待说与、深宫幽怨。恨他情淡陶郎,旧缘较浅。

"畔"字读 bian 音源远流长。《康熙字典》举的例证就是两汉杜笃的《论都赋》。

杜笃《论都赋》 （《康熙字典》）

昔在强秦,爰初开畔。霸自岐雍,国富人衍。

(注："畔"字与"衍"字协韵。)

【宋】

　　　　欧阳修《渔家傲·七夕》（《欧阳修词全集》P85）

　　喜鹊填河仙浪浅,云輧早在星桥畔。街鼓黄昏霞尾暗。炎光敛。金钩侧倒天西面。

　　　　吴文英《倦寻芳·饯周纠定夫》（《词综》P1177）

　　便系马、莺边清晓,烟草晴花,沙润香软。烂锦年华,谁念故人游倦。
　　寒食相思堤上路,行云应在孤山畔。寄新吟,莫空回、五湖春雁。
（注:"畔"字与"软""倦""雁"协韵。）

【元】

　　　　危复之《永遇乐》（《词综》P1752）

　　风亭泉石,烟林薇蕨,梦绕旧时曾见。江上闲鸥,心盟犹在,分得眠沙畔。引觞浮月,飞谈卷雾,莫管愁深欢浅。起来倚阑干,拾得残红一片。

《诗经》中的"烹"

　　"烹"字现在只有一个读音 pēng,如烹调、烹饪等。但古时它不但读"普庚切"音磅,而且可读"普郎切"音 páng。《康熙字典》注明,"普郎切"是"烹"字的古音。例如:

　　　　《诗经·小雅》

　　或剥或烹,或肆或将。

　　　　《墨子·耕柱篇》

　　鼎成三足而方,不炊而自烹,不举而自臧,不迁而自行(háng)。

　　　　《史记·越世家》

　　飞鸟尽,良弓藏。狡兔死,走狗烹(páng)。

《诗经》中的"彭"

　　"彭"字现在只有一个读音 péng。但《诗经》里它不读 péng,而是读"逋旁切,音邦"(bāng)或"蒲光却,音旁"(páng)。如:

　　　　《诗经·郑风·清人》

　　清人在彭(叶普朗切),驷介旁旁。

　　　　《诗经·齐风·载驱》

　　汶水汤汤(音伤),行人彭彭(音邦)。

《诗经·小雅·出车》

王命南仲,往城于方。出车彭彭(叶铺郎切),旂旐央央。

《诗经·小雅·北山》

四牡彭彭(叶铺郎切),王事傍傍。嘉我未老,鲜我方将。

《诗经·大雅·大明》

牧野洋洋,檀车煌煌。驷騵彭彭(叶铺郎切)。

《诗经·大雅·烝民》

四牡彭彭(叶铺郎切),八鸾锵锵。王命仲山甫,城彼东方。

《诗经·大雅·韩奕》

百两彭彭,八鸾锵锵。

《诗经·鲁颂·駉》

薄言駉者,有骊有皇,有骊有黄,以车彭彭(叶铺郎切)。

元稹《赋得鱼登龙门》中的"鹏"

"鹏"字现在只有一个读音 péng,如鹏程万里。但古诗词里它有时要读"悲朋切,音崩"(bēng),与"登""凭""凌""升"诸字协韵。如:

【唐】

元稹《赋得鱼登龙门》 (《全唐诗》P4476)

鱼贯终何益,龙门在苦登。有成当作雨,无用耻为鹏。
激浪诚难溯,雄心亦自凭。风云潜会合,鬐鬣忽腾凌。
泥滓辞河浊,烟霄见海澄。回瞻顺流辈,谁敢望同升。

元稹《秋堂夕》 (《全唐诗》P4481)

尧舜事已远,丘道安可胜。蜉蝣不信鹤,蜩鷃肯窥鹏。
当年且不偶,没世何必称。胡为揭闻见,褒贬贻爱憎。

白居易《题座隅》中的"殍"

"殍"字现在只有一个读音 piǎo,如途有饿殍。但古时词中它有时要读"芳无切,音敷"(fū)。如:

白居易《题座隅》 (《康熙字典》,《全唐诗》P4749)
伯夷古贤人,鲁山亦其徒。时哉无奈何,俱化为饿殍。

祝允明《戴文进小幅》中的"坡"

"坡"字现在只有一个读音 pō,如山坡。其实古时它还有另一音"彼义切,音贲"(bì)(《康熙字典》)。如白居易《长恨歌》中的诗句"马嵬坡下泥土中,不见玉颜空死处"的"坡"字就读 bì。另如:

【明】

祝允明《戴文进小幅》 (《中国古今题画诗词全璧》P964)
峭壁遥撑落照危,蜿蜿曲陇绕脩坡。前头径转峰回境,说与时人定不知。

班婕妤《自悼赋》中的"期"

"期"字现在只有一个读音 qī。但古时它是个多音字,不但读"渠之切,音其",而且可读"居之切,音姬",还可读"叶渠尤切"(音绸)与"流"字协韵。如:

【西汉】

　　　　班婕妤《自悼赋》　(《康熙字典》)

奉供养于东宫兮,托长信之末流。共洒扫于帷幄兮,永终死以为期(音绸)。

高适《寄宿田家》中的"歧"

"歧"字现在只有一个读音 qí,如歧途,歧视,歧途亡羊等。但古诗词中有时要读"巨支切,音始",与"鹭""辞"协韵。如:

【唐】

　　　　高适《寄宿田家》　(《全唐诗》P2220)

客来满酌清尊酒,感兴平吟才子诗。岩际窟中藏鼹鼠,潭边竹里隐鹭鹚。
村墟日落行人少,醉后无心怯路歧。今夜只应还寄宿,明朝拂曙与君辞。

张良臣《梅市道中》中的"悭"

"悭"字现在只有一个读音 qiān,如悭吝。但古时它有两音:一是"苦闲切",音掔(qiān);二是"何闲切"(闲与间同,音刚),音寒(hán)。

【宋】

　　　　王安石《寄石鼓寺陈怕庸》　(《王安石全集》P247)

鲸鱼无风白日闲,天门当面险难攀。尘埃掉臂离长陌,琴酒和云入旧山。
仁义未饶轩冕贵,功名莫信鬼神悭。郭东一点英雄气,时伴君心夜斗间。

王安石《舒州七月十七日雨》（《王安石全集》P242）

行看野气来方勇,卧听秋声落竟悭。渐沥未生罗豆水,苍忙空失皖公山。
火耕又见无遗种,肉食何妨有厚颜。巫祝万端曾不救,只疑天赐雨工闲。

张良臣《梅市道中》（齐鲁书社《宋人绝句选》P304）

连雨疏蓬不耐关,脩眉如失更晴悭。越王故国无人问,艇子穿花自往还。
（注：该诗如把"悭"读 qiān,则"还"读旋。如把"悭"读 hán,则"还"读完。）

钱惟演《木兰花》中的"浅"

诗词古音

"浅"字现在有两个读音：一是 jiān,如流水浅浅；二是 qiǎn,如深浅、浅薄、浅陋等。但古诗词中它有时要读"赞"(zàn)。据《康熙字典》注,"浅"音"则旰切,音赞"。如：

【宋】

钱惟演《木兰花词》(即《玉楼春》) （《词综》P233）

城上风光莺语乱,城下烟波春拍岸。绿杨芳草几时休,泪眼愁肠先已断。情怀渐觉成衰晚,鸾镜朱颜惊暗换。昔年多病厌芳尊,今日惟恐芳尊浅。

柳永《迷神引》（《宋词三百首注译》P74）

一叶扁舟轻帆卷,暂泊楚江南岸。孤城暮角,引胡笳怨。水茫茫,平沙雁,旋惊散。烟敛寒林簇,画屏展。天际遥山小,黛眉浅。

李白《献从叔当涂宰阳冰》中的"枪"

"枪"字现在只有一个读音 qiāng,如标枪、手枪、步枪、枪手、枪决、枪毙等。但古时它除了读"七羊切、音锵"(qiāng)外,有时要读"楚耕切,音峥"(zhēng)。

"枪"字读 chēng,在《诗经·尔雅·释天》已有记载：慧星为欃枪。古诗词中往往以 chēng 音与"经""生""英""卿"等字协韵。如：

【唐】

李白《献从叔当涂宰阳冰》（《全唐诗》P1764）

金镜霾六国,亡新乱天经。焉知高光起,自有羽翼生。
萧曹安岘岊,耿贾摧欃枪。吾家有季父,杰出圣代英。

杜甫《奉送郭中丞兼太仆卿充陇右节度使三十韵》（《全唐诗》P2406）

妙誉期元宰,殊恩且列卿。几时回节钺,戮力扫欃枪。
蓬户三千士,云梯七十城。耻非齐说客,只似鲁诸生。

吕本中《清明游震泽即事》中的"卿"

"卿"字现在读 qīng，意指古时高级官员，如卿相、公卿，三公九卿等。《康熙字典》注音："卿，去京切"，或"丘京切"音轻。由于"京"字除了读 jīng 外，还可读"叶居良切，音疆"（jiāng）。如：

《诗经·小雅·正月》

正月繁霜，我心忧伤。民之讹言，亦孔之将。
念我独兮，忧心京京。哀我小心，瘋忧以痒。

所以"丘京切"的卿字，亦可理解为"丘疆切"音羌。如：

《左传·庄二十二年》

五世其昌，并于正卿。八世之后，莫之于京（音疆）。

【宋】

吕本中《清明游震泽即事》

挈伴提壶桃柳芳，东风暂醉少年场。波浮十里飞舸疾，衣影千重夹道光。
使气可如燕赵士，轻兵原是楚吴卿。应知万事同棋局，鼓角春江一日狂。

权德舆《诚言》中的"取"

"取"字现在只有一个读音 qǔ。但古时它是个多音字，除了读"此主切，音娶"（qǔ）外，还可读"雌由切，音秋"（qiū），也可读"此苟切，音丑"（chǒu）。
古诗词中有时要读"秋"（qiū）或"丑"的举例如下：

权德舆《诚言》 （《全唐诗》P3611）

言之或未行，前哲所不取（音秋）。方寸虽浩然，因之三缄口。

白居易《双石》 （《全唐诗》P4972）

苍然两片石，厥状怪且丑。俗用无所堪，时人嫌不取。
结从胚浑始，得自洞庭口。万古遗水滨，一朝入吾手。

杜甫《上水遣怀》 （《全唐诗》P2376）

孤舟乱春华，暮齿依蒲柳。冥冥九疑葬，圣者骨亦朽。
蹉跎陶唐人，鞭挞日月久。中间屈贾辈，谗毁竟自取。

杜甫《遭田父泥饮美严中丞》 (《全唐诗》P2311)

今年大作社,拾遗能住否？叫妇开大瓶,盆中为吾取。
感此气扬扬,须知风化首。语多虽杂乱,说尹终在口。

杜甫《奉赠李八丈判官》 (《全唐诗》P2382)

事业富清机,官曹正独守。顷来树嘉政,皆已传众口。
艰难体贵安,冗长吾敢取。区区犹历试,炯炯更持久。

杜甫《枯棕》 (《全唐诗》P2307)

徒有如云叶,青黄岁寒后。交横集斧斤,凋丧先蒲柳。
伤时苦军乏,一物官尽取。嗟尔江汉人,生成复何有。

韩愈《元和圣德诗》 (《全唐诗》P3758)

韦皋去镇,刘辟守后。血人于牙,不肯吐口。开库啖士,曰随所取。

元稹《说剑》 (《全唐诗》P4461)

我闻音响异,疑是干将偶。为君再拜言,神物可见不(fōu)。
君言我所重,我自为君取。迎篚已焚香,近鞘先泽手。

卢仝《冬行》 (《全唐诗》P4380)

腊风刀刻肌,遂向东南走。贤哉韩员外,劝我莫强取。
凭风谢长者,敢不愧心苟。赁载得估舟,估杂非吾偶。

卢仝《寄男抱孙》 (《全唐诗》P4369)

殷十七老儒,是汝父师友。传读有疑误,辄告谘问取。
两手莫破拳,一吻莫饮酒。莫学捕鸠鸽,莫学打鸡狗。

王安石《酬王詹叔》 (《王安石全集》P44)

余知茶山民,不必生皆厚。独当征求任,尚恐难措手。
孔称均无贫,此语今可取。譬欲轻万钧,当令众人负。

R

吴绍晋《探春慢》中的"惹"

"惹"字现在只有一个读音 rě。但古时它有两个读音：一是"人者切，音喏"；二是"而灼切，音弱"(《康熙字典》)。

由于"者"字有一音读 qǎ，故"人者切"就切出一与"画""洒""马""打"诸字协韵的音 cǎ。如：

【清】

  吴绍晋《探春慢》 (《词综补遗》P311)

种橘亭边，贡茶山外，波光一片罗研。燕翦裁红，莺簧吹碧，蝶背醒来如画。帘卷约飞岑，更千点，曙霞初洒。好将点缀芳心，化作软红牵惹。

毛泽东《念奴娇·昆仑》中的"热"

"热"字现在只有一个读音 rè，如热爱、热情、热烈等。我们在朗诵毛泽东的《念奴娇·昆仑》一词时毫无例外地把其中的"太平世界，环球同此凉热"中的"热"字读成 rè。其实，按照《念奴娇》词牌的要求，"热"字与"色""彻""鳖""说""雪""截"等字是协韵的，按现在的读音显然不协韵。

按《康熙字典》，热字的读音为"如烈切、音苶(niè)"，苶的读音是"奴结切、音涅"。1937年出版的《辞海》注明"热"字的读音为"日蘖切、屑韵"。由此可见，毛泽东该词中的"热"字应读为"涅(niè)"。

在古诗词中"热"字大多与"绝""雪""别""结""节""设""阙""折""月"等字协韵。现例举如下：

【汉】

  班婕妤《怨诗》 (《玉台新咏》P15)

新裂齐纨素，鲜洁如霜雪。裁为合欢扇，团团如明月。
出入君怀袖，动摇微风发。常恐秋节至，凉风夺炎热。
弃捐箧笥中，恩情中道绝。

【晋】

清商曲辞《冬歌》 (《全汉三国晋南北朝诗》P530)

天寒岁欲暮,朔风舞飞雪。怀人重衾寝,故有三夏热。

【南朝 梁】

庾肩吾《南城门老》 (《全汉三国晋南北朝诗》P1110)

虚蕉诚易犯,危藤复将蠢。一随柯已微,当年信长诀。
已同白驹去,复类红花热。妍容一旦罢,孤灯行自设。

戴嵩《车马行》 (《全汉三国晋南北朝诗》P1296)

巩洛风尘处,冠盖相填咽。多称魏其冷,竟随田蚡热。
轮趣白虎第,珂聚黄金穴。

【唐】

王毂《苦热行》 (《全唐诗》P318)

五岳翠干云彩灭,阳侯海底愁波竭。何当一夕金风发,为我扫却天下热。

李贺《长歌续短歌》 (《全唐诗》P222)

长歌破衣襟,短歌断白发。秦王不可见,旦夕成内热。

李贺《黄头郎》 (《全唐诗》P4403)

水弄湘娥佩,竹啼山露月。玉瑟调青门,石云湿黄葛(葛音结)。
沙上蘼芜花,秋风已先发。好持扫罗荐,香出鸳鸯热。

骆宾王《夏日游德州赠高四》 (《全唐诗》P829)

赠言虽欲尽,机心庶应绝。潘岳本自闲,梁鸿不因热。

李颀《夏宴张兵曹东堂》 (《全唐诗》P1350)

云峰峨峨自冰雪,坐对芳樽不知热。醉来但挂葛巾眠,莫道明朝有离别。

岑参《送李副使赴碛西官军》 (《全唐诗》P2055)

火山六月应更热,赤亭道口行人绝。知君惯度祁连城,岂能愁见轮台月。

韦应物《同元锡题瑯琊寺》 (《全唐诗》P1983)

适从郡邑喧,又兹三伏热。山中清景多,石罅寒泉洁。
花香天界事,松竹人间别。

李白《古风》 (《全唐诗》P1671)

仰望不可及,苍然五情热。吾将营丹砂,永与世人别。

顾况《行路难》 (《全唐诗》P2942)

君不见少年头上如云发,少壮如云老如雪。岂知灌顶有醍醐,能使清凉头不热。

顾况《宜城放琴客歌》 (《全唐诗》P2947)
不知谁家更张设,丝履墙偏钗股折。南山阑干千丈雪,七十非人不暖热。

钱起《送薛判官赴蜀》 (《全唐诗》P2617)
单车动凤夜,越境正炎节。星桥过客稀,火井蒸云热。
阴符能制胜,千里在坐决。始见儒者雄,长缨系馀孽。

张说《岳州作》 (《全唐诗》P932)
夜梦云阙间,从容簪履列。朝游洞庭上,缅望京华绝。
潦收江未清,火退山更热。

张南史《雪》 (《全唐诗》P3360)
千门万户皆静,兽炭皮裘自热。此时双舞洛阳人,谁悟郢中歌断绝。

白居易《别毡帐火炉》 (《全唐诗》P4980)
赖有青毡帐,风前自张设。复此红火炉,雪中相暖热。
如鱼入渊水,似兔藏深穴。

白居易《吴中好风景》 (《全唐诗》P4975)
两衙渐多暇,亭午初无热。骑吏语使君,正是游时节。

白居易《别行简》 (《全唐诗》P4783)
梓州二千里,剑门五六月。岂是远行时,火云烧栈热。
何言巾上泪,乃是肠中血。

白居易《答友问》 (《全唐诗》P4658)
置铁在洪炉,铁消易如雪。良玉在其中,三日烧不热。
君疑才与德,咏此知优劣。

白居易《首夏病间》 (《全唐诗》P4728)
况兹孟夏月,清和好时节。微风吹裕衣,不寒复不热。

白居易《九日登西原宴望》 (《全唐诗》P4730)
移座就菊丛,糕酒前罗列。虽无丝与管,歌笑随情发。
白日未及倾,颜酡耳已热。

白居易《桐花》 (《全唐诗》P4801)
况吾北人性,不耐南方热。强羸寿夭间,安得依时节。

白居易《对火玩雪》 (《全唐诗》P4997)
平生所心爱,爱火兼怜雪。火是腊天春,雪为阴夜月。
鹅毛纷正堕,兽炭敲初折。盈尺白盐寒,满炉红玉热。

白居易《偶作》 (《全唐诗》P4993)

人间所重者,相印将军钺。谋虑系安危,威权主生杀(杀音薛)。
焦心一身苦,炙手旁人热。未必方寸间,得如我快活。

白居易《再授宾客分司》 (《全唐诗》P5109)

应为时所笑,苦惜分司阙。但问适意无,岂令官冷热。

白居易《和思黯居守独饮》 (《全唐诗》P5216)

主人中夜起,妓烛前罗列。歌袂默收声,舞鬟低赴节。
弦吟玉柱品,酒透金杯热。

杜甫《铁堂峡》 (《全唐诗》P2295)

水寒长冰横,我马骨正折。生涯抵弧矢,盗贼殊未灭。
飘蓬逾三年,回首肝肺热。

杜甫《自京赴奉先县咏怀五百字》 (《全唐诗》P2265)

穷年忧黎元,叹息肠内热。取笑同学翁,浩然弥激烈。
非无江海志,萧洒送日月。生逢尧舜君,不忍便永诀。

杜甫《喜雨》 (《全唐诗》P2311)

春旱天地昏,日色赤如血。农事都未休,兵戈况骚屑。
巴人困军须,恸哭厚土热。沧江夜来雨,真宰罪一雪。

元结《酬孟武昌苦雪》 (《全唐诗》P2709)

山禽饥不飞,山木冻皆折。悬泉化为冰,寒水近不热。

元稹《谕宝》 (《全唐诗》P4460)

镜悬奸胆露,剑拂妖蛇裂。珠玉照乘光,冰莹环坐热。

王建《荆门行》 (《全唐诗》P3386)

巴云欲雨薰石热,麋鹿过江虫出穴。大蛇过处一山腥,野牛惊跳双角折。

王谷《苦热行》 (《全唐诗》P7987)

五岳翠干云彩灭,阳侯海底愁波竭。何当一夕金风发,为我扫却天下热。

陆龟蒙《樵叟》 (《全唐诗》P7138)

所图山褐厚,所爱山炉热。不知冠盖好,但信烟霞活。

贯休《长安道》 (《全唐诗》P9306)

憧憧合合,八表一辙。黄尘雾合,车马火热。
名汤风雨,利辗霜雪。千车万驮,半宿关月。

吕洞宾《绝句》 (《全唐诗》P9696)

莲峰道士高且洁,不下莲宫经岁月。星辰夜礼玉簪寒,龙虎晓开金鼎热。

苏颋《夜发三泉即事》 (《全唐诗》P797)

北林夜鸣雨,南望晓成雪。只咏北风凉,讵知南土热。
沙溪忽沸渭,石道乍明灭。宛若银碛横,复如瑶台结。

【宋】

谢逸《花心动》 (《词综》P531)

风里杨花,轻薄性,银烛高烧心热。香饵悬钩,鱼不轻吞,辜负钓儿虚设。

陆游《冬暖》 (《陆放翁诗选》P144)

今年岁暮无风雪,尘土肺肝生客热。经旬止酒卧空斋,吴蟹秦酥不容设。
日忧疾疫被齐民,更畏螟蝗残宿麦。浓霜薄霰不可得,太息何时见三白。

佚名《绿意·荷叶》 (《词综》P1520)

碧圆自洁,向浅洲远浦,亭亭清绝。犹有遗簪,不展秋心,能卷几多炎热。鸳鸯密语同倾盖,且莫与浣纱人说。恐怨歌忽断花风,碎却翠云千叠。

【明】

文徵明《满江红》 (《古典爱情诗词300首》P210)

漠漠轻烟,正梅子、弄黄时节。最恼是、欲晴还雨,乍寒又热。燕子梨花都过也,小楼无那伤春别。傍栏干、欲语更沉吟,终难说。

胡胤琼《鹊桥仙》 (《词综补遗》P500)

凉风未至,彩桥未驾、鹊也知趋炎热。嫦娥添却一番圆,偏把我、佳期阻绝。

陈启源《琵琶仙·蝉》 (《词综补遗》P659)

唤起满庭凉思,付冷风斜月。做了个、居高声远,又何必、附炎趋热。还念身后螳螂,漫夸修洁。

高景芳总督琦女《曲游春·清凉山》 (《词综补遗》P1195)

况对,禅扉枯寂。听粥鼓斋鱼,销尽烦热。尘世荣华,似浮云变幻,不多时节。

吴嘉纪《送贵客》 (《百代千家绝句选》P683)

晓寒送贵客,命我赋离别。氍上生冰霜,歌声不得热。

姚之骃《水龙吟·冰》 (《词综补遗》P1102)

莫道梅花冻损,应消受,玉壶清冽。笔涩难书,瓶坚愁破,垆香煨热。独有佳人,归舟日盼,前溪遥隔。

王耀曾《金缕曲》（《词综补遗》P1414）

色色空空都是幻，早把机关悟彻。恰勒马、悬崖时节。千古沧桑弹指耳，再休将、往事从头说。怕依旧、衷肠热。

【近现代】

钟歆《金缕曲》（《词综补遗》P112）

后日行舟门前泊，衣上征尘漫拂。对眼底、金蕉愁绝。料理重阳持螯手，唤西风、好作登高节。夜念我，泪还热。

朱敞《谒金门》（《词综补遗》P433）

东风劣，吹下一天春雪。单薄被儿寒又怯，自温温不热。

马君武《壬寅春送梁任父之美洲》（《百代千家绝句选》P788）

抚剑惜青锋，饮冰疗内热。志士多苦心，临岐不能说。

白居易《草》中的"荣"

"荣"字现在只读一个音 róng。如朗读白居易的名篇"离离原上草，一岁一枯荣"时，都把"荣"字读成 róng，其实这种读法和古人的读音是不同的。

据《康熙字典》，荣是个多音字，既可读"永兵切、音营"，又可读"叶以中切、音融"，还可读"叶为命切、音咏。"1936年出版的《辞海》则注明"荣"字的读音是莹，说木上之花谓"华"，草上之花谓"荣"。

古诗词中"荣"字读音莹与城、经、声、情、生等字协韵的情况很多，除了大家熟知的白居易的《草》：

离离原上草，一岁一枯荣。野火烧不尽，春风吹又生。
远芳侵古道，晴翠接荒城。又送王孙去，萋萋满别情。

其他举例如下：

屈原《楚辞·远游》

嘉南州之炎德兮，丽桂树之冬荣。山萧条而无兽兮，野寂寂其无人。
载营魄而登霞兮，掩浮云而上征。

【西汉】

王逸《楚辞·九思·伤时》

唯昊天兮昭灵，阳气发兮清明。风习习兮和暖，百草萌兮华荣。

刘向《楚辞·九叹·远游》

譬若王侨之乘云兮，载赤霄而凌太清。欲与天地参寿兮，与日月而比荣。

严忌《楚辞·哀时命》

时暧暧其将罢兮,遂闷叹而无名。伯夷死于首阳兮,卒夭隐而不荣。

东方朔《楚辞·七谏·自悲》

登峦山而远望兮,好桂树之冬荣。观天火之炎炀兮,听大壑之波声。

王褒《楚辞·九怀·思忠》

历广漠兮驰骛,览中国兮冥冥。玄武步兮水母,与吾期兮南荣。

傅毅《歌》 (《先秦汉魏晋南北朝诗》P173)

陟景山兮采芳苓,哀不惨伤兮不流声。弹羽跃水叩角奋荣。沈征玄穆感物寤灵。

【魏】

曹丕《于玄武陂作诗》 (《全汉三国晋南北朝诗》P132)

兄弟共行游,驱车出西城。野田广开辟,川渠互相经。
黍稷何郁郁,流波激悲声。菱芡覆绿水,芙蓉发丹荣。
柳垂重荫绿,向我池边生。

曹叡《苦寒行》 (《先秦汉魏晋南北朝诗》P416)

奈何我皇祖,潜德隐圣形。虽没而不朽,书贵垂休名。
光光我皇祖,轩辕同其荣。遗化布四海,八表以肃清。

曹叡《长歌行》 (《先秦汉魏晋南北朝诗》P415)

静夜不能寐,耳听众禽鸣。大城育狐兔,高墉多鸟声。
坏宇何寥廓,宿屋邪草生。中心感时物,抚剑下前庭。
翔佯于阶际,景星一何明。仰首观灵宿,北辰奋休荣。
哀彼失群燕,丧偶独茕茕。

曹植《弃妇诗》 (《先秦汉魏晋南北朝诗》P455)

石榴植前庭,绿叶摇缥青。丹华灼烈烈,璀彩有光荣。
光荣晔流离,可以戏淑灵。有鸟飞来集,拊翼以悲鸣。

曹植《杂诗》 (《先秦汉魏晋南北朝诗》P458)

佳人在远道,妾身单且茕。欢会难再遇,芝兰不重荣。
人皆弃旧爱,君岂若平生。寄松为女萝,依水如浮萍。

阮籍《咏怀诗》 (《先秦汉魏晋南北朝诗》)

立象昭回,阴阳攸经。秋风凤厉,白露宵零。
修竹凋殒,茂草收荣。良时忽迈,朝日西倾。
有始有终,谁能久盈。

阮籍《咏怀诗》 (《全汉三国晋南北朝诗》P220)
幽兰不可佩,朱草为谁荣。修竹隐山阴,射干临增城。
葛藟延幽谷,绵绵瓜瓞生。乐极消灵神,哀深伤人情。

阮籍《咏怀诗》 (《全汉三国晋南北朝诗》P224)
梁东有芳草,一朝再三荣。色容艳姿美,光华耀倾城。
岂为明哲士,妖蛊谄媚生。轻薄在一时,安知百世名。

【晋】

阮侃《答嵇康诗》 (《全汉三国晋南北朝诗》P213)
交际虽未久,思爱发中诚。良玉须切磋,玙璠就其形。
隋珠岂不曜,雕莹启光荣。与子犹兰石,坚芳互相成。

谢万《兰亭》 (《全汉三国晋南北朝诗》P440)
司冥卷阴旗,句芒舒阳旌。灵液被九区,光风扇鲜荣。

葛洪《洗药池》 (《全汉三国晋南北朝诗》P427)
洞阴泠泠,风佩清清。仙居永劫,花木长荣。

张骏《东门行》 (《全汉三国晋南北朝诗》P497)
昊天降灵泽,朝日耀华精。嘉苗布原野,百卉敷时荣。
鸠鹊与莺黄,间关相和鸣。

湛方生《秋夜诗》 (《全汉三国晋南北朝诗》P493)
悲九秋之为节,物凋悴而无荣。岭颓鲜而殒绿,木倾柯而落英。
履代谢以惆怅,睹摇落而兴情。

傅咸《左传诗》 (《先秦汉魏晋南北朝诗》P605)
　事君之礼,敢不尽情。敬奉德义,树之风声。
　昭德塞违,不殒其名。死而利国,以为己荣。

傅咸《答潘尼诗》 (《先秦汉魏晋南北朝诗》P606)
　贻我妙文,繁春之荣。匪荣斯尚,乃新其声。
　吉甫作颂,有馥其馨。实由樊仲,其德克明。

傅玄《众星诗》 (《先秦汉魏晋南北朝诗》P570)
朗月共众星,日出擅其明。冬寒地为裂,春和草木荣。
阳德虽普济,非阴亦不成。

陆机《壮哉行》 (《先秦汉魏晋南北朝诗》P662)
萋萋春草生,王孙犹有情。差池燕始飞,夭袅桃始荣。
灼灼桃悦色,飞飞燕弄声。

陆机《为陆思远妇作诗》 (《先秦汉魏晋南北朝诗》P683)

　　虽为三载妇,顾景愧虚名。岁暮饶悲风,洞房凉且清。
　　拊枕循薄质,非君谁见荣。离君多悲心,寤寐劳人情。

陆云《赠鄱阳府君张仲膺诗》 (《先秦汉魏晋南北朝诗》P704)

　　谒帝东堂,剖符南征。天子命我,车服以荣。
　　何以润之,德被苍生。何以济之,威振群城。

陆云《答吴王上将顾处微诗》 (《先秦汉魏晋南北朝诗》P706)

　　心以殷荐,分以道成。只服惠顾,畴比深情。
　　亦有芳讯,薄载其诚。岂无春晖,兹焉可荣。

支遁《四月八日赞佛诗》 (《先秦汉魏晋南北朝诗》P500)

　　飞天鼓弱罗,腾擢散芝英。绿澜颓龙首,缥蕊翳流泠。
　　芙蕖育神葩,倾柯献朝荣。芬津霈四境,甘露凝玉瓶。

张华《太康六年三月三日后园会诗》 (《先秦汉魏晋南北朝诗》P616)

　　暮春元日,阳气清明。祁祁甘雨,膏泽流盈。
　　习习祥风,启滞导生。禽鸟翔逸,卉木滋荣。
　　纤条被绿,翠华含英。

左思《悼离赠妹诗》 (《先秦汉魏晋南北朝诗》P731)

　　阴精神灵,为祥为祯。峨峨令妹,应期挺生。
　　如兰之秀,如芝之荣。总角岐嶷,龆龀凤成。

闾丘冲《三月三日应诏诗》 (《先秦汉魏晋南北朝诗》P749)

　　暮春之月,春服既成。阳升土润,冰泮川盈。
　　馀萌达墙,嘉木敷荣。后皇宣游,既宴且宁。

曹摅《答赵景猷诗》 (《先秦汉魏晋南北朝诗》P753)

　　厉节伊何,如霜之荣。怀玉匿采,抱兰秘馨。藏器俟贾,潜秀养英。

潘尼《巳日诗》 (《先秦汉魏晋南北朝诗》P765)

　　霭霭疏圃,载繁载荣。

【南朝　宋】

鲍照《代升天行》 (《全汉三国晋南北朝诗》P669)

　　倦见物兴衰,骤睹俗屯平。翩翻若回掌,恍惚似朝荣。
　　穷途悔短计,晚志重长生。从师入远岳,结友事仙灵。

鲍照《秋日示休上人》 (《全汉三国晋南北朝诗》P687)

　　怆怆箪上寒,凄凄帐里清。物色延暮思,霜露逼朝荣。
　　临堂观秋草,东西望楚城。百物方萧瑟,坐叹从此生。

鲍照《拟古》 (《全汉三国晋南北朝诗》P694)
蜀汉多奇山,仰望与云平。阴崖积夏雪,阳谷散秋荣。
朝朝见云归,夜夜闻猿鸣。忧人本自悲,孤客易伤情。

鲍照《登庐山》 (《全汉三国晋南北朝诗》P683)
松磴上迷密,云窦下纵横。阴冰实夏结,炎树信冬荣。

汤惠休《赠鲍侍郎》 (《全汉三国晋南北朝诗》P725)
玳枝兮金英,绿叶兮金茎。不入君王杯,低彩还自荣。
想君不相艳,酒上视尘生。

谢灵运《命学士讲书》 (《全汉三国晋南北朝诗》P641)
卧病同淮阳,宰邑旷武城。弦歌愧言子,清净谢伏生。
古人不可攀,何以报恩荣。时往岁易周,聿来政无成。

谢灵运《初去郡》 (《全汉三国晋南北朝诗》P642)
彭薛裁知耻,贡公未遗荣。或可优贪竞,岂足称达生。
伊余秉微尚,拙讷谢浮名。

王融《法乐辞》 (《全汉三国晋南北朝诗》P782)
春枝多病夭,秋叶少欣荣。心骸终委灭,亲爱暂平生。

王融《游仙诗》 (《全汉三国晋南北朝诗》P789)
朱霞拂绮树,白云照金楹。五芝多秀色,八桂常冬荣。
弭节且夷与,参差闻凤笙。

【南朝　梁】

萧衍《和太子忏悔》 (《全汉三国晋南北朝诗》P865)
玉泉漏向尽,金门光未成。缭绕闻天乐,周流扬梵声。
兰汤浴身垢,忏悔净心灵。菱草获再鲜,落花蒙重荣。

萧绎《和刘尚书侍五明集诗》 (《全汉三国晋南北朝诗》P948)
日宫佳气满,月殿善风清。绮钱蔽西观,缇缦卷南荣。
金门练朝鼓,玉壶休夜更。

萧绎《纳凉》 (《全汉三国晋南北朝诗》P955)
珠幕趋北阁,玳席徙南荣。金铺掩夕扇,玉壶传夜声。

江淹《渡西塞望江上诸山》 (《全汉三国晋南北朝诗》P1035)
南国多异山,杂树共冬荣。潺潺夕涧急,嘈嘈晨鹍鸣。

江淹《卧疾怨别刘长史》 (《全汉三国晋南北朝诗》P1038)
四时煎日夜,玉露催紫荣。始怀未及叹,春意秋方惊。
凉草散萤色,衰树敛蝉声。

任昉《九日侍宴乐游苑》　（《全汉三国晋南北朝诗》P1067）
　　　　一唱华钟石,再抚被丝笙。黄草归雒木,梯田荐玉荣。
　　　　时来浊河变,瑞起温洛清。

刘孝威《侍宴乐游林光殿曲水》　（《全汉三国晋南北朝诗》P1219）
　　　　试舟五反,和乐九成。钧楯秘戏,协律新声。
　　　　丹杯水激,缝彩茝荣。天吴还往,海若逢迎。

刘孝威《奉和简文帝太子应令》　（《全汉三国晋南北朝诗》P1220）
　　　　礼尊逾屈己,德盛益卑情。仙气贻钟相,儒道推桓荣。
　　　　延贤博望苑,视膳长安城。

陆倕《和昭明太子钟山解讲》　（《全汉三国晋南北朝诗》P1250）
　　　　云峰响流吹,松野映风旌。睿心嘉杜若,神藻茂琳琼。
　　　　多谢先成敏,空颂后乘荣。

【南朝　陈】

张正见《赋得落落穷巷士》　（《全汉三国晋南北朝诗》P1401）
　　　　扬云不邀名,原宪本遗荣。草长三径合,花发四邻明。

沈炯《六甲诗》　（《全汉三国晋南北朝诗》P1377）
　　　　甲拆开众果,万物具敷荣。乙飞上危幕,雀乳出空城。

何处士《通士人篇》　（《全汉三国晋南北朝诗》P1452）
　　　　龙宫既入道,凤阙且辞荣。禅龛八想净,义窟四尘轻。
　　　　香盖法云起,花灯慧火明。自然忘有著,非止悟无生。

【北齐】

颜之推《古意》　（《全汉三国晋南北朝诗》P1524）
　　　　昔为时所重,今为时所轻。愿与浊泥会,思将垢石并。
　　　　归真川岳下,抱润潜其荣。

魏收《喜雨》　（《全汉三国晋南北朝诗》P1510）
　　　　霞晖染刻栋,础润上雕楹。神山千叶照,仙草百花荣。

【北周】

庾信《奉答赐酒》　（《全汉三国晋南北朝诗》P1599）
　　　　仙童下赤城,仙酒饷王平。野人相就饮,山鸟一群惊。
　　　　细雪翻沙下,寒风战鼓鸣。此时逢一醉,应枯反更荣。

【隋】

陈子良《赞德上越国公杨素》 (《全汉三国晋南北朝诗》P1701)

川长蔓草绿,峰迥杂花明。小人愧王氏,雕文惭马卿。
滥此叨书记,何以谢过荣。高山徒仰止,终是恨才轻。

【唐】

李隆基《经河上公庙》 (《全唐诗》P29)

昔闻有耆叟,河上独遗荣。迹与尘嚣隔,心将道德并。
讵以天地累,宁为宠辱惊。矫然翔寥廓,如何屈坚贞。

上官昭容《游长宁公主流杯池》 (《全唐诗》P62)

玉环腾远创,金埒荷殊荣。弗玩珠玑饰,仍留仁智情。
凿山便作室,凭树即为楹。

李适《九月十八赐百僚追赏因书所怀》 (《全唐诗》P45)

雨霁霜气肃,天高云日明。繁林已坠叶,寒菊仍舒荣。
懿此秋节时,更延追赏情。

李适《七月十五日题章敬寺》 (《全唐诗》P47)

七物非吾宝,万行先求成。名相既双寂,繁华奚所荣。
金风扇微凉,远烟凝翠晶。

卢文纪《后唐宗庙乐舞曲雍熙舞》 (《全唐诗》P157)

仁君御宇,寰海谧清。运符武德,道协文明。
九成式叙,百度唯贞。金门积庆,玉叶传荣。

韩愈《赠别元十八协律》 (《全唐诗》P3826)

读书患不多,思义患不明。患足已不学,既学患不行。
子今四美具,实大华亦荣。王官不可阙,未宜后诸生。
嗟我摈南海,无由助飞鸣。

郑愔《中宗降诞日长宁公主满月侍宴应制》 (《全唐诗》P1105)

春殿猗兰美,仙阶柏树荣。地逢芳节应,时睹圣人生。
月满增祥荚,天长发瑞灵。南山遥可献,常愿奉皇明。

郑愔《奉和春日幸望春宫》 (《全唐诗》P1107)

晨跸凌高转翠旌,春楼望远背朱城。忽排花上游天苑,却坐云边看帝京。
百草香心初胃蝶,千秋嫩叶始藏莺。幸同葵藿倾阳早,愿比盘根应候荣。

孙逖《和咏廨署有樱桃》 (《全唐诗》P1197)

海鸟衔初实,吴姬扫落英。切将稀取贵,羞与众同荣。
为此堪攀折,芳蹊处处成。

王维《故西河郡杜太守挽歌》 (《全唐诗》P1283)

天上去西征,云中护北平。生擒白马将,连破黑雕城。
忽见刍灵苦,徒闻竹使荣。空留左氏传,谁继卜商名。

储光羲《哥舒大夫颂德》 (《全唐诗》P1389)

来朝芙蓉阙,鸣玉飘华缨。直道济时宪,天邦遂轻刑。
抗书报知己,松柏亦以荣。嘉命列上第,德辉照天京。

李白《树中草》 (《全唐诗》P1707)

鸟衔野田草,误入枯桑里。客土植危根,逢春犹不死。
草木虽无情,因依尚可生。如何同枝叶,各自有枯荣。

陈子昂《送客》 (《全唐诗》P906)

故人洞庭去,杨柳春风生。相送河洲晚,苍茫别思盈。
白苹已堪把,绿芷复含荣。江南多桂树,归客赠生平。

陈子昂《题居延古城》 (《全唐诗》P898)

闻君东山意,宿昔紫芝荣。沧洲今何在?华发旅边城。
还汉功既薄,逐胡策未行。徒嗟白日暮,坐对黄云生。

陈子昂《夏日晖上人房别李参军崇嗣》 (《全唐诗》P901)

户牖观天地,阶基上杳冥。自超三界乐,安知万里征。
中国要荒内,人寰宇宙荣。弦望如朝夕,宁嗟蜀道行。

陈子昂《与东方左史虬修竹篇》 (《全唐诗》P896)

岁寒霜雪苦,含彩独青青。岂不厌凝冽,羞比春木荣。
春木有荣歇,此节无凋零。

宋之问《范阳王挽词》 (《全唐诗》P642)

蒿里衣冠送,松门印绶迎。谁知杨伯起,今日重哀荣。

宋之问《入泷州江》 (《全唐诗》P651)

违隐乖求志,披荒为近名。镜愁玄发改,心负紫芝荣。
运启中兴历,时逢外域清。只应保忠信,延促付神明。

杜甫《赠左仆射郑国公严公武》 (《全唐诗》P2351)

密论贞观体,挥发岐阳征。感激动四极,联翩收二京。
西郊牛酒再,九庙丹青明。匡汲俄宠辱,卫霍竟哀荣。

杜甫《端午日赐衣》 (《全唐诗》P2413)

宫衣亦有名,端午被恩荣。细葛含风软,香罗叠雪轻。
白天题处湿,当暑著来清。意内称长短,终身荷圣情。

杜甫《奉济驿重送严公四韵》 (《全唐诗》P2457)

远送从此别,青山空复情。几时杯重把,昨夜月同行。
列郡讴歌惜,三朝出入荣。江村独归处,寂寞养残生。

杜甫《春日江村》 (《全唐诗》P2487)

群盗哀王粲,中年召贾生。登楼初有作,前席竟为荣。
宅入先贤传,才高处士名。异时怀二子,春日复含情。

孟浩然《赠道士参寥》 (《全唐诗》P1633)

蜀琴久不弄,玉匣细尘生。丝脆弦将断,金徽色尚荣。
知音徒自惜,聋俗本相轻。不遇钟期听,谁知鸾凤声。

孟浩然《送张郎中迁京》 (《全唐诗》P1666)

碧溪常共赏,朱邸忽迁荣。豫有相思意,闻君琴上声。

孟浩然《送韩使君除洪州都曹》 (《全唐诗》P1660)

述职抚荆衡,分符袭宠荣。往来看拥传,前后赖专城。
勿翦棠犹在,波澄水更清。

韦应物《寄洪州幕府卢二十一侍御》 (《全唐诗》P1906)

文苑台中妙,冰壶幕下清。洛阳相去远,犹使故林荣。

韦应物《郡斋感秋寄诸弟》 (《全唐诗》P1917)

采菊投酒中,昆弟自同倾。簪组聊挂壁,焉知有世荣。
一旦居远郡,山川间音形。

韦应物《送令狐岫宰恩阳》 (《全唐诗》P1928)

行行安得辞,荷此蒲璧荣。贤豪争追攀,饮饯出西京。

韦应物《送郗詹事》 (《全唐诗》P1936)

皇恩赐印绶,归为田里荣。朝野同称叹,园绮郁齐名。

韦应物《自尚书郎出为滁州刺史》 (《全唐诗》P1936)

中岁守淮郡,奉命乃征行。素惭省阁姿,况忝符竹荣。

韦应物《酬郑户曹骊山感怀》 (《全唐诗》P1943)

海内凑朝贡,贤愚共欢荣。合沓车马喧,西闻长安城。

韦应物《县斋》 (《全唐诗》P1986)

仲春时景好,草木渐舒荣。公门且无事,微雨园林清。
决决水泉动,忻忻众鸟鸣。

韦应物《幽居》　（《全唐诗》P1987）
青山忽已曙,鸟雀绕舍鸣。时与道人偶,或随樵者行。
自当安蹇劣,谁谓薄世荣。

李白《经乱离后天恩流夜郎忆旧游书怀》　（《全唐诗》P1751）
九十六圣君,浮云挂空名。天地赌一掷,未能忘战争。
试涉霸王略,将期轩冕荣。时命乃大谬,弃之海上行。

李白《送韩侍御之广德》　（《全唐诗》P1804）
昔日绣衣何足荣,今宵贳酒与君倾。暂就东山赊月色,酣歌一夜送泉明。

李白《古风》　（《全唐诗》P1674）
昔视秋蛾飞,今见春蚕生。嫋嫋桑柘叶,萋萋柳垂荣。

李白《入朝曲》　（《全唐诗》P1703）
朝罢沐浴闲,遂游阆风亭。济济双阙下,欢娱乐恩荣。

李白《邺中赠王大》　（《全唐诗》P1738）
耻学琅琊人,龙蟠事躬耕。富贵吾自取,建功及春荣。

李白《留别金陵崔侍御十九韵》　（《全唐诗》P1786）
拂剑照严霜,雕戈鬘胡缨。愿雪会稽耻,将期报恩荣。
半道谢病还,无因东南征。

李白《登瓦官阁》　（《全唐诗》P1836）
晨登瓦官阁,极眺金陵城。钟山对北户,淮水入南荣。
漫漫雨花落,嘈嘈天乐鸣。两廊振法鼓,四角吹风筝。

李白《秋山独坐怀故山》　（《全唐诗》P1858）
拙薄遂疏绝,归闲事耦耕。顾无苍生望,空爱紫芝荣。
寥落暝霞色,微茫旧壑情。秋山绿萝月,今夕为谁明。

李白《对酒忆贺监二首》　（《全唐诗》P1859）
狂客归四明,山阴道士迎。敕赐镜湖水,为君台沼荣。
人亡馀故宅,空有荷花生。念此杳如梦,凄然伤我情。

李华《海上生明月》　（《全唐诗》P1590）
皎皎秋中月,团团海上生。影开金镜满,轮抱玉壶清。
渐出三山崿,将凌一汉横。素娥尝药去,乌鹊绕枝惊。
照水光偏白,浮云色最明。此时尧砌下,蓂荚自将荣。

杨巨源《送许侍御充云南哀册使判官》　（《全唐诗》P3719）
万里永昌城,威仪奉圣明。冰心瘴江冷,霜宪漏天晴。
荒外开亭候,云南降旆旌。他时功自许,绝域转哀荣。

柳宗元《游石角过小岭至长乌村》（《全唐诗》P3942）

稍与人事闲，益知身世轻。为农信可乐，居宠真虚荣。
乔木余故国，愿言果丹诚。

柳宗元《韦道安》（《全唐诗》P3945）

烈士不忘死，所死在忠贞。咄嗟徇权子，翕习犹趋荣。
我歌非悼死，所悼时世情。

柳宗元《酬贾鹏山人郡内新栽松寓兴见赠》（《全唐诗》P3937）

无能常闭阁，偶以静见名。奇姿来远山，忽似人家生。
劲色不改旧，芳心与谁荣。喧卑岂所安，任物非我情。
清韵动竽瑟，谐此风中声。

柳宗元《首春逢耕者》（《全唐诗》P3946）

南楚春候早，余寒已滋荣。土膏释原野，百蛰竞所营。
缀景未及郊，穑人先耦耕。园林幽鸟啭，渚泽新泉清。

柳宗元《新植海石榴》（《全唐诗》P3951）

弱植不盈尺，远意驻蓬瀛。月寒空阶曙，幽梦彩云生。
粪壤擢珠树，莓苔插琼英。芳根閟颜色，徂岁为谁荣。

刘禹锡《秋晚题湖城驿池上亭》（《全唐诗》P3973）

秋次池上馆，林塘照南荣。尘衣纷未解，幽思浩已盈。
风莲坠故萼，露菊含晚英。恨为一夕客，愁听晨鸡鸣。

刘禹锡《答乐天所寄》（《全唐诗》P4065）

骊龙颔被探珠去，老蚌胚还应月生。莫羡三春桃与李，桂花成实向秋荣。

刘禹锡《送李策秀才还湖南》（《全唐诗》P3968）

深春风日净，昼长幽鸟鸣。仆夫前致词，门有白面生。
摄衣相问讯，解带坐南荣。端志见眉睫，芳言发精诚。

刘禹锡《和仆射牛相公寓言》（《全唐诗》P4080）

心如止水鉴常明，见尽人间万物情。雕鹗腾空犹逞俊，骅骝啮足自无惊。
时来未觉权为祟，贵了方知退是荣。只恐重重世缘在，事须三度副苍生。

皇甫松《古松感兴》（《全唐诗》P4153）

我家世道德，旨意匡文明。家集四百卷，独立天地间。
寄言青松姿，岂羡朱槿荣。昭昭大化光，共此遗芳馨。

李程《春台晴望》（《全唐诗》P4144）

曲台送春日，景物丽新晴。霭霭烟收翠，忻忻木向荣。
静看迟日上，闲爱野云平。风慢游丝转，天开远水明。

孟郊《伤哉行》 (《全唐诗》P4180)

众毒蔓贞松,一枝难久荣。岂知黄庭客,仙骨生不成。
春色舍芳蕙,秋风绕枯茎。弹琴不成曲,始觉知音倾。

孟郊《感兴》 (《全唐诗》P4193)

拔心草不死,去根柳亦荣。独有失意人,恍然无力行。
昔为连理枝,今为断弦声。

白居易《问友》 (《全唐诗》P4664)

种兰不种艾,兰生艾亦生。根荄相交长,茎叶相附荣。

白居易《及第后归觐》 (《全唐诗》P4720)

十年常苦学,一上谬成名。擢第未为贵,贺亲方始荣。
时辈六七人,送我出帝城。轩车动行色,丝管举离声。

白居易《题晚荣早凋树》 (《全唐诗》P4794)

浔阳郡厅后,有树不知名。秋先梧桐落,春后桃李荣。
五月始动萌,八月已凋零。左右皆松桂,四时郁青青。

白居易《送武士曹归蜀》 (《全唐诗》P4835)

花落鸟嘤嘤,南归称野情。月宜秦岭宿,春好蜀江行。
乡路通云栈,郊扉近锦城。乌台陟冈送,人羡别时荣。

白居易《放言》 (《全唐诗》P4875)

泰山不要欺毫末,颜子无心羡老彭。松树千年终是朽,槿花一日自为荣。
何须恋世常忧死,亦莫嫌身漫厌生。生去死来都是幻,幻人哀乐系何情。

白居易《浔阳岁晚寄元八》 (《全唐诗》P4897)

春深旧乡梦,岁晚故交情。一别浮云散,双瞻列宿荣。

白居易《又答贺客》 (《全唐诗》P4911)

银章暂假为专城,贺客来多懒起迎。似挂绯衫衣架上,朽株枯竹有何荣。

白居易《和元少尹新授官》 (《全唐诗》P4933)

官稳身应泰,春风信马行。纵忙无苦事,虽病有心情。
厚禄儿孙饱,前驱道路荣。花时八十直,无暇贺元兄。

白居易《重到江州感旧游题郡楼》 (《全唐诗》P4951)

掌纶知是忝,剖竹信为荣。才薄官仍重,恩深责尚轻。
昔征从典午,今出自承明。凤诏休挥翰,渔歌欲濯缨。

白居易《初授秘监拜赐金紫闲吟》（《全唐诗》P5039）

紫袍新秘监,白首旧书生。鬓雪人间寿,腰金世上荣。
子孙无可念,产业不能营。酒引眼前兴,诗留身后名。

白居易《和杨郎中贺杨仆射致仕》（《全唐诗》P5040）

范蠡舟中无子弟,疏家席上欠门生。可怜玉树连桃李,从古无如此会荣。

白居易《送徐州高仆射赴镇》（《全唐诗》P5068）

大红旆引碧幢旌,新拜将军指点行。战将易求何足贵,书生难得始堪荣。
离筵歌舞花丛散,候骑刀枪雪队迎。应笑蹉跎白头尹,风尘唯管洛阳城。

白居易《八月三日夜作》（《全唐诗》P5171）

梦短眠频觉,宵长起暂行。烛凝临晓影,虫怨欲寒声。
槿老花先尽,莲凋子始成。四时无了日,何用叹衰荣。

白居易《送唐州崔使君侍亲赴任》（《全唐诗》P5203）

连持使节历专城,独贺崔侯最庆荣。乌府一抛霜简去,朱轮四从板舆行。
发时止许沙鸥送,到日方乘竹马迎。唯虑郡斋宾友少,数杯春酒共谁倾。

章孝标《上太皇先生》（《全唐诗》P5755）

坐觉衣裳古,行疑羽翼生。应怜市朝客,开眼锁浮荣。

朱庆馀《送盛长史》（《全唐诗》P5865）

莫辞东路远,此别岂闲行。职处中军要,官兼上佐荣。
野亭枫叶暗,秋水藕花明。拜省期将近,孤舟促去程。

朱庆馀《送罗先辈书记》（《全唐诗》P5883）

同是越人从小别,忽归乡里见皆惊。湖边访旧知谁在,幕下留欢但觉荣。
望岭又生红槿思,登车岂倦白云程。况当季父承恩日,廉问南州政已成。

许浑《赠柳璟冯陶二校书》（《全唐诗》P6069）

霄汉两飞鸣,喧喧满禁城。桂堂同日盛,芸阁间年荣。
香掩蕙兰气,韵高鸾鹤声。应怜茂陵客,未有子虚名。

孙光宪《浣溪沙》（《全唐诗》P10135）

落絮飞花满帝城,看看春尽又伤情,岁华频度想堪惊。
风月岂唯今日恨,烟霄终待此身荣,未甘虚老负平生。

【明】

唐寅《题菊花》（《中国古今题画诗全璧》P174）

飒飒金飚拂素英,倚阑璃朵入杯明。秋光满眼无殊品,笑傲东篱羡尔荣。

附:嵘字的读音与"荣"相同,有时读"莹"。如:

  罗隐《雪霁》 (《全唐诗》P7571)

 南山雪乍晴,寒气转峥嵘。锁却闲门出,随他骏马行。
 一竿如有计,五鼎岂须烹。愁见天街草,青青又欲生。

  孟郊《感怀》 (《全唐诗》P4198)

 白日临尔躯,胡为丧丹诚。岂无感激士,以致天下平。
 登高望寒原,黄云郁峥嵘。坐驰悲风暮,叹息空沾缨。

《白水诗》中的"如"

"如"字现在只有一个读音 rú。但古时它是个多音字,除了读"人诸切"音 rú 外,还可读"乃个切,音那"(nuó),也可读"人余切,音徐"(xú)。

古诗词中"如"字以音(xú)与"鱼""居""虞""舒""愚""虚""馀""除"等字协韵的情况很多。现举例如下:

  佚名《白水诗》 (《先秦汉魏晋南北朝诗》P67)

 浩浩白水,儵儵之鱼。君来召我,我将安居。
 国家未立,从我焉如。

【魏】

  嵇康《答二郭诗》 (《先秦汉魏晋南北朝诗》P487)

 详观凌世务,屯险多忧虞。施报更相市,大道匿不舒。
 夷路值枳棘,安步将焉如。权智相倾夺,名位不可居。

【晋】

  左思《咏史诗》 (《先秦汉魏晋南北朝诗》P733)

 寂寂杨子宅,门无卿相舆。寂寂空宇中,所讲在玄虚。
 言论准宣尼,辞赋拟相如。悠悠百世后,英名擅八区。

  庾信《奉和永丰殿下言志》 (《全汉三国晋南北朝诗》P1598)

 王子从边服,临邛惜第如。星桥拥冠盖,锦水照簪裾。
 论文报潘岳,咏史答应璩。帐幕参三顾,风流盛七舆。

【南朝 齐】

  陆厥《中山王孺子妾歌》 (《玉台新咏》P94)

 如姬寝卧内,班妾坐同车。洪波陪饮帐,林光宴秦馀。
 岁暮寒飚及,秋水落芙蕖。子瑕矫后驾,安陵泣前鱼。
 贱妾恩已矣,君子定焉如。

【唐】

柯崇《宫怨》 (《全唐诗》P262)

长门槐柳半萧疏,玉辇沉思恨有馀。红泪旋销倾国态,黄金谁为达相如。

韦应物《赠丘员外》 (《全唐诗》P1925)

久踬思游旷,穷惨遇阳舒。虎丘惬登眺,吴门怅踌躇。
方此恋携手,岂云迁旧墟。告诸吴子弟,文学为何如。

韦应物《寄皎然上人》 (《全唐诗》P1925)

吴兴老释子,野雪盖精庐。诗名徒自振,道心长晏如。
想兹栖禅夜,见月东峰初。鸣钟惊岩壑,焚香满空虚。

韦应物《追哀叙事张彭州兼远简冯生》 (《全唐诗》P1967)

郡中有方塘,凉阁对红蕖。金玉蒙远贶,篇咏见吹嘘。
未答平生意,已没九原居。秋风吹寝门,长恸涕涟如。

李白《江夏使君叔席上赠史郎中》 (《全唐诗》P1753)

凤凰丹禁里,衔出紫泥书。昔放三湘去,今还万死馀。
仙郎久为别,客舍问何如。涸辙思流水,浮云失旧居。

李白《秋日与张少府楚城韦公藏书高斋作》 (《全唐诗》P1858)

彩云思作赋,丹壁间藏书。楂拥随流叶,萍开出水鱼。
夕来秋兴满,回首意何如。

李白《拟古》 (《全唐诗》P1862)

今日风日好,明日恐不如。春风笑于人,何乃愁自居。
吹箫舞彩凤,酌醴鲙神鱼。千金买一醉,取乐不求馀。

李白《秋浦寄内》 (《全唐诗》P1883)

红颜愁落尽,白发不能除。有客自梁苑,手携五色鱼。
开鱼得锦字,归问我何如。江山虽道阻,意合不为殊。

杜甫《溪涨》 (《全唐诗》P2310)

青青屋东麻,散乱床上书。不意远山雨,夜来复何如。
我游都市间,晚息必村墟。乃知久行客,终日思其居。

杜甫《谒文公上方》 (《全唐诗》P2316)

庭前猛虎卧,遂得文公庐。俯视万家邑,烟尘对阶除。
吾师雨花外,不下十年馀。长者自布金,禅龛只晏如。

钱起《送李明府去官》 (《全唐诗》P2683)

谤言三至后,直道叹何如。今日蓝溪水,无人不夜渔。

元稹《重夸州宅旦暮景色兼酬乐天篇末句》 （《全唐诗》P4599）

仙都难画亦难书，暂合登临不合居。绕郭烟岚新雨后，满山楼阁上灯初。
人声晓动千门辟，湖色宵涵万象虚。为问西州罗刹岸，涛头冲突近何如。

白居易《松斋自题(时为翰林学士)》 （《全唐诗》P4715）

夜直入君门，晚归卧吾庐。形骸委顺动，方寸付空虚。
持此将过日，自然多晏如。昏昏复默默，非智亦非愚。

白居易《常乐里闲居偶题》 （《全唐诗》P4712）

茅屋四五间，一马二仆夫。俸钱万六千，月给亦有余。
既无衣食牵，亦少人事拘。遂使少年心，日日常晏如。

高适《送虞城刘明府魏郡苗太守》 （《全唐诗》P2203）

魏郡十万家，歌钟喧里闾。传道贤君至，闭关常晏如。
君将把高论，定是问樵渔。今日逢明圣，吾为陶隐居。

高适《苦雨寄房四昆季》 （《全唐诗》P2192）

黄鹤不可羡，鸡鸣时起予。故人平台侧，高馆临通衢。
兄弟方荀陈，才华冠应徐。弹棋自多暇，饮酒更何如。

高适《同朱五题卢使君义井》 （《全唐诗》P2240）

地即泉源久，人当汲引初。体清能鉴物，色淡每含虚。
上善滋来往，中和浃里闾。济时应未竭，怀惠复何如。

韩翃《送道士侄归池阳》 （《全唐诗》P2746）

银角桃枝杖，东门赠别初。幽州寻马客，灞岸送驴车(jū)。
野饭秋山静，行衣落照馀。燕南群从少，此去意何如？

韩翃《送客游江南》 （《全唐诗》P2739）

桂水随去远，赏心知有馀。衣香楚山橘，手鲙湘波鱼。
芳芷不共把，浮云怅离居。遥想汨罗上，吊屈秋风初。

权德舆《薄命篇》 （《全唐诗》P3672）

婵娟玉貌二八馀，自怜颜色花不如。丽质全胜秦氏女，藁砧宁用专城居。

权德舆《朝回阅乐寄绝句》 （《全唐诗》P3681）

子城风煖百花初，楼上龟兹引导车(jū)。曲罢卿卿理骖驭，细君相望意何如。

权德舆《奉和圣制重阳日中外同欢以诗言志因示百僚》 （《全唐诗》P3604）

白露秋稼熟，清风天籁虚。和声度箫韶，瑞气深储胥。
百辟皆醉止，万方今宴如。宸衷在化成，藻思焕琼琚。
微臣徒窃抃，岂足歌唐虞。

权德舆《哭张十八校书》 (《全唐诗》P3659)

芸阁为郎一命初,桐州寄傲十年馀。魂随逝水归何处,名在新诗众不如。
蹉跎江浦生华发,牢落寒原会素车(jū)。更忆八行前日到,含凄为报秣陵书。

杨巨源《和卢谏议朝回书情即事》 (《全唐诗》P3715)

晚迹识麒麟,秋英见芙蕖。危言直且庄,旷抱郁以摅。
志业耿冰雪,光容粲璠玙。时贤俨仙披,气谢心何如。

乔知之《哭故人》 (《全唐诗》P878)

古木巢禽合,荒庭爱客疏。匣留弹罢剑,床积读残书。
玉没终无像,兰言强问虚。平生不得意,泉路复何如。

乔备《长门怨》 (《全唐诗》P879)

秋入长门殿,木落洞房虚。妾思宵徒静,君恩日更疏。
坠露清金阁,流萤点玉除。还将闺里恨,遥问马相如。

韩愈《青青水中蒲》 (《全唐诗》P3798)

青青水中蒲,长在水中居。寄语浮萍草,相随我不如。

韩愈《丰陵行·顺宗陵也,在宫平县东北三十里》 (《全唐诗》P3796)

皇帝孝心深且远,资送礼备无赢馀。设官置卫锁嫔妓,供养朝夕象平居。
臣闻神道尚清净,三代旧制存诸书。墓藏庙祭不可乱,欲言非职知何如。

韩愈《李员外寄纸笔》 (《全唐诗》P3840)

题是临池后,分从起草馀。兔尖针莫并,茧净雪难如。
莫怪殷勤谢,虞卿正著书。

贯休《桐江闲居作》 (《全唐诗》P9356)

芙蓉峰里居,关闭又何如。白獭兼花鹿,多年不见渠。
红泉香滴沥,丹桂冷扶疏。唯有西溪叟,时时到敝庐。

贯休《题惠琮律师院》 (《全唐诗》P9348)

苦节兼青目,公卿话有馀。唯传黄叶喻,还似白泉居。
猿拨孤云破,钟撞众木疏。社坛踪迹在,重结复何如。

贯休《寄澜公》 (《全唐诗》P9362)

荒乱抛深隐,飘零远寓居。片云无定所,得力是逢渠。
瀑瀚群公社,江崩古帝墟。终期再相见,招手复何如。

李冶《寄校书七兄》 (《全唐诗》P9057)

无事乌程县,蹉跎岁月馀。不知芸阁吏,寂寞竟何如。
远水浮仙棹,寒星伴使车。因过大雷岸,莫忘八行书。

罗隐《早行》 (《全唐诗》P7538)

北去南来无定居,此生生计竟何如。酷怜一觉平明睡,长被鸡声恶破除。

罗隐《题磻溪垂钓图诗》 (《全唐诗》P7623)

吕望当年展庙谟,直钩钓国更谁如。若教生在西湖上,也是须供使宅鱼。

王安石《独饭》 (《王安石全集》P139)

窗明两不借,榻净一篷筿。栩栩幽人梦,天天老者居。
安能问香积,谁可告华胥。独饭墙阴转,看云坐久如。

【宋】

苏轼《儋耳山》 (《苏轼选集》P232)

突兀隘空虚,他山总不如。君看道旁石,尽是补天馀。

【元】

元好问《马坊冷大师清真道院》 (《元好问全集》P304)

水际茅斋星散居,白云闲伴五溪鱼。茂林修竹山如画,蘸碧轩中恐不如。

【明】

王冕《水竹居》 (《明诗选》P3)

小桥流水路萦纡,竹里茅茨是隐居。慷慨不同时俗辈,清高多读古人书。
好山入屋情无限,明月穿帘兴有馀。我亦山阴旧溪曲,一庭萧洒正相如。

毛泽东《渔家傲·反第二次大围剿》中的"入"

"入"字现在只有一个读音 rù,如我们在朗诵毛泽东《渔家傲·反第二次大围剿》中的"入"时也读 rù,与"立""急""力"诸字极不协韵。据《康熙字典》,"入"字有三种切音:一是"人执切,音什";二是"日汁切,音辞";三是"日力切,音夕"(缉韵)。与"立""急""力"诸字协韵的音应是夕。

白云山头云欲立,白云山下呼声急。枯木朽株齐努力,枪林逼,飞将军自重霄入。

其他举例如下:

《诗经·大雅·思齐》

不闻亦式,不谏亦入。

【汉】

《乐府古辞·枯鱼过河泣》 (《全汉三国晋南北朝诗》P84)

枯鱼过河泣,何时悔复及。作书与鲂鱮,相教慎出入。

【南朝　宋】

　　　　沈约《为邻人有怀不至》（《玉台新咏》P278）

　　影逐斜月来，香随远风入。言是定知非，欲笑翻成泣。

【南朝　齐】

　　　　谢朓《秋夜》（《玉台新咏》P92）

　　秋夜促织鸣，南邻捣衣急。思君隔九重，夜夜空伫立。北窗轻幔垂，西户月光入。何知白露下，坐视前阶湿。谁能长分居，秋尽冬复及。

【南朝　梁】

　　　　费昶《长门后怨》（《玉台新咏》P144）

　　向夕千愁起，自悔何嗟及。愁思且归床，罗襦方掩泣。
　　绛树摇风软，黄鸟弄声急。金屋贮娇时，不言君不入。

　　　　萧绎《夜游》（《玉台新咏》P173）

　　烛暗行人静，帘开云影入。风细雨声迟，夜短更筹急。
　　能下班姬泪，复使倡楼泣。况此客游人，中宵空伫立。

【唐】

　　　　王昌龄《从军行二首》（《全唐诗》P1421）

　　秋草马蹄轻，角弓持弦急。去为龙城战，正值胡兵袭。
　　军气横大荒，战酣日将入。长风金鼓动，白露铁衣湿（湿音西）。

　　　　刘希夷《将军行》（《全唐诗》P880）

　　将军辟辕门，耿介当风立。诸将欲言事，逡巡不敢入。

　　　　毕耀《古意》（《全唐诗》P2864）

　　璇闱绣户斜光入，千金女儿倚门立。横波美目虽往来，罗袂遥遥不相及。

　　　　陈润《宿北乐馆》（《全唐诗》P3061）

　　溪流潺潺雨习习，灯影山光满窗入。栋里不知浑是云，晓来但觉衣裳湿。

　　　　韦应物《郡中对雨赠元锡兼简杨凌》（《全唐诗》P1917）

　　宿雨冒空山，空城响秋叶。沉沉暮色至，凄凄凉气入。
　　萧条林表散，的砾荷上集。

　　　　杜甫《奉先刘少府新画山水障歌》（《全唐诗》P2266）

　　反思前夜风雨急，乃是蒲城鬼神入。元气淋漓障犹湿，真宰上诉天应泣。
　　野亭春还杂花远，渔翁暝蹋孤舟立。

杜甫《负薪行》（《全唐诗》P2335）

土风坐男使女立,应当门户女出入。十犹八九负薪归,卖薪得钱应供给。

杜甫《送率府程录事还乡》（《全唐诗》P2271）

程侯晚相遇,与语才杰立。熏然耳目开,颇觉聪明入。
千载得鲍叔,末契有所及。

杜甫《又观打鱼》（《全唐诗》P2314）

苍江鱼子清晨集,设网提纲万鱼急。
能者操舟疾若风,撑突波涛挺叉入。

杜甫《早发射洪县南途中作》（《全唐诗》P2317）

将老忧贫窭,筋力岂能及?征途乃侵星,得使诸病入。
鄙人寡道气,在困无独立。

耿湋《过玉山人旧居》（《全唐诗》P2973）

故宅春山中,来逢夕阳入。汲少井味变,开稀户枢涩。
树朽鸟不栖,阶闲云自湿。先生何处去,惆怅空独立。

高适《酬陆少府》（《全唐诗》P2194）

萧萧前村口,唯见转蓬入。水渚人去迟,霜天雁飞急。
固应不远别,所与路未及。欲济川上舟,相思空伫立。

顾况《李供奉弹箜篌歌》（《全唐诗》P2947）

草头只觉风吹入。风来草即随风立。草亦不知风到来,风亦不知声缓急。

孟郊《长安道》（《全唐诗》P4178）

胡风激秦树,贱子风中泣。家家朱门开,得见不可入。
长安十二衢,投树鸟亦急。高阁何人家,笙簧正喧吸。

李贺《月漉漉篇》（《全唐诗》P4434）

粉态裕罗寒,雁羽铺烟湿。谁能看石帆,乘船镜中入。
秋白鲜红死,水香莲子齐。挽菱隔歌袖,绿刺胃银泥。

李贺《梁台古愁》（《全唐诗》P4429）

梁王台沼空中立,天河之水夜飞入。台前斗玉作蛟龙,绿粉扫天愁露湿。

白居易《寒食月夜》（《全唐诗》P4837）

风香露重梨花湿,草舍无灯愁未入。南邻北里歌吹时,独倚柴门月中立。

元稹《月暗》（《全唐诗》P4638）

月暗灯残面墙泣,罗缨斗重知啼湿。真珠帘断蝙蝠飞,燕子巢空萤火入。
深殿门重夜漏严,柔□□□□年急。君王掌上容一人,更有轻身何处立。

姚合《寄贾岛浪仙》 (《全唐诗》P5645)

凛凛寝席单,翳翳灶烟湿。颓篱里人度,败壁邻灯入。
晓思已暂舒,暮愁还更集。

贾岛《重酬姚少府》 (《全唐诗》P6624)

原阁期跻攀,潭舫偶俱入。深斋竹木合,毕夕风雨急。

陆龟蒙《鸣桹》 (《全唐诗》P7136)

水浅藻荇涩,钓罩无所及。铿如木铎音,势若金钲急。
驱之就深处,用以资俯拾。搜罗尔甚微,遁去将何入?

陆龟蒙《江南曲》 (《全唐诗》P7205)

鱼戏莲叶西,盘盘舞波急。潜依曲岸凉,正直斜光入。

齐己《耕叟》 (《全唐诗》P9584)

春风吹蓑衣,暮雨滴箬笠。夫妇耕共劳,儿孙饥对泣。
田园高且瘦,赋税重复急。官仓鼠雀群,只待新租入。

齐己《祈真坛》 (《全唐诗》P9585)

玉瓮瑶坛二三级,学仙弟子参差入。霓旌队仗下不下,松桧森森天露湿。

崔公远《独夜词》 (《全唐诗》P9012)

晴天霜落寒风急,锦帐罗帏羞更入。秦筝不复续断弦,回身掩泪挑灯立。

夷陵女郎《空馆夜歌》 (《全唐诗》P9795)

杨柳杨柳,袅袅随风急。西楼美人春梦长,绣帘斜卷千条入。

牛峤《望江怨》 (《全唐诗》P10080)

东风急,惜别花时手频执,罗帏愁独入。马嘶残雨春芜湿。
倚门立,寄语薄情郎,粉香和泪泣。

【宋】

毛滂《七娘子·舟中早秋》 (《词综》P444)

山屏雾帐玲珑碧。更绮窗、临水新凉入。雨短烟长,柳桥萧瑟。这番一日凉一日。

毛滂《调笑·盼盼》 (《词综》P449)

无力,倚瑶瑟。罢舞霓裳今几日?楼空雨小春寒逼,钿晕罗衫烟色。帘前归燕看人立,却趁落花飞入。

姚宽《踏莎行》 (《词综》P842)

苹叶烟深,荷花露湿。碧芦红蓼秋风急。采菱渡口日将沉,飞鸿楼上人空立。彩凤难双,红绡暗泣。回纹未剪吴刀涩。梦云归处不留踪,厌厌一夜凉蟾入。

赵彦端《谒金门》 (《词综》P898)

休相忆。明日还如今日。楼外绿烟村幂幂。花飞如许急。柳岸晚来船集,波底夕阳红湿。送尽去云成独立,酒醒愁又入。

王安石《阴山画虎图》 (《王安石全集》P82)

阴山健儿鞭鞯急,走势能追北风及。逶迤一虎出马前,白羽横穿更人立。回旗倒戟四边动,抽矢当前放蹄入。爪牙蹭蹬不得施,碛上流丹看来湿。

张先《师师令·赠美人》中的"蕊"

"蕊"字现在只有一个读音 rǔi,如花蕊、雄蕊、雌蕊等。但《康熙字典》注明,"蕊"字古音戳(jǐ)。所以古诗词中有时"蕊"字是以音戳(jǐ)与"里""以""衣""飞"等字协韵的。例如:

【宋】

张先《师师令·赠美人》 (《词综》P331)

都城池苑夸桃李,问东风何似(yì)。不须回扇障清歌,唇一点小于朱蕊。正值残英和月坠,寄此情千里。

洪皓《江梅引》 (《词综》P743)

空伫遐想笑摘蕊。断回肠,思故里。谩弹绿绮,引三弄,不觉魂飞。更听胡笳、哀怨泪沾衣。乱插繁华须异日,待孤讽,怕东风,一夜吹(qī)。

周密《绿盖舞风轻·白莲》 (《词综》P1282)

耿耿芳心,奈千缕情思萦系。恨开迟不嫁东风,颦怨娇蕊。

赵希彰《秋蕊香》 (《词综》P1964)

髻稳冠宜翡翠,压鬓彩丝金蕊。远山碧浅蘸秋水,香暖榴裙衬地。

黄宾虹《题画》中的"若"

据《康熙字典》,"若"是个多音字:一为"而灼切,音弱"(ruò);二为"人者切,音惹"(rě);三为"人赊切,音喏"(ré)。"若"在唐代读音为"汝"。如《史记·项羽本纪》"吾翁即若翁","若"即"汝",黄宾虹《题画》中的"若"字似应读成"汝"。

黄宾虹《题画》

湖汀一雨余,遥岑净如沐。茅屋迎朝曦,春风吹杜若。

由于"若"音"人者切"中的"者"和"人遮切"中的"遮"均有"阿"韵,所以"若"字又可读 chá。如:

白居易《兰若寓居》 (《全唐诗》P4728)

名宦老慵求,退身安草野。家园病懒归,寄居在兰若。
薜衣换簪组,藜杖代车马。行止辄自由,甚觉身潇洒。

黄机《蝶恋花》中的"糁"

黄机《蝶恋花》词中的"糁"字现在读为 sǎn 和 shēn。其实,在古诗词中,"糁"有时要读为 xǐn。据《康熙字典》注:"糁"为多音字,除了"桑感切,音槮"(sǎn),还有"桑锦切,音沁"(xǐn)。

因黄机《蝶恋花》词中的"糁"字是与"转""见""扇""怨"等字协韵的,所以应该读为 xǐn。

黄机《蝶恋花》 (《词综》P1008)

碧树凉飔惊画扇。窗户齐开,秋意参差满。先自离愁裁不断,蛩螀更作声声怨。
山绕千重溪百转。隔了溪山,梦也无由见。归计凭谁占近远,银釭昨夜花如糁(沁)。

周邦彦《荔枝香》中的"散"

"散"字现在有两个读音:一是 sǎn,如分散、松散、散光、散文等;二是 sàn,如散布、散发、散伙、散失等。但古诗词中它除了读以上两音外,还有一音 xiàn(霰)。据《康熙字典》:散,先寒切。因寒字有韩、贤两音,所以散字就切出 sàn、xiàn 两音。

古诗词中"散"字以"霰"(xiàn)音与"宴""剪""限""燕""远""院""苑""面"等字协韵的情况在宋词里有很多,现举例如下:

【宋】

周邦彦《荔枝香》 (《词综》P566)

大都世间,最苦惟聚散。到得春残,看即是开离宴。细想别后,柳眼花须更谁剪。此怀何处消遣。

苏轼《一斛珠》 (《苏轼词全集》P4)

自惜风流云雨散。关山有限情无限。待君重见寻芳伴,为说相思,目断西楼燕。

陈亮《水龙吟》 (《唐宋名家词选》P260)

寂寞凭高念远,向南楼一声归雁。金钗斗草,青丝勒马,风流云散。罗绶分香,翠绡封泪,几多幽怨。正消魂又是,疏烟淡月,子规声断(diàn)。

卢祖皋《水龙吟·荼蘼》（《词综》P1063）

不似梅妆瘦减，占人间丰神萧散。攀条弄蕊，天涯犹记，曲栏小院。老去情怀，酒边风味，有时重见。对枕帏空想，东窗旧梦，带将离恨(xiàn)。

张炎《解连环·孤雁》（《词综》P1354）

楚江空晚，怅离群万里，恍然惊散。自顾影，欲下寒塘，正沙净草枯，水平天远。写不成书，只寄得相思一点。叹因循误了，残毡拥雪，故人心眼。

王洗《忆故人》（《词综》P467）

无奈云沉雨散。凭阑干，东风泪眼。海棠开后，燕子来时，黄昏庭院。

刘澜《齐天乐·吴兴郡宴遇旧人》（《词综》P2001）

刘郎今度更老，雅怀都不到，书带题扇。花信风高，苕溪月冷，明日云帆天远。尘缘较短，怪一梦轻回，酒阑歌散。别鹤惊心，感时花泪溅。

宋祁《浪淘沙·别刘原父》（《词综》P256）

扁舟欲解垂杨岸，尚同欢宴。日斜歌阕将分散。倚兰桡、望水远、天远、人远。

张先《卜算子慢》（《词综》P311）

溪山别意，烟树去程，日落采苹春晚(yuǎn)。欲上征鞍，更掩翠帘回面。相盼，惜弯弯浅黛长长眼。奈画阁欢游，也学狂花乱絮轻散。

吴文英《倦寻芳》（《词综》P1178）

一缕情深朱户掩，两痕愁起青山远。被西风，又惊吹、梦云分散。

王沂孙《长亭怨·重过中庵故园》（《词综》P2217）

欲寻前迹，空惆怅、成秋苑。自约赏花人，别后总风流云散。

史达祖《齐天乐·赋橙》（《词综》P1104）

沆瀣含酸，金罂裹玉，簌簌吴盐轻点。瑶姬齿软。待惜取团圆，莫教分散。

瞿熙《祝英台近》（《词综补遗》P581）

镜鸾掩。倩谁重画双蛾，啼痕浣妆面。罗帕邀欢，香笺寄幽怨。可怜无限韶华，挽留不住，却轻被、柳丝飘散。

【清】

陶方琦《月下笛·中秋湖上》（《词综补遗》P1208）

晓梦醒来，秋阴吹水，昼堤轻散。白沤波卷。多少清尊我来晚。

王诒寿《陌上花》（《词综补遗》P1404）

初三月子，开帘刚见，一弯眉浅。脉脉新愁，凭仗西风吹散。芙蓉灯影衫痕瘦，掩映灯前人面。

张锡麟《解连环·和玉田孤雁》 (《词综补遗》P1623)

趁程秋晚,甚长天暮雨,被风吹散。记几日、翅接筝弦。向湘浦阵横,塞垣行远。

姜夔《惜红衣·荷花》中的"色"

"色"字现在我们有两个音:一是 sè,如色泽、色彩、景色、颜色等;二是 shǎi,如色子,一种游戏用具或赌具。但《康熙字典》注明,"色"字古时有时读"所力切"音(xǐ),与"历""借""碧""笛"等字协韵。如:

【宋】

姜夔《惜红衣·荷花》 (《词综》P940)

虹梁水陌,鱼浪吹香,红衣半狼借。维舟试望故国,渺天北(bī)。可惜渚边沙外,不共美人游历。问甚时同赋,三十六陂秋色。

姜夔《淡黄柳·合肥》 (《词综》P938)

正岑寂,明朝又寒食。强携酒,小桥宅,怕梨花落尽成秋色。燕燕飞来,问春何在,惟有池塘自碧。

周密《谒金门·吴山观涛》 (《词综》P1314)

天水碧,染就一江秋色。鳌戴雪山龙起蛰,快风吹海立。数点烟鬟青滴,一杼霞绡红湿。白鸟明边帆影直,隔江闻夜笛。

白居易《春雪》中的"杀"

"杀"字现在只有一个读音 shā。但《康熙字典》注明,"杀"字除了读 shā,还有两音:一是"私列切,音薛"(xuē);二是"式列切,音设"(shè)。如白居易的诗《春雪》中的"杀"字就不能读 shā,而应读"薛"或"设"才能与"月""雪""绝""别"等字协韵。

【唐】

白居易《春雪》 (《全唐诗》P4661)

我观圣人意,鲁史有其说。或记水不冰,或书霜不杀。
上将儆政教,下以防灾孽。兹雪今如何,信美非时节。

白居易《偶作》 (《全唐诗》P4993)

人间所重者,相印将军钺。谋虑系安危,威权主生杀。

白居易《桐花》 (《全唐诗》P4801)

春令有常候,清明桐始发。何此巴峡中,桐花开十月。
岂伊物理变,信是土宜别。地气反寒暄,天时倒生杀。

杜甫《北征》 (《全唐诗》P2276)

昊天积霜露,正气有肃杀。祸转亡胡岁,势成擒胡月。
胡命其能久,皇纲未宜绝。忆昨狼狈初,事与古先别。

曹植《远游篇》中的"沙"

"沙"字现在只有一个读音 shā。但其实古时它是个多音字,不但读"所加切,音纱",而且可读"苏和切、桑和切,音蓑"(suō),还可读"山宜切,音醯"(shī)。所以我们读古诗时要看具体情况选读某个音。如曹植的《远游篇》中的"沙"就读蓑(suō):

曹植《远游篇》 (《先秦汉魏晋南北朝诗》P439)

夜光明珠,下隐金沙。采之谁遗,汉女湘娥。

"沙"字读"蓑"音最早见之于《诗经·大雅·凫鹥》:

凫鹥在沙(叶桑何切),公尸来燕来宜(叶牛何切)。
尔酒既多,尔肴既嘉(叶居何切)。

【晋】

张华《游仙诗》 (《先秦汉魏晋南北朝诗》P621)

游仙迫西极,弱水隔流沙。云榜鼓雾栧,飘忽陵飞波。

陆机《从军行》 (《先秦汉魏晋南北朝诗》P656)

深谷邈无底,崇山郁嵯峨。奋臂攀乔木,振迹涉流沙。
隆暑固已惨,凉风严且苛。

惠帝元康中京洛童谣《全汉三国晋南北朝诗》 (P564)

南风起兮吹白沙。遥望鲁国何嵯峨。千岁髑髅生齿牙。

【唐】

白居易《寄同病者》 (《全唐诗》P4730)

年颜日枯槁,时命日蹉跎。岂独我如此,圣贤无奈何。
回观亲旧中,举目尤可嗟。或有终老者,沉贱如泥沙。

白居易《答故人》 (《全唐诗》P4741)

见我昔荣遇,念我今蹉跎。问我为司马,官意复如何。
答云且勿叹,听我为君歌。我本蓬荜人,鄙贱剧泥沙。

白居易《题王侍御池亭》中的"莎"

"莎"字在《现代汉语词典》里注明它读两音：一是沙，二是梭。但人们往往只知道读"沙"而不知读"梭"。其实"莎""沙""砂"三字都有一音读"梭"。如：

【南朝 梁】
　　佚名《折杨柳歌辞》　（《汉魏六朝诗选》P304）
　　遥看孟津河，杨柳郁婆娑。我是虏家儿，不解汉儿歌。

【唐】
　　白居易《题王侍御池亭》　（《全唐诗》P4867）
朱门深锁春池满，岸落蔷薇水浸莎。毕竟林塘谁是主，主人来少客来多。
　　白居易《春江闲步赠张山人》　（《全唐诗》P4909）
江景又妍和，牵愁发浩歌。晴沙金屑色，春水縠尘波。
红簇交枝杏，青含卷叶荷。借莎怜软暖，憩树爱婆娑。
　　齐己《寄郑谷郎中》　（《全唐诗》P9553）
南岸郡钟凉度枕，西斋竹露冷沾莎。还应笑我降心外，惹得诗魔助佛魔。
　　齐己《寄友生》　（《全唐诗》P9552）
风骚情味近如何，门底寒流屋里莎。曾摘园蔬留我宿，共吟江月看鸿过。
　　元稹《和乐天题王家亭子》　（《全唐诗》P4590）
风吹笋箨飘红砌，雨打桐花盖绿莎。都大资人无暇日，泛池全少买池多。
　　李绅《守滁阳深秋忆登郡城望琅琊》　（《全唐诗》P5465）
山城小阁临青嶂，红树莲宫接薜萝。斜日半岩开古殿，野烟浮水掩轻波。
菊迎秋节西风急，雁引砧声北思多。深夜独吟还不寐，坐看凝露满庭莎。
　　许浑《姑苏怀古》　（《全唐诗》P6084）
宫馆余基辍棹过，黍苗无限独悲歌。荒台麋鹿争新草，空苑凫鹥占浅莎。
　　许浑《卢山人自巴蜀由湘潭归茅山因赠》　（《全唐诗》P6105）
导引岂如桃叶舞，步虚宁比竹枝歌。华阳旧隐莫归去，水没芝田生绿莎。
　　王涯《宫词》　（《全唐诗》P3878）
迎风殿里罢云和，起听新蝉步浅莎。为爱九天和露滴，万年枝上最声多。
　　柳宗元《种术》　（《全唐诗》P3951）
戒徒所灵根，封植闷天和。违尔涧底石，彻我庭中莎。
土膏滋玄液，松露坠繁柯。南东自成亩，缭绕纷相罗。

罗邺《秋夕寄友人》 （《全唐诗》P7506）

秋夕苍茫一雁过，西风白露满宫莎。昨来京洛逢归客，犹说轩车未渡河。莫把少年空倚赖，须知孤立易蹉跎。想君怀抱哀吟夜，铜雀台前皓月多。

罗隐《轻飙》 （《全唐诗》P7583）

轻飙掠晚莎，秋物惨关河。战垒平时少，斋坛上处多。

贯休《桐江闲居》 （《全唐诗》P9357）

囊非扑满器，门更绝人过。土井连冈冷，风帘迸叶多。村童顽似铁，山菜硬如莎。唯有前山色，窗中无奈何。

【宋】

王安石《黄花》 （《王安石全集》P342）

四月扬州芍药多，先时为别苦风波。还家匆匆惊秋色，独见黄花出短莎。

欧阳修《渔家傲》中的"煞"

"煞"字现在有两个读音：shā、shà（如煞费苦心）。但古时"煞"字还有一音"所卖切，音晒"（shài）。如：

【宋】

欧阳修《渔家傲》 （《欧阳修全集》P76）

妾本钱塘苏小妹，芙蓉花共门相对。昨日为逢青伞盖。慵不采，今朝斗觉凋零煞。愁倚画楼无计奈，乱红飘过秋塘外。料得明年秋色在。香可爱，其如镜里花颜改。

陶渊明《归园田居》中的"山"

"山"字现在只有一个读音 shān。可能已没有人读为"仙"（xiān）音了。其实据《康熙字典》，山字有三种读音：一是"师奸切"，音删（shān）；二是"所旃切"，音仙（xiān）；三是"疏臻切"，音甡（shēn）。

"山"字读"仙"早在《诗经》已有记载，经历代相传，魏晋时非常流行。如：

《诗经·小雅·斯干》

秩秩斯干（干，居焉切，音间），幽幽南山。（《诗经》注明：山，所旃切，音仙。）

《诗经·商颂·殷武》

陟彼景山(所旃切),松柏丸丸(胡员切)。

《诗经·小雅·小弁》

莫高匪山(所旃切),莫浚匪泉。

【西汉】

刘向《楚辞·九叹·惜贤》

驱子侨之犇走兮,申徒狄之赴渊。若由夷之纯美兮,介子推之隐山。

【魏】

曹睿《步出夏门行》（《全汉三国晋南北朝诗》P137)

步出夏门,东登首阳山。嗟哉夷叔,仲尼称贤。
君子退让,小人争先。惟斯二子,于今称传。

曹睿《种瓜篇》（《全汉三国晋南北朝诗》P139)

种瓜东井上,冉冉自踰垣。与君新为婚,瓜葛相结连。
寄托不肖躯,有如倚太山。

曹植《大魏篇》（《全汉三国晋南北朝诗》P155)

式宴不违礼,君臣歌鹿鸣。乐人舞䶼鼓,百官雷抃赞若惊。储礼如江海,积善若陵山。皇嗣繁且炽,孙子列曾玄。群臣咸称万岁,陛下长寿乐年。

曹植《名都篇》（《全汉三国晋南北朝诗》P144)

名都多妖女,京洛出少年。宝剑值千金,被服丽且鲜。
斗鸡东郊道,走马长楸间。驰骋未及半,双兔过我前。
揽弓捷鸣镝,长驱上南山。左挽因右发,一纵两禽连。

曹植《升天行》（《全汉三国晋南北朝诗》P142)

乘蹻追术士,远之蓬莱山。灵液飞素波,兰桂上参天。
玄豹游其下,翔鹍戏其巅。乘风忽登举,仿佛见众仙。

曹植《送应氏诗》（《全汉三国晋南北朝诗》P162)

步登北邙阪,遥望洛阳山。洛阳何寂寞,宫室尽烧焚。
垣墙皆顿擗,荆棘上参天。不见旧耆老,但睹新少年。
侧足无行径,荒畴不复田。

(注:焚,叶汾沿切。)

曹植《杂诗》（《全汉三国晋南北朝诗》P163)

飞观百余尺,临牖御棂轩。远望周千里,朝夕见平原。
烈士多悲心,小人偷自闲。国仇亮不塞,甘心思丧元。
抚剑西南望,思欲赴太山。弦急悲声发,聆我慷慨言。

曹植《赠徐干》 （《三曹诗选注》P102）

惊风飘白日,忽然归西山。园景光未满,众星粲以繁。
志士营世业,小人亦不闲。聊且夜行游,游彼双阙间。
文昌郁云兴,迎风高中天。

嵇康《四言赠兄秀才入军诗》 （《全汉三国晋南北朝诗》P206）

息徒兰圃,秣马华山。流磻平皋,垂纶长川。
目送归鸿,手挥五弦。俯仰自得,游心太玄。
嘉彼钓翁,得鱼忘筌。郢人逝矣,谁与尽言?

嵇康《咏怀诗》 （《先秦汉魏晋南北朝诗》P494）

玑衡运速,四节佚宣。冬日凄悱,玄云蔽天。素冰弥泽,白雪依山。

阮籍《咏怀诗》 （《全汉三国晋南北朝诗》P218）

朝登洪坡巅,日夕望西山。荆棘被原野,群鸟飞翩翩。
鸾鹜时栖宿,性命有自然。

【晋】

刘琨《扶风歌》 （《全汉三国晋南北朝诗》P417）

朝发广莫门,暮宿丹水山。左手弯繁弱,右手挥龙渊。
顾瞻望宫阙,俯仰御飞轩。据鞍长叹息,泪下如流泉。

郭璞《游仙诗》 （《全汉三国晋南北朝诗》P423）

翡翠戏兰苕,容色更相鲜。绿萝结高林,蒙笼盖一山。
中有冥寂士,静啸抚清弦。放情凌霄外,嚼蘂挹飞泉。

庾阐《观石鼓》 （《全汉三国晋南北朝诗》P445）

命驾观奇逸,径骛造灵山。朝济清溪岸,夕憩五龙泉。
鸣石含潜响,雷骇震九天。妙化非不有,莫知神自然。

陶渊明《答庞参军》 （《全汉三国晋南北朝诗》P463）

我实幽居士,无复东西缘。物新人惟旧,弱毫多所宣。
情通万里外,形迹滞江山。君其爱体素,来会在何年?

陶渊明《饮酒》 （《全汉三国晋南北朝诗》P472）

积善云有报,夷叔在西山。善恶苟不应,何事空立言!
九十行带索,饥寒况当年。不赖固穷节,百世当谁传。

陶渊明《读山海经》 （《全汉三国晋南北朝诗》P481）

玉台凌霞秀,王母怡妙颜。天地共俱生,不知几何年。
灵化无穷已,馆宇非一山。高酣发新谣,宁效俗中言!

陶渊明《饮酒》 (《全汉三国晋南北朝诗》P472)

结庐在人境,而无车马喧。问君何能尔?心远地自偏。采菊东篱下,悠然见南山。山气日夕佳,飞鸟相与还。此中有真意,欲辨已忘言。

(注:"还"音旋,似宣切。)

陶渊明《归园田居(其一)》 (《全汉三国晋南北朝诗》P460)

少无适俗韵,性本爱丘山。误落尘网中,一去三十年。
羁鸟恋旧林,池鱼思故渊。开荒南野际,守拙归园田。
方宅十余亩,草屋八九间。榆柳荫后檐,桃李罗堂前。

陶渊明《读山海经》 (《全汉三国晋南北朝诗》P482)

翩翩三青鸟,毛色奇可怜。朝为王母使,暮归三危山。
我欲因此鸟,具向王母言。在世无所须,惟酒与长年。

苏彦《西陵观涛》 (《全汉三国晋南北朝诗》P494)

洪涛奔逸势,骇浪驾丘山。訇隐振宇宙,滃磕津云连。

傅玄《惟汉行》 (《先秦汉魏晋南北朝诗》P554)

空厄让霸主,临急吐奇言。威凌万乘主,指顾回泰山。
神龙困鼎镬,非哙岂得全?

杨方《合欢诗》 (《玉台新咏》P65)

飞黄衔长辔,翼翼回轻轮(lián)。俯涉绿水涧,仰过九层山。
修途曲且险,秋草生两边。黄华如沓金,白华如散银(yán)。

傅玄《拟四愁诗》 (《先秦汉魏晋南北朝诗》P574)

我所思兮在昆山,愿为鹿蜃窥虞渊。
日月回耀照景天,参差旷隔会无缘。悯予不遘罹百艰。

裴秀《大蜡诗》 (《先秦汉魏晋南北朝诗》P583)

有肉如丘,有酒如泉。有肴如林,有货如山。

成公绥《行诗》 (《先秦汉魏晋南北朝诗》P585)

洋洋熊耳流,巍巍伊阙山。高冈碣崔嵬,双阜夹长川。
素石何磷磷,水禽浮翩翩。

孙楚《出歌》 (《先秦汉魏晋南北朝诗》P600)

茱萸出芳树颠。鲤鱼出洛水泉。白盐出河东。美豉出鲁渊。
姜桂茶荈出巴蜀。椒橘木兰出高山。

张协《杂诗》 (《全汉三国晋南北朝诗》P747)

借问此何处,蝴蝶飞南园。流波恋旧浦,行云思故山。
闽越衣文蛇,胡马愿度燕。风土安所习,由来有固然。

潘尼《游西岳诗》 (《先秦汉魏晋南北朝诗》P771)

驾言游西岳,寓目二华山。金楼琥珀阶,象榻玳瑁筵。
中有神秀士,不知几何年。

【东晋】

刘琨《扶风歌》 (《六朝诗选》P116)

朝发广莫门,暮宿丹水山。左手弯繁弱,右手挥龙渊。
顾瞻望宫阙,俯仰御飞轩。据鞍长叹息,泪下如流泉。

【南朝 宋】

颜延之《从军行》 (《全汉三国晋南北朝诗》P615)

苦哉远征人,毕力干时艰。秦初略扬越,汉世争阴山。地广旁无界,岩阿上亏天。

颜延之《应诏观北湖田收》 (《全汉三国晋南北朝诗》P615)

帝晖膺顺动,清跸巡广廛。楼观眺丰颖,金驾映松山。

颜延之《北使洛》 (《全汉三国晋南北朝诗》P617)

改服饬徒旅,首路跼险艰。振楫发吴洲,秣马陵楚山。
途出梁宋郊,道由周郑间。前登阳城路,日夕望三川。

谢灵运《顺东西门行》 (《全汉三国晋南北朝诗》P631)

出西门,眺云间,挥斤扶木坠虞泉。信道人,鉴徂川,思乐暂舍誓不旋。闵九九,伤牛山,宿心载违徒昔言。

谢灵运《还旧园作见颜范二中书》 (《全汉三国晋南北朝诗》P645)

辞满岂多秩,谢病不待年。偶与张邴合,久欲还东山。
圣灵昔回眷,微尚不及宣。何意冲飙激,烈火纵炎烟。

沈约《早发定山》 (《古代山水诗一百首》P12)

夙龄爱远壑,晚莅见奇山。标峰彩虹外,置岭白云间。
倾壁忽斜竖,绝顶复孤圆。归海流漫漫,出浦水溅溅。
野棠开未落,山樱发欲然。忘归属兰杜,怀禄寄芳荃。
眷言采三秀,徘徊望九仙。
(注:"山"与"间""园""溅""然""荃""仙"等字协韵。)

鲍照《代别鹤操》 (《全汉三国晋南北朝诗》P667)

双鹤俱起时,徘徊沧海间。长弄若天汉,轻躯似云悬。
幽客时结侣,提携游三山。青缴凌瑶台,丹罗笼紫烟。

鲍照《采菱歌》（《全汉三国晋南北朝诗》P674）

要艳双屿里，望美两洲间。袅袅风出浦，容容日向山。

鲍照《代白纻舞歌词》（《全汉三国晋南北朝诗》P676）

池中赤鲤庖所捐，琴高乘去腾上天。命逢福世丁溢恩，簪金借绮升曲筵。
恩厚德深委如山，洁诚洗志期暮年，乌白马角宁足言。

鲍照《和王丞》（《全汉三国晋南北朝诗》P687）

秋心日迥绝，春思坐连绵。衔协旷古颜，斟酌高代贤。
遁迹俱浮海，采药共还山。夜听横石波，朝望宿岩烟。

鲍照《拟青青陵上柏》（《全汉三国晋南北朝诗》P696）

飞镳出荆路，鹜服指秦川。渭滨富皇居，鳞馆匝河山。舆童唱秉椒，棹女歌采莲。

鲍照《拟古》（《全汉三国晋南北朝诗》P694）

幼壮重寸阴，衰暮及轻年。放驾息朝歌，提爵止中山。
日夕登城隅，周回视洛川。街衢积冻草，城郭宿寒烟。

谢灵运《酬从弟惠连》（《全汉三国晋南北朝诗》P645）

分离别西川，回景归东山。别时悲已甚，别后情更延。
倾想迟嘉音，果枉济江篇。辛勤风波事，欸曲洲渚言。

谢灵运《入华子冈是麻源第三谷》（《全汉三国晋南北朝诗》P647）

南州实炎德，桂树凌寒山。铜陵映碧涧，石磴泻红泉。
既枉隐沦客，亦栖肥遁贤。险径无测度，天路非术阡。

谢灵运《发归濑三瀑布望两溪》（《全汉三国晋南北朝诗》P648）

我行乘日垂，放舟候月圆。沫江免风涛，涉清弄漪涟。
积石竦两溪，飞泉倒三山。亦既穷登陟，荒蔼横目前。

谢灵运《过始宁墅》（《全汉三国晋南北朝诗》P637）

剖竹守沧海，柱帆过旧山。山行穷登顿，水涉尽洄沿。

鲍照《学刘公干体五首》（《全汉三国晋南北朝诗》P696）

胡风吹朔雪，千里度龙山。集君瑶台上，飞舞两楹前。
兹晨自为美，当避艳阳天。艳阳桃李节，皎洁不成妍。

鲍照《白云》（《全汉三国晋南北朝诗》P698）

情高不恋俗，厌世乐寻仙。炼金宿明馆，屑玉止瑶渊。
凤歌出林阙，龙驾戾蓬山。凌崖采三露，攀鸿戏五烟。

吴迈远《临终》（《全汉三国晋南北朝诗》P716）

伤歌入松路，斗酒望青山。谁非一丘土，参差前后间。

萧道成《塞客吟》 (《全汉三国晋南北朝诗》P751)
朝发兮江泉,日夕兮陵山。惊飙兮澌泪,淮流兮潺湲。
胡埃兮云聚,楚旆兮星悬。愁壖兮思宇,恻怆兮何言。

刘绘《咏博山香炉》 (《全汉三国晋南北朝诗》P835)
参差郁佳丽,合沓纷可怜。蔽亏千种树,出没万重山。
上镂秦王子,驾鹤乘紫烟。下刻蟠龙势,矫首半衔莲。

【南朝 梁】

江淹《应刘豫章别》 (《全汉三国晋南北朝诗》P1038)
霞出海中云,水发江上泉。浸淫泉怀浦,泛滥云辞山。
洲渚一扬袂,殒意元气前。愿效卷施草,春华冬复坚。

江淹《秋至怀归》 (《全汉三国晋南北朝诗》P1034)
怅然集汉北,还望岨山田。沄沄百重壑,参差万里山。
楚关带秦陇,荆云冠吴烟。草色敛穷水,木叶变长川。

江淹《游黄糵山》 (《全汉三国晋南北朝诗》P1035)
秦王慕隐沦,汉武愿长年。皆负雄豪威,弃剑为名山。
况我葵藿志,松木横眼前。所若同远好,临风载悠然。

江淹《袁太尉淑从驾》 (《全汉三国晋南北朝诗》P1049)
云旆象汉徙,宸网拟星悬。朱棹丽寒渚,金鍐映秋山。
羽卫蔼流景,彩吹震沉渊。

江淹《寄丘三公》 (《全汉三国晋南北朝诗》P1038)
菊秀空应夺,兰芳几时坚。常恐握手毕,黯如光绝天。
安得明月珠,擎涕寄吴山。

江淹《无锡县历山集》 (《全汉三国晋南北朝诗》P1037)
愁生白露日,思起秋风年。窃悲杜蘅暮,擎涕吊空山。
落叶下楚水,别鹤噪吴田。岚气阴不极,日色半亏天。

江淹《贻袁常侍》 (《全汉三国晋南北朝诗》P1037)
昔我别楚水,秋月丽秋天。今君客吴坂,春色缥春泉。
幽冀生碧草,沅湘含翠烟。铄铄霞上景,憘憘云外山。
涉江竟何望,留滞空采莲。

沈约《早发定山》 (《全汉三国晋南北朝诗》P1004)
夙龄爱远壑,晚莅见奇山。标峰彩虹外,置岭白云间。
倾壁忽斜竖,绝顶复孤圆。归海流漫漫,出浦水溅溅。

吴均《别鹤》 (《全汉三国晋南北朝诗》P1119)

别鹤寻故侣,联翩辽海间。单栖孟津水,惊唳陇头山。

【南朝　陈】

陈叔达《咏空镜台》 (《全汉三国晋南北朝诗》P1461)

即今妆饰废,凋零衢路间。嫦娥与明月,相共落关山。

【隋】

王胄《白马篇》 (《全汉三国晋南北朝诗》P1689)

三韩劳薄伐,六事指幽燕。良家选河右,猛将征西山。
浮云屯羽骑,蔽日引长旟。自矜有馀勇,应募忽争先。

【唐】

李隆基《送胡真师还西山》 (《全唐诗》P41)

仙客厌人间,孤云比性闲。话离情未已,烟水万重山。

(注:两种读法,如"间"读"刚",则"山"读"删";如"间"读"坚",则"山"读"仙"。)

王维《送神》 (《全唐诗》P1264)

纷进舞兮堂前,目眷眷兮琼筵。
来不言兮意不传,作暮雨兮愁空山。
悲急管兮思繁弦,神之驾兮俨欲旋。
倏云收兮雨歇,山青青兮水潺湲。

储光羲《同王十三维哭殷遥》 (《全唐诗》P1399)

故人王夫子,静念无生篇。哀乐久已绝,闻之将泫然。
太阳蔽空虚,雨雪浮苍山。迢递亲灵榇,顾予悲绝弦。

李白《行路难》 (《全唐诗》P1684)

金樽清酒斗十千,玉盘珍羞直万钱。
停杯投箸不能食,拔剑四顾心茫然。
欲渡黄河冰塞川,将登太行雪满山。
闲来垂钓碧溪上,忽复乘舟梦日边。

元结《招陶别驾家阳华作》 (《全唐诗》P2707)

引望见何处,迤逶陇北川。杉松几万株,苍苍满前山。
岩高暧华阳,飞溜何潺潺。洞深迷远近,但觉多洄渊。

(注:该诗15韵:年、焉、全、前、田、颠、川、山、潺、渊、眠、泉、偏、然、章,所以是"山"应读"仙"。)

韩愈《谢自然诗》（《全唐诗》P3765）

果州南充县，寒女谢自然。童骏无所识，但闻有神仙。
轻生学其术，乃在金泉山。繁华荣慕绝，父母慈爱捐。

白居易《酬吴七见寄》《全唐诗》P4737

首章叹时节，末句思笑言。懒慢不相访，隔街如隔山。
尝闻陶潜语，心远地自偏。

白居易《访陶公旧宅》（《全唐诗》P4740)

心实有所守，口终不能言。永惟孤竹子，拂衣首阳山。

白居易《郡亭》（《全唐诗》P4759）

除亲簿领外，多在琴书前。况有虚白亭，坐见海门山。
潮来一凭槛，宾至一开筵。终朝对云水，有时听管弦。

白居易《旅次景空寺宿幽上人院》（《全唐诗》P4836）

不与人境接，寺门开向山。暮钟寒鸟聚，秋雨病僧闲。
月隐云树外，萤飞廊宇间。幸投花界宿，暂得静心颜。

白居易《雨中赴刘十九二林之期》（《全唐诗》P4904）

云中台殿泥中路，既阻同游懒却还。将谓独愁犹对雨，不知多兴已寻山。

白居易《浔阳宴别》（《全唐诗》P4912）

鞍马军城外，笙歌祖帐前。乘潮发湓口，带雪别庐山。

白居易《自咏》（《全唐诗》P4965）

闷发每吟诗引兴，兴来兼酌酒开颜。欲逢假日先招客，正对衙时亦望山。

白居易《中隐》（《全唐诗》P4991）

终岁无公事，随月有俸钱。君若好登临，城南有秋山。

白居易《周至县北楼望山》（《全唐诗》P4831）

一为趋走吏，尘土不开颜。辜负平生眼，今朝始见山。

白居易《香山居士写真诗》（《全唐诗》P5222）

昔作少学士，图形入集贤。今为老居士，写貌寄香山。
鹤毳变玄发，鸡肤换朱颜。前形与后貌，相去三十年。
勿叹韶华子，俄成皤叟仙。请看东海水，亦变作桑田。

白居易《庐山桂》（《全唐诗》P4670）

偃蹇月中桂，结根依青天。天风绕月起，吹子下人间。
飘零委何处，乃落匡庐山。生为石上桂，叶如剪碧鲜。

枝干日长大,根荄日牢坚。不归天上月,空老山中年。
庐山去咸阳,道里三四千。无人为移植,得入上林园。
不及红花树,长栽温室前。

白居易《海漫漫-戒求仙也》（《全唐诗》P4691)

海漫漫,直下无底旁无边。云涛烟浪最深处,人传中有三神山。
山上多生不死药,服之羽化为天仙。

白居易《郊淘潜体诗十六首》（《全唐诗》P4723)

西风满村巷,清凉八月天。但有鸡犬声,不闻车马喧。
时倾一尊酒,坐望东南山。稚侄初学步,牵衣戏我前。
即此自可乐,庶几颜与原。

白居易《截树》（《全唐诗》P4748)

始有清风至,稍见飞鸟还(旋)。开怀东南望,目远心辽然。
人各有偏好,物莫能两全。岂不爱柔条,不如见青山。

白居易《题浔阳楼》（《全唐诗》P4740)

深夜溢浦月,平旦炉峰烟。清辉与灵气,日夕供文篇。
我无二人才,孰为来其间？因高偶成句,俯仰愧江山。

白居易《香炉峰下新置草堂》（《全唐诗》P4746)

言我本野夫,误为世网牵。时来昔捧日,老去今归山。
倦鸟得茂树,涸鱼返清源。舍此欲焉往,人间多险艰。

白居易《秋暮西归途中书情》（《全唐诗》P4776)

耿耿旅灯下,愁多常少眠。思乡贵早发,发在鸡鸣前。
九月草木落,平芜连远山。秋阴和曙色,万木苍苍然。
去秋偶东游,今秋始西旋。马瘦衣裳破,别家来二年。
忆归复愁归,归无一囊钱。心虽非兰膏,安得不自然。

李晔《巫山一段云·题宝鸡驿壁》（《词综》P1)

蝶舞梨园雪,莺啼柳带烟。小池残日艳阳天,芒萝山又山。

张光朝《荻塘西庄赠房元垂》（《全唐诗》P5747)

何意久城市,寂寥丘中缘。俯仰在颜色,区区人事间。
忆昔炎汉时,乃知绮季贤。静默不能仕,养老终南山。

（注：全诗"山"与"联""田""川""年""弦""烟""鲜""眠"等字协韵。）

寒山《诗》（《全唐诗》P9100)

昔日经行处,今复七十年。故人无来往,埋在古冢间。
余今头已白,犹守片云山。为报后来子,何不读古言。

寒山《诗》 (《全唐诗》P9095)

五岩俱成粉,须弥一寸山。大海一滴水,吸入在心田。
生长菩提子,徧盖天中天。语汝慕道者,慎莫绕十缠。

寒山《诗》 (《全唐诗》P9090)

时人见寒山,各谓是风颠。貌不起人目,身唯布裘缠。
我语他不会,他语我不言。为报往来者,可来向寒山。

郑遨《山居》 (《全唐诗》P9670)

冥心栖太室,散发浸流泉。采柏时逢麝,看云忽见山。
夏狂冲雨戏,春醉戴花眠。绝顶登云望,东都一点烟。

吕岩《忆江南》 (《全唐诗》P10168)

沉醉处,缥缈玉京山。唱彻步虚清燕罢,不知今夕是何年。海水又桑田。
(注:苏轼的"不知天上宫阙,今夕是何年"?句出处于吕洞宾的《忆江南》。)

【宋】

苏轼《南歌子·黄州腊八饮怀民小阁》 (《苏轼词全集》P197)

卫霍元勋后,韦平外族贤。吹笙只合在缑山。闲驾彩鸾归去、趁新年。

苏轼《一丛花》 (《苏轼词全集》P68)

朝来初日半含山。楼阁淡疏烟。游人便作寻芳计,小桃杏、应已争先。
衰病少情,疏慵自放,惟爱日高眠。

苏轼《江神子》 (《苏轼词全集》P77)

前瞻马耳九仙山。碧连天。晚云间。城上高台,真个是超然。莫使匆匆云雨散,今夜里,月婵娟。

苏轼《浣溪沙·感旧》 (《苏轼词全集》P230)

徐邈能中酒圣贤。刘伶席地幕青天。潘郎白璧为谁连。
无可奈何新白发,不如归去旧青山。恨无人借买山钱。

苏轼《翻香令》 (《苏轼词全集》P344)

背人偷盖小蓬山。更将沈水暗同然。且图得,氤氲久,为情深、嫌怕断头烟。

陶弼《碧湘门》 (《百代千家绝句选》P477)

城中烟树绿波漫,几万楼台树影间。天阔鸟行疑没草,地卑江势欲沉山。

黄庭坚《满庭芳·茶》 (《唐宋名家词选》P128)

相如虽病渴,一觞一咏,宾有群贤。便扶起灯前,醉玉颓山。搜搅胸中万卷,还倾动、三峡词源。归来晚,文君未寐,相对小窗前。

【元】

赵雍《江城子》 (《词综》P2064)

仙肌香润玉生寒,悄无言,思绵绵。无限柔情,分付与春山。
青鸟能传云外信,凭说与,带围宽。

赵雍《浣溪沙》 (《词综》P2065)

杨柳楼台锁翠烟。杨花帘幕扑香绵。佳人何处隔江山。

【明】

俞安期《漓江舟行》 (《百代千家绝句选》P659)

桂楫轻舟下粤关,难言岭外客行艰。
高眠翻爱漓江路,枕底涛声枕上山。

刘基《题竹木石图》 (《中国古今题画诗全璧》P311)

凌霜傲雪无人问,拂水梢云意自闲。
愿就姮娥借明月,卧看鸾凤舞空山。

杨宪益《傅青主听书图》 (《中国古今题画诗全璧》P1305)

黄兄风度尚翩翩,故作衰容比傅山。
年已古稀犹黑发,精神健旺胜青年。
欣逢盛世休装老,预祝明年更有钱。
不用听书排寂寞,舍间常备酒如泉。

【清】

王熙泰《高阳台》 (《词综补遗》P1397)

泉咽声鸣,鹊啼血冷,香坟三尺空山。黛抹螺峰,还描眉妩当年。黄绝入道抛风月,赖情禅、唱破情缘。算修成,墓土千秋,点染林峦(峦音恋)。

龚维锜《春风嫋娜》 (《词综补遗》P95)

甚蒙蒙春思,荡得无边。才作线,忽吹绵。被东君,送与一天愁影,疑花似雪,晴雾迷漫。细糁征衣,长回舞袖,说到飘零情更难。梦冷金堤二分水,人吹羌笛万重山。
(注:"漫"音眠,"难"音年。)

吴瑛《临江仙》 (《词综补遗》P393)

记得小楼同醉倚,而今青鸟胡传。凤箫声逐彩云间。肠萦千丈结,人在九疑山。

孙德祖《高阳台·酒楼秋柳》 (《词综补遗》P888)

红板桥头,青花帘里,西风吹老吴山。惨碧丝丝,是谁抹上凉烟。淡淡斜阳鸦点外,照离情、别梦都酸。最难忘,金勒骄嘶,芳草楼前。
(注:"酸"音宣。)

张祜《题道光上人山院》中的"杉"

"杉"字现在只有一个读音 shān,但据《康熙字典》注,"杉"字音"所衔切"或"师衔切"。因"衔"字有贤、寒两音,故"杉"字也切出两音:一为山(shān),二为仙(xiān)。故古诗词中的"杉"字有时要读 xiān。如:

【唐】

张祜《题道光上人山院》 (《全唐诗》P5821)

真僧上方界,山路正岩岩。地僻泉长冷,亭香草不凡。
火田生白菌,烟岫老青杉。尽日唯山水,当知律行严。
(注:凡,符炎切。)

刘长卿《送孙逸归庐山》 (《全唐诗》P1571)

炉峰绝顶楚云衔,楚客东归栖此岩。彭蠡湖边香橘柚,浔阳郭外暗枫杉。
青山不断三湘道,飞鸟空随万里帆。常爱此中多胜事,新诗他日佇开缄。
(注:帆,符炎切。)

严维《送桃岩成上人归本寺》 (《全唐诗》P2920)

长老归缘起,桃花忆旧岩。清晨云抱石,深夜月笼杉。
道具门人捧,斋粮谷鸟衔。馀生愿依止,文字欲三缄。

庞树松《凤衔杯》中的"删"

"删"字现在只有一个读音 shān,如删除、删改等。但古时除了读音 shān 外,还可读音 xiān。因古时"删"字音"所奸切",而"奸"字有兼、刚两音,所以"所奸切"就切出 shān 与 xiān 两音。

古诗词中"删"字读 xiān 音情况不多。如:

【清】

庞树松《凤衔杯》 (《词综补遗》P136)

狮发鬈,鹫冠偏。丰神婀娜复庄严。悄止宫娥低唱定西番,幽怨那能删。

【近现代】

齐白石《戏题一绝句》 (《中国古今题画诗全璧》P1338)

身如朽木口加缄,两字尘情一笔删。笑倒此翁真是我,越无人识越安闲。

白居易《三月三日》中的"衫"

"衫"字现在只有一个读音 shān，如衣衫、衬衫、棉毛衫等。但古诗词中它有时要读 xiān，与"帘""衔""纤""檐"等字协韵。

据《康熙字典》，"衫"字音"所衔切"或"师衔切"。因"衔"字有贤、寒两音，所以"衫"字就切出 xiān 与 shān 两音。

古诗词中"衫"字读 xiān 的情况屡见不鲜。如：

【唐】

　　白居易《三月三日》　（《全唐诗》P5168）

画堂三月初三日，絮扑窗纱燕拂檐。莲子数杯尝冷酒，柘枝一曲试春衫。
阶临池面胜看镜，户映花丛当下帘。指点楼南玩新月，玉钩素手两纤纤。

　　白居易《重和元少尹》　（《全唐诗》P4933）

凤阁舍人京亚尹，白头俱未着绯衫。南宫起请无消息，朝散何时得入衔。

　　白居易《奉和汴州令狐公二十二韵》　（《全唐诗》P5018）

　平展丝头毯，高褰锦额帘。雷捶柘枝鼓，雪摆胡腾衫。
　发滑歌钗坠，妆光舞汗沾。回灯花簇簇，过酒玉纤纤。

　　白居易《晚归府》　（《全唐诗》P5085）

晚从履道来归府，街路虽长尹不嫌。马上凉于床上坐，绿槐风透紫蕉衫。

　　白居易《东城晚归》　（《全唐诗》P5191）

一条邛杖悬龟榼，双角吴童控马衔。晚入东城谁识我，短靴低帽白蕉衫。

　　元稹《送崔侍御之岭南二十韵》　（《全唐诗》P4524）

　联游亏宁玉，洞照失明鉴。遥想车登岭，那无泪满衫。

　　刘禹锡《和汴州令狐相公到镇二十二韵》　（《全唐诗》P4089）

　词人羞布鼓，远客献貂襜（chān）。歌谢白团扇，舞筵全缕衫。

【宋】

　　李觏《忆钱塘江》　（《宋人绝句选》P41）

昔年秉醉举归帆，隐隐前山日半衔。好是满江涵返照，水仙齐着淡红衫。

【清】

　　裴维侒《南歌子》　（《词综补遗》P634）

明月桃花扇，春风杏子衫。柔情脉脉费人参，肯为金钗举手露葱尖。

宋玉《神女赋》中的"珊"

"珊"字现在只有一个读音 shān,如春意阑珊。但古诗词中它有时要读"叶相然切,音仙"(xiān)。如:

【楚】

宋玉《神女赋》 (《康熙字典》)

宜高殿以广意兮,翼故纵而绰宽。动雾以徐步兮,拂声之珊珊。
(注:"宽"音圈。)

【唐】

白居易《游悟真寺诗》 (《全唐诗》P4735)

六楹排玉镜,四座敷金钿。黑夜自光明,不待灯烛然。
众宝互低昂,碧佩珊瑚幡。风来似天乐,相触声珊珊。
(注:幡,孚艰切。)

查清《忆秦娥·晚梦访曹苇坚》中的"闪"

"闪"字现在只有一个读音 shǎn,如闪电、闪避、闪光等。但古诗词中它不但有时读 shǎn,如古诗"寒鸦闪闪前山去"(《康熙字典》);还可读"子艳切"或"式剑切"音 xiàn。如:

【清】

查清《忆秦娥·晚梦访曹苇坚》 (《词综补遗》P1283)

斜桥畔,银丸照破垂杨线。垂杨线,垂垂满地,任侬踩践。藤芜碧映溪流浅。槿篱笆护柴门掩。柴门掩,喧唪犬吠,书灯红闪。

陆机《婕妤怨》中的"扇"

"扇"字现在只有一个读音 shàn,但古诗词中有时要读 xiàn。《康熙字典》:"扇尸连切",与"院""怨""钱""缱""面""远""愿""卷"等字协韵。

"扇"有时读 xiàn,在古诗词中很多,现举例如下:

【晋】

陆机《班婕妤》[①]　（《全汉三国晋南北朝诗》P329）

婕妤去辞宠,淹留终不见。寄情在玉阶,托意惟团扇。
春苔暗阶除,秋草芜高殿。黄昏履綦绝,愁来空雨面。

张载《秋诗》　（《全汉三国晋南北朝诗》P392）

嘤嘤南翔雁,翩翩辞归燕。玉肌随爪素,嘘气应口见。
敛襟思轻衣,出入忘华扇。睹物识时移,顾已知节变。

应贞《晋武帝华林园集诗》　（《全汉三国晋南北朝诗》P311）

位以龙飞,文以豹变。玄泽滂流,仁风潜扇。区内宅心,方隅回面。

谢芳姿《团扇歌》　（《全汉三国晋南北朝诗》P513）

白团扇。辛苦五流连,是郎眼所见。
白团扇。憔悴非昔容,羞与郎相见。

湛方生《天晴诗》　（《全汉三国晋南北朝诗》P492）

屏翳寝神辔,飞廉收灵扇。青天莹如镜,凝津平如研。
落帆修江渚,悠悠极长眄。清气朗山壑,千里遥相见。

【南朝　齐】

谢朓《和王主簿季哲怨情》　（《全汉三国晋南北朝诗》P819）

掖庭聘绝国,长门失欢宴。相逢咏蘼芜,辞宠悲团扇。
花丛乱数蝶,风帘入双燕。徒使春带赊,坐惜红妆变。

【南朝　梁】

萧纲《有所思》　（《全汉三国晋南北朝诗》P893）

可叹不可思,可思不可见。馀弦断瑟柱,残朱染歌扇。

虞羲《咏秋月》　（《全汉三国晋南北朝诗》P1259）

影丽高台端,光入长门殿。初生似玉钩,裁满如团扇。
泛滥浮阴来,金波时不见。傥遇赏心者,照之西园宴。

张率《远期》　（《全汉三国晋南北朝诗》P1081）

远期终不归,节物坐将变。白露怆单衫,秋风息团扇。

何逊《与苏九德别》　（《全汉三国晋南北朝诗》P1148）

踟蹰暂举酒,倏忽不相见。春草似青袍,秋月如团扇。

---

① 又题作《婕妤怨》。

刘孝威《七夕穿针》 (《全汉三国晋南北朝诗》P1225)

缕乱恐风来,衫轻羞指现。故穿双眼针,持缝合欢扇。

鲍子卿《咏画扇》 (《全汉三国晋南北朝诗》P1303)

细丝本自轻,弱彩何足眄。直为发红颜,谬成握中扇。
乍奉长门泣,时承柏梁宴。

【唐】

徐惠《长门怨》 (《全唐诗》P254)

旧爱柏梁台,新宠昭阳殿。守分辞芳辇,含情泣团扇。
一朝歌舞荣,夙昔诗书贱。

刘云《婕妤怨》 (《全唐诗》P259)

君恩不可见,妾岂如秋扇。秋扇尚有时,妾身永微贱。
莫言朝花不复落,娇容几夺昭阳殿。

戴叔伦《独不见》 (《全唐诗》P3066)

玉户看早梅,雕梁数飞燕。身轻逐舞袖,香暖传歌扇。
自和秋风词,长侍昭阳殿。谁信后庭人,年年独不见。

顾况《春游曲》 (《全唐诗》P2932)

游童苏合带,倡女蒲葵扇。初日映城时,相思忽相见。
褰裳踏露草,理鬓回花面。薄暮不同归,留情此芳甸。

李益《赋得早燕送别》 (《全唐诗》P3203)

梁空绕不息,檐寒窥欲遍。今至随红萼,昔还悲素扇。
一别与秋鸿,差池讵相见。

白居易《秋霁》 (《全唐诗》P4781)

金火不相待,炎凉雨中变。林晴有残蝉,巢冷无留燕。
沉吟卷长簟,怆恻收团扇。向夕稍无泥,闲步青苔院。

白居易《朝课》 (《全唐诗》P4995)

平甃白石渠,静扫青苔院。池上好风来,新荷大如扇。
小亭中何有,素琴对黄卷。蕊珠讽数篇,秋思弹一遍。

白居易《苦热喜凉》 (《全唐诗》P4795)

火云忽朝敛,金风俄夕扇。枕簟遂清凉,筋骸稍轻健。

【宋】

陈克《谒金门》 (《词综》P606)

花满院,飞去飞来双燕。红雨入帘寒不卷,晓屏山六扇。

李廷忠《生查子·蔷薇》（《词综》P1175）

玉女翠帷薰,香粉开妆面。不是占春迟,羞被群花见。

纤手织柔条,绛雪飞千片。流入紫金卮,未许停歌扇。

王沂孙《琐窗寒》（《词综》P1346）

曾见,双蛾浅。自别后,多应黛痕不展（诸延切,音剪）。扑蝶花阴,怕看题诗团扇。试凭他流水寄情,朔红不到春更远。但无聊病酒厌厌,夜月荼蘼院。

刘过《贺新郎》（《词综》P969）

楼低不放珠帘卷。晚妆残、翠蛾狼借,泪痕凝面。人道愁来须殢酒,无奈愁深酒浅。但寄兴(一作托意)焦琴纨扇。莫鼓琵琶江上曲,怕荻花枫叶俱凄怨。云万叠,寸心远。

刘镇《清平乐·赵园避暑》（《词综》P1013）

柳阴庭院。帘约风前燕。着雨荷花红半敛。消得盈盈绿扇。

【金】

王特起《喜迁莺·别内》（《词综》P1631）

东楼欢宴。记遗簪绮席,题诗纨扇。月枕双歌,云窗同梦,相伴小花深院。旧欢顿成陈迹,翻作一番新怨。素秋晚,听阳关三叠,一尊相饯。留恋。情缱绻。

红泪洗妆,雨湿梨花面。雁底关河,马头星月,西去一程程远。但愿此心如旧,天也不违人愿。再相见,把生涯分付,药炉经卷。

【元】

姚云文《摸鱼儿·艮岳》（《词综》P1718）

渺人间、蓬瀛何许,一朝飞入梁苑。辋川梯洞层崖出,犹带取鬼愁龙怨。穷游宴。谈笑里,金风吹折桃花扇。翠华天远。怅莎沼萤黏,锦屏烟合,草露泫苍藓。

赵雍《烛影摇红》（《词综》P2068）

别久情深,几时重约闲庭院。高楼终日卷珠帘,极目愁无限。莫恨蓝桥路远。有心时、终须再见。休教长怨,镜里孤鸾,箧中团扇。

刘禹锡《台城》中的"奢"

"奢"字现在只有一个读音shē,如奢侈、奢华、奢靡、奢望等。但古时它有两音:一是"式车切,音赊"（shā）,麻韵;二是"时耶切,音蛇",麻韵。《康熙字典》和1936年出版的《辞海》所注相同。

古诗词中"奢"音shā 与"家""沙""花""华""涯""嘉""纱""斜"诸字协韵的诗篇不少。现举例如下:

　　　　刘禹锡《台城》　（《全唐诗》P4117）
　　台城六代竞繁华，结绮临春事最奢。万户千门成野草，只缘一曲后庭花。

【汉】
　　　　蔡文姬《胡笳十八拍·两拍》　（《全汉三国晋南北朝诗》P53）
　　戎羯逼我兮为室家，将我远行兮向天涯。云山万里兮归路遐，疾风千里兮扬尘沙。
　　人多暴猛兮如虺蛇，控弦披甲兮为骄奢。两拍张弦兮弦欲绝，志摧心折兮自悲嗟。

【晋】
　　　　张华《轻薄篇》　（《全汉三国晋南北朝诗》P278）
　　末世多轻薄，骄代好浮华。志意既放逸，赀财亦丰奢。被服极纤丽，肴膳尽柔嘉。
　　　　陆机《感丘赋》　（《康熙字典》）
　　或披褐以敦俭兮，或侯服以崇奢。或延祚于黄耇兮，或丧志于札瘥。

【南朝　梁】
　　　　丘迟《答徐侍中为人赠妇》　（《全汉三国晋南北朝诗》P1064）
　　　　侧闻洛阳客，金盖翼高车。谒帝时来下，光景不可奢。
　　　　幽房一洞启，二八尽芳华。罗裙有长短，翠鬓无低斜。

【南朝　陈】
　　　　江晖《刘生》　（《全汉三国晋南北朝诗》P1457）
　　　　五陵多美选，六郡尽良家。刘生代豪荡，标举独荣华。
　　　　宝剑长三尺，金樽满百花。唯当重意气，何处有骄奢。
　　　　张正见《怨诗》　（《续玉台新咏》P5）
　　　　新丰妖冶地，游侠竞骄奢。池台间罗绮，桃李杂烟霞。
　　　　盖影分连骑，衣香合并车。艳粉惊飞蝶，红妆映落花。
　　　　张正见《轻薄篇》　（《全汉三国晋南北朝诗》P1390）
　　　　石榴传马脑，兰肴荐象牙。聊持自娱乐，未是斗豪奢。

【唐】
　　　　宋之问《浣纱篇赠陆上人》　（《全唐诗》P620）
　　　　春风艳楚舞，秋月绵胡笳。自昔专娇爱，袭玩唯矜奢。
　　　　达本知空寂，弃彼犹泥沙。
　　　　骆宾王《帝京篇》　（《全唐诗》P834）
　　当时一旦擅豪华，自言千载长骄奢。倏忽抟风生羽翼，须臾失浪委泥沙。
　　黄雀徒巢桂，青门遂种瓜。

万楚《咏帘》（《全唐诗》P1468）

玳瑁昔称华,玲珑薄绛纱。钩衔门势曲,节乱水纹斜。
日弄长飞鸟,风摇不卷花。自当分内外,非是为骄奢。

杜甫《柴门》（《全唐诗》P2336）

我今远游子,飘转混泥沙。万物附本性,约身不愿奢。
茅栋盖一床,清池有馀花。

卢仝《走笔谢孟谏议寄新茶》（《全唐诗》P4379）

天子须尝阳羡茶,百花不敢先开花。仁风暗结珠琲瓃,先春抽出黄金芽。
摘鲜焙芳旋封裹,至精至好且不奢。至尊之馀合王公,何事便到山人家。

元稹《遣兴》（《全唐诗》P4468）

爱直莫爱夸,爱疾莫爱斜。爱谋莫爱诈,爱施莫爱奢。
择才不求备,任物不过涯。用人如用己,理国如理家。

元稹《感石榴二十韵》（《全唐诗》P4539）

新帘裙透影,疏牖烛笼纱。委作金炉焰,飘成玉砌瑕。
乍惊珠缀密,终误绣帏奢。

刘禹锡《崔元受少府自贬所还遗山姜花以诗答之》（《全唐诗》P3979）

王济本尚味,石崇方斗奢。雕盘多不识,绮席乃增华。
驿马损筋骨,贵人滋齿牙。顾予蓬荜士,持此重咨嗟。

刘禹锡《和乐天柘枝》（《全唐诗》P4067）

柘枝本出楚王家,玉面添娇舞态奢。松鬓改梳鸾凤髻,新衫别织斗鸡纱。
鼓催残拍腰身软,汗透罗衣雨点花。画筵曲罢辞归去,便随王母上烟霞。

李嘉祐《奉和杜相公长兴新宅即事》（《全唐诗》P2162）

意在空门乐,居无甲第奢。经过容法侣,雕饰让侯家。
隐树重檐肃,开园一径斜。据梧听好鸟,行药寄名花。

白居易《读古诗十首》（《全唐诗》P4673）

我本幽闲女,结发事豪家。豪家多婢仆,门内颇骄奢。

殷尧藩《上巳日赠都上人》（《全唐诗》P5564）

三月初三日,千家与万家。蝶飞秦地草,莺入汉宫花。
鞍马皆争丽,笙歌尽斗奢。吾师无所愿,惟愿老烟霞。

罗邺《牡丹》（《全唐诗》P7506）

落尽春红始见花,花时此屋事豪奢。买栽池馆恐无地,看到子孙能几家。

【宋】

苏轼《司竹监烧苇图》 (《苏轼选集》P24)

青丘云梦古所咤,与此何啻百倍加。苦遭谏疏说夷羿,又被赋客嘲淫奢。

王安石《杂咏》 (《王安石全集》P36)

万物余一体,九州余一家。秋毫不为小,徼外不为遐。
不识寿与夭,不知贫与奢。忘心乃得道,道不去纷华。
近迹以观之,尧舜亦泥沙。庄周谓如此,而世以为夸。

柳永《望海潮》 (《唐宋名家词选》P80)

东南形胜,江吴都会,钱塘自古繁华。烟柳画桥,风帘翠幕,参差十万人家。云树绕堤沙。怒涛卷霜雪,天堑无涯。市列珠玑,户盈罗绮,竞豪奢。

贺铸《水调歌头·台城游》 (《唐宋名家词选》P148)

南国本潇洒,六代浸豪奢。台城游冶,擘笺能赋属宫娃。云观登临清夏,璧月留连长夜,吟醉送年华。回首飞鸳瓦,却羡井中蛙。

【清】

金农《梅》 (《中国古今题画诗全璧》P54)

一枝两枝复横斜,林下水边香正奢。我亦骑驴孟夫子,不辞风雪为梅花。

【近现代】

邓拓《题雪斋摹煮茶图》 (《中国古今题画诗全璧》P1444)

想见临轩摹古迹,也尝汲水试新芽。物精奚必求多量,七碗吃来便过奢。

董必武《题双清楼主画虎》 (《中国古今题画诗全璧》P696)

山君馋不耐苴葭,觅食张牙远望奢。可有和平共处意,若谋皮与彼咨嗟。

熊瑾玎《览物·1941年1月18日》 (《十老诗选》P287)

地冻天寒日,何当览物华。严霜摧嫩叶,急雨堕新芽。
月殿浮云暗,峰峦瘴气遮。平生不下泪,于此泪偏奢。

徐特立《送董老赴京》中的"赊"

"赊"字现在都读为 shē,如赊欠、赊购、赊账等。但古代这个字并不读 shè,而是读"沙"。据《康熙字典》,"赊"字音"式车切、音奢"。1979年出版的《辞海》则明确"赊"与"奢"读音都为"沙"。如徐特立的诗《送董老赴京》(《十老诗选》P153):

妻老孤孙弱,长沙有我家。寄书长不达,传说被搜查。
报国何年迈,思乡觉路赊。尺书望转寄,借以慰天涯。
双足何时息,前瞻路尚赊。吾华警烽火,四海斗龙蛇。
不拟霜同鬓,唯将国作家。轺车驶京邸,秋菊正开花。

"赊"字因含有宽缓、长远、渺茫、稀少、赊欠、奢侈等多层意思,所以在古诗词中出现的频率很高,它多与家、花、斜、车、华、麻、沙、霞、茶、夸、嗟等字协韵。现举例如下:

【南朝　梁】

周弘正《看新婚》（《全汉三国晋南北朝诗》P1381）
莫愁年十五,来聘子都家。婿颜美如玉,妇色胜桃花。
带啼疑暮丽,合笑似朝霞。暂却轻纨扇,倾城判不赊。

王僧孺《有所思》（《玉台新咏》P138）
夜风吹熠耀,朝光照昔邪。几销蘼芜叶,空落葡萄花。
不堪长织素,谁能独浣纱。光阴复何极,望促反成赊。
知君自荡子,奈妾亦倡家。

萧纶《见姬人》（《玉台新咏》P183）
春来不复赊,入苑驻行车。比来妆点异,今世拨鬟斜。
却扇承枝影,舒衫受落花。狂夫不妒妾,随意晚还家。

庾信《七夕》（《玉台新咏》P198）
牵牛遥映水,织女正登车。星桥通汉使,机石逐仙槎。
隔河相望近,经秋离别赊。愁将今夕恨,复著明年花。

庾信《望月》（《全汉三国晋南北朝诗》P1601）
夜光流未曙,金波影尚赊。照人非七子,含风异九华。

萧纲《有所思》（《全汉三国晋南北朝诗》P893）
入林看碏磶,春至定无赊。何时一可见,更得似梅花。

萧纲《金乐歌》（《全汉三国晋南北朝诗》P886）
槐香欲覆井,杨柳正藏鸦。山炉好无比,玉构火窗赊。
床头辟绳结,镜上领巾斜。

庾肩吾《侍宴饯湘东王应令》（《全汉三国晋南北朝诗》P1101）
陈王从游士,高宴入承华。并载同连璧,雕文类简沙。
落猿时动树,坠雪暂摇花。念此离筵促,方愁别路赊。

卢询《中妇织流黄》（《续玉台新咏》P11）
别人心已怨,愁空日复斜。然香望韩寿,磨镜待秦嘉。
残丝愁织烂,馀织恐嫌赊。支机一片石,缓转独轮车。

沈约《怀旧诗伤韦景猷》　（《全汉三国晋南北朝诗》P1018）

韦叟识前载，博物备戎华。税骖止营校，沧迹委泥沙。
始知庸听局，方悟大音赊。

何逊《秋夕仰赠从兄寘南》　（《全汉三国晋南北朝诗》P1146）

高树北风响，空庭秋月华。寸心怀是夜，寂寂漏方赊。
抚弦乏欢娱，临觞独叹嗟。

王筠《杂曲》　（《全汉三国晋南北朝诗》P1182）

鸟还夜已逼，虫飞晓尚赊。桂月徒留影，兰灯空结花。

朱记室《送别不及赠何殷二记室》　（《全汉三国晋南北朝诗》P1288）

凭轼徒下泪，裁书路已赊。远鼓依林响，连樯倚岸斜。
山开云吐气，风愤浪生花。

沈君攸《采莲曲》　（《全汉三国晋南北朝诗》P1297）

度手牵长柄，转楫避疏花。还船不畏满，归路讵嫌赊。

佚名《高阳乐人歌》　（《全汉三国晋南北朝诗》P1331）

可怜白鼻騧，相将入酒家。无钱但共饮，画地作交赊。

刘遵《相逢狭路间》　（《全汉三国晋南北朝诗》P1230）

春晚驾香车，交轮碍狭斜。所恐帷风入，疑伤步摇花。
含羞隐年少，何因问妾家。青楼临上路，相期竟路赊。

刘缓《和晚日登楼》　（《全汉三国晋南北朝诗》P1247）

俯巢窥瞑宿，临树摘高花。百雉时方晚，九层光尚赊。

【南朝　陈】

张正见《关山月》　（《全汉三国晋南北朝诗》P1392）

岩间度月华，流彩映山斜。晕逐连城璧，轮随出塞车。
唐蓂遥合影，秦桂远分花。欲验盈虚理，方知道路赊。

【唐】

张九龄《奉和圣制初出洛城》　（《全唐诗》P579）

东土淹龙驾，西人望翠华。山川只询物，宫观岂为家。
十月回星斗，千官捧日车。洛阳无怨思，巡幸更非赊。

骆宾王《晚憩田家》　（《全唐诗》P830）

悬梁接断岸，涩路拥崩查。雾岩沦晓魄，风淑涨寒沙。
心迹一朝舛，关山万里赊。

骆宾王《夏日游德州赠高四》 （《全唐诗》P829）

一顷南山豆，五色东陵瓜。野衣裁薜叶，山酒酌藤花。
白云离望远，青溪隐路赊。倘忆幽岩桂，犹冀折疏麻。

陈子昂《卧病家园》 （《全唐诗》P914）

世上无名子，人间岁月赊。纵横策已弃，寂寞道为家。
卧病谁能问，闲居空物华。

王翰《奉和圣制送张尚书巡边》 （《全唐诗》P1605）

登朝身许国，出阃将辞家。不惮炎热苦，亲尝走马赊。
选徒军有政，誓卒尔无哗。

岑参《题井陉双溪李道士所居》 （《全唐诗》P2102）

五粒松花酒，双溪道士家。唯求缩却地，乡路莫教赊。

岑参《送陈子归陆浑别业》 （《全唐诗》P2073）

虽不旧相识，知君丞相家。故园伊川上，夜梦方山花。
种药畏春过，出关愁路赊。青门酒垆别，日暮东城鸦。

岑参《利州道上作》 （《全唐诗》P2044）

剖竹向西蜀，岷峨眇天涯。空深北阙恋，岂惮南路赊。
前日登七盘，旷然见三巴。

韦应物《西郊期涤武不至书示》 （《全唐诗》P1913）

山高鸣过雨，涧树落残花。非关春不待，当由期自赊。

韦应物《偶入西斋院示释子恒璨》 （《全唐诗》P1922）

僧斋地虽密，忘子迹要赊。一来非问讯，自是看山花。

李益《送客归振武》 （《全唐诗》P3230）

骏马事轻车，军行万里沙。胡山通唱落，汉节绕浑邪。
桂满天西月，芦吹塞北笳。别离俱报主，路极不为赊。

韦元旦《奉和圣制春日幸望春宫》 （《全唐诗》P773）

九重楼阁半山斜，四望韶阳春未赊。侍跸妍歌临灞涘，留觞艳舞出京华。

刘长卿《奉送从兄罢官之淮南》 （《全唐诗》P1546）

何事浮溟渤，元戎弃镆铘。渔竿吾道在，鸥鸟世情赊。
玄发他乡换，沧洲此路遐。

刘长卿《酬李穆见寄》 （《全唐诗》P1557）

孤舟相访至天涯，万转云山路更赊。欲扫柴门迎远客，青苔黄叶满贫家。

刘长卿《上巳日越中与鲍侍郎泛舟若耶》（《全唐诗》P1568）

旧浦满来移渡口，垂杨深处有人家。永和春色千年在，曲水乡心万里赊。
君见渔船时借问，桃源几路入烟花。

刘长卿《送常十九归嵩少故林》（《全唐诗》P1571）

迢迢此恨杳无涯，楚泽嵩丘千里赊。歧路别时惊一叶，云林归处忆三花。

杨炯《送李庶子致仕还洛》（《全唐诗》P615）

此地倾城日，由来供帐华。亭逢李广骑，门接邵平瓜。
原野烟氛匝，关河游望赊。白云断岩岫，绿草覆江沙。

杨炯《早行》（《全唐诗》P615）

河流才辨马，岩路不容车。阡陌经三岁，间阎对五家。
露文沾细草，风影转高花。日月从来惜，关山犹自赊。

张谓《玉清公主挽歌》（《全唐诗》P2020）

学凤年犹小，乘龙日尚赊。初封千户邑，忽驾五云车。

张谓《送僧》（《全唐诗》P2021）

童子学修道，诵经求出家。手持贝多叶，心念优昙花。
得度北州近，随缘东路赊。

戴叔伦《送李审之桂州谒中丞叔》（《全唐诗》P3088）

知音不可遇，才子向天涯。远水下山急，孤舟上路赊。
乱云收暮雨，杂树落疏花。到日应文会，风流胜阮家。

司空曙《过长林湖西酒家》（《全唐诗》P3328）

湖草青青三两家，门前桃杏一般花。迁人到处唯求醉，闻说渔翁有酒赊。

孟浩然《南山下与老圃期种瓜》（《全唐诗》P1652）

樵牧南山近，林间北郭赊。先人留素业，老圃作邻家。
不种千株橘，唯资五色瓜。邵平能就我，开径剪蓬麻。

李白《送王屋山人魏万还王屋》（《全唐诗》P1789）

忽然思永嘉，不惮海路赊。挂席历海峤，回瞻赤城霞。

李白《鲁郡尧祠送窦明府薄华还西京》（《全唐诗》P1793）

竹林七子去道赊，兰亭雄笔安足夸。尧祠笑杀五湖水，至今憔悴空荷花。

李白《扶风豪士歌》（《全唐诗》P1717）

我亦东奔向吴国，浮云四塞道路赊。东方日出啼早鸦，城门人开扫落花。

李白《秦女休行》（《全唐诗》P309）

素颈未及断，摧眉伏泥沙。金鸡忽放赦，大辟得宽赊。
何惭聂政姊，万古共惊嗟。

李嘉祐《司勋王郎中宅送韦九郎中往濠州》（《全唐诗》P2151）

送远添秋思，将衰恋岁华。清淮倍相忆，回首莫令赊。

李嘉祐《送兖州杜别驾之任》（《全唐诗》P2152）

停车邀别乘，促轸奏胡笳。若见楚山暮，因愁浙水赊。

李嘉祐《送崔夷甫员外和蕃》（《全唐诗》P2154）

君过湟中去，寻源未是赊。经春逢白草，尽日度黄沙。

杜甫的诗中含"赊"字的有十余首，今选五首如下：

杜甫《为农》（《全唐诗》P2432）

锦里烟尘外，江村八九家，圆荷浮小叶，细麦落轻花。
卜宅从兹老，为农去国赊。远惭句漏令，不得问丹砂。

杜甫《草堂即事》（《全唐诗》P2445）

荒村建子月，独树老夫家。雾里江船渡，风前径竹斜。
寒鱼依密藻，宿鹭起圆沙。蜀酒禁愁得，无钱何处赊？

杜甫《对雪》（《全唐诗》P2574）

北雪犯长沙，胡云冷万家。随风且间叶，带雨不成花。
金错囊从罄，银壶酒易赊。无人竭浮蚁，有待至昏鸦。

杜甫《水槛遣心二首》（《全唐诗》P2455）

去郭轩楹敞，无村眺望赊。澄江平少岸，幽树晚多花。
细雨鱼儿出，微风燕子斜。城中十万户，此地两三家。

杜甫《入乔口》（《全唐诗》P2568）

漠漠旧京远，迟迟归路赊。残年傍水国，落日对春华。
树蜜早蜂乱，江泥轻燕斜。贾生骨已朽，凄恻近长沙。

钱起《登复州南楼》（《全唐诗》P2623）

客心湖上雁，归思日边花。行李迷方久，归期涉岁赊。
故人云路隔，何处寄瑶华。

钱起《送上官侍御》（《全唐诗》P2636）

执简朝方下，乘轺去不赊。感恩轻远道，入幕比还家。
碣石春云色，邯郸古树花。飞书报明主，烽火静天涯。

钱起《送费秀才归衡州》 (《全唐诗》P2638)

南望潇湘渚,词人远忆家。客心随楚水,归棹宿江花。
不畏心期阻,唯愁面会赊。云天有飞翼,方寸伫瑶华。

张继《游灵岩》 (《全唐诗》P2723)

青松阅世风霜古,翠竹题诗岁月赊。谁谓无生真可学,山中亦自有年华。

郎士元《闻吹杨叶者》 (《全唐诗》P2792)

妙吹杨叶动悲笳,胡马迎风起恨赊。若是雁门寒月夜,此时应卷尽惊沙。

韩翃《酬程延秋夜即事见赠》 (《全唐诗》P2737)

长簟迎风早,空城淡月华。星河秋一雁,砧杵夜千家。
节候看应晚,心期卧亦赊。向来吟秀句,不觉已鸣鸦。

韩翃《送客之江宁》 (《全唐诗》P2728)

春流送客不应赊,南入徐州见柳花。朱雀桥边看淮水,乌衣巷里问王家。

杨师道《咏砚》 (《全唐诗》P461)

圆池类璧水,轻翰染烟华。将军欲定远,见弃不应赊。

韩翃《送客水路归陕》 (《全唐诗》P2749)

相风竿影晓来斜,渭水东流去不赊。枕上未醒秦地酒,舟前已见陕人家。
春桥杨柳应齐叶,古县棠梨也作花。好是吾贤佳赏地,行逢三月会连沙。

独孤及《伤春怀归》 (《全唐诗》P2768)

不惜中肠苦,但言会合赊。思归吾谁诉,笑向南枝花。

皇甫冉《送客》 (《全唐诗》P2810)

旗鼓军威重,关山客路赊。待封甘度陇,回首不思家。

耿湋《元日早朝》 (《全唐诗》P2997)

九陌朝臣满,三朝候鼓赊。远珂时接韵,攒炬偶成花。

刘方平《秋夜思》 (《全唐诗》P2837)

旅梦何时尽,征途望每赊。晚秋谁上水,新月楚人家。
猿啸空山近,鸿飞极浦斜。明朝南岸去,言折桂枝花。

戴叔伦《送李审之桂州谒中丞叔》 (《全唐诗》P3088)

知音不可遇,才子向天涯。远水下山急,孤舟上路赊。
乱云收暮雨,杂树落秋花。到日应文会,风流胜阮家。

戴叔伦《赠司空拾遗》 (《全唐诗》P3092)

侍臣何事辞云陛,江上弹冠见雪花。望阙未承丹凤诏,开门空对楚人家。
陈琳草奏才还在,王粲登楼兴不赊。高馆更容尘外客,仍令归去待琼华。

戴叔伦《寄刘禹锡》 （《全唐诗》P3093）
谢相园西石径斜,知君习隐暂为家。有时出郭行芳草,长日临池看落花。春去能忘诗共赋,客来应是酒频赊。五年不见西山色,怅望浮云隐落霞。

李端《送乐平苗明府得家字》 （《全唐诗》P3245）
本自求彭泽,谁云道里赊。山从石壁断,江向弋阳斜。

李端《早春夜集耿拾遗宅》 （《全唐诗》P3248）
衔杯鸡欲唱,逗月雁应斜。年齿俱憔悴,谁堪故国赊。

李端《送戴征士还山》 （《全唐诗》P3250）
草生杨柳岸,鸟啭竹林家。不是谋生拙,无为末路赊。

李端《早春夜望》 （《全唐诗》P3267）
晓霜应傍鬓,夜雨莫催花。行矣前途晚,归欤故国赊。

李端《送王副使还并州》 （《全唐诗》P3276）
继世新恩厚,从军旧国赊。戍烟千里直,边雁一行斜。

刘商《送人往虔州》 （《全唐诗》P3458）
莫叹乘轺道路赊,高楼日日望还家。人到南康皆下泪,唯君笑向此中花。

窦叔向《贞懿皇后挽歌》 （《全唐诗》P3028）
后庭攀画柳,上陌咽清笳。命妇羞苹叶,都人插柰花。寿宫星月异,仙路往来赊。纵有迎仙术,终悲隔绛纱。

戎昱《送严十五郎之长安》 （《全唐诗》P3021）
路远征车迥,山回剑阁斜。长安君到日,春色未应赊。

戎昱《桂州腊夜》 （《全唐诗》P3011）
坐到三更尽,归仍万里赊。雪声偏傍竹,寒梦不离家。晓角分残漏,孤灯落碎花。二年随骠骑,辛苦向天涯。

韩愈《独钓》 （《全唐诗》P3858）
坐厌亲刑柄,偷来傍钓车。太平公事少,吏隐讵相赊。

韩愈《次邓州界》 （《全唐诗》P3860）
商颜暮雪逢人少,邓鄙春泥见驿赊。早晚王师收海岳,普将雷雨发萌芽。

韩愈《奉和杜相公太清宫纪事》 （《全唐诗》P3866）
在功诚可尚,于道讵为华。象帝威容大,仙宗宝历赊。

韩愈《赠译经僧》 （《全唐诗》P3872）
万里休言道路赊,有谁教汝度流沙。只今中国方多事,不用无端更乱华。

张籍《送从弟戴玄往苏州》 （《全唐诗》P4314）

杨柳闾门路，悠悠水岸斜。乘舟向山寺，着屐到渔家。
夜月红柑树，秋风白藕花。江天诗景好，迴日莫令赊。

权德舆《惠上人房宴别》 （《全唐诗》P3641）

方袍相引到龙华，支策开襟路不赊。法味已同香积会，礼容疑在少施家。

刘禹锡《晚岁登武陵城顾望水陆怅然有作》 （《全唐诗》P4089）

夕曛转赤岸，浮霭起苍葭。轧轧渡水桨，连连赴林鸦。
叫阍道非远，赐环期自赊。孤臣本危涕，乔木在天涯。

刘禹锡《送蕲州李郎中赴任》 （《全唐诗》P4047）

楚关蕲水路非赊，东望云山日夕佳。韭叶照人呈夏簟，松花满盌试新茶。

刘禹锡《送赵中丞》 （《全唐诗》P4013）

绿树满褒斜，西南蜀路赊。驿门临白草，县道入黄花。
相府开油幕，门生逐绛纱。行看布政后，还从入京华。

元稹《遣春》 （《全唐诗》P4492）

暄寒深浅春，红白前后花。颜色讵相让，生成良有涯。
梅芳勿自早，菊秀勿自赊。各将一时意，终年无再华。

元稹《酬乐天见忆兼伤仲远》 （《全唐诗》P4507）

死别重泉闷，生离万里赊。瘴侵新病骨，梦到故人家。
遥泪陈根草，闲收落地花。庾公楼怅望，巴子国生涯。

白居易《和新楼北园偶集》 （《全唐诗》P4986）

醉乡得道路，狂海无津涯。一岁春又尽，百年期不赊。
同醉君莫辞，独醒古所嗟。

白居易《眼病二首》 （《全唐诗》P5031）

僧说客尘来眼界，医言风眩在肝家。
两头治疗何曾瘥，药力微茫佛力赊。

白居易《忆微之伤仲远》 （《全唐诗》P4883）

幽独辞群久，漂流去国赊。只将琴作伴，唯以酒为家。

白居易《食后》 （《全唐诗》P4750）

食罢一觉睡，起来两瓯茶。举头看日影，已复西南斜。
乐人惜日促，忧人厌年赊。无忧无乐者，长短任生涯。

卢仝《苦雪寄退之》 （《全唐诗》P4388）

市头博米不用物，酒店买酒不肯赊。闻道西风弄剑戟，长阶杀人乱如麻。

殷尧藩《春游》（《全唐诗》P5568）

明日城东看杏花,叮咛童子早将车。路从丹凤楼前过,酒向金鱼馆里赊。绿水满沟生杜若,暖云将雨湿泥沙。绝胜羊傅襄阳道,车骑西风拥鼓笳。

沈亚子《曲江亭望慈恩杏花发》（《全唐诗》P5581）

紫陌传香远,红泉落影斜。园中春尚早,亭上路非赊。芳景偏堪赏,其如积岁华。

裴夷直《发交州日留题解炼师房》（《全唐诗》P5859）

久喜房廊接,今成道路赊。明朝回首处,此地是天涯。

裴夷直《病中知皇子陂荷花盛发寄王缋》（《全唐诗》P5860）

十里莲塘路不赊,病来帘外是天涯。烦君四句遥相寄,应得诗中便看花。

朱庆馀《送饶州张使君》（《全唐诗》P5885）

白头为郡清秋别,山水南行岂觉赊。楚老只应思入境,吴儿从此去移家。馆依高岭分樟叶,路出重江见苇花。务退唯当吟咏苦,留心曾不在天涯。

朱庆馀《宿江馆》（《全唐诗》P5889）

江馆迢遥处,知音信渐赊。夜深乡梦觉,窗下月明斜。起雁看荒草,惊波尚白沙。那堪动乡思,故国在天涯。

杜牧《正初奉酬歙州刺史邢群》（《全唐诗》P5987）

翠岩千尺倚溪斜,曾得严光作钓家。越嶂远分丁字水,腊梅迟见二月花。明时刀尺君须用,幽处田园我有涯。一壑风烟阳羡里,解龟休去路非赊。

杜牧《闻雁》（《全唐诗》P6031）

带霜南去雁,夜好宿汀沙。惊起向何处,高飞极海涯。入云声渐远,离岳路犹赊。归梦当时断,参差欲到家。

杜牧《宿东横山濑》（《全唐诗》P6024）

孤舟路渐赊,时见碧桃花。溪雨滩声急,岩风树势斜。

杜牧《秋晚江上遣怀》（《全唐诗》P6012）

孤舟天际外,去路望中赊。贫病远行客,梦魂多在家。

许浑《甘露寺感事贻同志》（《全唐诗》P6118）

云蔽长安路更赊,独随渔艇老天涯。青山尽日寻黄绢,沧海经年梦绛纱。雪忮有期心自壮,报恩无处发先华。东堂旧侣勤书剑,同出辕门是一家。

许浑《夜归孤山寺却寄卢郎中》（《全唐诗》P6117）

青山有志路犹赊,心在琴书自忆家。醉别庾楼山色晓,夜归萧寺月光斜。

许浑《下第寓居崇圣寺感事》（《全唐诗》P6056）
怀玉泣京华，旧山归路赊。静依禅客院，幽学野人家。

许浑《南海府罢南康阻浅》（《全唐诗》P6089）
暗滩水落涨虚沙，滩去秦吴万里赊。马上折残江北柳，舟中开尽岭南花。

李商隐《喜雪》（《全唐诗》P6232）
粉署闱全隔，霜台路更赊。此时倾贺酒，相望在京华。

薛莹《秋晚同友人闲步》（《全唐诗》P6265）
望远临孤石，吟馀落片霞。野情看不足，归路思犹赊。

贾岛《投张太祝》（《全唐诗》P6623）
身卧东北泥，魂挂西南霞。手把一枝栗，往轻觉程赊。水天朔方色，暖日嵩根花。

贾岛《寄令狐绹相公》（《全唐诗》P6659）
驴骏胜赢马，东川路匪赊。一缄论贾谊，三蜀寄严家。

贾岛《送黄知新归安南》（《全唐诗》P6665）
火山难下雪，瘴土不生茶。知决秋来计，相逢期尚赊。

寒山《诗》（《全唐诗》P9101）
画栋非吾宅，松林是我家。一生俄尔过，万事莫言赊。济渡不造筏，漂沦为采花。善根今未种，何日见生芽。

卿云《长安言怀寄沈彬侍郎》（《全唐诗》P9295）
故园梨岭下，归路接天涯。生作长安草，胜为边地花。雁南飞不到，书北寄来赊。堪羡神仙客，青云早致家。

齐己《荆门送人自峨嵋游南岳》（《全唐诗》P9497）
峨嵋来已远，衡岳去犹赊。南浦悬帆影，西风乱荻花。天涯遥梦泽，山众近长沙。有兴多新作，携将大府夸。

处默《送僧游西域》（《全唐诗》P9614）
一盂兼一锡，只此度流沙。野性虽为客，禅心即是家。寺披云峤雪，路入晓天霞。自说游诸国，回应岁月赊。

处默《忆庐山旧居》（《全唐诗》P9614）
麤衣粝食老烟霞，勉把衰颜惜岁华。独鹤只为山客伴，闲云常在野僧家。丛生嫩蕨黏松粉，自落干薪带藓花。明月清风旧相得，十年归恨可能赊。

唐求《题友人寓居》 （《全五代诗》973）

寓居无不在天涯，莫恨秦关道路赊。缭绕城边山是蜀，弯环门外水名巴。

吕洞宾《诗》 （《全唐诗》P9688）

春尽闲闲过落花，一回舞剑一吁嗟。常忧白日光阴促，每恨青天道路赊。
本志不求名与利，元心只慕水兼霞。世间万种浮沉事，达理谁能似我家。

吕洞宾《诗》 （《全唐诗》P9690》）

九鼎烹煎一味砂，自然火候放童花。星晨照出青莲颗，日月能藏白马牙。
七返返成生碧雾，九还还就吐红霞。有人夺得玄珠饵，三岛途中路不赊。

魏承班《诉衷情》 （《全唐诗》P10107）

金风轻透碧窗纱，银釭焰影斜。欹枕卧，恨何赊。山掩小屏霞。云雨别吴娃，想容华。梦成几度绕天涯，到君家。

王绩《山中送别处士》 （《百代千家绝句选》P67,《全唐诗》P484）

为向东溪道，人来路渐赊。山中春酒熟，何处得停车。

王绩《赠学仙者》 （《全唐诗》P483）

采药层城远，寻师海路赊。玉壶横日月，金阙断烟霞。
仙人何处在，道士未还家。

王绩《策杖寻隐士》 （《全唐诗》P483）

策杖寻隐士，行行路渐赊。石梁横涧断，土室映山斜。
孝然纵有舍，威辈遂无家。

方干《山中》 （《全唐诗》P10005）

爱山却把图书卖，嗜酒空教僮仆赊。只向阶前便渔钓，那知枕上有云霞。
暗泉出石飞仍咽，小径通桥直复斜。窗竹未抽今夏笋，庭梅曾试当年花。

【宋】

林表民《新昌道中》 （《宋人绝句选》P381）

残村时有两三家，缭绕清溪路更赊。客里不知春去尽，满山风雨落桐花。

佚名《高阳乐人歌》 （《百代千家绝句选》P48）

可怜白鼻騧，相将入酒家。无钱但共饮，画地作交赊。

万俟咏《诉衷情·送春》

一鞭清晓喜还家，宿醉困流霞。夜来小雨新霁，双燕舞风斜。山不尽，水无涯，望中赊。送春滋味，念远情怀，分付杨花。

【明】

　　　　袁中道《枝江道中》　（《明诗选》P529）

　　楚国丹阳路未赊,峰峦断处又平沙。溪深不障斓斑石,梅老犹馀冷淡花。

【清】

　　　　原济《题桃花册》　（《历代题画诗选注》118）

　　武陵溪口灿如霞,一棹寻之兴更赊。归向吾庐情未已,笔含春雨写桃花。

　　　　徐崧《清平乐》　（《词综补遗》P172）

　　乌衣巷口风斜,白玉堂前路赊。轻解湘帘垂下,妨他双宿人家。

　　　　潘遵祁《重九日南阳道中写菊偶题》　（《中国古今题画诗全璧》P193）

　　烟波如画好浮家,佳日真忘客路赊。莫笑题糕无好句,一篷芦雪写秋花。

　　　　朱梦来《何满子·冬郊晚眺》　（《词综补遗》P421）

　　树色全消高坞,溪声半枕平沙。携杖闲看郊外景,苍茫逸兴方赊。

　　　　朱士龙《卖花声》　（《词综补遗》P447）

　　知己各天涯,锦字偏赊。几时把酒话桑麻。好共联床风雨夕,莫又离家。

　　　　朱文炳《南楼令》　（《词综补遗》P461）

　　何处问琵琶,情长路更赊。怎春来、偏是天涯。昨夜海红帘底月,孤负了、故园花。

　　　　朱冠瀛《浪淘沙》　（《词综补遗》P471）

　　莺语绕窗纱,好梦全赊。慵临晓镜绾双鸦。窥见隔墙红杏影,春在邻家。

　　　　田北湖《沁园春》　（《词综补遗》P1072）

　　苍狗翻衣,青蝇集矢,闻道晒山又种瓜。君知否,头颅无价,尽许来赊。

　　　　龚贤《山居图》　（《中国古今题画诗全璧》P1047）

　　农牧渔樵何处家,黄茅屋子寄山涯。等闲相返如泥醉,洒满瓶杯不用赊。

　　　　钱仪吉《题赵文敏桃花源图》　（《中国古今题画诗全璧》P1148）

　　秦时流水晋时花,写到元时有几家。高士当年忘甲子,空山终古閟烟霞。祖龙璧还春常在,子骥舟寻路已赊。太息鸥波接人境,王孙芳草去天涯。

　　　　郭诚《赠曹雪芹》

　　满径蓬蒿老不华,举家食粥酒常赊。衡门僻巷愁今雨,废馆颓楼忆旧家。

附录:据《康熙字典》,"赊"字的读音有时可读"叶诗戈切"。如:

　　　　谢灵运《感时赋》

　　相物类以追己,闵交臂之匪赊。揆大耋之或遄,指崦嵫于西阿。

杜甫《禹庙》中的"蛇"

"蛇"字现在两个读音：一是 shé，如蛇足、蛇莓、蛇蜕等；二是 yí，如逶蛇。但古时它是个多音字，《康熙字典》注明，"蛇"字除了读以上两音，还可读"时遮切"音 chá、"徒河切"音 tuó。

一、"蛇"音 chá 举例

【西汉】

王褒《楚辞·九怀·株昭》

乘虹骖蜺兮，载云变化。鹔鹴开路兮，后属青蛇。

【南朝 陈】

何处士《春日从将军游山寺》（《全汉三国晋南北朝诗》P1451）

兰庭厌俗赏，柰苑瞩年华。始入香山路，仍逢火宅车。
慈门数片叶，道树一林花。虽悟危藤鼠，终悲在箧蛇。

【唐】

岑参《利州道中作》（《全唐诗》P2044）

岩倾岁通马，石窄难容车。深林怯魑魅，洞穴防龙蛇。
水种新插秧，山田正烧畬。夜猿啸山雨，曙鸟鸣江花。

张说《岳州作》（《全唐诗》P974）

水国生秋草，离居再及瓜。山川临洞穴，风日望长沙。
物土南州异，关河北信赊。日昏闻怪鸟，地热见修蛇。
远人梦归路，瘦马嘶去家。正有江潭月，徘徊恋九华。

张说《巴丘春作》（《全唐诗》P975）

日出洞庭水，春山挂断霞。江浔相映发，卉木共纷华。
湘戍南浮阔，荆关北望赊。湖阴窥魍魉，丘势辨巴蛇。
岛户巢为馆，渔人艇作家。自怜心问景，三岁客长沙。

张说《韦谯公挽歌》（《全唐诗》P958）

五瑞分王国，双珠映后家。文飞书上凤，武结笥中蛇。
出豫荣前马，回銮丧后车。衰衣将锡命，泉路有光华。

杜甫《禹庙》（《全唐诗》P248）

禹庙空山里，秋风落日斜。荒庭垂橘柚，古屋画龙蛇。
云气生虚壁，江声走白沙。早知乘四载，疏凿控三巴。

杜甫《喜晴》 (《全唐诗》P2271)

青荧陵陂麦,窈窕桃李花。春夏各有实,我饥岂无涯。
干戈虽横放,惨淡斗龙蛇。

杜甫《陪郑广文游何将军山林》 (《全唐诗》P2397)

旁舍连高竹,疏篱带晚花。碾涡深没马,藤蔓曲藏蛇。
词赋工无益,山林迹未赊。尽拈书籍卖,来问尔东家。

杜甫《柴门》 (《全唐诗》P2336)

禹功翊造化,疏凿就欹斜。巴渠决太古,众水为长蛇。
风烟渺吴蜀,舟楫通盐麻。我今远游子,飘转混泥沙。

李端《酬秘书元丞郊园卧疾见寄》 (《全唐诗》P3258)

闻说漳滨卧,题诗怨岁华。求医主高手,报疾到贫家。
撒枕销行蚁,移杯失画蛇。明朝九衢上,应见玉人车。

韩愈《奉和杜相公太清宫纪事》 (《全唐诗》P3866)

象帝威容大,仙宗宝历赊。卫门罗戟槊,图壁杂龙蛇。
礼乐追尊盛,乾坤降福遐。

柳宗元《同刘二十八院长述旧言怀》 (《全唐诗》P3925)

宠即郎官旧,威从太守加。建旗翻鹭鸟,负弩绕文蛇。
册府荣八命,中闱盛六珈。

元稹《巴蛇》 (《全唐诗》P4471)

巴蛇千种毒,其最鼻褰蛇。掉舌翻红焰,盘身蹙白花。
喷人竖毛发,饮浪沸泥沙。欲学叔敖瘗,其如多似麻。

元稹《芳树》 (《全唐诗》P171)

天生细碎物,不爱好光华。非无歼殄法,念尔有生涯。
春雷一声发,惊燕亦惊蛇。清池养神蔡,已复长蛤蟆。

李商隐《咏史》 (《全唐诗》P6163)

历览前贤国与家,成由勤俭破由奢。何须琥珀方为枕,岂得真珠始为车。
运去不逢青海马、力穷难拔蜀山蛇。几人曾预南薰曲,终古苍梧哭翠华。

贾岛《寄令狐相公》 (《全唐诗》P6659)

谦光贤将相,别纸圣龙蛇。岂有斯言玷,应无白璧瑕。

陆龟蒙《杂讽》 (《全唐诗》P7127)

严霜冻大泽,僵龙不如蛇。昔者天血碧,吾徒安叹嗟。

虞世南《门中有车马客行》（《全唐诗》P245）

夏莲开剑水，春桃发露花。轻裾染回雪，浮蚁泛流霞。
高谈辨飞兔，摛藻握灵蛇。逢恩借羽翼，失路委泥沙。

裴说《怀素台》《全唐诗》P8260

欲归家，重叹嗟。眼前有，三个字：枯树槎。乌梢蛇。墨老鸦。

齐己《渚宫莫问诗》（《全唐诗》P9512）

莫问闲行趣，春风野水涯。千门无谢女，两岸有杨花。
好鹤曾为客，真龙或作蛇。踌躇自回首，日脚背楼斜。

栖一《垓下怀古》（《全唐诗》P9613）

缅想咸阳事可嗟，楚歌哀怨思无涯。八千子弟归何处？万里鸿沟属汉家。
弓指阵前争日月，血流垓下定龙蛇。拔山力尽乌江水，今古悠悠空浪花。

寒山《诗》（《全唐诗》P9091）

众生不可说，何意许颠邪。面上两恶鸟，心中三毒蛇。
是渠作障碍，使你事烦拏。举手高弹指，南无佛陀耶。

吕洞宾《五言》（《全唐诗》P9693）

宇宙产黄芽，经炉煅作砂。阴阳烹五彩，水火炼三花。
鼎内龙降虎，壶中龟遣蛇。功成归物外，自在乐烟霞。

梅尧臣《范饶州坐中客语食河豚鱼》（《宋诗三百首》P36）

皆言美无度，谁谓死如麻。我语不能屈，自思空咄嗟。
退之来潮阳，始惮餐笼蛇。子厚居柳州，而甘食虾蟆。
二物虽可憎，性命无舛差。斯味曾不比，中藏祸无涯。

【宋】

苏轼《望海楼晚景五绝》（《苏轼选集》P50）

横风吹雨入楼斜，壮观应须好句夸。雨过潮平江海碧，电光时掣紫金蛇。

苏轼《无锡道中赋水车》（《苏轼选集》P80）

翻翻联联衔尾鸦，荦荦确确蜕骨蛇。分畦翠浪走云阵，刺水绿针抽稻芽。

苏轼《司竹监烧苇园》（《苏轼选集》P24）

雄心欲搏南涧虎，阵势颇学常山蛇。霜干火烈声爆野，飞走无路号且呀。

吴文英《忆旧游·别黄淡翁》（《词综》P1182）

西湖断桥路，想系马垂杨，依旧欹斜。葵麦迷烟处，问离巢孤燕，飞过谁家？故人为写深怨，空壁扫秋蛇。但醉上吴台，残阳草色归思赊。

王安石《东门》 (《王安石全集》P59)

东门白下亭,摧甍蔓寒葩。浅沙栎素舸,一水宛秋蛇。

【元】

仇瓒《为蹇原道题竹木图》 (《历代书画诗选注》P54)

疏篁古木都成老,石涧莓苔亦有花。排闷不须千日酒,聊将小笔画龙蛇。

【清】

赵翼《永州道上》 (《元明清诗一百首》144)

烟雨潇湘泛使槎,九疑一半暮云遮。长途已过峰回雁,宽政今无俗捕蛇。
袁渴尚传迁客记,浯溪难访漫郎家。箧中剩有《春陵》句,留伴孤灯一炷斜。

陈大章《登小孤山》 (《古代山水诗一百首》P164)

参差楼观丽朝霞,绣甃珠箔颜如花。阴岩咫尺蓄雷雨,怪树千岁盘龙蛇。

高琬《昼锦堂》 (《词综补遗》P1170)

豪启双眸窥世态,醉摇红影逗榴花。相将道,今日欢会,墨池风雨幻龙蛇。

恩溥《鹧鸪天》 (《词综补遗》P945)

守岁今年心更差,翻求岁月去如蛇。解嘲诗满钟馗画,煮茗声疑越石笳。

【近现代】

齐白石《题牵牛花》 (《中国古今题画诗全璧》P461)

闭门灯影鬓霜华,老懒真如秋蛰蛇。百本牵牛花碗大,三年无梦到梅家。

王昆仑《题傅抱石画》 (《中国古今题画诗全璧》P1243)

丹青往代万千家,翘首今朝看异花。意动风来吹笔舞,江山无限走龙蛇。

徐特立《送董老赴京》 (《十老诗选》P153)

双足何时息,前瞻路尚赊。吾华警烽火,四海斗龙蛇。
不拟霜同鬓,唯将国作家。

二、"蛇"音 yí 举例

《诗经·小雅·斯干》

吉梦维何,维熊维罴,维虺维蛇。

《诗经·小雅·巧言》

蛇蛇硕言,出自口矣。巧言如簧,颜之厚矣。

屈原《楚辞·离骚》

屯余车其千乘兮,齐玉轪而并驰。驾八龙之蜿蜒兮,载云旗之委蛇。

屈原《楚辞·远游》

屯余车之万乘兮,纷溶与而并驰。驾八龙之婉婉兮,载云旗之委蛇。
使湘灵鼓瑟兮,令海若舞冯夷。玄螭虫象并出进兮,形蟉虬而逶蛇。

王安石《寄题睡轩》 (《王安石全集》P48)

刘侯少慷慨,天马脱霜羁。一官不得意,州县老委蛇。

三、"蛇"音 tuó 举例

韩愈《读东方朔杂事》 (《全唐诗》P3835)

簸顿五山踣,流漂八维蹉。日吾儿可憎,奈此狡猾何。
方朔闻不喜,褫身络蛟蛇。瞻相北斗炳,两手自相接。
群仙急乃言,百犯庸不科。

韩愈《石鼓歌》 (《全唐诗》P3811)

金绳铁索锁纽壮,古鼎跃水龙腾梭。陋儒编诗不收入,二雅褊迫无委蛇。
孔子西行不到秦,掎摭星宿遗羲娥。

苏轼《石步洪》 (《苏轼选集》P113)

纷纷争夺醉梦里,岂知荆棘埋铜驼。觉来俛仰失千劫,回视此水殊委蛇。

韩愈《县斋有怀》中的"射"

"射"现在只有一个读音 shè,但在古诗词中它的读音有多种。据《康熙字典》:"射,神夜切(夜音鸦)";射"辞夜切,音麝,神夜切"。如:

【唐】

韩愈《县斋有怀》 (《全唐诗》P3776)

谁为倾国媒,自许连城价。初随计吏贡,屡入泽宫射。虽免十上劳,何能一战霸。

【宋】

张升《离亭燕》 (《词综》P259)

一带江山如画。风物向秋潇洒。水浸碧天何处断,霁色冷光相射。蓼屿荻花洲,掩映竹篱茅舍。

(注:"射"字还与"亚""话""下"诸字协韵。)

蒋捷《女冠子·元夕》 (《词综》P1231)

蕙花香也。雪晴池馆如画。春风飞到,宝钗楼上,一片笙箫,琉璃光射。而今灯漫挂。

（注：该词中"射"字与"画""挂""夜""耍""打""借""帕""话""下"协韵。）

谢、榭、麝诸字与"射"同音。周邦彦的《解语花》就集中了射、谢、麝三个字。

周邦彦《解语花》 （《词综》P581）

风销绛①蜡，露浥红莲②，灯市光相射。桂华流瓦，纤云散、耿耿素娥欲下。衣裳淡雅，看楚女纤腰一把。箫鼓喧，人影参差，满路飘香麝。因念都城放夜，望千门如昼，嬉笑游冶。钿车罗帕，相逢处、自有暗尘随马。年光是也，唯只见旧情衰谢。清漏移，飞盖归来，从舞休歌罢。

苏轼《蝶恋花·密州上元》中的"麝"

"麝"字古时的读音与"谢"字相同，一音 xiè，另一音 xià。究竟读什么音，要看它与什么字协韵。如下面几首词中的麝就要读 xià。

【唐】

元稹《茅舍》 （《全唐诗》P4466）

火至殊陈郑，人安极嵩华。谁能继此名，名流袭兰麝。

【宋】

苏轼《蝶恋花·密州上元》 （《苏轼词全集》P63）

灯火钱塘三五夜。明月如霜，照见人如画。帐底吹笙香吐麝。此般风味应无价。

周邦彦《解语花·元宵》 （《词综》P581）

风销焰蜡，露浥烘炉，花市光相射。桂华流瓦。纤云散，耿耿素娥欲下。衣裳淡雅。看楚女、纤腰一把。箫鼓喧，人影参差，满路飘香麝。

李昂英《瑞鹤仙·甲辰除夕》 （《词综》P2198）

堪画。纱笼夹道，露重花珠，尘吹兰麝。歌朋舞社。玉梅转，闹蛾耍。

【元】

张半湖《扫花游》 （《词综》P1885）

琐闼深中，料想酒阑歌罢。日将下。是那处藕花，香胜沈麝。

---

① 绛，一作焰。
② 莲，一作烘炉。

李白《怨情》中的"谁"

"谁"字现在有两个读音 shuí 和 shéi。但古诗词中它另有一个与"旗""飞""陂""欺""宜"等字协韵的读音"唯或肥,夷佳切",音 féi。《康熙字典》因为"佳"一音为"坚溪切,音稽",所以"夷佳切"切出的音 féi 就与"眉""旗""飞"等字协韵。李白《怨情》诗中的"谁"就得读 féi。

    李白《怨情》 (《全唐诗》P1882)
  美人卷珠帘,深坐颦蛾眉。但见泪痕湿,不知心恨谁。

其他例如:
    萧衍《白纻辞》 (《玉台新咏》P259)
  纤腰袅袅不任衣。娇态独立特为谁。赴曲君前未忍归。上声急调中心飞。

【南朝　梁】
    佚名《十五从军征》 (《全汉三国晋南北朝诗》P1326)
  羹饭一时熟,不知贻阿谁!出门东向看,泪落沾我衣。
    佚名《东平刘生歌》 (《全汉三国晋南北朝诗》P1329)
  东平刘生安东子。树木稀。屋里无人看阿谁。

【唐】
    杜甫《述古》 (《全唐诗》P2312)
  赤骥顿长缨,非无万里姿。悲鸣泪至地,为问驭者谁。
  凤凰从东来,何意复高飞。竹花不结实,念子忍朝饥。
    杜甫《戏为六绝句》 (《全唐诗》P2453)
  未及前贤更勿疑,递相祖述复先谁?
  别裁伪体亲风雅,转益多师是汝师(xī)。
    李白《宴郑参卿山池》 (《全唐诗》P1827)
  尔恐碧草晚,我畏朱颜移。愁看杨花飞,置酒正相宜。
  歌声送落日,舞影回清池。今夕不尽杯,留欢更邀谁。
    沈千运《赠史修文》 (《全唐诗》P2887)
  念离宛犹昨,俄已经数期。畴昔皆少年,别来鬓如丝。
  不道旧姓名,相逢知是谁。囊游尽骞蓊,与君仍布衣。
    戴叔伦《对月答袁明府》 (《全唐诗》P3108)
  山下孤城月上迟,相留一醉本无期。明年此夕游何处,纵有清光知对谁。

罗隐《西施》 （《百代千家绝句选》P403）

家国兴亡自有时,吴人何苦怨西施。西施若解倾吴国,越国亡来又是谁。

王建《朝天词》 （《全唐诗》P3425）

胡马悠悠未尽归,玉关犹隔吐蕃旗。老臣一表求高卧,边事从今欲问谁。

韩愈《归彭城》 （《全唐诗》P3773）

归来戎马间,惊顾似羁雌。连日或不语,终朝见相欺。
乘闲辄骑马,茫茫诣空陂。遇酒即酩酊,君知我为谁。

（注:诗中的"谁"字与"皮""䴙""欺""奇"等字协韵。）

韩愈《感春》 （《全唐诗》P3792）

屈原离骚二十五,不肯餔啜糟与醨。惜哉此子巧言语,不到圣处宁非痴。
幸逢尧舜明四目,条理品汇皆得宜。平明出门暮归舍,酩酊马上知为谁。

韩愈《送僧澄观》 （《全唐诗》P3830）

浮屠西来何施为,扰扰四海争奔驰。构楼架阁切星汉,夸雄斗丽止者谁。
僧伽后出淮泗上,势到众佛尤恢奇。

【元】

元好问《杂著四首》 （《元好问全集》P290）

白发刘郎老更痴,人间那有后天期!茂陵石马专相待,种下蟠桃属阿谁?

元好问《增李文伯》 （《元好问全集》P258）

凤凰在山天下奇,泰和以来王李倪。承前人物天未绝,耆旧风流今后谁。

徐悲鸿《木棉》中的"师"

"师"字现在只有一个读音 shī,如师父、师母、师爷、师长等。但在古诗词中,它除了读 shī 音,还可读音西(xī)。《康熙字典》注:师字一音"申之切,音狮",另有一音"疏夷切,音西。"如徐悲鸿的《木棉》中的"师"就应读西(xī)。

徐悲鸿《木棉》

灿若朝霞色,高与青云齐。孰具英雄气,棉花傥可师。

"师"字读音西(xī),早在《诗经》中就已经出现。如:

《诗经·大雅·板》

丧乱蔑资(资字笺西切,音 jī)。曾莫慰我师(霜夷士力,音 xī)。

《诗经·小雅·节南山》

秉国之钧,四方是维。天子是毗,俾民不迷。不吊昊天,不宜空我师。

张籍《没蕃故人》（《唐诗三百首》）

前年伐月支,城下没全师。蕃汉断消息,死生长别离。
无人收废帐,归马识残旗。欲祭疑君在,天涯哭此时。

其他例举如下：

【北魏】

段承根《赠李宝》（《全汉三国晋南北朝诗》P1474）

数不常扰,艰极则夷。奋翼幽裔,翰飞京师。
珥蝉紫闼,仗节方畿。弼我王度,庶绩缉熙。

【南朝】

范靖妇《王昭君叹》（《玉台新咏》P280）

早信丹青巧,重货洛阳师。千金买蝉鬓,百万写蛾眉。

【南朝 梁】

刘孝绰《钓竿篇》（《全汉三国晋南北朝诗》P1191）

莲度江南手,衣渝京兆眉。垂竿自有乐,谁能为太师。

【北周】

王褒《奉和赵王途中五韵》（《全汉三国晋南北朝诗》P1559）

飘飘映车幕,出没望连旗。度云还翊阵,回风即送师。
峡路沙如月,山峰石似眉。

【唐】

李华《奉使朔方赠郭都护》（《全唐诗》P1590）

绝塞临光禄,孤营佐贰师。铁衣三月冷,金鼓朔风悲。
都护征兵日,将军破虏时。扬鞭玉关道,回首望旌旗。

刘禹锡《送慧则法师上都》（《全唐诗》P4048）

昨日东林看讲时,都人乘马蹋琉璃。雪山童子应前世,金粟如来是本师。
一锡言归九城路,三衣曾拂万年枝。休公久别如相问,楚客逢秋心更悲。

张祜《塞上曲》（《全唐诗》P5824）

边风卷地时,日暮帐初移。碛迥三通角,山寒一点旗。
连收榻索马,引满射雕儿。莫道功勋细,将军昔戍师。

李商隐《别智玄法师》（《全唐诗》P6195）

云鬓无端怨别离,十年移易住山期。东西南北皆垂泪,却是杨朱真本师。

李商隐《寿安公主出降》（《全唐诗》P6188）

沩水闻贞媛,常山索锐师。昔忧迷帝力,今分送王姬。
事等和强虏,恩殊睦本枝。四郊多垒在,此礼恐无时。

张籍《送律师归婺州》（《全唐诗》P4352）

京中开讲已多时,曾作坛头证戒师。归到双溪桥北寺,乡僧争就学威仪。

韦应物《寄大梁诸友》（《全唐诗》P1916）

昨日次睢阳,今日宿符离。云树怆重叠,烟波念还期。
相敦在勤事,海内方劳师。

吕温《临洮送袁七书记归朝》（《全唐诗》P4168）

忆年十五在江湄,闻说平凉且半疑。岂料殷勤洮水上,却将家信托袁师。

贯休《送友人及第后归台州》（《全唐诗》P9377）

得桂为边辟,翩翩颇合宜。嫖姚留不住,昼锦已归迟。
岛侧花藏虎,湖心浪撼棋。终期华顶下,共礼渌身师。

贯休《闻大愿和尚顺世》（《全唐诗》P9368）

王室今如毁,仍闻丧我师。古容图得否,内院去无疑。

贯休《桐江闲居作》（《全唐诗》P9357）

忆在山中日,为僧鬓欲衰(yī)。一灯常到晓,十载不离师。
水汲冰溪滑,钟撞雪阁危。从来多自省,不学拟何为?

齐己《寄怀江西征岷二律师》（《全唐诗》P9459）

乱后江边寺,堪怀二律师。几番新弟子,一样旧威仪。
院影连春竹,窗声接雨池。共缘山水癖,久别共题诗。

郭震《王昭君》（《百代千家绝句选》P88）

闻有南河信,传言杀画师。始知君恩重,更肯惜蛾眉。

【宋】

吕本中《乱后杂诗》（《宋诗一百首》P60）

晚逢戎马际,处处聚兵时。后死翻为累,偷生未有期。
积忧全少睡,经劫抱长饥。欲逐范仔辈,同盟起义师。

陆游《书怀诗》（《陆放翁诗词选》P186）

老死已无日,功名犹自期。清笳太行路,何日出王师。

保禄《郭林宗墓》（《历代咏史绝句选》P317）

孤坟三尺草离离,异代风流是我师。欲荐溪毛嗟日落,晚霞红上蔡邕碑。

【近现代】

　　于右任《题高奇峰画》（《中国古今题画诗全璧》P1586）

笔有奇峰人似之,奇峰无处不称奇。苍梧哭罢朱元帅,心血都捐为义师。

　　齐白石《题月下寻归图赠悲鸿》（《中国古今题画诗全璧》P1583）

草庐三顾不容辞,何况雕虫老画师。海上清风明月满,杖藜扶梦访徐熙。

　　潘佛章《谢陈封怀为我作画》（《中国古今题画诗全璧》P1628）

久慕清辉谒晋迟,耄年矍铄古今稀。画成竹石知风义,喻我坚贞是我师。

唐伯虎《题画诗》中的"诗"

"诗"字现在只有一个读音:shī,如诗歌、诗话、诗人、诗篇等。但古时这个字多读为西(xī)。《康熙字典》注,诗字"书之切"或"申之切"音西。1936年出版的《辞海》则注明:诗字"式医切,支韵"。如:

唐伯虎《题画诗》

十朝风雨黄昏迷,八口妻孥并告饥。信是老天真戏我,无人来买扇头诗。

古诗词中"诗"字与"饥""骑""陂""离""知""迟""夷""宜"等字协韵的诗篇很多,例如:

【唐】

　　杜甫《别崔潩因寄薛据孟云卿》（《全唐诗》P2546）

志士惜妄动,深知难固辞。如何久磨砺,但取不磷缁。
夙夜听忧主,飞腾急济时。荆州过薛孟,为报欲论诗。

　　韦应物《和李二主簿,寄淮上綦毋三》（《全唐诗》P1926）

满城怜傲吏,终日赋新诗。请报淮阴客,春帆浪作期。

　　韦应物《送宣城路录事》（《全唐诗》P1927）

江上宣城郡,孤舟远到时。云林谢家宅,山水敬亭祠。
纲纪多闲日,观游得赋诗。都门且尽醉,此别数年期。

　　韦应物《送李二归楚州》（《全唐诗》P1928）

情人南楚别,复咏在原诗。忽此嗟歧路,还令泣素丝。
风波朝夕远,音信往来迟。好去扁舟客,青云何处期。

　　韦应物《咏徐正字画青蝇》（《全唐诗》P2010）

误点能成物,迷真许一时。笔端来已久,座上去何迟。
顾白曾无变,听鸡不复疑。讵劳才子赏,为入国人诗。

白居易《招萧处士》（《全唐诗》P4799）

东郊萧处士，聊可与开眉。能饮满杯酒，善吟长句诗。

白居易《江楼月》（《全唐诗》P4850）

嘉陵江曲曲江池，明月虽同人别离。一宵光景潜相忆，两地阴晴远不知。
谁料江边怀我夜，正当池畔望君时。今朝共语方同悔，不解多情先寄诗。

白居易《重题别东楼》（《全唐诗》P5008）

海仙楼塔晴方出，江女笙箫夜始吹。春雨星攒寻蟹火，秋风霞飐弄涛旗。
宴宜云髻新梳后，曲爱霓裳未拍时。太守三年嘲不尽，郡斋空作百篇诗。

白居易《自问行何迟》（《全唐诗》P4976）

进不慕富贵，退未忧寒饥。以此易过日，腾腾呵所为(yī)。
逢山辄倚櫂，遇寺多题诗。酒醒夜深后，睡足日高时。
眼底一无事，心中百不知。

白居易《和晨兴因报问龟儿》（《全唐诗》P4989）

当此岁暮感，见君晨兴诗。君诗亦多苦，苦在兄远离。
我苦不在远，缠绵肝与脾。西院病孀妇，后床孤侄儿(nī)。

白居易《读李杜诗集因题卷后》（《全唐诗》P4875）

翰林江左日，员外剑南时。不得高官职，仍逢苦乱离。
暮年逋客恨，浮世谪仙悲。吟咏留千古，声名动四夷。
文场供秀句，乐府待新词。天意君须会，人间要好诗。

白居易《求分司东都寄相公十韵》（《全唐诗》P5011）

忽忽心如梦，星星鬓如丝。纵贫长有酒，虽老未抛诗。
俭薄身都惯，疏顽性颇宜。饭粗餐亦饱，被暖起常迟。

白居易《留题郡斋》（《全唐诗》P5007）

吟山歌水嘲风月，便是三年官满时。春为醉眠多闭阁，秋因晴望暂褰帷。
更无一事移风俗，唯化州民解咏诗。

金车美人《与谢翱赠答诗》（《全唐诗》P9807）

阳台后会杳无期，碧树烟深玉漏迟。半夜香风满庭月，花前空赋别离诗。

綦毋诚《同韦夏卿送顾况归茅山》（《全唐诗》P3058）

谪臣闻尝赋，游仙便作诗。白银双阙恋，青竹一龙骑。
先入茅君洞，旋过葛稚陂。无然列御寇，五日有还期。

于武陵《白樱树》（《全唐诗》P9994）

记得花开雪满枝，和蜂和蝶带花移。如今花落游蜂去，空作主人惆怅诗。

崔橹《南阳见柳》 (《全唐诗》P9997)

金衔细毂萦回岸,戍笛牛歌远近陂。还把旧年惆怅意,武安城下一吟诗。

崔橹《别君山》 (《全唐诗》P9997)

点空夸黛妒愁眉,何必浮来结梦思。惭愧二年青翠色,惹窗黏枕伴吟诗。

李商隐《景阳井》中的"施"

"施"字现在只有一个读音 shī,如施展、施行、施舍、施主等。但古诗词中有时要读 xī,与基、期、衣、宜、湄、移、离、奇诸字协韵。《康熙字典》注明:"施"是个多音字,有"商支切""以豉切""赏是切""余支切""叶诗戈切"等。1936年出版的《辞海》则注明:"施,式漪切,支韵"。

"施"音 xī 与衣、基、移、奇诸字协韵的诗词很多,大家熟悉的如:

李商隐《景阳井》 (《全唐诗》P6224)

景阳宫井剩堪悲,不尽龙鸾誓死期。肠断吴王宫外水,浊泥犹得葬西施。

王安石《宰嚭》 (湖南版《历代咏史绝句选》P44)

谋臣本自系安危,贱妾何能作祸基。但愿君王诛宰嚭,不愁宫里有西施。

其他例举如下:

【汉】

《崔少府女赠卢充诗》 (《先秦汉魏晋南北朝诗》P324)

煌煌灵芝质,光丽何猗猗。华艳当时显,嘉异表神奇。
含英未及秀,中夏罹霜萎(yī)。荣曜长幽灭,世路永无施。
不悟阴阳运,哲人忽来仪。会浅离别速,皆由灵与只(qī)。
何以赠余亲,金鋺可颐儿(nī)。爱恩从此别,断绝伤肝脾。

【三国 吴】

张纯《赋席》 (《先秦汉魏晋南北朝诗》P535)

席为冬设,簟为夏施。揖让而坐,君子攸宜。

【晋】

《团扇郎》 (《全汉三国晋南北朝诗》P534)

白练薄不着,趣欲着锦衣。异色都言好,清白为谁施。

【南朝 齐】

谢朓《咏乌皮隐几》 (《全汉三国晋南北朝诗》P828)

蟠木生附枝,刻削岂无施。取则龙文鼎,三趾献光仪。
勿言素韦洁,白沙尚推移。曲躬奉微用,聊承终宴疲。

【南朝 梁】

张率《相逢行》 （《玉台新咏》P139）

公子之所在，所在良易知。青楼出上路，渐台临曲池。
堂上抚流徽，雷樽朝夕施。橘柚芬华食，朱父燎金枝。
兄弟两三人，冠佩纷陆离。朝从禁中出，车骑并驱驰。
金鞍玛瑙勒，聚观路旁儿(nī)。入门一顾望，凫鹄有雄雌。
雄雌各数千，相鸣戏羽仪。

【唐】

贺知章《禅社首乐章·太和》 （《全唐诗》P111）

肃我成命，于昭黄只。裘冕而祀，陟降在斯。
五音克备，八音聿施。缉熙肆靖，厥心匪离。

《释奠文宣王乐章·舒和》 （《全唐诗》P118）

隼集龟开昭圣烈，龙蹲凤跱肃神仪。尊儒敬业宏图阐，纬武经文盛德施。

韦承庆《直中书省》 （《全唐诗》P557）

九思空自勉，五字本无施。徒喜逢千载，何阶答二仪。
萤光向日尽，蚊力负山疲。禁宇庭除阔，闲宵钟箭移。

岑参《过梁州奉赠张尚书大夫公》 （《全唐诗》P2024）

门传大夫印，世拥上将旗。承家令名扬，许国苦节施。
戎幕宁久驻，台阶不应迟(qī)。别有弹冠士，希君无见遗。

张巡《守睢阳作》 （《全唐诗》P1611）

忠信应难敌，坚贞谅不移。无人报天子，心计欲何施。

吕温《道州将赴衡州酬别江华毛令》 （《全唐诗》P4161）

布帛精粗任土宜，疲人识信每先期。明朝别后无他嘱，虽是蒲鞭也莫施。

白居易《裴侍中晋公以集贤林亭即事诗见赠》 （《全唐诗》P5116）

春葩雪漠漠，夏果珠离离。主人命方舟，宛在水中坻。
亲宾次第至，酒乐前后施。解缆始登泛，山游仍水嬉。

白居易《三年冬随事铺设小堂寝处》 （《全唐诗》P5193）

小宅非全陋，中堂不甚卑。聊堪会亲族，足以贮妻儿。
暖帐迎冬设，温炉向夜施。裘新青兔褐，褥软白猿皮。

元稹《酬翰林白学士代书一百韵》 （《全唐诗》P4520）

山岫当街翠，墙花拂面枝。莺声爱娇小，燕翼玩逶迤。
辔为逢车缓，鞭缘趁伴施。密携长上乐，偷宿静坊姬。

元稹《赋得玉卮无当》（《全唐诗》P4542）
泛蚁功全少,如虹色不移。可怜殊砾石,何计辨糟醨,
江海诚难满,盘筵莫妄施。纵乖斟酌意,犹得对光仪。

　　曹邺《将赴天平职书怀寄翰林从兄》（《全唐诗》P6866）
居处绝人事,门前雀罗施。谁遣辟书至,仆隶皆展眉。
匹马渡河洛,西风飘路岐。手执王粲笔,闲吟向旌旗。

　　杜牧《雪中书怀》（《全唐诗》P5944）
天子号仁圣,任贤如事师(xī)。凡称曰治具,小大无不施。
明庭开广敞,才隽受羁维。

　　杜牧《杜秋娘诗》（《全唐诗》P5938）
京江水清滑,生女白如脂(jī)。其间杜秋娘,不劳朱粉施。
老濞即山铸,后庭千双眉。秋持玉斝醉,与唱金缕衣。

　　柳宗元《零陵赠李卿元侍御简吴武陵》（《全唐诗》P3930）
理世固轻士,弃捐湘之湄。阳光竟四溟,敲石安所施。

【宋】

　　赵鼎臣《过邢州见荷花烂然盈沼作》（《中国历代咏荷诗文集成》P132）
娇红娅姹不胜姿,只许行人半面窥。恰似姑苏明月夜,水晶宫殿锁西施。

　　王安石《思王逢原》（《王安石全集》P68）
嗟我衣冠朝,略能真饘糜。葬祭无所助,哀颜亦何施。

【元】

　　刘诜《题张敞画眉》（《中国古今题画诗全璧》P1268）
京兆春风到柳枝,翠帘缥缈远山奇。梁鸿亦有齐眉乐,不要人间黛绿施。

白居易《琵琶行》中的"湿"

"湿"字现在只有一个读音 shī,如湿润、湿度、湿气等。在朗读白居易的名篇《琵琶行》最末几句:

感我此言良久立,却坐促弦弦转急。凄凄不似向前声,满座重闻皆掩泣。
座中泣下谁最多,江州司马青衫湿。

句中的"湿"字大家都读 shī。其实这 shī 音与前两句的"泣(qì)"、"立(lì)"是不协韵的。据《康熙字典》,湿是个多音字:一是"他合切,音沓(tà)";二是"席入切,音习

(xí)"；三是"叱入切，音蛰(chì)"。1936年出版的《辞海》则注明：溼字"设揖切，缉韵。"溼字同湿，"蛰揖切，缉韵"。

由此可见，现在我们对"湿"字的读音与过去是不同的。古诗词中"湿"字以 xī 音与急、立、戢、及、泣、集、碧、疲等字协韵的情况很多。现举例如下：

【晋】

　　　　　谢朓《秋夜诗》 （《玉台新咏》P92）

　　秋夜促织鸣，南邻捣衣急。思君隔九重，夜夜空伫立。
　　北窗轻幔垂，西户月光入。何知白露下，坐视前阶湿。
　　谁能长分居，秋尽冬复及。

　　　　　孟浩然《秋宵月下有怀》 （《全唐诗》P1620）

　　秋空明月悬，光彩露沾湿。惊鹊栖未定，飞萤卷帘入。
　　庭槐寒影疏，邻杵夜声急。佳期旷何许，望望空伫立。

　　　　　杜甫《龙门镇》 （《全唐诗》P2296）

　　细泉兼轻冰，沮洳栈道湿。不辞辛苦行，迫此短景急。
　　石门雪云隘，古镇峰峦集。……嗟尔远戍人，山寒夜中泣。

　　　　　杜甫《干元中寓居同谷县作歌》 （《全唐诗》P2298）

　　四山多风溪水急，寒雨飒飒枯树湿。黄蒿古城云不开，白狐跳梁黄狐立。
　　我生何为在穷谷，中夜起坐万感集。

　　　　　杜甫《送率府程录事还乡》 （《全唐诗》P2271）

　　途穷见交态，世梗悲路涩。东风吹春冰，泱莽后土湿。
　　念君惜羽翮，既饱更思戢。莫作翻云鹘，闻呼向禽急。

　　　　　陈润《宿北乐馆》 （《全唐诗》P3061）

　　溪流潺潺雨习习，灯影山光满窗入。栋里不知浑是云，晓来但觉衣裳湿。

　　　　　王维《早春行》 （《全唐诗》P1236）

　　爱水看妆坐，羞人映花立。香畏风吹散，衣愁露沾湿。

　　　　　刘禹锡《谪居悼往》 （《全唐诗》P3984）

　　邑邑何邑邑，长沙地卑湿。楼上见春多，花前恨风急。
　　猿愁肠断叫，鹤病翘趾立。牛衣独自眠，谁哀仲卿泣。

　　　　　戴叔伦《留别顾十一明府》 （《全唐诗》P3101）

　　江明雨初歇，山暗云犹湿。未可动归桡，前程风浪急。

　　　　　元稹《望云骓马歌并序》 （《全唐诗》P4613）

　　忆昔先皇幸蜀时，八马入谷七马疲。肉绽筋挛四蹄脱，七马死尽无马骑。
　　天子蒙尘天雨泣，巉岩道路淋漓湿。峥嵘白草眇难期，𪩘洞黄泉安可入。

元稹《表夏》 （《全唐诗》P4494）

红丝散芳树,旋转光风急。烟泛被笼香,露浓妆面湿。
佳人不在此,恨望阶前立。忽厌夏景长,今春行已及。

顾非熊《采莲词》 （《全唐诗》P5791）

纤手折芙蕖,花洒罗衫湿。女伴唤回船,前溪风浪急。

陆龟蒙《迎真》 （《全唐诗》P7152）

九华磬答寒泉急,十绝幡摇翠微湿。司命旂旌未下来,焚香抱简凝神立。

陆龟蒙《寄题天台国清寺齐梁体》 （《全唐诗》P7214）

峰带楼台天外立,明河色近罘罳湿。松间石上定僧寒,半夜栖溪水声急。

齐己《湘妃庙》 （《全唐诗》P9586）

湘烟蒙蒙湘水急,汀露凝红裛莲湿。苍梧云叠九嶷深,二女魂飞江上立。
相携泣,凤盖龙舆追不及。

【宋】

朱敦儒《好事近》 （《词综》P755）

春雨细如尘,楼外柳丝黄湿。风约绣帘斜去,透窗纱寒碧。

汪莘《谒金门》 （《词综》P1117）

檐漏滴,都是春归消息。带雨牡丹无气力,黄鹂愁雨湿。争看洛阳春色,忘却连天草碧。南浦绿波双桨急,沙头人伫立。

李师中《菩萨蛮》 （《词综》P250）

佳人相对泣,泪下罗衣湿。从此信音稀,岭南无雁飞。

张炎《红情·荷花》 （《词综》P2224）

一见依然自语,流水远几回空忆。动倒影,取次窥妆,玉润露痕湿。

卢炳《谒金门》 （《词综》P1161）

门外雨馀风急,满地落英红湿。好梦惊回无处觅,天涯芳草碧。

卢炳《谒金门·春事寂》 （《词综》P1162）

迅速韶光去急,雨过绿英犹湿。回首旧游何处觅,远山空伫碧。

刘克庄《满江红》 （《唐宋名家词选》P283）

金甲雕戈,记当日、辕门初立。磨盾鼻,一挥千纸,龙蛇犹湿。

【元】

元好问《满江红》 （《词综》P1660）

一枕馀醒,厌厌共、相思无力。人语定,小窗风雨,暮寒岑寂。绣被留欢香未减,锦书封泪红犹湿。问寸肠能着几多愁,朝还夕。

张以宁《题米元晖山水》 (《元明清诗一百首》P32)

高堂晓起山水入,古色惨淡神灵集。望中冥冥云气深,只恐春衣坐来湿。

高启《田家行》 (《元明清诗一百首》P40)

雨中摘归半身湿,新妇春炊儿夜泣。

【近现代】

黄宾虹《题陈白阳画山水》 (《历代题画诗选注》P165)

白阳山人师文璧,画唯以神不以迹。恍疑展卷惊蛟龙,风雨骤来缣素湿。

启功《题兰竹》中的"时"

"时"字现在只有一个读音 shí,如时间、时候、时常等。但《康熙字典》注明,它不但读"市之切"音 shí,而且可读"叶上纸切""叶侧吏切",其音匙,与"理"或"替"协韵。

古诗词中"时"音"叶侧吏切"与"饥""其""眉""移"诸字协韵的情况很多,从古至今已延续了两千多年。例如:

【汉】

李延年《留别妻》 (《玉台新咏》P13)

结发为夫妇,恩爱两不疑。欢娱在今夕,燕婉及良时。
征夫怀远路,起视夜何其。

【南朝 梁】

王台卿《南浦别佳人》 (《玉台新咏》P292)

敛容送君别,一敛无开时。只应待相见,还将笑解眉。

萧衍《夏歌》 (《玉台新咏》P285)

含桃落花日,黄鸟营飞时。君住马已疲,妾去蚕欲饥。

萧察《咏纸》 (《全汉三国晋南北朝诗》P967)

皎白犹霜雪,方正若布棋。宣情且记事,宁同鱼网时。

【唐】

李世民《幸武功庆善宫》 (《全唐诗》P4)

弱龄逢运改,提剑郁匡时。指麾八荒定,怀柔万国夷。

上官昭容《游长宁公主流杯池》（《全唐诗》P63）

携琴侍叔夜,负局访安期。不应题石壁,为记赏山时。

白居易《有感》（《全唐诗》P4854）

绝弦与断丝,犹有却续时。唯有衷肠断,应无续得期。

白居易《长相思》（《词综》P19）

巫山高,巫山低,暮雨潇潇郎不归,空房独守时。

白居易《鹤》（《全唐诗》P4765）

人各有所好,物固无常宜。谁谓尔能舞,不如闲立时。

戴叔伦《堤上柳》（《全唐诗》P3100）

垂柳万条丝(xī),春来织别离。行人攀折处,闺妾断肠时。

荆叔《巴女谣》（《百代千家绝句选》P222）

巴女骑牛唱竹枝,藕丝菱叶傍江时。不愁日暮还家错,记得芭蕉出槿篱。

刘禹锡《洛中送韩七之吴兴口号》（《全唐诗》P4114）

溪中士女出笆篱,溪上鸳鸯避画旗。何处人间似仙境,春山携妓采茶时。

刘禹锡《送廖参谋东游》（《全唐诗》P4114）

九陌逢君又别离,行云别鹤本无期。望嵩楼上忽相见,看过花开花落时。

刘长卿《晚次苦竹馆却忆干越旧游》（《全唐诗》P1498）

匹马风尘色,千峰旦暮时。遥看落日尽,独向远山迟。
故驿花临道,荒村竹映篱。谁怜却回首,步步恋南枝。

刘长卿《和灵一上人新泉》（《全唐诗》P1495）

东林一泉出,复与远公期。石浅寒流处,山空夜落时。

刘长卿《送李挚赴延陵令》（《全唐诗》P1495）

清风季子邑,想见下车时。向水弹琴静,看山采菊迟。
明君加印绶,廉使托茕嫠。旦暮华阳洞,云峰若有期。

刘长卿《赠别卢司直之闽中》（《全唐诗》P1493）

尔来多不见,此去又何之。华发同今日,流芳似旧时。
洲长春色遍,汉广夕阳迟。岁岁王孙草,空怜无处期。

元稹《晴日》（《全唐诗》P4552）

多病苦虚羸,晴明强展眉。读书心绪少,闲卧日长时。

元稹《瘴塞》（《全唐诗》P4594）

瘴塞巴山哭鸟悲,红妆少妇敛啼眉。殷勤奉药来相劝,云是前年欲病时。

崔涯《悼妓》 (《全唐诗》P5741)

赤板桥西小竹篱,槿花还似去年时。淡黄衫子浑无色,肠断丁香画雀儿(nī)。

施肩吾《抛缠头词》 (《全唐诗》P5602)

翠娥初罢绕梁词,又见双鬟对舞时。一抱红罗分不足,参差裂破凤凰儿。

朱庆馀《望萧关》 (《全唐诗》P5870)

渐见风沙暗,萧关欲到时。儿童能探火,妇女解缝旗。
川绝衔鱼鹭,林多带箭麋。

朱庆馀《种花》 (《全唐诗》P5877)

忆昔两京官道上,可怜桃李尽成蹊。不知谁作巡花使,空记玄宗遗种时。

朱庆馀《寻僧》 (《全唐诗》P5878)

吟背春城出草迟,天晴紫阁赴僧期。山边树下行人少,一派清泉日午时。

朱庆馀《送崔拾遗赴阙》 (《全唐诗》P5879)

清貌凌寒玉,朝来拜拾遗。行承天子诏,去感主人知(jī)。
剑佩分班日,风霜独立时。名高住不得,非与九霄期。

朱庆馀《过洞庭》 (《全唐诗》P5888)

帆挂狂风起,茫茫既往时。波涛如未息,舟楫亦堪疑。
旅雁投孤岛,长天下四维。前程有平处,谁敢与心期。

刘长卿《瓜州道中》 (《全唐诗》P1480)

片帆何处去,匹马独归时。惆怅江南北,青山欲暮时。

雍陶《咏双白鹭》 (《全唐诗》P5914)

一足独拳寒雨里,数声相叫早秋时。林塘得尔须增价,况与诗家物色宜。

雍陶《经杜甫旧宅》 (《全唐诗》P5915)

浣花溪里花多处,为忆先生在蜀时。万古只应留旧宅,千金无复换新诗。
沙崩水槛鸥飞尽,树压村桥马过迟。山月不知人事变,夜来江上与谁期。

杜牧《见宋拾遗题名处感而成诗》 (《全唐诗》P5961)

窜逐穷荒与死期,饿唯蒿藋病无医。怜君更抱重泉恨,不见崇山谪去时。

杜牧《洛中监察病假满送韦楚老归朝》 (《全唐诗》P5962)

洛阳风暖细翻衣,春引仙官去玉墀。独鹤初冲太虚日,九牛新落一毛时。

杜牧《故洛阳城有感》 (《全唐诗》P5962)

一片宫墙当道危,行人为尔去迟迟(qī)。筚圭苑里秋风后,平乐馆前斜日时。

杜牧《句溪夏日送卢霈秀才归王屋》（《全唐诗》P5965）

苒苒迹始去,悠悠心所期。秋山念君别,惆怅桂花时。

杜牧《隋堤柳》（《全唐诗》P5972）

夹岸垂杨三百里,只应图画最相宜。自嫌流落西归疾,不见东风二月时。

杜牧《将赴湖州留题亭菊》（《全唐诗》P5974）

陶菊手自种,楚兰心有期。遥知渡江日,正是撷芳时。

崔橹《柳》（《全唐诗》P9995）

风慢日迟迟,拖烟拂水时。惹将千万恨,系在短长枝。
骨软张郎瘦,腰轻楚女饥。故国归未得,多少断肠思(xī)。

崔橹《残莲花》（《全唐诗》P9996）

倚风无力减香时,涵露如啼卧翠池(qī)。金谷楼前马嵬下,世间殊色一般悲。

皮日休《咏白莲》（《全唐诗》P9999）

腻于琼粉白于脂,京兆夫人未画眉。静婉舞偷将动处,西施嚬效半开时。
通宵带露妆难洗,尽日凌波步不移。愿作水仙无别意,年年图与此花期。

李商隐《即日》（《全唐诗》P6197）

小鼎煎茶面曲池,白须道士竹间棋。何人书破蒲葵扇,记着南塘移树时。

郑遨《山居》（《全唐诗》P9670）

不求朝野知,卧见岁华移。采药归侵夜,听松饭过时。
荷竿寻水钓,背局上岩棋。祭庙人来说,中原正乱离。

孙鲂《主人司空见和未开牡丹辄却奉和》（《全唐诗》P10016）

绝代贞名应愈重,千金方笑更难移。
狂歌狂醉犹堪美,大抵当时是老时。

冯延巳《长相思》（《全唐诗》P10149）

忆归期,数归期,梦见虽多相见稀。相逢知几时。

【宋】

王安石《北山》（《千家诗》）

北山输绿涨横陂,直堑回塘滟滟时。细数落花因坐久,缓寻芳草得归迟。

危稹《送刘帅归蜀》（《百代千家绝句选》P559）

万水朝东弱水西,先生归去老峨眉。人间那得楼千尺,望得峨眉山见时。

曾几《题访戴图》（《中国古今题画诗全璧》P1255）

小艇相似本不期,剡中雪月并明时。不因兴尽回船去,那得山阴一段奇。

徐熥《御儿舟中别朗公》　（《百代千家绝句选》P656）

月下淡深睡已迟，满身凉露夜何其。鸡声未断钟声起，又是江头欲别时。

严羽《懊侬歌》　（《宋人绝句选》P389）

朝亦出门啼，暮亦出门啼。蛛网挂风里，摇思无定时。

【元】

张雨《白无咎黄蜀葵》　（《中国古今题画诗全璧》P422）

金铜仙人雨中立，含泪恰如辞汉时。倾心脉脉何所得，愿见白日光陆离。

【明】

杨基《称称初度》　（《百代千家绝句选》P615）

我年六六鬓如丝，见汝三龄却两期。愿得汝长并我老，太平还说乱离时。

【清】

王守恂《南歌子·蟋蟀》　（《词综补遗》P1429）

倦鸟归邻树，寒虫出短篱。似将冷信报先期，唧唧多情道是捣衣时。

【近现代】

启功《兰竹》　（《中国古今题画诗全璧》P335）

丛兰修竹共幽姿，细雨春雷又一时。植向长笺应自笑，有人高诵北山移。

刘义隆《北伐》中的"始"

"始"字现在只有一个读音 shǐ，如始祖、始终、始业、始末等。但《康熙字典》注"始"字有两音：一是"诗止切，音史"；二是"式吏切，音试"。例如：

【南朝　宋】

刘义隆《北伐》　（《全汉三国晋南北朝诗》P579）

季文鉴祸先，辛生识机始。崇替非无征，兴废要有以。
自惜沧中龥，倏焉盈百祀。不睹南云阴，但见胡尘起。

【晋】

孙拯《赠陆士龙诗》　（《全汉三国晋南北朝诗》P369）

　　五龙戢号，云鸟篡纪。淳化既离，义风载始。
　　轩冕垂容，文教乃理。奕奕洪族，盛德丰祀。

枣腆《答石崇诗》　（《全汉三国晋南北朝诗》P409）

　　兽啸幽岩，翔风扇起。逸响既振，众听倾耳。
　　恂恂善诱，大揖群士。宗道投意，结心万里。
　　我固其终，人结其始。

【唐】

储光羲《晚霁中园喜赦作》（《全唐诗》P1393）

曈朗天宇开，家族跃以喜。涣汗发大号，坤元更资始。
散衣出中园，小径尚滑履。池光摇万象，倏忽灭复起。
嘉树如我心，欣欣岂云已。

李硕《琴歌》（《唐诗三百首》）

主人有酒欢今夕，请奏鸣琴广陵客。月照城头乌半飞，霜凄万树风入衣。
铜炉华烛烛增辉，初弹渌水后楚妃。一声已动物皆静，四座无言星欲稀。
清淮奉使千余里，敢告云山从此始。

杜甫《赠秘书监江夏李公邕》中的"世"

"世"字现在只有一个读音 shì，如世界、世代、世风、世纪等。但《康熙字典》注明，古时它是双音字：一是"始制切，音势"；二是"叶私列切，音薛"（xuē）。

关于"世"字读"薛"（xuē），《康熙字典》举了两个例子：

《晋书·乐志》

匡时拯俗，休功盖世。宇宙既康，九有有截。

《诗经·大雅》

殷鉴不远，在夏后之世（xuē）。

关于"世"字读"始制切"音 xì，由于古音"制"字为"征例切"音 jì，所以古诗中"世"字多以音 xì 与"帝""计""意""闭"等字协韵。如：

【唐】

张九龄《酬周判官》（《全唐诗》P565）

惟昔迁乐土，迨今已重世。阴庆荷先德，素风惭后裔。
唯益梓桑恭，岂禀山川丽。于时初自勉，捄已无兼济。

杜甫《送樊二十三侍御赴汉中判官》（《全唐诗》P2273）

恸哭苍烟根，山门万重闭。居人莽牢落，游子方迢递。
裴回悲生离，局促老一世。陶唐歌遗民，后汉更列帝。

杜甫《赠秘书监江夏李公邕》（《全唐诗》P2352）

宗儒俎豆事，故吏去思计。眄睞已皆虚，跋涉曾不泥。
向来映当时，岂独劝后世。

【宋】

苏轼《哨遍》（《词综》P360）

任满头红雨落花飞。渐喜鹊楼西玉蟾低。尚徘徊、未尽欢意。
君看今古悠悠,浮宦人间世。

张炎《西子妆》（《词综》P1384）

斜阳外,隐约孤村,隔坞闲门闭。渔舟何似莫归来,想桃源路通人世。危栏静倚,千年事都消一醉。谩依依,愁落鹃声万里。

周密《杏花天》（《词综》P1310）

金池琼苑曾经醉,是多少红情绿意。东风一枕游仙睡,换却莺花人世。
渐暮色鹃声四起。正愁满香沟御水。一色柳烟三十里,为问春归那里？

王沂孙《无闷·雪意》（《词综》P1326）

清致,悄无似(yǐ)。有照水南枝,已揽春意。误几度凭栏,莫愁凝睇。应是梨花梦好,未肯放东风来人世。待翠管吹破苍茫,看取玉壶天地。

【明】

杨循吉《抄书》（《明诗选》P253）

自知身有病,不作长久计。偏好固莫捐,聊尔从吾意。
有子虽二人,未知谁可遗。我但要披阅,岂复思后世。

【清】

张鸿绩《祝英台近》（《词综补遗》P1577）

懊憹天,惆怅地,肠断已无计。满目新愁,秋在斜阳里。可怜万里关河,西风一夜,便不似,当年人世。

贾谊《旱云赋》中的"似"

"似"字现在有两个读音:一是 shì,如似的;二是 sì,如似是而非。但古诗词中除了读 shì 与 sì 两音外,还有一个很重要的读音 yǐ。据《康熙字典》,"似"是个多音字:一是"象齿切,音巳";二是"相吏切,音寺";三是"叶养里切,音以"。如:

贾谊《旱云赋》（《康熙字典》）

运清浊之澒洞兮,正重沓而并起。崐隆崇以崔巍兮,时仿佛而有似(yǐ)。

《诗经》里多处注明"似"字音"叶养里切"。如:

《诗经·大雅·江汉》

无曰予小子,召公是似。肇敏戎公,用锡尔祉。

《诗经·小雅·小宛》

中原有菽,庶民采之。螟蛉有子,蜾蠃负之。
教诲尔子,式谷似之。

《诗·小雅·裳裳者华》

左之左之,君子宜之。右之右之,君子有之。
维其有之,是以似之。

古诗词中"似"音 yǐ 与里、水、起、已、机、比、低、迷等字协韵的情况还是比较多的,现举例如下:

【晋】

曹摅《思友诗》 (《全汉三国晋南北朝诗》P408)

精义测神奥,清机发妙理。自我别旬朔,微言绝于儿(nī)。
褰裳不足难,清扬未可俟(yǐ)。延首出阶檐,伫立增想似。

【东晋】

吴歌《冬歌》 (《玉台新咏》P274)

渊冰厚三尺,素雪覆千里。我心如松柏,君心复何似。

【南朝 齐】

王融《望城行》 (《全汉三国晋南北朝诗》P781)

金城十二重,云气出表里。万户如不殊,千门反相似。
车马如飞龙,长衢无极已。箫鼓相逢迎,信哉佳城市。

【南朝 梁】

萧纲《采莲曲》 (《全汉三国晋南北朝诗》P898)

桂楫兰桡浮碧水,江花玉面两相似。莲疏藕折香风起。
香风起,白日低。采莲曲,使君迷。

张率《相逢行》 (《玉台新咏》P139)

相逢夕阴街,独趋尚冠里。高门既如一,甲第复相似。

【南朝 陈】

陈叔宝《春色禊辰尽当曲宴各赋十韵》 (《全汉三国晋南北朝诗》P1350)

啼禽静或喧,花落低还起。水雾遥混杂,山云远相似。
坐客听一言,随吾祛俗鄙。

【唐】

李白《越中秋怀》 (《全唐诗》P1861)

越水绕碧山,周回数千里。乃是天镜中,分明画相似。

547

李白《观元丹丘坐巫山屏风》 (《全唐诗》P1870)

昔游三峡见巫山,见画巫山宛相似。疑是天边十二峰,飞入君家彩屏里。

皇甫冉《春早》 (《全唐诗》P2806)

草遍颖阳山,花开武陵水。春色既已同,人心亦相似。

韩翃《赠别崔司直赴江东兼简常州独狐使君》 (《全唐诗》P2727)

爱君青袍色,芳草能相似。官重法家流,名高墨曹吏。

李端《鲜于少府宅看花》 (《全唐诗》P3236)

游蜂高更下,惊蝶坐还起。玉貌对应惭,霞标方不似。

李贺《石城晓》 (《全唐诗》P4421)

帐前轻絮鹅毛起,欲说春心无所似。

李贺《追和何谢铜雀妓》 (《全唐诗》P4412)

佳人一壶酒,秋容满千里。石马卧新烟,忧来何所似。
歌声且潜弄,陵树风自起。长裾压高台,泪眼看花几。

李贺《昌谷诗》 (《全唐诗》P4423)

歌尘蠹木在,舞彩长云似。珍壤割绣段,里俗祖风义。

韩愈《秋怀诗》 (《全唐诗》P3766)

窗前两好树,众叶光薿薿。秋风一拂披,策策鸣不已。
微灯照空床,夜半偏入耳(nǐ)。愁忧无端来,感叹成坐起。
天明视颜色,与故不相似。

韩愈《落齿》 (《全唐诗》P3801)

终焉舍我落,意与崩山比。今来落既熟,见落空相似。馀存二十馀,次第知落矣。

韩愈《寄卢仝》 (《全唐诗》P3809)

故知忠孝生天性,洁身乱伦安足拟。昨夜长须来下状,隔墙恶少恶难似。

韩愈《谁氏子》 (《全唐诗》P3810)

罚一劝百政之经,不从而诛未晚耳(nǐ)。谁其友亲能哀怜,写吾此诗持送似。

韩愈《泷吏》 (《全唐诗》P3825)

往问泷头吏,潮州尚几里?行当何时到,土风复何似。

刘禹锡《出鄂州界怀表臣》 (《全唐诗》P4108)

梦觉疑连榻,舟行忽千里。不见黄鹤楼,寒沙雪相似。

刘禹锡《月夜忆乐天兼寄微之》 （《全唐诗》P3985）

今宵帝城月，一望雪相似。遥想洛阳城，清光正如此。
知君当此夕，亦望镜湖水。展转相忆心，月明千万里。

刘禹锡《韩十八侍御见示岳阳楼》 （《全唐诗》P3989）

契阔话凉温，壶觞慰迁徙。地偏山水秀，客重杯盘侈。
红袖花欲燃，银灯昼相似。

白居易《早秋曲江感怀》 （《全唐诗》P4771）

离离暑云散，袅袅凉风起。池上秋又来，荷花半成子（即里切）。
朱颜易销歇，白日无穷已。人寿不如山，年光忽于水。
青芜与红蓼，岁岁秋相似。去岁此悲秋，今秋复来此。

白居易《早蝉》 （《全唐诗》P4795）

一闻愁意结，再听乡心起。渭上新蝉声，先听浑相似。
衡门有谁听，日暮槐花里。

白居易《和微之听妻弹别鹤操》 （《全唐诗》P4974）

舅姑明旦辞，夫妻中夜起。起闻双鹤别，若与人相似。
听其悲唳声，亦如不得已。

白居易《玩止水》 （《全唐诗》P4993）

净分鹤翘足，澄见鱼掉尾。迎眸洗眼尘，隔胸荡心滓。
定将禅不别，明与诚相似。

白居易《把酒》 （《全唐诗》P5109）

夕寝止求安，一衾而已矣。此外皆长物，于我云相似。

白居易《和裴侍中南园静兴见示》 （《全唐诗》P5124）

池馆清且幽，高怀亦如此。有时帘动风，尽日桥照水。
静将鹤作伴，闲与云相似。何必学留候，崎岖觅松子。

白居易《李卢二中丞各创山居》 （《全唐诗》P5221）

龙门苍石壁，汜涧碧潭水。各在一山隅，迢遥几十里。
清镜碧屏风，惜哉信为美。爱而不得见，亦与无相似。
闻君每来去，矻矻事行李。

白居易《感情》 （《全唐诗》P4793）

自吾谪江郡，漂荡三千里。为感长情人，提携同到此。
今朝一惆怅，反复看未已。人只履犹双，何曾得相似。

　　　　陆龟蒙《花成子》　（《全唐诗》P7204）

春风等君意，亦解欺桃李。写得去时真，归来不相似。

　　　　寒山《诗》　（《全唐诗》P9080）

董郎年少时，出入京城里。衫作嫩鹅黄，容仪画相似。
常骑踏雪马，拂拂红尘起。观者满路旁，个是谁家子？

　　　　寒山《诗》　（《全唐诗》P9079）

丈夫莫守困，无钱须经纪。养得一牸牛，生得五犊子。
犊子又生儿，积数无穷已。寄语陶朱公，富与君相似。

【宋】

　　　　欧阳修《渔家傲》　（《欧阳修词全集》P91）

露裛娇黄风摆翠，人间晚秀非无意。仙格淡妆天与丽。谁可比，女真装束真相似。

　　　　范云《之零陵郡次新亭》　（《古代山水诗一百首》P15）

江干远树浮，天末孤烟起。江天自如合，烟树还相似。沧流未可源，高帆去何已。

张若虚的名篇《春江花月夜》中有句：

　人生代代无穷已，江月年年望相似。不知江月待何人，唯见长江送流水。

该诗中的"似"应读音为 yǐ。又如白居易的《早秋曲江感怀》：

　朱颜易销歇，白日无穷已。人寿不如山，年光忽流水(xǐ)。
　青芜与红蓼，岁岁秋相似。

郭沫若《峡船图》中的"势"

　　"势"字现在只有一个读音 shì，如形势、势力、势不两立等。但古诗词中它有时要读 xì。《康熙字典》注："势，舒制切、始制切。"而"制"字"征例切"音祭，故"舒制切"和"始制切"切出的音是细(xì)。古诗词中不少诗篇中的"势"字都是与"际""契""帝""艺"诸字协韵的。如：

【晋】

　　　　惠远《报罗什偈》　（《全汉三国晋南北朝诗》P506）

本端竟何从，起灭有无际。一微涉动境，成此颓山势。
惑相更相乘，触理自生滞。因缘虽无主，开途非一世。

　　　　湛方生《游园咏》　（《全汉三国晋南北朝诗》P494）

谅兹境之可怀，究川阜之奇势。水穷清以激鉴，山邻天而无际。

袁宏《从征行方头山》 (《全汉三国晋南北朝诗》P449)

> 峩峩太行,凌虚抗势。天岭交气,窈然无际。
> 澄流入神,玄谷应契。四象悟心,幽人来憩。

【南朝　宋】

范泰《鸾鸟》 (《全汉三国晋南北朝诗》P712)

> 神鸾栖高梧,爰翔霄汉际。轩翼飐轻风,清响中天厉。
> 外患难预谋,高罗掩逸势。明镜悬高堂,顾影悲同契。
> 一激九霄音,响流形已毙。

【唐】

骆宾王《畴昔篇》 (《全唐诗》P835)

> 诸葛才雄已号龙,公孙跃马轻称帝。五丁卓荦多奇力,四士英灵富文艺。
> 云气横开八阵形,桥形遥分七星势。

杜甫《赠秘书监江夏李公邕》 (《全唐诗》P2352)

> 往者武后朝,引用多宠嬖。否臧太常议,面折二张势。
> 衰俗凛生风,排荡秋旻霁。

杜甫《短歌行赠四兄》 (《全唐诗》P2583)

> 与兄行年校一岁,贤者是兄愚是弟。兄将富贵等浮云,弟切功名好权势。
> 长安秋雨十日泥,我曹鞴马听晨鸡。公卿朱门未开锁,我曹已到肩相齐。

韦建《河中晚霁》 (《全唐诗》P2874)

> 踟蹰金霞白,波上日初丽。烟红落镜中,树木生天际。
> 杳杳涯欲斑,濛濛云复闭。言垂星汉明,又睹寰瀛势。

刘禹锡《观棋歌送儇师西游》 (《全唐诗》P4005)

> 长沙男子东林师,闲读艺经工弈棋。有时凝思如入定,
> 暗覆一局谁能知。今年访予来小桂,方袍袖中贮新势。

【五代】

欧阳炯《清平乐》 (《词综》P142)

> 春来街砌,春雨如丝细。春径满飘红杏蒂。春燕舞随风势。

【近现代】

郭沫若《峡船图》 (《中国古今题画诗全璧》P927)

> 峡行如登天,山川见奇势。鞭石血流赤,凿空浑沌帝。
> 平地卷波涛,涤荡人间世。吾亦气淋漓,道已进于艺。

孟郊《结交》中的"拭"

"拭"字现在只有一个读音 shì,如拂拭、拭目以待等。但古诗词中它有时要读"赏职切"。因"职"是个多音字,其中有一音是"弋",这样"赏职切"就成为"赏弋切"的音西,与"息""依""非""节""烈""热"诸字协韵。如:

【唐】

孟郊《结交》 (《全唐诗》P4199)

铸镜须青铜,青铜易磨拭。结交远小人,小人难姑息。
铸镜图鉴微,结交图相依。凡铜不可照,小人多是非。

【清】

秋瑾《满江红》 (《清词之美》P435)

小住京华,早又是,中秋佳节。为篱下,黄花开遍,秋容如拭。四面歌残终破楚,八年风味徒思浙。苦将侬,强派作蛾眉,殊未屑!身不得,男儿列。心却比,男儿烈!算平生肝胆,因人常热。俗子胸襟谁识我?英雄末路当磨折。莽红尘,何处觅知音?青衫湿(湿音屑)!

蔡文姬《胡笳十八拍·七拍》中的"是"

"是"字现在只有一个读音 shì,但古诗词中有时要读"田黎切,音题"(tí)(《康熙字典》),与"己""里""意""泪"等字协韵。如:

蔡文姬《胡笳十八拍·七拍》 (《全汉三国晋南北朝诗》P53)

日暮风悲兮边声四起,不知愁心兮说向谁是(tí)!
原野萧条兮烽戍万里,俗贱老弱兮少壮为美(mǐ)。

杜甫《天育骠骑歌》 (《全唐诗》P2255)

吾闻天子之马走千里,今之画图无乃是。是何意态雄且杰,骏尾萧梢朔风起。

【宋】

杜旟《酹江月·石头城》 (《词综》P915)

江山如此,是天开万古,东南王气。一自髯孙横短策,坐使英雄鹊起。玉树声销,金莲影散,多少伤心事。千年辽鹤,并疑城郭非是。

陈袭善《渔家傲·忆营伎周子文》 (《词综》P1425)

鹫岭峰前栏独倚,愁眉黛损愁肠碎。红粉佳人伤别袂。情何已。登山临水年年是。常记同来今独至。孤舟晚漾湖光里。衰草斜阳无限意。谁与寄？西湖水是相思泪。

延安夫人《更漏子·寄季玉妹》（《词综》P1569）

弄珠江，何处是。望断碧云无际。凝泪眼，出重城，隔溪羌笛声。

（注：更漏子词牌要求"是"与"际"协韵，"城"与"声"协韵。）

杜甫《石柜阁》中的"适"

"适"字现在只有一个读音 shì，如适合、无所适从等。但古时它是个多音字，除了读 shì，还读"都历切，亭历切，音狄"(dí)；"他历切，音惕"(tí)；"之石切，音只"(zhī)。

如杜甫《石柜阁》中的"适"字与"迹""迫""泽"诸字协韵。

杜甫《石柜阁》（《全唐诗》P2301）

羁栖负幽意，感叹向绝迹。信甘屡孱婴，不独冻馁迫。
优游谢康乐，放浪陶彭泽。吾衰未自由，谢尔性所适。

李白《拟古》（《全唐诗》P1861）

黄姑与织女，相去不盈尺。银河无鹊桥，非时将安适。

文及翁《贺新凉·游西湖有感》中的"恃"

"恃"字现在通常读 shì(市)，但古诗词中有时要读 zhǐ(《康熙字典》："丈里切，音峙。"）。如：

【唐】

卢照邻《行路难》（《全唐诗》P518）

珊瑚叶上鸳鸯鸟，凤凰巢里雏鹓儿。巢倾枝折凤归去，条枯叶落任风吹。
一朝零落无人问，万古摧残君讵知。人生贵贱无终始，倏忽须臾难久恃。

【宋】

文及翁《贺新凉·游西湖有感》（《词综》P1172）

余生自负澄清志(jì)。更有谁、踏溪未遇，傅岩未起。国事如今谁倚仗，衣带一江而已。便都道、江神堪恃。借问孤山林处士，但掉头、笑指梅花蕊。天下事，可知矣。

郭璞《游仙诗》中的"逝"

"逝"字现在只有一个读音 shì,如逝世、逝者等。但古时它是个多音字,不但可读"shì",而且可读"征例切,音制"(祭);可读"叶之列切,音折";还可读"叶食列切,音设"(《康熙字典》)。

关于"逝"读"征例切"(音祭),可见于:

【晋】

    郭璞《游仙诗》 (《全汉三国晋南北朝诗》P425)

   静叹亦何念,悲此妙龄逝。在世无千月,命如秋叶蒂(音帝)。
   兰生蓬芭间,荣曜常幽翳。

关于"逝"字读"设"音,可见于:

【南朝 梁】

    江淹《伤友人赋》 (《康熙字典》)

  魂绵昧其若绝,泣萦盈其若结。吝妙赏之不留,悼知音之已逝(音设)。

陆机《皇太子宴玄圃猷堂有令赋诗》中的"数"

"数"字现在只有一个读音 shù,如数目、数字、数据、数列、数论等。其实古时它是个多音字,《康熙字典》注其有十一种读音,其中之一是"叶先奏切,音秀"(xiù)。例如:

【晋】

   陆机《皇太子宴玄圃猷堂有令赋诗》
   笃生我后,克明克秀。体辉重光,承规景数。

   若华《赠竺度》 (《先秦汉魏晋南北朝诗》P509)
   大道自无穷,天地且长久。巨石故巨消,芥子亦难数。
   人生一世间,飘若风过牖。荣华岂不茂,日夕就雕朽。

陈子昂《感遇诗》中的"衰"

"衰"字现在有两个读音:一是 shuāi,如衰落、衰退、衰败等;二是 cuī。但古诗词里它有时不读这两个音,而是读"双佳切,音医"。据《康熙字典》:"佳"字一音为"坚溪切,音稽",所以"双佳切"切出的音就读为医,古诗词中"衰"字与"衣""非""披""期""夷""疑""篱"等字协韵的情况很多。如:

陈子昂《感遇诗》（《全唐诗》P893）

索居犹几日,炎夏忽然衰。阳彩皆阴翳,亲友尽睽违。
登山望不见,涕泣久涟洏。宿梦感颜色,若与白云期。
(注:"洏"字音尼;"违"音夷。)

其他例举如下:

【先秦】

东方朔《楚辞·七谏·自悲》

居愁勤其谁告兮,独永思而忧悲。内自省而不惭兮,操愈坚而不衰(yī)。

东方朔《楚辞·七谏·谬谏》

骥骏杂而不分兮,服罢牛而骖骐。年滔滔而自远兮,寿冉冉而愈衰。
心愉悕而烦冤兮,蹇超摇而无冀。

司马相如《美人歌》（《先秦汉魏晋南北朝诗》P99）

独处室兮廓无依,思佳人兮情伤悲。彼君子兮来何迟,日既暮兮华色衰。
敢托身兮长自知。

【魏】

曹植《丹霞蔽日行》（《全汉三国晋南北朝诗》P146）

汉祚之兴,阶秦之衰。虽有南面,王道陵夷。炎光再幽,殄灭无遗。

嵇康《四言诗》（《先秦汉魏晋南北朝诗》P484）

肃肃泠风,分生江湄。却背华林,俯浠丹坻。
含阳吐英,履霜不衰。嗟我殊观,百卉具腓。

【晋】

潘尼《答杨士安诗》（《先秦汉魏晋南北朝诗》P769）

逝将辞储宫,栖迟集南畿。不悁百里贱,徒惜年志衰。

傅玄《诗》（《先秦汉魏晋南北朝诗》P577）

萧萧秋气升,凄凄万物衰。荣华尽零落,槁叶纵横飞。

傅玄《明月篇》（《玉台新咏》P45）

玉颜盛有时,秀色随年衰。常恐新间旧,变故兴细微。
浮萍无根本,非水将何依。

【南朝　梁】

　　　　萧衍《冬歌》（《玉台新咏》P296）

别时鸟啼户，今晨雪满墀。过此君不返，但恐绿鬓衰。

　　　　刘孝威《蜀道难》（《全汉三国晋南北朝诗》P1218）

禺山金碧有光辉，迁亭车马尚轻肥。弥想王褒拥节反，更忆相如乘传归。
君平子云阒不嗣，江汉英灵信已衰。

【北齐】

　　　　萧悫《和司徒铠曹阳辟疆秋晚》（《全汉三国晋南北朝诗》P1521）

叶疏知树落，香尽觉荷衰。山薮良多思，田园聊复归。

【唐】

　　　　张九龄《使还都湘东作》（《全唐诗》P575）

仓庚昨归候，阳鸟今去时。感物遽如此，劳生安可思。
养真无上格，图进岂前期。清节往来苦，壮容离别衰。

　　　　张九龄《骊山下逍遥公旧居游集》（《全唐诗》P570）

怊怅既怀远，沉吟亦省私。已云宠禄过，况在华发衰。

　　　　张说《酬崔光禄冬日述怀》（《全唐诗》P970）

岁晏罢行乐，层城间所思。夜魂灯处厌，朝发镜前衰。
忽枉崔驷什，兼流韦孟词。曲高弥寡和，主善代为师。

　　　　张说《寄许八》（《全唐诗》P971）

万类春皆乐，徂颜独不怡。年来人更老，花发意先衰。
乳鹊穿坛画，巢蜂触网丝。平生美容色，宿昔影中疑。

　　　　张说《南中送北使二首》（《全唐诗》P972）

红颜渡岭歇，白首对秋衰。高歌何由见，层台不可违。
谁怜炎海曲，泪尽血沾衣。

　　　　李白《秋浦歌》（《全唐诗》P1723）

两鬓入秋浦，一朝飒已衰。猿声催白发，长短尽成丝。

　　　　刘长卿《酬张夏别后道中见寄》（《全唐诗》P1487）

离群方岁晏，谪官在天涯。暮雪同行少，寒潮欲上迟。
海鸥知吏傲，沙鸟见人衰。只畏生秋草，西归亦未期。

　　　　韦应物《重九登滁州城楼》（《全唐诗》P1960）

秋山满清景，当赏属乖离。飒散民里闲，摧翳众木衰。
楼中一长啸，恻怆起凉飔。

韦应物《授衣还田里》（《全唐诗》P1961）

公门悬甲令,瀚濯遂其私。晨起怀怆恨,野田寒露时。
气收天地广,风凄草木衰。山明始重叠,川浅更逶迤。

孟郊《杂怨》（《全唐诗》P262）

忆人莫至悲,至悲空自衰。寄人莫翦衣,翦衣未必归,
朝为双蒂花,暮为四散飞。花落却绕树,游子不顾期。

杜甫《大云寺赞公房》（《全唐诗》P2269）

心在水精域,衣沾春雨时。洞门尽徐步,深院果幽期。
到扉开复闭,撞钟斋及兹。醍醐长发性,饭食过扶衰。

李端《冬夜寄韩弇》（《全唐诗》P3248）

独坐知霜下,开门见木衰。壮应随日去,老岂与人期。

秦系《寄浙东皇甫中丞》（《全唐诗》P2898）

闲闲麋鹿或相随,一两年来鬓欲衰。琴砚共依春酒甕,云霞覆著破柴篱。

郑昈《落花》（《全唐诗》P3064）

早春见花枝,朝朝恨发迟。直看花落尽,却意未开时。
以此方人世,弥令感盛衰。始知山简绕,频向习家池。

王建《照镜》（《全唐诗》P3392）

忽自见憔悴,壮年人亦疑。发缘多病落,力为不行衰。
暖手揉双目,看图行四肢。老来真爱道,所恨觉还迟。

王建《喻时》（《全唐诗》P3369）

去者如弊帷,来者如新衣。鲜华非长久,色落还弃遗。
讵知行者天,岂悟壮者衰。区区未死间,回面相是非。

元稹《大觜鸟》（《全唐诗》P4454）

求者临轩坐,置在白玉墀。先问鸟中苦,便言乌若斯。
众乌齐搏铄,翠羽几离披。远掷千馀里,美人情亦衰。

白居易《杂兴》（《全唐诗》P4659）

色禽合为荒,刑政两已衰。云梦春仍猎,章华夜不归。
东风二月天,春雁正离离。

白居易《读汉书》（《全唐诗》P4660）

不然尽信忠,早绝邪臣窥。不然尽信邪,早使忠臣知。
优游两不断,盛业日已衰。痛矣萧京辈,终令陷祸机。

白居易《寄唐生》 (《全唐诗》P4663)
往往闻其风,俗士犹或非。怜君头半白,其志竟不衰。

白居易《烹葵》 (《全唐诗》P4747)
口既不减食,身又不减衣。抚心私自问,何者是荣衰。
勿学常人意,其间分是非。

白居易《代书诗一百韵寄微之》 (《全唐诗》P4824)
辅车排胜阵,掎角塞降旗。双阙纷容卫,千僚俨等衰。
恩随紫泥降,名向白麻披。

白居易《早冬游王屋》 (《全唐诗》P4998)
朝为灵都游,暮有阳台期。飘然世尘外,鸾鹤如可追。
忽念公程尽,复惭身力衰。天坛在天半,欲上心迟迟。

白居易《蔷薇花一丛独死,不知其故,因有是篇》 (《全唐诗》P4882)
乾坤无厚薄,草木自荣衰。欲问因何事,春风亦不知。

白居易《吾庐》 (《全唐诗》P5013)
吾庐不独贮妻儿,自觉年侵身力衰。眼下营求容足地,心中准拟挂冠时。

白居易《池上早秋》 (《全唐诗》P5022)
早凉生北槛,残照下东篱。露饱蝉声懒,风干柳意衰。

白居易《酬梦得暮秋晴夜对月相忆》 (《全唐诗》P5193)
露叶团荒菊,风枝落病梨。相思懒相访,应是各年衰。

周贺《与崔弇话别》 (《全唐诗》P5716)
归思缘平泽,幽斋夜话迟。人寻冯翊去,草向建康衰。
雨雪生中路,干戈阻后期。几年方见面,应是鬓苍髭。

许浑《郡斋夜坐寄旧乡二侄》 (《全唐诗》P6106)
千官奉职衮龙垂,旅卧淮阳鬓已衰。三月已乖棠树政,二年空负竹林期。
楼侵白浪风来远,城抱丹岩日到迟。长欲挂帆君莫笑,越禽花晚梦南枝。

许浑《旅怀作》 (《全唐诗》P6126)
促促因吟昼短诗,朝惊秋色暮空枝。无情春色不长久,有限年光多盛衰。

罗隐《寄聂尊师》 (《全唐诗》P7613)
欲艾荆棘种交梨,指画城中日恐迟。安得紫青磨镜石,与君闲处看荣衰。

罗虬《比红儿诗》 (《全唐诗》P7630)
辞辇当时意可知,宠深还恐宠先衰。若教得似红儿貌,占却君恩自不疑。

张乔《将归江淮书》（《全唐诗》P7315）

郡因兵役苦,家为海翻移。未老多如此,那堪鬓不衰。

司空图《五十》（《全唐诗》P7250）

闲身事少只题诗,五十今来觉陡衰。清秩偶叨非养望,丹方频试更堪疑。

刘禹锡《和陈许王尚书酬白少傅侍郎》（《全唐诗》P4079）

雪里命宾开玉帐,饮中请号驻金卮。竹林一自王戎去,嵇阮虽贫兴未衰。

刘禹锡《罢郡归洛阳寄友人》（《全唐诗》P4089）

远谪年犹少,初归鬓已衰。门闲故吏去,室静老僧期。
不见蜘蛛集,频为佝偻欺。

孟郊《感怀》（《全唐诗》P4194）

长安佳丽地,宫月生蛾眉。阴气凝万里,坐看芳草衰。

孟郊《杂怨》（《全唐诗》P4178）

忆人莫至悲,至悲空自衰。寄人莫剪衣,剪衣未必归。
朝为双蒂花,暮为四散飞。花落却绕树,游子不顾期。

吕温《蕃中答退浑词》（《全唐诗》P4171）

退浑儿,退浑儿,朔风长在气何衰。万群铁马从奴虏,强弱由人莫叹时。

元稹《寄隐客》（《全唐诗》P4483）

我年三十二,鬓有八九丝。非无官次第,其如身早衰。
今人夸贵富,肉食与妖姬。

元稹《酬翰林白学士代书一百韵》（《全唐诗》P4520）

内人舆御案,朝景丽神旗。首被呼名姓,多惭冠等衰。

元稹《和乐天秋题曲江》（《全唐诗》P4488）

长安最多处,多是曲江池。梅杏春尚小,菱荷秋已衰。

贯休《秋末江行》（《全唐诗》P9344）

四顾木落尽,扁舟增所思。云冲远烧出,帆转大荒迟。
天际霜雪作,水边蒿艾衰。断猿不堪听,一听亦同悲。

司马扎《途中寄薛中裕》（《全唐诗》P6905）

贫交千里外,失路更伤离。晓泪芳草尽,夜魂明月知。
空山连野外,寒鸟下霜枝。此景正寥落,为君玄发衰。

【宋】

王安石《蒋山手种松》（《王安石全集》P286）

青青石上岁寒枝,一寸岩前手自移。闻道近来高数尺,此身蒲柳故应衰。

王安石《寄张先郎中》（《王安石全集》P190）

留连山水住多时，年比冯唐未觉衰。篝火尚参书细字，邮筒还肯寄新诗。

陆游《岁暮感怀》（《陆放翁诗词选》P91）

征尘十载暗戎衣，虚负名山采药期。会有英豪能共此，镜中未用叹吾衰。

陆游《春雨》（《陆放翁诗词集》P202）

午夜听春雨，发生端及期。世忧殊未艾，天意固难知。
士节承平日，人材南渡时。后生闻见狭，抚枕叹吾衰。

吕本中《病中》（《全宋诗》P18192）

药裹关心老不宜，只今筋力已全衰。何由更得身无事，却似它时把酒时。

谢惠连《七夕》中的"双"

"双"字现在只有一个读音 shuāng。但据《康熙字典》，它不但读"所江切"音 shuāng，而且可读"所终切"音 sōng。如：

谢惠连《七夕》（《康熙字典》）

弄杼不成藻，岑缪鹜前踪。昔离秋已两，今聚夕无双。

李白《魏郡别苏明府因北游》（《全唐诗》P1781）

六印虽未佩，轩车若飞龙。黄金数百镒，白璧有几双。散尽空掉臂，高歌赋还邛。

李白《送王屋山人魏万还王屋》（《全唐诗》P1788）

揭来游嵩峰，羽客何双双。朝携月光子，暮宿玉女窗（chōng）。
鬼谷上窈窕，龙潭下奔潈。

"双"字音 sōng，与"空""童""龙""风"等字协韵的诗歌源远流长。例如：

【汉】

《京师为黄香号》（《先秦汉魏晋南北朝诗》P233）

天下无双，江夏黄童。

《颍川为荀爽语》（《先秦汉魏晋南北朝诗》P234）

荀氏八龙，慈明无双。

【魏】

嵇康《游仙诗》（《全汉三国晋南北朝诗》P209）

遥望山上松，隆谷郁青葱。自遇一何高，独立迥无双。
愿想游其下，蹊路绝不通。王乔弃我去，乘云驾六龙。

【晋】

徐圣通《歌》（《全汉三国晋南北朝诗》P553）

徐圣通，政无双。平刑罚，奸宄空。

《阿子歌》（《全汉三国晋南北朝诗》P533）

阿子复阿子，念汝好颜容。风流世希有，窈窕无人双。

【南朝　宋】

鲍照《赠故人马子乔》（《全汉三国晋南北朝诗》P686）

种桔南池上，种杏北池中。池北既少露，池南又多风。
早寒逼晚岁，衰恨满秋容。湘滨有灵鸟，其字曰鸣鸿。
一把缯缴痛，长别远无双。

谢惠连《七月七日夜咏牛女》（《全汉三国晋南北朝诗》P661）

云汉有灵匹，弥年阙相从。遐川阻曀爱，修渚旷清容。
弄杼不成彩，笙箜鸷前踪。昔离秋已两，今聚夕无双。

【唐】

常建《白湖寺后溪宿云门》（《全唐诗》P1454）

落日山水清，乱流鸣淙淙。旧蒲雨抽节，新花水对窗（窗音囪）。
溪中日已没，归鸟多为双。

蔡文姬《胡笳十八拍》中的"水"

"水"字现在只有一个读音shuǐ，但古时它是个多音字。据《康熙字典》，它有三种读音：

一是"式轨切，音税上声"。

二是"叶式类切，音坠"。如刘桢《鲁都赋》："苹藻漂于阳侯，芙蓉出于渚际。奋红葩之煋煋，逸景烛于崖水。"（注：因"类"有一音"戾"，故"式戾切"音洗。）

三是"叶呼委切，音毁"（"委"一音"役"，故"呼役切"音洗）。如李白《姑敦十咏·丹阳湖》："龟游莲叶上，鸟宿芦花里。少女棹轻舟，歌声逐流水。"

许多诗词中的"水"字是与"起""里""己""以""迷""异""米"等字协韵的。现举例如下：

【汉】

蔡文姬《胡笳十八拍·第十四拍》（《全唐诗》P302）

还乡岂不见亲族，念此飘零隔生死。南风万里吹我心，心亦随风渡辽水。
（注："死"一音"叶息利切"，音细。）

蔡文姬《胡笳十八拍·第十七拍》 (《全唐诗》P303)
　　行尽胡天千万里,唯见黄沙白云起。马饥跑雪衔草根,人渴敲冰饮流水。

【北魏】
宗钦《赠高允》 (《全汉三国晋南北朝诗》P1474)
　　文以会友,友由知己。诗以明言,言以通理。
　　盼坎迷流,觏艮暗止。庶尔虹光,回鳞曲水。

【南朝　宋】
《杂歌谣辞·元嘉中魏地童谣》(《全汉三国晋南北朝诗》P747)
　　轺车北来如穿雉,不意虏马饮江水。虏主北归石济死,虏欲渡江天不徙。

【南朝　梁】
萧衍《夏歌》 (《全汉三国晋南北朝诗》P854)
　　江南莲花开,红花覆碧水。色同心复同,藕异心无异。

萧统《采莲曲》 (《玉台新咏》P260)
　　桂楫兰桡浮碧水,江花玉面两相似(似音以)。莲疏藕折香风起。
　　香风起,白日低,采莲曲,使君迷。

【隋】
杨素《赠薛播州诗》 (《全汉三国晋南北朝诗》P1650)
　　所欲栖一枝,禀分丰诸己。园树避鸣蝉,山梁遇雌雉。野阴冒丛灌,
　　幽气含兰芷。悲哉暮秋别,春草复萋矣。鸣琴久不闻,属听空流水。

【唐】
杨玉环《赠张云容舞》 (《全唐诗》P64)
　　罗袖动香香不已,红蕖袅袅秋烟里。轻云岭上乍摇风,嫩柳池边初拂水。

温庭筠《春江花月夜》 (《全唐诗》P268)
　　漏转霞高沧海西,颇黎枕上闻天鸡。蛮弦代雁曲如语,一醉昏昏天下迷。
　　四方倾动烟尘起,犹在浓香梦魂裏。后主荒宫有晓莺,飞来只隔西江水。

王维《从军行》 (《全唐诗》P1236)
　　吹角动行人,喧喧行人起。笳悲马嘶乱,争渡金河水。
　　日暮沙漠陲,战声烟尘里。尽系名王颈,归来献天子。
　　(注:子,叶奖里切。)

卢仝《有所思》 (《全唐诗》P172)
　　心断绝,几千里。梦中醉卧巫山云,觉来泪滴湘江水。

刘长卿《赠湘南渔父》（《全唐诗》P1577）
问君何所适,暮暮逢烟水。独与不系舟,往来楚云里。

刘长卿《江中对月》（《全唐诗》P1482）
空洲夕烟敛,望月秋江里。历历沙上人,月中孤渡水。

李白《上李邕》（《全唐诗》P1740）
大鹏一日同风起,抟摇直上九万里。假令风歇时下来,犹能簸却沧溟水。

李白《江夏赠韦南陵冰》（《全唐诗》P1754）
胡骄马惊沙尘起,胡雏饮马天津水。君为张掖近酒泉,我窜三色九千里。

李白《宿清溪主人》（《全唐诗》P1757）
夜到清溪宿,主人碧岩里。檐楹挂星斗,枕席响风水。月落西山时,啾啾夜猿起。

李白《自梁园至敬亭山见会公谈陵阳山水》（《全唐诗》P1761）
为余话幽栖,且述陵阳美。天开白龙潭,月映清秋水。

李白《寄弄月溪吴山人》（《全唐诗》P1766）
尝闻庞德公,家住洞湖水。终身栖鹿门,不入襄阳市。
夫君弄明月,灭景清淮里。高踪邈难追,可与古人比。

李白《丹阳湖》（《全唐诗》P1850）
龟游莲叶上,鸟宿芦花里。少女棹归舟,歌声逐流水。

李白《寄远》（《全唐诗》P1878）
玉箸落春镜,坐愁湖阳水。闻与阴丽华,风烟接邻里。

孟郊《烈女操》（《全唐诗》P4177）
梧桐相待老,鸳鸯会双死。贞女贵徇夫,舍生亦如此。
波澜誓不起,妾心井中水。

孟郊《怨诗》（《全唐诗》P4180）
试妾与君泪,两处滴池水。看取芙蓉花,今年为谁死。

鲍溶《壮士行》(杂曲歌辞)（《全唐诗》P334）
西方太白高,壮士羞病死。心知报恩处,对酒歌易水。
砂鸿嗥天末,横剑别妻子。苏武执节归,班超束书起。
山河不足重,重在遇知己。

李贺《少年乐》(杂曲歌辞)（《全唐诗》P323）
芳草落花如锦地,二十长游醉乡里。红缨不动白马骄,垂柳金丝香拂水。

诗词古音

李贺《浩歌》 (《全唐诗》P335)

南风吹山作平地,帝遣天吴移海水。王母桃花千遍红,彭祖巫咸几回死。

李贺《摩多楼子》 (《全唐诗》P4425)

玉塞去金人,二万四千里。风吹沙作云,一时渡辽水。

高适《自淇涉黄河途中作》 (《全唐诗》P2213)

结庐黄河曲,垂钓长河里。漫漫望云沙,萧条听风水。
所思强饭食,永愿在乡里。万事吾不知,其心只如此。

(注:此,浅氏切。因氏字多音,其一为"章移切"音"支",故浅氏切的"此"字可读"西"。)

高适《登垅》 (《全唐诗》P2215)

垅头远行客,垅上分流水。流水无尽期,行人未云已。
浅才登一命,孤剑通万里。岂不思故乡,从来感知己。

高适《哭单父梁九少府》 (《全唐诗》P2215)

畴昔探云奇,登临赋山水。同舟南浦下,望月西江里。

高适《平台夜遇李景参有别》 (《全唐诗》P2221)

孟诸薄暮凉风起,归客相逢渡睢水。昨时携手已十年,今日分途各千里。

于鹄《挽歌》 (《全唐诗》P207)

阴风吹黄蒿,挽歌度秋水。车马却归城,孤坟月明里。

岑参《春梦》 (《全唐诗》P2107)

洞房昨夜春风起,故人尚隔湘江水。枕上片时春梦中,行尽江南数千里。

杜甫《戏题画山水图歌》 (《全唐诗》P2305)

尤工远势古莫比,咫尺应须论万里。焉得并州快剪刀,翦取吴松半江水。

钱起《梦寻西山准上人》 (《全唐诗》P2608)

新月隔林时,千峰翠微里。言忘心更寂,迹灭云自起。
觉来缨上尘,如洗功德水。

钱起《同李五夕次香山精舍访宪上人》 (《全唐诗》P2609)

彼岸闻山钟,仙舟过苕水。松门入幽映,石径趋逶迤。

皇甫冉《春早》 (《全唐诗》P2806)

草遍颍阳山,花开武陵水。春色既已同,人心亦相似。(似音以)

王建《荆门行》 (《全唐诗》P3385)

欲明不待灯火起,唤得官船过蛮水。女儿停客茆屋新,开门扫地桐花里。

王建《南涧》（《全唐诗》P3422）

野桂香满溪,石莎寒覆水。爱此南涧头,终日潺湲里。

王建《野菊》（《全唐诗》P3422）

晚艳出荒篱,冷香著秋水。忆向山中见,伴蛩石壁里。

王建《春词》（《全唐诗》P3428）

良人朝早半夜起,樱桃如珠露如水。下堂把火送郎回,移枕重眠晓窗里。

权德舆《题云师山房》（《全唐诗》P3682）

云公兰若深山里,月明松殿微风起。试问空门清净心,莲花不著秋潭水。

柳宗元《杨白花》（《全唐诗》P3957）

杨白花,风吹渡江水。坐令宫树无颜色,摇荡春光千万里。
茫茫晓日下长秋,哀歌未断城鸦起。

姚合《架水藤》（《全唐诗》P5674）

蒙蒙紫花藤,下复清溪水。若遣随波流,不如风飘起。
风飘或近堤,随波千万里。

韩愈《青青水中蒲》（《全唐诗》P3798）

青青水中蒲,叶短不出水。妇人不下堂,行子在万里。

韩愈《赠侯喜》（《全唐诗》P3788）

吾党侯生字叔起,呼我持竿钓温水。平明鞭马出都门,尽日行行荆棘里。

刘禹锡《春日寄杨八唐州》（《全唐诗》P3990）

梨花方城路,荻笋萧陂水。高斋有谪仙,坐啸清风起。

刘禹锡《裴溪》（《全唐诗》P3991）

楚客忆关中,疏溪想汾水。萦纡非一曲,意态如千里。

刘禹锡《桃源行》（《全唐诗》P3995）

渔舟何招招,浮在武陵水。拖纶掷饵信流去,误入桃源行数里。

刘禹锡《八月十五夜桃源玩月》（《全唐诗》P4006）

碧虚无云风不起,山上长松山下水。群动悠然一顾中,天高地平千万里。

刘禹锡《采菱行》（《全唐诗》P4007）

屈平祠下沅江水,月照寒波白烟起。一曲南音此地闻,长安北望三千里。

李绅《涉沅潇》（《全唐诗》P5462）

烟横日落惊鸿起,山映余霞杳千里。鸿叫离离入暮天,霞消漠漠深云水。

王初《舟次汴堤》 (《全唐诗》P5560)

曲岸兰丛雁飞起,野客维舟碧烟里。竿头五两转天风,白日杨花满流水。

裴说《游洞庭湖》 (《全唐诗》P8260)

楚云团翠八百里,澧兰吹香堕春水。白头渔子摇苍烟,鸂鶒眠沙晓惊起。

卢频《东西行》 (《全唐诗》P8258)

种荷玉盆里,不及沟中水。养雉黄金笼,见草心先喜。

贯休《梦游仙》 (《全唐诗》P9305)

宫殿峥嵘笼紫气,金渠玉砂五色水。守阍仙婢相倚睡,偷摘蟠桃几倒地。

元结《石鱼湖上作》 (《全唐诗》P2712)

吾爱石鱼湖,石鱼在湖里。鱼背有酒樽,绕鱼是湖水。

元稹《遣昼》 (《全唐诗》P4490)

旬休聊自适,今辰日高起。栉沐坐前轩,风轻镜如水。
开卷恣咏谣,望云闲徙倚。

元稹《遣春》 (《全唐诗》P4492)

酒杯沉易过,世事纷何已。莫倚颜似花,君看岁如水。

"水"字与"里""几""倚"协韵的情况在宋词里常见。如:

【宋】

周邦彦《花犯·梅花》 (《词综》P578)

相将见脆圆荐酒,人正在空江烟浪里。但梦想,一枝潇洒,黄昏斜照水。

万俟咏《忆秦娥》 (《词综》P600)

等闲莫把阑干倚,马蹄去便三千里。三千里,几重云岫,几重烟水?

欧阳炯《南乡子》 (《词综》P135)

孔雀自怜金翠尾,临水,认得行人惊不起。

(注:《南乡子》词要求,尾、水、起三字协韵。)

【元】

虞集《题渔村图》 (《元明清诗一百首》P21)

忆昔采芝有园绮,犹被留侯迫之起。莫将名姓落人间,随此横图卷秋水。

萨都剌《燕姬曲》 (《元明清诗一百首》P31)

芳年谁惜去如水,春困著人倦梳洗。夜来小雨润天街,满院杨花飞不起。

张羽《踏水车谣》 (《元明清诗一百首》P38)

田舍生涯在田里,家家种苗始云已。俄惊五月雨沉淫,一夜前溪半篙水。

【明】

何景明《秋江词》 (《明诗选》P310)

芳草愁,西风起。芙蓉花,落秋水。鱼初肥,酒正美(mǐ)。江白如练月如洗,醉下烟波千万里。

朱诚泳《杨白花》 (《明诗选》P254)

可怜落花化浮萍,浮萍无复随风起。宫中美人连臂歌,此情不断如春水。

丘濬《题墨梅》 (《历代题画诗选注》P64)

老龙半夜飞下天,蜿蜒斜立瑶阶里。玉鳞万点一齐开,凝云不流月如水。

《诗经》中的"丝"

"丝"字大家都知道读sī,但《诗经》里有的地方却要读"新夷切,音西"。如:

《诗经·卫风·氓》

氓之蚩蚩(音痴),抱布贸丝(叶新齐切)。

《诗经·曹风·鸤鸠》

淑人君子,其带伊丝。其带伊丝,其弁伊骐。

《诗经·大雅·抑》

荏染柔木,言缗之丝。温温恭人,维德之基。

诗人将"丝"字与"思""时""悲""眉""湄""帷"诸字协韵。如:

【南朝 齐】

王常侍《离夜》 (《全汉三国晋南北朝诗》P833)

月没高楼晓,云起扶桑时。烛筳暧无色,行住闵相悲。
当轩已凝念,况乃清江湄。怀人忽千里,谁缓鬓徂丝。

【南朝 梁】

王僧孺《春闺有怨》 (《玉台新咏》P136)

愁来不理鬓,春至更攒眉。悲看蛱蝶粉,泣望蜘蛛丝。

江洪《咏舞女》 (《玉台新咏》P114)

腰纤蔑楚媛,体轻非赵姬。映襟阆宝粟,缘肘挂珠丝。

江淹《张司空离情》 (《玉台新咏》P101)

兰径少行迹。玉台生网丝。

古诗词中"丝"读"西"音的诗篇很多。例如：

【唐】

宋之问《有所思》① （《全唐诗》P638）

宛转蛾眉能几时？须臾鹤发乱如丝。但看古来歌舞地，唯有黄昏鸟雀悲。

佚名《九张机》 （《词综》P1507）

七张机。春蚕吐尽一生丝。莫教容易裁罗绮。无端翦破，仙鸾彩凤，分作两边衣。

白居易《有小白马乘驭多时》 （《全唐诗》P5043）

能骤复能驰，翩翩白马儿。毛寒一团雪，鬃薄万条丝。

王缙《秋浦歌》 （《百代千家绝句选》P133）

两鬓入秋浦，一朝飒已衰（衰音衣）。猿声催白发，长短尽成丝。

贺知章《答朝士》 （《全唐诗》P1147）

鈒镂银盘盛蛤蜊，镜湖莼菜乱如丝。乡曲近来佳此味，遮渠不道是吴儿。

韦应物《扬州偶令前洛阳卢狄主簿》 （《全唐诗》P1898）

楚塞故人稀，相逢本不期。犹存袖里字，忽怪鬓中丝。
客舍盈樽酒，江行满箧诗。更能连骑出，还似洛桥时。

杜甫《前出塞》 （《全唐诗》P2292）

出门日已远，不受徒旅欺。骨肉恩岂断，男儿死无时。
走马脱辔头，手中挑青丝。捷下万仞冈，俯身试搴旗。

【宋】

京镗《雨中花·重阳》 （《词综》P865）

玉局祠前，铜壶阁畔，锦城药市争奇。正紫萸缀席，黄菊浮卮。巷陌联镳并辔，楼台吹竹弹丝。登高望远，一年好景，九日佳期。

【元】

方夔《田家杂兴》 （《元诗三百首》P71）

樵路通村暗蒺藜，数椽茅茨护疏篱。阴阴清樾风生树，拍拍苍鹅水满陂。
记日旋锄烧地粟，上时新卖落车丝。晚晴惭愧逢端午，醉卧黄昏自不知。

《乐府·杂歌》 （《全汉三国晋南北朝诗》P287）

晨行梓道中，梓叶相切磨。与君别交中，缱如新缣罗。裂之有余丝，吐之无还期。

---

① 一作刘希夷诗。

包何《寄杨侍御》① （《全唐诗》P2173）

一官何幸得同时，十载无媒独见遗。今日不论腰下组，请君看取鬓边丝。

饶宗颐《满庭芳》 （《词综补遗》P1131）

玻璃。屏隔处，酿寒悄悄，织雨丝丝。渐青春白日，送断残棋。

【明】

祝枝山《绝句》 （《百代千家绝句诗》P627）

因名为利苦奔驰，换得身疼气似丝。到此都寻参与术，名难将息利难医。

《诗经》中的"私"

"私"字现在只有一个读音 sī。但《康熙字典》注"私"字除了"相咨切、音司"，同时注"私"字"息夷切"音 xī。"私"字读音 xī 在《诗经》里已有注明，如：

《诗经·小雅·楚茨》

诸宰君妇，废彻不迟(qí)。诸父兄弟，备言燕私。

《诗经·小雅·大田》

有渰萋萋，兴雨祈祈。雨我公田，遂及我私。

【南朝 梁】

沈约《拟三妇》 （《玉台新咏》P109）

小妇独无事，对镜画蛾眉。良人安且卧，夜长方自私。

【南北朝】

范靖妇《戏萧娘诗》 （《玉台新咏》P117）

清晨插步摇，向晚解罗衣。托意风流子，佳情讵肯私。

陈后主《有所思》 （《续玉台新咏》P1）

荡子好兰期，留人独自私。落花同泪脸，初月似愁眉。
阶前看草蔓，窗中对网丝。不言千里别，复是三春时。

【唐】

韦应物《逢杨开府》 （《全唐诗》P1956）

少事武皇帝，无赖恃恩私。身作里中横，家藏亡命儿。
朝持樗蒲局，暮窃东邻姬。司隶不敢捕，立在白玉墀。

---

① 一作包佶诗。

《诗经》中的"思"

"思"字现在两个读音：一是 sī，如思想、思考、思潮、思绪等；二是 sāi，如形容胡子很多的"于思"。但古时它是个多音字。与《康熙字典》相比，现在我们少了两个音：一是"息移切"或"新夷切"音西(xī)，另一个是"相居切"音须(xū)。

在古诗词中，大多数"思"字读音 sī，读音"须"(xū)的极为少见，但不是没有。如东汉名人徐干的名篇《室思》(《康熙字典》)五言诗中的"思"字就得读"须"(xū)。

妾身虽在远，岂违君须臾。既厚不中薄，想君时见思。

古诗词中"思"字音"西"(xī)与"基""期""欺""疑""依""怡""眉""离"等字协韵的情况很多，仅《诗经》就有十多处。如：

《诗经·邶风·雄雉》

瞻彼日月，悠悠我思。道之云远，曷云能来。

《诗经·邶风·泉水》

毖彼泉水，亦流于淇。有怀于卫，靡日不思。

《诗经·卫风·载驰》

百尔所思，不如我所之。

《诗经·卫风·氓》

反是不思，亦已焉哉(yī)。

《诗经·卫风·竹竿》

籊籊竹竿，以钓于淇。岂不尔思，远莫致之。

《诗经·郑风·子衿》

青青子佩(pī)，悠悠我思。

《诗经·魏风·园有桃》

心之忧矣，其谁知之。其谁知之，盖亦勿思。

《诗经·小雅·采薇》

昔我往矣，杨柳依依。今我来思，雨雪霏霏。

《诗经·小雅·白驹》

皎皎白驹，贲然来思。尔公尔侯，逸豫无期。慎尔优游，勉尔遁思。

《诗经·周颂·敬之》

敬之敬之，天维显思。

《诗经·周颂·赉》
文王既勤止,我应受之,敷时绎思。

其他例举:

【魏】

阮籍《咏怀诗》 （《先秦汉魏晋南北朝诗》P503)

有悲则有情,无悲亦无思。苟非婴网罟,何必万里畿。翔风拂重霄,庆云招所晞。

【南朝 齐】

谢朓《春游》① （《玉台新咏》P296)

置酒登广殿,开襟望所思。春草行已歇,何事久佳期。

【南朝 梁】

萧纲《寒闺》 （《玉台新咏》P290)

绿叶朝朝黄,红颜日日异。譬喻持相比,那堪不愁思。

萧纲《伤美人》 （《玉台新咏》P176)

昔闻倡女别,荡子无归期。今似陈王叹,流风难重思。
翠带留馀结,苔阶没故基。图形更非是,梦见反成疑。

沈约《六忆诗之一》 （《玉台新咏》P107)

忆来时,灼灼上阶墀。勤勤聚离别,慊慊道相思。相看常不足,相见乃忘饥。

沈约《春咏》 （《玉台新咏》P106)

翠落巳结洧,碧水复盈淇。日华照赵瑟,风色动燕姬。
衿前万行泪,故是一相思。

高爽《咏镜》 （《玉台新咏》P115)

初上凤凰墀,此镜照蛾眉。言照常相守,不照常相思。
虚心会不采,贞明空自欺。无言故此物,更复对新期。

刘孝绰《赠美人》 （《玉台新咏》P206)

巫山荐枕日,洛浦献珠时。一遇便如此,宁关先有期。
幸非使君问,莫作秦罗辞。夜长眠复坐,谁知暗敛眉。
欲寄同花烛,为照遥相思。

萧衍《采菱曲》 （《玉台新咏》P258)

歌采菱,心未怡。翳罗袖,望所思。

---

① 一说王融作。

萧衍《边戍诗》 (《玉台新咏》P283)

秋月出中天,远近无偏异。共照一光辉,各怀离别思。

江淹《刘仆射东山集》 (《全汉三国晋南北朝诗》P1036)

萧萧云色滋,惟爱起长思。乔木啸山曲,征鸟怨水湄。
共惜玉樽暮,愿是光阴迟。

【南朝 陈】

陈叔宝《有所思》 (《续玉台新咏》P2)

杳杳与人期,遥遥有所思。山川千里间,风月两边时。
相对春那剧,相望景偏迟。当由分别久,梦来还自疑。

【唐】

李白《寄远》 (《全唐诗》P1879)

忆昨东园桃李红碧枝,与君此时初别离。金瓶落井无消息,令人行叹复坐思。

王维《羽林骑闺人》 (《全唐诗》P1253)

秋月临高城,城中管弦思。离人堂上愁,稚子阶前戏。
出门复映户,望望青丝骑。行人过欲尽,狂夫终不至。
左右寂无言,相看共垂泪。

刘长卿《湘妃》 (《全唐诗》P1480)

帝子不可见,秋风来暮思。婵娟湘江月,千载空蛾眉。

刘长卿《春望寄王涔阳》 (《全唐诗》P1581)

清明别后雨晴时,极浦空颦一望眉。湖畔春山烟点点,云中远树墨离离。
依微水戍闻钲鼓,掩映沙村见酒旗。风煖草长愁自醉,行吟无处寄相思。

刘禹锡《柳花词》 (《全唐诗》P4105)

轻飞不假风,轻落不委地。撩乱舞晴空,发人无限思。

元淳《寄洛中诸姊》 (《全唐诗》P9060)

旧国经年别,关河万里思。题诗凭雁翼,望月想蛾眉。

灵一《送殷判官归上都》 (《全唐诗》P9128)

漾舟云路客,来过夕阳时。向背堪遗恨,逢迎宿未期。
水容愁暮急,花影动春迟。别后王孙草,青青入梦思。

贯休《题弘式和尚院兼呈杜使君》 (《全唐诗》P9383)

二雅兼二密,憎憎只自怡。腊高云屐朽,貌古画师疑。
蛰蚁缘金锡,罏烟惹雪眉。仍闻有新作,只是寄双思。

温庭筠《更漏子》 （《词综》P31）

玉炉香,红蜡泪,偏照画堂秋思。眉翠薄,鬓云残,夜长衾枕寒。

（注：更漏子词上下片各六句,一般要求二、三句协韵,五、六句协韵。如该词"泪"与"思"协韵、"残"与"寒"协韵。）

欧阳炯《三字令》 （《词综》P132）

人不在,燕空归,负佳期。香烬落,枕函欹。月分明,花淡薄,惹相思。

【宋】

姜夔《鹧鸪天·元夕有所梦》 （《宋词三百首译》P337）

肥水东流无尽期,当初不合种相思。梦中未比丹青见,暗里忽惊山鸟啼。

谢逸《燕归梁》 （《词综》P535）

草青南浦,云横西塞,锦字杳无期。东风只送柳绵飞,全不管、寄相思。

【明】

张以宁《丝瓜》 （《明诗选》P18）

黄花翠蔓子累累,写出西风雨一篱。愁绝客怀浑怕见,老来万缕足秋思。

魏观《滕王阁》 （《明诗选》P27）

平生见说滕王阁,今日登临慰所思。千古声名王勃序,四时图画邵庵诗。
伤心宇宙成飘泊,倚目江山送别离。迢递衡阳初见雁,故人何处数归期。

【近现代】

林伯渠《初抵吴旗镇》 （《十老诗选》P86）

一年胜利达吴旗,陕北风光慰所思。大好河山耐实践,不倦鞍马证心期。
坚持遵义无穷力,鼓励同仁绝妙诗。迈步前进爱日永,阳关坦荡已无歧。

杜甫《奉送魏六丈佑少府之交广》中的"斯"

"斯"字现在只有一个读音sī,如斯须、斯文等。但古诗词里它有时要读xī。如《诗经》里就注明：斯,叶先赍切,音酾。因"赍"音jī,所以"斯"音xī。《康熙字典》也注明,"斯"字音"山宜切,音酾"。例如：

《诗经·小雅·小弁》

弁(pàn)彼鸒斯,归飞提提。民莫不谷,我独于罹。

《诗经·小雅·何人斯》

伯氏吹埙,仲氏吹篪。及尔如贯,谅不我知(jī)。出此三物,以诅尔斯。

韩愈《岐山操》　（《先秦汉魏晋南北朝诗》P322)

狄戎侵兮,土地迁移。邦邑适于岐山。烝民不忧兮谁者知。嗟嗟奈何兮,予命遭斯。

【晋】

曹摅《感旧诗》　（《先秦汉魏晋南北朝诗》P756)

今我唯困蒙,群士所背驰(qī)。乡人敦懿义,济济荫光仪。对宾颂有客,举觞咏露斯。临乐何所叹,素丝与路歧。

陆云《思文》　（《先秦汉魏晋南北朝诗》P703)

文王在上,太姒思齐。鲁侯克昌,亦赖令妻。鉴神有顾,苹蘩在斯。祁阳载天,作之伉俪。

【南朝　宋】

贺道庆《离合诗》　（《全汉三国晋南北朝诗》P731)

促席宴闲夜,足欢不觉疲。咏歌无馀愿,永言终在斯。

谢庄《游豫章西观洪崖井》　（《全汉三国晋南北朝诗》P623)

游阴腾鹄岭,飞清起凤池。隐暧松霞被,容与涧烟移。将遂丘中性,结驾终在斯。

谢朓《将游湘水寻句溪》　（《全汉三国晋南北朝诗》P807)

寒草分花映,戏鲔乘空移。兴以暮秋月,清霜落素枝。鱼鸟余方玩,缨缕君自迷。及兹畅怀抱,山川长若斯。

谢朓《奉和随王殿下》　（《全汉三国晋南北朝诗》P822)

连连绝雁举,渺渺青烟移。严城乱芸草,霜塘凋素枝。气爽深遥瞩,豫永聊停曦。即已终可悦,盈尊且若斯。

【南朝　梁】

沈约《霜来悲落桐》　（《全汉三国晋南北朝诗》P1027)

宿茎抽晚干,新叶生故枝。故枝虽辽远,新叶颇离离。春风一朝至,荣华并如斯。

【南朝　陈】

阴铿《闲居对雨》　（《全汉三国晋南北朝诗》P1361)

苹藻降灵只,聪明谅在斯。触石朝云起,从星夜月离。八川奔巨壑,万顷溢澄陂。

【唐】

卢照邻《宴梓州南亭得池字》　（《全唐诗》P528)

水鸟翻荷叶,山虫咬桂枝。游人惜将晚,公子爱忘疲。愿得回三舍,琴尊长若斯。

沈佺期《夏日梁王席送张岐州》 (《全唐诗》P1049)
　　秦鸡常下雍，周凤昔鸣岐。此地推雄抚，惟良寄在斯。
　　家传七豹贵，人擅八龙奇。高传生光彩，长林叹别离。

杜甫《奉送魏六丈佑少府之交广》 (《全唐诗》P2380)
　　新欢继明烛，梁栋星辰飞。两情顾盼合，珠碧赠于斯。
　　上贵见肝胆，下贵不相疑。心事披写间，气酣达所为(yī)。
　　错挥铁如意，莫避珊瑚枝。始兼逸迈兴，终慎宾主仪。
　　戎马暗天宇，呜呼生别离。

高适《辟阳城》 (《全唐诗》P2241)
　　传道汉天子，而封审食其。奸淫且不戮，茅土孰云宜。
　　何得英雄主，返令儿女欺。母仪良已失，臣节岂如斯！
　　太息一朝事，乃令人所嗤。

白居易《同微之赠别郭虚舟五十韵》 (《全唐诗》P4970)
　　秋风旦夕来，白日西南驰。雪霜各满鬓，朱紫徒为衣。
　　师从庐山洞，访旧来于斯。寻君又觅我，风驭纷逶迤。

古诗词中的"嘶"

"嘶"字现在我们都读音为 sī，但古时其读音为 xī。《康熙字典》注："嘶，先稽切、音西。又先齐切、音西。又作撕。"1936 年出版的《辞海》注："嘶，息医切、音西，齐韵。"1979 年出版的《辞海》则注："嘶，音斯(sī)，旧读西(xī)。"

古诗词中的"嘶"都是以"西"音与飞、栖、蹄、泥、溪等字协韵的。如众所周知的名篇《阮郎归》①：
　　南园春半踏青时，风和闻马嘶。青梅如豆柳如眉，日长蝴蝶飞。
　　花露重，草烟低，人家帘幕垂。秋千慵困解罗衣，画堂双燕归。

其他举例如下：
【南朝　梁】
　　戴暠《从军行》 (《全汉三国晋南北朝诗》P1295)
　　阴山日不暮，长城风自凄。弓寒折锦鞭，马冻滑斜蹄。
　　燕旗竿上脆，羌笛管中嘶。登山试下赵，凭轼且平齐。

---

① 该词《全唐诗》载为冯延巳作，又一说是晏殊作，《宋词选》则谓欧阳修作。

萧纲《系马》 (《全汉三国晋南北朝诗》P925)

青骊沈赭汗，绿地悬花蹄。未垂青茸员尾，犹挂紫障泥。
蹀足绊中愤，摇头枥上嘶。紫关如未息，直去取榆溪。

吴均《渡易水荆轲歌》 (《全汉三国晋南北朝诗》P1115)

杂虏客来齐，时余在角抵。扬鞭渡易水，直至龙城西。
日昏笳乱动，天曙马争嘶。不能通瀚海，无面见三齐。

【南朝　陈】

伏知道《从军五更转》 (《全汉三国晋南北朝诗》P1455)

四更星汉低，落月与云齐。依稀北风里，胡笳杂马嘶。

【北周】

王褒《始发宿亭》 (《全汉三国晋南北朝诗》P1563)

送人亭上别，被马枥中嘶。漠漠村烟起，离离岭树齐。
落星侵晓没，残月半山低。

【隋】

卢思道《赠刘仪同西聘》 (《全汉三国晋南北朝诗》P1657)

极野云峰合，遥嶂日轮低。尘暗前旌没，风长后骑嘶。
灞陵行可望，函谷久无泥。须君劳旋罢，春草共萋萋。

【唐】

王维《故西河郡杜太守挽歌》 (《全唐诗》P1283)

返葬金符守，同归石窌妻。卷衣悲画翟，持翣待鸣鸡。
容卫都人惨，山川驷马嘶。犹闻陇上客，相对哭征西。

岑参《虢州郡斋南池幽兴》 (《全唐诗》P2034)

行军在函谷，两度闻莺啼。相看红旗下，饮酒白日低。
闻君欲朝天，驷马临道嘶。仰望浮与沉，忽如云与泥。

冯延巳《阮郎归》 (《全唐诗》P10155)

角声吹断陇梅枝，孤窗月影低。寒鸿无限欲惊飞，城乌休夜啼。
寻断梦，掩深闺，行人去路迷。门前杨柳绿阴齐，何时闻马嘶。

令狐楚《从军行》 (《全唐诗》P231)

荒鸡隔水啼，汗马逐风嘶。终日随旌旆，何时罢鼓鼙。

杜甫《无家别》 (《全唐诗》P2285)

家乡既荡尽，远近理亦齐。永痛长病母，五年委沟溪。生我不得力，终身两酸嘶。
人生无家别，何以为蒸黎。

（注：杜甫《无家别》中的"嘶"字与藜、西、蹊、妻、栖、畦、携、迷、齐等字协韵。）

杜甫《中丞严公雨中垂寄》 （《全唐诗》P2456）

何日雨晴云出溪，白沙青石洗无泥。只须伐竹开荒径，倚杖穿花听马嘶。

杜甫《自阆州领妻子却赴蜀山行》 （《全唐诗》P2478）

长林偃风色，迥首意犹迷。衫裛翠微润，马衔青草嘶。
栈悬斜避石，桥断却寻溪。何日干戈尽，飘飘愧老妻。

沈佺期《赦到不得归题江上石》 （《全唐诗》P1051）

翰墨思诸季，裁缝忆老妻。小儿应离褓，幼女未攀笄。
梦蝶翻无定，蓍龟讵有倪。谁能竟此曲，曲尽气酸嘶。

韩翃《看调马》 （《全唐诗》P2757）

鸳鸯赭白齿新齐，晚日花中散碧蹄。玉勒乍回初喷沫，金鞭欲下不成嘶。

韩翃《送客之潞府》 （《全唐诗》P2759）

官柳青青匹马嘶，回风暮雨入铜鞮。佳期别在春山里，应是人参五叶齐。

顾况《送柳宜城葬》 （《全唐诗》P2966）

鸣笳已逐春风咽，匹马犹依旧路嘶。遥望柳家门外树，恐闻黄鸟向人啼。

戎昱《从军行》 （《全唐诗》P3010）

芳筵暮歌发，艳粉轻鬓低。半酣秋风起，铁骑门前嘶。
远戍报烽火，孤城严鼓鼙。挥鞭望尘去，少妇莫含啼。

戎昱《上李常侍》 （《全唐诗》P3016）

旌旗晓过大江西，七校前驱万队齐。千里政声人共喜，三军令肃马前嘶。

王建《李处士故居》 （《全唐诗》P3417）

露浓烟重草萋萋，树映阑干柳拂堤。一院落花无客醉，半窗残月有莺啼。
芳筵想象情难尽，故榭荒凉路欲迷。风景宛然人自改，却经门外马频嘶。

刘禹锡《秋日送客至潜水驿》 （《全唐诗》P4018）

候吏立沙际，田家连竹溪。枫林社日鼓，茅屋午时鸡。
鹊噪晚禾地，蝶飞秋草畦。驿楼宫树近，疲马再三嘶。

刘禹锡《故相国燕国公挽歌》 （《全唐诗》P4022）

阴山贵公子，来葬五陵西。前马悲无主，犹带朔风嘶。
汉水青山郭，襄阳白铜鞮。至今有遗爱，日暮人凄凄。

张仲素《天马辞》 （《全唐诗》P4139）

蹀躞宛驹齿未齐，掀金喷玉向风嘶。来时欲尽金河道，猎猎轻风在碧蹄。

孟郊《寒溪》 (《全唐诗》P4222)

晓饮一杯酒,踏雪过清溪。波澜冻为刀,剸割凫与鹥,
宿羽皆翦弃,血声沉沙泥。独立欲何语,默念心酸嘶。

白居易《伤友》 (《全唐诗》P4675)

是时天久阴,三日雨凄凄。寒驴避路立,肥马当风嘶。
回头忘相识,占道上沙堤。昔年洛阳社,贫贱相提携。

白居易《武丘寺路宴留别诸妓》① (《全唐诗》P5034)

银泥裙映锦障泥,画舸停桡马簇蹄。清管曲终鹦鹉语,红旗摇动浃汗嘶。
渐消酒色朱颜浅,欲语离情翠黛低。莫忘使君吟咏处,女坟湖北武丘西。

姚合《寄周十七起居》 (《全唐诗》P5646)

冬冬九陌鼓声齐,百辟朝天马乱嘶。月照浓霜寒更远,风吹红烛举还低。
官清立在金炉北,仗下归眠玉殿西。莫笑老人多独出,晴山荒景觅诗题。

姚合《老马》 (《全唐诗》P5707)

卧来扶不起,唯向主人嘶。惆怅东郊道,秋来雨作泥。

张祜《哭京兆庞尹》 (《全唐诗》P5829)

扬子江头昔共迷,一为京兆隔云泥。故人昨日同时吊,旧马今朝别处嘶。
向壁愁眉无复画,扶床稚齿已能啼。也知世路名堪贵,谁信庄周论物齐。

皮日休《题潼关兰若》 (《全唐诗》P7066)

潼津罢警有招提,近百年无战马嘶。壮士不言三尺剑,谋臣休道一丸泥。

陆龟蒙《开元杂题七首·舞马》 (《全唐诗》P7225)

月窟龙孙四百蹄,骄骧轻步应金鞞。曲终似要君王宠,回望红楼不敢嘶。

薛涛《马离厩》 (《全唐诗》P9044)

雪耳红毛浅碧蹄,追风曾到日东西。为惊玉貌郎君坠,不得华轩更一嘶。

张泌《浣溪沙》 (《全唐诗》P10145)

钿毂香车过柳堤。桦烟分处马频嘶。为他沉醉不成泥。
花满驿亭香露细。杜鹃声断玉蟾低。含情无语倚楼西。

温庭筠《菩萨蛮·玉楼明月长相忆》 (《全唐诗》P10064)

玉楼明月长相忆,柳丝袅娜春无力。门外草萋萋,送君闻马嘶。画罗金翡翠,香烛销成泪。花落子规啼,绿窗残梦迷。

---

① 一作张籍诗。

温庭筠《河传·湖上》（《全唐诗》P10067）

荡子天涯归棹远。春已晚。莺语空肠断。若耶溪，溪水西。柳堤，不闻郎马嘶。

韦庄《望远行》（《全唐诗》P10079）

人欲别，马频嘶。绿槐千里长堤。出门芳草路萋萋，云雨别来易东西。不忍别君后，却入旧香闺。

韩偓《苑中》（《古代山水诗一百首》P94）

上苑离宫处处迷，相风高与露盘齐。金阶铸出狻猊立，玉柱雕成翡翠啼。
外使调鹰初得按，中官过马不教嘶。笙歌锦绣云霄里，独许词臣醉如泥。

【宋】

欧阳修《长相思》（《欧阳修词全集》P23）

烟霏霏，风凄凄，重倚朱门听马嘶。寒鸥相对飞。

苏轼《韩干马十四匹》（《苏轼选集》P97）

二马并驱攒八蹄，二马宛颈鬃尾齐。一马任前双举后，一马却避长鸣嘶。老髯奚官骑且顾，前身作马通马语。

苏轼《秧马歌》（《苏轼选集》P214）

春云蒙蒙雨凄凄，春秧欲老翠剡齐。嗟我妇子行水泥，朝分一垅暮千畦。
腰如箜篌首啄鸡，筋烦骨殆声酸嘶。

苏轼《和子由渑池怀旧》（《苏轼选集》P5）

人生到处知何似，应似飞鸿踏雪泥。泥上偶然留指爪，鸿飞那复计东西。老僧已死成新塔，坏壁无由见旧题。往日崎岖还记否，路长人困蹇驴嘶。

王沂孙《高阳台》中的"澌"

"澌"字现在只有一个读音 sī，如澌灭。但古时它是个多音字，除了读"相咨切，音斯"（sī），还读"山宜切，音酾"（shī），可读"先齐切，音西"（xī），"斯义切，音赐"。因此，我们在朗读古诗词时要看具体语境，看它和哪些字协韵，从而确定读什么音。如宋代诗人王沂孙的《高阳台》词中的"澌"字就应读为西（xī）。

【宋】

王沂孙《高阳台·西麓陈君衡远游未还，周公瑾有怀人之赋，倚其歌而和之》（《词综》P1340）

驼褐轻装，狨鞯小队，冰河夜渡流澌。朔雪平沙，飞花乱拂蛾眉。琵琶已是凄凉调，更赋情不比当时。想如今，人在龙庭，初劝金卮。

【元】
>马祖常《河西歌效长吉体》（《元诗三百首》P162）

贺兰山下河西地,女郎十八梳高髻。茜根染衣光如霞,却召瞿昙作夫婿。紫驼载锦凉州西,换得黄金铸马蹄。沙羊冰脂蜜脾白,个中饮酒声渐渐。

孟郊《怨诗》中的"死"

"死"字现在只有一个读音 sǐ,如死亡、死板、死党、死地等。但古诗词中它有时要读"四"。《康熙字典》注明:"死"字有两音,一是"想姊切,音斯上声";二是"息利切,音四"。如:

【唐】
>孟郊《怨诗》（《全唐诗》P4180）

试妾与君泪,两处滴池水。看取芙蓉花,今年为谁死?

>杜甫《题壁画马歌》（《全唐诗》P2305）

一匹龁草一匹嘶,坐看千里当霜蹄。时危安得真致此,与人同生亦同死。

>戎昱《苦哉行》（《全唐诗》P232）

官军收洛阳,家住洛阳里。夫婿与兄弟,同前见伤死。吞声不许哭,还遣衣罗绮。上马随匈奴,数秋黄尘里。

>李贺《雁门太守行》（《全唐诗》P244）

半卷红旗临易水,霜重鼓寒声不起。报君黄金台上意,提携玉龙为君死。

>王建《主人故池》（《全唐诗》P3381）

曲池高阁相连起,荷叶团团盖秋水。主人已远凉风生,旧客不来芙蓉死。

>王建《古宫怨》（《全唐诗》P3381）

乳乌哑哑飞复啼,城头晨夕宫中栖。吴王别殿绕江水,后宫不开美人死。

>王建《渡辽水》（《全唐诗》P3379）

渡辽水。此去咸阳五千里。来时父母知隔生,重著衣裳如送死。

韩愈《秋怀诗》中的"酸"

"酸"字现在只有一个读音 suān,如辛酸、腰酸、酸菜、醋酸等。但古诗词中它除了读 suān,还可读"叶荀缘切,音宣"(xuān)。如:

【唐】
　　　　韩愈《秋怀诗》　（《康熙字典》,《全唐诗》P3767）
　　作者非今士,相去时已千。其言有感触,使我复凄酸(xuān)。
　　顾谓汝童子,置书且安眠。丈夫属有念,事业无穷年。
　　　　白居易《游悟真寺诗》　（《全唐诗》P4735）
　　足以疗饥乏,摘尝味甘酸。道南蓝谷神,紫伞白纸钱。

【清】
　　　　孙德祖《高阳台》　（《词综补遗》P999）
　　红板桥头,青花帘里。西风吹老吴山(山音仙)。惨碧丝丝,是谁抹上凉烟？淡淡斜阳鸦点外,照离情,别梦都酸。最难忘,金勒骄嘶,芳草楼前。
　　　　陈章《木兰花慢·秋钟》　（《清词之美》P278）
　　幽闲。不扰定中禅。客里警宵眠。听孤雁嘹嘹,乱蛋唧唧,借洗悲酸。当年。忆催醉后,对南屏,人在雨凉船。不似景阳远隔,星星直到吟边。

枣嵩《赠荀彦将诗》中的"绥"

　　"绥"字现在只有一个读音 suí。其实古时它是个多音字,不但读"苏回切,音虽",而且可读"双佳切,音榱"(cuī)；可读"儒佳切,音蕤"(ruí)；还可读"吐火切,音妥"(tuǒ)以及"通回切,音推"(tuī)(《康熙字典》)。
　　特别要指出,"绥"字在《广韵》里是"息遗切"音西。如晋代枣嵩《赠荀彦将诗》中的"绥"就应读"息遗切",方能与"畿""飞"诸字协韵。
　　　　枣嵩《赠荀彦将诗》　（《全汉三国晋南北朝诗》P314）
　　时惟惠后,黎人攸绥。乃授明德,赋政近畿。戢翼太清,翻然凤飞。

曹丕《与清河见挽船士新婚与妻别》中的"随"

　　"随"字现在只有一个读音 suí,如随从、追随等。但古时它是个多音字,除了读"旬为切,音隋"(suí)外,可读"他果切,音椭",还可读遗(yí)。据《康熙字典》:随亦作遗。如:
　　　　曹丕《于清河见挽船士新婚与妻别》　（《玉台新咏》P33）
　　与君结新婚,宿昔当别离。凉风动秋草,蟋蟀鸣相随。
　　冽冽寒蝉吟,蝉吟抱枯枝。枯枝时飞扬,身体忽迁移。
　　不悲身迁移,但惜岁月驰(驰音齐)。

曹植《公燕》（《三曹诗选注》P92）

公子敬爱客，终宴不知疲。清夜游西园，飞盖相追随。
明月澄清影，列宿正参差(qī)。

其他举例于下：

【南朝　梁】

刘孝仪《咏箫》（《全汉三国晋南北朝诗》P1209）

危声合鼓吹，绝弄混笙簴。管饶知气促，钗动觉唇移。
箫史安为贵，能令秦女随。

【南朝　陈】

阮卓《赋得莲下游鱼》（《全汉三国晋南北朝诗》P1435）

春色映澄陂，涵泳且相随。未上龙门路，聊戏芙蓉池(池音齐)。

陈叔宝《采桑》（《全汉三国晋南北朝诗》P1339）

春楼髻梳罢，南陌竞相随。去后花丛散，风来香处移。

【北周】

庾信《赋得荷》（《全汉三国晋南北朝诗》P1613）

秋衣行欲制，风盖渐应欹。若有千年蔡(蔡音祭)，须巢但见随。

【隋】

薛道衡《豫章行》（《全汉三国晋南北朝诗》P1663）

愿作王母三青鸟，飞去飞来传消息。丰城双剑昔曾离，经年累月复相随。
不畏将军成久别，只恐封侯心更移。

【唐】

《昭德舞歌》（《全唐诗》P163）

淮海干戈戢，朝廷礼乐施(施音西)。白驹皆就絷，丹凤复来仪。
德备三苗格，风行万国随。小臣同百兽，率舞贺昌期。

《梁郊祀乐章·庆顺》（《全唐诗》P151）

圣皇戾止，天步舒迟(迟音齐)。干干睿相，穆穆皇仪。
进退必肃，陟降是只。六变克协，万灵协随。

杜甫《过南邻朱山人水亭》（《全唐诗》P2435）

相近竹参差，相过人不知。幽花欹满树，小水细通池。
归客村非远，残樽席更移。看君多道气，从此数追随。

韩翃《送客游江南》（《全唐诗》P2738）

南使孤帆远，东风任意吹(吹音妻)。楚云殊不断，江鸟暂相随。
月净鸳鸯水，春生豆蔻枝。赏称佳丽地，君去莫应知。

韦应物《将往江淮寄李十九儋》（《全唐诗》P1904）

秋风飘我行，远与淮海期。回首隔烟雾，遥遥两相思。
阳春自当返，短翮欲追随。

戴叔伦《孤鸿篇》（《全唐诗》P3067）

江上双飞鸿，饮啄行相随。翔风一何厉，中道伤其雌。

（注：诗中的"随"字与"雌""悲""资""湄""仪""迟""疑""飞""期"诸字协韵。）

戴叔伦《海上别薛舟》（《全唐诗》P3087）

行旅悲摇落，风波厌别离。客程秋草远，心事故人知。
暮鸟翻江岸，征徒起路岐。自应无定所，还似欲相随。

白居易《感故张仆射诸妓》（《全唐诗》P4834）

黄金不惜买蛾眉，拣得如花三四枝。歌舞教成心力尽，一朝身去不相随。

王建《送同学古人》（《全唐诗》P3372）

各为四方人，此地同事师。业成有先后，不得长相随。
出林多道路，缘冈复绕陂。念君辛苦行，令我形体疲。
黄叶堕车前，四散当此时。亭上夜萧索，山风水离离。

（注：诗中"随"字与"陂""疲""离"诸字协韵。）

丘丹《忆长安·四月》（《全唐诗》P3480）

忆长安，四月时，南郊万乘旌旗。尝酎玉卮更献，含桃丝笼交驰。芳草落花无限，金张许史相随。

韩愈《寄崔二十六立之》（《全唐诗》P3816）

西城员外丞，心迹两屈奇。往岁战词赋，不将势力随（随音遗）。

【宋】

佚名《九张机之七》（《宋词选》P149）

七张机。鸳鸯织就又迟疑。只恐被人轻裁剪，分飞两处，一场离恨，何计再相随。

王安石《葛郎中挽辞》（《王安石全集》P368）

蛮荆长往地，湖海独归时。旅榇蛟龙护，铭旌雁鹜随。
此生要有尽，何物告无期。一片幽堂石，公知我不欺。

武则天《羽音》中的"岁"

"岁"字现在只有一个读音：suì，如岁序、岁暮、岁首、年岁等。但古时它是个多音字,不但读"相锐切,音悦"(shuì),而且读"相绝切,音雪"(xuě)。由于"锐"有一音"悦",所以"相锐切"也可切出一音"雪"。如曹植的《平原公主诔》中的"岁"字就应当读"xuě",与"灭"字协韵。

曹植《平原公主诔》 (《康熙字典》)

城阙之诗,以日喻岁。况我爱子,神光长灭。

此外,古诗词中不少"岁"字与"祭""帝""计""丽""起""细""地""废"等字协韵的例子。如:

【唐】

武则天《羽音》 (《全唐诗》P55)

葭律肇启隆冬,苹藻攸陈饷祭。黄钟既陈玉烛,红粒方殷稔岁。

王维《金屑泉》 (《全唐诗》P1301)

日饮金屑泉,少当千馀岁。翠凤翊文螭,羽节朝玉帝。

宋之问《自衡阳至韶州谒能禅师》 (《全唐诗》P622)

坐禅罗浮中,寻异南海裔。何辞御魑魅,自可乘炎疠。
回首望故乡,云林浩亏蔽。不作离别苦,归期多年岁。

韦应物《春宵燕万年吉少府中孚南馆》 (《全唐诗》P1900)

始见斗柄回,复兹霜月霁。河汉上纵横,春城应迢递。
宾筵接时彦,乐燕凌芳岁。稍爱清觞满,仰叹高文丽。

杜甫《宿凿石浦》 (《全唐诗》P2376)

缺月殊未生,青灯死分翳。穷途多俊异,乱世少恩惠。
鄙夫亦放荡,草草频卒岁。斯文忧患馀,圣哲垂象系。

白居易《自咏》 (《全唐诗》P4974)

一日复一日,自问何所滞(qì)。为贪逐日俸,拟作归田计。
亦须随丰约,可得无限剂。若待足始休,休官在何岁?

刘禹锡《步虚词》 (《全唐诗》P4111)

阿母种桃云海际,花落子成三千岁。海风吹折最繁枝,跪捧琼盘献天帝。

【宋】

彭元逊《六丑·杨花》 (《宋词三百首》)

瓜州曾权,等行人岁岁。日下长秋,城乌夜起。帐庐好在春睡,共飞归湖上,青青无地。悄悄雨,春心如腻。欲待化、丰乐楼前帐饮,青门都废。何人念、流落无几。点点抟作绵雪松润,为君浥泪。

周景《水龙吟》 (《词综》P1743)

幸自清江如砥,指黄垆流莺声细。沧波如许,平芜何处?明朝迢递。何预兴亡?不如休去,墙阴挑荠。且相期共看,蓬莱清浅,更三千岁。

【清】

朱轩《水龙吟》 (《词综补遗》P488)

风流跌宕生涯,骚坛冷落谁存济。俊才提挈相依,绛帐共娱残岁。懒逐尘氛,聊斟浊酒,浩歌来去。

范仲淹《御街行》中的"碎"

"碎"字现在只有一个读音 suì,如粉碎、碎片等。但古诗词中"碎"字与"砌""地""里""泪""味"等字协韵的情况很多。如:

【宋】

范仲淹《御街行》 (《词综》P253)

纷纷坠叶飘香砌。夜寂静,寒声碎。真珠帘卷玉楼空,天淡银河垂地。年年今夜,月华如练,长是人千里。

王沂孙《齐天乐·蝉》 (《唐宋名家词选》P306)

残虹收尽过雨,晚来频断续,都是秋意。病叶难留,纤柯易老,空忆斜阳身世。窗明月碎。甚已绝余音,尚遗枯蜕。鬟影参差,断魂青镜里。

刘辰翁《宝鼎现》 (《唐宋名家词选》P296)

父老犹记宣和事。抱铜仙、清泪如水。还转盼、沙河多丽。滉漾明光连邸第。帘影冻、散红光成绮。月浸葡萄十里。看往来神仙才子,肯把菱花扑碎。

晏几道《清平乐》 (《词综》P300)

幺弦写意,意密弦声碎。书得凤笺无限事,犹恨春心难寄。卧听疏雨梧桐,雨余淡月朦胧。一夜梦魂何处,那回杨叶楼中。

(注:《清平乐》词牌要求上片二、四句押韵,下片二、四句押韵。所以该词"碎"与"寄"应协韵。)

张先《碧牡丹》 (《词综》P334)

步障摇红绮,晓月堕,沈烟砌。缓板香檀,唱彻伊家新制(jì)。怨入眉头,敛黛峰横翠。芭蕉寒,雨声碎。

陈裘善《渔家傲·忆营妓周子文》 (《词综》P1425)

鹫岭峰前阑独倚,愁眉蹙损愁肠碎。红粉佳人伤别袂。情何已,登山临水年年是。

柴望《念奴娇》 （《词综》P2007）

门外满地香风,残梅零落,玉糁苍苔碎。乍暖乍寒浑莫拟,欲试罗衣犹未。斗草雕栏,买花深院,做踏青天气。晴鸠鸣处,一池昨夜春水。

【元】

张翥《水龙吟》 （《词综》P1824）

几度临流送远,向花前、偏惊客意。船窗雨后,数枝低人,香零粉碎。不见当年,秦淮花月,竹西歌吹(qī)。但此时此处,丛丛满眼,伴离人醉。

沈禧《踏莎行》 （《词综》P1842）

杂组香绒,错综纹理。倚床脉脉如春醉。沉吟暗想玉京人,雕鞍何处鸣珂里。

王国器《踏莎行·破窗风雨,为性初微君赋》 （《词综》P2071）

记得彭城,逍遥堂里。对床梦破檐声碎。林鸠呼我出华胥,恍然枕石听流水。

【明】

俞琬纶《桂枝香·古镜》 （《词综补遗》P544）

水晶帘底,且倩待郎看,堕云慵理。赠别踌躇,怎忍轻轻分碎。玉容相映惊憔悴。受多磨、与君无异。

【清】

翁之润《洞仙歌》 （《词综补遗》P31）

小庭深院,听寒蛩如沸。落叶敲窗作秋意。更芭蕉夜雨,隔着窗儿,人静后、先把秋心滴碎。

朱奂《烛影摇红·赋海边落叶》 （《词综补遗》P489）

严城暮鸦更何投?凄奏来天地。一曲旧游漫记,渺沧波,斜阳倦倚。樽前起舞,恩怨无端,湘弦弹碎。

胡天游《水龙吟》 （《词综补遗》P503）

满把春愁,笼鞭归去,难凭料理。拼付他蜂蝶,纷纷成阵,剪斜阳碎。

钟刚中《花心动·牵牛花》 （《词综补遗》P111）

翠袖中宵自倚。算天上人间,祇花憔悴。一晌并头,琐细红心,拼与漏声催碎。放歌扣角情都倦,镇赢得、寒丛漂泪。胃愁蔓,相思替谁写寄?

高适《自淇涉黄河途中》中的"所"

"所"字现在只有一个读音suǒ,如处所、场所、所以、所有、所向披靡等。但其古时读音有二：一是"爽阻切，音数上声"（shǔ），如数典忘祖；二是"叶襄里切，音徙"（xǐ）。

班固《西都赋》

缭以宫墙四百馀里，离宫别馆三十所（xǐ）。

古诗词中"所"字以音数 shǔ 与"古""渚""举""楚""虎""土""武""怒"等字协韵的情况较多。如：

【唐】

高适《自淇涉黄河途中》 （《全唐诗》P2211）

清晨泛中流，羽族满汀渚。黄鹄何处来，昂藏寡俦侣。
飞鸣无人见，饮啄岂得所。云汉尔固知，胡为不轻举。

杜甫《火》 （《全唐诗》P2338）

罗落沸百泓，根源皆万古。青林一灰烬，云气无处所。
入夜殊赫然，新秋照牛女（rǔ）。风吹巨焰作，河櫂腾烟柱。
势欲焚昆仑，光弥燉洲渚。腥至焦长蛇，声吼缠猛虎。

皇甫冉《见诸姬学玉台体》 （《全唐诗》P2811）

艳唱召燕姬，清弦待卢女。由来道姓秦，谁不知家楚。
传杯见目成，结带明心许。宁辞玉辇迎，自堪金屋贮。
朝朝作行云，襄王迷处所。

顾况《题山顶寺》 （《全唐诗》P2961）

遥闻天下语，知是经行所。日暮香风时，诸天散花雨。

杜牧《李甘诗》 （《全唐诗》P5942）

予时与和鼎，官班各持斧。和鼎顾予言，我死知处所。

【宋】

程垓《谒金门》 （《词综》P853）

春夜雨，催润柳塘花坞。小院重门深几许，画帘香一缕。独立晚庭凝伫，细把花枝闲数。燕子不来天欲暮，说愁无处所。

张九龄《南阳道中作》中的"索"

"索"字现在只有一个读音 suǒ，如绳索、索取、离群索居等。但古时它是个多音字。据《康熙字典》，它有三种读音：一是"苏各切，音索"（suǒ）；二是"苏故切，音素"（sù）；三是"山戟切，音色"。古诗词中"索"字读什么音要看具体情况，看它与什么字协韵。例如屈原的《离骚》中的"索"字与"妒"字协韵，所以要读"素"。

屈原《离骚》

众皆竞进以贪婪兮,恁不厌乎求索(sù)。羌内恕己以量人兮,各兴心而嫉妒。

张九龄的《南阳道中作》诗中的"索"字是与"席""隙""役"等字协韵的,所以要读为"色"(xī)。

张九龄《南阳道中作》 （《全唐诗》P573）

怀古对穷秋,兴言伤远客。眇默遵岐路,辛勤弊行役。
云雁号相呼,林麋走自索。顾忆徇书剑,未尝安枕席。
岂暇墨突黔,空持辽豕白(bì)。迷复期非远,归欤赏农隙。

韩愈《八月十五夜赠张功曹》中的"他"

"他"字现在只有一个读音 tā,如他人、他们、他日、他乡等。其实过去它是个多音字。据《康熙字典》,"他"字的读音,一是"汤何切,音拖";二是"唐佐切,音驮";三是方言呼人曰他,读音塔(tǎ)。又,《康熙字典》注明,古时他与它、佗等字同,故古诗词中的"他"绝大部分要读为"拖"或"驮"(tuó)。"他"字音"拖"(tuō)最早见之于《诗经》。例如:

《诗经·鄘风·柏舟》

汎彼柏舟,在彼中河。髧彼两髦,实维我仪(é)。之死矢靡它。

《诗经·小雅·小旻》

不敢暴虎,不敢冯(冯,叶皮冰切)河。人知其一,不知其他。

《诗经·小雅·頍弁》

有頍者弁,实维伊何?尔酒既旨,尔肴既嘉(gē)。岂伊异人?兄弟匪他。

《诗经·小雅·渐渐之石》

月离于毕,俾滂沱矣。武人东征,不遑他矣。

【魏】

曹植《闺情诗》　(《先秦汉魏晋南北朝诗》P449)

有美一人,被服纤罗。妖姿艳丽,蓊若春华(hé)。
红颜韡烨,云髻嵯峨。弹琴抚节,为我弦歌。
清浊齐均,既亮且和。取乐今日,遑恤其他。

嵇康《秋胡行》　(《全汉三国晋南北朝》P203)

人害其上,兽恶网罗。唯有贫贱,可以无他。歌以言之,富贵忧患多。

嵇康《答二郭诗》　(《先秦汉魏晋南北朝诗》P487)

昔蒙父兄祚,少得离负荷。因疏遂成懒,寝迹北山阿。但愿养性命,终己靡有他。

【晋】

竺僧度《答茍华诗》　(《全汉三国晋南北朝诗》P508)

布衣可暖身,谁论饰绫罗。今世虽云乐,当奈后生何。罪福良由己,宁云己恤他。

诗词古音

【唐】

孟浩然《归至郢中》（《全唐诗》P1653）
远游经海峤，返棹归山阿。日夕见乔木，乡关在伐柯。
愁随江路尽，喜入郢门多。左右看桑土，依然即匪他。

杜甫《别唐十五诫因寄吏部贾至侍郎》（《全唐诗》P2326）
南宫吾故人，白马金盘陀。雄笔映千古，见贤心靡他。
念子善师事，岁寒守旧柯。为吾谢贾公，病肺卧江沱。

杜甫《湖中送敬十使君适广陵》（《全唐诗》P2571）
相见各头白，其如离别何。几年一会面，今日复悲歌。
少壮乐难得，岁寒心匪他。气缠霜匼满，冰置玉壶多。

杜甫《散愁》（《全唐诗》P2438）
久客宜旋旆，兴王未息戈。蜀星阴见少，江雨夜闻多。
百万传深入，寰区望匪他。司徒下燕赵，收取旧山河。

韩愈《鸣雁》（《全唐诗》P3786）
江南水阔朝云多，草长沙软无网罗。
闲飞静集鸣相和。违忧怀惠性非他。凌风一举君谓何。

韩愈《八月十五夜赠张功曹》（《唐诗三百首》）
君歌且休听我歌，我歌今与君殊科。
一年明月今宵多，人生由命非由他。有酒不饮奈明何。

柳宗元《种术》（《全唐诗》P3951）
晨步佳色媚，夜眠幽气多。离忧苟可怡，孰能知其他。

白居易《竞渡》（《全唐诗》P4920）
竞渡相传为汨罗，不能止遏意无他。自经放逐来憔悴，能校灵均死几多。

白居易《问皇甫十》（《全唐诗》P5195）
苦乐心由我，穷通命任他。坐倾张翰酒，行唱接舆歌。
荣盛傍看好，优闲自适多。知君能断事，胜负两如何？

白居易《寄同病者》（《全唐诗》P4730）
三十生二毛，早衰为沉疴。四十官七品，拙官非由他。
年颜日枯槁，时命日蹉跎。

白居易《劝酒寄元九》（《全唐诗》P4773）
三杯即酩酊，或笑任狂歌。陶陶复兀兀，吾孰知其他。
况在名利途，平生有风波。

590

元稹《酬乐天劝醉》（《全唐诗》P4487）

共醉真可乐，飞觥撩乱歌。独醉亦有趣，兀然无与他。
美人醉灯下，左右流横波。王孙醉床上，颠倒眠绮罗。

元稹《放言五首》（《全唐诗》P4573）

近来逢酒便高歌，醉舞诗狂渐欲魔。五斗解酲犹恨少，十分飞盏未嫌多。
眼前仇敌都休问，身外功名一任他。死是等闲生也得，拟将何事奈吾何！

曹邺《四怨三愁五情诗其三怨》（《全唐诗》P6862）

短鬓一如蓑，长眉一如蛾。相共棹莲舟，得花不如他。

杨恁《边情》（《全唐诗》P3296）

新种如今屡请和，玉关边上幸无他。欲知北海苦辛处，看取节毛馀几多。

孟郊《汴州留别韩愈》（《全唐诗》P4256）

四时不在家，弊服断线多。远客独憔悴，春英落婆娑。
汴水饶曲流，野桑无直柯。但为君子心，叹息终靡他。

卢仝《守岁》（《全唐诗》P4371）

去年留不住，年来也任他。当垆一榼酒，争奈两年何。

贯休《避寇山中》（《全唐诗》P9353）

山翠碧嵯峨，攀牵去者多。浅深俱得地，好恶未知他。
有草皆为户，无人不荷戈。相逢空怅望，更有好时么？

贯休《寄赤松舒道士》（《全唐诗》P9361）

余亦如君也，诗魔不敢魔。一餐兼午睡，万事不如他。
雨阵冲溪月，蛛丝胃砌莎。近知山果熟，还拟寄来么？

贯休《怀匡山山长》（《全唐诗》P9373）

白石峰之半，先生好在么？卷帘当大瀑，常恨不如他。
杉罅龙涎溢，潭坳石发多。吾皇搜草泽，争奈谢安何！

贯休《江陵寄翰林韩偓学士》（《全唐诗》P9372）

久住荆溪北，禅关挂绿萝。风清闲客去，睡美落花多。
万事皆妨道，孤峰谩忆他。新诗旧知己，始为味如何？

齐己《将游嵩华行次荆渚》（《全唐诗》P9448）

莲峰映敷水，嵩岳压伊河。两处思归久，前贤隐去多。
闲身应绝迹，在世幸无他。会向红霞峤，僧龛对薜萝。

齐己《寄吴都沈员外彬》（《全唐诗》P9468）

归休兴若何？朱绂尽还他。自有园林阔，谁争山水多。
村烟晴莽苍，僧磬晚嵯峨。野醉题招隐，相思可寄么？

　　　　裴迪《春日与王右丞过新昌里访吕逸人不遇》（《全唐诗》P1312）
　　恨不逢君出荷蓑，青松白屋更无他。陶潜五男曾不有，蒋生三径柱相过。
　　芙蓉曲沼春流满，薜荔成帷晚霭多。闻说桃源好迷客，不如高卧眄庭柯。
　　　　袁晖《二月闺情》（《全唐诗》P1140）
　　　二月韶光好，春风香气多。园中花巧笑，林里鸟能歌。
　　　有恨离琴瑟，无情着绮罗。更听春燕语，妾亦不如他。

【清】
　　　　徐裕馨《鹧鸪天·芙蓉》（《词综补遗》P243）
　烟织绮，月生波，闲将风味语湘娥。今朝颜色还如昨，送别兰桡惯是他。

　　附："它"字有时也读"拖"（tuō）。如：

【唐】
　　　　孟郊《看花》（《全唐诗》P4217）
　　　饮之不见底，醉倒深红波。红波荡谏心，谏心终无它。
　　　独游终难醉，挈榼徒经过。问花不解语，劝得酒无多。

【宋】
　　　　徐渊子《阮郎归》（《词苑丛谈》P242）
　　茶寮山上一头陀。新来学者么。蜘蛛螃蟹与乌螺。知他放几多。
　　有一物，是蜂窝。姓牙名老婆。虽然无奈得它何。如何放得它。

傅玄《朝时篇》中的"闼"

　　"闼"字现在只有一个读音 tà，如人们非常熟悉的诗句："一水护田将绿绕，两山排闼送青来"。但古诗词中有时要读"叶宅悦切"音"鹊"（qué），与"阙""缺""月"诸字协韵。见《诗经·齐风·东方之日》：

　　东方之日兮，彼姝者子（yī）。在我室兮。在我室兮，履我即兮。
　　东方之日兮，彼姝者子（yī）。在我闼兮。在我闼兮，履我发兮。

【晋】
　　　　傅玄《朝时篇》（《全汉三国晋南北朝诗》P292）
　　涂山有余恨，诗人咏《采葛》。蜻蜓吟床下，回风起幽闼。
　　春荣随路落，芙蓉生木末。自伤命不遇，良辰永乖别。
　　（注：葛古音结。）

陆机《为顾彦先赠妇二首》（《玉台新咏》P58）

东南有思妇，长叹充幽闼。借问叹何为。佳人眇天末(miè)。

【唐】

杜甫《北征》（《全唐诗》P2276）

凄凉大同殿，寂寞白兽闼。都人望翠华，佳气向金阙。
园陵固有神，扫洒数不缺。煌煌太宗业，树立甚宏达。

杜甫《七月三日亭午已后稳睡有诗》（《全唐诗》P2338）

萧萧紫塞雁，南向欲行列。欻思红颜日，霜露冻阶闼。
胡马挟雕弓，鸣弦不虚发。长铍逐狡兔，突羽当满月。

崔骃《达旨》（《康熙字典》）

攀台阶，窥紫闼。据高轩，望朱阙。

《郊庙歌·青阳》中的"胎"

"胎"字现在通常都读一个音 tāi。其实古时它是个多音字，不但可读"汤来切，音台"，而且可"叶音怡"，还可以读"叶音驼"（《康熙字典》）。如汉乐章《郊庙歌·青阳》（《全汉三国晋南北朝诗》148 页）中的"胎"字就应该读"怡"(yí)。其辞云：

众庶熙熙，施及天胎。群生啿啿，惟春之祺。

储光羲《同王十三维偶然作十首》中的"台"

"台"字现在有两个读音：一是 tāi，如天台、台州；二是 tái，如讲台、舞台、亭台楼阁、主席台等。但古时它是个多音字，除了 tāi、tái 两音外，还有一音"叶同都切，音徒"，如《易林》"典册法书，藏在兰台"(tú)；又有一音"叶田黎切，音题"(tí)，对此《康熙字典》举例：

《参同契》

皓若褰帷帐，瞑目登高台(tí)。火记六百篇，所趣等不迷。

古诗词中也有将"台"字以音 tí 与西、齐、妻、迷等字协韵的，如：

【唐】

储光羲《同王十三维偶然作十首》（《全唐诗》P1385）

黄河流向东，弱水流向西。趋舍各有异，造化安能齐。

妾本邯郸女,生长在丛台。既闻容见宠,复想玄为妻。
刻画尚风流,幸会君招携。

柳永《浪淘沙慢》中的"态"

"态"字现在一个读音 tài,如态度、态势。但古诗词中它有两种读音。
有时要读"度"(叶徒古切音 dù)。如:

　　司马相如《子虚赋》　(《康熙字典》)

　　观壮士之暴怒,与猛兽之恐惧。徼郄受诎,殚睹众兽之变态(dù)。

有时则要读"叶他计切""叶他礼切""叶土宜切",读"替"(tì)、"体"(tǐ)、"梯"(tī)。如:

　　柳永《浪淘沙慢》　(《宋词三百首》P59)

恰到如今,天长漏永,无端自家疏隔。知何时、却拥秦云态?愿低帏昵枕,轻轻细说与,江乡夜夜,数寒更思忆。

白居易《游悟真寺诗》中的"滩"

"滩"字现在只有一个读音 tān,如沙滩、海滩等。但古诗词中有时它要读"叶他涓切"音 tuān。如:

　　白居易《游悟真寺诗》　(《全唐诗》P4734)

　　手拄青竹杖,足蹋白石滩。渐怪耳目旷,不闻人世喧。

韦应物《过卢明府有赠》中的"坛"

"坛"字现在只有一个读音 tán,如天坛、地坛、酒坛等。但古时它是个多音字,除了读"唐赶切"音 tán;还可读"徒案切"音 dàn;"时战切,音善"(shàn);"亭年切,音田"(tián);"叶直良切,音长"(cháng)。如唐代诗人韦应物《过卢明府有赠》中的"坛"就应该读"田"(tián)。

良吏不易得,古人今可传。静然本诸己,以此知其贤。
我行抱高风,美尔兼少年。胸怀豁清夜,史汉如流泉。
明日复行春,逶迤出郊坛。登高见百里,桑野郁芊芊。
时平俯鹊巢,岁熟多人烟。

诗词古音

【清】

张一麐《高阳台》 (《词综补遗》P1606)

笔床翡翠琉璃砚,是断肠旧侣,漱玉词坛。谱入琴丝,疑闻环佩珊珊(shān)。流黄不愿凉蟾照,愿美人,千里婵娟。最销魂,瘦尽黄花,卷尽珠帘。

郑丰《南山》诗中的"潭"

"潭"字现在只有一个读音 tán,如水潭、清潭、龙潭、方潭等。但古时它是个多音字,其中"夷针切,音淫"(yín)在古诗词中屡有所见。如:

郑丰《南山》 (《先秦汉魏晋南北朝诗》P722)

瞻彼江澳,言咏其潭。所谓伊人,在川之阴。
养和以泰,乐道之潜。锦衣尚絅,至乐是耽。
兴言永思,系怀所钦。爱而不见,独寐寤吟。

【清】

陶元瑞《沁园春·绣鞋》 (《词综补遗》P1200)

舞筵竞利,薄縠犹嫌。行酒怜娇,踏歌惜拍,出户羞羞半倚帘。销魂处,在裙波微露,四步湘潭。

《诗经·魏风·伐檀》中的"檀"

"檀"字现在只有一个读音 tán。朗读《诗经·魏风·伐檀》篇时也读 tán。其实古时人并不读它为 tán,而是读"叶徒沿切,音田"。见宋元人注《诗·魏风·伐檀》:

坎坎伐檀(叶徒沿切)兮,寘之河之干(叶居焉切)兮。河水清且涟猗(猗音医)。

《诗经·郑风·将仲子》

将仲子兮,无逾我园,无折我树檀。岂敢爱之?畏人之多言。

《诗经·小雅·鹤鸣》

乐彼之园,爰有树檀。

苏轼《永遇乐·明月如霜》词中的"叹"

"叹"字现在只有一个读音 tàn,如叹气、叹息、叹惋、一唱三叹等。但古时它是个双音字，一是读"他旦切,音炭"(tàn)；二是读"他干切,音天"(tiān)。因"干"字音坚，故"他干切"音天。例如：

苏轼《永遇乐·明月如霜》 （《唐宋名家词选》P106）

天涯倦客，山中归路，望断故园心眼。燕子楼空，佳人何在，空锁楼中燕。古今如梦，何曾梦觉，但有旧欢新怨。异时对，黄楼夜景，为余浩叹。

《诗经·小雅·常棣》

脊令在原，兄弟急难（难字音泥沿切）。每有良朋，况也永叹（叹字音叶他涓切）。

曹大家《东征赋》 （《康熙字典》）

涉封丘而践路兮，慕京师而窃叹。小人性之怀土兮，自书传而有焉。

《楚辞·九思》 （《康熙字典》）

日瞥瞥兮西没，道遐迥兮阻叹。志穑积兮未通，怅惝罔兮自怜。

【唐】

韩愈《谢自然诗》 （《全唐诗》P3765）

茫茫八纮大，影响无由缘。里胥上其事，郡守惊且叹。驱车领官吏，盱俗争相先。入门无所见，冠履同脱蝉。

白居易《和雉媒》 （《全唐诗》P4684）

吟君雉媒什，一哂复一叹。和之一何晚，今日乃成篇。岂唯鸟有之，抑亦人复然。

【清】

韦钟炳《念奴娇》 （《词综补遗》P156）

高唐梦醒，问卿卿、为甚数声长叹。剑侠琴心知有讬，识破从前恩怨。怅远楼头，望夫山下，到底成虚幻。千思万想，算来还是姻眷。

吴征铸《水调歌头》中的"探"

"探"字现在只有一个读音 tàn，如探访、探花、勘探等。但古诗词中它除了读 tàn，有时要读"时占切，音蟾"，与"帘""先"诸字协韵。如：

【清】

吴征铸《水调歌头》 （《词综补遗》P383）

蛩语动罗簟，萤火熠湘帘。新来百感凄凉，尊酒对蟾蜍。一片秋生葭菼，万顷香销菡萏，清景共谁探。堤柳经霜染，黄似去时衫(xiān)。

《神人畅》中的"堂"

"堂"字现在只有一个读音 táng。但古诗词中它有时要读"叶徒红切,音同"(tóng)(《康熙字典》)。如:

【汉】
　　　　《神人畅》　(《先秦汉魏晋南北朝诗》P319)

清庙穆兮承予宗,百僚肃兮于寝堂。酹祷进福求年丰,有响在坐,敕予为害在玄中。钦哉皓天德不隆,承命任禹写中宫。

　　　　屈原《九歌》　(《康熙字典》)

鱼鳞屋兮龙堂,紫贝阙兮朱宫。

柳宗元诗中的"涂"

"涂"字现在只有一个读音 tú。其实它古时是个多音字,不但读"同都切,音徒",而且可读"徒故切,音渡"。如:

　　　　张翰《思云赋》

云师云甚以交集兮,冻雨沛其洒涂。辕雕舆而树蕤兮,扰应龙以服辂。

"涂"还可读"宅加切,音茶"(chá)。如:

【唐】
　　柳宗元《同刘二十八院长述旧言怀感时书事奉寄澧州张员外
　　使君五十二韵之作因其韵增至八十通赠二君子》(《康熙字典》)

善幻迷冰火,齐谐笑柏涂(chá)。东门牛屡饭,中散虱空爬。

米芾《满庭芳》中的"团"

"团"字现在只有一个读音 tuán,如团结、团体、团扇、集团等。但古时它是个多音字。据《康熙字典》,它有四个音:一是"度官切"音 tuán,二是"淳沿切"音 chuán,三是"竖兖切"音 shuán,四是"徒年切"音田 tián。它在古诗词中除了读 tuán 音外,以音田 tián 与"天""泉""烟""边"等字协韵的情况也屡见不鲜。如:

米芾《满庭芳·与周熟仁试赐茶甘露寺》（《词综》P487）

雅燕飞觞，清谈挥尘，使君高会群贤。密云双凤，初破缕金团。窗外炉烟自动，开瓶试一品香泉。轻涛起，香生玉杵，雪溅紫瓯圆。

【唐】

白居易《游悟真寺诗》（《康熙字典》）

往往白云过，决开露青天。西北日落时，夕晖红团团。

寒山《大海水无边》（《全唐诗》P9091）

大海水无边，鱼龙万万千。递互相食噉，冗冗痴肉团。
为心不了绝，妄想起如烟。性月澄澄朗，廓尔照无边。

【清】

陆恭尹《南乡子·葵扇》（《词综补遗》P645）

万树绿参天，多在黄云紫水边。谁结轻丝裁作月，团团。买得清风不用钱。

杜甫《述古》中的"推"

"推"字现在只有一个读音 tuī。如推崇、推托、推翻、推敲等。但古时它有两音：一是"他回切，音退"，灰韵；二是"直追切"，支韵。因追字一音夷（yí），故"直追切"就可切出一音西（xī）或梯。

古诗词中"推"字以音 xī 或梯与"饥""疑""离""期"等字协韵的诗篇不少。如：

【唐】

杜甫《述古》（《全唐诗》P2312）

竹花不结实，念子忍朝饥。古时君臣合，可以物理推。贤人识定分，进退固其宜。

权德舆《酬陆四十楚源春夜宿虎丘山》（《全唐诗》P3621）

夫君非岁时，已负青冥姿。龙虎一门盛，渊云四海推。
骎骎岁骤裹，婉婉蓊长离。

白居易《读邓鲂诗》（《全唐诗》P4781）

少年无疾患，溘死于路歧。天不与爵寿，唯与好文词。此理勿复道，巧历不能推。

白居易《叙德书情四十韵》（《全唐诗》P4827）

身忝乡人荐，名因国士推。提携增善价，拂拭长妍姿。
射策端心术，迁乔整羽仪。幸穿杨远叶，谬折桂高枝。

许浑《途中寒食》（《全唐诗》P6076）

处处哭声悲，行人马亦迟。店闲无火日，村暖研桑时。

泣路同杨子,烧山忆介推。清明明日是,甘负故园期。

  韩愈《将归赠孟东野房蜀客》 (《全唐诗》P3820)

君门不可入,势利互相推。借问读书客,胡为在京师。
举头未能对,闭眼酬自思。倏忽十六年,终朝苦寒饥。

  韩愈《赠崔立之》 (《全唐诗》P3869)

入门相对语,天命良不疑。好事漆园吏,书之存雄词。
千年事已远,二子情可推。

  韦应物《逢杨开府》 (《全唐诗》P1956)

武皇升仙去,憔悴被人欺。读书事已晚,把笔学题诗。
两府始收迹,南宫谬见推。非才果不容,出守抚茕嫠。

  陆龟蒙《袭美先辈以龟蒙所献》 (《全唐诗》P7109)

或有妙绝赏,或为独步推。或许润色美,或嫌诋诃痴。

  陆龟蒙《奉和袭美古杉三十韵》 (《全唐诗》P7164)

咏多灵府困,搜苦化权卑。类既区中寡,朋当物外推。

【宋】

  王安石《送彦珍》 (《王安石全集》P190)

挟筴穷乡满鬓丝,陂田荒尽岂尝窥。未应谷口终月隐,正合菑川举国推。
握手百忧空往事,还家一笑即芳时。柘冈定有辛夷发,亦见东风使我知(jī)。

赵鼎《点绛唇》中的"褪"

  "褪"字据《现代汉语词典》注明有两音:tuì、tùn,但人们往往只知道 tuì,而不知道 tùn。如赵鼎《点绛唇》(《词综》P729)词中的"褪"就应当读 tùn,与"嫩"(nèn)、"恨"(hèn)、"紧"(jǐn)等字协韵。

  香冷金炉,梦回鸳帐余香嫩。更无人问,一枕江南恨。消瘦休文,顿觉春衫褪。清明近,杏花吹尽,薄暮东风紧。

【宋】

  李浙《踏莎行·送新城交代李达善》 (《词综》P1029)

红药香残,缘筠粉嫩。春归何处寻春信。绣鞍初上马蹄轻,举头便觉长安近。别酒无情,啼妆有恨。山城向晚斜阳褪(tùn)。清江极目带寒烟,锦鳞去后凭谁问。

  翁元龙《瑞龙吟》 (《词综》P1413)

曲径池莲平砌,绛裙曾与,濯香渜粉。无奈燕幕莺帘,轻负娇俊!青榆巷陌,蹋马红成寸。十年梦,秋千吊影,袜罗尘褪。事往凭谁问。

【清】

吴寿潜《醉春风》　(《词综补遗》P298)

玉甲传芳信,金镂和香褪(tùn)。悬知掩泪诉东风,问,问,问。

姚凤翔《卜算子》　(《词综补遗》P1125)

晓梦怯春寒,病骨腰围褪。细雨廉纤不肯休,点点添孤闷。

郭璞《答贾九州愁诗》中的"脱"

"脱"字现在只有一个读音 tuō,如脱离、脱节、脱轨、脱靶、脱胎换骨、脱缰之马等。但古时它是个多音字,除了读"他括切"音 tuō 外,还可读"吐外切,音退"(tuì)。此外还可读"欲雪切,音悦"(yuè),在诗词中与月、歇、别、绝等字协韵。如:

【晋】

郭璞《答贾九州愁诗》　(《全汉三国晋南北朝诗》P421)

自我徂迁,周之阳月。乱离方燄,忧虞匪歇。

四极虽遥,见驾靡脱。愿言齐衡,庶几契阔。

(注:阔音阙。)

李白《玉阶怨》中的"袜"

李白的《玉阶怨》(《唐诗三百首》)诗大家都比较熟悉。其绝句云:"玉阶生白露,夜久侵罗袜。却下水晶帘,玲珑望秋月。"该诗中的"袜"字现在大家都读为 wà,与"月"字不协韵。

在古诗词中"袜"字往往以音"蔑"与"雪""别""歇""折"诸字协韵。如:

李群玉《赠回雪》 (《全唐诗》P6581)

回雪舞萦盈,萦盈若回雪。腰支一把玉,只恐风吹折。
如能买一笑,满斗量明月。安得金莲花,步步承罗袜。

田为《江神子慢》 (《宋词三百首注释》P270)

玉台挂秋月,铅素浅、梅花傅香雪。冰姿洁,金莲衬、小小凌波罗袜。雨初歇,楼外孤鸿声渐远,远山外、行人音信绝。此恨对语犹难,那堪更寄书说。

据《康熙字典》:袜,古时繁体字为韤,它有两音:一音"莫葛切,音蔑"("葛"字古音结)故袜音 miè;二是"勿发切,音韤",如曹植《洛神赋》:凌波微步,罗袜生尘。

由此可见,上述几首词中"袜"字是以"末"(miè)音与"月""雪""绝""说"诸字协韵的。其他类似例举如下:

刘禹锡《马嵬行》 (《全唐诗》P3963)

履綦无复有,履组光未灭。不见岩畔人,空见凌波袜。
邮童爱踪迹,私手解鞶结。传看千万眼,缕绝香不歇。

李献能《春草碧》 (《词综》P1650)

紫箫吹破黄昏月。簌簌小梅花,飘香雪。寂寞花底风鬟,颜色如花,命如叶。千里浣凝尘、凌波袜。

姜夔《八归·湘中送胡德华》 (《词综》P948)

长恨相从未款,而今何事,又对西风离别?渚寒烟淡,棹移人远,缥缈行舟如叶。想文君望久,倚竹愁生步罗袜。归来后,翠尊双饮,下了珠帘,玲珑闲看月。

史达祖《万年欢》 (《词综》P1092)

非干厚情易歇。奈燕台句老,难道离别。小径吹衣,曾记故里风物(物音别)。多少惊心旧事,第一是、侵阶罗袜。如今但柳发惜春,夜来和露梳月。

欧阳修《踏莎行》中的"外"

欧阳修《踏莎行》 (《词综》P264)

候馆梅残,溪桥柳细。草薰风暖摇征辔。离愁渐远渐无穷,迢迢不断如春水。寸寸柔肠,盈盈粉泪。楼高莫近危阑倚。平芜尽处是春山,行人更在春山外。

该词中的"外"字,通常人们都读 wài,但这与"倚"字读音 yǐ 是不协韵的。据《康熙字典》,"外"是个多音字,除了"鱼会切,音歪去声",还有"五活切,音杌"(wù),此外还有"叶征例切,音祭"(zhì)。由此可见,该词中"行人更在春山外"的"外"应读"祭"。

"外"字读"祭"音的诗词如:

佚名《御街行》 (《词综》P1522)

塔儿南畔城儿里,第三个、桥儿外。瀕河西岸小红楼,门外梧桐雕砌。
请教且与,低声飞过,那里有人人无寐。

【清】

朱师辙《壶中天·峨眉金顶卧云庵远眺》 (《词综补遗》P481)

环顾幽窒巉岩,名花珍草,历历陈楼几。旷望岷江萦似带,北向松潘遥指。落日烧峦,晚烟吞坞,好景苍茫外。置身何处?此中别有天地。

(注:指,职雉切。雉,一音 yì。)

陈书《踏莎行》 (《词综补遗》P723)

越鲶沾唇,吴歔拭泪,春申浦上归装倚。凭君把酒话江天,乡山咫尺江天外。弟子天涯,当枯眼泪,崦楼真掩何人倚。还能按谱犯凄凉,梅林黯黯春申外。

姚炳《浪淘沙》中的"弯"

"弯"现在只有一个读音 wān,如弯曲、弯腰、弯路等。但古诗词中有时要读"渊"yuān。

据《康熙字典》"弯"和"湾"两字都是"乌关切",都读 wān。因"关"字多音,其一音为"叶去悬切,音涓"(juān),故弯与湾两字除了读 wān,还可"叶乌涓切,音渊"(yuān)。如:

【唐】
姚炳《浪淘沙》 (《词综补遗》P1108)

旧调尽重翻,月子弯弯。一声一字一珠穿。恰有娇莺花外转,和了双鬟。唱遍大罗天,世界三千。谁传此曲到人间。可是蓉城遭小谪,遣作词仙。

(注:"浪淘沙"词牌要求上片与下片协韵。)

李白《关山月》诗中的"湾"

"湾"字现在只有一个读音 wān,如海湾、港湾等。但古诗词中它除了读 wān 外,有时还得读音"渊"(yuān)。《康熙字典》注明,湾字有两音,一是"乌关切,音弯";二是"叶于权切,音渊"(yuān)。例如:

白居易《游悟真寺诗》 (《康熙字典》)

去山四五里,先闻水潺湲。自兹舍车马,始涉蓝溪湾(yuān)。

李白的名篇《关山月》如果"间"字以音 jiān 入韵,那么"湾"字也得读"渊"(yuān)。

李白《关山月》 (《全唐诗》P1689)

明月出天山,苍茫云海间(jiān)。长风几万里,吹度玉门关(juān)。
汉下白登道,胡窥青海湾(yuān)。由来征战地,不见有人还(xuān)。
戍客望边邑,思归多苦颜。高楼当此夜,叹息未应闲。

【清】
黎庶藩《沁园春·赠如兰》 (《词综补遗》P618)

算尔前身,不是针神,合是书仙。奈桃花命薄,蒂含春浅。芙蓉肠断,翠锁眉湾(yuān)。漏永香销,春寒酒酽,带得些愁更可怜。

白居易《自咏》中的"顽"

"顽"字现在通常读 wán,如顽皮、顽固、顽强等。但古诗词中它有时要读"虞袁切,音涓"(juān)。如:

【唐】
白居易《游悟真寺诗》 (《康熙字典》)

及为山水游,弥得纵疏顽(juān)。野麋断羁绊,行走无拘挛。

白居易《自咏》 (《全唐诗》P4765)

玄鬓化为雪,未闻休得官(音涓)。咄哉个丈夫,心性何堕顽(juān)。

"顽"字有时应读"鱼云切,音輑"。如:

【唐】

元稹《酬东川李相公十六韵》（《全唐诗》P4500）

斗班香案上,奏语玉晨尊。戆直撩忌讳,科仪惩傲顽。
自从真籍除,弃置勿复论。

【宋】

苏轼《祭韩琦文》（《康熙字典》）

援手拯溺,期我于仁。岂知无用,既老益顽。

【近现代】

钱来苏《连日捷报频传,适值华北政府成立,欣喜欲狂》（《十老选诗》P332）

东破济南西太原,锦州攻克逼榆关。囊收长沈无遗算,席卷平津指顾间。
政策英明钦领袖,声威煊赫褫奸顽。于今华北欣联合,统一全华基础坚。

史浩《玩好篇》诗中的"宛"

"宛"字现在只有一个读音 wǎn,如宛转、宛如、宛然等。但古时它是个多音字,除了读 wǎn,还可读"于袁切,音鸳"（yuān）,如大宛（西域国名）；还有"叶于云切,音煴"（yùn）。如:

【宋】

史浩《玩好篇》（《鄮峰真隐漫录》《四明史氏宗谱》）

文帝勤劳养庆源,力行恭俭为元元。后王犹听奸臣奏,独为青骢伐大宛。

刘长卿《送灵澈》中的"晚"

"晚"字现在只有一个读音 wǎn,但《康熙字典》和 1936 年出版的《辞海》均注明"晚"字音"无远切或武远切""阮韵",读音源或圆、渊（yuān）。如众所周知的唐诗刘长卿《送灵澈》（见《唐诗三百首》）:

苍苍竹林寺,杳杳钟声晚（yuǎn）。荷笠带斜阳,青山独归远。

以及刘长卿的《石围峰》（一作石菌山）（《全唐诗》P1520）:

前山带秋色,独往秋江晚。叠嶂入云多,孤峰人去远。
夤缘不可到,苍翠空在眼。渡口问渔家,桃源路深浅。

古诗词中晚字音 yuǎn 阮韵与远、转、苑、软、眼、浅等字协韵的诗歌是很多的。举

例如下:

【汉】

　　　　秦嘉《赠妇诗》　(《玉台新咏》P17)

人生譬朝露,居世多屯蹇。忧恨常早至,欢会常苦晚。
念当奉时役,去尔日遥远。

【南朝　宋】

　　　柳恽《江南曲》　(《全汉三国晋南北朝诗》P1086)

汀洲采白苹,日落江南春。洞庭有归客,潇湘逢故人。
故人何不返,春华复应晚。不道新知乐,且言行路远。

【南朝　梁】

　　　萧纲《枣下何纂纂》　(《全汉三国晋南北朝诗》P886)

垂花临碧涧,结翠依丹巘。非直入游宫,兼期植灵苑。
落日芳春暮,游人歌吹晚。弱刺引罗衣,朱实凌还幰。
且欢洛浦词,无羡安期远。

　　　谢琁《和萧国子咏柰花》　(《全汉三国晋南北朝诗》P1308)

俱荣上节初,独秀高秋晚。吐绿变衰园,舒红摇落苑。
不逐奇幻生,宁从吹律喧。

　　　　王胄《敦煌乐》　(《百代千家绝句选》P55)

极目眺修途,平原忽超远。心期在何处,望望崦嵫晚。

【唐】

　　　骆宾王《从军中行路难》　(《全唐诗》P833)

征役无期返,他乡岁华晚。杳杳丘陵出,苍苍林薄远。

　　　　孟浩然《登鹿门山》　(《全唐诗》P1625)

纷吾感耆旧,结揽事攀践。隐迹今尚存,高风邈已远。
白云何时去,丹桂空偃蹇。探讨意未穷,回艇夕阳晚。

　　　李白《寻高凤石门山中》　(《全唐诗》P1852)

寻幽无前期,乘兴不觉远。苍崖渺难涉,白日忽欲晚。
未穷三四山,已历千万转。

　　　　　李白《梁园吟》　(《全唐诗》P1718)

歌且谣,意方远。东山高卧时起来,欲济苍生未应晚。

　　　李白《泾溪东亭寄郑少府谔》　(《全唐诗》P1776)

我游东亭不见君,沙上行将白鹭群。白鹭行时散飞去,又如雪点青山云。
欲往泾溪不辞远,龙门蹙波虎眼转。杜鹃花开春已阑,归向陵阳钓鱼晚。

钱起《晚归鹭》（《全唐诗》P2685）
池上静难厌,云间欲去晚。忽背夕阳飞,乘兴清风远。

钱起《罢章陵令山居过中峯道者二首》（《全唐诗》P2618）
丘壑趣如此,暮年始栖偃。赖遇无心云,不笑归来晚。

钱起《仲春晚寻覆釜山》（《全唐诗》P2618）
蝴蝶弄和风,飞花不知晚。王孙寻芳草,步步忘路远。

李端《野亭三韵送钱员外》（《全唐诗》P3233）
野菊开欲稀,寒泉流渐浅。幽人步林后,叹此年华晚。倚杖送行云,寻思故山远。

李端《归山招王逵》（《全唐诗》P3233）
日长原野静,杖策步幽巘。雉雊麦苗阴,蝶飞溪草晚。我生好闲放,此去殊未返。自是君不来,非关故山远。

李端《赠康洽》（《全唐诗》P3239）
华堂举杯白日晚,龙钟相见谁能免。

皇甫冉《杨氏林亭探得古槎》（《全唐诗》P2819）
千年古貌多,八月秋涛晚。偶被主人留,那知来近远。

皇甫冉《送陆鸿渐赴越》（《全唐诗》P2820）
行随新树深,梦隔重江远。迢递风日间,苍茫洲渚晚。

欧阳詹《春日途中寄故园所亲》（《全唐诗》P3902）
悠悠去源水,日日只有远。始叹秋叶零,又看春草晚。

元稹《酬杨司业十二兄》（《全唐诗》P4503）
白发故人少,相逢意弥远。往事共销沉,前期各衰晚。昨来遇弥苦,已复云离巘。秋草古胶庠,寒沙废宫苑。

王涯《闺人赠远》（《全唐诗》P3875）
莺啼绿树深 燕语雕梁晚。不省出门行,沙场知近远。

徐凝《郑女出参丈人词》（《全唐诗》P5381）
凤钗翠翘双宛转,出见丈人梳洗晚。掣曳罗绡跪拜时,柳条无力花枝软。

刘禹锡《柳花词》（《全唐诗》P4105）
开从绿条上,散逐香风远。故取花落时,悠扬占春晚。

司马承祯《答宋之问》 (《全唐诗》P9636)

时既暮兮节欲春,山林寂兮怀幽人。登奇峰兮望白云,怅缅邈兮象欲纷。
白云悠悠去不返,寒风飕飕吹日晚。不见其人谁与言,归坐弹琴思逾远。

温庭筠《清平乐》 (《全唐诗》P10065)

上阳春晚,宫女愁蛾浅。新岁清平思同辇,争奈长安路远。

【宋】

方千里《齐天乐》 (《词综》P1151)

碧纱窗外黄鹂语,声声似愁春晚。岸柳飘绵,庭花堕雪,唯有平芜如剪。重门向掩。

吴文英《瑞龙吟·德清清明竞渡》 (《词综》P1211)

大溪面。遥望绣羽冲烟,锦梭飞练。桃花三十六陂,鲛宫睡起,娇雷乍转。去如箭。催趁戏旗游鼓,素澜雪溅。东风冷湿鲛腥,淡阴送昼,轻霏弄晚。

吴文英《倦寻芳·上元》 (《词综》P1179)

海霞倒影,空雾飞香,天市催晚。暮檐宫梅,相对画楼帘卷。罗袜轻尘花笑语,宝钗争掩春心眼。乱箫声,正风柔柳弱,舞肩交燕。

陈济翁《蓦山溪》 (《词综》P727)

六军锦绣,万骑穿杨箭。日暮翠华归,拥钧天笙歌一片。如今关外,千里未归人,前山雨,西楼晚。望断思君眼。

杨无咎《生查子》 (《词综》P778)

秋来愁更深,黛拂双蛾浅。翠袖怯天寒,修竹萧萧晚。
此意有谁知,恨与孤鸿远。小立背西风,又是重门掩。

马庄父《孤鸾》 (《词综》P1024)

任酒帘飞动画楼晚。便指数烧灯,时节非远。陌上叫声,好是卖花行院。玉梅对妆雪柳,闹蛾儿象生娇颤。归去争先戴取,倚宝钗双燕。

卢祖皋《宴清都》 (广西民族版《宋词三百首注译》P400)

新来雁阔云音,鸾分鉴影,无计重见。春啼春雨,笼愁淡月,恁时庭院。离肠未语先断,算犹有凭高望眼。更那堪衰草连天,飞梅弄晚。

【元】

虞集《苏武慢·和冯尊师》 (《词综》P1791)

放棹沧浪,落霞残照,聊倚岸回山转。乘雁双凫,断芦漂苇,身在画图秋晚。雨送滩声,风摇烛影,深夜尚披吟卷。算离情,何必天涯,咫尺路遥人远。

《诗经·齐风·猗嗟》中的"婉"

"婉"字现在只有一个读音 wǎn,如婉转、婉约、婉言等。其实古时它是一个多音字,不但读 wǎn,而且可读"叶胡玩切,音换"(huàn)。如:

《诗经·邶风·新台》:新台有泚,河水弥弥(音米)。燕婉之求,籧篨不鲜(鲜,叶想止切,音洗)。

边让《章华赋》:设长夜之欢饮兮,展中情之嬿婉。竭四海之妙珍兮,尽人生之秘玩。(《康熙字典》)

此外,还有一音"迂绢切,音怨"(yuàn)。如:

《诗经·齐风·猗嗟》

猗嗟娈兮,清扬婉兮。

(注:婉,叶许愿切)

在朗读古诗词时,"婉"字的读音要看具体的语境,看诗词格律的要求。如:

朱玺《烛影摇红》 (《词综补遗》P483)

吹冷冰肌,回身只把罗裙掩。月钩钩梦到西楼,醒着真凄婉(音怨)。那晓秋风不管,任棠花,断恩重怨。

东方朔《七谏》中的"往"

"往"字现在只有一个读音 wǎng,如古往今来、往往等。但古诗词中它有时要读"叶尹竦切,音勇"(《康熙字典》)。

东方朔《七谏》 (《康熙字典》)

故叩宫而宫应兮,弹角而角动。虎啸而谷风至兮,龙举而景云往。

【南朝 宋】

《清商曲辞·乌夜啼》 (《全汉三国晋南北朝诗》P745)

笼窗窗不开,荡户户不动。欢下蕤蕤篨,交侬那得往。

赵孟頫《岳鄂王墓》中的"危"

"危"字现在只有一个读音 wēi,如危险、危害、危殆、危亡等。但古诗词中它往往与离、奇、卮、旗、眉、皮、知、移等字协韵。据《康熙字典》注,"危"字音"鱼为切"或"虞为切"。因"为"字是多音字,它有 wēi、yí、é 等音,故"鱼为切"的结果中就有一音是"鱼移切"音 qī。如元代诗人赵孟頫的《岳鄂王墓》:

鄂王墓上草离离,秋日荒凉石兽危。南渡君臣轻社稷,中原父老望旌旗。
英雄已死嗟何及,天下中分遂不支。莫向西湖歌此曲,水光山色不胜悲。

其他举例如下:

【南朝　梁】

吴均《行路难》（《全汉三国晋南北朝诗》P1120）

山中桂树自有枝,心中方寸自相知。何言岁月忽若驰,君之情意与我离。
还君玳瑁金雀钗,不忍见此使心危。

何逊《哭吴兴柳恽》（《全汉三国晋南北朝诗》P1156）

霞区两借寇,贪泉一举卮。翰飞矫未极,朝露溘先危。

刘孝威《望栖鸟》（《全汉三国晋南北朝诗》P1224）

岂意翩翻羽,遂免更羸危。入怀欣得地,依林窃愿知。

【南朝　陈】

江总《三日侍宴宣猷堂曲水》（《全汉三国晋南北朝诗》P1414）

醉鱼沉远岫,浮枣漾清漪。落花悬度影,飞丝不碍枝。
树动丹楼出,山斜翠磴危。礼周羽爵遍,乐阕光阴移。

【北周】

庾信《入道士馆》（《全汉三国晋南北朝诗》P1598）

金华开八景,玉洞上三危。云袍白鹤度,风管凤凰吹（吹音妻）。
野衣缝蕙叶,山巾篸笋皮。何必淮南馆,淹留攀桂枝。

【隋】

虞茂《赋得石》（《全汉三国晋南北朝诗》P1679）

蜀门郁迢阻,燕碣远参差。独标千丈峻,共起百重危。
镜峰含月魄,盖岭逼云枝。徒然抱贞介,填海竟谁知。

【前蜀】

蜀太妃徐氏《题金华宫》（《全唐诗》P83）

碧烟红雾漾人衣,宿雾苍苔石径危。风巧解吹松上曲,蝶娇频采脸上脂。
同寻僻境思携手,暗指遥山学画眉。

李世民《帝京篇》（《全唐诗》P2）

芳辰追逸趣,禁苑信多奇。桥形通汉上,峰势接云危。
烟霞交隐映,花鸟自参差。何如肆辙迹,万里赏瑶池。

【唐】

王勃《泥溪》 (《全唐诗》P679)

弭棹凌奔壑，低鞭蹑峻岐。江涛出岸险，峰磴入云危。
溜急船文乱，岩斜骑影移。水烟笼翠渚，山照落丹崖(yī)。
风生苹浦叶，露泣竹潭枝。泛水虽云美，劳歌谁复知。

高瑾《晦日重宴》 (《全唐诗》P789)

忽闻莺响谷，于此命相知。正开彭泽酒，来向高阳池。
柳叶风前弱，梅花影处危。赏洽林亭晚，落照下参差。

李白《感时留别从兄徐王延年从弟延陵》 (《全唐诗》P1783)

北宅聊偃憩，欢愉恤荣嫠。羞言梁苑地，烜赫耀旌旗。
兄弟八九人，吴秦各分离。大贤达机兆，岂独虑安危。

韦应物《始至郡》 (《全唐诗》P1988)

溢城古雄郡，横江千里驰。高树上迢递，峻堞绕欹危。井邑烟火晚，郊原草树滋。

岑参《过梁州奉赠张尚书大夫公》 (《全唐诗》P2024)

错落北斗星，照耀黑水湄。英雄若神授，大材济时危。
顷岁遇雷云，精神感灵祇。

韦承庆《直中书省》 (《全唐诗》P557)

白发随年改，丹心为主披。命将时共泰，言与行俱危。
寄谢巢由客，尧年正在斯。

杜甫《咏怀》 (《全唐诗》P2374)

嗟余竟坎坷，将老逢艰危。胡雏逼神器，逆节同所归。
河洛化为血，公侯草间啼。西京复陷没，翠盖蒙尘飞。

杜甫《伤春五首》 (《全唐诗》P2471)

莺入新年语，花开满故枝。天青风卷幔，草碧水连池。
牢落官军远，萧条万事危。

杜甫《偶题》 (《全唐诗》P2509)

尘沙傍蜂虿，江峡绕蛟螭。萧瑟唐虞远，联翩楚汉危。
圣朝兼盗贼，异俗更喧卑。郁郁星辰剑，苍苍云雨池。

白居易《乌夜啼》 (《全唐诗》P271)

城上归时晚，庭前宿处危。月明无叶树，霜滑有风枝。

白居易《昔与微之在朝日同蓄休退之心》（《全唐诗》P4749）
从容香烟下，同侍白玉墀。朝见宠者辱，暮见安者危。
纷纷无退者，相顾令人悲。宦情君早厌，世事我深知。

白居易《西蜀送许中庸》（《全唐诗》P3891）
春色华阳国，秦人此别离。驿楼横水影，乡路入花枝。
日暖莺飞好，山晴马去迟。剑门当石隘，栈阁入云危。

柳宗元《零陵赠李卿元》（《全唐诗》P3930）
朔云吐风寒，寂历穷秋时。君子尚容与，小人守竞危。

韩愈《病鸱》（《全唐诗》P3823）
今者命运穷，遭逢巧丸儿。中汝要害处，汝能不得施。
于吾乃何有，不忍乘其危。丐汝将死命，浴以清水池。

施肩吾《上礼部侍郎陈情》（《全唐诗》P5587）
九重城里无亲识，八百人中独姓施。弱羽飞时攒箭险，蹇驴行处薄冰危。
晴天欲照盆难反，贫女如花镜不知。却向从来受恩地，再求青律变寒枝。

费冠卿《挂树藤》（《全唐诗》P5612）
向日助成阴，当风借持危。谁言柔可屈，坐见蟠蛟螭。

陈去疾《送韩将军之雁门》（《全唐诗》P5552）
荒塞峰烟百道驰，雁门风色暗旌旗。破围铁骑长驱疾，饮血将军转战危。
画角吹开边月静，缦缨不信虏尘窥。归来长揖功成后，黄石当年故有期。

舒元兴《坊州按狱》（《全唐诗》P5548）
塞门秋色老，霜气方凝姿。此地少平川，冈阜相参差。
谁知路非远，行者多云疲。君能犯劲风，信宿凌欹危。
（注："差"音妻。）

李商隐《酬别令狐补阙》（《全唐诗》P6185）
锦段知无报，青萍肯见疑。人生有通塞，公等系安危。
警露鹤辞侣，吸风蝉抱枝。弹冠如不问，又到扫门时。

李商隐《井泥四十韵》（《全唐诗》P6247）
伊尹佐兴王，不借汉父资。磻溪老钓叟，坐为周之师(师音西)。
屠狗与贩缯，突起定倾危。长沙启封土，岂是出程姬。

刘得仁《送僧归玉泉寺》（《全唐诗》P6288）
玉泉归故寺，便老是僧期。乱木孤蝉后，寒山绝鸟时。
若寻流水去，转出白云迟。见说千峰路，溪深复顶危。

刘得仁《和段校书冬夕寄题庐山》 （《全唐诗》P6300）

炉峰松淅沥,溢浦柳参差。日色连湖白,钟声拂浪迟。
烟梯缘薜荔,岩寺步敧危。地本饶灵草,林曾出祖师。

贯休《古塞曲》 （《全唐诗》P9362）

单于烽火动,都护去天涯(yī)。别赐黄金甲,亲临白玉墀。
塞垣须静谧,师旅审安危。定远条支宠,如今胜古时。

拾得《诗》 （《全唐诗》P9108）

迢迢山径峻,万仞险隘危。石桥莓苔绿,时见白云飞。
瀑布悬如练,月影落潭晖。更登华顶上,犹待孤鹤期。

吕洞宾《沁园春》 （《全唐诗》P10168）

七返还丹,在我先须,炼已待时。正一阳初动,中宵漏永,温温铅鼎,光透帘帏。
造化争驰,虎龙交媾,进火功夫牛斗危。曲江上,看月华莹净,有个乌飞。

花蕊夫人《题金华馆》 （《全五代诗》P1142）

碧云红霓扑人衣,宿路沾苔石径危。风巧解吹松上曲,蝶娇频采脸上脂。
同寻僻径思携手,暗指遥山学画眉。好把身心清净出,角冠霞帔事希夷。

【元】

元好问《得一飞侄安信》 （《元好问全集》P147）

音问他乡隔,存亡此日知。梦中忧冻馁,意外脱艰危。
避地何嗟及,还家敢恨迟。衰年吾事了,似有鹿门期。

【近现代】

董必武《闻杜斌承先生在西安遇害,为长句吊之》 （《十老诗选》P49）

大颡虬髯骨相奇,胸罗武库是吾师。共推国士谋能断,屡作罪言安复危。
当路芳兰宁有幸,噬人瘐狗竟无知。秋风惨淡西安市,万户伤心泪暗垂。

张说《破阵乐词》中的"威"

"威"字现在只有一个读音 wēi。但古时它除了读 wēi,《康熙字典》注明,它还有一音"于非切、音衣"。如:

张说《破阵乐词》 （《全唐诗》P981）

汉兵出顿金微,照日光明铁衣。百里火旗焰焰,千行云骑霏霏。
蹙踏辽河自竭,鼓噪燕山可飞。正属四方朝贺,端知万舞皇威。

古诗中"威"字音"衣"与"薇""晞""夷""依""湄""畿""扉""飞""机"等字协韵的情

况很多,现举例如下:

【魏】

  阮籍《咏怀诗》 (《先秦汉魏晋南北朝诗》P504)

    晷度有昭回,哀哉人命微。飘若风尘逝,忽若庆云晞。
    修龄适余愿,光宠非已威。安期步天路,松子与世违。
    焉得凌霄翼,飘飘登云湄。

【晋】

  潘岳《关中诗》 (《先秦汉魏晋南北朝诗》P629)

    周人之诗,实曰采薇。北难猃狁,西患昆夷。
    以古况今,何足曜威。徒愍斯民,我心伤悲。

【南朝 梁】

  萧纲《大同十一月庚戌》 (《全汉三国晋南北朝诗》P916)

    兹园种艺积,山谷久纡威。直兴转多绪,真事亦因依。

  何逊《行经孙氏陵》 (《全汉三国晋南北朝诗》P1156)

    呼噏开伯道,叱咤掩江畿。豹变分奇略,虎视肃戎威。
    长蛇衂巴汉,骥马绝淮淝。

  刘孝仪《从军行》 (《全汉三国晋南北朝诗》P1207)

    冠军亲挟射,长平自合围。木落雕弓燥,气秋征雁肥。
    贤王皆屈膝,幕府复申威。何谓从军乐,往返速如飞。

  刘遵《和简文帝赛汉高帝庙》 (《全汉三国晋南北朝诗》P1230)

    分蛇沧霸迹,提剑灭雄威。空馀清祀处,无复瑞云飞。
    仙车照丹穴,霓裳影翠微。

【北齐】

  魏收《美女篇》 (《全汉三国晋南北朝诗》P1509)

    智琼非俗物,罗敷本自稀。居然陋西子,定可比南威。

【南朝 陈】

  张正见《从借田应衡阳王教作》 (《全汉三国晋南北朝诗》P1397)

    东郊事平秩,仲月祀灵威。含光开早扇,阊阖启朝扉。

释洪偃《游钟山之开善定林息心宴坐引笔赋诗》 (《全汉三国晋南北朝诗》P1463)

    杖策步前岭,褰裳出外扉。轻萝转蒙密,幽径复纡威。
    树高枝影细,山尽鸟声稀。石苔时滑屣,虫网乍粘衣。

【唐】

李隆基《旋师喜捷》 (《全唐诗》P30)

边服胡尘起,长安汉将飞。龙蛇开阵法,貔虎振军威。
诈虏脑塗地,征夫血染衣。今朝书奏入,明日凯歌归。

耿讳《入塞曲》 (《全唐诗》P188)

将军带十围,重锦制戎衣。猿臂销弓刀,虬须长剑威。
首登平乐宴,新破大宛归。楼上姝姬笑,门前问客稀。

刘希夷《入塞》 (《全唐诗》P188)

将军陷虏围,边务息戎机。霜雪交河尽,旌旗入塞飞。
晓光随马度,春色伴人归。课绩朝明主,临轩拜武威。

骆宾王《尘灰》 (《全唐诗》P849)

洛川流雅韵,秦道擅奇威。听歌梁上动,应律管中飞。
光飘神女袜,影落羽人衣。愿言心未翳,终冀放轻微。

骆宾王《夕次旧吴》 (《全唐诗》P861)

维舟背楚服,振策下吴畿。盛德弘三让,雄图抗九围。
黄池通霸迹,赤壁畅戎威。文物俄迁谢,英灵有盛衰。
行叹鸱夷没,返惜湛卢飞。

李峤《石》 (《全唐诗》P702)

宗子维城固,将军饮羽威。岩花镜里发,云叶锦中飞。
入宋星初陨,过湘燕早归。倘因持补极,宁复作支机。

张说《奉和同皇太子过慈恩寺应制》 (《全唐诗》P943)

郎郎神居峻,轩轩瑞象威。圣君成愿果,太子拂天衣。

张说《奉和圣制春中兴庆宫酺宴应制》 (《全唐诗》P966)

千龄逢启圣,万域共来威。庆接郊禋后,醺承农事稀。

张说《扈从南山雀鼠谷》 (《全唐诗》P969)

豫动三灵赞,时巡四海威。陕关凌曙出,平路半春归。
霍镇迎云罕,汾河送羽旗。山南柳半密,谷北草全稀。

张说《破阵乐词》 (《全唐诗》P981)

蹙踏辽河自竭,鼓噪燕山可飞。正属四方朝贺,端知万舞皇威。

宋之问《松山岭应制》 (《全唐诗》P633)

翼翼高旌转,锵锵凤辇飞。尘销清眸路,云湿从臣衣。
白羽摇丹壑,天宫逼翠微。芳声耀今古,四海警宸威。

沈佺期《送卢管记仙客北伐》（《全唐诗》P1049）

湛湛山川暮,萧萧凉气稀。饯途予悯默,赴敌子英威。
今日杨朱泪,无将洒铁衣。

沈佺期《李舍人山园送庞邵》（《全唐诗》P1036）

符传有光辉,喧喧出帝畿。东邻借山水,南陌驻骖騑。
握手凉风至,当歌秋日微。高幨去勿缓,人吏待霜威。

沈佺期《自考功员外授给事中》（《全唐诗》P1047）

惠移双管笔,恩降五时衣。出入宜真选,遭逢每滥飞。
器惭公理拙,才谢子云微。案牍遗常理,朋僚隔等威。

孟浩然《闻裴侍御自襄州司户除豫州司户因以投寄》（《全唐诗》P1634）

故人荆府掾,尚有柏台威。移职自樊沔,芳声闻帝畿。
昔余卧林巷,载酒过柴扉。

李贺《马诗》（《百代千家绝句选》P338）

不从桓公猎,何能伏虎威。一朝沟陇出,看取拂云飞。

崔泰之《奉和圣制送张尚书巡边》（《全唐诗》P991）

南庭胡运尽,北斗将星飞。旗鼓临沙漠,旌旗出洛畿。
关山绕玉塞,烽火映金微。屡献帷谋策,频承庙胜威。
蹀躞临河骑,逶迤度陇旗。

韦应物《赠李判官》（《全唐诗》P1925）

良玉定为宝,长材世所稀。佐幕方巡郡,奉命布恩威。

韦应物《秋集罢还途中作》（《全唐诗》P1910）

温如春风至,肃若严霜威。群属所载瞻,而忘倦与饥。

韩翃《送刘评事赴广州使幕》（《全唐诗》P2752）

征南官属似君稀,才子当今刘孝威。蛮府参军趋传舍,交州刺史拜行衣。
前临瘴海无人过,却望衡阳少雁飞。为报苍梧云影道,明年早送客帆归。

钱起《江行无题》（《全唐诗》P2680）

楼空人不归,云似去时衣。黄鹤无心下,长应笑令威。

李白《古风》（《全唐诗》P1671）

萧萧长门宫,昔是今已非。桂蠹花不实,天霜下严威。
沉叹终永夕,感我涕沾衣。

李白《至鸭栏驿》（《全唐诗》P1843）

临驿卷缇幕,升堂接绣衣。情亲不避马,为我解霜威。

杜甫《重经昭陵》 (《全唐诗》P2408)

草昧英雄起,讴歌历数归。风尘三尺剑,社稷一戎衣。
翼亮贞文德,丕承戢武威。

杜甫《甘林》 (《全唐诗》P2347)

子实不得吃,货市送王畿。尽添军旅用,迫此公家威。
主人长跪问,戎马何时稀。

杜甫《秦州杂诗》 (《全唐诗》P2419)

警急烽常报,传闻檄屡飞。西戎外甥国,何得迕天威。

杜甫《遣愤》 (《全唐诗》P2468)

闻道花门将,论功未尽归。自从收帝里,谁复总戎机。
蜂虿终怀毒,雷霆可震威。莫令鞭血地,再湿汉臣衣。

权德舆《送卢评事婺州省觐》 (《全唐诗》P3639)

漠漠水烟晚,萧萧枫叶飞。双溪泊船处,候吏拜胡威。

韩愈《送区弘南归》 (《全唐诗》P3797)

开书拆衣泪痕晞,虽不敕还情庶几。朝暮盘羞恻庭闱,幽房无人感伊威。
人生此难馀可祈,子去矣时若发机。

韩愈《猛虎行》 (《全唐诗》P3829)

择肉于熊豹,肯视兔与狸。正昼当谷眠,眼有百步威。

韩愈《谴疟鬼》 (《全唐诗》P3835)

如何不肖子,尚奋疟鬼威。乘秋作寒热,翁姬所骂讥。

韩愈《雨中寄张博士籍候主簿喜》 (《全唐诗》P3863)

放朝还不报,半路踏泥归。雨惯曾无节,雷频自失威。
见墙生菌遍,忧麦作蛾飞。

刘禹锡《观八阵图》 (《全唐诗》P4016)

轩皇传上略,蜀相运神机,水落龙蛇出,沙平鹅鹳飞。
波涛无动势,鳞介避馀威。会有知兵者,临流指是非。

窦巩《江陵遇元九李六二侍御纪事书情》 (《全唐诗》P3050)

渔翁随去处,禅客共因依。蓬阁初疑义,霜台晚畏威。
学深通古字,心直触危机。

李端《冬夜集张尹后阁》 (《全唐诗》)

詹门常吏在,登席旧僚稀。远客长先醉,那知亚相威。

白居易《池鹤》 (《全唐诗》P5066)

池中此鹤鹤中稀,恐是辽东老令威。带雪松枝翘膝胫,放花菱片缀毛衣。
低回且向林间宿,奋迅终须天外飞。

白居易《九老图诗》 (《全唐诗》P5262)

雪作须眉云作衣,辽东华表鹤双归。当时一鹤犹希有,何况今逢两令威。

元稹《月三十韵》 (《全唐诗》P4538)

凉魄潭空洞,虚弓雁畏威。上弦何汲汲,佳色转依依。

元稹《酬友封话旧叙怀十二韵》 (《全唐诗》P4527)

魏阙何由到,荆州且共依。人欺翻省事,官冷易藏威。
但拟驯鸥鸟,无因用弩机。

元稹《送岭南崔侍御》 (《全唐诗》P4572)

洞主参承惊豸角,岛夷安集慕霜威。黄家贼用镖刀利,白水郎行旱地稀。

李绅《虎不食人》 (《全唐诗》P5468)

南山白额同驯扰,亦变仁心去杀机。不竞牛甘令买患,免遭狐假妄凭威。
渡河岂适他邦害,据谷终无暴物非。

姚合《杭州官舍偶书》 (《全唐诗》P5689)

钱塘刺史谩题诗,贫褊无恩懦少威。春尽酒杯花影在,潮回画槛水声微。
闲吟山际邀僧上,暮入林中看鹤归。无术理人人自理,朝朝渐觉簿书稀。

司徒空《月下留丹灶》 (《全唐诗》P7283)

月下留丹灶,坛边树羽衣。异香人不觉,残夜鹤分飞。
朝会初元盛,蓬瀛旧侣稀。瑶函真迹在,妖魅敢扬威。

皮日休《悼鹤》 (《全唐诗》P7098)

莫怪朝来泪满衣,坠毛犹傍水花飞。辽东旧事今千古,却向人间葬令威。

韦庄《题淮阴侯》 (《全唐诗》P8019)

满把椒浆奠楚祠,碧幢黄钺旧英威。能扶汉代成王业,忍见唐民陷战机。
云梦去时高鸟尽,淮阴归日故人稀。如何不借平齐策,空看长星落贼围。

薛涛《赠苏十三中丞》 (《全唐诗》P9041)

洛阳陌上埋轮气,欲逐秋空击隼飞。今日芝泥检征诏,别须台外振霜威。

齐己《送幽禅师》 (《全唐诗》P9523)

霜繁野叶飞,长老卷行衣。浮世不知处,白云相待归。
磬和天籁响,禅动岳神威。莫便言长往,劳生待发机。

【宋】
　　　　王庭珪《辰州僻远》　(《宋诗三百首》P221)
辰州更在武陵西,每望长安信息稀。二十年兴缙绅祸,一朝终失相公威。
　　　　刘克庄《冬景》　(《千家诗》)
晴窗早觉爱朝曦,竹外秋声渐作威。命仆安排新暖阁,呼童熨贴旧寒衣。
叶浮嫩绿酒初熟,橙切香黄蟹正肥。蓉菊满园皆可美,赏心从此莫相违。
　　　　黄庭坚《题伯时画楷瘁虎》　(《中国古今题画诗全璧》P690)
猛虎肉醉初醒时,揩磨苛痒风助威。枯楠未觉草先低,木末应有行人知。

【元】
　　　　元好问《都运李文哀挽》　(《元好问全集》P216)
登车揽辔名空在,濯足临流事已非。白鹤会须寻旧约,青蝇犹解避馀威。
西州正有花千树,泪尽羊昙醉后衣。

【明】
　　　　吴宽《画鹰》　(《中国古今题画诗全璧》P535)
严霜涂涂百草腓,平家且莫张虞机。天空海阔羽翩健,终当一击奋我威。
区区鹑鸟何足数,草间任尔东西飞。
　　　　谢榛《捣衣曲》　(《百代千家绝句选》P641)
秦关昨夜一书归,百战郎从刘武威。见说平安收涕泪,梧桐树下捣寒衣。

王维《渭川田家》中的"微"

"微"字现在只有一个读音 wēi,如微茫、微小、微波、微乎其微等。但《康熙字典》注:微"无非切,音薇"。

"微"音 féi,早见于《诗经·小雅》:彼月而微,此日而微。《诗经·小雅》:式微式微。其他如:

【南朝　宋】
　　　　谢灵运《石壁精舍还湖中作》　(《汉魏六朝诗选》P217)
　　出谷日尚早,入舟阳已微。林壑敛暝色,云霞收夕霏。

在《唐诗三百首》里有:
【唐】
　　　　王维《渭川田家》
斜阳照墟落,穷巷牛羊归。野老念牧童,倚杖候荆扉。

雉雊麦苗秀,蚕眠桑叶稀。田夫荷锄至,相见语依依。
即此羡闲逸,怅然吟式微。

王维《西施咏》

艳色天下重,西施宁久微。朝为越溪女,暮作吴宫妃。
贱日岂殊众,贵来方悟稀。邀人傅脂粉,不自著罗衣。
君宠益娇态,君怜无是非。

綦毋潜《宿龙兴寺》（《千家诗》）

香刹夜忘归,松青古殿扉。灯明方丈室,珠系比丘衣。
白日传心静,青莲喻法微。天花落不尽,处处鸟衔飞。

在古诗词里,"微"或"薇"字与"飞""菲""稀""机""衣""腓""旗""肥"等字协韵的情况很多。如：

【晋】

傅玄《明月篇》（《玉台新咏》P45）

玉颜盛有时,秀色随年衰(yī)。常恐新间旧,变故兴细微。
浮萍本无根,非水将何依。忧喜更相接,乐极还自悲。

【唐】

李世民《赋秋日悬清光赐房玄龄》（《全唐诗》P18）

秋露凝高掌,朝光上翠微。参差丽双阙,照耀满重闱。

武则天《唐享昊天乐第十二》（《全唐诗》P53）

式乾路,辟天扉。回日驭,动云衣。
登金阙,入紫微。望仙驾,仰恩徽(yī)。

宋之问《早入清远峡》（《全唐诗》P654）

传闻峡山好,旭日棹前沂。雨色摇丹嶂,泉声聒翠微。
两岩天作带,万壑树披衣。秋菊迎霜序,春藤碍日辉。

宋之问《桂州黄潭舜祠》（《全唐诗》P651）

禋祭忽群望,丹青图二妃。神来兽率舞,仙去凤还飞。
日暝山气落,江空潭霭微。帝乡三万里,乘彼白云归。

宋之问《使过襄阳登凤林寺阁》（《全唐诗》P650）

香阁临清汉,丹梯隐翠微。林篁天际密,人世谷中违。
苔石衔仙洞,莲舟泊钓矶。山云浮栋起,江雨入庭飞。

宋之问《驾出长安》（《全唐诗》P645）

天回万象出,驾动六龙飞。淑气来黄道,祥云覆紫微。

宋之问《送赵司马赴蜀》（《全唐诗》P637）

饯子西南望,烟绵剑道微。桥寒金雁落,林曙碧鸡飞。

宋之问《缑山庙》（《全唐诗》P633）

天路何其远,人间此会稀。空歌日云暮,霜月渐微微。

宋之问《奉和梁王宴龙泓应教得微字》（《全唐诗》P633）

水府沦幽壑,星轺下紫微。鸟惊司仆驭,花落侍臣衣。芳树摇春晚,晴云绕座飞。

张九龄《洪州西山祈雨》（《全唐诗》P602）

独宿云峰下,萧条人吏稀。我来不外适,幽抱自中微。

李峤《烟》（《全唐诗》P701）

瑞气凌青阁,空濛上翠微。迥浮双阙路,遥拂九仙衣。
桑柘迎寒色,松篁暗晚晖(晖音曦)。还当紫霄上,时接彩鸾飞。

苏颋《送吏部李侍郎东归》（《全唐诗》P802）

陌上有光辉,披云向洛畿。赏来荣扈从,别至惜分飞。
泉溜含风急,山烟带日微。茂曹今去矣,人物喜东归。(归音jī)

苏颋《奉和圣制幸望春宫送朔方大总管张仁亶》（《全唐诗》P809）

北风吹早雁,日夕渡河飞。气冷胶应折,霜明草正腓。
老臣帷幄算,元宰庙堂机。饯饮回仙跸,临戎解御衣。
军装乘晓发,师律候春归。方佇勋庸盛,天词降紫微。

苏颋《奉和崔尚书赠大理陆卿》（《全唐诗》P813）

省中何赫奕,庭际满芳菲。吏部端清鉴,丞郎肃紫机。
会心歌咏是,回迹宴言非。北寺邻玄阙,南城写翠微。

骆宾王《尘灰》（《全唐诗》P849）

洛川流雅韵,秦道擅苛威。听歌梁上动,应律管中飞。
光飘神女袜,影落羽人衣。愿言心未翳,终冀效轻微。

骆宾王《秋露》（《全唐诗》P850）

玉关寒气早,金塘秋色归。泛掌光逾净,添荷滴尚微。
变霜凝晓液,承月委圆辉。别有吴台上,应湿楚臣衣。

骆宾王《夕次旧吴》（《全唐诗》P861）

山川四望是,人事一朝非。悬剑空留信,亡珠尚识机。
郑风遥可托,关月眇难依。西北云逾滞,东南气转微。

陈子昂《万州晓发放舟乘涨还寄蜀中亲朋》（《全唐诗》P915）
　　空蒙岩雨霁,烂熳晓云归。啸旅乘明发,奔桡骛断矶。
　　苍茫林岫转,络绎涨涛飞。远岸孤烟出,遥峰曙日微。

崔泰之《奉和圣制送张尚书巡边》（《全唐诗》P991）
南庭胡运尽,北斗将星飞。旗鼓临沙漠,旌旃出洛畿。
关山绕玉塞,烽火映金微。屡献帷谋策,频承庙胜威(威音衣)。

韦应物《社日寄崔都水及诸弟群属》（《全唐诗》P1918）
　　春风动高柳,芳园掩夕扉。遥思里中会,心绪怅微微。

　　韦应物《送榆次林明府》（《全唐诗》P1932）
　　邑传榆石在,路绕晋山微。别思方萧索,新秋一叶飞。

　　韦应物《送开封卢少府》（《全唐诗》P1933）
　　关河征斾远,烟树夕阳微。到处无留滞,梁园花欲稀。

　　韦应物《答令狐侍郎》（《全唐诗》P1952）
　　一凶乃一吉,一是复一非。孰能逃斯理,亮在识其微。

韦应物《和吴舍人早春归沐西亭言志》（《全唐诗》P1953）
　　幽禽响未转,东原绿犹微。名虽列仙爵,心已遣尘机。

　　韦应物《神静师院》（《全唐诗》P1979）
　　青苔幽巷遍,新林露气微。经声在深竹,高斋独掩扉。

　　韦应物《郡斋卧疾绝句》（《全唐诗》P1989）
　　香炉宿火灭,兰灯宵影微。秋斋独卧病,谁与覆寒衣。

　　李白《赠裴司马》（《全唐诗》P1743）
　　愁苦不窥邻,泣上流黄机。天寒素手冷,夜长烛复微。
　　十日不满匹,鬓蓬乱若丝。犹是可怜人,容华世中稀。

　　白居易《寓意诗》（《全唐诗》P94678）
　　婆娑园中树,根株大合围(围音夷)。蠢尔树间虫,形质一何微。
　　孰谓虫之微,虫蠹已无期。孰谓树之大,花叶有衰时。

　　白居易《严郎置兹楼》（《全唐诗》P4761）
　　院柳烟婀娜,檐花雪霏微。看山倚前户,待月阐东扉。

　　白居易《春末夏初闲游江郭》（《全唐诗》P4883）
　　柳影繁初合,莺声涩渐稀。早梅迎夏结,残絮送春飞。
　　西日韶光尽,南风暑气微。展张新小簟,熨帖旧生衣。

白居易《秋热》 (《全唐诗》P4884)

西江风候接南威,暑气常多秋气微。犹道江州最凉冷,至今九月著生衣。

白居易《同微之赠别郭虚舟炼师五十韵》 (《全唐诗》P4969)

授我参同契,其辞妙且微。六一闷扃鐍,子午守雄雌。
我读随日悟,心中了无疑。

温庭筠《利州南渡》

淡然空水对斜晖,曲岛苍茫接翠微。波上马嘶看棹去,柳边人歇待船归。
数丛沙草群鸥散,万顷江田一鹭飞。谁解乘舟寻范蠡,五湖烟水独忘机。

杜甫《秋风二首》 (《全唐诗》P2363)

秋风渐渐吹我衣,东流之外西日微。天清小城捣练急,石古细路行人稀。
不知明月为谁好,早晚孤帆他夜归。会将白发倚庭树,故园池台今是非。

杜甫《咏怀二首》 (《全唐诗》P2374)

河雒化为血,公侯草间啼。西京复陷没,翠盖蒙尘飞。
万姓悲赤子,两宫弃紫微。倏忽向二纪,奸雄多是非。

杜甫《奉送魏六丈佑少府之交广》 (《全唐诗》P2380)

家声盖六合,行色何其微。遇我苍梧阴,忽惊会面稀。
议论有馀地,公侯来未迟。虚思黄金贵,自笑青云期。

杜甫《重经昭陵》 (《全唐诗》P2408)

陵寝盘空曲,熊黑守翠微。再窥松柏路,还见五云飞。

杜甫《曲江对酒》 (《全唐诗》P2410)

苑外江头坐不归,水精宫殿转霏微。桃花细逐杨花落,黄鸟时兼白鸟飞。

杜甫《萤火》 (《全唐诗》P2422)

幸因腐草出,敢近太阳飞。未足临书卷,时能点客衣。
随风隔幔小,带雨傍林微。十月清霜重,飘零何处归。

杜甫《十二月一日三首》 (《全唐诗》P2490)

即看燕子入山扉,岂有黄鹂历翠微。短短桃花临水岸,轻轻柳絮点人衣。
春来准拟开怀久,老去亲知见面稀。他日一杯难强进,重嗟筋力故山违(yí)。

杜甫《伤秋》 (《全唐诗》P2525)

林僻来人少,山长去鸟微。高秋收画扇,久客掩荆扉。

杜甫《晚晴》 (《全唐诗》P2528)

返照斜初彻,浮云薄未归。江虹明远饮,峡雨落馀飞。
凫雁终高去,熊黑觉自肥。秋分客尚在,竹露夕微微。

杜甫《夜》 (《全唐诗》P2532)

绝岸风威动,寒房烛影微。岭猿霜外宿,江乌夜深飞。
独坐亲雄剑,哀歌叹短衣。烟尘绕阊阖,白首壮心违(yí)。

杜甫《夜二首》 (《全唐诗》P2534)

城郭悲笳暮,村墟过翼稀。甲兵年数久,赋敛夜深归。
暗树依岩落,明河绕塞微。斗斜人更望,月细鹊休飞。

杜甫《九日诸人集于林》 (《全唐诗》P2536)

九日明朝是,相要旧俗非。老翁难早出,贤客幸知归。
旧采黄花剩,新梳白发微。漫看年少乐,忍泪已沾衣。

杜甫《宴胡侍御书堂》 (《全唐诗》P2357)

江湖春欲暮,墙宇日犹微。暗暗春籍满,轻轻花絮飞。
翰林名有素,墨客兴无违。今夜文星动,吾侪醉不归。

杜甫《秋兴》 (《千家诗》)

千家山郭静朝晖,日日江楼坐翠微。信宿渔人还泛泛,清秋燕子故飞飞。

杜牧《闺情代作》 (《全唐诗》P5998)

梧桐叶落雁初归,迢递无因寄远衣。月照石泉金点冷,凤酣箫管玉声微。
佳人刀杵秋风外,荡子从征梦寐希。遥望戍楼天欲晓,满城冬鼓白云飞。

贾至《铜雀台》 (《全唐诗》P2595)

日暮铜雀静,西陵鸟雀归。抚弦心断绝,听管泪霏微。
灵几临朝奠,空床卷夜衣。苍苍川上月,应照妾魂飞。

贾至《送夏侯参军赴广州》 (《全唐诗》P2595)

闻道衡阳外,由来雁不飞。送君从此去,书信定应稀。
云海南溟远,烟波北渚微。勉哉孙楚吏,彩服正光辉(xī)。

钱起《登泰岭半岩遇雨》 (《全唐诗》P2611)

屏翳忽腾气,浮阳惨无晖。千峰挂飞雨,百尺摇翠微。
震电闪云径,奔流翻石矶。倚岩假松盖,临水美荷衣。

钱起《送元评事归山居》 (《全唐诗》P2635)

忆家望云路,东去独依依。水宿随渔火,山行到竹扉。
寒花催酒熟,山犬喜人归。遥羡书窗下,千峰出翠微。

刘长卿《登松江驿楼北望故园》 (《全唐诗》P1573)

平芜万里无人去,落日千山空鸟飞。孤舟漾漾寒潮小,极浦苍苍远树微。

刘长卿《登润州万岁楼》（《全唐诗》P1574）

高楼独上思依依,极浦遥山合翠微。江客不堪频北望,塞鸿何事又南飞。

王昌龄《胡笳曲》（《全唐诗》P1438）

自有金笳引,能沾出塞衣。听临关月苦,清入海风微。

孟浩然《寒夜》（《全唐诗》P1655）

夜久灯花落,薰笼香气微。锦衾重自暖,遮莫晓霜飞。

沈佺期《享龙池乐章》（《全唐诗》P120）

龙池跃龙龙已飞,龙德先天天不违。池开天汉分黄道,龙向天门入紫微。

元稹《浮尘子》（《全唐诗》P4474）

可叹浮尘子,纤埃喻此微。宁论隔纱幌,并解透绵衣。
有毒能成痛,无声不见飞。病来双眼暗,何计辨雰霏。

元稹《有碧涧穿注两廊又有龙女洞能兴云雨诗》（《全唐诗》P4578）

空阔长江碍铁围,高低行树倚岩扉。穿廊玉涧喷红旭,踊塔金轮折翠微。
草引风轻驯虎睡,洞驱云入毒龙归。他生莫忘灵山别,满壁人名后会稀。

孟郊《远游》（《全唐诗》P4204）

远行少僮仆,驱使无是非。为性玩好尽,积愁心绪微。

孟郊《秋怀》（《全唐诗》P4206）

一尺月透户,仡栗如剑飞。老骨坐亦惊,病力所尚微。

许浑《冬日五浪馆水亭怀别》（《全唐诗》P6125）

芦荻花多触处飞,独凭虚槛雨微微。寒林叶落鸟巢出,古渡浪高鱼艇稀。

章孝标《题碧山寺塔》（《全唐诗》P10184）

六时佛火明珠缀,午后茶烟出翠微。紫砌乳泉梳石发,滴松银露洗墙衣。

章孝标《题紫微山上方》（《全唐诗》P5760）

地势连沧海,山名号紫微。景闲僧坐久,路僻客来稀。

张说《安乐郡主花烛行》（《全唐诗》P939）

青宫朱邸翊皇闱,玉叶琼蕤发紫微。姬姜本来舅甥国,卜筮俱道凤凰飞。

张说《道家四首奉敕撰》（《全唐诗》P947）

金坛启曙闱,真气肃微微。落月衔仙窦,初霞拂羽衣。香随龙节下,云逐凤箫飞。

柳宗元《戏题石门长老东轩》（《全唐诗》P3949）

如今七十自忘机,贪爱都忘筋力微。莫向东轩春野望,花开日出雉皆飞。

朱庆馀《上宣州沈大夫》 (《全唐诗》P5864)
科名继世古来稀,高步何年下紫微。帝命几曾移重镇,时清犹望领春闱。

刘禹锡《赠东岳张炼师》 (《全唐诗》P4052)
东岳真人张炼师,高情雅淡世间稀。堪为列女书青简,久事元君住翠微。

陆龟蒙《樊榭》 (《全唐诗》P7158)
乳蒂缘松嫩,芝台出石微。凭栏虚目断,不见羽华衣。

刘禹锡《洛宾病卧》 (《全唐诗》P4129)
隐几支颐对落晖,故人书信到柴扉。周南留滞商山老,星象如今属少微。

皮日休《伤开元观顾道士》 (《全唐诗》P7090)
协晨宫上启金扉,诏使先生坐蜕归。鹤有一声应是哭,丹无馀粒恐潜飞。烟凄玉笥封云篆,月惨琪花葬羽衣。肠断雷平旧游处,五芝无影草微微。

皮日休《夏首病愈因招鲁望》 (《全唐诗》P7076)
晓入清和尚裕衣,夏阴初合掩双扉。一声拨谷桑柘晚,数点春锄烟雨微。

皮日休《胥口即事六言二首》 (《全唐诗》P7106)
拂钓清风细丽,飘蓑暑雨霏微。湖云欲散未散,屿鸟将飞不飞。

储嗣宗《宋州月夜感怀》 (《全唐诗》P6887)
雁池衰草露沾衣,河水东流万事微。寂寞青陵台上月,秋风满树鹊南飞。

张乔《山中冬夜》 (《全唐诗》P7334)
夜坐尘心定,长吟语力微。人间去多事,何处梦柴扉。

曹唐《汉武帝思李夫人》 (《全唐诗》P7340)
白玉帐寒鸳梦绝,紫阳宫远雁书稀。夜深池上兰桡歌,断续歌声彻太微。

吕洞宾《六幺令》 (《全唐诗》P10171)
东与西,眼与眉。偃月炉中运坎离,灵砂且上飞。
最幽微,是天机,你休痴,你不知。

吕洞宾《绝句》 (《全唐诗》P9695)
莫怪瑶池消息稀,只缘尘事隔天机。若人寻得水中火,有一黄童上太微。

吕洞宾《绝句》 (《全唐诗》P9695)
闪灼虎龙神剑飞,好凭身事莫相违。传时须在乾坤力,便透三清入紫微。

吕洞宾《七言》 (《全唐诗》P9685)
莫怪爱吟天上诗,盖缘吟得世间稀。惯餐玉帝宫中饭,曾著蓬莱洞里衣。马踏日轮红露卷,凤衔月角擘云飞。何时再控青丝辔,又掉金鞭入紫微。

吕洞宾《七言》 (《全唐诗》P9688)

紫极宫中我自知,亲磨神剑剑还飞。先差玉子开南殿,后遣青龙入紫微。
九鼎黄芽栖瑞凤,一躯仙骨养灵芝。蓬莱不是凡人处,只怕愚人泄世机。

【宋】

潘阆《岁暮自桐庐归钱塘晚泊渔浦》 (《宋诗三百首》P26)

渔浦风水急,龙山烟火微。时闻沙上雁,一一背人飞。

曾几《闻李泰发参政得旨自便将归以诗送之》 (《宋诗三百首》P244)

苦遭前政堕危机,二十余年咏式微。天上谪仙皆欲杀,海滨大老竟来归。

岳飞《池州翠微亭》 (《宋诗三百首》P267)

经年尘土满征衣,特特寻芳上翠微。好水好山看不足,马蹄催趁月明归。

王安石《寄纯甫》 (《王安石全集》P157)

想子当红蕊,思家上翠微。江寒亦未已,好好著春衣。

王安石《次韵张氏女弟咏雪》 (《王安石全集》P197)

天上空多地上稀,初寒风力故应微。那能镇压黄尘起,强欲侵凌白日飞。

王安石《太湖恬亭》 (《王安石全集》P248)

槛临溪上绿阴围,溪岸高低入翠微。日落断桥人独立,水涵幽树鸟相依。

王安石《读后汉书》 (《王安石全集》P330)

锢党纷纷果是非,当时高士见精微。可怜窦武陈蕃辈,欲与天争汉鼎归。

王安石《送僧游天台》 (《王安石全集》P348)

天台一万八千丈,岁晏老僧携锡归。前程好景解吟否,密雪乱云缄翠微。

【元】

张可久《凭阑人·湖上》 (《元散曲一百首》P67)

二客同游过虎溪,一径无尘穿翠微。寸心流水知,小窗明月归。

【清】

顾炎武《赠朱监纪四辅》 (《清诗之旅》P124)

碧血未消今战垒,白头相见旧征衣。东京朱祜年犹少,莫向尊前叹式微。

罗隐《感弄猴人赐朱绂》中的"违"

"违"字现在只有一个读音 wéi。但古诗中有时要读"羽非切,音夷"。如:

罗隐《感弄猴人赐朱绂》 （《全唐诗》P7623)

十二三年就试期,五湖烟月奈相违。何如买取胡孙弄,一笑君王便著绯。

"违"字读音夷,与衣、扉、矶、期、稀、飞、荠、肥等字协韵,至今已有几千年的历史,例如:

《诗经·邶风·谷风》

行道迟迟,中心有违。不远伊迩,薄送我畿。
谁为荼苦,其甘如荠。宴尔新昏,如兄如弟。

【汉】

王逸《楚辞·九思·疾世》

秉玉英兮结誓,日欲暮兮心悲。惟天禄兮不再,背我信兮自违。
窈陇堆兮渡漠,过桂车兮合黎。

【晋】

潘岳《金谷集作诗》 （《全汉三国晋南北朝诗》P374)

王生和鼎实,石子镇海沂。亲友各言迈,中心怅有违。
何以叙离思,携手游郊畿。朝发晋京阳,夕次金谷湄。

陆机《燕歌行》 （《全汉三国晋南北朝诗》P332)

四时代序逝不追,寒风习习落叶飞。蟋蟀在堂露盈墀,念君远游尝苦悲。
君何缅然久不归?贱妾悠悠心无违。白日既没明灯辉,夜禽赴林匹鸟栖。

潘尼《献长安君安仁诗》 （《先秦汉魏晋南北朝诗》P762)

曜灵速迈,王制难违。投艅即路,忧公忘私。
衮职有缺,思君之归。将升皇极,入侍紫微。

【南朝 宋】

谢灵运《答谢谘议》 （《全汉三国晋南北朝诗》P634)

玉衡迅驾,四节如飞。急景西驰,奔浪赴沂。
英华始玩,落叶已稀。惆怅衡皋,心焉有违。

颜延之《归鸿》 （《全汉三国晋南北朝诗》P621)

万有皆同春,鸿雁独辞归。相鸣去涧氾,长引发江畿。
皦洁登云侣,连绵千里飞。长怀河朔路,缅与湘汉违。

颜延之《秋胡诗》 （《玉台新咏》P76)

燕居未及好,良人顾有违。脱巾千里外,结绶登王畿。
戒徒在昧旦,左右来相依。驱车出郊郭,行路正威迟。

鲍照《梦归乡诗》 (《玉台新咏》P81)

寐中长路近,觉后大江违。惊起空叹息,恍惚神魂飞。

【北齐】

魏收《美女篇》 (《全汉三国晋南北朝诗》P1509)

新吴何为误,旧郑果难依。甘言诚易污,得失定因机。
无憎药英妒,心赏易侵违。

【南朝　梁】

刘令娴《答外诗》 (《玉台新咏》P145)

还看镜中色,比艳自知非。摛辞徒妙好,连类顿乖违。
智夫虽已丽,倾城未敢希。

萧纲《紫骝马》 (《玉台新咏》P160)

贱妾朝下机,正值良人归。青丝悬玉蹬,朱汗染香衣。
骤急珍珂响,跳多尘乱飞。雕胡幸可荐,故心君莫违。

萧纲《咏蛱蝶》 (《全汉三国晋南北朝诗》P926)

复此从风蝶,双双花上飞。寄与相知者,同心终莫违。

王筠《闺情》 (《玉台新咏》P205)

北斗行欲没,东方稍已稀。晨鸡初振羽,晓露方沾衣。
锦衾徒有设,兰约果相违。谁忍开朝镜,羞恨掩空扉。

何逊《行经孙氏陵》 (《全汉三国晋南北朝诗》P1156)

交战无内御,重门岂外扉。成功业已举,凶德愎而违。

何逊《赠诸游旧》 (《全汉三国晋南北朝诗》P1145)

一涂今未是,万绪昨如非。新知虽已乐,旧爱尽睽违。
望乡空引领,极目泪沾衣。

任昉《答刘居士》 (《全汉三国晋南北朝诗》P1067)

辍精天理,瞳象少微。人与俗异,道与人违。
庭飞熠耀,室满伊威。行无辙迹,理绝心机。

费昶《和萧记室春旦有所思》 (《全汉三国晋南北朝诗》P1272)

杨柳何时归,袅袅复依依。已荫章台陌,复扫长门扉。
独知离心者,坐惜春光违。洛阳远如日,何由见宓妃。

王枢《古意应萧信武教》 (《全汉三国晋南北朝诗》P1304)

青苔覆寒井,红药间青薇。人生乐自极,良时徒见违。
何由及新燕,双双还共飞。

佚名《古诗十九首》 (《玉台新咏》P1)
　凉风率已厉,游子寒无衣。锦衾遗洛浦,同袍与我违。
　　庾信《咏怀》 (《全汉三国晋南北朝诗》P1583)
　避谗应采葛,忘情遂食薇。怀愁正摇落,中心怆有违。
　独怜生意尽,空惊槐树衰。

【南朝　陈】

　　王环《代西丰侯美人》 (《全汉三国晋南北朝诗》P1309)
　于今辞宴语,方念泣离违。无因从朔雁,一向黄河飞。

【唐】

　　张文恭《七夕》 (《续玉台新咏》P16)
　欢馀夕漏尽,怨结晓骖归。谁念分河汉,还忆两心违。
　　武则天《配飨》 (《全唐诗》P54)
　笙镛间玉宇,文物昭清辉。晬影临芳奠,休光下太微。
　孝思期有感,明絜庶无违。
　　李隆基《首夏花萼楼赏乐赋诗》 (《全唐诗》P35)
　九歌扬政要,六舞散朝衣。天喜时相合,人和事不违。
　礼中推意厚,乐处感心微。
　　李隆基《句》 (《全唐诗》P42)
　昔见漳滨卧,言将人事违。今逢庆诞日,犹谓学仙归。
　棠棣花重发,鸰原鸟再飞。
　　沈佺期《享龙池乐章》 (《全唐诗》P120)
　龙池跃龙龙已飞,龙德光天天不违。池开天汉分黄道,龙向天门入紫微。
　　刘希夷《代闺人春日》 (《全唐诗》P883)
　池月怜歌扇,山云爱舞衣。佳期杨柳陌,携手莫相违。
　　乔知之《定情篇》 (《全唐诗》P875)
　妾无光寂寂,委照影依依。今日持为赠,相识莫相违。
　　《郊庙歌辞·周宗庙乐舞辞·治顺》 (《全唐诗》P159)
　　清庙将入,衮服是依。载行载止,令色令仪。
　　永终就养,空极孝思。瞻望如在,顾复长违。
　　储光羲《野田黄雀行》 (《全唐诗》P243)
　邪路岂不捷,渚田岂不肥。水长路且坏,恻恻与心违。

储光羲《杂诗》 (《全唐诗》P1380)

格泽为君驾,虹蜺为君衣。西游昆仑墟,可与世人违。

储光羲《山居贻裴十二迪》 (《全唐诗》P1381)

落叶满山砌,苍烟埋竹扉。远怀青冥士,书剑常相依。
霜卧眇兹地,琴言纷已违。衡阳今万里,南雁将何归。

储光羲《同诸公秋日游昆明池思古》 (《全唐诗》P1397)

苍苍白帝郊,我将游灵池。太阴连晦朔,雨与天根违。
凄风披田原,横污益山陂。农畯尽颠沛,顾望稼穑悲。

张纮《行路难》 (《全唐诗》P1077)

春风吹尽燕初至,此时自谓称君意。秋露萎草鸿始归,此时衰暮与君违。
人生翻覆何常定,谁保容颜无是非。

武平一《妾薄命》 (《全唐诗》P1083)

洛川昔相遇,高唐今尚违。幽阁禽雀噪,闲阶草露滋。
流景一何速,年华不可追。解佩安所赠,怨咽空自悲。

沈佺期《天官崔侍郎夫人卢氏挽歌》 (《全唐诗》P1040)

偕老言何谬,香魂事永违。潘鱼从此隔,陈凤宛然飞。
埋镜泉中暗,藏灯地下微。犹凭少君术,仿佛睹容辉。

王昌龄《送东林廉上人归庐山》 (《全唐诗》P1427)

石溪流已乱,苔径人渐微。日暮东林下,山僧还独归。
昔为庐峰意,况与远公违。

王昌龄《途中作》 (《全唐诗》P1434)

游人愁岁晏,早起遵王畿。坠叶吹未晓,疏林月微微。
惊禽栖不定,寒兽相因依。叹此霜露下,复闻鸿雁飞。
渺然江南意,惜与中途违。羁旅悲壮发,别离念征衣。
永图岂劳止,明节期所归。宁厌楚山曲,无人长掩扉。

刘长卿《南湖送徐二十七西上》 (《全唐诗》P1509)

家在横塘曲,那能万里违。门临秋水掩,帆带夕阳飞。
傲俗宜纱帽,干时倚布衣。独将湖上月,相逐去还归。

孟浩然《闲园怀苏子》 (《全唐诗》P1637)

林园虽少事,幽独自多违。向夕开帘坐,庭阴落景微。
鸟过烟树宿,萤傍水轩飞。感念同怀子,京华去不归。

孟浩然《留别王侍御维》（《全唐诗》P1639）
寂寂竟何待，朝朝空自归。欲寻芳径去，惜与故人违。
当路谁相假，知音世所稀。只应守寂寞，还掩故园扉。

孟浩然《送洗然弟进士举》（《全唐诗》P1642）
献策金门去，承欢彩服违。以吾一日长，念尔聚星稀。
昏定须温席，寒多未绽衣。桂枝如已擢，早逐雁南飞。

丘为《送阎校书之越》（《全唐诗》P1319）
经年松雪在，永日世情稀。芸阁应相望，芳时不可违。

李白《白纻辞》（《全唐诗》P1696）
倾城独立世所稀，激楚结风醉忘归。高堂月落烛已微，玉钗挂缨君莫违。

李白《山鹧鸪词》（《全唐诗》P1729）
山鸡翟雉来相劝，南禽多被北禽欺。紫塞严霜如剑戟，苍梧欲巢难背违。
我今誓死不能去，哀鸣惊叫泪沾衣。

李白《赠裴司马》（《全唐诗》P1743）
天寒素手冷，夜长烛复微。十日不满匹，鬓蓬乱若丝。
犹是可怜人，容华世中稀。向君发皓齿，顾我莫相违。

李白《江上寄巴东故人》（《全唐诗》P1775）
汉水波浪远，巫山云雨飞。东风吹客梦，西落此中时。
觉后思白帝，佳人与我违。瞿塘饶贾客，音信莫令稀。

李白《题雍丘崔明府丹灶》（《全唐诗》P1869）
美人为政本忘机，服药求仙事不违。叶县已泥丹灶毕，瀛洲当伴赤松归。

陈子昂《万州晓发放舟乘涨》（《全唐诗》P915）
曲直多今古，经过失是非。还期方浩浩，征思日霏霏。
寄谢千金子，江海事多违。

王维《送张五归山》（《全唐诗》P1242）
送君尽惆怅，复送何人归。几日同携手，一朝先拂衣。
东山有茅屋，幸为扫荆扉。当亦谢官去，岂令心事违。

张率《白纻歌词》（《全唐诗》）
妙声屡唱轻体飞，流津染面散芳菲。俱动齐息不相违，令彼嘉客淡忘归，
时久玩夜明星稀。

杜甫《十二月一日三首》（《全唐诗》P2490）

即看燕子入山扉,岂有黄鹂历翠微。短短桃花临水岸,轻轻柳絮点人衣。春来准拟开怀久,老去亲知见面稀。他日一杯难强进,重嗟筋力故山违。

韦应物《答长安丞裴说》（《全唐诗》P1948）

独践幽人踪,邀将亲友违。髦士佐京邑,怀念枉贞词。

韦应物《同德精舍旧居伤怀》（《全唐诗》P1966）

洛京十载别,东林访旧扉。山河不可望,存没意多违。

韦应物《台上迟客》（《全唐诗》P1971）

高台一悄望,远树间朝晖。但见东西骑,坐令心赏违。始霁郊原绿,暮春啼鸟稀。

韦应物《题郑拾遗草堂》（《全唐诗》P1984）

借地结茅栋,横竹挂朝衣。秋园雨中绿,幽居尘事违。

韦应物《永定寺喜辟强夜至》（《全唐诗》P1989）

深炉正燃火,空斋共掩扉。还将一尊对,无言百事违。

韦应物《拟古诗十二首》（《全唐诗》P1896）

华月屡圆缺,君还浩无期。如何雨绝天,一去音问违。

韦应物《答令狐侍郎》（《全唐诗》P1952）

朝宴方陪厕,山川又乖违。吴门冒海雾,峡路凌连矶。

韦应物《和吴舍人早春归沐西亭言志》（《全唐诗》P1953）

名虽列仙爵,心已遣尘机。即事同岩隐,圣渥良难违。

韦应物《神静师院》（《全唐诗》P1979）

憩树爱岚岭,听禽悦朝晖。方耽静中趣,自与尘事违。

钱起《送邬三落第还乡》（《全唐诗》P2604）

郢客文章绝世稀,常嗟时命与心违。十年失路谁知己,千里思亲独远归。

钱起《送褚大落第东归》（《全唐诗》P2605）

念此那能不羡归,上阳谏猎事皆违。他日东流一乘兴,知君为我扫荆扉。

钱起《酬陶六辞秩归旧居》（《全唐诗》P2616）

花禽惊曙月,邻女上鸣机。毕娶愿已果,养恬志宁违。吾当挂朝服,同尔缉荷衣。

钱起《下第题长安客舍》（《全唐诗》P2628）

不遂青云望，愁看黄鸟飞。梨花度寒食，客子未春衣。
世事随时变，交情与我违。空馀主人柳，相见却依依。

张籍《谚客词》（《全唐诗》P4282）

上客不用顾金羁，主人有酒君莫违。请君看取园中花，地上渐多枝上稀。

吕温《赋得失群鹤》（《全唐诗》P4171）

杳杳冲天鹤，风排势暂违。有心长自负，无伴可相依。
万里宁辞远，三山讵忆归。但令毛羽在，何处不翻飞。

元稹《景申秋八首》（《全唐诗》P4553）

蚊幌雨来卷，烛蛾灯上稀。啼儿冷秋簟，思妇问寒衣。
帘断萤火入，窗明蝙蝠飞。良辰日夜去，渐与壮心违。

张祜《旅次石头岸》（《全唐诗》P5811）

行行石头岸，身事两相违。旧国日边远，故人江上稀。
水声寒不尽，山色暮相依。惆怅未成语，数行鸦又飞。

白居易《和阳城驿》（《全唐诗》P4682）

进贤不知倦，去邪勿复疑。宪臣闻此章，不敢怀依违。

李商隐《日射》（《全唐诗》P6174）

日射纱窗风撼扉，香罗拭手春事违。回廊四合掩寂寞，碧鹦鹉对红蔷薇。

李商隐《春雨》（《全唐诗》P6188）

怅卧新春白袷衣，白门寥落意多违。红楼隔雨相望冷，珠箔飘灯独自归。
远路应悲春晼晚，残宵犹得梦依稀。玉珰缄札何由达，万里云罗一雁飞。

李商隐《赠从兄阆之》（《全唐诗》P6197）

怅望人间万事违，私书幽梦约忘机。荻花村里鱼标在，石藓庭中鹿迹微。

许浑《晚自东郭回留一二游侣》（《全唐诗》P6091）

钟随野艇回孤棹，鼓绝山城掩半扉。今夜西斋好风月，一瓢春酒莫相违。

刘德仁《寄春坊顾校书》（《全唐诗》P6291）

宁因不得志，寂寞本相宜。瞑目冥心坐，花开花落时。
数畦蔬甲出，半梦鸟声移。只恐龙楼吏，归山又见违。

刘德仁《宿僧院》（《全唐诗》P6281）

禅地无尘夜，焚香话所归。树摇幽鸟梦，萤入定僧衣。
破月斜天半，高河下露微。翻令嫌白日，动即与心违。

钱起《客舍赠郑贲》（《全唐诗》P2610）

结交意不薄，匪席言莫违。世义随波久，人生知己稀。
先鸣誓相达，未遇还相依。一望金门诏，三看黄鸟飞。

戴叔伦《暮春沐发晦日书怀》（《全唐诗》P3086）

朝沐敞南闱，盘跚待日晞。持梳发更落，览镜意多违。
吾友见尝少，春风去不归。登高取一醉，犹可及芳菲。

戴叔伦《京口送皇甫司马》（《全唐诗》P3088）

晚景照华发，凉风吹绣衣。淹留更一醉，老去莫相违。

戴叔伦《送郭太祝中孚归江东》（《全唐诗》P3089）

乡人去欲尽，北雁又南飞。京洛风尘久，江湖音信稀。
旧山知独往，一醉莫相违。未得辞羁旅，无劳问是非。

柳宗元《浩初上人见贻绝句》（《全唐诗》P3938）

珠树玲珑隔翠微，病来方外事多违。仙山不属分符客，一任凌空锡杖飞。

柳宗元《奉和周二十二》（《全唐诗》P3938）

丘山仰德耀，天路下征骖。梦喜三刀近，书嫌五载违。
凝情江月落，属思岭云飞。会入司徒府，还邀周掾归。

耿讳《哭张融》（《全唐诗》P2982）

早岁能文客，中年与世违。有家孀妇少，无子吊人稀。
缞帐尘空暗，铭旌雨不飞。依然旧乡路，寂寞几回归。

耿讳《赠韦山人》（《全唐诗》P2983）

流水知行药，孤云伴采薇。空斋莫闲笑，心事与时违。

耿讳《晚夏即事临南居》（《全唐诗》P2997）

树色迎秋老，蝉声过雨稀。艰难逢事异，去就与时违。

刘方平《秋夜寄皇甫冉郑丰》（《全唐诗》P2838）

长怜西雍青门道，久别东吴黄鹄矶。借问客书何所寄，用心不啻两乡违。

【宋】

王安石《贾生》（《王安石全集》P156）

汉有洛阳子，少年明是非。所论多感慨，自信肯依违。
死者若可作，今人谁与归。应须蹈东海，不若涕沾衣。

王安石《嘲白发》（《王安石全集》P272）

久应飘转作蓬飞，眷惜冠巾未忍违。种种春风吹不长，星星明月照还稀。

王安石《代白发答》（《王安石全集》P272）
从衰得白自天机，未怪长青与愿违。看取春条随日长，会须秋叶向人稀。

王安石《送耿天骘至渡口》（《王安石全集》P276）
雪云江上语依依，不比寻常恨有违。四十馀年心莫逆，故人如我与君稀。

王安石《和景纯十四丈三绝》（《王安石全集》P338）
身先诸老幹枢机，再见王门阖左扉。但恨东归相值晚，岂知离别更心违。

【元】

元好问《鹧鸪天》（《词综》P1670）
沽酒市，钓鱼矶。爱闲直与世相违。墓头不要征西字，元是中原一布衣。

元好问《送母受益自潞府归崧山》（《元好问全集》P147）
薄俗科名贱，孤生志愿违。正须谋独往，何暇计群飞。

元好问《杏花落后分韵得归字》（《元好问全集》P188）
煮酒青林寒食过，明妆高烛赏心违。写生正有徐熙在，汉苑招魂果是非。

【明】

钱谦益《后秋兴》（《清诗之旅》P69）
北斗垣墙暗赤晖，谁占朱雀一星微？破除服珥装罗汉，减损斋盐饷伙飞。
娘子绣旗营垒倒，将军铁槊鼓音违。须眉男子皆臣子，秦越何人视瘠肥。

【清】

乔缽《甘州》（《词综补遗》P1093）
况梦魂千里，书信寄来稀。又飘游故国，叹家园、妻子愿皆违。
茅檐好、今宵何处，压倒柴扉。

渐江《黄山图》（《中国古今题画诗全璧》P1140）
历尽巉岩霞满衣，归筇心与意俱违。披图瞥尔松风激，犹似天都歌翠微。

【近现代】

启功《题柳》（《中国古今题画诗全璧》P1025）
堂前燕子去而归，堂上居人是又非。领取画家真实义，柳枝常绿燕无违。

李木庵《一九四九年元旦献词在西柏坡作》（《十老诗选》P272）
奴才主子两心违，喝六赌注已全非。傀儡倒扶反复手，迫脱皇袍衣皂衣。

朱德《新农村1947年》（《十老诗选》P15）
千门万户喜朝晖，处处村头现紫微。解放农人歌自得，专横地主莫高飞。
平田有份躬耕乐，得地无余心事违。后起青年多俊秀，秋高试马壮而肥。

韩愈《山石》中的"围"

"围"字现在只有一个读音：wéi，如包围、围攻、围城等，但古诗词中有时要读"雨非切"，音衣。如《唐诗三百首》中韩愈的《山石》诗的"围"字：

夜深静卧百虫绝，清月出岭光入扉。天明独去无道路，出入高下穷烟霏。
山红涧碧纷烂漫，时见松枥皆十围。当流赤足蹋涧石，水声激激风吹衣。

"围"字在古诗词中与衣、扉、飞、齐诸字协韵的情况很多，今举例如下：

《诗经·商颂·长发》

帝命不违，至于汤齐。汤降不迟，圣敬日跻，昭假迟迟。上帝是祗，帝命式于九围。

【南朝 梁】

萧统《晚春诗》　（《全汉三国晋南北朝诗》P877）

水曲文鱼聚，林暝雅鸟飞。渚蒲变新节，岩桐长旧围。
风花落未已，山斋开夜扉。

沈约《甘蔗》　（《全汉三国晋南北朝诗》P1021）

抽叶固盈丈。折本信兼围。流甘掩椰实。弱缕冠绨衣。

吴均《战城南》　（《全汉三国晋南北朝诗》P1113）

蹀躞青骊马，往战城南畿。五历鱼丽阵，三入九重围。
名慴武安将，血污秦王衣。为君意气重，无功终不归。

【北周】

王褒《和张侍中看猎》　（《全汉三国晋南北朝诗》P1560）

上林冬狩返，回中讲射归。还登宣曲观，更猎黄山围。
严冬桑柘惨，寒霜马骑肥。绁卢随兔起，高鹰接雉飞。

王褒《咏定林寺桂树》　（《全汉三国晋南北朝诗》P1564）

岁馀凋晚叶，年至长新围。月轮三五映，乌生八九飞。

庾信《谨赠司寇淮南公》　（《全汉三国晋南北朝诗》P1574）

回轩入故里，园柳始依依。旧竹侵行径，新桐益几围。
寒谷梨应重，秋林栗更肥。

庾信《见征客始还遇猎》　（《全汉三国晋南北朝诗》P1578）

贰师新受诏，长平正凯归。犹言乘战马，未得解戎衣。
上林遇逐猎，宜春暂合围。汉帝熊犹愤，秦王雉更飞。
故人迎借问，念旧始依依。

诗词古音

庾信《咏怀》 (《全汉三国晋南北朝诗》P1583)

马有风尘气,人多关塞衣。阵云平不动,秋蓬卷欲飞。
闻道楼船战,今年不解围。

【唐】

王昌龄《驾出长安》① (《全唐诗》P1438)

圣德超千古,皇风扇九围。天回万象出,驾动六龙飞。

王昌龄《胡笳曲》 (《全唐诗》P1438)

城南虏已合,一夜几重围。自有金笳引,能沾出塞衣。
听临关月苦,清入海风微。三秦高楼晓,胡人掩涕归。

刘长卿《从军行》 (《全唐诗》P229)

回看虏骑合,城下汉兵稀。白刃两相向,黄云愁不飞。
手中无寸铁,徒欲突重围。

张说《奉和圣制送宇文融》 (《全唐诗》P924)

至德临天下,劳情遍九围。念兹人去本,蓬转将何依。
外避征戍数,内伤亲党稀。嗟不逢明盛,胡能照隐微。

刘长卿《登润州万岁楼》② (《全唐诗》P1574)

高楼独上思依依,极浦遥山合翠微。江客不堪频北望,塞鸿何事又南飞。
垂山古渡寒烟积,瓜步空洲远树稀。闻道王师犹转战,更能谈笑解重围。

刘长卿《登松江驿楼北望故园》 (《全唐诗》P1573)

泪尽江楼北望归,田园已陷百重围。平芜万里无人去,落日千山空鸟飞。
孤舟漾漾寒潮小,极浦苍苍远树微。白鸥渔父徒相待,未扫欃枪懒息机。

孟浩然《腊月八日于剡县》 (《全唐诗》P1663)

石壁开金像,香山倚铁围。下生弥勒见,回向一心归。
松柏禅庭古,楼台世界稀。

李白《观猎》 (《全唐诗》P1876)

太守耀清威,乘闲弄晚晖。江沙横猎骑,山火绕行围。
箭逐云鸿落,鹰随月兔飞。不知白日暮,欢赏夜方归。

李白《从军行》 (《全唐诗》P1876)

百战沙场碎铁衣,城南已合数重围。突营射杀呼延将,独领残兵千骑归。

---

① 一说宋之问诗。
② 一作皇甫冉诗。

杜甫《甘林》 (《全唐诗》P2347)

主人长跪问,戎马何时稀?我衰易悲伤,屈指数贼围。
劝其死王命,慎莫远奋飞。

杜甫《黄草》 (《全唐诗》P2458)

万里秋风吹锦水,谁家别泪湿罗衣。莫愁剑阁终堪据,闻道松州已被围。

杜甫《警急》 (《全唐诗》P2465)

才名旧楚将,妙略拥兵机。玉垒虽传檄,松州会解围。
和亲知拙计,公主漫无归。青海今谁得?西戎实饱飞。

杜甫《西山三首》 (《全唐诗》P2469)

子弟犹深入,关城未解围。蚕崖铁马瘦,灌口米船稀。
辩士安边策,元戎决胜威。今朝乌鹊喜,欲报凯歌归。

杜甫《伤春五首》 (《全唐诗》P2471)

日月还相斗,星辰屡合围。不成诛执法,焉得变危机。

杜甫《秦州杂诗》 (《全唐诗》P2417)

城上胡笳奏,山边汉节归。防河赴沧海,奉诏发金微。
士苦形骸黑,林疏鸟兽稀。那堪往来戍,恨解邺城围。

崔颢《古游侠》 (《全唐诗》P1321)

少年负胆气,好勇复知机。仗剑出门去,孤城逢合围。
杀人辽水上,走马渔阳归。错落金锁甲,蒙茸貂鼠衣。

杜甫《送卢十四弟》 (《全唐诗》P2572)

动询黄阁老,肯虑白登围。万姓疮痍合,群凶嗜欲肥。

李商隐《少将》 (《全唐诗》P6162)

青海闻传箭,天山报合围。一朝携剑起,上马即如飞。

李商隐《北齐二首》 (《全唐诗》P6149)

巧笑知堪敌万几,倾城最在著戎衣。晋阳已陷休回顾,更请君王猎一围。

皇甫冉《同温司徒登万岁楼》① (《全唐诗》P2814)

丹阳古渡寒烟积,瓜步空洲远树稀。闻道王师犹转战,谁能谈笑解重围。

高适《燕歌行》 (《全唐诗》P2217)

大漠穷秋塞草腓,孤城日落斗兵稀。身当恩遇恒轻敌,力尽关山未解围。

---

① 一作刘长卿作。

韩愈《宿曾江口示侄孙湘》 （《全唐诗》P3827）

云昏水奔流,天水溔相围。三江灭无口,其谁识涯圻。
暮宿投民村,高处水半扉。鸡犬俱上屋,不复走与飞。

白居易《寓意诗》 （《全唐诗》P4678）

婆娑园中树,根株大合围。蠢尔树间虫,形质一何微。
孰为虫至微,虫蠹已无期。孰为树至大,花叶有衰时。

姚合《腊日猎》 （《全唐诗》P5712）

健夫结束执旌旗,晓度长江自合围。野外狐狸搜得尽,天边鸿雁射来稀。
苍鹰落日饥唯急,白马平川走似飞。

章孝标《闻角》 （《全唐诗》P5753）

边秋画角怨金微,半夜对吹惊贼围。寒雁绕空秋不下,胡云著草冻还飞。
关头老马嘶看月,碛里疲兵泪湿衣。馀韵嫋空何处尽,戍天寥落晓星稀。

章孝标《题紫微山上方》 （《全唐诗》P5760）

地势连沧海,山名号紫微。景闲僧坐久,路僻客来稀。
峡影云相照,河流石自围。尘喧都不到,安得此忘归。

张祜《从军行》 （《全唐诗》P5826）

少年金紫就光辉,直指边城虎翼飞。一卷旌收千骑虏,万全身出百重围。

杜牧《新转南曹未叙朝散》 （《全唐诗》P5969）

捧诏汀洲去,全家羽翼飞。喜抛新锦帐,荣借旧朱衣。
且免材为累,何妨拙有机。宋株聊自守,鲁酒怕旁围。

拾得《诗》 （《全唐诗》P9107）

常饮三毒酒,昏昏都不知。将钱作梦事,梦事成铁围。
以苦欲舍苦,舍苦无出期。应须早觉悟,觉悟自归依。

贯休《避地寄高蟾》 （《全唐诗》P9389）

荒寺雨微微,空堂独掩扉。高吟多忤俗,此貌若为饥。
旅梦遭鸿唤,家山被贼围。空馀老莱子,相见独依依。

王安石《揖仙阁》 （《王安石全集》P149）

结阁揖仙子,疏塘临隐扉。水花红四出,山竹翠相围。
云度疑軿下,凫惊恐舄飞。

程颢《郊行即事》 （《千家诗》）

芳原绿野恣行时,春入遥山碧四围。兴逐乱红穿柳巷,困临流水坐苔矶。
莫辞盏酒十分劝,只恐风花一片飞。况是清明好天气,不妨游衍莫忘归。

苏轼《寿星院寒碧轩》 (《苏轼选集》P154)

清风肃肃摇窗扉,窗前修竹一尺围。纷纷苍雪落夏簟,冉冉绿雾沾人衣。日高山蝉抱叶响,人静翠羽穿林飞。道人绝粒对寒碧,为问鹤骨何缘肥。

辛弃疾《新荷叶·和赵德庄韵》 (《词综》P818)

绿树如云,等闲付与莺飞。兔葵燕麦,问刘郎几度沾衣?翠屏幽梦,觉来水绕山围。

辛弃疾《木兰花慢·席上送张仲固帅兴元》 (《宋词选》P269)

一编书是帝王师,小试去征西。更草草离筵,匆匆去路,愁满旌旗。君思我,回首处,正江涵秋影雁初飞。安得车轮四角,不堪带减腰围。

陆游《山园》 (《陆放翁诗词选》P185)

世事只成惊老眼,酒徒频约典春衣。狂吟烂醉君无笑,十丈愁城要解围。

陆游《怀旧》 (《陆放翁诗词选》P231)

狼烟不举羽书稀,幕府相从日打围。最忆定军山下路,乱飘红叶满戎衣。

陆游《春残》 (《陆放翁诗词选》P78)

苜蓿苗侵官道合,芜青花入麦畦稀。倦游自笑摧颓甚,谁记飞鹰醉打围。

陆游《思蜀》 (《陆放翁诗词选》P221)

心似游僧思远适,身如败将陷重围。客来强欲相宽释,每说人生七十稀。

陆游《蔬圃绝句》 (《陆放翁诗词选》P142)

百钱新买绿蓑衣,不羡黄金带十围。枯柳坡头风雨急,凭谁画我荷锄归。

【元】

元好问《张主簿草堂赋大雨》 (《元好问全集》P176)

浙树蛙鸣告雨期,忽惊银箭四山飞。长江大浪欲横溃,厚地高天如合围。

元好问《岐阳》 (《元好问全集》P179)

三秦形胜无今古,千里传闻果是非。偃蹇鲸鲵入海阔,分明蛇犬铁山围。穷途老阮无奇策,空望岐阳泪满衣。

元好问《送杜子》 (《元好问全集》P189)

洛阳尘土化缁衣,又见孤云著处飞。北渚晓晴山入座,东原春好妓成围。

柯九思《诗》 (《元诗三百首》P260)

春风娇软绿阴肥,上苑莺花紫翠围。却向后宫深院里,一枝闲自理金衣。

文征明《玉兰》 (《中国古今题画诗全璧》P373)

绰约新妆玉有辉,素娥千队雪成围。要知姑射真仙子,欣见霓裳试羽衣。

陈嘉楷《风蝶令》 （《词综补遗》P790）

细腻罗新䜣,轻松带减围。芳尘微步影依依。惹得多情凤子,作团飞。

【清】

陈钟英《高阳台·衰柳》 （《词综补遗》P688）

天涯唱尽阳关曲,未攀条,已自沾衣。最难忘,别后眉痕,病后腰围。

顾炎武《赠朱监纪四辅》 （《清诗之旅》P124）

十载江南事已非,与君辛苦各生归。愁看京口三军溃,痛说扬州十日围。
碧血未消今战垒,白头相见旧征衣。东京朱祐年犹少,莫向尊前叹式微。

李白《春思》中的"帏"

"帏"字古时与"帷"字同,现在我们只读一个音 wéi。其实古时它是个多音字:一是"许归切,音挥";二是"雨非切,音猗"。"帏"字音猗或衣的例子如:

李白《春思》

燕草如碧丝,秦桑压绿枝。当君怀归日,是妾断肠时。
春风不相识,何事入罗帏。

"帏"音读"猗"或"衣",已有千百年的历史。现举例如下:

【南朝 梁】

张率《长相思》 （《全汉三国晋南北朝诗》P1085）

长相思、久别离。所思何在若天垂。郁陶相望不得知。玉阶月夕映罗帏。

邵陵《和湘东王后回文诗》 （《全汉三国晋南北朝诗》P969）

烛华临静夜,香气入重帏。曲度闻歌远,繁弦觉舞迟。

【唐】

李世民《初秋夜坐》 （《全唐诗》P14）

斜廊连绮阁,初月照宵帏。寒冷鸿飞疾,园秋蝉噪迟。

沈佺期《有所思》[①] （《全唐诗》P172）

君子事行役,再空芳岁期。美人旷延伫,万里浮云思,
园槿绽红艳,郊桑柔绿滋。坐看长夏晚,秋月生罗帏。

---

① 一作宋之问诗。

于濆《古别离》 (《全唐诗》P352)

君为东南风,妾作西北枝。青楼邻里妇,终年画长眉。
自倚对良匹,笑妾空罗帏。

孟浩然《寒夜》(《全唐诗》P1655)

闺夕绮窗闭,佳人罢缝衣。理琴开宝匣,就枕卧罗帏。
夜久灯花落,薰笼香气微。锦衾重自暖,遮莫晓霜飞。

白居易《和杨师皋伤小姬英英》 (《全唐诗》P5071)

自从娇騃一相依,共见杨花七度飞。玳瑁床空收枕席,琵琶弦断倚屏帏。

王维《送高适弟耽归临淮作》 (《全唐诗》P1243)

山东诸侯国,迎送纷交驰。自尔厌游侠,闭户方垂帏。

王维《早春行》 (《全唐诗》P1236)

玉闺青门里,日落香车入。游衍益相思,含啼向彩帏。
忆君长入梦,归晚更生疑。

李商隐《如有》 (《全唐诗》P6249)

浦外传光远,烟中结响微。良宵一寸焰,回首是重帏。

李商隐《嘲樱桃》 (《全唐诗》P6201)

朱实鸟含尽,青楼人未归。南楼无限树,独自叶如帏。

鱼玄机《寄题炼师》 (《全唐诗》P9048)

霞彩剪为衣,添香出绣帏。芙蓉花叶□,山水陂□稀。

鱼玄机《闺怨》 (《全唐诗》P9049)

蘼芜盈手泣斜晖,闻道邻家夫婿归。别日南鸿才北去,今朝北雁又南飞。
春来秋去相思在,秋去春来信息稀。扃闭朱门人不到,砧声何事透罗帏。

舞柘枝女《献李观察》 (《全唐诗》P9025)

湘江舞罢忽成悲,便脱蛮靴出绛帏。谁是蔡邕琴酒客,魏公怀旧嫁文姬。

元稹《月三十韵》 (《全唐诗》P4538)

上弦何汲汲,佳色转依依。绮幕残灯敛,妆楼破镜飞。
玲珑穿竹树,岑寂思幪帏。坐爱规将合,行看望已几。

元稹《江陵三梦》 (《全唐诗》P4511)

今夕亦何夕,梦君相见时。依稀旧妆服,暗淡昔容仪。
不道间生死,但言将别离。分张碎针线,襞叠故幪帏。

白居易《移家入新宅》 (《全唐诗》P4764)

疾平未还假,官闲得分司。幸有俸禄在,而无职役羁。
清旦盥漱毕,开轩卷帘帏。家人与鸡犬,随我亦熙熙。

上元夫人《赠封陟》 (《全唐诗》P9759)

谪居蓬岛别瑶池,春媚烟花有所思。为爱君心能洁白,愿操箕帚奉屏帏。

【宋】

周紫芝《鹧鸪天》 (《词综》P517)

一点残红欲尽时,乍凉秋气满屏帏。梧桐叶上三更雨,叶叶声声是别离。

苏轼《别黄州》 (《苏轼选集》P155)

病疮老马不任鞿,犹向者王得敝帏。桑下岂无三宿恋,尊前聊与一身归。
长腰尚载撑肠米,阔领先裁盖瘦衣。投老江湖终不失,来时莫遣故人非。

【明】

叶小鸾《咏牛女》 (《古典爱情诗词300首》P231)

碧天云散月如眉,汉殿新张翠锦帏。只恐夜深还未睡,双双应话隔年悲。

徐渭《竹》 (《中国古今题画诗全璧》P260)

昨夜窗前风月时,数竿萧疏向罗帏。今日拓向溪亭上,犹觉秋声笔底飞。

朱万年《柳枝·秦淮》 (《词综补遗》P417)

个个才郎解画眉,春情摇曳隔罗帏。闲中做就相思曲,未卜相思寄与谁?

【清】

吴旦《风入松·夏日闺情》 (《词综补遗》P294)

晚妆就自整蛾眉,独坐月痕微。画簷风送流萤入,一星星、低傍罗帏。
恰照鸳鸯绣枕,并头莲下双飞。

闻宥《临江仙》 (《词综补遗》P859)

花絮几回零落尽,月明还照空帏。沉思往事不胜悲。星移露冷,乌鹊又南飞。

焦妙莲《碧桃春·新秋》 (《词综补遗》P1093)

云薄薄,雨霏霏,凉痕入绣帏。时光忽觉眼前非,天涯音问稀。

钱蓍孙《戚氏》 (《词综补遗》P1054)

晓凉时,寂寞秋景锁窗帏。野菊黄残,冷枫红醉,渚烟低。依依。
又风凄,微寒峭峭怯单衣。

姚官澄《定风波》 (《词综补遗》P1111)

自启葳蕤妆阁钥,搴箔,春风先我到罗帏。
闻道个侬名字艳,倩倩,恰宜笑靥晕红薇。

古诗十九首《凛凛岁月暮》中的"闱"

"闱"字现在只有一个读音 wéi。但在古诗词中不少情况不读 wéi，而是读"羽非切，音衣。"如：

《凛凛岁月暮》

　　眄来不须臾,又不处重闱。谅无晨风翼,焉能凌风飞。
　　眄来以适意,引领遥相晞。徙倚怀感伤,垂泪沾双扉。

关于"闱"字的读音,《康熙字典》注明：一是"区韦切,音晖",二是"羽非切"或"于非切",与"飞""衣""微""菲""机""薇""眉""低"诸字协韵。

"闱"字在古诗词中出现的频率很高,现举例如下：

【晋】

　　陆机《挽歌诗》　（《全汉三国晋南北朝诗》P324）

　　龙荒被广柳,前驱矫轻旗。殡宫何嘈嘈,哀响沸中闱。

　　陆机《东武吟行》　（《全汉三国晋南北朝诗》P329）

　　投迹短世间,高步长生闱。濯发冒云冠,浣身被羽衣。
　　饥从韩众餐,寒就佽女栖。

　　傅咸《赠何劭王济诗》　（《全汉三国晋南北朝诗》P309）

　　日月光太清,列宿曜紫微。赫赫大晋朝,明明辟皇闱。
　　吾兄既凤翔,王子亦龙飞。

【南朝　梁】

　　刘孝绰《于座应令咏梨花》　（《全汉三国晋南北朝诗》P1204）

　　诣匹龙楼下,素蕊映华扉。杂雨疑霞落,因风似蝶飞。
　　岂不怜飘坠,愿入九重闱。

　　刘孝绰《秋雨卧疾》　（《全汉三国晋南北朝诗》P1204）

　　贾君徭役少,潘生民务稀。及此同多暇,高卧掩重闱。
　　寂寂桑榆晚,滂沱曀不晞。

【南朝　陈】

　　周弘正《学中早起听讲》　（《全汉三国晋南北朝诗》P1380）

　　诘朝参下座,闲步出重闱。北堂月稍隐,南枝鹊已飞。
　　早霜垂霭霭,初雾上霏霏。

【北周】

庾信《谨赠司寇淮南公》 (《全汉三国晋南北朝诗》P1574)

商山隐士石,丹水凤凰矶。野亭长被马,山城早掩扉。
传呼拥绛节,交戟映彤闱。遂令忘楚操,何但食周薇。

【唐】

张文恭《七夕》 (《续玉台新咏》P16)

凤律惊秋气,龙梭静夜机。星桥百枝动,云路七香飞。
映月回雕扇,凌云曳绮衣。含情向华屋,流态入重闱。

李世民《赋秋日悬清光赐房玄龄》 (《全唐诗》P17)

秋露凝高掌,朝光上翠微。参差丽双阙,照耀满重闱。
仙驭随轮转,灵乌带影飞。临波无定彩,入隙有光晖。
还当葵藿志,倾叶自相依。

武则天《从驾幸少林寺》 (《全唐诗》P58)

陪銮游禁苑,侍赏出兰闱。云偃攒峰盖,霞低插浪旂。
日宫疏涧户,月殿启岩扉。金轮转金地,香阁曳香衣。

李嶷《少年行》 (《全唐诗》P325)

侍猎长杨下,承恩更射飞。尘生马影灭,箭落雁行稀。
薄暮归随仗,联翩入琐闱。

张九龄《送苏主簿赴偃师》 (《全唐诗》P587)

贤人安下位,鸷鸟欲卑飞。激节轻华冕,移官徇彩衣。
羡君行乐处,从此拜庭闱。

宋之问《范阳王挽词》 (《全唐诗》P642)

绿车随帝子,青琐翊宸机。昔枉朝歌骑,今虚夕拜闱。
柳河凄挽曲,薤露湿灵衣。一厝穷泉闭,双鸾遂不飞。

宋之问《奉和幸大荐福寺》 (《全唐诗》P647)

殿饰金人影,窗摇玉女扉。稍迷新草木,遍识旧庭闱。
水入禅心定,云从宝思飞。欲知皇劫远,初拂六铢衣。

任希古《和长孙秘监伏日苦热》 (《全唐诗》P544)

游鳞映荷聚,惊翰绕林飞。披襟扬子宅,舒啸仰重闱。

任希古《和长孙秘监七夕》 (《全唐诗》P544)

二秋叶神媛,七夕望仙妃。影照河阳妓,色的平津闱。
鹊桥波里出,龙车霄外飞。

崔湜《襄阳早秋寄岑侍郎》（《全唐诗》P665）

江城秋气早，旭旦坐南闱。落叶惊衰鬓，清霜换旅衣。
时来矜早达，事往觉前非。

元万顷《奉和春日》（《全唐诗》P542）

凤辇迎风乘紫阁，鸾车避日转彤闱。中堂促管淹春望，后殿清歌开夜扉。

徐彦伯《赠刘舍人古意》（《全唐诗》P821）

女床阒灵鸟，文章世所希。巢君碧梧树，舞君青琐闱。
或言凤池乐，抚翼更西飞。

张说《安乐郡主花烛行》（《全唐诗》P939）

青官朱邸翊皇闱，玉叶琼蕤发紫微。姬姜本来舅甥国，卜筮俱道凤凰飞。

张说《道家四首奉敕撰》（《全唐诗》P947）

金坛启曙闱，真气肃微微。落月衔仙窦，初霞拂羽衣。
香随龙节下，云逐凤箫飞。

沈佺期《和中书侍郎杨再思春夜宿直》（《全唐诗》P1035）

千庐宵驾合，五夜晓钟稀。星斗横纶阁，天河度琐闱。
烟光章奏里，纷向夕郎飞。

沈佺期《仙萼池亭侍宴应制》（《全唐诗》P1045）

径狭难留骑，亭寒欲进衣。白龟来献寿，仙吹返彤闱。

沈佺期《和户部岑尚书参迹枢揆》（《全唐诗》P1046）

庙堂喜容与，时物递芳菲。御柳垂仙掖，公槐覆礼闱。
昔陪鹓鹭后，今望鹔鹏飞。

沈佺期《酬苏员外味道夏晚直省中》（《全唐诗》P1046）

并命登仙阁，分曹直礼闱。大官供宿膳，侍吏护朝衣。

沈佺期《自考功员外授给事中》（《全唐诗》P1047）

南省推丹地，东曹拜琐闱。惠移双管笔，恩降五时衣。

武三思《奉和春日游龙门应制》（《全唐诗》P867）

云疑浮宝盖，石似拂天衣。露草侵阶长，风花绕席飞。
日斜宸赏洽，清吹入重闱。

李颀《东京寄万楚》（《全唐诗》P1339）

在昔同门友，如今出处非。优游白虎殿，出入青琐闱。
且有荐君表，当看携手归。寄书不待面，兰茞空芳菲。

刘长卿《送马秀才移家京洛便赴举》（《全唐诗》P1506）
自从为楚客，不复扫荆扉。剑共丹诚在，书随白发归。
旧游经乱静，后进识君稀。空把相如赋，何人荐礼闱。

韦应物《燕李录事》（《全唐诗》P1897）
与君十五侍皇闱，晓拂炉烟上赤墀。花开汉苑经过处，雪下骊山沐浴时。

韦应物《雪夜下朝呈省中一绝》（《全唐诗》P1914）
南望青山满禁闱，晓陪鸳鹭正差池。共爱朝来何处雪，蓬莱宫里拂松枝。

韦应物《酬元伟过洛阳夜燕》（《全唐诗》P1944）
亲燕在良夜，欢携辟中闱。问我犹杜门，不能奋高飞。

韦应物《答令狐侍郎》（《全唐诗》P1952）
同会在京国，相望涕沾衣。明时重英才，当复列彤闱。

韦应物《秋夜一绝》（《全唐诗》P1991）
高阁渐凝露，凉叶稍飘闱。忆在南宫直，夜长钟漏稀。

王维《酬郭给事》（《全唐诗》P1296）
洞门高阁霭馀辉，桃李阴阴柳絮飞。禁里疏钟官舍晚，省中啼鸟吏人稀。
晨摇玉佩趋金殿，夕奉天书拜琐闱。强欲从君无那老，将因卧病解朝衣。

王维《留别钱起》（《全唐诗》P1281）
暮禽先去马，新月待开扉。霄汉时回首，知音青琐闱。

顾况《送使君》（《全唐诗》P2954）
天中洛阳道，海上送君归。拂雾趋金殿，焚香入琐闱。
山亭倾别酒，野服间朝衣。他日思朱鹭，知从小苑飞。

杜甫《送韩十四江东觐省》（《全唐诗》P2444）
兵戈不见老莱衣，叹息人间万事非。我已无家寻弟妹，君今何处访庭闱。

杜甫《送卢十四》（《全唐诗》P2572）
深衷见士则，雅论在兵机。戎狄乘妖气，尘沙落禁闱。
往年朝谒断，他日扫除非。

钱起《送边补阙东归》（《全唐诗》P2634）
斗酒百花里，情人一笑稀。别离须计日，相望在彤闱。

钱起《晚归蓝田酬王维给事》（《全唐诗》P2629）
卑栖却得性，每与白云归。徇禄仍怀桔，看山免采薇。
暮禽先去马，新月待开扉。霄汉时回首，知音青琐闱。

钱起《酬刘员外雨中见寄》（《全唐诗》P2627）
苦雨滴兰砌,秋风生葛衣。潢污三径绝,砧杵四邻稀。
分与玄豹隐,不为湘燕飞。惭君角巾折,犹肯问衡闱。

钱起《落第刘拾遗相送东归》（《全唐诗》P2623）
不醉百花酒,伤心千里归。独收和氏玉,还采旧山薇。
出处离心尽,荣枯会面稀。预愁芳草色,一径入衡闱。

钱起《画鹤篇》（《全唐诗》P2601）
日暖花明梁燕归,应惊雪云在仙闱。主人顾盼千金重,谁肯裴回五里飞。

独孤及《送何员外使湖南》（《全唐诗》P2773）
夙昔皆黄绶,差池复琐闱。上田无晚熟,逸翮果先飞。

耿湋《晚秋过苏少府》（《全唐诗》P2985）
随云心自远,看草伴应稀。肯信同年友,相望青琐闱。

耿湋《早朝》（《全唐诗》P2980）
冒寒人语少,乘月烛来稀。清漏闻驰道,轻霞映琐闱。

白居易《赠友》（《全唐诗》P4678）
欲报亲不待,孝心无所施。哀哉三牲养,少得及庭闱。

白居易《答四皓庙》（《全唐诗》P4684）
幡幡四先生,高冠危映眉。从容下南山,顾盼入东闱。

白居易《严十八郎中在郡日》（《全唐诗》P4761）
未及署花榜,遽征还粉闱。去来三四年,尘土登者稀。

白居易《醉后走笔酬刘五》（《全唐诗》P4812）
始辞秘阁吏王畿,遽列谏垣升禁闱。蹇步何堪鸣佩玉,衰容不称著朝衣。

白居易《闻杨十二新拜省郎》（《全唐诗》P4908）
文昌新入有光辉,紫界官墙白粉闱。晓日鸡人传漏箭,春风侍女护朝衣。

窦巩《江陵遇元九李六二侍郎》（《全唐诗》P3050）
山连巫峡秀,田傍渚宫肥。美玉方齐价,迁莺尚怯飞。
伫看霄汉上,连步侍彤闱。

窦牟《史馆候别蒋拾遗不遇》（《全唐诗》P3035）
千门万户迷,伫立月华西。画戟晨光动,春松宿露低。
主文亲玉宸,通籍入金闱。肯念从戎去,风沙事鼓鞞。

姚合《寄鄠县尉李廓少府》（《全唐诗》P5635）
岁满休为吏,吟诗著白衣。爱山闲卧久,在世此心稀。
听鹤向风立,捕鱼乘月归。比君才不及,谬得侍彤闱。

朱庆馀《上宣州沈大夫》（《全唐诗》P5864）
科名继世古来稀,高步何年下紫微。帝命几曾移重镇,时清犹望领春闱。

李敬方《太和公主还宫》（《全唐诗》P5776）
金殿更戎幄,青袪换毳衣。登车随伴仗,谒庙入中闱。
汤沐疏封在,关山故梦非。笑看鸿北向,休咏鹊南飞。

李商隐《对雪二首》（《全唐诗》P6169）
寒气先侵玉女扉,清光旋透省郎闱。梅花大庾岭头发,柳絮章台街里飞。

陆龟蒙《闻袭美有亲迎之期因以寄贺》（《全唐诗》P7180）
参差扇影分华月,断续箫声落翠微。见说春风偏有贺,露花千朵照庭闱。

钱起《谷口书斋寄杨补阙》中的"帷"

钱起《谷口书斋寄杨补阙》（《全唐诗》P2629）
泉壑带茅茨,云霞生薜帷。竹怜新雨后,山爱夕阳时。
闲鹭栖常早,秋花落更迟。家童扫萝径,昨与故人期。

"帷"字现在大家都读 wéi,如帷幕、运筹帷幄等。古诗词中"帷"与"稀""埠""丝""飞""衣""眉""基""移""期""羁""旗""疑""欺"协韵。据《康熙字典》:帷,一音猗(yǐ)。其他如:

【晋】

张华《情诗》（《玉台新咏》P47）
明月曜清景,胧光照玄墀。幽人守静夜,回身入空帷。
束带俟将朝,廓落晨星稀。

【南朝　宋】

刘绘《有所思》（《全汉三国晋南北朝诗》P834）
别离安可再,而我更重之。佳人不相见,明月空在帷。
共衔满堂酌,独敛向隅眉。中心乱如雪,宁知有所思（思音西）。

【南朝　梁】

江淹《张司空华离情》（《全汉三国晋南北朝诗》P1045）
秋月映帘栊,悬光入丹墀。佳人抚鸣琴,清夜守空帷。
兰径少行迹,玉台生网丝。

江淹《王征君微养疾》 (《全汉三国晋南北朝诗》P1049)
清阴往来远,月华散前墀。炼药瞩虚幌,汛瑟卧遥帷。

江淹《悼室人》 (《全汉三国晋南北朝诗》P1054)
佳人独不然,户牖绝锦綦。感此增婵娟,屑屑涕自滋。
清光淡且减,低意守空帷。

王筠《咏蜡烛》 (《全汉三国晋南北朝诗》P1189)
执烛引佳期,流影度单帷。朣胧别绣被,依稀见蛾眉。

刘孝绰《铜雀妓》 (《全汉三国晋南北朝诗》P1191)
雀台三五日,歌吹似佳期。定对西陵晚,松风飘素帷。
危弦断复接,妾心伤此时。何言留客袂,翻掩望陵悲。
(注:按乐府录。)

刘孝绰《和湘东王理讼》 (《全汉三国晋南北朝诗》P1195)
冯翊乱京兆,广汉欲兼治。岂若兼邦牧,朱轮褰素帷。

刘邈《见人织聊为之咏》 (《全汉三国晋南北朝诗》P1232)
纤纤运玉指,脉脉正蛾眉。振蹑开交缕,停梭续断丝。
檐前初月照,洞户朱垂帷。弄机行掩泪,弥令织素迟。

沈约《拟三妇艳》 (《全汉三国晋南北朝诗》P990)
大妇拂玉匣,中妇结罗帷。小妇独无事,对镜画蛾眉。
良人且安卧,夜长方自私。

范靖妇《戏萧娘》 (《玉台新咏》P117)
明珠翠羽帐,金薄绿绡帷。因风时暂举,想像见芳姿。
清晨插步摇,向晚解罗衣。托意风流子,佳情讵肯私。

吴均《赠杜荣成一首》 (《玉台新咏》P133)
昔别缝罗衣,春风初入帏。今来夏欲晚,桑蛾薄树飞。
(注:帏同帷。)

王僧孺《春闺有怨》 (《玉台新咏》P136)
愁来不理鬓,春至更攒眉。悲看蛱蝶粉,泣望蜘蛛丝。
月映寒萤褥,风吹翡翠帷。飞鳞难托意,骏翼不衔辞。

萧衍《代苏属国妇》 (《玉台新咏》P153)
良人与我期,不谓过当时。秋风忽送节,白露凝前基。
怆怆独凉枕,搔搔孤月帷。忽听西北雁,似从寒海湄。

张率《拟乐府长相思》 (《玉台新咏》P240)

长相思。久别离。所思何在若天垂。郁陶相望不得知。
玉阶月夕映罗帷。风夜吹。长思不能寐,坐望天河移。

张率《白纻歌词》 (《玉台新咏》P264)

日暮寒门望所思,风吹庭树月入帷。凉阴既满草虫悲,谁能离别长夜时。
流叹不寐泪如丝。与君之别终何知。

【南朝　陈】

陈叔宝《自君之出矣》 (《全汉三国晋南北朝诗》P1346)

自君之出矣,尘网暗罗帷。思君如落日,无有暂还时。

李爽《赋得芳树》 (《全汉三国晋南北朝诗》P1444)

气软来风易,枝繁度鸟迟。春至花如锦,夏近叶成帷。
欲寄边城客,路远谁能持(持音齐)。

【北周】

王褒《咏月赠人》 (《全汉三国晋南北朝诗》P1562)

月色当秋夜,斜晖映薄帷。上弦如半璧,初魄似蛾眉。

庾信《上益州上柱国赵王》 (《全汉三国晋南北朝诗》P1574)

铜梁影棠树,石镜写裹帷。两江如溃锦,双峰似画眉。

【唐】

李世民《琵琶》 (《全唐诗》P18)

摧藏千里态,掩抑几重悲。促节萦红袖,清音满翠帷。
驶弹风响急,缓曲钏声迟(qí)。

陈子昂《感遇诗》 (《全唐诗》P893)

荒哉穆天子,好与白云期。宫女多怨旷,层城闭蛾眉。
日耽瑶池乐,岂伤桃李时。青苔空萎绝,白发生罗帷。

孟浩然《春怨》 (《全唐诗》P1656)

佳人能画眉,妆罢出帘帷。照水空自爱,折花将遗谁。
春情多艳逸,春意倍相思。愁心极杨柳,一种乱如丝。

李白《感时留别从兄》 (《全唐诗》P1783)

佐郡浙江西,病间绝驱驰。阶轩日苔藓,鸟雀噪檐帷。时乘平肩舆,出入畏人知。

李白《赠丘间处士》 (《全唐诗》P1763)

竹影扫秋月,荷衣落古池。闲读山海经,散帙卧遥帷。且耽田家乐,遂旷林中期。

顾况《义川公主挽词》（《全唐诗》P2956）

月边丹桂落,风底白杨悲。杂佩分泉户,馀香出穗帷。夜台飞镜匣,偏共掩蛾眉。

独孤及《送陈兼应辟兼寄高适贾至》（《全唐诗》P2764）

天网忽摇顿,公才难弃遗。凤凰翔千仞,今始一鸣岐。上马指国门,举鞭谢书帷。

元稹《酬翰林白学士代书一百韵》（《全唐诗》P4519）

心轻马融帐,谋夺子房帷。秀发幽岩电,清澄临岸陂。

杜甫《诸葛庙》（《全唐诗》P2506）

久游巴子国,屡入武侯祠。竹日斜虚寝,溪风满薄帷。君臣当共济,贤圣亦同时。翊戴归先主,并吞更出师。

杜甫《雨四首》（《全唐诗》P2532）

江雨旧无时,天晴忽散丝。暮秋沾物冷,今日过云迟。上马迥休出,看鸥坐不辞。高轩当滟滪,润色静书帷。

白居易《春夜喜雪有怀王二十二》（《全唐诗》P4849）

夜雪有佳趣,幽人出书帷。微寒生枕席,轻素对阶墀。

白居易《代书诗一百韵寄微之》（《全唐诗》P4824）

秋风拂琴匣,夜雪卷书帷。高上慈恩塔,幽寻皇子陂。

白居易《叙德书情四十韵》（《全唐诗》P4827）

好风迎解榻,美景待攐帷。晴野霞飞绮,春郊柳宛丝。城乌惊画角,江雁避红旗。

白居易《有小白马乘驭多时》（《全唐诗》P5043）

银收钩臆带,金卸络头羁。何处埋奇骨,谁家觅弊帷。稠桑驿门外,吟罢涕双垂。

白居易《卧听法曲霓裳》（《全唐诗》P5069）

乐可理心应不谬,酒能陶性信无疑。起尝残酌听馀曲,斜背银釭半下帷。

白居易《对琴酒》（《全唐诗》P5123）

西窗明且暖,晚坐卷书帷。琴匣拂开后,酒瓶添满时。

白居易《三年冬随事》（《全唐诗》P5193）

似鹿眠深草,如鸡宿稳枝。逐身安枕席,随事有屏帷。病致衰残早,贫营活计迟。

白居易《留题郡斋》（《全唐诗》P5007）

吟山歌水嘲风月,便是三年官满时。春为醉眠多闭阁,秋因晴望暂攐帷。更无一事移风俗,唯化州民解咏诗。

舒元舆《赠李翱》 （《全唐诗》P5548）

湘江舞罢忽成悲,便脱蛮靴出绛帷。谁是蔡邕琴酒客,魏公怀旧嫁文姬。

赵嘏《彩凤逐帷低》 （《全唐诗》P6342）

巧绣双飞凤,朝朝伴下帷。春花那见照,暮色已频欺。

陆龟蒙《奉和袭美暇日独处见寄》 （《全唐诗》P7174）

谢府殷楼少暇时,又抛清宴入书帷。三千余岁上下古,八十一家文字奇。

孙光宪《浣溪沙》 （《全唐诗》P10136）

自入春来月夜稀,今宵蟾彩倍凝辉,强开襟抱出帘帷。

（注：据《浣溪沙》词牌名要求,该词"稀""辉""帷"三字的读音必须协韵。）

唐德宗李适《送徐州张建封还镇》中的"维"

"维"字现在只一个读音 wéi,如维持、维护、维生素等。但古时它有两音:一是"以追切"音 wéi;二是"夷佳切",因"佳"字一音"坚溪切,音稽"(jī),所以"夷佳切"就切出"夷稽"音"肥"。如唐德宗李适的《送徐州张建封还镇》(《全唐诗》P45)：

牧守寄所重,才贤生为时。宣风自淮甸,授钺膺藩维。入觐展遐恋,临轩慰来思。

（注：时音匙;思音西。）

其他如：

韦应物《寄大梁诸友》 （《全唐诗》P1916）

分竹守难谯,弥节过梁池。
雄都众君子,出饯（餞）拥河湄。
燕谑始云洽,方舟已解维。
一为风水便,但见山川驰（驰音齐）。

杜牧《雪中书怀》 （《全唐诗》P5944）

天子号仁圣,任贤如事师。
凡称曰治具,小大无不施。
明庭开广敞,才隽受羁维。

黄君坦《满江红·敬题》中的"伟"

"伟"字现在只有一个读音 wěi。由于它的半个字"韦"的读音是"宇非切""于非切",所以有时可以读"移"或"衣"。如：

【近现代】

黄君坦《满江红·敬题》 (《中国古今题画诗全璧》P1300)

万水千山,是虎跳龙争之地。尚仿佛潕沱水合,萧萧征骑。铁索桥寒天堑渡,草原泥滑铙歌沸。要手提利剑截昆仑,风云伟。红旗矗,兵车洗。戈头渐,腾英气。洒健儿热血,河山壮丽。今日边谀笳鼓竞,当年蓝蓽山林启。写峥嵘,勋业上凌烟,从头记。

(注：《满江红》词牌要求地、骑、沸、伟、洗、气、丽、启、记九字协韵。)

王维《青溪》中的"苇"

"苇"字现在都读 wěi,但古诗词中有时要读"于非切,音闱"(衣)(《康熙字典》),与"里""已""矣""意"等字协韵。如：

【南朝】

沈约《岁暮愍衰草》 (《玉台新咏》P251)

山变兮青薇,水折兮黄苇。秋鸿兮疎引,寒鸟兮聚飞。

【唐】

王维《青溪》 (《全唐诗》P1247)

言入黄花川,每逐清溪水。随山将万转,趣途无百里。
声喧乱石中,色静深松里。漾漾泛菱荇,澄澄映葭苇。

【宋】

张炎《琐窗寒》 (《词综》P1379)

那知人、弹折素弦,黄金铸出相思泪。但柳枝、门掩清阴,候蛩愁暗苇。

王埜《西河》 (《词综》P1048)

天下事,问天怎忍如此？陵图谁把献君王,结愁未已。少豪气概总成尘,空馀白骨黄苇。

曹豳《西河·和王潜斋韵》 (《词综》P1049)

今日事,何人弄得如此？漫漫白骨蔽川原,恨何日已。关河万里寂无烟,月明空照芦苇。

吴文英《齐天乐》中的"尾"

"尾"字现在只有一个读音 wěi,但古时有时读"肥"(《康熙字典》载:尾,无匪切或武匪切,音委,匪音霏),故古诗词中"尾"与"倚""起"诸字协韵。如:

  吴文英《齐天乐》　(《词综》P1209)

烟波桃叶西陵路,十年断魂潮尾(féi)。古柳重攀,轻鸥骤别,陈迹危亭独倚。

  佚名《踏青游·赠妓崔念四》　(《词综》P1512)

两日不来,时时在人心里。拟问卜、常占归计。拚三八清斋,望永同鸳被。到梦里。蓦然被人惊觉,梦也有头无尾。

  吴城小龙女《江亭怨》　(《词综》P1609)

帘卷曲栏独倚,山展暮天无际。泪眼不曾晴,家在吴头楚尾。

白居易《一叶落》中的"委"

"委"字现在有两个读音:一是 wēi,如虚与委蛇;二是 wěi,如委派、委任、委婉、委员等。但古时该字除了读以上两音外,《康熙字典》还注有一音:"武匪切"或"无匪切"音肥(féi)。白居易的诗里就有多篇"委"字以音 féi 与"里""起""始""已"等字协韵。如:

【唐】

  白居易《一叶落》　(《全唐诗》P4968)

烦暑郁未退,凉飙潜已起。寒温与盛衰,递相为表里。
萧萧秋林下,一叶忽先委。勿言微摇落,摇落从此始(xǐ)。

  白居易《云居寺孤桐》　(《全唐诗》P4657)

一株青玉立,千叶绿云委。亭亭五丈馀,高意犹未已。
四面无附枝,中心有通理。寄言立身者,孤直当如此。

  白居易《玩止水》　(《全唐诗》P4993)

凄清早霜降,淅沥微风起。中面红叶开,四隅绿萍委。
广狭八九丈,湾环有涯涘。浅深三四尺,洞彻无表里。

  白居易《和分水岭》　(《全唐诗》P4685)

高岭峻棱棱,细泉流霏霏(fēi)。势分合不得,东西随所委。
悠悠草蔓底,溅溅石罅里。分流来几年,昼夜两如此。

张九龄《咏史》（《全唐诗》P569）
　　轻既长沙傅,重亦边郡徙。势倾不幸然,迹在胡宁尔(nī)。
　　沧溟所为大,江汉日来委。沣水虽复清,鱼鳖岂游此。

刘禹锡《韩十八侍御见示岳阳楼》（《全唐诗》P3988）
　　雪波西山来,隐若长城起。独专朝宗路,驶悍不可止。
　　支川让其威,蓄缩至南委。熊武走蛮落,潇湘来奥鄙。

潘尼《答陆士衡诗》中的"萎"

诗词古音

　　"萎"字现在只有一个读音 wěi,如枯萎、萎缩、萎靡等。但古诗词中有时要读"于危切"的音。因"危"有"伟""移"两音,所以"于危切"可切出两音:一是"于伟"wěi;一是"于移"衣,与"被""疑""离""奇"诸字协韵。如:

【晋】
　　潘尼《答陆士衡诗》（《全汉三国晋南北朝诗》P379）
　　顾兹蓬蔚,厕根兰陂。膏泽虽均,华不足披。逮春不茂,未秋先萎。
　　子濯鳞翼,我挫羽仪。愿言难常,载合载离。

　　曹摅《答曹景猷诗》（《全汉三国晋南北朝诗》P408）
　　替脱俛仰,荏苒时驰。秋来冬及,节变岁移。蓁蓁之叶,漂然去枝。
　　蔽芾丰草,殒其黄萎。无生不化,我心匪亏。眷眷屈生,哀彼乖离。
　　（注:亏音欺。）

【南朝　宋】
　　伍辑之《劳歌》（《全汉三国晋南北朝诗》P727）
　　女萝依附松,终已冠高枝。浮萍生托水,至死不枯萎。
　　伤哉抱关士,独无松与期。

【南朝　梁】
　　沈君攸《采桑》（《全汉三国晋南北朝诗》P1297）
　　南陌落花移,蚕妾畏桑萎。逐便率低叶,争多避小枝。
　　摘驮笼行满,攀高腕欲疲。

　　沈约《三月三日率尔成章》（《全汉三国晋南北朝诗》P1010）
　　象筵鸣宝瑟,金瓶泛羽卮。宁忆春蚕起,日暮桑欲萎。

　　　　　佚名《崔少府女赠卢充诗》
煌煌灵芝质,光丽何猗猗！华艳当时显,嘉异表神奇。
含英未及秀,中夏阳霜萎。荣耀长幽灭,世路永无施。

【隋】

　　袁朗《秋日应诏》（《全汉三国晋南北朝诗》P1705)
玉树凉风举,金塘细柳萎。叶落商飙观,鸿归明月池(音齐)。

【唐】

　　张九龄《南还以诗代书赠京师旧僚》（《全唐诗》P606)
去国诚寥落,经途弊险巇。岁逢霜雪苦,林属蕙兰萎。
欲赠幽芳歇,行悲旧赏移。

　　　　李白《寓言》（《全唐诗》P1864)
周公负斧扆,成王何夔夔？武王昔不豫,剪爪投河湄。
贤圣遇谗慝,不免人君疑。天风拔大木,禾黍咸伤萎。
管蔡扇苍蝇,公赋鸱鸮诗。金縢若不启,忠信谁明之。

　　元稹《酬翰林白学士代书一百韵》（《全唐诗》P4521)
匿奸劳发掘,破党恶持疑。斧刃迎皆碎,盘牙老未萎。

　　　元稹《感小株夜合》（《全唐诗》P4508)
纤干未盈把,高条才过眉。不禁风苦动,偏受露先萎。

　　　　白居易《寓意》（《全唐诗》P4679)
孰谓虫之微,虫蠹已无期。孰谓树之大,花叶有衰时。
花衰夏未实,叶病秋先萎。树心半为土,观者安得知。

　　白居易《蔷薇花一丛独死,不知其故,因有是篇》（《全唐诗》P4882)
柯条未尝损,根蘖不曾移。同类今齐茂,孤芳忽独萎。仍怜委地日,正是带花时。
碎碧初凋叶,燋红尚恋枝。

　　白居易《代书诗一百韵寄微之》（《全唐诗》P4825)
水暗波翻覆,山藏路险巇。未为明主识,已被幸臣疑。
木秀遭风折,兰芳遇霰萎。

　　　　白居易《读汉书》（《全唐诗》P4659)
桃李与荆棘,霜降同夜萎。草木既区别,荣枯那等夷。

　　刘禹锡《和西川李尚书伤孔雀及薛涛之什》（《全唐诗》P4121)
玉儿已逐金镮葬,翠羽先随秋草萎。唯见芙蓉含晓露,数行红泪滴清池。

刘禹锡《和河南裴尹侍郎九龙祠祈雨》（《全唐诗》P3983）
　　朱明盛农节,膏泽方愆期。瞻言五灵瑞,能救百谷萎。

施祖皋《鹧鸪天·田家》（《词综补遗》P145）
　　短笛风前信口吹,牧童带水绿蓑披。一犁烟雨春光老,三尺溪泥草色萎。

乔知之《和李侍郎古意》（《全唐诗》P876）
　　美人长叹艳容萎,含情收取摧折枝。调丝独弹声未移,感君行坐星岁迟。
闺中宛转今若斯,谁能为报征人知。

【宋】
　　王安石《忠献韩公挽辞二首》（《王安石全集》P363）
　　两朝身与国安危,曲策哀荣此一时。木稼尝闻达官怕,山颓果见哲人萎。
英姿爽气归图画,茂德元勋在鼎彝。幕府少年今白发,伤心无路送灵輀。

　　王安石《送陶氏夫妇寄兼寄纯甫》（《王安石全集》P136）
　　云结川原暗,风连草木萎。遥瞻委行役,正对女伤悲。
梦事终千变,生涯老百罹。更惭无道力,临路涕交颐。

杜甫《赠秘书监江夏李公邕》中的"卫"

"卫"（衞）字现在只有一个读音 wèi,如保卫、护卫、卫生等。但古时它除了读 wèi 外,有时要读"于非切,音衣（yī）",在诗词中与"计""泥"协韵。如：

【唐】
　　杜甫《赠秘书监江夏李公邕》（《全唐诗》P2352）
　　龙宫塔庙涌,浩劫浮云卫。宗儒俎豆事,故吏去思计。
眑眜已皆虚,跋涉曾不泥。
（注："卫"的繁体字是"衞","衞"音"韦"。而"韦"有一音"于非切"音衣。）

卓文君《白头吟》中的"为"

"为"字现在有读两音 wéi、wèi,但古时它是个多音字,据《康熙字典》：为字音,一是"蘧支切",音 yí；二是"于妫切",音 wéi；三是"吾何切",音（é）。诗词中"为"字读什么音要看具体情况,看与什么字协韵。如《诗经》中多篇诗中的"为"字就要读 é。

《诗经·鄘风·相鼠》

相鼠有皮,人而无仪("仪"字"牛何切")。人而无仪,不死何为。

《诗经·王风·兔爰》

有兔爰爰,雉离于罗。我生之初,尚无为。

《诗经·大雅·抑》

白圭之玷,尚可磨也。斯言之玷,不可为也。

《诗经·大雅·凫鹥》

凫鹥在沙,公尸来燕来宜(é)。尔酒既多,尔肴既嘉。公尸燕饮,福禄来为。

但古诗词中大量的"为"字应读"蓮支切"音移(yí),与凄、离、议、啼、鸡、溪、皮、移 W 等字协韵。如:

【汉】

卓文君《白头吟》 (《玉台新咏》P8)

凄凄复凄凄,嫁娶不须啼。愿得一心人,白头不相离。

竹竿何袅袅,鱼尾何簁簁。男儿重意气,何用钱刀为。

《先秦琴歌》 (《先秦汉魏晋南北朝诗》P27)

百里奚,初娶我时五羊皮。临当相时烹乳鸡。今适富贵忘我为。

百里奚,百里奚。母已死,葬南溪。

坟以瓦,覆以柴。舂黄藜,搤伏鸡。

西入秦,五羖皮,今日富贵捐我为。

百里奚,忆别时,烹伏鸡,炊扊扅。今日富贵忘我为。

【魏】

曹丕《善哉行(其一)》 (《全汉三国晋南北朝诗》P126)

高山有崖,林木有枝。忧来无方,人莫之知。

人生如寄,多忧何为。今我不乐,岁月如驰(qí)。

曹丕《善哉行(其三)》 (《全汉三国晋南北朝诗》P127)

比翼翔云汉,罗者安所羁。冲静得自然,荣华何足为。

曹丕《钓竿行》 (《全汉三国晋南北朝诗》P127)

东越河济水,遥望大海涯(yí)。钓竿何珊珊,鱼尾何簁簁。

行路之好者,芳饵欲何为。

曹丕《秋胡行》 (《全汉三国晋南北朝诗》P125)

尧任舜禹,当复何为。百兽率舞,凤凰来仪。

得人则安,失人则危(yí)。唯贤知贤,人不易知。

曹植《精微篇》 (《全汉三国晋南北朝诗》P155)

黄初发和气,明堂德教施。治道致太平,礼乐风俗移。
刑措民无枉,怨女复何为。圣皇长寿考,景福常来仪。

曹植《乐府》 (《全汉三国晋南北朝诗》P159)

胶漆至坚,浸之则离。皎皎素丝,溺色染移。君不我弃,谗人所为。

嵇康《述志诗》 (《全汉三国晋南北朝诗》P209)

浮游太清中,更求新相知。比翼翔云汉,饮露餐琼枝。
多念世间人,凤驾咸驱驰。冲静得自然,荣华安足为。

【晋】

傅玄《何当行》 (《全汉三国晋南北朝诗》P293)

同声自相应,同心自相知。外合不由中,虽固终必离。
管鲍不世出,结交安可为。

武帝时蜀民谣 (《全汉三国晋南北朝诗》P562)

人无盗窃,吏无奸欺。我君活人,病无能为。

【南朝 梁】

沈约《三月三日率尔成章》 (《全汉三国晋南北朝诗》P1010)

爱而不可见,宿昔减容仪。且当忘情去,叹息独何为。

【北周】

庾信《变宫调》 (《全汉三国晋南北朝诗》P1546)

帝游光出震,君明擅在离。岩廊唯眷顾,钦若尚无为。
龙穴非难附,鸾巢欲可窥。

萧纶《车中见美人》 (《玉台新咏》P171)

关情出眉眼,软媚著腰肢。语笑能娇美,行步绝逶迤。
空中自迷惑,渠旁会不知。悬念犹如此,得时应若为。

费昶《行路难》 (《玉台新咏》P242)

黄河千年始一清,微躯再逢永无议。蛾眉偃月徒自妍,傅粉施朱欲谁为。不如天渊水中鸟,双去双归长比翅。

秦嘉《赠妇诗》 (《玉台新咏》P224)

尔不是居,帷帐焉施?尔不是照,华烛何为?

佚名《采桑度》 (《百代千家绝句选》P17)

伪蚕化作茧,烂熳不成丝(xī)。徒劳无所获,养蚕持底为。

【唐】

  李亨《赐梨李泌与诸王联句》（《全唐诗》P43）

先生年几许,颜色似童儿(ní)。夜抱九仙骨,朝披一品衣。
不食千钟粟,唯吞两颗梨。天生此间气,助我化无为。

  佚名《郊庙歌辞·钧天舞》（《全唐诗》P131）

高皇迈道,端拱无为。化怀獯鬻,兵赋句骊。礼尊封禅,乐盛来仪。

  张九龄《感遇》（《全唐诗》P571）

鱼游乐深池,鸟栖欲高枝。嗟尔蜉蝣羽,薨薨欲何为。

  张九龄《在郡秋怀》（《全唐诗》P576）

悠悠沧江渚,望望白云涯。露下霜且降,泽中草离披。
兰艾若不分,安用馨香为。

  张九龄《南还以诗代书赠京师旧僚》（《全唐诗》P606）

薄宦晨昏阙,尊尊义取斯(xī)。穷愁年貌改,寂历尔胡为。

  张说《耗磨日饮》（《全唐诗》P979）

耗磨传兹日,纵横道未宜。但令不忌醉,翻是乐无为。

  张说《钧天舞》（《全唐诗》P922）

高皇迈道,端拱无为。化怀獯鬻,兵戢句骊。
礼尊封禅,乐盘来仪。合位娲后,同称伏羲。

  骆宾王《帝京篇》（《全唐诗》P834）

春去春来苦自驰,争名争利徒尔为。久留郎署终难遇,空扫相门谁见知。

  韩仲宣《晦日重宴》（《全唐诗》P786）

凤苑先吹晚,龙楼夕照披。陈遵已投辖,山公正坐池。
落日催金奏,飞霞送玉卮。此时陪绮席,不醉欲何为。

  祖咏《答王维留宿》（《全唐诗》P1332）

四年不相见,相见复何为。握手言未毕,却令伤别离。
升堂还驻马,酌礼便呼儿。语嘿自相对,安用旁人知。

  王缙《青雀歌》（《全唐诗》P1310）

林间青雀儿,来往翩翩绕一枝。莫言不解衔环报,但问君恩今若为。

  李颀《答高三十五》（《全唐诗》P1351）

散诞由来自不羁,低头授职尔何为。故园壁挂乌纱帽,官舍尘生白接篱。

李颀《篱笋》 （《全唐诗》P1361）

东园长新笋，映日复穿篱。迸出依青嶂，攒生伴绿池。
色因林向背，行逐地高卑。但恐春将老，青青独尔为。

储光羲《同王十三维偶然作十首》 （《全唐诗》P1384）

北山种松柏，南山种蒺藜。出入虽同趣，所尚各有宜。
孔丘贵仁义，老氏好无为。我心若虚空，此心将安施(xī)。

韦应物《答贡士黎逢》 （《全唐诗》P1945）

鄙人徒区区，称叹亦何为。弥月旷不接，公门但驱驰。

韦应物《送褚校书归旧山歌》 （《全唐诗》P2005）

朝朝待诏青锁闱，中有万年之树蓬莱池。
世人仰望栖此地，生独徘徊意何为。

高适《送蔡山人》 （《全唐诗》P2220）

丈夫遭遇不可知，买臣主父皆如斯。我今蹭蹬无所似，看尔崩腾何若为。

杜甫《从驿次草堂复至东屯》 （《全唐诗》P2503）

山内归田客，江边借马骑。非寻戴安道，似向习家池。
地险风烟合，天寒橘柚垂。筑场看敛积，一学楚人为。

杜甫《偶题》 （《全唐诗》P2509）

文章千古事，得失寸心知。作者皆殊列，名声岂浪垂。
骚人嗟不见，汉道盛于斯。前辈飞腾入，馀波绮丽为。

杜甫《病橘》 （《全唐诗》P2307）

群桔少生意，虽多亦奚为。惜哉结实小，酸涩如棠梨。

杜甫《送高三十五书记》 （《全唐诗》P2252）

崆峒小麦熟，吾愿休王师。请公问主将，焉用穷荒为。
饥鹰未饱肉，侧翅随人飞。

杜甫《咏怀》 （《全唐诗》P2374）

人生贵是男，丈夫重天机。未达善一身，得志行所为。

杜甫《奉送魏六丈佑府之交广》 （《全唐诗》P2380）

上贵见肝胆，下贵不相疑。心事披写间，气酣达所为。

杜甫《宴戎州杨使君东楼》 （《全唐诗》P2488）

胜绝惊身老，情忘发兴奇。座从歌妓密，乐任主人为。

杜甫《送王侍御往东川》（《全唐诗》P2589）

东川诗友合,此赠怯轻为。况复传宗近,空然惜别离。
梅花交近野,草色向平池。

杜甫《同豆卢峰知字韵》（《全唐诗》P2577）

炼金欧冶子,喷玉大宛儿。符彩高无敌,聪明达所为。
梦兰他日应,折桂早年知。

杜甫《孟冬》（《全唐诗》P2537）

殊俗还多事,方冬变所为。破甘霜落爪,尝稻雪翻匙。

杜甫《和江陵宋大少府》（《全唐诗》P2558）

才士得神秀,书斋闻尔为。棣华晴雨好,彩服暮春宜。朋酒日欢会,老夫今始知。

顾况《哭从兄苌》（《全唐诗》P2938）

旧国数千里,家人由未知。人生倏忽间,安用才士为。

郑丹《肃宗挽歌》（《全唐诗》P3063）

国以重明受,天以谅暗移。诸侯方北面,白日忽西驰。
龙影当泉落,鸿名向庙垂。永言青史上,还见戴无为。
(注:"驰"音齐。)

戴叔伦《行路难》（《全唐诗》P3072）

宴乐宁知白日短,时时醉拥双蛾眉。扬雄闭门空读书,门前碧草春离离。
不如拂衣且归去,世上浮名徒尔为。

王建《喻时》（《全唐诗》P3369）

好闻苦不乐,好视忽生疵。乃明万物情,皆逐人心移。
古今尽如此,达士将何为。

韩愈《履霜操》（《全唐诗》P3762）

父兮儿寒,母兮儿饥。儿罪当笞,逐儿何为。

韩愈《猛虎行》（《全唐诗》P3829）

谁云猛虎恶,中路正悲啼。豹来衔其尾,熊来攫其颐。
猛虎死不辞,但惭前所为。虎坐无助死,况如汝细微。
故当结以信,亲当结以私。亲故且不保,人谁信汝为。

韩愈《汴泗交流赠张仆射》（《全唐诗》P3786）

短垣三面缭逶迤,击鼓腾腾树赤旗。新秋朝凉未见日,公早结束来何为。

韩愈《赠侯喜》 (《全唐诗》P3788)

半世遑遑就举选,一名始得红颜衰(yī)。人间事势岂不见,徒自辛苦终何为。

韩愈《郑群赠簟》 (《全唐诗》P3795)

法曹贫贱众所易,腰腹空大何能为。自从五月困暑湿,如坐深甑遭蒸炊。

韩愈《寄崔二十六立之》 (《全唐诗》P3816)

下驴入省门,左右惊纷披。傲兀坐试席,深丛见孤黑。
文如翻水成,初不用意为。四座各低面,不敢捱眼窥。

韩愈《病鸱》 (《全唐诗》P3823)

饱食深竹丛,饥来傍阶基。亮无责报心,固以听所为。

韩愈《泷吏》 (《全唐诗》P3825)

侬幸无负犯,何由到而知。官今行自到,那遽妄问为。

韩愈《南山有高树行赠李宗闵》 (《全唐诗》P3829)

中与黄鹄群,不自隐其私。下视众鸟群,汝徒竟何为。

韩愈《送僧澄观》 (《全唐诗》P3830)

浮屠西来何所为,扰扰四海争奔驰。构楼架阁切星汉,夸雄斗丽止者谁。

韩愈《玩月喜王建至》 (《全唐诗》P3837)

玩玩夜遂久,亭亭曙将披。况当今夕圆,又以嘉客随。
惜无酒食乐,但用歌嘲为。

韩愈《送张道士》 (《全唐诗》P3867)

从容进退间,无一不合宜。时有利不利,虽贤欲奚为。

韩愈《贝唐崔立之》 (《全唐诗》P3869)

我读此篇日,正当寒雪时。吾身固已困,吾友复何为。

韩愈《辞唱歌》 (《全唐诗》P3871)

君教发直言,大声无休时。君教哭古恨,不肯复吞悲。
乍可阻君意,艳歌难可为。

韩愈《永贞行》 (《全唐诗》P3790)

一朝夺印付私党,懔懔朝士何能为。狐鸣枭噪争署置,睒睗跳踉相妩媚。

柳宗元《零陵赠李卿元》 (《全唐诗》P3930)

惨悽日相视,离忧坐自滋。尊酒聊可酌,放歌谅徒为。
惜无协律者,窈眇弦吾诗。

柳宗元《哭连州凌员外》（《全唐诗》P3945）

高堂倾故国,葬祭限囚羁。仲叔继幽沦,狂叫唯童儿。
一门既无主,焉用徒生为。

柳宗元《跂乌词》（《全唐诗》P3955）

城上日出群乌飞,鸦鸦争赴朝阳枝。刷毛伸翼和且乐,尔独落魄今何为。

白居易《寄唐生》（《全唐诗》P4663）

往往闻其风,俗士犹或非。怜君头半白,其志竟不衰(yī)。
我亦君之徒,郁郁何所为。

白居易《悲哉行》（《全唐诗》P4664）

可怜少壮日,适在穷贱时。丈夫老且病,焉用富贵为。
沉沉朱门宅,中有乳臭儿。

白居易《首夏病间》（《全唐诗》P4728）

移榻树荫下,竟日何所为。或饮一瓯茗,或吟两句诗。
内无忧患迫,外无职役羁。

白居易《自吟拙什因有所怀》（《全唐诗》P4732）

懒病每多暇,暇来何所为。未能抛笔砚,时作一篇诗。
诗成淡无味,多被众人嗤。

白居易《续古诗》（《全唐诗》P4672）

朝采山上薇,暮采山上薇。岁晏薇亦尽,饥来何所为。
坐饮白石水,手把青松枝。

白居易《寓意诗》（《全唐诗》P4679）

借问虫何在,在身不在枝。借问虫何食,食心不食皮。
岂无啄木鸟,嘴长将何为。

白居易《和阳城驿》（《全唐诗》P4681）

怜君一寸心,宠辱誓不移。疾恶若巷伯,好贤如缁衣。
沉吟不能去,意者欲改为。

白居易《有木诗》（《全唐诗》P4686）

折条用樊圃,柔脆非其宜。为树信可玩,论材何所施。
可惜金堤地,栽之徒尔为。

白居易《答四皓庙》（《全唐诗》P4683）

冢嫡欲废夺,骨肉相忧疑。岂无子房口,口舌无所施。
亦有陈平心,心计将何为?皤皤四先生,高冠危映眉。

白居易《司天台》 （《全唐诗》P4694）

天文时变两如斯,九重天子不得知。不得知,安用台高百尺为。

白居易《白云期》 （《全唐诗》P4747）

三十气太壮,胸中多是非。六十身太老,四体不支持。
四十至五十,正是退闲时。年长识命分,心慵少营为。

白居易《狂歌词》 （《全唐诗》P4759）

生前不欢乐,死后有余赀。焉用黄垆下,珠衾玉匣为。

白居易《移家入新宅》 （《全唐诗》P4764）

取兴或寄酒,放情或作诗。何必苦修道,此即是无为。

白居易《招萧处士》 （《全唐诗》P4799）

仰望但云树,俯顾唯妻儿。寝食起居外,端然无所为。
东郊萧处士,聊可与开眉。

白居易《东溪种柳》 （《全唐诗》P4804）

三年未离郡,可以见依依。种罢水边憩,仰头闲自思。
富贵本非望,功名须待时。不种东溪柳,端坐欲何为?

白居易《赠写真者》 （《全唐诗》P4902）

迢递麒麟阁,图功未有期。区区尺素上,焉用写真为。

白居易《草词毕遇芍药初开》 （《全唐诗》P4943）

动荡情无限,低斜力不支。周回看未足,比喻语难为。
句漏丹砂里,僬侥火焰旗。

白居易《答山侣》 （《全唐诗》P4931）

冒热冲寒徒自取,随行逐队欲何为。更惭山侣频传语,五十归来道未迟。

白居易《湖中自照》 （《全唐诗》P4959）

重重照影看容鬓,不见朱颜见白丝。失却少年无觅处,泥他湖水欲何为。

白居易《斋月静居》 （《全唐诗》P5056）

病来心静一无思,老去身闲百不为。忽忽眼尘犹爱睡,些些口业尚夸诗。

白居易《自问行何迟》 （《全唐诗》P4976）

进不慕富贵,退未忧寒饥。以此易过日,腾腾何所为。

白居易《和晨兴因报问龟儿》 （《全唐诗》P4989）

双目失一目,四肢断两肢。不如溘然尽,安用半活为。

白居易《岁暮寄微之》 (《全唐诗》P5026)

白头岁暮苦相思,除却悲吟无可为。枕上从妨一夜睡,灯前读尽十年诗。

白居易《咏史》 (《全唐诗》P5129)

秦磨利刀斩李斯,齐烧沸鼎烹郦其。可怜黄绮入商洛,闲卧白云歌紫芝。
彼为菹醢机上尽,此为鸾皇天外飞。去者逍遥来者死,乃知祸福非天为。

白居易《家酿新熟》 (《全唐诗》P5145)

刘妻劝谏夫休醉,王侄分疏叔不痴(qī)。六十三翁头雪白,假如醒黠欲何为。

白居易《自题小草亭》 (《全唐诗》P5164)

蝼蚁谋深穴,鹪鹩占小枝。各随其分足,焉用有馀为。

白居易《咏所怀》 (《全唐诗》P5239)

双金百炼少人知,纵我知君徒尔为。望梅阁老无妨渴,画饼尚书不救饥。

李白《古风》 (《全唐诗》P1677)

绿萝纷葳蕤,缭绕松柏枝。草木有所托,岁寒尚不移。
奈何夭桃色,坐叹葑菲诗。玉颜艳红彩,云发非素丝。
君子恩已毕,贱妾将何为。

李白《赠从弟南平太守之遥二首》 (《全唐诗》P1755)

爱君山岳心不移,随君云雾迷所为。梦得池塘生春草,使我长价登楼诗。

元稹《有鸟》 (《全唐诗》P4623)

大鹏忽起遮白日,馀风簸荡山岳移。翩翩百万徒惊噪,扶摇势远何由知。
古来妄说衔花报,纵解衔花何所为。可惜官仓无限粟,伯夷饿死黄鸟肥。

元稹《江陵三梦》 (《全唐诗》P4511)

平生每相梦,不省两相知。况乃幽明隔,梦魂徒尔为。
情知梦无益,非梦见何期。

元稹《酬翰林白学士代书一百韵》 (《全唐诗》P4519)

脱俗殊常调,潜工大有为。还醇凭酎酒,运智托围棋。

姚合《敬宗皇帝挽词》 (《全唐诗》P5710)

晚色启重扉,旌旗路渐移。荆山鼎成日,湘浦竹斑时。
臣子终身感,山园七月期。金茎看尚在,承露复何为。

姚合《街西居三首》 (《全唐诗》P5660)

受得山野性,住城多事违。青山在宅南,回首东西稀。
浅浅一井泉,数家同汲之。独我恶水浊,凿井庭之陲。
自凿还自饮,亦为众所非。吁嗟世间事,洁身诚难为。

张祜《题丘山寺》 (《全唐诗》P5821)

故国人长往,空门事可知。凄凉问禅客,身外即无为。

刘得仁《送车涛罢举归山》 (《全唐诗》P6293)

朝是暮还非,人情冷暖移。浮生只如此,强进欲何为。
要路知无援,深山必遇师。怜君明此理,休去不迟疑。

卢尚书《哭李远》 (《全唐诗》P8841)

昨日舟还浙水湄,今朝丹旐欲何为。才收北浦一竿钓,未了西斋半局棋。

贯休《禅师》 (《全五代诗》P1132)

击鼓求亡益是非,木中生火更何为。吾师别是醍醐味,不是知心人不知。

贯休《古剑池》 (《全五代诗》P1235,《全唐诗》P9432)

秋水莲花三四枝,我来慷慨步迟迟。不决浮云斩邪佞,真成龙去拟何为。

贯休《别杜将军》 (《全五代诗》P1016,《全唐诗》P9331)

燕辞大厦兮将何为。蒙蒙花雨兮莺飞飞。一汀杨柳同依依。

皮日休《鹿门夏日》 (《全唐诗》P7022)

满院松桂阴,日午却不知。山人睡一觉,庭鹊立未移。
出檐乘云去,忘戴白接篱。书眼若薄雾,酒肠如漏卮。
身外所劳者,饮食须自持(qí)。何如便绝粒,直使身无为。

皮日休《太湖诗·销夏湾》 (《全唐诗》P7041)

京洛往来客,暍死缘奔驰。此中便可老,焉用名利为。

陆龟蒙《明月湾》 (《全唐诗》P7122)

或彻三弄笛,或成数联诗。自然莹心骨,何用神仙为。

陆龟蒙《江湖散人歌》 (《全唐诗》P7146)

静则守桑柘,乱则逃妻儿(nī)。金镳绅带未赏识,白刃杀我穷生为。
或闻番将负恩泽,号令铁马如风驰。

陆龟蒙《袭美先辈以龟蒙所献》 (《全唐诗》P7110)

一篇迈华藻,万古无子遗。刻鹄尚未已,雕龙奋而为。

陆龟蒙《酒龙》 (《全唐诗》P7143)

铜雀羽仪丽,金龙光彩奇。潜倾郏宫酒,忽作商庭鼙。
若怒鳞甲赤,如酣头角垂。君臣坐相灭,安用骄奢为。

陆龟蒙《独夜》 (《全唐诗》P7172)

新秋霁夜有清境,穷檐病客无佳期。生公把经向石说,而我对月须人为。

陆龟蒙《顷自桐江得一钓车》 （《全唐诗》P7185）

云深石静闲眠稳,月上江平放溜迟。第一莫教谙此境,倚天功业待君为。

【宋】

张来《贾生》 （《历代咏史绝句选》P212）

贾生未免孝文疑,自古功名叹数奇。逐得洛阳年少去,白头绛灌亦何为。

张方平《歌风台》 （《历代咏史绝句选》P159）

落魄刘郎作帝归,樽前感慨大风诗。淮阴反接英彭族,更欲多求猛士为?

唐庚《过田横墓》 （《历代咏史绝句选》P207）

九江梁楚竟诛夷,自古才高必见疑。脱使郦生犹未死,将军来此亦何为。

王令《读西汉》 （《历代咏史绝句选》P211）

汉得孤秦万弊时,当年丞相要无为。洛阳年少空流涕,谁谓书生果有知。

王安石《送河间晁寺丞》 （《王安石全集》P159）

临河薪石费,近塞茧丝移。缓急常愁此,看君有所为。

王安石《中书偶成》 （《王安石全集》P141）

忽忽余年往,茫茫不自知。殷勤照清浅,邂逅见衰迟。
辅世无贤业,容身有圣时。归欤今可矣,何以长人为。

王安石《寄题睡轩》 （《王安石全集》P48）

王官有空谷,隐者常栖迟。拂榻梦其人,亦足慰所思。
嗟予久留连,窃食坐无为。浩歌临西风,更欲往从之。

元好问《九日午后入府知曹子凶问夜不能寐为作诗二首》 《元好问全集》P257）

造物无心赋耦奇,敢从穷达计前期。参军桓府得君重,奋翼滍池徒尔为。

【金】

赵秉文《题东坡古柏怪石图》 （《中国古今题画诗全璧》P993）

人生散材如散木,槁死深山病亦奇。放出参天二千尺,安用荒藤缠绕为。

【明】

徐渭《题画蟹》 （《中国古今题画诗全璧》P759）

谁将画蟹托题诗,正是秋深稻熟时。饱却黄云归穴去,付君甲胄欲何为。

韦应物《出还》中的"位"

"位"字现在我们都读 wèi,如地位、位置等。《康熙字典》也注明只有一个读音

wèi(于愧切,于累切)。因"累"字有一音"厉",故"于累切"可切出一音"异",古诗词中有时"位"字与"意""戏""寄""泪"诸字协韵。如:

【唐】

韦应物《出还》 (《全唐诗》P1963)

昔出喜还家,今还独伤意。入室掩无光,衔哀写虚位。
凄凄动幽幔,寂寂惊寒吹(音妻)。幼女复何知,时来庭下戏。
咨嗟日复老,错莫身如寄。家人劝我餐,对案空垂泪(音利)。

吴筠《文始真人》 (《全唐诗》P9654)

文始通道源,含光隐关吏。遥欣紫气浮,果验真人至。
玄诰已云锡,世荣何足累。高步三清境,超登九仙位。

高适《效古赠崔二》 (《全唐诗》P2190)

缅怀当途者,济济居声位。邈然在云霄,宁肯更沦踬。
周旋多燕乐,门馆列车骑。美人芙蓉姿,狭室兰麝气。
金炉陈兽炭,谈笑正得意。

元稹《元和五年予官不了罚俸西归》 (《全唐诗》P4484)

遥闻公主笑,近被王孙戏。邀我上华筵,横头坐宾位。
那知我年少,深解酒中事。能唱犯声歌,偏精变筹义。

元稹《上阳白发人》 (《全唐诗》P4615)

诸王在閤四十年,七宅六宫门户闷。隋炀枝条袭封邑,肃宗血胤无官位。
王无妃媵主无婿,阳亢阴淫结灾累。何如决雍顺众流,女遣从夫男作吏。

皮日休《奉和鲁望读阴符经见寄》 (《全唐诗》P7031)

尧乃一庶人,得之贼帝挚。挚见其德尊,脱身授其位。
舜唯一鳏民,冗冗作什器。得之贼帝尧,白丁作天子。

李白《江上望皖公山》中的"味"

"味"字现在只有一个读音 wèi,如味道、味觉、味素、味同嚼蜡等。但古时它是个多音字,其一是"无沸切",音 fèi。

【唐】

李白《江上望皖公山》 (《全唐诗》P1837)

奇峰出奇云,秀木含秀气。清宴皖公山,巉绝称人意。
独游沧江上,终日淡无味。但爱兹岭高,何由讨灵异。

【宋】
　　　欧阳修《玉楼春》　（《欧阳修词全集》P100）
　常忆洛阳风景媚。烟暖风和添酒味。莺啼宴席似留人，花出墙头如有意。

杜甫《枯楠》中的"畏"

　　"畏"字现在只有一个读音 wèi，如敬畏、畏惧。但古诗词中它有时要读"于非切"（《康熙字典》），与"记""地""意""是"诸字协韵。
　　　杜甫《枯楠》　（《全唐诗》P2307）
　良工古昔少，识者出涕泪(lì)。种榆水中央，成长何容易。
　截承金露盘，裛裛不自畏。

杨方《合欢诗》中的"洿"

　　"洿"字现在只有一个读音 wū，如洿池。但古时它是个多音字：一是"哀都切，音乌"，二是"候古切，音户"，三是"叶古乐切，音科"。如杨方《合欢诗》中的"洿"，就得读音"科"（《康熙字典》）。

【晋】
　　　杨方《合欢诗》　（《玉台新咏》P65）
　南邻有奇树，承春挺素华(音和)。丰翘被长条，绿叶蔽朱柯。
　因风吐微音，芳气入紫霞(音和)。我心羡此木，愿徙著予家(音歌)。
　夕得游其下，朝得弄其葩(音波)。尔根深且坚，予宅浅且洿(音科)。
　移植良无期，叹息将如何。

苏轼《好事近·湖上》中的"兀"

　　"兀"字现在只有一个读音 wù，如金兀术。在苏轼《好事近·湖上》词中的"兀"字与"月"字协韵。据《康熙字典》："兀"字为"五忽切，音杌"。而"杌"字的读音除了 wù，还有"鱼厥切"，音 yuè。由此可见，苏轼词中的"兀"应读 yuè。
　　　杜甫《鹿头山》　（《全唐诗》P2302）
　天下今一家，云端失双阙。悠然想扬马，继起名碑兀。

苏轼《好事近·湖上》（《苏轼词全集》P257）

湖上雨晴时,秋水半篙初没。朱槛俯窥寒鉴,照衰颜华发。
醉中吹坠白纶巾,溪风漾流月。独棹小舟归去,任烟波飘兀。

苏轼《念奴娇·赤壁怀古》中的"物"

"物"字现在只有一个读音 wù,如物产、物理、物体、物价等。但古时它是个多音字,不但读"文拂切、音勿",还有其他两种读音。

一是读"符沸切、音微"(肥)。如:

阮籍《东平赋》（《康熙字典》）

及至分之国邑,树之表物。四时仪其象,阴阳日畅其气。

【唐】

白居易《湖亭晚望残水》（《全唐诗》P4753）

破镜折剑头,光芒又非一。久为山水客,见尽幽奇物。
及来湖亭望,此状难谈悉。乃知天地间,胜事殊未毕。

白居易《三月三十日作》（《全唐诗》P4994）

临风独长叹,此叹意非一。半百过九年,艳阳残一日。
随年减欢笑,逐日添衰疾。且遣花下歌,送此杯中物。

白居易《四月池水满》（《全唐诗》P5108）

尔无羡沧海,蒲苣可委质。吾亦忘青云,衡茅足容膝。
况吾与尔辈,本非蛟龙匹。假如云雨来,只是池中物。

二是读"叶微月切",因"微"有两音,故"微月切"亦可切出两音:一音桀,一音别,与雪、月、绝、杰等字协韵。如:

【唐】

杜甫《留花门》（《全唐诗》P2279）

修德使其来,羁縻固不绝。胡为倾国至,出入暗金阙。
中原有驱除,隐忍用此物。公主歌黄鹄,君王指白日。

杜甫《自京赴奉先县咏怀五百字》（《全唐诗》P2265）

彤庭所分帛,本自寒女出。鞭挞其夫家,聚敛贡城阙。
圣人筐篚恩,实欲邦国活(xuè)。臣如忽此理,君岂弃此物。

杜甫《七月三日亭午,已后较热退晚加小凉,稳睡有诗》（《全唐诗》P2338）

少壮迹颇疏,欢乐曾倏忽(xuè)。杖黎风尘际,老丑难翦拂(pí)。
吾子得神仙,本是池中物。贱夫美一睡,烦促婴词笔。

杜甫《北征》（《全唐诗》P2275）

潼关百万师,往者散何卒。遂令半秦民,残害为异物。
况我堕胡尘,及归尽华发(音阙)。经年至茅屋,妻子衣百结。

杜甫《画鹘行》（《全唐诗》P2282）

写作神骏姿,充君眼中物。乌鹊满樛枝,轩然恐其出。
侧脑看青霄,宁为众禽没(音灭)。长翮如刀剑,人寰可超越。

白居易《效陶潜体诗》（《全唐诗》P4722）

东海杀孝妇,天旱逾年月。一酹酹其魂,通宵雨不歇。
咸阳秦狱气,冤痛结为物。千岁不肯散,一沃亦销失。

孟郊《春雨后》（《全唐诗》P4262）

昨夜一霎雨,天意苏群物。何物最先知,虚庭草争出。

贯休《古镜词》（《全唐诗》P9313）

我有一面镜,新磨似秋月。上唯金膏香,下状骊宫窟。
等闲不欲开,丑者多不悦。或问几千年,轩辕手中物。

齐己《善哉行》（《全唐诗》P9583）

大鹏刷翮谢溟渤,青云万层高突出。下视秋涛空渺弥,旧处鱼龙皆细物。

齐己《日日曲》（《全唐诗》P9584）

浮云灭复生,芳草死还出。不知千古万古人,葬向青山为底物。

吕洞宾《鄂渚悟道歌》（《全唐诗》P9708）

纵横天际为闲客,时遇季秋重阳节。阴云一布遍长空,膏泽连绵滋万物。

【宋】

沈瀛《念奴娇》（《词综》P695）

郊原浩荡,正夺目花光,动人春色(sè)。白下长干佳丽最,寒食嬉游人物。露卷香轮,风嘶宝骑,云表歌声过。归来灯火,不知斗柄西揭。

苏轼《游金山寺》（《苏轼选集》P40）

怅然归卧心莫识,非鬼非人竟何物。
（注:"识"与"物"协韵。）

刘一止《梦横塘》 （《词综》P712）

浪痕经雨，鬓影吹寒，晚来无限萧瑟。野色分桥，剪不断前溪风物。船系朱藤，路迷烟寺，远鸥浮没。听疏钟断鼓，似近还遥，惊心事伤羁客。

苏轼《四达斋铭》 （《康熙字典》）

孰如此间，空洞无物。户牖阖开，廓焉四达。

（注：达，陀悦切。）

苏轼《念奴娇·赤壁怀古》 （《康熙字典》）

大江东去，浪淘尽，千古风流人物。故垒西边，人道是，三国周郎赤壁。乱石穿空，惊涛拍岸，卷起千堆雪。江山如画，一时多少豪杰(jié)。

文天祥《念奴娇·驿中言别友人》 （《词综》P1443）

水天空阔，恨东风，不借世间英物。蜀鸟吴花残照里，忍见荒城颓壁。铜雀春情，金人秋泪，此恨凭谁雪？堂堂剑气，斗牛空认奇杰。

【清】

陈维崧《念奴娇·亦山草堂哭仲兄》 （《清词之美》P196）

家园重别，最萧条、满目都无故物。老屋东头深巷闭，一带冷窗荒壁。问讯山堂，春风颠剧，乱飐梨花雪。阿兄顿往，当年诗酒英杰。

陈维崧《贺新郎·秋夜呈芝麓先生》 （《清词之美》P108）

凭高对景心俱折。关情处、燕昭乐毅，一时人物。白雁横天如箭叫，叫尽古今豪杰。都只被、江山磨灭。明到无终山下去，拓弓弦、渴饮黄獐血。

诗词古音

X

《诗经·小雅·白驹》中的"夕"

"夕"字现在只一个读音 xī，如夕阳、夕烟、夕照、朝发夕至等。但古时它有两音，除了"祥易切，音席"外，还有一音"叶在爵切，音皭"（jiáo）。古诗词中"夕"音为 jiáo 与"藿""客""陌""薄"等字协韵的诗如：

《诗经·小雅·白驹》

皎皎白驹，食我场藿。絷之维之，以永今夕。所谓伊人，于焉嘉客。

《诗经·齐风·载驱》

载驱薄薄(音粕)，簟茀朱鞹(音扩)。鲁道有荡，齐子发夕(叶祥龠切)。

【晋】

张翰《赠张弋阳诗》 （《全汉三国晋南北朝诗》P388）

易尚去俗，携手林薄。轻露给朝，遗英饱夕。逍遥永日，何求何索。

【南朝　齐】

谢朓《金谷聚》 （《全汉三国晋南北朝诗》P803）

渠盌送佳人，玉杯邀上客。车马一东西，别后思今夕。

【唐】

李峤《安辑岭表事平罢归》 （《全唐诗》P688）

卉服纷如积，长川思游客。风生丹桂晚，云起苍梧夕。
去舳舣清江，归轩趋紫陌。

苏颋《饯鄂州李使君》 （《全唐诗》P796）

佳政在离人，能声寄侯伯。离怀朔风起，试望秋阴积。
中路凄以寒，群山霭将夕。伤心聊把袂，怊怅麒麟客。

苏颋《饯唐州高使君赴任》 （《全唐诗》P797）

永日奏文时，东风摇荡夕。浩然思乐事，翻复饯征客。
淮水春流清，楚山暮云白。勿言行路远，所贵专城伯。

《前汉·郊祀歌》中的"西"

"西"字现在只有一个读音 xī,如东西南北。但古时它是个多音字,不但可读"先稽切,音栖"(xī);而且可读"相咨切,音私"(sī);还可读"苏前切,音先"(xiān);可读"斯人切,音辛""乙却切,音约"(《康熙字典》)。

关于"西"读"先",可见之于:

《前汉·郊祀歌》 (《康熙字典》)

象载瑜,白集西。食甘露,饮荣泉。

【南朝 宋】

袁淑《效子建白马篇》 (《全汉三国晋南北朝诗》P717)

五侯竞书币,群公亟为言。义分明于霜,信行直如弦。
交欢池阳下,留宴汾阴西。一朝许人诺,何能坐相捐。
彰节去函谷,投佩出甘泉。

左思《咏史诗》中的"昔"

"昔"字现在只有一个读音 xī,如"昔人已乘黄鹤去"。其实古时它是个多音字,不但读"恩积切,音惜"(xī),而且可读"仓各切,音错"(cuò),还可读"叶息约切,音却"(《康熙字典》)。如晋代左思的《咏史诗》中的"昔"字就读"息约切"音"却",与"郭""壑"诸字协韵。

左思《咏史诗》 (《全汉三国晋南北朝诗》P386)

陈平无产业,归来翳负郭。长卿还成都,壁立何寥廓。
四贤岂不伟,遗烈光篇籍。当其未遇时,忧在填沟壑。
英雄有迍邅,由来自古昔。何世无奇才,遗之在草泽。
(注:泽,达各切,音铎(duó)。《康熙字典》:籍,叶樯侖切,音灼。)

张翰《赠张弋阳诗》 (《全汉三国晋南北朝诗》P388)

惟我友爱,缠绵往昔。易尚去俗,携手林薄。
轻露给朝,遗英饱夕。逍遥永日,何求何索。

苏轼《游香积寺》中的"息"

"息"字现在都读一音 xī,如休息、消息、利息等。但在古诗词中它有时要读 xiè。《康熙字典》注:息,叶私列切,音屑。如:

【宋】

    苏轼《游香积寺》 (《康熙字典》)

      把玩竟不食,弃置长太息。

    张纲《好事近·梅柳》 (《词综》P725)

  梅柳约东风,迎腊暗传消息。粉面翠眉偷笑,似欣逢佳客。

王观《清平乐·应制》中的"戏"

    王观《清平乐·应制》 (《词综》P481)

  黄金殿里,烛影双龙戏。劝得官家真个醉,进酒犹呼万岁。

  《清平乐》词牌要求"戏"与"岁"协韵。岁字有"相锐切,音帨""相绝切,音雪""苏卧切,音 suō"三音。万岁的岁通常读 suì,所以"戏"字应该读什么音是关键。

  据《康熙字典》:"戏"是个多音字,一为"许义切,音希";二为"许羁切,音义";三为"呼为切,音麾";四为"驱为切,音亏";五为"于宜切,音漪";六为"桑何切,音娑"。

  在诸音中,与"岁"(suì)协韵的应该是"亏"。

陈维崧《从小湫陟岭寻干洞下探水洞》中的"侠"

  "侠"字现在只有一个读音 xiá,如侠客、侠义、武侠等。但古时它是个多音字。据《康熙字典》,它不但可读"挟",而且可读"协"、读"夹"。如:

【清】

  陈维崧《从小湫陟岭寻干洞了下探水洞》 (《盛世华音》P349)

    兹游首干洞,豁达破崖胁。深杳疑道流,飞腾踰剑侠。

杜甫《故司徒李公光弼》中的"峡"

"峡"字现在只有一个读音 xiá，如三峡。但古诗词中它有时要读"侯夹切"。因为"夹"字有二音：一音"古狎切，音甲"(jiǎ)；一音"檄颊切，音协"(xié)。所以"峡"字另一音为"侯协切"音 qié。

杜甫《故司徒李公光弼》　（《全唐诗》P2350）

雅望与英姿，恻怆槐里接。三军晦光彩，烈士痛稠叠。
直笔在史臣，将来洗箱箧。吾思哭孤冢，南纪阻归楫。
扶颠永萧条，未济失利涉。疲苶竟何人，洒涕巴东峡。
（注：苶，乃结切。）

嵇康《四言赠兄秀才入军诗》中的"遐"

"遐"字现在只有一个读音 xiá。其实古时它是个多音字，不但读"胡加切，或何加切，并音霞"，而且可读"叶寒歌切，音何"，还可读"叶洪孤切，音狐"（《康熙字典》）。如嵇康《四言赠兄秀才入军诗》（《先秦汉魏晋南北朝诗》P483）中的"遐"与"歌""波""何"诸字协韵，就得读音为"何"。

凌高远盼，俯仰咨嗟(zuō)。怨彼幽縶，邈尔路遐。
虽有好音，谁与清歌。虽有妹颜，谁与发华(华音和)。
仰讯高云，俯托轻波。乘流远遁，抱恨山阿，

【晋】

左思《魏都赋》　（《康熙字典》）

闲居隘巷，室迩心遐。富仁宠义，职竞弗罗。

陆机《吴趋行》　（《先秦汉魏晋南北朝诗》P664）

王迹隤阳九，帝功兴四遐。大皇自富春，矫手顿世罗。

陆机《招隐诗》　（《先秦汉魏晋南北朝诗》P692）

寻山求逸民，穹谷幽且遐。清泉荡玉渚，文鱼跃中波。

陆云《赠顾彦先》　（《先秦汉魏晋南北朝诗》P705）

悠悠山川，骁骁征遐。陟升嶕峣，降涉洪波。

诗词古音

孙拯《赠陆士龙诗》（《先秦汉魏晋南北朝诗》P724）

山积惟峻，道隆名遐。潜景在渊，龙跃承华(华音和)。
既淑尔仪，谁不允嘉(嘉音歌)。有濯重渊，载清其波。

张华《杂诗》（《先秦汉魏晋南北朝诗》P620）

荣彩曜中林，流馨入绮罗。王孙游不归，修路邈以遐。

陆机《从军行》（《先秦汉魏晋南北朝诗》P656）

苦哉远征人，飘飘穷四遐。南陟五岭巅，北戍长城阿。
深谷邈无底，崇山郁嵯峨。

陆机《文赋》中的"瑕"

"瑕"字只有一个读音 xiá，如瑕玷、瑕疵、瑕不掩瑜、瑕瑜互见等。但古时它是个多音字，不但读"乎加切，音遐"，而且可读"古牙切，音嘉"，可读"古下切，音檟"，还可读"叶音舒"(shū)，"叶音何"(hé)。

关于"瑕"音何(hé)，《康熙字典》以陆机的《文赋》为例：

【晋】

陆机《文赋》

混妍蚩而成体，累良质而为瑕。象下管之偏疾，故虽应而不和。

曹摅《答赵景猷诗》（《先秦汉魏晋南北朝诗》P754）

大道孔长，人生几何。俟涘之清，徒婴百罗。
今我不乐，时将蹉跎。荡心肆志，与物无瑕。
欢以卒岁，孰知其他(tuó)。

曹植《洛神赋》中的"霞"

"霞"字现在只有一个读音 xiá。但古时它是个多音字，据《康熙字典》，它不但读"胡加切、音侠"，而且可以读"叶音胡"。如：

《楚辞·远游》

飧六气而饮沆瀣兮，漱正阳而含朝霞。保神明之清澄兮，精气入而粗秽除。

另外，它还可以读"叶音何"，如：

【晋】

曹植《洛神赋》 (《康熙字典》)

远而望之,皎若太阳升朝霞。迫而察之,灼若芙蓉出绿波。

杨方《合欢诗》 (《玉台新咏》P65)

南林有奇树,承春挺素华。丰翘被长条,绿叶蔽朱柯。
因风吐微音,芳气入紫霞。
(注:华音和。)

傅玄《苦雨》 (《先秦汉魏晋南北朝诗》P571)

徂暑未一旬,重阳翳朝霞。厥初月离毕,积日遂滂沱。
屯云结不解,长滞周四阿。霖雨如倒井,黄潦起洪波。

陆机《櫂歌行》 (《全汉三国晋南北朝诗》P328)

乘风宣飞景,逍遥戏中波。名讴激清唱,榜人纵櫂歌。
投纶沉洪川,飞缴入紫霞。

陆机《前缓声歌》 (《全汉三国晋南北朝诗》P331)

太容挥高弦,洪崖发清歌。献酬既已周,轻举乘紫霞。
总辔扶桑枝,濯足汤谷波。

王鉴《七夕观织女》 (《全汉三国晋南北朝诗》P428)

绛旗若吐电,朱盖如振霞。云韶何嘈嘈,灵鼓鸣相和。
停轩纡高眄,眷予在岌峨。

孙绰《赠温峤》 (《全汉三国晋南北朝诗》P433)

神濯无浪,形浑俗波。颍非我朗,贵在光和。
振翰梧摽,翻飞丹霞。

枣据《游览诗》 (《全汉三国晋南北朝诗》P313)

延首观神州,回睛盼曲阿。芳林挺修干,一岁再三花。
何以济不朽,嘘吸漱朝霞。重岩吐神溜,倾骸挹涌波。
恢恢大道间,人事足为多。

谢混《游西池》 (《全汉三国晋南北朝诗》P488)

悟彼蟋蟀唱,信此劳者歌。有来岂不疾,良游常蹉跎。
逍遥越城肆,愿言屡经过。回阡被陵阙,高台眺飞霞。
惠风荡繁囿,白云屯曾阿。

《诗经》中的"下"

"下"字现在只有一个读音 xià,但《诗经》和一些古诗词中的"下"却要读"后五切,音户"(hù),与"鼓""苦""甫""舞""土""古""怒""父""普""祖""处""雨"等字协韵。如:

【先秦】

《诗经·召南·采苹》

于以奠之,宗室牖下。谁其尸之,有齐季女。

《诗经·召南·殷其雷》

殷其雷,在南山之下。何斯违斯,莫或遑处。

《诗经·邶风·凯风》

爰有寒泉,在浚之下。有子七人,母氏劳苦。

《诗经·唐风·采苓》

采苦采苦,首阳之下。人之为言,苟亦无与。

《诗经·陈风·宛丘》

坎其击鼓,宛丘之下。无冬无夏,值其鹭羽。

《诗经·陈风·东门之枌》

东门之枌,宛丘之栩(栩音许)。子仲之子,婆娑其下。

《诗经·豳风·七月》

五月斯螽动股,六月莎鸡振羽。七月在野,八月在宇,九月在户。十月蟋蟀入我床下。

《诗经·豳风·东山》

蜎蜎者蠋,烝在桑野(野音予)。敦彼独宿,亦在车下。

《诗经·小雅·四牡》

翩翩者鵻,载飞载下。集于苞栩,王事靡盬,不遑将父。

《诗经·小雅·北山》

王事靡盬,忧我父母。溥天之下,莫非王土。

《诗经·小雅·采菽》

赤芾在股,邪幅在下。彼交匪纾,天子所予。

《诗经·大雅·绵绵》

古公亶父,来朝走马(音母)。率西水浒,至于岐下。爰及姜女,聿来胥宇。

《诗经·大雅·皇矣》

王赫斯怒。爰整其旅。以按徂旅,以笃周祜,以对于天下。

《诗经·大雅·凫鹥》

尔酒既湑,尔肴伊脯。公尸燕饮,福禄来下。

《诗经·大雅·烝民》

天监有周,昭假于下。保兹天子,生仲山甫。

《诗经·鲁颂》

振振鹭,鹭于下。鼓咽咽,醉言舞。

屈原《楚辞·离骚》

览相观于四极兮,周流乎天余乃下。望瑶台之偃蹇兮,见有娀之佚女。和调度以自娱兮,聊浮游而求女(rǔ)。及余饰之方壮兮,周流观乎上下。

屈原《楚辞·九歌·湘君》

朝骋骛兮江皋,夕弭节兮北渚。鸟次兮屋上,水周兮堂下。捐余玦兮江中,遗余佩兮澧浦。

屈原《楚辞·九歌·湘夫人》

帝子降兮北渚,目眇眇兮愁予。袅袅兮秋风,洞庭波兮木叶下。

屈原《楚辞·九歌·少司命》

秋兰兮麋芜,罗生兮堂下。绿叶兮素枝,芳菲菲兮袭予。

屈原《楚辞·九歌·河伯》

乘白鼋兮逐文鱼。与女游兮河之渚,流澌纷兮将来下。

屈原《楚辞·九歌·山鬼》

表独立兮山之上,云容容兮而在下。杳冥冥兮羌昼晦,东风飘兮神灵雨。

屈原《楚辞·九章·惜诵》

矰弋机而在上兮,罻罗张而在下。设张辟以娱君兮,愿侧身而无所。

屈原《楚辞·九章·怀沙》

变白以为黑兮,倒上以为下。凤凰在笯兮,鸡鹜翔舞。

宋玉《楚辞·九辩》

骐骥伏匿而不见兮,凤凰高飞而不下。鸟兽犹知怀德兮,何云贤士之不处。

宋玉《楚辞·九辩》

愿沉滞而不见兮,尚欲布名乎天下。然潢洋而不遇兮,直怐愁而自苦。

许由《箕山操》 (《先秦汉魏晋南北朝诗》P308)

登彼箕山兮瞻望天下,山川丽崎,万物还普。劳心九州,忧勤后土。谓余钦明,传禅易祖。我乐如何,盖不盼顾。

【晋】

介子推《龙蛇歌》 (《先秦汉魏晋南北朝诗》P310)

有龙矫矫,遭天谴怒。卷逃鳞甲,来遁于下。志愿不得,与蛇同伍。

《天下为卫子夫歌》 (《先秦汉魏晋南北朝诗》P121)

生男无喜,生女勿怒,独不见卫子夫霸天下。

三国吴《鼓吹曲摅武师》 (《先秦汉魏晋南北朝诗》P544)

摅武师,斩黄祖。攘夷凶族。革平西夏。炎炎大烈震天下。

鲍令晖《钱塘苏小歌》 (《玉台新咏》P276)

妾乘油壁车,郎骑青骢马(音母)。何处结同心,西陵松柏下。

【唐】

李颀《送刘十》 (《全唐诗》P1351)

三十不官亦不娶,时人焉识道高下。房中唯有老氏经,枥上空馀少游马(音母)。

王维《祠渔山神女歌·迎神》 (《全唐诗》P269)

坎坎击鼓,渔山之下。吹洞箫,望极浦。女巫进,纷屡舞。

李白《独坐敬亭山》中的"闲"

"闲"字现在只有一个读音 xián,其实古时"闲"字的本音是"何斓切"音杭,删韵,叶音弦。《康熙字典》和1936年出版的《辞海》对此都有说明。"闲"字与"閒"字相通,如閒暇、闲暇。古诗词中"闲"音杭与山、还、翰、关、环等字协韵的情况很多,如李白的《独坐敬亭山》(《全唐诗》P1858):

众鸟高飞尽,孤云独去闲。相看两不厌,只有敬亭山。

《诗经》中"闲"字叶音"胡田切"举例:

《诗经·魏风·十亩》

桑者闲闲。

《诗经·秦风·驷驖》

游于北周,四马既闲。

《诗经·大雅·皇矣》

临冲闲闲,崇墉言言。

《诗经·商颂·殷武》

旅楹有闲,寝成孔安。

(注:安字音"叶于连切"。)

其他举例如下:

【晋】

陆机《日出东南隅行》 (《玉台新咏》P59)

扶桑生朝晖,照此高台端。高台多妖丽,洞房出清颜。
淑貌曜皎日,惠心清且闲。美目扬玉泽,蛾眉象翠翰。

陆机《拟西北有高楼》 (《玉台新咏》P55)

佳人抚琴瑟,纤手清且闲。芳气随风结,哀响馥若兰。

【南北朝】

鲍令晖《浔阳乐》 (《玉台新咏》P275)

稽亭故人去,九里新人还。送一便迎两,无有暂时闲。

【唐】

韦应物《答李浣》 (《千家诗》)

林中观易罢,溪上对鸥闲。楚俗饶词客,何人最往还。

李涉《题鹤林寺僧舍》 (《百代千家绝句选》P244)

终日昏昏醉梦间,忽闻春尽强登山。因过竹院逢僧话,偷得浮生半日闲。

刘长卿《赠微上人》 (《全唐诗》P1560)

禅门来往翠微间,万里千峰在剡山。何时共到天台里,身与浮云处处闲。

赵冬曦《和张燕公耗磨日饮》 (《全唐诗》P1060)

春来半月度,俗忌一朝闲。不酌他乡酒,无堪对楚山。

薛业《晚秋赠张折冲》 (《全唐诗》P1185)

都尉今无事,时清但闲关。夜霜戎马瘦,秋草射堂闲。
位以穿杨得,名因折桂还。冯唐真不遇,叹息鬓毛斑。

王维《门前山兴》（《全唐诗》P1247）

秋色有佳兴，况君池上闲。悠悠西林下，自识门前山。
千里横黛色，数峰出云间。

王维《答张五弟》（《全唐诗》P1261）

终南有茅屋，前对终南山。终年无客常闭关，终日无心长自闲。
不妨饮酒复垂钓，君但能来相往还。

王维《寄崇梵寺僧》（《全唐诗》P1260）

崇梵僧，崇梵僧，秋归覆釜春不还。落花啼鸟纷纷乱，涧户山窗寂寂闲。
峡里谁知有人事，郡中遥望空云山。

王维《归嵩山作》（《全唐诗》P1277）

清川带长薄，车马去闲闲。流水如有意，暮禽相与还。
荒城临古渡，落日满秋山。迢递嵩高下，归来且闭关。

王维《留别丘为》（《全唐诗》P1319）

归鞍白云外，缭绕出前山。今日又明日，自知心不闲。
亲劳簪组送，欲趁莺花还。一步一回首，迟迟向近关。

丘为《题农父庐舍》（《全唐诗》P1318）

东风何时至，已绿湖上山。湖上春已早，田家日不闲。
沟塍流水处，来耕平芜间。薄暮饭牛罢，归来还闭关。

李颀《寄韩鹏》（《全唐诗》P1366）

为政心闲物自闲，朝看飞鸟暮飞还。寄书河上神明宰，羡尔城头姑射山。

储光羲《送王上人还襄阳》（《全唐诗》P1415）

朝看法云散，知有至人还。送客临伊水，行车出故关。
天花满南国，精舍在空山。虽复时来去，中心长日闲。

苏颋《山驿闲卧即事》（《全唐诗》P814）

息燕归檐静，飞花落院闲。不愁愁自著，谁道忆乡关。

钱起《蓝溪休沐》（《全唐诗》P2612）

虫鸣归旧里，田野秋农闲。即事敦夙尚，衡门方再关。
夕阳入东篱，爽气高前山。

钱起《岁初归旧山》（《全唐诗》P2632）

欲知愚谷好，久别与春还。莺暖初归树，云晴却恋山。
石田耕种少，野客性情闲。求仲应难见，残阳且掩关。

孟浩然《送贾升主簿之荆府》 (《全唐诗》P1642)

奉使推能者,勤王不暂闲。观风随按察,乘骑度荆关。
送别登高处,开筵旧岘山。征轩明日远,空望郢门间。

刘长卿《平蕃曲》 (《全唐诗》P1525)

绝漠大军还,平沙独戍闲。空留一片石,万古在燕山。

李白《寄从弟宣州长史昭》 (《全唐诗》P1776)

尔佐宣州郡,守官清且闲。常夸云月好,邀我敬亭山。
五落洞庭叶,三江游未还。相思不可见,叹息损朱颜。

李白《山中答俗人》 (《百代千家绝句选》P143)

问余何事栖碧山,笑而不答心自闲。桃花流水杳然去,别有天地非人间。

白居易《游仙游山》 (《全唐诗》P4835)

暗将心地出人间,五六年来人怪闲。自嫌恋著未全尽,犹爱云泉多在山。

白居易《禁中》 (《全唐诗》P4717)

门严九重静,窗幽一室闲。好是修心处,何必在深山。

卢仝《扬子津》 (《全唐诗》P4371)

风卷鱼龙暗楚关,白波沉却海门山。鹏腾鳌倒且快性,地坼天开总是闲。

郑锡《千里思》 (《全唐诗》P2912)

渭水通胡苑,轮台望汉关。帛书秋海断,锦堂夜机闲。
旅梦虫催晓,边心雁带还。

罗隐《秋日寄狄补阙》 (《全唐诗》P7565)

红尘扰扰间,立马看南山。漫道经年往,何妨逐日闲。
病中霜叶赤,愁里鬓毛斑。不为良知在,驱车已出关。

【宋】

郑会《题邸间壁》 (《千家诗》)

荼蘼香梦怯春寒,翠掩重门燕子闲。敲断玉钗红烛冷,计程应说到常山。

江淹《征怨》 (《玉台新咏》P125)

荡子从征久,凤楼箫管闲。独枕凋云鬟,孤灯损玉颜。
何日边尘静,庭前征马还。

张舜民《题岳阳楼》

醉袖扶危栏,天淡云闲。何人此路得生还?回首夕阳红尽处,应是长安。

左誉《眼儿媚》 （《词综》P775）
倚窗人在东风里,洒泪对春闲。也应似旧,盈盈秋水,淡淡春山。

吴儆《浣溪沙》 （《词综》P878）
目力已随飞鸟尽,机心还逐白鸥闲。萧萧微雨晚来寒。

崔与之《水调歌头》 （《词综》P886）
对青灯,搔白发,漏声残。老来勋业未就,妨却一身闲。

辛弃疾《汉宫春·立春》 （《唐宋名家词选》P252）
却笑东风从此,便薰梅染柳,更没些闲。闲时又来镜里,转变朱颜。清愁不断,问何人能解连环。生怕见花开花落,朝来塞雁先还。

苏轼《六月二十日望湖楼醉书》 （《百代千家绝句选》P492）
未成小隐成中隐,可得长闲胜短闲。我本无家更安往,故乡无此好湖山。

吕希哲《绝句》 （《百代千家绝句选》P500）
老读文书兴易阑,须知养病不如闲。闲眠瓦枕虚堂上,卧看江南雨后山。

惠洪《舟行书所见》 （《百代千家绝句选》）
剩水残山惨淡间,白鸥无事小舟闲。个中着我添图画,便是华亭落照湾。

叶绍翁《田家三咏》 （《百代千家绝句选》P569）
田因水坏秧重播,家为蚕忙户紧关。黄犊归来莎草阔,绿桑采尽竹梯闲。

龚开《瘦马图》 （《百代千家绝句选》P581）
一从云雾降天关,空尽先朝十二闲。今日有谁怜瘦骨,夕阳沙岸影如山。

刘宰《云边阻雨》 （《宋人绝句选》P347）
蔷薇篱落送春阑,笋蕨园林早夏闲。牛背牧儿酣午梦,不知风雨过前山。

潘朝英《善济寺》 （《宋人绝句选》P447）
春潮暮落海门山,百艇齐飞牡蛎滩。分得鱼虾归野市,满江鸥鹭夕阳闲。

王安石《和祖择之登紫微阁》 （《王安石全集》P184）
宫楼唱罢鸡人远,门阙朝归虎士闲。华盖北瞻天帝座,蓬莱东想道家山。

王安石《和郭功甫》 （《王安石全集》P274）
且欲相邀卧看山,扁舟自可送君还。留连城廓今如此,知复何时伴我闲。

王安石《还家》 （《王安石全集》P152）
还家岂不乐,生事未应闲。朝日已复出,征鞍方便攀。
伤心百道水,阒目数重山。

王安石《见远亭上五郎中》 (《王安石全集》P163)

树侵苍霭没,鸟背夕阳还。草带平沙阔,烟笼别戍闲。

吕本中《嘲拄杖》 (《全宋诗》P18128)

王郎赠我桄榔杖,三岁庵中伴我闲。只为懒行常靠壁,不能随我过嵩山。

吕本中《初离建康》 (《全宋诗》P18177)

纷纷车马未言还,我独支离便得闲。尚有同门二三子,肯同今夜宿钟山。

张耒《题赵令穰大年烟林》 (《中国古今题画诗全璧》P846)

枫林荻港白昼尽,落雁飞鸥尽日闲。平远起君千里恨,清诗可要助江山。

司马光《阮郎归》 (《词综》P284)

渔舟容易入深山,仙家日日闲。绮窗纱幌映朱颜,相逢醉梦间。　松露冷,海霞殷,匆匆整棹还。落花寂寂,水潺潺,重寻此路难。

陆游《天竺晓行》 (《陆放翁诗词选》P269)

笋舆咿轧水云间,惭愧忙身得暂闲。堪笑风中一黄叶,知看天外几青山。

张履信《柳梢青》 (《词综》P1933)

雨歇桃繁,风微柳静,日淡湖湾。寒食清明,虽然过了,未觉春闲。
行云掩映春山,真水墨山阴道间。燕语侵愁,花飞撩恨,人在江南。

陈允平《绛都春》 (《词综》P1246)

秋千倦倚,正海棠半坼,不耐春寒。䗫(tí)雨弄晴,飞梭庭院绣帘闲。梅妆欲试芳情懒,翠鬟愁入眉弯。雾蝉香冷,霞绡泪揾,恨袭湘兰。

覃怀高《水调歌头·游武夷》 (《词综》P1416)

翠蕤插云表,初意隔仙凡。临风据案一见,邂逅似开颜。几欲拿舟九曲,便拟扪参绝顶,直下俯尘寰。聊此税吾驾,赢得片时闲。

佚名《杨柳枝》 (《词综》P1517)

簌簌花飞一雨残,乍衣单。屏风数幅画江山,水云闲。
别易会难无计那,泪潸潸。夕阳楼上凭阑干,望长安。

【元】

吴镇《题王叔明卷》 (《中国古今题画诗全璧》P956)

短缣几许容丘壑,郁郁乔林更著山。应识王郎胸次好,未教消得此身闲。

元好问《同周帅梦卿崔振之游七岩》 (《元好问全集》P150)

客路频年别,僧居半日闲。同游尽亲旧,举目是家山。

元好问《望苏门》 (《元好问全集》P192)

诸父当年此往还,客衣尘土泪斑斑。太行秀发眉宇见,老阮亡来尊俎闲。

元好问《望崧少》 (《元好问全集》P193)

结习尚馀三宿恋,残年多负半生闲。长河一苇人千里,望断西城碧玉环。

元好问《山居杂诗》 (《元好问全集》P265)

树合秋声满,村荒暮景闲。虹收仍白雨,云动忽青山。

元好问《登珂山寺》 (《元好问全集》P293)

白日红尘往复还,深居那得似禅关。山门应被山僧笑,才得云林半日闲。

元好问《梦中作》 (《元好问全集》P293)

春泥滑滑满春山,惭愧幽禽唤客还。安得便乘双翼去,绿阴清昼伴君闲。

元好问《杜生绝艺》 (《元好问全集》P715)

杜生绝艺两弦弹,穆护沙词不等闲。莫怪曲终双泪落,数声全似古阳关。

李珣《渔父歌》 (《全五代诗》P961)

避世垂纶不记年,官高争得似君闲。倾白酒,对青山,笑指柴门待月还。

【明】

于谦《石灰吟》

千锤万凿出深山,烈火焚烧若等闲。粉身碎骨浑不怕,要留清白在人间。

谢榛《榆河晚发》 (《明诗选》P348)

朝晖开众山,遥见居庸关。云出三边外,风生万马间。
征尘何日静,古戍几人闲。忽忆弃襦者,空惭派鬓斑。

王阳明《山中示诸生》 (《明诗选》P273)

溪边坐流水,水流心共闲。不知山月上,松影落衣斑。

刘绩《画马二首》 (《中国古今题画诗全璧》P647)

曾蹴交河度黑山,霜蹄飒飒汗斑斑。如今四海无征战,老向春风十二闲。

沈周《题山水轴》 (《历代题画诗选注》P67)

秋来好在溪楼上,笔墨劳劳意自闲。老眼看书全似雾,模糊只写雨中山。

于谦《偶题》 (《百代千家绝句选》P621)

日落风吹静,鸟啼人自闲。白云如解事,成雨便归山。

文征明《送钱元帅南归》 (《百代千家绝句选》P630)

高人元不爱高官,帝与官衔宠退闲。添得空名将底用,批风抹月管青山。

【清】

洪升《望西山作》

兴随流水远,心与野鹤闲。青屿自孤迥,白云时往还。

桑调元《童家湾》

倦情向背看青山,无数悲怀付等闲。骤雨强于万枝弩,匐轰直射童家湾。

席佩兰《宝岩湾舟望》

落日明孤艇,篷窗独眺闲。轻云多贴树,远水欲浮山。

阎尔梅《沈文奎以文丞相见拟盖罪余亦笑作》（《清诗之旅》P1400）

忠孝平常事,捐躯亦等闲。天如存赵祀,谁可杀文山。
北地春云路,西台夜月间。惟闻歌正气,千载诵人寰。

黄仲则《汉江晓发》

五更乘晓月,一路看秋山。鸥梦先人觉,云心比客闲。

【近现代】

萧劳《题潘素溪桥烟柳图》（《中国古今题画诗全璧》P881）

烟霭纷纷竹树间,红尘谁似此翁闲。行过略彴扶筇去,勾我吟魂入乱山。

萧劳《题伯驹伉俪书画展》（《中国古今题画诗全璧》P1609）

长安卜居好,挥笔未曾闲。声闻交游重,丹青伉俪娴。
门前一溪水,腕底六朝山。赵管知名早,风流伯仲间。

吴世棠《题画》（《中国古今题画诗全璧》P446）

一曲清溪两岸山,碧空遥看彩云还。轻舟待渡从容甚,人共沙鸥一样闲。

胡适《题陈明庵画仿石田山水卷》（《中国古今题画诗全璧》P12370）

系艇岩边垂钓,携琴江上看山。写出梦中境界,人间无此清闲。

齐白石《题山水画》（《中国古今题画诗全璧》P1052）

此间全是幽人住,花鸟虫鱼得长闲。七尺纸帘三丈竹,一弯流水数重山。

吕本中《从叔巽叔觅茶》中的"咸"

"咸"字现在只有一个读音 xián,如咸丰、咸菜等。但它在过去是个多音字,不但可读"胡监切,音諴"(xián),而且可读"胡斩切,音鰔"(hàn),可读"公陷切,音歉"(qiàn);此外,还有"户暗切,音感"(《拜文》),还有一音憾(hàn)(《康熙字典》)。宋代吕本中《从叔巽叔觅茶》诗中的"咸"就得读 hàn。

疾病侵凌转不堪,时思一室奉清谈。嗣宗已饷兵厨酒,当有新茶惠阿咸。

欧阳玄《渔家傲》中的"限"

"限"字现在只有一个读音 xiàn,如限度、限量、限制、限期等。但古诗词中它有时要读"寒"(如浙江地区方言音"寒")。"限"字与"看""暗"诸字协韵。如:

【元】

  欧阳玄《渔家傲》 (《词综》P2703))

等待中秋明月玩,客中只作家中看。秋草墙头萤火暗。疏钟断,邻鸡唤起情何限。

(注:如果"限"字读 xiàn,那么"看"字要读"牵","暗"字要读"燕"。)

辛弃疾《鹧鸪天·代人赋》中的"些"

"些"字现在只有一个读音 xiē,如一些、那些等。其实古时它是个多音字,除了读音 xiē 外,还有三个不同的读音:

一是"四饿切,音娑去声"(suò)。如《楚辞·招魂》中的"何为四方些"。夔峡湖湘人禁咒句尾"婆婆诃"三字合音为"娑"去声(suò)。

二是"思阿切,音娑,歌韵"(suō)。如:

  苏轼《蝶恋花·暮春》 (《苏轼词全集》P94)

路尽河回千转柂。系缆渔村,月暗孤灯火。凭仗飞魂招楚些。我思君处君思我。

三是"思阿切,音沙"(shā)。如:

【唐】

  张泌《柳枝》 (《全唐诗》P10148)

倚着云屏新睡觉,思梦笑。红腮隐出枕函花,有些些。

(注:《柳枝》词牌要求"觉"与"笑"协韵,"花"与"些"协韵。)

【宋】

  白玉蟾《早春》 (《千家诗》)

南枝才放两三花,雪里吟香弄粉些。淡淡著烟浓著月,深深笼水浅笼沙。

  辛弃疾《鹧鸪天·代人赋》 (《词综》P2159)

陌上柔桑破嫩芽,东邻蚕种已生些。平冈细草鸣黄犊,斜日寒林点暮鸦。山远近,路横斜,青旗沽酒有人家。城中桃李愁风雨,春在溪头荠菜花。

蒋捷《霜天晓角·折花》（《词综》P1244）

人影纱窗,是谁来折花？折则从他折去,知折去,向谁家？

檐牙,枝最佳,折时高折些。说与折花人道：须插向,鬓边斜。

贺铸《减字浣溪沙》（《唐宋名家词选》P151）

笑捻粉香归洞户,更垂帘幕护窗纱。东风寒似夜来些。

韩湘子《言志》中的"邪"

诗词古音

"邪"字现在只有两个读音：一是 xié,如邪气、邪路、邪门歪道等；二是 yé,如莫邪。但古时它是个多音字,《康熙字典》注它有七种读音：斜、耶、余、阇、左、徐、移。1936年出版的《辞海》则注明它有五种读音,其中斜、耶、蛇三音为麻韵,余、徐两音为鱼韵。"邪"音"左"的例子如：

【晋】

傅玄《秋胡行》（《全汉三国晋南北朝诗》P288）

源流洁清,水无浊波。奈何秋胡,中道怀邪。美此节妇,高行巍峨。哀哉可悯,自投长河。

古诗词中"邪"字以音斜、麻韵与家、沙、花、鸦、纱、华等字协韵的诗歌有很多。如韩愈的侄子、八仙之一的韩湘子的诗。

韩湘子《言志》（《全唐诗》P9723）

青山云水窟,此地是吾家。后夜流琼液,凌晨咀绛霞。
琴弹碧玉调,炉炼白朱砂。宝鼎存金虎,元田养白鸦。
一瓢藏世界,三尺斩妖邪。解造逡巡酒,能开顷刻花。
有人能学我,同去看仙葩。

【南朝 梁】

王僧儒《有所思》（《玉台新咏》P138）

夜风吹熠耀,朝光照昔邪。几销虋芜叶,空落葡萄花。
不堪长织素,谁能独浣纱。光阴复何极,望促反成赊。
知君自荡子,奈妾亦倡家。

【梁】

徐悱《对房前桃树咏佳期赠内》（《全汉三国晋南北朝诗》P1240）

忽有当轩树,兼含映日花。方鲜类红粉,比素若铅华。
更使增心忆,弥令想狭邪。无如一路阻,脉脉似云霞。

【北齐】

  刘逖《浴温汤泉》　（《全汉三国晋南北朝诗》P1515）

骊岫犹怀土，新丰尚有家。神井堪消疹，温泉足荡邪。紫苔生石岸，黄沫拥金沙。

【唐】

  宋之问《浣纱篇赠陆上人》　（《全唐诗》P619）

  艳色夺人目，效颦亦相夸。一朝还旧都，靓妆寻若耶。
  鸟惊入松网，鱼畏沉荷花。始觉冶容妄，方悟君心邪。
  钦子秉幽意，世人共称嗟。

  李白《子夜四时歌夏歌》　（《全唐诗》P264）

  镜湖三百里，菡萏发荷花。五月西施采，人看隘若耶。
  回舟不待月，归去越王家。

  赵彦昭《奉和九日幸临渭亭登高应制》　（《全唐诗》P1088）

  秋豫凝仙览，宸游转翠华。呼鹰下鸟路，戏马出龙沙。
  紫菊宜新寿，丹萸辟旧邪。须陪长久宴，岁岁奉吹花。

  赵彦伯《奉和九日幸临渭亭登高应制得花字》　（《全唐诗》P1096）

  九日报仙家，三秋转岁华。呼鹰下鸟路，戏马出龙沙。
  簪挂丹萸蕊，杯浮紫菊花。所愿同微物，年年共辟邪。

  高适《同群公宿开善寺》　（《全唐诗》P2206）

  读书不及经，饮酒不胜茶。知君悟此道，所未披袈裟。
  谈空忘外物，持戒破诸邪。则是无心地，相看唯月华。

  王维《送宇文三赴河西充行军司马》　（《全唐诗》P1273）

  横笛杂繁笳，边风卷塞沙。还闻田司马，更逐李轻车。
  蒲垒成秦地，莎居属汉家。当令犬戎国，朝聘学昆邪。

  崔峒《题桐庐李明府官舍》　（《全唐诗》P3347）

讼堂寂寂对烟霞，五柳门前聚晚鸦。流水声中视公事，寒山影里见人家。
观风竞美新为政，计日还知旧触邪。可惜陶潜无限酒，不逢篱菊正开花。

  韩愈《李花》　（《全唐诗》P3808）

夜领张彻投卢仝，乘云共至玉皇家。长姬香御四罗列，缟裙练帨无等差。
静濯明妆有所奉，顾我未肯置齿牙。清寒莹骨肝胆醒，一生思虑无由邪。

  柳宗元《吐谷浑》　（《全唐诗》P3920）

  行者无不归，亲戚欢要遮。凯旋献清庙，万里思无邪。

柳宗元《八十韵赠二君子》 (《全唐诗》P3925)

宪府初收迹,丹墀共拜嘉。分行参瑞兽,传点乱宫鸦。
执简宁循枉,持书每去邪。鸾凤标魏阙,熊武负崇牙。

柳宗元《巽上人以竹间自采新茶见赠酬之以诗》 (《全唐诗》P3929)

呼儿爨金鼎,馀馥延幽遐。涤虑发真照,还源荡昏邪。
犹同甘露饭,佛事薰毗耶。咄此蓬瀛侣,无乃贵流霞。

刘禹锡《和乐天斋戒日满夜》 (《全唐诗》P4071)

常修清静去繁华,人识王城长者家。案上香烟铺贝叶,佛前灯焰透莲花。
持斋已满招闲客,理曲先闻命小娃。明日若过方丈室,还应问为法来邪。

孟郊《右金母飞空歌》 (《全唐诗》P4265)

咄嗟天地外,九围皆我家。上采白日精,下饮黄月华。灵观空无中,鹏路无间邪。

寒山《诗》 (《全唐诗》P9088)

世人何事可吁嗟,苦乐交煎勿底涯。生死往来多少劫,东西南北是谁家。
张王李赵权时姓,六道三途事似麻。只为主人不了绝,遂招迁谢逐迷邪。

寒山《诗》 (《全唐诗》P9091)

众生不可说,何意许颠邪。面上两恶鸟,心中三毒蛇。
是渠作障碍,使你事烦拏。举手高弹指,南无佛陀耶。

吴筠《考试不第出为嵩山道士步虚词》 (《全唐诗》P9647)

碧津湛洪源,灼烁敷荷花。煌煌青琳宫,粲粲列玉华。
真气溢绛府,自然思无邪。俯矜区中士,天浊良可嗟。

吴筠《黔娄先生》 (《全唐诗》P9657)

黔娄蕴雅操,守约遗代华。淡然常有怡,与物固无瑕。
哲妻配明德,既没辨正邪。辞禄乃馀贵,表谥良可嘉。

【近现代】

钱来苏《抗战将士有仰屋之嗟,诗以志慨》 (《十老诗选》P308)

报国何曾一念差,无端仰屋共兴嗟。头颅已分填沟壑,薪米宁谋蓄室家。
金尽元戎空画饼,囊充主计硕如瓜。从谁乞得诛贪剑,愿为三军斩佞邪。

庾信《咏画屏风》中的"偕"

"偕"字现在只有一个读音 xié,如白头偕老。但古诗词中它有时要读"叶坚奚切,音秸"(jī)。如：

《诗经·小雅·鱼丽》

物其旨矣,维其偕(叶举里切)矣。

《诗经·小雅·宾之初筵》

笾豆有楚,肴核维旅。酒既和旨,饮酒孔偕。

《诗经·小雅·鱼丽》

物其旨矣,维其偕矣。

颜延之《和谢灵运诗》 (《全汉三国晋南北朝诗》P617)

采茨葺昔宇,剪棘开旧畦。物谢时既晏,年往志不偕(jī)。

"偕"字有时则要读与"斋""埋""怀"诸字协韵的音。如：

【北周】

庾信《咏画屏风》 (《全汉三国晋南北朝诗》P1604)

洞灵开静室,云气满山斋。古松裁数树,盘根无半埋。
爱静鱼争乐,依人鸟入怀。仲春征隐士,蒲轮上计偕。

(注：庾信的诗,"阶"字往往与"斋"协韵。"偕"字似与"阶"的读音相同。)

【唐】

高适《酬裴员外以诗代书》 (《全唐诗》P2195)

朗咏临清秋,凉风下庭槐。何意寇盗间,独称名义偕。
辛酸陈侯诔,叹息季鹰杯。白日屡分手,青春不再来。

元稹《店卧闻幕中诸公征乐会饮因有戏呈三十韵》 (《全唐诗》P4526)

濩落因寒甚,沉阴与病偕。药囊堆小案,书卷塞空斋。胀腹看成鼓,羸形渐比柴。

【宋】

元好问《长青新居》 (《元好问全集》P146)

隐去初心在,亲朋复此偕。荒田归别业,高树表新斋。

孟浩然《过故人庄》中的"斜"

"斜"字现在只有一个读音 xié,但古时它是个多音字,有 xié、yé、shé、chā 四音。1936 年出版的《辞海》注明它读两音:一是"习耶切,音邪",二是"移蛇切,音耶"麻韵。

古诗词中"斜"字以麻韵与家、花、沙、麻、槎、砂、霞、葭、茶、加、鸦、华等字协韵的诗篇很多,人们熟知的见之于《唐诗三百首》和《千家诗》的就有十余首。如：

刘禹锡《乌衣巷》
朱雀桥边野草花,乌衣巷口夕阳斜。旧时王谢堂前燕,飞入寻常百姓家。

孟浩然《过故人庄》
故人具鸡黍,邀我至田家。绿树村边合,青山郭外斜。
开轩面场圃,把酒话桑麻。待到重阳日,还来就菊花。

僧皎然《寻陆鸿渐不遇》
移家虽带郭,野径入桑麻。近种篱边菊,秋来未着花。
扣门无犬吠,欲去问西家。报道山中去,归来每日斜。

刘方平《月夜》
更深月色半人家,北斗阑干南斗斜。今夜偏知春气暖,虫声新透绿窗纱。

张泌《寄人》
别梦依依到谢家,小廊回合曲阑斜。多情只有春庭月,犹为离人照落花。

韩翃《寒食》
春城无处不飞花,寒食东风御柳斜。日暮汉宫传蜡烛,轻烟散入五侯家。

钱起《逢侠者》
燕赵悲歌士,相逢剧孟家。寸心言不尽,前路日将斜。

杜甫《禹庙》
禹庙空山里,秋风落日斜。荒庭垂橘柚,古屋画龙蛇。
云气生虚壁,江声走白沙。早知乘四载,疏凿控三巴。

杜牧《山行》
远上寒山石径斜,白云生处有人家。停车坐爱枫林晚,霜叶红于二月花。

王维《奉和圣制从蓬莱向兴庆阁道中留春雨中春望之作》
渭水自萦秦塞曲,黄山旧绕汉宫斜。銮舆迥出千门柳,阁道回看上苑花。
云里帝城双凤阙,雨中春树万人家。为乘阳气行时令,不是宸游玩物华。

张继《邮亭》 (《全唐诗》P2725)
云淡山横日欲斜,邮亭下马对残花。自从身逐征西府,每到开时不在家。

钱起《送崔十三东游》 (《全唐诗》P2604)
丹凤城头噪晚鸦,行人马首夕阳斜。灞上春风留别袂,关东新月宿谁家。

钱起《访李卿不遇》 (《全唐诗》P2688)
画戟朱楼映晚霞,高梧寒柳度飞鸦。门前不见归轩至,城上愁看落日斜。

钱起《与赵莒茶宴》（《全唐诗》P2688）

竹下忘言对紫茶，全胜羽客醉流霞。尘心洗尽兴难尽，一树蝉声片影斜。

钱起《过故洛城》（《全唐诗》P2689）

故城门外春日斜，故城门里无人家。市朝欲认不知处，漠漠野田空草花。

"斜"字以音 chā 麻韵与家、花、沙、华等字协韵的诗词在中国的诗坛上源远流长，篇数最多的当数白居易，有40多篇，其次是刘禹锡，有30多篇。现列举部分如下：

【南朝　齐】

邱迟《答徐侍中为人赠归》（《玉台新咏》P102）

幽房一洞启，二八尽芳华。罗裾有长短，翠鬓无低斜。
长眉横玉脸，皓腕卷轻纱。俱看依井蝶，共取落檐花。

【南朝　梁】

沈约《杂曲有所思》（《玉台新咏》P105）

西征登陇首，东望不见家。关树抽紫叶，塞草发青芽。
昆明池欲满，葡萄应作花。流泪对汉使，因书寄狭斜。

萧绎《金乐歌》（《全汉三国晋南北朝诗》P952）

石阙题书字，金灯飘落花。东方晓星没，西山晚日斜。
縠衫回广袖，团扇掩轻纱。暂借青骢马，来送黄牛车。

王枢《徐尚书座赋得可怜》（《玉台新咏》P123）

红莲披早露，玉貌映朝霞。飞燕啼妆罢，顾插步摇花。
盝匜金钿满，参差绣领斜。幕还垂瑶帐，香灯照九华。

费昶《华观省中夜闻城外捣衣》（《玉台新咏》P141）

乘轩尽世家，佳丽似朝霞。圆珰耳上照，方绣领间斜。
衣熏百和屑，鬓摇九枝花。

萧纲《娈童》（《玉台新咏》P171）

妙年同小史，姝貌比朝霞。袖裁连璧锦，贱织细橦花。
揽袴轻红出，回头双鬓斜。媚眼时含笑，玉手乍攀花。

萧纲《咏内人昼眠》（《玉台新咏》P177）

北窗聊就枕，南檐日未斜。攀钩落绮障，插捩举琵琶。
梦笑开娇靥，眠鬟压落花。簟文生玉腕，香汗浸红纱。

萧纲《金乐歌》（《玉台新咏》P182）

啼乌怨别偶，曙乌忆离家。石阙题书字，金灯飘落花。
东方晓星没，西山晚日斜。縠衫回广袖，团扇掩轻纱。

萧纶《见姬人》 (《玉台新咏》P183)

春来不复赊,入苑驻行车。比来妆点异,今世拨鬟斜。
却扇承枝影,舒衫受落花。狂夫不妒妾,随意晚还家。

刘孝威《邻县遇见人织率尔寄妇》 (《玉台新咏》P193)

笼笼隔浅沙,的的见妆华。镂玉同心带,列宝连枝花。
红衫向后结,金簪临鬟斜。

刘孝威《和帘里烛》 (《全汉三国晋南北朝诗》P1226)

开关帘影出,参差风焰斜。浮光烛绮带,凝滴污垂花。

邓铿《闺中月夜》 (《玉台新咏》P212)

闺中日已暮,楼上月初华。树阴缘砌上,窗影向床斜。
开帷伤只凤,吹灯惜落花。谁能当此夕,独处类倡家。

裴子野《咏雪》 (《玉台新咏》P214)

飘飘千里雪,倏忽度龙沙。从云合且散,因风卷复斜。
拂草如连蝶,落树似飞花。若赠离居者,折以代瑶华。

何逊《闺怨》 (《玉台新咏》P281)

闺阁行人断,房栊月影斜。谁知北窗下,独对后园花。

吴均《杂句》 (《玉台新咏》P282)

锦腰连枝滴,绣领合欢斜。梦中难言见,终成乱眼花。

吴均《采药大布山》 (《全汉三国晋南北朝诗》P1129)

我本北山北,缘涧采山麻。九茎日反照,三叶长生花。
可用蠲忧疾,聊持驻景斜。

何逊《赠王左丞僧儒》 (《全汉三国晋南北朝诗》P1157)

檐外莺啼罢,园里日光斜。游鱼乱水叶,轻燕逐风花。
长墟上寒霭,晓树没归霞。九华暮已隐,抱郁徒交加。

张正见《怨诗》 (《续玉台新咏》P5)

艳粉惊飞蝶,红妆映落花。舞衫飘冶袖,歌扇掩团纱。
玉床珠帐卷,金楼镜月斜。还疑箫史凤,不及季伦家。

卢询《中妇织流黄》 (《续玉台新咏》P11)

别人心已怨,愁空日复斜。燃香望韩寿,磨镜待秦嘉。

魏彦深《初夏应诏》 (《续玉台新咏》P16)

舞衫飘细谷,歌扇掩轻纱。兰房本宜夏,不畏日光斜。

江淹《秋日纳凉奉和刑狱舅》 (《全汉三国晋南北朝诗》P1040)
　　萧条晚秋景,旻云承景斜。虚堂起青霭,崦嵫生暮霞。

【北周】

庾信《奉和赵王美人春日》 (《全汉三国晋南北朝诗》P1585)
　　新藤乱上格,春水漫吹沙。步摇钗梁动,红输被角斜。
　　今年逐春处,先向石崇家。

庾信《卫王赠桑落酒奉答》 (《全汉三国晋南北朝诗》P1600)
　　愁人坐狭斜,喜得送流霞。跂窗催酒熟,停杯待菊花。
　　霜风乱飘叶,寒水细澄沙。高阳今日晚,应有接篱斜。

庾信《舟中望月》 (《全汉三国晋南北朝诗》P1601)
　　天汉看珠蚌,星桥视桂花。灰飞重晕阙,莫落独轮斜。

【隋】

罗爱爱《闺思》 (《全汉三国晋南北朝诗》P1727)
　　几当孤月夜,遥望七香车。罗带因腰缓,金钗逐鬓斜。

秦玉鸾《忆情人》 (《续玉台新咏》P31)
　　兰幕虫声切,椒庭月影斜。可怜秦馆女,不及洛阳花。

卢思道《美女篇》 (《全汉三国晋南北朝诗》P1654)
　　京路多妖艳,馀香爱物华。俱临邓渠水,共采邺园花。
　　时摇五明扇,聊驻七香车。情疏看笑浅,娇深眄欲斜。
　　微津染长黛,新溜湿轻纱。莫言人未解,随君独问家。

魏澹《初夏应诏》 (《全汉三国晋南北朝诗》P1668)
　　虽度芳春节,物色尚馀华。出帘飞小燕,映户落残花。
　　舞衫飘细縠,歌扇掩轻纱。兰房本宜夜,不畏日光斜。

李世民《过旧宅》 (《全唐诗》P5)
　　新丰停翠辇,谯邑驻鸣笳。园荒一径断,苔古半阶斜。
　　前池消旧水,昔树发今花。一朝辞此地,四海遂为家。

李世民《冬日临昆明池》 (《全唐诗》P14)
　　石鲸分玉溜,劫烬隐平沙。柳影冰无叶,梅心冻有花。
　　寒野凝朝雾,霜天散夕霞。欢情犹未极,落景遽西斜。

李世民《望雪》 (《全唐诗》P15)
　　冻云宵遍岭,素雪晓凝华。入牖千重碎,迎风一半斜。
　　不妆空散粉,无树独飘花。萦空惭夕照,破彩谢晨霞。

李显《立春日游苑迎春》 (《全唐诗》P24)

神皋福地三秦邑,玉台金阙九仙家。寒光犹恋甘泉树,淑景偏临建始花。
彩蝶黄莺未歌舞,梅香柳色已矜夸。迎春正启流霞席,暂嘱曦轮勿遽斜。

崔颢《渭城少年行》 (《全唐诗》P329)

秦川寒食盛繁华,游子春来喜见家。斗鸡下杜尘初合,走马章台日半斜。

李廓《长安少年行十首》 (《全唐诗》P328)

游市慵骑马,随姬入坐车。楼边听歌吹,帘外市钗花。
乐眼从人闹,归心畏日斜。苍头来去报,饮伴到倡家。

孙光宪《竹枝辞》 (《全唐诗》P397)

门前春水白萍花,岸上无人小艇斜。商女经过江欲暮,散抛残食饲神鸦。

陈叔达《早春桂林殿应诏》 (《全唐诗》P420)

金铺照春色,玉律动年华。朱楼云似盖,丹桂雪如花。
水岸衔阶转,风条出柳斜。轻舆临太液,仙露酌流霞。

褚亮《咏花烛》 (《全唐诗》P446)

兰径香风满,梅梁暖日斜。言是东方骑,来寻南陌车。
屡星临夜烛,眉月隐轻纱。莫言春稍晚,自有镇开花。

杨师道《还山宅》 (《全唐诗》P461)

暮春还旧岭,徙倚玩年华。芳草无行径,空山正落花。
垂藤扫幽石,卧柳碍浮槎。鸟散茅檐静,云披涧户斜。

李义府《和边城秋气早》 (《全唐诗》P468)

金微凝素节,玉律应清葭。边马秋声急,征鸿晓阵斜。
关树凋凉叶,塞草落寒花。雾暗长川景,云昏大漠沙。

虞世南《奉和咏日午》 (《全唐诗》P473)

高天净秋色,长汉转曦车。玉树阴初正,桐圭影未斜。
翠盖飞圆彩,明镜发轻花。再中良表瑞,共仰璧晖赊。

王绩《策杖寻隐士》 (《全唐诗》P483)

策杖寻隐士,行行路渐赊。石梁横涧断,土室映山斜。
孑然纵有舍,威辇遂无家。置酒烧枯叶,披书坐落花。

谢偃《踏歌词三首》 (《全唐诗》P492)

夜久星沉没,更深月影斜。裙轻才动佩,鬟薄不胜花。
细风吹宝袜,轻露湿红纱。相看乐未已,兰灯照九华。

李百药《雨后》（《全唐诗》P537）

晚来风景丽,晴初物色华。薄云向空尽,轻虹逐望斜。
后窗临岸竹,前阶枕浦沙。寂寥无与晤,尊酒对风花。

杨炯《送杨处士反初卜居曲江》（《全唐诗》P614）

雁门归去远,垂老脱袈裟。萧寺休为客,曹溪便寄家。
绿琪千岁树,黄槿四时花。别怨应无限,门前桂水斜。

杨炯《早行》（《全唐诗》P615）

敞朗东方彻,阑干北斗斜。地气俄成雾,天云渐作霞。
河流才辨马,岩路不容车。阡陌经三岁,阎闾对五家。

宋之问《过蛮洞》（《全唐诗》P639）

越岭千重合,蛮溪十里斜。竹迷樵子径,萍匝钓人家。
林暗交枫叶,园香覆橘花。谁怜在荒外,孤赏足云霞。

李峤《甘露殿侍宴应制》（《全唐诗》P692）

月宇临丹地,云窗网碧纱。御筵陈桂醑,天酒酌榴花。
水向浮桥直,城连禁苑斜。承恩恣欢赏,归路满烟霞。

李峤《池》（《全唐诗》P705）

彩櫂浮太液,清觞醉习家。诗情对明月,云曲拂流霞。
烟散龙形净,波含凤影斜。安仁动秋兴,鱼鸟思空赊。

李峤《风》（《全唐诗》P729）

解落三秋叶,能开二月花。过江千尺浪,入竹万竿斜。

杜审言《和韦承庆过义阳公主山池》（《全唐诗》P733）

携琴绕碧沙,摇笔弄青霞。杜若幽庭草,芙蓉曲沼花。
宴游成野客,形胜得仙家。往往留仙步,登攀日易斜。

杜审言《晦日宴游》（《全唐诗》P736）

日晦随蓂荚,春情着杏花。解绅宜就水,张幕会连沙。
歌管风轻度,池台日半斜。更看金谷骑,争向石崇家。

韦元旦《奉和圣制春日幸望春宫应制》（《全唐诗》P773）

九重楼阁半山斜[①],四望韶阳春未赊。侍跸妍歌临灞涘,留觞艳舞出京华。

[①] 一作"霞"。

高正臣《晦日置酒林亭》（《全唐诗》P784）

正月符嘉节,三春玩物华。忘怀寄尊酒,陶性狎山家。
柳翠含烟叶,梅芳带雪花。光阴不相借,迟迟落景斜。

韩仲宣《三月三日宴王明府山亭》（《全唐诗》P786）

河滨上巳,洛汭春华。碧池涵日,翠罨澄霞。
沟垂细柳,岸拥平沙。歌莺响树,舞蝶惊花。
云浮宝马,水韵香车。熟记行乐,淹留景斜。

王茂时《晦日宴高氏林亭》（《全唐诗》P789）

胜践寻良会,乘春玩物华。还随张放友,来向石崇家。
止水分岩镜,闲庭枕浦沙。未极林泉赏,参差落照斜。

周彦晖《晦日宴高氏林亭》（《全唐诗》P792）

绮筵回舞雪,琼醑泛流霞。云低上天晚,丝雨带风斜。

刘友贤《晦日宴高氏林亭》（《全唐诗》P793）

池碧新流满,岩红落照斜。兴阑情未尽,步步惜风花。

周思钧《晦日宴高氏林亭》（《全唐诗》P794）

竹影含云密,池纹带雨斜。重惜林亭晚,上路满烟霞。

苏颋《经三泉路作》（《全唐诗》P803）

三月松作花,春行日渐赊。竹障山鸟路,藤蔓野人家。
透石飞梁下,寻云绝磴斜。此中谁与乐,挥涕语年华。

骆宾王《陪润州薛司空丹徒桂明府游招隐寺》（《全唐诗》P852）

共寻招隐寺,初识戴颙家。还依旧泉壑,应改昔云霞。
绿竹寒天笋,红蕉腊月花。金绳倘留客,为系日光斜。

沈佺期《入少密溪》（《全唐诗》P1027）

云峰苔壁绕溪斜,江路香风夹岸花。树密不言通鸟道,鸡鸣始觉有人家。

沈佺期《幸白鹿观应制》（《全唐诗》P1031）

紫凤真人府,斑龙太上家。天流芝盖下,山转桂旗斜。
圣藻垂寒露,仙杯落晚霞。唯应问王母,桃作几时花。

韦述《奉和圣制送张说上集贤学士赐宴》（《全唐诗》P1118）

赋诗开广宴,赐酒酌流霞。云散明金阙,池开照玉沙。
披垣留宿鸟,温树落余花。谬此天光及,衔恩醉日斜。

宋鼎《酬故人还山》 (《全唐诗》P1149)

举櫂乘春水,归山抚岁华。碧潭宵见月,红树晓开花。
肃穆轻风度,依微隐径斜。危亭暗松石,幽涧落云霞。

包融《赋得岸花临水发》 (《全唐诗》P1154)

笑笑傍溪花,丛丛逐岸斜。朝开川上日,夜发浦中霞。
照灼如临镜,丰茸胜浣纱。春来武陵道,几树落仙家。

张子容《永嘉即事寄赣县袁少府瓘》 (《全唐诗》P1176)

山绕楼台出,溪通里闬斜。曾为谢客郡,多有逐臣家。
海气朝成雨,江天晚作霞。题书报贾谊,此湿似长沙。

张若虚《春江花月夜》 (《全唐诗》P1184)

昨夜闲潭梦落花,可怜春半不还家。江水流春去欲尽,江潭落月复西斜。

王维《奉和圣制幸玉真公主山庄因题石壁》 (《全唐诗》P1286)

庭养冲天鹤,溪流上汉查。种田生白玉,泥灶化丹砂。
谷静泉逾响,山深日易斜。御羹和石髓,香饭进胡麻。
大道今无外,长生讵有涯。还瞻九霄上,来往五云车。

王维《田园乐》 (《全唐诗》P1305)

采菱渡头风急,策杖林西日斜。杏树坛边渔父,桃花源里人家。

李颀《照公院双橙》 (《全唐诗》P1354)

青青何必楚人家,带雨凝烟新着花。永愿香炉洒甘露,夕阳时映东枝斜。

李颀《弹棋歌》 (《全唐诗》P1357)

缘边度陇未可嘉,鸟跋星悬危复斜。回飙转指速飞电,拂四取五旋风花。

綦毋潜《若耶溪逢孔九》 (《全唐诗》P1370)

相逢此溪曲,胜托在烟霞。潭影竹间动,岩阴檐外斜。
人言上皇代,犬吠武陵家。借问淹留日,春风满若耶。

蒋维翰《怨歌》 (《全唐诗》P1467)

百尺珠楼临狭斜,新妆能唱美人车。皆言贱妾红颜好,要自狂夫不忆家。

万楚《咏帘》 (《全唐诗》P1468)

玳瑁昔称华,玲珑薄绛纱。钩衔门势曲,节乱水纹斜。
日弄长飞鸟,风摇不卷花。自当分内外,非是为骄奢(shē)。

万楚《五日观妓》 (《全唐诗》P1469)

西施漫道浣春纱,碧玉今时斗丽华。眉黛夺将萱草色,红裙妒杀石榴花。
新歌一曲令人艳,醉舞双眸敛鬓斜。谁道五丝能续命,却令今日死君家。

孟浩然《高阳池送朱二》（《全唐诗》P1630)

征马分飞日渐斜,见此空为人所嗟。殷勤为访桃源路,予亦归来松子家。

孟浩然《宿永嘉江寄山阴崔少府国辅》（《全唐诗》P1634）

我行穷水国,君使入京华。相去日千里,孤帆天一涯。
卧闻海潮至,起视江月斜。借问同舟客,何时到永嘉。

孟浩然《登总持寺浮图》（《全唐诗》P1662）

半空跻宝塔,晴望尽京华。竹绕渭川遍,山连上苑斜。
四门开帝宅,阡陌俯人家。累劫从初地,为童忆聚沙。

孟浩然《寻菊花潭主人不遇》（《全唐诗》P1667）

行至菊花潭,村西日已斜。主人登高去,鸡犬空在家。

李白《古意》（《全唐诗》P1728）

君为女萝草,妾作兔丝花。轻条不自引,为逐春风斜。
百丈托远松,缠绵成一家。谁言会面易,各在青山崖。

李白《早秋赠裴十七仲堪》（《全唐诗》P1732）

历抵海岱豪,结交鲁朱家。复携两少女,艳色惊荷葩。
双歌入青云,但惜白日斜。穷溟出宝贝,大泽饶龙蛇。

李白《代寄情楚词体》（《全唐诗》P1882）

横流涕而长嗟,折芳洲之瑶华。送飞鸟以极目,怨夕阳之西斜。
愿为连根同死之秋草,不作飞空之落花。

岑参《与鲜于庶子至利州道中作》（《全唐诗》P2044）

剖竹向西蜀,岷峨眇天涯。空深北阙恋,岂惮南路赊。
前日登七盘,旷然见三巴。汉水出嶓冢,梁山控褒斜。

杜甫《柴门》（《全唐诗》P2336）

峡门自此始,最窄容浮查。禹功翊造化,疏凿就欹斜。
巴渠决太古,众水为长蛇。风烟渺吴蜀,舟楫通盐麻。

杜甫《喜晴》（《全唐诗》P2271）

英贤遇轗轲,远引蟠泥沙。顾惭昧所适,回首白日斜。
汉阴有鹿门,沧海有灵查。焉能学众口,咄咄空咨嗟。

杜甫《杜位宅守岁》（《全唐诗》P2399）

守岁阿戎家,椒盘已颂花。盍簪喧枥马,列炬散林鸦。
四十明朝过,飞腾暮景斜。谁能更拘束,烂醉是生涯。

杜甫《秦州杂诗》 (《全唐诗》P2417)

州图领同谷,驿道出流沙。降虏兼千帐,居人有万家。
马骄珠汗落,胡舞白蹄斜。年少临洮子,西来亦自夸。

杜甫《遣怀》 (《全唐诗》P2421)

愁眼看霜露,寒城菊自花。天风随断柳,客泪堕清笳。
水净楼阴直,山昏塞日斜。夜来归鸟尽,啼杀后栖鸦。

杜甫《遣意》 (《全唐诗》P2438)

檐影微微落,津流脉脉斜。野船明细火,宿雁聚寒沙。
云掩初弦月,香传小树花。邻人有美酒,稚子夜能赊。

杜甫《草堂即事》 (《全唐诗》P2445)

荒村建子月,独树老夫家。雾里江船渡,风前径竹斜。
寒鱼依密藻,宿鹭起圆沙。蜀酒禁愁得,无钱何处赊。

杜甫《题桃树》 (《全唐诗》P2448)

小径升堂旧不斜,五株桃树亦从遮。高秋总馈贫人实,来岁还舒满眼花。

杜甫《水槛遣兴二首》 (《全唐诗》P2455)

去阁轩楹敞,无村眺望赊。澄江平少岸,幽树晚多花。
细雨鱼儿出,微风燕子斜。城中十万户,此地两三家。

杜甫《陪王侍御宴通泉东山野亭》 (《全唐诗》P2459)

江水东流去,清樽日复斜。异方同宴赏,何处是京华。
亭景临山水,村烟对浦沙。狂歌过形胜,得醉即为家。

杜甫《春归》 (《全唐诗》P2480)

苔径临江竹,茅檐覆地花。别来频甲子,倏忽又春华。
倚杖看孤石,倾壶就浅沙。远鸥浮水静,轻燕受风斜。

杜甫《秋兴八首》 (《全唐诗》P2509)

夔府孤城落日斜,每依南斗望京华。听猿实下三声泪,奉使虚随八月查。
画省香炉违伏枕,山楼粉堞隐悲笳。请看石上藤萝月,已映洲前芦荻花。

杜甫《祠南夕望》 (《全唐诗》P2568)

百丈牵江色,孤舟泛日斜。兴来犹杖履,目断更云沙。
山鬼迷春竹,湘娥倚暮花。湖南清绝地,万古一长嗟。

杜甫《入乔口》 (《全唐诗》P2568)

漠漠旧京远,迟迟归路赊。残年伴水国,落日对春华。
树密早蜂乱,江泥轻燕斜。贾生骨已朽,凄恻近长沙。

杜甫《舟泛洞庭》（《全唐诗》P2581）

蛟室围青草，龙堆隐白沙。护江盘古木，迎櫂舞神鸦。
破浪南风正，收帆畏日斜。云山千万叠，底处上仙槎。

张继《邮亭》（《全唐诗》P2725）

云淡山横日欲斜，邮亭下马对残花。自从身逐征西府，每到开时不在家。

钱起《送崔十三东游》（《全唐诗》P2604）

丹凤城头噪晚鸦，行人马首夕阳斜。灞上春风留别袂，关东新月宿谁家。

钱起《访李卿不遇》（《全唐诗》P2688）

画戟朱楼映晚霞，高梧寒柳度飞鸦。门前不见归轩至，城上愁看落日斜。

钱起《与赵莒茶宴》（《全唐诗》P2688）

竹下忘言对紫茶，全胜羽客醉流霞。尘心洗尽兴难尽，一树蝉声片影斜。

钱起《过故洛城》（《全唐诗》P2689）

故城门外春日斜，故城门里无人家。市朝欲认不知处，漠漠野田空草花。

钱起《逢侠者》（《全唐诗》P2683）

燕赵悲歌士，相逢剧孟家。寸心言不尽，前路日将斜。

钱起《送柳道士》（《全唐诗》P2639）

去世能成道，游仙不定家。归期千岁鹤，行迈五云车。
海上春应尽，壶中日未斜。不知相忆处，琪树几枝花。

钱起《赋得浦口望斜月送皇甫判官》（《全唐诗》P2641）

起见西楼月，依依向浦斜。动摇生浅浪，明灭照寒沙。
水渚犹疑雪，梅林不辨花。送君无可赠，持此代瑶华。

钱起《题樊川杜相公别业》（《全唐诗》P2645）

数亩园林好，人知贤相家。结茅书阁俭，带水槿篱斜。
古树生春藓，新荷卷落花。圣恩加玉铉，安得卧青霞。

皇甫冉《送陆鸿渐栖霞寺采茶》（《全唐诗》P2808）

采茶非采绿，远远上层崖。布叶春风暖，盈筐白日斜。
旧知山寺路，时宿野人家。借问王孙草，何时泛椀花。

王建《雨过山村》（《全唐诗》P3431）

雨里鸡鸣一两家，竹溪村路板桥斜。妇姑相唤浴蚕去，闲看中庭栀子花。

王建《九日登丛台》（《全唐诗》P3437）

平原池阁在谁家，双塔丛台野菊花。零落故宫无入路，西来涧水绕城斜。

王建《道中寄杜书记》（《全唐诗》P3426）
西南东北暮天斜,巴字江边楚树花。珍重荆州杜书记,闲时多在广师家。

刘商《送僧往湖南》（《全唐诗》P3459）
闲出东林日影斜,稻苗深浅映袈裟。船到南湖风浪静,可怜秋水照莲花。

刘商《不羡花》（《全唐诗》P3463）
惆怅朝阳午又斜,剩栽桃李学仙家。花开花落人如旧,谁道容颜不及花。

李约《病中宿宜阳馆闻雨》（《全唐诗》P3497）
难眠夏夜抵秋赊,帘幔深垂窗烛斜。风吹桐竹更无雨,白发病人心到家。

于鹄《襄阳寒食》（《全唐诗》P3510）
烟水初销见万家,东风吹柳万条斜。大堤欲上谁相伴,马踏春泥半是花。

武元衡《早春送欧阳炼师归山》（《全唐诗》P3552）
双鹤五云车,初辞汉帝家。人寰新甲子,天路旧烟霞。
羽节临风驻,霓裳逐风斜。昆仑有琪树,相忆寄瑶华。

武元衡《长安春望》（《全唐诗》P3552）
宿雨净烟霞,春风绽百花。绿杨中禁路,朱戟五侯家。
草色金堤晚,莺声御柳斜。无媒犹未达,应共惜年华。

白居易《效陶潜体诗》（《全唐诗》P4723）
重阳虽已过,篱菊有残花。欢来苦昼短,不觉夕阳斜。

白居易《初与元九别后忽梦见之》（《全唐诗》P4774）
夜深作书毕,山月向西斜。月下何所有,一树紫桐花。

白居易《食后》（《全唐诗》P4750）
食罢一觉睡,起来两瓯茶。举头看日影,已复西南斜。

白居易《忆微之伤仲远》（《全唐诗》P4883）
感逝因看水,伤离为见花。李三埋地底,元九谪天涯。
举眼青云远,回头白日斜。可能胜贾谊,犹自滞长沙。

白居易《春末夏初闲游江郭》（《全唐诗》P4883）
林迸穿篱笋,藤飘落水花。雨埋钓舟小,风飐酒旗斜。
嫩剥青菱角,浓煎白茗芽。淹留不知夕,城树欲栖鸦。

白居易《新居早春》（《全唐诗》P4940）
地润东风暖,闲行蹋草芽。呼童遣移竹,留客伴尝茶。
溜滴檐冰尽,尘浮隙日斜。新居未曾到,邻里是谁家。

白居易《杭州春望》（《全唐诗》P4959）

望海楼明照曙霞,护江堤白踏晴沙。涛声夜入伍员庙,柳色春藏苏小家。
红袖织绫夸柿蒂,青旗沽酒趁梨花。谁开湖寺西南路,草绿裙腰一道斜。

白居易《和新楼北园隅集》（《全唐诗》P4986）

闻君新楼宴,下对北园花。主人既贤豪,宾客皆才华。
初筵日未高,中饮景已斜。天地为幕席,富贵如泥沙。

白居易《夜归》（《全唐诗》P5027）

到处销春景,归时及月华。城阴一道直,烛焰两行斜。
东风先催柳,南霜不杀花。皋桥夜沽酒,灯火是谁家。

白居易《春尽劝客酒》（《全唐诗》P5030）

林下春将尽,池边日半斜。樱桃落砌颗,夜合隔帘花。
尝酒留闲客,行茶使小娃。残杯劝不饮,留醉向谁家。

白居易《闲出》（《全唐诗》P5041）

兀兀出门何处去,新昌街晚树阴斜。马蹄知意缘行熟,不向杨家即庾家。

白居易《和刘郎中曲江春望》（《全唐诗》P5061）

芳景多游客,衰翁独在家。肺伤妨饮酒,眼痛忌看花。
寺路随江曲,官①墙夹道斜。羡君犹壮健,不枉度年华。

白居易《自题新昌居止》（《全唐诗》P5061）

地偏坊远巷仍斜,最近东头是白家。宿雨长齐邻舍柳,晴光照出夹城花。

白居易《问江南物》（《全唐诗》P5076）

归来未及问生涯,先问江南物在耶?引手摩挲青石笋,回头点检白莲花。
苏州舫故龙头暗,王尹桥倾雁齿斜。别有夜深惆怅事,月明双鹤在裴家。

白居易《任老》（《全唐诗》P5084）

不愁陌上春光尽,亦任庭前日影斜。面黑眼昏头雪白,老应无可更增加。

白居易《管闲事》（《全唐诗》P5144）

自笑管闲事,从朝到日斜。浇畦引泉脉,扫径避兰芽。
暖变墙衣色,晴催木笔花。桃根知酒渴,晚送一瓯茶。

白居易《晚春闲居长句》（《全唐诗》P5146）

宿醒寂寞眠初起,春意阑珊日又斜。劝我加餐因早笋,恨人休醉是残花。
闲吟工部新来句,渴饮毗陵远到茶。兄弟东西官职冷,门前车马向谁家。

---

① 一作"宫"。

白居易《冬日平泉路晚归》（《全唐诗》P5158）

山路难行日易斜,烟村霜树欲栖鸦。夜归不到应闲事,热饮三杯即是家。

白居易《宅西有流水墙下构小楼偶题》（《全唐诗》P5179）

水色波文何所似,鞠尘罗带一条斜。莫言罗带春无主,自置楼来属白家。

白居易《杨柳枝绝句》（《全唐诗》P5204）

柳老春深日又斜,任他飞向别人家。谁能更学孩童戏,寻逐春风捉柳花。

白居易《自罢河南已换七尹偶题西壁》（《全唐诗》P5194）

迎门无故吏,侍坐有新娃。暖阁谋宵宴,寒庭放晚衙。
主人留宿定,一任夕阳斜。

白居易《过故洛城》（《全唐诗》P5253）

故城门前春日斜,故城门里无人家。市朝欲认不知处,漠漠野田飞草花。

白居易《樱桃花下有感而作》（《全唐诗》P5217）

蔼蔼美周宅,樱繁春日斜。一为洛下客,十见池上花。
烂熳岂无意,为君占年华。风光饶此树,歌舞胜诸家。
失尽白头伴,长成红粉娃。停杯两相顾,堪喜亦堪嗟。

白居易《和春深二十首》（《全唐诗》P5063）

白居易的"和春深"诗二十首,和刘禹锡的《同乐天和微之深春二十首》(《全唐诗》P4026)每首第一句都是"何处春深好"或"何处深春好",每首第二、四、六、八句末的字都是家、花、车、斜四韵。现举几例如下:

刘禹锡三首

何处春深好,春深万乘家。宫门皆映柳,辇路尽穿花。
池色连天汉,城形象帝车。旌旗暖风里,猎猎向西斜。
何处深春好,春深小隐家。芝庭留野菜,撼树去狂花。
醉酒一千日,贮书三十车。雉衣从露体,不敢有馀斜。
何处春深好,春深少妇家。能偷新禁曲,自剪入时花。
追逐同游伴,平章贵价车。从来不堕马,故遣髻鬟斜。

白居易四首

何处春深好,春深富贵家。马为中路鸟,妓作后庭花。
罗绮驱论队,金银用断车。眼前何所苦,唯苦日曲斜。
何处春深好,春深贫贱家。荒凉三径草,冷落四邻花。
奴困归佣力,妻愁出赁车。途穷平路险,举足剧褒斜。
何处春深好,春深隐士家。野衣裁薜叶,山饭晒松花。
兰索纫幽佩,蒲轮驻软车。林间箕踞坐,白眼向人斜。

何处春深好,春深妓女家。眉欺杨柳叶,裙妒石榴花。
兰麝熏行被,金铜钉坐车。杭州苏小小,人道最天斜。
(注:微之即元稹,有《生春二十首》(五言律诗),每首均中、风、融、丛四韵味。)

张籍《送从弟戴玄往苏州》 (《全唐诗》P4314)

杨柳阊门路,悠悠水岸斜。秉舟向山寺,着屐到渔家。
夜月红柑树,秋风白藕花。江天诗景好,回日莫令赊。

张籍《逢贾岛》 (《全唐诗》P4360)

僧房逢着款冬花,出寺行吟日已斜。十二街中春雪遍,马蹄今去入谁家。

张籍《题故僧影堂》 (《全唐诗》P4361)

香消云锁旧僧家,僧刹残形半壁斜。日暮松烟寒漠漠,秋风吹破纸莲花。

卢仝《苦雪寄退之》 (《全唐诗》P4388)

闻道西风弄剑戟,长阶杀人如乱麻。天眼高开欺草芽,我死未肯兴叹嗟。
但恨口中无酒气,刘伶见我相揄揶。清风搅肠筋力绝,白灰压屋梁柱斜。

卢仝《蜻蜓歌》 (《全唐诗》P4389)

黄河中流日影斜,水天一色无津涯。处处惊波喷流飞雪花。

李贺《南园十三首》 (《全唐诗》P4401)

竹里缲丝挑网车,青蝉独噪日光斜。桃胶迎夏香琥珀,自课越佣能种瓜。

李贺《黄家洞》 (《全唐诗》P4406)

彩巾缠踍幅半斜,溪头簇队映葛花。山潭晚雾吟白鼍,竹蛇飞蠹射金沙。

李贺《答赠》 (《全唐诗》P4417)

本是张公子,曾名萼绿华。沉香熏小像,杨柳伴啼鸦。
露重金泥冷,杯阑玉树斜。琴堂沽酒客,新买后园花。

李贺《梁公子》 (《全唐诗》P4419)

风采出萧家,本是菖蒲花。南塘莲子熟,洗马走江沙。
御笺银沫冷,长簟凤窠斜。种柳营中暗,题书赐馆娃。

元稹《遣兴十首》 (《全唐诗》P4468)

爱直莫爱夸,爱疾莫爱斜。爱谋莫爱诈,爱施莫爱奢。
择才不求备,任物不过涯。用人如用己,理国如理家。

元稹《酬乐天见忆兼伤仲远》 (《全唐诗》P4507)

遥泪陈根草,闲收落地花。庾公楼怅望,巴子国生涯。
河任天然曲,江随峡势斜。与君皆直懃,须分老泥沙。

元稹《感石榴二十韵》（《全唐诗》P4539）

初到摽珍木，多来比乱麻。深抛故园里，少种贵人家。
唯我荆州见，怜君胡地赊。从教当路长，兼恣入檐斜。

元稹《景中秋八首》（《全唐诗》P4553）

雨柳枝枝弱，风光片片斜。蜻蜓怜晓露，蛱蝶恋秋花。
饥啅空篱雀，寒栖满树鸦。荒凉池馆内，不似有人家。

元稹《古寺》（《全唐诗》P4563）

古寺春馀日半斜，竹风萧爽胜人家。花时不到有花院，意在寻僧不在花。

元稹《菊花》（《全唐诗》P4560）

秋丛绕舍似陶家，遍绕篱边日渐斜。不是花中偏爱菊，此花开尽更无花。

刘禹锡《初夏曲》（《全唐诗》P3965）

时节过繁华，阴阴千万家。巢禽命子戏，园果坠枝斜。
寂寞孤飞蝶，窥丛觅晚花。

刘禹锡《七夕》（《全唐诗》P4011）

河鼓灵旗动，嫦娥破镜斜。满空天是幕，徐转斗为车。
机罢犹安石，桥成不碍槎。谁知观津女，竟夕望云涯。

刘禹锡《送赵中丞自司金郎转仆射幕府》（《全唐诗》P4013）

绿树满褒斜，西南蜀路赊。驿门临白草，县道入黄花。
相府开油幕，门生逐绛纱。行看布政后，还从入京华。

刘禹锡《晚岁登武陵城顾望水陆怅然有作》（《全唐诗》P4089）

城基历汉魏，江源自宝巴。华表廖王墓，菜地黄琼家。
霜轻菊秀晚，石浅水纹斜。樵音绕故垒，汲路明寒沙。

刘禹锡《题寿安甘棠馆》（《全唐诗》P4105）

公馆似仙家，池清竹径斜。山禽忽惊起，冲落半岩花。

刘禹锡《赋馆娃宫采香径》（《全唐诗》P4109）

月殿移椒壁，天花代舜华。唯馀采香径，一带绕山斜。

刘禹锡《浪淘沙》（《全唐诗》P4113）

洛水桥边春日斜，碧流清浅见琼砂。无端陌上狂风急，惊起鸳鸯出浪花。……
鹦鹉洲头浪飐沙，青楼春望日将斜。衔泥燕子争归舍，独自狂夫不忆家。

刘禹锡《和严给事观玉蕊花下有游仙》（《全唐诗》P4122）

玉女来看玉蕊花，异香先引七香车。攀枝弄雪时回顾，惊怪人间日易斜。

孟郊《招文士饮》 （《全唐诗》P4210）

文士莫辞酒,诗人命属花。退之如放逐,李白自矜夸。
万古忽将似,一朝同叹嗟。何言天道正,独使地形斜。

孟郊《赠道月上人》 （《全唐诗》P4231）

僧听净无点,僧衣宁缀华。寻常昼日行,不使身影斜。
饭术煮松柏,坐山邀云霞。欲知禅隐高,缉薜为袈裟。

孟郊《至孝义渡寄郑军事唐二十五》 （《全唐诗》P4240）

咫尺不得见,心中空嗟嗟。官街泥水深,下脚道路斜。
嵩少玉峻峻,伊洛碧华华。岸亭当四逈,诗老独一家。

孟郊《送超上人归天台》 （《全唐诗》P4250）

天台山最高,动躅赤城霞。何以静双目,扫山除妄花。
何以洁其性,滤泉去泥沙。灵境物皆直,万松无一斜。

孟郊《峥嵘岭》 （《全唐诗》P4263）

疏凿顺高下,结构横烟霞。坐啸郡斋肃,玩奇石路斜。
古树浮绿气,高门结朱华。始见峥嵘状,仰止逾可嘉。

杜牧《街西长句》 （《全唐诗》P5955）

碧池新涨浴娇鸦,深锁长安富贵家。游骑偶同人斗酒,名园相倚杏交花。
银鞦腰裹嘶宛马,绣鞅璁珑走钿车。一曲将军何处笛,连云芳草日初斜。

杜牧《台城曲》 （《全唐诗》P5977）

整整复斜斜,随旗簇晚沙。门外韩擒虎,楼头张丽华。
谁怜容足地,却羡井中鼃①。

杜牧《商山麻涧》 （《全唐诗》P5978）

云光岚彩四面合,柔柔垂柳十馀家。雉飞鹿过芳草远,牛巷鸡埘春日斜。

杜牧《正初奉酬歙州刺史邢群》 （《全唐诗》P5987）

翠岩千尺倚溪斜,曾得严光作钓家。越嶂远分丁字水,腊梅迟见二年花。

杜牧《登九峰楼》 （《全唐诗》P5996）

晴江滟滟含浅沙,高低绕郭滞秋花。牛歌鱼笛山月上,鹭渚鸶梁溪日斜。

杜牧《偶作》 （《全唐诗》P5998）

才子风流咏晓霞,倚楼吟住日初斜。惊杀东邻绣床女,错将黄晕压檀花。

---

① 鼃,古文"蛙"字。

杜牧《闲题》 (《全唐诗》P6013)
男儿所在即是家,百镒黄金一朵花。借问春风何处好,绿杨深巷马头斜。

杜牧《宿东横山濑》 (《全唐诗》P6024)
孤舟路渐赊,时见碧桃花。溪雨滩声急,岩风树势斜。
猕猴悬弱柳,鸂鶒睡横楂。谩向仙林宿,无人识阮家。

许浑《送杨处士叔初卜居曲江》 (《全唐诗》P6041)
雁门归去远,垂老脱袈裟。萧寺休为客,曹溪便寄家。
绿琪千岁树,黄槿四时花。别怨应无限,门前桂水斜。

许浑《献白尹乐天》 (《全唐诗》P6047)
醉舞任生涯,褐宽乌帽斜。庾公先在郡,疏傅早还家。
林晚鸟争树,园春蜂护花。高吟应更逸,嵩洛旧烟霞。

许浑《春日题韦曲野老村舍》 (《全唐诗》P6051)
绕屋遍桑麻,村南第一家。林繁树势直,溪转水纹斜。
竹院昼看笋,药栏春卖花。故园归未得,到此是天涯。

许浑《送客江行》 (《全唐诗》P6058)
萧萧芦荻花,郢客独辞家。远樯依山响,危樯转浦斜。
水寒澄浅石,潮落涨虚沙。莫与征徒望,乡园去渐赊。

许浑《别刘秀才》 (《全唐诗》P6090)
三献无功玉有瑕,更携书剑客天涯。孤帆夜别潇湘雨,广陌春期鄂杜花。
灯照水萤千点灭,棹惊滩雁一行斜。关河万里秋风急,望见乡山不到家。

许浑《酬绵州于中丞使君见寄》 (《全唐诗》P6112)
故人书信越裒斜,新意虽多旧约赊。皆就一麾先去国,共谋三径未还家。

许浑《夜归孤山寺却寄卢郎中》 (《全唐诗》P6117)
青山有志路犹赊,心在琴书自忆家。醉别庾楼山色晓,夜归萧寺月光斜。
落帆露湿回塘柳,别院风惊满地花。他日此身须报德,莫言空爱旧烟霞。

许浑《夏日寄江上亲友》 (《全唐诗》P6138)
雨过山前日来斜,清蝉嘒嘒落槐花。车轮南北已无限,江上故人才到家。

许浑《客有卜居不遂薄游汧陇因题》 (《全唐诗》P6138)
海燕西飞白日斜,天门遥望五侯家。楼台深锁无人到,落尽春风第一家。

许浑《僧院影堂》 (《全唐诗》P6142)
香销云散旧僧家,僧刹残灯壁半斜。日暮松烟空漠漠,秋风吹破妙莲华。

李商隐《谑柳》 （《全唐诗》P6153）

已带黄金缕,仍飞白玉花。长时须拂马,密处少藏鸦。
眉细从他敛,腰轻莫自斜。玳梁谁道好,偏拟映卢家。

李商隐《壬申七夕》 （《全唐诗》P6170）

已驾七香车,心心待晓霞。风轻惟响佩,日薄不嫣花。
桂嫩传香远,榆高送影斜。成都过卜肆,曾妒识灵槎。

李商隐《青陵台》 《全唐诗》P6174

青陵台畔日光斜,万古贞魂倚暮霞。莫许韩凭为蛱蝶,等闲飞上别枝花。

李商隐《天涯》 《全唐诗》P6194

春日在天涯,天涯日又斜。莺啼如有泪,为湿最高花。

李商隐《昨日》 （《全唐诗》P6203）

二八月轮蟾影破,十三弦柱雁行斜。平明钟后更何事,笑倚墙边梅树花。

李商隐《春宵自遣》 （《全唐诗》P6218）

地胜遗尘事,身闲念岁华。晚晴风过竹,深夜月当花。
石乱知泉咽,苔荒任径斜。陶然恃琴酒,忘却在山家。

李商隐《花下醉》 （《全唐诗》P6220）

寻芳不觉醉流霞,倚树沉眠日已斜。客散酒醒深夜后,更持红烛赏残花。

李商隐《喜雪》 （《全唐诗》P6231）

有田皆种玉,无树不开花。班扇慵裁素,曹衣讵比麻。
鹅归逸少宅,鹤满令威家。寂寞门扉掩,依稀履迹斜。

贾岛《哭胡遇》 （《全唐诗》P6638）

天寿知齐理,何曾免叹嗟。祭回收朔雪,吊后折寒花。
野水秋吟断,空山暮影斜。弟兄相识徧,犹得到君家。

贾岛《送陈判官赴绥德》 （《全唐诗》P6641）

将军邀入幕,束带便离家。身暖蕉衣窄,天寒碛日斜。
火烧冈断苇,风卷雪平沙。丝竹丰州有,春来只欠花。

贾岛《寄令狐相公》 （《全唐诗》P6659）

驴骏胜羸马,东川路匪赊。一缄论贾谊,三蜀寄严家。
澄彻霜江水,分明露石沙。话言声及政,栈阁谷离斜。

贾岛《逢博陵故人彭兵曹》 （《全唐诗》P6679）

曲阳分散会京华,见说三年住海涯。别后解餐蓬藁子,向前未识牡丹花。
偶逢日者教求禄,终傍泉声拟置家。蹋雪携琴相就宿,夜深开户斗牛斜。

贾岛《蒋侯神歌》 (《全唐诗》P6700)

湘烟刷翠湘山斜，东方日出飞神鸦。青云自有黑龙子，潘妃莫结丁香花。

温庭筠《陈宫词》 (《全唐诗》P6713)

鸡鸣入草草，香辇出宫花。妓语细腰转，马嘶金面斜。
早莺随彩仗，惊雉避鸣笳。渐沥湘风外，红轮映曙霞。

温庭筠《郊居秋日有怀一二知己》 (《全唐诗》P6718)

稻田凫雁满晴沙，钓渚归来一径斜。门带果林招邑吏，并分蔬圃属邻家。

温庭筠《春日野行》 (《全唐诗》P6720)

雨涨西塘金堤斜，碧草芊芊晴吐芽。野岸明媚山芍药，水田叫噪官虾蟆。

温庭筠《寄分司元庶子兼呈元处士》 (《全唐诗》P6722)

闭门高卧莫长嗟，水木凝晖属谢家。缑岭参差残晓雪，洛波清浅露晴沙。
刘公春尽芜菁色，华廙愁深首蓿花。月榭知君还怅望，碧霄烟阔雁行斜。

温庭筠《西江上送渔父》 (《全唐诗》P6724)

却逐严光向若耶，钓轮菱棹寄年华。三秋梅雨愁枫叶，一夜篷舟宿苇花。
不见水云应有梦，偶随鸥鹭便成家。白苹风起楼船暮，江燕双双五两斜。

温庭筠《鄠杜郊居》 (《全唐诗》P6731)

槿篱芳杜近樵家，垅麦青青一径斜。寂寞游人寒食后，夜来风雨送梨花。

温庭筠《题卢处士山居》 (《全唐诗》P6738)

西溪问樵客，遥识楚人家。古树老连石，急泉清露沙。
千峰随雨暗，一径入云斜。日暮飞鸦集，满山荞麦花。

温庭筠《更漏子》 (《全唐诗》P10066)

星斗稀，钟鼓歇。帘外晓莺残月。兰露重，柳风斜。满庭堆落花。

温庭筠《忆江南》 (《全唐诗》P10061)

千万恨，恨极在天涯。山月不知心里事，水风空落眼前花，摇曳碧云斜。

温庭筠《南歌子》 (《全唐诗》P10060)

似带如丝柳，团酥握雪花。帘卷玉钩斜。九衢尘欲暮，逐香车。

刘得仁《上巳日》 (《全唐诗》P6303)

未敢分明赏物华，十年如见梦中花。游人过尽衡门掩，独自凭栏到日斜。

薛涛《赋凌云寺》 (《全唐诗》P9040)

闻说凌云寺里花，飞空绕磴逐江斜。有时锁得嫦娥镜，镂出瑶台五色霞。

张泌《河渎神》（《全唐诗》P10148）

古树噪寒鸦。满庭枫叶芦花。昼灯当户隔轻纱。画阁珠帘影斜。门外往来祈富客，翩翩帆落天涯。回首隔江烟火,渡头三两人家。

【南唐】

李璟《保大五年元旦大雪登楼赋》（《全唐诗》P71）

春气昨宵飘律管，东风今日放梅花。素姿好把芳姿掩,落势还同舞势斜。坐有宾朋尊有酒,可怜清味属侬家。

【宋】

赵令畤《乌夜啼》（《词综》P470）

舞镜鸾衾翠减,啼珠凤蜡红斜。重门不锁相思梦,依旧绕天涯。

程垓《愁倚栏令》（《词综》P856）

玉窗明暖烘霞,小屏上水远山斜。昨夜酒多春睡重,莫惊他。

苏轼《少年游·润州作代人寄远》（《苏轼选集》P251）

对酒卷帘邀明月,风露透窗纱。恰似姮娥怜双燕,分明照、画梁斜。

苏轼《望江南·超然亭作》（《苏轼选集》P259）

春未老,风细柳斜斜。试上超然台上看,半壕春水一城花。烟雨暗千家。

谢逸《南歌子》（《词综》P536）

雨洗溪光净,风掀柳带斜。画楼朱户玉人家。帘外一眉新月,浸梨花。

【元】

元好问《同梅溪同赋秋日海棠》（《元好问全集》P361）

锦水休惊散彩霞,换根元是有灵砂。琼枝不逐秋风老,自是人间日易斜。

陶宗仪《题画墨梅》（《历代题画诗选注》P56）

明月孤山处士家,湖光寒浸玉横斜。似将篆籀纵横笔,铁线圈成个个花。

【清】

恽寿平《画菊》（《历代题画诗选注》P118）

兴来写菊似涂鸦,误作枯藤绕数花。笔落一时收不住,石棱留得一拳斜。

谢惠连《秋胡行》中的"谐"

"谐"字现在只有一个读音 xié,如和谐。但古诗词中它有时要读 xī,《康熙字典》注:谐 叶弦鸡切,音奚(xī)。如东汉童谣:谐不谐,在赤眉("谐"与"眉"协韵)。

【南朝　宋】

　　谢惠连《秋胡行》　（《全汉三国晋南北朝诗》P656）

　　　　春日迟迟,桑何萋萋。红桃含夭,绿柳舒荑。
　　　　邂逅粲者,游渚戏蹊。华颜易改,良愿难谐。

　　曹植《七哀》　（《六朝诗选》P54）

　　　　借问叹者谁,言是客子妻。君行逾十年,孤妾常独栖。
　　　　君若清路尘,妾若浊水泥。浮沉各异势,会合何时谐。

"谐"字有时要读"雄皆切音骸",或"柯开切,音该"(《康熙字典》),如：

　　白居易《效陶潜体诗》　（《全唐诗》P4724）

　　　　及归种禾黍,三岁旱为灾。入山烧黄白,一旦化为灰。
　　　　蹉跎五十馀,生世苦不谐。处处去不得,却归酒中来。

　　高适《酬裴员外以诗代书》　（《全唐诗》P2195）

　　　　自从拜郎官,列宿焕天街。那能访遐僻,还复寄琼瑰。
　　　　金玉本高价,埙篪终易谐。朗咏临清秋,凉风下庭槐。

　　窦群《雨后月下寄怀羊二十七资州》　（《全唐诗》P3041）

　　　　夕霁凉飙至,翛然心赏谐。清光松上月,虚白郡中斋。
　　　　置酒平生在,开衿愿见乖。殷勤寄双鲤,梦想入君怀。

注："谐"与"阶"音同。如：

　　戴叔伦《又酬晓灯离暗室》　（《全唐诗》P3098）

　　　　雨声乱灯影,明灭在空阶。并枉五言赠,知同万里怀。

　　刘禹锡《卧病闻常山旋师策勋宥过》　（《全唐诗》P3978）

　　　　逐客憔悴久,故乡云雨乖。禽鱼各有化,予欲问齐谐。

向子谭《鹧鸪天》中的"鞋"

"鞋"字现在只有一个读音 xié,如鞋子、鞋匠、鞋油、棉鞋等。但古时它是个多音字：一是"户佳切",二是"悬圭切",三是"公蛙切"。故古诗词中有时要读与"回""开""来""苔"等字协韵的"孩"(hái)音。如：

　　伊用昌《题茶陵县门》　（《全唐诗》P9733）

　　　　茶陵一道好长街,两畔栽柳不栽槐。夜后不闻更漏鼓,只听锤芒织草鞋。

向子諲《鹧鸪天》（《词综》P667)

说着分飞百种猜，泥人细数几时回。风流可惯长孤冷？怀抱如何得好开？垂玉箸，下香阶，并肩小语更兜鞋。再三莫遣归期误，第一频教入梦来。

王家亮《步月》（《词综补遗》P1374)

萧疏庭院，三径为君开。最难是、今朝风雨，好认取、浅印莓苔。芳树外，莎平草软，何似踏青鞋？

阮籍《咏怀诗》中的"写"

<small>诗词古音</small>

"写"字现在有两个读音：xiě，如写作、描写等；xiè，如写意。但古时它是个多音字，除了"悉也切""洗野切""先野切"音泻，还有"四夜切，音卸"，叶音"叶舒吕切，音暑""叶苏果切，音琐"。如谢惠连一首诗就中的"写"得读"琐"(《康熙字典》)。

有客被褐前，投心自询写。臧否固消灭，谁知穷薪火。

特别要指出，由于"野""夜"都有 yě、yā 或 yà 音，所以"先野切"和"四夜切"都可切出两音 xiè、xà。所以古诗词中许多"写"字要读 xà。如：

【魏】

阮籍《咏怀诗》（《全汉三国晋南北朝诗》P217)

出门临永路，不见行车马。登高望九州，悠悠分旷野。
孤鸟西北飞，离兽东南下。日暮思亲友，晤言用自写。

【南朝 宋】

王微《杂诗》（《全汉三国晋南北朝诗》P719)

常怀云汉惭，常欲复周雅。重名好铭勒，轻躯愿图写。
万里度沙漠，悬师蹈朔野。传闻兵失利，不见来归者。
奚处埋旍麾，何处丧车马。拊心悼恭人，零泪覆面下。

【南朝 齐】

陆厥《蒲阪行》（《全汉三国晋南北朝诗》P840)

江南风已春，河间柳已把。雁返无南书，寸心何由写。
流泊祁连山，飘飖高阙下。

【唐】

张九龄《忝官二十年尽在内职及为郡》（《全唐诗》P577)

一郡苟能化，百城岂云寡。爱礼谁为羊，恋主吾犹马。
感初时不载，思奋翼无假。闲宇常自闭，沉心何用写。

畅当《蒲中道中》 （《全唐诗》P3285）

古刹栖柿林，绿阴覆苍瓦。岁晏来品题，拾叶总堪写。

白居易《自江州至忠州》 （《全唐诗》P4798）

前在浔阳日，已叹宾朋寡。忽忽抱忧怀，出门无处写。
今来转深僻，穷峡巅山下。五月断行舟，滟堆正如马。
巴人类猿狖，矍铄满山野。敢望见交亲，喜逢似人者。

【宋】

王安石《寄曾子固》 （《王安石全集》P45）

崔嵬天门山，江水绕其下。寒渠已胶舟，欲往岂无马。
时恩缪拘缀，私养难乞假。低回适为此，含忧何时写？

史达祖《三姝媚》 （《词综》P1111）

惆怅南楼遥夜。记翠箔张灯，枕肩歌罢。又入铜驼，遍旧家门巷，首询声价。可惜东风，将恨与闲花俱谢。记取崔徽模样，归来暗写。

姜夔《探春慢》 （《词综》P928）

衰草愁烟，乱鸦送日，风沙回旋平野。拂雪金鞭，欺寒茸帽，还记章台走马。谁念漂零久，漫赢得缨怀难写。故人清盼相逢，小窗闲共情话。

方千里《塞垣春·和周清真》 （《词综》P1152）

四远天垂野(yà)。向晚景，雕鞍卸(xià)。吴蓝滴草，塞锦藏柳，风物堪画。对雨收雾霁初晴也(yǎ)。正陌上、烟光洒。听黄鹂、啼红树，短长音如写(xà)。

怀抱几多愁，年时趁、欢会幽雅。尽日足相思，奈春昼难夜。(yà)念征尘、满堆襟袖，那堪更、独游花阴下。一别鬓毛减，镜中霜满把。

葛长庚《贺新郎·肇庆府送谈金华、张月窗》 （《词综》P1562页）

小词做了和愁写。送将归、要相思处，月明今夜(yà)。客里不堪仍送客，平昔交游亦寡。况惨惨、苍梧之野(yà)。未可凄凉休哽咽，更明朝、后日才方卸。情默默，斜阳下。

（注：此段为词的下片，"写"与上片"洒""画""话""把"等字协韵。）

【元】

张翥《摸鱼儿》 （《词综》P1818）

记苏台旧时风景，西楼灯火如画。严城月色依然好，无复绮罗游冶。欢意谢。向客里相逢，还有思陶写(yǎ)。金尊翠斝。把锦字新声，红牙小拍，分付倦司马。

【清】

黎国廉《陌上花》 (《词综补遗》P620)

寥天暮霭,沉沉云际,夕阳先下。燕尽鸿稀,惟賸乱鸦残话。六街水静闲身老,寂甚酒怀难写。

孙雏卿《洞仙歌》 (《词综补遗》P891)

慧肠冰雪转,密字珍珠,料是宵深背人写。软语重叮咛,道是从今,休负了那个深夜。要生生世世结良缘,到地老天荒,永无抛舍。

袁郁文《锁寒窗》 (《词综补遗》)

卷珠帘,瑶阶映霞。暮砧撼起情难写。叹锦笺久隔,河移星换,夜寒孤话。

冯煦《琵琶仙》 (《词综补遗》P57)

何事西风,又催我、一点征帆东下。无那寒驿灯昏,沉沉。怨遥夜。秋色里、青袍似草,算离恨、不堪重写。倦倚烟蓬,霜空雁杳,谁与共话。

吴介宝《解花语》 (《词综补遗》P313)

春生处,闪闪精魂欲下。檀奴橘婢,恰付与、东风半霎。只一枝,班管梦甜,更有谁词写。

吴馥《鹊踏花翻·秋海棠》 (《词综补遗》P403)

几点芳心,柔情冶态,天工略把胭脂写。窗前露滴新寒,雨洒轻红,夜深蟋蟀多也。相思种就,对莓苔、绿衣那问春光借。

嵇容《满江红》 (《词综补遗》P612)

新亭泪,登高洒。神州痛,凭阑写。望故宫禾黍,霜封碧瓦。

包安保《塞垣春》 (《词综补遗》P1135)

早别泪,风前洒。算行藏、共形影,笔端幽怨能写。

王尚辰《貂裘换酒·雪后饮蜡梅花》 (《词综补遗》P1372)

想风韵、犹推林下。醉起巡詹频索笑,索儿呵,小指兜红杷。含磬口,意难写。

陈与尚《贺新凉》 (《词综补遗》P729)

料尔在,重泉应诧。咫尺夜台弹指晤,恁颓唐,远涉都无怕。无限恨,不堪写。

王桢《百字令》 (《词综补遗》P1339)

寂寞斜阳黄叶路,爱煞笔尖如画。落日霞笺,秋风雁字,着意空中写。

何庆涵《贺新凉》 (《词综补遗》P1235)

肯换却、湖山潇洒。七十年来春梦永,擘乌阑贪把金经写。

王迈《清平乐·听曲》 (《词综补遗》P1434)

清歌永夜,谁是知音者?曲罢台空人去也,馀韵绕梁难写。

柳永《二郎神·七夕》中的"泻"

"泻"字现在只有一个读音 xiè。但它在古诗词中,除了有时读 xiè,又读,司夜切,音卸"xià"。由于"夜"有二音,所以"卸"与"泻"字也有二音:xiè、xià。例如:

【南朝 梁】

   萧子晖《陇头水》 (《百代千家绝句》P36)

  天寒陇水急,散漫俱分泻。北注徂黄龙,东流会白马。

【唐】

   王维《栾家濑》 (《百代千家绝句选》P123)

  飒飒秋雨中,浅浅石榴泻。跳波自相溅,白鹭惊复下。

   杜甫《玉华宫》 (《全唐诗》P2276)

  溪回松风长,苍鼠窜古瓦。不知何王殿,遗构绝壁下。
  阴房鬼火青,坏道哀湍泻。万籁真笙竽,秋色正萧洒。

   刘禹锡《飞练瀑》 (《全唐诗》P3992)

  琼枝曲不折,云片晴犹下。石坚激清响,叶动承馀洒。前时明月中,见是银河泻。

   元稹《表夏》 (《全唐诗》P4494)

  西山夏雪消,江势东南泻。风波高若天,滟滪低于马。
  正被黄牛旋,难期白帝下。我在平地行,翻忧济川者。

   李贺《秦宫诗》 (《全唐诗》P4420)

  桐英永巷骑新马,内屋深屏生色画。开门烂用水衡钱,卷起黄河向身泻。

【宋】

   柳永《二郎神·七夕》 (《词综》P352)

  炎光初谢,过暮雨芳尘轻洒。乍露冷风清庭户爽,天如水,玉钩遥挂。应是星娥嗟久阻,叙旧约飙轮欲驾。极目处微云暗度,耿耿银河高泻。

   苏轼《定惠院寓居月夜偶出》 (《苏轼选集》P131)

  参差玉宇飞木末,缭绕香烟来月下。江云有态清自媚,竹露无声浩如泻。
  已惊弱柳万丝垂,尚有残梅一枝亚。

【元】

   杨维桢《鸿门会》 (《元诗三百首》P215)

  军声十万振屋瓦,拔剑当人面如赭。将军下马力排山,气卷黄河酒中泻。

【清】

盛昱《金缕曲》　（《词综补遗》P17）

我任推排犹不去,虚向人、高论青山价。惭对尔,汗如泻。

麒庆《金缕曲·烛泪》　（《词综补遗》P151）

街鼓初更打。掩琼扉,银缸半照,锦屏低射。兰焰一星红似豆,董得蚝膏软化。看点点绛珠偷泻。

朱孝臧《玉连环》　（《词综补遗》P466）

花翻歌扇衣香卸。梦云低亚。沙棠双桨绮罗尘,愁不耐、沧波泻。

胡薇元《百字令·登凌云绝顶》　（《词综补遗》P522）

蘼芜春去,荨回帆挝鼓,江涛珠泻。石磴钩连双塔峙,都上凌云台榭。虾菜食单,水乡风味,长了鲥鱼价。

袁郁文《锁寒窗》　（《词综补遗》P935）

东篱艳冷,瘦损黄花时也。望西州、千里断肠,远岸暗氲云冻舍。怅清光,过羽西驰,泪滴铜槃泻。

欧阳修《蝶恋花》中的"谢"

"谢"字现在只有一个读音 xiè,如感谢、道谢、谢绝、谢客、谢幕等。但古诗词中除了读泄(xiè)外,许多诗词中的谢字要读 xià,与"画""亚""驾""挂""下""咤""化""夏"等字协韵。例如:

欧阳修《蝶恋花》　（《词综》P266）

小院深深门掩乍,寂寞珠帘,画阁重重下。欲近禁烟微雨罢,绿杨深处秋千挂。傅粉狂游犹未舍,不念芳时,眉黛无人画。薄幸未归春去也,杏花零落红香谢。

【晋】

郭璞《游仙诗》　（《全汉三国晋南北朝诗》P424）

六龙安可顿,运流有代谢。时变感人思,已秋复愿夏。淮海变微禽,吾生独不化。虽欲腾丹溪,云螭非我驾。

【南朝　齐】

顾欢《临终诗》　（《全汉三国晋南北朝诗》P844）

五涂无恒宅,三清有常舍。精气因天行,游魂随物化。鹏鹍适大海,蜩鸠之桑柘。达生任去留,善死均日夜。委命安所乘,何方不可驾。翘心企前觉,融然从此谢。

【南朝　梁】

何逊《临行公车》（《全汉三国晋南北朝诗》P1153）

缅舟去浊河,揆景辞清灞。平生多意绪,怀抱皆徂谢。
念此将如何,抚心独悲咤。

孙光宪《风流子》（《词综》P185）

金络玉衔嘶马,系向绿杨阴下。朱户掩,绣帘垂,曲院水流花谢。欢罢,归也,犹在九衢深夜。

【宋】

潘牥《羽仙歌》（《词综》P1166）

雕檐绮户,倚晴空如画。曾是吴王旧台榭。自浣纱人去后,落日平芜,行云断,几见花开花谢。

史达祖《三姝媚》（《词综》P1111）

惆怅南楼遥夜,记翠箔张灯,枕肩歌罢。又入铜驼,遍旧家门巷,首询身价。可惜东风,将恨与闲花俱谢。记取崔徽模样,归来暗写。

管鉴《洞仙歌·访郑德与郎中》（《词综》P2178）

悠然堂上,山色浑如画。堂下梅花未多谢。向小亭留客处,晴雪初飞,香四面,不比芳檐低亚。

江道载《咏秋》中的"榭"

"榭"字的读音与"谢"相同,音 xiè。古诗词中"榭"字应读 xià 音的举例如下:

【晋】

江道载《咏秋》（《全汉三国晋南北朝诗》P444）

祝融解炎辔,蓐收起凉驾。高风催节变,凝露督物化。
长林悲素秋,茂草思朱夏。鸣雁薄云岭,蟋蟀吟深榭。

【南朝　齐】

谢朓《三日侍宴曲水代人应诏》（《全汉三国晋南北朝诗》P806）

初莺命晓,朝霞开夜。饰陛道源,回伊流灞。
极望天渊,曲阻亭榭。闲馆岩畅,长廊水架。

【唐】

元稹《茅舍》（《全唐诗》P4466）

我欲他郡长,三时务耕稼。农收次邑居,先室后台榭。

曹操《蒿里行》中的"凶"

"凶"字现在只有一个读音 xiōng。其实古诗词中它有时要读"荒"音。据《康熙字典》:"凶,叶虚王切,读荒平声。"如:

【汉】

   东方朔《七谏》 (《康熙字典》)

业失之而不救兮,尚何论乎祸凶。彼离畔而朋党兮,独行之士其何望?

   曹操《蒿里行》 (《全汉三国晋南北朝诗》P120)

关东有义士,兴兵讨群凶。初期会盟津,乃心在咸阳。
军合力不齐,踌躇而雁行。势利使人争,嗣还自相戕。
淮南弟称号,刻玺于北方。铠甲生虮虱,万姓以死亡。
白骨露于野,千里无鸡鸣(máng)。生民百遗一,念之断人肠。

《孔雀东南飞》中的"兄"

"兄"字现在大家都读 xiōng。但古时它是个多音字。据《康熙字典》载:
一为许荣切、呼荣切(今注音 xiōng)。
二为许放切、虚放切,音贶(今注音 kuàng)。
三为虚王切,音荒(今注音 huāng)。
四为方音,读若熏(今注音 xūn)。
所以我们读古诗时一定要注意它的语境,看具体情况读什么音。
如《古诗为焦仲卿妻作》又名(《孔雀东南飞》)(《玉台新咏》P30)中的"兄"要读"荒"。

举手拍马鞍,嗟叹使心伤:"自君别我后,人事不可量。果不如先愿,又非君所详。我有亲父母,逼迫兼弟兄。以我应他人,君还何所望!"

如杜甫《与李十二白同寻范十隐居》(《全唐诗》P2394)中的"兄"字与"行""生""清""城""羹""情"诸字协韵,似应读为熏(xūn)。

   李侯有佳句,往往似阴铿。余亦东蒙客,怜君如弟兄。
   醉眠秋共被,携手日同行。更想幽期处,还寻北郭生。

杜甫《新安吏》(《全唐诗》P2283)是名篇的"三吏""三别"之一,其篇中的"兄"与"兵""丁""行""城""俜""声""横"等字协韵,所以该篇中的"兄"字就应该读 xūn。

诗词古音

就粮近故垒,练卒依旧京。掘壕不到水,牧马役亦轻。
况乃王师顺,抚养甚分明。送行勿泣血,仆射如父兄。

李华《云母泉诗》(《全唐诗》P1588)中的"兄"字与"声""清""精""英""馨""平""灵""名""冷""庭""横""情""明""盈""城""生""耕"等字协韵。

访道出人世,招贤依福庭。此心不能已,寤寐见吾兄。
曾结颍阳契,穷年无所成。东西同放逐,蛇豕尚纵横。

其他举例如下:

【唐】

李嘉佑《承恩量移宰江邑临鄱江怅然之作》（《全唐诗》P2163）

四年谪宦滞江城,未厌门前鄱水清。
谁言宰邑化黎庶,欲别云山如弟兄。

高适《别张少府》（《全唐诗》P2201）

归客留不住,朝云纵复横。马头向春草,斗柄临高城。
嗟我久离别,羡君看弟兄。归心更难道,回首一伤情。

钱起《送员外侍御入朝》（《全唐诗》P2642）

别思乱无绪,妖氛犹未清。含香五夜客,持赋十年兄。
霜拂金波树,星回玉斗城。自怜江上鹤,垂翅羡飞鸣。

顾况《题明霞台》（《全唐诗》P2966）

野人本自不求名,欲向山中过一生。莫嫌憔悴无知己,别有烟霞似弟兄。

刘禹锡《酬朗州崔员外与任十四兄》（P4055）

自此曾沾宣室召,如今又守阆同城。何人万里能相忆,同舍仙郎与外兄。

刘禹锡《历阳书事七十韵》（《全唐诗》P4101）

昔愧山东妙,今惭海内兄。后来登甲乙,早已在蓬瀛。

元稹《遣病》（《全唐诗》P4498）

蜕骨龙不死,蜕皮蝉自鸣。胡为神蜕体,此道人不明。
持谢爱朋友,寄之仁弟兄。吟此可达观,世言何足听。

元稹《哭女樊四十韵》（《全唐诗》P4514）

最怜贪栗妹,频救懒书兄。为占娇饶分,良多眷恋诚。

（注：该诗中的"兄"字与"情""鸣""程""萦""惊""婴""精""盈""迎""呈""横""京""明""城"等字协韵。）

白居易《答桐花》（《全唐诗》P4682）

受君雨露恩,不独含芳荣。戒君无戏言,翦叶封弟兄。

　　　　白居易《寓意诗》（《全唐诗》P4678）
与君定交日,久要如弟兄。何以示诚信,白水指为盟。
　　　　白居易《题旧写真图》（《全唐诗》P4751）
一照旧图画,无复昔仪形。形影默相顾,如弟对老兄。
　　　　白居易《吾雏》（《全唐诗》P4761）
吾雏字阿罗,阿罗才七龄。嗟吾不才子,怜尔无弟兄。
抚养虽骄騃,性识颇聪明。学母画眉样,效吾咏诗声。
　　　　白居易《寄陈式五兄》（《全唐诗》P4844）
年来白发两三茎,忆别君时髭未生。惆怅料君应满鬓,当初是我十年兄。
　　　　白居易《和元少尹新授官》（《全唐诗》P4933）
厚禄儿孙饱,前驱道路荣。花时八入直,无暇贺元兄。
　　　　白居易《七言十二句赠驾部吴郎中》（《全唐诗》P4944）
春酒冷尝三数醆,晓琴闲弄十馀声。幽怀静境何人别,唯有南宫老驾兄。
　　　　白居易《岁日家宴戏示弟侄》（《全唐诗》P5026）
形骸潦倒虽堪叹,骨肉团圆亦可荣。犹有夸张少年处,笑呼张丈唤殷兄。
　　　　白居易《奉送三兄》（《全唐诗》P5029）
杭州暮醉连床卧,吴郡春游并马行。自愧阿连官职慢,只教兄作使君兄。
　　　　姚合《寄陕府内兄郭冏端公》（《全唐诗》P5647）
同游山水穷,狂饮飞大觥。起坐不相离,有若亲弟兄。
中外无亲疏,所算在其情。
　　（注：觥,古本音光。又"古横切",横,一音"衡",故觥一音"昆"。）
　　　　姚合《成名后留别从兄》（《全唐诗》P5713）
几年秋赋唯知病,昨日春闱偶有名。却出关东悲复喜,归寻弟妹别仁兄。
　　　　拾得《诗》（《全唐诗》P9105）
从来是拾得,不是偶然称。别无亲眷属,寒山是我兄。
两人心相似,谁能徇俗情。若问年多少,黄河几度清。
　　　　寒山《诗三百三首一七九》（《全唐诗》P9085）
去年春鸟鸣,此时思弟兄。今年秋菊烂,此时思发生。
绿水千肠咽,黄云四面平。哀哉百年内,肠断忆咸京。
　　　　贯休《闻无相道人顺世五首》（《全唐诗》P9350）
一事不经营,孤峰长老情。惟餐橡子饼,爱说道君兄。
池藕香狸掘,山神白日行。又闻行脚也,何处化群生。

齐己《酬西蜀广济大师见寄》（《全唐诗》P9549）

犹得吾师继颂声，百篇相爱寄南荆。卷开锦水霞光烂，吟入峨嵋雪气清。
楚外已甘推绝唱，蜀中谁敢共悬衡。应怜无可同无本，终向风骚作弟兄。

司空曙《病中寄郑十六兄》（《全唐诗》P3312）

绿草前侵水，黄花半上城。虚消此尘景，不见十年兄。

卢仝《掩关铭》（《全唐诗》P4390）

蛇毒毒有形，药毒毒有名。人毒毒在心，对面如弟兄。
美言不可听，深于千丈坑。不如掩关坐，幽鸟时一声。

陆云《赠郑曼季诗》中的"休"

"休"字现在只有一个读音 xiū，如休息、休假、休眠等。其实古时它是个多音字，不但读"许尤切"音 xiū；而且可读"吁句切，音煦"(xù)；可读"叶匈于切，音虚"(xū)；还可读"叶虚娇切，音嚣"(xiāo)（《康熙字典》）。

【晋】

陆云《赠郑曼季诗》（《全汉三国晋南北朝诗》P361）

习习谷风，有集惟乔。嗟我怀人，于焉逍遥。
鸾栖高冈，耳想云韶。拊翼坠夕，和鸣兴朝。
我之思之，言怀其休(xiāo)。

陆云《赠汲郡太守诗》（《全汉三国晋南北朝诗》P354）

善问伊何，惠音孔韶。肇允衡门，翻飞宰朝。
肃雍芳林，芬响凌霄。穆矣和风，育尔清休。

张籍《逢故人》中的"须"

"须"字历来大家都读 xū，但江浙不少地方的方言读"苏"。古诗词中不少"须"字与"枯""都""无""徒"等字协韵。如：

【唐】

张籍《逢故人》（《全唐诗》P4352）

山东一十馀年别，今日相逢在上都。说尽向来无限事，相看摩捋白髭须。

陆龟蒙《华顶杖》 (《全唐诗》P7159)

万古阴崖雪,灵根不为枯。瘦于霜鹤胫,奇似黑龙须。
拄访谭玄客,持看泼墨图。湖云如有路,兼可到仙都。

岑参《玉门关盖将军歌》 (《全唐诗》P2059)

盖将军,真丈夫。行年三十执金吾,身长七尺颇有须。
玉门关城迥且孤,黄沙万里白草枯。

元稹《赠崔元儒》 (《全唐诗》P4581)

殷勤夏口阮元瑜,二十年前旧饮徒。最爱轻欺杏园客,也曾辜负酒家胡。
些些风景闲犹在,事事颠狂老渐无。今日头盘三两掷,翠娥潜笑白髭须。

元稹《酬乐天雪中见寄》 (《全唐诗》P4601)

敲扶密竹枝犹亚,煦暖寒禽气渐苏。坐觉湖声迷远浪,回惊云路在长途。
钱塘湖上藕先合,梳洗楼前粉暗铺。石立玉童披鹤氅,台施瑶席换龙须。

白居易《馀杭形胜》 (《全唐诗》P4961)

馀杭形胜四方无,州傍青山县枕湖。绕郭荷花三十里,拂城松树一千株。
梦儿亭古传名谢,教妓楼新道姓苏。独有使君年太老,风光不称白髭须。

白居易《重感》 (《全唐诗》P4950)

停骖歇路隅,重感一长吁。扰扰生还死,纷纷荣又枯。
困支青竹杖,闲拂白髭须。莫叹身衰老,交游半已无。

白居易《初贬官过望秦岭》 (《全唐诗》P4870)

草草辞家忧后路,迟迟去国问前途。望秦岭上回头立,无限秋风吹白须。

白居易《东南行一百韵寄通州元侍御》 (《全唐诗》P4879)

谩写诗盈卷,空盛酒满壶。只添新怅望,岂复旧欢娱。
壮志因愁减,衰容与病俱。相逢应不识,满颔白髭须。

杜牧《对花微疾不饮呈坐中诸公》 (《全唐诗》P6001)

花前虽病亦提壶,数调持觞兴有无。尽日临风羡人醉,雪香空伴白髭须。

杜牧《台城曲》 (《全唐诗》P5977)

王颁兵势急,鼓下坐蛮奴。潋滟倪塘水,叉牙出骨须。
干芦一炬火,回首是平芜。

杜牧《鹤》 (《全唐诗》P5973)

清音迎晓月,愁思立寒蒲。丹顶西施颊,霜毛四皓须。
碧云行止躁,白鹭性灵粗。终日无群伴,溪边吊影孤。

杜牧《张好好诗》（《全唐诗》P5941）

尔来未几岁，散尽高阳徒。洛城重相见，婥婥为当垆。
怪我苦何事，少年垂白须。朋游今在否，落拓更能无？

卢延让《苦吟》（《全唐诗》P8212）

莫话诗中事，诗中难更无。吟安一个字，捻断数茎须。
险觅天应闷，狂搜海亦枯。不同文赋易，为著者之乎。

【宋】

苏轼《浣溪沙二首》（《唐宋名家词选》P108）

雨脚半收檐断线，雪林①初下瓦疏珠，归来冰颗乱黏须。
废圃寒蔬挑翠羽，小槽春酒滴真珠，清香细细嚼梅须。

辛弃疾《鹧鸪天》（《唐宋名家词选》P254）

壮岁旌旗拥万夫，锦襜突骑渡江初。燕兵夜娖银胡䩮，汉箭朝飞金仆姑。
追往事，叹今吾，春风不染白髭须。都将万字平戎策。换得东家种树书。

《诗经·小雅》中的"许"

"许"字现在只有一个读音 xǔ（虚上声）。其实，古时"许"字有二音，除了 xǔ，还有一音"火五切，音虎"（hǔ）。如《诗经·小雅》中的"伐木许许"，表示众人共同用力的声音。其他例子如：

【汉】

佚名《时人为郭典诗》（《先秦汉魏晋南北朝诗》P240）

郭君为堑，董将不许。几令狐狸，化为豺虎。
赖我郭君，不畏强御。转机之间，敌为穷虏。
猗猗惠君，实克疆土。

【南朝 宋】

佚名《华山畿》（《先秦汉魏晋南北朝诗》P737）

相送劳劳渚。长江不应满，是侬泪成许。

佚名《读曲歌》（《全汉三国晋南北朝诗》P739）

逋发不可料，憔悴为谁睹。欲知相忆时，但看裙带缓几许。

---

① 京师俚语，谓霰为雪林。

【宋】

佚名《尉迟杯》 (《词综》P1532)

岁云暮。叹光阴冉冉能几许。江梅尚怯馀寒,长安信音犹阻。

东风无据。凭阑久,欲去还凝伫。忆溪边月下徘徊,暗香疏影庭户。

晁补之《摸鱼儿·东皋寓居》 (《唐宋名家词选》P155)

青绫被,莫忆金闺故步。儒冠曾把身误。弓刀千骑成何事,荒了邵平瓜圃。君试觑,满青镜、星星鬓影今如许。功名浪语。便似得班超,封侯万里,归计恐迟暮。

朱敦儒《水龙吟》 (《唐宋名家词选》P223)

放船千里凌波去。略为吴山留顾。云屯水府,涛随神女,九江东注。北客翩然,壮心偏感,年华将暮。念伊嵩旧隐,巢由故友,南柯梦、遽如许。

姜夔《点绛唇》 (《唐宋名家词选》264)

第四桥边,拟共天随住。今何许。凭阑怀古。残柳参差舞。

王沂孙《齐天乐·蝉》 (《词综》P1334)

一襟余恨宫魂断,年年翠阴庭树。乍咽凉柯,还移暗叶,重把离愁深诉。西窗过雨。怪瑶佩流空,玉筝调柱。镜暗妆残,为谁娇鬓尚如许。

徐一初《摸鱼儿》 (《词综》P1451)

对茱萸一年一度。龙山今在何处。参军莫道无勋业,消得从容尊俎。君看取,便破帽飘零,也得传千古。当年幕府,知多少时流,等闲收拾,有个客如许(音虎)。

吴文英《西子妆·梦窗自度腔湖上清明薄游》 (《词综》P1187)

流水曲尘,艳阳醅酒,画舸游情如雾。笑拈芳草不知名,乍凌波、断桥西堍。垂杨漫舞。总不解、将春系住。燕归来,问彩绳纤手,如今何许。

黄升《酹江月·夜凉》 (《词综》P1170)

西风解事,为人间、洗尽三庚烦暑。一枕新凉宜客梦,飞入藕花深处。

冰雪襟怀,琉璃世界,夜气清如许。划然长啸,起来秋满庭户。

冯取洽《蝶恋花·和玉林韵》 (《词综》P1158)

秋到双溪溪上树。叶叶凉声,未省来何许。尽拓溪楼窗与户,倚阑清夜窥河鼓。

葛长庚《摸鱼儿》 (《词综》P1558)

君且住,未必心期尽负。江山秋事如许!月明风静萍花路,欹枕试听鸣橹。还又去,道唤取陶泓要草归来赋。相思最苦,是野水连天,渔榔四起,蓑笠占烟雨。

高观国《永遇乐·次韵吊青楼》 (《词综》P1083)

浅晕修蛾,脆痕红粉,犹记窥户。香断奁空,尘生砌冷,谁唤青鸾舞。春风花信,秋宵月约,历历此心曾许。衔芳恨、千年怨结,玉骨未应成土。

史达祖《玉楼春·梨花》 (《词综》P1091)

玉容寂寞谁为主。寒食心情愁几许。前身清淡似梅妆,遥夜依微留月住。

王易简《摸鱼儿·莼》 (《词综》P1465)

功名梦,消得西风一度。高人今在何许。鲈香菇冷斜阳里,多少天涯意绪。

【元】

杨维祯《虞美人行》 (《元诗三百首》P217)

拔山将军气如虎,神骓如龙蹋天下(下音户)。将军战败歌楚歌,美人一死能自许。仓皇伏剑答危主,不为野雉随仇虏。江边碧血吹青雨,化作春芳悲汉土。

【清】

陈庆森《翠楼吟》 (《词综补遗》P760)

微寒还做暝,又和雨,吹香成雾。楼台几许?看远村堆烟,绿蒙蒙处。佳期误。钿车不到,杜陵东路。

胡元仪《玲珑四犯》 (《词综补遗》P516)

夜雨捣愁,春寒剪梦,东皇何意如许?一灯拼坐久,壮志无今古。登楼不堪再赋,喜而今,帆归湘浦。

胡坤达《如此江山》 (《词综补遗》P535)

如此江山,悲哉侯失,孤愤今朝谁诉?荒荒碎雨,怪扑地胡尘,昆仑倾柱。北顾苍黄,渡江人暮更谁许?

钱国祥《明月生南浦》 (《词综补遗》P1051)

穆穆金波窗外度,吴质多愁,不信愁如许(虎)。桂子香时君记取,蟾宫好奏霓裳谱。

姚若蘅《如梦令》 (《词综补遗》P1126)

一夜小庭疏雨。添得绿苔如许。晓起自凭栏,几簇玉簪才吐。无语,无语,闲看虫丝一缕。

王兆骐《翠楼吟·春柳》 (《词综补遗》P1401)

嫩锁塘烟,淡笼渚月,风情向人如许。眉痕才半展,恰消受韶光百五。

吴凤藻《满江红》 (《词综补遗》P339)

锦帐春生花上月,锁窗寒听梅时雨。彩鸾归,料得恋情深,秋如许。

王颂蔚《摸鱼儿》 (《词综补遗》P1412)

理哀弦,女床鸳杳,东阳腰瘦如许。绮愁忍把浮名换,凄绝苹洲遗谱。

王安石《桂枝香·金陵怀古》中的"续"

"续"字现在只有一个读音 xù,如继续、连续、续假、续航等。但古时这个字除了读"辞屡切"音 xù,还可读"似足切,音俗"(sú)。古诗词中"续"字读音"俗"(sú)与"足""逐""绿""肃""熟"等字协韵的情况不少。如:

【南朝 梁】

王筠《三妇艳》 (《全汉三国晋南北朝诗》P1182)

大妇留芳褥,中妇对华烛。小妇独无事,当轩理清曲。
丈人且安卧,艳歌方断续。

褚沄《赋得蝉》 (《全汉三国晋南北朝诗》P1281)

避雀芳枝里,飞空华殿曲。天寒响屡嘶,日暮声愈促。
繁吟如欲尽,长韵还相续。饮露非表清,轻身易知足。

萧纲《蜀道难》 (《全汉三国晋南北朝诗》P894)

巫山七百里,巴水三回曲。笛声下复高,猿啼断还续。

【唐】

白居易《喜雨》 (《全唐诗》P4978)

洒叶溉其根,汲水劳僮仆。油云忽东起,凉雨凄相续。

【五代 后蜀】

顾敻《玉楼春》 (《词综》P147)

月照玉楼春漏促,飒飒风摇庭砌竹。梦惊鸳被觉来时,何处管弦声断续。
惆怅少年游冶去,枕上两蛾攒细绿。晓莺帘外语花枝,背帐犹残红蜡烛。

【宋】

王安石《桂枝香·金陵怀古》 (《词综》P285)

念往昔豪华竞逐。叹门外楼头,悲恨相续。千古凭高对此,漫嗟荣辱。六朝旧事随流水,但寒烟衰草凝绿(绿音陆)。至今商女时时犹唱,后庭遗曲。

张矩《应天长·曲院风荷》 (《词综》P1409)

换桥渡舫,添柳护堤,坡仙旧迹今续。四面水窗如染,香波酿春曲。田田处,成暗绿。正万羽背风斜蠹。乱鸥去,不信双鸳,午睡犹熟。

陈恕可《桂枝香·蟹》（《词综》P1478）

叙旧别芳篛荐玉，正香擘新橙，清泛佳菊。依约行沙乱雪，误惊窗竹。江湖岁晚相思远，对孤灯谩怀幽独。嫩汤浮眼，枯形蜕壳，断魂重续。

史达祖《八归》（《词综》P1100）

秋江带雨，寒沙萦水，人瞰画阁愁独。烟蓑散响惊诗思，还被乱鸥飞去，秀句难续。冷眼尽归图画上，认隔岸，微茫云屋。想半属、渔市樵村，欲暮竟然竹。

欧阳玄《渔家傲》（《词综》P2074）

貂袖豹祛银鼠襦，美人来往毡车续。花户油窗通晓旭，回寒燠，梅花一夜开金屋。

王易简《庆春宫·谢草窗惠词卷》（《词综》P2253）

紫霞洞窅云深，袅袅馀音，凤箫谁续。桃花赋在，竹枝词远，此恨年年相触。翠笺芳宇，谩重省当时顾曲。因君凝伫，依约吴山，半痕蛾绿。

阮籍《咏怀诗》中的"轩"

"轩"字现在只有一个读音 xuān，如轩辕氏。其实古时它是个多音字，不但读"虚言切，音掀"；而且可读"许建切，音宪"；可读"居言切，音鞬"；还可读"呼旱切，"音 hān；"叶许斤切，音欣"（xīn）（《康熙字典》）。如阮籍《咏怀诗》中的"轩"就得读"呼旱切"的音 hān，与"寒""箪""餐""叹"诸字协韵。

【魏】

阮籍《咏怀诗》（《先秦汉魏晋南北朝诗》P507）

岁时无以祀，衣服常苦寒。屣履咏南风，缊袍笑华轩。
信道守诗书，义不受一餐。烈烈褒贬辞，老氏用长叹。

【晋】

傅玄《历九秋篇》（《先秦汉魏晋南北朝诗》P561）

坐咸醉兮沾欢，引樽促席临轩。进爵献寿翻翻，千秋要君一言，愿爱不移若山。
（注：如"轩"字读 xuān，"山"字就得读"仙"。）

苏辙《过宜宾见夷中乱山》中的"暖"

"暖"字现在读音为 nuǎn，如温暖。古诗词中它除了读此音外，还可读"叶乃卷切"，音 diǎn。《康熙字典》以宋代诗人苏辙的《过宜宾见夷中乱山》为例：

江流日益深，民语渐已变。惨惨瘴气清，薄薄寒日暖。

古诗词中"暖"音 diǎn 与"变""软""燕""浅""片""眼""泫""转"诸字协韵的情况多有所见,如:

【清】

　　　　徐鸿谟《水龙吟·用陈同甫韵》　（《词综补遗》P207）

柔情着意缠绵,春浓镕得刚肠软。年年客里,商量慰借,愁深愁浅。有梦皆同,无欢不共,画屏香暖。算今生往事,已成惆怅,盼不见,来春燕。

　　　　吴邦法《金盏子·对烛》　（《词综补遗》P337）

热泪忽如泫。却偷把、同心结彩瓣(biàn)。多情替人照管,寒宵永,无奈术全书烧短(diǎn)。休论绿酒扶头,更停红房暖。

　　　　胡颖之《东风第一枝》　（《词综补遗》P529）

冷雨初收,阴云渐散,东风拂帽微暖。预知绿野春多,漫嫌绣轮草浅。山容若笑,惯应接、花繁枝软。

萧纲《西斋行马》中的"靴"

"靴"字现在只有一个读音 xuē,如皮靴、雨靴等。但是古诗词中有时要读"铊","徒禾切,音铊"(tuó),有时读"枇,许夸切,音花"(《康熙字典》)。如:

【梁】

　　　　萧纲《西斋行马》　（《全汉三国晋南北朝诗》P918）

晨风白金络,桃花紫玉珂。影斜鞭照曜,尘起足蹉跎。
任侠称六辅,轻薄出三河。风吹凤凰袖,日映织成靴(靴音铊)。
远江舻舳少,遥山烟雾多。云开玛瑙叶,水净琉璃波。

【宋】

　　　　苏轼《临江仙》　（《苏轼词全集》P116）

细马远驮双侍女,青巾玉带红靴(靴音花)。
溪山好处便为家。谁知巴峡路,却见洛城花。

李白《将进酒》中的"谑"

"谑"字现在有一个读音 xuè,如读李白的《将进酒》"陈王昔时宴平乐,斗酒十千恣欢谑。主人何为言少钱,径须沽取对君酌"句中的"谑"字读 xuè。

其实,"谑"字在古诗词中多与"乐(药)""索""薄""却""壑""作""酌""阁"诸字协韵。《康熙字典》注：谑，迄却切，音 nuè。列举如下：

【南朝 宋】

谢灵运《善哉行》（《全汉三国晋南北朝诗》P627）

阳谷跃升，虞渊引落。景曜东隅，晼晚西薄。
三春燠敷，九秋萧索。凉来温谢，寒往暑却。
居德斯颐，积善嬉谑。阴灌阳丛，凋华堕萼。
欢去易惨，悲至难铄。击节当歌，对酒当酌。

谢灵运《斋中读书》（《全汉三国晋南北朝诗》P641）

虚馆绝诤讼，空庭来鸟雀。卧疾丰暇豫，翰墨时间作。
怀抱观古今，寝食展戏谑。既笑沮溺苦，又哂子云阁。

【南朝 梁】

任昉《答刘孝绰》（《全汉三国晋南北朝诗》P1069）

阅水既成澜，藏舟遂移壑。彼美洛阳子，投我怀秋作。
久敬类诚言，吹嘘似嘲谑。兼称夏云尽，复陈秋树索。

【唐】

李白《陌上桑》（《全唐诗》P209）

美女渭桥东，春还事蚕作。五马如飞龙，青丝结金络。
不知谁家子，调笑来相谑。

高适《淇上酬薛三据兼寄郭少府微》[①]（《全唐诗》P2197）

故交负灵奇，逸气抱謇谔。隐轸经济具，纵横建安作。
才望忽先鸣，风期无宿诺。飘摇劳州县，迢递限言谑。

白居易《寄元九》（《全唐诗》P4771）

身为近密拘，心为名检缚。月夜与花时，少逢杯酒乐。
唯有元夫子，闲来同一酌。把手或酣歌，展眉时笑谑。
今春除御史，前月之东洛。别来未开颜，尘埃满尊杓。
蕙风晚香尽，槐雨馀花落。秋意一萧条，离容两寂寞。

元稹《表夏》（《全唐诗》P4494）

流芳递炎景，繁英尽寥落。公署香满庭，晴霞覆阑药。
裁红起高龛，缀绿排新萼。凭此遣幽怀，非言念将谑。

---

① 一作王昌龄诗。

【清】

宣哲《贺新郎·瓜子》（《词综补遗》P1080）

最无赖,昌奴轻薄。浪说意中人面似,惹寒闺,团坐群猜度。聊下酒,莫相谑。

江人镜《双双燕》（《词综补遗》P123）

红娇紫姹,苦比絮萍漂泊。常恐西风太薄,算未抵,东风风恶。欺人鬓发如丝,暗惹莺雏嘲谑。

杜甫《故司徒李公光弼》中的"压"

"压"字现在有两个读音:一是 yā,如压制、压力;二是 yà,如压根儿。但古时它是个多音字,除了读 yā 外,还读"益涉切,音壓"(yè);"诺协切,音钠"(niè);还可读"于艳切,音厌"(yàn)。

如杜甫《故司徒李公光弼》(《全唐诗》P2350)诗中的"压"字,是与"胁""业""妾""帖"诸字协韵的,所以应该读 yè。

　　人安若泰山,蓟北断右胁。朔方气乃苏,黎首见帝业。
　　二宫泣西郊,九庙起颓压。未散河阳卒,思明伪臣妾。
　　复自碣石来,火焚乾坤猎。

如姜夔的《庆春宫》(《唐宋名家词选》P266)词中的"压"就得读 niè。

双桨莼波,一蓑松雨,暮愁渐满空阔。呼我盟鸥,翩翩欲下,背人还过木末。那回归去,荡云雪、孤舟夜发。伤心重见,依约眉山,黛痕低压。

(注:该词中的"阔"音缺,"末"音灭,"发"音方月切。)

苏轼《画鹰》中的"鸭"

"鸭"字现在只有一个读音 yā,如鸭子、鸭蛋、鸭绒等。但古诗词中它除了读 yā 外,有时要读"叶于质切,音乙"(yǐ),如:

　　苏轼《歧亭》　(《康熙字典》)
　　　知我犯寒来,呼酒意甚急。抚掌动邻里,绕村捉鹅鸭。

另外,有时要读"叶乙顿切,音谒"(yè),与"雪""节""月""别"等字协韵。如:

　　苏轼《画鹰》　(《康熙字典》)
　　　徐行意自得,俯仰若有节。我衰寄江湖,老伴杂鹅鸭。

　　汤恢《祝英台近》　(《词综》P2235)
　　宿醒苏,春梦醒,沉水冷金鸭。落尽桃花,无人扫红雪。渐催煮酒园林,单衣庭院,春又到、断肠时节。

恨离别。长忆人立荼蘼,珠帘卷香月。几度黄昏,琼枝为谁折？都将千里劳心,十年幽梦,分付与一声啼鴂。

嵇康《五言诗》中的"牙"

"牙"字现在只有一个读音 yá。其实过去它是个多音字,不但读"五加切,音芽"(yá);而且可读"叶五红切,音洪"。如:

《诗经·小雅》

谁谓鼠无牙(音洪),何以穿我墉？

还可读"叶音峨"。如:

《晋京洛童谣》（《康熙字典》）

遥望晋国何嵯峨,千岁髑髅生齿牙。

嵇康《五言诗》（《先秦汉魏晋南北朝诗》P489）

留弱丧自然,天真难可和。郢人审匠石,钟子识伯牙。
真人不屡存,高唱谁当和。

又据《康熙字典》:"牙"古音吾。如:

《诗经·大雅》

祈父,予王之爪牙(音吾)。胡转予于恤,靡所止居？

鲍照《还都至三山望石头城》中的"芽"

"芽"字现在只有一个读音 yá。其实,古时它是个多音字,除了读"五加切,音衙",其古音是"讹吾切,音吾"(wú),还有一个读音是"半何切,音俄"(é)。读é音的如:

【南朝 宋】

鲍照《还都至三山望石头城》（《全汉三国晋南北朝诗》P691）

两江皎平迥,三山郁骈罗。南帆望越峤,北榜指齐河。
关扃绕天邑,襟带抱尊华。长城非壑崄,峻岨似荆芽。
（注:华字音和。）

【唐】

白居易《种桃歌》（《康熙字典》）

食桃种桃核,一年核生芽。去春已稀少,今春渐无多。

王徽之《兰亭》中的"崖"

"崖"字现在都知道读 yá，但古时可读 yí。据《康熙字典》："崖，鱼羁切，音仪"（yí）。古诗词中"崖"字读 yí 的诗篇不少，略举几例：

【魏】

嵇康《五言赠秀才诗》 （《先秦汉魏晋南北朝诗》P486）

双鸾匿景曜，戢翼太山崖。抗首漱朝露，晞阳振羽仪。
长鸣戏云中，时下息兰池。自谓绝尘埃，终始永不亏(xī)。
何意世多艰，虞人来我维(féi)。

嵇康《述志诗》 （《先秦汉魏晋南北朝诗》P488）

殊类难遍周，鄙议纷流离。轗轲丁悔吝，雅志不得施(xī)。
耕耨感宵越，马席激张仪。逝将离群侣，杖策追洪崖。

【晋】

王徽之《兰亭》 （《全汉三国晋南北朝诗》P438）

　散怀山水，萧然忘羁。秀薄粲颖，疏松笼崖。
　游羽扇霄，鳞跃清池。归目寄欢，心冥二奇。

陶渊明《杂诗》 （《全汉三国晋南北朝诗》P479）

闲居执荡志，时驶不可稽。驱役无停息，轩裳逝东崖。

傅玄《拟四愁诗》 （《先秦汉魏晋南北朝诗》P574）

我所思兮在珠崖，愿为比翼浮清池。刚柔合德配二仪，形影一绝长别离。

【南朝　宋】

谢灵运《游南亭》 （《全汉三国晋南北朝诗》P638）

药饵情所止，衰疾忽在斯。逝将候秋水，息景偃旧崖。
我志谁与亮？赏心惟良知。

鲍照《赠故人马子乔》 （《全汉三国晋南北朝诗》P686）

松生陇坂上，百尺下无枝。东南望河尾，西北隐昆崖。
野风振山籁，朋鸟夜惊离。

【唐】

王勃《泥溪》 （《全唐诗》P679）

溜急船文乱，岩斜骑影移。水烟笼翠渚，山照落丹崖。

皮日休《销夏湾》　（《全唐诗》P7040）

太湖有曲处，其门为两崖。当中数十顷，别如一天池。

《现代汉语词典》注明"崖"字有时读 ái。如：

【元】

元好问《黄华峪绝句》　（《元好问全集》P324）

大汉何因有蚌胎，无穷冰雹落悬崖。只愁驼背模糊锦，翻倒龙宫复此来。

古诗十九首《行行重行行》中的"涯"

"涯"字现在只有一个读音 yá，如天涯海角、学海无涯。但据《康熙字典》，古诗词中除了读 yá 外，有时还要读"鱼羁切，音宜"(yí)。如：

《行行重行行》　（《玉台新咏》P10）

行行重行行，与君生别离。相去万馀里，各在天一涯。
道路阻且长，会面安可知。胡马嘶北风，越鸟巢南枝。

其他举例如下：

【汉】

繁钦《槐树诗》　（《先秦汉魏晋南北朝诗》P386）

嘉树吐翠叶，列在双阙涯。猗旎随风动，柔色纷陆离。

【魏】

曹植《桂之树行》　（《先秦汉魏晋南北朝诗》P437）

桂之树，桂之树，桂生一何丽佳(jī)。
杨朱华而翠叶，流芳布天涯。上有栖鸾，下有盘螭。

曹植《升天行》　（《先秦汉魏晋南北朝诗》P433）

扶桑之所出，乃在朝阳溪。中心陵苍昊，布叶盖天涯。
日出登东干，既夕没西枝。愿得纡阳辔，回日使东驰。

【晋】

郑丰《兰林诗》　（《先秦汉魏晋南北朝诗》P721）

在昔延州，鹄鸣江涯。今我陆子，旷世继奇。身乖千载，德音并驰。

【唐】

张九龄《在郡秋怀》　（《全唐诗》P576）

平生去外饰，直道如不羁。未得操割效，忽复寒暑移。
物情自古然，身退毁亦随。悠悠沧江渚，望望白云涯。

张九龄《南还以诗代书赠京师旧僚》 (《全唐诗》P606)

思扰梁山曲,情遥鸟越枝。故国从海上,良友邈天涯。
云雨叹一别,川原劳载驰。

卢照邻《和王奭秋夜有所思》 (《全唐诗》P515)

长河落雁苑,明月下鲸池。凤台有清曲,此曲何人吹。
丹唇间玉齿,妙响入云涯。穷巷秋风叶,空庭寒露枝。

刘长卿《酬张夏别后道中见寄》 (《全唐诗》P1487)

离群方岁晏,谪宦在天涯。暮雪同行少,寒潮欲上迟。
海鸥知吏傲,沙鸟见人衰。只畏生秋草,西归亦未期。

刘长卿《长沙过贾谊宅》 (《全唐诗》P1566)

三年谪宦此栖迟,万古惟留楚客悲。秋草独寻人去后,寒林空见日斜时。
汉文有道思犹薄,湘水无情吊岂知?寂寂江山摇落处,怜君何事到天涯。

贯休《入塞曲》 (《全唐诗》P188)

单于烽火动,都护去天涯。别赐黄金甲,亲临白玉墀。
塞垣须静谧,师旅审安危。定远条支宠,如今胜古时。

梁琼《宿巫山寄远人》 (《全唐诗》P9009)

感物情怀如旧时,君今渺渺在天涯。晓看襟上泪流处,点点血痕犹在衣。

储光羲《同诸公登慈恩寺塔》 (《全唐诗》P1398)

雷雨傍杳冥,鬼神中蹭跎。灵变在倏忽,莫能穷天涯。
冠上阊阖开,履下鸿雁飞。

苏颋《奉和晦日幸昆明池应制》 (《全唐诗》P807)

二石分河泻,双珠代月移。微臣比翔泳,恩广自无涯。

郑锡《送客之江西》 (《全唐诗》P2912)

乘轺奉紫泥,泽国渺天涯。九派春潮满,孤帆暮雨低。
草深莺断续,花落水东西。更有高唐处,知君路不迷。

白居易《代书诗一百韵寄微之》 (《全唐诗》P4826)

定知身是患,应用道为医。想子今如彼,嗟予独在斯。
无憀当岁杪,有梦到天涯。

【宋】

李清照《浣溪沙》 (《词综》P1575)

楼上晴天碧四垂,楼前芳草接天涯。劝君莫上最高梯。
新笋已成堂下竹,落花都入燕巢泥。忍听林表杜鹃啼。

潘元质《丑奴儿慢》（《词综》P508）

忍记那回,玉人娇困,初试单衣。共携手,红窗描绣,画扇题诗。怎有而今,半床明月两天涯。章台何处,多应为我,蹙损双眉。

吕渭老《木兰花慢》（《词综》P2140)

依依,望断水穷云起处,是天涯。奈燕子楼高,江南梦断,虚费相思。新愁暗生旧恨,更流萤弄月入纱衣。除却幽花软草,此情未许人知。

元好问《落川云望》（《元好问全集》P374）

一川渺渺逝如斯,上有浮云楼水涯。苍狗白云从变态,令人望处起亲思。

"涯"字有时要读"牛何切,音俄"(é)。《康熙字典》举例：

【唐】

白居易《答故人》（《全唐诗》P4741）

故人对酒叹,叹我在天涯。见我昔荣遇,念我今蹉跎。问我为司马,官意复如何。答云且勿叹,听我为君歌。

柳宗元《道州孔子庙碑》（《康熙字典》）

钦惟圣王,厥道无涯。世有颂辞,益疾其多。

元稹《和东川李相公慈竹十二韵》（《全唐诗》P4499）

冰碧寒夜笙,箫韶风昼罗。烟含胧胧影,月泛鳞鳞波。鸾凤一已顾,燕雀永不过。幽姿媚庭实,颢气陵天涯。

阮籍《咏怀诗》中的"言"

"言"字现在只有一个读音 yán,如言行、言论、言教、言路等。但古时它是个多音字,据《康熙字典》,该字有八种读音。古诗词中除了常见的读音 yán 外,还有两个常见的读音：一是"鱼巾切,音银"(yín),例如：

白居易《骠国乐·欲王化之先迩后远也》（《全唐诗》P4698）

贞元之民苟无病,骠乐不来君亦圣。骠乐骠乐徒喧喧,不如闻此刍荛言。

白居易《禁中晓卧因怀王起居》（《全唐诗》P4718）

夜雨槐花落,微凉卧北轩。曙灯残未灭,风帘闲自翻(fēn)。每一得静境,思与故人言。

另一读音是"五刚切,音昂"(áng)。"言"音 áng 最早见之于：

《诗经·商颂·烈祖》
亦有和羹(羹叶音郎),既戒既平(平协音旁),
鬷假无言(言叶音昂),时靡有争(争叶音章),
绥我眉寿,黄耇无疆。

【魏】

阮籍《咏怀诗》 (《全汉三国晋南北朝诗》P214)
清风肃肃,修夜漫漫。啸歌伤怀,独寐寤言。
临觞拊膺,对食忘餐。世无萱草,令我哀叹。

阮籍《咏怀诗》 (《全汉三国晋南北朝诗》P222)
儒者通六艺,立志不可干。违礼不为动,非法不肯言。
渴饮清泉流,饥食并一箪。岁时无以祀,衣服常苦寒。

阮籍《咏怀诗》 (《全汉三国晋南北朝诗》P223)
人知结交易,交友诚独难。险路多疑惑,明珠未可干。
彼求飨太牢,我欲并一餐。损益生怨毒,咄咄复何言。

【晋】

陆机《艳歌行》 (《玉台新咏》P59)
美目扬玉泽,蛾眉象翠翰。鲜肤一何润,彩色若可餐。
窈窕多容貌,婉媚巧笑言。暮春春服成,粲粲绮与纨。

陆机《苦寒行》 (《全汉三国晋南北朝诗》P326)
渴饮坚冰浆,饥待零露餐。离思固已久,寤寐莫与言。
剧哉行役人,慊慊恒苦寒。

潘尼《送大将军椽卢晏诗》 (《全汉三国晋南北朝诗》P383)
赠物虽陋薄,识意在忘言。琼琚尚交好,桃李贵往还。
萧艾苟见纳,贻我以芳兰。

【唐】

陈子昂《感遇诗》 (《全唐诗》P892)
穰侯富秦宠,金石比交欢。出入咸阳里,诸侯莫敢言。
宁知山东客,激怒秦王肝。布衣取丞相,千载为辛酸。

白居易《哭孔戡》 (《全唐诗》P4654)
从事得如此,人人以为难。人言明明代,合置在朝端。
或望居谏司,有事戡必言。或望居宪府,有邪戡必弹。

白居易《青石·激忠烈也》（《全唐诗》P4700）

青石出自蓝田山，兼车运载来长安。工人磨琢欲何用，石不能言我代言。

白居易《征秋税毕题郡南亭》（《全唐诗》P4805）

高城直下视，蠢蠢见巴蛮。安可施政教，尚不通语言。
且喜赋敛毕，幸闻闾井安。

白居易《寄行简》（《全唐诗》P4792）

郁郁眉多敛，默默口寡言。岂是愿如此，举目谁与欢（欢音暄）。

毛泽东《七律·长征》中的"颜"

诗词古音

"颜"字现在只有一个读音 yán，如颜色、颜面、颜料等。大家在朗读毛泽东的《七律·长征》诗时，诗中的"颜"字也读为 yán。

红军不怕远征难，万水千山只等闲。五岭逶迤腾细浪，乌蒙磅礴走泥丸。
金沙水拍云崖暖，大渡桥横铁索寒。更喜岷山千里雪，三军过后尽开颜。

根据传统的诗词格律的要求，七律诗的二、四、六、八句句末的四个字是必须协韵的，所以毛泽东这首《七律·长征》诗中的"闲""丸""寒""颜"四个字必须协韵。关于"闲"字，它有 yán、háng 两音，如要与"丸""寒"两字协韵则应读 háng，而"颜"字读音 yán 则与前三字不协韵。据《康熙字典》，"颜"字"五奸切，音眼"。因"奸"字一音"坚"，还有一音"歌安切、音干。寒韵"。所以作为"五奸切"的"颜"字，就切出 yán 和 áng 两音。

由此可见，颜字除了读音 yán，还可以读音"五奸切"音昂 áng。毛泽东的《长征》诗中的"颜"字应该读音 áng。类似的如林伯渠的《答横槊将军》（《十老诗选》P101）：

阵前壁垒严民主，马上刀环却敌顽。战后余情犹健爽，佳篇赐我一开颜。

以及续范亭的《南泥湾今昔 1942 年》（《十老诗选》P227）：

此地南接黄龙山，千里森林稼穑艰（áng）。山风山雨霜来早，愚翁有志无难关。开始经营仅一载，田园阡陌满山间。我来盛夏苗正长，军民欢乐尽开颜。

古诗词中"颜"字与关、安、弯、光、还、攀、山、端等字协韵的情况很多，现举例如下：

【魏】

曹植《美女篇》（《玉台新咏》P37）

青楼临大路，高门结重关。容华晔朝日，谁不令希颜。
媒氏何所营，玉帛不自安。佳人慕高义，求贤良独难。

【晋】

陶渊明《拟古》 (《全汉三国晋南北朝诗》P477)

东方有一士,被服常不完。三旬九遇食,十年著一冠。
辛勤无此比,常有好容颜。我欲观其人,晨去越河关。
青松夹路生,白云宿簷端。

张华《萧史曲》 (《全汉三国晋南北朝诗》P280)

萧史爱长年,嬴女含童颜。火粒愿排弃,霞雾好登攀。
龙飞逸天路,凤起出秦关。身去长不返,箫声时往还。

傅玄《挽歌》 (《先秦汉魏晋南北朝诗》P565)

人生尠能百,哀情数万端。不幸婴笃病,凶候形素颜。
衣衾为谁施,束带就阖棺。

【南朝 宋】

颜延之《秋胡诗》 (《玉台新咏》P77)

离居殊年载,一别阻河关。春来无时豫,秋至应早寒。
明发动愁心,闺中起长叹。惨凄岁方晏,日落游子颜。

谢灵运《长歌行》 (《全汉三国晋南北朝诗》P628)

览物起悲绪,顾己识忧端。朽貌改鲜色,悴容变柔颜。变改苟催促,容色乌盘桓。

【南朝 齐】

江淹《征怨》 (《玉台新咏》P125)

荡子从征久,凤栖箫管闲。独枕凋云鬓,孤灯损玉颜。
何日边尘静,庭前征马还。

吴迈远《长相思》 (《玉台新咏》P85)

道妾长憔悴,岂复歌笑颜。簷隐千霜树,庭枯十载兰。

鲍令辉《题书后寄行人》 (《玉台新咏》P86)

自君之出矣,临轩不解颜。砧杵夜不发,高门昼常关。

鲍照《东门行》 (《玉台新咏》P95)

食梅常苦酸,衣葛常苦寒。丝竹徒满座,忧人不解颜。
长歌欲自慰,弥起长恨端。

刘孝绰《咏众姬争投物》 (《玉台新咏》P187)

落花浮浦出,飞雉渡洲还。此日倡家女,竞娇桃李颜。

徐孝穆《闺中有望》（《玉台新咏》P202）

倡人歌吹罢，对镜览红颜。拭粉留花称，除钗作小鬟。
绮灯停不灭，高扉掩未关。良人在何处，唯见月光还。

【北周】

庾信《反命河朔始入武州》（《全汉三国晋南北朝诗》P1597）

轻车初逐李，定远未随班。受诏祈连返，申威疎勒还。
飞蓬损腰带，秋鬓落容颜。寄言旧相识，知余生入关。

【隋】

李德林《入山》（《全汉三国晋南北朝诗》P1647）

登岭望重关，腰佩且鸣环。天河临易饮，月桂近将攀。
王母西山至，夫人南岳还。何必阳台下，要待梦容颜。

【前蜀】

唐代徐氏《丈人观谒先帝御容》（《全唐诗》P81）

圣帝归梧野，躬来谒圣颜。旋登三径路，似陟九嶷山。
日照堆岚迥，云横积翠间。期修封禅礼，方俟再跻攀。

【唐】

骆宾王《途中有怀》（《全唐诗》P841）

眷然怀楚奏，怅矣背秦关。涸鳞惊照辙，坠羽怯虚弯。
素服三川化，乌裘十上还。莫言无皓齿，时俗薄朱颜。

骆宾王《于紫云观赠道士》（《全唐诗》P840）

碧落澄秋景，玄门启曙关。人疑列御至，客似令威还。
羽盖徒欣仰，云车未可攀。只应倾玉体，时许寄颓颜。

王涣《惆怅诗》

少卿降北子卿还，朔野离觞惨别颜。却到茂陵唯一恸，节毛零落鬓毛斑。

佚名《夭桃诗》

铅华久御向人间，欲舍铅华更惨颜。纵有青丘吟夜月，无因重照旧云鬟。

司徒空《重阳山居》

此身逃难入乡关，八度重阳在旧山。篱菊乱来成烂漫，家僮常得解登攀。
年随历日三分尽，醉伴浮生一片闲。满目秋光还似镜，殷勤为我照衰颜。

曹松《寄方干》

桐庐江水闲，终日对柴关。因想别离处，不知多少山。
钓舟春岸泊，庭树晓莺还。莫便求栖隐，桂枝堪恨颜。

张潮《江风行》 （《全唐诗》P1159）
巴东有巫山,窈窕神女颜,常恐游北方,果然不知还。

王泠然《夜光篇》 （《全唐诗》P1173）
游人夜到汝阳间,夜色冥濛不解颜。谁家暗起寒山烧,因此明中得见山。

贺朝《从军行》 （《全唐诗》P1180）
自从一戍燕支山,春光几度晋阳关。金河未转青丝骑,玉筯应啼红粉颜。

王维《崔濮阳兄季重前山兴》 （《全唐诗》P1247）
秋色有佳兴,况君池上闲。悠悠西林下,自识门前山。
千里横黛色,数峰出云间。嵯峨对秦国,合沓藏荆关。
残雨斜日照,夕岚飞鸟还。故人今尚尔,叹息此颓颜。

王维《冬晚对雪忆胡处士家》 （《全唐诗》P1266）
寒更催唱晓,清镜览衰颜。隔牖风惊竹,开门雪满山。

王昌龄《送薛大赴安陆》 （《全唐诗》P1448）
津头云雨暗湘山,迁客离忧楚地颜。遥送扁舟安陆郡,天边何处穆陵关。

王昌龄《别皇甫五》 （《全唐诗》P1450）
淑浦潭阳隔楚山,离尊不用起愁颜。明祠灵响期昭应,天泽俱从此路还。

张说《送郑大夫惟忠从公主入番》 （《全唐诗》P948）
凤吹遥将断,龙旗送欲还。倾都邀节使,传酌缓离颜。
春碛沙连海,秋城月对关。和戎因赏魏,定远莫辞班。

姜皎《享龙池乐章》 （《全唐诗》P120）
龙池初出此龙山,常经此地谒龙颜。日日芙蓉生夏水,年年杨柳变春湾。

沈佺期《入鬼门关》 （《全唐诗》P1050）
昔传瘴江路,今到鬼门关。土地无人老,流移几客还。
自从别京洛,颓鬓与衰颜。夕宿含沙里,晨行冈路间。
马危千仞谷,舟险万重湾。问我投何地,西南尽百蛮。

沈佺期《春闺》 （《全唐诗》P1032）
铁马三军去,金闺二月还。边愁离上国,春梦失阳关。
池水琉璃净,园花玳瑁斑。岁华空自掷,忧思不胜颜。

卢僎《十月梅花书赠》 （《全唐诗》P1070）
江水侵天去不还,楼花覆帘空坐攀。一向花前看白发,几回梦里忆红颜。

卢僎《初出京邑有怀旧林》 (《全唐诗》P1069)

晨趋天日晏,夕卧江海闲。松风生坐隅,仙禽舞亭湾。
曙云林下客,霁月池上颜。虽曰坐郊园,静默非人寰。

袁晖《正月闺情》 (《全唐诗》P1140)

正月金闺里,微风绣户间。晓魂怜别梦,春思逼啼颜。
绕砌梅堪折,当轩树未攀。岁华庭北上,何日度阳关。

崔兴宗《酬王维卢象见过林亭》 (《全唐诗》P1316)

穷巷空林常闭关,悠然独卧对前山。今朝忽枉骖生驾,倒屣开门遥解颜。

张说《岭南送使》 (《百代千家绝句选》P94)

狱中生白发,岭外罢红颜。古来相送处,凡得几人还。

韦应物《同韩郎中闲庭南望秋景》 (《全唐诗》P1978)

朝下抱余素,地高心本闲。如何趋府客,罢秩见秋山。
疏树共寒意,游禽同暮还。因君悟清景,西望一开颜。

韦应物《简郡中诸生》 (《全唐诗》P1920)

守郡卧秋阁,四面尽荒山。此时听夜雨,孤灯照窗间。
药园日芜没,书帷长自闲。惟当上客至,论诗一解颜。

韦应物《答崔都水》 (《全唐诗》P1950)

摄衣辞田里,华簪耀颓颜。卜居又依仁,日夕正追攀。

韦应物《郊居言志》 (《全唐诗》P1988)

世荣斯独已,颓志亦何攀。唯当岁丰熟,闾里一欢颜。

房白《送萧颖士》 (《全唐诗》P2176)

夫子高世迹,时人不可攀。今予亦云幸,谬得承温颜。
良策资入幕,遂行从近关。青春灞亭别,此去何时还。

张继《登丹阳楼》① (《全唐诗》P2718)

寒皋那可望,旅客又初还。迢递高楼上,萧疏旷野间。
暮晴依远水,秋兴属连山。游客时相见,霜凋(或彫)朱翠颜。

陈翊《登城楼作》 (《全唐诗》P3466)

井邑白云间,严城远带山。沙墟阴欲暮,郊色淡方闲。
孤径回榕岸,层峦破槿关。寥寥分远望,暂得一开颜。

---

① 一作郎士元诗。

王昌龄《赠李侍御》 （《全唐诗》P10176）

青冥孤云去，终当暮归山。志士杖苦节，何时见龙颜。

常建《古意》 （《全唐诗》P1459）

楚王竟何去，独自留巫山。偏使世人见，迢迢江汉间。
驻舟春溪里，皆愿拜灵颜。

李峤《又送别》 （《全唐诗》P695）

岐路方为客，芳樽暂解颜。人随转蓬去，春伴落梅还。
白云渡汾水，黄河绕晋关。离心不可问，宿昔鬓成斑。

姜皎《龙池篇》 （《全唐诗》P120）

龙池初出此龙山，常经此地谒龙颜。日日芙蓉生夏水，年年杨柳变春湾。
尧坛宝匣馀烟雾，舜海渔舟尚往还。愿似飘飘五云影，从来从去九天间。

骆宾王《在军中赠先还知己》 （《全唐诗》P856）

蓬转俱行役，瓜时独未还。魂迷金阙路，望断玉门关。
献凯多惭霍，论封几谢班。风尘催白首，岁月损红颜。

杜甫《遣兴》 （《全唐诗》P2290）

昔在洛阳时，亲友相追攀。送客东郊道，遨游宿南山。
烟尘阻长河，树羽成皋间。回首载酒地，岂无一日还。
丈夫贵壮健，惨戚非朱颜。

杜甫《奉陪郑驸马韦曲二首》 （《全唐诗》P2413）

野寺垂杨里，春畦乱水间。美花多映竹，好鸟不归山。
城郭终何事，风尘岂驻颜。谁能共公子，薄暮欲俱还。

杜甫《至日遣兴》 （《全唐诗》P2416）

忆昨逍遥供奉班，去年今日侍龙颜。麒麟不动炉烟上，孔雀徐开扇影还。
玉几由来天北极，朱衣只在殿中间。孤城此日堪肠断，愁对寒云雪满山。

杜甫《石镜》 （《全唐诗》P2442）

蜀王将此镜，送死置空山。冥寞怜香骨，提携近玉颜。
众妃无复叹，千骑亦虚还。独有伤心石，埋轮月宇间。

杜甫《秦州杂诗》 （《全唐诗》P2417）

莽莽万重山，孤城山谷间。无风云出塞，不夜月临关。
属国归何晚，楼兰斩未还。烟尘独长望，衰飒正摧颜。

杜甫《洛阳》 （《全唐诗》P2521）

洛阳昔陷没，胡马犯潼关。天子初愁思，都人惨别颜。
清笳去宫阙，翠盖出关山。故老仍流涕，龙髯幸再攀。

杜甫《草阁》 (《全唐诗》P2523)

草阁临无地,柴扉永不关。鱼龙迥夜水,星月动秋山。
夕露清初湿,高云薄未还。汎舟惭小妇,飘泊损红颜。

杜甫《闷》 (《全唐诗》P2539)

瘴疠浮三蜀,风云暗百蛮。卷帘唯白水,隐几亦青山。
猿捷长难见,鸥轻故不还。无钱从滞客,有镜巧催颜。

杜甫《宴王使君宅》 (《全唐诗》P2565)

泛爱容霜发,留欢卜夜闲。自吟诗送老,相劝酒开颜。
戎马今何地,乡园独在山。江湖堕清月,酩酊任扶还。

钱起《送安都秀才北还》 (《全唐诗》P2637)

年少工文客,言离却解颜。不嗟荆宝退,能喜彩衣还。
新月来前馆,高阳出故关。相思东北望,燕赵隔青山。

钱起《送夏侯审校书东归》 (《全唐诗》P2636)

楚乡飞鸟没,独与碧云还。破镜催归客,残阳见旧山。
诗成流水上,梦尽落花间。傥寄相思字,愁人定解颜。

李白《古风其二十》 (《全唐诗》P1674)

世路多险艰,白日欺红颜。分手各千里,去去何时还。

李白《古风其三十》 (《全唐诗》P1675)

白首死罗绮,笑歌无时闲。绿酒哂丹液,青娥凋素颜。
大儒挥金椎,琢之诗礼间。苍苍三株树,冥目焉能攀。

李白《关山月》 (《全唐诗》P1689)

由来征战地,不见有人还。戍客望边邑,思归多苦颜。高楼当此夜,叹息未应闲。

李白《奔亡道中》 (《全唐诗》P1842)

函谷如玉关,几时可生还。洛川为易水,嵩岳是燕山。
俗变羌胡语,人多沙塞颜。申包唯恸哭,七日鬓毛斑。

李白《自梁园至敬亭山谈陵阳山水》 (《全唐诗》P1761)

相思如明月,可望不可攀。何当移白足,早晚凌苍山。且寄一书札,令予解愁颜。

李白《赠黄山胡公求白鹇》 (《全唐诗》P1764)

白鹇白如锦,白雪耻容颜。照影玉潭里,刷毛琪树间。夜栖寒月静,朝步落花闲。

李白《广陵赠别》 (《全唐诗》P1782)

玉瓶沽美酒,数里送君还。系马垂杨下,衔杯大道间。
天边看绿水,海上见青山。兴罢各分袂,何须醉别颜。

李白《饯校书叔云》 (《全唐诗》P1806)

少年费白日,歌笑矜朱颜。不知忽已老,喜见春风还。
惜别且为欢,裴回桃李间。看花饮美酒,听鸟临晴山。

李白《游泰山》 (《全唐诗》P1823)

清晓骑白鹿,直上天门山。山际逢羽人,方瞳好容颜。
扪萝欲就语,却掩青云关。遗我鸟迹书,飘然落岩间。

李白《送王屋山人魏万还王屋》 (《全唐诗》P1789)

挥手杭越间,樟亭望潮还。涛卷海门石,云横天际山。白马走素车,雷奔骇心颜。

李白《送族弟单父主簿》 (《全唐诗》P1795)

贤豪相追饯,却到栖霞山。群花散芳园,斗酒开离颜。乐酣相顾起,征马无由攀。

李白《下途归石门旧居》 (《全唐诗》P1842)

隐居寺,隐居山,陶公炼液栖其间。凝神闭气昔登攀,恬然但觉心绪闲。
数人不知几甲子,昨夜犹带冰霜颜。

李白《西施》 (《全唐诗》P1845)

西施越溪女,出自苎萝山。秀色掩今古,荷花羞玉颜。

李白《春日独酌》 (《全唐诗》P1855)

横琴倚高松,把酒望远山。长空去鸟没,落日孤云还。
但恐光景晚,宿昔成秋颜。

白居易《秋山》 (《全唐诗》P4719)

久病旷心赏,今朝一登山。山秋云物冷,称我清羸颜。
白石卧可枕,青萝行可攀。意中如有得,尽日不欲还。
人生无几何,如寄天地间。心有千载忧,身无一日闲。
何时解尘网,此地来掩关。

白居易《赠苏少府》 (《全唐诗》P4764)

籍甚二十年,今日方款颜。相送嵩洛下,论心杯酒间。

白居易《自咏》 (《全唐诗》P4765)

夜镜隐白发,朝酒发红颜。可怜假年少,自笑须臾间。
朱砂贱如土,不解烧为丹。玄鬓化为雪,未闻休得官。

白居易《出关路》 (《全唐诗》P4771)

山川函谷路,尘土游子颜。萧条去国意,秋风生故关。

白居易《鳌屋县北楼望山》（《全唐诗》P4831）
一为趋走吏，尘土不开颜。孤负平生眼，今朝始见山。

白居易《寻李道士山居》（《全唐诗》P4886）
尽日行还歇，迟迟独上山。攀藤老筋力，照水病容颜。
陶巷招居住，茅家许往还。饱谙荣辱事，无意恋人间。

白居易《酬元员外慈恩寺相忆》（《全唐诗》P4892）
赤岭猿声催白首，黄茅瘴色换朱颜。谁言南国无霜雪，尽在愁人鬓发间。

白居易《待漏入阁书事奉赠元九》（《全唐诗》P4933）
暗漏犹传水，明河渐下山。从东分地色，向北仰天颜。
碧缕炉烟直，红垂佩尾闲。纶闱惭并入，翰苑忝先攀。

白居易《自咏》（《全唐诗》P4965）
闷发每吟诗引兴，兴来兼酌酒开颜。欲逢假日先招客，正对衙时亦望山。
句检簿书多卤莽，隄防官吏少机关。谁能头白劳心力，人道无才也是闲。

许浑《早发天台中岩寺度关岭次天姥岑》（《全唐诗》P6091）
来往天台天姥间，欲求真诀驻衰颜。星河半落岩前寺，云雾初开岭上关。
丹壑树多风浩浩，碧溪苔浅水潺潺。可知刘阮逢人处，行尽深山又是山。

许浑《下第别友人杨至之》（《全唐诗》P6050）
花落水潺潺，十年离旧山。夜愁添白发，春泪减朱颜。
孤剑北游塞，远书东出关。逢君话心曲，一醉灞陵间。

李商隐《赠歌妓二首》（《全唐诗》P6155）
水晶如意玉连环，下蔡城危莫破颜。红绽樱桃含白雪，断肠声里唱阳关。

李商隐《灵仙阁晚眺》（《全唐诗》P6218）
愚公方住谷，仁者本依山。共誓林泉志，胡为尊俎间。
华莲开菡萏，荆玉刻孱颜。爽气临周道，岚光入汉关。

李商隐《戏赠张书记》（《全唐诗》P6223）
星汉秋方会，关河梦几还。危弦伤远道，明镜惜红颜。
古木含风久，平芜尽日闲。心知两愁绝，不断若寻环。

【宋】

朱敦儒《朝中措》（《词综》P753）
当年挟弹五陵间，行处万人看。雪猎星飞羽箭，春游花簇雕鞍。
飘零到此，天涯倦客，海上苍颜。多谢江南苏小，尊前怪我青衫。

苏轼《江神子》（《苏轼词全集》P17）

多情好事与君还。悯新鳏。拭余潸。明月空江,香雾著云鬟。陌上花开春尽也,闻旧曲,破朱颜。

张舜民《卖花声·题岳阳楼》（《词综》P498）

木叶下君山,空水漫漫,十分斟酒敛芳颜。不是渭城西去客,休唱阳关。

洪适《浣溪沙·饯范子芬行》（《词综》P874）

整顿春衫欲跨鞍,一杯相属少开颜。愁蛾不似旧时弯。

辛弃疾《清平乐》（《词综》P821）

平生塞北江南,归来华发苍颜。布被秋宵梦觉,眼前万里江山。

【元】

元好问《别覃怀幕府诸君》（《元好问全集》P194）

王后卢前旧往还,江东渭北此追攀。百年人物存公论,四海虚名只汗颜。诗酒聊堪慰华发,衡茅终拟共青山。

元好问《留赠丹阳王炼师》（《元好问全集》362）

信得人间比梦间,一卮芳酒且开颜。当时笑伴今谁在,诗客凄凉饭颗山。

赵孟頫《初至都下即事》（《元诗三百首》P78）

尽日车尘马足间,偶来临水照愁颜。故乡兄弟应相忆,同看溪南柳外山。

王恽《题烟江叠嶂图》（《中国古今题画诗全璧》P1203）

江上晴岚万叠山,几缘亡国带愁颜。而今一统无南北,满意风烟送往还。

白珽《净慈禅寺》（《元诗三百首》P44）

奎额昭回龙屈盘,入门已觉厌人寰。何当白发三千丈,来寄清风五百间。帝子釜摇金潋滟,家人卦剔翠屏颜。西湖日日船如织,半在南屏第一山。

【明】

张凤翼《题黄鹤楼图》（《中国古今题画诗全璧》P1135）

一声长啸向蓬山,千岁桃花好驻颜。只合独骑黄鹤去,误留仙迹在人间。

【近现代】

齐白石《画朱竹》（《中国古今题画诗全璧》P289）

曾看姑射炼仙丹,耀壁霞光出洞宽。却被好风吹上竹,龙孙慈母总朱颜。

齐白石《题山水》（《中国古今题画诗全璧》P1232）

逢人耻听说荆关,宗派夸能却汗颜。自有心胸甲天下,老夫惯看桂林山。

齐白石《题画葫芦》 (《中国古今题画诗全璧》P508)

涂黄抹绿再三看,岁岁寻常汗满颜。几欲变更终缩手,舍真作怪此生难。

郭沫若《题野菊与茄花》 (《中国古今题画诗全璧》P204)

不入骚人苑,难经桀者攀。劳谦恋农圃,平实溢和颜。

张大千《题庐山图》 (《中国古今题画诗全璧》P1164)

不师董巨不荆关,泼墨飞盆自笑颜。欲起坡翁横侧看,信知胸次有庐山。
从君侧看与横看,叠壑层峦杳霭间。仿佛坡仙笑开口,汝真胸次有庐山。

黄苗子《富春图》 (《中国古今题画诗全璧》P935)

富春大岭子陵滩,时世丹青总换颜。如此多娇谁写貌,百年沉寂董东山。

黄苗子《郁风画插盂折枝花》 (《中国古今题画诗全璧》P464)

不买胭脂画牡丹,却留丛碧驻春颜。葱葱尽是东风力,爱作寻常花香看。

阮籍《咏怀诗》中的"晏"

"晏"字现在只有一个读音 yàn。其实古时它是个双音字,除了读"乌涧切,音曣",还有一音"乌旰切,音按"(《康熙字典》)。如:

【魏】

阮籍《咏怀诗》 (《先秦汉魏晋南北朝诗》P495)

今我不乐,岁月其晏。姜叟毗周,子房翼汉。
应期佐命,庸勋静乱。身用功显,德以名赞。

【晋】

陆云《为顾彦先赠妇往返诗》 (《全汉三国晋南北朝诗》P366)

浮海难为水,游林难为观。容色贵及时,朝华忌日晏。
皎皎彼姝子,灼灼怀春粲。

元结《漫酬贾沔州》 (《全唐诗》P2710)

漫醉人不嗔,漫眠人不唤。漫游无远近,漫乐无早晏。
漫中漫亦忘,名利谁能算。闻君劝我意,为君一长叹。

【南朝 宋】

鲍照《苦雨》 (《全汉三国晋南北朝诗》P702)

连阴积浇灌,滂沱下霖乱。沉云日夕昏,骤雨望朝旦。
蹊泞走兽稀,林寒鸟飞晏。密雾冥下溪,聚云屯高岸。

鲍照《冬至》 (《全汉三国晋南北朝诗》P704)

长河结瓓玕,层冰如玉岸。哀哀古老容,惨颜愁岁晏。
催促时节过,逼迫聚离散。

【南朝　梁】

张率《白纻歌》 (《全汉三国晋南北朝诗》P1084)

遥夜忘寐起长叹,但望云中双飞翰。明月入牖风吹幔,终夜悠悠坐申旦。
谁能知我心中乱,终然有怀岁方晏。

鲍照《冬至》中的"雁"

"雁"字现在只有一个读音 yàn,如鸿雁、雁南飞、雁荡山等。《康熙字典》也只注一个音:"雁,于陵切",音 yíng。1936 年出版的《辞海》也注明雁字"义谏切",谏韵。但古诗词中有时将"雁"字与"汉""叹""换""管""岸"等字协韵,雁字似应音读为昂(áng)。例如:

【魏】

阮籍《咏怀诗》 (《先秦汉魏晋南北朝诗》P495)

朝云四集,日夕布散。素景垂光,明星有烂。肃肃翔鸾,雍雍鸣雁。

【南朝　宋】

鲍照《冬至》 (《全汉三国晋南北朝诗》P704)

舟迁庄甚笑,水流孔急叹。景移风度改,日至晷回换。
眇眇负霜鹤,皎皎带云雁。长河结瓓玕,层冰如玉岸。

【宋】

谢薖《醉蓬莱·中秋怀无逸兄》 (《词综》P540)

望晴峰染黛,暮霭澄空,碧天银汉。圆镜高飞,又一年秋半。皓色谁同,归心暗折,听唳云孤雁。问月停杯,锦袍何处,一尊无伴。

(注:这首词另一种读法即"雁"字读 yàn,那么"汉"字要读 xiàn,半字读 biàn,伴字也读 biàn。)

蒋捷《祝英台近次韵惜别》 (《词综》P1241)

最堪叹,筝面一寸尘深,玉柱网斜雁。谱字红蔫,剪烛记同看。几回传语东风,将愁吹去,怎奈向东风不管。

【元】

周紫芝《卜算子·和王彦猷》 (《词综》P2136)

别酒解留人,拼醉君休管。醉里朱弦莫谩弹,愁人参差雁。

《三王叙传》中的"妖"

"妖"字现在只有一个读音yāo,如妖怪、妖艳、妖魔、妖里妖气等。但古时它是个多音字。据《康熙字典》,它除了读"于娇切,音夭",还可读"叶央居切,音于",可读"叶侧侣切,音阻"。其读音为"阻"的例如:

【汉】

《三王叙传》（《康熙字典》）

怙宠矜功,僭欲失所。思心既霜,牛祸告妖。

李白《题嵩山逸人元丹丘山居》中的"药"

"药"字现在只有一个读音yào,如药材、药方、药典、中草药、不可救药等。但古时它是个多音字:一是"以灼切,音跃";二是"弋灼切,音烁";三是"旅灼切,音略";四是"唐韵古音,医药之药,去声,音效"。1936年出版的《辞海》又有一音"逸略切,音跃"。由此可见,"药"字的读音很多,变化很大,我们在朗读古诗词时必须注意它的语境,看看它与什么字协韵。比较起来,古诗词中"药"字与"乐""昨""索""恶""壑""弱""寞""薄"等字协韵的情况还是比较多的。例如:

【唐】

李白《题嵩山逸人元丹丘山居》（《全唐诗》P1875）

偶与真意并,顿觉世情薄。尔能折芳桂,吾亦采兰若。
拙妻好乘鸾,娇女爱飞鹤。提携访神仙,从此炼金药（shuò）。

杜甫《昔游》（《全唐诗》P2287）

王乔下天坛,微月映皓鹤。晨溪响虚驶,归径行已昨。
岂辞青鞋胝,怅望金匕药。东蒙赴旧隐,尚忆同志乐。

白居易《自觉二首》（《全唐诗》P4787）

四十未为老,忧伤自衰恶。前岁二毛生,今年一齿落。
形骸日损耗,心事同萧索。夜寝与朝餐,其间味亦薄。
同岁崔舍人,容光方灼灼。始知年与貌,衰盛随忧乐。
畏老老转逼,忧病病弥缚。不畏复不忧,是除老病药。

白居易《叹老三首》（《全唐诗》P4782）

人年少满百,不得长欢乐。谁会天地心,千龄与龟鹤。
吾闻善医者,今古称扁鹊。万病皆可治,唯无治老药。

白居易《秋晚》 （《全唐诗》P4887）

篱菊花稀砌桐落,树阴离离日色薄。单幕疏帘贫寂寞,凉风冷露秋萧索。
光阴流转忽已晚,颜色凋残不如昨。莱妻卧病月明时,不捣寒衣空捣药。

白居易《和微之四月一日作》 （《全唐诗》P4974）

春华信为美,夏景亦非恶。飐浪嫩青荷,重栏晚红药。
吴宫好风月,越郡多楼阁。两地诚可怜,其奈久离索。

阎防《宿岸道人精舍》 （《全唐诗》P2851）

敛迹辞人间,杜门守寂寞。秋风翦兰蕙,霜气冷淙壑。
山牖见然灯,竹房闻捣药。

张彪《神仙》 （《全唐诗》P2892）

浮生亮多惑,善事翻为恶。争先等驰驱,中路苦瘦弱。
长老思养寿,后生笑寂寞。五谷非长年,四气乃灵药。
列子何必待,吾心满寥廓。

元稹《表夏》 （《全唐诗》P4494）

流芳递炎景,繁英尽寥落。公署香满庭,晴霞覆阑药。
栽红起高焰,缀绿排新萼。凭此遣幽怀,非言念将谑。

元稹《有鸟二十章》 （《全唐诗》P4621）

有鸟有鸟如鹳雀,食蛇抱嶜天姿恶。行经水浒为毒流,羽拂酒杯为毒药。
汉后忍渴天岂知,骊姬坟地君宁觉。呜呼为有白色毛,亦得乘轩谬称鹤。

姚合《寄李馀卧疾》 （《全唐诗》P5648）

穷节弥惨栗,我诳自云乐。伊人婴疾恙,所对唯苦药。
寂寞行稍稀,清羸步自薄。

皮日休《晓次神景宫》 （《全唐诗》P7035）

天籁如击琴,泉声似撼铎。清斋洞前院,敢负玄经约。
空中悉羽章,地上皆灵药。金醴可酣畅,玉豉堪咀嚼。

吕洞宾《长短句》 （《全唐诗》P9710）

落魄且落魄,夜宿乡村,朝游城郭。闲来无事玩青山,困来街市货丹药。卖得钱,
不算度。酤美酒,自斟酌。醉后吟哦动鬼神,任意日头向西落。

【宋】

蒋捷《贺新郎·约友三月旦饮》 （《词综》P1225）

雁屿晴岚薄。倚层屏千树高低,粉纤红弱。云隈东风藏不尽,吹艳生香万壑。又
散入汀蘅洲药。扰扰匆匆尘土面,看歌莺舞燕逢春乐。人共物,知谁错。

张元干《兰陵王·春恨》 (《宋词选》P189)

卷珠箔,朝雨轻阴乍阁。阑干外,烟柳弄晴,芳草侵阶映红药。东风妒花恶。吹落。梢头嫩萼。

周邦彦《解连环》 (《宋词三百首》P206)

怨怀无托。嗟情人断绝,信音辽邈(mò)。纵妙手能解连环,似风散雨收,雾轻云薄。燕子楼空,暗尘锁一床弦索。想移根换叶,尽是旧时手种红药。

周邦彦《瑞鹤仙》 (《词综》P576)

不记归时早暮,上马谁扶,醒眠朱阁。惊飙动幕,扶残醉,绕红药。叹西园已是花深无地,东风何事又恶。任流光过却,犹喜洞天自乐。

萧赜《估客乐》中的"冶"

"冶"字现在只有一个读音 yě。但古时它是个多音字,据《康熙字典》记载,除了读"羊者切,音野",还可读"叶演女切,音与"。例如:

【南朝　齐】

萧赜《估客乐》

昔经樊邓役,阻潮梅根渚。感忆追往事,意满辞不叙。

此外还可读"叶邬果切,音婐"。如:

【南朝　宋】

谢惠连《诗》 (《康熙字典》)

郦生无文章,西施整妖冶(wǒ)。胡为空耿介,悲哉君志琐。

因为"羊者切,音野"的"野"字有 yě 与 yǎ 两音,所以"冶"字也有二音 yě、yǎ,有时要读 yǎ。如:

【晋】

王胡之《赠庾翼》 (《全汉三国晋南北朝诗》P430)

江海能大,上善居下。侯王得尊,心同触寡。废我处冲,虚怀无假。待来制器,如彼炉冶。天下何事,去其害马。

【宋】

周邦彦《解花语》 (《词综》P581)

因念都城放夜。望千门如昼,嬉笑游冶。钿车罗帕。相逢处,自有暗尘随马。年光是也。唯只见、旧情衰谢。清漏移,飞盖归来,从舞休歌罢。

李昴英《瑞鹤仙·甲辰除夕》（《词综》P2198）

趁乐岁、良辰多暇。想阳和、早遍南州，暖得柳娇桃冶。

张仲举《摸鱼儿》（《词苑丛谈》P159）

旧时风景，西楼灯火如画。严城月色依然好，无复绮罗游冶。

【清】

徐延祺《菩萨蛮》（《词综补遗》P200）

玉郎何处贪游冶？鞭丝驰逐章台马。

冯煦《琵琶仙》（《词综补遗》P57）

最惆怅、石老云荒，渐忘却，城阴旧游冶。剩有一弓残月，映晴川如画。

吴绍晋《探春慢》（《词综补遗》P311）

曾共铜街走马。屡数遍花期，故园开谢。风老萍香，露浮草绿，底事只知游冶。

归庄《寓言》（《百代千家绝句选》P677）

尚方有宝剑，相传出欧冶。欲断倭人头，试取先斩马。

稽容《满江红》（《词综补遗》P611）

杨柳弯腰，何处是、当年台榭。空回首、西风残照，石城东冶。白发重游浑似梦，青山一带还如画。

《敕勒歌》与《诗经》中的"野"

"野"字现在只有一个读音 yě，如野外、旷野、野菜、野生、野火等。但古时它是个多音字，《康熙字典》注它有"也""墅""暑""与""倭""树"六种读音。1936年出版的《辞海》则注明："野，矣者切，音也。马韵。"因"者"字有两音，所以"矣者切"也就切出两音：一音是 yě，如之乎者也的"也"；另一音是 yǎ，如《敕勒歌》中的"天如穹庐，笼盖四野"。

古诗词中"野"字除了通常读的"也"，还要注意另外两个读音："墅"与"雅"。

一、《诗经》中的"野"音"上与切，音墅或暑"（shǔ）

【先秦】

《诗经·邶风·燕燕》

燕燕于飞，差池其羽。之子于归，远送于野。瞻望弗及，泣涕如雨。

《诗经·陈风·株林》

驾我乘马，说于株野。乘我乘驹，朝食于株。

《诗经·豳风·七月》

五月斯螽动股,六月莎鸡振羽。七月在野。八月在宇。九月在户。

《诗经·唐风·葛生》

葛生蒙楚,蔹蔓于野。予美亡此,谁与独处。

《诗经·小雅·鸿雁》

鸿雁于飞,肃肃其羽。之子于征,劬劳于野。

《诗经·小雅·小明》

明明上天,照临下土。我征徂西,至于艽野。

《诗经·鲁颂》

駉駉牡马,在坰之野。

【魏】

曹植《泰山梁甫行》 (《全汉三国晋南北朝诗》P146)

八方各异气,千里殊风雨。剧哉边海民,寄身于草野。
妻子象禽兽,行止依林阻。柴门何萧条,狐兔翔我宇。

【晋】

潘岳《离合诗》 (《先秦汉魏晋南北朝诗》P632)

意守醇朴,音应律吕。桑梓被源,卉木在野。锡鸾未设,金石拂举。

二、敕勒歌中的"野"音 yǎ

【北齐】

《敕勒歌》 (《全汉三国晋南北朝诗》P1526)

敕勒川,阴山下。天似穹庐,笼盖四野。
天苍苍,野茫茫。风吹草低见牛羊。

【晋】

傅玄《燕人美篇》 (《玉台新咏》P22)

燕人美兮赵女佳,其室则迩兮限层崖。云为车兮风为马,玉在山兮兰在野。

【南朝 宋】

王微《杂诗》 (《玉台新咏》P69)

寒雁归所从,半途失俦假。壮情忾驱驰,猛气捍朝社(xiā)。
常怀云汉惭,常欲复周雅。重名好铭勒,轻躯愿图写。
万里渡沙漠,悬师踏朔野。

【南朝 梁】

《陇头歌辞》 (《全汉三国晋南北朝诗》P1328)

陇头流水,流离山下。念吾一身,飘然旷野。

【唐】

张九龄《忝官二十年尽在内职及为郡》 (《全唐诗》P577)

揽衣步前庭,登陴临旷野。白水生迢递,清风寄潇洒。

孟浩然《江上别流人》 (《全唐诗》P1622)

以我越乡客,逢君谪居者。分飞黄鹤楼,流落苍梧野。
驿使乘云去,征帆沿溜下。不知从此分,还袂何时把。

白居易《自江州至忠州》 (《全唐诗》P4798)

前在浔阳日,已叹宾朋寡。忽忽抱忧怀,出门无处写。
今来转深僻,穷峡巅山下。五月断行舟,滟滪正如马。
巴人类猿狖,矍铄满山野。

元稹《八骏图诗》 (《全唐诗》P4467)

穆满志空阔,将行九州野。神驭四来归,天与八骏马。

李商隐《右秋》 (《全唐诗》P6233)

天东日出天西下,雌凤孤飞女龙寡。青溪白石不相望,堂中远甚苍梧野。

曹邺《出关》 (《全唐诗》P6866)

山上黄犊走避人,山下女郎歌满野。我独南征恨此身,更有无成出关者。

【宋】

苏轼《蝶恋花·密州上元》 (《苏轼词全集》P63)

寂寞山城人老也。击鼓吹箫,乍入农桑社。火冷灯稀霜露下。昏昏雪意云垂野。

柳永《望远行》 (《词综》P345)

幽雅,乘兴最宜访戴,泛小棹、越溪潇洒。皓鹤夺鲜,白鹇失素,千里广铺寒野。

姜夔《探春慢》 (《词综》P928)

衰草愁烟,乱鸦送日,风沙回旋平野。拂雪金鞭,欺寒草帽,还记章台走马。

王安石《寓言十五首》 (《王安石全集》P96)

好乐世所共,欲禁安能舍。孰能开其淫,要在习以雅。
敺人必如己,墨子见何寡。惜哉后世音,至美不如野。

刘光祖《醉落魄》 (《词综》P1018)

曲塘泉细幽琴写(xiǎ),胡床滑簟应无价。
日迟睡起疏帘挂。何不归欤,花竹秀而野。

丘逢甲《题画竹》 (《中国古今题画诗全璧》P290)

冉冉古琅玕,结根广漠野。取之作律筒,持用觉天下。
当地无伶伦,谁是知音者。空教二帝女,攀枝泪如泻。

【清】

  姚肇椿《惜分飞》　（《词综补遗》P1117）

  留得闲身成隐者,人世沧桑休诧。有酒供潇洒,芒鞋竹杖山人野。

  袁郁文《锁窗寒》　（《词综补遗》P935）

  山下,游人寡。正浅黛辞林,淡烟笼野。

【近现代】

  龙榆生《水龙吟·易水送别图》　（《中国古今题画诗全璧》P1301）

  孤注早拼一掷,赌兴亡,批鳞宁怕。秦贪易与,燕仇可复,征腾吾驾。日瘦风凄,草枯沙净,飘然旷野。渐酒醒人远,把神威借。

李贺《十二月》中的"夜"

  "夜"字现在只有一个读音 yè,如夜来、夜间、夜班、夜长梦多等。但古诗词中它有时要读 yà,与"价""娅""架""下"等字协韵。如:

李贺《十二月》

  日脚淡光红洒洒,薄霜不销桂枝下。依稀和气排冬严,已就长日辞长夜。

【南朝　梁】

  何逊《临行公车》　（《全汉三国晋南北朝诗》P1153）

  扰扰排曙扉,鳞鳞驱早驾。禁门俨犹闭,严城方警夜。
  道胜多增荣,拙薄终难化。

【隋】

  萧岑《棹歌行》　（《全汉三国晋南北朝诗》P1644）

  桂酒既漨溰,轻舟亦乘驾。鼓枻何所吟,吟我皇唐化。
  容与沧浪中,淹留明月夜。

  卢思道《乐平长公主挽歌》　（《全汉三国晋南北朝诗》P1659）

  妆楼对驰道,吹台临景舍。风入上春朝,月满凉秋夜。
  未言歌笑毕,已觉生荣谢。何时洛水湄,芝田鲜龙驾。

【唐】

  杜甫《骢马行》　（《全唐诗》P2264）

  朝来久试华轩下,未觉千金满高价。赤汗微生白雪毛,银鞍却覆香罗帕。
  卿家旧赐公能取,天厩真龙此其亚。昼洗须腾泾渭深,朝趋可刷幽并夜。

杜甫《遣兴》 （《全唐诗》P2291）

吾怜孟浩然，短褐即长夜。赋诗何必多，往往凌鲍谢。
清江空旧鱼，春雨馀甘蔗。每望东南云，令人几悲吒。

戴叔伦《新年第二夜答处士上人宿玉芝观见寄》 （《全唐诗》P3098）

阳春已三日，会友闻昨夜。可爱剡溪僧，独寻陶景舍。

戴叔伦《又酬晓灯离暗室》 （《全唐诗》P3098）

知疑奸叟谤，闲与情人话。就是别时灯，不眠同此夜。

韩翃《祭岳回重赠孟都督》 （《全唐诗》P2727）

封作天齐王，清祠太山下。鲁公秋赛毕，晓日回高驾。
从骑尽幽并，同人皆沉谢。自矜文武足，一醉寒溪夜。

韩愈《县斋有怀》 （《全唐诗》P3776）

求官去东洛，犯雪过西华。尘埃紫陌春，风雨灵台夜。
名声荷朋友，援引乏姻娅。

独孤及《和题藤架》 （《全唐诗》P2771）

蕚蕚叶成帷，璀璀花落架。兹前离心苦，愁至无日夜。

皇甫冉《秋夜戏题刘方平壁》 （《全唐诗》P2805）

鸿悲月白时将谢，正可招寻昔遥夜。翠帐兰房曲且深，宁知户外清霜下。

李端《古别离》 （《全唐诗》）

水国叶黄时，洞庭霜作夜。行舟闻商估，宿在枫林下。

李贺《勉爱行二首送小季之庐山》 （《全唐诗》P4408）

洛郊无俎豆，弊厩惭老马。小雁过鑪峰，影落楚水下。
长船倚云泊，石镜秋凉夜。岂解有乡情，弄月聊呜哑。

孙光宪《河渎神》 （《全唐诗》P10137）

四壁阴森排古画，依旧琼轮羽驾。小殿沉沉清夜，银灯飘落香灺。

孙光宪《风流子》 （《全唐诗》P10142）

金络玉衔嘶马。系向绿杨阴下。朱户掩，绣帘垂，曲院水流花谢。欢罢。
归也。犹在九衢深夜。

拾得《诗》 （《全唐诗》P9108）

若见月光明，照烛四天下。圆晖挂太虚，莹净能萧洒。
人道有亏盈，我见无衰谢。状似摩尼珠，光明无昼夜。

【宋】

柳永《二郎神·七夕》（《词综》P352）

闲雅！须知此景,古今无价。运巧思穿针楼上女,抬粉面云鬟相亚。钿合金钗私语处,算谁在回廊影下？愿天上人间,占得欢娱,年年今夜。

苏轼《定惠院寓居月夜偶出》（《苏轼选集》P131）

幽人无事不出门,偶逐东风转良夜。参差玉宇飞木末,缭绕香烟来月下。

苏轼《次韵前篇》（《苏轼选集》P132）

去年花落在徐州,对月酾歌美清夜。今年黄州见花发,小院闭门风露下。

苏轼《蝶恋花·密州上元》（《苏轼选集》P256）

灯火钱塘三五夜。明月如霜,照见人如画。

晏几道《生查子》（《词综》P293）

金鞍美少年,去跃青骢马。萦系玉楼人,绣被春寒夜。
消息未归来,寒食梨花谢。无处说相思,背面秋千下。

晏几道《蝶恋花》（《词综》P306）

喜鹊桥成催凤驾,天为欢时,乞与初凉夜。乞巧双蛾加意画,玉钩斜傍西南挂。

吕本中《减字木兰花》（《词综》P745）

去年今夜,同醉月明花树下。

赵彦端《千秋岁》（《词综》P897）

杏花风下,独立春寒夜。微雨度,疏星挂。辉辉浓艳出,袅袅繁枝亚。朱槛倚,轻罗醉里添还卸。

管鉴《洞仙歌·访郑德与郎中留饮》（《词综》P2178）

绿窗帘昼卷,吹到眉心,点缀新妆称闲雅。缓歌喉,余舞姿,云遏风回,须信道欲买青春无价。任匆匆归去酒醒时,镇梦绕琼梢,月寒清夜。

王庭珪《点绛唇·上元鼓子词》（《词综》P686）

玉漏春迟,铁关金锁星桥夜。暗尘随马,明月应无价。

陆游《送辛幼安殿撰造朝》（《陆放翁诗词选》P276）

古来立事戒轻发,往往谗夫出乘罅。深仇积愤在逆胡,不用追思灞亭夜。

史达祖《西江月》（《词综》P1095）

西月淡窥楼角,东风暗落檐牙。一灯初见影窗纱,又是重帘不下。
幽思屡随芳草,闲愁又似杨花。杨花芳草遍天涯,绣被春寒夜夜。

金王渥《水龙吟·从商帅国器猎,同裕之赋》（《词综》P1642）

短衣匹马清秋,惯曾射虎南山下。西风白水,石鲸鳞甲,山川图画。千古神州,一时胜事,宾僚儒雅。快长堤万弩,平冈千骑,波涛卷、鱼龙夜。

【元】

张翥《摸鱼儿》（《词综》P1818）

繁华梦,唤起燕娇莺姹。肯教孤负元夜。楚芳玉润吴兰媚,一曲夕阳西下。沉醉罢,君试问、人生谁是无情者？先生归也,但留意江南,杏花春雨,和泪在罗帕。

【明】

高濂《西江月·题情》（《古典爱情诗词三百首》）

有恨不随流水,闲愁惯逐飞花。梦魂无日不天涯,醒时孤灯残夜。

【清】

俞浚《雨中花》（《词综补遗》P559）

凭槛月来妆未卸,浑似玉环初嫁。看影弄瑶台,歌翻翠袖,醉倚沉香夜。

潘承谋《拜星月慢·萤》（《词综补遗》P982）

井阑畔,似约、梧阶鹤露幽梦,藓壁蛩烟凉话。引逗蛾心,冷银屏今夜。

钱大猷《一斛珠·梅开》（《词综补遗》P1028）

梅花开也,一时都向东风嫁。淡烟细著枝头画。皓月当空,小院何曾夜。

龙继栋《秋千索》（《词综补遗》P83）

土花合雨和风亚,看尽是、伤春台榭。欲共黄莺语此愁,又鼓吹、严城夜。

吴宝镕《桃源忆故人·薄暮》（《词综补遗》P363）

曲径堆烟花欲谢,寥寂那堪长夜。又见月儿上也,光碎蔷薇架。

陈孟周《忆素娥》（《清诗之旅》P220）

光阴泻,春风记得花开夜。花开夜,明珠双赠,相逢未嫁。

曹摅《赠韩德真诗》中的"迆"

"迆"字现在只有一个读音 yí,如逶迆。但古诗词中它有时要读"唐何切,音驼"(tuó)。《康熙字典》注:"迆"本作"迱",诗中与"多""歌""罗""峩"等字协韵。如:

【晋】

曹摅《赠韩德真诗》（《全汉三国晋南北朝诗》P404）

赫赫显族,冠盖峩峩。葛延王室,蓛蔓帝家(gē)。
如地之岳,如天之河。爰有韩生,体德逶迆。

【唐】

孟浩然《宴张记室宅》 (《全唐诗》P1661)

甲第金张馆,门庭车骑多。家封汉阳郡,文会楚材过。
曲岛浮觞酌,前山入咏歌。妓堂花映发,书阁柳逶迤。
玉指调筝柱,金泥饰舞罗。宁知书剑者,岁月独蹉跎。

张衡《思玄诗》中的"栘"

"栘"字现在都读 yí,但古时它是个多音字,不但读"延知切",音 yí;而且可以读"以豉切"音异(yì);可读"虫倚切"音侈(chǐ),还可以读"叶牛何切",音俄(é)。如张衡的《思玄诗》,其中的"栘"字就得读"俄"(é)。

张衡《思玄诗》 (《先秦汉魏晋南北朝诗》P177)

天地烟煴,百卉含蘤。鸣鹤交颈,雎鸠相和。
处子怀春,精魂回栘。如何淑明,忘我实多。

(注:蘤,一音 wěi,一音 pó,"旁禾切,音婆",古"花"字。)

《楚辞·七谏》 (《康熙字典》)

清泠泠而歼灭兮,溷湛湛以日多。枭鸮既以成群兮,玄鹤弭翼而屏栘。

《诗经·大雅·云汉》中的"遗"

"遗"字现在有两个读音:一音为 yí,如遗失、遗嘱、遗传、遗憾等;另一音为 wèi,如遗之千金。"遗"是"赠予"的意思,许多人只知它音 yí 而不知音 wèi。如:

《诗经·大雅·云汉》

旱既大甚,则不可推。兢兢业业,如霆如雷。
周余黎民,靡有孑遗(叶夷回切)。昊天上帝,则不我遗。
胡不相畏?先祖于摧(音崔)。

郭璞《游仙诗》中的"颐"

"颐"字现在只有一个读音 yí,如众所周知的颐和园。但古诗词中有时要读与"灾""莱""台"诸字协韵的音"腮"(sāi)。如:

郭璞《游仙诗》（《全汉三国晋南北朝诗》P424）

杂县寓鲁门,风暖将为灾。吞舟涌海底,高浪驾蓬莱。神仙排云出,但见金银台。陵阳挹丹溜,容成挥玉杯。姮娥扬妙音,洪崖颔其颐。升降随长烟,飘飖戏九垓。奇龄迈五龙,千岁方婴孩。燕昭无灵气,汉武非仙才。

（注：李白《梦游天姥吟留别》中的"日月照耀金银台"句源于此诗。）

辛弃疾《满江红·送李正之提刑入蜀》中的"忆"

"忆"字现在只有一个读音 yì,如回忆、记忆、忆江南等。古诗词中它读作"于力切,音抑",与"月""雪"等字协韵。如：

辛弃疾《满江红·送李正之提刑入蜀》（《词综》P800）

儿女泪,君休滴。荆楚路,吾能识。要新诗准备,庐山山色。赤壁矶头千古浪,铜鞮陌上三更月。正梅花万里雪深时,须相忆。

邓千江《望海潮·献张六太尉》中的"殷"

"殷"字现在有两个读音：一是 yān,如殷红的血迹；二是 yīn,如殷勤、殷切等。但古诗词中有时要读"央"（yāng）。《康熙字典》注：殷字音"乌闲切"或"于闲切、幺闲切"。因"闲"字有杭（háng）、贤（xián）两音,所以"殷"字也可切出两音。

古诗词中"殷"字以音 yāng 和"关""弯""兰""盘""山""斑""潺""还"诸字协韵的情况屡有所见。现举例如下：

【金】

邓千江《望海潮·献张六太尉》（《词综》P1679）

云雷天堑,金汤地险,名藩自古皋兰。营屯绣错,山形米聚,襟喉百二秦关。鏖战血犹殷。见阵云冷落,时有雕盘。静塞楼头晓月,依旧玉弓弯。

【唐】

白居易《待漏入阁书事》（《全唐诗》P4934）

纶闱惭并入,翰苑忝先攀。笑我青袍故,饶君紫绶殷。诗仙归洞里,酒病滞人间。好去鸳鸾侣,冲天便不还。

白居易《和栉沐寄道友》（《全唐诗》P4983）

始出里北闱,稍转市西闤。晨烛照朝服,紫烂复朱殷。由来朝廷士,一入多不还。

元稹《酬乐天待漏入阁见赠》（《全唐诗》P4535)

丹陛曾同立,金銮恨独攀。笔无鸿业润,袍愧紫文殷。
河水通天上,瀛州接世间。谪仙名籍在,何不重来还。

元稹《台中鞫狱忆开元旧事呈损之兼赠周兄四十韵》（《全唐诗》P4482）

归来五六月,旱色天地殷。分司别兄弟,各各泪潸潸。
哀哉剧部职,唯数赃罪锾。死款依稀取,斗辞方便删。

韩翃《宴吴王宅》（《全唐诗》P2743）

玉管箫声合,金杯酒色殷。听歌吴季札,纵饮汉中山。
称寿争离席,留欢辄上关。莫言辞客醉,犹得曳裾还。

岑参《醉题匡城周少府厅壁》（《全唐诗》P2055)

故人薄暮公事闲,玉壶美酒琥珀殷。颖阳秋早今黄尽,醉卧君家犹未还。

李贺《瑶华乐》（《全唐诗》P4428）

高门左右日月环,四方错镂棱层殷。舞霞垂尾长盘珊,江澄海净神母颜。
施红点翠照虞泉,曳云拖玉下昆山。

李绅《南梁行》（《全唐诗》P5459）

杜鹃啼咽花亦殷,声悲绝艳连空山。斜阳瞥映浅深树,云雨翻迷崖谷间。

韩愈《题炭谷湫祠堂》（《全唐诗》P3812）

我来日正中,悚惕思先还。寄立尺寸地,敢言来途艰。
吁无吹毛刃,血此牛蹄殷。至令乘水旱,鼓舞寡与鳏。

杜牧《中秋日拜起居表晨渡天津桥》（《全唐诗》P6026）

广殿含凉静,深宫积翠间。楼齐云漠漠,桥东水潺潺。
过雨桎枝润,迎霜柿叶殷。紫鳞冲晚浪,白鸟背秋山。

王丽真女郎《字字双》（《全唐诗》P10165）

床头锦衾斑又斑,架上朱衣殷又殷。空庭明月闲复闲,夜长路远山复山。

【宋】

王安石《答曾子固南丰道中所寄》（《王安石全集》P129）

四盼浩无主,日暮烟霞斑。水竹密以劲,霜枫衰更殷。

【清】

丘逢甲《九龙有感》（《百代千家绝句选》P771）

群峰叠翠倚楼间,一角颜云夕照殷。忽忆去年春色里,九龙还是汉家山。

《诗经》中的"英"

"英"字是个常见字,现在大家只读一个音 yīng,但古诗中有时要读"央"。

据《康熙字典》:英,《唐韵古音》载"于良切,读央"。如屈原《九歌》:浴兰汤兮沐芳,华采衣兮若英(音央)。

又《毛诗本音》:舜英、重英、琼英美、如英,俱叶韵读央。《诗经》里多处读(于良切)央。如:

《诗经·郑风·清人》

清人在彭(普朗切),驷介旁旁(补网切)。二矛英(于良切),河上乎翱翔。

《诗经·郑风·有女同车》

有女同行(行音杭),颜如舜英(叶于良切)。

《诗经·齐风·著》

俟我于堂乎而,充耳以黄乎而,尚之以琼英(于良切)乎而。

《诗经·魏风·汾沮洳》

彼汾一方,言采其桑。彼其之子,美如英(于良切)。

其他举例如下:

【先秦】

屈原《楚辞·九章》

登昆仑兮食玉英(音央)。与天地兮比寿,与日月兮同光。
哀南夷之莫吾知兮,旦余济乎江湘。

屈原《楚辞·九歌·云中君》

浴兰汤兮沐芳,华采衣兮若英(音央)。灵连蜷兮既留,烂昭昭兮未央。

屈原《楚辞·离骚》

朝饮木兰之坠露兮,夕餐秋菊之落英(音央)。
苟余情其信姱以练要兮,长顑颔亦何伤。

屈原《楚辞·远游》

朝濯发于汤谷兮,夕晞余身兮九阳。吸飞泉之微液兮,怀琬琰之华英(音央)。

【西汉】

严忌《楚辞·哀时命》

道壅塞而不通兮,江河广而无梁。愿至昆仑之悬圃兮,采钟山之玉英。

陶渊明《杂诗》中的"永"

"永"字现在只有一个读音 yǒng,如永远、永久、永恒等。但古时这个字读 yùn。《康熙字典》和1936年出版的《辞海》都注明:永字"于憬切,梗韵",读音与咏、泳同。现在江、浙、皖民间多读"云",如黄梅戏《天仙配》中"董永"读作"董云"。

古诗词中的"永"字差不多都是以 yùn 音与"景""岭""影""井"等字协韵的。现举例如下:

【晋】

陶渊明《杂诗》 (《全汉三国晋南北朝诗》P478)

白日沦西河,素月出东岭。遥遥万里辉,荡荡空中景。
风来入房户,夜中枕席冷。气变悟时易,不眠知夕永。
欲言无予和,挥杯劝孤影。

陆机《赠冯文罴迁斥丘令诗》 (《先秦汉魏晋南北朝诗》P672)

之子既命,四牡项领。遵途远蹈,腾轨高骋。
庆云扶质,清风承景。嗟我怀人,其迈惟永。

郭璞《失题》 (《全汉三国晋南北朝诗》P425)

羲和骋丹衢,朱明赫其猛。融风拂晨霄,阳精一何悤。
闲宇静无娱,端坐愁日永。

陆云《太安二年夏四月诗》 (《先秦汉魏晋南北朝诗》P700)

嘉乐未晞,严驾已整。行矣征人,身乖路永。

【南朝 齐】

王融《星名》 (《全汉三国晋南北朝诗》P793)

眇叹属辰移,端忧临岁永。久惭入汉客,每愧遵河影。
仙羽诚不退,蓬襟良未整。谁为无正心,大陵有霜颖。

【南朝 梁】

萧统《钟山解讲》 (《全汉三国晋南北朝诗》P876)

轮动文学乘,笳鸣宾从静。瞰出岩隐光,月落林馀影。
纠纷八桂密,坡陁再城永。伊予爱丘壑,登高至节景。

刘孝绰《侍宴离亭应令》 (《全汉三国晋南北朝诗》P1194)

辊辕东北望,江汉西南永。羽旗映日移,铙吹临风警。
(注:辊辕,地名。)

萧子云《寒夜直坊忆袁三公》 (《全汉三国晋南北朝诗》P1174)
　　高帷晓独垂,华烛夜空冷。所思不相见,方知寒漏永。

【唐】
高适《同吕员外酬田著作幕门西宿盘山秋夜作》 (《全唐诗》P2196)
　　碛路天早秋,边城夜应永。遥传戍旅作,已报关山冷。
　　上将顿盘阪,诸军遍泉井。绸缪阃外书,慷慨幕中请。

钱起《苦雨忆皇甫冉》 (《全唐诗》P2611)
　　凉雨门巷深,穷居成习静。独吟愁霖雨,更使秋思永。

张九龄《二弟宰邑南海见群雁南飞咏》 (《全唐诗》P577)
　　鸿雁自北来,嗷嗷度烟景。常怀稻粱惠,岂惮江山永。
　　小大每相从,羽毛当自整。

韦应物《郊园闻蝉寄诸弟》 (《全唐诗》P1916)
　　去岁郊园别,闻蝉在兰省。今日卧南谯,蝉鸣归路永。
　　夕响依山谷,徐悲散秋景。缄书报此时,此心方耿耿。

韦应物《送苏评事》 (《全唐诗》P1936)
　　季弟仕谯都,元兄坐兰省。言访始忻忻,念离当耿耿。
　　嵯峨夏云起,迢递山川永。登高望去尘,纷思终难整。

韦应物《夏日》 (《全唐诗》P1965)
　　已谓心苦伤,如何日方永。无人不昼寝,独坐山中静。
　　悟淡将遣虑,学空庶遗境。积俗易为侵,愁来复难整。

韦应物《寄柳州韩司户郎中》 (《全唐诗》P1915)
　　旧里门空掩,欢游事皆屏。怅望城阙遥,幽居时序永。
　　春风吹百卉,和煦变闾井。

韦应物《立夏日忆京师诸弟》 (《全唐诗》P1959)
　　改序念芳辰,烦襟倦日永。夏木已成阴,公门昼恒静。
　　长风始飘阁,叠云才吐岭。坐想离居人,还当惜光景。

白居易《晚秋夜》 (《全唐诗》P4847)
　　碧空溶溶月华静,月里愁人吊孤影。花开残菊傍疏篱,叶下衰桐落寒井。
　　寒鸿飞急觉秋尽,邻鸡鸣迟知夜永。凝情不语空所思,风吹白露衣裳冷。

杜甫《渼陂西南台》 (《全唐诗》P2261)
　　高台面苍陂,六月风日冷。蒹葭离披去,天水相与永。
　　怀新目似击,接要心已领。

杜甫《西枝村寻置草堂地夜宿赞公土室》（《全唐诗》P2288)

天寒鸟已归，月出人更静。土室延白光，松门耿疏影。
跻攀倦日短，语乐寄夜永。明燃林中薪，暗汲石底井。

薛涛《独夜曲》（《词苑丛谈》P255)

玉漏声长灯耿耿，东墙西墙时见影。月明窗外子规啼，忍使孤魂愁夜永。

元稹《梦井》（《全唐诗》P4511)

所伤觉梦间，便觉死生境。岂无同穴期，生期谅绵永。

【宋】

苏轼《送参廖师》（《苏轼选集》P116)

静故了群动，空故纳万境。阅世走人间，观身卧云岭。
咸酸杂众好，中有至味永。诗法不相妨，此语当更请。

唐珏《台城路·蝉》（《词综》P1482)

当时旧情在否，晚妆清镜里，犹记娇鬟。乱咽频惊，馀音渐杳，摇曳风枝未定。秋期话尽。又抱叶凄凄，暮寒山静。付与孤萤，苦吟清夜永。

王沂孙《齐天乐·萤》（《词综》P1332)

楼阴时过数点，倚栏人未睡，曾赋幽恨。汉苑飘苔，秦陵坠叶，千古凄凉不尽。何人为省。但隔水馀辉，傍林残影。已觉萧疏，更堪秋夜永。

黄升《月照梨花》（《词综》P1168)

昼景，方永。重帘花影。好梦犹酣，莺声唤醒。

丁宥《水龙吟》（《词综》P1996)

雁风吹裂云痕，小楼一线斜阳影。残蝉抱柳，寒蛩入户，凄声忍听。愁不禁秋，梦还惊客，青灯孤枕。未更深，早是梧桐泣露，那更度兰宵永。

周邦彦《关河令》（《词综》P572)

秋阴时作渐向暝，变一庭凄冷。伫听寒声，云深无雁影。更深人去寂静，但照壁、孤灯相映。酒已都醒，如何消夜永。

史达祖《齐天乐·中秋宿真定驿》（《唐宋名家词选》P280)

西风来劝凉云去，天东放开金镜。照野霜凝，入河桂湿，一一冰壶相映。殊方路永。更分破秋光，尽成悲境。有客踌躇，古庭空自吊孤影。

【清】

端木采《扫花游》（《词综补遗》P1004)

对愔愔翠幄，一帘清影。古黛连云，恰正朱阳昼永。淡炎景。看秀色染衣，襟袖生冷。

端木采《解语花》 （《词综补遗》P1004）

窗涵净绿,树霭浓青,炎景如年永。万缘都静。高槐际,剩有数蝉凄哽。

陈登龙《蝶恋花·感春》 （《词综补遗》P674）

柳惰花慵深院静,漠漠微风,吹皱湘帘影。漫把浓香添宝鼎,腻人最是春潮永。

《诗经》中的"右"

"右"字现在只有一个读音yòu。但古诗词中它有时要读"叶羽轨切,音以"。《唐正韵》注:右音以。因"轨"字一音"希",故"羽轨切"切出音"以"。

《诗经·卫风·竹竿》

泉源在左,淇水在右。女子有行,远父母兄弟。

《诗经·秦风·蒹葭》

蒹葭采采,白露未已。所谓伊人,在水之涘。
遡洄从之,道阻且右。遡游从之,宛在水中沚。

宋玉《笛赋》

隆崛万丈,盘石双起。丹水涌其左,醴泉流其右。

刘禹锡《武陵观火》中的"娱"

"娱"字现在只有一个读音yú,如娱乐、欢娱等。但古诗词中它有时要读"五故切,音悟"(wù)（《康熙字典》）。如:

【唐】

刘禹锡《武陵观火》 （《全唐诗》P3978）

下令蠲里布,指期轻市租。闉垣适未立,苫盖自相娱。
山木行剪伐,江泥宜墐途。邑臣不必葺,何用征越巫。

岑参《玉门关盖将军歌》 （《全唐诗》P2059）

玉门关城迥且孤,黄沙万里白草枯。南邻犬戎北接胡,
将军到来备不虞(音吴)。五千甲兵胆力粗,军中无事但欢娱。

元稹《苦雨》 （《全唐诗》P4458）

江瘴气候恶,庭空田地芜。烦昏一日内,阴暗三四殊。
巢燕污床席,苍蝇点肌肤。不足生诟怒,但苦寡欢娱。

元稹《酬乐天雪中见寄》（《全唐诗》P4601）

钱塘湖上蘋先合，梳洗楼前粉暗铺。石立玉童披鹤氅，台施瑶席换龙须。
满空飞舞应为瑞，寡和高歌只自娱。莫遣拥帘伤思妇，且将盈尺慰农夫。

白居易《效陶潜体诗十六首》（《全唐诗》P4724）

忧乐与利害，彼此不相逾。是以达人观，万化同一途。
但未知生死，胜负两何如。迟疑未知间，且以酒为娱。

白居易《东南行一百韵寄通州元侍御》（《全唐诗》P4879）

去夏微之疟，今春席八姐。天涯书达否，泉下哭知无。
谩写诗盈卷，空盛酒满壶。只添新怅望，岂复旧欢娱。

周繇《甘露寺东轩》（《全唐诗》P7291）

每日怜晴眺，闲吟只自娱。山从平地有，水到远天无。
老树多封楚，轻烟暗染吴。虽居此廊下，入户亦踟蹰。

高适《同群公出猎海上》中的"虞"

"虞"字现在只有一个读音 yú，如上虞、虞姬、虞美人、尔虞我诈等。但古时"虞"字与"吴"字是通用的，所以古诗词中"虞"字有时要读音吴(wú)。例如：

【唐】

高适《同群公出猎海上》（《全唐诗》P2205）

鹰隼何翩翩，驰骤相传呼。豺狼窜榛莽，麋鹿罹艰虞。
高鸟下骈弓，困兽斗匹夫。尘惊大泽晦，火燎深林枯。

杜甫《赠高式颜》（《全唐诗》P2401）

昔别人何处，相逢皆老夫。故人还寂寞，削迹共艰虞。
自失论文友，空知卖酒垆。平生飞动意，见尔不能无。

杜甫《后出塞》（《全唐诗》P2293）

献凯日继踵，两藩静无虞。渔阳豪侠地，击鼓吹笙竽。
云帆转辽海，秔稻来东吴。越罗与楚练，照耀舆台驱。

吴越僧《武肃王有旨石桥设斋会》（《全唐诗》P9630）

石梁低矗红鹦鹉，烟岭高翔碧鹧鸪。胜妙重重惟祷祝，永资军庶息灾虞。

杜牧《歙州卢中丞见惠名酝》中的"愚"

"愚"字无论今人与古人都读"元俱切"音"虞"。因"虞"字古时与"吴"同(《康熙字典》),所以古诗词中有时"愚"以"吴"音与"壶""徒""蒲""无"等字协韵。如:

【唐】

　　杜牧《歙州卢中丞见惠名酝》　(《全唐诗》P5997)

谁怜贱子启穷途,太守封来酒一壶。攻破是非浑似梦,削平身世有如无。
醺醺若借嵇康懒,兀兀仍添宁武愚。犹念悲秋更分赐,夹溪红蓼映风蒲。

　　杜牧《送王侍御赴夏口座主幕》　(《全唐诗》P5957)

君为珠履三千客,我是青衿七十徒。礼数全优知隗始,讨论常见念回愚。
黄鹤楼前春水阔,一杯还忆故人无。

辛弃疾《青玉案·元夕》中的"雨"

"雨"字现在只有一个读音 yǔ。但《康熙字典》注明它是个多音字,除了音 yǔ 外,还有一个音为"于付切"音"湖",与"母""祖""鼓""舞""苦""浦""虎""楚""土""古""堵""坞"等字协韵。如:

【先秦】

　　《诗经·鄘风·蝃蝀》

朝隮于西,崇朝其雨。女子自行,远兄弟父母。

　　《诗经·邶风·谷风》

习习谷风,以阴以雨。黾勉同心,不宜有怒。

　　《诗经·小雅·甫田》

琴瑟击鼓,以御田祖,以祈甘雨,以介我稷黍,以谷我士女(rǔ)。

　　《诗经·小雅·小明》

二月初吉,载离寒暑。心之忧矣,其毒大苦。
念彼共人,涕零如雨。岂不怀归,畏此罪罟。

【唐】

　　李颀《古意》　(《全唐诗》P1355)

辽东小妇年十五,惯弹琵琶解歌舞。今为羌笛出塞声,使我三军泪如雨。

李白《古风》 (《全唐诗》P1670)

借问谁凌虐,天骄毒威武。赫怒我圣王,劳师事鼙鼓。
阳和变杀气,发卒骚中土。三十六万人,哀哀泪如雨。
且悲就行役,安得营农圃。不见征戍儿,岂知关山苦。
李牧今不在,边人饲豺虎。

李白《临江王节士歌》 (《全唐诗》P1693)

吴云寒,燕鸿苦。风号沙宿潇湘浦。节上悲秋泪如雨。

李白《远别离》 (《全唐诗》P1680)

远别离,古有皇英之二女(rǔ)。乃在洞庭之南,潇湘之浦。
海水直下万里深,谁人不言此离苦。日惨惨兮云冥冥,猩猩啼烟兮鬼啸雨。

李白《丁督护歌》 (《全唐诗》P1707)

云阳上征去,两岸饶商贾。吴牛喘月时,拖船一何苦。
水浊不可饮,壶浆半成土。一唱都护歌,心摧泪如雨。
万人凿盘石,无由达江浒。君看石芒砀,掩泪悲千古。

李端《杂歌》 (《全唐诗》P3240)

向栩非才徒隐灶,田文有命那关户。犀烛江行见鬼神,木人登席呈歌舞。
乐生东去终居赵,阳虎北辕翻适楚。世间反覆不易陈,缄此贻君泪如雨。

张祜《游天台山》 (《全唐诗》P5794)

才登招手石,肘底笑天姥。仰看华盖尖,赤日云上午。
奔雷撼深谷,不见山脚雨。回首望四明,矗若城一堵。

杜甫《贻阮隐居昉》 (《全唐诗》P2286)

陈留风俗衰,人物世不数。塞上得阮生,迥继先父祖。
贫知静者性,白益毛发古。车马入邻家,蓬蒿翳环堵。
清诗近道要,识字用心苦。寻我草径微,褰裳踏寒雨。
更议居远村,避喧甘猛虎。足明箕颍客,荣贵如粪土。

杜甫《太平寺泉眼》 (《全唐诗》P2289)

招提凭高冈,疏散连草莽(mǔ)。出泉枯柳根,汲引岁月古。
石间见海眼,天畔萦水府。广深丈尺间,宴息敢轻侮。
青白二小蛇,幽姿可时觌。如丝气或上,烂熳为云雨。
山头到山下,凿井不尽土。取供十万僧,香美胜牛乳。

杜甫《法镜寺》 (《全唐诗》P2296)

身危适他州,勉强终劳苦。神伤山行深,愁破崖寺古。
婵娟碧鲜净,萧摵寒箨聚。回回山根水,冉冉松上雨。

洩云蒙清晨,初日翳复吐。朱甍半光炯,户牖粲可数。
挂策忘前期,出萝已亭午。冥冥子规叫,微径不复取。

杜甫《龙门阁》 (《全唐诗》P2300)

清江下龙门,绝壁无尺土。长风驾高浪,浩浩自太古。
危途中萦盘,仰望垂线缕。滑石欹谁凿,浮梁袅相拄。
目眩陨杂花,头风吹过雨。

杜甫《曲江》 (《全唐诗》P2260)

即事非今亦非古,长歌激越梢林莽。比屋豪华固难数。
吾人甘作心似灰,弟侄何伤泪如雨。

杜甫《发阆中》 (《全唐诗》P2324)

前有毒蛇后猛虎,溪行尽日无村坞。江风萧萧云拂地,山木惨惨天欲雨。
女病妻忧归意速,秋花锦石谁能数。别家三月一得书,避地何时免愁苦。

杜甫《雨》 (《全唐诗》P2345)

青山淡无姿,白露谁能数。片片水上云,萧萧沙中雨。
殊俗状巢居,曾台俯风渚。佳客适万里,沉思情延伫。
挂帆远色外,惊浪满吴楚。

杜甫《寄柏学士林居》 (《全唐诗》P2366)

荆扬春冬异风土,巫峡日夜多云雨。赤叶枫林百舌鸣,黄花野岸天鸡舞。
盗贼纵横甚密迩,形神寂寞甘辛苦。

韦应物《长安遇冯著》 (《全唐诗》P1955)

客从东方来,衣上灞陵雨。问客何为来,采山因买斧。
冥冥花正开,飏飏燕新乳。昨别今已春,鬓丝生几缕。

李正封《洛阳清明日雨霁》 (《全唐诗》P3881)

晓日清明天,夜来嵩少雨。千门尚烟火,九陌无尘土。
酒绿河桥春,漏闲宫殿午。游人恋芳草,半犯严城鼓。

柳宗元《再至界围岩水帘遂宿岩下》 (《全唐诗》P3932)

发春念长违,中夏欣再睹。是时植物秀,杳若临悬圃。
歔阳讶垂冰,白日惊雷雨。笙簧潭际起,颧鹤云间舞。

柳宗元《雨后晓行独至愚溪北池》 (《全唐诗》P3948)

宿云散洲渚,晓日明村坞。高树临清池,风惊夜来雨。
予心适无事,偶此成宾主。

杜牧《题宣州开元寺》 （《全唐诗》P5947）

青苔照朱阁,白鸟两相语。溪声入僧梦,月色晖粉堵。
阅景无旦夕,凭阑有今古。留我酒一尊,前山看春雨。

杜牧《李甘诗》 （《全唐诗》P5942）

九年夏四月,天诫若言语。烈风驾地震,狞雷驱猛雨。
夜于正殿阶,拔去千年树。吾君不省觉,二凶日威武。

杜牧《村行》 （《全唐诗》P5949）

春半南阳西,柔桑过村坞。娉娉垂柳风,点点回塘雨。
蓑唱牧牛儿,篱窥茜裙女。半湿解征衫,主人馈鸡黍。

毛熙震《清平乐》 （《词综》P160）

春光欲暮,寂寞闲庭户。粉蝶双双穿槛舞,帘卷晚天疏雨。

李珣《南乡子》 （《词综》P170）

行客待潮天欲暮,迷春浦,愁听猩猩啼瘴雨。

吕渭老《一落索》 （《词综》P627）

蝉带残声移别树,晚凉房户。秋风有意染黄花,下几点凄凉雨。

【宋】

辛弃疾《青玉案·元夕》

东风夜放花千树,更吹落、星如雨。宝马雕车香满路。凤箫声动,玉壶光转,一夜鱼龙舞。

柳永《甘草子》 （《唐宋名家词选》P75）

秋暮,乱洒衰荷,颗颗真珠雨。雨过月华生,冷彻鸳鸯浦。　池上凭阑愁无侣,奈此个单栖情绪。却傍金笼共鹦鹉,念粉郎言语。

柳永《斗百花》 （《词综》P337）

远恨绵绵,淑景迟迟难度。年少傅粉,依前醉眠何处?深院无人,黄昏乍拆秋千,空锁满庭花雨。

张先《生查子·弹筝》 （《词综》P336）

娇云容易飞,梦断知何处?深院锁黄昏,阵阵芭蕉雨。

秦观《金明池》 （《词综》P394）

琼苑金池,青门紫陌,似雪杨花满路。云日淡天低昼永,过三点两点细雨。好花枝半出墙头,似怅望芳草王孙何处?更水绕人家,桥当门巷,燕燕莺莺飞舞。

晏几道《御街行》 (《唐宋名家词选》P96)

街南绿树春饶絮,雪满游春路。树头花艳杂娇云,树底人家朱户。北楼闲上,疏帘高卷,直见街南树。 阑干倚尽犹慵去,几度黄昏雨。晚春盘马踏青苔,曾傍绿阴深驻。落花犹在,香屏空掩,人面知何处?

叶梦得《贺新郎》 (《唐宋名家词选》P214)

江南梦断横江渚。浪黏天、葡萄涨绿,半空烟雨。无限楼前沧波意,谁采萍花寄取。但怅望兰舟容与。万里云帆何时到,送孤鸿、目断千山阻。谁为我,唱金缕。

姜夔《点绛唇》 (《唐宋名家词选》P264)

燕雁无心,太湖西畔随云去。数峰清苦,商略黄昏雨。第四桥边,拟共天随住。今何许,凭阑怀古,残柳参差舞。

晁补之《永遇乐·东皋寓居》 (《词综》P400)

松菊堂深,芰荷池小,长夏清暑。燕引雏还,鸠呼妇往,人静郊原趣。麦天已过,薄衣轻扇,试起绕园徐步。听衡宇,欣欣童稚,共说夜来初雨。

晁补之《惜奴娇》 (《词综》P409)

渔火烟村,但触目伤离绪。此情向阿谁分诉?那里思量,争知我思量苦。最苦,睡不着,西风夜雨。

李廌《虞美人》 (《词综》P418)

玉阑干外清江浦,渺渺天涯雨。

万俟咏《春草碧·草》 (《词综》P596)

又随芳渚,坐看翠连霁空,愁遍征路。东风里,谁望断西塞,恨迷南浦?天涯地角,意不尽、消沉万古。曾是送别,长亭下,细绿暗烟雨。

万俟咏《三台·清明应制》 (《词综》P597)

见梨花初带夜月,海棠半含朝雨。内苑春不禁过青门,御沟涨潜通南浦。东风静细柳垂金缕。望凤阙非烟非雾。好时代朝野多欢,遍九陌太平箫鼓。

吴文英《祝英台近·春日客龟溪,游废园》 (《唐宋名家词选》P289)

采幽香,巡古苑,竹冷翠微路。斗草溪根,沙印小莲步。自怜两鬓清霜,一年寒食,又身在云山深处。 昼闲度,因甚天也悭春,轻阴便成雨。绿暗长亭,归梦趁风絮。有情花影阑干,莺声门径,解留我霎时凝伫。

辛弃疾《祝英台近》 (《词综》P796)

宝钗分,桃叶渡,烟柳暗南浦。怕上层楼,十日九风雨。断肠点点飞红,都无人管,更谁劝流莺声住?

严仁《好事近·舟行》（《词综》P1035)

春江如席照晴空,大舶夹双橹。肠断斜阳渡口,正落红如雨。

洪瑹《蓦山溪·忆中都》（《词综》P1146)

关山千里,垂柳河桥路。燕子又归来,但惹得满身花雨。彩笺不寄,兰梦更无凭,灯影下,月明中,魂断金钗股。

【近现代】

毛泽东《蝶恋花》

寂寞嫦娥舒广袖,万里长空且为忠魂舞。忽报人间曾伏虎。泪飞顿作倾盆雨。

李商隐《乐游原诗》中的"原"

"原"字现在只有一个读音 yuán,如原谅、原野、原料、原来等。但古时它有两音。《康熙字典》注明,"原"字一是"愚袁切,音元"(yuán),二是"叶虞云切,音云"(yún)。

古诗词中"原"音 yún 与"村""根""门""尊""魂""昏""奔""存"等字协韵的情况很多,如:

李商隐《乐游原诗》

向晚意不适,驱车登古原。夕阳无限好,只是近黄昏。

再如大家都习惯称屈原的"原"为 yuán,但屈原的"原"要读为"云"(yún)。《康熙字典》举《史记·叙传》为例:

怀王客死,兰咎屈原。好谀信谗,楚并于秦。

其他例举如下:

【北周】

庾信《咏怀》（《全汉三国晋南北朝诗》P1582)

武安檐瓦振,昆阳猛兽奔。流星夕照镜,烽火夜烧原。
古狱饶冤气,空亭多柱魂。

庾信《望野》（《全汉三国晋南北朝诗》P1590)

试策千金马,来登五丈原。有城仍旧县,无树即新村。
水向兰池泊,日斜细柳园。涧渚通沙路,寒渠塞水门。
但得风云赏,何须人事论。

【南朝 梁】

虞骞《游潮山悲古冢》（《全汉三国晋南北朝诗》P1260)

长林带朝夕,孤岭枕江村。疎松含白水,密篆满平原。
荒坟改冻叶,低垅变年根。西光长槚落,促尔膝前尊。

虞骞《寻沈剡口夕至嵊亭》 (《全汉三国晋南北朝诗》P1260)

命楫寻嘉会,信次历山原。扪天上云糺,搴石下雷奔。
澄潭写度鸟,空岭应鸣猿。榜歌唱将夕,商子处方昏。

【唐】

李白《赠武十七谔》 (《全唐诗》P1750)

林回弃白璧,千里阻同奔。君为我致之,轻赍涉淮原。
精诚合天道,不愧远游魂。

李白《书情题蔡舍人雄》 (《全唐诗》P1741)

猛犬吠九关,杀人愤精魂。皇穹雪冤枉,白日开氛昏。
泰阶得夔龙,桃李满中原。

【宋】

苏轼《澄迈驿通潮阁》 (《百代千家绝句选》P498)

余生欲老海南村,帝遣巫阳招我魂。杳杳天低鹘没处,青山一发是中原。

陆游《感事诗》 (《陆放翁诗词选》P232)

堂堂韩岳两骁将,驾驭可使复中原。庙谋尚出王导下,顾用金陵为北门。

陆游《太息诗》 (《陆放翁诗词选》P244)

书生忠义与谁论,骨朽犹应此念存。砥柱河流仙掌日,死前恨不见中原。

【元】

刘因《遂城道中》 (《元诗三百首》P57)

冷烟衰草千家冢,流水斜阳一点村。慰眼西风犹有物,太原依旧压中原。

范椁《池馆夜坐听雨》 (《百代千家绝句选》P598)

更声随雨动谯门,颇似听泉宿楚原。客里青灯如骨肉,独能相待向黄昏。

【清】

吴重憙《苌弘墓》 (《历代论史绝句选》P19)

西去麻鞋谒至尊,烽烟何日靖中原?故人尽节难回首,怕过苌弘化碧村。

庾信《咏怀诗》中的"源"

"源"字现在只有一个读音 yuán,如源流、源远流长等。但古诗词中"源"与"原"一样,有时要读 yún(云),与"论""痕""门""孙"等字协韵。如:

【南朝　梁】

　　　刘臻《河边枯树》　（《全汉三国晋南北朝诗》P1306）

　　将军犹未坐，匠石不曾论。无复凌云势，空馀激浪痕。
　　可嗟摧折尽，讵得上河源。

【北齐】

　　　萧悫《奉和咏龙门桃花》　（《全汉三国晋南北朝诗》P1520）

　　旧闻开露井，今见植龙门。树少知非塞，花高异少源。

【北周】

　　　庾信《咏怀诗》　（《全汉三国晋南北朝诗》P1583）

　　怀抱独惛惛，平生何所论。由来千种意，并是桃花源。
　　縠皮两书帙，壶卢一酒樽。自知费天下，也复何足言。

　　　庾信《咏画屏风诗》　（《全汉三国晋南北朝诗》P1603）

　　逍遥游桂苑，寂绝到桃源（yún）。狭石分花径，长桥映水门。

　　　庾信《徐报使来止得一相见》　（《全汉三国晋南北朝诗》P1607）

　　一面还千里，相思那得论。更寻终不见，无异桃花源。

【南朝　陈】

　　　江总《南还寻草市宅》　（《全汉三国晋南北朝诗》P1421）

　　乘春行故里，徐步采芳荪。径毁悲求仲，林残忆巨源。
　　见桐犹识井，看柳尚知门。

【唐】

　　　《郊庙歌辞·光大舞》　（《全唐诗》P130）

　　肃肃艺祖，滔滔浚源。有雄玉剑，作镇金门。玄王贻绪，后稷谋孙。

续范亭《五百字诗》中的"怨"

　　"怨"字现在只有一个读音 yuàn，如怨恨、怨气、怨声载道、怨天尤人等。但古时它是个多音字，不但读 yuàn，而且可读 yuān，可读"叶乌云切，音煴"（yún），可读"叶乌贯切，音腕"（wàn）（《康熙字典》）。

　　关于"怨"字读"腕"（wàn），《康熙字典》举例：

　　　《前汉·叙传·述高祖纪》

　　项羽畔换，黜我巴汉。西土宅心，战士愤怨。

（注："怨"字与"汉"字协韵。"怨"如读 yuān，那么"汉"字应该读"扇"。）

当代续范亭在 1944 年写的《五百字诗》中的"怨"亦应读"腕"（wàn）。

续范亭《五百字诗》 （《十老诗选》P230）

一餐饭不饱，宾主难尽欢。一日不吃饭，大家胡埋怨。
三日不吃饭，夫妻可离散。五日不吃饭，打死也不干。
七日不吃饭，一齐都完蛋。多少旧政权，只知征军粮。
人民饥肠断，谁肯去帮忙？

枚乘《七发》中的"约"

"约"字现在有两个读音：一是 yuē，如约定、约法、约会、约束、制约等；二是 yāo，如约有多重。但古时它除了读 yuē 音，还有"乙角切，音渥"（wò），还有"吉历切，音激"（jī）。《康熙字典》注，西汉枚乘的《七发》诗"九寡之珥以为约"中的"约"字就读 jī。

【宋】

吴文英《惜红衣》 （《词综》P1215）

鹭老秋丝，苹愁幕雪，鬓那不白（bī）。倒柳移栽，如今暗溪碧。乌衣细语，伤伴葱茸红曾约（jī）。南陌。前度刘郎，寻流花踪迹。

《郊庙歌辞·玄冥》中的"岳"

"嶽"（岳）字现在读作 yuè，但古诗词中有时要读"叶虞欲切"音玉，与"朴""促""烛"等字协韵。如：

【汉】

《郊庙歌辞·玄冥》 （《全汉三国晋南北朝诗》P11）

易乱除邪，革正异俗。兆民反本，抱素怀朴。
条理信义，望礼五岳。籍敛之时，掩收嘉谷。

《乐府·怨诗行》 （《全汉三国晋南北朝诗》P76）

天德悠且长，人命一何促。百年未几时，奄若风吹烛。
嘉宾难再遇，人命不可续。齐度游四方，各系太山录。
人间乐未央，忽然归东岳。当须荡中情，游心恣所欲。

另"嶽"(岳)字在古诗词中有时要读"五郭切"的音。因岳字的读音为"五角切"或"逆角切",而"角"字有 jué 或 jiǎo 两音,所以"五角切"或"逆角切"的"岳"字也有两音:yuè 或"五郭切"的音。

如王维《苦热》诗中的"嶽"(岳)就要读"五郭切"的音与"涸""薄""廓"诸字协韵。

王维《苦热》 (《全唐诗》P1201)

赤日满天地,火云成山岳。草木尽焦卷,川泽皆竭涸。轻纨觉衣重,密树苦阴薄。

诗词古音

Z

僧祖可《菩萨蛮》中的"匝"

"匝"字现在大家都读一音 zā,但古诗词中有时读 zè。据《康熙字典》:匝,子荅切。荅,音的(dí)。如:

僧祖可《菩萨蛮》 (《词综》P1549)

西风籁籁低红叶,梧桐影里银河匝。

(注:"匝"与"叶"必须协韵。)

《诗经》中的"哉"

"哉"字现在只有一个读音 zāi,作为语气词,如呜呼哀哉、何足道哉等。但古诗词中它有时以"叶将黎切"音 jī 作为语气词,与"西""期"等字协韵。如:

【先秦】

《诗经·邶风·北门》

已焉哉,天实为之,谓之何哉。

《诗经·卫风·氓》

反是不思,亦已焉哉。

《诗经·王风·君子于役》

君子于役,不知其期。曷至哉。

《诗经·魏风·园有桃》

彼人是哉,子曰何其。

《诗经·秦风·终南》

颜如渥丹,其君也哉。

《诗经·周颂·敬之》

敬之敬之,天维显思,命不易哉。

【晋】

陆机《赠武昌太守夏少明诗》（《全汉三国晋南北朝诗》P336）

人道靡常,高会难期。之子于远,易云归哉。
心乎爱矣,永言怀之。瞻彼江介,惟用作诗。

王维《积雨辋川庄作》中的"菑"

"菑"字现在有三个读音 zī、zì、zāi。《现代汉语词典》注明："菑"古又同"灾"（zāi）。

但古诗词中有时要读与"匙",与"鹂""疑"诸字协韵。据《康熙字典》,"菑"字"侧持切"。因"持"字有 chī、qī 两音,所以"菑"字也可"切"出两音：zī、匙。如：

王维《积雨辋川庄作》（《全唐诗》P1298）

积雨空林烟火迟,蒸藜炊黍饷东菑。漠漠水田飞白鹭,阴阴夏木啭黄鹂。
山中习静观朝槿,松下清斋折露葵。野老与人争席罢,海鸥何事更相疑。

杜甫《春望》中的"簪"

杜甫《春望》是众所熟知的五言律诗,其末句"白头搔更短,浑欲不胜簪"的"簪"字,现在大家都读成 zān,与诗中的"深""心""金"等字很不合韵,读起来也很别扭。

其实,"簪"是个多音字,有"侧吟切"音 zēng,"作含切"音 zān,"于感切"音 cuán。究竟该读什么音,该看具体的语境。就杜甫这首《春望》来说,应读 zēng。

国破山河在,城春草木深。感时花溅泪,恨别鸟惊心。
烽火连三月,家书抵万金。白头搔更短,浑欲不胜簪。

而孟浩然这首诗中的"簪"就读 zān。

孟浩然《京还赠王维》（《全唐诗》P1633）

拂衣何处去,高枕南山南。欲徇五斗禄,其如七不堪。
早朝非晚起,束带异抽簪。因向智者说,游鱼思旧潭。

下面是诗词中的"簪"字与"音""襟""心""琴""阴""金""林""吟"等字协韵的,所以应该读 zhēn 音。

【晋】

左思《招隐诗》（《先秦汉魏晋南北朝诗》P724）

非必丝与竹,山水有清音。何事待啸歌,灌木自悲吟。
秋菊兼糇粮,幽兰间重襟。踌躇足力烦,聊欲投吾簪。

【南朝　宋】

　　　　颜延之《辞难潮沟》　（《全汉三国晋南北朝诗》P621）

　　　徘徊眷郊甸，俯仰引单襟。一途苟不豫，百虑毕来侵。
　　　永怀交在昔，有愿愆瑟琴。写言劳者事，将用慰亡簪。

【南朝　梁】

　　　　萧纲《桃花曲》　（《全汉三国晋南北朝诗》P895）

　　　但使新花艳，得间美人簪。何须论后实，怨结子瑕心。

　　　　萧纲《遥望》　（《全汉三国晋南北朝诗》P933）

　　　散诞垂红帔，斜柯插玉簪。可怜无有比，恣许直千金。

沈约《侍宴乐游苑饯吕僧珍应诏诗》　（《全汉三国晋南北朝诗》P1001）

　　　函輴方解带，峣武稍披襟。伐罪芒山曲，吊民伊水浔。
　　　将陪告成礼，待此未抽簪。

　　　　沈约《登玄畅楼》　（《全汉三国晋南北朝诗》P1003）

　　　云生岭乍黑，日下溪半阴。信美非吾土，何事不抽簪。

江淹《惜晚春应刘秘书》　（《全汉三国晋南北朝诗》P1039）

　　　风光多树色，露华翻蕙阴。水苔方下蔓，石萝日上寻。
　　　霞衣已具带，仙冠不持簪。

　　　　王筠《有所思》　（《全汉三国晋南北朝诗》P1181）

　　　暧暧巫山远，悠悠湘水深。徒歌鹿卢剑，空贻玳瑁簪。
　　　望君终不见，屑泪且长吟。

　　　　纪少瑜《游建兴苑》　（《全汉三国晋南北朝诗》P1280）

　　　水流冠盖影，风扬歌吹音。踟蹰怜拾翠，顾步惜遗簪。
　　　日落庭花转，方幔屡移阴。终言乐未极，不道爱黄金。

陈叔宝《同江仆射游摄山栖霞寺》　（《全汉三国晋南北朝诗》P1349）

　　　摧残枯树影，零落古藤阴。霜村夜乌去，风路寒猿吟。
　　　自悲堪出俗，讵是欲抽簪。

【北周】

　　　　释亡名《老苦》　（《全汉三国晋南北朝诗》P1565）

　　　少日欣日益，老至苦年侵。红颜既罢艳，白发宁久吟。
　　　阶庭唯仰杖，朝府不胜簪。甘肥与妖丽，徒有壮时心。

　　　　佚名《古绝句》　（《先秦汉魏晋南北朝诗》P343）

　　　日暮秋云阴，江水清且深。何用通音信，莲花玳瑁簪。

【隋】

卢思道《仰赠特进阳休之》　（《全汉三国晋南北朝诗》P1656）

艺殚文府,学究书林。尽则穷丽,索隐钩深。
灵珠耀手,明镜悬心。声偃华裔,道冠衣簪。

孔德绍《行经太华》　（《全汉三国晋南北朝诗》P1696）

纷吾世网暇,灵岳展幽寻。寥廓风尘远,杳冥川谷深。
山昏五里雾,日落二华阴。疏峰起莲叶,危塞隐桃林。
何必东都外,此处可抽簪。

陈子良《夏晚寻于政世置酒赋韵》　（《全汉三国晋南北朝诗》P1701）

聊从嘉遁所,酌醴共抽簪。以兹山水地,留连风月心。
长榆落照尽,高柳暮蝉吟。一返桃源路,别后难追寻。

【唐】

李隆基《送贺知章归四明》　（《全唐诗》P31）

遗荣期入道,辞老竟抽簪。岂不惜贤达,其如高尚心。
寰中得秘要,方外散幽襟。独有青门饯,群僚怅别深。

李白《送纪秀才游越》　（《全唐诗》P1801）

海水不满眼,观涛难称心。即知蓬莱石,却是巨鳌簪。
送尔游华顶,令余发舃吟。

钱起《省中春暮酬嵩阳焦道士见招》　（《全唐诗》P2632）

朝花飞暝林,对酒伤春心。流年催素发,不觉映华簪。
垂老遇知己,酬恩看寸阴。

顾况《游子吟》　（《全唐诗》P334）

蒲荷影参差,凫鹤雏淋涔。浩歌惜芳杜,散发轻华簪。
胡为不归欤,泪下沾衣襟。

顾况《酬房杭州》　（《全唐诗》P2937）

荷花十余里,月色攒湖林。父老惜使君,却欲速华簪。

杜甫《阻雨不得归瀼西甘林》　（《全唐诗》P2345）

拂拭乌皮几,喜闻樵牧音。令儿快搔背,脱我头上簪。

钱起《谢张法曹万顷小山暇景见忆》　（《全唐诗》P2618）

乐道随去处,养和解朝簪。茅堂近丹阙,佳致亦何深。
退食不趋府,忘机还在林。

韦应物《沣上精舍答赵氏外生伉》（《全唐诗》P1949）

对榻遇清夜,献诗合雅音。所推苟礼数,于性道岂深。
隐拙在冲默,经世昧古今。无为率尔言,可以致华簪。

戴叔伦《卧病》（《全唐诗》P3077）

病多知药性,客久见人心。众鸟趋林健,孤蝉抱叶吟。
沧洲诗社散,无梦盍朋簪。

戴叔伦《汉南遇方评事》（《全唐诗》P3081）

移家住汉阴,不复问华簪。贳酒宜城近,烧田梦泽深。

戴叔伦《赠韦评事儹》（《全唐诗》P3082）

细草谁开径,芳条自结阴。由来居物外,无事可抽簪。

常衮《题金吾郭将军石洑茅堂》（《全唐诗》P2859）

草奏凤生笔,筵开雪满琴。客从龙阙至,僧自虎溪寻。
潇洒延清赏,风流会素襟。终朝息尘步,一醉间华簪。

窦牟《元日喜闻大礼寄上翰林四学士中书六舍人》（《全唐诗》P3037）

疾驱千里骏,清唳九霄禽。庆赐迎新服,斋庄弃旧簪。

戎昱《采莲曲》（《全唐诗》P3022）

烟生极浦色,日落半江阴。同侣怜波静,看妆堕玉簪。

李贺《谢秀才有妾缟练改从于人》（《全唐诗》P4413）

洞房思不禁,蜂子作花心。灰暖残香炷,发冷青虫簪。

白居易《题东虎丘寺》（《全唐诗》P5031）

酒熟凭花劝,诗成倩鸟吟。寄言轩冕客,此地好抽簪。

裴迪《与卢员外象过崔处士兴宗林亭》（《全唐诗》P1315）

乔柯门里自成阴,散发窗中曾不簪①。逍遥且喜从吾事,荣宠从来非我心。

【宋】

章颖《小重山》（《词综》P1052）

柳暗花明春事深。小阑红芍药,已抽簪。雨馀风软碎鸣禽。迟迟日,犹带一分阴。往事②莫沉吟。身闲无个事,且登临。旧游何处不堪寻。无寻处,惟有少年心。

杨亿《白莲》（《百代千家绝句选》P461）

昨夜三更里,嫦娥坠玉簪。冯夷不敢受,捧出碧波心。

---

① 一说"琴"。
② 一作"把酒"。

【元】
    彭元逊《汉宫春·元夕》（《词综》P1728）

携手满身花影,香雾霏霏,露湿罗襟。笙歌行人归去,回首沉沉。人间此夜,误春光、一刻千金。明日问、红巾青乌,苍苔自拾遗簪。

"簪"有时读"赞",如：

    宋之问《江南曲》（《全唐诗》P202）

妾住越城南,离居不自堪。采花惊曙鸟,摘叶喂春蚕。
懒结茱萸带,愁安玳瑁簪。侍臣消瘦尽,日暮碧江潭。

左思《吟史诗》中的"泽"

"泽"字现在只有一个读音 zé,如光泽、沼泽、恩泽、泽泻等。但古时它是个多音字,不但读"直格切,音宅"（zé）,而且可读"达各切,音铎"（duó）。如：

【晋】
    左思《咏史诗》（《全汉三国晋南北朝诗》P386）

陈平无产业,归来翳负郭。长卿还成都,壁立何寥廓。
四贤岂不伟,遗烈光篇籍（籍音灼）。当其未遇时,忧在填沟壑。
英雄有迍邅,由来自古昔（昔音灼）。何世无奇才,遗之在草泽。

《古诗十九首》中的"札"

"札"字现在只有一个读音 zhá,如札记、手札、书札等。但古时它是个多音字,不但读"侧八切,音紮"（zhá）,而且可读"一黠切,音轧"（yá）,还有"叶侧瑟切,音栉"（jié）,与别、雪、灭等字协韵。如《古诗十九首》中的"札"就应该读 jié（《康熙字典》）:客从远方来,遗我一书札。上言长相思,下言久离别。

【南朝 宋】
    颜延之《赠王太常》（《全汉三国晋南北朝诗》P616）

庭昏见野阴,山明望松雪。静惟浃群化,徂生入穷节。
豫往诚欢歇,悲来非乐阕。属美谢繁翰,遥怀具短札。

【唐】
    陆龟蒙《煮茶》（《全唐诗》P7145）

闲来松间坐,看煮松上雪。时于浪花里,并下蓝英末（末音灭）。
倾馀精爽健,忽似氛埃灭。不合别观书,但宜窥玉札。

杜甫《催宗文树鸡栅》中的"栅"

"栅"字现在常用的两个读音:一是 shān,如栅极;二是 zhà,如栅栏。但古诗词中它是个多音字,除了以上两音,还可读"楚革切,音策"(cè),"数眷切"音 shuàn,"叶昌谷切,音尺"(chǐ)。如:

欧阳修《驯鹿诗》

朝渴饮清池,暮饱眠深栅。惭愧主人恩,自非杀身难报德。
（注:"栅"与"德"协韵,音策。）

杜甫《催宗文树鸡栅》（《全唐诗》P2343）

墙东有隙地,可以树高栅。避热时来归,问儿所为迹。
（注:"栅"与"迹"协韵。）

李清照《声声慢》中的"摘"

"摘"字现在只有一个读音 zhāi,如摘录、摘要、摘编等。但古时的读音与今天的读音有差别。据《康熙字典》所载,"摘"字的读音,一是"他历切,音剔"(tì);二是"竹厄切,音谪"(zhé);又读 zhāi。

古诗词中"摘"字以音 tì 与"戚""息""笛""急""碧""笔""得""席"诸字协韵的情况屡有所见。如李清照的名篇《声声慢》:

李清照《声声慢》

满地黄花堆积,憔悴损,如今有谁堪摘?守着窗儿,独自怎生得黑!梧桐更兼细雨,到黄昏、点点滴滴。这次第,怎一个愁字了得(dī)!
（注:"黑"字音"讫得切"。因"得"有一音 dī,故"黑"字音"喜"。）

【唐】

刘长卿《九日岳阳待黄遂》（《全唐诗》P1538）

青林泊舟处,猿鸟愁孤驿。遥见郭外山,苍然雨中夕。
季鹰久疏旷,叔度早畴昔。反棹来何迟,黄花候君摘。

【宋】

王诜《撼庭竹》（《词综》P468）

月下风前空怅望,思携手同摘。画栏倚遍无消息,佳辰乐事再难得(dī)。还是夕阳天,空暮云凝碧。

姜夔《暗香·石湖咏梅》 （《词综》P932）

旧时月色，算几番照我，梅边吹笛。唤起玉人，不管清寒与攀摘(tì)。何逊而今渐老，都忘却春风词笔。但怪得竹外疏花，香冷入瑶席。

朱敦儒《好事近》中的"宅"

"宅"字现在只有一个读音 zhái，但古诗词中有时要读 qì。《康熙字典》载："宅，杨伯切。"因伯字有一音"必"(bì)，故"杨必切"音 qì。如：

【宋】

朱敦儒《好事近》 （《词综》P758）

拨转钓鱼船，江海尽为吾宅。恰向洞庭沽酒，却钱塘横笛。醉颜禁冷更添红，潮落下前碛。经过子陵滩畔，得梅花消息。

【清】

吴伟业《满江红》 （《词综补遗》P291）

人事改，寒云积。旧垒废，神鸦集。尽沙沉浪洗，断戈残戟。落日楼船鸣铁锁，西风吹尽王侯宅。任黄芦苦竹打荒潮，渔樵笛。

岑参《题铁门楼》中的"窄"

"窄"字现在只有一个读音 zhǎi，如狭窄、窄小、窄巴、心胸狭窄等。但《康熙字典》注明，"窄"字的古音是"作"(zuò)。如：

曹丕《陌上桑》

披荆棘，求阡陌。侧君独窄，步路局窄(zuò)。虎豹嗥动，鸡惊禽失，群鸣相索。

《康熙字典》还注明，"窄"音"侧各切"音责，又"侧伯切"。因"伯"是个多音字，有百、陌、霸、必、布等音，所以"侧伯切"切出的音就复杂化了。比较起来，古诗词中"窄"字与"客""壁""劈""赤""翼""立""笛""夕"等字协韵的情况还是比较多的。如：

【唐】

岑参《题铁门关楼》 （《全唐诗》P2046）

铁关天西涯，极目少行客。关门一小吏，终日对石壁。
桥跨千仞危，路盘两岸窄。试登西楼望，一望头欲白。

岑参《入剑门作寄杜杨二郎中》 （《全唐诗》P2029）

双崖倚天立，万仞从地劈。云飞不到顶，鸟去难过壁。
速驾畏岩倾，单行愁路窄。平明地仍黑，停午日暂赤。

岑参《西蜀旅舍春叹寄朝中故人呈狄评事》（《全唐诗》P2028）

　　春与人相乖,柳青头转白。生平未得意,览镜私自惜。
　　四海犹未安,一身无所适。自从兵戈动,遂觉天地窄。

【宋】

　　周密《解花语》（《词综》P1272）

　　馀寒犹掩翠户,梁燕乍归,芳信未端的。浅薄东风,莫因循轻把杏钿狼籍。尘侵锦瑟,残日红窗春梦窄。睡起折枝无意绪,斜倚秋千立。

　　吴文英《玉楼春·京市舞女》（《词综》P1213）

　　茸茸狸帽遮梅额,金蝉罗剪胡衫窄。乘肩争看小腰身,倦态强随闲鼓笛。

　　张先《惜琼花》（《词综》P324）

　　汴河流,如带窄。任身轻似叶,何计归得？断云孤鹜青山极,楼上徘徊,无尽相忆。

　　陈允平《秋霁·平湖秋月》（《词综》P1254）

　　相思万里,顿隔婵媛,几回瑶台,同驻鸾翼。对西风凭谁问取,人间那得有今夕？应笑广寒宫殿窄。露冷烟淡,还看数点残星,两行新雁,倚楼横笛。

　　汤恢《祝英台近·中秋》（《词综》P2236）

　　洞庭窄。谁道临水楼台,清光最先得？万里乾坤,元无片云隔。不妨彩笔银笺,翠尊冰酝,自管领、一庭秋色。

　　段成己《满江红》（《词综》P2262）

　　人已老,身犹客。家在迩,归犹隔。纵语音如旧,形容非昔。芳草绵绵随意绿,平波渺渺伤心碧。到头来惟觉酒杯宽,人间窄。

何子朗《学谢体》中的"沾"

　　"沾"字现在只有一个读音 zhān,如沾边、沾光。其实古时它是个多音字,既可读"张廉切,音詹",又可读"他兼切,音添",还可读"都念切,音店",可读"的协切,音跕"（《康熙字典》）。如：

【南朝　梁】

　　何子朗《学谢体》（《全汉三国晋南北朝诗》P1267）

　　桂台清露拂,铜陛落花沾（音詹）。美人红妆罢,攀钩卷细帘。
　　思君暂促柱,玉指何纤纤。未应为此别,无故坐相嫌。

邓拓《三姐伏剑》中的"闪"与"斩"

"闪"字现在大家都读 shǎn，如躲闪、闪开、雷鸣电闪等。但古时"闪"字除了读 shǎn，还可读"子艳切"或"式剑切"，音"见"或"线"。又"斩"字现在只有一个读音 zhǎn，如斩首、斩草除根、快刀斩乱麻等。但古时它有两个音：除了"侧减切"音 zhǎn 外，还可读"庄陷切，音蘸"（音"进"或"剪"）。

【近现代】

  邓拓《三姐伏剑》　（《中国古今题画诗全璧》P1487）

  侠骨柔肠，订盟一把青霜剑。此心悬念，山海风波险。好梦难圆，蓦地遭抛闪。红妆艳，刹时香敛，万缕情丝斩。

欧阳修《送刘原甫》中的"盏"

"盏"字现在只有一个读音 zhǎn。如酒盏、碗盏等。但古时它是个双音字：一音醆（zhǎn），另一音"叶知辇切，音剪"（jiǎn）。古诗词中"盏"字以音 jiǎn 与"浅""减""掩""远"等字协韵的情况屡有所见。如：

【宋】

  欧阳修《送刘原甫》　（《康熙字典》）

  鱼枕蕉一举，十分当覆盏。鼠须管为物，虽微意不浅。

  苏轼《蝶恋花·密州冬夜文安国席上作》　（《苏轼词全集》P67）

  帘外东风交雨霰。帘里佳人，笑语如莺燕。深惜今年正月暖。灯光酒色摇金盏。（注："盏"不读"阻限切"音 zhǎn，读"叶知辇切"，音 jiǎn。）

  吕渭老《选冠子》　（《词综》P613）

  谁念少年，齿悔梅酸，病疏酒盏。正青钱遮路，绿丝明水，倦寻歌扇。

【元】

  元好问《鹊桥仙》　（《词综》P1668）

  风台月榭，朱唇檀板，多病全疏酒盏。刘郎争得似当时，比前度心情又减。

王安石诗中的"占"

"占"字现在有两个读音：一是 zhān，如占卜、占卦、占梦等；二是 zhàn，如占领、占先、占便宜等。古时此字的两音与今时不同：一是"职廉切，音詹"；二是"音豔切，音"（jiān）。如：

【宋】

王安石《读镇南邸报癸未四月作》（《王安石全集》P161）
    赐诏宽言路，登贤北陛廉。相期正在冶，素定不烦占。
    众喜夔龙盛，予虞终灌险。太平讵可致，天意慎猜嫌。

王安石《送郓州知府宋谏议》（《王安石全集》P162）
    海谷移文省，溪堂燕豆添。班春回绀襜，问俗卷彤襜。
    舟楫商岩命，熊罴渭水占。治装行入觐，金鼎重调盐。

王安石《和平甫舟望九华山》（《王安石全集》P112）
    冢木立绀发，崖林张紫髯。变态生倏忽，虽神讵能占。

王安石《和平甫舟望九华山》（《王安石全集》P113）
    男儿有所学，进退不在占。功名苟不谐，廊庙等间阎。

曹吴霞《绮罗香》中的"栈"

"栈"字现在只有一个读音 zhàn，如栈道。但古时它多读"仕限切""士免切""士谏切""阻限切"，除了读 zhàn，还可读 qiàn。如：

【清】

曹吴霞《绮罗香·观雨零铃》（《词综补遗》P1149）
    鼙鼓东来，銮舆西幸，历尽崎岖危栈。片雨时飞，犹似血流坡畔。想钿盒、已逐沙沉，痛罗袜、久经尘掩。听铃声、切切凄凄，分明如诉玉环怨。
    谁将天宝旧事，写入新翻曲，助人悲感。仿佛当年，头白宫人凄断。怅歌罢，寂寂帘栊，待归也、深深庭院。猛回首，数点青峰，曲终人不见。
（注：《绮罗香》词牌要求与"栈""畔""掩""怨""感""断""院""见"八个字协韵。）

刘孝威《春宵》中的"战"

"战"字现在只有一个读音 zhàn，如战争、战友等。但古诗词中它有时要读与"线""变"诸字协韵的 jiàn。据《康熙字典》："战，之膳切，音旃去声。"

【南朝 梁】

　　　　刘孝威《春宵》 （《全汉三国晋南北朝诗》P1224）

花开人不归，节暖衣须变。回钗挂反环，拭泪绳春线。今夜月轮圆，胡兵必应战。

【南朝 陈】

　　　　张正见《雉子斑》 （《全汉三国晋南北朝诗》P1391）

朱冠色尚浅，锦臆毛初变。雏麦且专场，排花聊勇战。唯当渡弱水，不怯如皋箭。

【唐】

　　　　王翰《饮马长城窟行》 （《全唐诗》P1603）

胡沙猎猎吹人面，汉房相逢不相见。遥闻鼙鼓动地来，传道单于夜犹战。

　　　　李白《赠王汉阳》 （《全唐诗》P1754）

吾曾弄海水，清浅嗟三变。果慊麻姑言，时光速流电。
与君数杯酒，可以穷欢宴。白云归去来，何事坐交战。

　　　　李白《江夏寄汉阳辅录事》 （《全唐诗》P1775）

西飞精卫鸟，东海何由填。鼓角徒悲鸣，楼船习征战。
抽剑步霜月，夜行空庭遍。长呼结浮云，埋没顾荣扇(xiàn)。

　　　　韦应物《骊山行》 （《全唐诗》P2005）

英豪共理天下晏，戎夷詟伏兵无战。时丰赋敛未告劳，海阔珍奇亦来献。
干戈一起文武乖，欢娱已极人事变。圣皇弓剑坠幽泉，古木苍山闭宫殿。

　　　　杜甫《白马》 （《全唐诗》P2372）

白马东北来，空鞍贯双箭。可怜马上郎，意气今谁见。
近时主将戮，中夜商于战。丧乱死多门，呜呼泪如霰。

　　　　杜甫《湖城东遇孟云卿复归刘颢宅宿宴饮散因为醉歌》 （《全唐诗》P2280）

刘侯叹我携客来，置酒张灯促华馔。且将款曲终今夕，休语艰难尚酣战。
照室红炉促曙光，萦窗素月垂文练。天开地裂长安陌，寒尽春生洛阳殿。

　　　　王季友《古塞曲》 （《全唐诗》P2891）

进军飞狐北，穷寇势将变。日落沙尘昏，背河更一战。
驿马黄金勒，雕弓白羽箭。射杀左贤王，归奏未央殿。

【宋】

陆游《大将出师表》（《陆放翁诗词选》P126）

天声一震胡已亡，捷书奕奕如飞电。
高秋不闭玉关城，中夜罢传青海箭。
可汗垂泣小王号，不敢跳奔那敢战。

白居易《秋霁》中的"绽"

"绽"字现在只有一个读音 zhàn，如破绽、皮开肉绽。但古诗词中有时它要读 diàn。《康熙字典》记载："绽"有二音，一个是"文苋切，音袒"(zhān)；二是"堂练切，音电"(diàn)，与线、练、苑、劝等字协韵。如：

【唐】

白居易《秋霁》（《全唐诗》P4781）

月出砧杵动，家家捣秋练。独对多病妻，不能理针线。
冬衣殊未制，夏服行将绽。何以迎早秋，一杯聊自劝。

【宋】

王沂孙《三姝媚(次周公谨故京送别韵)》（《词综》P1336）

兰缸花半绽。正西窗凄凄，断萤新雁。别久逢稀，谩相看华发，共成销黯。总是飘零，更休赋、梨花秋苑。何况如今，离思难禁，俊才都减。

朱庆馀《吴兴新堤》中的"遮"

"遮"字现在只有一个读音 zhē，如遮蔽、遮盖、遮拦、一手遮天等。但《康熙字典》注它是个多音字：一是"正奢切"，二是"之夜切"，三是"叶之戈切"。由于"奢"字有 shē 与 shà 两音，"夜"字亦有 yè 与 yà 两音，所以"遮"字也有 zhē 与 zhà 两音。

古诗词中"遮"字和"家""沙""花""华""涯""霞""佳""斜"等字协韵的情况很多。例如：

【唐】

朱庆馀《吴兴新堤》（《全唐诗》P5884）

春堤一望思无涯，树势还同水势斜。深映菰蒲三十堤，晴分功利几千家。
谋成既不劳人力，境运偏宜隔浪花。若与青山长作固，汀洲肯恨柳丝遮。

朱庆馀《长城》（《全唐诗》P5891）

秦帝防胡虏，关心倍可嗟。一人如有德，四海尽为家。
往事乾坤在，荒基草木遮。至今徒者骨，犹自哭风沙。

宋之问《浣纱篇赠陆上人》（《全唐诗》P619）

越女颜如花，越王闻浣纱。国微不自宠，献作吴宫娃。
山薮半潜匿，芷萝更蒙遮。一行霸句践，再笑倾夫差。

宋之问《游法华寺》（《全唐诗》P652）

寒谷梅犹浅，温庭橘未华。台香红药乱，塔影绿篁遮。
果渐轮王族，缘超梵帝家。

阎立本《巫山高》（《全唐诗》P503）

荆王梦里爱秾华，枕席初开红帐遮。可怜欲晓啼猿处，说道巫山是妾家。

李白《秦女休行·杂曲歌辞》（《全唐诗》P309）

西门秦氏女，秀色如琼花。手挥白杨刀，清昼杀仇家。
罗袖洒赤血，英声凌紫霞。直上西山去，关吏相邀遮。

杜甫《季秋苏五弟缨江楼夜宴》（《全唐诗》P2543）

明月生长好，浮云薄渐遮。悠悠照边塞，悄悄忆京华。
清动杯中物，高随海上查。不眠瞻白兔，百过落乌纱。

杜甫《柴门》（《全唐诗》P2337）

山荒人民少，地僻日夕佳。贫病固其常，富贵任生涯。
老于干戈际，宅幸蓬荜遮。石乱上云气，杉清延月华。

皇甫冉《问李二司直所居云山》（《全唐诗》P2820）

门外水流何处，天边树绕谁家。山色东西多少，朝朝几度云遮。

王建《宫中三台词》（《全唐诗》P3423）

鱼藻池边射鸭，芙蓉园里看花。日色柘袍相似，不着红鸾扇遮。

白居易《和新楼北园》（《全唐诗》P4986）

有奴善吹笙，有婢弹琵琶。十指纤若笋，双鬟鬒如鸦。
履舄起交杂，杯盘散纷拏。归去勿拥遏，倒载逃难遮。
明日宴东武，后日游若耶。岂独相公乐，讴歌千万家。

韩愈《李花》（《全唐诗》P3807）

东风来吹不解颜，苍茫夜气生相遮。冰盘夏荐碧实脆，斥去不御惭其花。

刘禹锡《杨柳枝词》 (《全唐诗》P4113)

轻盈袅娜占年华,舞榭妆楼处处遮。春尽絮花留不得,随风好去落谁家。

张南史《花》 (《全唐诗》P3361)

莺和蝶到,苑占宫遮。已迷金谷路,频驻玉人车。

芳草欲陵芳树,东家半落西家。愿得春风相伴去,一攀一折向天涯。

贾岛《送金州鉴周上人》 (《全唐诗》P6654)

地必寻天目,溪仍住若耶。帆随风便发,月不要云遮。

钱弘俶《宫中作》 (《全唐诗》P80)

廊庑周遭翠幕遮,禁林深处绝喧哗。界开日影怜窗纸,穿破苔痕恶笋芽。
西第晚宜供露茗,小池寒欲结冰花。

【宋】

刘辰翁《山花子·春暮》 (《唐宋名家词选》P294)

东风解手即天涯,曲曲青山不可遮。如此苍茫君莫怪,是归家。

毛滂《浣溪沙·泛舟还馀英馆》 (《词综》P432)

烟柳风蒲冉冉斜,小窗不用著帘遮。载将山影转湾沙。

略彴断时分岸色,蜻蜓立处过汀花。此情此水共天涯。

周密《高阳台·寄越中诸友》 (《唐宋名家词选》P303)

小雨分江,残寒迷浦,春容浅入蒹葭。雪霁空城,燕归何处人家?梦魂欲渡苍茫去,怕梦轻、翻被愁遮。感流年,夜汐东还,冷照西斜。

王沂孙《高阳台》 (《词综》P1341)

残雪庭阴,轻寒帘影,霏霏玉管春葭。小帖金泥,不知春在谁家?相思一夜窗前梦,奈个人、水隔天遮。但凄然,满树幽香,满地横斜(xié)。

李演《八六子·次箎房韵》 (《词综》P1994)

乍鸥边一番腴绿,流红又怨苹花。看晚吹约晴归路,夕阳分落渔家。轻云半遮。

张炎《风入松·赋稼村》 (《词综》P2225)

老来学圃乐年华,茅屋短篱遮。儿孙戏逐田翁去,小桥横、路转三叉。细雨一犁春意,西风万宝生涯。

石孝友《临江仙》 (《词综》P1397)

醉袖吟鞭行色里,帽檐低处风斜。晚山一半被云遮。残阳明远水,古木集栖鸦。

许棐《喜迁莺》 (《词综》P1958)

鸠雨细,燕风斜,春悄谢娘家。一重帘外即天涯,何必暮云遮。

李觏《乡思》　（《百代千家绝句选》P473)

人言落日是天涯,望极天涯不见家。已恨碧山相阻隔,碧山还被暮云遮。

　　　陈名珂《意难忘·题瞻麓图》　（《词综补遗》P795)

人在天涯。尽寻消问息,梦里烟霞。儿时游钓处,先泽墓门赊。芃楚恨,岂无家！纵旧话周遮。一任他,峰峦叠翠,湖海浮槎。

【明】

　　　岳岱《桃花图》　（《中国古今题画诗全璧》P358)

竹林深处有桃花,一半临风一半遮。尚忆春来三日醉,晓烟疏雨卧山家。

【清】

　　　徐致章《换巢鸾凤·蚊》　（《词综补遗》P212)

择肥思果腹,吮血竞磨牙。屏山重叠护周遮。只承望他、相离碧纱。

　　　张璇《人月圆》　（《词综补遗》P1569)

一年十五团圞花,每晚被云遮。偶然云卷,明如满镜,迁客离家。

　　　吴文祥《南柯子·纸窗》　（《词综补遗》P316)

土壁幽人室,茅檐隐士家。疏棂何必借轻纱,最好玲珑几扇白云遮。

　　　吴统持《菩萨蛮·冬词》　（《词综补遗》P295)

作伴只梅花,苍烟莫浪遮。

　　　黄慎《蕉叶鸡冠图》　（《中国古今题画诗全璧》P820)

芭蕉叶下鸡冠花,一朵红鲜不可遮。老夫烂醉抹此幅,雨后西天忽晚霞。

【近现代】

　　　熊瑾玎《览场》　（《十老诗选》P287)

地冻天寒日,何当览物华。严霜催嫩叶,急雨堕新芽。月殿浮云暗,峰峦瘴气遮。平生不下泪,于此泪偏奢。

张九龄《感恩》中的"折"

　　"折"字现在只有一个读音 zhé,如曲折、折断、夭折等。但古时它是个多音字,除了"旨热渴切,音浙"(zhé)外,还可读"食列切,音舌"(shé)、"杜奚切,音题"(tí)、"征例切,音祭",还有"时制(音祭)切,音逝"(shì)。

　　古诗词"折"字与"雪""烈""节""月""别""绝""血"诸字协韵的情况很多,故"折"字宜读音为 jié("肯热切"或"肯聂切")。现举例如下：

诗词古音

【北齐】

佚名《东魏武定定童谣》（《全汉三国晋南北朝诗》P1527）

百尺高竿摧折，水底然灯灯灭。

【唐】

刘叉《从军行》（《唐人绝句选》P162）

海畔风吹冻泥裂，枯桐叶落枝梢折。横笛闻声不见人，红旗直上天山雪。

张九龄《感恩》（《全唐诗》P571）

兰叶春葳蕤，桂华秋皎洁。欣欣此生意，自尔为佳节。
谁知林栖者，闻风坐相悦。草木有本心，何求美人折！

李白《赠韦侍御黄裳》（《全唐诗》P1734）

太华生长松，亭亭凌霜雪。天与百尺高，岂为微飙折。

李白《别鲁颂》（《全唐诗》P1779）

夫子还倜傥，攻文继前烈。错落石上松，无为秋霜折。
赠言镂宝刀，千岁庶不灭。

韩翃《送别郑明府》（《全唐诗》P2733）

长头大鼻鬓如雪，早岁连兵剑锋折。千金尽去无斗储，双袖破来空百结。

顾况《临平湖》（《全唐诗》P2961）

采藕平湖上，藕泥封藕节。船影入荷香，莫冲莲柄折。

杜甫《投简成华两县诸子》（《全唐诗》P2306）

赤县官曹拥材杰，软裘快马当冰雪。
长安苦寒谁独悲，杜陵野老骨欲折。
南山豆苗早荒秽，青门瓜地新冻裂。

杜甫《后苦寒行》（《全唐诗》P2365）

南纪巫庐瘴不绝，太古以来无尺雪。蛮夷长老怨苦寒，昆仑天关冻应折。
玄猿口噤不能啸，白鹄翅垂眼流血。安得春泥补地裂。

元稹《喻宝》（《全唐诗》P4460）

神人不世出，所以神功绝。神物岂徒然，用之乃施设。
禹功九州理，舜德天下悦。璧充传国玺，圭用祈太折。

白居易《井底引银瓶止淫奔也》（《全唐诗》P4707）

井底引银瓶，银瓶欲上丝绳绝。石上磨玉簪，玉簪欲成中央折。
瓶沉簪折知奈何？似妾今朝与君别。

诗词古音

白居易《闻哭者》（《全唐诗》P4731）

今朝北里哭，哭声又何切。云是母哭儿，儿年十七八。四邻尚如此，天下多夭折。

白居易《春雪》（《全唐诗》P4661）

上林草尽没，曲江冰复结。红干杏花死，绿冻杨枝折。

白居易《赠王山人》（《全唐诗》P4719）

假使得长生，才能胜夭折。松树千年朽，槿花一日歇。

（注：诗中的"折"字与"说""诀""辙""歇""月""别""灭"诸字协韵。）

白居易《新丰折臂翁·戒边功也》（《全唐诗》P4693）

新丰老翁八十八，头鬓眉须皆似雪。
玄孙扶向店前行，左臂凭肩右臂折。

白居易《放旅雁》（《全唐诗》P4814）

九江十年冬大雪，江水生冰树枝折。

白居易《和雨中花》（《全唐诗》P4989）

草得经年菜连月，唯花不与多时节。一年三百六十日，花能几日供攀折。桃李无言难自诉，黄莺解语凭君说。

白居易《对火玩雪》（《全唐诗》P4997）

火是腊天春，雪为阴夜月。鹅毛纷正堕，兽炭敲初折。

李群玉《赠回雪》（《全唐诗》P6581）

回雪舞萦盈，萦盈若回雪。腰支一把玉，只恐风吹折。
如能买一笑，满斗量明月。安得金莲花，步步承罗袜。

皮日休《徐诗》（《全唐诗》P7028）

念我曾苦心，相逢无间别。引之看祕宝，任得穷披阅。
轴间翠钿剥，签古红牙折。

柳氏《答韩翃》（《词综》P66）

杨柳枝，芳菲节，可恨年年赠离别。一叶随风忽报秋，纵使君来岂堪折！

【宋】

辛弃疾《念奴娇·书东流村壁》（《词综》P794）

闻道绮陌东头，行人曾见，帘底纤纤月。旧恨春江流不尽，新恨云山千叠。料得明朝，尊前重见，镜里花难折。也应惊问：近来多少华发？

范成大《醉落魄》《宋词三百首注译》P310）

好风碎竹声如雪。昭华三弄临风咽。鬓丝撩乱纶巾折。凉满北窗，休共软红说。

范成大《霜天晓角·梅》 (《词综》P830)

晚晴风歇。一夜春威折。脉脉花疏天淡,云来去、数枝雪。

晏几道《点绛唇》 (《词综》P290)

明日征鞍,又将南陌垂杨折。自怜轻别,拼得音尘绝。

曹组《好事近·梅》 (《词综》P593)

茅舍竹篱边,雀噪晚枝时节。一阵暗香飘处,已不胜愁绝。
江南得地故先开,不待有飞雪。肠断几回山路,恨无人攀折。

朱敦儒《十二时》 (《词综》P754)

连云衰草,连天晚照,连山红叶。西风正摇落,更前溪呜咽。
燕去鸿归音信绝。问黄花、又共谁折?征人最愁处,送寒衣时节。

朱雍《好事近·梅》 (《词综》P787)

危栏凄断笛声长,吹到偏呜咽。最好短亭归路,有行人先折。

【近现代】

赵朴初《题画松》 (《中国古今题画诗全集》P1624)

落笔泪耶还是墨?画松痛哭老柯折。老柯曾庇天下人,不比寻常伤离别。

陈子昂《登幽州台歌》中的"者"

"者"字现在只有一个读音是 zhě,作为助词,如老者、作者、胜利者等,也可作为代词。但古时它是个多音字:有"章也切,音赭""止野切,音赫""掌与切,音渚""阻可切""之弋切"等。因为"也"和"野"都有两音,所以"章也切"与"止野切"都可切出两音。故朗读古诗词时要注意古时这种情况。

历史表明,古诗词中"者"读 jiā 音的诗篇很多。如唐代诗人陈子昂的《登幽州台歌》:"前不见古人,后不见来者。念天地之悠悠,独怆然而涕下。"其他例子如:

【魏】

阮籍《咏怀诗》 (《先秦汉魏晋南北朝诗》P500)

独坐空堂上,谁可与欢者?出门临永路,不见行车马。
登高望九州,悠悠分旷野。孤鸟西北飞,离兽东南下。

【晋】

傅玄《青青河边草》 (《玉台新咏》P42)

悲风动思心,悠悠谁知者。悬景无停居,忽如驰驷马。
倾耳怀音响,转目泪双堕。生存无会期,要君黄泉下。

【南朝　齐】

谢朓《和何议曹郊游》　(《全汉三国晋南北朝诗》P817)

江皋倦游客,薄暮怀归者。扬舲浮大川,惆怅至日下。
霡靡青莎被,潺湲石溜泻。寄语持笙簧,舒忧愿自假。
归途岂难涉,翻同江上夏。

谢朓《落日怅望》　(《全汉三国晋南北朝诗》P813)

昧旦多纷喧,日晏未遑舍。落日余清阴,高枕东窗下。
寒槐渐如束,秋菊行当把。借问此何时,凉风怀朔马。
已伤归暮客,复思离居者。情嗜幸非多,案牍偏为寡。
既乏琅邪政,方憩洛阳社。

(注："者"字与"舍""下""把""马""寡""社"六字协韵。"已伤归暮客"一句原为"暮归客",《汉魏六朝诗选》改。)

王融《净行诗》　(《全汉三国晋南北朝诗》P789)

韫石谅非真,饰瓶信为假。窃服皋门上,滥吹溜轩下。
凤祀徒惊心,骀交终好野。实相岂或照,浮荣未能舍。
迹殊冠冕客,事袭驱驰者。已矣歇郑声,无然乱周雅。

王微《杂诗》　(《玉台新咏》P69)

万里渡沙漠,悬师蹈朔野。传闻兵失利,不见来归者。
奚处埋旌麾,何处丧车马。拊心悼恭人,零泪覆面下。

【南朝　梁】

王僧孺《见贵者初迎盛姬聊为之咏》　(《玉台新咏》P135)

久想专房丽,未见倾城者。千金访繁华,一朝遇容冶。
家本蓟门外,来戏丛台下。长卿幸未匹,文君复新寡。

吴均《边城将》　(《全汉三国晋南北朝诗》P1128)

玉标丹霞剑,金络艳光马。高旗入汉飞,长鞭历地写。
曙星海中出,晓月山头下。岁晏坐论功,自有思臣者。

吴均《咏怀》　(《全汉三国晋南北朝诗》P1133)

元淑势位卑,长卿宜情寡。二顷且营田,三钱聊饮马。
悬风白云上,挂月青山下。心中欲有言,未得忘言者。

吴均《雪》　(《全汉三国晋南北朝诗》P1135)

雪逐春风来,过集巫山野。澜漫虽可爱,悠扬讵堪把。
问君何所思?昔日同心者。

王僧孺《落日登高》（《全汉三国晋南北朝诗》P1073)

轸轸河梁上，纷纷渭桥下。争利亦争名，驱车复驱马。
宁访蓬蒿人，谁怜寂寞者。

【唐】

张九龄《忝官二十年尽在内职，及为郡尝积恋，因赋诗焉》（《全唐诗》P577)

江流去朝宗，昼夜兹不舍。仲尼在川上，子牟存阙下。
圣达有由然，孰是无心者。

元希声《赠皇甫侍御赴都八首》（《全唐诗》P1080)

绰绰夫君，是膺柱下。准绳有望，名器无假。
宠盖伯山，气雄公雅。立朝正色，俟我能者。

王维《送张舍人佐江州同薛璩十韵》（《全唐诗》P1244)

束带趋承明，守官唯谒者。清晨听银蚪，薄暮辞金马。
受辞未尝易，当是方知寡。清范何风流，高文有风雅。

王维《夷门歌》（《全唐诗》P1256)

公子为嬴停驷马，执辔愈恭意愈下。亥为屠肆鼓刀人，嬴乃夷门抱关者。

王维《过李楫宅》（《全唐诗》P1248)

闲门秋草色，终日无车马。客来深巷中，犬吠寒林下。
散发时未簪，道书行尚把。与我同心人，乐道安贫者。

孟浩然《云门寺西六七里》（《全唐诗》P1623)

小溪劣容舟，怪石屡惊马。所居最幽绝，所住皆静者。
云簇兴座隅，天空落阶下。上人亦何闻，尘念都已舍。

孟浩然《江上别流人》（《全唐诗》P1622)

以我越乡客，逢君谪居者。分飞黄鹤楼，流落苍梧野。
驿使乘云去，征帆沿溜下。不知从此分，还袂何时把(bà)。

王昌龄《题灞池二首》（《全唐诗》P1442)

开门望长川，薄暮见渔者。借问白头翁，垂纶几年也。

孟浩然《宴包二融宅》（《全唐诗》P1622)

闲居枕清洛，左右接大野。门庭无杂宾，车辙多长者。

杜甫《玉华宫》（《全唐诗》P2277)

美人为黄土，况乃粉黛假。当时侍金舆，故物独石马。
忧来借草坐，浩歌泪盈把。冉冉征途间，谁是长年者？

李白《赠常侍御》（《全唐诗》P1751）

安石在东山，无心济天下。一起振横流，功成复潇洒。
大贤有卷舒，季叶轻风雅。匡复属何人，君为知音者。

李白《冬夜醉宿龙门觉起言志》（《全唐诗》P1854）

而我胡为者，叹息龙门下。富贵未可期，殷忧向谁写？

高适《苦雪》（《全唐诗》P2215）

靴云久闲旷，本自保知寡。穷巷独无成，春条只盈把。
安能羡鹏举，且欲歌牛下。乃知古时人，亦有如我者。

高适《封丘作》（《全唐诗》P2220）

我本渔樵孟诸野，一生自是悠悠者。乍可狂歌草泽中，宁堪作吏风尘下。

元稹《表夏》（《全唐诗》P4494）

西山夏雪消，江势东南泻。风波高若天，滟滪低于马。
正被黄牛旋，难期白帝下。我在平地行，翻忧济川者。

白居易《兰若寓居》（《全唐诗》P4728）

薜衣换簪组，藜杖代车马。行止辄自由，甚觉身潇洒。
晨游南坞上，夜息东庵下。人间千万事，无有关心者。
（注：音惹 rě。）

白居易《自江州至忠州》（《全唐诗》P4797）

今来转深僻，穷峡巅山下。五月断行舟，滟堆正如马。
巴人类猿狖，矍铄满山野。敢望见交亲，喜逢似人者。

白居易《朱藤杖紫骢吟》（《全唐诗》P4755）

拄上山之上，骑下山之下。江州去日朱藤杖，忠州归日紫骢马。
天生二物济我穷，我生合是栖栖者。

杜牧《赠宣州元处士》（《全唐诗》P5948）

陵阳北郭隐，身世两忘者。蓬蒿三亩居，宽于一天下。
樽酒对不酌，默与玄相话。人生自不足，爱叹遭逢寡。

曹邺《对酒》（《全唐诗》P6878）

爱酒知是僻，难与性相舍。未必独醒人，便是不饮者。
晚岁无此物，何由住田野。

寒山《诗三百三首二十四》（《全唐诗》P9066）

快榜三翼舟，善乘千里马。莫能造我家，谓言最幽野。
岩岫深嶂中，云雷竟日下。自非孔丘公，无能相救者。

寒山《诗三百三首九十四》 (《全唐诗》P9075)

贤士不贪婪,痴人好炉冶。麦地占他家,竹园皆我者。
努膊觅钱财,切齿驱奴马。须看郭门外,垒垒松柏下。

张籍《伤歌行》 (《全唐诗》P312)

身著青衫骑恶马,东门之东无送者。邮夫防吏急喧驱,往往惊堕马蹄下。

李益《汉宫少年行》① (《全唐诗》P3209)

生长边城傍,出身事弓马。少年有胆气,独猎阴山下。
偶与匈奴逢,曾擒射雕者。名悬壮士籍,请君少相假。

韩愈《桃源图》 (《全唐诗》P3787)

武陵太守好事者,题封远寄南宫下。

【宋】

欧阳修《渔家傲》 (《欧阳修全集》P81)

叶重如将青玉亚,花轻疑是红绡挂。颜色清新香脱洒。堪长价。牡丹怎得称王者。

王安石《跋黄鲁直画》 (《王安石全集》P30)

江南黄鹄飞满野,徐熙画此何为者。百年幅纸无所直,公每玩之常在把。

王安石《桃源行》 (《王安石全集》P40)

望夷宫中鹿为马,秦人半死长城下。避时不独商山翁,亦有桃源种桃者。

王安石《寄曾子固二首》 (《王安石全集》P45)

吾能好谅直,世或非诡诈。安得有一廛,相随问耕者。

【明】

李梦阳《朝饮马送陈子出塞》 (《明诗选》P283)

朝饮马,夕饮马。水咸草枯马不食,行人痛哭长城下。
城边白骨借问谁?云是今年筑城者。

袁宏道《严陵》 (《百代千家绝句选》P654)

或言严本庄,蒙庄之后者。或言汉梅福,君之妻父也。

【清】

陈与㘞《蝶恋花》 (《词综补遗》P725)

憔悴看花还自诧。沈瘦潘愁,甚矣吾衰也。一曲琵琶和泪写,坐中知有伤心者。

---

① 或称《城旁少年》。

诸宗元《画水》 (《中国古今题画诗全璧》P919)

当门巨壑争泉下,绝顶丹砂谁人者。我时驻笔还自看,犹胜飞空驾天马。

钱大猷《一斛珠·梅开》 (《词综补遗》P1028)

万里碧天清欲泻,闲中好景真无价。眼前人物谁堪话。以手招松,卿是知音者。

【近现代】

龙榆生《水龙吟·题高奇峰画(易水送别图)》 (《中国古今题画诗全璧》P1301)

所期不与偕来,雪衣相送胡为者。高歌击筑,柔波酸泪,一时俱下。
血冷樊头,忍还留恋,名姬骏马。问谁深知我,时相迫促,恩和怨,馀悲诧。

林伯渠《登白玉山顶看旅顺口》中的"之"

"之"字现在只有一个读音 zhī。但古时它是个多音字,据《康熙字典》所注:一是"止而切";二是"真而切";三是"叶职流切"。因"而"字一音"尼",所以《康熙字典》所注"之"字可读三个音:qī、zhī、zhōu。1936年出版的《辞海》则注"之"字的读音为"职医切,音芝。支韵"。显然,"职医切"切出的读音应该是 qī。

古时诗歌中"之"字音 qī 与"奇""眉""饥""离""稀""移"等字协韵的情况很多,直到我们上一代人还在继续使用这一读音。如林伯渠于1947年写的诗:

林伯渠《徐老七十大寿》 (《十老诗选》P104)

徐老初逢七十岁,健康精力古来稀。门墙多士空前杰,瀛海求书苦未迟(qī)。
早识船山宏大义,记从章水订交期。长途漫说老牛病,却异骅骝任所之。

林伯渠《登白玉山顶看旅顺口》 (《十老诗选》P106)

回黄转绿百年事,山海无情任所之。长使风雷归掌握,我来着手插红旗。

历史上其他例举:

【唐】

齐己《送吴守明先辈游蜀》 (《全唐诗》P9470)

恁君游蜀去,细为话幽奇。丧乱嘉陵驿,尘埃贾岛诗(xī)。
未应过锦府,且合上峨嵋。既遂高科后,东西任所之。

杜甫《奉送魏六丈佑少府之交广》 (《全唐诗》P2380)

贤豪赞经纶,功成空名垂。子孙不振耀,历代皆有之。
郑公四叶孙,长大常苦饥。众中见毛骨,犹是麒麟儿(nī)。

白居易《自题》 (《全唐诗》P4898)

功名宿昔人多许,宠辱斯须自不知。一旦失恩先左降,三年随例未量移。
马头觅角生何日,石光敲火住几时。前事是身俱若此,空门不去欲何之。

  白居易《江楼早秋》（《全唐诗》P4886）

   楼阁宜佳客,江山入好诗。清风水荇叶,白露木兰枝。
   欲作云泉计,须营伏腊资。匡庐一步地,官满更何之。

  白居易《和元九与吕二同宿话旧感赠》（《全唐诗》P4851）

   八人云散俱游宦,七度花开尽别离。闻道秋娘犹且在,至今时复问微之。

  白居易《登龙昌上寺望江南山怀钱舍人》（《全唐诗》P4805）

   骑马出西郭,悠悠欲何之。独上高寺去,一与白云期。

  元稹《酬翰林白学士代书一百韵》（《全唐诗》P4521）

   卧辙希濡沫,低颜受领颐。世情焉足怪,自省固堪悲。
   涸鼠虚求洁,笼禽方讶饥。犹胜忆黄犬,幸得早图之。

  "之"字人们通常都读 zhī,但古诗词中有时要读"职流切,音周"（zhōu）。例如：

  屈原《楚辞·九章·惜往日》

  何贞臣之无罪兮,被离谤而见尤。惭光景之诚信兮,身幽隐而备之(zhōu)。
  吕望屠于朝歌兮,宁戚歌而饭牛。不逢汤武与桓缪兮,世孰云而知之(zhōu)。
  封介山而为之禁兮,报大德之优游。思久故之亲身兮,因缟素而哭之(zhōu)。

赵孟頫《岳鄂王墓》中的"支"

  "支"字现在只有一个读音 zhī,如支持、支援、分支、支派、支部等。但古时它是个多音字:一为"章移切"或"旨而(仉)切,音卮"（jī）；二为"翘移切,音祇"（qí）。三为"支义切,音寘"（zhī）(《康熙字典》)。

  据《康熙字典》,"支"与"枝"通,如《诗经·卫风·芄兰》：

   芄兰之支,童子佩觽。虽则佩觽,能不我知。

  古诗词中"支"音读"卮"（jī）的情况不少,如：

【南朝　梁】

  萧察《床诗》（《全汉三国晋南北朝诗》P967）

   衡山白玉镂,汉殿珊瑚支。踞膝申久坐,屡好为频移。

【唐】

  于鹄《出塞》（《全唐诗》P3502）

   葱岭秋尘起,全军取月支。山川引行阵,蕃汉列旌旗。
   转战疲兵少,孤城外救迟。边人逢圣代,不见偃戈时。

【元】

  赵孟頫《岳鄂王墓》　（《元明清诗一百首》P18）

鄂王墓上草离离,秋日荒凉石兽危。南渡君臣轻社稷,中原父老望旌旗。
英雄已死嗟何及,天下中分遂不支。莫向西湖歌此曲,水光山色不胜悲。

《古诗十九首·行行重行行》中的"枝"

  "枝"字现在只有一个读音 zhī,如枝叶、枝节、枝柯、枝蔓等。但古时它是个多音字,据《康熙字典》所注:一是"章移切、旨而切,音支";二是"翘移切,音只"(qǐ);三是"渠羁切,音奇"(qí);四是"居伪切,音妓"。
  古诗词中"枝"读音 qí 或"章移切,音支"(jī)与"离""宜""皮""依"西等字协韵的情况很多,现举例如下:

  《古诗十九首·行行重行行》　（《玉台新咏》P10）

行行重行行,与君生别离。相去万馀里,各在天一涯(yí)。
道路阻且长,会面安可知(jī)。胡马嘶北风,越鸟巢南枝。

【汉】

  佚名《古诗为焦仲卿妻作》　（《玉台新咏》P30）

揽裙脱丝履,举身赴清池(qí)。府吏闻此事,心知长别离。
徘徊庭树下,自挂东南枝。

【唐】

  杜甫《病橘》　（《全唐诗》P2307）

惜哉结实小,酸涩如棠梨。剖之尽蠹虫,采掇爽其宜。
纷然不适口,岂只存其皮。萧萧半死叶,未忍别故枝。

  杜甫《奉送魏六丈佑少府之交广》　（《全唐诗》P2380）

错挥铁如意,莫避珊瑚枝。始无逸迈兴,终慎宾主仪。
戎马暗天宇,呜呼生别离。

  王建《送人游塞》　（《全唐诗》P3390）

初晴天堕丝(xī),晚色上春枝。城下路分处,边头人去时。
伫车数行日,劝酒问回期。亦是茫茫客,还从此别离。

  张籍《西楼望月》　（《全唐诗》P4303）

城西楼上月,复是雪晴时。寒夜共来望,思乡独下迟。
幽光落水堑,净色在霜枝。明日千里去,此中还别离。

李贺《昌谷北园新笋》（《全唐诗》P4409）

斫取青光写楚辞,腻香春粉黑离离。无情有恨何人见,露压烟啼千万枝。

　　鱼又玄《题柳公权书度人经后》（《全唐诗》P9674）

紫阁当春凝烟霭,东风吹岸花枝枝。药成酒熟有时节,寒食恐失松间期。

【宋】

　　王安石《初到金陵》（《王安石全集》P310）

江湖归不及花时,空绕扶疏绿玉枝。夜直去年看蓓蕾,昼眠今日对纷披。

　　王安石《题正觉院籜龙轩》（《王安石全集》P325）

仙事茫茫不可知,籜龙空此见孙枝。壶中若有闲天地,何苦归来问葛陂。

　　汪元量《琴调·相思引》（《词综》P1974）

晓拂菱花巧画眉。猩罗新翦作春衣。恐春归去,无处看花枝。

　　许棐《琴调·相思引》（《词综》P1955）

组绣盈箱锦满机。倩谁缝作护花衣。恐花飞去,无复上芳枝。

　　陆游《秋叶怀吴中》（《陆放翁诗词选》P71）

巴酒不能消客恨,蜀巫空解报归期。灞桥烟柳知何限,谁念行人寄一枝?

　　李邴《汉宫春》（《词综》P697）

潇洒江梅,向竹梢疏处,横两三枝。东君也不爱惜,雪压霜欺。无情燕子,怕春寒、轻失花期。惟是有、南来塞雁,年年长见开时。

清浅小溪如练,问玉堂何似,茅舍疏篱。伤心故人去后,冷落新诗。微云淡月,对孤芳、分付他谁。空自倚,清香未减,风流不在人知。

　　韩元吉《六州歌头》（《词综》P859）

东风着意,先上小桃枝。红粉腻,娇如醉,倚朱扉。记年时,隐映新妆面,临水岸,春将半,云日暖,斜阳转,夹城西。草软沙平,跋马垂杨渡,玉勒争嘶。认蛾眉凝笑,脸薄拂胭脂。绣户曾窥,恨依依。

《古诗十九首·行行重行行》中的"知"

　　"知"字现在只有一个读音 zhī,如知道、知识、知己等。1979年出版的《辞海》注明知字读两音:zhī、zhì。如"知之谓知之,不知谓不知,是知也。"句中前两个"知"字读zhī,而"是知也"的"知"字应读为zhì。但《康熙字典》注"知"字有两音:一是"珍离切"音智(jī)平声,二是"知意切"音智(jì),去声。

古诗词中"知"字与"离""移""厄""期""眉""奇""皮""宜"等字协韵的情况很多，现举例于下：

《古诗十九首·行行重行行》

行行重行行，与君生别离。相去万余里，各在天一涯(yí)。
道路阻且长，会面安可知(jī)。胡马嘶北风，越鸟巢南枝。

【南北朝】

鲍照《咏双燕》 （《玉台新咏》P82）

沉吟芳岁晚。徘徊韶景移。悲歌辞旧爱。衔泥觅新知。

吴迈远《飞来双白鹄》 （《玉台新咏》P84）

持此百年命，共逐寸阴移。譬如空山草，零落心自知。

沈约《咏篪》 （《玉台新咏》P107）

江南箫管地，妙响发孙枝。殷勤寄玉指，含情举复垂。
雕梁再三绕，轻尘四五移。曲中有深意，丹诚君讵知。

吴均《三妇艳》 （《玉台新咏》P148）

大妇弦初切，中妇管方吹。少妇多姿态，含笑逼清厄。
佳人勿馀及，殷勤妾自知。

萧衍《古意诗一》 （《玉台新咏》P153）

飞鸟起离离，惊散忽差池。嗷嘈绕树上，翩翩集寒枝。
既悲征役久，偏伤垄上儿。寄言闺中爱，此心讵能知。
不见松上萝，叶落根不移。

萧衍《古意诗二》 （《玉台新咏》P153）

当春有一草，绿花复垂枝。云是忘忧物，生在北堂陲。
飞飞双蛱蝶，低低两差池。差池低复起，此芳性不移。
飞蝶双复只，此心人莫知。

萧纲《秋夜》 （《玉台新咏》P177）

高秋度幽谷，坠露下芳枝。绿潭倒云气，青山衔月眉。
花心风上转，叶影树上移。外游独千里，夕叹谁共知。

邓铿《和阴梁州杂怨》 （《玉台新咏》P197）

别离虽未久，遽如长别离。丛桂频销叶，庭树几攀枝。
君言妾貌改，妾畏君心移。终须一相见，并得两相知。

刘邈《鼓吹曲》 （《玉台新咏》P200）

高楼十载别，杨柳擢新枝。摘叶惊开驶，攀条恨久离。
年年阻音信。月月减容仪。春来谁不望，相思君自知。

诗词古音

【隋】

释智才《送别》 (《全汉三国晋南北朝诗》P1722)

镜中辞旧识,灞岸别新知。年来应未老,只为数经离。

【唐】

武则天《腊日宣诏幸上苑》 (《全唐诗》P58)

明朝游上苑,火速报春知。花须连夜发,莫待晓风吹。

刘长卿《和灵一上人新泉》 (《全唐诗》P1495)

东林一泉出,复与远公期。石浅寒流处,山空夜落时。
梦间闻细响,虑淡对清漪。动静皆无意,唯应达者知。

于鹄《春山居》 (《全唐诗》P3503)

独来多任性,惟与白云期。深处花开尽,迟眠人不知。
水流山暗处,风起月明时。望见南峰近,年年懒更移。

崔颢《孟门行》 (《全唐诗》P1324)

北园新栽桃李枝,根株未固何转移。成阴结实君自取,若问傍人那得知。

杜甫《解闷》 (《全唐诗》P2517)

忆过泸戎摘荔枝,青峰隐映石逶迤。京中旧见无颜色,红颗酸甜只自知。

杜甫《承闻河北诸道节度使入朝欢喜口号绝》 (《全唐诗》P2519)

渔阳突骑邯郸儿,酒酣并辔金鞭垂。意气即归双阙舞,雄豪复遣五陵知。

杜甫《鹦鹉》 (《全唐诗》P2521)

鹦鹉含愁思,聪明忆别离。翠衿浑短尽,红咀漫多知。
未有开笼日,空残旧宿枝。世人怜复损,何用羽毛奇。

杜甫《猿》 (《全唐诗》P2551)

袅袅啼虚壁,萧萧挂冷枝。艰难人不见,隐见尔如知。
惯习元从众,全生或用奇。前林腾每及,父子莫相离。

沈佺期《立春日内出彩花应制》 (《全唐诗》P1029)

合殿春应早,开箱彩预知。花迎宸翰发,叶待御筵披。
梅讶香全少,桃惊色顿移。轻生承剪拂,长伴万年枝。

高适《宋中》 (《全唐诗》P2210)

景公德何广,临变莫能欺。三请皆不忍,妖星终自移。
君心本如此,天道岂无知。

白居易《残酌晚餐》 (《全唐诗》P5165)

闲倾残酒后,暖拥小炉时。舞看新翻曲,歌听自作词。
鱼香肥泼火,饭细滑流匙。除却慵馋外,其馀尽不知。

白居易《杨柳枝二十韵》 (《全唐诗》P5156)

袖为收声点,钗因赴节遗。重重遍头别,一一拍心知。
塞北愁攀折,江南苦别离。

白居易《酬皇甫庶子见寄》 (《全唐诗》P5010)

掌纶不称吾应笑,典郡无能我自知。别诏忽惊新命出,同僚偶与凤心期。
春坊潇洒优闲地,秋冀苍浪老大时。独占二疏应未可,龙楼见拟觅分司。

白居易《将至东都先寄令狐留守》 (《全唐诗》P5075)

黄鸟无声叶满枝,闲吟想到洛城时。惜逢金谷三春尽,恨拜铜楼一月迟。
诗境忽来还自得,醉乡潜去与谁期。东都添个狂宾客,先报壶觞风月知。

白居易《涂山寺独游》 (《全唐诗》P5041)

野径行无伴,僧房宿有期。塗山来去熟,唯是马蹄知。

白居易《弹秋思》 (《全唐诗》P5087)

信意闲弹秋思时,调清声直韵疏迟。近来渐喜无人听,琴格高低心自知。

白居易《解印出公府》 (《全唐诗》P5107)

解印出公府,斗薮尘土衣。百吏放尔散,双鹤随我归。
归来履道宅,下马入柴扉。马嘶返旧枥,鹤舞还故池。
鸡犬何忻忻,邻里亦依依。年颜老去日,生计胜前时。
有帛御冬寒,有谷防岁饥。饱于东方朔,乐于荣启期。
人生且如此,此外吾不知。

白居易《过元家履信宅》 (《全唐诗》P5086)

鸡犬丧家分散后,林园失主寂寥时。落花不语空辞树,流水无情自入池。
风荡宴船初破漏,雨淋歌阁欲倾欹。前庭后院伤心事,唯是春风秋月知。

施肩吾《赠凌仙姥》 (《全唐诗》P5599)

阿母从天降几时,前朝惟有汉皇知。仙桃不啻三回熟,饱见东方一小儿。

施肩吾《金吾词》 (《全唐诗》P5600)

行拥朱轮锦幰儿,望仙门外叱金羁。染鬓偷嫩无人觉,唯有平康小妇知。

施肩吾《帝宫词》 (《全唐诗》P5592)

自得君王宠爱时,敢言春色上寒枝。十年宫里无人问,一日承恩天下知。

施肩吾《代征妇怨》 (《全唐诗》P5586)

寒窗羞见影相随,嫁得五陵轻薄儿。长短艳歌君不解,浅深更漏妾偏知。

朱庆馀《哭胡遇》 (《全唐诗》P5878)

寻僧昨日尚相随,忽见绯幡意可知。题处旧诗休更读,买来新马忆曾骑。

韦应物《往富平伤怀》 (《全唐诗》P1963)

丈夫须出入,顾尔内无依。衔恨已酸骨,何况苦寒时。
单车路萧条,回首长逶迟。飘风忽截野,嘹唳雁起飞。
昔时同往路,独往今讵知。

杜牧《过魏文贞公宅》 (《全唐诗》P5953)

蟪蛄宁与雪霜期,贤哲难教俗士知。可怜贞观太平后,天且不留封德彝。

杜牧《题乌江亭》 (《全唐诗》P5982)

胜败兵家不可期,包羞忍耻是男儿。江东子弟多才俊,卷土重来未可知。

杜牧《题村舍》 (《全唐诗》P5985)

三树稚桑春未到,扶床乳女午啼饥。潜销暗铄归何处,万户侯家自不知。

杜牧《旧游》 (《全唐诗》P5986)

闲吟芍药诗,惆望久颦眉。盼眄回眸远,纤衫整髻迟。
重寻春昼梦,笑把浅花枝。小市长陵住,非郎谁得知。

孟氏《答少年》 (《全唐诗》P9005)

谁家少年儿,心中暗自欺。不道终不可,可即恐郎知。

温庭筠《南歌子词》 (《百代千家绝句》P373)

井底点灯深烛伊,共郎长行莫围棋。玲珑骰子安红豆,入骨相思知不知?

花蕊夫人《述亡国诗》 (《全唐诗》P8981)

君王城上竖降旗,妾在深宫那得知?十四万人齐解甲,更无一个是男儿。

花蕊夫人《宫词》 (《全唐诗》P8975)

安排竹栅与笆篱,养得新生鹁鸽儿。宣受内家专喂饲,花毛闲看总皆知。

吴静《读资治通鉴》 (《百代千家绝句选》P463)

雕虫小技诚何用,屈子《离骚》尚未奇。若是杜陵无史笔,姓名亦恐少人知。

寒山《冷暖》 (《全唐诗》P9075)

推寻世间事,子细总皆知。凡事莫容易,尽爱讨便宜。
护即弊成好,毁即是成非。故知杂滥口,背面总由伊。
冷暖我自量,不信奴唇皮。

拾得《诗》 （《全唐诗》P9107）

古佛路凄凄,愚人到却迷。只缘前业重,所以不能知。
欲识无为理,心中不挂丝。生生勤苦学,必定睹天师。

吕洞宾《题黄鹤楼石照》 （《全唐诗》P9701）

黄鹤楼前吹笛时,白萍红蓼满江湄。衷情欲诉谁能会,惟有清风明月知。

【五代】

无则《白舌鸟》 （《全唐诗》P9301）

千愁万恨过花时,似向春风怨别离。若使众禽俱解语,一生怀抱有谁知。

苏轼《王复秀才所居双桧二首》 （《苏轼选集》P56）

凛然相对敢相欺,直干凌空未要奇。根到九泉无曲处,世间惟有蛰龙知。

元好问《赋瓶中杂花》 （《元好问全集》P313）

红抹兰膏绿染衣,绿娇红小两相宜。华边剩有清香在,木石痴儿自不知。

姚清娥《女冠子》 （《词综补遗》P1124）

黄鸳沿水浴,锦雉啄花飞。多少伤春意,侍儿知。

【明】

戚继光《晓征》 （《百代千家绝句选》P649）

霜溪曲曲转旌旗,几许沙鸥睡未知。笳鼓声高寒吹起,深山惊杀老阇黎。

俞大猷《咏牡丹》 （《明诗选》P384）

闲花眼底千千种,此种人间擅最奇。国色天香人咏尽,丹心独抱更谁知。

杜牧《杜秋娘诗》中的"脂"

"脂"字现在只有一个读音 zhǐ,如胭脂、脂油、脂肪、肤如凝脂等。但古时它有两音,据《康熙字典》,一是"轸视切,音旨"(zhǐ);二是"旨夷切,蒸夷切,音只"(qǐ)。1936年版的《辞海》则只注一个音"职依切,音之,支韵"。

古诗词中"脂"音 qí 与"陂""眉""期""西""饥"等字协韵的情况屡见不鲜。如:

【汉】

乐府《古艳歌》 （《先秦汉魏晋南北朝诗》P292）

行行随道,经历山陂。乌唪柏叶,人唪柏脂。不可常饱,聊可遏饥。

【唐】

杜牧《杜秋娘诗》 (《全唐诗》P5938)

京江水清滑,生女白如脂(qí),其间杜秋娘,不劳朱粉施(xī)。
老濞即山铸,后庭千双眉。秋持玉斝醉,与唱金缕衣。

李商隐《咏怀寄秘阁旧僚二十六韵》 (《全唐诗》P6236)

官衔同画饼,面貌乏凝脂。典籍将蠡测,文章若管窥(qī)。
图形翻类狗,入梦肯非罴。自哂成书簏,终当呕酒卮。

陆龟蒙《袭美先辈以龟蒙所献五百言》 (《全唐诗》P7110)

谁若灵囿鹿,谁犹清庙牺。谁轻如鸿毛,谁密如凝脂。

沈亚之《秦梦诗》 (《全唐诗》P9832)

君王多感放东归,从此秦宫不复期。春景似伤秦丧主,落花如雨泪燕脂。

白居易《效陶潜体诗》 (《全唐诗》P4722)

种豆南山下,雨多落为萁。而我独何幸,酝酒本无期。
及此多雨日,正遇新熟时。开瓶泻尊中,玉液黄金脂。

白居易《和我年三首》 (《全唐诗》P4984)

黄纸诏频草,朱轮车载脂。妻孥及仆使,皆免寒与饥。
省躬私自愧,知我者微之。永怀山阴守,未遂嵩阳期。

白居易《和晨兴因报问龟儿》 (《全唐诗》P4989)

咽绝五脏脉,瘦消百骸脂。双目失一目,四肢断两肢。
不如溘然逝,安用半活为(yí)。谁谓荼蘖苦,荼蘖甘如饴。

【宋】

张养浩《喜春来·探春》

梅花已有飘零意,杨柳将垂袅娜枝,杏桃仿佛露胭脂。残照底,青出的草芽齐。

秦观《忆秦娥》中的"只"

秦观《忆秦娥》 (《词综》P385)

锦书难寄西飞翼。无言只是空相忆。空相忆,纱窗月淡,梦双人只。

词牌名《忆秦娥》大家都是比较熟悉的。李白的"箫声咽,秦娥梦断秦楼月。秦楼月,年年柳色,灞陵伤别"早已脍炙人口。该词上阕第一句的"咽""月"与第二句句末的"别",以及下阕第一句的"节""绝"与第二句末的"阕"都是押韵的。那么"只"在秦观的《忆秦娥》词中应读什么音呢？

据《康熙字典》，"只"是多音字：一音为"掌氏切，音纸"（zhǐ），《诗经》的《风》《雅》里已多处出现；二音为"章移切，音支（jī）"；三音为"之日切，音质"；四音为"章忍切，音轸"。

由此可见，秦观这首词中的"只"不能读 zhǐ 音，而是应该读"章移切"的 jī 音。

古诗词中的"旨"和"指"

"旨"字现在只有一个读音 zhǐ，其实古时有两个音，除了 zhǐ，还有一个叶音"叶脂利切"音 jī。如：

左思《魏都赋》 （《康熙字典》）

盖比物以错辞，述清都之闲丽。虽选言以简章，徒九复而遗旨。

由于"旨"字有两音，所以有"旨"字与其他偏旁组成的字往往有 zhǐ 和 jī 两音，如"指"字有时要读 jī。

【宋】

周密《惜馀春慢·避暑和韵》 （《词综》P1288）

绀玉波宽，碧云亭小，冉冉水花香细。鱼牵翠带，燕掠红衣，雨急万荷喧睡。临槛自采瑶房，铅粉沾襟，雪丝萦指。喜嘶蝉树远，盟鸥乡近，镜奁光里。

王沂孙《天香·龙涎香》 （《词综》P1321）

红瓷候火，还乍识、冰环玉指。一缕萦帘翠影，依稀海天云气。

郑域《念奴娇·戊午生日作》 （《词综》P1030）

休问海角天涯，黄蕉丹荔，自足供甘旨。泛绿依红无个事，时舞斑衣而已。救蚁藤桥，养鱼盆沼，是亦经纶耳。伊周安在，且须学老莱子。

李石《渔家傲·赠鼎湖官伎》中的"纸"

"纸"字现在只有一个读音 zhǐ，如纸币、纸张、纸钱等。但古诗词中除了读"诸氏切，音只"，还可读"轸倚切"，音 zǐ（1936 年版《辞海》）。

李石《渔家傲·赠鼎湖官伎》 （《词综》P911）

西去征鸿东去水。几重别恨千山里。梦绕绿窗书半纸。何处是。桃花溪畔人千里。

周邦彦《夜游宫》 （《唐宋名家词选》P192）

不恋单衾再三起。有谁知，为萧娘，书一纸。

杜甫《羌村》中的"至"

"至"字现在只有一个读音 zhì,如至诚、至宝、至高无上等。但古时它是个多音字。据《康熙字典》注:一是"脂利切,音挚"(zhì);二是"徒结切,音咥"(dié);三是"叶章移切,音支"(jī)。

古诗词中"至"字除了读 zhì 外,以音支(jī)与"地""利""意""气""霁""泪""弃""妓"等字协韵的诗词不少。如:

【唐】

杜甫《羌村》 (《全唐诗》P2277)

峥嵘赤云西,日脚下平地。柴门鸟雀噪,归客千里至。
妻孥怪我在,惊定还拭泪(lì)。

杜甫《高都护骢马行》 (《全唐诗》P2255)

功成惠养随所致,飘飘远自流沙至。雄姿未受伏枥恩,猛气犹思战场利。

杜甫《梦李白》 (《全唐诗》P2289)

浮云终日行,游子久不至。三夜频梦君,情亲见君意。告归常局促,苦道来不易。

高适《效古赠崔二》 (《全唐诗》P2190)

十月河洲时,一看有归思。风飙生惨烈,雨雪暗天地。
我辈今胡为,浩哉迷所至。

李颀《听董大弹胡笳声兼寄语弄房给事》 (《全唐诗》P1357)

高才脱略名与利,日夕望君抱琴至。

虞世南《结客少年场行·杂曲歌辞》 (《全唐诗》P321)

韩魏多奇节,倜傥遗名利。共矜然诺心,各负纵横志(志音祭)。
结友一言重,相思千里至。绿沉明月弦,金络浮云辔。

李贺《昌谷诗》 (《全唐诗》P4423)

泉尊陶宰酒,月眉谢郎妓。丁丁幽钟远,矫矫单飞至。

李端《早春同庾侍郎题青龙上方院》 (《全唐诗》P3235)

风烟结远恨,山水含芳意。车马莫前归,留看巢鹤至。

孟郊《长安旅情》 (《全唐诗》P4204)

尽说青云路,有足皆可至。我马亦四蹄,出门似无地。

孟郊《逢江南故昼上人》 （《全唐诗》P4272）

相逢失意中,万感因语至。追思东林日,掩抑北邙泪。筐箧有遗文,江山旧清气。

白居易《感秋怀微之》 （《全唐诗》P4794）

叶下湖又波,秋风此时至。谁知潓落心,先纳萧条气。

李白《连理枝词》 （《全唐诗》P10051）

浅画云垂帔,点滴昭阳泪。咫尺宸居,君恩断绝,似遥千里。望水晶帘外竹枝寒,守羊车未至。

【宋】

姜夔《解连环》 （《词综》P947）

西窗夜凉雨霁。叹幽欢未足,何事轻弃。问后约空指蔷薇,算如此溪山,甚时重至?水驿灯昏,又见在曲屏近底。念惟有夜来皓月,照伊自睡。

【清】

沈畯《九日》 （《百代千家绝句选》P715）

有酒赏佳节,无烦白衣至。恐惊邻舍翁,谓是催租吏。

《紫芝歌》中的"志"

"志"字现在只有一个读音 zhì。其实古时它是个多音字,不但可读"职吏切,音鋕"(zhì);而且可读"昌志切,音帜(chì)";还可读"叶真而切,音支"(音济)(《康熙字典》)。

佚名《紫芝歌》 （《先秦汉魏晋南北朝诗》P90）

莫莫高山,深谷逶迤。晔晔紫芝,可以疗饥。唐虞世远,吾将何归。驷马高盖,其忧甚大(dì)。富贵之畏人兮,贫贱之肆志。

屈原《楚辞·九章》 （《康熙字典》）

昔君与我诚言兮,曰黄昏以为期。羌中道而回畔兮,反既有此他志。

萧纲《和赠逸民应诏》中的"制"

"制"字现在只有一个读音 zhì,如制造、制度、制约、控制等。但古时它的读音是"征例切,音祭"(jì)。古诗词中的"制"字多与"帝""系""艺""细"等字协韵。如:

【南朝　梁】

　　　　萧纲《和赠逸民应诏》　（《全汉三国晋南北朝诗》P899）

　　　铿锵六乐，昭彰七艺。白兽谈经，石渠称制。
　　　齐稷罢疑，鲁洙忘滞（xì）。南风庆云，禹谟汤誓（音曳）。
　　　不有今弘，安知昔细。

【唐】

　　　　李纾《登歌奠币》　（《全唐诗》P2845）

　　　四时有典，百事来祭。尊祖奉宗，严禋大帝。
　　　礼先苍璧，奠备黝制。于万斯年，熙成帝系。

　　　　李白《枯鱼过河泣》　（《全唐诗》P1706）

　　　白龙改常服，偶被豫且制。谁使尔为鱼，徒劳诉天帝。

　　　　杜甫《渔阳》　（《全唐诗》P2311）

　　渔阳突骑犹精锐，赫赫雍王都节制。猛将飘然恐后时，本朝不入非高计。

　　　　张九龄《酬周判官》　（《全唐诗》P565）

　　　于时初自勉，揆己无兼济。瘠土资劳力，良书启蒙蔽。
　　　一探石室文，再擢金门第。既起南宫草，复掌西掖制。

　　　　元稹《遣病十首》　（《全唐诗》P4496）

　　　服药备江瘴，四年方一疠。岂是药无功，伊予久留滞。
　　　滞留人固薄，瘴久药难制。去日良已甘，归途奈无际。

【清】

　　　　钱耆孙《天香·龙涎香》　（《词综补遗》P1053）

　　蜃市浮烟，鲛宫散雾，玉虬痴睡惊起。腥沫匀研，灵鏊细杵，妙手翻成新制。

鲍照《松柏篇》中的"治"

"治"字现在只有一个读音 zhì，如治理、治安、治罪等。但古时它是个多音字，不但可读"直肆切，音稺"，而且可读"汤来切，音胎"（tāi），可以读"盈之切，音怡"（yí）。还可以读"陈知切（知音唧），音持"（齐）。

关于"治"音读"驰"（齐），可见之于以下诗篇：

【西汉】

　　　　刘向《楚辞·九叹·怨思》

　　孽臣之号咷兮，本朝芜而不治。犯颜色而触谏兮，反蒙辜而被疑。

【南朝　宋】

鲍照《松柏篇》　（《全汉三国晋南北朝诗》P669）

谅无畴昔时，百病起尽期。志士惜牛刀，忍勉自疗治。
倾家行药事，颠沛去迎医。

鲍照《拟行路难》　（《全汉三国晋南北朝诗》P678）

锉蘖染黄丝，黄丝历乱不可治。昔我与君始相值，尔时自谓可君意。
结带与我言，死生好恶不相置。今日见我颜色衰（衰音衣），意中索寞与先异。

鲍照《绍古辞》　（《全汉三国晋南北朝诗》P695）

昔与君别时，蚕妾初献丝。何言年月驶，寒衣已捣治。

杜甫《忆昔》中的"秩"

"秩"字现在只有一个读音 zhì，如秩序。但古时它是个多音字，可读"直质切，音侄"(zhì)，如《诗经·小雅》："左右秩秩""秩秩斯干"；《诗经·大雅》："德音秩秩"；还可读"弋质切，音逸"(yì)；还可读"叶徒结切，音迭"(diē)。如杜甫的《忆昔》和沈约的《还园宅奉酬华阳先生》中的"秩"就不能读 zhì，而应读 diē。

【南朝　梁】

沈约《还园宅奉酬华阳先生》　（《全汉三国晋南北朝诗》P1005）

鸣玉响洞门，金蝉映朝日。惭无小人报，徒叨令尹秩。
岂忘平生怀，靡盐不遑恤。

【唐】

杜甫《忆昔》　（《全唐诗》P2325）

岂闻一绢值万钱，有田种谷今流血。洛阳宫殿烧焚尽，宗庙新除狐兔穴。
伤心不忍问耆旧，复恐初从乱离说。小臣鲁钝无所能，朝廷记识蒙禄秩。

屈原《楚辞·九章·涉江》中的"滞"

"滞"字现在只有一个读音 zhì。但古诗词中它除了读"直例切，音彘"外，还可读"丑例切，音跐"(chì)，还可读"叶直带切，音载"。如：

【先秦】

屈原《楚辞·九章·涉江》《康熙字典》中的"滞"就读"载"：

乘舲船余上沅兮,齐吴榜以击汰。

船容与而不进兮,淹回水而疑滞(滞音载)。

"滞"字读 chì 音的如：

【唐】

王勃《别人》 (《百代千家绝句选》P81)

霜华净天末,雾色笼江际。客子常畏人,何为久留滞。

杜甫《赠秘书监江夏李公邕》 (《全唐诗》P2353)

哀赠竟萧条,恩波延揭厉。子孙存如线,旧客舟凝滞。
君臣尚论兵,将帅接燕蓟。朗吟六公篇,忧来豁蒙蔽。

(注：浙江方言中有的把"滞"字读成"齐"。)

王冏《奉和往虎窟山寺》中的"置"

"置"字现在只有一个读音 zhì,如安置、置放、置换、置之不理等。但古诗词中它有时要读"祭"。据《康熙字典》:"置,知意切,音祭。"如:

【南朝 梁】

王冏《奉和往虎窟山寺》 (《全汉三国晋南北朝诗》P1288)

美境多胜迹,道场实兹地。造化本灵奇,人功兼制置。
房廊相映属,阶阁并殊异。

季历《哀慕歌》中的"周"

"周"字现在只有一个读音 zhōu。但古诗词中有时要读"叶市朱切,音殊"(shū)。如:

季历《哀慕歌》 (《康熙字典》)

梧桐萋萋,生于道周(周音殊)。宫榭徘徊,台阁既除。

杜牧《读韩杜集》中的"抓"

"抓"字现在大家都读为 zhuā。但古音里没有 zhuā 音,而只有"侧巧切,音蚤"(zhǎo)。新版《辞海》里也注明"抓"音 zhāo,如:

杜牧《读韩杜集》（《全唐诗》P5955）

　　杜诗韩笔愁来读，似倩麻姑痒处抓。
　　天外凤凰谁得髓，无人解合续弦胶。

皮日休《新秋言怀寄鲁望三十韵》（《全唐诗》P7063）

　　合药还慵服，为文亦懒抄。烦心入夜醒，疾首带凉抓。

徐淑《答秦嘉诗》中的"追"

诗词古音

　　"追"字现在只有一个读音 zhuī，如追赶、追求、追捕、追亡逐北等。但古时它是个多音字，据《康熙字典》，它有四种读音：一是"陟佳切或中葵切"；二是"都雷切，音堆"；三是"旬为切，音随"；四是"驰泪切，音坠"。由于佳、葵、为三字各有鸡、奇、夷等音，所以"追"字就可能切出衣、夷、齐诸音。古诗词中"追"字与"飞""机""衣""移""基""欺""移""疲"等字协韵的情况很多。现举例如下：

【汉】

王褒《日出东南隅行》（《续玉台新咏》P25）

　　名倡两行堂上起，鸳鸯七十阶前飞。少年任侠轻年月，疾丸出弹遂难追。

【魏】

曹丕《善哉行》（《先秦汉魏晋南北朝诗》P390）

　　上山采薇，暮暮苦饥。溪谷多风，霜露沾衣。
　　野雉群雊，猴猿相追。还望故乡，郁何垒垒。

曹植《矫志诗》（《全汉三国晋南北朝诗》P169）

　　口为禁闼，舌为发机。门机之阙，楛矢不追。

【晋】

陆机《乐府燕歌行》（《玉台新咏》P233）

　　四时代序逝不追，寒风习习落叶飞。蟋蟀在堂露盈阶，念君远游常苦悲。

【南朝 梁】

萧纲《伤美人》（《全汉三国晋南北朝诗》P910）

　　珠帘向暮下，妖姿不可追。花风暗里觉，兰烛帐中飞。
　　何时玉窗里，夜夜更缝衣。

萧绎《咏池中烛影》（《全汉三国晋南北朝诗》P956）

　　入林如燐影，度渚若萤飞。河低扇月落，雾上珠星稀。
　　章华终宴所，飞盖且相追。

萧绎《宴清言殿作柏梁体》 (《全汉三国晋南北朝诗》P966)

玉衡七政转璇玑。升降端揆而才非。澄镜朱紫眇难追。

庾肩吾《游甑山》 (《全汉三国晋南北朝诗》P1096)

平子去已久,馀风今复追。未必游春草,王孙自不归。
路高村反出,林长鸟更稀。寒云间石起,秋叶下山飞。

刘孝绰《侍宴同刘公干应令》 (《全汉三国晋南北朝诗》P1203)

副君西园宴,陈王谒帝归。列位华池侧,文雅纵横飞。
小臣轻蝉翼,黾勉谬相追。置酒陪朝日,淹留望夕霏。

徐淑《答秦嘉诗》 (《玉台新咏》P18)

恨无兮羽翼,高飞兮相追。长吟兮永叹,泪下兮沾衣。

【南朝　陈】

毛处约《雉子斑》 (《全汉三国晋南北朝诗》P1456)

春物始芳菲,春雉正相追。涧响连朝雊,花光带锦衣。
窜迹时移影,惊媒或乱飞。能使如皋路,相逢巧笑归。

【唐】

武则天《从驾幸少林寺》 (《全唐诗》P58)

铎吟轻吹发,幡摇薄雾霏。昔遇焚芝火,山红连野飞。
花台无半影,莲塔有全辉。实赖能仁力,攸资善世威。
慈缘兴福绪,于此罄归依。风枝不可静,泣血竟何追。

长孙佐辅《宫怨》 (《全唐诗》P261)

痕多开镜照还悲,绿鬓青蛾尚未衰。莫道新缣长绝比,犹逢故剑会相追。

贾岛《哭卢仝》 (《全唐诗》P6618)

平生四十年,惟着白布衣。天子未辟召,地府谁来追。
长安有交友,托孤遽弃移。冢侧志石短,文字行参差。

张说《别平一师》 (《全唐诗》P927)

王子不事俗,高驾眇难追。茅土非肩盼,倾城无乐资。
宴坐深林中,三世同一时。皎皎独往心,不为尘网欺。

张说《赠赵公》 (《全唐诗》P928)

林壑为予请,纷霭发华滋。流赏忽已散,惊帆杳难追。
送君在南浦,侘傺投此词。

张说《徐高御挽歌》 (《全唐诗》P960)

蒲密遥千载,鸣琴始一追。公卿传世范,仁义续灵基。

张说《酬崔光禄冬日述怀》 (《全唐诗》P970)

留台少人务,方驾递寻追。涉玩怀同赏,沾芳忆共持。
迎宾南涧饮,载妓东城嬉。

张说《奉和圣制花萼楼下宴应制》 (《全唐诗》P964)

山接夏云险,台留春日迟。节移芳未歇,兴隔赏仍追。

杜甫《赤谷》 (《全唐诗》P2295)

山深苦多风,落日童稚饥。悄然村墟迥,烟火何由追。
贫病转零落,故乡不可思。常恐死道路,永为高人嗤。

杜甫《夔府书怀》 (《全唐诗》P2517)

恐乖均赋敛,不似问疮痍。万里烦供给,孤城最怨思。
绿林宁小患,云梦欲难追。即事须尝胆,苍生可察眉。

钱起《题萧丞小池》 (《全唐诗》P2648)

莺鸣蕙草绿,朝与情人期。林沼忘言处,鸳鸿养翮时。
春泉滋药暖,晴日度花迟。此会无辞醉,良辰难再追。

柳宗元《茅檐下始栽竹》 (《全唐诗》P3950)

楚壤多怪石,垦凿力已疲。江风忽云暮,舆曳还相追。
萧瑟过极浦,旖旎附幽墀。

刘禹锡《微之镇武昌中路见寄》 (《全唐诗》P4039)

今日油幢引,他年黄纸追。同为三楚客,独有九霄期。
宿草恨长在,伤禽飞尚迟。武昌应已到,新柳映红旗。

朱庆馀《和刘补阙秋园寓兴》 (《全唐诗》P5873)

闲园清气满,新兴日堪追。隔水蝉鸣后,当檐雁过时。
雨馀槐穟重,霜近药苗衰。不以朝簪贵,多将野客期。

李商隐《撰彭阳公志文毕有感》 (《全唐诗》P6222)

延陵留表墓,岘首送沈碑。敢伐不加点,犹当无愧辞。
百生终莫报,九死谅难追。待到生金后,川原亦几移。

薛逢《九日曲池远眺》 (《全唐诗》P6327)

陌头秋风动酒旗,江头丝竹竞相追。正当海晏河清日,便是修文偃武时。

刘兼《蜀都春晚感怀》 (《全唐诗》P8687)

蜀都春色渐离披,梦断云空事莫追。宫阙一城荒作草,王孙犹自醉如泥。
谁家玉笛吹残照,柳市金丝拂旧堤。可惜锦江无锦濯,海棠花下杜鹃啼。

同谷子《五子之歌》（《全唐诗》P8851）

仇仇万姓遂无依,颜厚何曾解怛忱。五子既歌邦已失,一场前事悔莫追。

　　白居易《失婢》（《全唐诗》P5071）

宅院小墙庳,坊门帖榜迟。旧恩惭自薄,前事悔难追。
笼鸟无常主,风花不恋枝。今宵在何处,唯有月明知。

　　白居易《劝欢》（《全唐诗》P5084）

火急欢娱慎勿迟,眼看老病悔难追。尊前花下歌筵里,会有求来不得时。

　　白居易《北窗三友》（《全唐诗》P5115）

嗜诗有渊明,嗜琴有启期。嗜酒有伯伦,三人皆吾师。
或乏儋石储,或穿带索衣。弦歌复觞咏,乐道知所归。
三师去已远,高风不可追。

　　白居易《九年十一月二十一日独游香山寺》（《全唐诗》P5162）

祸福茫茫不可期,大都早退似先知。当君白首同归日,是我青山独往时。
顾索素琴应不暇,忆牵黄犬定难追。

　　白居易《同微之赠别郭虚舟炼师五十韵》（《全唐诗》P4969）

先生弹指起,蛇女随烟飞。始知缘会间,阴骘不可移。
药灶今夕罢,诏书明日追。追我复追君,次第承恩私。

　　法振《病愈寄友》（《全唐诗》P9140）

哀乐暗成疾,卧中芳月移。西山有清士,孤啸不可追。
捣药昼林静,汲泉阴涧迟。微踪与麋鹿,远谢求羊知。

【宋】

　　王安石《寄虔州江阴二妹》（《王安石全集》P131）

飘若越鸟北,心常在南枝。又如歧头蛇,南北两欲驰。
逝者日已远,百忆讵能追。生存若乖隔,邂逅亦何时。

　　王安石《汜水寄和甫》（《王安石全集》P190）

虎牢关下水逶迤,想汝飘然过此时。洒血只添波浪起,脱身难借羽翰追。

　　王安石《与耿天骘会话》（《王安石全集》P288）

邯郸四十馀年梦,相对黄粱欲熟时。万事尽如空鸟迹,怪君强记尚能追。

杜牧《题桐叶》中的"锥"

"锥"字现在只有一个读音 zhuī,如锥子。但在古诗词中有时要读为 jī,与"期"

"离""遗""几""疑""眉"等字协韵。据《康熙字典》：锥,朱惟切,音佳。佳一音稽(jī)。

【唐】

杜牧《题桐叶》 （《全唐诗》P5958）

庄叟彭殇同在梦,陶潜身世两相遗。一九五色成虚语,石烂松薪更莫疑。哆侈不劳文似锦,进趋何必利如锥。钱神任尔知无敌,酒圣于吾亦庶几。

周邦彦《夜游宫》词中的"坠"

诗词古音

"坠"字现在只有一个读音 zhuì,如坠落、坠毁、耳坠、扇坠等。但古时"坠"字的读音和今天我们的读音大不相同。第一,古时"坠"字与躇、队、隧、诸互通(《康熙字典》),但这几个字的读音却差别很大,这就形成了"坠"字多音。第二,《康熙字典》对"坠"的注音是"直类切""直律切"。但"类"字多音：一音戾(丽,lì);一音垒(lěi);一音律(lù)。故"直类切"就可切出三个音,其一是"直丽切"音"地"(dì)。如：

【唐】

白居易《江州雪》 （《全唐诗》P4739）

新雪满前山,初晴好天气。日西骑马出,忽有京都意。
城柳方缀花,檐冰才结穗。须臾风日暖,处处皆飘坠。

元稹《听庾及之弹乌夜啼引》 （《全唐诗》P4511）

感君此曲有深意,昨日乌啼桐叶坠。当时为我赛乌人,死葬咸阳原上地。

【五代】

冯延巳《谒金门·风乍起》 （《词综》P217）

斗鸭阑干独①倚,碧玉搔头斜坠。终日望君君不至,举头闻鹊喜。

【宋】

苏轼《水龙吟》 （《词综》P363）

似花还似非花,也无人惜从教坠。抛家傍路,思量却是,无情有思。萦损柔肠,困酣娇眼,欲开还闭。梦随风万里,寻郎去处,又还被、莺呼起。

吕同老《水龙吟·白莲》 （《词综》P1472）

欲唤凌波仙子,泛扁舟、浩波千里。只愁回首,冰帘半掩,明珰乱坠。

唐珏《水龙吟·白莲》 （《词综》P1483）

太液池空,霓裳舞倦,不堪重记。叹冰魂犹在,翠舆难驻,玉簪为谁轻坠。

---

① 一说"遍"。

胡仔《水龙吟·以李长吉美人梳头歌填》 (《词综》P1915)

纤手犀梳落处,腻无声、重盘鸦翠。兰膏匀渍,冷光欲溜,鸾钗易坠。年少偏娇,鬓多无力,恼人风味。

王国器《踏莎行·沐发》 (《词综》P2070)

宝鉴凝膏,温泉流腻。琼纤一把青丝坠。冰肤浅渍麝煤春,花香石髓和云洗。玉女峰前,咸池月底,临风细把犀梳理。

周邦彦《夜游宫》 (《唐宋名家词选》P192)

古屋寒窗底。听几片、井桐飞坠。不恋单衾再三起。有谁知,为萧娘,书一纸。

王维《苦热》中的"濯"

"濯"字现在有两个读音 zhuó 和 zhào。但古时它是个多音字,除了读"直角切,音浊",还可读"式灼切,音烁"(shuò);可读"直教切,音棹(zháo)";可读"叶厨玉切,音逐"(zhú)。如王维的《苦热》(《全唐诗》P1251)中的"濯"就应读烁(shuò),与"涸""薄""郭"诸字协韵。其诗见:

赤日满天地,火云成山岳。草木尽焦卷,川泽皆竭涸。
轻纨觉衣重,密树苦阴薄。莞簟不可近,絺绤再三濯。
思出宇宙外,旷然在寥廓。

傅玄《明月篇》中的"姿"

"姿"字现在只有一个读音 zī,如姿势、舞姿、姿色、姿态、姿容等。但古时它有两音:一是"津私切"音 zī;一是"即夷切"音 jī。古诗词中"姿"以 jī 音与"稀""期""机""陂""怡""湄""移""奇"诸字协韵的情况不少。现举例如下:

【晋】

傅玄《明月篇》 (《玉台新咏》P45)

丹唇列素齿,翠彩发蛾眉(mí)。娇子多好言,欢合易为姿(jī)。

张华《情诗》 (《玉台新咏》P47)

束带俟将朝,廓落晨星稀。寐假交情爽,觌我佳人姿。
巧笑媚权靥,联媚眸与眉。

谢朓《咏邯郸故才人嫁为厮养卒妇》 (《玉台新咏》P91)

生平宫阁里，出入侍丹墀。开箧方罗縠，窥镜比蛾眉。
初别意未解，去久日生悲。憔悴不自识，娇羞馀故姿。
梦中忽仿佛，犹言承谶私。

【南朝 梁】

萧绎《登颜园故阁》 (《玉台新咏》P172)

高楼三五夜，流影入丹墀。先时留上客，夫婿美容姿。
妆成理蝉鬓，笑罢敛蛾眉。衣香知步近，钏动觉行迟。

萧纲《妾薄命篇十韵》 (《玉台新咏》P158)

名都多丽质，本自恃容姿。荡子行未至，秋胡无定期。
玉貌歇红脸，长颦串翠眉。

萧子范《罗敷行》 (《全汉三国晋南北朝诗》P1168)

城南日半上，微步弄妖姿。含情动燕俗，顾景笑齐眉。
不忧桑叶尽，还忆畏蚕饥。

【唐】

李白《古风》 (《全唐诗》P1678)

美人出南国，灼灼芙蓉姿。皓齿终不发，芳心空自持(qí)。
由来紫宫女，共妒青蛾眉。

韦应物《途中寄杨邈裴绪示褒子》 (《全唐诗》P1922)

萧萧陟连冈，荠荠望空陂。风截雁嘹唳，云惨树参差(qí)。
高斋明月夜，中庭松桂姿。当睽一酌恨，况此两旬期。

韦应物《滁城对雪》 (《全唐诗》P1991)

玉座分曙早，金炉上烟迟。飘散云台下，凌乱桂树姿。
厮迹鸳鸯末，蹈舞丰年期。

韦应物《答长安丞裴说》 (《全唐诗》P1947)

出身忝时士，于世本无机。爱以林壑趣，遂成顽钝姿。
临流意已凄，采菊露未稀。举头见秋山，万事都若遗。

李贺《花游曲》 (《全唐诗》P4418)

春柳南陌态，冷花寒露姿。今朝醉城外，拂镜浓扫眉。
烟湿愁车重，红油覆画衣。舞裙香不暖，酒色上来迟(qí)。

白居易《寓意诗》 (《全唐诗》P4678)

养材三十年，方成栋梁姿。一朝为灰尘，柯叶无孑遗。

元稹《酬别致用》 （《全唐诗》P4464）

君今虎在柙，我亦鹰就羁。驯养保性命，安能奋殊姿。
五色深不变，井水挠不移。

顾况《哭从兄苌》 （《全唐诗》P2938）

何人不客游，独与帝子期。黄鹄铩飞翅，青云叹沉姿。

皮日休《小桂》 （《全唐诗》P7032）

欻从山之幽，劚断云根移。劲挺隐珪质，盘珊缇油姿。

皮日休《三宿神景宫》 （《全唐诗》P7037）

古观岑且寂，幽人情自怡。一来包山下，三宿湖之湄。
况此深夏夕，不逢清月姿。

皮日休《酒怀》 （《全唐诗》P7052）

昔有嵇氏子，龙章而凤姿。手挥五弦琴，聊复一樽持(qī)。
但取性淡泊，不知味醇醨。兹器不复见，家家唯玉卮。

皮日休《虎丘寺殿前有古杉》 （《全唐诗》P7062）

任苔为疥癣，从蠹作疮痍。品格齐辽鹤，年龄等宝龟(xī)。将怀缩地力，欲负拔
山姿。未倒防风骨，初僵负贰尸。

陆龟蒙《小桂》 （《全唐诗》P7117）

才高不满意，更自寒山移。宛宛别云态，苍苍出尘姿。

陆龟蒙《茶人》 （《全唐诗》P7144）

天赋识灵草，自然钟野姿。闲来北山下，似与东风期。

【宋】

苏轼《红梅》 （《苏轼选集》P143）

怕愁贪睡独开迟，自恐冰容不入时。故作小红桃杏色，尚余孤瘦雪霜姿。
寒心未肯随春态，酒晕无端上玉肌。诗老不知梅格在，更看绿叶与青枝。

【近现代】

潘天寿《题雁山飞瀑图》 （《中国古今题画诗全璧》P930）

一夜黄梅雨后时，峰青云白更多姿。万条飞瀑千条涧，此是雁山第一奇。

李益《杂曲》中的"资"

"资"字现在只有一个读音 zī，如资本、资质、天资、资助等。《康熙字典》注明它有

两音:一是"即夷切""津私切",音咨(zī);二是"资四切",音恣(zì)。又说"资"与"亝"同,而"亝"音"祖稽切",音jī。如李益的《杂曲》中的"资"就应读jī,与"宜""移"协韵。

李益《杂曲》（《全唐诗》P3203）

杨柳徒可折,南山不可移。妇人贵结发,宁有再嫁资。
嫁女莫望高,女心愿所宜。宁从贱相守,不愿贵相离。

高适《同敬八、卢五泛河间清河》中的"滋"

"滋"字现在只有一个读音zī,如滋生、滋补等。但古时这字除了读"津之切、津私切。并音兹"(zī);还有一音"疾之切,音慈"(cí)(《康熙字典》)。

但"之"字的发音谓"止而切"与"真而切","并音枝"jī(注"而"读音"尼"),所以"津之切"切出的音谓"津枝切",音"西"(xī)。如：

【唐】

李白《书情寄》（《全唐诗》P1773）

东风引碧草,不觉生华池。临玩忽云夕,杜鹃夜鸣悲。
怀君芳岁歇,庭树落红滋。

李白《秋思》（《全唐诗》P1710）

春阳如昨日,碧树鸣黄鹂。芜然蕙草暮,飒尔凉风吹。
天秋木叶下,月冷莎鸡悲。坐愁群芳歇,白露凋华滋。

韦应物《秋集罢还途中作,谨献寿春公》（《全唐诗》P1910）

将从平门道,憩车沣水湄。山川降嘉岁,草木蒙润滋。

韦应物《始至郡》（《全唐诗》P1988）

滁城古雄郡,横江千里驰。高树上迢递,峻堞绕欹危。井邑烟火晚,郊原草树滋。
洪流荡北阯,崇岭郁南圻。

高适《同敬八、卢五泛河间清河》（《全唐诗》P2206）

昔陟乃平原,今来忽涟漪。东流达沧海,西流延漷池。
云树共晦明,井邑相透迤。稍随归月帆,若与沙鸥期。
渔父更留我,前潭水未滋。

李纾①《送神》（《全唐诗》P2846）

元精回复,灵贶繁滋。风洒兰路,云摇桂旗。
高丘缅邈,凉部逶迟。瞻望靡及,缠绵永思。

---

① 一作"舒"。

【宋】

王安石《偿薛肇明秀才桤木》 (《王安石全集》P285)

濯锦江边木有桤，小园封植伫华滋。地偏或免桓魋伐，岁晚聊同庾信移。

辛弃疾《水龙吟·登建康赏心亭》中的"子"

"子"字现在只有一个读音 zǐ，但古时它是个多音字，《康熙字典》注明，它除了音 zǐ 外，还有"叶济口切，音走"(zǒu)；有"叶子德切，音则"(zé)；还有"叶奖里切"，与"妻""李""已""喜""意""起""际""靡""里"等字协韵。如：

辛弃疾《水龙吟·登建康赏心亭》 (《词综》P812)

楚天千里清秋，水随天去秋无际。遥岑远目，献愁供恨，玉簪螺髻。落日楼头，断鸿声里，江南游子。把吴钩看了，栏杆拍遍，无人会，登临意。

这种情况在《诗经》里有很多。如：

《诗经·周南·麟之趾》

麟之趾，振振公子。于嗟麟兮。

《诗经·召南·何彼秾矣》

何彼秾矣，华如桃李。平王之孙，齐侯之子。

《诗经·邶风·旄丘》

琐兮尾兮，流离之子。叔兮伯兮，褎如充耳。

《诗经·邶风·匏有苦叶》

招招舟子，人涉卬否。人涉卬否，卬须我友(yǐ)。

《诗经·王风·丘中有麻》

丘中有李，彼留之子。彼留之子，贻我佩玖(yǐ)。

《诗经·陈风·衡门》

岂其食鱼，必河之鲤。岂其取妻，必宋之子。

《诗经·豳风·七月》

三之日于耜，四之日举趾。同我妇子，馌彼南亩(mǐ)，田畯至喜。

《诗经·小雅·六月》

我服既成，于三十里。王于出征，以佐天子。

《诗经·小雅·吉日》

儦儦俟俟，或群或友(yǐ)。悉率左右，以燕天子。

诗词古音

《诗经·小雅·节南山》

弗问弗仕,勿罔君子。式夷式己,无小人殆。

《诗经·小雅·雨无正》

维曰于仕,孔棘且殆。云不可使,得罪于天子。
亦云可使,怨及朋友。
(注:友,羽己切。)

《诗经·大雅·生民》

生民如何,克禋克祀。以弗无子。上帝不宁,不康禋祀,居然生子。

《诗经·大雅·江汉》

召公维翰,无曰予小子。

《诗经·大雅·抑》

投我以桃,报之以李。彼童而角,实虹小子。
惠于朋友,庶民小子。于乎小子,未知臧否。

《诗经·周颂·敬之》

维予小子,不聪敬止。

《诗经·鲁颂·有駜》

自今以始,岁其有(羽己切)。君子有谷,诒孙子。

《诗经·鲁颂·閟宫》

周公之孙,庄公之子。龙旂承祀,六辔耳耳(nǐ)。

《诗经·商颂·玄鸟》

商之先后,受命不殆(殆音以)。在武丁孙子。

【南朝 宋】

刘骏《丁督护歌》 (《玉台新咏》P271)

黄河流无极,洛阳数千里。坎轲戎途间,何由见欢子。

【北齐】

祖珽《望海》 (《全汉三国晋南北朝诗》P1512)

登高临巨壑,不知千万里。云岛相接连,风潮无极已。
时看远鸿度,乍见惊鸥起。无待送将归,自然伤客子。

《东魏邺都谣》 (《全汉三国晋南北朝诗》P1527)

可怜青雀子,飞入邺城里。作窠犹未成,举头失乡里。
寄言与妇母,好看新妇子。

【唐】
　　　李白《述德兼陈情上哥舒大夫》（《全唐诗》P1736）
丈夫立身有如此，一呼三军皆披靡。卫青谩作大将军，白起真成一竖子。

吴文英《喜迁莺·过希道家看牡丹》中的"紫"

"紫"字，现在读作 zǐ，如万紫千红、紫气东来、紫光阁等。但古诗词中有时要读"蒋氏切，音姊"，与"起""洗"等字协韵。如：

【南朝　梁】
　　　柳恽《赠吴均》（《全汉三国晋南北朝诗》P1090）
山桃落晚红，野蕨开初紫。云日自清明，苹芷齐霍靡。

【宋】
　　　吴文英《喜迁莺·过希道家看牡丹》（《词综》P1194）
凡尘流水。正春在、绛阙瑶阶十二（音毅）。暖日明霞，天香盘锦，低映晓光梳洗。故苑浣花沉恨，化作妖红斜紫（音姊）。因无力，倚阑干，还倩东风扶起。

　　　陈允平《齐天乐·南屏晚钟》（《词综》P1258）
赤阑桥畔斜阳外，临江暮山凝紫。戏鼓才停，渔榔乍歇，一片芙蓉秋水。余霞散绮。正银钥停关，画桡催舣。鱼板敲残，数声初入万松里。

元稹《遗病》中的"醉"

"醉"字现在只有一个读音 zuì，如醉酒、醉汉、醉翁之意等。据《康熙字典》与1936年出版的《辞海》注明"醉"字"将遂切""作为切""寘韵"。因"为"字一音"夷"，故"醉"字有一音"作夷切"音祭（jì）。

古诗词中出现"醉"字的频率很高，但多与"意""气""戏""里""细"等字协韵。如：

【唐】
　　　贯休《古离别》（《全五代诗》P990）
离恨如旨酒，古今饮皆醉。只恐长江水，尽是儿女泪。
伊余非此辈，送人空把臂。他日再相逢，清风动天地。

　　　元稹《遗病》（《全唐诗》P4496）
昔在痛饮场，憎人病辞醉。病来身怕酒，始悟他人意。
怕酒岂不闲，悲无少年气。传语少年儿，杯盘莫回避。

孟浩然《清明即事》（《全唐诗》P1629）

帝里重清明，人心自愁思。车声上路合，柳色东城翠。
花落草齐生，莺飞蝶双戏。空堂坐相忆，酌茗聊代醉。

刘禹锡《曲江春望》（《全唐诗》P4025）

凤城烟雨歇，万象含佳气。酒后人倒狂，花时天似醉。
三春车马客，一代繁华地。何事独伤怀，少年曾得意。

李珣《渔歌子》（《唐宋名家词选》P29）

九疑山，三湘水，芦花时节秋风起。水云间，山月里，棹月穿云游戏。鼓青琴，倾绿蚁，扁舟自得逍遥志。任东西，无定止，不议人间醒醉。

（注："志"字"叶其倪切"，音支。）

【宋】

晏几道《玉楼春》（《唐宋名家词选》P92）

谁知错管春残事，到处登临曾费泪。此时金盏直须深，看尽落花能几醉！

苏轼《永遇乐》（《唐宋名家词选》P102）

长忆别时，景疏楼上，明月如水。美酒清歌，留连不住，月随人千里。别来三度，孤光又满，冷落共谁同醉。卷珠帘，凄然顾影，共伊到明无寐。

（注：此段为词的上片，该词"醉"字与下片的"意""泪""被""记"诸字协韵。）

苏轼《水龙吟》（《唐宋名家词选》P109）

小舟横截春江，卧看翠壁红楼起。云间笑语，使君高会，佳人半醉。危柱哀弦，艳歌余响，绕云萦水。念故人老大，风流未减，空回首、烟波里。

苏轼《蝶恋花·过涟水军赠赵晦之》（《苏轼词全集》P231）

左海门前酤酒市。夜半潮来，月下孤舟起。倾盖相逢拚一醉。双凫飞去人千里。

苏轼《蝶恋花·送潘大临》（《苏轼词全集》P95）

别酒劝君君一醉。清润潘郎，又是何郎婿。记取钗头新利市。莫将分付东邻子。

杜安世《鹤冲天》（《词综》P455）

清明天气，永日愁如醉。台榭绿阴浓，薰风细。燕子巢方就，盆池小，新荷蔽。恰是逍遥际。单夹衣裳，半笼软玉肌体。

舒亶《一落索》（《唐宋名家词选》P168）

正是看花天气，为春一醉。醉来却不带花归，悄不解看花意。

冯应瑞《天香·龙涎香》（《词综》P1468）

枯石流痕，残沙拥沫，骊宫夜蛰惊起。海市收时，鲛人分处，误入众芳丛里。春霖未就，都化作、凄凉云气。惟有清寒一点，消磨小窗残醉。

楼采《法曲献仙音》 (《词综》P1490)

倦梳洗。晕芳钿、自羞鸾镜；罗袖冷,烟柳画栏半倚。浅雨压荼蘼,指东风、芳事馀几。院落黄昏,怕春莺、惊笑憔悴。倩柔红约定,唤取玉箫同醉。

张炎《西子妆》 (《词综》P1384)

斜阳外,隐约孤村,隔坞闲门闭。渔舟何似莫归来,想桃源,路通人世。危桥静倚。千年事、都消一醉。谩依依,愁落鹃声万里。

柳永《诉衷情近》 (《词综》P353)

残阳里,脉脉朱阑静倚。黯然情绪,未饮先如醉。愁无际,暮云过了,秋风老尽,故人千里。竟日空凝睇。

王沂孙《水龙吟·牡丹》 (《词综》P1328)

池馆家家芳事,记当时,买栽无地。争如一朵,幽人独对,水边竹际。把酒花前,剩拚醉了,醒来还醉。怕洛中,春色匆匆,又入杜鹃声里。

【元】

王恽《水龙吟·赋秋日红梨花》 (《词综》P1701)

谁遣司花妙手,又一番角奇争异。使君高卧,竹亭闲寂,故来相慰。燕几螺屏,一枝披拂,绣帘风细。约洗妆快泻,玉屏芳酒,枕秋蟾醉。

赵孟頫《蝶恋花》 (《词综》P1708)

扶上兰舟人欲醉。日暮青山,相映双蛾翠。万顷湖光歌扇底,一声吹下相思泪。

刘因《木兰花》 (《词综》P1712)

未开常探花开未,又恐才开风雨至。花开风雨不相妨,为甚不来花下醉。

杨樵云《水龙吟·梦》 (《词综》P1882)

定是相思入骨,到如今、月痕同醉。教人枉了,若还真个,匆匆如此。全未惺松,缬纹生眼,胡床犹据。算从前、总是无凭,待说与、如何寄。

独孤及《萧文学山池宴集》中的"樽"

"樽"字现在只有一个读音zūn。但古时它不但读"租昆切,音尊"(zūn),而且可读"且缘切,音诠"(quán)(《康熙字典》)。如：

独孤及《萧文学山池宴集》 (《全唐诗》P2775)

檀栾千亩绿,知是辟疆园。远岫当庭户,诸花覆水源。
主人邀尽醉,林鸟助狂言。莫问愁多少,今皆付酒樽(quán)。

赵佶《燕山亭·北行见杏花》中的"做"

"做"是"作"的俗字,现在只有一个读音 zuò。如做人做事、做东、做梦、做工等。但古时它是个多音字。据《康熙字典》,它的读音,一是"子贺切,音佐"(zuò);二是"叶总古切,音阻"(zǔ);三是"叶子悉切,音即"(jí)。

古诗词中"做"有时要读 zū,例如:

赵佶《燕山亭·北行见杏花》 (《词综》P222)

凭寄离恨重重,这双燕何曾,会人言语。天遥地远,万水千山,知他故宫何处?怎不思量,除梦里有时曾去。无据,和梦也新来不做。

【宋】

李邴《洞仙歌·柳花》 (《词综》P696)

一团鬈软,是将春揉做。撩乱随风到何处?自长亭人去后,烟草萋迷,归未定装点离愁无数。

向子諲《殢人娇·席上赠侍人轻轻》 (《词综》P670)

波上精神,掌中态度,分明是彩云团做。当年飞燕,从今不数。只恐是高唐梦中神女。

【清】

王文瑞《蝶恋花》 (《词综补遗》P1479)

雯游春时春已暮,早识匆匆,翻悔迎春误。春若多情春也住,原来春是无情做。

参 考 书 目

[1] 陈廷敬,张玉书,等.康熙字典[M].北京:中国书店,2010.

[2] 陈友琴.元明清诗一百首[M].上海:上海古籍出版社,1982.

[3] 辞海编辑委员会.辞海(1979年版)[M].上海:上海辞书出版社,1979.

[4] 丁福保.全汉三国晋南北朝诗:上[M].北京:中华书局出版,1959.

[5] 丁福保.全汉三国晋南北朝诗:下[M].北京:中华书局出版,1959.

[6] 蘅塘退士.唐诗三百首[M].上海:上海古籍出版社,2003.

[7] 洪丕谟.历代题画选注[M].上海:上海书画出版,1983.

[8] 金启华,臧维熙.古代山水诗一百首[M].上海:上海古籍出版社,1982.

[9] 金性尧.宋诗三百首[M].上海:上海古籍出版社,1993.

[10] 孔子,等.四书五经[M].北京:中国书店出版,2011.

[11] 林葆恒,张璋.词综补遗[M].上海:上海古籍出版社,2005.

[12] 龙榆生.唐宋名家词选[M].北京:上海古籍出版社,1980.

[13] 陆游.陆放翁词选[M].杭州:浙江人民出版社,1958.

[14] 逯钦立.先秦汉魏晋南北朝诗:上[M].北京:中华书局出版,1983.

[15] 逯钦立.先秦汉魏晋南北朝诗:下[M].北京:中华书局出版,1983.

[16] 逯钦立.先秦汉魏晋南北朝诗:中[M].北京:中华书局出版,1983.

[17] 闵泽平.纳兰性德词全集[M].武汉:崇文书局,2012.

[18] 全唐诗[M].北京:中华书局出版,1960.

[19] 上海古籍出版社.宋诗一百首[M].上海:上海古籍出版社,1982.

[20] 石理俊,等.中国古今题画诗全璧[M].北京:商务印书馆出版,2007.

[21] 舒新城.辞海[M].上海:中华书局,1936.

[22] 苏轼.苏轼词全集[M].武汉:崇文书局,2011.

[23] 苏轼.苏轼选集[M].北京:上海古籍出版社,1984.

[24] 汤霖,姚枫.千家诗注析[M].兰州:甘肃人民出版社,1991.

[25] 王安石.王安石全集[M].长春:吉林人民出版社,1996.

[26] 徐陵孝穆.玉台新咏[M].成都:成都古籍书店,1986.

[27] 张涤华.毛泽东诗词小笺[M].合肥:安徽文艺出版社,1991.

[28] 中国社会科学院语言研究所词典编辑室.现代汉语词典[M].北京:商务印书馆,1978.

[29] 钟鼎.近代诗一百首[M].上海:上海古籍出版社,1982.

[30] 周啸天.百代千家绝句选[M].合肥:黄山书社,2007.

[31] 朱德,等.十老诗选[M].北京:中国青年出版社,1973.

[32] 朱尊彝.词综[M].呼和浩特:远方出版社,2005.

索　引

二画	世(545)	圭(254)	如(475)	坠(828)	官(200)	枝(810)	宫(192)
入(479)	忆(767)	欢(289)	约(793)	泛(172)	取(455)	衫(503)	战(796)
儿(121)	**五画**	许(729)	色(487)	抚(182)	绊(016)	炊(094)	是(552)
丁(112)	写(718)	西(676)	负(182)	位(669)	波(025)	抹(433)	栈(795)
二(131)	兰(392)	伐(149)	轨(268)	龟(255)	拔(006)	板(013)	侯(281)
三画	外(602)	宅(792)	夺(119)	庐(403)	往(608)	轰(281)	扃(358)
干(188)	代(106)	而(125)	关(197)	时(540)	佳(319)	迤(765)	栅(791)
山(490)	札(790)	次(101)	死(580)	返(170)	沾(793)	枪(454)	拨(025)
凡(162)	丝(567)	汗(277)	压(737)	言(742)	态(894)	制(820)	恨(278)
兀(671)	归(206)	伏(174)	华(284)	伴(015)	若(483)	诗(533)	恃(553)
大(106)	占(795)	休(727)	戏(677)	没(426)	陌(434)	委(655)	洿(671)
卫(658)	闪(504)	妇(183)	邦(016)	删(502)	歧(453)	所(586)	咸(690)
马(417)	旦(108)	耳(127)	安(001)	灿(033)	忽(282)	刺(102)	差(036)
之(808)	只(817)	那(437)	观(199)	坂(012)	周(823)	泽(790)	美(427)
夕(675)	半(013)	江(338)	**七画**	角(340)	英(769)	雨(775)	胎(593)
下(681)	叹(595)	奸(322)	肝(187)	迟(070)	泪(397)	物(672)	怨(782)
子(833)	永(770)	伟(653)	尾(655)	吹(080)	者(803)	知(811)	弯(602)
亏(373)	白(006)	压(737)	杉(502)	折(800)	明(431)	味(670)	拭(552)
四画	加(318)	百(010)	麦(418)	否(173)	艰(334)	岸(003)	侧(034)
丹(107)	他(589)	出(078)	芽(738)	沙(480)	京(357)	齿(076)	脉(419)
支(809)	末(433)	杀(487)	来(391)	违(626)	鸣(432)	贯(205)	烂(396)
六(402)	甲(322)	团(597)	冶(758)	围(636)	空(371)	规(258)	适(553)
牙(738)	龙(402)	帆(150)	折(800)	闲(683)	担(107)	昔(676)	峡(678)
方(172)	发(133)	阶(340)	怀(288)	饭(171)	限(691)	岳(783)	畏(671)
不(027)	尔(126)	此(101)	还(273)	私(569)	侠(677)	治(821)	柏(010)
凶(724)	瓜(197)	危(608)	纸(818)	间(323)	宛(604)	斩(794)	垂(095)
双(560)	兄(724)	师(530)	苇(654)	乱(406)	茂(425)	夜(762)	姿(829)
幻(291)	右(773)	似(546)	抓(823)	赤(077)	波(025)	此(691)	施(535)
反(169)	台(593)	邪(692)	坛(594)	妖(756)	氓(423)	**九画**	峦(405)
车(059)	匝(785)	至(819)	轩(733)	帷(641)	拆(038)	珊(504)	看(363)
为(658)	出(078)	过(271)	花(283)	**八画**	坡(452)	囡(592)	追(824)
水(561)	**六画**	驰(069)	玕(187)	泻(721)	浅(454)	竿(187)	思(570)
开(362)	达(105)	池(065)	志(820)	降(339)	拍(446)	残(032)	荣(462)
		岁(583)	沤(444)	环(289)	势(550)	冠(201)	陋(403)

勃(025)	晏(754)	隆(402)	奢(507)	媚(430)	窟(371)	雌(100)	璠(165)
盼(448)	畔(449)	鬼(270)	营(337)	惹(457)	幕(434)	蝉(050)	餐(031)
哀(001)	卿(455)	班(010)	淡(108)	雁(755)	慄(401)	嘉(321)	衡(280)
持(074)	资(831)	谁(529)	弹(109)	悲(018)	滑(287)	蔡(031)	**十七画**
药(756)	悭(453)	涂(597)	推(598)	斯(573)	窥(377)	榮(448)	濯(829)
客(365)	陵(401)	宽(372)	盘(448)	葵(381)	遮(797)	幔(422)	檀(595)
赴(185)	柴(038)	调(112)	途(380)	湿(537)	滩(594)	慢(422)	徽(312)
钩(193)	能(441)	**十一画**	斜(695)	短(114)	虞(774)	漫(422)	霞(379)
贵(270)	砺(401)	患(294)	野(759)	散(485)	愚(775)	摘(791)	繁(166)
哉(785)	都(112)	绽(797)	绿(409)	蛮(419)	暗(005)	榭(723)	擎(027)
殆(106)	逝(554)	偕(694)	蛇(523)	缓(290)	粲(034)	鞋(717)	**十八画**
闺(262)	挚(406)	婉(608)	涯(741)	斑(011)	超(078)	瞬(384)	邈(430)
南(438)	绥(518)	减(338)	赊(510)	湾(603)	错(104)	察(035)	簪(786)
威(612)	格(192)	谐(716)	累(398)	谢(722)	福(181)	碑(022)	璧(024)
挥(295)	顽(603)	麻(417)	甾(786)	惠(314)	感(188)	滴(111)	籓(151)
活(315)	脂(816)	脱(600)	做(838)	策(034)	觥(193)	褊(024)	翻(152)
残(032)	浮(174)	萎(656)	陲(098)	渴(365)	解(357)	豪(278)	**十九画**
垒(396)	殷(767)	疵(099)	探(596)	富(186)	楷(362)	糁(485)	鹭(405)
指(818)	换(291)	随(581)	断(115)	殚(108)	睽(383)	**十五画**	攀(447)
栏(392)	顽(663)	孱(451)	惯(206)	鹄(197)	楼(403)	潺(058)	颤(058)
须(727)	珩(279)	崖(738)	**十二画**	隔(191)	满(420)	蕃(151)	蘅(281)
岖(426)	唤(293)	帷(649)	阑(393)	渤(026)	楠(441)	醉(835)	
十画	般(011)	谑(734)	窗(079)	寒(275)	暖(441)	横(279)	**二十一画**
珪(266)	案(004)	鸾(406)	靓(358)	嗟(348)	鹏(451)	瘢(012)	黯(005)
旅(408)	索(587)	移(766)	琶(446)	辉(306)	煞(490)	蕊(483)	麝(528)
被(023)	原(780)	堂(597)	滞(822)	敦(119)	数(554)	澌(579)	
莱(391)	难(439)	焕(295)	紫(835)	葛(196)	碎(585)	澜(393)	
息(677)	秩(822)	维(653)	掣(064)	阔(385)	褪(678)	潭(595)	
射(527)	盏(794)	菊(361)	滋(832)	街(356)	源(781)	樊(164)	
翅(077)	窄(792)	副(185)	寐(429)	缆(394)	锥(827)	嘶(575)	
部(029)	骨(194)	淮(288)	期(453)	晚(604)	毁(314)	颜(744)	
耻(076)	莎(489)	捻(441)	禅(039)	靴(734)	**十四画**	**十六画**	
浣(293)	衰(554)	得(110)	葩(445)	置(823)	端(113)	霏(173)	
鸭(737)	热(457)	续(732)	蛮(419)	翚(311)	酸(580)	缴(340)	
恩(121)	莽(424)	馆(202)	彭(450)	**十三画**	颐(766)	樽(837)	
烦(163)	晖(296)	断(115)	遏(121)	楣(318)	翠(103)	罹(400)	
袜(601)	家(319)	排(447)	遗(766)	痴(064)	管(203)	懒(394)	
扇(504)	娱(773)	烹(450)	霞(321)	微(618)	褪(599)		

索引

841

后　　记

　　经过 5 年多的努力，550 多个古音字的《诗词古音》总算完稿。有人问我，这些古音你是怎样弄到的？我说一部分是我幼儿时外祖父教我的，但大部分是"朗读"和"查找"找出来的。"朗读"是指按今天的普通话去朗诵古诗词；"查找"是指找出朗诵过程中按诗词格律的要求不合韵的字，然后去《康熙字典》和 1936 年出版的《辞海》查出该字的读音，找到其合韵的本音或叶音（即古音），再经过反复吟咏，合韵了，该字在该诗词中的"古"音基本上就可以确定了。但仅仅根据一两篇诗词就确定某字为某音是不能服众的，有的人会怀疑那可能是某人、某时、某地的"方言"，没有代表性、普遍性。为此，我下决心从先秦的诗歌开始，把流传至今的《先秦汉魏晋南北朝诗》《全汉三国晋南北朝诗》《全唐诗》《词综》《词综补遗》以及宋元以来一些名人的诗词，一句句、一篇篇，慢慢地读下来，一边读，一边学，边读边欣赏，遇到不合韵的字就把该诗或词抄下来（我不会电脑，只能用手抄），然后去查字典。天长日久，摘抄的资料越来越多，再把含有不同的"字"的诗词进行归类，即按《艺文类聚》的"类聚法"进行归类。就这样，一天天、一年年，我天天沉浸在古诗词的海洋里，时而金戈铁马，时而相府殿堂；时而深山古寺，时而大漠孤烟。看不完的春花秋月，表不尽的离合悲欢。暮去朝来，不觉岁月之飞逝。

　　坦率地说，这部书算不上科研，谈不上什么学术价值。就那么几个字的"古"音嘛！古时幼儿的常识。但由于我们这代人开始已不讲究古诗词的"韵味"了，断代了，所以我提出这个问题，并做了些基础性的工作，以便引起大家的注意，如何正确地继承和发扬我国优秀的文化传统，借此抛砖引玉。不求有功，但肯定有过。因差错难免，那也只能请读者纠正了。

　　在这里，我特别要提到我的"得天独厚"——我的贤内助郑燕女，她比我小 12 岁，今年 73，很勤劳。50 多年来，我家里一切"内政""外交"全由她一人操办。我除了饭来张口、衣来伸手，所有时间都可以用来工作、读书、写字和锻炼，不用丝毫分心。没有这个条件，我是不可能安安心心地读这么多书、做这么多文字工作的。本书的电子稿是由我儿子（史一都）和儿媳（李曦）负责打字和校对的，由女儿（史亚英）和女婿（周荣庭）负责联系出版，所以这部书是全家人努力的结果。

在这里,我还要说明,我想研究诗词古音的问题在十多年前就提出来了。由于我不会电脑,所有资料的查找都要一篇一篇地阅读之后,再进行摘录,做成卡片,然后进行分类整理,工作量很大,所以一直没有下决心干这种吃力不讨好的傻事。在策划和编辑这部《诗词古音》的过程中,我的北大同班同学王兰媛、方立天、段若非、章玉钧,好友卢香霄、沈志恩、徐向明、胡耀元等都充分肯定编辑该书的意义,给了我精神上巨大的支持。中国科学技术大学出版社的领导和编辑给书稿提了不少宝贵意见,使该书得以顺利出版,在此一并致以衷心的感谢!

史美珩

2022 年 8 月于金华